U0806549

Staread
星文文化

蜀锦人家

桩桩 著

上册

四川人民出版社

意在闲中信来来，
故人千里自绯徊，
天边雁足传消息，
一点梅花春色回。

八月十五去浣花溪观灯，
是你先往河里扔了块石头，
故意等季二娘回头看你。

目录

上卷

第一章

两支签

夏季天亮得早，太阳尚未跃出时，天边已涌出一大片橙色的朝霞。浣花染坊的后门吱呀一声被打开，十来个梳丫髻的少女抬着竹篮嬉笑着朝溪边行去。

到了浣花溪畔，少女们从篮子里拿出染好的丝线，两人一组拎起抖开，放入水中漂洗。

正值豆蔻年华、生性活泼的年纪，染坊小婢们的嬉笑声像清晨的鸟儿，清脆可人。

岸边绿草如茵，芙蓉花娇美绽放。一卷卷丝线在水中荡漾，五彩缤纷，染得一江清溪宛若锦缎般华美。

这时一人眼尖，瞅见最边上单独站着个少女，正卖力地提着丝线独自漂洗，不觉诧异："绿儿，你怎独自一人？"

绿儿闷闷不乐地回道："今日娘子又叫了湘儿陪她去竹林寺上香。"

众少女羡慕得不行，叽叽喳喳议论起竹林寺的斋饭来。

紫儿用力将手中的丝线扔进水里，气鼓鼓地说道："娘子每次出门都只叫湘儿！那小蹄子三棍子打不出一句话来，怎偏就入了娘子的眼？"

一卷丝线沉沉入水，溅了绿儿一身水。绿儿一人洗一大篮丝线，本就气闷不过，被溅了一身水当即便发作了。她两步走到紫儿身边，用力一推。紫儿尖叫一声，摔进了水里。绿儿抄着手望着她冷笑："有本事也让娘子带你去，朝我发作算什么本事？”

紫儿跌落水中，浑身浸得透湿，既觉得丢脸，又觉得受了欺负，哭叫着朝绿儿扑了过去。

两人从岸边撕扯到河里，吓得其他小婢都放下了手中的活，上前劝架。这一劝不打紧，绿儿漂洗的那卷丝线悠悠地被水冲远。绿儿眼尖，眼瞅着丝线散开，漂到了河中心，不知道要多少工钱才赚得回来，不顾众人阻拦，边哭边把紫儿往河中扯：“你把丝捞回来！不然我打死你！”

“你们皮痒了不是？”

监工的季嬷嬷没想到迟出门片刻，浣花溪旁就上演了一场闹剧。她操起捣衣棍，扭着肥硕的身体大喝着跑了过去。

等到季嬷嬷将紫儿、绿儿从溪水中拎上岸，两人鬓发散乱，衣衫透湿，已不成样子。众婢沉默地继续清洗着丝线布料，竖着耳朵听季嬷嬷发威。

膀大腰圆的季嬷嬷下手从不留情，胳膊粗的捣衣棍朝着紫儿、绿儿的屁股挥去。

只一棍就打得两婢由跪变趴，疼得大声认错。

“嬷嬷，我错了！”

“嬷嬷，我再也不敢了！”

紫儿、绿儿边哭叫边讨饶，季嬷嬷一人狠打了三棍才停了手，指着两人骂道：“怨不得娘子不带你们出门，处处掐尖要强，哪有湘儿半分柔顺懂事？”

紫儿咬着唇，越想越恨湘儿，脱口叫了出来：“娘子哪里是喜欢湘儿懂事？分明是又要瞒着太太去找染料学染技！看中湘儿胆小不敢说罢了。”

季嬷嬷大吃一惊：“什么？娘子又偷偷进染坊了？好啊，一定是你们这些贱蹄子为讨好娘子而瞒着太太，是不是？”

比起打架掉了卷丝线，私放小娘子进染坊，太太更生气。紫儿和绿儿吓得哆嗦了一下。绿儿反应迅速：“是湘儿带娘子去的！”

紫儿赶紧补了一句：“所以娘子每次出门都只带湘儿。”

季嬷嬷哪管得了小丫头们的心思。她是季氏的陪嫁丫头，以忠心为主。她得了自家小娘子又偷进染坊的消息，顾不上训斥，一手一个，拎鸡崽儿似的带着两婢赶紧回家去。

季嬷嬷前脚刚走，河边的小婢们后脚就兴奋起来，开了盘口打赌：“我赌十文钱，娘子这回至少要被关祠堂三天！”

"我赌太太会罚娘子绣十张帕子，禁足一个月！"

其中年纪最大的红儿没好气地叫道："还有心思拿娘子开赌？人少了三个，活多了两篮子！不在午时前干完活，连饭都没的吃！"

红儿呵斥得众婢顿时没了心思，埋头干活，又低声埋怨起惹事的紫儿、绿儿来。

浣花染坊的主人姓季。季家染坊的蜀红丝、浣花丝在益州府独一无二，其中织造贡锦必不可少蜀红丝。可惜季家人丁不旺，传到这一辈，仍只有一儿一女。季老爷和太太恩爱非常，明知仅靠一子无法光耀门楣，季老爷仍不肯纳妾。

一家四口本也过得富庶和乐，哪知天有不测风云，季先生三十未到，因一场风寒而撒手人寰，抛下了伤心欲绝的季氏和一双幼小的儿女。

大唐民风开放，不禁寡妇再嫁。当时季氏不过二十四岁，容貌秀美，手里握得一座名扬益州府的染坊，更重要的是她掌握着季氏那几色丝线传了几百年的染色秘法。因此孝期一满，浣花染坊的门槛被媒人生生踩低了两寸。

季家染色秘法传子不传婿，传媳不传女。

季氏若再嫁，浣花染坊便改了姓，季家染色秘法也保不住了。季氏一咬牙绝了再嫁的心思，一心一意培养儿子。

因是寡居之人，染坊也不大，季家仆妇不多。麻雀虽小，五脏俱全，众人各司其职，倒也井井有条。

家仆季富赶车跑腿，妻子是季嬷嬷，管着染坊里的十五个粗使仆妇与十来名小婢。

当初陪着季氏嫁来的还有三位嬷嬷。李嬷嬷立志自梳不嫁，侍候季氏，帮忙管账；田嬷嬷管着厨房，嫁了季家的门房田玉；吴嬷嬷嫁了染坊管事、季富的弟弟季贵，管理着季家后院的丫头们，还奶大了小娘子季英英和小郎君季耀庭。

也是因有这几房得力家人，季氏寡居后才将浣花染坊打理得井井有条，她抛头露面谈生意不容易，家用捏得紧，季英英从十岁起就帮着做家事了。侍候季英英的丫头叫绫儿，其身契捏在季氏手中，季英英的一举一动都在季氏眼皮下。

季英英哪敢用绫儿？一旦出门，她总有法子使了绫儿去跑腿办事，回头就叫上听话嘴紧的湘儿。

先不说季太太如何审问紫儿、绿儿。这厢季英英像放飞的鸟，带着湘儿已经出了县城。

骡车行在官道上，道两旁田里绿油油的秧苗像绿色地毯直铺到天边，中间夹杂着几块做种的油菜田，黄灿灿的菜花开得正热闹。

季英英瞧着这景象心旷神怡，又突发奇想："季叔，你说秧苗捣出汁能染出这样的绿吗？油菜花花瓣这么嫩，能揉出一样的黄吗？"

赶车的季富上数几代人都是季家的家仆，他性子和软，格外疼惜季家的小主子，看着浓绿与明黄相配的景色，乐呵呵地笑道："老奴不晓得呢。娘子聪慧，不妨……嘿嘿。"

"不妨一试"后半截被季富咽了回去。季家染色秘法不传女，他一个家奴，哪敢怂恿季英英去试，只能嘿嘿干笑两声了事。

哥哥如有这般想法，母亲高兴还来不及。但她不让我学染技，难道我就没办法了？季英英长年和母亲对着干，黑白分明的眼珠滴溜溜一转，就有了主意："太太成日逼着哥哥背色谱、学染技，回头让哥哥试了告诉我一声便是。"

季富哈哈大笑："好主意。"

湘儿也抿嘴笑了。

她和季富心里都在感慨，季家人丁少，可惜继承家业的小郎君悟性聪颖却连小娘子一半都不及。

小娘子十六岁了，已到了议亲嫁人的年纪。季家留不住，也不能让她把季家染色秘法带到别人家去。这样一想，季太太不准季英英进染坊碰染技也无可厚非。

季英英可想不了这么多。她只知道自己喜欢染技，喜欢将不同的矿石、草药搭配在一起，做成不同的鲜艳颜料。每当看到那些五颜六色的丝线，她就分外满足。不让她学？可她无师自通了呀。

如果母亲知道哥哥最近染出来的几缸丝线都是她亲自动手做的，估计又会跑到祠堂里捧着爹的灵位哭了。

这能怪她吗？哥哥只能染出来狗屎黄的丝线，而她就能染出明黄色丝线。唉，能和哥哥换个身体就好了。可惜就算她赌咒发誓，出了季家再不替别家染布、染丝线，季家染色秘法染出的蜀红丝、浣花丝她绝不碰，母亲还是不信她。

想到这里，季英英更加愤然。不让我学，我偏要学！

走了一个多时辰，骡车就到了竹林寺。

季英英跳下车，笑眯眯地递给季富三文钱："季叔在这茶摊喝大碗茶解解渴，我带湘儿去上香，回头咱们吃了斋饭便回。"

每次都这样，季富也没觉得不同，接了钱去庙外茶摊上坐着吃茶歇着。

季英英狡黠一笑，带着湘儿走上了山坡。

竹林寺建在山前的矮坡上。庙前有大片青碧竹林，因此得名。寺庙不大，方方正正的一个四合院。进了寺门，正对一排三间佛堂，左右是两排禅房、香积厨和柴房。

不过，从后门出去，有条小路可以直接进入后山。山上生长着茜草、柿树、冬青树等各种可以用来染色的植物。在季英英眼中，秧苗、油菜花都能让她想一想能不能用于染色，更别提大山上的各种花草了。她每次来竹林寺都会从后门溜出去，到后山寻些花花草草、矿石之类的东西。

竹林寺的签特别准，前来上香还愿的信徒多，小小的一排三间佛堂里挂满了香客们还愿的红布。

上月，十七岁的季耀庭和县城张员外的女儿四娘定了亲，年底张四娘就过门。季太太早先在竹林寺许了愿，今年果然如愿娶到了瞧着好生养的儿媳，高兴得不行。染坊最近接了好几单生意，离不得人，季氏便叫季英英来挂红还愿。

走到竹林寺门口，季英英回头一望，远远看到自家的骡车，知道季富一定坐在了茶摊前。她和湘儿进了寺门，就嘿嘿笑了，叮嘱湘儿："你去挂红上香，再施五十文香油钱。"

湘儿性子柔顺，不敢反驳，两根手指头扯着季英英的衣袖不肯放。

"好啦好啦，我知道了。还要等季叔一起用斋饭。我会早点回来的。"季英英拨开湘儿的手指，提起裙子朝着后门跑去，"季叔来了，就说我上茅房去了！"

哪有姑娘家大声说去茅房的。寺里上香的几名香客扑哧笑出声来。好在蜀中民风开放，女子性情泼辣直爽居多，香客们笑过也就算了，否则季英英的名声早臭大街了。湘儿羞得不敢抬头，急匆匆地拎着篮子找庙里师父挂还愿红布去了。

季英英进了后山树林，特意放轻了脚步，伸头探脑地找人。

益州府几乎家家户户做事都与织锦相关，从汉代起，就得了"锦官城"的雅名。和季家同居三道堰的赵家也是织锦大户，年年都参加益州府斗锦赛，争夺锦王的荣耀。赵家也是浣花染坊的老客户，季英英和赵家二郎赵修缘青梅竹马，两情相悦。

随着年岁渐长，两人来往就不太方便了。但有什么能难倒有情人呢？两家相隔不远，登上赵家的阁楼，就能远远望见季英英的闺房。季英英出门不外是来竹林寺上香，她提前一日在窗台上摆上一盆一品红，赵修缘第二日就会找机会赶来竹林寺。两人这样约会已不是头一回了。

季英英看到黄桷树后露出一角浅绯色团花锦衣，会心地笑了笑。她左右一瞧，拔下一根狗尾巴草，草叶上面爬着一条寸许长的褐黄色毛毛虫。她蹑手蹑脚走到树后，蓦然将草伸了过去，得意地等着听赵修缘被吓得大叫。

手腕瞬间被人拽住，季英英被扯着撞上了一个宽阔的胸膛。她头也没抬，把脸埋了进去，抱住对方的腰娇嗔："真是的，吓我一跳。你怎么就不怕了呀？"

杨静渊举起胳膊免得碰到她，他低头看着在自己胸口蹭着脸的小娘子，哑然失笑。

"我说小娘子，这样投怀送抱好吗？"

不是修缘哥哥？季英英吓得心跳都快停了。她用力推开面前的男人，装起了盲人，伸出双手往旁边摸去："你不是我大哥！哥哥，你在哪儿？哥！"

我扑我亲哥……这样，就不会误会我那啥了吧？

季英英羞愤得很想找条地缝钻进去。

演得真像啊，啧啧。杨静渊瞧着季英英蓦然泛起两团绯色的脸直摇头，她不会觉得他也眼瞎了吧？

不知怎的，他突然想逗逗这个小娘子，弯腰捡起爬着毛毛虫的草叶拦住了季英英的去路："哎呀，一场误会。原来是个找自家哥哥的瞎眼小娘子呀。"

你才瞎了眼呢！不认识就敢让小娘子入怀，不要脸！季英英心里暗暗骂着，瞧着毛毛虫离她的鼻子越来越近，近得都能看清楚蠕动的褐黄色茸毛。

季英英不害怕毛毛虫，但也不喜欢毛毛虫挨到自己的脸。她双眼瞪得溜圆，攥紧了拳头。他敢让虫子碰到她的脸，她就敢揍得他满脸桃花开。

还装啊？杨静渊就不信了。他弯腰凑近了盯着季英英的眼睛，黑白分明的眸子里映出自己的身影。离得近了，他瞧见她小巧玲珑的鼻翼因为紧张而轻轻翕动着，身上传来一股淡淡的桃花香，不由得心神一荡。

杨静渊有点不好意思地直起腰，发现季英英还瞪着眼睛，眨都不眨装瞎子，一副死不认输装瞎子到底的神情。他还就不信了，他举高了草叶，喃喃自语："不知道头发上落了只毛毛虫是什么滋味？"

谁喜欢头发里爬着一只毛毛虫？季英英瞬间崩溃，也不装了。她偏开头，快速地跑开两步，指着杨静渊的鼻子骂了起来："谁叫你鬼鬼祟祟躲在树后的？是我愿意认错人的吗？把毛毛虫往小娘子头发上搁，是大丈夫所为吗？说我投怀送抱，我不过是认错了人。我给你搭梯子你不下，还非要戳穿我。别以为你有钱能穿锦衣、长得好看，就可以在光天化日下调戏良家女子！马屎皮面光！"

杨静渊只看到她嘴皮上下翻动，一大段话不歇气就吐了出来。他随手将草叶一扔，抄着手道："说完了吗？"

"还想听？"季英英也不示弱，同样抄着胳膊瞪他。

杨静渊本来郁结的心情突然就好了起来："继续说啊，说渴了我给你买大碗茶。"

"啊呸！"季英英啐了口唾沫，扭头就走，"一碗大碗茶就想听本姑娘说书，没门儿！"

啪！一只荷包扔到了她脚下。

"五十两官银，可以听吗？"

银价现在是一两兑一千钱。中等富足人家一年嚼用不过二三十两银子；浣花染坊一年忙到头，不过赚银三四百两。他出手就是五十两啊，五十两！

季英英长这么大，私房银子也没攒够五十两。季氏怕她买染料学染技，讨一文钱都要问清去处。今天瞧着一大笔银子，她又不能揣回自己的荷包，季英英很生气，她用力将荷包踢了回去："涨价了！五百两说半个时辰的龙门阵给你听！"

说完她就跑了，边跑边嘀咕："人比人气死人！以后我要赚很多很多银子，想买什么染料就买什么染料。"

杨静渊自幼习武，耳力好，听着风里传来的季英英的话，他忍不住笑了——很可爱的小娘子。

他心里一动，如果只是个贫家出身的小娘子，娶个自己中意的也能满足嫡母的要求，他还郁闷什么？他就不信整座益州城找不到合自己心意的娘子。是否得到妻族相助，他不在乎，总比强势的嫡母给他寻个"搅家精"强。

湘儿瞧见季英英从后门进来，顿时松了口气，露出了笑脸迎了上去："娘子，您回来得真快。"

能不快吗，季英英踢着地上的野草，心里有些郁闷。想见的人没见到，反而惹了一肚子气。她有气无力地说道："时辰还早，我求支签去。"

她走到主殿，抱着签桶诚心诚意地摇签。听到竹签落地，季英英捡起一看，签上写着第十一签。她拿着签去找在大殿旁支了张桌子坐着的老和尚："无忧师父，请帮我解这支签。"

季英英隔上些日子就会来一趟，无忧和尚早认识她了，笑呵呵地接了竹签，扫了一眼数目便问："季小施主想求什么？"

季英英哪好意思说求的是和赵修缘的姻缘，堆满笑容耍赖：“查查签文写的什么不就知道了嘛。”

这一桶签三百八十四支，每一支无忧和尚都熟记于心。

第十一签是支下下签。签文是：无踪又无迹，远近均难觅，平地起风波，似笑还成泣。

诸事不利。

无忧和尚瞧着季英英芙蓉般娇美的脸，不用猜就知道，小姑娘是来求姻缘的。他不想让她难过，拿出厚厚的签文书慢条斯理地翻着：“小施主不知自己想求什么，是谓心不诚也。心不诚，这签就不准喽。”

季英英盯着地面，绣花鞋轻轻拨着石板缝里冒出的野草，想着赵修缘含情脉脉的眼神、挺拔的身姿，脸上浮起了一片潮红。谁说她心不诚？她只是不好意思说嘛。

“师父，这不是第十一签的签文吗？对，就是这条，别再翻了！赶紧帮这位小娘子解了。在下还等着您解签呢。”

突然插进来的声音让无忧和尚和季英英同时恼怒地抬起头。

“关你什么事？无忧师父，替我存着这支签，我下次再来解签！”季英英认出是后山林子里的男人，气恼地扭身就走。

无忧和尚也很生气，他还想请季英英帮忙绣一件袈裟呢。他啪地将书一合，起身唱了个喏：“老衲一天只解十签，施主明日再来吧。”

谁说和尚就没脾气？无忧和尚看了眼日头，心想得吩咐香积厨给这位翘舌的郎君在斋菜里多放点料。

竹林寺小，用饭的膳堂只有一间大屋。除非是讲究的大户人家豪爽包场，求个清静，否则也和香客们一样在这里用饭。膳堂里搁置着一扇屏风，算是隔出了男女饭间。

杨静渊吃了两口菜，齁得灌了两碗茶水仍不解渴。十八岁正是长身体的时候，杨静渊硬着头皮刨了两碗白饭，吃了个半饱。他瞧着四周的人连赞味美，就知道定是老和尚故意捉弄自己。

他也是真心诚意来竹林寺求签的。在旁边等了好一阵，老和尚还在和那个活泼的小娘子神侃。瞧她的模样像是有了心上人，求姻缘又不好意思说，他一时好奇，这才上前看了她的签文内容。一看之下，他险些笑出声来，这小娘子的姻缘不顺，自己的签却是支上签。

不给解签就算了，犯得着这样整我？

屏风对面传来季英英清脆的笑声。杨静渊心情又坏了。不让他吃舒服，他也不让她好过。

“无踪又无迹，远近均难觅，平地起风波，似笑还成泣。第十一签是支下下签！唉，诸事不利呀！”

他念完就竖起耳朵听动静。

季英英听得清清楚楚，原来签文是这样啊。

赵修缘从来没有失约过，今天怎么就没来呢？上次见面，他就说要请媒人去提亲，今天却失约了……季英英的心情也坏了。

她又不想便宜了屏风后面偷看自己签文的男子，就掐了湘儿一把，低声说道：“装哭！越伤心越好！回城给你买李记刚出炉的红糖锅盔吃！”

湘儿最爱吃红糖锅盔了，跟着季英英出来，回回都盼着能吃一个解馋。季英英的吩咐她不敢不听，再加上红糖锅盔的诱惑，湘儿当机立断，把头往胳膊上一埋，放声大哭。

杨静渊能听出季英英的声音，但哭声他就吃不准了。听得对方大声号哭，很是伤心的样子，他觉得自己做得过了。人家求姻缘，和尚都不忍心说是下下签，斋菜又不是她倒多了盐，何必往她身上撒气。

情急之下，杨静渊想起了自己抽的第十五签，与第十一签同在一页书上。他过目不忘，记住了签文：“哎呀，我记错了。第十一签的签文好像是‘意在闲中信未来，故人千里自徘徊，天边雁足传消息，一点梅花春色回’，是支上签啊。一切期待，均有可得，但须等待一些时间罢了。我怎么会记错了呢？”

话音才落，那边哭声继续。他看到季英英从禅房门口笑眯眯地探进头来，兴高采烈地说：“季叔，我抽中一支上签呢，好开心。等你吃好了，咱们就回家去。”

说完冲杨静渊一笑。她的眉毛夸张地一上一下跳动着，好不快活。

杨静渊不由得气笑了。

季英英缩回头不见了，隔壁的哭声也停了。杨静渊瞧着一名面容憨厚的汉子起身，赶紧跟着上前，手指一勾，扯落了季富腰带上的烟袋。他叫住了季富：“大叔，你的东西掉了。”

季富不知有诈，拾了烟袋，转身向杨静渊行礼：“多谢小郎君。”

“大叔客气了。大叔可是本地人？在下益州府杨静渊，听说竹林寺灵验，特来此求签。不知这附近还有什么地方可供赏玩？”

季家供货的丝线季富见得多了，他一眼就看出杨静渊身上荷花红小团花轻衫是用季家染出的蜀红丝织就的。

浣花染坊的蜀红丝每种红都代表着四季花卉。春有牡丹红、海棠红、杏红、桃红，夏有月季红、木棉红、樱桃红，秋有秋的色，冬有冬的红。

能穿这种荷花红锦的，一定是大户人家的郎君。季家今年向益州织锦大户杨家和县城的赵家供了一批荷花红。听杨静渊自称来自益州，季富忍不住多了句嘴："可是杨家巷锦王杨家的郎君？"

杨静渊本来不想打着家里的招牌，可他想知道那调皮可爱的小娘子的家世来历，便笑容满面地点头应了："在下杨家三郎。"

季富也赶紧自报家门："小的是浣花染坊的家奴，随我家小娘子前来上香。郎君如不嫌弃，小的这就回报家中主母，为郎君接风洗尘。"

哦，原来是三道堰浣花染坊的季小娘子。杨静渊打听到想知道的消息，便回绝了季富："我有事急着返回益州城，日后得空一定登门拜访季坊主。告辞。"

季富只是个家奴，留不住杨家三公子，他也无法，只是觉得有点遗憾。整座益州府，涢江、浣花溪、锦江两岸不知道有多少家染坊。季家染的丝出名，可也架不住竞争激烈啊。他叹了口气，出了竹林寺把这事告诉了季英英。

季英英撇了撇嘴，心想不就是锦王杨家嘛，有什么了不起的？今年秋日斗锦，赵家肯定能比过杨家，夺了杨家的锦王匾额，日后也会被人喊锦王赵。

回程的路上，季英英眼巴巴地看着路上经过的人，生怕错过了赵修缘。一直到骡车进了城，她才死心。

她马上想起了那支签。不不，一定是后面那个签文。修缘哥哥一定有事缠身，才没有来。等些日子，她就能见到他。

隔上一两个月才能私会一次，季英英不免有些想念赵修缘。才去了趟竹林寺，还有什么名目能再出门呢？

李记刚出炉的红糖锅盔烤得微黄焦脆，轻轻一咬，里面融化的琥珀色红糖就流了出来，又烫又香。季英英和湘儿坐在骡车里吃得满手滴糖，两人不好意思地笑着舔手指。有了小秘密，主仆俩的感情又加深了几分。

等吃完红糖锅盔，季英英眉开眼笑，想到了出门的办法。

进了大门，季英英先进了前院季耀庭的住处，提着还热乎乎的红糖锅盔直嚷嚷："哥，我回来了！给你买了红糖锅盔。"

季英英推开大哥的房门，咦，人哪儿去了？难道又去了染坊？她分出两个锅盔放在桌上，带着湘儿进了后院的月亮门。

才绕过金银花架，季英英就吓了一跳。

十一个浣丝婢跪在正房外的院子里，季嬷嬷提着捣衣棍威风凛凛地站在檐下，家里的粗使仆妇全老实地站在一旁。

正房门大开着，远远能看到堂屋的八仙桌旁那件熟悉的青色莲花锦衣，那是母亲今晨穿的衣裳。旁边那袭绛红衣衫，不用说，肯定是大哥。

季英英和湘儿交换了个惊疑的眼色。这是怎么了？是濯洗出来的丝颜色坏了，还是洗的时候搅成了一团麻？

她下意识地对湘儿竖起了手指，示意她别吭声。两人顺着墙根儿就往跨院溜。

“太太，娘子回来了！”

季氏在屋里没看见，季嬷嬷完美地充当了她的眼线。大嗓门儿一吼，季英英踮起的脚尖条件反射地来了个急转弯，不去见母亲都不行了。

可她转念一想，我心虚什么呀？一大早去上香还愿，我没做错事，反而有功呢。

季英英笑嘻嘻地走进了正房：“娘，我回来的时候买了几个红糖锅盔，还热着呢，您尝尝。我给您倒茶去！”

啪！季氏狠狠地拍了下桌子：“到檐下跪着去！”

“娘，又怎么了嘛，人家才回来，什么事都没干！干吗又罚跪？”季英英嘟着嘴不乐意了。

季氏指着她，手指颤了又颤，蓦然往旁边一移，指着垂头站在门口没敢进来的湘儿说道：“把她拎出去卖了！”

湘儿吓得双腿一软，跪下哭了起来：“太太大发慈悲，别卖奴婢！奴婢给您磕头了！”

季嬷嬷一挥手，两个仆妇提着条麻绳就来绑人。

“慢着！”季英英见母亲要发卖湘儿，就知道进染坊找染料的事被发现了。她麻利地往地上一跪，开始认错：“娘，我错了嘛，我再也不进染坊了。这一切都不关湘儿的事，她六岁就被卖进咱们家了，您可怜可怜她吧。我听您的话，我发誓再不进染坊半步！求您了，娘！”

儿子孝顺听话，比起女儿的悟性却差了一大截，可儿子毕竟是要继承家业的。季氏也没有办法，她不求浣花染坊在儿子手中发扬光大，染出更好的丝，只要季耀庭能记着季家染色秘法，守住这份家业就行了。除非季英英不嫁人，自梳当一辈子老姑奶奶，季氏绝对会毫无保留地把季家染色秘法交给她。

女儿十六岁了，娇美秀丽，转眼就要议亲嫁人。季氏不忍心毁了她的人生，可女儿怎么就这么不听话呢？季氏看着季英英那死皮赖脸的样子，就气不打一处来。

“又发誓？你当发誓和吃饭一样随意？今儿一个，明儿一个。季英英，今天不治你，你怕是长不了这记性！”季氏粉面寒霜，一丝笑容都没有。

季英英是吃家法长大的。季氏没有不理她，就是有缓和的余地。她回头一看，湘儿已经被绑起来塞了嘴，眼泪汪汪地望着自己。一刻钟前，两人还在快活地啃红糖锅盔呢，季英英做不到就这样瞧着湘儿被拎出去卖了。她重重地给季氏磕了个头，头撞在石板地上，顿时满眼冒金星，眼泪都出来了，真不是她装哭：“娘，您把湘儿给我当丫头吧，我们主仆二人就在跨院里老老实实搭伴做绣活。以后，我真不进咱家的染坊了。我知道咱家的秘法是不能被外嫁女传到别人家的。蜀红丝、浣花丝，我一次都没有染过，不信您问大哥。”

季耀庭听到季英英额头碰地的那声脆响，心都哆嗦了一下。妹妹洁白的额头以肉眼可见的速度青了一块，他很是心疼。于是他一掀衣襟也给季氏跪下了：“娘，咱家的秘法代代口口相传，我半个字都没对妹妹说过。妹妹懂事，她也没问过我。是我带她进染坊的，这事错在我，您要罚就罚我吧。只要您消气，随便打我多少下板子我都受着。”

如果只是季英英犯错，季氏还能抽出插在青瓷瓶里的鸡毛掸子开打，但现在事关独生儿子，那是季氏的命根子，她舍不得动儿子一根手指头。可今天是立威，她不在家，季嬷嬷一时没盯住，那群小蹄子就敢放季英英进染坊，还让她做颜料，染东西。季家再不整治，难保不被人乘虚而入。所有的丝坊都染蜀红丝，说不定哪天出了家贼，盗了染料，就被别人摸索到季家的秘法了。

季氏想到这里，也不让儿女起身，径直吩咐道：“浣丝婢打十板，湘儿加十板。下次让我知道谁还敢违了染坊的规矩，不用卖了，直接打死。湘儿打完抬娘子跨院去，伤好了和绫儿一起侍候娘子。你俩就跪在这儿看着。季嬷嬷，行家法。”

“是，太太！”季嬷嬷得了令，招呼粗使仆妇在院子里动手。

小婢们知道哭叫出声会被打得更惨，自己用手帕塞了嘴。

季嬷嬷一个眼神使下去，巴掌宽的楠竹板挥舞起来，发出呼呼风声，噼里啪啦落下。

每听到一声竹板炒肉的声音，季英英和季耀庭都牙疼似的倒吸着凉气。

等到打完小婢，季英英也没逃掉。

“把跨院锁了，什么时候绣完十卷经书，什么时候才能出门。”季氏宣布了对季英英的处罚，折腾一天，她也倦了，吩咐季富去请大夫给小婢们开伤药，扶着李嬷嬷的手起了身。

季英英迅速从地上爬起来，喊季氏：“娘，竹林寺的无忧师父说，绣了经书拿去佛前念一念，拿回家供小佛堂里会旺子孙的！我绣好一卷就拿去寺里请无忧师父念。”

“是吗？那太好了。”季氏果然精神一振。

季英英正开心呢，季氏又补了一句：“绣好一卷，我会嘱人送去给无忧师父。还是那句话，什么时候绣完十卷经书，什么时候放你出门。”

季氏说完转身进了内室。季英英气得狠狠跺脚，扭身就走。

“妹子，你帮我染那几缸丝的事我可没说，还好就咱俩知道。”季耀庭跟着季英英出了正房，低声说道。

“知道了，我不会说出去的。哥，”季英英拉着大哥的衣袖晃啊晃，眼神直往正房瞟，含含糊糊地说道，“你去趟赵家嘛。”

季耀庭哭笑不得，低声劝道：“英英哪，这男人就像钓鱼。你包的饵料太多，他把食吃了，就不会上钩了。咱矜持点，嗯？”

季英英今天才被杨静渊说投怀送抱，现在又听到大哥劝自己要矜持，气得一胳膊肘撞在季耀庭胸口，扬起眉毛道：“谁叫你去见修缘哥哥来着？我是让你去打听赵家今天出了什么事！他要和你说话，你也不准搭理，听到没有？你妹妹我矜持着呢，哼！”

小母老虎！谁娶你谁准是“炽耳朵”！季耀庭揉着胸口，哼哼唧唧地应了。

季英英气呼呼地回了跨院，去厢房看湘儿。

“娘子，湘儿已经上完药了。”绫儿从床边站了起来。

“娘子，湘儿谢谢你了！”没被卖掉，以后还能在娘子身边侍候，不用不分寒暑都去河里浣丝、洗布料、干粗活，湘儿激动得用头一下下撞在枕头上给季英英磕头。

“我也不用你谢我，只要你真心拿我当主子就行。”季英英瞟了眼绫儿，见她低眉顺眼当没听见似的，就一肚子火气。

绫儿的身契捏在母亲手中，季英英知道自己这顿火来得实在没由头。有绫儿这个小眼线，连说话都不方便，季英英便支了她去厨房端晚饭。

她揭了盖在湘儿背上的薄被瞧了瞧伤："放心吧，太太舍不得花银钱，下手有分寸呢。打得不重，养几日就好啦。"

她突然想起了什么，飞快地出了厢房，奔向自己的房间。

"真狠啊！收拾得真干净！"季英英望着空空荡荡的房间，气得直磨后槽牙。

她偷捡回来的矿石、为了瞒过母亲种植的各种盆景被收拾得一件不剩，连那盆和赵修缘联络用的一品红都被收走了。

季英英快步走到书架前翻书，连翻数本，发现自己精心做的染料植物标本全没了，她气得把书狠狠扔到了地上。

她拉开抽屉一看，忍不住大吼："娘，有必要这样吗？给我玩不行啊？好歹折成银子给我啊？我攒了大半年的私房钱才置下的呢！"

称重量的小秤、切割用的小刀、捣药用的小石钵、调颜料的笔全都不见了，都是她央哥哥给她定做的，样样精致小巧，其中那秤杆还是象牙雕的呢，真是心疼死她了。

季英英赌气地趴在桌子上，拿起笔在纸上乱画，几笔就画出只毛毛虫来："都是你这个乌鸦嘴！"

果然诸事不利啊！

第二章

锦郎君

《后汉书》盛赞成都蜀锦“女工之业，覆衣天下”，形容汉代天下的人都能穿蜀锦——生意实在是太好了。

三国时期，蜀汉想与魏、吴鼎足而立，丞相诸葛亮言：“今民贫国虚，决敌之资，唯仰锦耳。”为此，诸葛亮亲自种桑八百株，以鼓励百姓种桑养蚕——国家穷啊，大家多多织锦卖吧，卖了就有钱打仗争天下了。

自此，蜀地桑田阡陌，种桑养蚕成为一景。

唐初给官员发俸禄，发的不是现银，而是丝帛绢加点米什么的。当然，现在我们很难想象，买袋米、买只鸡不给钱，而是撕半尺或一尺布料递过去的场景。但是在当时来看，从某种意义上说，锦就是钱。

益州府的丝坊、染坊、织坊数之不尽，各种分工合作形成了完整的产业链。

赵家是织锦大户，拥有两千多台织机和数千织工。铺子和所有的织锦大户一样，开在益州府，开到江南，开到长安，所产绸缎锦帛再由商人西经丝绸之路、南出海洋销到全世界。

像赵家这样的织锦大户，名下还有桑林桑田，以及丝坊和染坊。织锦的丝自家供应不够，除了从周边的丝坊、染坊收丝，还去剑南道各地州府采买。

年年春夏，益州府附近挑着蚕丝拥向赵家的队伍能从赵家收丝铺子一直排到浣花溪的岸边。

赵家就这么有钱。

浣花染坊虽然有几色丝线闻名益州府，但终究是个中等偏下的小染坊。染坊赚的是染丝、染布的工钱银子，熟丝和布料都是由订货的客商送来，如果染砸了，要连本带息赔给人家的。

季家的本钱都拿去买染料了，扣除染料和染工的钱，才是赚到的银两。

赵、季两家的差别，就好比人家一年挣万两黄金，你才挣一两银子。

季耀庭和季英英感情极好，妹妹和赵二郎青梅竹马，两情相悦，他多少知道一些。如果妹妹真能嫁进赵家，虽是高攀，那也是有福气的。

赵修缘是嫡支嫡子，按照习俗，嫡子从三岁起就学绘画，五岁就有一台为其量身打造的小织机，学习家传的织锦技艺。他是有资格和赵家其他嫡子争夺赵家家主之位并继承家业的。

如果浣花染坊是拥有几百号染工的大染坊，便能成为赵修缘的助力。但以季家现在的条件，赵家凭什么瞧得上小染坊出身的娘子？除非把季家染色秘法给季英英当陪嫁，让赵家垄断最上品蜀红丝的货源。

但这是绝对不可能的。

季耀庭走在路上，一路摇头，他压根儿不看好妹妹和赵修缘的亲事。

季耀庭迈进了赵家开在城里的赵记绸缎庄。

“哎哟，季大郎来了。”绸缎庄的掌柜笑容满面地从柜台后面迎了出来，“听说大郎好事将近，是想买些新衣料？”

季耀庭打的幌子也是这个，他拱了拱手：“劳烦老掌柜了，到时还请老掌柜来吃杯喜酒。”

“一定一定，这边请。”老掌柜将季耀庭请到了内间，亲手泡了茶，喊伙计将新上架的衣料样子拿了来。

“季坊主去年为大郎定制的大宜子孙字样小团花大红纹锦再等两个月就完工了。这几匹是寓意极好的新面料，正适合佳期穿用。”

季耀庭慢慢翻阅着，听了老掌柜的推荐，故做思考状，然后小声地问道：“二郎今天没来铺子？我还想请他帮忙画幅样稿，赶制一匹衣料。”

见老掌柜不解，季耀庭声音更低，不好意思地说道：“女人用的衣料。”

老掌柜恍然大悟，大赞季耀庭有心：“有这么贴心的郎君，是张家小娘子之福啊！唉，就是怕耽误了大郎君的好事。不瞒您，我家几位郎君最近被老太爷拘着不让出门，忙着准备十月初九的斗锦，怕是没工夫。等过了十月初九，二郎君就算帮你作画，织锦也来不及了。”

一名熟练的织工一天也织不了两寸锦。一匹锦快则织上四五个月，慢则织上一年甚至数年才成。

季耀庭笑道：“现在去府上能见着他不？有了画样，找织坊织几方锦帕应该来得及。”

老掌柜见季耀庭想见赵修缘，想了想道：“这个小人也说不清楚。大郎君不妨去府里问问。”

替母亲和妹妹各选了匹衣料后，季耀庭便告辞了。

如果回去把赵二郎忙着斗锦赛而不能出门的事告诉季英英，应该能交差了。可是妹妹的态度却让季耀庭回家的脚步迟疑了。

他想探探赵修缘的口风。妹子十六岁了，从及笄起，远近有好几户门当户对的人家来提过亲，前几日还来了一户人家。母亲也不是不晓得妹子的心思，有心等一等赵家。如果赵二郎不能娶英英，母亲也能早一点把妹妹的亲事定下来。

主意一定，季耀庭去糕点铺子买了四色点心，提着去了隔街的赵府。

赵家家大业大，百年前就开始织锦。子孙代代繁衍，祖宅渐往两旁扩展。时日久了，赵氏嫡支与旁支同宗便占据了整条幽深的槐树巷。

不知是赵家哪一代夺得锦王后，在巷子口修了座高大的门楼。站在门楼往里望，两堵青石围墙砌出一条幽深的巷子，围墙内古木森森，掩映着数不清的白墙黑瓦。槐树巷又被当地人用“赵家门楼”代替。

季耀庭每来一次赵家门楼，都要感慨一回赵、季两家的门户差距。相比赵氏一族占地几百亩的宅院，季家只是个有着三进院子、后院开着染坊的小户人家。

他提着糕点走进了巷子，走了两百步，才看到赵家家主所居的主宅大门。

漆黑大门外立着两只招财狮子，狮子有一人来高，威风凛凛。建府时间长了，两只石狮都生出几分古意。

旁边开着一道角门，两名小厮坐在长凳上守门。

季家供货，都是季耀庭带着人送货收银子。小厮与他也熟了，见他提着糕点来拜访，请了季耀庭在门房歇着，其中一人进去禀报。

不多时就回了话，当家太太请季耀庭进去。

进了前院，小厮引他至花厅坐了。不多时，季耀庭就听到了笑声。他站起身，瞧着赵家当家主母赵申氏带着丫头、婆子进来。

“季家大郎君无须多礼，坐吧。”赵申氏四十出头，穿着一件深红色的织牡丹纹锦。衣上织就的牡丹朵朵怒放，均以金丝绣了花瓣边缘，行走间，花朵分外耀眼。这种衣料又被称为锦上添花，让本就华丽的衣料另添一份刺绣之美。

不是所有织锦人家都能穿上锦衣。季耀庭自己的锦衣也不过几件而已。季氏与季英英大部分的衣裙都是绵绸料子缝制，还有细布裁制的家常衣衫。季耀庭目光一扫，看到赵申氏身边体面的嬷嬷穿了件青色团花锦衣，衣料和母亲前几日新上身的那件青色织莲锦衣差不多，不由得再一次感慨赵家豪奢。

他送上礼品，坐下后道："前几日贵府管事又向浣花染坊订了十斤大红丝、二十斤浣花丝，说是急着要用，十日交货。染坊盘了货，有种染料质量达不到上乘。母亲特嘱我讨一声太太的主意，能否宽限一日？"

"咱们两家是近邻，又常年供着货，延期一日倒也无妨。"赵申氏笑如春风，没有半点为难的意思。

季耀庭自然大喜谢过，顺势提出见赵修缘一面。

"不是我不准二郎见客，而是老太爷拘着他们兄弟几个忙着准备十月斗锦呢。对了，听说大郎君年底迎亲？季二娘也十六岁了，可寻得了人家？"

赵申氏眉眼间满是好奇，就像是随口一问。

季耀庭明白了赵家的态度。

赵申氏的笑容像她裙上绽开的绚丽牡丹，有一句没一句地夸着季英英："……模样俊俏，绣活也做得好，一看就是个伶俐的。二郎有几位族兄都是一表人才，正求着我做个媒人。回头我好好和你母亲说说，让她见一见。若好事能成，我也能讨杯谢媒酒吃。"

可怜的英英，她怎么就这么傻呢？怎么就偏偏喜欢上赵修缘了呢？季耀庭虽然早就料到会是这样的结局，但还是替妹妹难过。

除了门户差距，季耀庭一点也不觉得自家妹妹配不上赵修缘。赵家庭院深深，他还担心会拘坏了季英英。赵家无意，季家也绝不会没脸没皮地纠缠。季耀庭打定主意一定要劝得妹妹放弃。

"多谢太太关心我妹子的亲事。我这做哥哥的自然盼着她能有个好归宿。母亲还在家中等我回话，在下这就回家去了。"季耀庭装出若无其事的模样起身告辞，客气地说道，"太太若有空，年底还请来浣花染坊吃杯喜酒。"

等到季耀庭告辞离开，赵申氏才冷哼一声，讥讽地说道："季家染色秘法传媳不传女，娶那季英英对我家二郎有何好处？赵家还少了绣娘不成？"

穿青色团花锦衣的顾嬷嬷是赵申氏的乳娘，她伸手扶了赵申氏起身，轻声劝道："太太莫气坏了身子。咱们家岂是那小小的季家能高攀得上的？只是……太太好生劝说二郎君，莫要母子离了心才是。"

赵申氏拍了拍她的手，离开花厅，顺着回廊往后院走去。她修得细细的眉尖微蹙，烦恼不已："若不是你心细，我还不晓得二郎竟然一直和那丫头私会。让赵平管好嘴，如果不想被家法杖死，他就尽管把事情泄露给二郎。"

上个月赵修缘出门回来，就央求赵申氏去季家提亲。赵申氏唬了一跳，以斗锦后再说亲事为由稳住了儿子。她是当家太太，转头就把赵修缘的伴当赵平拎过来审。一审之下，赵申氏差点儿气晕过去。她万万没想到，儿子竟然和一街之隔的季英英隔街相望，摆花为信，时常约在城郊竹林寺见面。

赵家嫡支这一辈有三房兄弟住在主宅，能和赵修缘争家主之位的一共有九个嫡子。七郎是赵申氏的幼子，才六岁。其他嫡子中，最大的三郎才十四岁。能和赵修缘争下一任家主的只有二房的大郎。赵家大郎去年娶了益州府织锦大户刘家的嫡女，有妻族相助，二房夺家主的声势陡然高涨。

赵家老太爷看着孙儿辈渐渐长大成人，便放出话来，今年谁能为赵家赢回锦王的匾额，谁就是下任家主。定了继任家主，就要展开对他的一系列培养，让他从现任家主手中渐渐接手家中产业。一代代传承不断，家业方不会败落。众人都明白，老太爷已经决定在赵大郎与赵二郎之中选继承人了。

百年世家对于继承人的选择极为慎重。赵家嫡子苦练家传织锦技艺，十八岁之后方能娶妻。赵修缘今年满了十八岁，才敢央求母亲向季家提亲。

赵申氏把儿子从小当成继任家主培养，想为大房留住掌家的权利。在她心目中，赵修缘的妻子绝不是季英英这种小家碧玉。

"奴婢省得。"顾嬷嬷陪着她走了一程，又道，"太太，您看是不是让二郎君从藤园搬出来？免得又让他瞧到季家小娘子约他见面。"

"二郎那性子你还不晓得？硬拦着他，不如和他把道理讲透了。否则呀，家里不闹得鸡飞狗跳才怪。这个孽障，他若不娶房好媳妇，多个助力，如何和二叔家的大郎争家主？等我和他爹百年后，要把月锦堂腾给二房不成？"赵申氏越说越生气，走到二门就停下了脚步，"不成，我要去和二郎说说，不然我这心里堵得慌。"

"太太，前日您借老太爷的话把二郎君留在了家里，就是不想说破阻拦他与季家小娘子私会，伤了母子情分。我看呀，要劝二郎君回心转意，不如从季家下手。季小娘子若定了亲，二郎君伤心一阵也就死心了。"

赵申氏犹豫了一下，还是听了奶娘的话，转身进了二门："等他成了亲，要纳季英英做妾，我二话不说亲自登门去求聘她为贵妾。他倒好，想让我请媒人聘她做正妻。如果不是年年斗锦，求着浣花染坊染顶级丝线……区区一家小染坊，我何须这般缩手缩脚？”

每年上交的贡锦不见得都要用季家染色秘法染出来的丝线，何况浣花染坊也染不了那么多丝。但是斗锦不一样。每年益州府举办的斗锦赛，每家只需出一幅锦。为了锦王的荣耀，为了在斗锦赛上扬名，从设计、定稿、点匠、挑花结木、装机到织造，每家都精挑细选，反复斟酌决定。丝线的好坏决定了锦的优劣。

如此一来，浣花染坊秘法染就的顶级大红丝——浣花丝就成了抢手货。

赵申氏恨儿子喜欢上季英英，更恨季英英勾引赵修缘，偏又投鼠忌器，胸口一团气想出出不了，憋得她难受。

“去看看老爷回来没有？”

儿子自小就有主张，赵申氏只希望丈夫能想出办法，绝了赵修缘的心思。

藤园里种着两株粗壮的古藤，纠缠而生的藤蔓庇荫了大半个院子。正房两层楼，楼下一层是赵修缘的书房、织锦房，二楼是起居室与卧室。

紫色的花朵一串串从藤蔓上垂下，沉甸甸地缀成一片紫色轻雾。藤蔓攀到房檐下，花朵就像一串串紫色宝石缀在窗前。四扇大开的红漆雕花木窗下安放着一张宽大的黄花梨木书案，案头的龙泉青瓷水钵中养着一池小小的睡莲，两方泛黄的楠竹尺镇纸压着一袭雪白的夹江竹纸。

花影映照，书房静谧优雅。

十八岁的赵修缘身穿蓝色薄绸宽袍，用了根同色的襻膊将衣袖挽起，正专注地作画。

淡淡的阳光透过藤蔓花朵映在他身上，染得他眉峰翠若青山，清隽如画，瞧着就令人想放轻呼吸，不忍惊扰了他。

斗锦所用的锦并不是一整匹，而是一幅三尺大小的锦画，斗的是图案、色泽、织工。整匹蜀锦织造的时间太长，这样的规定让参加斗锦的人家能在短时间内新织出一幅锦画。

赵家两兄弟和赵家宗族的织锦高手们都拿出了自己织的得意锦画。赵老太爷有生之年最大的愿望就是再赢得一次锦王。他没有告诉众人选中了哪幅锦去参加斗锦，反而让所有挑出来的人趁着还有两个月时间，再织一幅锦出来。

织小幅的锦画，两个月足够了。季英英在绣房窗台摆上一品红的时候，赵修缘被母亲劝留在了家里。他叫赵平去竹林寺告诉季英英一声，结果赵平被赵申氏一吓，不仅竹林寺不敢去，还转身对赵修缘撒了谎。

笔尖一顿，赵修缘放下了笔，将画纸揭了揉成一团扔掉，重新拿了张竹纸铺好。这次他却一直没有落笔，他有点心神不宁。

盯着洁白如云的竹纸出了会儿神，赵修缘嘴角微微翘起："英英，如果能看你一眼，我肯定能画出一幅更好的。"

他解了襻膊，出了书房上楼去，推开起居室精雕着八仙过海图案的木窗，远远地望着一条街外季英英住的小跨院。

季家小跨院里种着一株高大的黄桷树，遮蔽大半座院子的树枝就像刻意绕开了一角，露出绣房的窗户来。赵修缘情不自禁低声说道："英英，你若与我心意相通，便让我见你一见。"

话音才落，就看到季英英推开了那扇蒙着玫红色窗纱的木窗。

隔了一条街，赵修缘瞧不清女子的眉目神情，只看到窗户旁立着的窈窕身影。但他就是能肯定，那不是季家的小婢，而是季英英。

院子里黄桷树探出的枝丫直伸到房檐上。黑瓦白墙下，玫红色的窗纱衬着那一抹浅绿，像春日枝头抽出的一茎嫩芽，娇嫩无比。他的心如坠春水，忍不住又低声叫了句："英英，我在这儿。"

季英英绣经绣得累了，打了个哈欠，百无聊赖地抬起了头，瞬间，她看到了远处楼上蓝衣飘飘。季英英眼睛一亮，朝他挥动着手臂。

赵修缘的心情像被风吹透了，爽快无比。他忍不住自己的雀跃与思念，笑着张开了双臂。

蓝色的衣袖被风吹得展开，像他张开的怀抱。季英英看懂了赵修缘的意思，脸蓦然发烫。她痴痴地望着他，过了一会儿，赵修缘朝她挥了挥手，她才不好意思地离开窗户，但又有点舍不得，躲在一旁悄悄探出头去看。直到赵修缘的身影消失，季英英才摸着滚烫的脸离开。

绫儿进了房间，看到窗户大开，赶紧过去关了，自顾自地嘀咕道："不知道放了多少蚊子进来，晚上得多烧点艾叶了。"

季英英像被戳破心事似的，难得地没有回嘴，坐在绣架前看着绣了一半的经文傻笑，半天也没有下针。

在西汉以前，蜀绣就与蜀锦齐名，到现在有了十二大类、一百二十二种丰富多变的针法技艺，和苏绣、湘绣、粤绣并列中国四大名绣。

衣因绣而尊，丝帛“加五采之巧，施针缕之饰”，方显珍贵。与锦相衬，锦上生花。

未出阁女儿做女红是正事，大唐女儿家给情郎做荷包也很普遍，正应了那句“等闲妨了绣工夫，笑问鸳鸯两字怎生书”。

季氏不准季英英学染技，对她的刺绣却是鼓励了又鼓励。

打板子不如让她多绣点东西，还能挣些家用银子。季氏寡居支应门庭，拉扯大一双儿女，连惩罚都极其现实。

季英英的绣房占据了正房的西次间。自与赵修缘隔街相望之后，季英英想出跨院的心思比什么时候都急切。除了吃饭休息，绣房里支起三台绣架，季英英带着绫儿、湘儿快活地飞针走线。

“娘子，这样好吗？”提问的是绫儿。她的话不比湘儿多，也并非对季英英不忠，奈何身契捏在季氏手中，季氏要她当眼线，她只能照实说。

季英英也明白，她怪不得绫儿，但也喜欢不起来。听到绫儿发问，季英英抬头瞪她：“太太说绣十卷经，可没说不让你们帮着绣，更没说不能绣《心经》！你若不想绣，就去告诉太太。罚我禁足，也得说话算话！”

娘子说得也有道理。绫儿心定了，垂头专注地继续手里的绣活。

《心经》字数最少，两百来字，加上两个丫头帮忙，不出十天就能绣完。季英英越想越得意，她怎么就这么聪明呢？

这时，跨院院门被敲得砰砰响，季英英一听就知道是自家哥哥，她把针插在绣架上，快活地跑了出去。

还没到院门，就看到守门的粗使妇人开了锁，季耀庭抱着一大卷竹纸走了进来。

“哥，想死我了！你好几天都不来看我，我都快闷死了！”季英英抱怨着，扯着季耀庭到黄桷树下的竹椅上坐了，冲绣房里喊了声，“湘儿，沏壶茶来！”

季耀庭心里有事，望着妹妹的目光里多了几分探究。

妹妹正是如花一般的年纪，脸蛋白皙，没有一点斑，不用脂粉也透出健康的红晕。耳际覆着柔软的茸发，像极了枝头的嫩桃，水灵灵的，让人恨不得咬上一口。

“英英哪……”

“干吗？”

季英英下意识往后缩了缩身子。以她对哥哥的了解，如果不是为难事，他不会叫自己的名字。平时都是妹啊，妹子哪，我的好妹妹呀。她很高傲地抬高了下巴："我在娘面前发了誓的，不会进染坊，不会染东西。你也别来讨我主意，我可不想一直被娘关在家里。"

湘儿端了茶盘出来搁到了木桌上。

季耀庭朝她挥了挥手，打量了下院子，吩咐道："拿些竹夹出来。"

院子里从树到院墙牵着几根晒衣绳。哥哥要做什么？季英英低头看到了他放在桌上的那卷竹纸："哥，不会是娘改了主意，要我绣门帘、屏风什么的吧？我可没工夫啊。娘说了十卷经，没说要我绣大件。当然，也不是不能绣，放我出门就行。"

唐时盛行煎茶，蜀中山清水秀，此时散茶已经出现。季耀庭从壶中倒了两杯蒙顶甘露，笑道："看你疑神疑鬼的。哥哥不过是想请你帮忙鉴赏几幅工笔画而已。"

真的？季英英总觉得今天哥哥很不对劲，她伸手去拿桌上的画纸。季耀庭拦住了她："这样看着累，挂起来看方便。"

季英英哦了一声，总算明白哥哥叫湘儿拿竹夹做什么了。她端着茶抿着，眼神斜斜飞向远处的赵家，模糊地问道："哥，那天叫你办的事咋样了？"

咋样？赵家当家太太、赵修缘的娘明显不愿意呗。季耀庭看着季英英，想装着若无其事，却流露出娇羞，话就说不出口了："十月初九斗锦，赵老太爷让再织幅锦画，他不得闲。"

她就猜到会是这样。该死的赵修缘，也不晓得喊赵平和她说一声，白让她去后山赴约，还遇到只毛毛虫，等他织完锦，看她怎么整他。季英英腹诽着，明显活泼起来："哥，让我瞧瞧，你带什么画来了？"

"转过去不准看。等哥弄好了，你再转身来看，明白？"季耀庭拿起画站起身，叫湘儿把绫儿也叫出来，将画夹在了晒衣绳上。

两个丫头吃惊地看了眼画，季耀庭瞪了瞪她们，挥手让她们离开。

"哥，好了没有啊？"季英英真忍着没有转身。只是她看到湘儿、绫儿的神情很古怪，两人朝她行了礼，红着脸就跑进绣房去了。

"妹子，来！"

季耀庭很得意自己这几天的成果。辛苦也值得啊！

季英英高兴地转过身，愣在了原地。晒衣绳上挂着一些工笔画，每一幅画的都是男人，或站或立，有全身像，还有人脸像。

哥哥这是要做什么？

季耀庭大步走过来，拉着妹妹的胳膊走到了第一幅画前："益州府盛记木庄的少东家。你知道盛记吧？他家打的家具号称百年牢。去年斗锦，你看中了一整套红木妆奁，大的套小的，一匣子里九只，嵌银丝特别精巧的那个，还说要攒私房银子买呢。记起来了吧？盛大郎今年十七岁，手特别巧，你瞧瞧，长得很斯文吧？最关键的是他只有两个妹妹，而且都定了亲，没有人和他争家产。他的好脾气街坊邻居都知道，绝对欺负不了你。”

季英英的心仿佛被针扎了一下，她打了个冷噤。

“这张画的是咱们三道堰朱家染坊的二郎。你不是喜欢染丝吗？当季家女儿不能学，当人家媳妇就没问题了。朱二郎你见过的，你小时候一脚把人家踹水里还对你傻笑的那个，如今个头儿高高的，比哥哥还高一寸呢。他的朋友都赞他为人豪爽有侠气，哥打小就看出来了，朱二郎在你面前只有傻气，绝对是个‘炽耳朵’。”

季耀庭越说越兴奋。这些人里有曾经来提过亲的，像朱二郎，也有他四处打探来的人选。他可是下了血本，花了大笔私房银子雇了一群闲汉打探。不仅资料齐全，还请画工精心画了像。无论哪一个家世门户都和季家相配，而且相貌、性情都不错，他甚至考虑到了对方父母，选的都是宽厚人家。

眼泪毫无征兆地从季英英眼里滚落下来，她抬头透过黄桷树的枝丫望向赵家的藤园。她不相信，她不相信那个站在窗口朝自己张开双臂的赵修缘不娶她。

“英英。”季耀庭说得起劲，无意中回头，看到泪流满面的妹妹，心口猛地痛起来。他把妹妹拢进怀里，轻轻拍着她的背，一时间不知道怎么开口。

“让他来亲口对我说。”季英英推开哥哥。她紧抿着唇，眼睫毛被泪水浸得透湿，神情倔强。

季耀庭挠了挠头，他没见到赵修缘呢。

“赵家忙着斗锦的事呢。”

“过几日便是中秋节，娘会放我去浣花溪放花灯。到时，我在送仙桥等他。”季英英说完，对季耀庭怒目，“不想让我嫁给他，就让他亲口对我说，我绝不缠他！”

她说完转身就往屋里走，季耀庭张了张嘴，还是没叫住她，垂头丧气地把画都取了下来。

季英英走了几步，又转身对季耀庭说道：“都给我留着，别扔了！”

“好，好。”季耀庭应着，扑哧笑出声来。看，这就是他的妹妹，她才不会为了一个不能娶她的男人要死要活。

赵家现任家主赵禀松、赵修缘的父亲正在藏珍阁和赵老太爷赏锦。

这是赵家守卫最森严的地方。藏珍阁五间正房悉数打通，格外宽敞。屋顶没有糊卷棚，天光透过琉璃明瓦洒下来，镶在屏风里的每一幅锦纤毫毕现。

赵老太爷轻轻转动一扇屏风。随着光线的变化，屏中锦也呈现出不同的色泽。他直起腰，叹了口气道："大郎这幅《秋夜江波月景》美则美矣，但芦花零散，少了几分静美，多了几分凄凉瑟瑟，难得时人喜爱。想夺锦王，没有十足把握。"

十来幅锦画一字排开。对鸟、花卉、瑞兽、纹锦，琳琅满目。这些是赵家精选出来的，每一幅都凝聚着赵家织锦高手的心血，却难以让见多识广的赵老太爷满意。

在赵禀松看来，每一幅放在市面上，都是难求的佳作。他忍不住说道："父亲，您是不是把杨家想的太过强大了？"

赵老太爷冷哼一声，毫不客气地说道："所以你担任家主二十几年，没给赵家夺过一次锦王！"

赵禀松老脸一红，颇有点不服气，指着赵修缘织的锦画道："二郎今年织的这幅，儿子真心觉得无可挑剔。"

"二郎这幅《隐花波纹孔雀纹锦》倒是不错，得了我赵家锦的精髓，雅致华丽。每一片翎羽随光变幻，雀鸟织得活灵活现，仿佛活生生站在眼前。"

听老太爷这样夸奖儿子，明显压过了对二房大郎的欣赏，赵禀松与有荣焉，眼里露出了喜色。

"织得活了，也不见得就能夺得锦王。"赵老太爷一声长叹，转身看着儿子道，"你是否在猜想，为父为何这般评价？你难道忘了去年杨家夺得锦王的是幅《猛虎下山锦》？二郎就算织出一只活了的珍禽，也输在没有新意。就算今年胜了，也只会让杨家讥笑我赵家拾人牙慧！如果这两个月还选不出更好的锦画，我宁肯选大郎的《秋夜江波月景》，也绝不会送二郎的锦去斗锦赛上丢人。"

如同当头棒喝，赵禀松后背冷汗涔涔，先前为儿子骄傲的心思被灭得一干二净，随即又是阵阵不服气。织锦之前，创作的画稿是拿给老太爷看过的，当时为何不指出来，让儿子白忙活几个月。这不是偏心大郎是什么？

赵老太爷看出儿子的心思，怒道："家主是大郎还是二郎并不重要，重要的是赵家锦！做家主的没这心胸，赵家总有衰败的一天！"

"是。"赵禀松其实并不服气。

如果因为画稿立意而选了《秋夜江波月景》，让赵修缘错失家主，赵禀松打死都想不通。

赵老太爷发作完，走出了藏珍阁。他站在石阶上，望着连绵起伏的赵家宅院，缓和了语气：“你能守成，没让赵家衰败，就是赵家的功臣，只是你两个弟弟难免有些不服气。今年若能夺回锦王，你也就没那么辛苦。二郎天赋高出大郎甚远，我之所以不提点他，却给了最后一次机会，是我更寄希望二郎能将赵家锦发扬光大。”

“父亲！”老太爷的话像一股暖流流进赵禀松心里，烫得他热泪盈眶。

赵老太爷敲一棒子喂颗糖，教训得差不多了，这才意味深长地说道：“杨家当家主母石氏的亲哥哥是益州府正六品录事参军。杨家大房的二娘嫁给了工部织染局陈大使的儿子。赵家想要夺锦王，除非立意、色泽、织造都远胜杨家。众目睽睽之下，杨家纵有官府相助，也无话可说。二十几年让杨家独占鳌头，再夺不回锦王，赵家锦织得再好，名气不够，迟早泯然众人矣。家业渐衰，谁当家主，又有什么意义？如果二郎无法领悟这点，还不如大郎当家主。大郎淳厚，是守成之才。将来你百年之后，也不怕赵氏子孙没有饭吃。”

瞬间，赵禀松又紧张起来。他一边恭敬地应了，一边想着老太爷肯定不会送《隐花波纹孔雀纹锦》参赛。送了大郎的锦，将来立了二郎，二弟、三弟他们就有借口闹腾。老太爷把话说到这份儿上了，是让自己去把二郎点醒，免得他以为自己那幅《隐花波纹孔雀纹锦》十拿九稳了。

团团浓绿下，白墙黑瓦人家，窗畔彩蝶飞舞，绿衫少女伸出手欲接住，皓腕如雪。虽是写意，却将季英英的活泼娇美尽现笔端。

赵修缘灵思泉涌，笔端起落回承间便勾勒出一幅画来。

他很满意这幅画，只是织锦用图一般是工笔细绘，这种大笔涂抹的写意画还不知道该如何织就。他轻声说道：“英英，将来我一定会将这幅画织出来。”

“二郎！”

听到父亲的声音，赵修缘飞快地把画卷起扔进了旁边的插瓶。他转过身，赵禀松已经走了进来。

赵修缘微笑着朝父亲行礼：“父亲怎么过来了？”

眼睛瞟到书案上铺好的雪白竹纸和旁边揉成一团的画，赵禀松有点着急：“听说这几日你都在构思新图，可有所得？”

赵修缘有点奇怪：“父亲是急于让儿子创作新锦？”

“你祖父是绝对不会拿你织的《隐花波纹孔雀纹锦》去参赛的。”赵禀松急切地把老太爷的意思给赵修缘说了。

这是他的失误！他不服气去年杨家夺锦的《猛虎下山锦》，一心想织出更生动的珍禽，却忘了锦画的立意是在步杨家后尘。赵修缘眉毛一扬，重新涌起斗志："父亲放心，十月初九前，儿子一定能织出新的锦画。"

"那就好。听说杨家今年织的是一幅名为《十样锦》的锦画，秘而不宣，不知是何模样。从其名字来看，必是杨家惯承的斑斓夺目之作。你好生琢磨一下，时间不多，一定要给爹争口气！爹这辈子虽然无愧于赵家，却没能夺得一个锦王，着实遗憾。今年就指望着你了。"

"放心吧，爹。"

赵禀松拍了拍儿子的肩，对他充满了信赖。

父亲走后，赵修缘琢磨起杨家的《十样锦》来。

"十样锦，什么样的锦才称得上'十样锦'？"赵修缘苦苦思索了良久，也想象不出杨家锦画的内容。他叹了口气，又想起了季英英。"机灵鬼，如果你在，肯定能猜到的。"

既然祖父认为自己织工不输杨家，差的只是锦画的立意，一人计短，两人计长，赵修缘极为自然地决定找季英英商量。

第三章

灯影佳人

这日一早，赵修缘人还没有出藤园，他要去找季英英的消息已经击鼓传花似的传进了内宅。

以往赵申氏早膳要慢咽一碗荷叶粥，细嚼两个小馒头，夹几筷子青炒嫩豆芽，饭后将丈夫身上熨烫得没一丝褶子的衣裳再理理，娇嗔几眼增进感情，挥着手帕送出门后，再带着丫头、婆子在庭院里嗅嗅茉莉花香，走完一刻养生路。此时她早膳也顾不得吃了，媚眼也舍不得抛了，捏着帕子指了半天门口，也没想出招来。

“老爷，您劝劝二郎。他对季家那丫头都入了魔了！”

赵申氏气了半晌，还是选择向丈夫告状。

赵禀松根本不在意，慢悠悠地喝完粥，接过丫头拧好的帕子拭了嘴，又捧起一盏茶啜着，长长吐了口积攒了一晚上的浊气，瞬间神清气爽。抬头看到一张扭曲的脸，不觉失笑：“你急什么？”

“怎么不急？大郎娶的是益州城织锦大户刘家的闺女，不说别的，二郎现在吃用在公中，大郎媳妇可是带了三间铺子，其中一间在长安！人家的眼力、见识、人脉关系，那季家染坊有吗？”

赵禀松失笑，气定神闲：“没有咱俩用印，二郎能去衙门换婚书？”

道理是这个道理，可她不想和二郎闹僵，坏了她的慈母形象。赵申氏气呼呼地说道：“现在不让二郎打消主意，要是他横起来，可是连你这老子都敢顶撞的。”

“斗锦迫在眉睫，万事以斗锦为重。这两个月由得二郎，莫要坏了他的心情。”赵禀松说着，压低了声音，“当初为了保住季家染色秘法，季寡妇可是连当三弟的正室都拒绝了。你不是说给了季大郎暗示？等着瞧吧，季家准给二郎吃闭门羹。”

赵申氏还是担心：“二郎气血方刚的，要是和季二娘做出什么事来……”

赵禀松的回答就很无耻了：“吃亏的又不是咱们二郎。坏了名声，咱们家又不是纳不起妾。”

哦，纳妾最好。赵申氏想到这里，心情顿时平和下来。

赵修缘不晓得一顿早饭的工夫，自家爹娘的心思已绕成了九曲回肠。他兴冲冲地迎着旭日走到了隔街的季家。

季家大门开在侧面巷口，前面临街处是祖上传下来的两间铺面，挂着浣花染坊的匾额。季耀庭不进染坊的时候，都在铺子上。赵修缘来的时候，铺门板刚取下，季耀庭才吃过早饭，正坐在大堂一侧的小隔间里喝茶。

季英英的态度决定了季耀庭的态度。看到走路带风的赵修缘，季耀庭笑眯眯地请他坐了。

赵修缘用的是季耀庭用过的招：“听说大郎寻我画几幅画样？”

“怕耽搁二郎工夫，画样已经得了。劳烦你亲自来一趟，实在过意不去。”

呃……

“眼看斗锦在即，二郎莫要再为杂事分心。我就等着登门向你贺喜了。”

季耀庭又谢又劝的，赵修缘没有了再停留下去的理由。可他的脸皮足够厚实，叹了口气道：“不瞒大郎，我就是为了斗锦之事，想请二娘帮我参详一二。”

你赵家斗锦织锦画，关我妹子什么事？季耀庭不肯接这顶帽子：“二郎这话重了。别说我家二娘不懂织锦，就是懂，也不敢胡乱出主意。二郎还是回吧。”

果不其然，赵修缘没被打发走，反而起身笑容满面地朝季耀庭长揖首：“多日未见英英，甚是想念，求大哥成全！”

得，也不装模作样叫季二娘了，还改口叫起了大哥，可是他比自己还大一岁呢。季耀庭就知道赵修缘没这么好打发。赵修缘在他眼里就是只刺猬，看似仰着露出柔软肚皮，伸手一握保管浑身是刺，也难怪英英被他拿捏得像面团似的。

季耀庭朝后院方向努嘴：“关院子里罚绣经来着。这回我母亲动真格的了。”

“又被禁足了？”赵修缘听季耀庭这么一说，忍不住想笑。

季英英从小到大惹祸不断，三天两头不是关祠堂思过，就是被禁足。事后每次见到赵修缘都要诉苦，他已经习惯了。

“季坊主几时出门？我隔着院门和她说会儿话就行。”

季耀庭看着赵修缘一脸自来熟的表情就不舒服。以前嘛，大家都是小孩，一起去浣花溪摸虾捉鱼很正常。如今年岁渐长，你和我妹妹要好，我这当哥哥的睁一只眼闭一只眼也就过去了。可你母亲已经表明态度，不会为你求娶英英，再让你和我妹妹这般亲近，最终吃亏的还是英英。

“男女有别，不太方便。”

“什么？”

赵修缘以为自己听错了。

说实话，赵修缘的确很优秀。长得英俊儒雅，家世极好，性情也不错。可惜了，再好都是别人的夫婿，不是我妹夫。季耀庭慢吞吞地说道：“我母亲要为英英定亲了。你俩再私下见面，不方便。”

赵修缘噌地站了起来，声音微微发颤：“你说什么？英英要定亲？和谁？！”

“你嚷嚷什么？”季耀庭吓了一跳，赶紧将他拉回来，也有几分生气，“赵家不登门提亲，难道还不准我妹妹嫁人？”

“谁说我不娶她？！”赵修缘脑中蓦然闪现出隔着一条街与季英英两两相望的画面，心扑通扑通地急跳。只要一想到她要嫁给别人，将来他只能这样远远地看着她，也许他永远都见不到她，他心里就涌出一股酸楚，难受得让他捏紧了拳头。赵修缘掷地有声地说道：“我娶她。大郎，母亲答应过我，等过了十月初九斗锦，就来季家提亲。”

季耀庭也收了和气面容，淡淡地望着赵修缘：“是吗？”

他流露出的疏离让赵修缘哆嗦了一下。

“英英说了，你若不能娶她，她也不怨你，谁叫咱们两家门不当，户不对。中秋节，她在送仙桥等你。只听你亲口告诉她一声，她绝不缠你。”

原因不在季家，而在赵家。

赵修缘沉默，起身，长揖首，转身离开。

季耀庭翻了个白眼。他底气十足，手上还捏着七八位适婚人选呢。

赵家月锦堂的奴婢、婆子远远地站在院子里，恨不得把耳朵伸进紧闭的雕花木门里去。

堂中赵修缘面带微笑，站出了青松翠柏的气质。

“我要娶季二娘。我六岁时就决定了。”

不是恳求父母同意婚事，而是单方面地宣告。

屏退了下人，房中只有大房三口人。赵申氏声音软得像饿了几天似的：“儿啊，爹娘是为了你好。将来你要支应门庭，你媳妇要管理后宅当家理事。那季家小门小户的，季二娘只会拖你的后腿。”

赵禀松还没开口，就看到儿子唇角一勾：“这些年难道不是儿子在帮衬着爹娘？”

赵家两口顿时哑口无言。

这是赵家大房的秘密。当年赵禀松被确定为继任家主后，赵老太爷六十大寿后退居二线，两个不服气的弟弟没少给他使绊子。开始几年是赵老太爷帮忙收拾首尾，等他全盘接手后，赵家仍是按平了东角，西边又翘起一块。赵禀松很努力，却也架不住两个弟弟各护地盘不伸手，消极怠工，他成天补救扑火忙得焦头烂额。

赵修缘十二岁起就暗中帮父亲盘账出主意。赵家孙辈长大，赵二爷、赵三爷这才消停了，忙着培养儿子争家主。这几年，赵禀松才得到赵老太爷一句中肯的评价：“你能守成，没让赵家衰败，就是赵家的功臣。”

“知道为什么我比大郎更受祖父重视吗？”赵修缘看着爹娘，叹了口气，“季家二娘天生拥有灵敏的色感。我画出来的样稿，经她重新配色，织出来的锦就比大郎的更鲜活。她虽说不能学季家染色秘法，却有着极高的染丝天分。她嫁进赵家，我给她建座染坊，她未必不能染出比季家丝更好的顶级丝线。我与她青梅竹马，两情相悦，她又有这种本事，我娶她本就是锦上添花的美事，赵家还缺媳妇的嫁妆不成？”

赵申氏想着大郎媳妇刘氏的三间商铺，还是咽不下心头那口气，嘟囔道：“你是娶媳妇，还是娶个染工？”

赵修缘扬眉道：“我要娶一个能和我一起为赵家夺回锦王牌匾的人。”

赵禀松想了半天道：“二郎，若是纳她为妾……”

“她，不会委屈做妾。季家如果贪图赵家富贵，季太太早就嫁给我三伯了。季大郎已放出话来，如果我不娶她，她绝不缠我。”赵修缘掀袍跪在了父母面前，“为儿着想，为赵家着想，儿请爹娘成全。”

这一跪惊得赵家夫妇站了起来。不等他们开口，赵修缘已微笑道：“祖父已经同意了，还赞儿有眼光。说等过了斗锦，再与季家商议亲事。”

夫妇俩对望一眼，心想早知道老太爷同意了，我们还拦什么？赵禀松搀了儿子起来道：“既然如此，我与你娘也无意见。这两个月你专心为斗锦做准备吧。”

轻易说服了父母，赵修缘满意地行礼离开。

他一走，赵申氏的精气神又回来了："我就看不上季二娘！"

"老太爷都应了，你就别再生什么幺蛾子了，免得连累二郎丢掉家主之位。"赵禀松警告了妻子一句，苦笑着摇头道，"你说咱俩怎么就生出了二郎这样的儿子？把老子、娘吃得死死的。"

赵申氏哼了声，扭头进了里间。

深夜，季氏和季耀庭走进了染坊。两人进了染料间，季嬷嬷就把门关了，独自在外守着。

宽敞高大的房间里密密地排列着几十口一人来高的大染缸。

季氏缓缓从染缸间走过，脑中回想着当年深夜与季老爷同来的场景。她欣慰地望着儿子，无论如何，将儿子拉扯到十七岁了，他今年就要成亲了。但愿佛祖保佑，张氏过门就能为季家开枝散叶。还有英英，今年十六岁了，该定亲了。今日赵家来人，说得含糊，说是等斗锦完了，赵家有意和季家结亲。赵家家大业大，英英和赵二郎彼此有情，也是一桩好姻缘。

到了房间深处，还有一间小屋。

"娘，钥匙。"季耀庭回过头，发现季氏神情恍惚。

季氏回过神，摇了摇头。调制染料的时候，她一向特别注意。今天怎么走神了？她收摄心神，取了钥匙开门。

房间不比外面的小，里面只摆着四口染缸。这是调配染料的地方。

四周是长长的货架，细竹筐里放着尚未染色的丝线，粗陶缸里装着各种染料。

季氏从袖中取出一条黑布，上前将季耀庭的眼睛蒙住，从箩筐里拿出一束丝线递给季耀庭。

季耀庭接过丝线就笑了："娘，丝线我从小摸到大。这束丝手感粗糙，一摸就是柞蚕丝。柞蚕多产于北方，蚕以柞树叶为食。色泽暗淡，刚性强，用来缝被面不错。"

"从小摸到大，就再也不摸了？一天不摸就手生。"季氏嗔了他一句，又拿出一束丝递给他。

"这是桑蚕丝了。不过不是咱们这地方的桑蚕，应该是江南的蚕丝。

"这束丝感觉脱胶不够好，达不到顶级丝。

"这两束丝都是顶级丝。但这束摸着略有些毛糙，不如这一束光滑。"

让季耀庭分辨完，季氏取了黑布，轻声说道："剑南道各州府产的蚕丝纤度均匀，光泽柔和，用来织蜀锦最合适不过。咱们季家的蜀红丝比别家的亮度高出一筹，除了选取最好的丝线，还要靠咱们家的秘法。"

"娘，您说了千万遍了。"季耀庭笑着将四口染缸的盖子掀起，从一旁的粗陶缸里称出染料，再按比例加入清水。

季耀庭拿汗巾扎了额头，脱了外衣，只着一件中衣，爬上旁边的小木梯，拿起搅棍用力搅着。

"大郎，你记住娘给你说的秘法了吗？这顺序、下料一个环节都错不得。一定要记得，咱家用红花取红，最后一定是加乌梅，不用粟饭浆。朱砂一定要彭水郁山产的顶级砂，要筛十二遍，筛得比脂粉还细，调和的胶里要加上鱼骨熬制的胶。还有……哎，咱们季家只比别人多这么一点东西，就成了秘法。记住啊，一个字都不能告诉英英，季家秘法不传女。"

"我看没这秘法，她也能染出来。"季耀庭嘀咕了一声。

季氏没听清楚，抬头问他："你说什么？"

"没什么！"

担心汗水滴入染缸，季耀庭中衣也没脱，四缸染料搅完，他身上的衣裳湿得能拧出水来。

他坐在旁边喘气，接过季氏递来的水边喝边问："现在离十月初九斗锦时间不多了，赵家还要染新丝织新锦画。您说赵家今年能争得过益州城的锦王杨家吗？"

季氏拿汗巾给儿子擦着汗，笑道："赵家要得急，娘收了赵家二百两银子。娘不管谁家得锦王，只管卖咱家的丝。"

季耀庭忍不住说道："娘，其实每年咱们家染坊都能再多染几百斤丝，为什么不染？"

"年年进贡一两千匹锦，也没见杨家、赵家织坊哪家能包圆了。量少，别家染坊还有饭吃，顶级丝染得多，抢了别家的饭碗就遭人恨了。再说，能轻松染出顶级丝，还能把工钱喊得这么高？咱家作坊小，扩大染坊，人丁少撑不住，秘法也保不住。娘就盼着能多有几个孙儿，你也有人帮衬。"

季氏一直秉承过世的季老爷的叮嘱，物以稀为贵，浣花染坊无论是蜀红丝还是招牌浣花丝，每年只用秘法染三四百斤。

季耀庭不好意思地笑了笑，握住了季氏的手："娘辛苦了。等张氏过了门，您也清闲一些。"

儿子孝顺，季氏心里像喝了蜜似的："我现在就愁你妹妹的亲事了。"

季耀庭心头一颤，穿了衣裳，笑嘻嘻地跟着季氏出去，低声问她："娘，前两天赵家来人了？"

季氏看了他一眼，警告道："先别告诉英英。等过了斗锦，赵家真来提亲再说不迟。"

季耀庭暗自替妹妹欢喜，点头应下。

这么轻易就说服了自家爹娘，他对赵修缘钦佩不已。

白居易诗曰："中秋三五夜，明月在前轩。"

此时还没有后世中秋节是团圆佳节的概念，但是秋季的第二个月，赏月放花灯祈福却已成景。

浣花溪是益州城南河的一段。相传溪旁曾有个农家女，一日她在溪畔洗衣，走来了一个遍体生疮的过路僧人。他不慎跌入沟渠，僧衣沾满泥水，污浊不堪，他请求农家女为他洗净僧衣。当时大唐礼佛之风盛行，农家女欣然答应。当她把僧衣放入溪中漂洗时，溪中生出朵朵莲花，异香扑鼻，美不胜收。后来这段河水就被称作浣花溪。

八月十五，来此放莲花灯的人络绎不绝。相传有游人看到八仙站在桥上欣赏河中璀璨花灯，人们目送着八仙自桥上飞升仙界，因此横跨浣花溪上的这座石桥又被称作送仙桥。

这日，不必季英英撒娇麻缠，季氏就开了跨院的锁，让她与染坊小婢们都出去游玩。

天刚擦黑，季英英就带湘儿、绫儿到了送仙桥头。湘儿嘴紧，季英英不担心。绫儿奉了季氏之命，寸步不离。季英英想赶她走也没辙，她干脆地告诉绫儿："我与赵家二郎约在桥边有事要谈。你告诉太太我也不怕，到时离我远点，莫要偷听。"

绫儿不是头一回被季英英不喜，低声应下了。

送仙桥四周已经热闹非凡。从黄昏起，沿河两岸就摆起了一长串卖花灯的摊子。夜色才漫过天际，摊上的花灯点起，长长一条河道，宛如璀璨星河。灯笼火把下，杂耍卖艺的敲起了铜锣围起了圈。抄手摊、面条摊摆开桌椅，锅里大骨汤沸腾，香气四溢。卖凉粉凉糕、豆腐脑的吆喝声此起彼伏。

河面上大大小小的莲花灯浮浮沉沉顺水漂远。灯光与水光相映，美不胜收。小娘子们的嬉笑声清脆悦耳，引来一群群爱慕少女的小郎君驻足观看。

好事的帮闲汉子也三五成群结伴而行，沽酒赏灯游乐。

河中不时有花舫驶过，有钱人家请了乐伎，丝竹声沿溪不绝。

季家主仆三人在河边一株粗柳树旁站了有一炷香时间。季英英看着身边无数结伴而行的男女走过，气呼呼地折了枝柳提在手里甩，低声说道："再等一炷香，不来就再也不要来！"

话虽如此，又一炷香过去，仍没见赵修缘前来赴约，季英英还是舍不得离开。

湘儿、绫儿年纪尚幼，羡慕地看着周围小娘子们的侍婢都得了恩准买花灯来放。季英英不开口，两人只能委屈地陪着当木桩。

突然，季英英狠狠跺脚："你俩去买三盏花灯来，记着要老刘记的莲花灯。"

两婢顿时欢呼雀跃。湘儿仗着季英英平时待自己好，大胆说道："娘子可想饮碗酸梅汤？奴婢一并买回来。"

听到"酸梅汤"三字，季英英咕噜咽了口口水。从家走到桥边，她着实口渴了，便大方地说道："买三碗，你俩也饮一碗。"

湘儿和绫儿眉开眼笑，向季英英行了礼，携手离开。

看她两人如此欢喜，季英英忍不住嘟囔道："再不来，我也要欢欢喜喜玩去。"她转过身，正看到一盏花灯冲到了岸边，被石头一拦，停了下来。

花灯漂得越远，许愿越灵验。季英英心一软，提了裙子走到溪旁，小心地用柳枝将花灯拨了出去。瞧着那盏灯漂进灯河，她不由得有些愣怔。去年她和赵修缘在此放花灯，赵修缘买了盏并蒂莲，他低声许愿，故意让她听见。他说并蒂花开，明年佳期。

可是哥哥却画了那些男子让她选婿。如果不是赵家无意，哥哥断不会如此。今天出门时，哥哥的神情说不出的怪异，像等着看戏似的。

难道今天赵修缘不会来了？

季英英心里又酸又涩。一会儿恶狠狠地告诉自己别哭，一会儿又盼着赵修缘前来，坚定地告诉她，他会娶她。

一块石头扔到了她面前的水中，溅了季英英一身。她哎呀叫了一声，听到身后哄笑声起。季英英气恼地回头。

河岸边，伴当们簇拥着一群锦衣少年。少年们个个穿着艳色的华贵锦衣，纱帽上簪着大朵鲜花，腰间挂满了香囊荷包玉饰，一看就是益州城中的纨绔子弟。

"哎哎，我就说定是个美貌小娘子！"

"小娘子，如此美景，怎可独自伤怀？不如与哥哥们一起结伴同游吧！"

敢调戏我？季英英心里大怒，却装模作样拿柳枝去拨两尺开外被石头拦住的一盏花灯，自言自语道："有好心郎君帮帮奴就好了。"

"小娘子，我来我来！"一个少年说着就走向季英英。

人群中有人扑哧笑了："周七郎，别说我没提醒你。千万别去，当心被蔷薇刺扎了手！"

"杨三郎，你瞧好吧！"周七郎朝众人抛了个得意的眼风。

这声音好像在哪儿听过。杨三郎？季英英凝神一看。只见杨静渊穿了一身醒目的绿底织孔雀纹锦衣，还烧包地在帽子上簪了朵碗口大的紫色菊花，打扮得花枝招展，正冲自己挤眉弄眼呢。

"绿配紫，丑得死！一伙毛虫！"季英英哼了一声，转身就要走。

"小娘子莫走啊！"周七郎个头儿不高，帽子上的黄色菊花瞧着比他的脸还大。他展开双手拦住了季英英的去路，笑得眼睛都眯缝了。

这可是你不听劝，硬要送上门来。季英英心里冷哼，故作娇羞："郎君拦着奴作甚？就不怕奴恼了你，把你踢进河里去？"

走到树下，看清了季英英一张娇美芙蓉脸，周七郎三魂丢了两魂，迭声直道："小娘子踢我下河，我也不恼。且等着，哥哥帮你把花灯放远。"

说着就踩着水边石头，弯腰去推。

季英英毫不犹豫一脚踹中他的后背。周七郎大叫一声，顿时一个狗趴栽进了水里。河边水浅，倒也淹不着他，站起来水才没膝。他衣袍尽湿，帽上簪花脱落，耷拉着垂在耳际，整个人狼狈地站在水中，气得嘴皮直哆嗦："你，你敢踹小爷？"

季英英踹了他下河后拔腿就跑，边跑边笑："郎君说了不生奴的气呀！奴不过试试是真是假呢。"

"哈哈！"岸上少年笑得前仰后合。

杨静渊大笑道："周七郎，上当了吧？"

周七郎这才反应过来，高声唤着自己的伴当："抓住她，赏钱十贯！"

季英英在人群里穿梭，滑得像泥鳅似的。她瞥见提着莲花灯、端着酸梅汤的两个婢女惊慌失措地寻找着自己。一个人目标小，要是叫住湘儿、绫儿，更容易被抓到。于是季英英便没有开口叫住她们。

"她在那边！往桥上跑了！"

"去那头堵她！"

一群纨绔子弟兴奋起来，带着伴当奔桥上堵人去了。

季英英不过是做做样子，转身就挤在人群里下了桥，猫着身子往热闹地方跑：“想抓我，门儿都没有！”

她好不容易挤到一处花灯摊铺旁停下来喘气，正得意时，耳边突然响起笑声：“我就说，你肯定不会傻到被人堵到桥上。”

季英英抬头就看到杨静渊一脸贼笑，她想都没想，扬起手里的柳枝就抽了过去。

“喂喂，季二娘，是我！”杨静渊偏过头，躲开抽来的柳枝，伸手握住了她的手腕，眉开眼笑，“还好我反应快，没打着！”

季英英挣扎了一下没抽开手，抬脚就踢。

“还是没踢着！”杨静渊笑眯眯地轻松将她转了个身。在季英英发飙之前，他凑近她耳边道：“你瞧，他们在那边呢。要不要我喊他们过来？”

季英英面向桥头，看到一群纨绔子弟在桥上呼喝着找人。她再傻也不至于把自己送上门去，听杨静渊的意思是想帮自己，便偏过头道：“你不是和他们一伙的吗？”

她的脸从杨静渊唇边掠过，他下意识地一努嘴，亲了个正着。

季英英的眼睛陡然瞪圆。

杨静渊条件反射地后退了一步。他觉得自己不是有意的，也有点蒙。可唇上似乎还保留着柔软的滋味，他无意识地舔了舔嘴唇。

季英英也蒙了。

就算和赵修缘青梅竹马，拉过小手，搂过抱过，赵修缘也没亲过她。最多头挨头，温馨无比地蹭蹭额头。

看到杨静渊舔着嘴唇，一副调戏小娘子的滋味甚是美好的模样，季英英眼睛里渐渐浮起了一层杀气。她可不是那种想不开的人，被狗咬了一口，她当然不会咬回来，但她会把那条狗剁来炖了。

天地良心！杨静渊看到季英英的眼神，心里直喊冤枉。看到周七郎被季英英踹进河里，他心里爽快无比，恨不得出腿开踹的人是自己。看在她教训周七郎的分儿上，他是真心想帮她脱身来着。可是他刚才怎么就那么自然地努了努嘴呢？谁叫你的脸像嫩桃儿似的。不，不对，谁知道那会儿你正巧就偏过头来了呢？

杨静渊心里想着，突然听到自己的声音。他眨了眨眼，怎么就把这些话给说出来了？

“杨三郎！”季英英脑门儿一热，拿起旁边花灯摊子上一盏点着当招牌的灯就砸了过去。

“哎哟，小娘子，不能砸啊！”摊主吓了一跳，高声叫了起来。

季英英根本听不见，不停地拿起灯朝杨静渊砸。

摊主哭丧着脸不敢上前，游人纷纷躲开了去，生怕成了遭殃池鱼。

“我不说，你不说，就当无事发生行不？如果你实在介意，我来提亲好了！锦王杨家有的是银子。”杨静渊一个闪身转到了季英英身后，低声说道。他还记得在竹林寺，季英英说想要赚很多银子的事。

啪！杨静渊脸颊挨了脆生生一巴掌。他看到季英英不屑地甩了甩手，手还在衣襟上擦了擦。她居然还嫌脏了手？

她鄙夷地看着他，薄薄的嘴唇吐出两个字：“渣滓！”

不过是嘴巴亲到她的脸，就想要挟着嫁他？照他这做法，全天下的女子都没法儿活了，没媳妇的汉子也不用发愁了。

脆脆的声音回荡在耳边，又像心里有根弦被小手轻轻拨了一下。杨静渊摸着脸，心神荡漾，被扇耳光的滋味原来是这样的啊，和打架时挨拳头完全不一样呢。

“在那边！被杨三郎堵着了！”

花灯摊前空出一块地，桥上少年们远远看见，兴高采烈地冲了过来。

季英英跑不掉，也懒得跑了。她随手拿起摊上挂灯的竹竿，顺势一竿抽在了发愣的杨静渊身上，恶狠狠地说道：“想挨揍，我成全你们！”

围上来的少年们又哄笑起来：“杨三郎，你也有被小娘子打的时候！”

“季二娘你别横，我是不想揍女人！”杨静渊挨了一竿回了神，听到同伴耻笑，脸上也挂不住了。

“三郎，还是你够义气！”周七郎还没来得及换衣裳，穿着湿衣裳兴冲冲地挤进了人群，望着季英英哈哈大笑，接着挽起了衣袖，“看小爷怎么收拾你这个小辣椒！”

杨静渊冷哼了一声，抄着手冷眼旁观。你不是泼辣吗？这么多人，有你哭的时候。

这时周七郎身后突然出现一人，抬腿朝着他的屁股就是一脚。他踉跄了几步，被杨静渊伸手扶住，这才没有再摔个狗趴。周七郎怒极回头：“谁踹小爷？”

一群人挤开人群站定。赵修缘瞥了周七郎一眼，快步走到了季英英身边，上下打量了一番，见她只是额头出汗濡湿了刘海，一颗心落到了实处：“没事就好。”

“修缘哥哥！”正在转动脑筋想辙跑路的季英英眼睛亮了，随即嘟起了嘴，“你怎么才来？”

“是我不好。”赵修缘充满歉意地说道。

当自己是死人啊？周七郎跳着脚骂道：“你是谁呀？”

赵修缘还是不理他，仍关切地问季英英：“怎么回事？”

一个衣襟滴水、跳脚嘶骂，一个身姿如松、仿若未闻，两人高矮还差了一头。啧啧，杨静渊忍不住摇头，有点看不过去了。

周围一同来的纨绔少年们觉得周七郎丢脸就是自己丢脸，纷纷喝骂道：“哪儿来的小子，敢管爷们的闲事？”

有了帮手，季英英便不客气了，指着他们狠狠地说道：“益州城来的小痞子想调戏我。我踹了一个下河，他们就跑来抓我。”

赵修缘听到“调戏”二字脸都青了，大喝一声：“敢跑到三道堰来撒野，给我打！”

少年们还没反应过来，眼前便棍棒飞舞，当即也叫嚷了起来：“打！”

一时间，游客惊呼四散，摊主抱头而遁。棍棒和拳脚齐出，尖叫与哭声响成一片。

赵修缘来赴约，遇到焦急找季英英的湘儿、绫儿。他生怕季英英被拐子掳了，转头就调了人守住四周出入口，带了大批家仆来找人。

强龙难压地头蛇，益州城的少年们原本是来游玩，每人身边只带了一两名伴当。人少不说，四周摆摊设点、前来放灯的大部分是三道堰本地人，听到赵修缘喊益州城的小崽子跑到三道堰调戏本地女子，也被激起了血性。赵家家仆一动手，人们纷纷加入战团帮忙，给少年们来了个雪上加霜。

杨静渊功夫好，见势不妙，带着自己的伴当一马当先冲出了棍棒圈。等他远远回头，见一同来的少年们被打得哭爹喊娘，在伴当的奋勇保护中狼狈地四下逃窜，他心里就一个想法：真丢人！

夜色中，那片朦胧灯光下，赵修缘对身边家仆挥棍教训纨绔子弟视而不见，低声对季英英说着什么。季英英仰起头看他，鹅黄色的衣裙被晚风吹起，身影婀娜。桥头那样混乱，两人站在一起，却像是一幅静美的风景图。

那天在竹林寺，她要私会的人是他吧？杨静渊转过头，懒洋洋地叫了伴当香油：“回城。”

香油喘着气，伸长了脖子望着：“郎君，我没看到周家七郎君呢。”

杨静渊一巴掌拍在他脑门儿上："管他作甚，走！"

香油应了，跟在杨静渊身后不时回头张望："郎君，真的不等周家七郎君啊？他和我们同行，就他挨了揍，回头大姑奶奶肯定会哭着来告状。"

"她会再哭着回去的。你这般关心周七郎，我把你送他做伴当好了。"走到路口拴马处，杨静渊翻身上了马，理也不理香油，拍马就走。

"哎，郎君，等等我！"他才不要给周七郎那个㞞包当伴当！香油慌了手脚，解了马，一溜烟追着去了。

赶走了益州城来的纨绔少年，赵修缘拿了一锭五两官银赔给花灯摊主。没过多久，送仙桥头又热闹起来。

赵二郎棒打纨绔英雄救美的段子又会传扬一段时间。

湘儿和绫儿老老实实地站在河岸上，不去打扰河边粗柳树下的两人。

此时，季英英觉得自己又不想问赵修缘了。

水中映出两个人影。她又折了根柳枝，默默地抽着赵修缘的影子。

真想抱抱她啊。可惜，岸上不仅有季英英的两个婢女，他的伴当赵平、赵安说什么也不敢离开。赵修缘清了清喉咙，看到季英英抽自己的影子，知道她恼自己来得迟了，觍着脸小声求她："祖父问话，我才来迟，莫要生气了。听说你娘把你攒的小玩意儿都没收了，我重新给你打一套，好不好？"

"不稀罕！"季英英哼了声。她性子直，还是昂起了头问他："你是不是来亲口告诉我，你家不让你娶我？你说实话，我不会怨你。"

赵修缘却想逗逗她："哦，我爹娘不让我娶你，你马上就能忘了我？"

季英英心里酸涩，可有什么办法？季家人可做不出来死皮赖脸要嫁他的事。她低着头，不想让他看到自己难过的表情，认认真真地说道："我会嫁给别人，然后忘了你。"说完又捅了赵修缘一刀，"嫁了别人，我也要欢欢喜喜地过。实话。"

小没良心的！谁爱听你这样的实话？赵修缘气得想掐她。他往河岸上看了一眼，看到赵平、赵安会意地挡住二婢女的目光，伸手攥着季英英的手腕将她拖到了树后阴影处。

他上前一步，逼得她贴靠在树上，盯着她说道："说，你季英英只能嫁给我。"

背着光，她看不清他的神色，只有那双眼眸，亮得像两颗星子。季英英的手指在他胸口轻轻画着，脸渐渐烧了起来，死鸭子嘴硬道："凭什么啊？"

赵修缘扶起她的脸颊，看到她眼里的水光，像小猫缩回了爪子，全然不见平时的泼辣刁蛮。小巧的唇轻轻抿着，说不尽的委屈。一刹那，全身的血液仿佛都涌进了他的嘴唇，叫嚣着让他亲下去。等不了多久了，赵修缘听到自己的心咚咚跳着。他终究是个自制力极强的人，用手指擦过她的嘴唇，低低地告诉她："英英，你是我的。"

他手指上有薄薄的茧子，擦过嘴唇时有点疼。他的身体越来越热，靠得这样近，她感觉到他的呼吸声沉重起来。季英英说不清楚是羞涩还是紧张，她下意识地用手撑着他的胸口喃喃说道："你别这样。咱俩打小要好，你知道我的性子。你不能娶我，我不会纠缠着你……"

赵修缘抬起头喘了口气，向后退了两步。河风吹来，他心头涌起的那点燥热渐渐散去。他冲她微微一笑："傻瓜。祖父答应我了，等到斗锦完了，就去季家提亲。"

一直想听他亲口说，此时真听到了，季英英心里像有一只兔子在蹦跶。她呆呆地看着他，感受着赵修缘浑身上下洋溢的喜悦，她突然有点不敢面对他，扭头就跑："天晚了，我回家了！"

她跑上河岸，扭头看了他一眼，想说点什么，又不知道该说什么，转身飞快地跑了。湘儿、绫儿一看，也跟着追了过去。

鹅黄色的裙裾被晚风吹起，像秋日绽开的菊花。身姿轻盈，转瞬间就没入了璀璨的灯火中。赵修缘心中微动，喃喃说道："我知道要织什么锦画了。英英，你是我的福星。"

赵平从身后拿出一盏花灯来，小声地问道："郎君，这花灯还没放呢。"

"人都走了，还放什么？你去放了它。"赵修缘淡淡说道。

赵平拿着花灯来到河边，点燃了蜡烛，将灯放进了水里，顺便合起手掌飞快地许了个愿。这时他背心突然挨了一脚，一下栽进了河里。

他从水里站起身，惶恐地望着赵修缘，哆嗦着喊他："郎、郎君。"

赵修缘冷冷地看着他："今天我心情好，小惩而已。以后再敢背叛我一次，我就把你沉进浣花溪里。"

"小的错了，小的再也不敢了！"赵平骇得趴在水里磕头，连声讨饶。

赵修缘哼了声，转身走向河岸："起来吧。"

"小的谢过郎君。"赵平如蒙大赦，从水里上了岸。他浑身滴着水，也不敢擦拭，只低头跟着。

赵安半点也不同情赵平，心想你跟了郎君好几年了，还认不清主子，活该。

回到家，季氏还没有睡。

季英英生怕母亲知道自己又惹事了，小心翼翼地上前请安。

女儿双颊染着娇媚的潮红，那双眼睛明亮中带着一丝羞意。季氏是过来人，也知道她今天和赵二郎有约，心里有了数。

“英英，过来。”季氏柔声叫着。

季英英心头一悸，磨磨蹭蹭地挪了过去：“娘，这么晚了，您该睡了。”

等赵家来提了亲，年底要办季耀庭的婚事，最多明年开春，女儿就要出嫁了。季氏握住了她的手，有些不舍：“英英，赵二郎和你说了吧？”

“说、说什么啊？”季英英结巴了。

季氏温柔地看着她，轻声说道：“娘也盼着你能嫁得好。赵二郎真心诚意待你，娘不反对这门亲事。赵家家大业大，嫡支、旁支都住在槐树巷，人多事也多，不比咱们家小门小户的。娘只担心，你性子直，不晓得那些后宅官司，也不能像在娘家一样自由自在的。”

季英英抬起头，看到母亲眼里泛起了水光，先前的喜悦烟消云散。她盼着能和赵修缘在一起，却也舍不得母亲和哥哥。就好像现在的家她永远都不能回了似的，季英英第一次感觉到成亲带来的惶恐。她双膝一软，跪在季氏面前，把脸搁在了母亲膝上：“娘，赵家还没来提亲呢。”

“不出意外的话，过了十月初九斗锦，赵家就会来人。赵家和咱们家虽然只隔着一条街，但娘就是有点舍不得。”季氏说着，十来年独自抚养大儿女的思绪一股脑儿涌上心头，声音哽咽起来。

季英英觉得自己真是不孝。她想说我不嫁了，就陪着您和哥哥。可这话说出来，她自己都不信。她伸手抹去季氏腮旁的泪，一本正经地说道：“我从来没怕过什么。赵家家业再大，人再多，我做好自己分内之事就是了。谁敢来惹我，我准叫他吃不了兜着走。”

季氏破涕为笑，狠狠拍了她一巴掌：“大户人家规矩多，你这样不是更叫娘担心？”

“不哭了吧？”季英英傻笑着，脸在季氏身上蹭了又蹭，“赵二郎不欺负我就行。他欺负我，我就和离。回家守着娘和哥哥，照样过好日子。”

还没定亲呢，就想到后路了。季氏的那一点哀愁被季英英的话冲得干干净净，忍不住又想教训她。转念又想，女子在这世间生活本就比男子艰难，女儿这样的性情也能让她过得更自在一些。于是教训的话就变成了教诲："这样的念头埋在心里就行，对谁都别说，赵二郎也不行。记清楚了？"

"嗯，我没那么傻呢。"

季氏又想起一事："娘最担心的是，今年赵家还是败给益州城杨家。夺锦王失败，赵家会有人拿这门亲事说嘴。就算你真的嫁过去，日子也不好过。"

"关我什么事啊？我又不会织锦。"

女儿还是稚嫩了点。季氏忍住没有再提，让季英英回去了。

季英英没有母亲想的那样不懂事，她回到房间，遥遥望着一街之隔的藤园出神。

"修缘哥哥，我信的只有你而已。"她喃喃出声。她所倚仗的是赵修缘对她的感情。如果真像母亲说的那样，她也不怕，只要赵修缘对她好就行。

"娘子，夜深了。"绫儿尽责地提醒了一声。

季英英嗯了一声，眼神变得清明。怕什么？她可不是爱钻牛角尖，会在一棵树上吊死的人。对她不好就一拍两散，各寻欢喜去。

第四章

杨家纨绔

益州城周家是产丝大户，常年向杨家织坊供丝。周家二郎娶了杨家二房的大娘子为妻，周、杨两家是正经的姻亲。

那一晚，周七郎狼狈地回到家里，把周氏夫妇吓了一跳。他习惯性地颠倒黑白，又把责任悉数推到了杨静渊身上。

第二天一大早，气了一夜的周太太带着儿媳杨氏和周七郎直奔杨家巷。

因是二房的姻亲，周太太一行人先去了二房告状。

“和杨三郎一起带着伴当去浣花溪观灯赏月，就我儿独自鼻青脸肿地回来。二太太，你瞧瞧我家七郎这凄惶样儿！

“杨三郎见那小娘子生得娇美，唆使着我家七郎上前去拦她的去路，害我家七郎生受了这场无妄之灾。那浣花溪多宽多深哪！我家七郎险些就没了命！”

周七郎穿着一身紫色锦袍，脸上青紫纵横。本来就是单眼皮小眼睛，这会儿肿得连瞳仁都瞧不着，只睁开了一条肉缝。他委屈地补充道：“她踹了我下河，杨三郎还当众笑话我！”

周太太胸口怒火像岩浆似的翻腾，埋怨着儿子：“就你傻，当他是自家哥哥一般亲近，给人卖了还替人家数银子。”

她转过身，又对着杨家二太太邹氏哭了起来：“……他倒好，自个儿一溜烟跑了。连他的伴当都没少根头发啊。

“我可是瞧着三郎武艺好，才放放心心让七郎跟着他。我家七郎才十七岁，有这么当哥哥的吗？

“七郎你说，杨三郎怎么对你的！”

周七郎嘟囔道：“那帮人挥着胳膊粗的大棒只追着我打，我叫他，三郎理都没理，扯着他的伴当跑得比兔子还快哩。”

“听听！亲家太太，好歹周、杨两家是姻亲，杨三郎也太凉薄了吧？哎哟，我的七郎啊，你连人家的伴当都不如啊！心疼死娘了。”

周太太哭得一把鼻涕一把泪。周七郎是她的老幺儿，是捧在手心里宠大的，像眼珠子一样宝贝着。天杀的杨三郎，竟敢拿七郎当枪使。等到惹出事来，他跑路时连拉一把七郎都不肯。

周二奶奶杨氏也用帕子盖着脸哭。她不心疼周七郎，只是哭自己命苦。婆婆昨儿半夜又把她叫到正房，指桑骂槐，支使她端茶递水、捶腿揉肩，折腾了她一宿。杨大娘不敢顶撞婆婆，只敢恨杨三郎：“娘，三郎也太不像话了！这次非得让大伯母好生教训他才是。”

女儿眼泡皮肿，再厚的脂粉也没能掩住憔悴。才嫁去两年，就像老了十岁似的。杨二太太又气又恨又心疼，气周家又搓磨女儿，恨大房杨三郎惹事，连累自己的女儿。

找大房讨公道？那是去自取其辱！指望大嫂石氏惩治那个小崽子？那叫白日做梦！

可是看到女儿眼巴巴地递过来的眼神，杨邹氏心里清楚，如果不带着周氏母子去大房告状，女儿在周家就没好日子过。

她心疼女儿，只能顺着杨大娘的话摆出一副和周家共进退的态度，当即揉着帕子高声说道：“亲家莫气，随我一道去找大嫂讨个公道！”

一行人出了院子，带着丫头、婆子浩浩荡荡去了正院。

杨家大房当家主母石氏刚用过早饭，正要去花厅议事。听到丫头禀报，无奈地又坐了回去。

杨家偌大家业，知不知道当家主母一天要办多少事？讨债似的，这么早就来堵门。石氏心里压根儿看不上二房的妯娌邹氏，又不能置之不理。她没好气地吩咐道：“请二太太和周太太前厅奉茶。打听一下，究竟怎么回事。”

她重新整了整衣裳，端了茶慢慢啜着。

不多时，大丫头雪青进了门，蹲身行了礼，轻声禀道："太太，打听清楚了。昨晚三郎君与周家七郎君，以及桑家、陈家几位郎君一起去浣花溪观灯，被三道堰赵家二郎君喊人打了。"

"赵家？"石氏有些吃惊。赵、杨两家争锦王争了百来年，虽说是死对头，也不至于公然喊人来打。现在离斗锦不远了，赵家难道是在故意挑衅？

"听说郎君们观灯时调戏了一名小娘子，惹怒了当地人。赵家二郎一呼百应，不少当地人都相帮着动了手。"

原来是这样。石氏心里去了疑，又不解地问道："既然都挨了打，周家跑来闹腾什么？"

雪青也不太清楚，只知道是二太太带了人过来。她迟疑道："许是三郎君好好的……周家七郎君被揍成了猪头。"

石氏扑哧笑了起来，不屑地说道："难不成要三郎也被揍成猪头才叫公平？邹氏也好意思带着周太太来大房讨说法！"

雪青知道缘由，赶紧说道："周太太把大姑奶奶也带来了。"

石氏冷笑道："只知道窝里横！堂堂杨家大娘子被周家搓磨成一团软泥，拿捏着回娘家闹腾，也不嫌丢人。"

说着心里更烦去应酬二房邹氏和周家母子。

主母心情不好，服侍在身边的丫头一整天都战战兢兢。雪青不想让自己难过，马上说道："还是咱们二姑奶奶爽利，太太也少操心。"

二房大娘子嫁给周家，性情软弱，经常受气。石氏的二娘同样嫁人，却把丈夫收拾得服服帖帖，甚得公婆喜欢。亲家在工部织染局任大使，没少帮衬杨家。

两厢对比，杨二娘完胜杨大娘。石氏的心情也渐渐舒展开，有些想念嫁到长安的女儿："也不知道二娘生的是男是女。"

"定是位小郎君呢。奴婢算着日子，严管事也该从长安回来了。没准儿这几日就带了喜讯回来。"

石氏心情更加好了："去请三少爷过来。"她想了想又道，"老爷知道吗？"

这就是要让老爷知晓的意思了。雪青笑道："二太太风风火火地一早过来，府里人都惊诧着呢。怕是早有人去了乐风苑报信。"

石氏笑了笑，带着人去了前厅。

乐风苑里，柳姨娘正侍候杨家大老爷用早饭，消息就递了进来。

柳姨娘夹着一筷子素炒绿豆芽，稳稳当当送进了碟子："三郎又闯了祸，这回该请太太动家法了。真好。"

杨大老爷素来不管内宅事宜，听到柳姨娘的话，搁下筷子笑道："你看你，就三郎一个儿子，也狠得下心叫太太动家法。"

屋里只有柳姨娘一人侍候。她又夹了一只烧卖搁在碟子里，嗔道："老爷，好生用饭才是正经。"

柳姨娘是典型的蜀中美人儿，骨骼纤细，拥有白瓷似的肌肤。十七岁生下杨静渊，身材半点没受影响，腰肢纤细，瞧着像二十出头的年轻妇人，一双晶莹妙目会说话似的，风情无限。

杨大老爷四十出头纳了花朵一样的柳姨娘，十来年常居乐风苑，宠爱如故。柳氏嗔他一句，杨大老爷就不再言语，低头用饭。

到底心里还是牵挂着杨静渊这个小儿子，杨大老爷饭毕也没心思饮茶了："这回不同以往。周家与二房结了亲家，这一大早的，二弟妹就带着周家人过来，我还是瞧瞧去。太太顾忌二弟妹和周家的面子，肯定会动家法，三郎怕是要吃亏。"

柳氏拦在了他身前，替他整理着腰间的荷包，轻声说道："老爷，三郎从小到大惹祸不断，什么时候挨过家法板子？大郎君、二郎君是兄长，要忍让着他，二房、三房的四郎君、五郎君是弟弟，也要让着他，他俨然就是杨家的小霸王。这回就让太太给他个教训吧，三郎都十八岁了，再这样宠着他，将来可怎么得了？"

说到将来，柳氏不是不担心的。

她出身贫寒，生得又美，如果不是进了杨家，还不知道被街头哪个闲汉霸占了去。她进杨家的时候，石氏当家做主二十几年，大郎君、二郎君已经成人，能掌家理事。她也没那能力和本钱去插手杨家的家业，只盼着能服侍大老爷终老，把杨静渊抚养成才，她就心满意足了。

石氏一早和她说得明白，只要她不插手家业，给大老爷纳一个妾是纳，纳十个妾也没区别。只要她安安分分地过日子，石氏绝不为难。

柳氏牢记这一点，从不逾越。但是看着杨静渊三天两头惹祸，她毕竟是他的亲娘，哪有不着急儿子长歪的。

杨大老爷今年六十岁了，孙儿、孙女都有了三个，这几年早就在家业上放了手。毕竟是当过家的人，柳氏的心思他还是明白的。三郎不能执掌家业，石氏也巴不得三郎继续玩乐下去，宠得比他和柳氏还过。他深深迷恋着眼前这个温婉美丽的女人，自己年纪大了，定会走在柳氏前头，是该为柳氏和三郎打算一番了。

“我心里有数。”杨大老爷握了握柳氏的手，温情脉脉地说道。

“老爷。”眼前这个男人比她大二十多岁，柳氏却觉得遇到他是自己的福气。

岁月如梭，当年儒雅的中年男子已花白了头发。她鼻头微酸，环抱着杨大老爷的腰，把脸贴在他胸前。

如果可以，柳氏希望杨老爷能活到百岁。那时候，她也老了，守着回忆过不了多少年，就可以随他去了。

早晨的太阳投进杨家正院的前厅，耀得一片明亮。

厅里一水的黄花梨木家具，用的年头长了，木质上生出一层包浆。木纹如行云流水，在阳光下金黄润泽，优雅古朴。

二太太邹氏每次来到正院，都有种心疼的感觉。她总会情不自禁地想象自己是这院子的主人。

前厅正中条案上供着的两只青瓷罐也是旧物。换成是她，她一定不会插孔雀翎。春日，她会插大朵牡丹，秋日，她会插大束菊花，冬天换成梅或是冬海棠。还有这些椅袱，她会换着用杨家最灿烂的锦。

多么敞亮的厅堂啊，足足比她院子的前厅大了三倍。如果是她住在这里就好了，这样她嫁妆里那座十二扇的雕花屏风也有地方摆出来了。她会穿着新织的锦衣，坐在条案旁的椅子上，听城里的太太们恭维着自己，而不是坐在下头，陪着身边这个刻薄的周太太。

“亲家太太，日头都起来了，茶也续过一道水了，大太太该不是故意在晾着咱们吧？”周氏一门心思想要向杨家讨公道。这厅堂大归大，几个人坐在这里空荡荡的，丫头们站在一丈开外不言不语，隐隐给周太太一种压力，让她觉得杨家在给自己下马威似的。

周太太刻意提高了声音，生怕四周肃立的奴婢们听不见。

“周、杨两家是姻亲，大嫂怎么会故意晾着您呢。”别说晾着你了，石氏看自己的目光永远都是高高在上的。杨邹氏心里又泛起了酸楚，只能赔着笑脸解释：“大嫂当着家，大概有什么事绊住了。”

周太太哼了一声，刚端起茶盅，发现茶水快见了底。已经续过一次水了，她再叫续水岂不是让杨家笑话她没吃过好茶？她将茶盅搁下，脸色更加难看起来。

好在这时石氏已走到了前厅门口，迈过一尺高的门槛时已笑着打起了招呼：“哟，周太太，好久不见。让您久等了。”

杨邹氏赶紧站起身来："大嫂，一早打扰您了。"

石氏如沐春风地笑着："周太太难得登门，我再忙也得抽出工夫来不是？都请坐吧。"

杨大娘屈膝行了礼，见大伯母像没看到自己似的，知道石氏恼她被周家当筏子，心里又添一层委屈。她也不敢坐，低着头，站到了周氏身后。

见过礼，石氏走到了杨邹氏最想坐的那把椅子上坐下。仿佛有人提动了线，厅里侍候的侍婢都动了起来，换上新沏的香茶，重新端来一盘盘精致的点心。

杨邹氏偷眼瞥去。

石氏生得富态，保养得好，五十多岁依然红光满面。她穿着一身枣红底团福字花的锦衣，梳着高高的牡丹髻，戴了套红宝石头面，暗红色的红宝石和她的衣裳十分相衬。她坐得笔挺，双手自然交叠在膝上，当家太太的富贵雍容和威严气度展现得淋漓尽致。

杨邹氏也情不自禁地挺了挺腰，坐得更直了。

"大太太，您先瞧瞧我家七郎！"周太太伸手将儿子推了上前。

石氏一进厅堂就看到了周七郎那张青红紫涨透亮的脸，险些没笑出声来。此时再看，怎么也忍不住笑意，只是换成了惊诧的语气："哎呀！七郎这是……吓了伯母一跳。这是摔着脸了，还是被人给打了呀？"

周七郎脱口而出："三道堰赵家二郎叫人打的！"

"啧啧，这赵二郎也太过分了！"石氏感叹了一声，稳稳坐在主位的黄花梨太师椅上，温和地说道，"亲家太太莫气。赵家虽是大户人家，我们杨家也不是认不得衙门里的人。我这就递帖子给我兄长，务必将那打人凶手绳之以法。"

石氏见周太太愣住，微笑着继续说道："这点忙，我还是能帮的。"

说得好像周家小门小户，连告官报案都要来求着杨家似的。不就是有个在州府衙门当录事参军的兄长吗？周太太涨红了脸，用尽力气才忍住没有高声叫出来，谁要你帮忙告官？！

调戏小娘子，被人家揍了。这种事告到衙门，赵家会很高兴地赔汤药费——反正又不是赔不起，还能赚到大好名声，而周家却成了笑话。

所以告不得官，周太太的怒火就奔杨静渊来了。

"大太太，这事却是赵家占了理。可是我家七郎挨得冤枉啊！"周太太忍着气，掏出帕子往脸上一蒙，哭叫起来，"不是你家杨三郎，我家七郎也不会被人打成这样！"

石氏脸色一沉，捏着周七郎的话淡淡说道："打人的不是三道堰赵家二郎？与三郎有什么关系？"

"事情是杨三郎惹出来的……"

石氏稳稳坐在黄花梨太师椅上一语不发，听大戏似的由着周太太哭诉。

周氏先在杨二太太处发作了一番，此时再哭诉一遍，声势已弱了一头。都说了一盏茶的工夫，石氏还是没表示，她不由得瞪了儿媳一眼。

杨大娘没有办法，只能给自已母亲递眼色。

"大嫂。"杨邹氏把人都带过来了，姿态当然要摆够，当即说道，"你真得好生管管三郎。不是我偏帮亲家，哪有三郎惹是生非，叫周家七郎挨打的道理？"

石氏安静摆在双膝上的手终于动了动，她欣赏了下手指上新涂的蔻丹，慢条斯理地开了口："周太太的话我听明白了。敢情周七郎是因为我家三郎才被人打成这般模样。"

"七郎就是个憨笨的，杨三郎想招惹人家小娘子，关他什么事？杨三郎一唆使，他就傻乎乎地帮忙去拦人家的道，不然也不会被人家追着打。"周太太瞅着周七郎那张五颜六色的脸，又抹开了泪。

正说着，杨静渊来了。

他也穿了身簇新的紫色小团花锦袍，额间结了条同色镶玉锦带，衬得面色如玉。他的个子比周七郎高了足足一头，在堂前一站，丰神俊朗，神采飞扬。

杨静渊和儿子一对比，周太太更加难过："大太太，你瞧瞧，瞧瞧他……我可怜的七郎呀！"

杨静渊看着周七郎，忍俊不禁笑出声来："哎呀，七郎，你脸上都快赶上开染坊了！被揍得这么惨啊？"

周七郎羞愤交加，跳脚骂道："你跑的时候怎么不拉着我？"

杨静渊笑得直耸肩："拉着你我还能跑掉？没看到百十个人对付咱们十几个？还好我跑得快，不然准和你一样脸上开染坊铺子。"

"听听，杨三郎自个儿都认了！七郎因他挨打，他居然自顾自地跑了。太太，今天你一定要给我个说法。"周太太愤怒了。

自打杨静渊一进来，石氏眼里的冰碴儿就融得一干二净。她像没听见周太太的咆哮，笑着向杨静渊招手："我的儿，来母亲这里。"

杨静渊笑嘻嘻地团团一揖，走到石氏身边。

石氏拉过他的手，眼尖地看到杨静渊手上有块瘀青，心知是揍人时弄的，心疼得不行："疼不疼啊？"

"打的时候不疼，事后疼。"

石氏马上吩咐雪青："去请大夫来给三少爷瞧伤，叫厨房这些天给三郎君做些活血补身的菜。哦，三郎君受了伤，叫乘软兜来，等会儿送他回明月居。"

杨静渊脸皮再厚也有些绷不住了，忍着笑小声提醒石氏："母亲，儿子的腿又没有受伤。"

石氏理直气壮地说道："正院离明月居太远，你这不也受了惊受了伤，别走路累着了。"

杨静渊嘿嘿笑着应了，还不忘对周七郎挑眉毛示威，气得周七郎直咬牙。

厅堂安静，母子俩的对话清清楚楚传进众人耳朵里，周氏险些晕厥，不就是手背有块花生米大的瘀青吗？就请大夫、安排软兜抬？你家三郎是宝贝，我家七郎就是土疙瘩？

杨邹氏也不淡定了。大嫂这是将自己也晾在旁边了，这也太不给二房面子了吧？她阴沉着脸道："大嫂，三郎既然来了，好歹要给亲家太太一个交代不是？"

石氏拍拍杨静渊的手，示意他放心。眉毛一扬，她没好气地说道："弟妹此话从何说起？对方有百十条汉子，难道指望我家三郎以一当百去救周七郎？当我家三郎是傻子啊？我还庆幸他跑得快呢。"

"明明是杨三郎调戏小娘子惹出来的祸事，连累了我家七郎。"周太太声音直颤，"大太太，难不成要我家七郎自认倒霉？"

"母亲，是周七郎要去调戏人家，不关我的事！"杨静渊不满地说道。

周七郎哪肯认账，高声叫道："是你，是你，明明是你先扔了石头进水！"

杨静渊嘁了声："我往河里扔块石头而已，我又没争着上前去拦她。劝你不听，赶着上前被收拾，怨得了谁？"

"三郎！"

听到石氏开口，杨静渊哼了声，不和周七郎争执了。

"亲家太太，我知道你心疼七郎。谁不心疼自家的孩儿？孩子之间的小过节罢了，不值当你动气。但你也得体谅下我这做母亲的心啊。你看这样好不好？"

石氏的表情很诚恳，周太太便忍着气听她如何处置。

"周七郎的汤药费都由我杨家出了。周太太可满意？"

付点汤药费就想把自己打发了？周太太气了个倒仰："周家不差银子！大太太你今天不教训杨三郎，我周家和杨家没完！"

“怎么个没完法啊？”石氏凉凉地望着周太太笑，“亲家太太，周七郎又不是我家三郎打的。杨家肯出汤药费，那是看在周杨两家是亲家的分上。说周七郎是为了帮我家三郎拦小娘子的路才被踹下了河，这种事能帮吗？调戏小娘子，不就图个乐子？你家七郎上前拦小娘子得了乐子，难不成叫我家三郎上前去挨她一脚下河？”

这话听得周太太瞠目结舌，一时间不晓得怎么争辩。她伸手狠狠掐了把儿媳。

杨大娘疼得直抽气，硬着头皮替周家说话：“大伯母，三郎也不该扔下七郎不管啊。他全须全尾地回家了，瞧瞧我七弟，这般凄惨模样！”

石氏沉下了脸：“大姑奶奶，你嫁进周家是周家的人，帮着周家人说话也是正该。我这做伯母的，这回就原谅你不顾长辈在场，胡乱开口插话。”

石氏一顶帽子扣下，杨大娘哑了声，捂着脸又抹开了泪。

二太太不干了：“大嫂，要怪就怪我吧！谁叫二房在家里人微言轻，连句话都说不上……”说着也掏出手帕哭了起来。

杨静渊忍不住了，每次周七郎都把事往他身上推，活该被季二娘收拾。让自己扛黑锅不是头一回了，真当他好揉捏？他大步走过去，一把就将周七郎从椅子上拎了起来：“你说清楚，我是不是劝过你别去调戏她？”

有自家母亲在场，周七郎梗着脖子叫道：“没有！你就知道看我笑话！”

儿子像小鸡崽似的被杨静渊拎在手里，周太太吓坏了：“别伤着我家七郎！”

杨静渊将周七郎往椅子上一扔，昂着下巴道：“对，我惹的事，让周七郎挨了揍，我还拍屁股跑了，怎么着吧？”

顿时，周太太、杨邹氏、杨大娘、周七郎全望向石氏，脸上写满了“他都招了，你赶紧抬家法吧”的神色。

“打了我家三郎，周七郎的伤就能好了？”石氏站起身，不屑地说道，“周太太，说句不中听的，就算是我家三郎惹的祸，那也要怨你家七郎人蠢腿短，伴当护主不力。我府中事务繁忙，就不留你了。雪青，从柜上支二百两银子，给周家小郎君压惊。来人，送三郎君回去养伤。”

石氏说完，带着满屋子丫头、婆子扬长而去。

杨静渊朝周七郎扮了个鬼脸，出门坐上软兜走了。

“好、好你个石氏！”周氏气得跌坐在椅子上直喘气。

杨邹氏目瞪口呆。她猜到石氏不会罚杨三郎，可没想到她半点面子都不给自己和周太太。

石氏甩手走了，她还要为着女儿安抚周太太。杨邹氏忍着气道：“亲家太太，你也看到了，杨三郎被我大嫂宠得无法无天。以后啊，别叫七郎与他一处，受他牵连。”

周太太甩开她的手，怒道：“你们杨家欺人太甚！走着瞧吧！”

也不叫自家儿媳，拉扯着儿子径直走了。

杨大娘愣了半晌，看看母亲，捂着脸直哭：“娘，婆婆她把我扔下不管了。”

“没用的东西！”杨邹氏狠狠地戳了她一指头，吩咐人去安排车轿送女儿回府，牙缝里蹦出狠话来，“我就不信老妖婆能当一辈子家！”

二管家听完壁角，一溜烟跑到内书房禀告。

杨大老爷听了直笑：“太太办得好！周七郎人蠢腿短，还怨三郎惹事跑路时没拉着他。三郎又不是他亲哥！”

笑完就陷入了沉思。

他没带随从，安步当车，踱着去了明月居。

大夫已经来过了，开了一堆伤药和补药，郑重得就像杨静渊残了一条胳膊似的。

明月居书房外是引了府河水进来营造的小湖，湖边一株合抱粗的黄桷树枝叶葳蕤，树下摆着张楠竹长椅。杨静渊正闭着眼睛睡回笼觉，他的手搭在扶手上，香油刚给他擦完化瘀散。

大老爷进了明月居，悄悄走到了树下，摆手不让香油惊动杨静渊。他仔细端详着小儿子。托柳姨娘的福，杨静渊生了张好皮囊。双眉和大老爷一模一样，像吸足了墨的笔潇洒画出，给俊秀的面容平添了几分英气。

一晃就这么大了。杨大老爷想着，伸手去捏他的脸。他记得杨静渊小时候肥嘟嘟的，他经常捏。

刹那间，杨静渊一把攥住他的手腕，睁开了双眼。看到是自家老子，手一抖，松开了：“爹，您怎么走路跟猫似的，没个声啊？”

“跟青城山牛鼻子老道学了武，手脚还挺利索！”杨大老爷没捏着儿子的脸，哼了一声。他站直了腰，抬步就往正房去了。

杨静渊心里纳闷儿父亲的来意，吩咐香油去泡父亲爱喝的蒙顶黄芽，笑嘻嘻地跟了进去。

书房的多宝槅上摆满了各种玩意儿。玉石盆景、花瓶瓷器、蝈蝈葫芦、有花纹的江石，值钱的不值钱的胡乱摆在一处。墙上挂着宝剑、猎弓、箭壶，枪袋里装着长枪，旁边还挂着一幅字。

字是二尺斗方，只写了一个大字：静。

杨大老爷凑近了看那幅字的落款：“浣花大侠，谁啊？”

“我啊！爹！”杨静渊开心地解释道，“‘浣花’二字又美又有佛缘，比益州大侠好听吧？”

杨大老爷乐了：“咱杨家还能出个游侠儿是吧？”

“游侠儿有什么不好啊？除暴安良，济世救人。”杨静渊指着那个“静”字道，“爹，您看这个字写得好不好？”

“张牙舞爪！”

“什么张牙舞爪？师父都说铁画银勾颇有剑意来着。”

杨大老爷哼哼两声不予置评，转头扫视他的书案：“写个你的名字给爹瞧瞧。别画什么剑意刀光，爹看不出来。”

杨静渊应了，提了笔在竹纸上认真写下自己的名字。

字写得很好，端正，笔锋并不圆润，透出年轻的锋芒。

杨大老爷接过笔，也写下了同样的三个字，端正，藏锋于内，不失苍劲。

“三郎，你仔细看爹写的字。”

杨静渊只看了一眼便道：“做人要正，外圆内方。”

三郎从小就聪明有悟性，可惜是庶子，不能学家传织锦技艺，不能学怎么分辨上等锦与劣等锦，连工笔绘画都没有学，屋子里一幅像样的画都没有。杨大老爷感叹着，转身在八仙桌旁坐了：“三郎，你也坐。”

杨静渊觉得父亲今天有点古怪，会不会是因为周家告状的事？他抢先说道：“爹，周七郎冤枉我，每次都把责任往我身上推。如果儿真调戏了小娘子，不会抵赖。”

“那是小事。”杨大老爷犯不着为这点小事亲自来明月居教训儿子。他温和地问道：“三郎，你十八岁了。太太正在为你相看人家。你想娶个什么样的女子？”

杨静渊脱口说道：“性情温柔，会侍候我的。小家碧玉最好。”

“哦？为什么不是大家闺秀呢？”杨大老爷很好奇。

娶大家闺秀，母亲会多心的。杨静渊无意中听到母亲和大哥说起自己的亲事，上次特意偷跑到竹林寺替自己求了支姻缘签。可是他不想把这些告诉父亲，他赖皮地耍了个滑头：“没见过世面好啊，乖乖在家侍候我就行了。女人嘛，能相夫教子就够了。”

这小子，倒是和我的想法一样。就像石氏太能干，他反而没了做丈夫的感觉。

杨大老爷想起温婉的柳氏，眼里溢满了笑意：“那等你成了亲，你还是打算什么事都不做，和城里那帮小子走马弄鹰玩一辈子？你想不想做点正经事？比如说怎么经营商铺？”

他能做正经事吗？小时候他好奇，吵着要和只比自己小一岁的四郎进织坊，石氏便招了城里最有名的糖画张进府给他画糖画哄着他。四郎哭闹着也要玩糖画，被二伯母拿着鸡毛掸子抽，硬给揍进了织坊。

后来他才明白，庶子不能学杨家织锦的技法，不能学与织锦有关的东西。庶子是不能继承杨家家业的。

从小到大，母亲可以待他好，可以宠着他、护着他，大把撒银子帮他收拾首尾，只一点，母亲也护崽，绝不允许他威胁到大哥、二哥。

他是大房最小的儿子。眼见父亲一颗心系在姨娘身上，他人又不笨，如果被父亲称赞有经商天分什么的，母亲多少会顾忌。

就冲着母亲待他和姨娘的宽容，他也不会去伤她的心。再说，杨家有的是银子，请得起精明的掌柜，也不需要他帮忙。

他除了吃喝玩乐，还能做什么？

现在父亲却想让他学习经营铺子？杨静渊望着父亲，看到他花白的头发和胡须，眼神慈爱，心里酸胀不已，低着头道：“儿子不孝，让爹操心了。”

“三郎，你十八岁了，有些话爹不妨明说。你是庶子，太太再宠爱你，她的嫁妆只能分给你大哥、二哥。杨家的家主定是你大哥来当，你二哥能分到的家业也会比你多，但是爹也不会薄待你。可是你这样一直玩耍闲散着混日子，将来爹走了，你如何守得住爹给你的产业？爹不担心别的，就担心你胡乱抛撒，让你姨娘老无可依。你可明白爹的意思？”

“我都明白的。”杨静渊重重点了点头，有点难过，“爹，您别这样说，就像您马上要离开姨娘和我似的，我听着难受。”

“肯听爹一劝就好。回头你去三道堰找老管家教你。这事就别让他人知道了，也不要带伴当去。”杨大老爷起身拍了拍他的肩，慢悠悠地去了。

他让自己一个人偷偷去找出府荣养的老管家学本事。原来，父亲什么都明白。杨静渊心情激荡，久久不能平息。

香油端着茶进来时，正赶上大老爷离开。他觉得大老爷看自己的眼神很奇怪，看得他端茶盘的手都差点儿软了。送走大老爷，香油端着茶进了书房：“郎君，老爷训你了？”

没听到回答，香油抬头一看，杨静渊正站在书桌旁写字。他没敢打扰，站在旁边看着。

雪白的竹纸上写着“杨静渊”三个字，端正，藏锋于内，不失劲力，几乎和大老爷写的一模一样。

香油疑惑万分，郎君没事练自个儿的名字做什么？

“香油，把马喂好了，明儿我要出门。”杨静渊看了会儿自己写的字，将父亲写的那张收了起来。

“郎君，你该不会是去三道堰找赵二郎打架吧？”香油急了，“赵家是地头蛇，咱去准讨不到好！”

“谁说我要去三道堰打架？”杨静渊反问了香油一句。

不是打架，那要去哪里？

香油心里这样想的时候，杨静渊心里也在想。

为了不让母亲多心，父亲特意叮嘱他不要告诉任何人，也不能带香油。他拍了香油一巴掌：“胡思乱想什么？我每个月都要去看师父。我要在那里小住几天，你把行李收拾妥当。”

香油缩着脖子笑了：“差点儿忘了，每月郎君都要去建福宫住上几日。我这就去收拾行李。”

杨静渊得意地想，每个月去青城山见师父，顺便去见老管家，神不知，鬼不觉，实在是再好不过的借口了。

第五章

马上添花

赵家夺锦成功与否，关系到和季家的亲事是否会喜庆地进行。胜了，赵家阖家欢喜，亲事就是锦上添花；败了，杨家人飞个眼神，明晃晃地表示赵锦不如杨锦，足以令赵家人又一次磨平后槽牙。这时候和小门小户的季家联姻，不但不会振奋士气，还会有种再被踩了一脚的憋屈——杨家姻亲不是官宦人家，就是世家大户。斗锦斗不过，连娶媳妇都要往低了去，这样一代代下去，岂不是永远甭想在杨家面前扬眉吐气了？

季氏和季耀庭对这样的情形深表忧虑。母子俩暗中一商议，打定了主意。赵家败了，以季耀庭年底娶媳妇太忙为理由，拖到季耀庭成亲后再和赵家商议。

当然，最好的结果是赵家胜，双喜临门。

季氏一改以往不关心谁得锦王的态度，默许季英英见赵修缘。

季耀庭去浣花染坊的铺子时，就半真半假地叫上了季英英：“年底哥哥要成亲，母亲叫了工匠翻修院子。家里人少事多，你来铺子上搭把手。”

管铺子有掌柜，小买卖用不着东家出面。季耀庭更多的时间是待在小隔间里，等着大客商登门，商定价钱。翻修院子，采办聘礼，还要在染坊染丝，季耀庭确实忙。

季英英二话不说，留了绫儿在后院，带着湘儿端着针线笸箩和绣绷坐在小隔间里守着。

她心里也明白，总不能让她去赵家，或是让赵修缘频繁进季家后院。家里是在给赵修缘和自己制造见面的机会。

季英英以为赵修缘得了大哥的口风，隔天就会来。没想到竟等了十天，赵修缘才拿着新画的锦画样子借口买丝来了铺子。

听到他和季贵叔打招呼的声音，正在绣花的季英英险些扎到手指头。她朝湘儿急切地使眼色。

湘儿抿嘴偷笑着，掀帘出去了。等到赵修缘闪身进来，湘儿上了茶，自觉地退到了小隔间的帘子外守着。

大概是两人长期偷偷摸摸约会，从来没这样光明正大过，赵修缘和季英英都有点不适应，反而不如在竹林寺后山约会时来得自然。

这天，他穿了身雨过天青色小团花锦衣，让季英英想起那日他在楼上张开双手的模样，便不好意思再盯着他看。多日未见，她心里像住着个调皮的小恶魔，挣扎着要跳出去，让她情不自禁地抬眼一瞥又垂下，反复几次，就将他清秀的眉眼印在了心间。

阳光从窗户投进来，她鬓旁的发丝染着一层金晖，肌肤白得透明，脸颊那团绯红浅浅地晕染开。赵修缘几时见过季英英这种娇羞模样，一时间竟看得呆了。

这时，季英英的目光移到赵修缘腰间，只见青色腰带上悬着一只精致的宝瓶状荷包，上面绣着一丛修竹。这是赵修缘十八岁生日时央她做的。季英英便哼了声："八月十五没见你戴着，今天有事求我，就用上了？"

她一开口，熟悉感便又回来了。赵修缘着急地解释："那天已经迟了，走得慌，忘了。我平时都戴着的，真的。"

每次见着他着急，季英英都会生出甜蜜的感觉，不由得嗔道："傻站着做什么，坐啊。"

为了方便摆放丝线，小隔间里放着一张宽大的长方桌。赵修缘在季英英对面坐了，被接近一丈长的桌子一隔，不免有点拘谨。

季英英扑哧一笑，双手撑着脸颊，小声说道："我敢打赌，季贵叔这会儿肯定就站在门帘外。"

赵修缘转头看过去，也忍不住一笑。门帘下方两双脚，一双裙边露出绣鞋的边，一双青口千层底布鞋。一个人是侍婢湘儿，另一个人显然是浣花染坊的掌柜季贵。

被人这样守着，赵修缘纵有百般思念，也不好意思说了。他除了想看看季英英，还是带着事来的，当即将自己的画搁在了桌上："我为斗锦新画的画样，你看看。"

季英英心里也记挂着这事。她起身将桌上的茶盘端到一旁小几上搁着，揭开了桌布。

大方桌下面一层铺着一块漂成纯白色的细麻布。当大客商要订丝线时，摆上样品，更好辨色。

赵修缘从竹筒里抽出画，小心地铺开。

来染坊铺子上照图配丝的不少，季英英麻利地拿出长长的楠木镇纸将画压好。

画宽两尺，长三尺。画中明月如钩，清波荡荡。水边以工笔淡墨细细勾勒出一枝绽放的飞舞形菊花。枝叶如身，花似美人脸。舒展飘荡的菊瓣像裙裾散开，似美人临波，衣袂飘飘，欲踏风归去。

唐人爱花成痴。"一丛深色花，十户中人赋"就道出珍品牡丹的高昂价钱。以花草瑞鸟为题材的锦极受欢迎。早在汉代，司马相如就曾将自己的一件蜀锦质地的肃鸟霜鸟裘典当了买酒喝，引得时人纷纷附庸风雅，效仿着穿织花鸟纹锦，到唐时仍兴盛不衰。

"十月正是菊开时节。梅兰竹菊四君子，菊欺霜傲行，不畏权势。这幅画祖父瞧过了，说有新意。"赵修缘轻声说着，眼风往门帘下一扫，两双脚仍在，他只得压低了声音道，"那天你走的时候，裙裾带风，我就有了灵感。这是为你而作的锦画。如果这次能夺得锦王，我便以它为聘。"

季英英再看这幅秋菊图，嘴角忍不住高高翘起，偏要打击他："这样的写意画能织出来吗？"

往年斗锦，也有人以菊为题，但都是写实作画织锦。能画出来，不见得能织出来。赵修缘将工笔与写意融为一体，织锦的难度高了数倍。

"放心吧，已经织了样锦出来。你瞧瞧如何选丝配色。"赵修缘轻声说道，"样锦是以蓝锦为底，织银色明月清波。菊绿茎绿叶，花萼黄，花瓣紫红。名为《临江仙菊锦》。"

季英英盯着画稿，脑中渐渐浮现出一幅锦画。

"听说杨家今年织的锦叫《十样锦》。杨家锦的特点是华丽富贵，我猜那幅《十样锦》定是斑斓之作。我这幅《临江仙菊锦》画风独特，只担心不如杨家《十样锦》大气灿烂。"

季英英仍在沉思。

赵修缘也不打扰她，坐在旁边端着茶饮着。

盯着画稿看了一炷香的时间，季英英长长吐了口气。

“这样的画，配色应该难不倒你。”赵修缘一点也不担心，年初他织的那幅《隐花波纹孔雀纹锦》单是一片羽翎的丝线就配了四种绿、三种蓝、两种紫。眼前一株单菊，无论如何也难不倒季英英。

等季英英看过画稿，赵修缘这才又从竹筒中拿出一幅一尺见方的小幅样锦来：“家里最好的织工连夜赶织了十天。”

样锦是翠蓝底，明月与下方水波由银、白二色织就。菊娉婷临水，摇曳多姿，枝叶疏密有致，花萼金黄，花瓣粉紫。用的是顶级丝线，散发出一层灿烂又不失柔和的光。

翠蓝、银白、金黄、桃红、粉紫，对比强烈的色彩织在一幅锦上，华丽又不失清雅。

因是样锦，季英英直接拿在手中对着从窗户投进的阳光左右移动着观赏。

蜀锦织造以经线提花，织出来的锦色彩明快鲜艳，图案凸现，有浮雕立体的感觉。从不同的角度欣赏，随着光线的变化，锦的色彩也会不同。

季英英移动样锦时，锦中的菊仿佛活了。晚风从锦上拂过，吹落数枚花瓣，披散飞撒的花瓣自然生动，可以想象织成三尺高的锦画该是如何灿烂夺目。

她心里明白，赵家自己搭配丝线，织出了样锦，赵修缘拿给她看，是让她想想，丝线配色是否还能更进一层，为锦添彩。

她看了足足小半个时辰，才放下锦画叹道：“修缘哥哥，样锦的配色已经很完美。换成我，也只能配得出这样的色。”

赵修缘舒了口气：“你都想不出还有更好的配色，可以开工织就了。”

季英英只笑不答。她可以尽力去想能否配出更好的色，但她还没嫁进赵家，不能随意置喙赵家的事。

赵家织锦胜在画稿的立意。但是没见过杨家的《十样锦》，季英英不敢确定赵家就能夺得锦王。

赵修缘走后，她呆呆地坐在小隔间里，满脑子都是那幅《临江仙菊锦》。她总觉得自己好像有别的想法，一时间又理不出头绪来。

“娘子，午时了。”湘儿小声提醒她。

季英英回过神：“回吧。”

她带着湘儿从铺子后门回家。铺子后门外是天井，四周是放货的厢房，过了穿堂门就是季家的前院。

大哥季耀庭的书房檐下摆着两盆菊花。一盆二乔，一盆粉荷，两盆都是圆球花形。二乔是白瓣与粉瓣夹杂，故称二乔；粉荷是粉色花瓣，花苞形似荷花。

季英英看了几眼，脑中的念头更加强烈，却怎么也抓不住："湘儿，叫人把这两盆菊花搬到我院子里去。"

也许，看着看着，她就会想出来了。

染坊人家对色彩有着天然的喜爱。季氏寡居后，唯一的消遣就是养花，不同季节养不同的花。季英英将家里所有的盆花一股脑儿全搬进了小跨院，姹紫嫣红，极为养眼。

三天过去，季氏和季耀庭都觉得季英英入魔了。除了吃饭睡觉，就盯着那些花看，也不知道她究竟想看出点什么。

藤园的二楼，赵修缘也远远看到黄桷树枝叶间透出的万紫千红。他心里有点感动，又充满了疑惑。既然季英英这样的配色高手都说配不出更好的色，她究竟还在琢磨什么呢？难道她觉得那幅锦画尚有不足？

不懂织锦、不知如何识锦辨锦的季英英都觉得锦画尚有不足，赵修缘马上觉得没有十足把握能够夺得锦王。他烦躁得不行，究竟这幅锦还有什么不足？

他在书房重新起画稿。一天过去，书房里扔满了被他弃掉的竹纸。赵修缘颓然地搁下笔，没有一幅画稿比得上那幅《临江仙菊锦》。

离十月初九夺锦不到两个月了，赵老太爷催着赵修缘进藏珍阁开织锦画。

"祖父，我想再等等。季家二娘似是觉得此锦尚有不足。我想等等，看她还有什么想法。"赵修缘决定再等季英英几天。

赵老太爷听了缘由，不由得蹙起了眉："二郎，你真相信季二娘是在想咱家的锦画，不是在开开心心地赏花？"

赵禀松想笑："二郎，就算季二娘是配色高手，可她不也说了，她也配不出比这幅锦画更好的色。"

听到这里，赵老太爷眼里生了疑："二郎，你千万别太过依赖季家二娘子。别忘了，懂得织锦技艺，能够一眼辨出锦的优劣，是你应该具有的能力。单凭季二娘摆了满园菊花欣赏，就质疑自己的能力，这样我会怀疑你的能力。"

这句话像榔头一样重重敲在赵修缘心上。他默然受教，心头悚然震惊。从什么时候起，他开始这样依赖季英英了？

赵老太爷冷哼一声："你回去仔细想想祖父的话。赵家的家主哪怕平庸，也绝不能没有自己的主意。”

赵修缘深一脚浅一脚地回到藤园。祖父的话令他羞愧，又让他茫然了。难道离了季英英，他就织不出夺目的锦画了？不，不是这样的。她只是帮自己配色，她只是给自己建议。她不会织锦，她不懂得锦。

他上了楼，也没点灯，就静静站在窗口望向季家。

是十二岁时，他和季英英第一次单独约在送仙桥放花灯。他清楚地记得，那天他拿了方锦帕给她。他设计的鱼戏莲花图案，织好后受到了祖父的夸奖。他本想送给她，还没开口说，就见季英英瞟了眼锦帕道：“这鱼怎么瞪着对死眼珠子？像快翻肚皮的死鱼似的。”

臊得他脸红筋涨。他不服气地说道：“你会织吗？不会就别乱说。”

季英英当然更不服输，和他赌一贯钱。两天后还是在浣花溪边，季英英拿了块绣帕来，绣的就是鱼戏莲花。

他吃惊地发现她居然记住了自己的那幅图。两块锦帕放在一起，他的鱼可不就是瞪着双死鱼眼珠嘛，他乖乖地掏了一锭过年时祖父赏的梅花形小元宝给她。季英英开开心心地收了，然后显摆了一番怎么配色。

时间一长，赵修缘养成了习惯，织锦画时，总不忘去请教季英英如何配色。就像现在为斗锦准备的菊锦，季英英都说配不出更好的色了，他才安心。

“祖父说得对。我这样是不对的。”赵修缘痛苦地闭上眼睛。

向季英英请教没有错，他错在太过依赖她了。

赵修缘当机立断，离开了藤园。禀了祖父后，连夜进了藏珍阁内的织坊。

赵家藏珍阁其实是座套院。中路是祠堂，东边是赵家收藏珍品锦画的地方，西面的院子其实是一座小型的织坊。

赵家嫡子五岁启蒙后，每天必有一半的时间来这座跨院里上课，内容包含了蜀锦的历史文化、赵家锦的故事，以及学习如何织锦、如何辨别丝线、判断织艺高低优劣，等等。总之就是来此学习成长为织锦内行。

一侧的三间厢房打通成一间，改成了宽敞的织坊，里面摆着四台织机。

织机是由竹木打造，有上千个零件，全用木楔咬合，可根据图案需要随时拆开装配。

跨院的大门在赵修缘身后落了锁。从现在起，赵家精挑细选出的六名老织工将和他吃住在一起，日夜换班开织，直到织出斗锦所需的锦画才能出藏珍阁。

“开始吧。”赵修缘冷静地说道。

这幅《临江仙菊锦》有他充满诗意的画稿，有赵家众织工精选配色的定稿，加上赵家家传的织锦技艺，他相信，今年斗锦，赵家不会再有比它更好的锦画了。

夜深了，机杼声吱吱呀呀地响起，传开。

院外，赵老太爷久久不肯离去。

二十几年来，年年盼着斗锦扬名，年年铩羽而归。有时候能与第一名并列，结果却失之交臂。杨家成了锦王的代称，和官府来往越发密切。赵家想要夺得锦王，难上加难。

锦王两个字就像一座山，死死压在赵家人心头。

赵修缘悬崖勒马，不再盲目地将信心寄托在季二娘身上。赵老太爷心里甚是安慰，对选他当下任家主充满了信心。

然而想为赵家再赢得锦王匾额的心思是那样急切，急切到赵老太爷又不能不去想，季二娘还能想出更好的配色吗？

正院月锦堂里，赵申氏却在冷笑："如果让那季二娘想出来，岂不是打了我赵家的脸？赵家牌楼百年世家是吃白饭的？不如一个染坊丫头？我看哪，是二郎被她迷得神魂颠倒，生怕她嫁进赵家受了委屈，提前给那丫头抬脸呢。"

赵禀松这次没有反驳她，他并不觉得妻子的话错了。然而他却回想起那天儿子求娶季二娘时说过的话："知道为什么我比大郎更受祖父重视吗？我画出来的样稿，经她重新配色，织出来的锦就比大郎的更鲜活。"

他心里暗暗吃惊，难道在家里从来压大郎一头的儿子并没有想象中那样优秀？赵禀松被自己这个想法吓着了。

争夺下任家主，争夺锦王的紧要关头，他无论如何不敢把心里的想法泄露出去。

好在季二娘说过，她也无法配出更好的色。但愿，这幅菊锦能够胜过杨家的《十样锦》。

看了几天菊花，季英英眼前像蒙了一层纱。明明那个念头就在眼前，只需要揭开那层纱就能捉住它，但它像顽皮的小孩，追得季英英累得像狗一样。

受了季氏的指使，绫儿壮肥了胆去劝她，被季英英指着鼻子骂她啰唆得像个妇人，不如干脆让她嫁掉变成真正的妇人。二婢都不敢再多劝一句。

季英英看了三天。这天早晨，终于扭扭脖子，伸了个懒腰，从椅子上站了起来："我要出去走走。"

湘儿自动上前一步。季英英像是良心发现似的，指了绫儿：“湘儿找人把这些花给母亲和大哥送回去吧。回头我给你带红糖锅盔。”

她往外走着，发现没有人跟着。回头看到绫儿正帮着湘儿收拾，季英英不耐烦地说道：“绫儿，说你呢。陪我出门。”

绫儿不知所措地望着她。

“这几天累着了，你陪我逛街耍去。”

湘儿抿嘴笑着推了绫儿一把，低声说道：“娘子嘴厉心软，还不快去。”

娘子真的肯叫自己侍候了？绫儿激动得眼圈顿时泛了红，急步跟上了季英英。

季氏知道季英英心里记挂着赵家锦画的事。见她自己不再犯痴，大方地数了一百文钱给她：“街上吃零嘴去，回来买几碗张记凉粉。”

季英英应了，让绫儿揣进荷包，高高兴兴地出门去了。

秋高气爽，季英英主仆二人顺着浣花溪闲逛。河边浣丝濯布的女子成群结队，一条河被阳光、彩丝、布帛染得绚丽，像一条流动的五彩染料。有专做女子生意的小贩在河岸边支起了抄手摊，也有小贩挑着豆腐脑、凉粉、凉面沿河叫卖。

“卖豆腐脑的，来两碗！”得了季英英的话，绫儿叫住了小贩。

小贩将担子放在一棵树下，揭开了木桶盖子，顿时，热气涌出，里面一桶白嫩嫩、颤巍巍的豆腐脑晃得人眼花。

“多放一勺炒豆。”

“好嘞！”

小贩从担子另一头的木桶中拿出碗筷，拿起木勺沿着豆腐脑边缘舀了两碗出来，再浇上香油、豆油、醋。腌制好的褐色芥菜切成丁，再铺上一层绿色的香葱末、鲜嫩的香菜末，浇两小勺炒得嘎嘣脆的黄豆。最后拿出一个小小的瓷瓶，珍惜地撒出一些胡椒末。

色彩分明，香气喷鼻。

季英英和绫儿一人端了一碗，坐在一旁的大树下吃。

不远处有一户人家，后院朝着浣花溪，院墙是竹子编成的篱笆。一丛蔷薇攀在篱笆上。益州府天暖，八月底，蔷薇还开得热闹，粉粉白白的花缀在枝叶间，煞是好看。

季英英摇了摇头，这几天看花都看傻了，见花就盯着。她埋头舀了勺豆腐脑吃。

这时，一匹白马嘚嘚小跑过来。那匹马实在漂亮，浑身没有杂毛。鞍辔烂银打就，十分华丽。骑马的男子穿了身白底织卷草纹锦，锦衣飘飘，耀眼无比。

季英英和绫儿都忍不住盯着他瞧。

来人正巧停在了那处小院的后门外。

后院里正在浇花的老者放下水瓢来开了门，朝锦衣男子弯腰行礼，将他迎了进去。

季英英嘴里含着勺子，嘿嘿冷笑："杨三郎，你还敢来三道堰啊？"

像是找到了新的刺激点，季英英几口吃完豆腐脑，蹑手蹑脚走了过去。她头也未回地吩咐道："老实在这儿等我。"

捧着碗的绫儿不敢不听，飞快地吃完豆腐脑，数了六文钱给小贩，站在树下望着自家娘子像贼似的接近人家的院子。

季英英走到篱笆下，弯着腰拂开枝叶，往里面张望。

杨静渊的马喷了口气，焦灼地趵着马蹄。

季英英挪动着往前。没再蹲在马屁股后，马的焦灼感渐渐消失，歪着头好奇地看着她。

杨静渊和老者在室内，透过窗户能看到两人促膝而坐，老者拿了卷书出来，杨静渊正在翻阅。

季英英看了一会儿，见老者拿了茶具开始煎茶，知道杨静渊一时半会儿不会走。

"要怎么教训他呢？"她眼珠子骨碌转动，回过头看到白马睁着一双琉璃似的大眼睛好奇地望着自己，季英英笑了。

季英英猫着腰离开，跑到树下叫上绫儿："跟我走。"

她路熟，带着绫儿穿过街巷，转眼就到了大街上。

绫儿见她买了刷子，又直奔染料铺，吓得捂紧了荷包："娘子，太太不让你碰染料，奴婢说什么也不让你买。"

"我不染丝、染布！拿钱来！"季英英生怕杨静渊走了。见绫儿磨磨蹭蹭的，急得一把将荷包抢了过来。她数了六十文买了一小罐子最劣等的红色染料，又花了三十文买了一两劣等胶。

买完东西，季英英带着绫儿气喘吁吁地又跑了回去。看到那匹俊美的白马还拴在后门，她这才开心地笑了："哭丧着脸干什么？说了我不染丝、染布……我要染那匹马！"

最后一句话从她牙缝里挤出来，杀气毕露。绫儿禁不住打了个冷噤。

这么漂亮的白马就要被娘子祸害了……绫儿本能地想劝季英英罢手，又想着季英英好不容易带着自己外出服待，这回再违了她的心意，怕是真会被娘子嫌弃了。她心一横，站在旁边给季英英放哨。

染丝、染布的红色染料有很多种，最早是用赤铁矿粉。在春秋战国，用于染粗劣的麻织物，当时称为赭衣，罪犯穿的囚衣就是无领的赭衣。后来用朱砂，用茜草、红花、苏枋木等萃取物染红。

赤铁矿粉和朱砂都要用胶调和了刷在印染物上。只是用朱砂刷了那匹马，很难再洗净。季英英不傻，万一被杨静渊逮着让她赔怎么办？所以她还给自己留了后路，买的是最劣等的红花染料。就这么一小罐子染料，不可能把马泡在里面，所以她加了胶。

季英英躲在树后，将胶倒进染料里，拿着刷子一阵搅和，咬牙切齿地说道："杨三郎，上回你运气好跑得快，今天我不整死你，我就不是季英英！"

绫儿担忧地说道："娘子，能骑那样的马，那个杨三郎定是大户人家的郎君吧？"

言下之意是，咱们家小门小户的，别招惹了惹不起的人。

季英英见到杨静渊就想起八月十五被他轻薄，哪肯听她的："八月十五就是他带着人来调戏我。想让我放过他，没门儿！"

绫儿一听，原来是这个缘故。那晚害得她和湘儿四处找人都快吓死了，怪不得娘子对他生恨。她眼里顿生同仇敌忾之意，低声说道："娘子，奴婢先父原是赶大车的，奴婢略懂马性。等奴婢安抚好那匹马，娘子再动手不迟。"

哎哟，没想到绫儿平时当小叛徒，还是个有脑子的。季英英有点欣赏她了。两人捧着一罐子染料，一气跑到了小院篱笆外。

"娘子，千万别站马后面，马会趵蹄！"

听到绫儿提醒，季英英站到了马前面。只见绫儿笑盈盈地上前，朝马伸出了手掌。她刚才跑得急，掌心出了汗。白马看着她的笑容，没感觉到她有恶意，凑过鼻子嗅了嗅，大舌头一卷，舔了下她的手掌。

绫儿见马没有排斥自己，不由得大喜。又上前一步，轻轻抚摸着马头，用眼神示意季英英照做。

季英英乐了，她其实挺喜欢这匹英俊的白马。她试着伸手抚摸着马身，轻轻笑着："乖马儿，不要怪我哦，要怪就怪你主人连累了你。我会把你扮得漂漂亮亮的。"

白马性情温驯，乖乖地站着，不时用头去拱绫儿。

季英英见绫儿抱着马头向自己使了个眼色，心头大喜，拿起刷子蘸着染料高兴地左刷刷右刷刷。不消片刻，好好一匹白马就被她刷成了红斑马。

大功告成，屋里人并未发现外面的动静。季英英带着绫儿功成身退。

绫儿本想劝季英英走了，别留下来被人逮着。

“他亲眼看到我刷他的马了？无凭无据，谁认账谁是傻子！”季英英理直气壮地说道，“不亲眼看看他的脸色，我怎么甘心？去买几碗山楂汁来。忙了半晌，口渴了。”

荷包里只剩下四文钱了，山楂汁一个大钱一碗，刚好够四碗。绫儿提着装山楂汁的青竹筒回来，两人一气饮下，爽快无比。

等喝完山楂汁，日头已移到了头顶，院子里还是没有动静。

“娘子，这都晌午了，要等到什么时候啊？”

季英英想了想，如果杨静渊吃过晌午饭，再午睡半个时辰，磨蹭到傍晚再出来呢，自己难道要在树下干坐一天？

绫儿又拿出空了的荷包给她看：“娘子，太太给的一百文钱花了个精光，连张记凉粉都没钱买了呢。太太问起，都不知道该怎么说了。不如回家去吧？”

“不行！我才不要错过看好戏呢。”季英英不肯。可是两人没钱了，饿着肚子在这儿等一天？季英英也不情愿。

她想了想，拉过绫儿一阵耳语。

“娘子，这太冒险了。”绫儿害怕了。

“怕什么？跟我赚钱去。”

季英英大摇大摆走到院子后门，整了整衣裙，冲尚不知自己被刷得惨不忍睹的白马笑了笑，示意绫儿上前敲门。

绫儿紧张得直攥拳头：“娘子，奴婢心跳得厉害。”

季英英恨铁不成钢地瞪她：“瞧你这模样，就差在脸上写‘是我干的’了。心虚什么？又没人瞧见。敲门去。”

绫儿深吸了口气，鼓足勇气敲了敲门：“有人吗？”

声音小得像蚊子在哼。季英英不耐烦了，大声叫道：“家里有人吗？”

她的声音传到屋里，杨静渊抬起了头，心想这声音好像在哪儿听到过，怎么那么熟悉？

老管家笑道：“经商的门道多，一天也学不完。郎君不用心急，且用杯茶歇息。

老奴去看看何人叫门，再与郎君端饭菜来。”

杨静渊扭动了下微酸的脖颈。原来做生意需要这样记账，小小的账本竟能看出这么多门道。他合上面前的账本，心里有种满足感，这比他平时吃喝玩乐还来得快活。他站起身走到窗边，伸了个懒腰。手还没有放下来，就看到了篱笆外的鲜红色，眼睛越瞪越圆。

“雪风！”

杨静渊心疼地大叫了声，风一般奔出了屋子。

后院门口，老管家正拍着大腿气得直哆嗦：“哎哟喂！哪家的混账小子干的呀！这可怎生是好！”

绫儿低着头，都不敢抬眼。

季英英也跟着叹气：“可不是嘛，这么漂亮的马，怎么舍得下手？太过分了！”

正说着，杨静渊跑了出来。看清楚心爱的白马身上那一道道鲜亮的红痕，他的脸气得发青，话也说不利索了：“这、这是什么啊？”

马看到主人，打着喷鼻把头亲热地凑向杨静渊。

杨静渊怒了，一巴掌拍在马脸上：“你个蠢货！被人刷成这样，还美滋滋的？你怎么叫人近身的？我白养你了！”

马以为杨静渊和它玩呢，兴奋地一个劲凑近他，气得杨静渊一掌将马头推开：“一边去！”

季英英拼命想忍着笑，可是怎么都忍不住，笑声像豆腐脑里的炒黄豆，嘎嘣脆。

杨静渊这才注意到她，转过身，视线和季英英的笑脸碰了个正着。

“这里的小子太过淘气了。回头老奴牵了马去河边刷洗干净。”老管家没抓到下手的人，只能这样安慰杨静渊。他对季英英拱手称谢：“多谢小娘子敲门告知。”

谢她？杨静渊看到季英英得意扬扬的眼神和大仇得报的笑容，气得脖子上的青筋都凸了起来。再不明白怎么回事，他就是个瓜娃子。

杨静渊伸手摸了一把马鬃。染料混了胶，早干透了，手上半点痕迹也没有。他很怀疑用水能否刷洗干净。

季英英得寸进尺，继续忽悠老管家：“老丈客气。我是浣花染坊的季二娘。我瞧这马像是被刷了染红用的染料，用水洗不干净的，需要调制药水。”

老管家大喜：“请小娘子指点！”

季英英看了看日头，不好意思地说道：“我和丫头出门忘带银钱了，腹中饥饿，正要赶回家吃饭呢。要不下午我调好药水再过来？”

这匹马被刷成这样，拴在这儿忒扎眼了。老管家可等不到下午，急声说道：“季小娘子如不嫌弃，请屋里宽坐用饭。待我买回材料，再请小娘子调配药水，小老儿必有重谢。”

染了我的马，还厚着脸皮来蹭饭赚银子？杨静渊听得微眯了眼睛，心头火苗已成燎原之势，熊熊燃烧。

季英英得意地朝绫儿使了个眼色，没注意到杨静渊的举动。她带着绫儿就要进门，突然间，眼前天旋地转。她听到绫儿发出一声惊呼，蓦然发现自己竟然被扔到了马上。

“喂！你做什么？”季英英慌乱地叫了一声，这时，一双手臂箍住了她。

杨静渊翻身上马，一手圈住季英英，冲绫儿和老管家说道：“不想你家娘子有事，就老实待在这里！老管家，看好她！”

杨静渊说着一抖缰绳，马风驰电掣奔得远了。

老管家和绫儿呆若木鸡。

绫儿哇地哭出声来，揪着老管家的袖子不放：“我家娘子若有个三长两短，奴婢就活不成了！”

老管家望着杨静渊挟裹着季英英跑远，心里乱糟糟的。但他毕竟是当过杨家大管事的人，两眼一瞪，抢先发难喝道：“我家郎君聪慧，定是看出有什么蹊跷。说，是不是你家小娘子用染料刷了我家郎君的马？”

这一瞪一喝，吓得绫儿都不敢哭了，小声抽哽着不敢承认：“不是，不是……”

老管家自认眼光尚且锐利，回想三郎君像是认得季小娘子，但不晓得中间有什么过节。听说浣花染坊的季小娘子和赵家二郎有情，赵、杨两家又是对头，该不是季小娘子心向着赵家，特意来寻三郎君的晦气吧？这事不宜声张，他想着杨静渊的话，沉吟了一下就道：“你也听到我家郎君的话了，随我进屋里等吧。我家郎君也许心急爱马，带着你家娘子配药水去了。”

绫儿也不敢声张，只得抹着泪跟老管家进了院子。

风从耳边呼啸而过，季英英一开口，满嘴兜风。她挣扎了一下，双臂被杨静渊牢牢箍住，动弹不得。

迎面一根低垂的树枝朝着她的脸抽过来，她吓得闭上了眼睛。杨静渊搂着她伏身，躲了过去。等季英英再睁开眼，马早远离了屋舍，进了河边树林。

季英英惊怒交加，扭过头叫道：“你干什么掳我？你要不要脸？”

干了坏事还骂别人不要脸？杨静渊纨绔惯了，惹了祸，用银子摆平就是了。这时被季英英气得头昏脑涨，看到她凑到眼前的脸，杨静渊想都没想就响亮地亲了一口：“是你自己要凑过来叫我亲的！”

倒打一耙的事他也会！不就是因为上次努了努嘴，亲到你的脸了吗？你就故意染我的马。这次我故意亲！气死你！杨静渊就是这么想的。什么男女有别，不能坏了人家的名节，通通被他抛到了脑后。

亲完还收紧了胳膊，将季英英禁锢在胸前不让她挣扎：“很想揍我是吧？揍得着吗？好好讨个饶，把马给洗刷干净，爷就既往不咎。”

嘴臭得让季英英想抽他！

谁知道杨静渊二话不说，直接认定她，把她掳上马就跑呢？纨绔的思维真不走寻常路啊。季英英认识到这点后，后悔得肠子都青了，她这是送上门找死的节奏啊！

任凭杨静渊嘴贱，偏偏她现在就拿他没辙。

季英英性子泼辣，却从没被人用武力欺负过。就算八月十五敢踹了周七郎下河，浣花溪边毕竟是处热闹地方，她跑不过，喊上一声有人调戏，也会有打抱不平的人出头。

可现在不一样，四周一个人都没有。就算有人，她也不敢喊。事情闹腾开，名声受损的是自己。瞅到杨静渊那挑眉得意样儿，季英英气得要命，低头一看，距离凑合，便一口咬住了他的胳膊。

她使出吃奶的劲，恨不得把牙齿磨尖了。

杨静渊疼得伸手捏住了她的下颌。

季英英没办法，只能松口，转头看到杨静渊正挽袖瞧伤，她想都没想，一记勾拳狠狠打在他下巴上。

“嘶！”杨静渊猝不及防，牙齿咬到了舌头，疼得捂住了嘴。

这时季英英趁机顺着马鞍滑下了马，迅速从地上捡了根树枝指着他：“无耻！”

染了我的马，打得我差点儿咬断舌头，还骂我无耻？杨静渊跟着跳下马，忍着疼，心想自己是不是要真的无耻一把。

他抄着胳膊，弯起了嘴角，笑得不怀好意：“怎么办呢？赵二郎要是知道他的心上人被我轻薄了，怕是要气疯吧。”

死毛毛虫真狠哪，专踩她痛脚。这事还真不能让赵修缘知道。以赵、杨两家的关系，她被杨家的人扯走一根头发丝，赵家都会觉得是奇耻大辱。

季英英心里这样想着，嘴上半点不服输："八月十五你被赵二郎揍得惨了，不敢找他，就挑我下手。我这个倒霉蛋就是被赵二郎连累的，他心疼愧疚还来不及呢。识相的话，就赶紧滚。否则，别怪我对你不客气！"

她说着，凶狠地挥了挥手里的树枝。

她手里的树枝只有指头粗，一看就是树上掉落的枯枝，轻轻一折就能断掉。杨静渊向左右瞟了眼，伸手握住了一根横生的枝丫。

咔嚓！

如小儿手臂一般粗的枝干被他掰断。

季英英微张着嘴，看着自己手里的枯树枝，整个人都不好了。

又听到咔嚓几声，杨静渊折断枝条，折成一根棍子，递给她："你要不要用这个？"

季英英想抱头开号。有这样炫耀自己武力值的吗？太过分了有没有？她该怎么办？

杨静渊看她一脸呆愣样，眼珠子还在拼命地转，心里的气已消了大半，面上仍调侃她虚张声势："有见过拿着柄小刀当山大王截道的吗？"

季英英眼珠子不转了，扔了手里的树枝，把棍子接了过来。

还真的想打呀？杨静渊有点不明白了，季英英看上去没那么傻才对。不过，棍子是他给的，她既然还想打，那就玩玩呗。杨静渊抄着胳膊动也没动："来呀！"

"不来！"季英英很坚决地回绝了他。不是不想，是摆明了打不过嘛。她接过这根棍子不是为了揍杨静渊，而是为了给自己壮胆，这怎么也比握着根细枯枝有安全感。

"那你想怎样？"

"不是我想怎样，是你想怎样？"

季英英心想，把我掳到这儿来的人是你，你不让路，我怎么离开？不对，这儿离大路还远着呢，还要劳烦你把我送回去。不不，你不用送了，把马借给我骑回去就行了。

我想怎样？杨静渊被问住了。他窝着一团火掳了季英英，他还真没想过，他要把她怎么样。

这时候，杨静渊突然想起自己亲了她一口。

糟了。

这会儿杨静渊完全冷静下来了，心想自己该不会遇到桑十四郎那样的事了吧？

桑十四郎是杨静渊在益州城为数不多的好友，这人不仅游手好闲，还好色。两人唯一的共同点是好武，崇拜游侠儿。

某天，杨静渊和桑家十三郎、十四郎吃酒，桑十四郎看上了筛酒的小娘子。酒酣耳热之际，他摆出了纨绔调戏良家女子的经典造型：把折扇往领口一插，伸手去抬人家的下巴。小娘子当然娇羞着要躲避。桑十四郎便伸手去拉，人没拉着，硬把人家的外裳给扯了下来，露出半边雪白的肩。

衣裳是葛布裁的，还算结实，也没撕烂。但小娘子气性大，嗷呜一声就去撞柱。幸亏桑十三郎正巧倚着柱子站着瞧热闹，撞在他身上了。桑十四郎不过是想调戏一把，见那小娘子寻死觅活的，觉得晦气，会钞后三人便转台换地方喝酒去了。

没想到桑十四郎还没回家，那小娘子的母亲就扯了她去桑府讨说法，不给说法就要告官。

桑十四郎的阿爹是益州府长史。新太守刚到益州府任职，正愁找不到人立威呢，桑家只好给了个说法，将那小娘子接进了府中。

桑十四郎醉醺醺地回到家，先被凉水泼醒，再被桑长史用藤条撵得满屋跑，这才知道自己多了房妾室。他顿时乐了，回去对着成了自己妾室的小娘子得意地摆出了纨绔造型：又伸手去抬人家的下巴。

他还没说出“还不是乖乖送上门来侍候大爷”之类的话，小娘子嘤咛一声，直接偎进了他怀里。

当时桑十四郎盯着自己伸出的手傻站了半天，心想都成自家的妾了，怎么还不能让他抬抬下巴调戏一番？没等他想明白，就被小娘子宽了衣。

后来他对杨静渊说道：“……我总觉得我被占了便宜。”

男人嘛，都有种贱贱的想法。巴巴送上门来的，就觉得自己成了冤大头，被占了便宜。杨静渊深以为然。明明给笔钱就能摆平的事，结果弄家里来要养她一辈子，怎么想都觉得不划算。

看着季英英手持棍子满脸警惕的样子，他脑子里马上跳出了八月十五季英英和赵二郎站在一起的画面。杨静渊觉得自己想多了。别说上赶着要找他讨说法进杨家当妾了，就算他诚心去提亲，季英英也会拿扫帚把他赶出门去。

明明是她先招惹自己的。记得在竹林寺后山，她认错人扑进怀里时，他还举起了双手，都没想顺势揩油。

八月十五那天，他也是无意地努了努嘴。他本意是想带她躲开周七郎他们的。

当然，今天他是有意的。可他不是气糊涂了嘛，不算是刻意想轻薄她。

怎么现在变成了他是坏人，她成了勇斗坏人的英武小娘子？

杨静渊没好气地说道：“你把我的马染成那样，你说怎么办吧？”

还好，留了条后路。季英英试探地说道：“把它洗干净，咱俩一笔勾销？谁都不提今天的事？”

她可没那么蠢，保住名声要紧。她还想嫁给赵修缘，一辈子开开心心过日子呢。

“好。”

杨静渊也答得干脆。他以后每个月都会到三道堰住上一日。他也不想把事情折腾成赵、杨两家的恩怨，让杨家人知道他在偷偷学经商的本事。

“啐！”

两个人同时往手心里啐了口唾沫，啪地击在了一起。

这种击掌为誓在商户眼中比写成合约还来得诚信。所以，季英英把棍子扔了，大摇大摆地走过杨静渊身边，翻身上了马。

“这马太扎眼了，我要去集市买材料配药水，不方便和你同骑，你在这里等着吧。我身上没钱。”季英英朝杨静渊伸出了手。

杨静渊觉得她说的话有道理，爽快地掏了荷包，拿出了一锭五两的小元宝：“够吗？”

“材料铺子我熟，不够先赊着。算我赔你的。”季英英脸不红心不跳地撒谎卖人情，拿了银子，一抖缰绳，拍马朝来路返回。

跑出二十来丈远，她回过头看。杨静渊正拿着那根棍子舞得虎虎生风，连绵不绝。季英英看得有点傻眼，喃喃自语道：“身手这么好啊，还好没和他来横的。啧啧，我真是聪明！既脱了身，又赚了银子。”

“白马啊，你别着急。我跟你说啊，这种红花萃取的染料最方便不过啦。等会儿给你洗个澡，烧把稻草，用灰拌水浇上去，你就洗白白啦。滴落的红色染料拿罐子接着，下回还能再用呢。也就你家主人那样的败家子，才会出手就是五两银子，还问够不够使呢。”

季英英摸了摸袖中的小元宝，得意得眉飞色舞，把手圈在嘴边朝杨静渊大喊：“杨毛虫，你不想走路回去的话，就在这儿等到天黑吧！我会叮嘱老丈天黑前来接你的！我要去吃好吃的了，你饿了，就在河边喝个水饱吧！”

又上她的当了！杨静渊一惊，也吼了起来：“你不守约！”

季英英咯咯直笑：“谁说我不守约了？我会把马给你洗干净的，我也不会提今天的事。可我没说过还要回来接你呀！驾！”

她说完拍了马一巴掌，一溜烟跑了。

风将她的长发吹起，粉白色的裙子轻柔地飘荡。笑声脆脆的，快活似林中鸟。

杨静渊将手指放在唇边，没有吹响唤马回来的呼哨。他的手指触到了嘴唇，季英英粉嫩的脸又出现在眼前。

啪！杨静渊给了自己一嘴巴，手腕转动，棍子在地上一点，他借力跃起，举起棍子狠狠击在地上。

第六章

挑剔的亲家

季英英开开心心地和白马聊着天，骑了一炷香的时间就到了老管家的后门外。她翻身下马，用手帕包了一包泥土，上前拍响了木门：“老丈，老丈！”

等得焦急的老管家从屋里先看到马，听到敲门声赶紧前来开门。

见到门外的马和季英英，老管家禁不住问道：“季小娘子，我家郎君呢？”

季英英提着包有泥土的手帕，也往门里张望：“与他同骑不便。他在河边练练棍法，让我先回。材料都买好了。我的婢女呢？”

老管家尴尬地摸了摸胡须：“我请她在厢房歇息，我这就请她出来。”

他怕绫儿跑走坏事，把她锁在厢房里了。

季英英心知肚明，也不揭穿，跟着进了院子。

老管家开了锁。绫儿听说季英英回来，欢喜得快疯了，跑出厢房上下打量着她：“娘子，你没事吧？”

“没事，没事，这不好好的嘛。今天的事回去不准告诉太太，否则她肯定会卖了你。”季英英压低了声音吓唬绫儿。

绫儿也不傻，点头应下了。

“老丈，劳烦你将马牵到河边。”

季英英讨了只桶，将老管家支去牵马。绫儿守在门口望风，她躲厨房里从灶膛里扒草灰。厨房多用稻草引火，不消片刻就得了一桶稻草灰水，季英英让绫儿提着出了院子。

老管家解了鞍辔，牵着马来到浣花溪，用桶装着水往马身上淋。

他一边浇水，一边用刷子刷，感觉红色浅了一点，但白马身上仍明晃晃的数条红痕。他叹了口气，看着提桶走来的主仆二人，心想，季家小娘子实在是太调皮了，好在还肯知错就改，调好了药水把马洗干净。

想到杨三郎掳季英英上马那情景，老管家的手颤了颤。他想起了大老爷的叮嘱："我儿十八，正婚配之龄……"

杨大老爷的意思很简单：我家三郎长大成人了，该结婚了。成了家就要立业，不能连账本都看不懂吧？将来我死了，庶子是要分家单过的。给他的商铺田庄他要能守住吧，所以您好好教教他。

老管家只记住了第一句话。寻思着杨静渊明明是怒极掳了她，怎么现在季二娘却是一个人开开心心地骑着马回来，他脑补了无数理由，终于找出一个最合理的：季二娘容貌娇俏，自家郎君被迷上了。

不过，想到季二娘和赵家二郎青梅竹马，老管家又替杨静渊叹了口气。如果自家郎君能夺了这门亲事，他倒是很高兴看到赵家发霉的脸色。

"淋上药水就行了。"

当着老管家的面，绫儿将稻草灰水淋在马身上染红处，那些红痕立马化为一滴滴红水落进了河里。

老管家抚须直赞："这药水果然有效。"

不到一盏茶工夫，就把白马洗得毛色纯白。

"老丈，时辰不早了，我且回家去了。杨三郎说河边安静，正适合施展拳脚，练习武艺。他晚间自会回来，请你不必牵挂。"

有一把力气掰断树枝，走回来就当练脚力了。季英英摸着饿瘪的肚子，又改了词，决定让杨三郎自个儿走回来，带了绫儿告辞。

老管家见马洗净了，就没多疑，牵着马回去了。

季英英带绫儿穿过街巷，直奔市集："饿坏了吧？我请你吃好的去！"

"娘子，奴婢不饿。老丈给我端了饭食。"绫儿赶紧说道，又吃惊地看着季英英，"娘子还未用午饭？我们回家去吧，身上没有钱了。"

季英英握住小元宝摊开手给她看："谁说没钱？五两银子呢。"

绫儿惊得下巴差点儿掉了："娘子，这是哪儿来的？"

"赚的！说过带你赚饭钱的，这不就赚到手了？好了好了，说与你听便是。我把马洗干净，他给买材料配药水的辛苦费。”

用红花染过的织物，如果要除掉这些红色，只要“浸湿所染帛”，用碱性的稻草灰水浇上去，织物上的红“一毫收转”。洗下来的红染料水也不用丢弃，“藏于绿豆粉内”，以后需要的时候还可以再释放出来染红，“半滴不耗”。开染坊的都知道这个常识。一桶稻草灰水值五两银子？

绫儿打心眼儿里觉得杨三郎是个败家子。可这样赚了他的银子，他四处宣扬今天掳走娘子怎么得了？

季英英看她满脸纠结，赶紧宽她的心：“我和杨三郎击掌为誓，今天的事揭过，一字不提。”

“阿弥陀佛！”绫儿听到“击掌为誓，揭过不提”的话，紧绷的神经骤然松懈下来，欢喜地求季英英，“娘子，下回去竹林寺带上奴婢吧？奴婢今天许了愿，得去竹林寺给菩萨烧炷香。”

见她认真的模样，季英英有点感动。她平时瞧不惯绫儿充当母亲的眼线，没少骂她。现在看来，绫儿对自己还算有心。她点头应下，去钱庄化了银锭。

日头已经偏西了，季英英叫了两碗担担面匆匆填了肚子，又去张记买了凉粉，又给湘儿买了两个红糖锅盔，匆忙赶回家去。

此时季英英手里有四两九钱的碎银，换的一百个铜钱只花了二十几文。她心疼这笔银钱，生怕绫儿告知母亲，一路上少不得对绫儿进行再教育：“太太若问钱从何处来，如何圆谎？”

绫儿又委屈了：“娘子无恙，我又不是个傻的。太太不问，我自然不说。”

出门一整天，母亲定要询问今天做了些什么。季英英便教她：“就说今日陪我去花农处看花。这时节正是菊花绽放……”

她停住了脚步，脑袋里那个久久捉不到的念头就这样明明白白地闪现出来。季英英一把抓住绫儿的手，激动得想哭：“绫儿，我知道了，我知道我想要什么了。回家！记得和太太说我们看花去了。”

她飞快地朝家中奔去。绫儿一愣，马上明白季英英想到什么了，也欢喜地跟着去了。

“娘！”季英英跑进家门，一路闹嚷地闯进了后院，“娘，我想到了！”

“毛毛躁躁成何体统！”正厅里，季氏骤然提高了声音，她朝身边侍候的李嬷嬷使了个眼色，面带歉意地朝赵申氏赔礼，“二娘性子跳脱，冲撞了赵太太。”

赵申氏本来就看不上季家，听到季英英咋咋呼呼的声音，心里更加不喜欢。见季氏小心陪着殷勤，她叹了口气道："季太太，你寡居拉扯大儿女，又支撑起浣花染坊，着实不易。将来小娘子出了嫁，自有婆婆训导。"

一脸"当寡妇讨生活不容易，季二娘疏于教养，大家都理解"的神色，又暗示季氏，将来她会管教季英英。

季氏一口气堵在了胸口，涨得满脸通红。

李嬷嬷得了季氏的眼色，悄悄退出厅堂。

季英英跑得快，旋风般到了门口。刚好听到赵申氏说的那句话，心想谁啊这是，跑我家来找骂吧？一生气，她就没顾上看李嬷嬷使的眼色，整了整衣衫，带着绫儿迈进了门槛。

正厅里，季氏与一个妇人分左右坐在上首的圈椅上。季氏身后的席子上跪坐着一个侍婢。那妇人身后跪坐着一个婆子、四个侍婢。

人数是季家两倍不说，婢女一色的粉色短襦，白色长裙，罩着石青色半臂，梳着螺髻，戴着金银簪钗，打扮得比寻常人家的小娘子还富贵。再看那婆子，穿着青色织对称格纹的锦。一个婆子居然穿锦衣！斑白头发梳成了圆髻，插着金钿，请到上座，保管会让人以为是哪家的主母。

下人打扮富贵，那妇人更是梳着尺余的高髻，满头金光闪烁。穿了件石榴红织福字小团花锦衣，系着翠蓝底绣黄菊长裙，那黄菊全以金丝绣了花瓣，臂间挽着的杏黄色披帛长长拖曳至地。一身颜色生生将季家厅堂耀得明亮了几分。

两相映衬，季氏就像牡丹花下的一棵草。

季英英心想，怪不得那妇人登门做客，趾高气扬地对主人家如何教养子女指指点点，敢情是用银子撑足了底气。

有钱又怎样？浣花染坊少做笔买卖又不是揭不开锅了。母亲在堂，轮不到她出声戗客。季英英攥紧了拳头，指甲使劲掐着手心，这才忍了下来。

"母亲。"季英英斯斯文文地行礼。

季氏勉强挤出笑容："二娘，去见过赵家大太太。"

一道天雷轰隆隆地落在季英英头上。这是赵修缘的母亲？她干什么来了？就算是亲自来提亲，也犯不着摆出这副富贵凌人的架势打亲家的脸吧？季英英对赵申氏的第一印象便不好了。

自她进来，赵申氏就一直盯着她。季英英心里吐着泡泡，表面还得装下去，斯斯文文地向赵申氏行了礼。

赵申氏嫌她站在面前，逆着光看不仔细："这就是二娘吧？坐吧！"

坐哪儿啊？季英英可不想坐在她身边。谁知赵申氏的目光偏偏移到了她下首的月牙凳上。季英英无奈，守着礼坐了半边凳子。

她后悔得不行。一步迈进门来，是想帮着母亲教训一下这个不知礼的妇人，谁知道来的人是赵太太呢？这回哑巴亏吃定了。嫁到赵家，赵太太要教导她，话也没说错，只是赵太太讥讽母亲也太过分了。有这样的婆婆，真麻烦啊。

甭管季英英心里想什么，从表面看，她一直是半低着头，安安静静地坐着。赵申氏先是仔细打量着她，然后用两根手指抬起了季英英的下巴。

季氏五指一收，捏紧了帕子。

季英英一时语塞。

这是在选买奴婢吗？要不要张开嘴让你瞧瞧牙口好不好？

季氏母女都没料到赵申氏居然会这样做，一时间都愣住了。

赵申氏终于把季英英的脸看得清楚了。她收回手，慢条斯理地说道："模样倒也不错，就是打扮素净了些。"说着扫了眼自己身边的侍婢，觉得季英英打扮得有些寒碜，然后从头上拔了支凤形金簪，簪身有三寸长，适合高髻，向季英英递了过去，"拿着，好好打扮打扮。"

那语气就像是扔了个馒头给乞丐：嗟！

季英英觉得自己伸手接了，回头一定忍不住想把爪子剁掉。

"长者赐不可辞，收下吧。"季氏缓缓吐出口气，温言说道。

季英英起身低头谢过，憋屈地接了。她再也不想坐在赵申氏身边，趁机退到了季氏下首，将那支钗递给了绫儿收着。

赵申氏见季英英低眉顺眼的，心气稍稍平复。小门小户也有好处，在婆婆面前不敢拿乔。这让她当家主母的王霸之气又高涨了两分。

赵修缘进了藏珍阁织锦，听下人禀报很是顺利。赵申氏想着等斗锦结束，就要和季家结亲，自己还从没见过季氏和季英英呢。她下午有空，就怀着"从前只是隔街的街坊，如今是亲家了，还不知道季家后院是怎么个情形"的心思登门造访。

季家虽小，收拾得倒也整齐干净。屋里错落摆放着几盆怒放的菊花，还有两本珍品，衬得这些款式老旧的家具古朴雅致。

季氏谈吐斯文，并不是她想象中泼辣粗鄙的妇人。虽然门户低点，但这样的亲家还算能接受。

反正二郎认定了季英英，老太爷也同意了，赵申氏的心思从考评亲家合不合格转变成了"她将是我儿媳妇"。她手肘撑着光滑的圈椅扶手，决定必须从现在起教导季英英：“听说二娘绣艺出众，可识字？”

时下有条件的人家供小娘子读书，不求成为鱼玄机、薛涛这样能吟诗作赋的才女，只需能认得字，看得懂账本。尤其是商户，主母不识字就不合格。赵申氏很关心这点。

季英英忍着气答了：“识得。”

赵申氏嗯了一声道：“不必读那些个四书五经，习得六艺，总要把《女诫》《女论语》学好。”说着脸色一肃，冷冷道，“‘凡为女子，当知礼数。女客相过，安排坐具。整顿衣裳，轻行缓步。敛手低声，请过庭户。问候通时，从头称叙。答问殷勤，轻言细语。’进门大呼小叫，《女论语》里的这些话，你可做到了？”

季英英顿时想掀桌，气得额角的青筋一跳一跳的。忍你很久了！

季氏心想，我女儿还没和赵家定亲呢，你就当着我的面训上她了？这是训英英，还是借机骂我一个寡妇没能力教好女儿？季氏又想起赵申氏先前的讥讽之语，脸色更加难看。

《女诫》是东汉班昭对其女儿进行三从四德等教育所作。《女论语》是贞观年间宋若莘、宋若昭姐妹所撰的一部女子训诫书籍。唐时女子大都以这两本书为闺范学习用本。

民风开放的大唐，又经过武周一朝，对女子的要求并不严苛。胡服出行，女着男装是很流行的风尚。学这两本书知晓女子处世道理和礼节，在外面的场合不会失礼就善莫大焉了。

季英英自问得知赵太太在堂，便马上收声敛息，轻行缓步上前请安。赵太太轻蔑打量她，她还忍着气一一回答。她哪点不知礼了？

季氏一张帕子揉成了咸菜样，为了女儿和赵修缘的亲事，又辛辛苦苦地忍了下来。

刚才就讥讽我娘教不好女儿，现在又说我不知礼，合着看我娘和我礼貌待你好欺负是吧？季英英可没那般好脾气，当即朝季氏俯首行礼道：“‘父母检责，不得慌忙。近前听取，早夜思量。若有不是，改过从长。父母言语，莫作寻常。遵依教训，不可强梁。’女儿熟记于心。若有不妥之处，还请母亲教导。”

她也搬出《女论语》来，意思是我不对，我妈随便教训，你还没成为我婆婆呢，没你叽叽喳喳的份儿。

季氏接了这话，心里痛快了。寡妇支撑门庭，带大儿女，季氏也不是吃素的。她柔声说道：“我儿幼承庭训，娴静温柔，知礼大方，吾甚是安慰。”

我女儿家教好得很，我很满意。你想挑刺，门儿都没有。

母女俩一问一答，将赵申氏晾在了一旁。

季氏说完，温柔地对赵申氏一笑，算是回答了她刚才的指责："咱这商户人家也没指望着攀上门阀士族。让赵太太见笑了，我会尽心教导她。"

商户人家拔的是高音。

大唐商户是历朝历代最幸福的，地位非常高，也不禁穿丝罗绸缎锦。赵家再是大户人家、再有钱，户籍也是商户好吗？

大家都是山鸡罢了。你虽然买得起孔雀翎，就算插在尾巴上，也变不成士族呀！你实在不喜欢，去娶一个高门大户官宦人家的闺女试试，人家肯嫁吗？

唔，杨石氏只能算半个官宦人家。别说上溯三代，她父亲这一代也只是个大字不识的农民呢，只有一个在州府衙门任录事参军的哥哥。就因为这，杨石氏在杨家压得几个妯娌喘不过气来，当家做主几十年。

季氏轻描淡写将赵申氏的脸扇肿了。

赵申氏气血翻腾，脸一阵红一阵白，带着一群打扮华丽的仆从拂袖而去。

将赵申氏和她华丽的仆从们送走，季家母女俩面面相觑，好像是出了口气，但心里还是堵得慌。

季英英是头一回见赵申氏倒也罢了。从前儿女小的时候，季氏是把赵申氏当尊敬的客户来对待。赵家需要浣花染坊的丝，赵申氏说不上热情，但还算比较客气。季氏也没想到一门亲事暴露了赵申氏的另一面。

季氏深深叹了口气，眼里是满满的担忧："忍一时之气方为上道。咱们气顺了，赵太太心里生了堵。英英哪，你真的确定要和赵二郎好？"

有这样盛气凌人的婆婆，嫁过去日子不太好过啊。

"他是他，赵太太是赵太太嘛。"季英英说完也很烦，"还没定亲呢，就摆出婆婆的架势。合着不是想结亲，是想结仇来了？谁说斗锦完了，赵家来提亲，我就要答应的？赵太太该不会以为赵家有钱，提亲是瞧得起咱家，我们不会拒绝她吧？"

求娶求娶，前面还有个求字呢。季氏也这样想，心里暗暗叹气，赵二郎咋就生在了赵家呢？朱家染坊的二郎也来求亲，朱太太笑得那叫一个和气。连英英进门，马上分家单过，给朱二郎再开一间染坊的条件都开出来了。

季氏淡淡说道："行啊，赵家若来提亲，娘就回绝了。我看哪，朱家染坊的二郎不错。朱太太说过，嫁过去就分家单过，你还不用在婆婆面前立规矩，也没人拿《女诫》《女论语》让你照做。"

季英英哑了。

她的脸颊像涂着一层桃花胭脂，眉心微蹙，小嘴翘着，又是为难，又是不甘，瞧得季氏的心隐隐作痛。她辛苦养了十六年的女儿，心已经系到赵家二郎身上了。

“英英，你真的了解赵修缘吗？他哪点好？娘怕你瞧不清楚人。”

赵申氏只是婆婆，赵修缘会是女儿要过一辈子的良人。万一赵修缘和赵申氏一样……季氏不敢想这样的结果。

厅堂里母女俩说话，李嬷嬷识趣地遣走了侍候的婢女们，守在门口放哨。西移的阳光从大门照进来，满室金晖。

季英英咬着嘴唇，鼓足了勇气：“他信任我。”

赵修缘一表人才，斯文有礼，才华出众，又是织锦大户的未来家主……季氏想出了数种理由，万万没想到季英英的理由会是这个。

“娘，哥哥虚岁比我大两岁，我记得他是七岁进的染坊，那会儿我已经五岁了。您不带我去，我就蹲在染坊门口哭。后来哥哥心疼我，给我弄了点染料，我染了一块手帕，还盼着您夸我。结果您骂了哥哥，还罚了李嬷嬷，说她没看好我。

“我知道，季家有秘法，传子不传女。我真没觊觎过咱家的秘法，我就是喜欢染东西，喜欢调出不同的染料，染出五彩的颜色。您不许，我也不敢提。您知道了，就会罚。上次您气得差点儿把湘儿卖了。

“就算是哥哥，也不敢明着鼓励我学染技。只有赵二郎，他从来都赞我眼光好，会配色，总夸我有天分。他痴迷织锦，我喜欢染技，我和他在一起总有说不完的话。他每次家里考评，要织锦，都会画了画稿和我讨论配什么色的丝。每次他都信任我，得了他祖父的夸奖，他很开心，我也开心。那是我配的丝，我也不求得到赵老太爷的夸奖，我就是喜欢这种被人肯定的感觉。

“娘，他信任我啊。我在他面前，一点顾忌都没有。我喜欢染技也不用偷偷摸摸的。他还会帮我想套染的法子。我知道自己性子急，但他都会让着我。我和他在一起，觉得好快活。”

女儿把赵修缘当成了知己。季氏震惊了，是她把女儿推到赵修缘身边的吗？

“英英，你喜欢他吗？娘的意思是那种男女之间的喜欢。如果换个人像赵二郎那样欣赏你，也鼓励和支持你学染技，你会不会也喜欢和那个人在一起？”季氏都不知道该怎么表达自己的想法了。

她真是担心，担心季英英并不懂得喜欢一个男人和喜欢一个知己的区别。

季英英的脸红得更厉害，半晌才嗫嚅道：“我就不想和赵二郎说那些……”

季氏松了口气，女儿是真心喜欢赵修缘的。她忍不住又提醒季英英：“如果赵二郎哪天转了性子，不让着你呢？”

季英英翘着嘴哼哼：“他敢？揍不死他！”

季氏一巴掌拍在她背上，斥道：“赵二郎让着你，你就蹬鼻子上脸了。赵二郎也许会是赵家下任家主，不会是‘粑耳朵’。”

“他小事让着我，大事我也没干涉过他。”季英英嘀咕了一句。让她因为赵申氏放弃赵修缘，她做不到。她也干脆：“娘，要不我问他去，赵太太为难我，他能不能护着我。他若不能……我就想办法让赵太太不为难我。”

探明了女儿的心思，季氏暗暗叹了口气，话锋一转，问起她今天的去向：“在外逛了一整天，跑哪儿去了？”

“哦，我买凉粉了。晚饭加道菜吧。”季英英叫绫儿把凉粉送去厨房，想了想，凑到季氏的耳边低声告诉她，“娘，我想出了一种新的丝线配色，织出来会比赵家送来的样锦更美。可是今天把赵太太气走了，我不知道还要不要告诉赵家。”

气走了赵申氏，马上就赶着去告诉赵家她想出了新的配色，怎么看怎么觉得季家没有骨气。

“会有多美？”季氏有点好奇。

季英英满脸放光：“如果评判公允，赵家一定能夺得锦王。”

季氏倒吸一口凉气：“你又不懂织锦。”

季英英摇了摇头：“我是不懂得织，但是锦是用丝织出来的，不同的色彩、不同的图案能织出不同的锦。我能染出新的丝线，就一定能织出与众不同的锦。”

“染出新的丝线？”

女儿在染丝上的天分有这么高吗？没人教她，她也能琢磨出新的染丝技艺。季氏震惊不已。

“娘再想想。这事谁也别说，你哥也别说。”季氏真的需要好好想一想。

如果真的能帮赵家夺回锦王，英英嫁到赵家，也就有了底气。但是别人不会相信是季英英琢磨出来的染丝技艺，还会认为是自己为了富贵，将季家染色秘法传给了女儿，那样季家的名声就坏了。到时，大郎如何立足？他即将娶妻，张家又会怎么想？

赵申氏回家，先是被丈夫盘问一番。她心气不平，嘴里自然没有好话：“也不晓得二郎看上她什么了！那火暴脾气哟，倒像是她要做我婆婆似的……”

“说什么混话！”赵禀松呵斥了一声，目光随即往外面一扫，见屋里屋外侍候的是几个心腹，语气才缓得一缓，“两家是结亲，不是结仇，季氏小户人家，怎会对你无礼？”

赵申氏这才反应过来，自己的婆婆是丈夫的亲妈。她又不蠢，当家主母的威望一是靠丈夫，二是靠儿子撑起来的，两条腿架着自己走路，才有这样的威风与体面。她站在内宅发号施令，得罪不得撑着自己的两条腿。

她朝自己的奶娘使了个眼色，瞅着她带着人出去，掩了房门，这才放软了腰段，从椅子上滑下跪倒，掏出手帕往脸上一蒙，小声哭了起来：“妾不该对婆婆不敬……实在是气得很了。”

几十年结发夫妻，赵家的当家主母在自己面前说跪就跪，赵禀松的虚荣心得到了极大的满足。母亲已经过世十几年了，尊敬归尊敬，还不至于让他任由妻子跪着认错。他最担心的是赵申氏的这番言语传到一直不太安分的兄弟们耳中。

“你是当家主母。”赵禀松伸手将赵申氏搀扶起身，只说了这么一句。

赵申氏知道说婆婆的事过去了，便将去季家一趟所发生的事原原本本告诉了丈夫。

“妾一番好意，却被季氏母女挤对得没了脸。”赵申氏用帕子拭着眼角，愤愤地说道，“老爷，妾是想着咱们做不得二郎的主，好歹娶个听话的媳妇啊。如果不是把季二娘当成未来的儿媳，妾怎会出言教训。难道季氏连这点都想不明白吗？”

“可恨！”赵禀松也沉下了脸。

他同意妻子的意见。拿捏不住二郎，毕竟他是自己的儿子，媳妇再拿捏不住，将来他们老两口更无置喙的余地。

问题是这门亲事也由不得他们做主。儿子先行禀了老太爷，请求他们同意，不过是表面敬着他们是亲生爹娘。想到这里，赵禀松又感觉无能为力。

“等到斗锦后再说吧。如今最重要的不是二郎的亲事，是老太爷定了他是下任家主。等祭过祠堂祖宗再说吧。”

赵申氏心里也明白，和丈夫哭诉过后，憋在心头的火总算消散了不少。

隔了几天，季氏叮嘱人送了拜帖来，言明第二天登门拜访。

赵申氏哈了一声，将帖子拍在案几上，讥讽道：“现在回过神，想起两家会结亲家了？”

季家也不过如此，赵申氏更加看不起季英英。心想，得想个法子，给季氏一点厉害瞧瞧。她一个眼神过去，顾嬷嬷便心领神会：“请季太太花厅奉茶。”

“嬷嬷去换身衣裳再随我见客吧。你是我的奶娘，你打扮得体，也是我的面子。”赵申氏自己不再重新梳高髻，换更华丽的见客衣裳，却叮嘱了顾嬷嬷一句。

顾嬷嬷心知肚明，去季家时，太太故意让所有人都捯饬打扮。季氏当日也重新打扮，换了衣裳来见客，身上所穿不过是身织莲花青色锦衣，戴了套碧玉镶金头面。太太让自己换身衣裳，她告退下去，片刻后就穿着赵氏赏赐的枣红色织福字团花锦衣前来，发髻上新添了一根金簪，额间系了镶碧玉的华胜，雍容得像富家老太太。

赵申氏满意地笑了。她慢条斯理地将回事的婆子一一打发掉，琢磨着将季氏晾在花厅的时间差不多了，这才带着丫头、婆子去了。

她踏进花厅，看到季氏安安静静地独自坐着，脸上并无半点急色，不由得佩服季氏的养气功夫，越发觉得季家不好对付。赵申氏暗暗撇了撇嘴，堆出满脸笑容走了进去：“季太太，这一大早上，回事的婆子一个接一个的，让您久等了。”

季氏心知肚明，可她此番登门也是胸有成竹。担忧着赵申氏的态度，又存了让季英英在赵家立于不败之地的心思，半点也没被赵申氏气着。

两人见了礼，分宾主坐了，赵申氏装模作样地开口道：“季太太前来，可是上次托浣花染坊染的上品蜀红丝出了纰漏？”

季氏心想，那批丝线定的是十日之期，早就和赵家管事交接完毕，赵申氏怎么会不晓得？她温言说道：“赵太太当家，事情多，怕是忘了。浣花染坊素来守信，那批丝线早已染好，贵府管事已点齐画押收库了。”

“你看我这记性。”赵申氏用手指按着太阳穴，抱歉地笑了笑，“浣花染坊交给了季大郎管着，季太太已经很多年没来赵家谈过生意了。可是府上大郎年底娶媳妇忙不过来？”

赵申氏打定主意，就算季氏主动道歉，自己也要抻着，摆足了架子。不把季家拿捏死了，出不了她心头恶气。

季氏淡淡地笑了笑：“铺上的生意，打前年起我就交给了大郎。今日拜访赵太太，不是为了染坊的生意。”

“哦？”赵申氏投过去一个询问加疑惑的眼神，背挺直了两分。

如果这门亲定下了，还真是憋屈。季氏打心眼儿里看不惯赵申氏的装模作样。她从身边侍候的李嬷嬷手里接过一只匣子搁在了桌上：“我家二娘那日匆匆回家，得了赵太太的见面礼，便想着为赵太太做点针线以表谢意。”

话说得漂亮，不还是为了季英英而在自己面前说好话？赵申氏假假地笑着：“不过是支金簪，算不得什么。”

顾嬷嬷笑着补刀：“我家太太为人豪爽大方，像老奴这样低贱的人，不过是奶了太太罢了，太太便记在心上，抬举老奴，一年四季都赏老奴两身锦衣。”

寸锦寸金，比起锦衣来，给季英英的金簪确实不算什么。

季氏低垂着眼眸，不想叫赵氏看到自己眼里的怒气。她是寡妇，除了节庆生辰，平时穿着打扮都以素净为主。赵申氏叫奶娘来衬着自己寒碜，把英英比成了被她赏赐的奴婢，季氏瞬间坚定了自己的决定。英英对赵二郎钟情，她做母亲的，需要为女儿奠定在赵家的地位。

她缓缓说道：“小女不曾学过印染技艺，自小倒也练得一手精湛绣技。赵太太走后，她费了十天工夫，日夜赶工，方绣成这方锦帕。”

说完她站了起来，淡然说道：“本想携小女前来亲致谢意，只是她岁数大了，不便抛头露脸，还望赵太太谅解。礼已送到，妾身便告辞了。”

赵申氏还没摆够谱儿，季氏就起身告辞，就像憋足了劲想狂吼出声，结果劲憋得太足了，反而哑在了嗓子眼儿里。她端茶送客后，就着手里的茶盏狠狠摔在了地上，一口气这才平顺了：“送方帕子就完了？”

什么岁数大了，据她所知，季英英可不是能娴静安坐家中的淑女。好歹来给她磕个头，做小伏低听她训斥一顿也不肯。这让赵申氏如何解气。

“太太，季太太说话不阴不阳的，老奴琢磨着她话里藏针，这方锦帕中似有乾坤。”顾嬷嬷忠心，也不是个老糊涂，才能被赵申氏看重。她将匣子端过去，打开盖子递到了赵申氏面前。

赵申氏正生着气，本不想看。匣子已经揭开盖子送到了眼前，她瞥了一眼，一股血气直冲脑门儿，心狂跳起来。她伸手将盖子砰地大力扣上：“等二郎出了藏珍阁，我再问问他，他一心求娶季家那小贱蹄子，是不是就不管我这个娘了！”

顾嬷嬷吓了一跳。她只顾着看赵申氏的脸色，没有注意到掀开的匣子里那方锦帕是什么模样。见赵申氏发怒，她赔着小心道：“二郎君素来孝顺。太太宽心。”

让她怎么宽心？赵申氏不过是借着发火掩饰自己激动的情绪。她把匣子直接拿到了手里，高声叫道：“去请老爷来！”

赵申氏抱着匣子，心怦怦直跳。她看得清清楚楚，匣子里的锦帕上绣着那幅《临江仙菊锦》。今年赵家选定赵二郎画的那幅《临江仙菊锦》，全家只有赵老太爷、赵禀松和赵申氏见过。季氏特意送来季英英绣的菊图是什么意思？如今离斗锦之日只有一个月时间，难不成季英英真的想出了新的丝线配色？

她走得飞快，顾嬷嬷和丫头婆子们都以为赵申氏被季氏气晕了头，不敢再劝，低眉顺眼地紧紧跟着。

赵申氏回了月锦堂，气都没喘一口就催道："找到老爷了吗？"

顾嬷嬷见她有点慌了神，不像是被季氏气着的缘故，心情也跟着紧张起来："太太，才嘱人去请了。"

"唉，算了，找到老爷，请他直接到松鹤堂。"赵申氏心里着急，端着匣子又出了门，一阵风似的去见赵老太爷了。

等赵禀松得了信，从前院赶到松鹤堂，进门就看到赵老太爷和赵申氏坐在堂上，神情有些古怪。他给赵老太爷行了礼，瞪了眼赵申氏，心想什么天大的事不能先和自己商议了再来寻老太爷吗？

"你来瞧瞧。"

松鹤堂正堂里没有一个侍候的下人，赵老太爷指着案几上铺开的锦帕，叫儿子自己看。

赵申氏起身迎了丈夫，心情格外激动。她是当家太太，今年若能为赵家捧回锦王，该有多么荣耀，以至于她都顾不得去生季家的气了。

赵禀松上前拿起锦帕，仔细端详。片刻后长长吐了口气："如果能织成这样，赵家今年夺锦王有望。"

"哈哈！"赵老太爷破了功，拍着大腿狂笑不已。笑过之后，沉下了脸道："你二人好生守住了嘴，谁敢泄露一丝风声出去，休怪家法无情。"

赵禀松夫妇肃手应下。

赵申氏太了解丈夫，等出了松鹤堂，赶紧低声解释道："离斗锦越来越近，妾身也是心急。"

"我懂得。"赵禀松心里全被锦王二字填满。当家主二十几年，没给赵家夺得一次锦王，早就受够了兄弟们的鄙夷，一想到今年能扬眉吐气，他半点也不怨妻子这般心急。

"季家……咱们怕是拿捏不住这个媳妇啊！"回了月锦堂，听完赵申氏讲季氏来访的经过，赵禀松情不自禁地发出一声感慨。

赵申氏一呆，先前她着急夺得锦王，现在回想季氏的态度，可不是有恃无恐嘛。她狠狠地说道："先顾大局，为二郎定下家主之位要紧。等二郎娶了她过门，我总是她婆婆。"

到时候，她有的是时间将季英英身上的刺一根根拔掉。她再泼辣，自己总占了婆婆的名分。

等用过午饭，赵修缘从赵老太爷处出来，急急赶回月锦堂面见双亲。时间紧急，他只匆匆说了一声："此事还需儿子去见季二娘，儿子这就去季家。"转身就出了门。

赵申氏一番心疼的话都没时间说，心里又堵上了："再急也不在这一时半会儿。我都多少天没见着他了，真是有了媳妇忘了娘！"

"咳咳！"赵禀松清了清喉咙，"织锦要紧。"

四个字将赵申氏的抱怨堵了回去。

第七章
门不当户不对

赵修缘掀起染坊铺子小隔间的帘子，看到季英英正在绣花。

她的胳膊一起一落，充满了优美的韵律。赵修缘从来没有看到过季英英娴静绣花的样子，她好像不是那个活泼的季英英，反而像变了个人似的，却另有一番秀美的姿态。他维持着挑帘子的动作，看得呆了。

“来得真快呢。”季英英头也没抬，淡淡地说了一句。

能不快吗？照季英英这种配线法，要重新织锦，装配织机就费工夫，再加上要织三尺，日夜不休，也将将能赶上十月初九斗锦，一个时辰都变得珍贵起来。赵修缘回过神，放下帘子，叫了她一声：“一接到消息我就赶来了。”

季英英将针扎在绣绷上，抬起了头：“赶着来订染丝线还是买现成的啊？”

他怎么听着这语气不对劲呢？赵修缘没工夫去琢磨季英英的态度，以为几天没有消息，她正闹小脾气。他疾步走了过去，拿出她绣的那方锦帕道：“英英，就照这个帮我配丝！”

他瘦了一圈，眼里布满了血丝。大概这几天都在织房里赶织那幅锦，没有休息好。季英英有点心疼，她转念又想到盛气凌人的赵太太，就不肯轻易放过赵修缘。

“赵家开了百年织坊，织的锦少说有上万匹，连丝线都不会配吗？你不会是在说笑话吧？”

赵修缘被她戗得脸红，脸上闪过尴尬之色。他脑子转得快，马上堆满了笑容朝季英英弯了腰，故意行了个大礼，一躬到底：“英英，我给你赔不是。这些天一直忙着赶织那幅锦，忽略了你。你先记着，等织完这幅锦，你怎么发落我都行。”

他的腰弯下去时，季英英像兔子似的跳开躲过了，也涨红了脸道：“得罪我的人可不是你，犯不着你来装好人。”

赵修缘心里咯噔了一下，知道真有赵家人得罪了季英英。会是谁呢？他这些天都在藏珍阁织锦，不晓得自己母亲跑季家摆未来婆婆的谱儿。他知道季英英直爽，肯明言被得罪了，这事不难解决。

他站直身，顺着她的脾气说道：“谁得罪了你，我这就叫他来向你赔罪。你且等着，我这就回家去查。”

他说完转身就走。

季英英本想叫住他，但一想到母亲今天登门，又被赵申氏奚落，就闭上了嘴。不管是织斗锦还是结亲家，都是赵家有求于季家。母亲说得对，上赶着的不是买卖，季家门户虽小，也不能让赵家从门缝里看人——把人看扁了。

她没有看到，赵修缘迈出门去时，脸沉了下来。

离开浣花染坊的铺子，赵修缘回过头看了眼。以前季英英闹小脾气，一哄准笑。今天这是怎么了？他没想到，季英英居然没有叫住自己，还真等着他找出得罪她的人登门道歉。这一迟疑，赵修缘就想起忘记收起那方锦帕了。现在再回去拿，没准儿季英英还会戗自己几句。赵修缘咬着牙，带着一肚子火气回了家。

季英英想出全新的丝线搭配是赵家的秘密，赵修缘去季家并没有带两个伴当。回家后，他把赵平、赵安招了来，沉着脸喝道：“家里有谁去过浣花染坊？”

这时，赵修缘还想着是不是负责采买丝线的管事得罪了季家？他进藏珍阁前，特意叮嘱过两人注意家中情形。

赵平曾被他一脚踹进过浣花溪，被收拾得服服帖帖。他心想这是一个在郎君面前挽回信任的好机会，抢在赵安前说道：“十天前太太去过季家。今天一大早，季太太来拜访了太太。至于说了些什么，小的就不知道了。”

赵安不甘落后，补充说道：“季太太走后没多久，松鹤院就来人到藏珍阁传话。”他是守在藏珍阁外等着赵修缘使唤的。赵老太爷嘱人叫赵修缘去松鹤院时，赵安就在旁边。

竟然是母亲！赵修缘不动声色道：“这事你俩办得好，这月月钱加倍。”

两个伴当大喜，磕头谢过。

都不用听母亲解释，赵修缘完全能想到她是如何盛气凌人地去了季家，如何挑别着季英英。别的人倒也罢了，赵申氏是他亲娘，是赵家的当家主母。不论母亲对或错，季英英都是晚辈。叫母亲去给她赔罪，是把整个赵家送到她脚下任她践踏。

赵修缘烦恼了。

他叹了口气，既然知道事情是母亲惹出来的，还是自己去季家说好话吧。季英英想打想骂都随她，要左脸，把右脸也送过去。要骂人，他端茶递水。

不对，今天他佯装离开，季英英没有叫住他。往天他摆出这姿态，季英英早嗔上了："逗你呢，我有那么小心眼儿吗？"

为万全计，还得请母亲去趟季家。

赵修缘在书房坐了一会儿，打定主意后才看到沙漏的时刻指向了申时两刻。母亲不可能不递拜帖赶着季家用晚饭的时间登门，那样显得赵家太急切了。最早明天上午去，也就是说，起码要等到明天下午，他才能从季英英手里拿到新的丝线。

要耽搁整整一天！赵修缘气恼地一巴掌拍在书案上。他腾地站起身，轻描淡写地告诉两个伴当，晚饭在月锦堂用，便匆匆去了。

照例屏退了左右，赵修缘也不拐弯抹角，直接给母亲安排了："还请母亲写张帖子，让顾嬷嬷备了八色礼品现在去季家，言明明天一早您就去季家拜访。"

赵申氏大怒："怎么，季家竟然拿捏着架子不肯给吗？"

对，人家又不急，急的是我！赵修缘心里暗骂着，嘴上解释道："她没说不肯帮忙。如果她真的不肯帮，也不会特意绣了那方锦帕送来。只是请母亲走一趟，让季家顺口气罢了。"

"二郎，我是你娘！你竟然叫我去季家赔礼道歉？你这个不孝子，也不肯问一声娘为何让那季氏气不顺，就叫自家亲娘登门赔礼。"

季家气顺了，自己就要受气！赵申氏在儿子面前要不起威风，听明白儿子的要求后，气得直捶胸口。

"还需要问吗？"赵修缘不屑地说道，"不就是觉得季家小门小户，去显摆你的衣裳有多富贵、你的头面有多值钱，让季氏母女见识到赵家豪富而心生怯懦，在你面前自惭形秽，好任由你搓圆捏扁。"

被儿子一口道破，赵申氏气道："哪个婆婆不是这样想的？难不成还要抬举着儿媳骑到自己头上不成？还没定亲呢，有你这样护短的吗？"

"娘，您也知道赵、季两家还没有定亲啊？"赵修缘被母亲的愚蠢气了个半死，"两家都没定亲，您去摆什么婆婆的谱儿？您让季家怎么想？还没定亲您就欺负上了，如今季家就非要您低这个头不可！您还不明白？"

赵申氏也激动起来："凭季家的门户，能攀上咱们赵家的嫡子，是他们高攀！他们反倒拿捏起来？凭什么？"

"就凭咱们现在有求于季家！"赵修缘眼里露出一股寒意来，"是母亲的颜面重要，还是锦王重要？"

"二郎，你也莫怪你母亲。她不过是想和季太太亲近一点，见着季二娘生性跳脱，一心想着她会是赵家媳妇，这才出言训诫。季氏母女不领情，你母亲心里也憋屈。"赵禀松听到这里，这才插话打了圆场。

"老爷！"赵申氏总算找到了知音，伤心地哭了起来，"娘为了你，去向季氏道歉就是……若不是把季二娘当成儿媳，娘何必多嘴提点她注意闺范。"

赵修缘苦笑，难怪母亲会得罪季英英。让季英英当淑女，不是登门找碴儿是什么？将来把季英英娶过门，两只母老虎争地盘，有的斗了。想到这里，他有点可怜母亲，语气变得柔和起来："娘，不是让您去季家做小伏低。季太太守寡支撑起浣花染坊，想也知道对'颜面'二字看得重。您什么都不用说，态度软和点聊两句家常，饮碗茶就告辞。您去了，就是给季家面子了。季太太一定会待您热情周到，为了季二娘，她也不可能让您难堪。"

真的吗？赵申氏自己记仇，以己度人，生怕去了季家被季氏羞辱。这会儿被赵修缘又哄又劝，渐渐缓和了态度，不忘示恩："娘可是为了你。"

"儿子多谢娘体恤！"赵修缘顺势又给赵申氏一躬到底。

赵申氏见好就收，终于嗔了儿子一眼，唤来顾嬷嬷交代一番，叫她去了季家。

悲催的是，赵修缘只道自己母亲气焰嚣张，却不知道还有顾嬷嬷这个在旁边补刀的。

时间紧，天晚登门递拜帖不妥当。顾嬷嬷匆匆带人捧着八色礼盒、拿着赵申氏的拜帖就去了，没来得及换下她那一身枣红色福字小团花锦衣。

平时赵申氏离不得顾嬷嬷，在下面的奴仆眼中，她就是主子一样的人物。听说顾嬷嬷出门，想巴结讨好她的下人早早把轿子抬到了二门候着。

赵、季两家只隔着一条街。顾嬷嬷平时受人巴结也习惯了，极自然地坐进了轿子。

诚如赵修缘所说，只要赵申氏和气点，季氏为着女儿考虑，也会待她热情周到。季氏早料到赵家会来人，吩咐守门的季富留心。

顾嬷嬷带了四个丫头，捧着八色礼盒。季富听到敲门声开了门，敲门的丫头为讨好顾嬷嬷，对季富声称轿子里的是"我家老太太"。

那天赵申氏金光闪耀地来，怒气冲冲地离开，季富都看在眼里。见主母上午从赵家回来了，赵家人下午就赶来，表明赵家仍看重季家，他心里颇为高兴。一高兴，季富就听漏了一耳朵，也没看到端坐在轿子里的顾嬷嬷，叮嘱小丫头速去后院回了季氏："赵太太来了。"

既然赵家这么快就反应过来，登门求和，季氏顺着梯子下了台阶，领着季英英和丫头、婆子站在二门等。

轿子直接抬到了二门，丫头掀了轿帘，顾嬷嬷走了出来。

季氏和季英英顿时无语。

当家主母跑到二门来迎赵家一个奴婢——虽然她是赵申氏的奶娘，但她也是个奴婢。

季氏的脸热辣辣的，这回被赵家涮狠了。

顾嬷嬷看到站在二门照壁处的季氏母女也震惊了。主母携小娘子居然来二门处迎赵申氏的奶娘，季家是有多想和赵家攀亲，才做得出这种不要脸面的事啊！顾嬷嬷也脸红了——替季家脸红。

不过，顾嬷嬷的震惊就那么一小会儿。毕竟赵家豪富，跟着主母赵申氏，顾嬷嬷受恭维的时候多了去了。她虽然不齿季氏母女的举止，心里却也替赵申氏欢喜，总算能拿捏着二郎君的未来媳妇了。

顾嬷嬷笑着向季氏行礼："季太太如此礼遇，老奴惶恐！"

她嘴里说着惶恐，但自矜、得意、轻蔑的神情已布满了那张老脸。

谁要对一个奴婢礼遇？季氏都想掩面泪奔了。转身走吧，未免显得自己小家子气；不走吧，难道还要陪着这个老婆子走进正堂奉茶叙话？季氏丢不起这个人，她愣立在场，一时间不知道说什么才好。

看到顾嬷嬷身上那件喜气洋洋的锦衣，季英英的小心肝被戳得更疼了，这就是自己为赵家织斗锦辛苦一场的回报？她见母亲气得直颤，上前一步挡在了季氏身前，扼腕挽袖，嫩白如葱的手指往前一指："好你个刁钻老婆子，竟敢冒充赵太太！"

顾嬷嬷满脸疑惑。

什么意思？谁冒充太太了？

"来人，把这些个刁奴给我绑了！"

季英英怒喝一声，站在季氏身边的季嬷嬷一个闪身已到了顾嬷嬷身边，抽出手帕利落地塞进了她张大的嘴巴里。

“唔唔唔唔……”顾嬷嬷唔了几声这才反应过来，伸手去扯嘴里的帕子。

眼前光线暗了暗，膀大腰圆的季嬷嬷居高临下地看着她，扯着她的胳膊反剪到了身后。

季嬷嬷嫉妒地看了眼瘦成干枣样的顾嬷嬷，替季氏不平，生着恨，又泛着酸：都是老货，老娘油光水滑，比你脸上沟壑少了几十道，都没混到一身锦衣穿呢。她的粗嗓门儿又提高了一个音阶：“都给我绑结实了！”

季家的仆妇在染坊做活，比寻常妇人力大。齐声应着，转眼间就把赵家捧着礼盒的几个小丫头绑成了肉粽子。

季嬷嬷提起顾嬷嬷，将她扔回了轿子，拍了拍手对季英英说：“小娘子，都办妥了。”

“英英，你这是……”从季英英下令到季家仆妇绑人，不过分分钟的事情，季氏舌头打结，都不知道该说什么好了。

“娘，咱们听说赵太太亲自来了，为了不失礼，来二门迎她。谁晓得轿子里出来的竟然是顾嬷嬷。难不成是赵太太特意使了这个婆子来下季家的脸面？”季英英声音清脆，音量也不小。

被绑着按跪在地上的丫头里有个机灵的叫了起来：“娘子误会了！奴婢们是被嬷嬷领着来送礼递拜帖的，岂敢故意给季家难堪？”

季英英想听的就是这句话，冷笑道：“哦，不是赵太太的主意，那就是这个老刁奴自作主张喽？”

被塞进轿子的顾嬷嬷听得清清楚楚，想分辩却又开不了口，急得唔唔乱叫，一口气没顺上来，晕了过去。

季英英令人叫来季富对质。

季富是老实人，听漏了一耳朵，对轿子里坐着的是“太太”记得清楚，指着其中一个丫头说道：“你明明说轿子里坐着太太。”

那丫头当时一心讨好，说了句老太太。老太太也是太太啊。

季嬷嬷的粗胳膊在她面前一晃，那丫头吓得哭了起来，一股脑儿推在顾嬷嬷身上：“是，是顾嬷嬷喜欢奴婢称她为老太太。”

赵申氏的奶娘，想当赵家老太太。啧啧，这是自己在作死啊。

季英英满意得不得了：“都是这老刁奴的错，与你们无干。李嬷嬷，晚饭茶水打点好。等她们写下供状，签字画押就送她们回赵家。”

李嬷嬷心领神会，安排仆妇带着那四个丫头去了。

好了，供状也有了，等赵家给个说法再放人。季英英转身对季氏道："娘，您莫要把自个儿气病了。这事还得请赵太太处置才行。"

季氏也反应过来了，冷声说道："岂有此理，一个婆子竟然敢冒充赵太太让我难堪。季嬷嬷，抬了轿子随我去赵家！此内宅之事，不用去叫大郎了。"

于是季家出来一乘小轿、一辆骡车，季氏带着季英英，押着顾嬷嬷径直去了赵家。

抬轿的仍然是赵家的轿夫，没见顾嬷嬷等人出来，倒出来了一群五大三粗的仆妇，听着是回赵家，松了口气，埋头抬了轿子便走。

两家只隔一条街，抬抬脚就到了。

赵修缘打算陪着父母在月锦堂用晚饭，顺便等着听顾嬷嬷回信。才过了半个时辰，就听到二门回报说，季家母女来拜会太太。

季耀庭没有来，赵修缘寻思着季氏用的是妇人间走动的借口，就叮嘱了赵申氏几句："娘，有事就嘱人来说一声。"

赵禀松也叮嘱道："太太，斗锦重要，千万把季氏母女哄住了。"

"我把她们娘儿俩供起来行了吧？"赵申氏嗔怪道。

她特意去换下了锦衣，挑了身颜色素净的绸衣穿了。又拆了高髻，重新绾了个低髻，只插了两根金簪、几枚金钿。带着房里的丫头们去了花厅。

赵家的花厅是赵申氏平时待客、处理府中事务的地方。八根廊柱撑着的明间宽敞明亮，厅中摆放着新式的垂坐桌椅，没有设榻。

季氏坐在下首椅子上，季英英站在她身侧，季嬷嬷领着八名壮妇一字排开。比起上一回季氏只带着李嬷嬷前来，气势不知强了多少倍。

赵申氏眉头一挑，暗自偷笑，人都主动来了，还摆什么威风啊？罢了，季氏要面子，自己就不与她斗气了。咦，怎么把轿子也抬进来了？赵申氏注意到停放在厅堂正中的竹帘小轿。她一眼认出这是赵家的轿子，有些纳闷儿。

她的大丫头悄悄附耳说道："季太太坚持要把轿子抬进来。"

赵申氏眼睛一亮。这都快用晚饭了，季家母女匆匆登门，又将轿子抬进了花厅，轿子里装着织锦的丝吧？是该避人耳目。这样一想，赵申氏更热情了，绽开笑容迈进了尺余高的门槛，朝季氏敛衽行礼："季太太，本想着明天去拜访您，没想到您现在就过来了。"

季氏起身回礼："打扰您了。"

"咱们两家做街坊几十年了。常言道，远亲不如近邻，邻居间是该常来常往。"

赵申氏说着客套话，目光落到了季英英脸上。想着季英英是来解说如何配丝配色的，握着她的手又夸了起来："几天不见，二娘出落得越发水灵了。都说闺女是娘的贴心小棉袄，可惜我没个闺女，真想留她在这里住上几天陪陪我。"

要告诉二郎那幅锦如何配丝，留季英英住在府里最方便。赵申氏随口就想出了个留季英英住下的理由。

等会儿你会恨不得用棍子撵我走。季英英笑了笑，并不接话。

赵申氏在主位上坐了，笑道："季太太，那天您来的时候我没陪好您，心里正过意不去呢。本想明天登门赔个不是，没想到您亲自过来了。"

那天招待不周才想登门告罪，我才不会觉得训斥季英英错了。赵申氏还是没忍住自己的小心眼儿，为自己写拜帖又寻出个理由来。

"赵太太，这事啊，是得我亲自登门说清楚才好。"季氏似笑非笑地说道。

事关斗锦的配色配丝，是要亲自说清楚。赵申氏点头笑道："您说得对！"

这时，轿子里的顾嬷嬷还晕着没醒呢。

季氏又道："赵、季两家是多年的街坊了。听门房说赵太太来了，妾身便携着女儿亲至二门迎接，谁晓得从轿子里出来的却是顾嬷嬷。"

赵申氏没有反应过来，还维持着好心情："是我叮嘱顾嬷嬷去送拜帖的。"

"哦，原来赵太太只是叮嘱顾嬷嬷来送拜帖呀。"季氏夸张地拍拍胸口，松了口气，"我就想嘛，赵太太上次提点小女认真学习《女诫》《女论语》，就不会做这种失礼的事。那就是顾嬷嬷自作主张了！"

"什么自主作张？"赵申氏做主母多年，下意识生出了警觉，四面环顾，禁不住问道，"顾嬷嬷人呢？"

季氏抬了抬手，季嬷嬷走到轿前，一把掀开了轿帘，手指狠狠掐着顾嬷嬷的人中。

顾嬷嬷疼得立时醒转，睁眼就看到赵申氏在眼前，眼泪夺眶而出，呜呜哭了起来。

原以为轿子里装着织斗锦要用的丝，没想到却是绑着的顾嬷嬷。赵申氏惊得从椅子上站了起来："顾嬷嬷？！"

顾嬷嬷被堵了嘴，只能望着赵申氏呜咽着拼命摇头。她摇落了簪钗，发髻散乱，花白的头发垂覆在脸上，要多狼狈有多狼狈。

赵申氏嘴唇翕动，身体微微颤抖起来。

就在季氏母女都以为赵申氏要发作时，赵申氏又坐了下来，转过头望向季氏：

“刚才季太太说，顾嬷嬷自作主张……哼，这老货仗着是我的奶娘，就得意忘形了！”

说着一巴掌挟威带怒地拍在桌子上：“一个奴婢也敢自作主张！架下去先打二十竹板再来回话！”

主母要打顾嬷嬷？真打、假打，还是拖下去做做样子就罢手？这些想法在赵家仆妇们的心里打着转，手脚也没歇着。平时在花厅议事，这里的家法板子是早就备好的。这边将顾嬷嬷从轿子里架出来，那边已拖了卷草席往地上一铺。

这可是赵申氏的奶娘啊，被季家绑了不说，还敢堂皇地送回赵家。季家若没占住理，下场只能是赔上浣花染坊和季家染色秘法。赵申氏还没有糊涂，她连缘由都不问，直接先处置了顾嬷嬷。

手掌拍在桌子上发泄着她的怒火，掩饰住她的震惊与伤心。火辣辣的疼痛让赵申氏更加冷静。

“赵、季两家是多年的街坊了。听门房说赵太太来了，妾身便携着女儿亲至二门迎接，谁晓得从轿子里出来的却是顾嬷嬷。

“……那就是顾嬷嬷自作主张了！”

季氏先前说过的话走马灯似的在赵申氏脑中回放，她背上沁出了冷汗。

冒充自己戏弄季氏是小事，自己的奶娘把自个儿当成赵家老太太……季氏只需把这句话说出来，顾嬷嬷就没命了。

对世家大族来说，尊严和名声比命重要。斗锦重要，赵家的脸面更重要。二十几年没有夺得过锦王匾额，今年夺不到也不会让赵家就此衰败。可是失去尊严和颜面，赵家就任人践踏了。

看懂了主母的眼神，身边的大丫头躬身行了礼，退到厅堂外点了点头，楠竹削成的厚竹板落了下去，顾嬷嬷发出一声闷哼，闭上了眼睛。

“季太太，都怨我平时宽厚待她，让她忘记了自己的本分。皆是妾身教导不严，妾身向您赔罪了！”

这一回，赵申氏是心甘情愿、诚心诚意向季氏道歉，只盼着季氏瞧在自己抢先处置顾嬷嬷的分儿上揭过不提。

季氏从前只觉得赵申氏尚算客气，后来觉得赵申氏盛气凌人。今天见到的赵申氏再一次刷新了她的认知，心里暗叹自己目光浅薄，赵氏一族能繁衍百年，能做当家主母，赵申氏也不简单。

庭外的板子声沉闷地响起。季氏并没有阻拦，她并不想把顾嬷嬷冒充赵家老太太的事说出来，赵申氏回头自会问清楚。季氏只想捏着这个把柄，将来让季英英在赵家好过点罢了。

“赵太太您客气了。这事和您有什么关系呢？都是顾嬷嬷自作主张罢了。您已经罚了她，这事便过去啦。”季氏温和地说道。

“娘。”季英英低声喊了她一声，心想当她眼瞎了啊？那板子高举轻放，还没上次湘儿挨得重呢。

季氏一道眼风扫过去，斥道：“长辈们说话，岂有你开口说话的份儿？赵太太上回教导你认真读《女论语》，回家再抄两百遍！”

季英英只得低头应下：“是。”

“赵太太，上次听您说很喜欢我家二娘绣的锦帕，如何搭配丝线、用的是什么针法，我都详细记了下来。如果有不明白的地方，您遣个绣娘来问便是。”季氏从袖中拿出一只竹筒放在了案几上。

赵申氏心头又是一跳，季家竟然就这样把配丝法子交了出来。

这时二十板子已经打完，仆妇给顾嬷嬷松了绑架回了厅中。

赵申氏冷冷说道：“季太太说情，我只罚了你二十板子，还不向季太太谢恩？”

二十板子打得只有三分真，顾嬷嬷年轻时做了赵申氏的奶娘，丈夫过世，女儿嫁了人，一心侍候赵申氏近三十年，从来没受过这等苦楚。见赵申氏不问缘由直接定了自己的罪，心里难过到了极点，受了羞辱，还要向季氏谢恩，她一时间没想通，竟大叫了一声：“老奴冤枉啊！”扭头撞了柱子。

砰！

堂上响起一声闷响。

赵申氏看着顾嬷嬷软软地瘫倒在地，脑子嗡嗡作响。

“太太，顾嬷嬷只是撞晕了。”赵申氏的大丫头伸手在顾嬷嬷鼻端一探，松了口气。

只是撞晕过去……菩萨保佑！赵申氏心里不停地念着佛，听到自己的声音淡淡响起：“季太太见谅，平时都怪我念着她奶了我一场的情分，将她纵得无法无天。这等认不清自己本分的奴婢死不足惜！拖下去！”

仆妇们也不管顾嬷嬷是否还有气，肃着脸将她抬了下去。浇水擦拭，行动迅速。

季氏与季英英尚在震惊中，厅堂已被打扫得干干净净。

赵申氏收了装有配丝方法的竹筒，微笑着望向她们：“多谢季太太了。若不明白，明天我再遣人去季家询问。”

说着优雅地端了茶。

季氏心里一声长叹，计划真赶不上变化，转眼间，情势扭转。原本季家占了理，但被顾嬷嬷这么一撞就冲淡了。季氏只庆幸顾嬷嬷只是撞晕了，否则这事儿就成了季家逼死赵申氏的奶娘。就算是这样，赵、季两家的心结仍然又多打了一个扣。

出了赵府，母女俩上了骡车。季英英这才回过神：“还好顾嬷嬷力气不济，只是撞得晕了。也没打多重嘛。受委屈的是咱们，怎么倒成了她似的！还好有那几个丫头的口供。”

“幸好没出人命。那口供也一并给赵家还回去。”

季英英不明白了：“咱们自己收着多好，免得将来说不清楚。”

“你还小，不懂这些后宅心思。”季氏心绪杂乱，叹道，“英英，这门亲事还是不结罢。那斗锦的配丝就当抵消了这件事。以后赵、季两家还是街坊，少来往吧。”

季英英隐隐约约地感觉到，自己绑了顾嬷嬷出了气，却打了赵申氏的脸。她不明白，难道左脸被赵家扇了一耳光，还要谦卑地把右脸送上去才是对的吗？她低声说道：“赵太太不是已经罚了顾嬷嬷……娘，我做错了，是吗？”

如果老爷没死，如果季家人丁兴旺，大概还能给她撑腰吧。季氏一时间悲从中来，眼睛渐渐湿润了：“不，你没做错。是娘没用，怕将来护不住你。”

这时，季英英想起了八月十五那晚，树影中赵修缘那双发亮的眸子。三月，他过十八岁生日时，他满面欢喜，按照赵家家规，他可以娶妻了。那晚，她也看到他眼里的深情脉脉，他说他祖父同意了，他去求了赵老太爷。将来他会护着她的，他一定会的。季英英鼓足了勇气：“娘，您又多想了。”

只要赵修缘不负她，她什么都不怕。

季氏知道，女儿还没死心，还天真地想着，赵修缘能在赵家替她撑起一片天。如今两家还没有定亲，赵申氏没有向女儿施展她的手段。但季氏心里明白，再经过顾嬷嬷一事，赵申氏必不会善了。

季氏硬下心肠道：“英英，两人成婚，能不要父母家人吗？赵二郎对你有情，他就能弃他父母于不顾吗？嫁出去的女儿泼出去的水。赵太太不喜欢你，难道赵二郎能天天在后院待着护着你？今天的事和配斗锦的丝，娘纵着你，是想替你在赵家多挣点筹码。可天不予人，事情往往弄巧成拙，只能说咱家与赵家无缘。婚姻大事，父母之命，媒妁之言。英英，你的亲事，娘替你做主。你忘了赵二郎吧。”

“娘，到家了。我都饿了。”

车停在了门口，季英英嬉皮笑脸地撒起娇来。她飞快地掀起了竹帘，抢先跳下了骡车。

帘子掀起的时候，她的脸有一半浸在橙色的光晕中，小巧的下颌仰出令人心疼的弧线。一刹那，季氏看到她脸颊上滚落的眼泪。等她伸手来接自己的时候，抬手间，季英英已用衣袖拭去了。女儿这副样子，怎么和别家说亲呢？季氏暗暗伤神。

季氏令季富赶了车，将赵家那几个丫头并口供一并送了回去。看到儿子站在大门口相迎，心里阵阵宽慰，好在儿子懂事，不像女儿这般难缠。

进了内院，季英英就告退了：“娘，我有点累，想回房睡一觉。晚上饿了让厨房煮碗汤面就好。”

季氏觉得快刀斩乱麻才是正理：“英英，娘是认真的，以后娘不会再让你见赵二郎。益州城斗锦，你也甭想去。”

季英英蓦然回头：“我也只有斗锦那天能见到他了。您总要让我问个明白吧？”

季氏毫不退缩：“要断就断个干净，有什么好问的？”

“我还没同意呢！”

“这事我说了算！”

“哎呀，娘，饭菜都凉了，赶紧回房吧！”季耀庭没有想到才进内院，母女俩就像引燃的爆竹，噼里啪啦斗起嘴来。他扶着季氏往正房走，一只手在身后朝妹妹拼命地摇，示意她赶紧回去。

季英英的性子岂是他能劝得住的。她大声说道：“凭什么我要嫁个不喜欢的人？我不嫁可以吗？我当女道士去！”

说着拔腿就奔进了自己的小跨院。

季耀庭将季氏扶进了房门，念经似的在她耳边念叨：“娘，您别和英英一般见识。她还小，不懂事。”

“是我把英英教得太过天真良善。季家人丁少，你又总让着她。她连兄弟姐妹争夺父母宠爱都没经历过，总以为赵家不过是比我们家更有钱罢了。将来她总会明白的。”季氏简单地把今天的事说了，下定了决心，“你成亲后，就给朱家透个口风，让朱家来提亲吧。”

季耀庭觉得母亲有点草木皆兵：“娘，赵太太虽然手段厉害，毕竟还是讲道理，没有护短拉偏架。您是不是担忧得过了？哪家婆婆不是婆婆？我娶了亲，您难道能让张四娘还像在娘家似的？她也要守咱家的规矩不是？”

“你们不懂！”听儿子也质疑自己，季氏烦躁了，“世家大族表面风光，内宅争权夺利，英英不是赵申氏的对手。”

赵申氏才四十出头，瞧着那么富态，没个大灾大病，少说还能活二三十年。妹妹熬成婆的时候，赵申氏也许还把持着中馈当着家呢。她犯得着和赵申氏争权夺利吗？季耀庭这样想，却不敢说给母亲听。

岂料季氏实在不安，心神不宁间，和儿子说起了自己：“娘是庶女，姨娘早逝，自幼就知道要辨人眼色，讨好嫡母，只求有个好归宿。你爹当年去西市买染料，赁了府里的院子堆货。娘被自家姐妹算计了亲事，嫡母连聘礼都不讲究，公中出了一百贯钱的陪嫁把我嫁给了你爹。好在你爹人好，小日子过得倒也舒心。大郎，娘看着赵太太，就会想起自己的嫡母。娘是不会看错的。赵太太对咱家生了恨，这门亲事结不得。”

怪不得年年往长安送节礼，却从来没有走动过。季耀庭沉默了一下道：“娘，英英性子倔，这事慢慢来吧。”

“难道要嫁过去闹得鸡飞狗跳和离，她才能醒悟？这事就这样定了。朱太太与朱二郎都心悦英英。两家门当户对，必不会让英英吃苦。”

可怜妹妹对赵修缘的一片心了。季耀庭寻思着怎么劝妹妹接受朱二郎，突然记起后日便是重阳，不如带妹妹去青羊观进香赏菊。季氏一听也觉得好，当即便同意了。

第八章

重阳相亲

重阳赏菊起源于晋朝陶渊明。陶渊明以隐居和爱菊出名。一句“采菊东篱下，悠然见南山”醉倒无数文人骚客。后人仿效之，渐渐形成了重阳节赏菊的习俗。

青羊观离浣花溪不远，坐骡车两刻钟便到。重阳这日，季英英头上戴着鲜红的茱萸为饰，带着两个丫头去青羊观上香。

这日的青羊观人声鼎沸，观外空地上摆开了长长的摊铺。出城往附近青城山登高的马车、骡车络绎不绝。

季耀庭眼尖，瞅见朱二郎一身簇新绸衣，带着伴当在街口伸长了脖子，只差脚下垫上两块砖。心想朱二郎这般心热，未必比赵修缘待妹妹的情意少。他偷瞥了妹妹一眼，笑道：“英英，前面路窄，就在这里下车吧。”

青羊观是西南地区最古老、规模最大的道教宫观，始建于周朝。因主殿三清殿外有两只铜铸青羊而得名。

《西川青羊宫碑铭》说：“太清仙伯敕青帝之童，化羊于蜀国。”青羊观便成为神仙聚会、老子传道的圣地。天宝年间，玄宗为避安史之乱入蜀，曾住在观内。（此时的青羊宫还没改名，被称为青羊观。后唐僖宗避黄巢之乱以此为行宫，方下诏改观为宫。）

重阳香火盛，观前大片空地车马喧嚣，摊点云集，自发形成了街市。

季英英和湘儿、绫儿下了车。两个侍婢都年少，眼睛被热闹的街市牢牢吸住，都舍不得移了开去。

这两天季英英心里有事，眉宇间笼得一片轻愁。从前见着热闹，用不了多久就会开心起来，今天却乖巧地跟在哥哥身边，露出了娴静之态。

“英英，去试试手气，转个糖画吃？来的是糖画张呀，不买可惜了！”季耀庭有点心疼，又不好说破。恨不得把自己收集来的少年郎君全送到她面前，引得她把心思从赵修缘身上移开。见朱二郎识趣地带着伴当在糖画张摊前占据了有利地形，季耀庭就开始怂恿妹妹过去。

逢节庆日与集市，都少不了糖画艺人。传说这种糖画手艺是写出“念天地之悠悠，独怆然而涕下”的先朝蜀中诗人陈子昂所创。蜀中产蔗糖，他喜欢把糖熔成褐色的糖浆，倒在光洁的桌面上绘出花鸟虫鱼。等糖画凝固，一面赏玩，一面食用。后来渐渐流传出去，成了糖画一艺。

糖画的优劣看手艺。益州城糖画张最为出名，他在青羊观外摆摊，引得游人扎堆。

一是看其手艺好，熬的糖香甜不粘牙；二是时下流行博彩，糖画张也不免俗，旁边设一小桌，摆了一方博彩盘。方形博彩盘里以时辰方位画有十二生肖，中间又细分十二格瓜果。其中龙形生肖为避讳皇家，以麒麟代之。旁边草垛顶上便插着一个画好的麒麟，有两尺长，一尺高，四蹄踏火，气势非凡。精致细微处，鳞片如浪花翻涌。单是糖价便值百文，博彩却是五文钱一次，童叟无欺。

季英英见湘儿和绫儿眼里充满渴望，加上哥哥兴致勃勃，倒不好扫了大家的兴，笑道：“都去博一回吧。”

“娘子，奴婢给您博到麒麟，您可有赏？”湘儿对糖有种天生的渴望。她本话少，这会儿却开起玩笑来。

季英英撇撇嘴道：“听说从来没有人从糖画张那里博到过麒麟。你俩真有这般好运，我赏双倍月钱。”

季耀庭也凑过来逗趣：“赏哥哥什么好东西呢？”

季英英还真被他逗乐了：“哥哥你说，咱俩从小到大追着糖画张的摊子博彩，花了多少零用，可博到过一回？”

说话间，几人已走到了画摊前。

朱二郎一直盯着季英英，先前见她着一身浅绿衣裙，静美如青叶，心已跳个不停。转眼间，季家兄妹便到了眼前，季英英绽露笑容，朱二郎也跟着傻笑起来，觉得她一颦一笑无不美丽动人，脑子里只剩下一个声音：我真的可以娶她吗？

“哟，这不是朱二郎吗？好久不见！”季耀庭热情地拱了拱手。明明是想让妹妹移开心思，但瞅着朱二郎直勾勾的眼神，他怎么那么想揍对方呢？

他挡住了朱二郎的目光，巴掌重重拍在他肩上，凑在朱二郎耳边，从牙缝里挤出一丝声音：“口水都滴下来了。”

然后他听到朱二郎吸口水的声音，季耀庭眉头皱得都能夹死蚊子了。蠢材！难怪英英不喜欢你。他心里虽是这样想着，但还是要继续帮忙。

好在朱二郎还没蠢到家，大方地和季英英打了声招呼。身边的伴当也有眼色，挪开位置，让季英英和二婢站到了画摊前。朱二郎抬脚就往季英英身边凑，季耀庭上前一步，站在了妹妹身边，引来朱二郎挤眉弄眼直瞪他。

朱二郎想，你何必拦在中间呢？这样说话多不方便？

季耀庭心里嘀咕，瞧你那急色样，英英不烦你，我都想揍你了。

朱二郎无可奈何，半个身子探出去，伸长了脖子，冲季英英笑道：“二娘想博个什么？”

人就是这样，不喜欢的，待你殷勤，反而更加讨厌他。朱二郎穿了件墨绿底镶蓝色领口的绸衫，季英英突然就想起了邻居家那只伸长脖子打鸣的彩羽大公鸡。她似乎有点明白哥哥的意思了，想起早晨请安的时候，母亲还特意注意了自己的装扮。这是想招朱二郎为婿的意思啊。她心里又是一酸，目光从朱二郎伸长的脖子移到了哥哥脸上。

季耀庭心虚地把挪后半步的脚往前移了移，手在朱二郎腰后掐了一把，朱二郎疼得伸直了腰，瞪圆了眼睛。

季英英轻摇着团扇道：“来博糖画的，心里都想着能赢个麒麟。绫儿、湘儿，你们试试手气去。”

二婢兴奋地往竹筒里扔了五文钱，摩拳擦掌，合十许愿，闭着眼睛拨动了竹签。

湘儿闭着眼叫道：“娘子，中了什么？绫儿姐姐，中了什么？”

博彩盘中的竹签悠悠转着圈，慢慢缓了力道，一圈一圈地转。绫儿和四周的人都盯着竹签，高声叫道：“麒麟！麒麟！”

竹签终于停下来，指着一枚仙桃。

“唉！就差一点！”

湘儿睁开眼睛，也叹气：“就差一点啊。绫儿你来转吧。”

绫儿中了一只雀鸟。

糖画张乐呵呵地拿勺在光洁的石板上画了，把糖画递给了二婢女。

季英英没有心情，便想走了。

“二娘，我、我给你博个麒麟！”朱二郎急得满头大汗，磕磕巴巴把话说出来。

季英英看了他一眼。朱二郎身材高大，浓眉大眼，说这话的时候，脸涨得通红，眼神里染着几分羞涩。

她居然能看出朱二郎在害羞。也许是旁观者清吧，季英英清楚明白地看穿了朱二郎的心意。

“妹子，说不定他真有这样的好运呢。”季耀庭只差没求她了。你给人家一个机会吧，你看朱二郎多在意你。

修缘哥哥还在努力地织锦吧。竹筒里是她亲手写明的一张张配色方法，每一张竹纸上都附着一小束丝线，他一看就能明白她的意思。今年，他定能织出一幅夺得锦王的作品。季英英盼着赵家夺得锦王，盼着亲事是锦上添花。没想到短短数日，母亲和哥哥就不赞同赵家的亲事了。

一想到要和赵修缘分开，季英英就觉得秋日的凉风一阵阵从心头吹过，吹得心一阵阵地凉，一阵阵地酸，让她有种想大哭着跑开的冲动。

如果她忍了顾嬷嬷呢？她怎么会有这样的想法。母亲当时的脸色多难看啊，她这样想真是不孝。就算这一回忍了，将来赵太太只会把季家踏入尘埃。

季英英的心像放在了天平上，舍不得扔掉赵修缘，季家就势必赔进去更多的筹码。

她可以委屈自己，但她能委屈母亲和哥哥吗？

“好呀，说不定真让朱二哥得了。”她听到自己的声音像风一样轻。一瞬间，她看到了哥哥如释重负的表情，看到了朱二郎打了鸡血似的将一锭一两重的小元宝扔进了竹筒。

“哇，好豪气的郎君！”

一两能兑一贯钱，能博两百回了。糖画张忐忑不安地起身抱拳行礼道：“郎君，不管你付多少钱，都只能博一次。这是小老儿几十年的规矩。”

言下之意是，如果你后悔，我马上把银子还给你，免得你转到一枚桃子、一只小蝴蝶，心存不满砸了我的摊子。

朱二郎抱拳团团一揖，神采飞扬：“老丈放心便是！能博中麒麟是运气。各位给朱某喝声彩，借借诸位的福气！”

“好！”

又赢来阵阵掌声。

季耀庭相中朱二郎，也冲着他为人耿直仗义，性情豪爽。他低声对季英英道："朱二郎和你的性子倒挺像的。"

季英英勉强地扯了扯嘴角，她突然有点害怕，害怕朱二郎真的博到了麒麟送给自己，害怕当着众人的面接过麒麟，害怕就这样一步步地放弃了赵修缘，顺从了母亲和哥哥给她安排的亲事。她还没有想好，不可以这样逼着她。季英英心乱如麻，悄悄地后退了一步，又后退了一步。

朱二郎挽起袖子，盯着博彩盘搓了搓手，心里也暗自紧张。季耀庭没有明说，意思却很明显，只要英英不反感你，等我娶完媳妇，你就可以来提亲了。

糖画张是他请来的，季英英是被季耀庭引过来的。这世上的规矩都是人定的，也自然可以改，他不过是花钱买个乐子。糖画张不过是个匠人，不会有文人一样的傲骨。

朱二郎大喝一声："麒麟！"

手拂动了竹签。

他的手停在刻画着麒麟的位置，一声又一声地喝喊道："麒麟！"

他的伴当比他喊得还大声，引得四周所有人都跟着喊了起来。人们的目光盯着博彩盘上转动的竹签，显得比朱二郎还要兴奋。

季英英的心被这一声声"麒麟"死死攥住。她小步地后退着，瞬间就被看热闹的人挤了出去，手里的团扇啪地掉在了地上。季英英弯腰去拾，一只手比她快了一步，将团扇捡了起来。她抬起头，杨静渊把扇子递给她："好巧。"

"是啊，真巧。"她接过扇子，突然想起上次把他一个人扔在了河边，顿时心虚起来，眼神直往糖画摊子瞟。转念又想，如果他想报复她的话，她只要高声大喊，哥哥和朱二郎就会跑来。季英英的胆子又肥了："上次……你没生气吧？"

怎么听着像是在道歉？杨静渊诧异地扬起了眉毛，他低下头盯着季英英瞧："当然生气，大太阳底下晒着走了一个时辰才回去。说吧，怎么赔我？"

"你想怎样？"季英英眼里放出了警惕的光。

杨静渊笑了，这才是他印象中的季英英。

旁边糖画摊突然爆发出兴奋的喊叫声："麒麟！博中麒麟了！"

季英英脸色一白，热浪般的声音让她有点喘不过气来。

杨静渊朝那边张望了一眼，吃惊地呀了一声道："还真能博中麒麟啊！我跟你说，那博彩盘做得讲究。若轻易就能让人博到麒麟，那赚的钱还不够本钱呢，人家甭做这生意了。有些胆大的手艺人，在麒麟旁边的格子下装着小粒磁石，竹签里钉进一枚细针，让你看着马上要博中了，偏偏就停在了旁边。糖画张还算地道，不过把博彩盘做斜了两分，竹签的重量削得厚薄不均，考校人手上的力道。博中麒麟这人今天的运气实在好！”

他正说得高兴，听到糖画摊的人群里传来喊叫声：“季二娘！”

“小娘子！”

“二娘！”

麒麟被穿在两根粗竹签上，被一个浓眉大眼的少年高高举着，叫季二娘的正是他。杨静渊又看见一个蓝袍少年面带急色，领着两个侍婢挤出了人群。他认出其中一个叫绫儿的婢女：“他们是在叫你吧？”

转过头，看到季英英惊慌失措地又后退了一步。杨静渊皱了皱眉，觉得今天季英英不对劲：“你怎么了？”

这时季耀庭已看到了季英英，身材高大的朱二郎也看到了她。

“博中麒麟的是三道堰朱家染坊的二郎！”

“好运气啊！”

“瞧他印堂放光，财运当头！先前他来的时候，就找在下替他算过。你要不要算一卦？”

身边各种声音围绕着朱二郎。他得意地高举着麒麟，就像举着一面旗帜，吸引着各种目光，昂首挺胸，大步向季英英走来。

季英英下意识地摇了摇头，低声呓语：“我不想要啊。”

她的声音很小，但还是被凝神看着她的杨静渊听到了。他瞥了一眼季英英，又瞥了一眼朱二郎。她不是和赵修缘情投意合？怎么又和这个长得跟红烧肉似的男人一起逛庙会？还给她博了个麒麟？

容不得他多想，朱二郎、季耀庭和两个丫头都走近了。杨静渊脚下踩着一颗小石头踢了过去。

朱二郎正笑道：“二娘，你瞧……”

石头击中了他的膝盖，他右脚瞬间失了力，往前栽倒。

“兄台小心！”杨静渊恰到好处地伸出胳膊扶住了朱二郎，没让他当众出丑。

朱二郎那声谢还没说出口，杨静渊松开了手，胳膊肘撞在了麒麟如火焰般飘起的尾巴上。糖画易碎，咔嚓声中，尾巴断掉摔了一地糖渣。

“麒麟……”朱二郎傻了，难道要他回去再作弊博一个麒麟？他看着缺了尾巴的麒麟，都想哭了。送吧，送个断了尾巴的算什么？不送吧，昨晚排演了一夜的剧本不知道怎么往下续了。他举着糖麒麟，直勾勾盯着季英英，又急得血色上涌，涨红了脸。

季耀庭也想捶胸顿足开哭了。你咋就这么不小心呢？你摔掉的是机会啊，我的兄弟！你赶紧说话啊，傻愣着……我的戏也不晓得怎么往下续了啊！

季英英低着头看足尖，没有说话。朱二郎一片好心，她纵然不喜欢人家，也不能落井下石，挑剔讥讽他打算送只断了尾巴的糖麒麟。何况，弄断麒麟尾巴的人是杨静渊。

他是故意撞断糖麒麟的尾巴的。他为什么要帮她呢？上次染了他的马，赚了他的银子，还把他扔在河边，他真的不计较？季英英悄悄睃了杨静渊一眼。

杨静渊正抱拳揖首，向朱二郎赔着不是："实在对不住！我不是故意的。我赔兄台银子吧！"

弄坏别人的东西赔钱了事，这是杨静渊一如既往的纨绔作风。

不是每个人都和他的思维同步的。糖麒麟不一样啊，当着这么多人博到的，和花钱让糖画张做一个的意义是不同的。朱二郎脸色虽难看，人却大度，把麒麟往自己伴当的手里一塞，笑道："还要多谢郎君出手相扶。这个……小事一桩，提银钱就是看不起我朱二郎。"

哟，人还不错嘛，就是傻愣了一点，怪不得季二娘不喜欢。杨静渊正堆满笑容谢过朱二郎大度，就听到季耀庭低声对季英英说道："哥哥眼光差不了，朱二郎人真的不错吧？"

杨静渊明白了，站在季英英身边的这个相貌清秀的郎君是她的哥哥。当兄长的是在撺掇着朱二郎和赵修缘抢亲事？他眼角的余光瞟向了季英英。

季英英轻轻点了点头。她不否认，豁达大度、很容易交到朋友的朱二郎是挺不错的。但人不错，她就要喜欢吗？她闷闷不乐地又低下了头。

她居然点头还害羞了？她的眼光怎么这么差啊？朱二郎肥头大耳的，她也瞧得上？杨静渊觉得季英英的眼光一定有问题。

"二娘，你别生气，下回我一定再替你博个麒麟。"能博成功一回，定能再博到。朱二郎又紧张了。

季英英摇头道："多谢朱二哥好意。麒麟可遇不可求，去观里赏菊吧。"

"既然撞坏了兄台的麒麟，自然是要赔的。我去博个麒麟赔你！"还一起去赏菊呢，怎么不叫上我？是我帮忙才让你没法儿接他的麒麟。杨静渊故意提高了声音，让季氏兄妹和朱二郎停下了脚步，引得四周的人哄笑起来。

“麒麟这般好博，张老头儿就回家喝西北风了！”

“我赌十文，肯定博不到！”

“我也押十文！”

朱二郎反倒不好意思起来：“兄台不必放在心上。”

杨静渊昂着下巴，满脸不以为然：“不就是博个麒麟，小事一桩，包在我杨三郎身上了。”

朱二郎被噎得半晌说不出话来。为了这个糖麒麟，他提前去糖画张家送了两贯钱，糖画张听说是为了博小娘子高兴，这才答应下来。刚才又扔了一两银子，这三贯钱他攒了好久，怎么就成了小事一桩？他不服气地转动着手指上的包银磁石戒指，那竹签里藏了铁丝，没有这个磁石戒指，他不信杨静渊真能博到麒麟。

杨静渊说完，看了季英英一眼，大步走向糖画摊。这个眼神被季耀庭准确地捕捉到了。他本以为杨静渊就是个过路的，没想到他和妹妹认识。那个被他撞坏了尾巴的麒麟……季耀庭觉得自己看清真相了。他以打量准妹夫的标准观察着杨静渊，身高八尺，气宇轩昂，身着锦衣，面容俊俏。哎哟，这人比朱二郎条件好太多了啊。不对，这肯定又是哪个大户人家的郎君。妹妹怎么就不能把眼光放低点呢？不过，那也比赵修缘好啊。赵太太心里生了恨，妹妹嫁过去定会受搓磨。管他呢，逮到一个算一个，就算不成事，也能淡了妹妹想嫁赵修缘的心思。

看戏不怕台高，季耀庭伸出胳膊搭住了不知所措的朱二郎：“你说，他博到麒麟怎么办？”

朱二郎摇头：“不可能。”

季耀庭笑了：“去瞅瞅。妹子，走。”

几人跟在杨静渊身后又来到了糖画摊前。

季英英也很好奇，杨静渊能不能博到麒麟。刚才他好像说了一些博糖画的诀窍，可惜自己当时一门心思在想怎么才能不接朱二郎博到的麒麟，没有听明白。

今天博出了一个糖麒麟，竟然有人想再博一个。围观的人将糖画摊挤得水泄不通。

生意好了，糖画张却有点笑不出来了。他认出了杨静渊，苦着脸打开包裹开始熬糖，也不晓得今天带的糖够不够。

“一，二，三……嗯，还有俩丫头也算上。”杨静渊喃喃报了个数，从荷包里掏出一锭一两重的小元宝，笑嘻嘻地对糖画张道：“张老头儿，不用你找补了。五文钱博一回，我博五回，可否？”

哦，还能赚五百文。糖画张眯了眯眼笑道：“多谢郎君赏赐。”他拿着铜勺开始在石板上画。糖汁连绵成线，手法如行云流水，挥洒自如。

杨静渊大声说道：“看好喽！”手指往博彩盘上的竹签弹去。

黄色的竹签旋转成了一道黄影，越转越慢，渐渐停了下来。竹签那头削成三角形的顶端移到了麒麟那格，众人呼吸都放得缓了。

“还真的能博到……哈哈，是枚桃子！”

力道大了一点，竹签越过麒麟停在了桃子那格。哄笑声四起。

朱二郎松了口气：“兄台的心意在下领了，小事一桩，莫要放在心上。”

可惜啊，你也不能博个麒麟讨好我妹妹。季耀庭连连叹息。

“第一次试试力道，着什么急呀！”杨静渊也纳闷儿了，小时候嫡母请了糖画张进府，他好奇又无聊，硬是把博彩盘转了千儿八百回。加上他自幼习武，手上的力道控制得极好，他转糖画张的博彩盘就没有落空过。这次他还就不信了。

竹签连续转了五回，不是麒麟右边的桃子，就是左边的蝴蝶。

杨静渊脸都绿了。

季英英终于开心起来，伏在绫儿肩头笑得一耸一耸的。

没有金刚钻，甭揽瓷器活。真被他轻松博到，自己费尽心机的安排算什么？

朱二郎笑逐颜开拱手道别：“再会。”

妹妹笑了，还愿意继续和朱二郎一起游青羊观。季耀庭心情好得不得了，非常感谢杨静渊帮忙，给他发了一张“好人卡”：“杨三郎是吧？你是个好人。朱二郎不会怪你的，别放在心上。我和我妹子从小到大一回都没博到过，你宽宽心。告辞。”

周围的人看他的目光，都当他是个笑话。杨静渊的表情更难看了。

季英英以团扇遮了咧开的嘴，露出的眼睛分明盛满了笑意，转过身也要走。

“喂！季二娘，你也觉得我博不到麒麟是吧？”他这是为了谁呀？转眼就不搭理他了。杨静渊不干了。你装不认识，我凭什么要听你的？

这声季二娘喊出口，朱二郎吃惊了：“二娘，你们是认识的？”

季耀庭不得不承认朱二郎太憨直了。自己都看得清清楚楚，你一心扑在我妹妹身上，怎么就没看出来呢？

季英英点头：“对呀，认识的呀。他是锦王杨家的杨三郎。”

朱二郎看杨静渊的眼神瞬间不对了。他结交的朋友多，并不是不知晓世事，心里一旦生了疑，就觉得事情不对了。杨静渊一副想要博麒麟的样子，分明不是为了赔给自己。难道他也想讨好季英英？待朋友大方，但媳妇绝不能大方让出去。朱二郎指着他怒道："杨三郎，你刚才是不是故意撞坏了我的糖麒麟？"

杨静渊调戏小娘子都不会否认，更何况是撞坏了一个糖麒麟。他盯着朱二郎的手指，恍然大悟，纨绔习气又来了："我不是说了赔你吗？"

还真是故意来抢媳妇的。朱二郎博到那个糖麒麟带来的兴奋与得意烟消云散，最重要的是，他还没听到季英英夸自己一声，就被杨静渊坏了事。他气恼无比地说道："谁要你的银子。你博个麒麟试试？"

情势陡转急下，说不定还要打一架。故意撞坏那个糖麒麟是因为妹妹吧？季耀庭有点明白了。怎么说也是因妹妹而起，他得劝和。他拦在两人中间，劝着朱二郎："二郎，算了。博到麒麟不就图个开心？别计较了。"

季英英也过意不去，出言劝道："朱二哥，博得麒麟是你运气好。有这运气就开心了，糖画罢了，不值什么的，进观里赏菊去吧。"

朱二郎脸色稍霁。也对啊，博到麒麟是为了讨季英英欢喜。麒麟断了尾巴，自己却得到季英英安慰，因祸得福，现在不能和这人在这里说嘴浪费和季英英相处的机会。朱二郎本就心宽，瞪了杨静渊一眼，不再和他纠缠争辩。

一行人扔下杨静渊就要走。

他今天当了回傻子吗？人家这还安慰上了。杨静渊很不爽，他上前一步，攥住了朱二郎的手腕，手指轻勾，将他手上的戒指取了下来。见朱二郎要叫嚷，杨静渊低声说道："你不想被人知道，你是怎么博到麒麟的吧？"

朱二郎看到杨静渊把戒指戴在了手指上，额头上的汗就冒了出来。

"我也就是想高兴高兴，放心，说了赔你只麒麟，绝不食言。"杨静渊拍了拍他的肩笑了。

有那个磁石戒指，傻子也能博到啊。朱二郎心虚地擦了把汗，苦着脸磕磕巴巴地对季氏兄妹说道："我、我还是想让他赔我一个糖麒麟。"

担心杨静渊戳穿自己的把戏，明知道这一回杨静渊肯定能博到麒麟，自己还要喝彩，朱二郎真想买块豆腐拍死自己，他怎么就没把那个磁石戒指收起来呢？

"好说，好说。"杨静渊笑眯眯地看着季氏兄妹回转，得意地对糖画张说道，"赶紧画吧！"

糖画张也苦了脸，眼里全是哀求。您博一个就行了好吗？

杨静渊嘴角翘起，低声说道："我这是给你揽生意来着。趁现在没人，你赶紧的吧。”

他往博彩盘前一站，糖画张明白了，悄悄从下面的柜子里拿出平时用的竹签，一手拿抹布装着拭灰尘，飞快地换掉。

杨静渊背在身后的手勾了勾，糖画张自觉地将那根钉了铁针的竹签塞进了他手里。

等到季氏兄妹和朱二郎在博彩盘旁站定，杨静渊这次只数出了五文钱扔进了竹筒里，然后拨动了竹签。

竹签没有悬念地停在了麒麟那格。先前朱二郎博走了一个，糖画张补了个插在稻草垛上。他言不由衷地朝杨静渊贺喜：“郎君好运气！”

杨静渊把糖麒麟拔出来递给了朱二郎：“赔你的。”

朱二郎心知肚明，假笑着接了，转手就把糖麒麟递给季英英：“二娘，这是我……你拿着！”

明明准备了一晚上的台词，想得意地告诉季英英，这是我给你博的，现在这话却说不出口了，朱二郎憋屈得不行。

季耀庭也纳闷儿，朱二郎串通糖画张博麒麟，他晓得，杨静渊怎么也懂如何作弊？季英英看出博糖画内有乾坤，更不想要了：“朱二哥，这是杨三郎博来赔你的，我不能收。”

朱二郎尴尬地举着糖麒麟，心里暗叫晦气。

这时，旁边有人看到，叫了起来：“朱二郎又博到了麒麟，怕是作弊的吧！”

“糖画张，你居然敢博彩舞弊！你还想不想摆摊了？”

“对！退我五文钱！”

“画个麒麟给我就算了！”

庙会人多，有人叫嚷起来，看热闹的人又拥过来围住了糖画摊。

“各位，小老儿摆摊四十几年，童叟无欺，童叟无欺呀！”糖画张怕的就是这样的情况，苦着脸不停地给人们行礼。

“不是作弊，怎么可能博中两次麒麟？！走，收了他的家什，去官府！”

“对！见官！”

被激怒的人往糖画摊前挤，最先叫嚷的那人趁机去拿装银钱的竹筒。

“吵什么？博个麒麟很难吗？难吗？”杨静渊一边大声说着，一边伸手捏住了那人的手腕，将放银钱的竹筒取了出来递给了糖画张，“谁说糖画张博彩舞弊的？我看你们趁机想抢钱抢东西才是真的！”

季英英
杨静渊

蜀锦人家

说着将那人用力推了出去。

那人恼怒道："我才没有抢钱！他舞弊，我拿回我的五文钱有错吗？"

杨静渊冷笑一声，站在画摊前抄着胳膊道："我和朱二郎博到麒麟就是作弊？你怕是得了红眼病吧？"

围观的人哄堂大笑。

那人怒了："你再博一次给我看！"

杨静渊向季英英伸出了手："五文钱，我给你博个麒麟。"

说这话的时候，他的眼神闪了闪，俊俏的脸上掠过一丝不自在的神色。

当时不想收朱二郎的麒麟，就是不想当着众人的面落人口实。现在杨静渊要送她，她就收了，让朱二郎怎么想？不喜欢朱二郎，季英英也不想这样去下他的面子，毕竟是从小一起长大的。她别过了脸："我不要。"

原来撞碎朱二郎的麒麟，纠缠着不让他们走，是想送她一个自己博的麒麟啊，杨静渊瞬间明白了自己的心思，却被她干脆地拒绝了。杨静渊觉得胸口被人划了一刀似的，有点痛。

"不要拉倒！博麒麟了，谁信我？"杨静渊抿了抿嘴，转过身笑着问在场的人。

一个小男孩从人群里挤出来，举着五枚铜板："哥哥，我想要。"

相信自己的竟然是个小孩子。杨静渊没有接他的钱："哥哥请客，博到麒麟就送给你。张老头儿，我肯定能博中的，你赶紧画吧。"

所有人都等着瞧杨静渊博到麒麟。糖画张都不知道该谢他还是恨他了，坐下来舀了糖汁开始画。

"看看，肯定是作弊！还没有转竹签呢，他就知道自己定能博到麒麟。"想偷装钱竹筒的人又叫嚷起来。

杨静渊挽起袖子，张开两只手给人瞧："看清楚了。"

他往竹筒里又扔了一两银子，抬手拨动了竹签。

众人的目光随着竹签转动，眼见着竹签慢慢停了下来。

"麒麟！麒麟！哥哥你好厉害！"小男孩欢呼了一声，跑到了糖画张面前等自己的糖麒麟。

"还真是呢，这运气也太好了吧！"

"好什么呀好！总算被我逮住了！"那人高声叫了起来，"我刚才就站在朱二郎旁边，他博糖画的时候，手上就戴着那枚戒指。现在这戒指戴到他手上了。"

杨静渊把手伸了出去："你确定刚才朱二郎戴的就是这枚戒指？"

那人坚信不疑："对！我绝对没有认错。"

杨静渊似笑非笑地看了眼朱二郎，把戒指摘下来给了那人："兄台眼神真好！的确是刚才朱二郎送给我的。要不，你拿着去博个麒麟试试？"

"试就试！"那人拿着戒指伸向了博彩盘。

哦，原来是这枚戒指带来的好运呀。季英英秒懂。

朱二郎吓得腿都软了，将杨家祖宗请出来祭了一番，顾不得和季氏兄妹打招呼，趁没有人注意到自己，悄悄退出人群，带着伴当拔腿就跑。

跑了就好，省得爷看着你就来气。杨静渊也不说破，盯着季英英，不停地腹诽，看吧，这就是你哥撺掇着给你找的良人！

瞬间目光交错，火花四射。

他那薄而翘的嘴角流泻出的不屑把季英英惹恼了。朱二郎再不济，待自己也是一片赤诚，我不喜欢是我的事，用得着你把人吓走？

"哥哥，我们先去观里赏菊，你去告诉朱二哥一声吧。"季英英声音不大，能让杨静渊听见就行了。

你把人吓走了，我再请回来就是。

她轻摇着团扇，懒得再看，带着湘儿、绫儿朝观里行去。

杨静渊气得肝疼，朝着拿戒指在博彩盘上试来试去的人喝道："可有问题？"

竹签早换过了，磁石戒指自然不起作用。那人悻悻地握紧了戒指，不甘心地说道："你再试！"

"瞧好了！"杨静渊拨动着竹签，又停在了麒麟那格。他伸出手掌："戒指还我！"

那人将戒指还给他，脸上一阵青一阵白，高声叫道："我就不信我博不中！"

"今天出了三次麒麟，我不信我博不中一次，我也来！"

人群围着博彩盘闹腾，铜钱扔进竹筒里发出清脆的声响。糖画张笑得眼睛眯成了缝，恭敬地新画了一个糖麒麟递给了杨静渊："郎君走好，下回再来。"

"没下回了，爷早玩得不爱了。"杨静渊举着糖麒麟离开了糖画摊。

他没带伴当香油，借着重阳给师父送礼的机会又来三道堰向老管家请教。路过青羊观时，正好看到季英英从骡车上下来，他便鬼使神差地下了马。

他举着麒麟看。碧空如洗，麒麟威风凛凛，凝固的糖汁像美丽的琥珀。

"不要就不要，谁稀罕！"杨静渊不爱吃糖，环顾四周，想找个孩子送掉。

"杨三郎！"

谁在叫他？杨静渊闻声看去。

斜刺里冲出来一个宽额高鼻的青衫少年，指着他哈哈大笑：“杨三郎，你多大了，还转糖画吃？”

桑十四郎？杨静渊顺手把糖画往他手里一塞：“吃了哥哥的糖画，乖乖听话，从哪儿来的回哪儿去，别当哥哥的小尾巴。”

桑十四郎嘁了声，张嘴咬掉了麒麟的尾巴，咔嚓嚼着：“说，你跑这儿来干吗？香油也不带，干什么这般鬼祟？”

杨静渊抄着胳膊望天：“你又来这儿做什么？”

“我那三个妾硬缠着我陪她们来青羊观抽签算命、进香赏菊。府里丫头、婆子来了一大堆，我一个大男人陪着烦不烦啊？让她们先进观去，我逛逛这外面的集市也乐得自在。”

顺着他的目光看去，杨静渊看到一群衣着艳丽的女子进了青羊观。他掰着手指头数，嗯，又是小妾，又是侍婢，外加府里的两个嬷嬷陪伴，带两个打杂的小丫头。这么多女人，吵也吵死了。杨静渊揶揄道：“你赶紧成亲吧，娶了牛七娘，她肯定不会再让这些妾缠着你。”

“我还想活到儿孙满堂呢。”

桑长史与剑南道副都督牛家结了亲家。牛七娘还没出生，桑十四郎就有了媳妇。他比牛七娘大四岁，明年牛七娘及笄就要成亲。

桑十四郎十四岁那年，拉着杨静渊去偷看未来的小媳妇。两人趴在后花园墙头时，桑十四郎陶醉地告诉杨静渊：“我最喜欢这种柔弱小美人了。兄弟我有福气啊！阿爹眼光真好。”

结果柔弱的牛七娘发现墙头有人，抱起湖边一块一百来斤重的太湖石就砸了过来。

幸亏杨静渊自幼习武，眼疾手快地拉着桑十四郎跃下了墙头。一声巨响后，围墙被太湖石砸出一个豁口。

两人摔倒在地上，桑十四郎连滚带爬地扑过去，使出吃奶的劲去搬那块太湖石。结果小白脸憋成了紫茄子也没把石头抱起来。他转身抱着杨静渊号啕大哭：“三郎，我活不成了！”

从此桑十四郎“谈牛色变”，小妾一个接一个抬回家，他对杨静渊说：“成亲之前，让兄弟及时行乐吧！”

桑十四郎听杨静渊打趣自己，嘿嘿笑了：“牛五娘对你有意，不如咱俩做对好连襟？有难同当不是？”

杨静渊打了个寒噤。

牛五娘今年十八岁，还没人登门提亲是有缘故的。除非想攀附牛副都督，否则哪家少年郎君肯娶个麻子脸回家呢？牛副都督心疼女儿，硬要找个貌比潘安的女婿。一来二去就耽搁了。

因桑十四郎硬拉着他作陪，杨静渊也去过牛家。他被牛五娘的容貌吓着了，牛五娘则被他迷住了。牛副都督不嫌弃杨家是商户，遣媒人去提亲。杨大老爷心疼幺儿，借口杨静渊练的是童子功，功法不成不能成亲，便回绝了。

“三郎，听说城里好些小娘子都来青羊观观菊，咱俩也去瞅瞅？”桑十四郎成功还击杨静渊后，道出了自己肯陪妾室前来的真正心思。

杨静渊不由自主地想起了季英英，想象着朱二郎陪着她观菊，心像被猫爪挠着，半推半就地被桑十四郎拉进了观里。

第九章

相思如菊

进了青羊观，桑十四郎就像做贼似的，拉着杨静渊就往角落里避去。

“你遇见仇家了？”杨静渊分外诧异。

桑十四郎一脸幸福的贱样儿：“是我那些个冤家！可不能让她们瞅着我独自去赏花。”

他把“赏花”二字咬得重，挤眉弄眼的。透过袅袅香火轻烟，杨静渊看到桑十四郎那几个妾室正虔诚地磕头摇签。杨静渊差点儿笑出声来，桑十四郎这是想抬第四房妾室回家的节奏吗？

两人快速过了混元殿，坐落在三清殿与混元殿之间的八卦亭就出现在眼前。八卦亭整体建筑共三层，最下面是高高的石台，上面两层。亭座石台基呈四方形，亭身呈圆形，象征古代天圆地方之说。

上方两重重山式檐顶上飞檐高翘，蹲着两排鸱吻。亭子四周有龟纹隔门和镂窗，南向正门是十二属相太极图的浮雕，造型古朴典雅。

整座亭宇都是木石结构，相互由斗榫衔接。屋面为黄、绿、紫三色琉璃瓦，屋顶莲花瓣衬托着独具风格的琉璃葫芦宝鼎。外檐竖着八根石柱，浮雕镂空滚龙抱柱，气势磅礴，似要冲天飞去。

通往八卦亭的路旁摆放着各色菊花，八卦亭内外游人众多，熙熙攘攘好不热闹。

亭外摆着一方书案，留有笔墨纸砚，一群酸生诗兴大发。大概是城中书院同窗结伴来游，少年郎君居多，引得四周赏菊的小娘子渐渐聚了过去。

杨静渊和桑十四郎都曾进过学堂。这时候，字是人的脸面衣裳，所谓字如其人，不参加科举，也必须练一手好字装点门面。两人虽游手好闲，却也练得一手好字。

至于吟诗作对，杨静渊能背“天对地、雨对风、大陆对长空”，桑十四郎能接一句“山花对海树、赤日对苍穹”。两人也就这样的水平。

桑十四郎的本意是来猎艳，瞅着娇美如花的小娘子眼里只有那群学子，心里顿时泛了酸：“三郎，我记得当时咱们两人上学时，你背诗比我强吧？”

杨静渊又不傻：“你也说了，咱们也就会背几首诗。现在是比背诗吗？是比写诗好不好？你就没买几首记着应急？”

“失策啊！”桑十四郎痛心疾首，连连嗟叹，“我是找人买过几首诗，是为十月初九观斗锦准备的。今天临时被缠着来青羊观，一时之间上哪儿找咏菊的诗？你给想想办法。”

临时抱佛脚，也不能指望我吧？杨静渊顺着桑十四郎直勾勾的目光看过去，忍不住用抄着的胳膊肘撞他：“瞅着了？”

“嗯！比那个筛酒的强。”

筛酒的小娘子没被桑十四郎抬下巴调戏成功，却成功地做了他的第三房妾。杨静渊仔细观察那小娘子，有点明悟了：“十四，你喜欢这种类型的？瞧着风都能把她吹倒的？”

桑十四郎挺了挺胸脯，白了他一眼道：“越是娇柔的女子，越能让你更像男人。”

“长得都像牛七娘吧？”杨静渊不厚道地哧哧笑了起来，“你说实话，你很喜欢牛七娘是不是？就是……怕打不过她？”

十岁就能抱起一百多斤太湖石砸人的小娘子，那是女人吗？桑十四郎更加坚定要在成亲前及时行乐，多收几房妾室。

这时，人群里爆发出一阵叫好声。一位少年郎君大概作了几句好诗，染了满面羞涩笑容向众人抱拳行揖。那位小娘子与有荣焉，眼神就没离开过他的脸。

小娘子似与那作诗少年认得，桑十四郎心再痒痒，也分得清形势。那少年穿着一身染成靓蓝色的葛布长袍，洗的次数多了，颜色褪浅，一看就是贫家子弟。再说，他也没自己俊俏啊。若能得一首好诗，何愁那小娘子不青睐自己？

桑十四郎越想越心急："三郎，帮我想想怎么咏菊。今天我桑十四郎豁出去了。"

季英英肯定不会挤到人群里听别人吟酸诗，那么她会在哪儿呢？杨静渊一边和桑十四郎闲聊着，一边四处搜寻季英英。她今天穿了身浅绿色的绸裙，鹅黄色的半臂，娇嫩得像春天的迎春花。不够艳丽，不够醒目……对，找朱二郎，黑红脸，大块头，找他比找季英英容易。

"三郎！我得了一句，你听听。"桑十四郎抓耳挠腮想出了一句，"秋风瑟瑟菊花香。如何？你快说啊。"

"八卦亭外晒太阳。"杨静渊随口应了一句。

"咦，还挺押韵的！再想两句可不就得了！"桑十四郎大喜过望。

"我想不出来。"杨静渊摇头，突地生出个主意，嘿嘿笑道，"你笨啊，你不晓得把这两句说出来，悬赏一两银求绝句？让那酸才作了，顺势恭维两句，不就能和他身边的小娘子搭上话了？"

"啧啧，杨三郎，我还真没看出来，你这么奸诈？"桑十四郎重新打量着杨静渊，脸上荡漾出大大的笑容，狠狠地搂了搂他，"若能得了那小娘子，兄弟我请你上散花楼吃酒！"

桑十四郎兴奋地带着自己的两个伴当挤进了人群："各位，不才刚得了两句诗……"

杨静渊懒得听下去，他绕到了八卦亭后，迅速退到了石柱后面，悄悄探出头去。

台阶站着湘儿和绫儿，却不见季耀庭和朱二郎。

栏杆上摆着一盆紫燕新妆菊，黄色的花蕊，粉紫色的花瓣披散绽放，极为美丽。季英英就站在那盆菊花前，目不转睛地看着。

菊瓣粉紫，季英英衣着色泽娇嫩。杨静渊有种错觉，仿佛她那身衣裳成了菊的枝叶，她化成了那株菊。

季英英从袖子里抽出了一方锦帕，也不知道锦帕上绣了什么，她看得极认真，半晌也没抬起头来。

究竟绣的是什么？杨静渊好奇得不行，他飞快地跑开，上了二楼，从楼上往下张望。

她手中那方锦帕绣着一株菊，有点像她面前的那盆紫燕新妆的色泽，又仿佛不是。她展开锦帕拿在手里晃了晃，杨静渊吃惊地发现锦帕上的菊花不见了。他以为是自己眼花了，再想看时，季耀庭和朱二郎走了过来，季英英将锦帕掖进了袖子。

杨静渊缩回了脑袋，倚着二楼的栏杆静静地听着。

有劲风袭来，杨静渊出手如电握住拍来的手，看到是桑十四郎，顺势捂住了他的嘴。他万分感谢桑十四郎想吓自己一跳，没有出声喊他。

桑十四郎被他箍住肩，捂着嘴，急得挤眉弄眼，无声地问他：干什么啊你？

杨静渊嘘了一声，松开了手。

桑十四郎探脖子往下一看，认出了季英英。他兴奋得两眼放光，压低了声音道："八月十五在浣花溪就是她踹的周七郎下河，然后叫人来打的咱们。三郎，还是你眼尖。说吧，你想怎么报复？"

躲在二楼偷看季英英，居然被桑十四郎脑补成另外的意思。杨静渊的耳郭微微烫了起来。面对桑十四郎灼灼的目光，他计上心来，勾着桑十四郎的脖子在他耳边说道："她喜欢那块红烧肉，把他焖了如何？"

桑十四郎头点得像鸡啄米："好！然后小爷去英雄救美，就这么定了！"

杨静渊像被塞了把黄连进嘴，有苦还不能说。

"刚才人多，那小娘子不搭理我，不方便下手。"桑十四郎一脸贼不走空的模样，还在继续往杨静渊心上扎刀，"是兄弟，就做得漂亮点！这朵带刺蔷薇小爷采定了！"

杨静渊更觉无语。

亭下的人都不晓得八卦亭上有人正在听八卦。

看到两人过来，季英英的脚步就定在了那盆菊花前，手指轻轻抚着披散而下的粉紫花瓣，甚是怜爱。

不知道赵家织锦的内容，朱二郎还以为季英英喜欢这盆菊花。打一进八卦亭，她看到这盆菊就站在这儿不走了。他随口问道："二娘很喜欢这盆菊？"

季英英随口诵了句刘梦得的诗："不是花中偏爱菊，此花开尽更无花。"清澈的目光望向季耀庭，有一丝伤感，也有一点无奈，"是啊，我很喜欢。"

季耀庭真想给自己一嘴巴。他怎么就忘了呢？前些天妹妹为了赵家织斗锦，看菊都快魔怔了。他带她来看什么菊啊，又让妹妹"睹菊思人"了不是？琢磨着妹妹的神色，季耀庭也有点心疼了。妹妹和赵修缘青梅竹马，这么多年的情分，这才几天时间，她连赵修缘一面都不曾见到，如何割舍得了？

好在他只是想让季英英知晓家中的意思，将来拒了赵家的亲事，不至于太过突兀。季耀庭寻思着今天朱二郎的表现，倒也尚可。

糖麒麟送砸了，他可以送她这盆菊花呀。紫燕新妆是名品，不是孤品。朱二郎很是豪迈地说道："我去打听一番主人是谁，请他相让。"

这里的菊花绝大多数都不是道观所有。唐人爱花，逢盛会喜欢将家中养植的花草凑在一处赏评，或得些图画，或得几句佳作，花草身价倍增，主人亦面上有光。

菊花不同于大唐人最迷恋的牡丹值价，摆在道观更是安全——烧香求保佑还来不及，谁敢在老神仙的观里胡来？是以这盆紫燕新妆也无人看守，随意摆在了石栏上。

季耀庭才在心里夸过朱二郎，见他自告奋勇要送这盆菊，心想你个瓜娃子，你送什么都好，就是不能送这盆菊花。

季英英也不自在。

季氏兄妹几乎异口同声："不必了。"

季耀庭转开了话题："盘桓已久，去林间用些茶点如何？"

一行人刚离开八卦亭，朱二郎回头看了眼那盆菊花，悄悄对季耀庭道："大郎，我……去方便方便，回头再来寻你们。"

他飞快地跑开，季氏兄妹也不甚在意，并肩而行。

"念什么诗啊？你是在说大哥瞎子点灯，白费蜡是吧？"季耀庭没好气地说道。

季英英揪着手指头嘟囔："朱二哥人是很挺好的。小时候他捉了一条水蛇来吓我，我把他踹河里，他哭得一把鼻涕一把泪的，实在没办法喜欢呀。"

季耀庭气道："这三道堰的小孩子哪个小时候没皮过？赵二郎还爬桑树摘桑葚吃得嘴牙乌青，像阎罗殿的小鬼呢。"

"是我爬树摘的桑葚，他坐在树下托着用手帕吃的。别人摘的，他还不吃呢。"季英英细声细气地更正。见季耀庭气恼，赶紧又补了句："哥，等斗锦完了再说好不好？短短几天，就让我改了心意，我若应了，那是在骗你。"

季耀庭这才欢喜起来："我也不是要逼你喜欢上朱二郎，实在是赵太太不喜欢你，你和赵二郎情投意合，将来的日子也难过。瞧不上朱二郎，哥哥还给你留着那些画像呢。"

季英英低下了头。她知道赵太太不喜欢自己，又出了顾嬷嬷这事，母亲断不想再和赵家结亲。她心里就像压着一块大石头，闷闷地都要喘不过气来了，她只想拖到斗锦结束，见过赵二郎再说。

季氏兄妹带着婢女去得远了，八卦亭二楼上，杨静渊和桑十四郎才冒出头来。

桑十四郎呵呵直乐："朱二郎贼头贼脑地回头，又独自溜走，必是寻那盆菊花的主人去了。"

干坏事又不是头一回配合了，两人对看一眼，心意相通。桑十四郎指挥跟来的伴当："跟着朱二郎，探明了来报。"又嘱了另一个伴当去打听菊花的主人是谁。

两个伴当领命下楼，各自去了。

杨静渊和桑十四郎下了楼，溜到了亭后。

"我给你望风。"桑十四郎捅了捅杨静渊道。

前头绘画诵诗的人皆离了八卦亭，去旁边林间吃茶歇息了。杨静渊瞅准时机，飞奔过去，伸手就将那枝紫燕新妆咔嚓折了，藏进了衣袖。

桑十四郎贼笑道："定叫那朱二郎有口难辩！"

不多时，伴当就喘着气来报了。桑十四郎拊掌大乐："得来全不费功夫。"当即和杨静渊下了楼，奔旁边的树林去了。

朱二郎哪里知道自己被人算计，好不容易缠着观中道士打听到紫燕新妆的主人，匆匆赶回八卦亭。

亭外的树林间零散铺设着苇席，游客们三五成群择席而坐，自有道童送来小炭炉与茶具茶点，供游人煎煮茶吃食。

朱二郎一心想为季英英买得这盆菊花，刻意避开了季氏兄妹所在。他抓了一把散钱给奉茶童子，顺着他指引的方向找到了桑十四郎。

树林中茶香袅袅，桑十四郎收了嬉笑神色，静心煎茶。两名伴当跪坐于侧侍候。朱二郎不知就里，一见之下，还觉得眼前这位郎君衣饰华贵，举止高雅，颇有魏晋之风。当下上前抱拳一揖："在下三道堰朱时，叨扰了。"

桑十四郎装模作样地扮名士，优雅地提壶冲茶："明月清风，自在来去，何谈叨扰。请坐。"

朱二郎上前跪坐于案几之前，等到桑十四郎慢吞吞地点完茶，看到茶花如雪翻涌，竟点成一朵菊花模样，不由得惊叹："郎君好手艺。"

桑十四郎抬了抬手，做了个请的手势。

朱二郎端起茶盏细细嗅香，三咂饮尽，大赞："香！"

他放下茶盏，诚恳地拱手道："郎君可是姓桑，府中排行十四？"

"正是。"桑十四郎满面惊诧，"朱郎君何以知晓？"

朱二郎不好意思地笑了："在下向观中道士打听，那盆紫燕新妆乃桑郎君所有，想请郎君转让于我。"

“哦，那盆菊花呀。在下与朱郎君一见如故，送与你便是。来人，去把花取了来。”桑十四郎微微一笑。伴当打听到那盆菊花正是长史府中一爱菊的师爷所有，听说东翁府上的小郎君想要，二话不说就给了。

“多谢！”朱二郎大喜过望，起身揖首，“在三道堰，桑郎有事尽可找我。”

桑十四郎也站了起来，拉起了朱二郎的手：“朱兄客气！”

为了见季英英，朱二郎今天好生拾掇了一番，穿的是件墨绿圆领宽袖绸袍。他为献殷勤，将自己的两个伴当拨去林间打点茶果点心，服侍季氏兄妹，身边也没个人提醒，被桑十四郎一见如故地携了手，宽大的袍袖晃晃悠悠，躲在旁边树后的杨静渊将那枝折下的菊当成了暗器使，轻轻松松投进了他的衣袖。

树林离八卦亭并不远。桑十四郎正亲热地拉着朱二郎叙话，伴当哭丧着脸抱着菊盆过来了：“郎君！不知道哪个手贱的将菊折了去！”

这盆紫燕新妆是单株菊，折去了花，陶盆里仅剩半截带叶枝干，折断处的茬口分明还是新鲜的。

桑十四郎大怒，松开了扶着朱二郎的手：“岂有此理！”

朱二郎也急了：“不久前瞧着还好好的！谁这般下作，竟做那摧花之人！”

他的胳膊下垂，被杨静渊当暗器掷进袖子的那枝菊花掉了半截出来。朱二郎尚未觉察到，桑十四郎已变了脸，指着他大声嚷嚷了起来：“好你个三道堰朱时！你折了我的花！怪不得先前寻我相让！我把你当朋友，你竟敢如此欺我！”

“什么?”朱二郎一头雾水。

伴当们的声音比桑十四郎还大，大声叫道：“我家郎君好心请你吃茶，又以花相赠，却不料你竟然是个贼，折了我家郎君的花！”

林中众人煮茶休憩，闲聊嬉笑都不甚大声。这边叫嚷声太大，附近的人闻声都寻了来。

朱二郎急得直摆手：“不是我折的！”

这下好了，围观的人亲眼看到一枝折断的菊花从朱二郎袖中滑落，掉在了地上，看朱二郎的目光都变了。那群早间在此咏菊作画的学子更是气愤，引经据典，铁口直断，从三岁看老说起，直把朱二郎说成个十恶不赦的恶徒。

朱二郎性情耿直，不善言谈，争辩不过那群酸生，反复就只有一句：“不是我！我是被人陷害栽赃的！”

桑十四郎得了人证物证，气咻咻地说道：“就算你被人栽赃，为何偏偏选中了你？明明就是你折了花，恐在八卦亭被人看到，是以才想着寻我买走这盆菊！你说，如果不是这样，你为何要寻我买花？”

“我朋友喜欢，对这盆花恋恋不舍，是以我才想买下赠她！”

对嘛，我就想听到这一句呢。桑十四郎哼了声道：“对呀，你为了讨你朋友喜欢，于是就折了这枝花。”

“不是这样的！”

“朱郎君，我与你一见如故，愿以花相赠，也觉得你不像是折花之人。”桑十四郎故意叹了口气，面色凝重，“我明白了。花是你那朋友折的，你找我买花，是想替你朋友遮掩一二吧？”

众人看朱二郎的目光又变了。朋友做错了事，朱二郎挺身而出，想买下花掩过此事。此君高义啊！

“谁是你朋友？怎不见有人站出来坦承此事？”

“交友不慎哪！”

桑十四郎语重心长地劝道：“朱郎君，莫要看不清人心险恶啊！”他脸上露出一股正色，“我不能见你受此人拖累蒙蔽，定要寻出来！朱郎君，那折花之人究竟是谁？你受指责，她却躲着不现身，休要再包庇她了。”

争执间，恰巧朱二郎的伴当来寻他，听到后急得告诉了季氏兄妹。季耀庭和季英英大惊，匆匆赶了过来。两名伴当叫了声郎君，挤进人群护在朱二郎身边。

看到季英英来了，杨静渊也恰到好处地出现了，又恰到好处地认出了季氏兄妹和朱二郎，满面惊诧，高声叫着：“这不是博麒麟的朱二郎吗？季兄、季二娘，你们也在啊？出什么事了？”

他成功地把大家的视线转到了季氏兄妹身上。

朱二郎急了，一个箭步挡在了季英英身前，大声说道：“花不是她折的！她这般喜欢这盆菊，怎会折断花枝？”

朱时啊朱时，此地无银三百两懂不懂？你脑子里一定塞满了猪屎，才会迫不及待地跳出来陷害我们！刚听了个大概，还没来得及言声的季耀庭和季英英都在心里骂着朱二郎。

众人都厌恶地看着季英英，心想人不可貌相啊，这小娘子瞧着娇美可爱，德行却这般差，贪图花美，便不顾一切折了，还让仰慕她的朱家郎君背黑锅，替她遮掩。

朱二郎吼得更大声：“真的不是她！”

季耀庭瞧着朱二郎高大的背部，很想一脚将他踹个狗趴。

无论谁被众人用不屑的目光盯着，都会上火。季英英被朱二郎的脊背挡了个实在，心里怒气上涌，一把推开挡在身前的朱二郎，朗声说道："谁折花了？有人瞧见是我折的，就站出来与我对质！"

众人的脸色和目光不约而同地透出同一个意思：哟，还不承认？瞧那大块头的脸，都快憋成紫茄子了。

"花是被朱二郎藏在袖子里的。不是你折的，就是他！"

朱二郎又及时地吼了一嗓子："不是我！"

众人的脑袋往同一方向运动，目光齐刷刷地盯着季英英。听见没？不是他！那肯定是你！

季英英差点儿被气晕过去。

朱二郎这才反应过来，张开手又拦在了季英英身前："也不是她！"

谁信哪？

季耀庭无声地将朱二郎从未来妹婿名单中踹出了局，上前一步道："我们兄妹是观赏过这盆紫燕新妆，离开八卦亭时，四周依稀尚见着有过路游人。如有朋友尚有印象，请为我们兄妹做证。"

他这样一说，围观的人里还真有人记得："哎呀，我好像瞧见过这小娘子，她带着两名侍婢在亭中一直观赏这株菊。若是想折，她早就折了。"

"我记起来了。我看到他们离开八卦亭往树林来，那盆菊金黄花萼，粉紫花瓣，甚是美丽。当时还好好地搁在栏杆上，只是后来朱二郎中途离开……"

"定是误会！"桑十四郎截断了那人的话，留给众人大片遐想的空间。他是苦主，理所当然地为此事定了性。他摆出最优雅的仪态，柔声说道："小娘子既然对这花恋恋不舍，怎忍心折断花枝？又有人证，冤枉小娘子了。我看哪，必是那心黑不长眼的人折了花弃了，朱郎君误会是小娘子所为，是以赶了来向在下恳求买下此花。一场误会，打扰诸位饮茶了！"

说罢团团一揖，把个优雅知礼的贵公子扮得入木三分。

心黑？不长眼？桑十四郎，你为兄弟两肋插刀，刀插兄弟身上，你自个儿暗爽是吧？杨静渊翻了个白眼冷笑，他悄悄从荷包里掏了锭小元宝，唤过看热闹的道童叮嘱了几句。

朱二郎袖中掉落花枝，也没有人看到是他折的。桑十四郎只说是捡来的，主人不追究，围观的人摇头散去。

“好花当赠美人，小娘子既然喜欢这盆紫燕新妆，在下家中还有数盆，送一盆与小娘子便是。”桑十四郎调戏小娘子无数，纨绔造型、优雅郎君造型随手拈来，扮得惟妙惟肖。

“在下益州城桑湛，府中排行十四，家父乃州府长史。”告诉兄妹俩，我是官宦子弟，跑得了和尚跑不了庙，尽可放心与我结交。

“相请不如偶遇，诸位不如坐下品一盏在下的茶。”喝了茶，大家就熟了。熟了就有机会进一步勾搭，抬回家当第四房小妾了。

“在下益州杨静渊，排行第三。叨扰桑郎君一杯茶吃。”杨静渊长腿一迈，很自觉地坐下了来，只是好巧不巧地坐在了季英英对面。

上首案几，桑十四郎又在表演茶道。青色的流云广袖微微拂动，如长风吹过碧空。

对面案几前，杨三郎箭袖锦衣，英气勃勃，俊美骄傲。那目光时不时飘走又移回到妹妹的脸上，欲语还休。

下首，朱二郎的目光越过自己望向妹妹，又有淌口水的迹象。

四周入眼一片熟成金黄的银杏树。

季耀庭有些恍惚，夏季都不是，春天也早过了吧？为什么小妹的天空一片桃花灿烂？

眼见一场风波转眼消弭于无形，朱二郎被绕了个晕头转向。好像他应该感谢桑十四郎，但心里又觉得有什么地方不对劲，总堵得慌呢？

杨静渊比朱二郎更郁闷。除了他出场时，季英英瞥过来一眼，就再没有正眼看过自己。

桑十四郎坐在上首扮演翩翩公子。读书不行，吃喝玩乐他是极擅长的。点茶时举止如朗月清风，说不出的优雅好看。

林间银杏铺得一地金黄，天空湛蓝，阳光温暖。炉上铜壶滚水如珠，茶花白沫翻涌，茶香淡淡飘散。

季、朱两家都是开染坊的商户。朱二郎是嫡次子，不用支撑家业，热心交友；季耀庭从小被寄予厚望，潜心钻研行商之道；季英英痴迷染色——这些都不是茶道中人。季氏新寡后忙着打理染坊，他们从来没有亲眼见识过书香门第官宦人家的优雅做派。

一时间，三双眼睛全盯着桑十四郎，眼里全是仰慕、赞叹与欣赏，完全忘记了旁边杨静渊的存在。

寒山问拾得："世间有人谤我、欺我、辱我、笑我、轻我、贱我、恶我、骗我，该如何处之乎？"拾得曰："忍他、让他、由他、避他、耐他、敬他、不要理他，再待几年，你且看他。"

不用过几年，现在杨静渊对季英英"不要理他"的态度酸得活像吃桑葚倒了牙，吸口气就心凉。

桑十四郎给季英英点了杯茶。茶花翻涌聚成一只雀，活灵活现，经久不散。

"哇！"季英英是头一回见到这般手艺，惊叹出了声。

杨静渊低头看自己的那杯茶，桑十四郎给他点了个好字，这是夸杨静渊好兄弟啊！关键时刻表演出色，还期待着他好上加好，敲边鼓促成美事。杨静渊一点也不想当他的好兄弟了。他酸溜溜地想，好兄弟连这点眼力见儿都没有，还要我当跑龙套的路人甲？哼！

哼完桑十四郎，又鄙夷季英英眼皮子浅，脱口说道："小家子气！"

两句话一前一后，是个傻的都知道在说自己。季英英心想，杨三郎果然记着仇呢。母亲和哥哥反对和赵家的亲事，不就是因为季家门户低吗？她抬头看到杨静渊那张晚娘脸，第一次在竹林寺遇到他，他随手就扔五十两银子。有钱了不起吗？人家桑郎君可没嫌我们小门小户出身，又礼貌又温柔。书香门第和商户人家教养出来的郎君就是不一样。

没比较就算了，两厢对比，季英英越发觉得杨静渊小气，皮笑不肉不笑地还嘴："见不得人家好才叫小家子气。我大大方方夸桑郎怎么了？"

还桑郎？你快要被桑十四郎那头色狼给叼走了！没眼力！还有你，季大郎！看不出来煎茶这小子一肚子坏水？还有你，朱二郎！把你焖熟了你都反应不过来是吧？杨静渊的眼风嗖嗖从对面三个人脸上掠过，忍不住又冒出一句："眼皮子浅！"

季英英轻摇着团扇，反唇讥讽道："说也奇怪，明明桑郎只邀得朱二哥与我们品茶，有人硬要凑过来坐着，还挑剔别人手艺不好。不知是何道理？"

季耀庭也不帮腔，心想，我的好妹子哎，杨三郎分明是想黏在你身边，你没看出来？

桑十四郎还以为好兄弟杨静渊甘当绿叶要衬托自己，越发谦逊温柔："在下茶艺不精，让杨三郎笑话了。"

朱二郎终于找到报答桑十四郎的机会了："杨三郎，你既然笑话桑郎君手艺不精，何不与他比试一番？"

季英英帮腔道："朱二哥，何必强人所难呢？"

杨静渊除了爱习武，只会喝茶。桑十四郎成心要让杨静渊充分发挥绿叶作用，笑着示意伴当将茶具端到杨静渊案几上：“杨兄请。在下嗜茶，苦于难有机会与人切磋，还望杨兄赐教。”

温柔和煦的笑容挂在桑十四郎脸上，最好杨静渊当庭暴走，和季英英的争执来得再猛烈一点，他好挺身而出，英雄救美。

杨三郎会有煎茶这种雅趣？季英英也不相信。

杨静渊心里冷笑，果然跳了起来，指着季英英道：“季二娘，你想看我笑话是不是？”

季英英很认真地点头：“你说错了，我是想看你出丑罢了。”谁叫你先嘲讽我的？有本事你也点杯花鸟虫鱼出来呀？

“岂有此理！”杨静渊听着身后的动静，朝桑十四郎使了个眼色，怒气冲冲地端着茶杯就朝季英英泼过去。

他的动作很大，也很慢，给了桑十四郎足够的机会跳起来，大叫一声：“季小娘子当心！”老鹰扑食似的扑向季英英。

可惜茶杯里的茶水早叫杨静渊喝光了，季英英身边还有个季耀庭。

季耀庭将妹妹往自己身后一扯，被桑十四郎抱了个实在。

这个色胚！杨静渊看到桑十四郎的动作，先是攥紧了拳头，然后就把拳头塞到嘴边堵住了笑。他心里暗骂，桑十四郎，你真是色字当头，蠢得没边了。原以为你只会伸开胳膊作势拦一拦，没想到你居然想着抱个实在，趁机揩油？

其实他心里明白，桑十四郎想把季英英抬回家当第四房妾，如果被他扑个实在，肯定会一再认错，再向季家请罪，摆出一副我定要负责的模样。可惜杨静渊自认比较了解季英英，被他亲了，季英英也只当被狗咬了。桑十四郎的办法根本行不通。

不过，眼见桑十四郎错抱了季耀庭，杨静渊还是很高兴。

这时，一群女子奔进了树林。

数声娇呼如林间雀鸟婉转动听：“郎君！”

“郎君叫奴好找！”

桑十四郎攀着季耀庭的肩站直了身体，回头看到三个妾带着丫头、婆子出现在眼前，瞬间心如死灰，却不肯放弃：“府中尚有不少名品菊花，得空我下帖子请贤兄妹进府赏玩。”

季耀庭退后一步，桑十四郎瞬间被三位妾围在中间。品貌双全、举止优雅的官宦子弟也要不得，桑郎君瞧着和自己差不多岁数，这妾都有三个了。他摇头叹息，将桑十四郎和所有官宦子弟从妹夫备选名单上勾掉了。

灭掉了蠢直的朱二郎，暴露了桑十四郎的本性，杨静渊很得意。

眼神和季英英再次交流：桑郎好吧？和他的妾可以凑一桌打牌了。

季英英眼里就一个意思：关你什么事？我夸他的茶艺，你听不懂人话是吧？

三位妾扯着桑十四郎一阵娇嗔埋怨后，目光无比准确地移到了季英英脸上。

率先发难的是那位筛酒娘子，以当日撞柱的速度朝着季英英扑了过去："小骚蹄子！叫你勾引我家郎君！"

这番变故谁也没料到。

季耀庭完全没反应过来，筛酒娘子嘴里骂的是自家妹妹。

朱二郎下意识地伸手去拦，蓦然发现自己的手如果不缩回来，就会将筛酒娘子揽进胳膊弯里，他吓得赶紧缩手。

筛酒娘子成功突进，伸手就去扯季英英的头发："不要脸……"

季英英及时偏开了头，却被筛酒娘子掐住了胳膊，疼得蹙紧了秀眉："放手！"

这时，另两个妾挽起衣袖，带着自己的侍婢围了过去："打这个不要脸的！"

"你们干什么？！"桑十四郎回过神，见三个妾、几个侍婢已将季英英围在了中间，急得直跳脚。

如果这位小娘子被郎君成功抬进长史府，现在被自己教训一顿，就当是立威。此事若不成，府里没有第四个妾来分宠爱，皆大欢喜。三个妾早被撩拨起了怒火，一起商量好要收拾季英英，对桑十四郎的话充耳不闻。

季英英被一群女人围着骂，桑十四郎的话也无人听，季耀庭、朱二郎束手束脚，只知道在外围转圈，嚷几声没用的："有话好好说！"

女人打架，扯头发、用指甲狠掐是惯用招数。季英英再泼辣，也敌不过这么多人，疼得大叫："哥哥救我，她们疯了！"

"你们快放手！"桑十四郎又气又急地奔上前去。气的是自己的妾居然不听他的话，急的是他想挤进去英雄救美，但一个人拉不住三个妾，就像浮在水里的瓢，按下这个，浮起那个，实在没机会让他将季英英抱进怀里护着。

他手上突然一松，连同手里扯住的妾差点儿摔倒在地上。桑十四郎趔趄几步，看到杨静渊轻轻松松又扯着一个妾向自己推来，慌忙伸手扶住。

杨静渊迅速攥住筛酒娘子扇向季英英的手腕，将她推开，大喊道："桑十四郎，管好你的妾！"喊罢低头问季英英，"没事吧？"

印象中，受了欺负的小娘子就该委屈地靠在他胸口痛哭。杨静渊已经准备好了宽慰季英英的话。

这回，她总该感谢自己了吧？

杨静渊觉得塞给奉茶童子的那锭银子花得真值，成功让他演了一场英雄救美，还小小地报复了桑十四郎——我是救美的英雄，你才是黑心不长眼跑龙套的。

季英英一言不发，将散落的发丝绾起。

她抬起头看向杨静渊。她眼里没有泪，清清亮亮如一池清水。

离得这么近，杨静渊能看到她清亮双瞳里映出了自己的脸，刹那间，他有点心虚了。

季耀庭和朱二郎同时走来，一个叫妹子，一个叫二娘，关切无比：“伤到你没有？”

“我没事。哥哥去问问桑郎究竟是怎么回事。”

季耀庭重重点了点头，这事是要问个清楚明白，自家妹妹绝不能让人冤枉打骂了。

支走了季耀庭，季英英轻声说道：“朱二哥，我有话同杨三郎讲。”朱二郎沮丧地停住了脚步，谁叫自己不敢像杨三郎一样，将那几个疯了似的妇人扯开呢？季英英感激杨三郎是应该的。他转过了身，背对着两人。

季英英朝旁边一株银杏走去，回头见杨静渊跟了过来，微微一笑，轻声说道：“我想起来了，八月十五那晚，站在你身边的人除了一个周七郎，还有一个，是桑十四郎。你们把我们兄妹俩和朱二哥当猴耍弄？杨三郎，我没想到你这般下作！”

杨静渊愣住了，他完全没想到，季英英竟然还记得那晚自己身边的人。他的本意不是这样，他的本意是什么？自己骑马经过青羊观看到她，就忍不住下了马去寻她，后来就想博一个糖麒麟给她。然后，想着她和朱二郎在观里赏菊，就跟了进来。再然后，他将计就计，花银子让道童去给桑十四郎的妾室们报信……八月十五那晚，赵修缘领着人来替她解围，她仰着头看赵修缘，晚风吹起她的衣袂。就算离得那么远，他也能感觉到她对赵修缘的脉脉情意与欢喜。

如果，她能这样看着自己该有多好？

季英英理了理臂间的披帛，转过头从他身边走开。

杨静渊伸手拉住了她的胳膊，他看到季英英偏过头看过来，眼里满满的不屑。那些道歉的话被她的眼神逼了回去，他低声问她：“在你心里，我真的一无是处？”

季英英诧异道：“锦王杨家的郎君，怎么能说自己一无是处呢？”

杨静渊眼里露出的喜悦还没来得及变成笑容，就在季英英戏谑的声音里消失了。

“你很有钱啊，不是吗？”

她的眼神像一把小刀，戳得杨静渊心疼。他嘴唇翕动，终于松开了手。

季英英淡淡说道：“一个是官宦子弟，一个是锦绣豪门，我们小门小户人家惹不起你们。你以为我支开哥哥和朱二哥，不当众揭开此事为的是什么？我是不想让我哥哥和朱二哥为了我惹祸罢了。杨三郎，如果你还没坏到底，就莫要再来招惹我。”

她的脚踩在地上的银杏叶上，发出沙沙的响声。

像从他胸口踩过，杨静渊听到心在她脚下碎裂。

桑十四郎在对季耀庭抱拳行揖道歉，身后三个妾老实地低着头。不多时，季氏兄妹和朱二郎告辞离开。

真可惜，明明快进嘴里的小娘子，就这样飞了。桑十四郎嗟叹着，转身对自家的妾发作了：“都是你们做的好事！”

筛酒娘子捏着帕子捂嘴直笑：“好个娇美的小娘子，怪不得……”凤眼斜挑，似嗔似恼地瞥着桑十四郎，语气分外哀怨，“怪不得郎君抛下妾身不理，在这里独自快活。”

桑十四郎骨头酥了一半，哄道：“胡说八道。你们才是我的宝贝心肝！先去酒楼候着，我随后便来。”

丫头、婆子们陪着三位妾先行离开。桑十四郎大步走向靠在银杏树下的杨静渊：“好你个杨三郎！竟然通风报信，叫她们来坏我的好事！”

身为长史府的郎君，桑十四郎原本是走在通往才子栋梁的道路上的。

人生有时候拐上岔道就那么关键的一两步。一棵小树抽出新枝，发育得好，能长出粗壮的枝干。如果经霜打了，被虫咬了，被鸟啄了，给熊孩子折了，成才就无望了。

十四岁那年，桑十四郎见到了力举太湖石的未婚妻后，就彻底长歪了。他抱着杨静渊哭完不算，回家对着长史夫人又痛哭了一场。要赖打滚儿、哭求绝食都没有让桑长史打消和牛家联姻的念头，桑十四郎这才明白想退亲只能靠自己了。

他能想到的办法简单粗暴：彻底把自己变成好色的浑蛋。

原以为牛副都督为了爱女着想，会退亲，结果牛副都督生就一副牛脾气，根本不接受女儿被退过亲事这样的说法，他直接教导气哭的牛七娘：“婚后他不听话，我儿神力，揍得他听话便是。”

这一态度直接导致桑十四郎悔婚失败，无可奈何地改变了策略——婚前及时行乐吧。

后来长史夫人去牛家拜访，无意中见识到了牛七娘的神力，顿时对儿子的苦楚感同身受。有这样的儿媳，她还能摆婆婆的威风吗？

两家结亲已久，桑家贸然退婚，长史夫人担心牛七娘会把自家大门劈来当柴烧。她越发心疼儿子，放纵着桑十四郎在岔道上渐行渐远。

说起来，桑十四郎变成游手好闲的纨绔子弟是有苦衷的，和杨静渊不想让亲娘难做、令嫡母猜忌而变成纨绔子弟的缘由异曲同工。因此两人才从众多纨绔中一眼相中对方，成了好友。

杨静渊今天的行为在桑十四郎眼中无疑是：为了自己而把刀插在了兄弟身上。

告密、背叛、倒戈一击、炮灰逆袭，妥妥抢走男主角的节奏啊。

做了这么多事，结果竹篮打水一场空。桑十四郎不厚道地笑了。

杨静渊背靠着银杏树望天，手里捏着一束鲜红的茱萸。

桑十四郎把手搭在他肩头，也跟着抬头望天："看什么？"

杨静渊拨开他的手，没好气地说道："看傻子。"

"傻子？"桑十四郎脸上染上一抹怪异的神色，意味深长地指着自己的鼻子说道，"我可不就是个傻子！居然没有看出来我兄弟对那季二娘动心了。"

"谁对她动心了？"杨静渊矢口否认，掉头就走，"还不走？你那些妾等久了，又该说你不心疼她们了。"

"瞧瞧，这是被我说中心事，害臊了？"桑十四郎嬉皮笑脸地追上去，歪着脑袋瞅着他。

杨静渊干脆停下来任他打量。

两人像两只决斗前的斗鸡，盯着对方，就看谁先沉不住气。

杨静渊在青城山跟着师父习武，桑十四郎却没练过道家的养气功夫。

对视一会儿，杨静渊面无表情，桑十四郎绷不住了："无趣！你又不是小娘子，有什么好看的。肚子唱空城计了，用饭去。"

正当杨静渊放松下来的时候，桑十四郎一步跳到他身边，笑眯眯地说道："三郎，我记得八月十五去浣花溪观灯，是你先往河里扔了块石头，故意等季二娘回头看你，我没记错吧？"

"我瞧着人眼熟，扔石头看清楚一点，怎么了？"

"后来我们都帮着周七郎去捉她，最先找到她的是你吧？"

“哥哥我目光如炬，习武之人眼神好着呢。先找到她怎么了？”

“听说朱二郎今天手气好，博了个糖麒麟？”

“嘁，糖画张的博彩盘我不晓得转过多少回。今天我博了两个，有一个不是被你吃了？”

桑十四郎不耻下问：“还有一个呢？”

杨静渊随口答道：“赔给朱二郎了。”

“为什么要赔给他？”

“因为……”杨静渊及时咽回了话，一双飞扬的眉拧成了疙瘩，俊脸上布满了恼怒的神色，“桑湛，你有完没完？”

听他喊自己名字，桑十四郎知道杨静渊真的恼了。他悠悠叹了口气道：“三郎，咱俩同岁，你只比我大一个月，一口一个哥哥我认了。可说到男女之事，你真不如弟弟我啊。”

他抬进府的妾就有三个，他与教坊歌伎相熟，和当红魁首娘子厮混过，秦楼楚馆是常客，街头调戏小娘子无数。

杨静渊练道家功夫讲究不破元阳。一群纨绔子弟吃花酒，他跟着瞎起哄逗乐子，到如今还是不折不扣的“童子鸡”。说起泡妞经验，杨静渊倒过来喊桑十四郎一声爷都不过分。

见杨静渊沉默着不吭声了，桑十四郎又好气又好笑，颇有点同情于情事方面终于开窍的好友：“喜欢季二娘又不是多大的事，我难道还能和你抢不成？早说出来，我给你谋划一番，又岂会落空让她离开？”

我还没来得及说，你就已经安排自个儿去英雄救美了。谁像你脸皮那么厚啊？杨静渊腹诽着，想到季英英看自己就像看一团狗屎，又烦躁起来：“见她是个炮仗性子，一点就着，想逗她玩罢了，谁会喜欢她呀。像个辣椒，长得还没我俊，一身小家子气……”

说着，见桑十四郎忍笑忍得浑身直颤，一脸“我看你要嘴硬到什么时候”的神色，杨静渊再也说不下去了，长腿一迈，出了观门，扔下桑十四郎就跑：“我还有事，先走一步。”

没给桑十四郎打趣套话的机会，骑上大白马跑了。

“不承认？不承认你捡人家髻上掉落的茱萸舍不得扔？你不说，我就不信打听不到！”桑十四郎笑嘻嘻的，带着伴当，直奔还没收摊的糖画张，老远就喊了起来，“老张头儿！听说你画摊上今天博出麒麟了？！”

第十章

阴谋与爱情

乳白色的淘米水从黝黑的发间冲淋而下，湘儿执着一把篦子一梳到底。

绫儿揉搓着头发，边洗边赞："娘子头发真好。"

季英英靠在澡桶边，闭着眼睛养神。

出了青羊观，别了朱二郎，季耀庭将桑十四郎树成了反面典型。大意是官宦富家子弟多金则蓄婢，桑十四郎还没成亲，妾已成群。反而是小门小户人家，多个妾多张嘴，轻易不肯纳妾蓄婢，内宅少了争风吃醋，当家主母的日子过得舒坦太平。

季英英只得表态："哥哥，我对桑十四郎并无攀附之心。"

季耀庭知道，他的话不过是个引子罢了："那你对杨三郎呢？"

他把我们当猴耍着玩呢！那枝菊定是他折的，那些妾指不定也是他传话引来的。他就是个十足的坏胚子！见识过两人的纨绔做派，季英英生怕哥哥和朱二郎气不过又把人打了，这才将事情遮掩过去。连杨静渊这样的纨绔子弟，在哥哥眼里，都比赵二郎好？她又气又难过。

洗完头发，季英英趴在窗口，两个婢女用干布给她擦头发。她望向赵家藤园，黑黝黝的高楼耸立在夜色的暗影中，不见丝毫灯光。不用想，赵修缘必定还在织房织斗锦。她叹了口气，盼着时间快快过去，等到斗锦那天，两人才好相见。

季家院小，正院那边传来喧嚣人声。这么晚了，会是谁来了？季英英使了绫儿去打听。

绫儿飞快地跑到跨院门口，站在门边张望。她从虚开的院门口望出去，看到二门影壁处的轿子里下来一个衣饰华丽的妇人，只带了一个侍婢。李嬷嬷提着灯笼引着去了正房。

好面生的太太。绫儿赶紧去了二门找守门的粗使妇人。

“入了夜，大郎君不便接待，才禀了太太。听说是从长安来的，别的我就不晓得了。”

绫儿谢了她，匆匆回去禀了季英英。

“长安来的？”季英英也纳闷儿，“如果是想请咱们染坊染丝布，也不必急着晚上来。”

绫儿便道：“二门已经落了锁，看情形，太太是要留客人在正院住下。娘子不必着急，明儿便知道了。头发干了，早些歇着吧。”

季英英又等了会儿，没见季氏来叫她，怀了满腹疑问，拾掇着睡了。

清晨，季英英去正房请安。庭院里，几个粗使仆妇正抬着家什箱笼往东跨院搬，染坊管事季贵的媳妇、奶大了季英英的吴嬷嬷站在跨院门口监工。

“嬷嬷！”季英英亲热地喊了她一声，走过去往里张望。

见到季英英，吴嬷嬷脸上就带了笑，朝她福了福身，和声道：“昨晚惊着二娘了吧？”

吴嬷嬷管着后院的丫头仆妇，是季氏最有用的一双眼睛。显然绫儿昨晚到二门打听消息的事，她已经知道了。

季英英点了点头：“不晓得是谁。收拾东跨院，这是要长住？”

吴嬷嬷踮着脚朝正房那边张望了一下，拉着季英英闪到了跨院的月亮门后，低声说道：“二娘，来的是你三姨母。”

每个少女都有一颗热情的八卦之心。季氏从来不提长安外祖家。女子出嫁后，就没了自己的姓氏，前面都冠以夫姓，如赵申氏、杨石氏。季氏其实应该叫季徐氏，她讳忌提自家出身，外头人皆喊她季太太，久而久之，便让人忘记了她的姓氏。

季英英隐约知道外祖家的姐妹算计了母亲的姻缘，令母亲远嫁。幸得父亲人好，母亲才过上了好日子。父亲过世时，季英英已有五岁，记得一些事了。她记得母亲使人带信去了长安，但外祖家没有动静，母亲就绝了再依靠娘家的心思。

吴嬷嬷是陪嫁过来的，清楚其中缘由。她担心季英英不晓得内情，惹恼了太太，这才出声提醒：“莫对姨母太过热情，也莫要冲撞失礼于她。”

不能太热情，也不能失礼。季英英脑洞大开，点头应下。吴嬷嬷欣慰地笑了：“快去吧，莫要迟了。”

季英英冷不丁来了句：“我那姨母从前和我娘感情不好是吧？”

吴嬷嬷顺口答道：“她还有脸来见太太，真真脸皮厚！”说完才觉失言，她大惊失色地扯了季英英道，“小祖宗，千万莫声张，装着不晓得。嬷嬷求你了。”

“我知道呢。”季英英拍了拍她的手，再三保证，吴嬷嬷才放她去了。

原来这位三姨母就是当初那位算计母亲亲事的姐妹。吴嬷嬷说得不错，真真是脸皮厚，还要来家里长住。季英英琢磨着吴嬷嬷的话就明白了，对这位姨母太热情，母亲定不欢喜；冲撞失礼，又会丢母亲的脸。二十年从来不来往，如今大老远地从长安跑来做什么？

进了正房，季英英给季氏见过礼，就看到上首右边的圈椅中坐着一位美貌妇人，面容与母亲不像，神态间却有几分相似。她的眼皮略微浮肿，神情有些憔悴。身上穿了件青色小团花绸衫，姜黄色半臂，发髻上插着两把嵌银篦梳，簪了两枚小小的金钿，腕间戴着一对细细的金镯。瞧着并不富贵。

“英英，这是你三姨母。”季氏眉目舒展，颇有点雨后天霁的疏朗。

季英英心想，大概这位姨母遭了难、遇了祸，过得还不如母亲。

人的心态大抵如此。这人从前算计了亲事，害自己远嫁，如今她过得尚不如自己，季氏自然就会开心。

季英英上前见礼，李徐氏从袖中拿出一只荷包给她：“匆忙前来，二娘莫怪姨母礼薄。”

荷包上手一掂一捏，知晓只有两锭小元宝。以银为礼，那真是没有提前做准备。季英英不是嫌贫爱富的人，她正差私房银使，笑弯了眉眼道：“一针一线都是姨母的心意，英英只有欢喜的份儿。”

正说着，季耀庭也来了，同样得了一只装银元宝的荷包。

早饭是在正房用的。见过礼，季英英和季耀庭不约而同地一左一右去搀扶季氏。兄妹俩对视一眼，又低了头继续孝顺。

季氏还不到四十岁，哪里就到了需要儿女搀扶的地步，一时间哭笑不得。她看到李徐氏形只寡影，身边只得一个带来的侍婢侍候，心里又爽快起来，任由儿女侍候着落了座。

管厨房的田嬷嬷陪着季氏远嫁，大概二十年不曾做过这般丰盛的早饭。八道小食，四色点心，摆满了小圆桌。

田嬷嬷亲至前来见礼，李徐氏打赏了她一百钱。

季英英注意到，姨母打赏的时候，母亲微微撇了撇嘴。以季家的家境，赏一百钱不少了。也许姨母从前赏钱都极大方来着，现在只赏得起下人一百钱，母亲很是暗暗高兴。

默默用过饭，季耀庭自去前头铺子支应。季英英对姨母的到来很是好奇，不等季氏吩咐，便留了下来。

季英英注意到吴嬷嬷搬出了一套煎茶的茶具，她有些诧异，这些年家中常用冲泡的炒茶。昨天看桑十四郎煎茶，姿态优雅。她心里揣测惊疑，难不成母亲也会那样的茶艺?

“多少年了，没有和妹妹一起吃过茶。”季氏拿了柄小银刀，从团茶上切下一块。

李徐氏眼睛又红了：“姐姐的茶道功夫连颜师傅都赞赏不已。没想到还有能吃到姐姐煎茶的一天。”

碍着季英英在场，李徐氏想致歉的话又咽了回去。

昨天晚上，李徐氏已跪在季氏面前哭了半宵，季氏虽然远嫁低门小户，日子却还过得舒心，仇恨早被时光冲得淡薄。李徐氏过得不甚如意，又服软低头认错，季氏憋了二十年，总算一抒胸臆，分外畅快。

“英英她爹过世后，我一个寡妇支撑染坊，带大儿女，这套茶具就再没拿出来用过，手艺早已生疏了。”季氏拿着白玉钵捣茶，想起昔日闺中姐妹们同学茶道读书的情景，颇有些唏嘘。

待壶水滚动如珠，稍停再沸，季氏提壶浇杯冲茶。雪白的茶沫在青瓷盏中翻涌不息，茶花如梦如幻，久久不散。

季英英又好奇又吃惊。她虽不懂，但单从母亲的手势与这茶盏里幻景般的图形，也能分辨出母亲的手艺高出桑十四郎。

再看母亲和姨母饮茶的姿态，静如春兰。那种从骨子里散发的优雅绝不是一朝一夕所能形成。

等到茶过两巡，姨母再也忍不住，掩面哭泣起来。

季氏朝季英英使了个眼色。季英英嘟了嘟嘴巴，不情愿地退出了正室。她不肯离开，躲在门口偷听。

三个嬷嬷早遣退了下人，也想偷听。

这还是嬷嬷们头一回和季英英一起躲在门口伸长了耳朵听壁脚，都有些尴尬，心里却又揣着一团火。季英英打了个手势，三个嬷嬷便厚着脸皮不走了。

“嫡母借了五百两银，家中早打点一空，我当卖财物做了盘缠，如今拢共只有八百两。苏杭太远，蜀绸又便宜，需得两千匹上等绸方可救郎君出狱。姐姐救我！”

厅中服侍的婢女都遣走了，李徐氏离了座，跪伏在季氏面前，大哭起来。

上等蜀绸在长安市价四到五两银不等。上等素绸二两银一匹，印染两千匹素绸的成本也要三百两，合计四千三百两，买素绸印染显然便宜很多。李徐氏只有八百两，季家如果帮忙，就要往里面填补三千多两。

季英英和三位嬷嬷大吃一惊。

季氏一时慌了手脚，上前搀起了妹妹，掏出帕子给她拭泪道：“妹妹先别急。妹夫出了何事，且细细道来。”

李徐氏渐渐收了泪，慢慢说出了实情。

她嫁的丈夫乃宗室旁枝。虽无实职，李家郎君也有个义川男的爵位，拥有义川县的食禄，居于长安。藩镇割据，皇帝日子不好过，宗室的日子更不好过。义川男空有爵位，食禄连家中嚼用都不够。他在东市有间绸缎庄，搭上了宫中宦官的线，向宫中供两千匹绸缎。他仗着宗室的身份，做的是空手套白狼的买卖，进货时只付了一百两的定金。岂料天降暴雨，货仓塌了屋顶，绸缎一泡水全毁了。

货商也有些门路，污了义川男一个勾结吐蕃的罪名，索拿入狱。明言只要还了账和利钱，便可放人。

所幸宫中尚有两月期限。嫡母顾念是自家女儿，也只肯相借五百两。李徐氏想起姐姐开着染坊，带着八百两银就来了益州府。

“姐姐，我家燕娘眼看就要出嫁，若无父亲主持婚事，燕娘必然是会被退婚的。典当宅院赎回郎君，也无力向宫中供货。得罪了宫中之人，郎君性命危矣。”

郎君入狱，女儿要出嫁，宫中还等着要货。李徐氏说到这里，伤心不已。

她也知道，凭自己的八百两，让季氏垫付两千匹素绸与染料的钱，还要雇船运到长安，季氏肯定为难。李徐氏拿出了自己的诚意：“姐姐，姐姐，这是长安宅院与绸缎庄的房契，值八千两。妹妹只留一百两当盘缠，另有七百两也先付与姐姐。只要赶在两月内染得上等绸，宫中付了银钱，不仅能付钱与那货商救出郎君，还能赚两千两。姐姐助我过得难关，所得盈利都让与姐姐。到时我拿一千三百两来赎回房契。”

季氏本以为凭空让自己出几千两银，心里着实为难，听李徐氏这样一说，有宅院商铺抵押，还有七百两银钱周转，已松了口气。

她不贪图妹妹这笔生意的盈利。想起早逝的季老爷，李徐氏又俯首认错，她心中对妹妹当初夺婚的芥蒂早已烟消云散。如果只是救急，季氏心里已大半肯了。

“家中如今主事的是大郎。妹妹少安毋躁，等我与大郎商议后，再回你可好？毕竟季家家底薄，几千两银也要掏空家底才拿得出来。”

见季氏没有一口回绝，李徐氏激动得又掩面哭了起来：“姐姐如此相待，妹妹当初真真惭愧……”

当初，若无你使坏调包婚事，我哪能与老爷在一起？季氏一阵感慨，想起幼年时姐妹同为庶女，相互体贴的日子，心里微微发酸。

季英英听到里面季氏叫人打水给姨母梳妆，知道再听不到什么内容。她朝三个嬷嬷吐了吐舌头，提着裙子奔向了前头铺子。

“哥，你知道当年究竟是怎么回事吗？”季英英期盼地望着季耀庭。

季耀庭见她目光闪亮，伸手敲了她一记警告道：“不准议论母亲。”

季英英摸着脑袋不满地说道：“我就是想知道姨母值不值得咱们家相帮而已。”

当时徐家嫡女与凤阳节度使家的郎君结亲在即，前头还有两个庶姐尚未出嫁，就是季氏与李徐氏。徐夫人想要嫁幺女，急着为庶女找婆家。先相中了李家义川男，另一个临时相中了年轻的季老爷。按长幼排序，与李家定亲的应该是季氏。

一个是有爵位、有食禄的宗室子弟，一个却是远在益州府的商户。李徐氏动了心机，出门的时候，约季氏去看绸缎，使人将季氏与季老爷锁在了院里，顺利地换了亲事。

除了身份，季老爷人品、相貌都不输义川男，季氏的委屈没过多久就被季老爷安抚了。反观姨母李徐氏，嫁了义川男，家中原先有七名姬妾，后来入不敷出，才相继送了人。李徐氏无儿子，只有一个女儿。除了依靠义川男，别无他法。

世事无常，谁说嫁给宗室子弟就会过得风光？季耀庭不想让妹妹知道这些，笑道：“家中生意自有哥哥和母亲拿主意，你莫管。”

看他胸有成竹的轻松模样，季英英放心了，故意感叹道：“我这不是担心帮了姨母，年底哥哥没钱娶嫂嫂嘛。”

说完就跑，不给季耀庭揍她的机会。

“瞎操心！”季耀庭脸皮发红。

晚间，季耀庭和季氏一起，让李嬷嬷捧了账本算账。

李嬷嬷得了结果，有点担心：“太太，入了秋，染坊结算了工钱，账上现银只有三千两。年底大郎君成亲，各项花销需用五百两。姨姑奶奶纵然拿了七百两，也不够买素绸的。冬季染料价低，开春等到春蚕下来，染料至少要涨三成。”

“进染料的钱和大郎成亲的银钱都要留出来。那七百两也不要动，有五百两还是嫡母借给三娘的。这样算来，最多只能动用一千两银子。”季氏想了想道，“大郎，咱们不如按照老规矩，向相熟的织坊赊买两千匹素绸。立半年的契吧，利钱少些。秋冬是染坊的淡季，分与别家染坊一起染，大概半月就能得，走水路至长安一月准到。年底之前，你姨母就能得了银钱送来。你看这样可使得？”

季耀庭想了想道：“母亲思虑周详，就这样办吧。”

他走后，李嬷嬷收了账本，给季氏奉了杯茶，轻声说道：“太太，您真不怨三娘子了？”

“当初是怨的。她真想要李家那门亲事，我让给她也无妨。我只恨她不顾姐妹之情，让我人前丢脸。”季氏又想起了过世的季老爷，脸上浮起浅浅温柔，“可是没有她，我又怎会认得老爷？昨儿见到她时，我已经不怨她了。但愿三娘能渡过此劫，平安一世吧。”

第二天，季耀庭去赊了两千匹素绸，分与相熟的织坊，付了工钱。数家染坊赶工半月，染成各色上等绸缎。十月初，季氏带着季英英和季耀庭将李徐氏送到了锦江码头。临行之际，季氏将两锭金子塞进了李徐氏手中：“一百两银怕是不够周转，你给的七百两我已兑成了金子，这样方便携带。”

李徐氏愣了愣，眼里淌下泪来：“姐姐，你让我无地自容。”

季氏笑道：“年底我且等你来拿回屋契。”

李徐氏点了点头道：“姐姐放心。也许等不到年底，就尘埃落定了。”

两千匹绸缎已装好了船，李徐氏带着侍婢登船离去。

傍晚时分，李徐氏的船经南河行至东城府河交汇处的码头停靠。一行灯笼晃晃悠悠护着一乘轿子停在了岸边，轿中出来一名身材瘦削的中年男子，顺着船头搭好的木板上了船。

河风吹拂，李徐氏带着侍婢站在甲板上。她脸上已完全看不到在季家时的可怜愁苦，嘴角噙着矜持的微笑，背挺得很直，淡淡地对来人说道：“靳师爷。”

靳师爷弯了腰，抱拳行了礼：“李夫人辛苦。”

李徐氏微微颔首，转身步入了船舱。再有钱的商户妻，没有诰封，顶多被人尊一声太太。她是男爵夫人，永远都不可能向商户低下高贵的头。算计姐姐的亲事，就为了庶女也能拥有矜贵的身份。

进了舱房，分宾主坐了，李徐氏才喟叹了口气道："我那姐姐家不过是座带铺子的三进宅院罢了，后院开设的染坊还没我家跨院的花园大。纵有秘法，一年也赚不了多少银钱。"

她不明白，小门小户的季氏有什么值得对方大费周章算计的。

靳师爷用手顺了顺嘴唇上方两撇弯弯垂下的胡须，笑道："季家染坊太小，换成我家主人的大染坊，得利自是不同。"

李徐氏抿嘴笑道："我那姐姐性情刚直，怕是卖了染坊、卖了宅院，也不会交出秘法的。"

"我家主人自有办法。"靳师爷也不说明，从袖中拿出一只匣子搁在了案几上，"这是另一半地契。望夫人一路平安。"

侍婢将匣子接了放在李徐氏手边。李徐氏没有打开，手指轻叩着扶手道："原只听说益州府一城濯锦，满江带彩，百闻不如一见。我住了大半月，浣花染坊的蜀红丝、浣花丝居益州府翘楚，朝中织造局的大人对我姐姐家的秘法也颇感兴趣。年底是我嫡妹凤阳节度使夫人生辰，我与郎君打算备份厚礼相贺。原想不到送什么与妹妹，来了益州府，看到蜀锦华贵璀璨，我这才拿定了主意。还望令主人能替我准备三百匹锦。"

两个田庄三千亩地、东市两间商铺、城中一处院子，外加这一船绸缎，这些还嫌不够？还要三百匹锦？这两千匹绸都不如三百匹锦的一半价钱。义川男接连娶媳妇、嫁女儿，宗室男爵皮囊下只有"穷酸"二字。靳师爷心里暗骂李徐氏贪心，听她提到织造局的大人，又把拍桌子大骂的冲动咽了回去。得罪了织造局的大人，来年贡锦随便挑点毛病，织锦人家就要了命了。最令人担忧的是打草惊蛇，坏了主子的计划。

"小事一桩。在下就可代主人应允夫人，夫人尽可去长安商铺提货。"靳师爷连价都没还，一口答应下来。

见他这般豪爽，李徐氏有点后悔自己加价太低。想着这趟的丰厚回报，燕娘总算能风光大嫁，李徐氏满意不已。

送走靳师爷，她打开匣子，看到里面另一半地契，禁不住撇嘴道："商人多奸，连送个礼，都要撕成两半给。去把另一半拿来。"

侍婢进了内室，抱出一只匣子。李徐氏从中拿出撕成一半的契纸，两半拼合，严丝合缝，并无差别。她满意地拢在一起收了。

"夫人，既然咱们已经拿到回报，何不悄悄提醒季太太？"侍婢想着自家夫人与季氏是姐妹，血脉相连，提醒季氏，全了姐妹之情，也少几分愧疚。

“提醒她，不就是明告诉她坑她的人是我？我为何要令她觉得我面目可憎？做人留一线。如果她能渡过此劫，将来说不定还有用处。”李徐氏嗤笑出声，显然觉得侍婢忠心有余，机智不足，又提点道，“我那二姐姐命里有此一劫，是她自己太天真。隔了二十年不往来，她凭什么要信我？吃个教训罢了。只要她握着秘法不放，迟早能东山再起。我所能做的就是等着尘埃落定，再遣人去赎回宅院。这船丝绸就当是替她做的买卖好了。”

侍婢也觉得自己的提议天真，转念又觉得自家主母心狠，竟把过错推给季氏的善良。跟了这样的主人，她若不尽心，也不会有什么好下场。她心里渐渐生出了异心。

“睡吧，天一亮就启程离开益州府。”

李徐氏躺在床上，久久不能入睡。

临行时，季氏塞给她的黄金沉甸甸的，她压在了枕头下，喃喃自语：“二姐，我要替我的燕娘着想。财帛动人心，你莫要怪我。”

她与季氏都是庶出，不能和嫡妹相比，自然就要和姐姐比。季氏生得娇柔妩媚，茶道比她高明，连马术都比她好。嫡妹打马球总是叫季氏相陪，嫡母也高看她一眼。义川男本是冲着季氏的名声不顾嫡庶身份，登门求娶。

船舱安静，隐隐能听到河水拍岸的声音。李徐氏想到这里有些伤心：“如果嫡母肯替我寻一门好亲事，我也用不着嫉妒算计二娘。为了嫡妹出嫁，嫡母竟然看中来租家里院子堆货的小商人。当我是送人的物件吗？我虽是庶出，也是英国公的后人。”

这世道便是如此。节度使们各自为政，表面尊着皇帝，实则已成为地方的土皇帝。皇帝在宫里也受公公们摆布。义川男的食户十成大概能收到两成，他就是个窝囊废。她不替自己和女儿打算，将来难道还要看庶子脸色行事？

想到这里，李徐氏渐渐心安沉睡。

船头垂下的灯静静照亮了一川河水。码头另一端也停着一条船，靳师爷站在甲板上，远远眺望着前面船头灯笼上墨汁淋漓的“李”字，脸色阴沉。

“贪心不足，自寻死路。”原本主人不打算为难李徐氏，她毕竟是宗亲，合作过一回，将来说不定义川男还能在长安搭上几条人脉关系。可李徐氏太贪，与这样的人合作，季家若没死绝，说不定还会引火上身。

靳师爷冷冷说道：“只有一半的地契，另一半她一定随身带着。找回来，进了长江寻个偏僻地方动手，做得利落点。”

身边一着武士服的汉子应了，迟疑道：“船上那两千匹绸缎如何处理？”

靳师爷回头，眼神如鹰一般锐利：“主人说过，做事一定要干净利落，杀伐果决。几千两银子罢了，算不得什么，莫要因贪心而留下后患。一并沉江。”

主人的威严从靳师爷的话里透了出来。汉子心头一凛，沉声道：“先生放心。”

送走李徐氏回转，经过益州城时，少不得进城逛逛。季氏惦记着季英英的嫁妆，才想到打家具，便又想起了季耀庭曾经打探过的盛记少东家。

重阳节从青羊观回来后，季耀庭就把当天发生的事告诉了季氏。

“对妹妹极好。”可惜妹妹不喜欢。

“喜欢结交朋友，也爽气。”轻松被人骗去卖了，还会乐呵地替人数钱。

“有担当。”就是分不清状况，无意中还会添乱。

结论是莫要考虑他了，我当时都憋了一肚子的气想骂他蠢。

既然路经益州城，又要给女儿做准备，不如去瞧瞧盛大郎。季氏拿定主意，寻了个借口对季英英道：“买两套妆奁，一套给你当嫁妆，年底迎你嫂嫂，你便也赠她一套，可好？”

季英英对别人提过的事情都记得很清楚。哥哥画过盛记木器店少东家的画像，母亲是借机想去看看人吧。她低垂了眉眼道：“好。”

心里还存着侥幸。等到骡车停在了盛记木器店门口，季英英掀了车帘，木质匾额上的“盛记”二字仍刺疼了她的眼睛。朱二郎那天表现得太蠢了，是以换成了盛大郎。

季英英只盼着盛大郎没有在铺子里，让母亲见不到人。

“季太太，您来了！”掌柜热情地将季家一行人迎进了店里。

季英英及笄后，季氏就把嫁妆给她准备了起来。一些不需要量尺寸的家具都是在盛记订的货，大件的木料也早已买好，由盛记打造。

季氏与掌柜也熟了，坐下后开门见山道：“想置两套妆奁，不知今年可有新奇的样式？”

掌柜从伙计手里接了茶，亲手奉给季氏，笑道：“季太太来得正巧。少东家去了趟福建，从南边带回了新鲜的样式。我这就拿过来。”他吩咐伙计侍候，自己掀了门帘，进了后堂。

季氏对季英英道：“你自去寻看梳篦吧。”

见跟来的湘儿眼里露出渴望，季英英也不想枯坐着，带着湘儿去店铺的货柜上看木梳。

盛记的木梳做得精致，大都选用桃木、黄杨木或黄花梨木，每一齿都打磨得光滑。梳背精雕出各种图案，有的是木本色，露出黄褐色的木纹；有的用红、黑二色漆得光可鉴人，最昂贵的是用金银丝嵌出图案。

季英英心里虽失落，却也被一套木梳吸引住了。这套木梳漆了黑漆，梳背是一连串浮雕的花卉，或玉兰，或菊花，或石榴，雕工精湛。每把她都爱不释手，最终选中一把蔷薇梳，梳背是一簇花朵交错堆积，花瓣全用金箔、银箔镶嵌，华丽中透着典雅。

"娘子，这个真好看。"湘儿两眼放着光。

嵌了金银，做工也好，价格不是奴婢能买得起的，她也不可能和季英英插戴一样的饰品。季英英把蔷薇梳放在一旁，对湘儿道："你挑一个，帮绫儿也选一个，我掏私房钱买给你们。"

湘儿大喜，谢了季英英，很快选中一把阴刻小猴花纹的，小声说道："奴婢属猴。娘子帮我拿个主意，不晓得绫儿是否喜欢这种。"

季英英渐渐来了兴趣，和湘儿凑在一处挑选起来。

远远听到季英英的笑声，季氏和季耀庭不约而同松了口气。两人最担心季英英铁了心要嫁给赵修缘，见她还能轻松选梳篦，都暗想，如此软磨硬泡，迟早季英英会淡了心思。

这时掌柜的挑起通往后堂的门帘，盛大郎亲手捧着一座妆奁走了出来。

季氏这次是以挑女婿的目光看盛大郎。见他长得眉目清秀，一双手捧着漆成了红色的妆奁，手指修长，一看就觉得分外灵巧。她暗想，盛大郎有手艺傍身，家里又无兄弟分薄产业，是门好亲事。只是不知道他的性情如何。

季耀庭站起身，故意提高了声量："劳烦少东家亲自送妆奁来。"

季英英下意识地转过身，背对着盛大郎，继续和湘儿选木梳。

盛大郎将妆奁放在桌上，目光有意无意地投向货柜那头，一抹娇俏的身影映入了眼帘。他努力回忆，依稀记得去年曾见过，却怎么也想不起季英英的脸。他只得按捺下心头的念想，和季氏见了礼，一层层打开妆奁介绍起来。

季氏来盛记打嫁妆家具，盛家二老知道季家有个还没定亲的适龄女，极自然地想到了盛大郎。季氏订的都是好木料，家境殷实。浣花染坊和盛家木器无论从身份还是家境来说，都是门当户对。盛家有了意，曾托人向季氏打听，季氏当初委婉地说想多留女儿两年。今年季耀庭主动向盛家打听，这门亲事才有了新的转机。

“妆奁不比其他，料用的是上等红木。福州府海商云集，样式除了镶嵌金银丝外，还用上了贝壳、玳瑁……”

季氏醉翁之意不在酒，当即对季耀庭道：“叫你妹妹过来，看她是否喜欢。”

有了季氏之命，季英英再不可能背对着盛大郎，无可奈何地拖着步子缓缓走来。

她低垂着头，梳的心字形髻，特别俏丽。发丝柔若无骨地拢起，衬得前额光洁饱满。髻上插着一支小巧的金步摇，走动间，寸许长的流苏轻轻摇动。因今日是与姨母送别，季英英换上了宽袖礼服，玫红色大袖衫宽敞的领口露出一截纤细雪白的脖颈，显露出兰花一般娴静的姿态。

盛大郎脑中嗡的一声，觉得口干舌燥，眼睛有点拔不出来。

季氏瞧在眼里，心里对盛大郎的认同感又增加了两分。嫁一个喜欢自己的人，总比郎君不咸不淡不甚喜爱强上百倍。

“少东家，这妆奁一共有几层来着？”

季氏的声音勉强唤回了盛大郎的神志，他咽了口唾沫，轻声答道：“一共四层。太太别嫌少，这里面特意装了个暗格。”

说到自己的手艺，盛大郎渐渐镇定下来，详细介绍起妆奁：“我家妆奁的铜镜都是在镜王梁家订制的，各种款式都有。太太也知道，他家磨制的镜全大唐都有名。我去福州府寻得两面透光镜，季太太如果想要，可装在妆奁上。”

季氏闻之动容：“有镜王梁家的透光镜？”

不多时，掌柜亲自捧了只木匣来。

季英英被透光镜勾起了兴趣：“娘，什么是透光镜？铜镜也能如水晶般通透吗？”

如果女儿嫁进豪富的赵家，问出这样的问题，大概会被赵申氏笑破了肚皮，这就是门户差距呀。季氏再一次坚定了不和赵家结亲的心意，耐心说道：“镜王梁家磨镜手艺好，其中有一种镜能透过镜面看到背后的花纹，这种镜就被称为透光镜。”

盛大郎瞧着季英英睁着黑溜溜的眼睛，那好奇的小模样说不出的娇俏动人，心里一热，亲手捧了那面透光镜递给了她：“季二娘子，对着光看，最为清楚。”

季英英接了镜子，转身对着门外透过来的光看，果然隐隐地能看到镜背镌刻的一株牡丹。

阳光投在镜背上，鎏银的质地将光反射了出去，射在一个路经木器店的人脸上。

“呀！”被镜背反射到光的少女用手挡住了脸。

她身边的侍婢没看到那束光，见她捂住眼睛，紧张得不行：“娘子怎么了？”

季英英吓了一跳，赶紧放下镜子，上前道歉：“方才对着光欣赏透光镜，没想到光投到娘子眼中，实在对不住。”

季氏看到那少女身着青缎大翻领的胡服，身边侍婢皆着素绸裙，又带着两名着武士服、腰间挎刀的伴当，知道必是权贵家的小娘子，也紧张起来。

“娘，我去看看。”季耀庭说完，两步走到了门口。

那少女性情爽朗，揉了揉眼睛道：“刚才突然刺目，如今无事了。姐姐手里拿着的是透光镜？拿给我看看吧。”

这样珍贵的镜子，其价值应该比妆奁高多了。经自己的手递给那少女，摔坏了，盛大郎不让赔，又欠人情。这小娘子一看来头就不小，强买了去，自己也脱不了干系。季英英微笑道：“街边人来人往，娘子不如进店一观如何？”

见那少女跟进店堂，季英英松了口气，小心地将镜子放进了匣子：“我不太懂，娘子可请掌柜为你介绍。”

她说完退回季氏身边。得到母亲和哥哥夸赞的眼神，季英英抿嘴笑了。

牛七娘也不等掌柜开口，伸手就将两面镜子都取了出来，对着光影看。一面背后镌刻着牡丹，另一面背后镌刻着鸳鸯，极其精美。她爱不释手地嚷道：“的确是镜王梁家的透光镜！我要了！”

盛大郎看到那小娘子，早就一眼认了出来。他心想这两面透光镜是为了奉迎季太太才拿出来的，可不能被你全买走了。他赶紧开口说道：“牛七娘子，这两面镜子已经被季太太订了。”

牛七娘秀美的脸上立时笼上了一层乌云，握着两面镜子舍不得放下。

她身旁站出一名侍婢道：“太太，我家娘子喜欢这两面透光镜，可否相让？”

话是询问的口气，居高临下之势却扑面而来，一副非买不可的模样。

盛大郎暗暗叫苦，生怕季家人不知道对方身份而冲撞起来，他委婉介绍道：“季太太，这位是西川道牛副都督府上的七娘子。”

季氏心里叹了口气。透光镜将来有机会再给英英买，牛七娘着实得罪不起。武将家的小娘子，伴当还挎了佩刀，惹恼了，砸了盛家木器店，告到州府衙门都无理可讲。她按着季英英的手站了起来：“牛家娘子既然喜欢，这两面透光镜便让与小娘子。”

侍婢抿了抿嘴，得意地瞥了季氏一眼，心想算你有眼色。

牛七娘也欢喜起来。她将镜子放进匣子，看到桌上搁着的妆奁，笑道："多谢太太相让。掌柜的，这只妆奁算我账上。"

"使不得！"季氏无奈地回绝了，"多谢娘子美意。不瞒娘子，妾身是想替小女置办嫁妆。"

"哦，我买来相送的确不太合适。"牛七娘爽朗热情，上前拉住了季英英的手，抱歉地说道，"原来姐姐也是因为出嫁……不瞒你说，家姐今年要出嫁，我明年也要嫁人，妆奁上正想配两面透光镜。这样吧，盛家木器店的梳篦也做得极好，我送一套给姐姐添妆。"

季英英笑道："您太客气了。我还没有定亲呢。娘子姻缘已定，正该让与娘子。"

季氏二话不说让出了透光镜，季英英又推辞自己的礼物，反而让牛七娘生出好感："还不知晓如何称呼姐姐？"

"三道堰浣花染坊季二娘。"

牛七娘低呼一声："姐姐住在三道堰啊。"她歪着头想了想问道，"季二娘，你可知道三道堰槐树巷的赵家？"

季英英点了点头："赵家牌楼和我家只隔了一条街。"

牛七娘乐了："那你可认得赵家二郎？"

刚才她好像说她的姐姐和她今明两年要成亲……季英英的心狂跳起来："哪个赵二郎？赵家大房的二郎君赵修缘吗？"

"对，就是他，赵家大房的赵二郎。"牛七娘爽朗地认了，"家姐年底便要嫁给赵家二郎。"她不好意思地说道，"我与家姐感情甚笃。听闻赵家二郎丰神如玉，才艺出众，不知他人好不好。冒昧打听，季二娘莫要见怪。"

赵修缘不是关在家里织斗锦吗？他怎么会和牛副都督家的小娘子定亲，年底还要娶牛家娘子？一定是自己听错了。季英英笑了起来。

牛七娘见她笑得古怪，蹙眉道："难道那赵二郎有什么不妥？"

季氏和季耀庭骇得心跳都快停了，生怕季英英当众失态出丑，季氏伸手将女儿的手紧紧握住。

季耀庭上前一步挡住了妹妹，拱手道："牛小娘子，我们家和赵家是街坊。季家只是小染坊，认得赵家郎君，却无深交，也不方便背后议论他人，还请你见谅。"

他这样一说，牛七娘也不好问下去了。她不过是一时好奇，顺口就问了。原本是萍水相逢的陌生人，又大方让出了透光镜，她也不好逼着人家说。牛七娘瞥了眼一脸恍惚笑容的季英英，压下心里的疑虑，大大方方再次谢过季氏相让，带着人逛去了货柜处。

见牛七娘走开，季氏与季耀庭同时看向季英英。季氏低声叫道：“手怎么这么凉，难不成是今晨早起送你姨母，受了风寒？”

牛七娘一行还没走呢，盛大郎又站在旁边，季耀庭生怕季英英嚷出什么话来，伸手按在了她额间：“呀，果然好烫。娘，先送妹妹去医馆吧。”

他抱歉地对盛大郎道：“小妹身体抱恙，妆奁的事改日再说。”

见季英英脸色苍白，盛大郎心里更加抱歉，向季氏赔礼道：“回头我一定想办法再觅两面透光镜。”

“少东家费心了。”季氏勉强挤出笑容，与湘儿一起扶着季英英上了骡车，“季富，赶紧回家去。”

骡车驶离，走了一程，车里突然发出一声尖锐的哭音。似被什么堵住，变得模糊不清，像低咽的小兽。

第十一章
锦王的诱惑

“哥，求你了，你帮帮我好不好？”

季英英撑着榻坐了起来，长长的黑发逶迤垂落在白色的裙摆上，柔弱不堪。她仰起一张同身上素罗一样苍白的脸，眼瞳黑溜溜的，里面像是燃着两点炽热的炭火，又仿佛转瞬间那点光就会变成燃尽的灰。

季耀庭揪心地疼。

不过三天，季英英就快速地瘦了。透过罗衣，能看到她窄而薄的肩骨高高突起。季耀庭不敢开口，他怕一开口，自己会先哭出声来。他脚步迟疑地、轻缓地走到了门口，扯着门锁将门用力拉下。

屋里传来砰的一声。季耀庭哆嗦了一下，闭上了眼睛，双手一合，将锁扣上。

“哥！”季英英连滚带爬扑到门口，趴在地上拍门，哑声叫道，“哥，我就想再见他一面，我就想问问他。哥，你放我出去好不好？”

她几乎没了力气，手掌拍在木门上，声音轻而弱。

季耀庭滑坐在门槛上，将头埋进了胳膊。他转动着脸擦去涌出的泪，抬起头吸了吸鼻子道：“英英，你性子急，去赵家还能有什么好话……不过是自取其辱罢了。”

“求你了，哥。我晓得轻重，我不会哭闹。”季英英趴在地上哀哀地哭。她早就对赵修缘说过，如果他娶不了她，告诉她一声便好。她不会缠着他，她真的不会呀。

泪水一点点将地上的苇席洇得湿了。她和赵修缘定情的时候是个雨天。

雨突如其来，赵修缘提着她采集的染料植物，拉着她朝竹林寺飞奔。雨下得越来越大，寺里的红墙被隔在白色的雨幕那头，赵修缘和她无奈地躲在大树下。他让她等着，将布包交给她顶着，用袍袖遮着头飞快地冲进雨里。

她以为他跑回寺里取伞，没想到他跑到旁边的芭蕉树旁，折下两片蕉叶，又奔了回来。雨下了一个时辰，他举着两张蕉叶站在她面前，为她撑起了一角天空。雨水顺着他的鬓发往下滴，他就像一只落水的小狗。

季英英记得，她的脸蹭到了他的胸膛。雨水涸湿的衣裳下透出他咚咚跳个不停的心跳。

“我只想问问他。”季英英闭上了眼睛，“我没想过去赵家，我去赵家做什么啊？我能没脸没皮地找上赵家质问他为何不娶我吗？后天就是十月初九，我要去益州城。我只要他亲口告诉我一声，他是无奈，还是心甘情愿，我都不在乎。哥哥，我不惹祸，我不生气，我也不骂他，我只要听他告诉我就好。”

她只想问问赵修缘，他为什么要这样待她，为什么要瞒着她呢？是为了得到她的配色吗？不，赵修缘不是这样的人。新的配色是她主动送过去的。不是为了配色，那又是因为什么呢？八月十五他就可以告诉她，他娶不了她的。

她眼前晃动着他的脸、他的笑容、他注满情意的眼神，耳边回响着他的声音。纷繁杂乱，一股脑儿全塞了进来，撑得她脑袋都像要炸开了。

“英英，你为何一定要听他告诉你才死心吗？”季耀庭痛苦地望着满庭落叶，声音疲惫不堪，“你这么聪明，你还猜不到吗？得了你的配色，织出了好锦，赵家仍然担心杨家也有好锦。与都督家结亲，是为了多个臂膀。赵家对锦王势在必得呀。”

屋里爆发出痛哭声，季英英哭得喘不过气来。

是的，她都明白。可心这么疼，疼得让她受不了。见赵修缘一面是她的执念，仿佛他的话才是那把刀，能利落地斩断她所有的情缘。

“我饿了，哥哥。我睡一觉，端碗粥给我吧。”季英英趴在门口，声音弱得像猫叫。

那天回了家，季氏生怕季英英暴怒冲去赵家，便把她关在了屋里。季英英没有胃口，三天里只喝了点水，几乎没吃东西，眼见着憔悴了。

赵家将赵二郎的亲事瞒得严严实实，和牛副都督家结亲的事并没有传开。季耀庭托了各种人情，打听到重阳过后没多久，赵申氏去了趟城北的信相寺进香。好巧不巧，那天牛夫人也去了信相寺。

牛七娘道今年底赵二郎要娶自己的姐姐，赵申氏又和牛夫人见过面，季氏认定两家秘而不宣亲事是为了今年的斗锦。赵、牛两家结亲，绝不是空穴来风。

跨院里的黄桷树飘落了一地枯叶。季耀庭坐在门槛上，喃喃说道：“英英啊，你就当没和赵二郎好过吧。见了又如何？他甘愿也罢，无奈也好，都不可能和你在一起了。那天碰到牛七娘，你险些当场失态。去了益州城，你在台下观斗锦，赵修缘坐在台上，你们能说上话吗？如果惹得赵、牛两家注意到你，你将来在益州城还有立足之地吗？”

门后没有了声音。季耀庭心里发慌，起身开了锁，见季英英昏倒在地上。他抱起她放在榻上，喊了立在外面的两个丫头进来：“去煮碗白粥来。”

绫儿飞奔去了厨房，湘儿抹着泪道：“郎君，要不要请郎中来呀？”

“她这是饿的。等她喝了粥，养一养就好了。你小心侍候着。”季耀庭去了外间堂屋坐着。

郎中是不能请的。三道堰就这么大，除非季英英真的病倒，否则他绝不会将事情传扬出去。凭什么赵二郎欢天喜地地议亲，季英英却要气病成为别人的笑柄？

李嬷嬷在门口探了探头，季耀庭往里间看了一眼，走了出去。

两人站在院里的黄桷树下低声交谈。

“大郎君，太太忧心得几天没睡好了，这两日还请您守着小娘子。等斗锦之事过去，赵、牛两家公开了喜讯，小娘子就想开了。”

“我晓得。”季耀庭嘴上答应，心里却在苦笑。妹妹不是想不通，过了斗锦之日，她也想见赵修缘一面。他想了想道：“跨院外头是季嬷嬷亲自守着。英英现在体弱，也跑不出家门。我去见见母亲。”

不让季英英见赵修缘说个清楚明白，她心里始终迈不过去这道坎。而季氏此刻异常坚持，不肯再让两人见面。

“湘儿，大郎君呢？”季英英慢慢睁开了眼睛。

“娘子，李嬷嬷来过，大郎君出去了。”

季英英望向屋顶，阳光透过琉璃明瓦投下一道光柱，细小的尘灰在光柱中飘浮着。她觉得自己好像睡了很久很久，仿佛那些年少时光都化成了尘烟。她的唇角渐渐绽开了一朵凄然的微笑：“斗锦，都是为了斗锦。后天，我一定要去益州城。湘儿，你帮我不帮？”

湘儿咬着嘴唇，急得跪在了榻前：“季嬷嬷守着跨院门，您出不去的。娘子，您别惦记着赵郎君了。”

季英英淡然说道：“你也觉得我是惦记着嫁他？”

如果不是，您又何必想着赶去益州城？不就是想见赵郎君吗？湘儿低下了头，嗫嚅道：“娘子，奴婢嘴笨，都看在眼里……赵郎君虽好，可他与娘子，与娘子……”

她不善言辞，一句话说得断断续续，额头急出了细汗。

季英英笑出声来：“他和我是不一样的。他是赵家最有希望继承家业的嫡子，我不过是个小染坊家的娘子。”

见湘儿惊诧地抬起头来看着自己，季英英笑得浑身直颤：“我都知道，我不过是一直不肯去正视。我骗着自己，以为这世间还有不因门第差别而能在一起的真情。我以为我从他眼中看到的就是真的。所有人都夸我聪明，但我终究是个蠢人罢了。”

她笑着笑着，眼角便落下泪来。

湘儿瞧着心都揉成了一团，趴在榻前放声大哭。

“莫哭，有什么好哭的呢？”季英英撑起身体，扶起她的脸道，“以后我再不傻了。为这斗锦，我辛苦这么久，只想去瞧一瞧结果罢了。绫儿，进来吧。我去求太太，不会让你为难。”

绫儿委屈地说道：“娘子，奴婢不会告诉太太的。”

她早端了粥来，听到季英英和湘儿说话，不想进来打扰两人，也是想装着没听见，免得被季氏问起，不知道怎么回答。

季英英没有说破，扶着湘儿的手下了榻，缓缓朝外间行去：“绫儿，你去禀太太一声，我想见她。你想办法让太太相信我。”

绫儿愣了愣道：“是。”

白粥养胃，熬得米粒都化了，散发着浓郁的米香。季英英喝了两碗，出了身细汗，眼见着脸上就有了神采。

她洗了个澡，感觉还有些乏，又去睡了一觉。等再醒来时，屋里已点了灯，季氏正坐在榻旁。

“娘，您来怎么不叫醒我？”季英英坐了起来。

季氏拉过她的手，未语先落泪：“英英，你真的想明白了？”

季英英心里飞快涌出一股酸涩，她用力眨了眨眼睛，轻声说道：“天底下的好男儿多的是，我不该叫娘和哥哥担心。我现在忘不了他，以后会忘的。算算日子，赵二郎早该织完斗锦了。我就是想知道，对于这亲事，他是被逼的，还是甘愿的。就算不能在一起，我也不至于心里梗着这件事，将来糊涂地过日子。”

“好孩子。”见她说得明白，季氏却忍不住哭了起来。她一把将季英英拥进了怀里，哽声说道：“是娘没用，心里憋着一口气，恨着嫡母当初将我远嫁。自嫁后，便与你外祖家断了联系。你爹过世时，你和你哥哥还小，这才给长安去了信。从前不肯巴结来往，有事便写信求助，你外祖父、外祖母生气不理也是应该的。若非如此，单凭徐家祖上的功勋威名，区区一个赵家又算得了什么？”

“娘，不借外祖家的势，咱们也能过好日子的。您保住了浣花染坊，养大了我和哥哥，是最好的母亲。”

季英英说着，想起因为自己和赵修缘的情事而惹得母亲担心受辱，也跟着哭了起来。

母女俩哭过之后，郁结渐去，不由得相视而笑。

季氏主动说道：“我知道你想去看斗锦，想看看赵家是否能胜。英英，你记得和娘说过的话。”

“我记得。若有机会见着赵二郎，他若解释便听一听。无论是何原因，都不重要了。”季英英认真地做出了承诺。

赵修缘三天前就织完了锦。为达到一鸣惊人的效果，赵老太爷看过之后，这幅织锦就没有出过藏珍阁。赵老太爷叮嘱赵修缘亲自守着装裱。

织工将包裹好的织锦钉进了木箱。看着父亲带着镖局的人将箱子运走，赵修缘环顾着空荡荡的织坊，心中有着满足，也有着淡淡的失落感。他自信地想，如果这样的锦都赢不回锦王，只能说赵家运气太差。

父亲会带着织好的斗锦进入锦官城，与剑南道所有参加斗锦的织锦人家一起，住在城中馆舍，等待明日登台。

赵修缘整了整衣袍，迈着轻快的步伐走出了藏珍阁。

“郎君！”看见赵修缘，赵安和赵平都快哭出来了。

赵老太爷严令，谁敢影响赵修缘织锦，立时打死。两个伴当自是听到了与牛家定亲的风声，急得在藏珍阁外走来走去，生生把青石板地都磨掉了一层。

“赵平去告诉太太一声，我先回藤园梳洗。”赵修缘唇角含笑地吩咐道。

赵平给赵安使了个眼色，先行去了。

赵安跟在赵修缘身后，迟疑了一下道：“郎君，您织锦的时候，老太爷好像给您定了亲。”

赵修缘眼睛一亮，情不自禁望向季家的方向，开心地笑了起来：“这消息来得好，赏一月月钱。”

等你知道不是和季家小娘子定亲，甭说赏月钱了，赏板子还差不多。赵安突然反应过来，赵平这小子怕是早料到了报信的差事是福祸相依，所以才毫不留恋。话已经说出口，赵安飞快地转着大脑，小心地答道：“这事还没传开。大概是老太爷想等郎君织好锦，亲自和郎君说。小的和赵平只是照郎君吩咐，小心探得一些消息，还不知晓作不作准。”

自己不在，就去季家纳采下聘，英英不会高兴，应该只换过了庚帖。赵修缘一心想知道亲事的详情，脚步一转，走向了赵老太爷的住处：“先去给老太爷请安。”

赵安愣了愣，赶紧跟了上去。

他心里害怕赵修缘发怒，一直跟到松涛院门口，见赵修缘一脚迈进门槛，生怕知情不报下场更惨，于是心一横，低声说道：“老太爷想给您娶的不是季二娘。”

“我知道……什么？”赵修缘高兴之余，直接听漏了“不是”二字。瞬间反应过来时，赵老太爷已站在了他面前。

他狠狠地瞪了赵安一眼，走过去长揖首：“见过祖父。”

“二郎，给祖父煮杯茶吧。”

赵太爷的眼神里藏着赵修缘看不懂的情绪。他顺从地过去，跪坐在了老太爷对面。赵安说的究竟是真是假？祖父明明应允了他，怎么会一声不吭就给他定了别的亲事？

他盯着炉子，红红的炭烤得铜壶里的水渐渐滚沸。赵修缘执着竹勺又添了一勺水，等水再沸，提壶浇杯。

茶香四溢，他恭敬地双手递过茶盏。

赵老太爷慢悠悠地闻香细品。直到饮过两杯后，方才欣慰地拈须微笑：“还算沉得住气。过了此关，你就是赵家继任家主。”

恍若惊雷，在赵修缘脑中炸响。他置于双膝上的手情不自禁地握紧成拳，千万个为什么含在嘴中。他紧闭着双唇，用力控制着不将这三个字狂吼出来。他定定地望着祖父，他知道，祖父一定看明白了他的眼神。

赵老太爷慈祥地看着他，缓缓吟了首诗：“几岁生成为大树，一朝缠绕困长藤。谁人与脱青罗帔，看吐高花万万层。”

这是韩愈韩退之的诗，意思是树被藤缠住，不得长高。人去掉了羁绊，从此就能长风万里。祖父把自己比喻成了树，季英英则是阻碍大树成材的藤。赵修缘手一颤，茶水从杯中溅了出来。

他的脸色先是变得惨白，瞬间又涨得通红，他迅速地跪伏在了赵老太爷面前：“祖父，您是疑心二郎的织锦技艺吗？”

没有了季英英配色，他就织不出好锦。祖父是这个意思吗？一时间，赵修缘后悔莫及。如果因为季英英重新配色，让祖父质疑自己的能力，他绝不会用她新配出的色彩丝线去织斗锦。

他本来已经开工了，是为了确保夺得锦王，才重新装配织机，重新织造。

不，这不是他的错，他绝不能因此丢掉继任家主的资格。

赵修缘抬起头，沉声说道：“也许我对色彩的感觉不如季二娘。祖父也见过她绣的锦帕，比她更强的人并不多。二郎以为，赵家家主只需传承赵家织法的技艺，懂得如何识锦辨锦。更重要的是能够研制出新锦，方能让赵家锦发扬光大。”

“说得好。”赵老太爷笑了起来。他将赵修缘的每一分表情都看在了眼里，他没有打断赵修缘的话，没有及时告诉他，他理解错了。

祖父笑了，他没有说错。赵修缘微微松了口气。

“二郎，祖父并没有质疑你能力的意思。”

不是质疑他依赖季英英的配色配丝，为何要视她为阻碍自己发展的藤蔓？赵修缘惊愕不已，脱口问道：“祖父不是认为她……”

“你先听我说。”赵老太爷打断了他的话，示意赵修缘坐起，他眼里透出一丝肃然，“二郎，赵家上一次夺得锦王是二十六前年的事了，你今年织的斗锦是这些年来最有希望夺得锦王的一幅。无论从立意、织造，还是巧夺天工的配色，都达到了赵家锦的巅峰。祖父老了，唯一的心愿就是能在闭目前看到赵家夺得锦王。”

这些赵修缘都明白。他脑中念头一转，便露出惊讶的神色：“难道杨家今年研制出了新的织锦之法？”

蚕桑文明在蜀地起源甚早。古蜀国第一位先王蚕丛，据说其名来源之一是他教会了百姓养蚕。到了春秋战国，《尚书》记载，时人把成都出产的锦专称为“蜀锦”。到了汉代，成都织锦业日盛，大汉王朝在成都设立了锦官城，织锦业繁茂，城中机杼相和，蜀锦的花样日益繁多。

每一种新锦的出现，对织锦人家来说意味着财富与名望。

赵家今年倚仗季英英想出的新的配色配丝，感觉锦王唾手可得。如果年年夺得锦王的杨家织出了新锦，胜利就难说了。

赵老太爷沉声说道："所有的织锦户都盯着杨家。杨家若无得胜的把握，不会早早透露今年所织的是什么锦。二郎，哪怕赵、杨两家今年各有新意，得了平手，杨家与京中织染局陈大使是姻亲，杨家当家主母的哥哥是州府衙门的录事参军，赵家不如杨家有势。"

终于，赵老太爷的话绕到了赵修缘的疑问上。

为了成功夺得锦王，祖父放弃了与季家联姻。赵修缘听到这里，完全明白了祖父的意思，祖父给自己定的亲事必定是官宦人家的小娘子。英英怎么办？她会和他一刀两断。刹那间，他心里一凉，一点点刺痛从心里蔓延而生。

他还年轻，错过一次锦王，他还有时间、有机会。但错过了季英英，他这一生还会快活吗？

时间在斗锦的经纬交织中一点点过去，锦一寸寸织就成形，就像季英英一步步走近。锦已织成，她明明触手可及，他却要转身？

"祖父三思！"赵修缘再一次跪伏于赵老太爷面前，以头抢地，"杨家有势，但夺得锦王也赢得明明白白。孙儿不信，与官家联姻，就能在众目睽睽下颠倒是非。别说织锦人家不服，赵家就算夺得锦王，也声名扫地……亲事关乎孙儿一生哪！"

一盏残茶泼在他脸上，赵老太爷重重地将杯子放下，怒道："赵家能赢得一个不光彩的锦王吗？"

茶水淋漓滴落，赵修缘并没被这杯茶泼醒，他望着祖父，抿紧了嘴唇。他有说错吗？

赵老太爷终究最欣赏这个孙儿，缓和了语气道："老夫说得还不够明白？赵、杨两家如果打成平手，杨家有势，赵家却无。你甘心就此与锦王擦肩而过？

"益州府归剑南道西川节度使管辖，州府太守听命于节度使，正副都督皆是节度使亲信。与你定亲的便是西川副都督牛家的小娘子。朝中织染局在长安，鞭长莫及，杨石氏的兄长不过是州府衙门的小小录事参军。凭牛家的权势，凭你亲手织就的那幅锦画，锦王必是赵家囊中之物。"

他的话堵得赵修缘哑口无言。他承认祖父为了夺得锦王而和牛家联姻借势的做法，可他仍不想放弃快要到手的幸福。他哀求地望着祖父，声音渐弱："为什么要我去联姻？赵家并非只有我一个嫡子。"

赵老太爷讥笑道："赵家再有钱，也只是个商户。若非继任家主的嫡子，牛家凭什么要委屈自家的嫡女？牛都督已明言，等赵家夺得锦王，再公开两家联姻之事。他要自家小娘子风光地嫁给新锦王！"

“祖父，这些都是您的猜测。您看过我织的锦，不借牛家的权势，我们也能赢得锦王，一定能赢得锦王的！”

“我要万无一失！”

“就为了杨家那幅该死的《十样锦》，就要赔送孙儿的姻缘吗？如果和牛家联姻，仍夺不回锦王呢？难道还能毁婚吗？赵家得罪得起牛都督吗？”

又一杯茶迎头浇落，将赵修缘的嘶吼声打断。

赵老太爷冷冷说道：“这样还不能让你冷静清醒的话，老夫不妨实话告诉你。如果你为了儿女情长而不要锦王，老夫便觍下这张老脸，哪怕以一半家财补偿牛家，也给你退了这门亲事。不过，大房从此退出争夺家主的行列，搬出月锦堂。”

赵修缘悚然一惊。

“大郎虽比不得你才华横溢，却胜在一个‘稳’字。赵家交给二房当家，也比你甘受一个女子羁绊有前途。”赵老太爷说罢，拂袖而去。

赵修缘跌坐在席上，眉心渐渐蹙紧，形成一道深深的沟壑。他闭上眼睛，喃喃叫道：“为何要这样逼我？”

祖父给他出了道难题。保住大房的家主之位，或是从此退出赵家的权力中心。选择娶牛家小娘子，还是季英英。

父亲和两位伯父都是才艺平平之辈。因占了长子名分，祖父身体康健，就定了父亲为继任家主。

赵修缘记得，那年他过十岁生日，母亲为接待亲朋，穿了身大红织团花石榴锦，梳着尺余的高髻。阳光照在那些金饰上，母亲的脸上发出的光让人难以直视。三叔借酒劲发作，道同是兄弟，他却无钱给新娶的妻子打头面首饰，嘲讽爹娘当家中饱私囊。

祖父当时就令人送了一匣子宝石给母亲镶首饰，淡淡说道：“赵家家主之妻，便是豪奢阔气，那也是赵家的颜面。”

弱肉强食的门风造就了百年来屹立不倒的赵家。

大房永远退出争夺家主的行列，搬出月锦堂，会被所有赵家人看不起。不论从前如何风光，一夕间就成了脚下的泥。

没有家族支撑，再好的才艺，不过是为家主所驱使的匠人。赵修缘用力咬紧了牙，脸颊微微鼓起。

“英英，你定是不懂的。”

季英英的名字从他嘴里吐出来，鼻音里夹杂着一丝哽咽。赵修缘真想放声痛哭一场。

他一动不动地坐着，盼着祖父走过来对他说："二郎，莫要伤心。祖父再想一想。"

阳光从他身边渐渐移出了门，夕阳在暮色中一点点消退。泼在脸上的茶水早已干了，在衣服上留下斑斑痕迹。

月锦堂里的赵申氏等得着了急，赵平又得了吩咐，赶来松涛院等赵修缘。赵安跪坐在屋外的回廊下，待赵平跪坐在旁，嘴巴朝里面努了努。

赵平伸长脖子一看，自家郎君像尊石像般跪坐在案几前。他知道必定是亲事引起祖孙争执，也不敢进去禀报，老老实实和赵安在外面等着。

一点烛火渐渐亮起，赵修缘木然地望了过去，只见赵老太爷举着烛台站在了他面前。

"你可想明白了？"

赵修缘嘴唇翕动，两行泪滚落下来。他伏地叩首，脊背剧烈地颤抖着，牙缝间逼出一丝喑哑的声音："但凭祖父做主。"

他没有抬头，眼泪滴在浅色的地毯上，洇出两团水痕。他在心里轻声对季英英说，你只许哭一回，因为我再也没办法哄你了。

赵老太爷居高临下地看着他，叹息道："随我来书房。"

去书房做什么呢？赵修缘讥讽地想，该不会是让自己签字画押、立据为凭吧？他站起身，脚跪坐得酸胀麻木，差一点跌倒下去。

他站了一会儿，看到门口两个伴当紧张的神色，吩咐道："就说老太爷留我有事，让太太不必等了。"

望着赵修缘一瘸一拐地跟在赵老太爷身后去了书房，赵安低声说道："我劝你别想着两头讨好。郎君说什么就是什么，想死的话，别拖累我。"

赵平愣了愣。赵申氏吩咐过让他打听松涛院出了什么事。现在听赵安这么一讲，他又想起被赵修缘一脚踹进浣花溪的事，不由得打了个寒战："多谢提醒。"说完匆匆去了。

儿子今天从藏珍阁出来，赵申氏准备了一桌好菜，结果没派上用场。她从赵平嘴里又没问出个所以然来，赵申氏心里起了疑，吩咐门上的婆子留心。

赵修缘却是半夜才回到藤园，留门的婆子赶紧禀了顾嬷嬷。

已经睡下的赵申氏再也睡不着了，披衣坐了起来："奶娘，老太爷留了二郎这么长时间，会不会又听了二郎的话，反悔和牛家的亲事？"

顾嬷嬷点亮了柜上的灯，笑道："那可是都督府。老太爷不会让二郎君胡来的。"

赵申氏愁容满面："我这心里七上八下的，就怕二郎恨我。"

想起季家的羞辱，顾嬷嬷心里恶狠狠地想，季二娘你再嚣张，也终究做不了我家少奶奶。她一想到季英英因此伤心失望，心里情不自禁涌出阵阵快意："这门亲事又不是太太的主意，太太也是奉了老太爷的命令。二郎君哪能不分青红皂白就埋怨太太呢？"

"话是这样说，我却连一点消息都没有传给二郎知晓。他呀，把季二娘当宝贝似的。"说到这里，赵申氏又高兴起来，"季二娘怎比得上都督家的娘子。老太爷这一回总算顺了我的心。"

顾嬷嬷笑道："太太歇着吧，明儿一早还要赶去城里观斗锦呢。"

"我的衣裳首饰准备妥当了？"明天会是赵家夺得锦王的好日子，是她赵申氏以当家主母风光于人前的大日子。明知顾嬷嬷早就准备好了，赵申氏仍不放心地又问了一遍，这才安心睡去。

赵修缘半点睡意也无。他没让点灯，静静地站在藤园二楼，望向一街之隔的季家。

黄桷树落了一半枯叶，季英英的跨院看得更加清楚。

一点灯光久久不熄。

"英英，你也没睡啊。"赵修缘撑着窗棂，恨不得肋生双翼飞过去。他想起那日他站在这里，看到季英英推开绣房的窗户，朝他挥手。

他喃喃说道："英英，明天我就能见到你了，可我又害怕见到你。我不敢点灯，不敢让你知道我在这里……"

赵修缘靠着窗户，贪恋地望着那点灯光，仿佛季英英就在他面前。

秋风吹来，带着深重的寒意。

"娘子，歇了吧。不然明天太太肯定不会让你去观斗锦。"绫儿小声地劝道。

季英英趴在桌上，看着面前的烛泪流淌滴落："我只等这一晚了。如果他绝情至斯，我便再也不惦记了。"

湘儿站在房门口探头朝藤园方向望了望，跑了进来，难过地说道："娘子，没有灯光呢。"

季英英咬着唇愣了愣，飞快地跑出了房门。

她站在院子里望向藤园，藤园的楼伫立在黑暗中。

以前赵修缘每次织完锦，都会点一盏灯告诉她，他从织坊出来了。从他十二岁起，这习惯延续了六年不曾改变过。

斗锦应该早就送去锦官城里了。如果是赵修缘去送锦，他不可能不遣人来季家说一声。他如果在家里，就算人不在藤园，也会令人点一盏灯告诉她。除非，他知道并同意了和牛家的亲事。

“娘子，夜深露重，当心受寒。”绫儿抖开披风搭在她身上。

季英英仰着脸一动不动。

突然，风吹开一片积云，露出惨白的一钩弯月。在月光的照耀下，藤园二楼窗户旁分明站着一个身影。

季英英一怔，笑了起来。她边笑边朝屋里走去。赵修缘，你在啊，你果然是知道的，所以你心虚不敢点灯。

她站在绣房门口，怔怔看了会儿案几上的烛台：“把它拿过来。”

绫儿把烛台端来，季英英鼓着腮帮子噗地吹灭了。

她再也不会点燃这盏灯了。

第十二章

锦帕的秘密

杜甫诗云："晓看红湿处，花重锦官城。"后世因此用锦官城代指成都。而此时的锦官城是益州城里一处织坊的旧址，其前身是汉代朝廷所控制的大型织坊，如今成了益州城织锦业的行会所在。

东汉李膺在《益州记》中写道："锦城在益州南笮桥东，流江南岸，皆蜀时故锦官处也。号锦里，城墉犹在。"

锦官城坐落在南河岸边。据说选址在此，是因为此处的江水不同寻常。

左思《蜀都赋》记载："贝锦斐成，濯色江波。"

又有诗形容："濯锦江边两岸花，春风吹浪正淘沙。女郎剪下鸳鸯锦，将向中流匹晚霞。"

夕阳西下，晚霞当空，江水中的蜀锦与倒映在江水中的晚霞交织在一起，如同一幅长长的画卷在江水中缓缓展开。

蜀锦在织成后需要在江水中漂洗，洗去丝上附着的残胶，让锦更具光泽。人们发现，在这段江水中漂洗的蜀锦和别处不同，锦的纹路更加分明，色彩更加鲜艳。锦官城旧址又被人们称为锦里，这一段南河水便被称为濯锦江。

织锦的人家太多，按照行会要求，锦户必须有三百纺机才有资格参与斗锦。送到锦官城中的锦先经一轮淘汰后，选出十幅锦进入决赛。上午参与决赛的锦还没选出来，来看热闹的人们全在锦官城附近游玩。

十月初九这日，天气放晴，秋阳温暖怡人，锦官城和南河边成了踏秋的好去处。

蜀中天暖，南河旁树绿草青。无数花农年年在斗锦之时运来精心栽培的花木，以求卖个好价钱。商贩们也瞅着了商机，挑担推车来到此处摆摊。

季氏留下来照看染坊，由季耀庭陪着季英英进了城。骡车还没到锦官城，就被四面八方的人流堵住了去路。

季富停了车道："大郎君，二娘子，你们就在这儿下车吧。走走看看，等到午时一过，官家开了锣，你们再去看热闹。"

"就听季叔的。"季耀庭笑道，回身冲车里说道，"妹妹，咱们慢慢逛过去。"

季英英扶着绫儿的手下了车，养了两天，也没把瘦掉的肉养回来。昨晚又睡得迟了，眼睑下染了一抹青色。她又不肯多用脂粉，薄薄的一层，瞧着像朵开到荼靡的粉色蔷薇花，散发着令人心疼的娇柔。

"英英，咱们又不参加斗锦，不用着急。随意逛逛，累了就在路边茶摊小吃摊歇脚。"季耀庭瞧着季英英心疼万分，豪爽地拍了拍腰间荷包，"今天哥哥带了钱，你看中什么都给你买。"

季英英抿嘴打趣道："哥哥不怕我把你的媳妇本都用光了？"

见她说笑话，季耀庭暗暗松了口气，笑道："妹妹只有一个……"话说出口又觉得说得不对，置媳妇于何地呢？他又改口："你迟早要出嫁，还不晓得有没有机会花我的钱。"说完又觉得不对，季耀庭干脆说，"反正你可着劲花，哥不心疼！"

说完还悄悄看季英英是不是生气了。

季英英和绫儿笑得不行，故意不看他，朝着前面热闹处走去。

停车的地方正位于河边一处开阔地，来观斗锦的人大都在这里停车步行。没走几步，一群人骑着高头大马直冲进来。

季耀庭吓了一跳，上前一步将季英英拉在身后。

蜀中山地多，所产的马为山地马。矮小结实，行走山道方便。这群人连同伴当骑的马足足高出本地马一倍，不是大宛马，就是关外贩来的马。单从这些马来看，就知道来人非富即贵，四周的百姓纷纷退避。

周七郎占着骑在马上的高度往四周张望，他的眼神尽往穿着艳丽的小娘子身上瞟。这一瞟不打紧，藏在季耀庭身后的季英英就被他发现了。

她穿着粉色上裳、杏色半臂，白色的罗裙勾勒出窈窕的身形。乌椎髻用粉色缎带系了，插着一根金制的花簪，越发显得脖颈嫩白纤长，像探出花蕊的兰枝。

周七郎吸了吸口水，又恨又爱："四郎，瞅见那个小娘子没？上次就是她害我挨了打。"

杨家二房的四郎杨静亭闻声看了过去，色迷迷地说道："被这样的小娘子打了，心里也快活呀！"

"去你的！上回没叫小爷尝着鲜，这次可不能叫她跑了。"周七郎色心顿起，拉着杨四郎一阵耳语后，作揖行礼道，"好四哥，成全小弟一回吧！"

杨四郎眉梢挑起，坏笑道："你得了手，可不能把我抛下了。"

"成，没问题！成了我的人，定叫她给四哥执壶斟酒。"周七郎一口应下。

"一言为定，驾！"杨四郎一鞭抽下，胯下骏马咴咴叫着，追着季家兄妹的背影就冲了过去。他在马上大叫道："闪开！快闪开！"

他的伴当跟在身后也大喊大叫。周七郎邪邪地笑了笑，带着自己的两名伴当也跟了过去。

纨绔们文不成，武不就，玩马球行猎练出来的马技倒是一流。两拨人一前一后，转瞬间就对季氏兄妹形成了包抄。

闷雷般的蹄音几乎在季耀庭头顶响起，等他反应过来，回头一看，高大的马头已出现在眼前。不等他闪避，杨四郎轻提缰绳，马擦着季耀庭的身体让开，轻轻松松将他与季英英隔开。

"抱歉！惊了马，差点儿伤到兄台！"杨四郎拱手道歉，笑容诚挚。

季耀庭只得匆匆一拱手道了声无事，伸长脖子去寻妹妹。他的视线被高头大马和杨四郎挡住，忽听到那边绫儿尖叫了一声："娘子！"

季耀庭急得也高声喊了起来："妹妹！"

他身前挡着杨四郎，身后是杨四郎的伴当。等到杨四郎终于将马驱离，季耀庭只看到绫儿站在那儿不停地哭。

"娘子呢？"季耀庭一把扯住绫儿的胳膊，急声问道。

绫儿慌乱地摇头："有马冲过来，奴婢瞬间和娘子冲散了。四周都是马，等马走开，奴婢就没看到娘子了。"

季耀庭脑子嗡嗡作响，妹妹丢了！

这时，路边一人小声地提醒道："我看到有人骑着马带着位小娘子往那边去了。"

骑着马，带着妹妹离开……季耀庭像打了鸡血一般，转身看见杨四郎已下了马，他想也没想就冲过去揪住了他的衣襟："说！是谁带走了我妹妹！"

杨四郎歪着头，满脸不屑。他用手指指着季耀庭的手道："你妹妹是谁啊？我警告你，别满嘴胡话攀诬小爷。"

他的伴当没给季耀庭思考的机会，迅速上前扯开了季耀庭。

杨四郎整了整衣襟，心想，周七郎这会儿应该得手了吧？他望着季耀庭无力地在伴当手中挣扎，讥笑道："小子，我劝你遇事冷静点。爷我今天心情好，不和你计较。"

他转身离开，伴当们狠狠地将季耀庭推倒在地，啐了口唾沫，大摇大摆跟着主子走了。

绫儿上前扶起季耀庭，拍着他身上的尘土上下查看："大郎君，您怎样了？"

季耀庭一把推开她，朝着杨四郎就扑了过去。

眼前一只拳头蓦然放大，血光喷涌而出。季耀庭只觉得眼前一黑，就被揍到了地上。

杨四郎转过身，阴狠地吼道："竟敢偷袭小爷！给我打！"

孔武有力的伴当一拥而上。

季耀庭听到绫儿的尖叫，看着踹来的脚，抱着头闭上了眼睛。拳脚没有落在他身上，他愣了愣，睁开眼睛，入目处是一幅蓝色织团花锦。他抬头，看到杨静渊抱着胳膊望着他露出灿烂的笑容。

"三哥！这人莫名其妙要打我，你帮他作甚？！"看到一把将自己伴当推开的人是杨静渊，杨四郎的怒火烟消云散，取而代之的是一股恨意。

两人的年纪只差半岁，杨静亭从小就恨杨静渊。他被母亲邹氏拿鸡毛掸子抽着赶进织坊时，杨静渊在旁边吃糖画看热闹。等到年岁大了，他懂得嫡庶之别后，又发现大哥杨静山早已坐稳了家主位置。大房两个兄长把杨家的生意掌控得严实，自己学的织锦技艺完全成了鸡肋。

这时候，杨静渊拜青城老道习武，无人敢欺负。大伯母又有的是银钱供他花用。手面大方了，围着杨静渊转的人就像蚂蚁盯上了蜜糖。他什么事都不用干，只要不惹事，就是大伯母的宝贝好儿子。

而自己呢？人不如杨静渊帅，钱没杨静渊多。想放肆玩乐，家里父母恨不得拿绳子把他绑在铺子里。

自己是杨家二房的嫡子！过得不如一个庶子，还惹不起他。杨静亭心里别提多别扭了。

"我妹妹被他们骑着马冲散，有人见着她被掳走了！"两条腿追不上四条腿，只有揪住眼前这个人，才能更快地找回季英英。季耀庭从地上爬起来，激动地冲杨静渊喊道。

季英英被掳走了？杨静渊瞳孔微缩，赶在杨四郎辩解之前喝道："你不是和周七郎一块儿出的家门？他人呢？"

"他……咦，刚才还在呢。我不知道！"杨静亭梗着脖子否认。反正不是我掳的人，我就不承认。

定是周七郎！杨静渊双手一合，指关节捏得噼啪作响。他翻身上了马，问季耀庭："往哪个方向走的？"

季耀庭伸手一指，叫道："我与你同去！"

话音才落，远处就跑过来三匹马。周七郎满身是灰，他远远就叫了起来："四哥，我被打了！"

杨静渊策马过去，伸手抓住了缰绳喝道："季二娘是你掳走的？"

周七郎素来喜欢颠倒是非，谎话如流水般从嘴里嚷嚷出来："杨三郎，什么叫我掳走的她？明明是四哥惊了马，我怕马蹄子踩坏了她，才救她上了马。谁知道我的马也惊得跑了出去，我一片好心，哪晓得中途遇到个不讲理的，直接把我从马上推了下去。我担心她家人着急，便赶回来报信来着。"

听了他的话，杨静亭有了底气，指着季耀庭道："听听，明明是我兄弟救了你妹子！"

季耀庭也难分真假，只想把季英英找回来。

"季大哥莫急，我一定把她找回来。"杨静渊说完，策马朝着周七郎来的方向追了过去。

见杨静渊去了，周七郎撇了撇嘴，心想，对方那么多人，最好把你一块儿收拾了。

南河水悠悠向东，河边的柳树半枯。

季英英折了根柳枝，轻轻一扯，枯黄的叶子便从枝头脱离。

河堤上一行车马以龟速缓慢前行着。赵申氏掀起窗帘紧张地朝河边张望："奶娘，叫车夫走慢一点。"

顾嬷嬷叹了口气劝道："太太，此时行得快，二郎君才会感激您的体贴。"

单独相会也就这么一回了，何妨做得漂亮一点？

赵申氏心里不安，却听得进劝。她将窗帘放下，像是安慰着自己："也罢，谁叫咱们家还用着浣花染坊的丝线呢。走吧，二郎答应了他祖父，他晓得轻重。”

望着马车加速，终于离开了视线，赵修缘才终于开了口：“英英，幸好遇到了我。你放心，那周七郎下次敢进三道堰，我就打断他的腿！”

换作从前，季英英定会扑哧笑出声来。但今天她没有笑，将满手枯叶撒了出去。风将枯叶吹进了河里，她就一直盯着半浮半沉的枯叶出神。

这样的沉默像一根鞭子狠狠抽在赵修缘身上，他情不自禁地伸手去拉她。

啪！

柳枝抽在了他手上。

季英英后退了一步，轻声说道：“是啊，今天多谢你了。今天是你们赵家的大好日子，你赶紧追你母亲去吧，别耽搁了。”

“英英！你别这样！”赵修缘明白，季英英已经知道了。

若是从前，季英英会跳得八丈高，指着鼻子骂他背信弃义，忘了两人结下的鸳盟。赵修缘宁肯她大哭大闹一场。他没的选，他相信季英英哪怕伤心，也定会理解。

可是她没有。季英英一双眼睛清澈如河水，看不见半点愤怒。

赵修缘没想到，今天会以这样的方式和季英英相遇。他更没想到，季英英竟然不哭不闹。他想到祖父的话，心里充满了歉疚：“对不起。我是赵家长房嫡子，锦王是赵家人的梦想，我……”

“你有你的不得已，你甭解释了，我明白。”季英英微微笑了起来。

难道她不哭闹是因为她不恨自己？一股狂喜涌上赵修缘心头，他不顾一切地将她抱进了怀里：“英英，你不生我气了？”

他的胳膊很有力，他的气息还是那样熟悉。季英英伏在他胸前，突然有了想流泪的冲动，她抬起脚狠狠踩了下去。

“哎哟！”赵修缘叫了声。明明不是特别疼，他却屈着腿在地上跳来跳去，夸张地表现出被踩得有多疼。

渐渐地，他停了下来。季英英安静地望着他，丝毫不为所动。赵修缘心头发慌，忍不住又喊了她一声：“英英。”

“我的闺名，你再也不能喊了，以后叫我季二娘吧。

“我约你八月十五在浣花溪相见，我说过，如果你不能娶我，告诉我一声，我绝不纠缠。

“你有你的苦衷，我不会强求，也不恨你。从此我们桥归桥，路归路，各过各的日子吧。"

季英英说完这几句话，裣衽一福，毫不犹豫地提着裙子朝河堤上走去。

赵修缘惊愕地望着她。她是想走出他的生命吗？她要抛弃自己，去过她的好日子？她还想嫁给别人？一股热血直冲脑门儿，他大步追过去，握住了她的胳膊。

河畔空寂无人，柳树与槐树错落生长着，静默地听着赵修缘喷薄而出的嘶吼声："……你我心悦对方都是假的吗？我知晓后彻夜无眠，生怕你受不了会哭会闹会伤心绝望。你却无动于衷，平静至斯。

"你有心吗？你真的对我有情吗？你怎可在我的伤口上撒盐，当着我的面说要嫁与他人，快活过日子去？

"我不许！

"你听好了，我不许！"

从进了赵老太爷的院子起，赵修缘就苦苦压抑着自己。他有什么错？他可以将赵家的继任家主之位让给大堂兄，但如何能忍心让父亲在年富力强时把家主让给二叔？让母亲交出中馈，忍气吞声被婶婶们踩在脚下？父母再没本事，也是他的父母。他能怎么做？为了娶季英英，让大房在全家人的鄙视中搬出月锦堂吗？他还有个幼弟呢，将来七郎长大，会怎么看他这个兄长？他会被戳断脊梁骨，被唾沫星子淹死！

赵修缘隐忍的情绪终于爆发了，他根本没注意自己手上的力道有多大，也没注意季英英疼得额头冒汗。他摇晃着她，将自己不能对家人说的话、不足与外人道的苦楚一股脑儿喊了出来。

是啊，她都知道呢，她真的不怪他。她怨过赵修缘没有提前明白地告诉自己，可这点怨恨和他的左右为难相比，显得多么微不足道。胳膊像要被掐断似的疼，季英英死命地忍住了。也许这样的疼痛才能让她保持清醒。

"你想我怎样呢？"季英英开了口，"我能怎样呢？修缘哥哥，我们没有缘分，我真的不怪你呢。你放手吧，安心去娶牛家小娘子。"

赵修缘大口喘着气，喊得太大声、说得太多，让他的脑袋昏昏沉沉的。他不知究竟季英英怎样才能平息自己翻腾的情绪，她居然让他安心去娶牛家小娘子呢。不，她是说她要嫁给别人。他将季英英扯进怀里紧紧抱着："你是我的，是我的，是我的……"

季英英被他箍得透不过气，她听到他的心怦怦乱跳。赵修缘像疯了似的，让她觉得陌生害怕。她怎么会是他的呢？君不能娶，她亦无法嫁。她想说得明白清楚，从前的情义都存在心底，也许老了，还能想想年少时的轻狂。她都不怪他了呀，他还想她怎样?

“你放开我!”

“我不！你是我的!”

“赵修缘!”

“我不会放你走！绝不!”

季英英挣脱不开，脸压在他胸前，憋得满脸通红，话全闷在他胸口。她无法呼吸，捶着他的手渐渐没了力气。

躲在旁边听两人争执，杨静渊叼着根树枝望着天空出神。等他听到季英英没了声音，瞥过去一眼时，正好看到季英英身体瘫软，双手无力垂落。他愣了愣，心里生出不好的感觉，飞快地奔过去，捉着赵修缘的胳膊将他甩开，伸手接住了瘫软的季英英。

他拍了拍她的脸：“喂！醒醒!”

身体蓦然轻松，一股新鲜空气涌进口鼻。季英英吸得太急，大声呛咳起来。

杨静渊见她闭着眼睛喘气，脸憋得紫涨，不由得暗道一声好险。他扶着季英英让她靠着树坐着，抬头对狠狠瞪着自己的赵修缘没好气地说道：“你要把她憋死啊?”

“你是何人?”

突然被杨静渊推开，赵修缘总算恢复了理智。他根本记不住在浣花溪旁和杨静渊见过一面。看着他扶着季英英的手，他只想把那只手剁下来。

季英英短暂眩晕过后，慢慢缓过气来。她睁开眼睛，过了会儿才反应过来将自己从赵修缘怀里扯开的人是杨静渊：“你怎么在这儿?”

“你哥叫我来的。”

“我哥？坏了，哥哥一定急死了。”季英英心急地站起来，她这才想起自己是怎么来到这里的。

“英英，你认得他?”两人之间的熟稔让赵修缘心里生出一种不舒服的感觉来。

不等季英英回答，杨静渊抢先拱手道：“益州城杨静渊。”

碧蓝如海的团花锦，襟口衣袖精绣的万字不断头锦绣，一匹百贯钱。赵修缘立时做出了判断：“家住杨家巷?”

“在下杨家三郎。”杨静渊并不隐瞒。

果真是杨家的子弟。赵修缘心里极自然地生出敌视与警惕，沉声说道：“我与季二娘说话，不知杨兄来此所为何事？”

杨静渊转过头看了眼季英英：“我答应季大哥要带你回去。”

哥哥一定担心得要命。季英英急着赶回去见季耀庭，当着杨静渊的面，她也不好与赵修缘再说下去。她看了赵修缘一眼道：“赵二郎，我哥哥一定等得焦急，我走了。”

她不再叫他修缘哥哥，她叫自己赵二郎，陌生得就像普通人。赵修缘顿时气炸了，指着杨静渊，声音颤抖起来：“英英，你要跟他走？”

不然还能与你同骑回去吗？你已经和牛家小娘子定亲了，牛家小娘子一定会来瞧赵家夺得锦王。原本你我之事知晓的人就多，如此一来，岂不是更让人误会？季英英点了点头：“我走了。”

三个字。

她只对自己说了三个字，她就不解释一下她怎么认识的杨静渊？她要和杨三郎同骑回去？是了，锦王杨家的子弟呢，生得又这般俊俏……赵修缘觉得胸口像破了个洞，凉风呼呼往里灌着。他心里反反复复地念叨，原来她这么快就攀上了高枝，原来她根本不会为自己感到难过。

他微微张着嘴，定定地望着她。

他的目光是这样悲伤，季英英鼻腔深处涌出一股酸涩。她感觉眼泪马上要涌出来了，她别开了头：“杨三郎，你的白马呢？”

啊，她连他骑的是匹白马都晓得呢。他夜夜赶织斗锦，每晚疲倦地睡着前都会想念她。她却在知晓无法嫁给自己后，转身就寻了他人。赵修缘蓦然转身，解开拴在树上的缰绳，翻身上马，扬蹄而去。

河风灌过来，赵修缘眼里涌出两点泪意：“你不听我说，你将来也莫要怨我。”

季英英一直望着赵修缘的背影，直到他消失在视线里。

一双手伸到了她的下巴处。季英英吓了一跳：“你做什么？”

杨静渊笑嘻嘻地说道：“女儿家的眼泪是珍珠，我接着好卖钱去！”

季英英恼怒地说道：“谁哭啦？”

杨静渊在她脸上一抹，将染着泪的手指伸到了她面前：“这是什么？你吐的口水？”

“胡说！”季英英摸了摸脸颊，触手湿润。她慌忙从衣袖里拿出帕子擦了。“风迷了眼，有什么好大惊小怪的？你的马呢？哥哥一定等急了。”

真当我是瞎子啊？眼珠子都粘赵二郎身上被他带走了，还风迷了眼……杨静渊暗自嘀咕。他也不说破，屈指打了个呼哨。

听到哨声，林子里的白马帅气地跑了过来。

季英英上前摸了摸白马的脸。雪风认出她来，亲昵地用头拱了拱她。

杨静渊瞟了季英英一眼，拍了马脸一巴掌，小声骂道："白眼儿狼！"

心急回去见哥哥，季英英也不客气，踩着马镫上了马。杨静渊正要上马，被她拦住了。

她觍着脸不好意思地说道："杨三郎，与你同骑回去被人瞧见不太好呢。我借你的马先回去如何？回头我让哥哥骑了马来寻你，我保证这回不会把你扔这儿喝风。"

什么？杨静渊简直不敢相信自己的耳朵，有这样过河拆桥的吗？她刚才差点儿被失控的赵二郎捂死，还是自己出手救了她呢。她好意思把自己扔下？不对，她这是避嫌呢。那她和赵二郎独自在这河边小树林说话，她怎么就不知道要避嫌呢？明摆着嫌弃自己呗。凭什么嫌弃他呀？他比赵二郎差吗？论相貌、论荷包里的钱财，他杨三郎哪点差了？

瞧着杨静渊越来越阴沉的脸，季英英也知道自己这样做很无理。可她只要一想起赵修缘临去时的眼神，就无论如何也不想与杨静渊同骑回去。她赔着笑脸道："算我租你的马，行吗？"

租他的马？他同意了吗？

"你哪点看出来我很差钱，需要把我的雪风租出去？"

他的口气不善，季英英感觉到了。她是可以顺着河堤走回去，需要走大半个时辰。她只是担心哥哥着急，才想借他的马。她小心地说道："我说错话了。"

杨静渊的脸色才好看了点，就听到季英英说道："你不是答应了我哥哥吗？你干脆好人做到底，好不好？"

她脸上挤着夸张虚假的笑容，手紧紧握着缰绳不肯放开。她的眼睛透露出她的心虚，杨静渊心里一软。他突然想起，赵二郎要娶牛家小娘子了，季英英冷静地和他了断。她真的这么平静吗？如果真是那样，赵二郎走后，她也不会不知不觉泪流满面。

明明和赵二郎青梅竹马，两情相悦，转眼赵二郎要另娶他人，她应该很难过才是。可是，就算她想哭，也因为自己把眼泪憋回去了。

杨静渊心里涌出一股怜意，又生出几分懊恼。他刚才怎么不让她放声痛哭一场呢？也许，她想一个人回去，也是想一个人静一静吧。

“好歹与你兄妹相识一场，路见不平，拔刀相助罢了。找你回去又不是我的责任。”他心里已经肯了，嘴里却道，“我凭什么要做好人啊？上回在青羊观你还误会我来着。”

真小气！在青羊观，明明是他和桑十四郎伙同起来戏弄朱二郎和哥哥，居然还记恨自己误会他。季英英想要借他的马，腹诽着，嘴里却一个劲地说好话：“是是是，上回是我不对，你是好人。定是桑十四郎搞的鬼，与你无关。我误会你了，我给你赔不是。你把马借我吧。”

他想听的不是这些啊。杨静渊抱着胳膊一言不发。

季英英却误会了，她急道：“你也不缺钱花。要不，你说怎么谢你吧？”

杨静渊嘴角一弯：“我挺喜欢你那方帕子的，送我？”

女儿家的帕子怎能随便送人？季英英为难了。

还不知道送了多少荷包香囊给赵二郎呢。杨静渊两眼一翻：“我只是对那个花样子好奇罢了，不知道是怎么绣出来的。我一个大男人，难不成还能用女人的帕子？”

花样子？季英英不解，急忙抽出那方帕子。蓝色的底，粉紫的菊。她都没有意识到自己将这方锦帕一直带在身边。

一刹那，她想起自己熬更守夜刺绣锦帕时的心情。为了赶时间，两眼熬得通红，肩颈酸疼，只为了能让赵修缘夺得锦王，亲事成为锦上添花。她用力攥紧这方锦帕，突然驱马直奔河边。

“喂！”杨静渊吓了一跳，往地上蹬了一脚，手按在白马背脊上一使劲，跃到了马上，伸手去抓缰绳，“你想殉情也不用骑着我的马去跳河吧？”

话音才落，季英英扬手将那方锦帕扔进了河里。她低声吼道：“我还没活够呢，谁要投河啦？”

她拼命忍着不哭，声音却泄露了她的心事。

杨静渊拢紧胳膊，揽住了她。娇小的身躯偎在他怀里，淡淡的脂粉香盈满鼻端。他想对她说，别伤心，赵二郎不要你，我娶你。他还想对她说，英英，我今天才知道你的闺名，我在心里喊了几回，就像一只小猫伸出了柔软的爪子，惹人怜爱。

可他说不出口，他害怕她横眉竖眼骂他乘虚而入。就像在青羊观那天，他费尽心思拆桑十四郎的台只为了靠近她，她却骂他下作。

所有的思绪都在他心里翻腾着，其实不过眨眼的工夫。杨静渊飞快地跳下马，牵着辔头把马拉向河堤：“我的伴当叫香油，叫他来接我就行了。”

说着他拍了马屁股一掌，白马载着季英英朝着河堤跑去。

季英英回过头，看到杨静渊站在河边望着自己，她咬了咬嘴唇，大声说道：“谢谢！杨三郎，你是好人！”

好人？杨静渊捡起地上一块石头朝河中扔了过去。石头贴着河边连续跳动，荡起阵阵涟漪。他突然看到了那方锦帕。

帕子太轻，扔在了水边，还没有被水流带走。他走过去，踏着块卵石将它捡了起来。他拧干水，寻了个枝头晾着。杨静渊往树下草地上一躺，仰头望着那方锦帕。风将锦帕吹起，杨静渊眼里渐渐露出一丝惊诧之色。

第十三章

登台斗锦

斗锦所在地是一座占地宽阔的两层走马转角楼。正厅是一排七间北房，左右厢房均有回廊相连。南面一排倒座，是进楼的大门。四面围合，中间留出一片极为宽敞的嵌青石板的广场。今日，广场正中搭起了一座与二楼回廊齐平的高台。

季英英和哥哥走到门口时，意外发现执守的竟然不是州府衙役，而是身披甲胄的士兵。益州府锦业行会举办斗锦是民间行为，为示尊敬和公平，年年都请得太守前来参评，维持治安的一般都是衙役。

“听说今年节度使大人亲自来做主判，牛副都督领兵保护节度使大人的安全。”绫儿打听到消息，低声告诉两位主子。

剑南道分西川道与东川道。西川节度使的府衙设在益州府的府城，正是益州府太守的顶头上司。节度使前来做主判，太守大人只有点头附和的份儿。

季耀庭和季英英听到这些兵是牛副都督亲领，不约而同交换了个眼神。季耀庭担忧地看着妹妹道：“真与赵二郎说清楚了？”

季英英想起赵修缘愤然离去的身影，苦涩莫名：“我该说的都说了。”

“什么意思？”季耀庭敏锐地察觉到妹妹话里的未尽之意，“难道赵二郎还责备你变心不成？”

季英英下意识地为赵修缘辩解道：“他心里难过，见我太冷静，一时有些受不了。”

“难不成见你为他寻死觅活，他才高兴？”季耀庭嗤笑出声。

牛副都督为了这门亲事，请动了节度使大人来做主判。赵二郎和牛家小娘子的亲事板上钉钉跑不了。你自己和别家小娘子定了亲，还嫌我妹子待你冷淡？季耀庭想起妹妹刚知晓这事时的情景，越发对赵修缘不满。

他寻思着还是要让妹妹早点出嫁才好。季耀庭没来由地想起了杨静渊。他是旁观者清，总觉得杨静渊对妹妹热心过了头，不像普通结识之人。

可杨家比赵家更富贵。季耀庭想到这里，马上绝了心思，又开始琢磨起妹妹能否接受嫁给盛大郎。

“要怪就怪赵家对锦王太过执着。谁叫赵二郎是赵家长房嫡子呢。好妹妹，你瞧牛家这气势，咱们惹不起。你既然已和他说明白，以后离赵二郎远着些。”

她到今天才仿佛梦醒，小染坊的商户之女竟然觉得倚仗着赵修缘的喜爱，就可以嫁进赵家，实在可笑。季英英彻底看清楚自己的分量，眉宇间多了几分清明：“哥哥放心。我晓得轻重，不会给咱们家惹祸。”

走马转角楼的二楼正中坐着节度使与太守大人。本地名流和锦会行首忝陪末座。两侧二楼的厢房也坐满了人，不是权贵，就是当地的富绅与织锦大户。此时，酒楼的小二提着大大小小的食盒，川流不息地送着权贵富户们订的酒席。

楼下围着高台的三面与一楼敞厅摆满了桌椅，供看客落座。

季家兄妹为了占座位，赶在午时前就进了楼，坐在一楼左侧敞厅的角落里。锦业发达，行会有钱，免费提供茶水。年年如此，兄妹俩也有了经验，早吩咐绫儿去外头买了吃食，就着茶水食用，等待午后锣响。

尽管他们坐在角落，二楼仍有人注意到了他们。

靠近主厅右侧第一间厢房的房门紧闭，窗口垂着细竹帘子。牛氏姐妹站在竹帘后，视线正好能将倒座敞厅看得清楚。

牛七娘举着团扇指向季英英：“阿姐，她就是浣花染坊的季二娘。”

牛五娘戴着面纱，露出光洁宽阔的前额与一双明若秋水的翦水双瞳。她的眼角微微往上挑起，妩媚至极。隔得较远，她只瞅见季英英粉白相间的衣裙与窈窕的身影。牛五娘转头吩咐身边的侍婢道：“去，拣几个菜送过去，就说是七娘子的意思。”

牛七娘瞪着一双迷糊的眼睛问她：“阿姐这是做什么？想见季二娘，我遣人请她上楼来吃茶便是。”

“小商户之女有什么好看的。”牛五娘眼里露出骄傲不屑之色，望着对面二楼窗口伫立的赵修缘，轻声说道，“我是想看他。”

牛七娘眨巴着眼睛，脸都快贴到竹帘上了。赵修缘一直背对窗户坐着，她不满地小声嘀咕道：“你倒是转过身来呀，我阿姐特意来看你的。”

牛副都督为了女儿百般用心，特意将牛家的厢房安排在了赵家斜对面，好让牛五娘亲眼看到赵修缘。

侍婢送了菜去，季英英听说是牛七娘所为，赶紧遣了绫儿随牛家侍婢上楼道谢。

绫儿上得楼来，眼睛差点儿没看过来。牛夫人与家中的小娘子们穿着打扮华贵，侍婢们个个都身着绸裙。她飞快地扫了一眼就垂下了头，本分地行礼道谢。

“这小丫头瞧着就是个伶俐的，赏。”牛夫人有三个嫡女，牛五娘小时候出豌豆疮未养好，脸上落了斑，最为心疼，便顺着女儿的意赏了绫儿。

牛七娘也顺着姐姐的安排问了几句话后笑道：“你家娘子让了透光镜与我和阿姐，我说过要买套梳篦送她，今天正巧带在身边，你且拿去。”

绫儿谢过，捧了匣子下楼。

牛七娘这才问五娘：“姐姐神机妙算，竟猜到今天会遇到季二娘。我还是不明白，得了我的礼，季二娘定会亲自来道谢，姐姐怎么又说不是想见她？”

牛五娘偏过身朝窗外瞅去，笑而不答。

牛七娘的直率性子比不得牛五娘的弯弯肠子，又透过竹帘朝外望去。这时，她看到赵修缘终于转过了身，朝着自家厢房望了过来，这才反应过来：“阿姐是想试那赵二郎？”说着便哼了声道，“他敢伤姐姐的心，我打不死他！”

“七娘莫要成天把打架放在嘴上，吓得桑十四郎都不敢登门。”牛五娘打趣着牛七娘，摇着团扇，隔着竹帘悠悠望定赵修缘，心里既有期盼，又有些忐忑不安，“且等着看吧。”

这厢绫儿捧着梳篦回去，季耀庭和季英英面面相觑。

“娘子，奴婢仔细瞧了，牛夫人身边有三位娘子。一位绾了半尺来高的百花髻，瞧着是妇人。未嫁的就两位，那一位脸上蒙了纱，眉眼精致。她未开口，奴婢却感觉她一直盯着我瞧。”

季耀庭轻叹了口气：“定是那位小娘子了。”

季英英打开匣子，里面摆着两把梳篦，一黑一红。黑的那把正是那天她瞧中的贴金银箔蔷薇桃木梳。她合上匣子，轻声说道：“既然牛家小娘子盛情，于情于理，都该去道声谢。”

牛家小娘子又是赠菜，又是送梳篦，显然已经听说了季英英和赵修缘的事。季耀庭很担心。

“哥哥放心吧，光脚的不怕穿鞋的。”季英英望着人声渐渐鼎沸的走马转角楼道，“官家重颜面，顶多言语刻薄点。我受得住。”

她说罢，带着绫儿朝右侧厢房行去。

一方水土养一方人。蜀中女子的容貌大都清丽秀美，肤白细腻，都凑到一处，见得习惯，也不觉得如何。季英英被请进厢房，房中众人仍然有眼前一亮的感觉。

待坐下后，牛夫人便笑着问道：“季二娘祖籍何处？我瞧着不太像益州府本地人。”

蜀中盆地，男女平均身高感觉都往下陷了一截。当然，这是普通情况，个头儿高的也不少见。

季英英身材随了季氏，比大多数同龄女孩至少高出半头。她的相貌结合了季氏与季老爷的特点，小巧的鹅蛋形脸，眉纤长如柳，鼻翼小巧精致，黑溜溜的双瞳被浓密的眼睫衬着，微微一闪，就像阳光照耀下的水面，波光粼粼。玲珑秀气的美丽中又夹杂着一种属于关中原上的豪放野性。

听说季英英的外祖家是关中人，牛夫人了然地点了点头。她心里却在犯愁，怪不得赵二郎这样出身世家的郎君想要娶她过门，这样的美人儿，又有着青梅竹马的情愫……牛夫人朝不得已蒙着面纱的牛五娘看去。

牛五娘正和已出嫁的三娘低声说话。和季英英见过礼后，她就没再看过对方一眼。

这女子心里究竟在打什么主意呀？牛夫人也弄不明白五娘的弯弯肠子绕到了何处。

还好有牛七娘在。牛夫人松了口气，任由她拉着季英英去窗口坐着。

季英英心里也在比较。同样带着一大群莺莺燕燕，官宦人家明显多了几分讲究。除了牛夫人，三位娘子都没有穿锦，服侍的丫头、婆子穿的绸裙都是素色，头上的钗饰也不多，瞧着明显比小娘子的绸裙档次更低。神情也恭顺，不像赵家的仆妇们，摆出主子的做派。

牛七娘依然穿着胡服，蹬着鹿皮靴，干练清爽。唯一和她打扮不符的是手里那把绣着黄菊的团扇。

天并不热，厢房垂着竹帘透气，也不沉闷。牛七娘却不停地摇着团扇，就像想扇走心里的急躁似的。

“移座屏风过来，把帘子打起来！”牛七娘吩咐了一声，不好意思地对季英英说道，“我阿爹是武将，没有文官那么多规矩。我阿姐不喜见人，这才垂了竹帘。”

提起牛五娘，季英英不可避免地吃了醋，心里泛着酸。

她进门时挨个儿与牛家小娘子们见礼，牛三娘、牛五娘都起身还礼。

牛五娘外面的罩衣是湖蓝色的大袖衫，脸上蒙着月白色的面纱。梳着双环髻，垂下的发丝像风吹动的柳絮，整个人飘逸如仙。露在面纱外的额光洁如雪，眼睛清流明亮，上勾的眼角在转眸间不经意流泻出风情万种。

她没有说半句为难季英英的话，也没有想要刻意从季英英嘴里打听赵修缘的意思。这让做好准备被羞辱一番的季英英大为吃惊。

论家世，这是西川道副都督家的女儿。西川道辖管数个州府，益州府只是其中一个。大都督持节称为节度使，牛副都督是节度使手下最得力的领兵副将，是从三品的等级。牛副都督还有个勋爵位，牛夫人才能被尊称为夫人。

家世显赫的牛五娘为什么会嫁给赵修缘，季英英压根儿没想这个问题。她满脑子想的都是赵家和牛家结亲的确比和自己结强上百倍。除了和赵修缘自小的情分，她没什么可与牛五娘相比的。

野花再美，也比不过牡丹。这样一想，季英英虽然难过，但彻底明白了母亲阻拦自己的苦心。

竹帘升起，季英英先看向了敞厅里坐着的哥哥，朝季耀庭露出了笑容，让他宽心。她盘算着时间，打算再坐一会儿，就告辞下楼。

牛七娘身负使命，哪肯让她离开，直接吩咐一个侍婢去告诉季耀庭，她留了季英英在楼上观斗锦。

季英英无奈，只得继续坐着。

咚！咚！咚！

高台上的鼓被敲响了，斗锦正式开始。

牛七娘咬牙切齿地瞪着对面直勾勾望过来的赵修缘，恨不得冲过去揪着他的衣领揍上一顿。季二娘不在这里，你都舍不得瞅过来一眼。季二娘坐在窗口，你就盯着不肯放？她渐渐有点明白，五娘想要看什么了。

“季姐姐。”牛七娘低声附耳求季英英，“帮我一个忙可好？”

牛五娘放手让妹妹行事，相中的就是牛七娘的爽朗。

听了牛七娘相求，季英英震惊地看着她，气得满脸通红，手指甲用力掐着掌心才没有暴怒。她怎么能提这样的要求？季英英瞬间觉得自己眼光太过浅薄，官家小娘子果然不是庶民百姓能结交的。先前还觉得牛七娘个性直爽、为人大方，现在她才知道，自己在她们眼中，低贱得像是奴婢。

“我知道这样做对不住姐姐。回头姐姐打我骂我，我都不生气。”牛七娘愧疚地涨红了脸。

牛七娘想泼一杯茶水在她脸上。

这样明白地告诉她，明明白白地请她帮忙试一试赵修缘。

“真的不用这样做。”季英英努力克制着自己，眼睛渐渐红了。她轻声说道:“我与他年少无知，青梅竹马长大，互生情意，你们都知晓的。如今他和你姐姐定了亲事，从前的事就此作罢。何苦这样去试他？他若不着急，便是待我无情无心。你姐姐会喜欢这样冷情的人？他若着急赶来为我解围，在你家人眼中，却是待你姐姐无情。七娘，这不是好主意。”

两人在窗边贴脸说话，除了站在一旁的绫儿，无人听见。绫儿咬着嘴唇，气鼓鼓地想，你怎么能出这样的主意，你当我家娘子是你家奴婢吗？

牛七娘握着季英英的手恳求道：“可是我姐姐想看看他。我也不知道姐姐想看什么，她又不说。也许，姐姐就是想知道，他是不是个凉薄的人。”

“这主意是你姐姐出的？”季英英问道。

“嗯。”牛七娘犹豫了一下便承认了，她一咬牙，低声道，“我阿姐出豌豆疮脸上落了斑，拖到如今才定下亲事。季姐姐，我求你莫要怪她。”

出豌豆疮落了斑？季英英吃惊地用手掩住了嘴。怪不得，副都督家的娘子会低嫁一个商户。赵修缘知道吗？他能接受这样的牛五娘吗？她抬起头，和对面的赵修缘隔空相望。

“我对姐姐直言，是我喜欢姐姐的性子，想来姐姐也是大方爽朗之人。”

一句话没有和自己多说的牛五娘竟然想出这样的主意。她见了自己，大概恨不得毁了自己这张脸吧？却还要让自己心甘情愿地受着，不吝利用直爽的牛七娘。

赵家为了借牛家的权势，确保夺得锦王，为赵修缘定下这样的姻缘。季英英心疼起赵修缘来。她一直以为自己想明白了，可以忍过心痛，渐渐忘了从前的情分。可她现在心疼难忍，她的修缘哥哥要娶这样一个貌若无盐、心机深沉的娘子。季英英真想放声大哭一场，替自己，也替赵修缘。

“既然这样，我受着便是。”

屏风后的牛五娘身影朦胧，正在与牛三娘窃窃低语，仿佛这主意与她没有半点关系。

她算是明白了，在这些权贵出身的小娘子眼中，自己就是地上的蝼蚁。人家踩你是看得起你，根本就不屑多瞧你一眼。

季英英噌地站了起来。牛五娘既然敢出这样的主意，她不接受，必定会有更让自己难堪的主意。虽说自己觉得这主意烂透了，但牛五娘喜欢。

“我、我、我的意思是咱们做做样子就好。季姐姐，你别恼。”看到季英英这样，牛七娘先慌了手脚。

姐姐五娘悄悄叮嘱她寻机泼杯茶在季英英脸上。牛七娘直言相告，是想求得季英英理解，茶水不见得要往脸上泼嘛。

季英英总算为自己的眼光挽回点分数。牛七娘天真未泯，心地还算纯良。她直接拿起旁边案几上的茶盏，一盏茶泼在了牛七娘的衣襟上。

你可以利用你的妹妹，就不要怪我先下手为强。我身份低微，并不意味着可以由得你胡来。这种在大庭广众下受辱的事关系我的名声，凭什么我要委屈自己？

“你快点生气呀，别忘了放下竹帘。”季英英嘴唇翕动，低声说道。

啊？怎么反过来了？对啊，这样也能让赵修缘以为自己要欺负季二娘了！牛七娘愣了愣才反应过来。她拍着衣襟上的茶水，一手指着季英英，使劲绷着笑：“季姐姐，你真聪明呀！”

这牛七娘和牛五娘是同胞姐妹吗？季英英心里嘀咕着，睃了绫儿一眼。

站在一旁的绫儿会意，伸手一扯，竹帘哗地落下。

外面瞧不见里面的情况，最后一幅画面定格在牛七娘愤怒地指着季英英。

“弄脏了你的衣裳，七娘莫要生我的气。”季英英是真心抱歉，谁叫牛七娘单纯且可爱呢？

牛七娘笑嘻嘻地说道：“无事，一件衣裳罢了。姐姐宽坐。”她生怕去得迟了，看不到赵修缘的反应，匆匆带着侍婢去换衣裳。

“七娘，这是怎么了？”

两人在窗边的对话屋里的人听不见。牛七娘要换衣裳的动静惊动了牛夫人。

“母亲，我打翻了茶水。换件衣裳就来。”牛七娘开口就将事揽在了自己身上，引得季英英对她好感倍增。

“斗锦开始了。把屏风移走，都去观赛吧。”

竹帘放下，身后的屏风随即被抬走。侍婢们服侍着牛夫人与三娘、五娘移到了窗前。

隔着屏风，仍有人看见是季英英执杯泼了茶水在牛七娘身上。牛夫人看向季英英的眼神有些不喜，自动离她远了些。

邀自己上楼，是你们没安好心在前，怨不得我。季英英腹诽着，面子还是要做的。她惶恐地朝牛夫人福身赔礼道："一时不小心，将茶水洒到了七娘身上。七娘还替我遮掩，实在令我不安，还望夫人海涵。"

牛五娘指使妹妹泼茶的事情是临时起意，并没有告诉母亲。牛夫人恼怒季英英手脚毛躁，听到她认错，心气略平："无碍，小事耳。这是哪家的锦？"

自有侍婢将探得的消息告知。

牛夫人不理自己，但也算揭过了，季英英暗暗松了口气。这时，牛三娘坐到了牛夫人身边，牛五娘却走到了季英英身旁。两人的视线终于对上。

月白色的面纱掩住了牛五娘脸上的斑点，把人的目光全吸引在她那双美丽的眼睛上。

她的眼神里有着欣赏与惊诧，还有着嘲弄的笑意，仿佛在告诉季英英，任你玩尽手段，你也斗不过我。

我没想和你斗。我自知家世不如你，既然赵家和牛家定了亲，我不会做纠缠赵修缘的事，我还要脸呢。

注视季英英良久，牛五娘轻叹了口气，像是遗憾，又像是在可怜她。她转过头，望向对面。

透过竹帘，季英英看到赵修缘负手站在窗边，脸上没有半点表情。他的目光像是望向牛家厢房所在，又像是在观看台上的斗锦。

八月十五的浣花溪旁，自己被周七郎和一群纨绔子弟调戏追赶。赵修缘赶来，一脚将周七郎踹了个趔趄，怒喝："给我打！"那个时候，他是她的靠山和倚仗。看到他来，她的胆气都壮了几分。如今，他只能远远地望着。

"失望吗？"牛五娘突然问道。

季英英淡然答道："情理之中。"

牛五娘轻声笑了起来："你倒想得开。其实，你和七娘都想岔了。"

什么想岔了？你教唆牛七娘泼我一脸茶，叫赵修缘误会牛家要整治我，不就是想看看他是否会紧张我？季英英不明白牛五娘话里的意思。

"他是否关心你，我并不在意。若他赶了来，我便想看他如何设法替你解围。如今他不动声色，大丈夫胸有千壑，也是极好。"牛五娘以团扇掩嘴，低声笑道，

“任谁长了我这样的脸，都不会指望夫婿忠贞不二。钟离春自荐嫁与齐宣王，那齐宣王也得是明君才行。无盐女也非人人能娶之。”

季英英一时无语。

就好比自己博个糖画只知道吃得满嘴香甜，画得再好不都是拿来吃的？人家牛五娘想的却不是吃……季英英想起了“万仞宫墙、望其项背”之类的形容词。她先前其实也有一种盼着赵修缘紧张自己、赶来解围的虚荣心。能没有吗？是女人就会有。现在季英英只觉得无趣，她只想说，牛五娘你真牛！你不是选丈夫，而是在选国之栋梁。我这个小商户家的女儿真心比不得。

这时，牛七娘换过衣裳飞快地跑来。牛五娘对季英英笑了笑，让出了位子，踱步去了牛夫人处，依旧与三娘坐在一处，小声议论起台上正在进行的斗锦。

牛七娘一来就贴着竹帘朝外面望，见到赵修缘还站在窗边观斗锦，脸上喜悦无限：“季姐姐，他果然是守礼之人。”

季英英再次无语。当着我的面这样说，也不怕我伤心呀？

这样也好，反正两人无缘。君要娶妻，我将来也要嫁人，再思前誓鸳盟又有何意义？

“桑十四郎拜见牛夫人！”房门外突然响起一个声音。不等外面的侍婢通报，桑十四郎迫不及待掀起门帘大大咧咧地走了进来：“听说夫人今年也来观斗锦，十四好生意外。哎呀，三姐、五姐也在呀，十四这厢有礼了！”

大唐民风再开放，也没这样不经侍婢通报，自己掀了帘子闯进来的。偏他笑如春风，好似一脚踏进自家屋内。

众人目瞪口呆。

牛夫人最先反应过来，笑眯眯地受了礼，朝桑十四郎招手：“到伯母这儿来坐。”

“桑哥哥！”牛七娘眼睛一亮，扔下季英英，三步并作两步，快活地奔到了桑十四郎身边，开心得要命，“桑哥哥，你也来看斗锦呀？”

桑十四郎一见到她，腿肚子就发软。他像学生见到了夫子，连脸上挂着的笑都僵住了，小声地回答：“是呀。”

他飞快地朝屋子里看了一眼，见季英英好好地坐在窗边，就松了口气，开始寻机告辞：“听说伯母在此，特意前来请安。呀，斗锦开始了，我就不打扰了。来呀，把东西送进来。”

门口的伴当将食盒递给了侍婢。

几只大食盒里的凉粉、凉面、烤胡饼、锅盔、酸梅汤等食物转眼间摆满了桌子。

“牛伯母，在下备了些零嘴小吃和糖水。如您还有别的吩咐，我的小厮就在门外候着，随意差遣他便是。”桑十四郎堆了满脸笑，拱了拱手准备开溜。

一个女婿半个儿，桑十四郎懂事体贴，喜得牛夫人合不拢嘴。

牛七娘却变了脸：“你怎见着我就要跑？我会吃了你不成？”说着一把拉住桑十四郎的胳膊。

桑十四郎感觉胳膊像被铁箍箍住，半点使不上力。他又恨又气又无奈地被牛七娘拉扯到窗边，不敢表现出半分不满，只能在心里默默流泪。天生神力的媳妇，以后夫纲何在啊？哪像那几个妾，或娇嗔，或柔媚，仰视着自己，多有做夫郎的感觉！该死的杨三郎，我何止为你两肋插刀，我这是为了你往我胸口上插刀啊！

牛夫人和三娘、五娘相视一笑，转过身继续观看台上斗锦。

“这是三道堰浣花染坊的季二娘。季姐姐，他是我未过门的夫婿，长史府的桑家十四郎。”

“季二娘有礼了。”桑十四郎装着不认识季英英，打过招呼，又顺势站起身来说道，“七娘，既然你有女客，我还是回避一二。我先走了！”

他转身抬腿，牛七娘的手搭在了他肩上，瞪着他道：“坐在这儿不准走！”

她还没怎么用力，桑十四郎就感觉肩头压了一块太湖石。他想用力挣脱，被牛七娘往下一按，桑十四郎两腿一软，乖乖坐下了。

牛七娘拖过锦凳坐在了他身边，堵住了他的去路，撇嘴冷笑道：“当我不晓得？定是想去陪你那些妾。好生给我说说这台上是谁家的锦，我就不与你计较！”

“你误会了。”桑十四郎背心冷汗冒出，心想等你过了门，我那些妾还不晓得何等可怜。他赔着笑脸道：“你知道我与杨三郎交好。我还等着杨家今年再夺锦王，与他庆贺一番呢。”

季英英懒得管桑十四郎是否可怜，借此机会开口告辞：“七娘，有桑家郎君相陪，我下楼去陪我哥哥观斗锦。多谢你送我的梳篦，改日我再呈上谢礼。”

听她告辞，牛七娘这才想起请她前来的目的，她下意识地望向五娘。季二娘和五娘相比，她自然更向着自家阿姐。

牛五娘收到她的目光，笑道：“听说桑十四郎重阳节去了青羊观，怎么不叫上七娘同行？观中的菊可好看？”

这是同意放季英英离开，留下桑十四郎了。阿姐真好，知道她的心思。牛七娘甜甜地笑了："季姐姐，招待不周，下回我再请你去散花楼吃饭。"

季英英含笑应下，带着绫儿向牛夫人告辞。走出厢房时，她听到牛七娘恼怒的质问声："你定是带了你那些妾去观菊，是也不是？"

杨静渊果然和桑十四郎要好。她想起那天青羊观折腾出的闹剧，忍不住生出疑惑来，那天杨静渊为何要那样做？瞧着又不全然像是捉弄朱二郎。

"娘子，咱们走吧。"绫儿在里面站了大半个时辰，一颗心挂得老高，只想离开这个是非之地。

季英英被她打断了思路，也觉得此处非久留之地，带着绫儿往楼梯处走。

刚下了一半楼梯，就看到杨静渊站在拐角处。季英英停住了脚步："你怎么在这儿？"

你没事就好。杨静渊见季英英毫发未伤地出来，彻底放了心。他轻松地把桑十四郎又拉出来做借口："桑十四郎见着牛七娘就腿软，硬拉我来给他壮胆。"

季英英更加不解了："桑十四郎这般惧怕见着牛七娘，怎么还去买了一大桌子吃食零嘴亲自送来？"

他是被我威逼利诱……杨静渊不好意思表功，只好又寻了个理由："桑、牛两家是亲家，桑长史吩咐他来。"

哦，太守来了，桑长史也跟着。父亲之命，不可违之。丈母娘在这儿，于情于理，桑十四郎都该前来见礼。季英英理解了。她抿嘴笑道："牛七娘心地纯善，哪有他想的那么可怕。桑十四郎错看她了。"

杨静渊心想，那是你没见识过她力举大石砸破围墙的神力。桑十四郎在她手上，弱得跟小鸡崽似的。他不便和季英英说这些，好意提醒道："赵家与牛家定了亲，牛家又特意把你请上楼。你和你哥哥还是早些回家去吧。"

何苦留在这里惹麻烦呢？

季英英也明白这个道理。可那幅斗锦是她与赵修缘情缘到头的最后见证了，她舍不得不看，就当是了一桩心愿吧。她感激地看了杨静渊一眼道："牛夫人和蔼，牛家娘子知礼客气，无碍的。"

牛家请她去只是为了让牛五娘见见她？杨静渊回想起牛五娘，胳膊上起了一层鸡皮疙瘩。

见他没说什么，季英英福了福，带着绫儿径自下了楼。

杨静渊望着她的背影，又沮丧起来。他情不自禁地把脑袋抵在了墙上，闭上了眼睛。她就那么舍不得赵修缘吗？明知他要娶别家小娘子，但她仍想看赵家如何夺得锦王。

杨静渊也不知道自己这是怎么了，就像扔不掉季英英似的。竹帘放下的瞬间，他就冲过去揪出了桑十四郎。

他喃喃自嘲道：“真傻。”

季英英傻，他何尝不傻？

“说谁傻呢？”

柔和的女音在头顶响起，杨静渊猛然睁开了眼睛。

牛五娘站在楼梯高处，湖蓝色的裙子被风吹得微微飘荡。她背对着天空，露在面纱外的眼睛像猫的眼睛，闪烁着璀璨的光。

“我就知道，桑十四郎没胆一个人来见我妹妹。”牛五娘咯咯笑了起来，仿佛见到杨静渊就证实了她的揣测。

杨静渊顿时抛下了桑十四郎，干笑道：“十四买的零嘴太多，我帮他送过来。让他好好陪着七娘吧，我得回去陪我母亲了。”

他飞快地下了楼，顺着回廊，头也不回地走向对面杨家的厢房。

“没想到赶着来替季二娘解围的人会是你。”牛五娘望着空空的楼梯，笑了笑，转身走了回去。

高台东西两侧各摆放着五把交椅，参与斗锦决赛的织锦大户家主们各自落了座。锦业行会安排座次也极有意思。东侧头一个座位上坐着赵禀松，杨静渊的大哥杨静山代表杨家坐了西边第一把椅子。两两相对几十年，从无更改。

走马转角楼二楼厢房的东面安排给了官宦人家，西面给了参加斗锦的前十织锦大户。节度使的家眷没来，牛副都督家占了东面第一间。可西面就不好这样安排了。第一间如果归了锦王杨家，隔年换了新锦王，房间调整，生生在众人面前给老锦王难堪，太容易结仇了。反正房间大小布置都一样，所以，这一溜厢房是抽签决定。

今年恰巧被杨家抽到了西侧第一间，隔壁却是赵家。

当初这里属于汉官衙处理锦业事务的官厅所在。厢房是一明一暗的格局，极为宽敞。与对面官宦人家喜欢隔着竹帘观斗锦的做派不同，斗锦一开始，这一面厢房的窗户大敞，竹帘全部卷起，织锦大户们全坐到了窗边。

杨家在窗户旁摆了三桌，石氏和杨大老爷居中坐了，身边坐着大少奶奶杨方氏、二郎君杨静岩、长孙杨庭玉和次孙杨庭书。左右两桌分别坐着杨家二房与三房。空间有限，小一辈的次媳都没有来。

杨静渊放轻脚步走进去，被眼尖的杨邹氏瞥见，笑着朝他招手：“三郎又跑哪儿玩去了？斗锦都开始了，快点过来。”

杨石氏听见这话，回过头，绽开了满脸笑容：“我的儿，来母亲这里坐。”

杨静渊笑嘻嘻地团团一揖，坐到了二哥杨静岩身边。

斗锦夺锦王是杨家一年当中最重要的大事，几房当家人与嫡子必定到场观战。但杨邹氏是个拎不清的，她想指责杨静渊不懂家里规矩，却忘记了他是庶子，又一次被杨石氏包庇儿子气得直揉帕子。

台上坐着的杨家大郎君今年正好整四十岁，比二房叔父只小十岁，正年富力壮，嫡子都十岁了。二郎君三十出头，有个八岁的嫡子。杨邹氏看着自己的三个儿子，又泡进了醋缸里。她的长子四郎杨静亭和杨静渊只差月份，还没成亲呢，长房都有了能培养的孙辈。长此以往，此消彼长，二房在杨家别想有出头之日。

杨邹氏嫉恨之余，对今年杨家是否能夺得锦王真真是半点也无兴趣。她装出一副忧心忡忡的模样问杨石氏：“大嫂，听说上午选锦画时，节度使大人对赵家织的锦赞不绝口呢。还有啊，听说牛副都督家的小娘子与赵家二郎定了亲，顾忌着名声不肯宣扬。只等赵家夺了今年的锦王才肯宣布亲事呢。”

杨石氏人老成精，哪能听不出她的庆灾乐祸。平时窝里斗就算了，遇到大事不抱团对外，还妄想做杨家的当家主母，杨石氏真想一口唾沫啐到杨邹氏脸上。

“弟妹的意思是，赵家勾结牛家巴结节度使，让节度使判决不公，夺了今年的锦王？”杨石氏反问了一句。

这话如何敢应承？人多口杂，万一传了出去，节度使大怒，她就活不了了。杨邹氏赶紧否认：“我不是这个意思。我只是担心赵家今年锦好，压过咱们家。”

杨石氏也不肯让她背这个罪名。惹怒节度使，被治罪的定不会是杨邹氏这样的妇人，首当其冲的是杨家大房。她笑道：“节度使是两朝元老，阁中宰辅，素有名声。有他当主判，再公允不过。”

“是是，大嫂说得对。”

杨石氏话锋一转：“弟妹且放心吧，大郎午时传来消息，赵家锦画立意好、配色好、织工好，可我杨家今年织出的是新锦。”

能进决赛的锦，织工都不差。除此就是比锦画立意、锦的色彩图案。可这些加一起都比不上一幅研制出来的全新织锦。杨邹氏又只能干笑着奉承：“那是，我杨家年年夺锦王。二十几年，也没见赵家能胜。”

机锋打到这儿，杨邹氏终于消停了。一家老小都专注地望着斗锦台。

司仪正在唱名：“下一幅，宋家《孔雀开屏锦》！”

宋家两名家仆捧着一个三尺长的画轴登上了斗锦台。

锦画被裱成了一幅画，两名家仆登上斗锦台各执画轴一端。

宋家家主起身，朝四周团团一揖，高声说道：“请诸位观锦！”

画轴被缓缓拉开。

“哇，真美！”

台下传来啧啧赞叹声。

锦上织着一只开屏的孔雀，翎羽灿烂，色彩斑斓。孔雀织得活灵活现。宋家家主满面笑容地打了个手势。家仆举着锦画绕台走了一圈，好让所有人看得清楚。

赵家厢房里，赵老太爷拈须讥笑道：“不如二郎今年织的孔雀锦。”

赵修缘今年本来织的是一幅孔雀锦，被赵老太爷直接否定了。宋家却送了一幅不如他的孔雀锦，高下立现。

“父亲，大哥午时传来消息称，杨家送的样锦果然是新研制的。咱们家胜在立意与配色，可也比不过新锦啊。”

说话的是赵家二房的赵二爷。他看过送去呈阅、选入决赛的样锦。他承认赵修缘的菊锦立意好，配色也佳，但只比自己儿子的《秋波月夜锦》胜在立意上。他早就下定决心，如果赵修缘织出的《临江仙菊锦》夺不到锦王，他拼死也要替儿子赵大郎争上一争。

赵老太爷呵呵一笑，意味深长地说道：“杨家也定是这样认为。”他眼里露出兴奋与狂热来，几乎是咬牙切齿般说道，“今年我赵家定会一鸣惊人！”

台上再次传来司仪的唱喏：“下一幅，三道堰赵家《临江仙菊锦》！”

第十四章

新锦王

两名赵家家仆小心地抬着一座屏风登上了斗锦台，稳稳当当地放在了台上。赵家的锦镶成了屏风，上面蒙着红绸。

赵家家主赵禀松起身站在屏风旁，照样含笑团团一揖后道：“请诸位赏锦！”

二楼厢房，杨家和赵家的人忍不住同时离座，走到了窗户旁。

赵禀松深深吸了口气，伸手揭开了屏风上的红绸。

高三尺、宽两尺半的锦画呈现在所有人眼前。月亮从云层后探头，映出一条泛着银色波光的河流。黄蕊粉紫的菊被夜风吹拂，花枝摇曳，花瓣披散垂落，蓝、银、黄、紫、绿，五种主色衬得锦画灿烂夺目。

最惹人惊诧的是那株菊写意挥洒，飘飘如仙。

赵禀松缓缓吟道：“饮散离亭西去，归来仿佛三更。长沟流月去无声。夜来清梦好，忆君到天明。夜阑风静縠纹平。顾影自怜，傍有堕钗横。”

画框连接处设计巧妙，无须被人抬着绕场展示。他轻轻一推，镶在座框中的锦便如走马灯似的缓缓转动起来。

午后的秋阳并不浓烈，柔和地投在锦上。

随着锦画的转动，画中景突然活了起来。月破云出，江水潺潺。众人仿佛看到一株菊在眼前缓缓绽放。花瓣临风飞舞，如美人裙裾飘飘，自画中走了出来。

“菊仙显灵了！”

不知道是谁突然喊了这么一句，无数的声音同时附和："菊仙显灵了！"

声音似浪潮滚滚扑来，整座走马转角楼沸腾了。

大唐人爱牡丹成痴，传说名品牡丹姚黄魏紫分别是两位同名同姓的牡丹仙下凡所化。此时赵家的《临江仙菊锦》让所有人不约而同想起了牡丹仙子的传说。望着斗锦台上绽放的菊，目炫神驰，心摇意动。

织锦大户的家主们几乎同时从椅子上站了起来，呆愣地望着眼前的赵家锦。

赵禀松眼圈发酸，差点儿当场落下泪来。当家主二十几年，他从来没感觉过锦王离自己这么近。

楼上赵家厢房中，赵老太爷老泪纵横，浑身发颤。如雷鸣般的叫好声撞击着他的心脏。他嘴皮哆嗦着，眼里放着光，紧紧抓住了赵修缘的手。

杨石氏一把将手里的锦帕揉成了团，咬牙切齿："赵家好心机！"

呈阅给锦业行会与节度使太守等人定夺决赛的只是各家织出的尺余长的样锦。赵家用的就是赵修缘曾拿给季英英配色看的样锦。那样锦和眼前这幅利用光线变化，变成活物一般的斗锦截然不同。

若非如此，赵家锦绝对没有现在这种一鸣惊人的效果。

杨静渊站在窗旁，看着那幅《临江仙菊锦》，手情不自禁按住了自己的胸口。放在衣襟内袋的那块锦帕像烙铁似的，让他不安。

这株菊就是青羊观八卦亭那盆紫燕新妆。他在二楼偷窥季英英，只是好奇她手中锦帕上的菊花怎么突然消失了似的。从水里捞出这方帕子晾晒时，他才发现，菊依然存在，只是巧妙地利用了丝线的色彩和光线变化，让人看着成了活物。这是多么巧妙的配色。

他本以为季英英手巧，绣艺出众罢了。看到赵家的斗锦，杨静渊才明白，季英英为赵家做了什么。

他情不自禁往楼下看去，从杨家厢房的角度本看不到季氏兄妹。这时，满堂喝彩，人们激动地拥到斗锦台前欲看个仔细。朝门外走去的季氏兄妹显得异常打眼，也分外寥落。一时间，一丝尖锐的疼痛从杨静渊胸口传来。他紧抿着嘴唇，冷冷注视着台上激动得团团作揖的赵禀松。赵家，怎能如此待她?

季英英没有回头，她眼里噙着泪，听着身后沸腾的叫好声，心里酸胀着、骄傲着。赵家看不起她，但她看得起自己。

这是她送给赵修缘最后的礼物。爱了他这么多年，送给他最完美的纪念。

季耀庭也震惊了。他只知道妹妹辛苦为赵家斗锦配色想主意，但万万没想到，妹妹对色彩的把握已经到了如此惊人的地步。他握紧了季英英的手，低声说道："英英，哥哥真为你骄傲！"

季英英抬起脸，绽开了笑容："哥，那幅锦和我没有关系了。我看过，就行了。"

季耀庭一愣，明白了妹妹的心思。是啊，这是赵家锦。百年赵家，怎么可能倚仗一个小染户家的女儿夺锦王呢？妹妹肯这么说，是彻底想明白了。他用力地点头："咱们回家去，母亲还等着呢。"

赵家最终是否夺得锦王，都与季家没有关系了。

牛夫人带着女儿瞧着，心里也欢喜无比。她拉着五娘的手喃喃说道："五娘，无须你父相助，赵家也能夺得锦王。不委屈我儿了。"

牛五娘拍了拍母亲的手，笑道："母亲多虑了。赵修缘才貌双全，无论能否夺得锦王，配女儿足矣。"

桑十四郎忍不住说道："杨家的锦还没有登台亮相呢。赵家锦一鸣惊人，杨家年年夺得锦王，也差不了。"

"你胳膊肘往外拐是不是？赵二郎是我未来的姐夫，也是你的连襟！"牛七娘伸手掐了一把他。

桑十四郎疼得脸色骤然变白，张着嘴巴只想大叫，想要再替杨家多说几句话的心思被掐没在腹中。

二楼正厅里的节度使哈哈大笑："好一幅《临江仙菊锦》！好一个菊仙显灵！好锦！"

此话一出，行首与太守及当地名士们都明白了，在节度使大人心中，如杨家没有更好的锦，赵家必夺今年锦王。对此，众人也无异议，纷纷附和道："大人夸得有理，赵家夺得锦王实至名归。"

可牛副都督想着自己与赵家联姻之事虽然没有公开，但不少人家都已知晓。眼见赵家锦夺锦王十拿九稳，他嘴里反而谦逊起来："年年压轴的都是上一届锦王家的锦画。卑职以为，看过杨家锦再议。"

节度使本来是为牛副都督请来撑腰的，见赵家锦确实争气，自己也不会枉作小人，被人质疑不公，大方说道："理应如此。"

斗锦台上，杨家大郎杨静山的笑容僵硬地挂在脸上，表面看不出多少端倪，但他心里已经翻江倒海，背心沁出一层冷汗。难道，今年杨家真的保不住锦王了吗？

司仪待到高潮回落，赶紧提锣用力敲响。锣声又压得台下声浪小了一点，他大声说道："最后登台的是，上届锦王，益州城杨家锦！"

杨静山长像肖母，国字脸，留着浓浓的髯须，正当壮年。他起身照例团团一揖，朗声说道：“自蜀中有桑，先祖传下织锦技艺以来，锦业发达。前朝传下十样锦织法，长安竹、天下乐、雕团、宜男、宝界地、方胜、狮团、象眼、八搭韵、铁梗襄荷。这十种纹案都能被称为十样锦。杨家今年这幅锦也叫《十样锦》，织的却是十色牡丹。”

他的话让因为赵家菊锦而沸腾的人们渐渐噤声。

赵家今年一鸣惊人，杨家却是年年胜出的锦王。杨家《十样锦》能胜过赵家《临江仙菊锦》吗？围观的人们迅速地按捺住对赵家锦的赞美，继而议论起两家的输赢来。

杨静山抬头往厢房望了一眼，父亲、母亲、妻子、儿子都站在窗户旁边。杨家的《十样锦》能胜过赵家那幅令人惊艳的《临江仙菊锦》吗？他并没有信心。

所有人的眼睛都望着他。杨静山拈着红色缎子的一角，轻轻往下一扯。红缎柔滑沉重，从画框上滑落。

“这牡丹织得甚是华美，栩栩如生啊！”

“和往年没什么不同啊。记得去年是《猛虎下山锦》，那只虎都快从画里跳出来了。”

“赵家那幅菊就像在眼前怒放似的，杨家织的牡丹好是好，但没赵家菊有灵气。”

“是呀，赵家不仅把菊织活了，那配色的技艺也神乎其技呀！”

锦以素白为底，织就一树牡丹，花开十色。十种色撞在一起，并不给人以纷繁杂乱之感，相反，华丽富贵的气息扑面袭来。

同是以花为题织就的锦，杨家锦先于赵家拿出，自然也能赢得满堂喝彩。赵家锦美丽得震人心魄，再看杨家的《十样锦》，如同才吃了一桌盛宴，再上了一桌山珍海味，任谁的胃口都不会太好。

他就知道会是这样。杨家是锦王，没办法，只能最后一个展示锦画。杨静山朗声说道：“我杨家承继织锦之业百年，族中老幼皆以创制新锦为念。今年所织的锦画，最重要的是，它是一幅新锦。”

蜀锦花纹式样繁多，可是凭借现有的织机创制出一种全新的织法却极为不易。

赵家菊锦一鸣惊人，立意高明，配色巧妙。没见过，会让人大吃一惊。展示出来，这些老练的织锦户们在震惊过后就发现，想要模仿并非难事。新锦则意味着只有杨家掌控着独特的织造方法，推广出去后备受青睐，也只有杨家才能赚到这笔钱。织锦户们的眼光开始渐渐变得炽热。

楼上的赵老太爷在兴奋之后，“新锦”二字入耳，整个人冷静了下来。尽管早有猜测，但他仍然震惊不已：“新锦，杨家今年研制出了新锦啊。”

赵修缘没有注意到季英英的离开，从赵家锦登台亮相开始，他整个人就沉浸在了四面八方的赞美之中。难道他织出了这样美丽的锦画，就被杨家一句新锦打败了吗？

从前赵家争夺锦王失败，赵修缘也没有太多的沮丧和懊恼。也许是二十几年赵家从来没有胜利过，也许是他年纪还小，今年才被允许将他织的锦画作为赵家的斗锦。与锦王擦肩而过的失落深深攥紧了他的心。

“新锦，不见得就是好锦。”赵修缘喃喃说道。

他是无意，听者却有心。赵老太爷一拍大腿笑了：“二郎说得在理。”

“诸位请看！”杨静山从家仆手中接过一桶水，朝着锦画泼了过去。

水泼上锦，半点不沾，滚落在地。

杨静山从画框上将锦揭下，浸进另一盆水中，由家仆端着木盆绕场一周。他亲自将锦从水里提起，用力一抖，水珠飞溅，锦半点不湿。

送给在座参与决赛的织锦大户们瞧过之后，家仆捧着锦飞快地登上了正厅二楼，呈给了节度使大人。

“诸位，历来防水的布料都是刷桐油再晾晒干后使用。我杨家用的是蜀中丝、蜀中线织就的这种滴水不沾衣的锦，雨天外出就不用再披油衣。它防水，却比油布透气轻便。这就是杨家今年献上的新锦。杨家对这种织法绝不独专，愿与诸位一起商讨，将蜀锦发扬光大。”杨静山在没有征得父母同意前，毅然做出将织法外传的决定。

如此一来，就算赵家锦织得再美，众人想得到杨家的织法，就不好不投杨家一票。

“奸诈！”赵老太爷骂了声，想起自己三个才能平庸的儿子，有些羡慕起杨家大老爷来。

百姓看个热闹。杨家织出了新锦，说得头头是道。赵家锦虽美，毕竟新锦又开辟出新的市场。各自议论，各持道理。

十家参与决赛的锦已经展示完，十位家主再一次登上正厅二楼，与节度使、太守大人和当地名士宿老一起商议定夺今年的新锦王。

时间在等待中慢慢过去。

杨大老爷先于众人转过身，坐了下来：“二弟、三弟都坐吧。杨家接连得了二十多年的锦王，今年让与赵家也未尝不可，好叫儿郎们都警醒起来，别丢了祖传的技艺。”

杨二老爷叫道：“大哥，结果还没宣布，你怎么自己先沮丧起来？”

杨三老爷也道：“赵家那幅菊锦配色巧妙，才能有那样的效果。研究一番，未必织不出来。咱们家的新锦没有秘法，别人家可织不出来。”

“你们进来的时候见到什么了？”杨大老爷慢吞吞地问道。

众人面面相觑：“什么？”

杨静渊知道赵、牛两家定亲的事，低声说了句：“今年不是太守做主判，前来维持治安的都是都督府的兵。”

杨石氏的哥哥一早就送了信来，她冷笑道：“牛副都督是节度使大人的亲信。听天由命吧。”

“凭什么呀！”杨邹氏唯恐不乱，尖着嗓子嚷了起来。

杨石氏怒吼道：“闭嘴！”她逼视着杨邹氏，低声说道，“赵家人就在隔壁！节度使大人曾是两朝宰辅，他定的锦王绝对错不了！”

她心里又气又愤，眼神像钉子似的钉在杨邹氏脸上。杨邹氏顿时尿了，嘀咕着：“我这不也是为家里着急……”说着就缩在了杨二老爷和儿子四郎的身后。

杨大老爷淡淡说道：“今日如果是赵家得了锦王，出门见了面，都记得向赵老太爷贺喜，免得被人家说我杨家没有容人之量。谁要敢惹事生非，招来节度使大人不满，我便开祠堂勾了他的族谱，免得连累全族之人。”

他很多年没有当家管事，这时威严的目光在屋里扫视一遍，看家中所有人都敛息应下，这才放了心。

“都给我记好了，节度使大人最是公允，他判谁家是锦王，就一定没有错！”

“是！”

众人在焦急不安中等了小半个时辰，二楼厅门大敞，行首走了出来，高声说道：“今年斗锦，好锦纷呈。新锦王是——”

看过赵、杨两家的锦，别的织锦大户都不再对锦王抱有希望。

赵修缘闭上了眼睛。如果得到锦王，牛家功不可没，就算赔上他的姻缘，他也认了；反之，他不仅输掉了赵家梦寐以求的锦王，还输掉了季英英。

四周的声音像是突然消失了，行首的声音从前面悠悠飘了过来。

“新锦王是三道堰赵家！”

赵修缘一口气悠悠吐出，缓缓睁开了眼睛。

对面厢房的竹帘不知何时已卷了起来，侍婢们簇拥着牛夫人与三位娘子正要离开。

一位穿着湖蓝色衣裙、脸上蒙着月白轻纱的女子正望向这边。赵修缘心中一动，凝目看去。

她看的不是自己。赵修缘顺着她的目光转向了左边，杨家？

对面两间厢房的窗口同时站着两个年轻男子。一个穿着蓝色织团花锦，束着金丝网冠，弯腰搀扶起白发苍苍的老父，正要离去；一个身着银红锦袍，身姿挺拔，双手正扶在窗棂上看了过来。

牛五娘感觉到了赵修缘的视线，她微微偏过头，回望过去。

大袖衫勾勒出她姣好的身姿，如莲花般娉婷。看不清她的容貌，但赵修缘能感觉到她身上散发的大家闺秀气质。

他没来由地感觉到，牛家这位轻纱覆面的小娘子就是自己的未婚妻。不，他不喜欢她高高在上的模样。他脑中突然闪过了季英英的脸，英英她人呢？这时，赵修缘才从得到锦王的兴奋中清醒过来，想起了季英英。

赵修缘移开目光，匆匆扫视着下面的敞厅和散座，他没有找到季家兄妹。她不是被杨三郎接走了吗？难道他二人就没有来观斗锦？不，不会的，她一定会来的。那幅锦得了锦王，她看到了吗？他多么希望台下欢呼雀跃的人群中也有她的声音。

“英英……你再也不会见我了，是不是？”他情不自禁喊了一声她的名字。理智告诉他，她再也不会像从前那样，用崇拜欣喜的目光看着自己，她再也不会开心地蹦起来夸他：修缘哥哥，你最厉害了！

这一次，他是真的永远失去她了。这个认知让赵修缘脸色一白，恍惚起来。

没得到锦王之前，他心里刻满了锦王二字。得到锦王之后，他心里全是季英英的身影。

他要去找她，他要告诉她，这幅锦能得锦王都是她的功劳。每一次听见她配的色给他织的锦添了彩，她都快活得不得了。这一次是得了锦王，她一定会再开心起来的。

赵修缘被这个念头驱使着，转身就往外走。

“二郎，你要去哪儿？”

赵老太爷轻轻的一问像盆凉水浇醒了赵修缘。他停住了脚步，耳边又回响起季英英的那几句话。每说一句，她就离自己远上一程。楼下仍在欢呼，长长的鞭炮噼里啪啦响成一片。节度使大人亲自执了红绸盖上了那幅《临江仙菊锦》。赵修缘突然间又回到了行首宣布锦王的那种状态。四周的声音渐渐消失了，心情就像喝完的酒杯，空荡荡的。

“我要去找她！”没有人能让他的喜悦翻倍，除了季英英。

赵老太爷走到他面前，冷冷的目光让赵修缘再也无法说出更多的话来。赵老太爷淡淡说道：“娶妻求贤。赵家人争了二十几年，终于从杨家手中争回了锦王。赢一次容易，保它一世却难。二郎，你要学会克制与冷静。你会是继任家主，你需要妻族的力量。哪怕不娶牛家娘子，如大郎一样，你的妻也不会是小染坊家的娘子。”

赵修缘一震：“祖父，当时您答应过我。”

赵老太爷无须掩饰：“祖父不过是怕你乱了心，毁了斗锦！季二娘有才，可用之。”

季英英太渺小，可以用她的才，不必娶之。

“今晚的散花楼夜宴将是我赵家声名鹊起的一晚。牛副都督会将你引荐给节度使大人，我会宣布，你是赵家继任家主。”赵老太爷柔和地笑了笑道，“你若不来，就意味着你放弃。我会想办法赔偿牛家。”

赵老太爷说完，领着赵家人出了厢房。

那天在松涛院他就想明白了，他没的选。赵修缘望着对面的牛五娘翩然离去，转过身追上了赵老太爷。

斗锦以赵家夺得新锦王结束，盛会仍在继续。那幅《临江仙菊锦》披红挂彩，被行会雇来的帮闲们抬着，敲锣打鼓，热热闹闹地抬去了散花楼。

李太白的《登锦城散花楼》里有这样的诗句：“日照锦城头，朝光散花楼。金窗夹绣户，珠箔悬银钩。飞梯绿云中，极目散我忧。暮雨向三峡，春江绕双流。今来一登望，如上九天游。”

散花楼是益州城的四大名楼之一。据传乃天女散花之处，伫立在两江汇合之处的园林中。楼的四周绿树成荫，花草繁盛，园林之美能与长安上林苑媲美。

每年斗锦结束之后，锦业行会都会包下散花楼设宴。华灯初上，楼中丝竹声起。二十几年来，赵家终于成了宴会的主角。

尽管杨大老爷告诫家中人谦和对待锦王易主的事，但杨家众人心里都不是滋味。这种自高处一脚踏空的感觉难与外人道也。

正中一桌是行首与新锦王赵家家主赵禀松坐了末座，陪着桑长史、太守、牛副都督与节度使大人。

杨大老爷和赵老太爷同桌，陪同今天请来当裁判的名士宿老。

杨静山是杨家现任家主，这么多年第一次从主桌退到与织锦大户们一桌，心里再不好受，也只能挤出笑脸来。

杨家失了锦王，面上还要摆出一副宽容的姿态。杨家嫡支三房除了孙儿一辈，男丁悉数到场。杨静渊虽是庶子，却是掌家大房的儿子，也和二哥杨静岩坐到了同一席上，正与赵修缘坐了个面对面。

这一桌泾渭分明。一半是赵家子弟，一半是杨家儿郎。

赵家大郎赵修诚性情温和，说不来讥讽嘲笑的话。赵修缘觉得摆在大厅正中的菊锦就足以让杨家难受了，无须再炫耀多嘴。其他的赵家子弟年纪还小，两位哥哥不开口，他们也闭上了嘴。

让杨家儿郎笑着恭喜夸耀，也是强人所难。从落座起，这一桌就充满了一种诡异的安静。

杨静渊和赵修缘的目光在空中无声地撞上。赵修缘恨他与季英英熟稔纠缠，杨静渊看不来赵修缘对季英英忘恩负义。两人直勾勾地盯着对方，像两只争地盘的狮子。

杨静渊感觉胸口那方锦帕越来越烫，话不吐不快："赵二郎，听说这幅菊锦是你亲手所织？这幅菊锦立意巧妙，就像是以菊喻人，画的是美人临波，欲飞升而去。胜在配色极为巧妙，利用光影变幻，让画活了起来。赵二郎早能想出这样的绝佳配色，这锦王匾额，去年就能抬回赵家去了。我说得对吧？"

去年，杨家不过是织了幅活灵活现的《猛虎下山锦》，就得了锦王。不似今年，有了新锦，反而输给了赵家。

赵修缘的脸色顿时变得古怪起来。杨静渊话里有话，难道季英英将配色之事告诉了他？她是在报复他背弃鸳盟吗？她口口声声说不怨自己，心里却恨透了他。英英，你好狠！你竟然让杨家质疑赵家根本没有实力夺得锦王。

他笑了起来，瞳孔微微紧缩，一字字说道："杨三郎，你懂得织锦吗？"

庶子永远不能继承家传的织锦技艺，永远无法掌握织锦的诀窍。你杨三郎不过是杨家养出的废物！

干柴烈火，一点就燃。

庶子是不能学家传织锦技艺，可谁说他非要喜欢待在织房里踩着织机学织锦？世上总有那么一些自以为是的人，喜欢把自己的爱好强加在别人头上。你说不喜欢，他说你吃不到葡萄嫌葡萄酸；你说喜欢，他就嘲笑你再喜欢也沾不了边。

讽刺他是妾生子吗？可他从没感觉自己比别人低上一等。杨静渊斜挑着眉睨视着赵修缘，从怀里掏出那方锦帕来放到鼻端轻嗅了一下："我不懂得织锦，我懂得女人。"

锦帕没有展开，但赵修缘一眼就认出来，正是季英英重新配色所绣的那方。他噌地站了起来，一手指着杨三郎，脸上的神情变得狰狞起来。

杨静渊将锦帕又揣进了怀里。他收了笑容，睨视着赵修缘，慢条斯理地说道："你最好把指着爷的手收回去，免得爷砸了你赵家的喜宴！"

熟知他脾气的杨二郎唬了一跳，节度使大人还在上首坐着呢，万不能叫三郎掀桌把赵修缘给揍了。他伸手用力揽住了杨静渊的肩，皱眉说道："赵二郎，我兄弟哪句话得罪你了？夺了回锦王，就瞧不起我杨家是吧？"

杨家人显然心里不痛快，但起了争执毁了喜宴，损失最大的还是赵家。旁人会说杨家小气，难道就不会说赵家才夺了一回锦王，就轻浮骄傲？赵大郎赶紧起身低声劝道："二郎，今天是咱们家的喜宴。"

别人都不明白杨静渊有多可恶。他无耻地撩拨自己，倒成了自己理亏，赵修缘蓦地收回手，牙缝里蹦出一句话来："是我的，谁也夺不走！"

众人都不明白他突如其来的话是什么意思。杨静渊冷笑："赵二郎，你要得起吗？"

他把惆怅隐在笑容之中。季英英喜欢赵修缘，喜欢到只敢背着他落泪的程度。杨静渊觉得自己很讨厌赵修缘。他就要娶牛家小娘子了，还敢声称季英英是他的。让她当妾吗？他怎么有脸说？

赵修缘坐了下来，眼里闪动着一丝晦暗不明的光："你瞧好了便是。"

杨二郎感觉胳膊下杨静渊的身体都绷紧了，生怕他甩脱自己跳起来。这个庶弟真真是被母亲宠坏了，脾气上来了，才不会理会节度使是否在场。他毫不怀疑赵二郎再说一句难听的话，三郎绝对会出手。他用力地压着杨静渊，急促地说道："三郎，别惹祸。"

如果不是考虑到杨家的立场，我早把他揍成乌鸡眼了。杨静渊哼了一声，偏过了头。

一个压着，一个拦着，两人总算从剑拔弩张转为暂时消停了。

这时，突然听到上席节度使大人的声音。

"……今年斗锦，杨、赵两家各有特色，本是伯仲之间。本官以为新锦依旧是锦，但赵家这幅菊锦通过巧妙配色，使锦的美感又上一层楼，更值得推广学习。"

"大人言之有理。在下也认为今年的锦王归于赵家名副其实。"

牛副都督趁机对刘节度使说道："是赵家主的嫡子织出的这幅菊锦。"

赵禀松双眼放光："回禀大人，这幅菊锦正是犬子亲手所织。"

节度使大人点到了赵修缘的名字。赵修缘站起身，高傲地看了杨静渊一眼，于众人艳羡的目光中走了过去。

"三郎，你忘了爹怎么说的了？杨家今天一定要大度容人。"杨二郎也憋着气，为了家里的颜面，只得压低了声音苦苦劝说。

杨静渊此时才一把挣开他的胳膊，没好气地说道："二哥，我知道。"

杨静岩才松了口气，就听到杨静渊道："节度使和太守大人应个景就会走。等他们走了，我就搅和了这桌宴，省得憋气！"

说到底，杨静渊还是要动手砸场，杨二郎骇得心跳都要停了，赶紧给杨四郎使了个眼色。

杨四郎明白这是叫自己给大伯母报信去。这回，大伯母总该请家法收拾三郎了吧？他幸灾乐祸地悄悄溜下了桌。

听说赵修缘才十八岁，刘节度使笑眯眯地看了牛副都督一眼，意思是这女婿一表人才，又有才华，找得不错。

牛副都督低嫁女儿，冲的是赵修缘将来会坐上家主的位子。到时，女儿成了当家主母，才不会委屈。他笑呵呵地开口说道："大人有所不知，赵二郎是赵家下一辈最出色的子弟，将来赵家锦必在他手中发扬光大。"

被牛副都督盯着，赵禀松又得了老太爷应允，起身回道："不瞒大人，犬子已被定为赵家继任家主。"

"英雄出少年，前程无量哪，呵呵！"刘节度使赞了几声。

"大人过奖了。"赵修缘不动声色地看了牛副都督一眼，心想谁说武将鲁莽？牛副都督脸上就差没写着"我是扮成猪的老虎"了。这般强势，将来赵家只能把牛家娘子供起来。一想到要娶尊菩萨回家，他心里对季英英的执念又深了一层。

赵修缘行了礼离开后，刘节度使起身说道："诸位，宫中娘娘们对蜀锦甚爱之，令本官搜罗蜀中奇锦献之。本官见到赵家这幅菊锦后大为惊叹，深以为奇。赵家便以此菊锦为例，织百匹贡锦。杨家新锦堪比油衣，定织百匹贡锦。另外，本官觉得今年进了斗锦前十的锦都非常不错，每家照斗锦的标准织贡锦五十匹。明年秋日为期。

"本官也不白拿，府衙以每匹十贯的价收购这批贡锦。"刘节度使笑道，"若诸位的锦得了圣上赏赐，本官与有荣焉！"

寸锦寸金，一匹锦府衙只出十贯，相当于以十两银子的价就收了。圣上也不会赏自己这些织锦户，只会赏赐搜罗贡锦呈上的刘节度使。

参加决赛的斗锦户们都有种牙疼的感觉，捂着腮吸着凉气，难受得不行。

赵禀松的脑袋嗡的一声炸了，头皮发麻，声音都不像是自己的了："大人，巧手难织寸锦。织这幅三尺锦画从起稿配色、装配织机到最后成品，就花费了大半年时间。一年想要再织同等的百匹锦，怕是难以交差。"

杨大老爷转过头，朝长子杨静山轻轻摇了摇头。赵家若能减半，杨家也减半，减不了再说。新锦的织法反正要传授出去，织锦户们一起开工，百匹新锦算不得什么。杨家还赔得起这笔损失。

他见赵老太爷也变了脸色，不由得讥讽地想，今年你们请来节度使大人做主判，没想到引来了一头贪狼。

牛副都督跟了刘节度使多年，心知他一心想讨好京中，以图升回内阁返回长安。刘节度使走了，他却不见得能高升。与赵家已经是亲家，他不得不帮。牛副都督低声说道："大人，像菊锦这样的奇锦多了，就不足为奇了。宫中娘娘们谁不爱新鲜？"

刘节度使一想，还真是这样。宫里能为自己高升出力的娘娘也就那么两三位。他寻思了一下，改了主意："赵家就织二十匹锦吧，其中十匹照《十样锦》的花样织。十全十美，取个好意头。另外十匹就以菊锦为范本，织十种花卉。本官要的是奇锦，一定要织得和这幅得了锦王的菊锦一样活灵活现。"

十样锦，十种花卉。

赵禀松眼前一黑，差点儿一头栽倒在桌下。

这幅斗锦是季英英配出来的丝线颜色，丝线的位置和样本都标得清清楚楚。赵家集结手艺最强的织工，一个月日夜不休才织出了这三尺长的锦画。织百匹菊锦，可以照着这幅斗锦开织，织户们辛苦一年，赵家损失百匹锦罢了。

二十匹新的奇锦，每一种都要新定画稿，单独配色，还要针对图案单独装配织机。在织的过程中，想让锦上图案通过丝线色彩的不同，经由不同光照变得活动起来，错织一两根线，整幅锦就达不到标准。别说织二十匹，就是新织一种图案，一匹锦没有三年时间织不出来。赵禀松宁愿捐一百匹其他蜀锦给节度使大人，也不想织那二十匹能让图案活动起来的奇锦。

他先前推辞，是舍不得将菊锦的配色方法宣扬出去，想留着这幅斗锦做赵家锦的绝活。现在他恨不得打自己嘴巴。他有点无助地朝赵老太爷和儿子看过去。赵家能不能研制出每一种新图案的配色，他一点自信都没有。

旁的织户们却不懂赵禀松的为难，各种嫉妒羡慕。赵家赢到了锦王，又傍上了牛副都督。牛副都督一开口，赵家从织百匹锦迅速降到了只织二十匹锦。除了杨家，他们这些织户最少要进上五十匹贡锦呢。

节度使拥兵自重，谁也不敢顶撞。织户们看向赵家人的眼神颇有点微妙。

从前杨家是锦王，年年织造局来采买贡锦，都是杨家打头和织造局的大人、宫里的公公们商议。织造局从未拖欠过贡锦的银钱。年头好的时候，一匹贡锦比市上卖的价钱还高，人人都巴不得分得贡锦名额。

节度使大人今年开口讨贡锦，很显然没有通过京中工部织造局。这是私人搜罗奇锦，以自己的名义上贡讨好京中贵人。织锦户们没一个站出来帮赵家说话的，都冷眼旁观看赵家如何应对。

杨静渊瞅着赵修缘，眉心皱了皱，又舒展开。难不成你还想叫季英英帮你吗？他心想，得想个什么法子，让季英英避开这事才行。

刘节度使看在牛副都督的面子上，很给赵家面子了。织锦大户？锦王？什么东西！本朝再抬商户的身份，那也是商户！一席话说完，整层酒楼居然安安静静，没有一家织户回应自己。刘节度使颌下的胡须颤了颤，眼神中透出一股杀气。

“大人！”赵老太爷站了起来。

杨大老爷气定神闲，带着菩萨般的微笑，一脸“你是新锦王，今年该你家带头说话”的神色。指望杨家再出头，赵家这个新锦王在织锦户中就失了威望。赵老太爷起身对节度使唱了个喏，自荐身份后一口应了下来：“大人容禀。赵家为夺今年的锦王，召集家中巧匠研制了数年，今年才织就了这幅能动起来的《临江仙菊锦》。织十匹活动的菊锦，赵家绝无问题。只是那十样锦，另九种花卉锦，非一年时间能织就。赵家愿送上百匹其他上等蜀锦。待研制成功，再行织造，大人以为如何？”

“请大人三思！”赵禀松也垂首求恳道。

能从赵家得十匹菊锦，意外多得一百匹上等蜀锦，刘节度使很满足了。但他仍然说道：“既然如此，本官便给赵家时间。以后每年，赵家都需织出一种新图案的奇锦。”

拖得一年算一年，总比明年就卡着脖子索要强。赵老太爷多出一百匹锦，总算让节度使大人改了主意，暗暗松了口气。

“赵家已经应承了本官，在座的诸位呢？”

织锦户里家中织机最少的不过三百台，一年织锦三四百匹，要拿出五十匹贱卖给节度使，相当于一年的利润打了水漂。若后一年节度使依然如此，众人亏老本也填不了这个窟窿。织锦户们哪敢答应，纷纷望向了杨家。

见宴上无人站出来回应自己，刘节度使心里冷哼一声，四处张望：“杨家家主呢？百匹新锦能应承本官否？”

声音里分明含着一丝冷意。

杨静山看到牛副都督脸上露出的冷色，想起父亲曾经回绝三郎与牛五娘的婚事。如今牛家和赵家联姻，牛副都督已经帮着赵家把百匹贡锦减成了二十匹。杨家敢不答应吗？他迅速做出了回应：“杨家没有问题。回头小人就邀请各位同行到府中传授新锦织法。”

得了杨家新织法，一家供五匹锦给杨家当报酬，杨家损失就少了一大截。

杨家做锦王多年，业内都看杨家行事。杨家比大家多出一倍都同意了，其他人心里盘算一阵，也不敢得罪节度使，只能捏着鼻子先认下，回头再商量对付节度使的办法。

刘节度使的目的已经达到，欣欣然告辞离开，官衙的人也尾随离去。

热热闹闹的酒宴顷刻间只剩下了织锦户们。

“诸位请听老夫一言。”赵老太爷走到上首站定，指向那幅菊锦道，“赵家愿公开这幅菊锦的配色技艺与织法，供大家参详。不论哪家能织出十样锦、花卉锦，赵家不要织法，只求一匹锦，愿以五十匹上等锦酬之。大家都知道，研制出一种奇锦不易哪。我赵家也为难向节度使大人交差。在此先行谢过大家帮忙了。”

除了杨家，织户们眼睛一亮。有了这幅锦王的配色与织法，研制出一匹新的奇锦，就能换五十匹上等锦，这样家里就不用亏损了。转眼又觉得赵家仁义大度，场面再度热闹起来。

回三道堰的路上，赵禀松有些不解：“父亲，这样一来，咱们家不会亏损吗？”

“放心吧。除了季英英，谁都配不出这样活动的丝线颜色。”赵老太爷呵呵笑道，“奇锦出自咱们赵家，为父已经将它的价格定成了一匹换五十匹上等锦。赵家何来亏损？”

赵禀松恍然大悟，又低声说道：“二郎娶不成季英英，她怎么肯帮咱们家配出新的奇锦？”

赵老太爷意味深长地说道：“她会答应的。”

第十五章
配色高手

赵家牌楼外搭起了长长的竹棚，摆开了流水席，声称要摆足十天。赵家得了锦王的消息让整座三道堰沸腾了，人人与有荣焉。

城中快马将消息传来的那一刻，牌楼前就响起了爆竹声，入夜时分仍未停歇。

只隔了一条街，流水席几乎摆到了季家门口。季家大门紧闭，那些热闹喧嚣隔着门透了进来，让正在用晚饭的季氏母子三人多少有些怔忡。

一个月前，季家还盼着赵家夺得锦王，与季英英的婚事来个双喜临门，锦上添花。一个月后，只希望赵家看在那幅锦画的分儿上，两家再无纠葛，彼此清静。

季氏放下了竹筷，有点担忧地看了一眼女儿。

三天前，季英英还食不下咽，寻死觅活。今天去观斗锦，季氏提心吊胆，见她好好地回来，像没事人似的，又担心得不行。

季英英拿起汤勺舀了碗竹荪鸡汤搁在季氏面前，颇有点无奈："娘，您怎么就不信我呢？我说过与赵二郎男婚女嫁，各不相干。他家也轮不到他做主。我巴巴痴缠着他不放有什么意思啊？我心里难过，但还是拎得清的。田嬷嬷炖的汤香，您再喝一碗。"

她给哥哥和自己分别盛了一碗。竹荪入口爽脆，鸡汤浓郁透着鲜香。她小口啜着，舒服得像晒太阳的猫似的，眯了眯眼睛。

季氏犹豫了一下，还是开了口："英英哪，听说牛五娘都十八岁了，牛家着急，年前就会出嫁。她又晓得你和赵二郎青梅竹马。三道堰就这么大，咱家和赵家只隔着一条街，抬头不见低头见的……”

她真担心哪。牛五娘脸上落了斑，究竟有多难看外人都不知道。万一娶亲那天揭了盖头奇丑无比，赵修缘一气之下又来纠缠英英怎么办？那牛五娘再怎么大气，也是个女子，到时候揪着英英出气该怎么办？

季英英想到牛五娘那种挑夫婿的态度，并不担心。她反而更担心赵修缘。

赵修缘才从藏珍阁织了斗锦出来，应该还不知道牛五娘的容貌。他也可怜，他家里的人也瞒着他呢。也许，赵家人只见到过蒙着面纱的牛五娘。

今天她把话说清楚了，赵修缘却生了怨恨，负气离去。如果他再见到脸上落了斑的牛五娘，他如何肯平心静气地接受这样的妻？

这也是他自己的选择。他无奈，也接受了这门亲事。她只能理解他、原谅他，再也不能和他好下去了。他苦恼难过，她也不能安慰他了。

几年来的情分在季英英脑中盘旋。如此情丝，她没能耐悉数斩断，只能一股脑儿塞进内心深处，用名分、用母亲恩情、用理智结成一块厚厚的石板，将这些杂乱的心思死死压住，等着它们在时间里渐化成水，滴落干净。

她不愿叫母亲和哥哥担心自己，借口累了，便回了自己的小跨院。

“等嫁了人，她就会慢慢忘掉赵二郎了。最好是替妹妹把亲事定了，过了年就出嫁。眼下最靠谱的只有朱二郎和盛大郎。不过朱二郎还是算了吧，他家在三道堰，人又傻乎乎的。还是盛大郎更好，和他定了亲，妹妹嫁到益州城，避开了赵修缘，离家也不算远。”季耀庭嘴上这样说，心里却极不是滋味。赵修缘另娶就算了，自己妹妹反而要因为他而匆忙定亲，这是一辈子的大事，凭什么季英英要这样急着出嫁？

季氏和他想到一块儿去了。她叹了口气道：“英英懂事，说不纠缠就不会纠缠。她心里哪有不难过的。这样给她定了亲，明年开春赶着出嫁，也太委屈她了。我再想想吧。”

夜色渐沉，赵家牌楼前的人声、爆竹声渐渐变得稀落，终于安静下来。

赵家藤园突然亮起了数盏灯，将一座二层小楼耀得明亮。

“郎君，每一间屋子都加一盏灯？”赵安小心地问道。

檐下的灯笼、房间里的烛台灯盏悉数点亮了，赵修缘仍嫌不够。他没有回答，踩着楼梯慢慢上去了。

二楼宴息厅点起了四个灯盏、六个烛台。他走到窗边，砰地推开了窗户，让自己站在了灯影之中。

前方季家的院子早熄了灯火，朦胧里只看得清夜色下的重重屋脊。

“我不信你瞧不见我。那晚我不敢点灯，怕你怨我，怕你伤心。我为什么要替你着想？季英英，现在轮到你只敢躲在黑暗里看我，呵呵。”

赵修缘移到窗边坐下，随手拿起白瓷酒壶往嘴里灌酒。

他饮的是绵竹特产的剑南烧春，一股醇和浓烈的酒气渐渐从胃里升腾而上。

“但愿长醉不复醒。”他喃喃念着，不知道对季英英是恨、是怨还是失落，百般心情交错在一起，让赵修缘今夜只想一醉，“你居然把那方锦帕给了他。英英，你还是我认识的那个季英英吗？没用的，我不会放你走。”

他仰头笑了起来。目光望出去，屋檐如弯月般上翘，上方蹲着一尊小小的石兽。他怔怔地看着那只石兽，脸上露出一抹笑容：“你哪儿也去不了。”

“娘子，那边点了好多灯！”湘儿如获至宝般跑去告诉季英英。

点再多的灯，又有什么意思？你既然做不得主，还来招惹我做什么？你为了赵家而答应娶那牛五娘，我是永远不会再燃灯回应你了。

季英英啪地放下手里的木梳，对着妆镜里的自己露出一个嘲讽的笑来：“我想静静，你不必值夜了，回厢房睡去吧。”

怎么才过了一晚，娘子就不看那边小楼的灯光了？湘儿后知后觉地发现季英英不高兴了，她哭丧着脸道：“娘子，是奴婢多嘴，让奴婢侍候你……”

“好啦，以后莫朝那边看了。我和赵二郎缘尽了。我没有烦你，我想静一静。去睡吧。”季英英打断了她的话，催着湘儿出了房门。

绫儿拉着湘儿往外走，回头一看，季英英已闩了门，吹熄了烛火。她朝藤园方向啐了口唾沫，低声骂道：“不娶咱们家娘子，摆出这阵势，难不成想哄我家娘子去做妾？”

湘儿嘟着嘴辩解道：“昨儿晚上，娘子还盼着那楼上有灯呢。”

绫儿拉了她进房，低声说道：“你就是个傻的。昨天和今天一样吗？你只需记得，咱们家娘子不和他好了。快睡吧，娘子今晚不会叫咱们的，指不定一个人多伤心呢。”

说着就将今天发生的事悄悄告诉了湘儿。

“记住了，以后别在娘子面前提赵家郎君了。”绫儿说完，吹熄了灯，放下帐子睡了。

看到厢房里的灯熄灭，树上悄无声息跳下来一个人，朝着季英英的卧房走去。

夜色从窗棂透进屋来。屋子里光线朦胧，看得久了，季英英渐渐看清楚青色帐子上绣着的竹叶。

和赵修缘在竹林寺幽会的日子是快活的，快活得想要告诉给每一个人。要好的闺阁朋友，像从小一起长大的张家大娘子、朱二郎的小妹，季英英不敢讲。前者提起赵修缘就两眼放光，后者知道了，定会马上告诉朱二郎。她只能回到家，在帐子上添上一竿翠竹。渐渐地，她所有的帐帘上都绣上了竹。

季英英偏过身，用手支着脸，伸手去摸帐子。

有时候怨不得谁，只能怨命吧。

帐子在她手下动了动，季英英透过青纱帐子看到窗户上映出一个黑影。今晚有风吗？把黄桷树的树影吹到窗户上了。

她怔怔地看着，心已飘到了前头院子里。想到燃了满楼的灯，想到灯影下坐着的赵修缘，心又揉成了一团。

就在季英英出神的时候，一把薄薄的匕首从窗户缝隙伸进来，轻轻拨动着插梢。

插销发出咔嗒的清响，被挑开了。

季英英也听到了，她看到窗户渐渐被推开。是……贼！季英英猛地掩住嘴，吓得浑身战栗。她开始后悔为什么没叫湘儿在房里打地铺值夜。

正房离厢房有一段距离，离正院更远。此时呼救，那贼狗急跳墙冲进来怎么办？恐怕还没跑进院子，自己就被他害了。

季英英放弃了夺门逃跑的念头。

她悄悄下了榻，摸着榻边矮桌上的烛台，她将蜡烛一拔，露出尖锐的锡质尖头，心里有了点底气。

来人很小心，不想发出动静，轻轻地推着窗户。

卧房陈设简单，靠墙是箱笼与妆台。榻前有一方矮几，榻后是屏风。榻是矮榻藏不了人，躲屏风后太容易被发现了。季英英一不做，二不休，执着烛台尖端朝前，靠近了后窗。只要那贼子敢翻窗进来，她就戳伤了他再喊人。

就在窗户被推开的瞬间，季英英举起烛台用力地刺了过去。

一阵风在黑暗中吹来，杨静渊凭着本能偏头闪过。

季英英一击不中，整个人扑倒在窗户旁，抬头和他碰了个对脸。对方蒙着脸，穿着夜行服，绝对不是好人！

看到她的眼睛越瞪越大，嘴巴张开，杨静渊哪敢让她喊出声，从窗户一跃而入，在季英英张嘴呼叫的瞬间，捂住了她的嘴，在她手腕上一弹。

季英英手腕酸麻松了手，咣当一声，锡质的烛台落在了地板上。

响声在夜里显得很是突兀。季英英心头大喜，挣扎着又踢了一脚，烛台骨碌碌转动着，敲击着地板又滚了两圈。湘儿、绫儿……别睡得太死啊，赶紧听到动静叫人来呀。

杨静渊一颗心随着烛台滚动，支着耳朵听外面的动静。他等了会儿，见没有人听到房里的动静，这才松了口气。这丫头真是胆大，发现有人来撬窗户，也不晓得喊人，竟想着自己动手。杨静渊想到这里，恨不得骂她几声蠢。

季英英被牢牢禁锢在他怀里，额头惊出了汗，悔得肠子都青了。在发现他时就高声尖叫，应该有机会跑掉的吧？

是赵家摆流水席引来的贼吗？要偷的话，就去偷赵家呀，季家小门小户的有什么油水？难道是采花贼？季英英一念至此，吓得差点儿晕过去。

黑暗中，她靠在他怀里簌簌发抖，他却不晓得拿她怎么办了。他不敢松手，怕她叫嚷起来。他又不想开口，让她听出自己的声音。两人就这样僵持着。

她的脸还没他的巴掌大，嫩滑细腻。手掌触碰着她柔软的嘴唇，她急促地喘着气，气息扑上了他的手，挠得他的手痒痒的。

他不过是想送封信提醒她留心赵家而已。他不想让季英英知道是他，越是神秘，越容易相信。知道是他，季英英也许还以为他挑拨离间呢。

杨静渊迟疑的这会儿，季英英嗅到他身上浓烈且陌生的男子气息，越发认定来了个采花贼。她怎么这么命苦？这样想着，眼泪哗地淌了下来。

她吓哭了。杨静渊不得不装腔作势地捏着嗓子说话："我不是坏人。"

半夜撬窗入室，蒙面夜行，还不要脸地将自己搂得死紧，这还不是坏人？季英英唔唔了两声。你赶紧松手吧，好人。我保证第一时间尖叫让家里人知道。

"我是受人之托，给你送封信。你不要喊，我就松手。"

送信？季英英又嗯哼了几声。

杨静渊松开手，赶紧拿出一封信放在了矮桌上。

季英英一看，还真是来送信的："谁叫你来送信的？"

夜色从窗户透进来，季英英穿着白色的单衣、粉红的洒腿裤子，一双赤足踏在褐色的地板上，像月光落了在她脚上，洁白无瑕。杨静渊看得呆了。他骤然听到她问话，忘了捏着嗓门说话，随口说道："写得清清楚楚，自己看。"

话一出口，他就知道不对，懊恼得转身就走。

"杨三郎，我再问一遍，谁叫你来送信的？"季英英还真的听出来了。她越看这人身形越像杨三郎，便直接喊了他的名字。

杨静渊想给自己一个嘴巴。他转过身拉下了面罩，露出俊朗的面容，撇嘴说道："都快子时了，你怎么还没睡着？看到有人撬窗，你不晓得喊人啊？又不会武艺，拿个烛台充什么英雄？傻了吧？"

季英英气极："你快把我吓死了好不好？你还好意思说我这不对，那不对。我在我自己家，我爱睡不睡。你半夜不睡觉，跑来撬我的窗户进我卧室，你想干什么？"

他本可以从门缝里塞进来，可他不想让早起的丫头发现有人半夜来过，便绕到了后窗。还好屋里不够亮堂，否则季英英早就看到杨静渊红透了脸。他梗着脖子道："我来送封信而已，别一副当我是贼的语气。我才没想着要进来呢，一推窗，你就扑了过来，还好我机灵躲得快，不然准被你扎一窟窿。"

季英英惊魂未定，戗声道："我戳贼，有什么不对？半夜鬼鬼祟祟，有什么信非要这时候送来？"

杨静渊语塞。他不是心急想把散花宴上的事告诉她吗？他别扭地转过脸："自己看！我走了。"

他轻巧地翻窗出去，季英英捏着信追了过去："喂，你还没说是谁让你送的信。"

杨静渊沉默了一会儿，从怀里摸出那方锦帕放在了窗台上："我从水边捡的。赵二郎看到这方锦帕了，他大概是误会了你。"他挺直胸膛道，"是我故意让他看到的。这事我做得不够光明正大，你想骂就骂吧！"

锦帕搭在窗台上，那朵菊静静绽放。被赵修缘看到这方锦帕在杨静渊身上，他会以为自己告诉了杨家，那幅斗锦是自己配的色。既然这样，他今晚为何要点亮整座藤园的灯？季英英脸色发白，她抓起锦帕扔了出去，砰地合上了窗户："这帕子不是我的，你哪儿捡的扔哪儿去！"

杨静渊弯腰拾起锦帕，听到压抑的哭声在房里响起，难受得蹙紧了眉。

这么晚了，益州城的城门早关了，杨静渊打算去老管家家里借宿。听着屋里压抑的哭声，他没有马上离开。

他靠着墙根坐着，把那方锦帕摊开放在膝头。抚摸着锦帕上的绣花，指腹感觉着绣纹的凹凸质感，他仿佛看见季英英飞针走线的模样。

不知道坐了多久，屋里的哭声慢慢减弱，渐渐消失，取而代之的是均匀的呼吸声。

睡着了？

杨静渊站了起来。他犹豫了一下，轻轻将窗户推开了一条缝隙。果然，季英英坐在木地板上，靠着矮几睡着了。

黑漆似的长发像轻纱一样覆在她身上，小脸苍白憔悴。

他想离开，又有些不舍。愣愣地看了她好一阵，秋风带来阵阵寒意，衣裳沾上了一层轻霜。杨静渊推开了窗，轻轻跃了进去。

心扑通跳得急促起来。他伸出手，又缩了回来，生怕将她惊醒了。他蹑手蹑脚走到榻边，抱起了被子，小心地搭在了她身上。她的脚露在外面，被褐色的地板与墨绿绸面的被子一衬，白得眩目。浑身的血都直冲着脑门儿涌来，他的脸瞬间红得透了。

鬼使神差的，他的手盖在了她的脚上。掌心像触着一枚玉，冰凉沁人。他屏住了呼吸，一动也不敢动。

大概是脚上传来的暖意让季英英感觉很舒服，她微微扭动了下身体，把头埋进了被子里，一双脚都伸向了杨静渊的手。

杨静渊半蹲在她面前，听到她的呼吸又变得均匀绵长。他握着她的脚放进了被子里，转身迅速离开。关上窗户后，他滑坐在墙根下，大口大口地喘气。他用力按着自己的胸口，怦怦急跳的心仿佛要蹦出来了。他把头靠在石墙上，忍不住笑了起来。

清晨，季英英听到敲门声。

“娘子，起身了吗？奴婢端了热水来。”

“是湘儿啊？进来！”季英英嘟囔着回了，把脸在被子里蹭了蹭。

湘儿把木盆放在地上，推了推门：“娘子，门闩着。”

哦，我昨晚闩了门。季英英想起来了，她打了个哈欠，睁开了眼睛。她发现自己睡在木板地上。她坐起身，墨绿的绸被从身上滑落。季英英赤着脚跑去开了门。

“娘子，您赤着脚会着凉，回榻上坐着吧，奴婢服侍您净面。”湘儿说着，将水盆端到木架上搁着，转身看到被子堆在地上，上前抱了起来，“娘子怎么把被子都踢到了地上？”

她没有听到季英英回答，转身一看，季英英正呆呆地站在门口：“娘子，怎么了？"

季英英回过神，走到榻前坐下："没怎么。"

湘儿去拧了把热布巾递给她。热热的布巾盖在脸上，季英英仍在想，难道昨儿晚上是自己从榻上把被子拉到身上盖着的？她为什么不直接扑倒在榻上睡啊？也许是当时睡得迷糊了吧？

湘儿握着她的脚给她穿鞋，埋怨道："都秋天了，娘子可不能再赤着脚踩在地上了。寒从脚起，最容易受凉了。"

季英英猛地抽回了脚，脸上的布巾掉了下来，她瞪着拿着一只鞋不知所措的湘儿，扯了个笑容出来："有点痒……"

她拿过鞋自己穿上，突然看到柜子下面露出信封的一角。昨晚的事全涌进了脑子里。究竟是什么事这样急，让杨静渊半夜来送信？她又想起了那方锦帕，快步走到窗前推开了窗户，探着头找了半天也没看到，定是又被杨静渊捡走了。

昨晚听杨静渊一说，季英英马上明白赵修缘点亮满楼灯火的用意了。

赵修缘一定以为自己出卖他了。他那样骄傲的人，被人质疑织的斗锦是依靠她的技艺，他宁肯不要锦王。他却偏偏点了满楼的灯。

不是像从前那样，传递情意。

他在愤怒，他想让她看到他的愤怒。

如果她站在院子里，一定能看到赵修缘愤怒地望着自己。

锦帕意外落到杨静渊手里，他是杨家人，她没办法向赵修缘解释。再解释，杨家人也会知道那方和斗锦图案一模一样的锦帕。

"娘子，您在看什么？"

"没什么。"

杨静渊信里是想解释这件事吧？季英英弯腰捡起了信，将它放进了妆奁里。她拿定了主意，如果杨家有人拿这方锦帕质疑赵修缘的技艺，她就说是看到了赵家的斗锦，这才学着绣的。

梳洗妥当，她带着绫儿去了正院。

杨静渊回到家已经快正午了。刚到家门，香油就从台阶上跳了起来，急吼吼地说道："郎君，您去哪儿了？赶紧进去吧，太太等您一晚上了。"

"知道了。"他跳下马，将缰绳扔给门房，带着香油往正院走，"知道太太寻我是什么事？"

香油左右看了看，低声说道：“昨儿您和赵家郎君争执，四郎君向太太告了黑状。晚宴后您不知去向，太太就一直追问您去哪儿了。小的说您和桑郎君饮酒去了。”

“机灵！”杨静渊赞了香油一声，“去告诉桑十四郎，别说漏了嘴，快去。”

香油应了，转身出府去了。

一进门，杨静渊就看到圆桌上摆了饭，杨石氏刚坐下。他吸了吸鼻子，肚子饿得咕咕叫：“给母亲请安。好香！”

杨石氏堆了满脸笑嗔道：“又跑哪儿野去了？一晚上不回府，也不嘱人报个信。快坐下陪母亲用饭。吩咐厨房，再煮盆肉臊汤饼来。”

杨静渊也不推辞，掀袍坐下。昨晚散花宴他饮了几杯酒，一早赶着进城，也没用早饭，吃得甚是香甜。

“吃得香，长得壮。”杨石氏用了一碗小米粥、两个小馒头就停了下来，笑眯眯地看着杨静渊将一大盆汤饼吃完。

等漱了口，端上新泡的蒙顶甘露，杨静渊这才问道：“听香油说，母亲着急找我？”

杨石氏比了个手势，身边侍候的丫头、婆子蹑手蹑脚全退了下去。杨静渊这才感觉到一丝不同寻常。

“母亲，昨天父亲训诫过，儿子该忍着，不该寻赵二郎晦气。”杨静渊以为是这事，抢先告了错，“二哥劝着，最终也没闹腾起来。您别听四郎瞎说。”

“母亲知道你是好孩子。”杨石氏慈爱地说道，眼里升起一丝唏嘘，“杨家保了二十几年的锦王，现在被赵家夺走了，就像往杨家脸上扇了一巴掌啊，杨家人心里都不痛快。你大哥在外扮着笑脸，回来呀，自己跑到祠堂跪了一宿，谁都劝不住。”

杨静渊噌地站了起来：“大哥还跪在祠堂里？我去劝他回来。”

“已经被你爹赶回房去了。这益州城织锦人家多如牛毛，杨家能保持二十几年得胜，已经是异数。高手辈出，技不如人，也没有霸着锦王不给的道理。”杨石氏笑着让他坐了，语气和缓，“听四郎说，你与赵二郎莫名其妙就起了争执。你也没说什么，他就跳起来想要发作。听你二哥说，什么你的他的，究竟是怎么回事？”

一场没有打起来的小争执，值得嫡母这样细细询问？杨静渊敏锐地察觉到异样，胸口的那方锦帕又烫了起来。

杨石氏屏退左右，照香油的说法是等了自己一晚上。小小一场争执而已，从小到大，他打架滋事惹祸，每一件都超过和赵二郎的口角。平时稳若泰山的嫡母却等了自己一夜。心急，不是为自己一宿未归家。

他故意露出满脸鄙夷："他以为自己是谁？得了个锦王就能踩到杨家人头上吗？我就看不惯那张狂样儿！昨儿若不是爹一再叮嘱要大度来着，儿子一只手就能把他给收拾了。"

杨石氏喷笑："还一只手把人家给收拾了呢。哦，你就听你爹的话，也不看看是什么场合？节度使大人在呢。你敢造次，那牛副都督直接把你拿了下狱。大板子打下来，理直气壮地替他女婿报仇了，打死你都是你活该！"

"就节度使旁边那黑脸胖子？嘿嘿，幸亏牛七娘随了她母亲。当初桑十四郎都吓傻了，直说若牛七娘长得像牛副都督，他跳河上吊也绝不娶她。"杨静渊想到牛七娘，又想起了牛五娘来。他眉开眼笑地对杨石氏道："母亲，不用儿子揍赵二郎。等到新婚之夜揭了牛五娘的盖头，保管他一口老血喷到街面上去。"

"住口！"杨石氏嗔骂道，"越说越不像话！可怜牛五娘本是个美人，出豌豆疮落了斑，怎是她的错？何苦奚落一个可怜人！"

如果牛五娘温柔娴静，是个好人，他才不会这样。杨静渊回想在牛家的遭遇就气得咬牙，激得额角青筋都凸了出来。他撇嘴哼了声道："算了，我一个大男人不和她计较。总之她和那赵二郎正好王八看绿豆，送作堆也好。"

朝阳印在他脸上，头顶的束发金丝冠熠熠生辉，将他的脸衬得如朗日般明亮。三房三兄弟，就数他生得最俊俏，身上溢出的骄狂劲是杨石氏打小纵容出来的。

借着从小到大插科打诨的本事，杨静渊将话题岔开了。

然而他小看了自己的嫡母。杨石氏端着茶盏饮了口，眼里的笑意像针芒一样闪烁："傻小子，你和那赵二郎起争执不就是为了一个女子？说出来还怕母亲训斥你不成？母亲特意散了下人，就怕你不好意思。说吧，看上哪家小娘子了？你也老大不小了，你爹也说该给你定亲了。"

去季家提亲？杨静渊心如鹿撞。他躲开杨石氏的目光，歪着头嘟囔："母亲打哪儿听来的小道消息？凭儿子这般花容月貌，赵二郎争得过我？我还想玩两年呢。桑十四郎都没成亲，我着什么急呀？"

看他那神色，就知道他不肯说实话。杨石氏懒得和他再磨叽，把手一伸："那方激得赵二郎脸色大变的锦帕呢？拿来给母亲瞧瞧。"

果然是为了季英英那方锦帕。杨四郎是不长脑子的，唯一能注意到锦帕的就是身边的二哥杨静岩。

“小白眼狼！”杨石氏狠狠地骂了他一句，“你大哥丢了锦王，心里难过，你还藏着掖着。母亲真是白疼你了！”

话说到这份儿上，杨静渊再抵赖，就真对不起杨家了。不拿出来，杨石氏定会找到季家染坊去。他掏出锦帕往桌上一扔：“这帕子和锦王有什么关系？她照着赵二郎的斗锦绣了一方罢了。”

杨石氏只听杨二郎说，这方锦帕在三郎手里晃了晃，上面的菊花就突然消失了，跟斗锦一模一样。她拿起帕子一瞧，眼神就变了。

杨静渊不想季英英再搅进两家争锦王的事端来，觍着脸凑过去瞧：“母亲，不就是配线巧妙嘛，赵家不是说要公开那幅《临江仙菊锦》的配色和织法？懂得配线、配色，谁都能绣，照着绣出来的花样没什么稀奇吧？”

杨石氏捏着锦帕的两角轻轻转动，上面的图样随着光线变化而活动了起来。她沉浸在对这幅绣品的欣赏中，啧啧称赞：“这是蜀绣里的双面绣。赵家那幅斗锦能活动起来，除了配色，织造时还借鉴了双面绣的技艺。赵老太爷说公布配色方法和织法，写在纸上，也学不来的。赵家为织这幅斗锦，另行装配了新的织机。没有赵家的织机，别人知道法子，也织不出来。”

还是让嫡母看出来了。杨静渊还想装傻：“双面绣啊。咱家绣坊里会的绣娘多的是，有什么稀奇的？”

“少哄我，明明是赵家学着这幅绣品才织出了那幅《临江仙菊锦》。”杨石氏将帕子放在桌上，心情大好，“三郎，你真喜欢那季家二娘？”

杨静渊听到这话，脑子嗡的一声响，蒙了。他想点头，想大方地承认。可目光落在那方锦帕上，他的头就点不下去了。他再傻也明白，嫡母在意的不是自己是否喜欢，她是瞧上了季英英的手艺。去登门提亲，季英英会怎么看他？

认识她以来的点滴画面如流水般从脑中闪过，他知道这是最好的提亲时机，他心里千肯万肯，却有那么一点骄傲像刺一样扎着他的心。他不想乘人之危，不想为了她的技艺而与她成亲。他只是喜欢她的活泼，喜欢她像小辣椒似的性子。杨静渊抿紧了嘴，赵二郎要娶牛五娘了，他有大把的时间、大把的机会去求得她的欢心。他想让她用看赵二郎的目光看自己……现在去提亲，就像从花枝上剪下一枝花拿回来插瓶。而他更想把花移种到自己的土里，年年月月看着花开。

他怔忡犹豫着，杨石氏瞧得分明，笑着说道：“别害羞了，男大当婚，女大当嫁。母亲替你做主了。”

嫁谁不是嫁，嫁给自己，自己会待她好一辈子的。难不成看着她匆忙嫁给那朱二郎？杨静渊打定主意，起身给杨石氏深揖首："多谢母亲！"

杨石氏乐得合不拢嘴："快回去歇着吧。"

杨静渊走了几步，又回过头看那方锦帕。

杨石氏笑道："我拿给你大哥再瞧一瞧，去吧。"

杨静渊应了，有点不好意思地说道："母亲，您去提亲时，别提这方锦帕可好？"

怕季二娘多心？杨石氏笑着点了点头。等杨静渊走了，方才悠悠叹道："有了媳妇忘了娘，真真如此。"

她吩咐人去请杨静山和杨静岩过来，低头再观赏着这方锦帕，喃喃自语道："烈马需要辔头，浣花染坊家的小娘子与三郎倒也相配。"

等到杨静山和杨静岩兄弟俩细细看过那方锦帕后，说出来的话和杨石氏告诉杨静渊的又有不同。

"茎叶是东大街何记丝坊的莹石绿，花蕊是小西街田记丝坊最出名的贡锦黄，这粉、这紫分别是余记和邹记家传的桃花粉、葡萄紫……"杨大郎如数家珍，末了倒吸口凉气，"娘，这绣娘对益州府各家染坊丝坊的线了如指掌。益州府染丝的人家数以千计，同样的丝放在一起也有细微的差别。她竟然能搭配出最合适的色，真了不起。"

杨二郎接着说道："我瞧这双面绣单白色就用了十二种，才绣出了云开月出的景致。娘，我和大哥意见相同。赵家斗锦，织的是双面锦，织机咱们能研制。如果没有这样的配色，万万织不出活动的图案。"

杨石氏慎重地说道："这才是它的价值所在。这样的人才，杨家势在必得。"她说着，展颜一笑，"三郎瞧上她了，娘打算为三郎求娶。"

杨静山兄弟闻言大喜："成了杨家媳妇，为杨家锦出力本是应该，也成全了三郎的姻缘，真是两全其美。"

"也只有如此，才能将她请进咱们杨家。"杨石氏说着，眉头微皱，"我担心赵家不会放手。没事，娘会看着办。"

第十六章 因爱成仇

季英英浑然不觉，一夕之间，杨石氏已决定替杨静渊娶她过门。她陪着季氏用过早饭，娘儿俩正凑在一处做针线，季耀庭匆匆走了进来。

母女俩大为吃惊。季氏放下手里的活计问道：“大郎，你不是和季富去买染料了吗？怎么突然折回来了？”

季耀庭看了季英英一眼，想着妹妹迟早会知道，就直说了：“刚套车出门，赵二郎便来了。我瞧他人不大对，浑身酒气。他嚷着要见妹妹，我怕街坊都被吵起来，只好带他进门。”

什么叫人不大对？他不是不喝酒的？季英英心头一紧，手上顿时出了汗，滑得连针都捏不住。见母亲和哥哥都望着自己，她腾地站了起来，端起了针线笸箩道：“娘，您给他说吧。两家没缘分，以后别来找我了。我、我在里屋做针线。”

外头的动静她能听到。不是她不想见赵修缘，而是没必要再见了。见时容易别时难，何苦给自己找不痛快呢？

季氏神色复杂地看着女儿的身影进了里屋，门帘轻轻晃了晃，让季氏的心也跟着晃悠起来。消息传得快，三道堰和益州城都知晓新锦王家的郎君要娶牛副都督家的小娘子，赵修缘咋还来找英英呢？

寻思间，季耀庭已陪着赵修缘进来了。

赵修缘穿了件寻常的碧色绸缎圆领深衣，衣裳皱巴巴的，浸着酒渍。一夕间，赵修缘下巴上冒出了青青的胡楂，眼下带着浓重的青痕。一身青，一脸青白，吓了季氏一跳。

“二郎这是累病了？脸色不太好啊。”

季氏最初以为是斗锦结束，赵修缘撑了一个月，心情一放松，病气就扑了上来。

赵修缘掀袍跪在了季氏面前，以头抢地，却不说话。

大唐人极难下跪，深揖首、折腰一躬就是大礼了。季氏吓得从圈椅上站了起来，不敢受他的礼。

季耀庭也吓了一跳，上前搀着赵修缘，硬是用劲将他从地上拖了起来，扶到旁边的圈椅上坐着，生气地说道：“赵二郎，你这是做什么？”

赵修缘脸上一片惨然，伸手捉着他的手道：“大郎，让我见英英。”

果然还是为了妹妹。季耀庭气得将他的手甩开，怒道：“赵修缘，你和那牛五娘定了亲，年前就要迎娶，你还寻我妹妹做什么？”

“做什么？”赵修缘似哭非哭，似笑非笑，声音嘶哑难听，“我晓得，我娶不了她。我再不能找她，我还来做什么……”

他摇摇晃晃地站起来，颓然地朝季氏揖首行了个礼，又朝季耀庭拱了拱手，深一脚浅一脚地往外走。

季氏和季耀庭交换了个眼神，季耀庭赶紧追了上去。

走到门口，赵修缘的两个伴当赶紧迎上来扶着他。赵平小声告诉季耀庭：“我家郎君昨晚喝了一晚上的酒，天明才被老爷和太太训了。郎君心里难受。”

赵修缘听见，转身一巴掌打在他脸上，怒道：“谁要你多嘴！”

“二郎！”季耀庭上前拦着，叹了口气劝道，“二郎，姻缘讲究个‘缘’字，还讲究门当户对。你心里也莫要太难过，父母之命，由不得你，我们家不会怨你。你和我妹子缘尽了。你这般作践自己，她心里也不好受。回家去吧。”

赵修缘眼睛发红，抓着季耀庭的胳膊不放：“大郎，我就想再对她说几句话。”

他的声音哽咽起来，瞧得季耀庭都跟着难过：“多说无益啊。”

季英英抱着针线笸箩坐在里屋的榻上，听着外面的动静，一颗看似平静的心又被揉搓得酸疼起来。

她扔了针线笸箩，快步掀了门帘走了出去。

“英英。”骤见着她出现在门口，赵修缘整个人像是傻了。他松开了季耀庭，忙不迭地整理着衣袍，露出傻乎乎的笑容：“你在啊。”

一开口，季英英就闻到了酒气。她眼圈一红，指着他就骂了起来："你不会喝酒喝什么酒？瞧瞧你现在成什么样子了？得了锦王欢喜疯了你？"

"我这就回去梳洗了再来见你！"赵修缘眼中突然有了神采，转身就往外走。

"你给我站住！"季英英气结吼道。

见赵修缘听话地回转身，痴痴地看着自己，季英英的眼泪就滴落下来："修缘哥哥，你以后别再找我了。你回去好生洗个澡睡一觉就清醒了。我、我也要定亲嫁人了。"她几乎是瞬间就做出了决定。看到赵修缘的眼睛越睁越大，季英英情不自禁地吼道："我定亲了，和盛大郎定亲了！你再这样的话，我瞧不起你！"

她扭头就往屋里跑去。

"英英！"赵修缘像是突然反应过来，握住了她的胳膊，"你骗我。"

季英英看见赵修缘眼里的惊怒，她是在骗他，可他何尝不是在骗他自己呢？她想起去年及笈时，她和他在竹林寺后山见面，他送给她一支钗。她怕母亲知晓要骂，硬是不收，故意说话逗他："我又不嫁你，插你的钗做什么？"

赵修缘当时还在笑："你不嫁我，你能嫁谁？"

她性子急，嘴上不饶人，拿话堵他："那你请媒人来提亲呀？等媒人登门，我再考虑考虑要不要答应。"

气得他直跺脚："好，你等着。等我过了十八岁生辰，我就请媒人来提亲。你敢不答应？"

当时她心里甜滋滋的，抛下他在山上疯跑，边跑边笑："就不应你！"

她从来没想过他和她会变成现在这样，仿佛一夜间物是人非，沧海桑田。回想起从前，她就是个没开窍的傻丫头。什么都是一根筋、直性子、快快活活、无忧无虑的，她从来不晓得两个人之间隔着家族、门第、责任，从来不知道看似简单的生活背后隐藏着她从未品尝过的无奈痛苦。

可惜，那层面纱已经被揭开了，她再也不是那个没心没肺的季英英了。

"放手啊。赵家再富贵，也得罪不起官家的。修缘哥哥，你是赵家嫡子，将来要继承家业的。不正是因为这个，你才答应家里给你定的亲事？我不怨你呢。你纵然不喜欢牛五娘，等她成了你的妻，你也该敬重她。你来找我，又有什么用呢？"

胳膊传来阵阵疼痛，赵修缘手上用力，眼神已经变了："你这么快就能忘了我吗？英英，你恨我是吗？恨我没有遵守承诺，所以你才将锦帕送给他？"

季英英，你怎么不撒谎说要和杨三郎定亲呢？杨家的大门也没那么好进吧？

季英英看着他，心一寸寸变成了灰。其实她心里还抱着一丝希望，希望经过这么多年的相处，赵修缘会相信自己。母亲和哥哥都在忍着，希望她能把话说明白。她定定地望着他，轻声说道：“不是我送的，真的。”

她希望从他眼里看到一丝释然。就算没了缘分，她也不想隔着这样的误会让他从此怨恨着自己。

“呵呵。”他不相信。那方锦帕对赵家而言有多重要，难道她不知道吗？随意遗失，又恰巧被杨静渊捡到，赵、杨两家是对手啊。他不相信事情这么巧。

笑声衬着他潦倒邋遢的模样实在瘆人得很。他用力之大，似乎满腔的怨恨都化为了力气，恨不得掐断她的胳膊似的。季英英疼得额头冒汗，用力去掰他的手，大声说道：“信不信由你！你脑子被驴踢了是吧？你年前就要成亲，现在跑来找我有什么用？非要看着我为你寻死觅活，你才心满意足？你舍不得我，你去退掉牛家的亲事啊？”

突然提高的音量和她的脸色吓着了季氏和季耀庭。季耀庭早就忍得难受，上前用力拉开赵修缘，将季英英拦在了身后：“赵二郎，英英说得有错吗？你娶不了她，我们家不怨你。你一大早跑来闹什么？指望着我妹子给你做妾吗？我真是看错你了。你若真心待她，你舍得让她这样为难？”

赵修缘被他推得一个趔趄，心里积攒的怨气一股脑儿倾泻出来：“我不难过？我有什么办法？我……”他顿了顿，声音渐渐低了下去，“我舍不得你，你却在我面前与杨三郎卿卿我我，冷静决然，好像只有我一个人难过。我看到他手里的那方锦帕，就像有人捅了我一刀似的……”

她晓得他定亲的消息后，天都塌了。季英英捂着嘴，转身哭着跑回了屋。

季耀庭的怒气渐渐消退，他拍了拍赵修缘的肩道：“二郎，英英不比你好过多少。你走吧。”

一丝希冀从赵修缘眼里升起，他情不自禁朝着屋里迈出了步子：“英英，你骗我！你没有许人！你心里还有我的！”

眼前闪过一幅裙角，季氏挪动着步子，拦在了门口。很多年前，她被妹妹设计和季老爷关在了院子里，什么事都没有发生，仍然被嫡母用恨铁不成钢的目光戳得心窝滴血，羞惭欲死。守寡养大儿女，她自问给了女儿足够的空间，不愿将她养得像当初柔弱的自己。她也给了女儿选择姻缘的自由。可这不意味着她能容许赵修缘一步步地将女儿逼到去给他当妾。

“都说赵家大房嫡子、赵家二郎君天资聪颖，才华过人。她为何要骗你，你想不明白吗？女子在这世间过活何其艰难。她肯为你许嫁他人，你即将迎娶新妇过门，却纠缠不休。赵二郎，你对得起她吗？就算我女儿心里有你，我也绝不容许她自甘下贱嫁人为妾。你若作如是想，趁早打消了主意。”

季氏已经很客气了，只差直说，你不能退亲，跑来纠缠我女儿，你想享齐人之福，那是做梦！

赵修缘像是头一回见季氏。她挺直了腰背站在门口，一身玉兰白的绸衣，梳得整齐利落的发髻，眼神淡而疏离。他蓦然觉得似曾相识，脑中跳出了隔着广阔天井看见的牛五娘。印象中，季氏只是个温和、对利润看得紧的商家小妇人。季氏身上怎么会有那种官宦人家娘子的气质？赵修缘想不明白。

可是这种不动如松的做派和口气真令人讨厌啊！不过是小小的染坊主，还是个没有夫家宗族庇佑、没有娘家撑腰的寡妇，她就不怕得罪赵家吗？

赵修缘的目光越过季氏看向屋里，门帘挡住了他的视线。他朝季氏深揖首：“在下并无委屈英英做妾的念头。”

季氏禁不住挑眉。

赵修缘自嘲道：“听闻牛五娘因容貌而难以出嫁，她定会答应让我娶英英为平妻。我以为和英英青梅竹马，她又尽知我的难处，所以一早前来和她商量。”

平妻？季氏摇了摇头：“我现在就可以告诉你，绝无可能。”

赵修缘眼瞳微缩，这样也不行吗？

一个是官家娘子，一个身份低微；一个无貌被你嫌弃，一个得你宠爱。英英只会成为牛家娘子的眼中钉、肉中刺。你当牛家是什么人家？带兵抄了赵家，也找不到地方说理去的人家。借了人家的权势，委屈人家的女儿，你可真敢想啊。

可惜季家式微，自己在蜀中无依无靠，季氏强忍着大骂赵修缘的冲动，委婉地回拒了他：“赵二郎，季家只是蓬门小户人家，高攀不上。你若真疼爱我家二娘，就不要让她以后被夫家诟病。大郎，送客。”

季氏转身回了房，陪嫁的李嬷嬷和季嬷嬷立时像门神一样挡在了门口。季嬷嬷气得身上的肉直打战。在长安徐家，连宗室子都登门求娶自家娘子，如今居然要对一个商贾家的郎君忍气吞声。

季耀庭觉得母亲已经说得够清楚，摆出了送客的手势。

赵修缘朝季耀庭一拱手，带着两个伴当离开了季家。

出了季家大门，赵平小心地看了他一眼。赵修缘淡淡说道：“做得不错，赏一月月钱。”

赵平琢磨着他的心思，迭声推辞道：“小的办事不力，不敢领郎君的赏。”

“赏你就拿着。盯紧了。知道怎么做吗？”

“小的明白。只要有媒人登门，就劝回去。”

“知道怎么劝吗？”

用话劝不回，就用拳头棍棒。赵平和赵安摩拳擦掌，连连点头。

赵修缘回头看了一眼季家的大门，心里充满了伤感。季英英，我不过是想得你一句解释，为何要将那锦帕送给杨静渊。你敢做却不敢认，还拿定亲来哄我。我说得那样大声，只要你点头，我想尽办法也要让牛家松口，许你平妻之位，你却无动于衷。以你的性子，你若肯了，你还会躲着不出来吗？

你恨不得我从你眼前消失，恨不得马上攀上杨家的高枝吧？

我等了你一夜，哪怕你亮一亮灯，我也不会这样恨你。我等到天亮，等到绝望了，你可知道？

他以为她心里还有着他的。他一夜未睡，故意不曾梳洗去见她。从前他奔去竹林寺和她相会，跑得满头大汗，都会令她心疼不已。如今……赵修缘只觉得自己傻。他以为自己了解季英英，如今却发现，情深一片的只是自己。

赵修缘慢吞吞地走回家。祖父和自己一样看走眼了，季英英和她母亲一样，不会为赵家的富贵动心。对他，也没有想象中的一往情深。

他哂然一笑，眼神变得冷漠无情：“我本来是想许你平妻，想你念着我的难处应下。我没想过委屈你做妾。既然你无情，那就做我赵家的奴婢吧。”

益州城有一条染坊街，最初是有一家小染坊因取水便利而开设于此，后来渐渐形成了一条商业街，做的生意都与“染”字有关。染坊所需的器具家什、染丝染布所用的颜料，应有尽有。彭水的朱砂，嶲州的赤铁粉、矿石粉，资州的生石灰……剑南道及相邻州郡特产都在此开店经营。

染坊街靠北处有一间染料老店。两只石鼓立于店铺门口，基座已生出一层苍翠苔绿。正中挂着“聚彩阁”三字店招。左右深色檀木上镌刻着一副对联。上联是：鹅黄鸭绿鸡冠紫；下联为：鹭白鸦青鹤顶红。

清晨，伙计一块块搬开了铺门板，敞开了店门，拿着鸡毛掸子和抹布擦拭尘灰。木掌柜才用过早饭，慢悠悠从后院踱到了前门，立在门槛里眯缝着眼睛看天。天空聚着一大片洁白的云，染着初升朝阳的温暖橘色。今儿又是一个好天气。他负着手望着，心情不错。

“起早啊，木掌柜！”对街卖染缸的常缸头正带着儿子将一只只陶缸从屋里搬出来，笑呵呵地打了声招呼。

“早起大利市！”木掌柜也笑着应了。

这时，一辆牛车轧着青石板路驶了过来，停在了聚彩阁门口。赶车的汉子坐在车辕上，头上戴着顶草帽，身上穿着一件灰扑扑的葛衣。他身边还坐着一个穿着深灰色圆领深衣的中年男人，唇上留着两撇细细弯垂的胡须，一副账房先生的打扮。

木掌柜眼睛一亮，高声叫着店里的伙计：“还不赶紧卸货！”又笑着招呼车上的人，“靳先生来送货啦？这季的账早做好了，后院结账吧。”

“掌柜客气。”靳师爷拱了拱手称谢，跟在木掌柜身后进了店。

常缸头随意瞟了眼，正碰上赶车汉子抬起了头。那双眼如豹眼一般，精光四射，吓得常缸头赶紧低下了头，心想，这汉子不像普通的赶车汉，倒像个保镖。管他呢，人家给聚彩阁送染料，与自家无关，转眼便将这些心思抛到了脑后。

进了后院厢房，靳师爷往正中主位上一坐，木掌柜端端正正深揖首行了礼，亲自洗手煮起了茶。

饮了一碗茶后，靳师爷浑身的毛孔都舒展开来，这才低声询问道：“如何了？”

木掌柜笑道：“先生来得及时，季大郎正是今天前来进货。”

靳师爷习惯性地摸着胡须，满意地说道：“季家擅染蜀红丝、浣花丝，素来只买彭水郁县的上等凤血朱砂。凤血朱砂产量不多，主子特意在郁水砸了重金订了今年的货，紧赶着送了来。蓝靛都备好了？”

“给季家留的是最上等的鹦哥靓蓝，价钱比别家低了一成，季家非从聚彩阁进不可。”

靳师爷浑身放松，笑道：“等季家染色秘法到手，主子会给你记头功。”

木掌柜激动万分，掀袍朝南跪下连磕三个响头。等他起身，却带出了一丝迟疑来：“季家为染那些绸，向相熟织坊赊了素绸。小人不欲打草惊蛇，遣人暗中观察，却发现一事，心中担忧会坏了主子的计划。”

“说。”

“那些赊欠的条子在两天前被三道堰赵家悄悄买走了。三道堰的织户们都以赵家马首是瞻。赵家许了重金，那些织户大概以为赵家是好意，时日不长，对季家未曾提起。季家怕是不晓得，赵家捏着那些条子，已成了浣花染坊的大债主。”

觊觎季家染色秘法的人不在少数。赵家买走那些欠条，绝不是要做好事。靳师爷眼里精光暴起，噌地从椅子上站了起来，咬牙说道：“秃鹫也敢与群狼争食！等这些染坊人家的秘法到手，赵家就是下一个目标。”

木掌柜劝道："先生莫过于忧虑。赵家想要秘法，这一回却不是冲着秘法去的。"

说着将赵二郎与季英英的情缘讲述给靳师爷听。

靳师爷神情一松："秘法传子不传女。只要赵家碍不着咱们的事，就当给季家多加一重绞索。且等着吧。"

见他并不把赵家的事放在心上，木掌柜也跟着松了口气。两人交谈随意自如起来。

木掌柜没有忍住，小心问道："小人还是不太明白，主子这样做耗费大量金银，耗时漫长。不如直接掳了人去逼问，那季氏母子焉能不怕死？"

靳师爷摇头道："益州府顶级的染丝秘法被咱们弄到手不少，唯独差浣花染坊的蜀红丝与浣花丝秘法。那季老爷在世时，视秘法为性命一般。季太太为了秘法誓不改嫁。季氏母子死不吐口，要他们性命何用？主子观兵书，书上写'不战而屈人之兵'。锦的好坏在于丝，等咱们也能染出顶级丝，织出上等锦，何愁花费的金银回不来？我走了，你细心办事。"

木掌柜恭敬地应下了。

送走赵修缘，季氏眼里充满了担忧。回头一看，季英英脸色苍白地从里屋走出来，季氏正想安慰她几句，季英英主动开了口："娘，您放心，我不贪恋做赵二郎的平妻。"

想起牛五娘那副高高在上、指点江山的模样，季英英真心觉得累。放不下、忘不了是一回事，想到要和牛五娘共侍一夫，她就有种胳膊上趴着只蜈蚣的惊悚感。

"我想和哥哥一起去染坊街，顺便去趟盛家木器店。我、我想再瞧瞧盛大郎。"季英英的声音越来越低。

季耀庭见她脸色不好，这些天迅速瘦了下去，心疼得不得了："英英，你别急着把自己许出去，刚才都是在说气话。咱家都和赵二郎说清楚了，也不是只有盛大郎一个人选。哥哥那些图都还留着呢，咱慢慢挑。"

季英英摇了摇头，努力让自己振作起来："咱家小门小户的，我也不妄求选个多好的人。门当户对，能好好过日子就行了。"

季氏点了点头："你去吧。瞧不中盛大郎也没关系，权当去城里散心。"

等到兄妹俩收拾着出了门，季氏抽了帕子捂着嘴，跌坐在圈椅上哭了起来。

李嬷嬷、吴嬷嬷和季嬷嬷跟着她陪嫁来到益州府，心里大概明白了几分，斥退了侍候的小丫头，围着季氏劝了起来。

季氏一边哭，一边用力捶胸："是我不好，想着季家是小商户，怕她心大去攀高枝，一应规律礼仪从不曾教过她，养得这样短浅，连个赵二郎都当成宝……偏偏她又懂事……当初不恨那口气，与父母断了联系，在长安寻门亲事也好。"

她出身高门大户，虽是庶出，当初也是娇养的贵女。季老爷待她再好，终究只是个小小的染坊老板。季氏只当长安贵女的生活是一场梦，越发不肯触碰原来的记忆。蜀中安逸，风调雨顺，她唯愿生生世世都这样平淡地过活，一双儿女也只求个小富即安。

听到女儿一口一句咱家小门小户，人家逼一步，她只能怯懦地后退，季氏的心就像被刀割一般疼。

季氏委屈，几个嬷嬷也陪着落泪。长安，对她们来说只是一个绮丽的梦境。自梳不嫁的李嬷嬷跟着季氏狩猎打马球时，也曾心仪过羽林卫里的少年郎。高门侍婢的教养从不输蓬门碧玉。到了益州府宁肯陪着季氏单身过一辈子，也不愿低嫁了去。

李嬷嬷当即开口劝道："三姑奶奶得了太太的好，好歹夫家还有个爵。算着路程也该到长安了。太太现在后悔还来得及。不如送小娘子去长安，托了三姑奶奶去拜见老太爷、老夫人，重修旧好。府里念着这一脉亲情，给她在长安寻门亲事。盛家虽说门当户对，可小娘子紧着应了也勉强，也免得留在这里与赵家纠缠不休。"

季氏摇了摇头道："妹妹前脚才走，英英就寻了去，只怕妹妹会误会我放心不下她欠的钱。"她的心却活动了，思量片刻后道，"妹妹道年底前必来还钱赎走房契。那时大郎也成了亲，再让英英随李家来人去长安，也免得她孤身一人前去。隔着几百里，我不放心。"

此话一出，几位嬷嬷都觉得好。季嬷嬷拍着胸脯笑道："到时我陪小娘子走一趟。府里那些老人应该都在，少不得卖我几分面子。"

话一说开，季氏被勾起了思念，越发觉得此计可行。算着日子还有几个月，英英聪明，现教会她人情礼仪也来得及，眉间的愁苦渐渐消散开去。

季氏严守季家家规，不许季英英碰染料染东西，季英英还是头一回跟着哥哥来染坊街进货。到了聚彩阁，她看见门口那副对联，对染料的喜爱就像一股清新的风，吹走了她心里的难过。

"木掌柜传信说进了凤血朱砂，特意给咱家留了货。咱家染坊是聚彩阁的老主顾了，这里染料多，你看着玩。哥哥谈生意时，你不许插嘴。”季耀庭看到妹妹眼里的亮色，顿时觉得带她来这里消遣是再正确不过的决定了。

凤血朱砂价格昂贵，浣花染坊用得珍惜，她只瞧过，连一粒砂都不曾摸过。季英英兴奋得心如撞鹿，只知道点头。

“少坊主来了！”木掌柜见到骡车，眉开眼笑地从柜台后面走了出来。

打过招呼，木掌柜请季耀庭去后院看货谈价。季耀庭回身一看，季英英的眼神粘在染料上几乎拔不出来了。他心里暗叹，如果妹妹是男子该有多好，凭她的天赋，母亲定毫不藏私地把秘法全传给她。

季耀庭问她：“妹子，哥哥去后院看货。你是在这里随意看看，还是与哥哥一起？”

凤血朱砂这样的上等染料是不会摆在外面的，季英英回过神，应道：“我和哥哥一起去。”

她就是赵家用心机想要讨回家的季二娘？赵家高攀了牛副都督家的小娘子，却舍不得对她放手。木掌柜打量着季英英，有些好奇。

季英英穿着胡服，巴掌宽的杏色腰带勒出纤细的腰肢，越发衬得身材修长窈窕。杏目樱唇，的确是个美人儿。木掌柜想起关于牛五娘容貌的传言，觉得赵家此举定是为了宽慰赵修缘，便收回了自己的好奇心。

进了后院坐定，木掌柜亲自捧了个木箱出来。木箱高约两寸，长三尺，宽一尺半，四角包铜。桌上铺了张雪白的竹纸。他开了箱子，里面摆放着二十几只瓷瓶，还有几只珍贵的琉璃瓶。

凤血朱砂就装在透明的琉璃瓶中，格外醒目。

箱子里有各种挖染料的勺子：金、银、铜、铁、锡、木，做得比耳勺略大，柄细长，非常精致。

木掌柜亲手拿起一柄，执了小木勺，挖了一粒指甲盖大小的凤血朱砂粉抖在竹纸上，看到季英英好奇，笑着问道：“季小娘子可知老朽为何偏偏选了木勺？”

季英英随口答道：“木勺不会变色。”

染料大致分为矿石、植物以及动物身上取之的材料三大类。备着各种器具，免得和染料相冲。像朱砂，如果用银勺挖，时间久了，银勺就会变色发黑。虽然没什么影响，但污了器具终究不美。行家都会主动不用银勺取料。

木掌柜一怔：“季小娘子也懂得分辨染料？”

如果是从前，季英英说不定就点头了。她不知轻重，将那方绣了赵家斗锦的锦帕带在身上，又轻易舍去，招来赵修缘怨恨。现在季英英再不肯显摆自己懂染技，微微羞涩地低下了头去："家中开着染坊，听哥哥说起过。"

季耀庭很满意她的回答，眼神中充满赞赏地冲她一笑。季英英悄悄对哥哥吐了吐舌头，不再多言。

木掌柜呵呵一笑不以为意，请季耀庭辨货。

季耀庭捏起那粒朱砂凑到了鼻端，越上等的朱砂气味越淡。他嗅过后用手指轻搓，看到附在朱砂上的粉末并不沾手，点了点头。他将朱砂抖在竹纸上，用指甲盖轻轻一研，朱砂就散成了粉末状，和雪白的竹纸一映，色正、浓、艳。他点头说道："上等货。"

主人砸下重金买来，亏着卖给你。能说不好？木掌柜又去取别的染料。

季英英好奇地看着，学着哥哥伸手拈起几粒朱砂粉嗅了嗅、搓了搓，脑中瞬间就记住了凤血朱砂带来的感觉。

等到木掌柜拿出鹦哥蓝靛时，季耀庭激动了："这么好的靛青，也只有聚彩阁能见着了！"

蓝色的绸布最为流行，用的人最多。蓝色为底，能采用凸版或镂空纸板印染出各种花样。可以用碱作为拔染剂，在没有脱胶的生丝绸上印花，用了碱的地方溶去丝胶后就会变成白色的花样。用胶粉浆作为防染剂，染色之后，脱出胶浆的地方就显出了花样。

染坊所用的染料里，红、蓝二色用得最多。

青出于蓝而胜于蓝。靛青的好坏直接影响染色的效果，难怪季耀庭高兴。

看完数种染料后，季耀庭和木掌柜说起了价钱。木掌柜身负使命，拼命劝说季耀庭多进货，想多套季家的现银。

凤血朱砂价贵，用的量并不多。耗钱的是鹦哥靓蓝。这种蓝与鹦哥身上的蓝羽相似，因此得名。用它染出的绸布有一种珠光般的色泽，布料的价值也贵。

季耀庭盘算一番后道："木掌柜，染料都是上等货，没的说。您给的价钱也便宜。只是我家染坊本小利薄，买不起这么多靓蓝。"

木掌柜叹道："这上等的鹦哥靓蓝，一年一制，就剩最后一批货了。错过了，明年冬季才有货。开春染坊旺季时染料价涨，市面上的上等蓝要贵上三四成，还不知道是否有货。"

聚彩阁的价比别家还低一成，来回就是五成的差价。季耀庭有些舍不得。把这批货买了，足够染坊用两年。但买下这批货，账上就只有一千贯钱。冬天娶了媳妇，日子就紧了。他转念想着年前姨母会还钱，明年开春染坊接了活计，就不怕断了现钱。

季英英在家也帮着季氏管账，心里清楚家里大概还有多少现钱，看见哥哥的神色，她明白了几分："木掌柜，我们兄妹商议片刻可好？"

木掌柜嘱人上了茶，退出了厢房，让兄妹两人商议。

等他走后，季英英才低声说道："哥，赊的那批素绸明年四月到期，春蚕最快也要四月下旬才出来，染坊接活照理只收定钱，交货时才收尾款。活计做得快也要五月才有钱进账。长安太远，万一姨母年前还不了咱家银钱怎么办？"

季耀庭想到来回有四五成差价，耐心算给妹妹听："正因如此，哥才想买下那批靛蓝。蚕丝出来之前，咱家可以染蓝布蓝绸。到了接丝活的时候，再染丝。冬季也不会断了活计。"

季英英探头往外面望了望，见没人在屋外偷听，这才说了自己的主意："哥，不用买这种上等的鹦哥靛蓝，买普通的蓝靛就可以了。我上回无意中发现可以提纯靛蓝的法子，染出来和鹦哥蓝一样。再说，还可以套染。青黄为绿，冬季染绿，开春正适合拿来裁春裳。这样就省一大笔钱了。我回家给你说，别让娘知道就成。"

对呀，他怎么忘了妹妹还有这样的本事，这样的话，赚的价钱就不止这五成的差价了。季耀庭开心地笑了："好，就依你。不过，木掌柜特意给咱家留着这种上等染料，稍稍买上一些就行。"

见哥哥采纳自己的意见，季英英眉飞色舞地算给他听："买了咱们也可以不用啊。等到明年染料贵的时候，把它卖出去，不是更好？"

季耀庭瞠目结舌之余，一巴掌拍在自己头上。他怎么就想不到这点呢？妹妹能用普通的染料染出上等货，值钱的鹦哥靛蓝在旺季有五成的价差，为什么不卖出赚差价呢？他兴奋地说道："如此，就把所有的鹦哥靛蓝都买下，那么咱家明年就能多赚这个数了！"

他比画了一下手指。

季英英哭笑不得："哥，我出主意，是为了少花银钱。咱家账上现银不够使呢，别贪心。有的赚就好了，少买一点吧。"

兄妹俩压低了声音交谈，却没逃过隔壁木掌柜的耳朵。他轻轻将墙上一块木片拨回原处，满脸震惊。难道赵家早知道季二娘也学会了染技？听起来季英英的染技比学得秘法的季大郎还要高明。可惜靳师爷走得早了，不然还能再商议一番，是否将季英英也纳入计划之中。

他在屋里又候了一盏茶的工夫，这才堆满笑容走了过去。

偷听了两人的话，知道季耀庭极可能不会倾尽现钱买染料，木掌柜又生一计：“这批货是特意留给你的。浣花染坊是老主顾，信得过。这样吧，你把染料都带走，多出来的算赊我的如何？明年二月付清就行。嘿嘿，过了二月，价就涨啦，我也不算吃亏。”

四个月时间，只要付清欠款，这批上等靛蓝就归了季家。搁到四月春蚕出来的旺季，直接卖掉，赚三四成。

诱惑不小，连季英英都迟疑起来。

季耀庭想到媳妇过门，家里多出一口人，妹妹的嫁妆也能添厚几分。他一咬牙拿定了主意：“多谢木掌柜。”

签了欠条，木掌柜自会嘱人将染料运到浣花染坊。兄妹俩离开了聚彩阁。

望着骡车走远，木掌柜舒心地笑了起来：“任你百般盘算，又怎敌得过我家主人的算计。”

他回到后院厢房，提笔将兄妹俩的对话一一记下，嘱人快马送给靳师爷。

第十七章

摔碎的骄傲

骡车路过盛家木器店，在街对面停了下来。季英英没有下车，她轻轻掀起窗帘一角朝对面窥望。

盛大郎面容白净，穿着件青绸夹袍，斯斯文文地站在店里。

季耀庭不好坐在外面被盛大郎瞅着，也挤在车里凑过去看：“这样能看出什么？”

不这样看，难道进店和盛大郎聊天？她现在没有和他开心攀谈的心思哪。季英英努了努嘴道：“不知道，看会儿再说。”

店里有几位小娘子正在挑选木梳。盛大郎面带微笑，和气耐心地拿着梳篦介绍。

看了一炷香的时间，季耀庭打了个哈欠：“我还是不知道你想看什么。”

也许是因为不爱，季英英冷静清醒地看到了盛大郎的另一面。她喃喃说道：“老掌柜和伙计在旁边歇着。来的是正当妙龄的小娘子，为什么不叫老掌柜他们去招呼？”

这就醋上了？季耀庭好笑地看了妹妹一眼道：“盛大郎长相斯文，又有礼，又耐心。面对这样的少东家，小娘子不想买也买了。”

说完他觉出几分不对劲来。就为了多卖几把梳篦，盛大郎就可以不避嫌？虽说他没做什么出格事，想想又觉得有些不是滋味。

店里，盛大郎正小心地将一把梳篦插在了一位小娘子的发髻上，亲手捧了镜子让她欣赏。隔着街，都能听见那几位小娘子的清脆笑声。不多时，那几位小娘子就捧着装着梳篦的匣子有说有笑地离开了。盛大郎一脸笑容地送至门口，转过身又进来两位中年妇人，这回迎上去的是老掌柜。盛大郎掀了门帘回后院去了。

看到这里，季耀庭的脸色就变了。不是小娘子他不招呼，这是什么意思？

季英英轻轻放下了帘子："哥哥，我看够了。"

一想到自己的夫婿为了卖一把梳篦而讨好逗趣那些小娘子，她就像是三伏天吃了一罐子红焖肘子——腻歪。

季英英一直以为自己可以将就，嫁个男人认真地把日子过好。但看到这一幕，她实在害怕自己嫁了盛大郎后，会按捺不住脾气和他吵嘴。

季耀庭心里憋气得紧。选了半天，选中盛大郎门当户对，年龄合适，相貌也不差。偏偏这人哪，不是外在的条件合适就是个好的。他掀了车帘出去，沉下脸吩咐季富离开。

车刚要走，又遇到了熟人。

桑十四郎像斗败公鸡似的骑着马，杨静渊骑在马上也板着一张脸。两人身边驶着一辆马车，迎面朝着季家的骡车驶来。

街道狭窄，季富靠边停了车，等那辆马车经过。桑十四郎瞅到车辕上坐着的季耀庭，顿时来了精神，提着马鞭捅了捅杨静渊："是季大郎。"

杨静渊大喜，高声招呼起来："季大郎！我正有事寻你！"

他说着就要拍马过去，桑十四郎急了，一把扯住了他的手，压低声音说道："杨三郎，你敢扔下我跑，兄弟就没的做了！"

杨静渊瞟了一眼缓行的马车，声如蚊蚋："你可没说牛五娘也要出门。"

桑十四郎语塞，把头摇得跟拨浪鼓似的："我不管，你今天说什么都要陪我。"

"牛七娘吃不了你！出息！"杨静渊鄙夷地说完，堆了满脸笑跳下了马。

听到杨静渊的声音，季英英没来由地想起昨天晚上他送信来的事，隔着帘子叮嘱季耀庭："哥，别说我在。"

为什么？季耀庭马上想起了赵、杨两家的恩怨，多一事不如少一事，妹妹不想和杨三郎攀谈就罢了。赵二郎已经怨恨上季家了，再和杨家来往，季家在三道堰的日子就不好过了。但斗锦那天杨静渊骑了马找回妹妹，他该上前向对方道声谢。他这样想着，也下了骡车。

杨静渊一心想摆脱陪牛氏姐妹逛街，打过招呼后，听到季耀庭称谢，他赶紧压低声音说道："你若谢我，就赶紧说有事找我。"

啊？季耀庭一时间没反应过来。

这时马车停在了路边，侍婢服侍着牛氏姐妹下了车。牛七娘认出了季大郎，低声告诉了姐姐。牛五娘微微一笑，缓缓走了过去："你就是季二娘的哥哥？她可还好？"

牛五娘戴着顶帷帽，长长的面纱直垂到胸口，遮住了面容，却不影响她的气度风仪。

娴静高贵的牛家小娘子突然给自己见礼，季耀庭十分不安。她是冲着妹妹来的吗？他惊吓之下，一时忘了别人并不知道妹妹在车里，绷紧了神经，生怕牛五娘找碴儿："多谢您关心，我妹妹……还好。"

见他挺直胸膛拦在车前，眼神却忍不住想往后瞟的模样，牛五娘微笑道："二娘既然在，何不出来一见？"

车里还没动静，季耀庭已经下意识地张开了双手："我妹妹不在。"

哎哟，这蠢样儿！桑十四郎在旁边看得清楚，以手抚额都不知道该说什么好了。

杨静渊见状，知道季英英多半在车里，也有些傻眼。

牛七娘直接走到车旁，高兴地叫道："季二娘，你在啊？你怎么不出来？"

车外的人，季英英就没有一个想见的。她心里飞快地冒出一个主意，故意捂着嘴咳了几声，捏着鼻子瓮声瓮气地说道："受了风寒，郎中说不宜见风，二娘在这儿有礼了。"

"是啊，妹妹不知怎的病了，才看了郎中，不方便见客。母亲还在家守望，在下先行一步了。"季耀庭总算还没笨到家，借着妹妹的话团团一揖，跳上了车辕。

季富见机不妙，赶紧抽了一鞭，赶着骡车缓缓驶离。

"季二娘，等你好了，我下帖子请你来家做客！"牛七娘没当回事，匆匆朝车里喊了一声。

胆小怯懦小家子气！牛五娘微微一笑，挽住了妹妹的手道："你说的就是这家木器店吗？"

牛七娘的心思再一次被她转移开，兴致勃勃地说道："是啊，卖透光镜的就是这家。梳篦也好看……十四哥，你来帮我选套梳篦！"

桑十四郎紧紧握住杨静渊的手应了，低声求道："三郎，你别走。"

杨静渊望着远行的骡车，脑中回荡着季英英瓮声瓮气的声音，心如沸水，翻腾不休。昨晚他怎么就没叫醒她呢？定是睡在地上受了寒。也不知道郎中怎么说的，严不严重。他越想越自责，越想越牵挂，一刻也待不下去了，敷衍着桑十四郎道："行，我不走。你松手吧，大男人拉拉扯扯的像什么话。"

桑十四郎刚松了手，杨静渊就像兔子似的跳开，利落地翻身上了马，瞬间就跑出几丈开外。气得桑十四郎浑身发颤，指着他的背影直哆嗦："好兄弟啊……"

"桑十四！"

一声娇咤从身后传来。桑十四郎打了个激灵，堆了满脸谄媚的笑，抖着腿移了过去："小姑奶奶，我在呢。"

牛五娘立在门口，长长的面纱轻轻抖动着，瞧不出是被风吹起了，还是在生气。

出了街巷，季耀庭长吁短叹："妹子，怎偏生又遇到了牛五娘呢？"

季英英心想，我哪里知道。幸亏我反应快装了病，否则牛七娘定会拉着我进木器店不可。

同是姐妹，牛七娘像夏天的冰镇鱼脍，爽口美味。牛五娘是一罐鸡汤，浮油掩住了热度，吃的时候才知烫嘴。牛五娘的眼神，总给季英英一种翻手就能将她碾成齑粉的感觉。

今天牛五娘主动开口打招呼……季英英心中一动。比起牛七娘，可能想邀她一起逛木器店的人会是牛五娘。

为什么呢？她不是表示根本不在意赵修缘和自己的那段情缘吗？季英英看得懂牛五娘眼里的轻蔑。对牛五娘而言，自己只是路边一株懒得看的杂草。她突然主动打招呼想让自己露面又是为什么呢？

季英英想不明白就懒得想了，反正她会离牛家姐妹远一点。她挑起帘子对季耀庭说道："哥，我们不在城里用饭了，回家路上买几个锅盔和馒头垫一垫好了。"

季耀庭也不想在益州城里久留，正巧看到路边有卖馒头的，吩咐季富停了车，打算去买几个馒头路上吃。

骡车行得慢，没等季耀庭买好馒头，杨静渊骑着马已经赶到了。他见季耀庭站在蒸笼前，急忙阻拦道："怎么能吃这个呢？前面不远有家粥铺，煮的鲫鱼粥又香又浓。吃一碗下去，保管英英病好一半。大郎且赶了车来，我先去吩咐老板现杀鱼熬粥。"

他连说话的机会都没给季耀庭，骑着马跑远了。

季耀庭的嘴巴张成了一个圆。

“保管英英病好一半。

“我先去吩咐老板现杀鱼熬粥。”

他叫妹妹什么？什么时候杨三郎唤起妹妹闺名来了？他是不是热心得过分了？

季耀庭好不容易才合拢嘴巴。

从青羊观认识杨静渊，到斗锦那天他骑了马急着去接季英英，杨静渊对妹妹的异常举动哗地涌进了季耀庭的脑袋。

他好一阵才回过神，一把掀起车帘瞪着季英英，连珠炮似的问道：“你听见没有？杨三郎叫你什么？他怎么知道你的闺名？你生病关他什么事？跑得跟风车似的。你该不会是和他好上了吧？”

季英英又羞又气。昨晚杨静渊撬窗送信，今晨被子又古怪地落在地上，再察觉不到杨静渊待自己的异常，她就真是个瓜娃儿了。一瞬间，赵修缘那双充满误解怨怼的眼睛就出现在面前。他质问她，是否因为恨他毁约，就把那方锦帕送给了杨三郎。她若和杨静渊走得近了，岂非坐实了赵修缘的猜测？想起两人从小到大的情分，季英英实在不想再见到赵修缘悲愤地登门指责自己。“没有的事！哥，赶紧回家去吧。”

回家去？可人家杨三郎热心地骑着马去给你弄鲜鱼粥了呀。好歹是一片心意，怎能不和杨三郎说一声，扔下他就出城去呢？季耀庭纠结了。

早晨被赵修缘闹腾一顿，季英英心都灰了。打算瞧一眼盛大郎，嫁就嫁了。谁知道多瞧这么一会儿，就腻歪了盛大郎。她想嫁了，离三道堰、离赵家、离赵修缘远一点。如今又没有合适的姻缘，她心里更加烦乱。

季英英苦笑起来：“哥哥，季家高攀不上赵家，就能攀上杨家吗？富贵人家郎君的心思咱猜不透。咱们不吃他的粥，他心里也就明白了。将来也不会再和咱家来往，省了麻烦。”

季耀庭知道妹妹说得在理，但这实在太过失礼。

看到他为难的脸色，季英英心一横，吐露了实情：“那方给赵家斗锦绣的锦帕被杨三郎捡到了。赵二郎今早来家里闹，是疑我嫁不了他，故意向杨家泄了密。”

季耀庭大吃一惊，跺脚道：“你就该烧了它。赵家二十几年才得一个锦王，定不肯让人质疑半分的，何况落到了杨家人手里！你真是糊涂！”

她看到那方锦帕就会想起斗锦前后的变化，只顾着伤心难过，根本没想过留着它的后果。季英英眼里渐渐蓄满了泪：“哥，我错了。我心里起了誓，打死也不会承认的，不会……让他难堪。”

看妹妹仍一副替赵修缘着想的模样，季耀庭的心又软了下来：“罢了。你先与季富叔回家去。我去寻杨三郎，但愿能讨回那方锦帕。”

季富赶着车载着季英英出城。季耀庭顺着街道往前走了一盏茶工夫，看到一旗绣了“粥”字的青布店招。杨静渊那匹耀眼的白马正拴在门外的槐树下，鞍辔烂银打就，被阳光一照，熠熠生辉。

杨静渊背对着门站着，发髻被一根枣红底金丝绣花发带束着，身上穿着同色的织锦袍子。那些绣在锦上的金丝随着他的动作而晃动，富贵的气息像阳光下的波光点点泛开。

“老板，还要等多久？”

他大声催促着老板。侧脸天庭饱满，鼻梁挺直，嘴角上翘带着笑，俊朗得像秋日洗净的碧空。

季耀庭又生出丝丝叹息。他不能否认杨静渊的出众，可是……他姓杨，是杨家的儿郎。

“大郎，粥马上就得，正好趁热喝。”杨静渊一回头，看到了季耀庭。他下意识地往后面看去，意外地发现骡车没有跟了来，他又着急了：“是不是骡车颠得难受了？”

就冲着他这份焦急，季耀庭抱拳弯腰长揖首。

杨静渊愣了，侧过身不受他的礼：“大郎何故如此？”

季耀庭站直身体，深深呼吸：“我妹妹已经先行回家去了。”

“噢。”杨静渊有点失望，展颜笑道，“不舒服早点回家去也是应该的。你把粥带回去吧。”

季耀庭一声叹息：“杨三郎，你说实话，你是不是喜欢上我妹妹了？”

杨静渊的脸烫了起来。对，他就是喜欢上季英英了，有什么不能说的？他挺直了腰，诚恳地说道：“是，我心仪令妹。我已回禀了父母……”

季耀庭打断了他的话：“杨三郎，多谢你对我妹妹的爱护。但季家门户小，高攀不起。”

只是因为门户之见就不肯结亲吗？杨静渊想了想，认真地说道：“我非嫡子，无须继承家业。我爹娘不需要给我娶房门第高贵的媳妇，愿意成全我对令妹的心意。”

“是因为那方锦帕吧？”季耀庭作为季家支应门庭唯一的儿子，十岁起就被季氏带在身边打理染坊事务，他对人情世故的了解远超他的年龄。他平静地望着杨静渊道：“是因为杨家老爷和太太看到了我妹妹绣的那方锦帕，才愿意成全你吧？”

杨静渊顿时语塞。嫡母的确是因为那方锦帕才同意他和季家的亲事，可他不是。但他又无法否认季耀庭的说法。

“锦帕呢？”季耀庭又一次替妹妹难过起来。

杨静渊无法撒谎：“在我母亲手中。”

说话间，店主喜滋滋地拎着一只黑陶罐走了出来：“小郎君，粥熬好了！多放了姜丝，保管热热一碗下去，通气透汗！”

季耀庭拱了拱手：“多谢你的心意。季家确实高攀不起，请别再寻我妹妹了。”

黑陶罐口浮着雪白的鲫鱼粥，粥中浸着淡黄色的姜丝，撒着嫩绿的香葱，正冒着热气。

杨静渊失神地坐了下来。

店主搓了搓手，小心地问道：“郎君可是不满意？”

杨静渊猛地抬起头来，扔了一把钱在桌上，拿起蕉叶盖在陶罐上，拎起就走。

季耀庭慢吞吞地步行回家，走到城门口时，看到一匹白马从身边奔出了城。白马红袍，着实打眼，他心里暗惊，扬手想叫住杨静渊。转瞬间，人已没了影。

骡车早一步出了城。离城不远的一棵黄桷树下支起了竹棚，挑着“茶”字店招。季富停了车等季耀庭，季英英也跟着下了车进了茶摊。

茶刚端上桌，季英英听到马蹄声疾疾地冲着自己奔来，她下意识地回了头。

白马在茶棚前停下，杨静渊骑在马上，一手提着装粥的黑陶罐。

他定定地看着她，杏黄色的胡服，梳着利落的乌椎髻，两只眼睛因为吃惊而瞪得溜圆。她好好的，她在骡车里没有病得昏昏沉沉，她听得清清楚楚。可她还是先走了，让她大哥来回拒自己。如果是赵修缘，她会这样不辞而别吗？他想起了昨晚季英英压抑的哭声。她从来没有喜欢过自己，不过是他一厢情愿罢了。

心像被蚂蚁咬了一口，那一点酸渐渐地漫向四肢百骸，让他难受得咬紧了牙。黑陶罐并不大，此时看到季英英好好地坐在面前，突然之间就变得沉了。

被杨静渊追上来逮个正着，季英英很尴尬。她小声解释道：“我只是不想见牛五娘，后来……”

后来也不想和你有过多攀扯。

只是看出杨静渊待自己有意，但他其实什么都没有说过。她的话就不好说出口了。

她探头往路上望了一眼，官道上行人少，一眼望去，远远能看到城门楼，季耀庭还没有赶到。

白马轻轻踏着蹄，慢慢靠近了季英英。杨静渊俯视着她："我想娶你，不是因为那方锦帕。"

他突然开口说嫁娶之事，惊得季英英倒退一步："你说什么？"

杨静渊定定地看着她："如果我母亲请媒人登门提亲，你会答应吗？"

季英英呆若木鸡，她下意识地摇了摇头："杨三郎，你别开玩笑……"

她眼里只有惊色，杨静渊发现果然是自己一厢情愿。嫁谁不是嫁呢？嫁不了赵二郎，她就没想过可以嫁给自己吗？他哪点比赵二郎差了？

"杨三郎，你懂得织锦吗？"

他想起了赵修缘的话。是啊，他是个只知道走马弄鹰、游乐享受的纨绔子弟，自然比不得赵修缘能干。

"在你心里，我真的一无是处？"

"锦王杨家的郎君，怎么能说自己一无是处呢？"

"你很有钱啊，不是吗？"

他想起她曾经说过的话，在她心里，他一直是个有钱的纨绔罢了。杨静渊垂下眼眸，手里拎着的粥就像一个笑话。他，在她眼里也像一个笑话吧。手一松，装粥的陶罐从手里滑落，啪地摔得粉碎。

洁白的鱼粥散落了一地。

他望着季英英吃惊的脸，淡淡说道："你放心，我不会仗着家里有钱强娶你的，以后我再不会自作多情。"

杨静渊掉转马头，抽了白马一鞭。马咴咴地叫着，扬蹄朝着城里疾驰而去。

"喂！"季英英追着跑了几步，杨静渊头也没回。她气得大叫："这叫什么事啊？莫名其妙！"

他来得莫名其妙，话说得莫名其妙，气生得莫名其妙。季英英狠狠地跺脚："我又没欠你！"

转头看到地上摔碎的陶罐和鱼粥，季英英觉得刺眼至极。她上了骡车，气鼓鼓地说道："季富叔，我们回家去吧，不等哥哥了！"

可惜了。季富心里叹了口气，驾着车走了。

等到季耀庭回来，收了货，对过账，一进小跨院，季英英就扑了过来，捏着拳头揍他："你和杨三郎说了什么？他莫名其妙跑来摔粥罐子！"

季耀庭捉着妹妹的手腕急道：“你小声点，想让母亲听见？”

季英英气呼呼地罢了手，坐在黄桷树下撑着下巴生闷气。

“哥哥只是拒绝他了。这不是咱们事先说好的？”季耀庭挨着她坐了，好奇地问道，“他对你发脾气了？”

季英英没好气地数着手指头道：“他跑来一共只说了三句话，然后就把粥罐子摔了。”她愤愤不平地说道，“我连声谢都没机会说，他就跑了，像是我借了他家的米还的是糠麸似的。脸快拉到膝盖下面了！有钱人家的少爷真真侍候不起。”

季耀庭叹了口气道：“在家受尽宠爱，没经过事。大概没想到咱家会拒绝他，伤自尊了。”

“嘁！”季英英嗤之以鼻，“说他是纨绔，他还受不了？当时我是没反应过来，他再在我面前摔一次粥罐子试试，我不把他骂得狗血淋头才怪！”

如果杨静渊不是杨家的郎君，该有多好。季耀庭想起杨静渊神采飞扬的模样，暗暗道了声可惜。

“以后再无交集也就罢了。对了，方才和母亲对账，母亲说，年底姨母家来人，就让你跟着去长安。”

“长安？！”季英英再一次吃惊了。背井离乡的惶恐瞬间攥住了她的心，她捉着哥哥的衣袖，紧张极了：“我回来时母亲怎么没和我讲？”

季耀庭笑道：“你回来时母亲正在午睡。下午收货盘账，用过晚饭，就会和你讲了。”

因牛五娘快要出嫁，牛七娘为讨好口彩，事先说好在喜盈门用午饭。雅间里垂着一道竹帘，挡得住外人的目光，却不妨碍牛五娘取了帷帽用餐。

房里摆了两桌。牛七娘陪着姐姐，舍不得不使唤外头独自坐着的桑十四郎。有侍婢不用，就喜欢折腾他。小二端了菜进门，牛七娘一句“我姐姐不喜见外男”，桑十四郎就成了免费的跑堂——负责从门口接过托盘，再递给牛家的侍婢。

见到杨静渊推门进来，桑十四郎原本哭丧的脸瞬间放晴，喜得一个熊抱，差点儿当场泪奔。

隔着朦胧的竹帘，牛五娘抬眼睃了杨静渊一眼，嘴角扬起个鄙夷的笑容。

这笑容恰巧被牛七娘瞧见，她性子直，快言快语地问道：“姐姐笑什么？”

屋子不大，牛五娘的声音不高不低，清清楚楚落进了杨静渊耳中：“我笑啊，益州城锦王杨家的三郎君没讨得佳人喜欢，灰溜溜地回来了。”

桑十四郎倒吸一口凉气："三郎，你抛下我去找小娘子了？"

杨静渊没好气地推开他："什么叫抛下你去找小娘子？我可不好男风！"

"借你个胆子你也不敢！"牛七娘笑吟吟地威胁了一句，好奇得不行，"姐，你怎么看出来的？"

牛五娘给她夹了一条鹿筋，轻笑道："印堂桃花红，中有煞气黑，自然是桃花运不顺喽。"

念着桑十四郎可怜，原答应了他今天陪牛七娘逛街吃饭。他不想失信于桑十四郎，否则他才不会去而复返。杨静渊心里本就窝着火，听着牛五娘绵里藏针的奚落，瞬间来了脾气。他噌地站了起来，冲着竹帘后道："牛五娘，看在桑十四郎的面子上，我一忍再忍。你再阴阳怪气地说话，休怪我不客气！"

竹帘后的牛五娘挺直了腰背，挑衅道："我就爱这样说话，你要如何不客气呀？"

牛七娘见状，匆匆咽了鹿筋，挑帘子就站了出来，满脸期待："你跟着青城山的牛鼻子老道习武多年，我一直想跟你比试比试，要不要打一场？"

她举着一百斤太湖石的形象瞬间砸中了桑十四郎的脑袋，他抱住了杨静渊急声劝道："三郎，你别和女人一般见识！"

"松手！"杨静渊心情不好，不想再待下去，"十四，以后有牛五娘在，休怪我不陪你。"

他挣开桑十四郎欲走，牛五娘的声音变得尖锐起来："你有什么了不起的？花的银钱可有一分一毫是你挣来的？仗着你姨娘以色侍人才受宠的庶子罢了！"

血淋淋地揭开杨静渊身上的富贵皮。他缓缓转过身，素来和煦的笑容早已散尽，气得额头青筋直冒。这个女人从杨家拒亲后，就喜欢撩拨他。他望着竹帘后的牛五娘，仿佛能看清她紧抿的嘴唇与眼里兴奋的光。

桑十四郎从来没有见过这样的杨静渊，像一尊冰冷的石像，浑身上下散发出生人勿近的暴戾气息。他心里难过万分，觉得牛五娘羞辱的好像是自己。

"住口！"桑十四郎热血上涌，上前一步挡在了杨静渊身前，对牛氏姐妹说道，"与人善言，暖于布帛。伤人之言，深于矛戟。牛家就是这样教导自家小娘子的吗？牛家的娘子，我桑十四不屑娶之！"

"桑十四！你说什么？！你胳膊肘朝外拐是不是？你竟敢说要毁亲？！"牛七娘吃惊于桑十四郎胆肥了，敢替杨静渊说话。听到后面一句，气得脸色大变，想也不想，伸手就去抓他。

牛七娘天生神力，若被她扯中，桑十四郎一条胳膊少说也会脱臼。出生武将之家的牛七娘根本不会把脱臼这样的疼痛放在心上，气急之余，也没想着要少使点力气。

其实桑十四郎说完就后悔了，看到牛七娘发飙来抓自己，悔得双腿打战，都想跪地求饶了。他闭上眼睛，心想好不容易硬气了一回，大不了拼着让牛七娘伤了，正好借口退亲。

杨静渊的怒火被桑十四郎的举动消了大半，他拖着桑十四郎的衣领往后拉，手臂绵软如蛇，轻轻搭上了牛七娘的手，胳膊一抖一震，化解开牛七娘的力气。手指在她双臂的麻筋上一弹，直接将她推到了桑十四郎怀里。

他盯着帘子后的牛五娘闲闲说道："我是庶子是废物又怎样？你上赶着想嫁，我不、想、娶！"

一只茶杯从竹帘后扔出来，砸着帘子摔在了地上。

牛五娘尖声叫道："谁稀罕嫁你！"

杨静渊笑了："实话告诉你，上回你扑我怀里来，脸上的粉抖得跟下雪似的，包顿饺子都够了。我起了两胳膊鸡皮疙瘩，三天没消呢。你不稀罕最好，我害怕！"

牛五娘狠狠掐着自己的腿才没有气得跳起来。她高声说道："我下个月要嫁赵家二郎，你想娶也没那福气。"

"杨三郎，你怎么能这样说我姐姐？上回明明是她下台阶崴了脚，脚踝肿得老高，养了大半个月才好呢！"牛七娘半身酸麻地靠在桑十四郎怀里，想挣扎却没力气，急得直嚷嚷。

杨静渊懒得多说，转身对桑十四郎道："带着七娘换地方吃饭去。"

"三郎，她，我我……"桑十四郎头一回抱着牛七娘，像被点了穴似的，动都不敢动。

杨静渊睨了他一眼道："出息！"

他说完就推门走了出去。

桑十四郎怀抱美人，紧张得额头冒汗。

满屋的侍婢全低下了头，不敢多言。

牛五娘突然低低笑了起来，笑声越来越大。

"姐姐，你别笑了！"牛七娘想推开桑十四郎，可胳膊一点劲也使不上，她转脸瞪着桑十四郎，"你放手！"

桑十四郎眨了眨眼，似乎有点不敢相信牛七娘没有一脚将自己踢开。他抬起头时，看到杨静渊正望着自己啧啧摇头，那恨铁不成钢的模样跟他爹桑长史看他时几乎一模一样。他不知道从哪儿冒出的勇气，握着牛七娘的手就往外走，边走边训她："你姐姐脸坏了，脑子也有毛病。你少被她呼来喝去当枪使！不然我就休了你！"

他还敢威胁她？可是他这样子瞧着真好看……牛七娘脑子一片空白，呆呆地望着桑十四郎，跌跌撞撞被他拉了出去。她的侍婢见状，只得匆匆向牛五娘行了礼，嘴里叫着七娘子，跟着追了出去。

牛五娘还在笑。少了一半人的雅间显得空荡无比，她突然喝道："都给我出去！"

服侍她的两名侍婢头也不敢抬，慌乱地退了出去。二人离开时掩上房门，房间里面传来噼里啪啦的响声。

她是看上他了。摔下台阶被他接住的时候，她就喜欢上他了。

她弹得一手好琴，画得一手好画，下厨能做一桌好菜。她想尽办法邀他来家，尽情展示给他看，他却不屑一顾。

杨家婉拒亲事，有本事让他当一辈子道士不娶妻好了。练什么童子功，哄鬼去吧！不就是嫌她脸上有斑吗？脂粉一盖就瞧不出来了。哪个女子不用脂粉？

杨家是锦王又怎样，一介商户而已。害她成为益州城的笑柄，连商户家的庶子都瞧不上她呢，谁还肯娶她？

他不肯娶她，他甚至畏如蛇蝎般躲着她。

"杨静渊，你有什么了不起！你不过是个以貌取人的俗物！"牛五娘愤怒地砸着碗碟，听着清脆的响声，她咬牙切齿地说道，"我会帮着赵家把杨家踩到脚下，我要让你身无分文，跪在我脚下向我讨食！"

第十八章

雨夜里的表白

每逢初一、十五，杨大老爷总会顾忌着大太太杨石氏的脸面，留在正院用晚饭。又逢十五，杨家大房齐聚一堂。

杨静渊在门口停住了脚步，情不自禁扫了一眼柳姨娘。

堂上开了两桌，一家人没有用屏风隔开。一桌坐着父亲和两个哥哥，以及三个侄儿，另一桌是杨石氏和两个儿媳带着年幼的孙女。

柳姨娘穿着件银红色的夹袄，白色的裙幅用一条绯红的腰带系着，腰盈盈不足一握。娇嫩中带着妇人的成熟韵味。她梳着坠马髻，眼波流光潋滟，有一种柔弱到极致的美丽。

大哥、二哥都有妾室，只向嫂子们请安，不会来嫡母处的晚宴。满满一屋子人，只有柳姨娘一个人站着侍候。

打记事起，初一、十五家里人聚在正房用饭，柳姨娘都是站在杨石氏身后的。有她侍候杨石氏，两位嫂嫂都坐了下来。她才三十来岁，比大嫂还小两岁，瞧着和二嫂一般年纪。

杨静渊想起了牛五娘的话，心像针扎般难受，头一次觉得站着的柳姨娘分外刺眼。自己坐着，她站着侍候，她是自己的亲娘啊。他真想掉头离开。

人都到齐了，就等杨静渊来。杨石氏看到他，习惯地扬起笑脸叫他：“三郎快来，就等你了。”

大哥、二哥、两位嫂嫂、侄儿、侄女都到了，杨静渊突然觉得，如果堂上少了娘亲和自己，并不会影响家里的这份热闹。他上前行了礼，挨着二哥坐了。

杨家是商贾人家，也遵循食不语的古训，一顿饭只听见杯碟碗筷的轻响。只有杨石氏那桌，都说隔辈亲，她心疼孙儿、孙女，不时吩咐仆妇给他们夹菜添汤，也不时能听到柳姨娘柔和的声音："太太，让婢妾来。"

"太太，秋燥，给您添碗老鸭汤可好？"

"太太，酱肘子您可不能多吃。"

她压低的声音像长满茸毛的菖蒲，有种令人心痒的悦耳感。然而杨静渊听在耳中，却如坐针毡。

终于熬到杨大老爷停了筷，漱了口，杨静渊悄悄递了个眼神过去。

杨大老爷怔了怔，起身负手去了大厅坐着。

这边席面一散，那边也跟着散了席。

散席后照例要陪着父母说会儿话。儿媳们领着孩子坐在下首，柳姨娘再一次站到了杨石氏身后，侍奉茶水。

杨大老爷瞅了眼杨静渊问道："去季家提亲的日子定了没有？"

杨石氏笑着答道："斗锦一完，城里的织户们就纷纷上门求问新锦的织法。老爷不催，妾身也打算这两日就请官媒走一趟。"

爹呀，我给您使眼色，不是催着去提亲！父亲的误会让杨静渊不是滋味。如果那天没有碰到季氏兄妹，也许他现在一定红了脸，欢喜不已。

"三郎定是欢喜傻了。"

"已经变成木头人了！"

两位兄长打趣的声音让杨静渊一惊，他站起身来垂下了头："母亲，别去季家提亲了。"

"你说什么？"杨石氏以为自己听岔了。本是一举两得的好事，三郎怎么突然改了主意，阻挡起来？

他现在只是在杨家吃闲饭的庶子。

父亲私下许诺将来分给他的产业尚不在他名下。父亲在世一天，他就不可能分家单过。这是织锦人家约定俗成的规矩。如果每一个庶子长大成人都分了产业出去，家业就像被蚂蚁蚕食，一点点变得弱小。

杨静渊清楚地知道，父亲虽然已经六十岁，但身体还算康健。至少有很长一段时间，他仍然只能依附家里，拿公中月钱度日。没成亲之前，银钱随他花用。成了亲，他就不是一个人了。如果季英英喜欢自己便罢了，但她心里没有他，何必娶她过门，让她跟着自己受人耻笑？

杨静渊拿定了主意，掀袍跪在了父母身前："儿子虚长十八岁，未有建树。想外出闯荡一番，求爹娘成全！"

他要离家闯荡？

满堂震惊。

柳姨娘情急之下看向了杨大老爷。杨大老爷轻轻摇了摇头，示意她少安毋躁。他明白自己先前会错了意。三郎一天比一天懂事，老管家传信说他天资聪慧，能举一反三，经商那点门道一说就懂。好男不吃爹娘饭，杨大老爷并不觉得儿子的所求有何不对。他开口问道："三郎，都说成家立业，成亲和你举业并不矛盾。何况，外出闯荡总要有个目的，你当是随意拿着银钱出去游山玩水吗？"

"我现在不想成亲。"杨静渊也不知道自己出去后想做什么。他只知道留在家里，最多给大哥、二哥跑腿打杂。也许是因为赵修缘的讽刺，也许是不想让季英英瞧不起自己，也许是牛五娘刺痛了他，也许……他想拥有一片属于自己的天空。

三郎不娶季二娘，岂不是便宜了别人家？杨石氏耐心劝道："三郎，你不是心仪季二娘吗？她正当妙龄，咱家不去提亲，你将来不会后悔？"

悔字，心情灰暗低沉之意。一个字道尽杨静渊现在的心情。只要他肯，嫡母一定会将季英英娶进杨家。而他坚持不娶，也许季英英会嫁给朱二郎或者其他不认得的男人。

杨静渊眼里的犹豫尽数落在杨石氏眼中。她温言说道："三郎，你自小娇惯，哪里吃得惯外面的苦？你从来没离开过益州府。儿行千里母担忧……你瞧瞧你姨娘。柳姨娘，别哭啦。"

柳姨娘的泪珠成串落下，转过头抹了。她只有这么一个儿子，叫她怎么能不担心？

如果不去季家提亲，等到了年底，也许等来的是季英英许给他人的消息。杨静渊埋下了头。

杨石氏叹道："三郎，你突然不想娶媳妇，又突然提出要出门，难不成是因为季二娘不肯嫁你？"她看着杨静渊垂在身侧的手握成了拳，忍不住笑了，"那季家不过是开了间小染坊，仗着有几色染色的秘法勉强立足罢了。能嫁进咱们杨家，是她的福分。父母之命，媒妁之言，焉能自专。母亲定会如了你的愿。"

"与她无关！"杨静渊抬起头，终于下定了决心，"我不想这么早成亲。这几天我已经收拾好行李，打算明天就走。”他郑重地给父母磕了个头道，“恕儿子不孝了。”

他站起身，朝哥嫂团团一揖：“三郎不在家，爹娘靠哥哥嫂嫂照拂，受三郎一礼！”

“三郎！”杨静山站起来扶住了他，看到他眼里的坚决，禁不住长长叹了口气。

杨静渊没有看柳姨娘，他不敢看她落泪的模样。他大步走出了正堂，秋雨绵绵下了起来。

等候在回廊外的香油从肋下抽出油纸伞撑开，悄悄往里看了一眼：“郎君，老爷和太太准了？”

杨静渊嗯了一声，被迎面的寒风一吹，他心里生出一种风萧萧兮易水寒的怆凉。行到一半，他脚步停了下来：“你先回去吧。”

“郎君，你要去哪儿？”香油不解地问道。

杨静渊头也没回地走进了雨幕中。

香油愣了愣，举着伞追了过去：“郎君，我与你一起。”

离西城门不远有一大片野地，零星搭着几间窝棚。借着竹篱缝隙透出的几丝烛光，隐隐能看清眼前方圆两丈。

李白叹蜀道难，难于上青天。蜀中四面环山。东出行长江，水流湄急，有三峡天堑。北行剑门关一夫当关，万夫莫开。前朝汉末流寇造反，对益州城百姓来说，坐茶馆听说书先生说说便罢。自大唐朝建立以来，益州城没有发生过战事，城墙失修已久。

眼前这截城墙因年深日久风吹雨淋坍塌出一个豁口，滚落的土砖石头堆积成了一个缓坡。入夜以后，城门关闭，杨静渊驱马来到了这里。他跳下马，牵着辔头，就往坡上走。

“郎君，入了夜翻城墙被抓到，舅老爷也不好在太守面前替你说话。”香油东张西望，很是紧张。

“谁叫你跟着来的？回去。”杨静渊觉得香油胆小嘴碎，并不想带着他。

香油委屈地闭紧了嘴巴，牵着马跟着。他腹诽着，如果不是我跟着来，郎君您能想到穿上防雨的织锦斗篷吗？如果不是我提醒，您穿那件白锦织花锦斗篷，骑着雪风，隔十里，城门楼的兵都能把您当成靶子呢。

胆小如鼠。杨静渊鄙夷地扫了他一眼。秋雨夜寒，守城门的兵早缩在门楼里饮酒去了，巡逻的兵也巡不到这野地里来。

两人翻过城墙，上了官道。杨静渊抖了抖缰绳，马如离弦之箭冲了出去。

“郎君……”

香油好奇得很，明明收拾好行李，明天出门。这么晚了，郎君出城做什么?

“要么在这儿等着，要么就闭嘴!”

香油乖乖闭上了嘴巴，只要郎君不扔下自己就好。

雨越下越大，窗外传来沙沙的雨声。

“娘子，晚上伤眼睛，少写一会儿吧。”绫儿又添了两根蜡烛，摆在了矮桌上。

季英英在白竹纸上边想边记:“年底要随姨母家的人去长安。我把今天用的料记下来，明天交给哥哥。”

这几天风平浪静，季家人都松了口气。只等时间长了，赵家淡忘了斗锦与婚约。季氏铆足了劲教季英英各种礼仪，四个嬷嬷轮番上阵，从穿着打扮到徐家老太爷、老夫人的饮食喜好，无一不细细道来。

季英英只有晚上抽空悄悄配置染料。

买来的普通靓蓝经过套染能得到蛋青、天青、翠蓝、宝蓝、赤青、藏青等青色，又能染出胡绿、豆绿、叶绿、果绿、墨绿等绿色。分量不同，每一种青与每一种绿又有上、中、下品之分。上等有光，协调自然，染出来的布料色好，染坊收的工钱也要高出两成。

季耀庭能染，却不如妹妹搭配得好。季英英晚上将心得、用料细细记下，以便哥哥根据配方学习。

将写完的配方收进匣子，季英英还是没有睡意。她托着腮听着窗外沙沙的雨声，愁绪如秋雨一样绵长。

长安，母亲说，去了就拜请外祖母寻门亲，直接从外祖家嫁了。去了，那她什么时候才能再回家呢?她恋恋不舍地望着屋子里的陈设。每一件、每一样此时瞧着，都这样不舍。

“娘子，歇了吧。”绫儿明白自家娘子脸上的不舍，心跟着酸涩起来。如果不是赵家，娘子也不用远行长安寻人嫁了。可是留在益州府，祸比福多。

季英英打了个哈欠:“睡吧，明儿一早还要跟着娘学煎茶。”

咚咚咚。窗户被轻轻敲响。

主仆二人没有在意。这声音太轻了，像是一阵急雨突然被风吹打在窗棂上。绫儿正侍候季英英起身更衣，窗户突然被推开了。寒风夹着雨丝灌进了屋里，矮桌上的蜡烛噗地熄了，屋里瞬间陷入了黑暗。

绫儿正想重新点灯，眼前一黑，软软地倒在了地上。

季英英眼前一闪，一个人影已站在了她面前：“谁！”

“我，杨三郎！”杨静渊快言快语止住了她大声叫人，反手关了窗户，“放心，她只是晕过去了。我有话和你说。”

他揭开了斗篷的帽子，有点紧张地看着她。

季英英按着胸口，被他吓出一身冷汗来。他当这里是杨家后花园，随他什么时候来逛？她气急败坏，压低声音道：“你这人怎么总是莫名其妙，有什么事不能白天说？”

这样翻墙入室，叫人瞧见可怎么得了？

屋里很暗，除了她熠熠生辉的眸子，他只看得见她朦胧的身影。想到远行，想到她或许要许给别人，杨静渊的心就火辣辣地灼烧着。这把火一直烧到了他的嘴唇上，他甚至感觉到血液在唇上突突奔流。

季英英感觉他的身影像山一样压了过来：“你有什么话……”

他的唇已覆了上来，带着秋雨的气息，带着令她心慌的灼热感劈头盖脸包裹住了她。她的思维与反应出现了短暂的空白，甚至想不起来是不是该咬上一口，然后推开他。

只不过一瞬间，杨静渊就松了手，微微喘了口气。他正要说话，季英英一巴掌打在了他脸上，她退后几步，靠在了床柱上，愤怒地低吼：“杨三郎，没想到你竟是这种人！”

是他冲动了，是他没有忍住。杨静渊无从解释，他低声下气地说道：“我知道唐突了你。我真心喜欢你，我会挣下自己的家业来娶你。你不要轻易许人好不好？你等我好不好？”

季英英反手捂住自己的嘴唇，气得浑身发抖：“你以为你是谁？你想来就来，想亲就亲？你把我当成什么？你凭什么要我等你？我有上赶着要嫁你吗？”

对，是他不好，是他自作多情，是他舍不得。杨静渊听到自己的声音像缠绵飘荡的雨，仿佛不属于自己：“赵修缘生了恨，会对你不利。我知道你母亲和哥哥想尽快给你定亲，比如朱二郎。嫁进杨家，我至少可以保护你。”

“呵，你就这么愉快地决定了我的终身？”季英英怒极反笑，“你问过我吗？杨三郎，我不想嚷嚷惊醒家人，你走吧。至于我的终身大事，自有母亲和哥哥替我操持。”

杨静渊恨不得再扇自己一记耳光，明明不该是这样的场面，生生被自己给搅和了。自尊与骄傲也不容他再低声下气地去求她，他转过身翻出了窗户。

他站在檐下，雨水淅沥沥地浇在他脸上，夜色里，俊朗的脸上分明带着一丝难堪，一丝伤心。

他就这样怔怔地望着自己，像一只落水的小狗。季英英的怒气渐渐消散，她没来由地想起了赵修缘，想起了自己，眼泪止不住往下落。

她终是不爱他的。杨静渊突然转身，身影轻飘飘地翻过墙头，消失不见。

季英英缓步走到了窗前，喃喃说道："嫁你，也好的。"至少他喜欢她。嫁一个喜欢自己的，还是锦王杨家的郎君，有什么不好吗？

杨静渊回到家时，更鼓已敲过了三更。他进了院子，意外看到书房的灯亮起，诧异地扬起了眉。

听到脚步声，杨大老爷疲倦地睁开了眼睛。目光扫过他被雨水淋得湿透的头发，不觉一叹："三郎，既然不舍，何必拒了亲事？"

被父亲猜到了。杨静渊面上一红，想起被自己一时冲动激怒的季英英，他黯然地想，许是没有缘分吧。

"听老管家说季家二娘聪慧，是个活泼可爱的小娘子，你真的不后悔？"

"大丈夫何患无妻。她对我无意，强求也枉然，我……不后悔。"

杨大老爷没有继续说下去，吩咐道："换了衣裳过来。"

灯光下，父亲花白的头发、衰老的脸让杨静渊难过起来。等到半夜三更也要等自己回来，定是不放心自己。他嗯了一声，飞快地去换了衣裳，打散头发胡乱擦了两把，吩咐香油去厨房炖盅冰糖燕窝端来。

"不用啦。"杨大老爷从他手中拿过干布巾，示意他低头。

杨静渊愣了愣，乖顺地跪坐在父亲面前，任由他帮自己擦拭头发。

"三郎，你的心情爹都知道。一人吃饱，全家不饿。娶了媳妇，就是一家之主了。男子汉大丈夫不能支应门庭，受不了这口窝囊气啊。"

杨静渊鼻子发酸，把脸靠在了父亲膝上："爹，您都晓得了啊？"

杨大老爷小心地揉搓着他的湿发。老来得子，三个儿子中，他最疼爱这个幺儿。可他是庶子，他只能分给小儿子不薄的产业，自己驾鹤西去后，能保他母子衣食无忧。妻子石氏的心思他一直都明白。可以宠，但不能用。这是自己专宠柳氏二十年的代价。唯一亏欠的就是他的三郎，好好一个聪明儿子，任由石氏把他往不学无术的纨绔路上引。

可是三郎又这样争气，学不得织锦辨锦，便学成一身好武艺。眼见着又开窍懂事起来，让他如何不心疼。

“爹并不反对你外出闯荡。离过年只有一个多月了，今年留在府里过年可好？将来离了家，就不知归期了。”

杨静渊闭上眼睛，泪水渐渐从眼里溢了出来。父亲年纪大了，喜欢子孙绕膝，一家团圆。为了留他过年，等他到三更，他怎能忍心不答应？

“我明天不走了，留在家里陪您。”

杨大老爷将布巾放在桌上，欣慰地笑了：“傻儿子。宋管事刚从长安回来，说二娘生了个大胖小子。你母亲打点好礼品，你明天和宋管事一起去趟长安，去瞧瞧你的小外甥。年前记得赶回来。”

“爹！”杨静渊感动莫名。他从来没有离开益州府行过远路，父亲这样安排，是为了让他提前适应。路上有宋管事照应指点着，也不至于两眼一抹黑。

杨大老爷将桌上一只小包袱推给他，慈爱地说道：“在家千日好，出门事事难。远行带铜钱不便，将这些金叶子贴身带好了，兑着使损些差价，但胜在方便。”

嫡母对他从不吝啬银钱，杨静渊有一个花一个，没有就去账上支，着实没什么积蓄。出行前收拾行李，拢共只有二百贯钱，全让香油换成了银子带着。这一回出门，他打算再到账上支钱。可父亲却知道了。杨静渊看着那包金叶子，想要自创家业的心思更迫切了。

“爹的心意就不要拒绝了。”

杨大老爷说罢站起身，头有点眩晕。真是老了，他闭了闭眼消除了不适感，朝杨静渊摆了摆手道：“爹年纪大了，不早起送你了。明早向你母亲辞行就行了。”

杨静渊搀着他出了房门，送他上了软桥。

他小心地将披风给父亲拢好，堆了满脸笑：“听说东市、西市繁华得要命，什么都有。爹，我从长安给您带礼物回来。”

杨大老爷呵呵笑道：“路上多听宋管事的，别任性，别闯祸。爹等你平安回家过年。”

“嗯，我一定早点回来。”

望着父亲远去的背影，杨静渊握紧了拳头。

正房的灯也没有熄，杨石氏靠在引枕上，眼皮半合。几上的鎏金铜香炉烧着沉香，淡而隽永的香袅袅升起，让她的心越发沉静。

大丫头雪青匆匆进了门，低声禀了："老爷回去了。"

杨石氏没有睁开眼睛。她五十多岁了，明显感觉精力不济。等到半夜三更，有一种难以支撑的疲倦。

"取二百两金子，把给大郎新做的狐皮毛氅包好。告诉宋管事，这回不走水路，走剑门关栈道，多挑些身手好的护卫。"

雪青应了，小心地给她拢了拢被子道："太太早歇了吧。三郎君有武艺，宋管事心细，路上出不了岔子。"

杨石氏叹道："人老了，想得就多了。"

她又在心里过了一遍，确定再无事交代，终于沉沉睡去。

感觉只过了一瞬间，杨石氏又听到雪青的声音："太太，三郎君来辞行了。"她惊醒起来，疲倦地问道："卯时了？扶我起来吧。"

雪青心疼地扶她起来："太太只睡了两个时辰不到呢。"

杨石氏拍了拍她的手，强撑着起了床。

大厅灯火通明，杨家三兄弟、两位嫂嫂和几个岁数大一点的侄儿、侄女都到齐了。宋管事谦卑地站在人群最后，目光时不时从杨静渊身上掠过。

杨石氏头一个点名的却是他："宋管事，三郎君就交给你了。记得平安赶回来过年。"

宋管事应了声是。

"三郎。"杨石氏喊了一声，眼圈就红了。她起身上下打量着杨静渊，见他穿着墨绿织团花福字的箭袖长衫，披着黑色织锦雨披，眉心勒着同色嵌碧玉华胜，英姿飒飒。她理了理他腰间坠着的香囊，叹道："三郎，早去早回。"

杨静渊点了点头："我给你们带礼物回来。"

杨石氏将装金子的包袱放进他手里嗔道："把自个儿好好带回来就行了，莫要省吃俭用亏了自个儿。"

掂着重量就知道给得不比父亲少，杨静渊将金子塞了回去："我身上的银钱足够花用了。"

"母亲给你的，拿着就是。长安比蜀中冷，给你大哥新做了件狐皮大氅，你先穿着，回头再给你大哥做。"

杨静渊坚决不要："这怎么行？"

杨静山笑道："怎么不行？你出门先用着，回头给大哥弄块好皮子就是。"

狐皮轻，杨静渊抱着觉得心里沉。除了点头，他再不知道说什么好了。

杨石氏笑道："大郎、二郎，你们送三郎出门吧。"

杨静渊与嫂嫂们辞行，与两位哥哥一同出了正院。行到二门处，杨静渊突然转头，远远的回廊下，侍婢挑着一盏灯笼照出一团朦胧的光影。柳姨娘披着件银白色的披风倚着廊柱站着。夜色未明，他仿佛能看到她含泪的眼神。杨静渊真的很想给她磕个头。她是姨娘，当着两位兄长的面，不会受他的礼。

杨静山看在眼里，拍了拍他的肩道："三弟，我和二弟在前头亭子等你。去吧。"

杨静渊感谢地拱了拱手，飞快地向柳姨娘走了过去。

虽然是母子，但他从小是在杨石氏膝下长大。杨静渊以前和柳姨娘并没有太多的感情，长大后，才慢慢感觉到亲娘与嫡母的不同。他站在柳姨娘面前，看到她激动得背转身抹去泪，拘束地叫他："三郎君。"

杨静渊沉默了一下道："姨娘可还有什么吩咐？"

柳姨娘迟疑了一下，鼓足勇气握住了他的手，轻声说道："是只鹰，就得自己飞。姨娘委屈了你。别瞧着姨娘哭，你这样，姨娘心里其实很高兴。"

没有像嫡母一样塞钱拿衣裳关心体贴，却像一束阳光将杨静渊的前路照得光明。他握紧了她的手，露出了明朗的笑容："我会的。"

第十九章
不安好心

接连下了几天雨，天气一下子就转凉了。

十一月十八，宜嫁娶。赵修缘迎娶牛五娘过门。

来季家的依然是顾嬷嬷。

“季太太，奴婢此次是奉我家太太之命，给您送请柬来了。

“我家太太觉得季家不比其他。街坊做了一辈子，又是老主顾。遣旁人不放心，觉得奴婢还有几分体面，就指了奴婢来。

“这三道堰家家户户都请到了，季太太不会不赏面子吧？”

大红洒金笺制的请柬放在黑漆案几上，红与黑相映衬，分外醒目。三道堰的人都请到了，季家没理由不去道贺。

赵申氏派顾嬷嬷来送请柬，难道明天还有什么安排等着季家不成？她也不怕喜堂上闹出笑话，让儿子的喜事沾了晦气？或者只是在提醒季家，她的儿媳出身西川道副都督府，炫耀显摆？季氏心里闪过各种猜测，脸上的笑容像浮在窗上的霜花，华而不实：“嬷嬷言重了。就算赵太太不发帖子，这么多年靠着赵家照顾生意，妾身都会遣大郎前去道贺。”

听到季氏没有找借口拒绝，顾嬷嬷一笑之下，脸就像是两年没淋着雨水的土地，嘎巴裂开蛛网般的沟壑：“奴婢这就告辞了。”

她讲足了礼仪，一口一个奴婢。临走时，刻意四处张望了一下，心想怎么没见到季二娘那贱蹄子？这么一迟疑，顾嬷嬷发现自己中了计。她心里大骂季氏狡猾，若不是想到季英英，她差点儿被糊弄过去。她转过身，欠了欠腰道：“季大郎君是与男客们同席。我家太太许久没有见过季二娘子，请季太太一定携小娘子来喝杯喜酒。”

被她发现言语里的漏洞，季氏有点遗憾。

顾嬷嬷快言快语地说道：“今天怎么没见到季小娘子？莫不是连下几场雨转了凉受了寒？来人，去请仁和堂的郎中来瞧瞧。唉，季太太，你莫怪我多事。当心小病不治，积成重病……”

“小女没有生病。”季氏打断了她的话，慢吞吞地说道，“嬷嬷该不会怪她没有来迎你吧？”

“奴婢不敢。季二娘子没有生病就好。奴婢告辞。”

自从上回被季家逮着一个以奴充主的罪名捆送回去，顾嬷嬷警醒了许多。季家门户再低，也是良民。她再一次骂季氏给自己挖坑，也不敢久留，匆匆带着人离开了季家。

季英英挑起门帘，从里屋走了出来。

“英英，赵太太大概是想给咱们难堪。”季氏叹了口气道，“那天你就别去了。赵家也不可能绑着你去。”

季英英摇了摇头笑道：“娘多虑了。好歹是赵二郎的喜事，赵太太不会太过分。不外是言语上讥讽几句，我怎能让娘一个人去受着？再说，谁不知道我性子直，闹腾起来，喜事变闹事，难堪的是赵家。”

季氏微微一笑：“但愿如此。英英你要记住这些日子娘和嬷嬷们的教导。吵嘴打架是下策，反而坏了名声。找准了人之七寸，不带脏字的话也能胜过刀剑。”

大家闺秀，谁会叉腰捋袖子打骂？季英英笑道：“女儿记住了。”

她心里生出几分好奇，赵太太刻意请他们去吃喜酒，赵修缘知道吗？他真的放下了这段情缘，再不会来纠缠了吗？

连续一个多月的风平浪静，季家人从最初的不安到如今已经适应了。

也许母亲和哥哥都认为，赵修缘不会再来纠缠，从而惹恼牛家。但季英英不这样看。如果赵修缘真的放下，那么他一定会来和自己说清楚。他不来，就是真的怨恨了她。

据说吉日是青羊观的观主测选的。连绵的秋雨在十八前夜散了。第二天一早，天空像一幅上等的素面蓝绸，出现了久违的阳光。

天刚破晓，赵家牌楼前就闹腾起来。牌楼旁的空地上搭起一长排喜棚，全绑扎着红绸。中间还搭起一座戏台。赵家雇人新垒了炉灶，请来洗剥打杂的仆妇与掌勺的厨子有一百来号人，要摆一整天的流水宴。

喧嚣声传了进来。季英英拿着梳篦的手终于停了下来。镜中的自己一脸沉静，连她也分辨不出镜中人眼里是什么神色。

隔了一条街传来的热闹，有种雾里看花的感觉，分外不真实。

到了这天，季英英才发现，自己依然还是在意赵修缘娶了别人。尽管她已经开始学着如何掩饰情绪。

“娘子，更衣吧。”

衣架上是新做的杏色锦袄，绣了宝相花，配的是白色的锦裙。极娇嫩的颜色。一枚金色的宝相花钿贴在她的额心，眼眸都多了几分神采。她梳了高高的双环髻，身材显得更加高挑。

季英英轻轻点了点孔雀流苏耳环，长长的金色流苏碰到脸颊，有点痒。这是为了下个月迎接嫂嫂过门时定制的。今天要去赵家，便提前穿戴起来。

踏出房门，她停住了脚步，缓缓仰起了脸。

楼宇的飞檐长而翘，直伸向碧蓝的天空。隔街的赵家藤园二楼窗户大开着，赵修缘站在窗口，默默远眺着季家的小跨院。

黄桷树叶还没落尽，半黄半绿地挂在枝头。明知赵修缘看不见自己，季英英仍然躲在树后。透过枝丫看过去，他身上那袭红衣像是那天抹在雪白竹纸上的凤血朱砂，醒目得令人心悸。

他在看她吗？只是今天，还是这些天一直如此？

季英英望向湘儿。

“娘子，您吩咐过不必注意。奴婢有时候忍不住瞅上一眼，没看到赵家二郎君在。”湘儿小声地说道。

只有今天。今天他要娶牛五娘。

季英英头也不回地出了院子。他遵从了家里的选择，再无奈，再不愿，也是他的选择。她的脚步越来越快，等到再回头，已看不见赵家藤园和那袭红衣。

锣鼓唢呐声响了起来，着一身簇新绸衣的赵平奔上了藤园二楼：“郎君，该出发了。”

赵修缘的目光从黄桷树上收了回来，笑容渐渐染上他的唇角。英英，我现在去接牛五娘。很快，你就会来了。他扫视了一下房中的布置，下了楼。走出院子的时候，他回头指着书房道："把书案从窗口移开，那里放张绣绷。"

赵平和赵安交换了个眼神，疑惑地想新房布置在碧水园，这地方谁来住？嘴里仍诺诺应了，不敢多问。

吉时是酉时四刻。

街坊四邻大都午时前就早早登门朝贺，中午坐在喜棚吃席，下午听几出折子戏，高高兴兴玩乐一天。宾客盈门，赵家也图个喜庆。

送了红纸包的礼，哪怕只有两枚制钱，也会被管事客气地引到喜棚用席。季氏想着赵申氏忙碌，根本就没想过要手持请柬进赵家当座上宾。一家三口在家用过午饭，歇了午觉，才闲庭信步地走到了赵家牌楼前。

赵家管事忙得晕头转向，也不晓得家中主母的打算，把季家当成了普通街坊，记下贺仪后，知客就将季家三人安排到了喜棚里坐下。

赵家沿出城方向一路派了家仆。自花轿出了城门，每隔一炷香时间，就有人汇报行程。花轿离三道堰不到五里时，赵申氏总算安排完所有的事情。一看时辰，已经申初了。花轿进了门，新娘歇息一会儿，就能在吉时出来拜堂。等拜过堂，才能开宴。

赵申氏闲闲地饮着茶，已经把请季氏母女的事忘得一干二净。

顾嬷嬷见她终于有了空，赶紧提醒她："太太，季氏母女好像还没有来。"

"什么？不把赵家放在眼里？街坊邻居都来了，偏偏她家不来？去请！"赵申氏怒了。

顾嬷嬷哎了一声，领了两个侍婢去了。

她生怕错过今天的好戏，出门走得飞快。

季氏带着季耀庭和季英英坐在牌楼外的喜棚里，瞧着顾嬷嬷从身边经过，也没叫住她。

"娘，看来今天是非得让咱们进去观礼了。牛家会来很多送亲的娘家人，赵太太怎么有空理咱们？"季英英感到很奇怪。

"也许就是想让咱们瞧瞧牛家娘子的排场和门第。未时嫁妆先至，押送嫁妆的是五品游击将军。看到那队持戈的士兵，戏都停了半晌。"季氏淡淡答道。

那就看吧，难不成她看了，还会泪洒正堂，哭着嚷着要嫁赵修缘当平妻？季英英嘟囔道："娘，观完礼咱们就回家。"

季氏眼里波澜起伏。她也希望自己猜得准，但直觉告诉她，事情没有这么简单。

说话间，顾嬷嬷又急急地从季家方向回转。三人坐在人群里，看着她冲到司礼处查阅礼簿。正折腾时，前面响起阵阵欢呼："新娘子来了！"

贪玩的孩子、好事的年轻男女都朝大道挤了过去。人人翘首以盼，喜棚里瞬间空了一半。顾嬷嬷身边带着的侍婢眼尖，发现了季家三人。

顾嬷嬷快步走了过来，欠身行礼道："季太太怎么能坐在外头，我家太太吩咐奴婢请季太太、季大郎君和季二娘子入府观礼。"

季家三人从善如流地站起身。这时，赵修缘引着花轿到了牌楼前。

季英英停了下来，给迎亲队伍让道。

她没有抬头，栗色的马身缓缓出现在她的视野中，辔头上垂下的红绸在眼前晃荡。她知道，骑马的是赵修缘。忍一忍，忍一忍，他就引着花轿进去了。

赵修缘看到她鹤立鸡群般站在人群里，娇嫩美丽。一个月未见，赵修缘有种想冲过去将她拉到身边的冲动。她一眼也没瞧他，脸色平静无波，仿佛不认识自己。她以为，他会放过她？

新郎没有前行，花轿就停了下来。

"怎么回事？"扯喉咙开吼的人是另一名送亲的裨将，见赵修缘停着不动，一急之下拍马赶了上来，"姑爷为何停在这里？"

赵修缘收回目光，抬头看过去。

牌楼下隔十步站立着一名持戈士兵，他心里涌出一股烦恶，这些士兵将看热闹的街坊客人全拦在了后面，整理出一条宽敞的通道。他去迎亲时，牛家也是站满了兵。一些武将前来堵门，看他低声下气够了，才哈哈大笑着放行。牛副都督一心替爱女撑场面，毫不客气地告诉赵家，你们娶的媳妇不好欺负。

他仰头望向高耸的石牌楼，微笑道："我从前对祖宗发过誓，等我夺得锦王，娶媳妇时，一定先拜过牌楼，再过门。"

"什么？叫我家娘子没过门先下轿，门儿都没有！"裨将咋咋呼呼地嚷嚷起来。

喜娘听到也吓了一跳："新娘还没有过门，怎么能下花轿？"

嫁给我，就是赵家媳。赵修缘决定给牛五娘一个教训，他淡淡说道："这牌楼是赵家先祖所设，敬牌楼如敬祖宗。去，请少奶奶下轿拜过牌楼，再登轿过门。"

牛家送亲的人哗然。

一团胭脂色冲到了赵家侍婢婆子们面前，着一身银红对襟大袖衣裳的牛七娘从马上跃下，拦在了赵家仆妇面前，斥道："谁敢请我阿姐出轿？！"

赵家婆子们接亲时在牛家就吃了大亏，此时到了自己的地盘上，胆子顿时肥了。心想你姐姐再牛，还不是给我家郎君暖床的，有本事你把花轿抬回去，到时，丢人闹笑话的是牛家。当即皮笑肉不笑地将“夫为妻纲”“为妻之道”等规矩说法一箩筐一箩筐地砸向牛七娘。

末了，一婆子道：“亲家小娘子年纪尚小，不要一时冲动，坏了少奶奶的名声。”

这句话彻底惹怒了牛七娘。她轻松地拎起这名婆子直接扔进了人堆里，叉腰说道：“我呸！姑奶奶没听说过还没有过门拜堂，就下花轿拜什么牌坊！赵二郎，你不给我阿姐赔礼，休想让花轿过门！”

她说着，脚往地上一蹬，脚下铺的青石板砰的一声四分五裂。

吓得四周没人再帮着赵家说话起哄了。

季英英瞧得清楚，禁不住抿嘴笑了起来。她真喜欢牛七娘这脾气。她抬头看过去，和桑十四郎的目光对了个正着。桑十四郎来送亲，杨静渊来了吗？季英英情不自禁想起那个雨夜，赶紧垂下了眼帘。

赵修缘眼睛微眯，她是在嘲笑自己吗？他翻身下马，走到轿前道：“如果娘子不愿，我也不勉强。”

还没过门，就想扣一顶不敬赵家先祖的帽子。依了他，就是当着众人的面先矮上一头。赵修缘扔给牛五娘一道难题。

轿帘一动，一只纤长柔美的手伸了出来：“郎君有令，妾自当遵从。”

指甲上染着正红的蔻丹，指节洁白如玉。她的声音很温柔，像琴弦的余音，袅袅动听。赵修缘愣了愣，心里隐隐有一丝期盼，盼着牛五娘的容貌没有传说中那样难看。

一双小巧精致的五彩鸳鸯鞋从青莲色的裙摆下探出，鞋角尖而上翘，上头缀着一粒明珠。绚丽到极致的鞋与纯正的青莲色相映，尖而翘的鞋角就像钩子一样，勾得赵修缘心神一荡。

他下意识地抬头想看牛五娘的脸，盖在高髻上的红绸挡住了他的视线。目光再往下移，牛五娘已经出了轿子，站在红色的毛毡上。裙摆像一池的碧绿荷叶，拖曳铺开，将那双五彩绣鞋掩得严严实实。

她里头穿着件大红绸裙，外头罩着青莲色织锦对襟大袖深衣，腰间系着红色绣福字的敝屣。傍晚的风有点大，将她臂间挽着的玉色披帛吹得如流云一般。

“新娘子真美！”

“还很贤惠！”

议论声传进赵修缘耳中，他突然想笑。

牛五娘静立着，那种大户人家自幼养出的仪态自然流露出来。赵修缘没来由地想起了季氏，挺直的腰背像是不折的青竹，令他讨厌。

他斜斜地朝季英英所在的位置看过去。人群拥上来争着瞧新娘子，季英英被挡在了人后。人群里挤着许多年轻小娘子，赵修缘努力找了很久，终于看到季英英梳起的双髻，光洁的前额上，一枚宝相花金钿在夕阳下闪闪发光。只是这点光闪了闪，再一次消失在他眼前。

赵家两百侍婢提着灯笼出现，从赵家牌楼一直排到了正房大门口。暮色里，灯光星星点点，一眼望不到尽头。

牌楼下以极快的速度布置好了香案、蒲团，赵家的仆妇们退到了两侧，齐齐欠身，静待两人拜祭。

风吹着盖头，四角坠着的金饰碰撞着发出细碎的声响。锣鼓唢呐声早已停了，牛五娘模糊地看到夕阳下黑压压的人群，伸出了手。

牛七娘快步上前，和一名侍婢同时扶住了她。

“阿姐！”牛七娘小声地嘟囔道，“凭什么要听他的？这本来就不合规矩。”

牛五娘轻轻捏了捏她的手，叹道：“你想让阿姐坐着花轿回去，一辈子嫁不了人吗？来日方长。”

牛七娘狠狠地说道：“好。这次便依了他。回头，我再替阿姐出气。”她松开手，委屈地看着姐姐与赵修缘走到牌楼前的香案前拜下，转身就去找陪着自己送亲的桑十四郎。

拜过牌楼，牛五娘搭着侍婢的手起身上轿。回身时，她看到面前的一袭红衣，牛五娘停了停，压低了声音讥讽道：“有用吗？”

赵修缘先是愕然，紧接着觉得憋屈。有用吗？听他的吩咐，下轿拜赵家牌楼，就能改变她的地位？不就是请尊菩萨回家供着，他为什么还要涌出这种意气之争的愚蠢念头？他咬牙，翻身上了马。居高临下，这一回，他轻易地找到了季英英。

一名面容清秀的锦衣男子站在她身旁，满面堆笑地和她说着什么。只扫了一眼，他就认出那人身上的锦衣价值不菲。季英英脸颊浮起的红晕让赵修缘的脸色沉了下去，他所熟悉的娇羞竟然不再是只为他展露。除了杨静渊，她竟然不知羞耻地攀上了别家郎君！赵修缘情不自禁地攥紧了缰绳。他不急，他等了她这么些年，他还等不了一个晚上？赵修缘冷哼一声，催马引轿前行。

“我和三郎是兄弟。他去长安前让我照顾你，你有什么事尽管到城里长史府找我。”桑十四郎笑眯眯地打量着季英英。讹了杨静渊许诺，替他在长安西市买匹大宛好马，这点小忙，他还是能帮的。

季英英想说我和他没关系。母亲和哥哥就在几步开外，她实在不方便也不好意思对桑十四郎说这些，只得低声谢他：“谢谢你。”

桑十四郎好奇心泛滥，低声问她：“你和三郎上回在青羊观该不是串通好了，故意让我丢人吧？”

明明两人早就相熟，杨静渊还装作不认识，任他傻乎乎地去调戏季二娘，回头就叫了他的妾室来搅局，实在可恶至极！

“我和他只是认得罢了。”季英英小声地分辩。她想起杨静渊站在檐下雨中，望向自己的眼神，不自然地红了脸。

“十四哥！”

听到牛七娘的喊声，桑十四郎匆匆朝季英英拱了拱手，回到了队伍中。

见牛七娘探头来看，季英英含笑朝她点了点头，算是打过了招呼。

迎亲队伍走进了巷子，顾嬷嬷引着季家三人从侧门进了赵家。

季耀庭被小厮引到了前厅男客处，季氏和季英英则进了二门去了后院。

起初还能听到院中隐隐传来的说笑声，能看到往来奔走的侍婢婆子。沿着回廊走了一程，四周安静下来。

一座院落出现在季英英面前，隔着雪白的院墙，她看到里面的二层小楼，熟悉的感觉涌上了心头。

季氏早已停下了脚步，蹙眉道：“我们是应邀前来观礼贺喜的，嬷嬷怎么把我们请到这等僻静处？”

顾嬷嬷做了个请的手势：“我家太太有话对季太太说，没想到季太太坐在外面喜棚里。现在新人已经过了门，只有等吉时到了拜过堂，太太才有空闲。想来季太太与季二娘子也不稀罕去前堂观礼，就暂请在此歇歇，吃杯茶，等太太过来。”

季氏母女原也没兴趣去观礼，心知赵申氏有话说，早说晚说都要听的。当即客随主便，进了院子。

院里种着一架紫藤，此时已落尽了绿叶，剩下虬结的枝干攀附在竹架上。季英英越看越觉得不对劲，等进了正屋，迎面看到正中悬挂着一幅写意水墨画。乌瓦白墙人家，院中黄桷树枝丫繁茂，一角窗棂站着个红衫女子。季英英瞠目结舌。

“两位稍坐。老奴去回禀太太。”顾嬷嬷行了礼，退出了院子。

“太太、小娘子，请用茶。”正堂遣了四名侍婢服侍。上了茶水点心，便默然地站到了屋外回廊上等候。

屋里没有人，季英英便靠近了季氏，轻声说道：“娘，这幅画画的是我住的院子。这地方像是正对着咱们家的赵家藤园，是赵修缘的住处。”

季氏倒吸一口凉气，赵家这是什么意思？

她站起身，蹙了蹙眉，携着季英英的手往外走。

一名侍婢前行两步拦住了她们的去路：“季太太、季二娘子，请在屋里歇着吧。”

季氏闲闲地说道：“我们想去前堂观礼，请带路吧。”

侍婢躬身回绝了：“奴婢听令在此伺候太太和小娘子，请太太别为难奴婢们。”

季氏并不勉强，攥紧了季英英的手又试探道：“房中闲坐无趣，此处是否可容我们随意走动观赏一番？”

只要不出藤园，怎样都可以的。侍婢默默地退开了。

季英英的手被母亲捏得很疼，她也跟着紧张起来，任由母亲带着在院中闲逛。

书房的窗户正对院子打开着。临窗没有摆放书桌，而是摆着一张新制的绣绷。季氏的心差点儿骇得停止，赵修缘住的地方怎么可能会有绣绷出现？她联想到赵修缘曾提议过的平妻，瞬间有点明白，这架绣绷是为谁准备的了。

赵家怎么敢？赵家有什么倚仗，敢强娶她的英英？都是街坊，季家还没有死绝呢，赵家绝不敢公然抢英英过门。敢提前将这里布置起来，赵申氏究竟凭仗着什么？

季氏心里冒出无数个疑问。她没有告诉女儿，再一次回到房中坐下，等待赵申氏前来。

“娘。”季英英也敏感地察觉到了不对劲。

季氏淡淡说道：“忘了娘怎么教你的吗？天塌不下来，总有办法的。”

很多年前，她被妹妹设计，和季老爷被锁在了院子里。季老爷急得搬梯子想翻墙离开，她就镇定地站在院子里，看着他上蹿下跳。那时候她就在想，天塌不下来，大不了就嫁给他罢了，好歹他还是个正人君子。

天塌不下来，赵家不可能抢亲。只要她还活着，季耀庭还活着，英英就绝无可能嫁进赵家。

天黑了，风将锣鼓唢呐声吹了过来。侍婢端来了饭食，菜肴精致，但季氏没有动筷，季英英也没有。

“不安全的地方，渴死饿死都不要进食。”季氏起了防范之心，不会再食用赵家的吃食。

屋里点了灯，母女二人静静地坐着。

大概新人被送进了新房，赵申氏终于带着顾嬷嬷和一群仆妇进了藤园。

她扫了眼没动过的饭菜，讥讽道：“季太太这是怕我下毒吗？”

季氏淡然说道：“您说对了，我还真担心。”

赵申氏没想到她坦然承认，哼了一声坐了下来：“季太太，我今天也很累，就不绕弯了。这里是二郎居住的藤园，赵家正房除了月锦堂外最好的院子。新少奶奶所居的碧水园离正院更远更偏僻。你家二娘住在这里不算委屈。”

果然是想让英英住在这里。季氏瞥了女儿一眼，见她没有动气，安静地坐着，有些满意这些日子训练的结果：“我不懂赵太太的意思。我女儿不会为妾，也曾回绝了赵二郎平妻的提议……”

“呵呵！”赵申氏掩口笑了起来。绛红色的大袖半掩着她的脸，袖口绣的花被灯光映着，散发出冰凉刺目的光。她肆意地笑着，像是听到了天大的笑话。

“赵太太！”季氏厉声喝道，“既然赵太太请我们来是为了这件事，妾身现在就能回答你，此事绝无可能！我女儿不会住进这里来。”

看到母女二人起身欲走，赵申氏停住了笑：“季氏，你仔细瞧瞧，这些欠条字据可是你家大郎的笔迹画押？”

顾嬷嬷端着一只匣子放在季氏身边的桌上，并掀起了盖子。

欠条？大郎写的欠条？季氏低头看去，满满一匣子契纸。她拿起一张细看，“……赊上等素绸一百匹，连本带息二百一十贯。五月到期本息赎还。”落款的确是季耀庭和他的印章。

这是帮妹妹染绸时去赊的素绸。两千匹素绸，算上利息，一共是四千二百贯，相当于四千二百两银子。她吩咐季耀庭向赵家以外的织坊赊买，期限是五个月或半年。如今，这两千匹素绸的欠条全被赵家收罗到手。

上个月大郎进了大批染料，家中账上只有七八百两现银。下个月，季家娶媳妇还要花销。季氏心里默了默欠账，只盼着妹妹这两个月就能遣人来还钱。她将欠条放进了匣子里，镇定地说道：“赵太太放心，既然赵家成了这些赊账的债主，季家到期一定本息还清，绝不拖欠。这些账最早也要三月才到期，赵家现在来逼债，未免太早了点吧？”

赵申氏轻笑着，心情极好：“瞧季太太这话说的。我赵家可是积善人家。咱们两家做了几十年街坊，有事好商量，逼债这话说得真是难听呢。”

季英英一直忍着没有插嘴。这一个多月，赵修缘没有再来，原来赵家打的是这样的主意。她有种冲动，想要站在赵修缘面前问个清楚明白。这是他的主意，还是他的长辈为了不泄露那幅《临江仙菊锦》的秘密而想的法子？他不是不晓得她的性子。他越是这样，她越不会同意嫁给他。如果他也知道自己母亲会拿出欠条讲条件，而他仍然默许……季英英垂下眼眸，藏住眼里的伤心。

季氏心里却在琢磨，难道赵家还有后招？知道季家在短短三四个月里还不清这几千贯钱？难道妹妹那批绸出了问题？季氏感觉一股血气直冲脑门儿，眼前阵阵眩晕。她死死抓住了交椅的扶手。不，那是她的亲妹妹。二十年没有往来，怎么可能和赵家扯上关系？一定是她想多了。

“那赵太太究竟是何意？”

“季二娘不肯嫁给我家二郎做平妻，我家也不勉强。今天请了你来，是想与你商量，如果季二娘肯进我赵家为婢一年，替我家织锦出力，这些账，就当作她的工钱。”

恍若惊雷在季氏母女头顶炸响。

做赵家的奴婢一年？季英英猛然抬起头，大大的眼里盛满了泪水，她站了起来，喃喃问道：“赵太太，这是赵修缘的意思？他想要我为赵家做一年奴婢还债？”

赵申氏抬头欣赏着她的脸色。这丫头不是一直张狂泼辣吗？这苍白的小脸儿，泫然欲泣的小模样儿真是可怜呢。她感觉一直憋在胸口的气突然就散了，快意无比：“这藤园是我家二郎所居。喏，书房窗口摆着的绣绷就是二郎特意给你准备的。”

季英英腿一软，跌坐在椅子上。

季氏深吸一口气道：“赵太太，我季家家业虽小，但也不见得凑不起这笔银钱，要到卖女儿还债的地步！告辞！”

她带着季英英起身欲走。赵申氏冷笑一声：“季太太想离开，随时可以。不过，季二娘却要留下了。”

一群仆妇拥上前，堵住了季氏母女的去路。

季氏大怒：“赵太太，我家无论如何都会在欠条到期前还你家银钱。你强行留我女儿，不怕我告上公堂吗？”

赵申氏笑了起来：“赵家担心季家还不起银钱，扣下季二娘为质。告到官府，季太太敢让官衙的师爷盘一盘浣花染坊的账吗？我差点儿忘记了，季家大郎下个月还要娶媳妇。唉，我更担心季家还不起钱了。要领季二娘回家，成啊，季家拿秘法来做担保也成。”

账上只有几百两现银。下月初十，大郎要娶张四娘。季氏死死盯着赵申氏，赵家这是有备而来。

拿秘法做担保，亏她想得出来。季英英气道：“你们赵家收罗我家的借据，原来是冲我家秘法来的！”

“谁要你家的秘法啊？得，把染坊拿来做抵押也成啊。”赵申氏惬意地看着季家母女俩色变。秘法，季家是不肯拿出来的。敢拿染坊做抵押，她今天就遣人去封了染坊，季家更无翻身的可能。

季氏深深吸了一口气道：“赵太太今天是铁了心要留我女儿了？”

赵申氏站了起来，微笑道：“明年开春欠条到期，季家还不出银钱，再签一年身契不迟。季太太放心，这段时间，我赵家不会亏待季二娘。好吃好喝供着，等季家拿银钱来赎。送季太太回府。”

仆妇们再度拥上前，瞬间就将季氏与季英英隔开。

季英英气极，转身从梅瓶中抽出插着的鸡毛掸子喝道：“说了在欠条到期之前会还你家银钱，我看谁敢留我！”

顾嬷嬷冷笑道：“季二娘，这是在赵家。你最好乖乖听话，免得伤了你！”

这是在赵家，一路行来安安静静看不到人影。赵家这么大，藤园里的纷乱无人会注意到。季氏脸色苍白，甩脱仆妇的手，转头喝道：“英英，住手！”

“娘！我不要留在赵家！赵家凭什么扣着我？”季英英委屈得不行。

季氏强行镇定下来道：“赵家既然敢让娘回去，自然不敢为难你。你放心留下，娘明天就拿钱来。”

看着季氏被仆妇们强行扶走，季英英突然想起了桑十四郎和牛七娘，她提着鸡毛掸子就冲了出去：“滚开！我要和我娘说句话！”

几个粗壮的仆妇伸手来阻，被她凶狠地抽得哎哟直叫。

“让她说！”赵申氏有恃无恐地喝止了仆妇。

季英英奔到季氏身边，在她耳边飞快地说道：“找桑长史府家桑十四郎！”

季氏愣了愣，想起牌楼前凑到季英英身边说话的年轻人。她点了点头，深深看了一眼赵申氏，转身出了院子。

赵申氏缓步走到季英英身边，见她瞪着自己，不由得失笑：“季二娘，你和你娘真是天真。明天就算她拿了钱来，你也休想离开我赵家。”

“你什么意思？！”季英英握着鸡毛掸子的手微微发颤。赵家想做什么？

赵申氏突然变了脸，冷冷说道：“绑了！”

仆妇们一拥而上。

季英英尖叫着挥舞着鸡毛掸子一阵乱打。但敌不过对方人多，没多久就被反扭了双臂绑了起来。

顾嬷嬷抽出自己的帕子捏开她的嘴塞了进去：“季二娘，你也有今天！”她不敢打季英英的脸，伸手在她胳膊上狠狠地掐了两把，方才满意地示意仆妇们将季英英拖进屋里。

出了藤园，赵申氏抚了抚额角，今天忙碌一整天，着实有些累了。

顾嬷嬷谄媚地扶住了她：“太太回去歇着吧，明天还要早起喝媳妇茶。”

赵申氏嗯了一声，走了几步又停了下来：“奶娘，你说那个给我送信的会是什么人？他怎么知道季家拿不出银钱？他如此神秘，我总觉得今天扣了季二娘，像是在为他人做衣裳。”

顾嬷嬷报仇心切，笑着安慰她道：“也许是和季家有仇吧，太太莫想太多。那信上不是说杨家打算向季二娘提亲吗？今天咱们不先下手为强，那季二娘怎肯再进赵家的门？拖上两天，有杨家撑腰，可就拿捏不住她了。”

“哼，哪怕我弄死了季二娘，也绝不让杨家占便宜！”赵申氏眉梢一挑，扶着顾嬷嬷的手回正院去了。

赵家从浣花溪引了一条活水进府。碧水园位于正房中路的北角，临着一池荷塘，本是赵家夏日歇凉所居的水榭。如今新粉出来做了赵修缘与牛五娘的新居。

碧水园比藤园足足宽了三倍，四周曲廊环绕，绿树成荫。穿过后院门，就是赵家的后花园。

总不能让公婆腾挪出月锦堂给媳妇住。这处赵家正房最大的院落理所当然地成了最好的选择。

新房被赵家的媳妇们挤得满满当当，大家都晓得新娘子出身从三品都督府，惹不起，唯有这一刻，新娘不好开口，大家才能借机打趣几句。

牛七娘一直陪着姐姐。她一脚踏碎青砖的威武之举早传开了，她往牛五娘身边一站，赵家女人们的嘴就软了几分。

绑着红绸的秤杆塞进赵修缘手中，所有人都等着他挑开盖头。

赵修缘掌心微微出汗。他自嘲地想，娶牛五娘是为了牛家的权势，他何必对她的容貌有所期待？他的目光落在牛五娘安静放在膝上的纤纤玉手上。一旁的牛七娘娇俏美丽，也许牛五娘不至于丑到让自己难堪吧？

他挑起了盖头。

牛五娘沉静地抬起了脸。

涂得粉白的脸，点了樱唇。最正常的新娘妆，没什么特别。最引人瞩目的是牛五娘的眼睛，清澈如一汪流动的水。

赵修缘长长地松了一口气。

赵家女人们大失所望，互望的眼神中都带着“她不是出豌豆疮毁了容吗？怎么看不出来”的疑惑。

金黄葫芦被剖成两半，以红线连系于柄。赵修缘与牛五娘各持一半饮完合卺酒。酒味很苦，象征着夫妻将来要同甘共苦。

赵修缘和牛五娘四目相对。他看到她清明的眼神，丝毫不因打量自己的夫君而有半分羞涩。他想起牌楼前她说的话，越发觉得饮在嘴里的酒苦涩难当。

饮完合卺酒，成婚的礼仪就完了。

一名赵家仆妇适时地出现，笑吟吟地请赵修缘去前堂宴席处招呼客人。

赵修缘斯文地对牛五娘说：“娘子先歇着。”

出了新房，赵平从回廊处走了出来：“郎君，季大郎一入席就被灌醉了，季氏接了他回家去。”

赵修缘笑了笑，他回头看了一眼新房，低声说道：“去藤园。”

第二十章

都是网中人

季家与赵家只隔了一条街。喜棚扎在牌楼下，站在季家铺子门口抬眼就能看见。季家母子三人安步当车去贺喜，坐在喜棚里吃席听戏，与别的街坊邻居并无不同。季氏体恤下人，没带侍候的嬷嬷和侍婢——小门小户坐喜棚里吃流水席，身后还站着人侍候，落在街坊邻居眼中，会被耻笑猪鼻子插葱——装象。

季氏被赵家仆妇从侧门“请”了出去。她回头望着门口站立的两名家仆，再一次感觉到没有家族撑腰势单力薄的悲哀。

季耀庭与男客们一处，在前堂吃席，季氏不方便闯进去寻他，她急急地往家赶，想叫季富兄弟或田玉进赵家找季耀庭。才走到牌楼下，季氏听到有人叫自己。她转过头，看到了朱二郎。

“季婶儿，怎么没见着大郎？”朱二郎和他的一群帮闲朋友占着张桌子吃席。自青羊观一别之后，季耀庭绝口不提亲事，他心里就明白了季英英的态度。难过了一阵，就听说赵修缘和牛副都督家的小娘子定了亲。朱二郎的心思又活了，他琢磨着等赵修缘成了亲，季英英也该死心了。这一回，朱二郎吸取了教训，没有巴巴上门提亲，一直忍到了今天。

季氏失态地握住了他的双臂，激动得声音直颤：“二郎，婶子求你一件事。”

朱二郎吓了一跳，迭声说道：“婶子有什么事，二郎自当尽力。”

“去、去赵家把大郎叫出来。”季氏喘了喘气，突然担心起季耀庭来。他是季家独子，他要出了事，她就活不下去了。“还有，去找桑长史府家的桑十四郎，他是女方娘家送亲的人。二郎，找他来，婶子就在这里等着。”

桑十四郎？大方请自己饮茶、送菊花给自己的长史府郎君？“我认得他。我这就去。”朱二郎见季氏脸上泛起激动的潮红，心知定有事发生。他突然间就聪明了一回：“二娘呢？她怎么没和您在一起？”

季氏想起女儿，张了张嘴，哽咽道：“你快去。”

季英英真的出事了？朱二郎心头一紧，叫了自己的帮闲兄弟搬了条长凳扶季氏坐下，撒腿就跑向了赵家。

望着他的背影，季氏悔得直捶胸口。她真是后悔，后悔由得女儿心意选她中意的夫婿。朱二郎论相貌、论才华、论家世都不如赵修缘，可他人好啊。早为英英定下这门亲事，也不至于叫赵家觊觎。

只要明天能拿出一半银钱，欠条没有到期，赵家就没理由扣着女儿。季氏伸长了脖子朝巷子里望着，盼着儿子早点出来，回家商议筹钱。

等了一炷香的工夫，朱二郎将季耀庭背了出来，他身边还跟着一名锦衣男子。朱二郎满头大汗地将季耀庭放下，架着他坐了，接了碗茶一气灌下后道：“婶子，大郎饮醉了。怕是一时醒不了，您有事尽管吩咐我。”

从来懂事的儿子喝得烂醉如泥，人事不省，季氏一看就知道和赵家脱不了干系。赵家以为自己一个寡妇，离了儿子就做不成事吗？季氏骨子里的骄傲支撑着她冷静下来。

“二郎，劳烦你送大郎回家。无论用什么办法，都要把他给弄醒了。婶子还有事要办，办完就回来。”

朱二郎看了一眼桑十四郎道：“我家婶子就托付给你了。有什么要帮忙的，尽管吩咐我这帮兄弟。”

桑十四郎扫了一眼应声站起的七八个帮闲汉子，心道朱二郎人是憨厚，人缘却是不错，分外庆幸上回伙同杨静渊整他的事没被他察觉。人缘不错的人，至少不会坏到哪里去。他这回存心结交，当即改了称呼：“朱二哥放心。这里有我。”

长史府家郎君的自信让朱二郎顿时放了心。他叫上自己的伴当，扶着季耀庭回家去了。

一定是季英英出了事，才会告诉她母亲，遣人来找自己。待人走后，桑十四郎这才走到季氏面前，轻声说道：“季太太尽可相信我。”

季氏也无人可托，她信的不是桑十四郎，而是他的身份。她抬头望向围墙里面的赵家，远远能望见二层高的藤园小楼："桑郎君，瞧见那座小楼了吗？赵家将我女儿扣在了那里。你来送亲，今晚会宿在赵家。我需要你护她一晚，你可做得到？"

赵修缘今天娶牛五娘，赵家却把季英英扣在了府里。桑十四郎一惊，跟着抬头看了过去。

季氏盯着他，看见他脸上浮现出浅浅的笑容，一颗心落到了实处。益州府太小，蜀地太过封闭，赵家实在不知自己的实力在绝对的权势面前，渺小如蚁。她微微一笑，摆开大袖合于胸前，欠身行礼："大恩不言谢。"

季氏行礼的姿态让桑十四郎慌得退后一步，揖首长躬还礼："夫人放心，在家静待佳音。"

目送着季氏离开，他摇了摇头嘟囔道："怪事，我怎的称她为夫人。季家不是开小染坊铺子的吗？"

没有心思再去琢磨季氏，桑十四郎拂袖朝赵家走去，展露在季氏面前的斯文优雅变成了纨绔寻刺激时的兴奋："新郎官一直不露面，得把他找出来才行呀。"

浣花溪旁的树林里，团团围坐着五六个身穿夜行衣的人。其中一人没有拉上面罩，瘦脸上留着两撇小胡子，正是靳师爷。

赵家的喧嚣被风吹了过来，越发显得树林清幽无比。

他望向沉默坐在一侧的男子，低声说道："小人没想到主子竟然亲自来了。这等小事交付小人去办就好，主子何必涉险？"

男子蒙着脸，露出一双深邃的眼睛："本王迟早是要来的。你们该怎么办就怎么办。"

一道黑影悄无声息地闪身进了树林。他靠着树吹出两声鸟叫，听到林中传出同样的鸟叫声，这才走了进去。

望见林中诸人，来人单膝下跪轻声禀道："季家三人进了赵府，出来时只有季氏与被灌醉的季大郎。只是季家多了两人，是同住三道堰的朱家二郎和他的伴当。"

靳师爷马上说道："季耀庭尚未搬进东跨院新居，应该在前院歇息，不妨碍咱们动手。"

为首的男子没有说话。众人陪着静坐了小半个时辰后，他站了起来："做得利落点。本王去瞧瞧热闹。"

靳师爷恭敬地回道："主子放心，必不让人瞧出破绽。"

紧闭的房门吱呀一声被推开了。

季英英望向门口，看到了赵修缘。

他单手撑着门框，微微偏着头看她，身上带着一丝微醺的慵懒。今夜天清月明，皎洁的月光落在他脸上，让季英英将他唇角的笑意瞧得清楚明白。

他看到这样狼狈的自己，居然在笑。

这是季英英不熟悉的赵修缘，印象中他是温和无害、斯文有礼的。着急哄她的时候还会显得有点笨拙，有点憨厚，让她不忍心再欺负他。

是啊，好像一直都是她欺负他，娇嗔地使小性子，发点小脾气，被他哄着，马上就大度地饶过他。

她可真傻，赵家大房的嫡子，赵家继任家主，怎么可能是她印象中和普通书生一般无二的赵修缘呢?

“郎君。”看守她的两名侍婢向赵修缘欠身行礼。他挥了挥手，两名侍婢低头退了出去。他缓步走了进来，一直走到窗户旁，双手一撑，推开了窗户。他张开了双手，宽大的袍袖被夜风吹得飘了起来。他的声音有点飘浮，像是在自言自语：“英英，那天我站在起居间的窗口，心里想着你。我望着你的绣房说，如果你也想我，就让我见上一见。绣房的窗户真的打开了，我看不清你的脸，可是我知道那一定是你。我很高兴，恨不得你就在我面前，让我能抱一抱你。”

他转过身，一步一步走向她，仿佛没看到她鬓发散乱，被反缚着手、堵了嘴扔在榻上：“我想你想得心都疼了。你太犟了，我只能自己想办法，把你留在我身边。”

季英英大骇，她挣扎起来。仆妇们手狠，一挣扎手腕就疼得厉害。她无力地躺在榻上，两行泪不知不觉夺眶而出。

赵修缘坐在了她身边，季英英情不自禁地蹬着腿往后缩，想离他远一点。这时，他的手掌托住了她的脸。

季英英避无可避，只能拼命地瞪着他。

赵修缘伸手将一绺散落的发丝捋到她脑后，轻轻摇了摇头道：“英英，你若柔顺一点，母亲也不至于捆着你。”

她所有的愤怒变成了一声呜咽，却换来赵修缘一声轻笑。

他扯出了塞在她嘴里的帕子，季英英张嘴就啐了他一口唾沫：“你想做什么？赵修缘，你赶紧放了我！”

“你觉得还能威胁我？”赵修缘摇了摇头，觉得季英英真是傻得可爱。

“你家怎敢……”

“怎敢强抢民女，拘禁良家小娘子是吧？呵呵！”赵修缘忍不住笑了起来。他盯着季英英，慢条斯理地说道：“你来赵家贺我新婚，求我的伴当传话。看在咱俩青梅竹马的情分上，我来藤园拒绝了你。谁知道你一心贪图赵家富贵，趁我今天饮多了酒勾引我，爬上了我的床。你说，该怎么处置你好呢？是交给我新娶的媳妇泄愤，打死了事，还是捆送官府，告你母亲管教不严？”

季英英气得险些晕厥过去。她怒道：“赵修缘，你别说梦话了！你以为赵家能只手遮天，由着你颠倒是非黑白？”

她费尽心血为他织锦配色，争夺锦王。她和他自幼一起长大，曾经山盟海誓定下鸳盟，他怎么能这样对她？

“满院子的宾客看到你大哥高兴地喝醉了酒，看见你母亲好好地接了他回家去。如果你被我捆了拘禁在府里，你母亲和大哥还能不吵不闹地回家？”赵修缘亲昵地捏了捏她的脸，“小傻瓜。”

季英英使劲扭开脸，心都凉了。母亲和自己都没有想到赵家竟然这么卑鄙无耻。母亲见赵家人多，不可能带着她跑掉，以为明天筹得银钱，就能让赵家无话可说地放她回去。她以为赵家最多扣着自己，不会把她怎么样，哪晓得赵家计划周详，连宾客的证词都想到了。

她不敢相信眼前的赵修缘是她深爱过的男人：“为什么你会变成这个样子？你一直都在骗我吗？为什么？”

季英英问赵修缘，也在问自己。她有什么？一个小染坊家的小娘子，值得他几年来一直在她面前装模作样？

“我待你是真心的。

“我是真心想娶你为妻。”

他是真心的，和她在一起的时光是那样美妙。他喜欢她像山间的鸟，活泼灵动，喜欢她和自己商量着用什么样的丝线织出最美的锦。直到那一天，他在祖父的院子里跪了一整天，祖父将他叫进了书房。

二十六年，他从来不知道杨家夺得二十六次锦王的织锦，赵家都织了出来。书房的密室里挂着五十二幅锦。一半是杨家的锦，一半是赵家织的斗锦。

十八岁以前，他没有织过斗锦。当他站在那些斗锦前，五十二幅锦画像一条长河，将二十六年的岁月摆在了他面前。

祖父问他：“看到了吗？”

以他如今的眼力，他看到了，看到了赵家错失的锦王。

“斗锦，斗的不只是锦，还有权势。”

祖父一句话将他敲醒。与锦业之王相比，与家族振兴相比，爱情的分量如尘埃一般轻。

所以他更恨，恨自己爱上了一个低贱如尘埃的女子，而她却辜负他、背叛他。

“知道今年的锦王对赵家有多么重要吗？知道它对我有多么重要吗？可是你毫不在意，那样轻易地让杨静渊得到那方锦帕，让杨家知道了《临江仙菊锦》的配色秘密。”赵修缘看着她，语气渐渐激动起来，“你对我的心，不过如此罢了。我难过得彻夜难眠，心疼你会伤心欲绝，我甚至不敢点燃灯让你知道我站在这窗前看你。你呢，那样轻松地放手，在我面前和杨静渊卿卿我我。哦，想起来了。杨静渊不是你唯一的目标对吧？只要是官宦富贵人家的郎君，你都恨不得贴过去是吧？仗着你有才华，你想攀高枝对吗？我不娶你，你就四处勾搭！”

这就是她不顾一切爱过的人吗？也许，他心里对她唯一的信任是她的配色技艺罢了。季英英咯咯笑了起来，笑得像天真的孩子：“你说的都对呀，那又怎样？你赵修缘就是靠我的配色才赢过了你堂兄，赢得了你祖父的赞赏！你赵家就是靠我的配色技艺才织出了活动的临江仙！这世上的好男儿多的是呀，我喜欢四处勾搭，我喜欢攀高枝，但就是瞧不上你。”

“你休想！”赵修缘被她的话刺激得颈间青筋凸显，他眼里涌出一股凶狠，突然低头吻住了她。

季英英想都没想，一口咬了下去。

赵修缘吃痛猛地推开了她。他舔了舔嘴唇，淡淡的血腥味在口腔里弥漫，然后低低笑了起来：“我很久以前就想亲你了。第一次……原来是这样的味道！可是怎么办呢？英英，我已经习惯了你是我的，我不会把你让给别人。我这辈子都不会放你走的。”

他缓缓脱去罩在外面的大袖宽袍，冷笑道：“今天是大喜的日子，你和我的。”

密密的汗从季英英额头沁出，她心一横，舌头抵在齿上，张嘴狠狠咬下。赵修缘比她动作更快，瞬间捏住了她的下颌，将帕子塞进了她嘴里：“这么些年，我好歹还知道你的脾气。你还要看着我怎么斗垮杨家，成为独一无二的锦王。我不会让你死的。”

他轻轻抚摸着她的脸，触手如软玉。他看到一滴滴泪从她眼角滑落，晶莹如珠，忍不住凑过去轻轻吮掉。

季英英从未想过自己会有这样讨厌被赵修缘触碰的一天，简直厌恶到了极致。他的嘴唇拂过脸颊时，季英英感觉自己脸上就像爬过一只阴沟里的老鼠。

她挣扎扭动的身躯像一条濒死的鱼，紧绷的曲线让修长的身形显得凹凸有致。赵修缘的眼神渐渐变得暗沉，他的手移到了她的腰间，手指勾住了她的腰带，呼吸急促起来。

季英英发出绝望的闷哼声。一刹那，她就像过完了一生，这才知道“后悔”两个字的分量。如果有来生，如果能重活一世，她在赵修缘带着两个小伴当好奇地望着自己时，一定转身就走，永远不会和他有交集。

她突然想起了杨静渊，想起他深夜翻窗入室，被自己认出来后梗着脖子说：“我来送封信而已。”

那封信，她都忘了看呢。他好像说过，赵修缘知道了锦帕在他身上，对她生了怨。旁人都看得这样清楚，特意送信提醒她，她怎么就没放在心上呢？

赵修缘不急，他等了这么多年，她已是笼中鸟，他有的是时间与耐心。他的手滑进了她的衣襟。听到季英英闷在嘴里的声音像落进陷阱的小兽，他不觉一笑。她是一匹烈马，但终将被他慢慢驯服。

“赵二郎！新郎官！快点出来！”

“将军！桑郎君，我家郎君不在这里！”

“滚开！”

“再多嘴的话，老子抽死你！”

藤园外响起的争吵声让赵修缘停了下来。看到季英英蓦然睁开的眼睛，他啧啧摇了摇头。这是在赵家，她以为会有谁来救她？他站了起来，随手将外袍披上：“和你在一起，时间过得太快，我这个新郎官得去应酬宾客才行。你且等着我。”

他关了房门，从侍婢手中接过锁咔嚓将门锁上了，然后将钥匙放进荷包，赵修缘带着侍婢下了楼。这时，桑十四郎带着伴当，还有来送嫁的偏将士兵推开了赵平和赵安，咋咋呼呼地闯进了院子。

守门的赵平和赵安大概阻拦来人被扇了巴掌，脸颊青红一片。两人看到赵修缘，就低下了头：“郎君！”

赵修缘望向了桑十四郎。是他！今天和季英英亲昵说话的就是这个人！他瞬间就明白了桑十四郎的来意。季英英，你盼望着来救你的人就是他吗？休想！

桑十四郎装作没看见赵修缘冰冷愤怒的目光，他的眼睛在两名侍婢脸上打转：“今天是我未来姨姐的大喜日子。新郎官不在新房，也不去宴席，难不成在这里与小娘子私会不成？”

“奴婢不敢！”两名侍婢被桑十四郎看得害怕，一下子跪在了地上。

送嫁的游击将军与偏将都是牛副都督一手提拔的心腹，将牛五娘当作自家少主子一般爱护，被撩拨得当即发飙，抬脚就要往楼上闯：“难不成这楼上还藏着其他贱婢？”

赵修缘恨不得一脚将出言撩拨的桑十四郎踹死。他移动脚步，拦住了两人，笑道：“在下不胜酒力，来此歇息了一会儿。今天是我与五娘的大喜之日，在下怎会让她难堪呢？”

桑十四郎观察着赵修缘，断定季英英就在楼上。他笑着拉住了两位将军：“哎哎，宋将军，新郎官躲酒罢了。咱们还是别节外生枝的好。”他瞟了赵修缘一眼，低声附耳道，“男人嘛，相好的多了去了。真被在下说中，面子上过不去的不还是五娘吗？”

两个将军哼了一声，都没给赵修缘说话的机会，大巴掌往他肩上一攀：“赵二郎，今天你非陪本将军多饮几杯不可！走！”

赵修缘被推搡着出了院子，悄悄地给两个伴当使了个眼色。

桑十四郎看在眼里，渐渐放慢了脚步，等赵修缘被拉扯着走过回廊拐角，看不到自己，他带着自己的伴当飞快向藤园奔去。

季英英听到外面的对话，绝处逢生的惊喜撑着她挣扎着坐了起来。朝屋里扫了一圈，她看到了榻旁矮几上放着的烛台。她慢慢移下了榻，偏着头打量着烛台的位置，试探地将身体挪了过去，企图烧断身上的绑绳。

这时，一只手伸过来，将烛台拿开了。

季英英吃惊地扭过头去看，重心不稳，一下子栽倒在来人脚边。她仰起了脸，看到来人穿着夜行衣，全身笼罩在黑色的斗篷中。他将烛台移到一旁，居高临下地看着她。

他又是谁？他会帮她吗？季英英眼里流露出乞求来。

他蹲了下来，从靴子里抽出把匕首。雪亮的匕首让季英英哆嗦了一下。他要杀了她吗？她闭上了眼睛。

他看到她眼角沁出的泪，用手指轻轻擦去。

肌肤的触碰让季英英猛然睁开了眼睛，恶狠狠地瞪着他，一副“你想杀就快点动手，不然我恨不得咬死你”的愤怒神色。

四目相对，她看到他眼里的戏谑笑意。

他扳过她的身子，扬手割断了她身上的绳子，利落地将匕首插进了靴子里，转身走到了窗边。

季英英甩脱身上的绳索，扯出嘴里的手帕，嘶哑着声音喊他："恩公留步！"

窗外，一缕火光出现在季家染坊的方向。黑夜中，这团火格外醒目。戏台的锣鼓被敲响，他看着牌楼前吃喜酒的人们朝季家奔去。

可惜呀，他不是她的恩人，而是勒紧季家喉咙的绞索。

他没心思扮成救她的游侠儿。

他看了季英英一眼，就要翻窗离开。

"恩公……"

"不用谢我！"他靠着窗棂，终于开了口，"本……不想多管闲事，只是不想看你蠢得被蜡烛点燃了衣裳烧死罢了。"

"谢谢……"季英英感激地看着对方，见他撑着窗台就要翻窗离开，她咬了咬唇，又叫住了他，臊得脸皮发红，"恩公，能不能再帮我一个忙？"

他转过身好奇地看着她。

房间门锁着，她又打不开。谁知道赵修缘什么时候回来。季英英指了指窗外，小声说道："能带我离开赵家吗？"

"只要你能付得起报酬。"

季英英迅速地摸向发髻，去摘戴着的簪环耳饰："不够的话，您开个价，我一定给您。"

他大步走了过去，握住她摘首饰的手。手腕纤细洁白，被绳子勒出一片青紫。就是这双手帮赵家夺得了锦王？三年时间，应该可以学到她的技艺。他的指腹从季英英的伤痕处掠过："我不要这些。"

对方指腹有一层薄茧，轻柔的抚摸让季英英极不自在。她抽回了手："你要什么？"

他要的，她一定不肯给。

"我现在想不到，将来再找你讨要。"

他不要金银，那要什么？他身上透出的神秘感让季英英本能地生出了警惕。她摇了摇头："无论如何，谢谢您。我可能付不起您想要的酬劳。您请吧，我自己想办法。"

他能看出她想插上翅膀飞出赵家的渴望，却没想到她尚未失去思考的理智。他看向紧闭的房门，淡淡说道："拒绝我，也许我能割断绑你的绳子，你却也失去了得救的机会。”

大不了和赵修缘拼得一死吧。也许，是她骨子里的恨与怨让她不甘心逃走，想和赵修缘一决生死。季英英拿起矮几上的烛台，拔掉了蜡烛。她握紧了烛台，手指拨了拨锋锐的一头，扎不死赵修缘，她就自尽。

真是可惜……他有点遗憾。不过她迟早会落在他手里，他不用急于一时。他伸手取走了她手中的烛台，解下披风盖在了她身上：“我带你出去。”

季英英眼前一黑，身体蓦然腾空。

他揽着她从窗口跳了出去。

她很紧张，伏在他胸前，身体轻轻颤抖着。他落在树上，突然说道：“可以掀开斗篷了。”

离开赵家了？季英英激动地掀开斗篷。树枝离地至少有三丈高，她吓得发出一声惊呼，手忙脚乱地抓紧了他的胳膊。

还以为她胆大得什么都不怕呢。他暗暗撇了撇嘴，揽紧她的腰，在枝头一点，跃了下去。

落在地上，季英英往四周一看，认出这里离染坊后门不远。

“回家去吧。”他说完，转身欲走。

“请留步！”季英英脱下斗篷递给他，“请恩公告之姓名，以后有机会我一定会报答您。您要的酬劳我一定会尽力给您。”

将来，你一定会后悔知道我是谁。在他眼里，季英英是一只坠入陷阱尚不自知的猎物。得知真相，她一定会向自己伸出锋利的爪子。他突然生出新的想法。或许，这能让他的计划更完美。

“我本想趁着赵家大喜浑水摸鱼，救你只是意外。我这样的人，你还想结交认识吗？”

哦，他是传说中的游侠儿啊。他们四海为家，侠义豪爽，劫富济贫，路见不平会拔刀相助。虽然官府通缉偷盗大户的游侠儿，可老百姓崇拜喜欢。季英英的眼里放出了光。

真是个傻丫头。他缓缓拉下了面罩：“我叫阿晟。”

月光照在他脸上，浓眉深目，轮廓极其英俊。

“我会在益州城的高升客栈盘桓几日。你回家去吧。”

季英英欠身一福：“恩公慢走。”

她记住了，高升客栈。明天她一定和哥哥亲自去拜谢。季英英思家心切，朝家奔去。

看着她走得远了，靳师爷带着人从林间现了身，不赞同地说道："主子不宜露面。"

阿晟没有回头，淡淡说道："如果不是杨家寻官媒欲向季家提亲，本王也不会将计划提前。如果没有料错，季家必向本王求助。本王布局多年，所思不过是兵不血刃。"

靳师爷眼里流露出崇敬之色："主子仁慈。"

昏暗的灯光下，季氏面如金纸，半合着眼躺在矮榻上。

"太太，您得吃药啊。"李嬷嬷端着药碗，手在颤抖，勺子碰着瓷碗发出细碎的响声。

季氏嘴唇动了动，跪在榻前的季耀庭将耳朵贴了过去："卖……染坊、宅子。"

他哽咽道："娘，天亮我就去找牙侩。您先吃药好不好？"

季氏轻轻摇了摇头。她恨自己疏忽，恨这些年过得太安逸，失了警觉。她怎么就放心把英英留在赵家呢？赵家老谋深算，轻易放了她归家，让她觉得同住在三道堰，赵家顾及颜面名声，也不至于对英英如何。大郎被灌醉，她托了桑十四郎守护英英一晚。

一晚。她本来以为只需要度过这一晚，明天就能接了女儿回家。

赵家真是狠啊，欺负季家人少，先是灌醉了大郎，再趁夜去染坊放火。虽然火势并不大，一桶桶水浇过去，却将那些染料、布料、丝线全泡进了水里，新赊欠囤购的染料、客商订染所给的布匹、季家的存货眼睁睁瞧着全毁了。雪上加霜又多出新的欠债。

赵家这是要定了英英，不给季家半点机会。难怪赵申氏那样自信，难怪……季氏突然睁大了眼睛，死死抓住了季耀庭的手："卖染坊、卖宅子……赵家狠毒啊！"

一口血从季氏嘴里喷了出来，接着她往后一仰，直挺挺地倒了下去。

季耀庭连叫了几声，季氏都无反应。他趴在榻前痛哭起来。

"大郎君，快叫人请郎中！"李嬷嬷掐着季氏的人中，见她毫无反应，急得哭喊起来。

走到染坊后门，季英英匆匆整理了一下头发和衣裳，伸手去叩门。门吱呀一声开了。

“后门怎么没锁？”季英英嘀咕着绕过照壁，嘤嘤的哭声传进了耳朵。她快步穿过后院的下人房，迈进了染坊，眼前的景象让她失声惊呼：“怎么回事？”

染坊院子里一片狼藉。打碎了好几口染缸，各种颜色与水渍混在了一处，存放染料的库房烧塌了一半。

季嬷嬷带着一群仆妇、浣丝婢正在收拾。看到她，季嬷嬷哐当扔掉了手里的木盆，肥硕的身躯激动得直颤。她跌跌撞撞地跑过来，一把攥住季英英的手腕，拖着她往前院跑去：“太太，娘子回来了！太太、大郎君，娘子回来了！”

一股热意直冲进季英英眼里，她提着裙子边跑边喊：“娘、哥哥！我回来了！”

两人跑到正院，季英英就看到哥哥从屋里走了出来。

“英英！”季耀庭愣愣地看着妹妹，一瞬间悲喜交加。他叫了季富套车去请郎中，然后上下打量着妹妹，见她散乱着头发，又紧张起来：“英英，你没事吗？是赵家放你回来的？”

季英英摇了摇头：“不是，是有人救了我。哥，那个人……”

“回头再说。你回来就好。”季耀庭拉着妹妹进了屋。

“太太，娘子回来了！”几个嬷嬷像抓到了救命稻草，迭声叫着。

季氏眉心动了动。

季英英吓得扑了过去：“娘，我回来了。您这是怎么了？醒醒呀娘，我回来了！”

也许是真听到了她的声音，季氏蹙着眉，喃喃叫了声：“英英哪……”

听到她的声音，屋里哭声骤然响起。

小儿手臂一般粗的喜烛立在案几上。喜烛做得好，上面镌刻的龙凤栩栩如生，龙鳞刷了金粉，凤羽染出绚丽多变的色彩，盘旋在大红的烛身上，透出富贵喜庆的气息。灯芯稳稳地燃着，在蜡心蚀出一个深陷的凹坑。中间汪着一摊明亮的蜡油，被四周薄薄的蜡衣包围着，没有淌出来。

牛七娘已经去客房歇息了，新房里的宾客也早已离开，只剩下一排贴身服侍的嬷嬷和婢女。牛五娘早卸了珠冠礼服，换上了薄薄的红色大袖连身裙与对襟大袖外袍，安静地坐在新床上看书。

赵家派来服侍的常嬷嬷得了信，小心地上前禀道：“少奶奶，郎君不胜酒力，被宋将军他们灌得烂醉如泥。太太留了他在前院醒酒，大概还要耽搁些时辰。”

牛五娘将手中的书放到了一旁，站起身走到喜烛前，长长的指甲在龙烛上轻轻一划，里面那团热油就顺着缺口淌了出来，渐渐凝结。是脓包就得挤了，这样伤口才会好。她既然已经嫁了，赵修缘迟早要面对她的容貌。

“既然郎君醉了，便抬回来让妾身服侍他吧。”

常嬷嬷半张了一下嘴，又觉得少奶奶此举甚是贤良，便低声应了，亲自领着人抬了软兜去接赵修缘。

此时，藤园灯火通明，赵老太爷带着大儿子夫妇与赵修缘沉着脸走进了二楼。

“祖父，您看。”赵修缘拿出钥匙开了门，从地上捡起了散落的绳索。

看过绳子被割断的茬口，赵老太爷没有说话。他走到了大开的窗前，借着淡淡的月光，很轻易地认出了季家所在。

夜深人静，唯独季家隐约还点着灯。

“禀老太爷、老爷、太太、二郎君，季富套车去请了郎中，听说季氏呕了血昏迷不醒。季二娘在戌初就已经回了家。”赵平垂手站在门口，小声地回禀道。

赵申氏气白了脸：“欠债还钱天经地义！哼，等天明，妾身就令人将季二娘抓回来……”

“蠢妇！”赵老太爷厉声骂道，“要讨季二娘进赵家，除了逼债，难道不能示恩，令她主动送上门来？”

赵申氏吓得一哆嗦，惶恐地低下了头。

赵修缘掀袍往地上一跪，咬着牙道：“祖父息怒。此事是二郎擅作主张，与母亲无关。”

赵老太爷淡淡说道：“就凭那封信，连对方是谁都不知道，你如何想的？”

赵修缘闭了闭眼，后悔自己掉以轻心：“也许对方是要利用咱们达到他的目的。我要季二娘，他要图谋季家染色秘法。各不相干。”

“做也便做了，却叫人救了去。”赵太爷的目光变得比月光还冷，“如今你可想明白了？”

赵修缘低下了头：“必定是送信的人救走了季二娘，示恩于季家。那把火，没那么巧的事。赵家……被人当枪使了。”

他突然抬起头，脸上写满被羞辱利用的不甘：“祖父，事到如今，咱们为什么不能直接索讨季二娘还债？”

“事到如今……”赵老太爷长长叹了一口气，“二郎，赵家还要名声哪！季氏病倒，浣花染坊突然失火，损失惨重。这节骨眼儿上，赵家拿着明年四五月到期的欠条去逼债，你想让所有人都认定那把火是赵家所为？想让赵家被人戳着脊梁骨骂吗？”

赵申氏实在忍不住，小声嘀咕道："难不成咱们家那几千贯钱白花了？"

赵老太爷冷笑道："和季家已经撕破了脸，当然不能白花了银钱。且等着吧，多少人惦记着季家染色秘法。对方想让赵家背黑锅，咱们偏要坐山观虎斗。等到季家山穷水尽，就是赵家的机会。"

还有机会！赵修缘暗暗捏紧了拳头。他等就是！

这时常嬷嬷遣人来了藤园："……二少奶奶吩咐抬了郎君回去，她亲自照料。"

赵老太爷脸色变得和缓："二郎，娶妻娶贤，娶妾看色。牛五娘也许无貌，但她能带给你的好处不是季二娘能带给你的。将来……都由得你。"

"二郎明白。祖父请早些歇息。父亲、母亲，儿子告退。"赵修缘团团一揖，转身走了。

他本来就饮了酒，衣服上又刻意洒落一些，散着满身酒气回了新房。

赵修缘闭着眼睛装醉，被抬上了榻。

他听到牛五娘温婉的声音。她吩咐人去端醒酒汤和热水。没多久，热布巾覆上了他的脸。脂粉的香萦绕在鼻端。

赵修缘闭着眼睛捉住了牛五娘的手。纤细玲珑的手腕，肌肤细滑。他又想起了被神秘人救走的季英英。祖父说得对，牛家这门姻亲会是赵家的强助。

牛五娘注视着他清秀的面容，情不自禁想起杨静渊如阳光般闪耀的脸。她的夫婿绝不能比杨静渊差。她静静地说道："郎君醒了？起来饮碗醒酒汤可好？"

赵修缘从善如流地慢慢睁开了眼睛。

这是怎样的一张脸！洗净脂粉后，上半张脸洁白如玉，双瞳清澈，而两腮上布满了密密麻麻浅褐色的斑，像白面锅盔里包着的红糖溅了出来。离得近，还能看清那些斑形成的凹坑。他吓了一跳，猛地将牛五娘的手甩了出去。

牛五娘咯咯笑了起来。她伸手摸着自己的脸颊，轻声问他："很可怕？"

清澈的眼里闪烁着一种快意。因为这张脸，她所有的美好都被人视而不见。她永远忘不了那时她如何期盼杨静渊能发现自己的好。如今，她不期待了，她要自己做主。她的人生，再不许任何人践踏。

赵修缘深深吸了一口气，那种不甘心的感觉更加强烈。反正是为了牛家的权势才娶了她，她既然进了赵家门，就由不得她了。他镇定下来，目光从她脸上移开，淡淡说道："熄了灯，都一样。"

他的话像针一样刺进牛五娘心里。

"熄了灯，都一样。"

熄灭了灯，就被当成季二娘？

她笑了起来："我需要一个孩子。将来我会培养他成为赵家的继承人。"有了孩子，我不介意你去死。

赵修缘又是一愣，他没想到牛五娘的内心强悍至此。他突然说道："为什么你会选择嫁给我？虽然我长得不差，但牛家要招个相貌英俊、老实憨厚的赘婿并不难。"

赘婿？不，她绝不要一个窝囊的男人，她绝不要一个被杨静渊踩在脚下的丈夫。牛五娘拂动镶着银蝴蝶的帘钩，红色的帐帘垂落下来。她缓缓脱去外面的罩袍："我需要一个孩子，你需要牛家的权势。"

只是需要一个孩子？赵修缘福至心灵，支起身体望着她哈哈大笑："你恨杨家！你要利用我把杨家踩到脚底！因为杨静渊拒绝了亲事，对吗？"

牛五娘再一次被他刺痛了，她一把将他推倒在榻上，冷冷说道："对，我恨杨家。你不恨吗？你不想将季家、杨家踩到脚下？我是你最好的伙伴！"

烛光透过帐子映在她脸上，密密的斑点，冰冷中带着疯狂的眼神让牛五娘的脸显得越发狞狰。

伙伴！赵修缘突地翻身，将她反压在了身下。他狠狠一扯，红色的衣裙从她身上滑落，露出洁白无瑕的脊背。

他的手掌按在她的背上，滚烫的触觉让牛五娘情不自禁抓紧了身下的床单，接着缓缓闭上了眼睛。

Staread
星文文化

蜀锦人家

桩桩 著

中册

四川人民出版社

濯锦江边两岸花，春风吹浪正淘沙。
女郎剪下鸳鸯锦，将向中流匹晚霞。

『你答应和我的亲事，但我总觉得你不喜欢我。

『说话惹你生气了，我又怕你真的要退亲。

『明知道你送来一碗又酸又咸的汤，

但只要你消气，我甘之如饴。』

他还想要她的心，贫贱不移，甘苦与共。

目录

中卷

第二十一章
连环计

一片乌云在天明时涌来，雨哗地落了下来，气温骤降。

季家像风雨中飘摇的小船，全家上下笼罩在惶恐不安的气氛中。二十几个染工、浣丝婢挤在一处，谁都看得出来，季家破了财。但主家会因此而卖了她们吗？未知的命运让她们心里忐忑极了。

季英英带着湘儿、绫儿，披着油衣，和季嬷嬷一起将热腾腾的饭菜送了过来。

“娘子，太太的病可好些了？”胆大的紫儿小心地试探着。

季嬷嬷看出了她的心思，张嘴就想骂。季英英上前一步拦住了她。接着她扫视了一眼房里的仆妇婢女，淡淡说道：“太太无恙，一时气急攻心才会晕倒。我知道，你们担心染坊没了染料，主家的布料需要赔偿，染坊开不了工会倒闭，担心太太把你们卖了。”她说着说着，提高了声量，“有哥哥和我在一天，染坊就绝不会垮。等雨停了，将染坊收拾干净。”

一众仆妇在她冷静的面容前低下了头：“是！”

出了后罩房，季英英抬头望向天空，灰白的天空看不到一丝阳光。不晓得天大亮后，赵家会不会拿着欠条前来索债？她一夜未眠，疲倦至极，却不敢回房歇息。季家该如何应对赵家，渡过难关？

才到正院，吴嬷嬷匆匆走了过来。她向季英英招了招手，待走到回廊上，她轻声禀道：“娘子，有位姓桑的郎君想要见您。大郎君正陪着呢。”

想起昨晚桑十四郎找来牛家的将军们把赵修缘叫走，季英英心里就充满了感激。她点了点头道："嬷嬷，这些天让母亲好好静养。无论有什么事，哥哥忙不过来，就叫我来办。季贵叔已经去益州城了吗？"

吴嬷嬷嫁了季富的兄弟、染坊管事季贵。郎中开的方子里有人参，要到益州城的大药铺买。

"已经去了。到了益州城正好是开城门的时辰，万不会误了太太的药。娘子放心，我当家的定会将娘子的谢意带给高升客栈的那位恩人。"

季英英有点遗憾。如果不是家里事多，她本来想亲自去谢谢他。

她吩咐湘儿留在正院帮忙，带着绫儿去了前院。

见到季英英，桑十四郎脸上露出了笑容："季二娘，昨晚受惊了。"

季耀庭见两人的伴当婢女都在，当即站起了身："妹妹，你与桑郎君叙话，我去铺子上盘盘货。"

等哥哥离开，季英英起身向桑十四郎欠身一福："昨晚多亏你把赵修缘叫走。我不想母亲和哥哥担忧，是以没对他们说起。"

桑十四郎昨晚折回，透过紧锁的房门看到遗留在地上的绳索，心里已猜到了几分。听到季英英这样讲，他勃然变色道："那个畜生，果然意图不轨！"见季英英难堪地低下头，他转了话题，"平安回家就好。我的伴当告诉我，当晚赵老太爷、赵大老爷夫妇和赵二郎又去了一趟藤园。当心赵家不会善罢甘休。"

赵家。季英英眼中闪烁着仇恨。就为了自己的技艺，赵家暗中收集欠条、火烧染坊。她深吸一口气道："赵家已失了先机，他们还敢来家抓我不成？我家欠他家的钱，明年四月才到期。不过是把我家逼到绝境，好如他们的意罢了。我不信三四个月的时间，我家筹不齐钱。"

苍白疲倦的脸，眸子炯炯有神，散发出异样迷人的光彩。桑十四郎赞叹地看着她，心里有些明白杨静渊为什么会看上她了。有些女子如蒲草般柔弱，有些女子如劲草般挺拔。他点了点头道："赵家若敢强逼，随时遣人来长史府寻我。七娘还在等我，我先告辞了。"

季英英谢过他，吩咐绫儿送了桑十四郎出去。她揉了揉眉心，强打着精神去了铺子。

同样一夜未眠，季耀庭眼里布满了血丝。铺子上的货物不多，兄妹俩盘点清账，算着能卖出多少银钱。

不知不觉，天色已经透亮。季英英轻声说道："哥哥，紧着把这些货低价卖出去，筹得的银钱先进一批低价白布与染料。咱家要在短时间里多赚钱，染坊还得尽早开工才行。我晚上进染坊，不让人瞧见就是。另寻人赶紧往长安送信，催一催姨母。”

季耀庭点了点头：“今晨季贵叔进城的时候，我已修书一封，嘱他去驿站送往长安。但愿姨母能早点把银钱送来。”

小间门外突然传来人声：“季大郎！季大郎在吗？”

季耀庭起身掀了门帘，有点吃惊：“是木掌柜啊！”

季英英听说是木掌柜，一颗心猛地提到了嗓子眼儿，透过门帘缝隙望了出去。

木掌柜望着季耀庭叹气又叹气：“昨儿听赵家吃喜宴的人说起，才知道季家染坊失了火。正巧今日来三道堰送货，就来瞧瞧。”

季耀庭感激地拱手道：“多谢您关心。火势不大，只烧塌了一半库房。”

木掌柜顿时急了：“烧了库房，灭火时一浇水，岂不是将染料都……”

季英英听到这里，心里已明白了大半，挑开帘子走了出来：“木掌柜放心，咱家赊欠的货款，明年二月一定准时还给您。”

“呵呵，瞧小娘子说的。”木掌柜脸上笑容不改，伸手拿出了契约一抖，“季大郎，这上面写得清清楚楚，赊欠的货款明年二月到期。聚彩阁如有急用，可以免利息提前收钱。我只是个掌柜。东家前天来店里盘账，问及这批鹦哥靛蓝，怪我赊给了你家。您体谅我也是个做下人的。最迟三天，得把货款收齐。不然，我不好向主家交代。”

季氏兄妹的脸色唰地白了。季耀庭颤声说道：“木掌柜，您这是雪上加霜啊！”

季英英指着木掌柜冷笑道：“我明白了，聚彩阁和赵家是一伙的！滚！”

木掌柜也不分辩，将契约往怀里一揣，冷冷地说道：“三天，季家若还不上银钱，老朽就不客气了！”

他拂袖而去。季耀庭一个不稳，跌坐在地上。

“都怪我！”季耀庭摇摇晃晃站起身，眼神迷茫，“是我贪心，才受了木掌柜蛊惑，赊了那批鹦哥靛蓝，图那几成的利，结果全化成了水。呵呵，全化成了水！”

季英英吓了一跳，捉住季耀庭的胳膊使劲地摇晃：“哥，你别吓我。”

季耀庭猛然推开她，朝着后院跑去。

“大哥！”季英英叫了一声，赶紧追了过去。

季耀庭跑进院子，双膝一软跪倒在地，朝着后院正房的方向重重磕下头去，哽咽道：“母亲！儿子保不住咱家染坊了！”

雨水顷刻间将他淋得透湿，季耀庭恍若不觉，痛苦地将脸贴在冰冷的石板上，仿佛这样能让心里的憋屈与愤怒减轻一点。

季英英拿起油衣跑过去盖在他身上，伸手去拉他："哥，你起来。这样会生病的。你起来！"

季耀庭攀着妹妹的胳膊抬起头。昨晚酩酊大醉，好不容易醒了，又遇到染坊失火、母亲气病。此时被木掌柜一激，被冰凉的雨水一浇，脸色已变得青白。他红着一双眼睛，惨笑道："英英哪，哥不争气哪。"

他的身体缓缓瘫倒在季英英身上。

"哥，哥！"季英英的一颗心像要蹦出来了，拿油衣罩着季耀庭，抱着他跪坐在院里。她望着天空。雨从铅灰色的天空砸下来，就像一只看不见的手捂住了季家的光明。

"这批货是特意留给你的。浣花染坊是老主顾，信得过。这样吧，你把染料都带走，多出来的算赊我的如何？"

"赵家担心季家还不起银钱，扣下季二娘为质。告到官府，季太太敢让官衙的师爷盘一盘浣花染坊的账吗？"

"你毫不在意，那样轻易地让杨静渊得到那方锦帕，让杨家知道了《临江仙菊锦》的配色秘密。"

"我看到他手里的那方锦帕，就像有人捅了我一刀似的……"

"你太犟了，我只能自己想办法，把你留在我身边。"

各种声音纷至沓来，季英英痛苦地大叫了一声，用双手捂住了耳朵，眼泪大滴大滴地涌了出来。是她的错，她识人不清，心心念念想着与赵修缘厮守终身。她绣出了那幅遇光变色的双面锦，为赵家想出斗锦的巧妙配色，助赵家夺得锦王。是她……给季家引了祸！

给姨母染绸赊欠的债要还给赵家。

母亲病倒，下个月哥哥成亲。

染料没了，聚彩阁定下三天收回欠款。

客商的布料毁了，要重买布料染制。

这发生的一切的一切都是因为赵家觊觎自己的技艺。

季英英自责得无以复加。她看着自己的双手，是这双手惹的祸，那她就用这双手把季家从泥沼中拔出来。

"娘子！赶紧扶大郎君回屋！"绫儿冒雨跑出来，叫醒了季英英。

季耀庭的伴当季鹰也跑了过来，两人合力将季耀庭扶回了房间。

季英英跪坐在回廊上，听到自己机械地下着命令。小厮和婢女们在眼前穿梭，季嬷嬷扭着肥硕的身躯忙碌着。

“娘子，头发干了。您得回去换身衣裳才是。”绫儿放下干布巾，低声劝着她。

季嬷嬷也说道：“大郎君急怒攻心，又一夜未睡，这才晕倒。郎中说歇息着，吃两服药就会好了。娘子也一晚没睡，不如回去躺会儿，家里还有奴婢几个在呢。”

季英英转过头，看到她们眼里的惶恐和担忧。

一天之间，家里三个主子中，两个卧床不起。如果自己再倒下，季家就真的撑不住了。季英英扶着绫儿的手站起来，轻声说道：“嬷嬷，吩咐季叔和田叔关了铺子大门。我睡醒之前，家里不见客。有要紧的事，直接叫醒我。赵家若是来人纠缠……让他们去告官！”

欠赵家的钱明年四五月才到期，赵家敢告官，她就去请桑十四郎帮忙。

“老奴直接把他们打出去！”季嬷嬷听得精神一振，迭声保证道，“娘子放心去睡。”

她要做的是迅速恢复体力，天知道赵家还有什么后招来逼着季家。

这一觉，季英英睡到了黄昏。醒来后，绫儿端来热腾腾的菜粥，她连吃了三碗，觉得自己像只小老虎似的。

“母亲怎样了？哥哥醒了吗？”外面的雨下得小了，风又寒了几分。季英英换了小袄，拢紧了披风。

绫儿赶紧说道：“湘儿过来了，说太太情况不太好。药没有配齐。大郎君还好，喝过药又睡着了。”

季英英从她手里接过油纸伞道：“从今晚起，我搬到正房去睡，你去收拾一下。”

她走到正院，回廊下已点燃了灯笼。

吴嬷嬷迎了出来，低声说道：“大郎君的事瞒着太太的。我当家的回来说，没买到二十年以上的人参，只买了些参片。郎中说太太气虚，最好是买棵整参备着。当家的他有话想对小娘子说。”

季英英点了点头，进去看季氏。

李嬷嬷起身让她挨着床榻坐了。才一天，季氏的神色便枯萎如草，一双眼睛失了神采。

“娘，您可好些了？”季英英堆了笑，乖巧地握住了季氏的手。

季氏抓紧了她的手，舍不得放开：“英英，是娘不好，将你扔在了赵家。”

“我这不是回来了？您好好养病，家里的事有我和哥哥呢。您放心，桑郎君说了，如果赵家敢告官，他一定帮咱们。”

“那就好。”季氏心头一宽，眼皮又快合上了。

季英英没有打扰她，看着母亲睡熟，这才起身去了前院书房。

书房是季耀庭处理染坊和铺子事务的地方。季英英没等多久，季贵就来了。

“娘子，本来午后小人回来就想寻您，可季嬷嬷非拦着说您才歇下，就耽搁到了现在。”说完，季贵叹了口气。

药方上开了二十年的参，上了年份的参不好找，他跑遍了城中几个大药铺都没买到。其中一家正巧离高升客栈近，他顺道就将季家备好的礼物给晟郎君送去了。

“小人进去的时候，晟郎君正在整理行装。晟郎君倒是客气，还赏了小人一锭小元宝。说是举手之劳，请娘子不必挂在心上。桌上搁着只打开的锦盒，小人无意中瞅了一眼，有婴儿手臂粗细，看年份至少是五十年的好参。小人不方便开口讨买，只得买了些参片回来。可郎中却说最好是备着整参，怕太太有急用。”

季英英噌地站了起来：“季贵叔，母亲的病要紧。你将柜上所有现银都准备好。明儿一早，我就进城去求他卖给我。”

一个留着两撇小胡须的瘦个儿中年男子应的门。

季英英带着绫儿进去的时候，晟郎君正跪在案几前拨算盘。木珠碰撞发出清脆的声响，随着他手指的拨动，极有韵律。

他略微停了停，头也没抬地说道：“靳师爷，上茶。”

靳师爷请了季英英在下首圈椅坐了，亲自端了茶来。

季英英端庄地坐着，难以克制心里的好奇，眼神悄悄瞟了过去。在赵家见到晟郎君，她便认定了他是个游侠儿。他自己也说过那天去赵家，是想趁大喜之日宾客众多，浑水摸鱼。今天，她却觉得自己想错了。

他穿了件黑色的宽袍深衣，衣襟和袖口都绣着精致的万字不断头纹饰，庄重大气。黑色的衣料随着他的动作而摆动，表面像珠光流泻，只有锦才有这种质感与光泽。她还没听说过今朝有酒今朝醉的游侠儿穿得起价值不菲的锦衣。还有垂手站立在他身后的靳师爷。哪个游侠儿会用师爷？可他不是游侠儿，为何要穿着夜行衣潜入赵家？

想到那棵参，季英英突然不确定自己是否能求得他低价割让。

修长的手指噼里啪啦拨完，晟郎君将账本一合，朝靳师爷点了点头。靳师爷飞快地将账本收齐打成一个包袱，行礼告退。

他抬脸看着季英英，深邃的眼神里噙满了笑意："昨天府上的管事已带来礼物道过谢了。"

为了母亲的病，季英英将所有的疑惑压在了心底。她跪坐在案几后，俯身行礼："再次谢过晟郎君相救之恩。我来除了相谢，还有一事相求。"

晟郎君的神色有些不愉："季二娘，那晚带你离开赵家，你就当我是突发善心。我没有索取报酬，并不等于你可以得寸进尺。求我做每一件事都是要付报酬的。这是我的规矩。"

季英英的脸被他说得发烫。她鼓足勇气道："我明白。我来，是因家母病重。益州城买不到药方里上了年份的人参，听说晟郎君正巧有。是以想请问郎君，多少价肯割爱相让。"

"参？"晟郎君明知故问，微微一笑道，"我手中的确有棵百年成形人参，打算献给节度使。不过，换件礼物也未尝不可。关键是你能出什么价？"

"六百贯。"

这是季家账上最大限度能拿出来的钱。只要能治好母亲的病，就算抵了染坊、宅子与铺子里的存货也无妨，季家总有东山再起的时候。季英英相信，凭自己的手艺，两三个月内一定能凑齐欠聚彩阁的货钱。

晟郎君失笑地摇了摇头："季二娘，仁和堂离此处不远，信誉极好。你要不要先去打听打听？"

她知道，百年参可遇不可求，拿三五千贯买也值得。她讷讷地说道："我只有这么多钱。母亲……治病要紧。"

一个萍水相逢的陌生人凭什么要将送给节度使的礼物折了低价卖给自己？她心知这是奢望，但心里仍盼着他能像在赵家一样，再一次不计酬劳地帮自己一回。

晟郎君没有说话，手指轻叩着案几。

无声的叩动像击打着她的心脏。他在思考，他没有直接拒绝。季英英感觉看到了希望。

考虑了一会儿，他终于开口说道："我是生意人，什么生意都做，但从不做亏本的生意。我知道那晚浣花染坊失了火，你母亲因此气病了。季家损失惨重，六百贯银钱已经是笔大数目。看在救人要紧的份儿上，我可以赊给你。但你得拿东西作保才行，毕竟这是百年的参。"

听到一个“赊”字，季英英像被蛇咬了一口似的。赵家收罗的欠条是赊的素绸，聚彩阁索要的银钱是赊欠的染料。如今晟郎君说可以赊给自己一棵百年人参，难道他也是冲着季家的秘法而来？她警惕地摇摇头：“不，我不能再赊了。”

晟郎君一脸不在意：“我不可能把百年参切成几段卖与你。你既无银钱，又无物可抵押作保，更不想赊欠于我，季二娘，你究竟想怎样？”

是啊，她难不成勉强人家白送给自己不成？母亲气得呕血，病情拖不得。季英英一咬牙，颤声说道：“晟郎君想必知道，我家染坊失了火，库里的货毁于一旦。如今能抵押作保的只有一座空染坊与家里的二进宅院和一间当街铺面，您想要哪一个？”

晟郎君看了一眼绫儿，没有说话。

季英英懂了，吩咐道：“你去门外等候。”

等到绫儿出去，晟郎君起身离座，走到了季英英面前。他弯下腰，手撑在案几上，靠近了她：“那些我都不要。”

俯视的感觉带来山一样的压力。黑色的宽袖甩开，像一团黑云将她笼罩其中。季英英紧张地往后仰了仰：“季家只有这些……”

“还有你。”

季英英像被雷劈过的木头，呆愣愣地没有了反应。

他的眼瞳像他身上的黑色锦衣，漆黑的双瞳闪烁着珍珠般的光芒。他离得这样近，近到额头都快抵住她的额头。

季英英紧张得快要喘不过气来：“我？”

晟郎君站直了身体，唇边绽开浅浅的笑容：“我要季家的染坊、宅院、铺子做什么？不过是赊给你一棵参，求个担保罢了。怎么，你没有信心还我钱？”

季英英眼睛亮了，她怎么会把他和赵修缘、木掌柜相提并论。只要不是冲着季家秘法而来，只要说个期限，她就一定还得了。

“一年，连本带息两千贯。还不上，我就只能登门讨人了。”晟郎君揶揄地说道。

一年！季英英暗暗攥紧了拳头。她突然想起聚彩阁的赊欠条件，赶紧说道：“一年便是一年，没到期前，不能提前向我家讨债。”

“依你。”

仔细看过契约，季英英提笔签字，按了手印，拿着百年参拜谢离开。

这时，靳师爷从隔壁房间过来，看清了契约内容，不禁诧异：“主子讨的不是季家秘法？”

晟郎君淡淡说道：“能助赵家夺回失了二十多年的锦王，季二娘的价值不比季家秘法低。长安义川男爵府的人动身了？”

靳师爷恭声答道：“镖局来信，已经过了剑门关，明后两天就到益州府。”

染坊的一把火将季氏心里那根苦苦支撑了几十年的支柱烧塌了。守寡不易，支撑门庭不易，养大儿女更不易，最难的是一直隐藏在血脉深处的骄傲被血淋淋的现实击得粉碎。

这世上最容易被饿死的是读书人。所谓君子不饮盗泉之水，廉者不受嗟来之食。季氏没办法向赵家折弯自己的脊梁。

那把火像烧在她心里，让她害怕面对女儿留在赵家的后果。她不知道昏睡了多久，分不清是现实还是梦境。

她隐约看到女儿站在面前，仿佛什么事都没有发生过。她欢喜得安心睡了。可是她在沉沉的梦里又看到了赵申氏带着一群仆妇拦在了自己和女儿面前，生生将女儿拉远了。那种撕心裂肺的痛楚让季氏朝女儿伸出了手，想把她从仆妇手中扯过来。

“娘，我在呢。我好好的。”季英英握住了母亲乱舞的手，把脸贴了上去，“娘，您赶紧好起来吧。”

季氏迷迷糊糊地听到了季英英说的话。但她害怕自己听错了，用尽力气撑开了沉重的眼皮。

房里没有点灯，暗淡的光从白麻纸糊的窗户透进来。她看到了熟悉的青纱帐子。那帘钩上镶着一只蝴蝶。用的时日长了，蝴蝶翅膀上的彩漆斑驳脱落。这是她的房间，她的床榻。季氏缓缓移动着目光，看到一张娇嫩美丽的脸。

是她的英英。不，她还在做梦。赵家狼心狗肺，连放火烧毁库房的事都干得出来，怎么可能放她的英英回家呢？

“李嬷嬷，长安来信了吗？”季氏闭上了眼睛，把力气用在了说话上。

她的声音很小，惊得季英英和李嬷嬷差点儿跳了起来。

“娘，您醒了？！嬷嬷，母亲醒了！”季英英高兴得直抹眼泪。

一勺参汤喂进了季氏嘴里，甘苦，回甜。人参的香气在她唇齿间久久不散。过了片刻，季氏的精神渐渐好了起来，眼皮也不再沉重。她再一次睁开了眼睛。

“娘，郎中说只要您醒了，静养着，身体就会好啦。”

季英英笑靥如花，腮边还挂着晶莹的泪。

季氏痴痴地看着她，慢慢抬起了手。娇嫩如婴儿的肌肤，暖暖的触觉。她的眼泪忍不住涌了出来："英英，真的是你？"

"娘！让您担心了。"季英英把脸埋在了母亲手里。她心里感激着晟郎君，如果不是他的百年人参，母亲也许还醒不过来。

季氏的真实感更加强烈，她用力拍打着季英英的背，哭道："你要是有个三长两短，娘没脸去见你爹！"

母女抱头痛哭一场后，季氏的郁结渐渐散去，身体轻快了许多。

待她又饮了药睡着，季英英与众嬷嬷总算松了口气。

出了房门，季英英看到哥哥走进了院子，赶紧迎了上去，扶着季耀庭在厅中坐了。

"母亲才睡了。郎中说，只要转醒，静养着就会好起来。天冷了，哥哥应该多歇两日。家里的事有我呢。"季英英净手煎了茶，冲出一个隐约的"好"字茶花，将茶盏递到了兄长手中。

季耀庭到底年轻，饮了一服药，饱饱睡了一天一夜，热度就退了下去。

他望着妹妹明媚的脸，心里愧疚不已："都是哥哥不好，累着你了。"

"胡说。"季英英催着哥哥将茶饮了，压低声音说道，"朱二哥帮了大忙。咱们家铺子里存着的那些丝线和他家染坊换了染料。年关将至，裁新衣的人家多。我染了三十匹细葛布，今天头一批就能出染缸，只是不敢叫母亲晓得。季嬷嬷下了禁口令，哥哥记得替我掩饰一二。"

年关将至，她染的有绯红、粉红、桃红、银红、大红等数种红色，又用凹板印了喜鹊、梅花、福字等喜庆的花纹，卖到益州城应该能赚一笔银钱。

季耀庭赚钱心切，茶也不喝了："反正母亲还睡着，先去染坊瞧瞧。"

兄妹俩兴高采烈地去了染坊。

因连日雨水多，染缸都移进了屋里。季嬷嬷知晓这批布的重要性，亲自落了锁收了钥匙。此时见到两人过来，拿了钥匙开锁："天杀的鬼天气，晴上几天就好了。"

染好的布出了染缸，得先晾晒干透，拿到河中漂洗掉浮在面上的染料，再晒干，才是成品。

季英英笑道："无妨，多架些烘笼就行了。"

三人进了染坊，季英英指着前排的四口染缸道："季嬷嬷，叫人来把这几口染缸里的布取出来吧。”

粗壮的仆妇从墙边抬起宽大的竹筐箩，用木棍将染缸里的布捞起放进筐箩里滤水。

布匹上扎着一束束油纸做的凹板。季英英绑了臂缚，此时解开一只。这匹染的是粉红，取了束扎的纸后，出现了一朵绯红的梅花图案。

普通染花都是底色深，花朵浅。油纸凸板遮住的地方染不到，就形成了蓝底白花、红底白花。套染也是一层层加深颜色，几乎没有一层层渐色的染法。

季英英这匹粉底碎红梅的花色比布匹色深，又是碎花，季耀庭看得眼睛都直了。他想不明白染凸板遮挡之时，别处要怎样做才不会被染到。除非一朵朵地染花，这显然并不现实：“太费工夫了。”

季英英将解下的凸板给他看，低声附耳道：“油纸下面还有一层染料。花朵相当于多染了一次，颜色自然更深。”

季耀庭一点就透，觉得这批布应该能卖上好价钱。

兄妹二人指挥着仆妇升了烘笼，将四缸布滤过水后挂起烘干。有活做，有染好的布，就意味着染坊还能维系。看着鲜艳的布匹，仆妇们脸上又出现了久违的笑容。

“娘子！”吴嬷嬷走了进来，担忧地说道，“太太醒了，追着问人参的来路呢。”

季耀庭奇怪地说道：“是晟郎君贱卖给咱们的。母亲怎么关心起这个来了？”

季英英签了契约，不想让哥哥担心，是以瞒了下来。至于契纸，她让绫儿收进了妆奁，母亲应该不会知道：“母亲定是觉得咱家买不起百年参。我去告诉母亲，免得她担忧。”

季氏只睡了一会儿就醒了，她害怕自己仍在梦中，女儿仍在赵家。尽管李、吴两位嬷嬷，以及季英英拨来正院帮忙的湘儿劝慰着她，季氏仍想见到一双儿女。

季氏背后垫了三个引枕，倚着床榻靠坐着。榻前矮几上放着半盏没有喝完的参汤。人参特有的味道引起了季氏的注意：“叫季贵过来。家里账上还有多少银钱？怎能破费去给我买参？”

季氏兄妹俩进了房中，季氏看到女儿，朝她招了招手：“英英，过来。”

季英英匆匆睃了一眼，见榻前矮几上放着没用完的半截参，季贵正垂手站在一旁，心里不免打起了鼓，母亲晓得了多少？

她靠着床榻坐了，嗔道：“娘，您不好好歇着，是嫌女儿把家管得不好吗？等您大好了，再管也不迟啊。”

季英英眼神依然明亮，撒起娇来像山间的雀儿，活泼可爱。季氏揽住她，长长地松了一口气：“娘心里踏实了。你这么大了，也该学着管家了。”

母亲不知道赊买人参的事，季英英暗暗松了一口气。

季氏的目光又瞟过矮几上的参，说道：“你姨母还没派人来还钱，现在库房又被烧了。娘知道你孝顺。我这病啊，其实见到你好好的，就好了一大半。你不该动用账上的银钱。这参太贵了。”

季英英笑道：“娘，这棵参是那位救我的晟郎君贱卖于我的。百年参，只要了六百贯钱，不贵呢。”

二百贯买了客人订的绸布，等染好赔给人家。另外四百贯买了一批上等的白色细葛，等到染好送到益州府卖掉，家里就又有活钱周转了。季英英劝着季氏好好休养，不肯让她操心家中事务，未尝不是想瞒着母亲染布料的事情。

晟郎君……季氏眼中波澜不兴，顺着女儿的话道：“晟郎君对咱家有恩，不可怠慢。季贵，我病着不方便当面道谢，去请晟郎君来家中赴宴。”

“娘，不用这么急吧？您还病着，怎能待客呢？”季英英下意识地反对。

季耀庭却觉得这个主意好：“儿子正想亲自去谢过他。他若得空来，儿子一定好生招待。”

目光掠过季耀庭明显消瘦的脸，季氏心疼起来：“大郎，家里原本留了银钱给你娶媳妇，结果却被我这不中用的身子拖累。喜事只能从简，娘委屈你和四娘了。”

“没有的事。聘礼早就备齐了，一应仪仗、花轿、喜宴也都预付了银钱，花费不了多少。”

母子俩说着说着，把话题岔开了。季英英虚惊一场，告辞离开后，回到房中拿出契纸又看了一遍，之后小心地将其锁进了妆奁里。

“娘子，奴婢不会说出去，可瞒不过季贵叔和大郎君的，毕竟您买了那么多的布。”绫儿担心地说道。

季英英早想好了：“我全推到朱二哥身上去了。布匹和染料都是用店里存的丝线换的。哥哥只会以为朱二哥仗义，不会起疑。季贵叔就算心里怀疑，也不会说出去叫母亲担心。等熬过这段时间，咱们凑齐了银钱，向晟郎君换回那张契纸便是。”

第二十二章 季家秘法

第二天，晟郎君欣然而来。

季耀庭请他先到前头厅中坐了，嘱人去禀告季氏。

季英英和绫儿守在后院的月洞门口，看到守二门的婆子得了信进来通传，知道晟郎君到了，赶紧捅了捅绫儿。

绫儿机灵地去了前院。没过多久，她就领着季耀庭进来，朝着小跨院去了。

经过季英英躲的花树时，她听到哥哥嘟囔着："什么事这么急呀？前头还有客人呢。"她吐了吐舌头，猫着腰跑出了月洞门。

"晟郎君！"

晟郎君转过身，见季英英从门口探出头来。她穿着玫红色的小袄、白色的绸裙，往上梳起的乌椎髻勾勒出优美纤细的脖颈，婷婷如初荷绽放，一双黑溜溜的眼珠骨碌碌转着，贼兮兮地东瞟西看。

他看着有趣，站起身走了过去，也伸长了脖子往四周看："怎么了？"

"看我大哥。"季英英盯着通向后院的月洞门，着急地说道，"我就是跑来给你说一声，你千万别让我娘知道我和你签约的事。我走了。找不到我，母亲会起疑。"

她说完就像兔子一样飞快跑走，一只手还在半空中朝他摇晃着。

"有趣的丫头。"他笑了笑。

等季耀庭满头雾水地从小跨院里出来，湘儿迎了上去："大郎君，娘子去了太太屋里。太太吩咐您请晟郎君过来。"

季耀庭没想那么多，匆匆去请人了。

屋里，季氏拿起一枚金钿簪在季英英髻上，拉起女儿上下打量着，接着发出一声感慨："英英是大姑娘了。走吧，扶我出去。"

季氏携了她的手，缓步进了前厅。

季英英扶着季氏落座，忍不住劝道："母亲尚未痊愈，何苦要起身待客，交于哥哥招待便是。"

"既请了晟郎君来，必是要见面道谢的。"季氏倚在铺了锦垫的圈椅上，柔声说道。

早起饮过药，又饮了一小碗参汤，季氏的精神瞧着比昨天好了几分。

季耀庭陪着晟郎君进来的时候，因是逆着光，季氏只瞧见他一身低调奢华的黑色锦衣。等到晟郎君上前拱手行礼，抬起脸，季氏才看清。

清癯的脸形，轮廓分明。小麦色的肌肤。眼窝有点深，显得双眼异常有神。

季氏的目光在他身上打转，笑着请他落座："郎君大恩，妾身想着无论如何也要当面谢过。"

晟郎君微笑道："举手之劳而已。"

季氏客气地问道："请问郎君是哪里人？请郎君来赴宴，却不知晓您的口味，唯恐怠慢了郎君。我家厨娘对南北菜肴都略懂一二，郎君莫要客气，想吃什么口味吩咐便是。"

晟郎君斯斯文文地说道："我走南闯北，不挑食的。客随主便吧。"

季氏便吩咐季英英道："去厨房看看席面备得如何了。"

季英英应了，起身行了礼，带着绫儿出了房门。

支走女儿，季氏当着儿子的面说话更直白了："大郎，我与晟郎君有话要说。"

季耀庭愣了愣，明白母亲是故意遣开妹妹，想向晟郎君询问那晚赵家的情形。他起身对晟郎君拱了拱手道："郎君稍坐。"他离开了正房，想着母亲的意图，干脆去了厨房守着妹妹，不让她听到。

季氏一个眼神扫过，李、吴两位嬷嬷也带着侍婢退了出去，谨慎地守在了门口。

今天没有下雨，天空中厚厚的云层将太阳隔开。上午的天光较为明亮，厅里并不显得阴暗。淡淡的天光投在季氏脸上，未消退的病容让她有了几分羸弱之感。

晟郎君自如地坐着，镇定地望着季氏："季太太想问什么？"

季氏平静地望着他道："你算计季家，是想要秘法吗？"

晟郎君没有露出半点惊惧之色，唇边仍噙着浅浅的笑容："季太太何出此言？"

季氏嗅到了一丝熟悉的感觉。她眼里泛起一层泪光，纵然是桑十四郎那种官宦人家出身的子弟，也豢养不出这种上位者自幼养成的优雅与傲气。原以为算计季家的只有赵氏，如今看来，商贾出身的赵家是万万使不动这位晟郎君的。

可她不能说破。季氏喟叹道："染坊失火，赵家逼债。我一时气怒攻心，血气逆行病倒。郎中方子里用了参，家仆寻遍了益州城，也没买到二十年以上的人参。你手中正巧有那么一棵，又正巧让送谢礼的家仆瞧见。晟郎君，你在赵家救了小女返家，又贱卖百年老参给小女，不断示恩于季家，妾身不相信是巧合。"

晟郎君有点吃惊于季氏的敏锐。想到她的出身，又释然了。既然被季氏识破，又直截了当提到了秘法，那他还要不要遵守和季英英的约定呢？想起季英英活泼生动的笑脸，他有点不忍了。他犹豫了一下，很快做出了决定。

"季家秘法传子不传女，季太太寡居多年，带大一双儿女，想必是宁死也不肯交出秘法的。"

季氏一点就透："你断不会白白低价卖人参给我女儿。她应允了你什么？"

晟郎君从怀里拿出契纸放在了桌上："一年为期，季二娘以身作保，赊银两千贯。季太太，这个条件很宽厚。"

季氏用力抓住圈椅的扶手，强行镇定下来："你不要秘法，而是要我的女儿？"

晟郎君将契纸叠好，小心收进了怀里："那得看一年后季家能否还清欠债。我不会像赵家吃相那样难看，捏着未到期的欠条张牙舞爪。只有季二娘心甘情愿，才好替我效力。"

"不对。"季氏喃喃说道，她眼里冒出了锐利的光，狠狠地盯着他，"你不会给季家一年时间。你做了什么？你还对季家做了什么？"

晟郎君微笑着望向外面的天色，轻声说道："你马上就知道了。"

季氏的心跳如擂鼓，眼前仿佛有一层纱，让她模糊地看到了真相，又不确定自己看到了什么。女儿的才艺已然是掩饰不住，让这个举止高贵优雅的神秘男子宁肯弃秘法而索她。不，他定不会这样轻易放过季家。季氏脱口说道："秘法和我女儿，你都要！"

"那是自然。"晟郎君呵呵笑了起来。雪白的牙齿与麦色的肌肤相衬，他的笑容像雨霁后的蓝天，干净爽朗，却激得季氏双臂泛起了一层鸡皮疙瘩。

"我就是卖染坊、卖宅子，也绝不让你如愿！"季氏强忍着阵阵眩晕感，一字一句地说道。

晟郎君转过头看着她，眼里透出怜悯之色来。

阵阵喧哗声从外头传了过来。吴嬷嬷听了侍婢禀告，脸色大变，转身迈进了门槛："太太，来了一群衙役，凶神恶煞地打了拦门的季富，直接闯进来了。"

季氏霍然起身，顾不得晟郎君，撑着身体摇摇晃晃地奔了出去，吴嬷嬷眼疾手快地搀着她迈出了门槛。

通向前院的月洞门突然拥出了一队衙役，柜上的季贵跟着奔了进来："这是后院，官爷莫要乱闯啊！"

旁边一名衙役伸手将他推倒在地，簇拥着差头走向了季氏。

差头看到站在门口的季氏问道："你就是浣花染坊的坊主季徐氏？有人告你家谋财害命，海捕文书递到了益州府衙。你是坊主，便和我们走一趟吧。"

谋财害命？谋谁的财，害谁的命？季氏脑中嗡嗡作响。

两名衙役抖着绳索走向了季氏。

李嬷嬷快步走下台阶，赔着笑脸拦住了他们："官爷，我家太太还病着，有人递了状纸，我们去公堂应诉便是。缚了我家太太路上行走不便，且容我们安排车轿送太太前往可好？"说着直接将身上的荷包摘下来塞进了衙役手中。

季贵机灵，早将柜上剩下的现钱装了，扯着差头的手，塞进了他的衣袖，求恳道："官爷且请前头饮杯茶，容我家太太换身衣裳。"

差头感觉袖中一沉，脸上的神情缓和了下来。见季氏脸色苍白，一副摇摇欲坠的模样，心想带着她走回益州城，半道上兴许就倒下了，不如让她坐车前往，大家都方便。他板着脸道："不能耽搁太久。"

季贵连声应了，请了一群衙役去前院饮茶。

这时，季耀庭和季英英听到动静，从厨房走了出来。

"怎么回事？"看到二门处乱糟糟的，还有衙门里的官差，季氏兄妹目瞪口呆。

季贵上前一步拦住了兄妹二人，谄媚地对差头道："官爷，这边请。"

差头看了一眼季耀庭，眼睛微眯，拨开了季贵的胳膊道："季大郎？听说浣花染坊是你掌管……"

"官爷！妾身才是染坊的坊主。请官爷稍候片刻。"

差头转过身一看，季氏被人扶着，眼神淡然地望着自己，身上透出的威仪气度让他情不自禁地点了点头："季太太有什么话要交代就赶紧着吧。"

吴嬷嬷叫上了院里的婢女，赶紧去厨房将招待晟郎君的饭菜先给这群衙役送去。后院顷刻间又安静下来。

"英英，回你的院子去，没我的吩咐不准出来！大郎，你在房外守着，母亲过会儿叫你。”季氏最担心女儿沉不住气，在季英英叫嚷之前，先堵了她的嘴。

“娘，家里出什么事了？您不让我知道！”季英英急得要命。

“季嬷嬷，送娘子回去。英英，不要给娘添乱。”

季英英还想再说什么，见母亲苍白的脸色，只得将话咽了回去。季嬷嬷陪着她回院子，季英英拉住了她的手道：“嬷嬷，你赶紧去瞧，究竟出什么事了？家里怎么来了官差？我在这里不出去，不给母亲添乱。”

季嬷嬷也急得要命，哎了一声，转身扭着肥硕的身躯奔了出去。

季氏转过身，晟郎君仍安静地坐着，好像没有听到院子里的嘈杂声。他胸有成竹，似乎今天不是来赴宴，而是来收网。

季氏推开扶她的李嬷嬷，掩上了房门。

厅里的光线骤然变得昏暗，一袭黑袍的晟郎君像潜在阴影中的野兽，一双眼眸显得异常明亮。

季氏慢慢走到了他身前，毫不掩饰自己的仇恨：“谋财害命？谋了谁的财，害了谁的命？你真是狠毒！”

晟郎君没有站起身。因为季氏离自己太近，他往后仰了仰，换了个舒服的姿势靠在了圈椅上。他下巴抬了抬：“季太太大病初愈，请坐下说话吧。”

这是一种主人的姿态，丝毫不因季氏居高临下的凝视而矮了一头。

季氏忍了气，移到上首坐了。她有一种强烈的感觉，眼前这个晟郎君的身份必定会让她大吃一惊。

“季太太还记得你的庶妹李夫人吧？她运气太差，在长江上触了礁，一船人与整船丝绸都沉了江，尸首难觅。”

“什么？！”季氏失声惊呼。刹那间，李夫人的面容便出现在她眼前。过往的恩怨情仇、姐妹情谊像开闸的洪水，汹涌而至。季氏眼前阵阵发黑，捂着胸口大口大口地喘气。

晟君压根儿没把季氏的激动放在心上，淡然一笑，继续说道：“偏偏她身边的侍婢会凫水，偷走了李夫人身边的金子，在船沉没之前跳水保住了性命。凑巧被我的人找到，送回了男爵府。大难临头，弃主逃生，那金子她也没命花。没办法，她只能说，是你买通了水匪害了李夫人性命。这样，她就能摇身一变，成为逃命出来报信的义仆。”

季氏用手指着他，咬牙说道：“是你杀了她！她与你无怨无仇，你怎么下得了手？”

“船已经捞上来了，船板四分五裂已分辨不清。说是触了礁也可，说是水匪凿沉的也像。季太太，那奴婢的性命捏在我手中。你随衙役去州府衙门，有两种结果：一是平安返家，二是抄家问斩。李夫人已死，你不必生出替她报仇的心思。她收了我的重礼，特意来益州府骗你欠下巨额银钱。”

“三娘……”季氏喃喃叫了声妹妹，先惊后怒再伤心，喉间塞着一处肿块，让她咳了起来。她举袖掩住唇，斑斑鲜血浸红了衣袖。

她露出一个凄凉的笑容：“短短几天，季家便如履薄冰，瞬息间便是家破人亡的局面。你一双翻云覆雨手，将季家玩弄于股掌间。晟郎君，季家不过小门小户人家，开着间小染坊度日，值得你这样大费周章？”

晟郎君淡淡说道：“费心思、费时间，却不用赔上将士的性命，自然值得。”

季氏惊愕无比：“你、你究竟是什么人？”

晟郎君微仰起头来：“我是什么人不重要。季太太，你还没告诉我你的决定。想要保全季家，过现在的安宁日子，就交出秘法和你的女儿。浣花染坊只是间小染坊，供不起整个蜀地的丝线。市面上多出和季家一样的顶级蜀红丝、浣花丝，对季家来说并没有太大的影响。季二娘，我只要她与我为奴三年。三年后，我放她返家。”

“秘法我可以给你，但我的女儿不行。”季氏在瞬间做出了决定。她白着一张脸，狠狠地盯着他道：“我这身子怕是养不好了。拼着枉送一条性命，我也要保住我的一双儿女。”

“季大郎下个月要娶媳妇，我猜张员外多半会毁婚，毕竟不能生生将自己的女儿推进火坑不是？季二娘天真烂漫，好骗得很。不用一年，等你进了州府大狱，只需以案情为诱饵，不怕她不主动卖身为奴。你不怕死，你放心得下你的一双儿女？不怕去了黄泉无脸见早逝的季老爷？”

晟郎君说的话一句比一句刺痛着季氏的心。她的身体瑟瑟颤抖，终于向晟郎君妥协：“我把秘法给你。但不要动我的女儿。”

不等他再开口，她厉声说道：“否则，我季家三口人宁肯玉石俱焚，一并去了地府团聚！将来，终有还我清白的一天！”

晟郎君冷了脸：“季太太，我给你选择的余地，是爱惜季家的手艺。季家的两种丝线是比别家要好，但不是少了季家的丝，就织不出锦来！”

季氏也是宁折不弯的性子。想着给了秘法后，对方仍不肯罢手，说什么她也舍不得女儿去为仇人效力，当即发狠道："好，我倒要看看，单凭那贱婢的一家之言，能否定我的罪！晟郎君，你请吧，季家不欢迎你。"

晟郎君并不动怒，只是一笑："季太太，莫要忘了季二娘与我还有一年还债之约。如果我没有算错，明天聚彩阁也会来季家收账。季太太去了衙门，这债是用宅子抵还是用染坊抵？想要全身而退，没有银钱打点怕是不行。季家账上还有钱吗？"

一把火烧了库房，毁了染料，原是为了让季家雪上加霜。这把火是他放的。放火杀人，他还有什么不敢的？

季氏全身冰冷，眼前景物在缓缓转动。失了染坊，如何能在一年里赚两千贯赎回那张契约？她闭了闭眼。晟郎君的声音在她耳边响起："两色丝线的秘法换聚彩阁与赵家的欠债。我可以帮你请个讼师，轻松了结官司。"

只字不提赊欠的那棵人参。季氏明白，见自己态度强硬，晟郎君不得已退而求其次，想先把秘法拿到手。为今之计，只有拖，拖过这四面来风的关口，再想办法。

她镇定地说道："官司、两家的欠债，我用秘法来换。晟郎君说过，不会像赵家吃相那样难看。至于我女儿与你签的赊欠条子，一年后，我会把钱准备好，等你拿欠条来。"

"如此，一言为定。我会遣人来学秘法。季太太病着，好生歇息。"阿晟微微颔首，起身推开门走了出去。

季氏汗透重衣，委顿地靠在了交椅上。

光从门外透进来，季耀庭与两个嬷嬷奔了进来。

"大郎，娘累了，扶我进去歇着。"季氏搭住儿子的手，想起他下月还要娶妻，一口气硬撑了下来。

没过一会儿，吴嬷嬷就从前院回来了，满脸喜色掩饰不住："太太，那位晟郎君究竟是何来历？不晓得他和差头说了什么，那帮衙役都回去了。只说太守升堂时，再请咱们去应讼。"

想起妹妹为了重金前来算计，却丢了性命，季氏恨怒交加，高声叫道："仇人！他是咱们家的仇人！大郎，你给我认清楚了！"说着就晕死过去。

季氏和晟郎君在厅中说话时，季英英就蹲在北窗下。

家里突然出现的衙役让她害怕。她不会去添乱，却忍不住不来偷听。支走季嬷嬷后，她就悄悄沿着墙根蹲到了窗户底下。

母亲和晟郎君的对话让她心如刀绞。她捂着嘴，任由眼泪顺着脸颊淌下。是她的错，她那样轻易地就入了套，还把晟郎君当恩人看待。她天真地以为靠自己的手艺和大哥的勤劳可以还清欠债。她真是蠢！母亲一眼就看穿的事，她怎么就想不到。是啊，真是巧。家里急着用参，晟郎君就有一棵，还让季贵叔看见。

她想起那晚晟郎君说过的话。他躲在窗外把自己和赵修缘的对话听得清清楚楚。他看不上她的首饰金银，他要的报酬是她。他设局只是为了让她心甘情愿地为他效力。

听到晟郎君推门出去的声音，季英英再也按捺不住心头的怒火。她怕母亲知道自己偷听，从后门跑了出去。

等她绕过后巷跑到前面时，晟郎君已经从大门走了出来，正背对着她去解系在拴马石上的马匹。

季英英握紧了路边拾到的鹅卵石，猫着腰走到了他身后，举起鹅卵石就砸。

晟郎君仿佛脑后长了眼睛，轻松地转身，一手擒着她的手腕，一手卡住了她的脖子，将她按压在了墙上。

手腕受不住他的力气，她情不自禁松了手。鹅卵石落下，恰巧砸在了她的脚上，她疼得眼泪都出来了。

见着是她，晟郎君手上略松了力道。见此情景忍俊不禁，低头在她耳边说道："搬起石头砸自己的脚，嗯？"

季英英气得张嘴想骂，但喉间一紧，顿时憋红了脸。

他逼近了她，仗着马匹与宽大的袍袖将她藏在自己的阴影下。他的手一点点扼紧了她的咽喉，看着她在自己手中徒劳地挣扎："砸破我的脑袋，季家就不用还聚彩阁和赵家的钱了？还是你那姨父肯撤了状纸，饶过你母亲？瞧着聪明，怎么这般蠢？惹怒我，不怕家破人亡？"

英俊的脸上布满嚣张冷血的气息。他既不用力捏断她的喉骨，也不让她好过，就这样看着她像一条上了岸的鱼，难以呼吸。

季英英尽管难受，却死死地瞪着他，一副"你掐死我我也要揍你"的表情。

大概是觉得给她的警告足够了，晟郎君慢慢松开手指："你还有用，本……不想这样对你。记住了，莫要再冒犯我。"

新鲜的空气涌进口中，季英英瞬间又活了过来。她实在太恨他，腿用力往上一抬。

"嘶！"晟郎君疼得脸色大变，松开了手，弯着腰像一只煮熟的大虾。

季英英嗖地绕过他跑到了一丈开外，朝他狠狠地啐了口唾沫。如果不是怕宅院里的人听见，她早就破口大骂了。

晟郎君实在没想到她这样泼辣，疼得掐死她的心都有了。

巷口不远就是大街，人来人往，季英英机灵地站在季家大门外面，出了口气总算心里舒服了一点。可她又舍不得不看他的狼狈样就此逃进家中，琢磨着他敢再跑来抓自己，就扯开喉咙喊救命。

死丫头，他要杀她全家！终于熬过那阵剧痛，看到季英英还站在台阶下看热闹，一股怒火油然升起，他大步走向她。

季英英尖叫了一声，转身就跳进了家门。不料进门时被门槛绊了一跤，扑通摔了个狗趴。

晟郎君目瞪口呆，继而怒气全消，哈哈大笑起来。

他牵了马，一跃而上。骑在马上看着季英英龇牙咧嘴爬起来，提着马鞭指着她道："记住了，下一次见面，你一定会趴在地上求饶！"

"啊呸！不就是欠了你一棵参？姑奶奶没钱，明儿就上峨眉山挖一箩筐赔你！长得跟昆仑奴一般黑，谁稀罕再见你？没得晦气！你如此阴险毒辣算计我家，我咒你不得好死！滚！"季英英再也忍不住，哐当关上了大门。

关了门，她又奇怪了："田叔呢？我在门口闹这么大动静，怎么不见他？"

正纳闷儿着，田玉从二门处走了出来，见到季英英站在大门口吓了一跳："小娘子怎么在这里？季富大哥被官差推倒扭了腰，小人才请了郎中看他，听说太太晕倒了，刚把郎中送过去。"

母亲定是被晟郎君气的。季英英撒腿就跑回了后院。

季家来了官差，扯进了杀人沉船案，这事转眼间就传遍了三道堰。

这天正是牛五娘三朝回门，赵修缘与她一起回益州城的路上，碰到了前往季家拿人的捕头，他面沉如水地陪着牛五娘前行，恨不得掉转马头，奔回三道堰。祖父的话再一次在他耳边响起，螳螂捕蝉，黄雀在后，赵家要做那只最后吃到食物的黄雀。那神秘人竟然有这般能耐，将一起杀人案与季氏扯上关系。如果他要对付赵家呢？想到这里，赵修缘脖子后面的汗毛都竖了起来。他悄悄叮嘱赵安回去打听，对牛五娘更客气了。

最早知晓季家案子的人是桑十四郎。义川男遣了个管事，拿了信直接进了太守府。京中有人好办事，当天，太守就发了缉捕文书，要拿季氏下狱。事涉长安伯爵府与宗室，又是姐妹情仇，人们对贵人们的事总是更加关注。桑长史回家就讲给了夫人听。

桑十四郎想起那天见到季氏的感觉，露出听到说书先生揭开谜底时的表情——“原来如此”。

说到动机，二十年前姐妹易嫁便是最大的动机。季氏能不恨夺了自己姻缘的妹妹吗？虽然桑十四郎并不认为气度高华的季氏能干出买凶杀人的恶事。

他敏锐地捕捉到父亲末了的一句感慨：“男爵府的管事前脚刚离了府衙，后脚就又来了一位师爷打扮的人求见太守。不晓得这位师爷是何来头，太守又紧急发了张押票，嘱人告知去了三道堰的捕头，容明日升堂后，再召季氏过堂应讼。可奇怪的是，那位师爷并没有替季氏说好话。太守大人肯定帮着男爵府。”

虽有大唐律，但案子怎么断还是太守说了算。季家要遭殃了。桑十四郎得出了这个结论。

“三郎，恐怕你回来已经物是人非。”桑十四郎感慨了一句，始终无法对季家的事袖手旁观。明天就要开堂审案，怎样才能帮到季氏？他在院子里烦躁地绕圈，一拍脑袋，有了。

“娘，吃药吧。”季英英端着碗，将一勺药汁喂到了季氏嘴边。

药的味道里夹杂着参的气息。百年老参，连药气都掩不住那浓浓的参味。季氏厌憎地转开了头，眼角沁出一滴泪来：“不了。”

季英英嗔道：“和自己的身子赌什么气？难不成娘不吃这加了参的药，那黑贼就不算计咱们了？划不来呢。”

季耀庭也说起调皮话来：“虱多不痒，债多不愁。娘养好身体要紧。下个月儿子要娶媳妇，您还要喝媳妇茶呢。”

一想到季家保了百年的秘法就这样被人逼迫着抢走，季氏就像一堆燃尽的炭，心早已成了灰。只是瞧着榻前这一双儿女，想着下个月要娶儿媳，她才又生出一线希望来。

那两色丝线不再是季家专有，那又有什么大不了的。儿子能娶妻生子继承香火，女儿能平安留到出嫁，生活还能继续，她卖了秘法，对不起老爷和季家祖宗，她死后坠入阿鼻地狱去偿还好了。季氏只愿所有的罪全让自己一人背。

她叹了口气道：“娘这心里一时转不过弯来，把药放着吧。这是气出来的病，等气顺了，就好啦。”

见母亲憎恶那加了参的药，知道一时劝不过来，季英英爽快地将药碗递给了李嬷嬷："先拿走，搁热水里温着吧，一会儿再喝。"

季耀庭又道："娘，明天去州衙应讼，您身子不好，就别去了。我是长子，我去也一样。"

"不行！"季氏下意识地反对。当初把女儿扔在赵家已经让她悔不堪言，她不能把季家的独子再赔进去。她对晟郎君的狠辣心有余悸。交易归交易，万一对方生变，儿子去了再也回不来，她就算死了都赎不了自己的罪。

季耀庭毫不退让："让您带病过堂，儿子这一生都会不安。就这么定了。"

季氏还想反对，一急之下，脑袋又阵阵眩晕，哪里还有力气去拦儿子。

"娘，放心吧。那晟郎君不是挺有办法的吗？"季英英才说这么一句，就见母亲抓紧了被褥，手背青筋暴突。她心里难过至极，劝慰道："他不是还没有遣人来学秘法吗？等哥哥从衙门平安回来，咱们再教秘法不迟。"

季氏缓得一缓，睁开了眼睛。她吩咐李嬷嬷出去守着门，柔声说道："英英，娘太执着偏激。秘法都能给外人，为什么不能教你？你喜欢染技，娘把秘法传你。大郎，你不怪娘吧？"

季耀庭摇头道："我怎么会怪您呢。英英喜欢染技，天分也高。咱家人丁少，传给她，将来她出嫁有一技傍身是好事情。我资质平庸，只希望一家人能平平安安，过得富足就好了。"

季英英眼里露出一丝惊喜："娘，不用教我秘法。您肯允许我进染坊就好了。"这样，她就能多染出好看的布料丝线，多赚银钱。

"你要学。"季氏的语气异常坚定，"所谓秘法，是一代代染工的经验和心血。你天分高，娘希望你学了季家的秘法后，看看有没有什么法子教了人，让别人以为学会了，但染出来的丝始终和季家的丝有差别。"

季氏兄妹恍然大悟。季英英来了斗志，兴奋得不行："好，我学！我一定想出办法来。"

这时，门外李嬷嬷的声音传了进来："太太，有客人来，说是和您约好了的。"

晟郎君派的学染技的人来了？季家三人心头一凛。季耀庭道："我先出去看看。"季英英也跟了出去。

兄妹俩来到正厅坐定，便见李嬷嬷引了一男一女进来。男的正是靳师爷，女的挎着只小包袱，是个十来岁的年轻小娘子。

她长得很漂亮，有一双会说话的大眼睛，扑闪扑闪的。微笑的时候，牙齿整齐洁白，如玉石一般。

“小女阿宁见过季大郎君、季小娘子。”她的声音很脆，像咔嚓咬了一口脆脆荸荠的感觉。

季英英跟着母亲和几位嬷嬷学过礼仪，意外发现阿宁像是也受过这方面的训练，行礼如行云流水，极其优雅。也是，晟郎君来头大，身份高贵神秘，他身边的人懂得礼仪也很正常。

靳师爷此时满面堆笑，像极了一个寻常的普通师爷，却没有半句废话：“我家主子吩咐小人做季家的讼师，在下定保季家与官司无碍。”

他又拿出聚彩阁那张欠条来：“这是聚彩阁的赊欠条子，我家主子已经赎了回来。等阿宁学会了秘法，欠赵家的银钱，在下再双手奉上。”

仍然只字未提季英英为那棵百年老参签的契约。季耀庭黯然，对方布下重重圈套，又能轻易化解，想必再来一回也不是难事，根本不怕季家反悔。

季耀庭应了，吩咐李嬷嬷在染坊给阿宁安排一间住处：“阿宁小娘子住在染坊不委屈吧？”

她是来学染丝秘法的，住在染坊更不用担心季家使诈，阿宁微笑道：“如此甚好。所需材料，请大郎君尽管吩咐，靳师爷会遣人送来。”

这也是季家母子商量好的，不欲让来人住在内院，多双眼睛盯着季家。

安排妥当后，靳师爷听说季氏卧床不起，由季耀庭去应讼，便与他约定明日在州府衙门见面。

临走时，靳师爷认真地看了季英英一眼，记住了她的相貌。见她怒目而视，只笑了笑，拱手告辞。

时间紧，季氏兄妹禀了季氏，就一同去了季英英住的小跨院。

季嬷嬷早得了季氏吩咐，守紧了院门，把湘儿和绫儿都叫到了身边看着，让兄妹俩好生说话。

进了正房，季耀庭一字一句地将季家两种丝线的染色秘法背了出来。

丝线如何选择，熟丝如何再加工处理，用料多少、顺序，最要紧的加哪些东西进去，季英英牢牢记在了心里。

“英英，记住秘法和亲自动手是有区别的。”不是说了怎么染，就能染出最好的丝。时间的拿捏、丝线的染制程度还需要动手实践。

季英英笑道：“哥哥，我学得秘法，是为了找出能瞒天过海的法子。哥哥先回吧。要教那个阿宁，也要等哥哥明天回来。”

季耀庭知道妹妹要琢磨秘法，也不多说，起身便走。

“哎，哥哥。”季英英眉开眼笑地叫住了他，“不是说需要的材料都由晟郎君提供吗？哥哥千万不要客气。染坊里的材料只够染我买回来的那些细葛布，多准备一些，回头朱二哥帮着卖掉布匹，咱们再接着染。”

“那是必须的。”

兄妹俩相视而笑，哪怕被逼到这份儿上，能宰晟郎君一刀，也让两人的心里充满了阳光与喜悦。

第二十三章

杨家提亲

义川男遣了个管事，聘了位讼师，带着自李夫人身边携金逃走的侍婢向益州府衙门递了状纸，告季氏谋图财物，买通水匪杀了庶妹。

季氏在家躺不住。季氏兄妹俩无法，只得在骡车里多铺了几床被子，扶了季氏躺着，小心赶了车一早进了城。

阿宁也揣着季耀庭写的材料单子一道进城采买。

太守受了义川男的重礼，压根儿没把季氏放在眼中，他只是对携了厚礼而来的靳师爷感到好奇，说他是替季氏说情撑腰吧，送了一双翡翠玉璧，但提出的要求不过是莫要先索季氏下狱。

身边的幕僚苦思良久后道：“兴许是念在季氏出身伯爵府，又病着，这才请东翁善待一二。”

又揣测道：“季氏和李夫人本是姐妹，会不会是徐府想请大人秉公处理，偏袒了哪一个都不好。”

如此一来，太守收了两边的礼，决定当一回清官。

岂料昨天太守府又来了两拨人，一前一后，先扯着绳子往一头拉，之后又将绳子扯了个水平，两边加上了同样的砝码。太守着实糊涂了起来。

州衙对面的酒楼包间里，牛五娘蒙了面纱与赵修缘对坐下棋，遣了人去州衙门口打听消息。

赵修缘心不在焉，不是牛五娘的对手，还没下至中盘，就露了败象。他实在没了兴致，扔了棋子道："我出去透透气。"

牛五娘没有拦他。赵修缘前脚一走，她后脚直接掀了棋盘，墨玉制成的棋子在木质地板上弹跳碰撞，叮咚作响。露在面纱外的清澈眼瞳明明白白道出她的鄙夷之色："不就是赢了他一局，就对我使脸色，什么东西！"

她的贴身侍婢玉缘端了棋盒，蹲下身将棋子拾起，重新摆在矮几上，轻声劝道："少奶奶，奴婢不明白您为何要帮郎君。判了季氏有罪，那季二娘进了赵家，郎君对她有执念，对少奶奶只会更加冷淡。"

牛五娘发作之后，跟没事人似的，素手执着棋子，慢慢将棋局复盘："赵家想添一把柴整治季家。那季二娘有才，赵家少的就是能人。我选择赵家嫁了过去，自然要帮着赵家做大。季家的人到了吗？"

玉缘欠身道："奴婢去看看。"

她走到外间，低声叮嘱了几句，没过多久就有人回了话。玉缘进去禀道："少奶奶，季家的人已经到了。季大郎与请来的讼师已经进了公堂。季氏在街边的骡车里，季二娘站在堂外听审。"

牛五娘站起了身，推开了窗户一角往外看去。

今天落了小雪，天气有点冷，州府衙门外看热闹的人很少，牛五娘很轻松地看到了季英英。她穿着一件白底印红梅的袄子，身边的婢女给她撑着油纸伞挡雪。

赵修缘站在街对面，注视着季英英，没来由地生出了一种雪天喝烧刀子的痛快感。这种感觉促使他想走向季英英。

"郎君，少奶奶在窗户旁呢。"赵平眼尖，仰头看到窗户被推开了一角。

不提还好，赵修缘还有点犹豫。走过去和季英英说话不外乎口舌占上风，宣泄一下她从自己手中逃走的愤怒。赵平这么一提醒，赵修缘又想起新婚之夜牛五娘丑陋的容貌和傲慢的态度，仿佛自己是她挑中的赘婿，是给牛家生儿育女的工具。

除了有个手握兵权的父亲，她在他眼中一无是处！赵修缘哼了一声，一甩袍袖径直走了过去。

公堂上，李夫人的侍婢逢春正嘤嘤哭诉着："……二十年没有往来，夫人收到季太太的信后格外难过。违了郎君之意，远来益州，将这笔染绸的生意交给季家的浣花染坊。"

季耀庭大怒，抬头拱手道："大人！此贱婢颠倒黑白，一派胡言！姨母深夜到访，全家都吃惊不已。我母亲根本就没写过书信给姨母。明明是姨母向我家求助，家母顾念亲情，借了两千匹绸给姨母。姨母以府中宅院和一间绸缎庄的店契作为抵押！”

他说着，将李夫人抵押的契约递了过去。

衙役收了契约呈上。季耀庭大声说道：“大人明察，如果是姨母为照顾我家生意，执意请我家染绸，怎会将宅院和绸缎庄的房契交给家母？”

男爵府的管事抹起了眼泪道：“夫人与郎君当晚吵得厉害，郎君恼怒不已，说要休妻。夫人一气之下，带了府中的房契来了益州府。正是这两张契约叫季氏起了贪念……”

季耀庭气结：“你胡说！”

男爵府的讼师冷笑道：“大人明察，夫人与季氏是姐妹，哪怕写一纸欠条借据都可，怎会用男爵府的宅契做抵押？全长安都知道，义川男爵府虽称不上豪奢，但随便寻家当铺抵押几万贯钱还是可以的，我家夫人犯得着为了两千匹绸缎，不仅抵了宅子，还把位于东市的商铺也抵给季家？”

他瞅了季耀庭一眼，从怀里拿出一封书信来：“大人请过目。这就是季氏写给我家夫人的信。”

季耀庭见对方拿出了书信，转头望向站在一旁始终没有说话的靳师爷。

两边争论的声音大，季英英听得清清楚楚，气得直跺脚：“真不要脸！我娘明明没有给姨母写过信。”

“你知道这世上有一种刀笔吏吗？擅长模仿人的笔迹，真伪难辨。季英英，你难道不明白？有人想让季家下地狱，逃不过的。”

季英英蓦然抬头。

赵修缘穿着泥金织锦袍子，外罩黑色的狐裘，闲适地站在一旁。他没有打伞，细碎的雪落在他身上，染得双眉如翠，他依然挺拔如青竹，面目淡雅如画。

也许是天太冷，季英英打了个寒战。他的人、他的声音像毒蛇吐的芯子，舔在身上，湿答答的，令她恶心。

赵修缘太了解她了。看到那双黑溜溜的眼睛冒着火，他禁不住一笑：“想提刀捅了我？这是州府衙门，你敢吗？”

“赵修缘！”季英英听到自己牙齿摩擦的声音。

湘儿胆小，一把扶住了季英英的胳膊，颤声道：“娘子，太太还等着听消息呢。”

公堂上此时传出了太守的声音：“……休堂！去季家取季氏的笔迹来！”

这是要对比那封信是否是母亲的笔迹，暂时休堂。季英英压下了火气："赵修缘，我知道你巴不得季家倒霉。你放心，我会过得好好的，气死你。"

她不想再站在这儿，也不等兄长出来，带着湘儿先返回了骡车。

赵修缘还没说完，哪容得她离开，快步上前攥住了她的胳膊，用力拉向了自己："那晚救走你的人是谁？"

季英英用力想甩开，奈何赵修缘力气大，掐得紧了没让她甩掉。季英英可顾不得这是在大街上衙门门口，一口唾沫直接吐在了他脸上，赵修缘下意识地偏过脸抬袖去擦："季英英，你这个泼……"

胯下一阵剧痛，将他的话堵在了嘴里。他松了手，弯着腰，俊脸涨得通红："你竟敢，竟敢……"

季英英一昂头："再用你的脏手碰我，我更狠的事都干得出来！"

她拉着看傻眼的湘儿往骡车走去，挺直了背，心头阵阵暗爽。泼妇？她恨不得再泼辣一点。

看得目瞪口呆的不止湘儿一人。牛五娘的指甲抠紧了窗棂，光洁的额头上气得冒出了青筋："岂有此理！"

玉缘轻声说道："少奶奶，要不要去教训一下季二娘？敢对郎君……"

"你以为我是气季二娘吗？"牛五娘离开了窗户边，一眼都不肯再瞧下去。她想起了杨静渊。第一次见杨静渊时，他陪着桑十四郎来牛府。七娘好武，拉着两人在府里的马场骑马射箭。他骑着那匹白马，穿着红色的箭袖锦袍，额间勒着一条镶红玉的华胜，像夏天的骄阳，耀眼得令她睁不开眼睛。牛五娘一挥袍袖，将复盘的棋猛地从案几上推开，哗啦啦的声响就像她听到杨家拒亲时心碎的声音，凭什么她要嫁给赵修缘这样的人？！

"少奶奶！"玉缘心疼地扶住了她。

想起赵修缘被季英英踹成虾米的样子，想到为了孩子要容忍他夜里吹熄了灯从背后与自己欢好，牛五娘对杨静渊的恨与怒越发强烈，她推开玉缘，恶狠狠地说道："杨三郎，我要你从长安回来就看到季二娘成了我的奴婢！去请都督，请他亲自去太守府！"

玉缘得了命令，知晓自家娘子的脾气，也不再劝，转身去了。

牛五娘发作的时候，隔壁也有一人瞅到了官衙门口的戏。寒风从窗户吹进来，晟郎君毫不在意。他靠着窗棂，笑得胸膛起伏不平："季二娘，下一次，本王可不会再给你出腿的机会！"他举杯饮尽，目光始终没有离开季英英的身影。

阿宁垂下了眼帘，掩住了心里的震惊，主子竟然因为一个平民女子的粗鲁举动而笑得如此开怀！她从袖中拿出季耀庭开的材料单子递了过去：“主子，季家没钱了，这是阿宁学习染技所需的材料。”

晟郎君没有移开目光：“你是印染好手，才派你去季家学染技，你看出什么来了？”

“回主子。蜀红丝以凤血朱砂为主料倒也罢了，但那浣花丝以四季花卉为名，哪里需用鹦哥靓蓝，还要二十锭？季家这是拿咱们当冤大头使呢。”

她说着，悄悄抬眼瞥了一眼，主子最恨被人欺哄，他应该会生气的吧？

“让木掌柜照单子准备。”

晟郎君唇边的笑容越发深了。一定是季二娘的主意，明知道季家被算计成这样，还有胆子算计回来。这丫头像他杯中的烈酒，入口辛辣，却够味。望着季英英进了骡车，他这才离开了窗户：“我这就要赶回去了。靳师爷会和你联络。”

阿宁忍住心里的疑问，赶紧从衣架上取了大氅给他披上。她半垂着眼，系带子的时候，淡淡的沉香味在鼻端飘浮着。她脑中一荡，手有点发抖，半天打不好结。

一双手握住了她的手，阿宁情不自禁地抬起头来。主子仿佛没注意到她的异样，两下打好了结，大步朝门外走去：“尽快学会季家秘法。”

“是！”她深深弯下了腰。再抬头时，房里只剩下她一个人。阿宁腿软地瘫坐在了地上，按住自己怦怦急跳的心。

风雪在渐渐变大，兄妹俩默契地决定隐瞒那封书信的事。季耀庭匆匆来说了一声，就和衙役一起骑马赶回了三道堰。

骡车里生着炭炉，空气闷得很。季氏刚开始还有精神，这会儿又昏沉地睡了过去。她隐隐听到了儿子和女儿说话的声音，努力撑开了眼皮：“英英。”

季嬷嬷听到，掀了车帘一角喊道：“娘子，太太寻您。”

季英英望着哥哥走远，哎了一声，钻进了骡车。不等季氏问话，她就笑道：“娘，公堂上男爵府拿捏着那贱婢的话，又无证据。太守大人下令退堂，下午再审。”

季氏松了一口气：“既然退了堂，那你哥哥呢？”

季英英赶紧撒谎：“靳师爷请哥哥一旁吃酒叙话。娘，既然来了益州府，咱们找家大一点的医馆请别的郎中再给您瞧瞧病吧。待在骡车里空气也不好，找个暖和的地方用饭吧，您说行吗？”

季氏不想再进医馆，听到后一句，便同意了："找家卖羊肉汤的，热热地喝上一碗，驱驱寒气也好。"她的声音极小，说完就不再费精神撑着，又睡了过去。

她病着，不能吃羊肉。这是替一直待在车外的季富着想，怕他受了冻。季嬷嬷心里一热，眼泪就涌出来了："太太，我家那口子身子壮，随便吃碗热汤饼就行了。"

季英英笑道："叫季富叔赶车吧。我瞧着前面不远就有店招支着。嬷嬷陪着母亲，我出去透透气。两步路一会儿就到了。"她抹了把额头闷出来的汗，叫季嬷嬷将拒绝的话吞了回去。

她和湘儿靠着车辕坐了，撑着伞挡着风雪。季富生怕冻坏了她，赶紧抽了骡子两鞭子，赶到了前面街口。

店门口挂着青色店招，汤锅支在门口，奶白色的汤咕嘟翻滚着，羊肉的膻味随风飘着。隔壁挂着福来客栈的店招，季富迟疑了一下道："娘子，太太病着，怕是闻不习惯膻味，咱们还是去客栈吧。要个雅间，屋子烧得暖暖的，太太还能下车休息一会儿。"

季英英也觉得好，一行人进了客栈。

小二听说有病人，直接端了四个炭盆进来，没多久，屋子就烧得暖了。季嬷嬷力大，她直接用被褥裹了季氏，背着她进了房间。季英英亲自端了热水，给季氏擦了脸。季氏舒服了许多，精神也好起来。

小二去隔壁买了羊肉汤和锅盔，端来了白粥。

季嬷嬷侍候着季氏用饭，季英英便带着湘儿下了楼，叫上季富先用。

这时，又有一辆马车停在了客栈前，厚重的棉帘被人挑起。寒风吹进大堂，季英英抬头看了一眼。两个婆子和一个丫头簇拥着一名穿着石青色织金锦袄、围着黑色水貂围脖的老妇人走了进来。

客栈很小，大堂里坐着的人几乎都穿着青蓝色或灰色的布袄，陡然出现的一行人钗环首饰非金即银，下人身上都穿着绸衣，就像戈壁上突然绽放的一丛牡丹，令人惊诧莫名。

季英英只看了一眼，继续埋头喝羊肉汤。这时，一幅桃红色的绸裙出现在她视野中。

"请问您可是三道堰浣花染坊的季二娘子？"

季英英咽下汤，抽了帕子擦了嘴，慢吞吞地抬头。这是季氏和嬷嬷们训练的结果。季氏告诉她，如果遇到让你感到诧异的事情，最好的反应就是拖延时间，让自己适应。

小客栈里突然出现的陌生贵妇，穿着绸衣的侍女认得自己，衙门里还审着案子。季英英不多心都不行。

“我是季二娘。”她露出浅浅的笑容，“姐姐有什么事吗？”

雪青恭顺地说道：“我家太太想请小娘子移步品茶。”

季英英望了过去。

不到一盏茶的工夫，靠墙铺设的座席四周已围起一重青色的布障。

带来的婆子和侍婢肃手站在布障外。一位侍女拿出了一套茶具，从一只白瓷瓶里倒出一瓯清水，娴静地煎起茶来。

想不令人吃惊都难。方才堂间还有客人在高谈，此时全停了下来。掌柜手足无措地躬身立在旁边，脸上的笑容都有点僵硬了。

“季富叔，你算着时辰去衙门迎一下哥哥，告诉他我们在这里暂时避避风雪。”季英英吩咐完，带着湘儿走了过去。

她看了一眼布障外面站着的侍婢，吩咐湘儿留在外面，独自走进了布障。

地上已经重新铺了块红色织花的波斯地毯。那张用碱水刷得发白的桦木案几上罩上了一方蓝底织菱形纹锦，四角坠着长长的璎珞。上面摆着一只拳头大小的铜香炉，一缕香的青烟袅袅升腾而起。一经布置，这里和外面简陋的大堂俨然是两个世界。

今天的雪不算太大，地上尚未铺满。一路行来，季英英的鹿皮靴沾满了泥水。她实在不忍心在那方昂贵的地毯上踩出脚印，便站在地毯外欠身行了礼：“多谢太太的款待。踩脏了这么美的地毯，恐会影响太太吃茶的心情。”

杨石氏是刻意如此铺陈，见季英英嘴里说着惶恐，脸色依然平静，暗赞了一声季氏教得女儿不输大家闺秀，心里多了两分欢喜。她朝季英英笑道：“不妨事，地毯就是让人踩的。过来坐吧。”

季英英谢过后，就大方走了过去。在案几对面的锦垫上跽坐下来。她暗忖着杨石氏的年纪，心里猜测着她会不会是长安的外祖母。唉，怎么可能呢，就算真的是外祖母，也不会屈尊降贵地亲自来这小客栈见母亲。她半垂着眼问道：“不知太太如何称呼？二娘以前似乎并未见过太太。”

“这是我家大太太，家住益州城的杨家巷。”雪青适时地介绍了杨石氏的身份。

杨家的大太太？季英英努力保持着镇定，但蓦然瞪大的眼睛仍泄露了她的惊讶。

依然还是个孩子啊。杨石氏慈爱地笑了。

这时，侍女用红漆木盘端着两碗茶汤呈了上来。借着品茶的工夫，季英英慢慢思考着杨石氏出现的动机。

看来关注季家这场官司的人不少。赵修缘一早出现在官衙门口，杨石氏又亲自寻到小客栈。季英英想起了被杨静渊拾走的那方锦帕，淡淡的悲哀泛了起来。风雪天，杨家的当家主母亲自来到小客栈见自己，她可以肯定，杨家是来示好的。

杨石氏饮茶的时候也在观察季英英。这是个美丽懂礼的小娘子。虽然还不能老练地掩饰心事，但能镇定面对自己已经不容易了。她放下茶盏，用帕子印了印嘴角，感慨道："我家常年在浣花染坊订染丝线。听说季家惹了官司，季太太病着也赶来听审，妾身本该前往探视，又担心让季太太费神起身招待，反倒不美。你母亲现在可好？"

季英英礼貌地谢过："杨太太费心了。家母只是精神差一些，静养一些日子就好了。"

"雪青，去接顾老先生给季太太诊脉。"杨石氏吩咐道。

杨大太太还没开出条件来，她怎敢先领情。季英英下意识地想拒绝。

杨石氏笑着解释道："顾老先生原是京中御医，上个月才告老还乡，回益州城定居，非寻常郎中可比。就冲着这些年浣花染坊和杨家在生意上的交情，请顾老先生给季太太瞧病也是应该的。"

"杨太太费心了。"听说是御医，季英英不再拒绝，欠身向杨石氏行礼。

布障围出了一方私密的空间，案几下的烘笼烧得正暖，季英英端正地跽坐着，等待杨石氏开条件。

"我见过你绣的那方菊帕，很喜欢。"

她就知道，一定是因为那方帕子。一幅斗锦，谁家拿出来的就是谁的。就算是自己为赵家配色，赵家也是名副其实的锦王。就算杨家示好，也不可能让赵家把锦王匾额送到杨家去。杨大太太是看上了自己的配色技艺吗？其实不用杨家招揽，她断不会再为赵家配色了。从某种意义上说，赵家是杨家和季家共同的敌人。

季英英想清楚这一点，谦虚地说道："小技耳，难登大雅之堂。取了个巧字罢了。"

杨石氏轻巧地试探，得了季英英这么一句回复，颇有点惊讶于她的反应，呵呵笑道："是啊，颇为巧妙。"

这时季英英微微抬起眼，和杨石氏轻轻一碰就移开了。

这个巧说的是赵家得锦王得了巧，也说的是赵家碰巧得了她季英英的配色法子。

杨静渊拒绝了亲事。杨石氏和两个儿子可不这么想。娶谁不是娶？娶个对嫡亲儿子没有威胁的庶子媳妇，还能对杨家织锦有所帮助，何乐而不为？杨石氏本打算等到杨静渊回来再好生开导他，谁知季家却出了这么多事情。

此乃天赐良机，杨石氏是生意人，她不想错失。

“季二娘，如果我帮季家渡过难关，需要多少银钱？”季英英的聪明让杨石氏不再卖关子，开门见山地问道。

杨石氏开口就是银钱，想必除了那个神秘威风的晟郎君，其他的事都知晓了。

聚彩阁和赵家的欠债加在一起有五千贯，那棵参两千贯，一共是七千贯。

银钱不是小数，总能再挣回来。最重要的是官衙还未判定的案子。一想到晟郎君，被他扼住咽喉的感觉就挥之不去。季英英为杨家的提议心动，又担心杨家对付不了晟郎君。她试探地说道：“季家还有手艺在，欠下的银钱总能挣回来。”

杨石氏沉吟了一下道：“如果杨家能帮季家打赢官司呢？”

如果能化解官司，季家就不会受晟郎君威胁了。两相比较，杨家谈的是生意，晟郎君却敢杀人相逼。季英英宁肯投靠杨家，她毫不犹豫地说道：“杨家不会想要季家的秘法作为报酬吧？”她心动，最主要的原因是她不想让晟郎君学了季家的秘法去。

“我想为我家三郎提亲。”

季英英目瞪口呆，她脱口说道：“杨太太，您不是瞧中了我的手艺吗？我可以给杨家干活，我可以签三年活契给杨家！”

她压根儿没想过要用自己的婚姻大事去做交换，杨大太太摆明车马谈条件，比起赵家和晟郎君好太多了。只要杨家不觊觎季家的秘法，季英英愿意为季家失去几年自由。

杨石氏脸上的笑容僵住了。以季家的条件，能嫁进杨家做三少奶奶，那是做梦都求不来的好事。三郎虽是庶子，但容貌俊俏，又有一身好武艺，人品也不差，季英英竟然不想嫁？她本是三郎喜欢的女子，如果请她进杨府做三年女工，三郎会怎么看自己这个嫡母？杨石氏头疼了。

她毕竟是在生意场上经过风浪的人，愣了愣，便和蔼地说道：“二娘心里就不曾喜欢过我家三郎吗？他想娶你，又担心你误会。所以他求我和他父亲打消来季家提亲的念头。三郎自小是养在我身边的。我不愿意他因此错过你。我的确是相中了你的手艺。可是我家三郎待你却是一片真心。”

季英英这时才想起杨静渊来。竹林寺的初见，八月十五浣花溪旁的争执；她刷花了他的马，将他晾在河边喝风；他曾以为她病了，急着跑去买鱼粥，又亲手将粥罐摔得粉碎；唇间似有朵火焰在跳跃，他吻过她的唇，被她打了一巴掌。刹那间，杨静渊的身影重叠交替，最终化成他站在窗外雨中沉沉看向自己的脸，她慢慢垂下了头，心慌得厉害。

她从来没有认真去思考过杨静渊的话。家里发生的事情太多了，她实在没心思再去想别的。杨大太太的话说得再明白不过，她很感激。可这样做，对得起杨静渊吗？

“你好好想想。这件事本该与你母亲商议。这节骨眼儿上，杨家终有乘虚而入的嫌疑，我担心季太太误会，觉得自己在卖女儿，不肯答应。你的终身大事还需由你自己拿定主意才好。”

和季家打交道很久了，季太太的硬脾气她早有了解，杨石氏并不打算逼得太急。

这时外面传来雪青的声音：“太太，顾老先生来了。”

“病中不敢打扰季太太休息，先告辞了。有事吩咐我的丫头雪青便是。”杨石氏话已说完，撑着案几起身。

没有逼她马上做出决定，季英英很感激。瞧见杨石氏花白的头发，起身有点吃力，她极自然地伸手扶了她一把。杨石氏没有拒绝，扶着她的手站了起来，轻叹道：“年纪大了，身体不如从前了。”

“有劳您走这一趟，小女代家母多谢您了。”季英英柔顺地答了句，一直扶着杨石氏上了马车。

“外面冷，去瞧瞧你母亲吧。”杨石氏微笑着放下了车帘。

随车服侍的陈嬷嬷递过滚烫的姜茶，轻声埋怨道：“太太何必亲自来，受了寒怎么得了。”

“都恨不得把我裹成粽子，下车进店就这几步路，哪里会凉着？”杨石氏很满意今天的见面。

陈嬷嬷是她的陪嫁丫头，嫁了府里的管事，一直留在她身边侍候，深得杨石氏信任，话也敢敞开了讲：“老奴不明白，想要季家那丫头帮杨家做事，为何一定要替三郎君娶进门来？”

姜茶饮下，胃里升起一股热气，杨石氏便有点倦了。她半合着眼靠在引枕上，似自言自语，又似在回答陈嬷嬷：“三郎是匹烈马，我得把辔头和缰绳都握在手里才放心。”

陈嬷嬷叹了一口气道：“大郎君孝顺又有出息，您都是抱孙子的人了，少操点心吧。”

杨石氏没有吭声，瞧着像是睡了。陈嬷嬷将薄被拉起给她盖好，不再言声。

客栈中，顾老先生诊完脉，开了方子道：“季太太的病只需慢慢静养即可，只是不能再动气了。”

雪青伸手去拿方子，季英英想到家中还有半根参没有用完，抢先把药方拿到了手里，雪青没有和她争。季家还没有答应太太的条件，已经承了请顾老先生的情，不想再多欠人情了。她朝季氏和季英英欠身行了礼道：“太太吩咐，若有吩咐，使个丫头来杨家说一声便是。奴婢送顾老先生回府，就此告辞了。”

季英英令季嬷嬷相送，等到人走了，她掩了房门，转身望着母亲解释道：“娘，听说他是告老还乡的御医，我想着您的病，就没有拒绝。”

“娘知道，杨太太……也算有心了。”谁叫女儿帮着赵家夺了锦王呢？二十多年，杨家突然失去锦王匾额，怎能不看重女儿的手艺？季氏没有责怪季英英。她在暖和的房中睡了一会儿，精神好了许多，她握住了女儿的手轻轻摩挲着。杨家示好，寻到这处小客栈来，还请来了御医，让人无法拒绝，还无法指责杨石氏乘虚而入，由此可见杨石氏的手段高出赵家太多。

“英英，娘听你哥哥说起，斗锦那天，是杨三郎骑马把你找回来的？”

季英英低下了头：“嗯，他让我把他的马骑走了。”

重阳去青羊观回来，季耀庭就和季氏说过朱二郎和杨静渊。这回朱二郎也出了大力帮季家。季家和赵家结了仇，季氏怕朱家护不住季英英。不能将女儿许给人家，就不要给朱二郎半点希望。那晚朱二郎送了季耀庭返家后，她几次见朱二郎话到语边，都故意岔开了话题。

斗锦会上那么多人瞅着，去寻了女儿，又肯将马借她骑回去，是顾及着她的名声。季氏松了一口气：“给杨家递个信，请杨三郎来家一趟，母亲想见见他。”

母亲这是同意和杨家结亲了。季英英的心又乱了，她低声说道：“他……去了长安，年节前才回来。”她伏下了身子，贴在母亲身上，“娘，您也觉得和杨家这笔交易可行？”

季氏一巴掌拍上她背心，怒道：“什么交易？！”

季英英吃痛地哎哟了一声，想起顾老先生的话，急道："娘，您别动气！"

季氏横了她一眼，蹙眉道："英英，你难道只是把这件事当成一场交易？如果是这样，好歹那位晟郎君只是要季家的秘法。欠他的不过是银钱，有一年时间，咱们想办法就是，怎么也不用赔上你的终身。"

"我……"季英英话到嘴边，却又什么都说不出来。

和杨太太之间就是一场交易，但想到杨静渊，季英英又没办法说出口。他待她的好，她都明白。可那是从前，是他雨夜潜进家里被她打了一耳光之前。他站在雨里，一双眼睛黑黝黝的，看不出是伤心还是愤怒。他的嫡母趁他不在，给他定下亲事，他会愿意吗？

"这门亲事说起来还是咱家高攀了。"季氏担心季英英转不过弯，柔声说给她听，"杨太太完全可以答应你的提议，让你给杨家帮工，使唤起来还无须客气。可她顾及儿子的心意，选择求娶。虽然是趁咱家现在落了难才提出这件事，但这世道啊，肯雪中送炭的人少，你要懂得感恩。"

"我没有怪杨太太。"季英英不怪杨石氏，只是想到自己打跑了杨静渊，如今这样答应亲事，他会怎么看自己呢？

季富匆匆从衙门回来，道是季耀庭已经陪着靳师爷喝完酒快回来了，季英英便劝季氏道："反正已经交了一宿的房钱，外面风雪越来越大，娘就在客栈歇着吧。这里离衙门不远，有什么消息，我叫湘儿跑一趟就是。"

季氏温婉笑道："今天不会再审啦。你且去迎了你兄长过来，咱们回家去。"

季英英一愣，迅速反应过来。杨家决意插手，杨太太的兄长在州府衙门做着录事参军。没得到季家的消息前，定会先想办法拖一拖的。

毕竟案子涉及宗室诰命夫人的性命。杨静渊再中意自己，也是个庶子，从本质上讲，杨家也只是个大商户，断不会因为这点儿女私情而让整个家族去担风险。季英英瞥了母亲一眼，打心眼儿里佩服母亲的眼光。杨太太的提议，母亲拿主意一定不会错。想到这里，那些担心与顾虑从她心里打消了，竟有种尘埃落定的轻快感。

"那我和季富叔接哥哥去。"季英英留了季嬷嬷照顾母亲，带了湘儿离开。

才走到衙门口，季富看到季耀庭与靳师爷正在寒暄，他将车停到了旁边。

季英英见到哥哥出来，心里阵阵欢喜，挑起帘子朝季耀庭笑。

靳师爷脸色沉得像阴郁的天空，淡淡说了一声："两天后开堂，在下仍在衙门口等候季郎君。风雪太大，阿宁买好材料后，明天会去季家。"

季耀庭也懒得和他多说，拱了拱手，转身就上了骡车。

靳师爷望着骡车渐行渐远，双手慢慢笼进了袖子里，唇上的小胡须翘了翘，眼神阴霾。

一个身穿武士服的汉子牵着两匹马走到了他身边，恨恨地说道："师爷，查清楚了。季家竟然敢生异心和杨家勾搭。杨石氏去客栈见季二娘，她的兄长石参军则劝说太守拖延审案。照我说，主子就是太仁慈了，应该直接把季家一家三口掳了。某有百种手段叫他们交出秘法，教会阿宁染技。"

"这事得问问主子的意思，走！"

第二十四章

南诏野心

益州城东五十里有座塔子山，从北至南横亘着九个山头，唐代以前叫九顶莲花山。后因这个山名太过常见，山上又修有一座塔、一间庙，渐渐就叫成了塔子山。

塔子山并不高，山势甚缓，从山脚到塔庙处生长着一大片茂盛的梅林，一到冬季，暗香浮动，香雪似海，是益州城一景。

两辆马车停在了塔庙前的山门处，杨四郎翻身下了马，搓了搓手，亲手打开了车门：“爹、娘，下车吧。”

他亲手扶了杨二老爷和杨邹氏下车，呼出一口气道：“这里的雪倒是下得比城里大。不过这天气还未放晴，可不是赏梅的好日子，阴沉得跟晚娘脸似的！”

杨二老爷横了他一眼道：“胡说八道什么？你娘还不是为了你，冒着风雪来上香！好生侍奉着你娘。”

后面车里的丫头、婆子一拥而上，扶住了杨邹氏。杨邹氏心里也在犯嘀咕，不知道老爷为何一定要叫她说昨晚做了个梦，今天一定要来塔子山上香。想着来都来了，上炷香许个愿也是好事。她笑道：“坐轿去上香许愿未免对菩萨不敬。四郎，你就陪着娘上去吧。”

一行人顺着台阶上了山，走到塔庙，杨邹氏呼出一团白气，双手合十念念有词。

府里的管事早来打点好了，庙里的知客顶着张弥勒笑脸迎了杨邹氏进去。

走到主殿门口，杨二老爷却不进去了：“我去梅林饮酒赏景。上完香后，你们先回院子歇息，就不用等我吃饭了。”

杨四郎也不耐烦上香，叫道：“爹，我和您一起……”

杨二老爷瞪了他一眼道：“你娘是为了你才来上香，你得陪着。”

杨二老爷带着四名伴当，提了酒菜独自走了。

杨四郎撇了撇嘴，他怎么看怎么觉得父亲今天行为反常，去赏梅有必要带四个挎刀的护卫？

“四郎！”杨邹氏巴不得儿子陪着，笑眯眯地叫他过去。杨四郎无奈，只得扭头进了大殿。

雪连下了两天，激得梅香冷冽，飘浮不定。塔庙南坡的梅林中有一处草庐，中间的石桌和石凳上铺了厚厚的锦袱，四周炭盆烧得正旺。草庐外，两名小厮正忙着烧水煎茶，热水槽里正筛着一排排锡质的酒壶。

杨二老爷带着伴当绕到了南坡下，远远眺望到草庐的飞檐，他停下了脚步，犹豫了一下，踏上了青石板小道。

走了一盏茶的工夫，疏枝掩映处已能清楚地看到草庐的全景，草庐中有一男子背对着杨二老爷坐着。

杨二老爷忍不住转头看了看四周，草庐面对的是一面石坡，边缘则是自己所站的梅林，视野极为开阔，四周除了两名忙碌的小厮，没有旁人。

他带着伴当走了过去，靠近草庐时，他的伴当突然抽出刀来，两人持刀横在了两名小厮面前，护着杨二老爷进了草庐。

出人意料的是，小厮没有露出半点惊慌之色，那男子仿佛没有听到刀出鞘的声音，怡然自得地饮着酒。

杨二老爷冷眼望着背对自己坐着的男人说道：“你究竟是何人？是如何将信放进我卧室案几上的？”

男子慢慢转过身来，麦色的肌肤，清癯的脸形，眼瞳和颈边露出的貂毛一样黝黑发亮：“我姓晟。绿蚁新醅酒，能饮一杯无？杨二老爷何不坐下叙话？”

他的镇定与丰姿让杨二老爷颇有些吃惊，他使了个眼色，伴当们收了刀，退到了草庐外。

杨二老爷掀袍坐在了晟郎君对面，背后是空旷的石坡，对面能看到晟郎君的小厮和自己的伴当。这让他多了几分安全感。

晟郎君执壶斟酒，自己先饮了一杯，噙着笑容望向杨二老爷。

想起信中的话，杨二老爷一咬牙端起杯喝了。他重重放下杯子，低声说道：“你究竟是什么人？”

晟郎君悠然说道：“我在信中不是告诉你了？我是能帮你得到杨家产业的人。你若不想做杨家的家主，就不会和我一起饮酒了。”

“你小看杨某了！”杨二老爷眼睛微眯，突然将手里的杯子砸在了地上。

这是早就商议好的信号，四名伴当功夫不错，直接从亭外跃进了亭子，四柄刀齐齐架在了晟郎君脖子上。

晟郎君偏过头，看到颈边的雪亮刀锋，他吹了口气，几根貂毛被刀锋切断，飘落下来。

他啧啧赞道：“好刀。锦王杨家富贵，连护卫都能用吹毛立断的宝刀。”

杨二老爷冷哼道：“你不说你的来历，休怪我将你绑了去见我大哥。”

晟郎君抬手，伴当们紧张地喝道：“别动！”

他拍了拍手掌。

梅花上的雪簌簌落下，一排黑衣人自梅林中出现，手持弓箭对准了草庐。

“我想让你死，送信时就可以割了你的头颅。”晟郎君收了笑容，冷冷说道。

杨二老爷发誓，他进梅林的时候看得清清楚楚，四周绝对没有人。他与邹氏入睡前，他也能发誓，杨家的高墙护卫多，他的卧房里绝不可能闯进来一个陌生人。晟郎君展现给他看的实力，让杨二老爷紧张得眼角直抽搐。

“叫你的人放下弓箭退后，否则……”

嗖的一声箭鸣，紧接着是一声闷响，刀落地的哐当声。杨二老爷眼角再次抽搐，眼皮还没闭上。在忠心的伴当企图用刀逼拿晟郎君为质的时候，他根本没看清箭从何处来，那支箭就击中了伴当的手腕，令他扔掉了刀。

伴当握着右手腕，眉头疼出了汗。箭没有穿透手腕，是支去了箭镞的无头箭。

晟郎君望着杨二老爷，淡然说道：“我不想伤了你的人。这是我的诚意。”

“你究竟是什么人？”杨二老爷不放心。

杨家历代家规，为使家业不败，子孙抱团，掌家的嫡支长房代代继承杨氏家族锦业的八成股。族中耆老，没出五服的亲近庶支共拥有两成股。

嫡支一脉传到这一代，又分出了三房人。杨老太爷过世前做主分了家，长房掌族谱、管祭田、任家主，继承杨家历代的织锦图册。织厂、商铺、桑林都归了长房。二房和三房各分五个商铺和两个田庄作为私房。

这一代的八成股又分成十份，杨大老爷这房分得八成，杨二老爷和杨三老爷因是嫡子，过世的杨老太爷将另两成分给了两兄弟。

都是长房嫡支，小时候杨二老爷和杨三老爷也同样受过家主教育，学过织锦辨锦，奈何老大比兄弟俩大十五岁。年纪差别大了，兄弟三人从小就玩不到一块儿去。等杨二老爷启蒙醒事的时候，杨大老爷已经成了亲，跟在老太爷身边学习掌管家业了。

二十年前，杨二老爷还没当家主的野心。随着杨大老爷迷上了柳姨娘，当起了甩手掌柜，将家业扔给了儿子和大太太，杨二老爷就不舒服了，他只比亲侄子大十岁呢，正值年富力强的时候，他是长辈，凭什么要弯腰看侄儿的脸色？四郎比杨静山的嫡长子大六岁，将来四郎也要和自己一样对小侄子唯唯诺诺吗？

杨邹氏成日念叨，枕边风吹着，杨二老爷觉得自己再不努力，如今还是嫡长支的长房一脉，三代以后，只能仰大哥一脉的鼻息过日子了。

大哥老了，六十花甲之年，没多少日子可活了，于是杨二老爷有了野心。

眼前这位神秘的晟郎君会不会是大哥的人呢？如果是大哥想算计自己和三弟，收回两房人手里的两成股，替儿子扫平所有障碍呢？

往上数两辈，杨家嫡支一房就曾发生过兄弟阋墙、争夺家主的事情，导致曾祖爷六个兄弟只活了两个。曾祖爷只生了老太爷一个嫡子，庶子一成亲便分家出去了。

杨二老爷不得不防着杨大老爷算计自己。

晟郎君挥了挥手，梅林中持弓箭的人悄无声息地离开了。

四名护卫都是自己的心腹，杨二老爷也不打算让他们知道太多：“下去吧。”

连煎茶煮酒的小厮都远离了草庐。杨二老爷环顾四周，彻底相信与对方的谈话无第三人听见。

“我是谁并不重要。我说的话杨二老爷随意听听就好。”晟郎君并不打算暴露自己的身份。

如杨四郎所言，今天并不是赏梅的好天气。天空中压着铅灰色的厚重云层，雪没有像落花一样轻盈。雪粒子被寒风吹得急，砸落下来，打在草庐上，发出沙沙的声响。

晟郎君已经离开多时了，杨二老爷独自坐在草庐里发呆，像是一颗火星掉落在了枯草垛上，他的双瞳轰地燃起一团烈火。他握着酒杯，将已冷的残酒一饮而尽，长长地吐了一口气：“好毒！”

晟郎君约杨二老爷于塔子山赏梅的这天午后，阿宁带着一车染料来到了季家。

季氏已拿定了主意，压在胸口的石头被搬开，病也好了几分。母子三人都坐在正厅里相候。

阿宁今天的打扮与上次见到的大不一样，她梳着利落的乌椎髻，戴着一串红宝石瓔珞，正中一枚红宝石垂在光洁的额间。她穿着红色的大翻领窄袖胡服，蹬着一双绣花鹿皮靴，腰间斜插着一柄短剑。

季英英也穿胡服，和阿宁比起来，却少了一点气势。她跽坐在季氏身边，脑中灵光一闪，对了，阿宁不像普通的小娘子，她更像一个战士。

进得厅堂，阿宁这次行的是男子的礼仪，双手一拱，朝季氏行了礼：“太太气色好了许多。”

“坐吧。”

那天官府衙役登门索拿，晟郎君便坐在阿宁现在的位子悠然旁观，季氏只要一想起那天的事，就涌出一种报复的快感。

可惜她不能亲眼看到晟郎君的脸色。

季嬷嬷提起一只沉重的木箱，搁在了阿宁面前的案几上。

阿宁早有心理准备，伸手揭开了箱盖。

“一共是四百五十两黄金，折合四千贯。其中两千贯是还聚彩阁的欠债，其余的则是还小女赊欠晟郎君的人参。木掌柜随时可拿欠条来带走一半金子。另外二百两，请阿宁小娘子转告晟郎君，他随时可以拿契约来换。至于赵家的欠债，季家自会还清。”季氏说完，痛快淋漓。

阿宁合上了箱盖，手指轻轻敲击了几下案几。

季英英眼皮一跳，想起晟郎君也做过这样的动作。她和晟郎君是什么关系？她又在思考着如何威胁季家吗？

阿宁直直地望向季氏：“季太太这是要悔约？”

“不是悔约，而是不再受你主子要挟。”季氏毫不客气地说道，“晟郎君布下天罗地网，让我家四面楚歌，不得不答应拱手让出秘法。如今他布下的网破了，网中的鱼自然会趁机游回江河。可惜了我那妹妹，贪图重利，过了二十年，还来陷害我这个她不屑一顾的姐姐，枉送了性命！请你转告晟郎君，为了一己之私，干这些伤天害理的事，总会遭报应的！”

噌的一声剑吟，阿宁的淡然自若被季氏诅咒主子的话击得粉碎。她拔出了腰间的剑直刺向季氏，秀眉扬起：“若不是主子有令，我定割了你的舌头！”

季耀庭和季英英在她拔剑的同时一跃而起，挡在了季氏身前，两人都没想到对方会突然翻脸，动用兵器。季耀庭随手举起了自己坐的圈椅，季英英则从一旁的梅瓶里抽出了鸡毛掸子。

季英英怒道：“你和你的主子就是一窝强盗！逼我家交秘法不成，现在还想杀人灭口吗？季嬷嬷，喊人！关门打狗！”

她就不信了，十来岁的阿宁能对付得了季家十几个粗壮仆妇。

阿宁手指放在唇间，打了个呼哨。

屋顶上突然跃下两名劲装男子，堵在了正房门口，和正要奔出门去的季嬷嬷打了个照面。季嬷嬷一见对方喊来了帮手，仗着身材壮硕，捋袖就去推挡住去路的人，边往外跑边喊：“来人啦！”

才喊得一声，她的胸窝传来一阵剧疼，肥硕的身躯被当场踢飞。

“嬷嬷！”季英英吓了一跳，奔过去扶起了她，“季嬷嬷，你怎样了？”

季嬷嬷被踢得差点儿闭过气去，张着嘴半天没说出话来。季英英揉着她的胸口，气急喝道：“有种你们把我们一家子全杀了！我们死都不给你们秘法！”

阿宁鄙夷地看了她一眼，反手将剑插回了鞘间：“是我家主子仁慈，留你全家性命，别以为靠上杨家就可以把尾巴翘上了天！”

说完，她从怀里拿出了两张欠条放在了案几上，冷笑道：“我来之前，主子便吩咐过了，如果季家不曾反悔，传我染色秘法，大家还能做朋友；如果季家反悔，此前协议就此作罢。我家主子也不会再仁慈相待！这是两张契约，季太太收好，告辞！”

两名汉子进来抬起了钱箱，簇拥着阿宁扬长而去。

季氏蹙眉看着他们离开，并没有如释重负的感觉，借杨家的力让晟郎君退走，对方岂会善罢甘休？明天的公堂上还会再起波澜吗？

季嬷嬷这时缓过气来，揉着胸口愤怒不已：“强盗！一群强盗！”

“嬷嬷晓得他们是强盗，还扑上去作甚！”季英英见她底气十足，没有被踢出内伤，暗暗松了一口气，将她扶了起来。

没过多久，李嬷嬷就回禀道：“太太，那伙人离开三道堰往城里去了。”

她连喊了两声，季氏都没有反应，季耀庭这才发现母亲的不对劲：“娘，您怎么了？”

季氏回过神，心思一重，又开始疲倦起来：“没什么，走了便走了吧。”

李嬷嬷口念菩萨保佑：“但愿永远不要再回来。”

季氏让季嬷嬷去歇着，担忧地看了儿子一眼道："明天开堂，靳师爷是不会出现了。咱们家只能靠杨家斡旋。大郎，你怕不怕？"

季耀庭笑道："有理走遍天下。就算那贱婢空口白牙地诬陷，也没有证据，娘放心便是。"

事到如今，季家已经和晟郎君彻底翻了脸，季氏也没什么可顾虑的了。

昨天季家就给杨家回了信，杨石氏出手大方，当晚就命人抬了一千两黄金送到季家，言明是给季英英的聘金。季氏一再告诉自己，杨家是能庇荫的大树。但看到这些金子，心头仍然酸涩无比。她朝季英英招手："英英，过来。"

季英英扶了她回屋躺下，给她盖好被子道："娘，我知道您想说什么。您做了决定，我没有半分不情愿。"

"可终究是靠了杨家才还上那些账，娘担心你以后在杨家抬不起头来。"做母亲的总是想得更多一些。

昨晚杨石氏的心腹陈嬷嬷来时，带来了杨静渊的庚帖。换过庚帖，这门亲事就定了。定了亲，还要等杨静渊回来把各种礼数走全，两家再商议婚期。

见女儿这样平静，既没有喜悦，也没有忧愁，季氏更加愧疚。

"英英。杨家说这一千两金子是聘金。如今家里花用的，将来娘和你哥哥都给你补齐。娘家把聘金花了八成，说出去惹人笑话。"

季英英根本不在乎这些。

浣花染坊一年到头赚几百贯银钱，嫂子一进门就背一大笔债，这如何使得？见母亲坚持，她嘟着嘴提醒道："娘，杨家可不单单娶个媳妇回去这么简单，女儿是要为杨家织锦出力的。你将来要还给我，岂不是赔了女儿又赔钱？划得来吗？别说家里用了八成，就是给我五百贯，也是厚嫁了。"

季氏没有再说，让她走了。她睡不踏实，叫了李嬷嬷来，开始算库房里给季英英攒着的嫁妆。

黄桷树的树叶半枯半黄，树叶没有全部掉落，透过枝丫望着远处的藤园，季英英停住了脚步。

短短几个月，她像过完了一生那样漫长，仿佛几个月前的自己活在梦境里一样。那些摆花送信、看灯知人的往事如此不真实，以至于一想到赵修缘，她能记住的只有那晚在赵家看到的狰狞和恶心。

"这次我真要嫁人了，对方还真不是你。"

尘埃落定，杨静渊的脸反而变得清晰起来。

季英英一直都没认真地去想过杨静渊。如今不用她刻意去想，从前被她无意中忽略掉的事情都冒了出来。她无法形容自己的心情，在这种情形下结亲，她感觉不到喜悦，也不反感，或者说，回想起和杨静渊相处时的一幕幕，她还有一些期待。

期待什么呢？她也说不清楚。

季英英最后抬头望了一眼藤园，天冷，阴沉，雪粒子沙沙下着，落在地上化成了水，藤园的窗户紧闭着。她突然想起一直没有看杨静渊写的那封信，如今真相已经摆在她面前，她生出了好奇，杨静渊写的是什么呢？

昨晚换了庚帖，绫儿和湘儿就激动无比。据说两人在厢房里看了一宵的花样，商议着要给她绣多少荷包、做多少帕子。今晨两人都顶着乌青眼，吓了她一跳，赶紧赶了人回去睡觉。

大概二婢还在睡觉，院子里很安静。季英英没有叫她们，独自进了卧室。

从妆奁里拿出信来，信写得很简单：当心赵家。季英英笑了笑，手指从那四个字上滑过，铁画银钩，他写得一手好字。

她脱了鞋，上榻歪着，将信压在了胸前，不知不觉睡着了。

她又梦到了在赵家的那晚，动弹不得，赵修缘凑过脸来，酒气萦绕在鼻端。他突然伸手掐住了她的脖子，让她难以呼吸。季英英条件反射地挣扎，突然间清醒过来。这不是梦魇！她睁开了眼睛，晟郎君的脸在她眼前放大。

他一手压住了她的手腕，另一只手扼住了她的脖子：“醒了？我很想再用点力，掐断你的纤细脖子！”

季英英扭动着身体想挣扎。

“还想再踹我？我会打断你的腿！”

她打了个寒战，忍住不动了。

晟郎君低着头看她，黝黑的双瞳闪闪发亮。

她嗅到他呼出淡淡的酒气，然后闭上了眼睛。

她以一种柔弱的姿态摆在他的面前，因为紧张，她的呼吸有点急促，小巧的鼻翼翕合着，眼睫不断地抖动着。这让晟郎君想起了第一次在赵家见到她时的情形。

无力反抗的时候，她会像蜗牛遇到危险，闭着眼睛缩进壳里，任人宰割。真以为她软弱可欺，她又会张嘴露出尖尖的小牙。

他不喜欢她闭上眼睛听天由命的模样，故意放松了控制她的力道，凑到她耳边轻声说道：“季家拒绝我的善意。我想了一整晚，才想好怎么报复。”

他的气息像羽毛拂过，季英英耳际泛起了潮红。她能感觉到他离自己越来越近，他的嘴唇擦过她耳朵的瞬间，她猛地扭过脸，朝着他的脖子就是一口。

晟郎君的动作比她料想的要快，刹那间就松了手，站直了身体。他靠着床柱站着，发出了愉悦的笑声。

在塔子山等杨二老爷的时候，他就饮了很多酒。此时带着微醺的醉意看着愤怒跳下榻的季英英，他想起了自己养的老虎，一个月大的时候像虎纹猫，被人捏着脖子后面的皮提起来只会愤怒地嚎叫。

季家选择投靠杨家，撕破他布下的网，他很生气。他来，是想给她一个教训。可是，却变成了逗弄。晟郎君摇了摇脑袋，他的酒还没醒吧？

他没有压低声音，根本不怕被人听见。季英英怒气过后，继而惊恐万分："你把我的婢女怎么了？"

"让她们多睡一会儿罢了。不过，你若是想要尖叫……来人打扰到我，我不保证会不会杀人。"

季英英握紧了拳头。

"今天我谈了一笔买卖，心情不错，想着要离开益州府了，特意来告辞的。"晟郎君在矮几旁坐了下来，自顾自地从暖套中取出壶来倒了杯水饮下。

如果有武力，她一定揍死他。季英英只能低声咒骂着："我怎么没往里面下点毒、放把巴豆！"

晟郎君大笑："真是可惜，枉我对季家这么仁慈。"

"仁慈"二字季英英今天听到了两次。一次是午后听阿宁这样形容晟郎君，一次是他自吹自擂。

她从来没遇到过这样不讲理的人，明明是他百般陷害算计季家，却摆出一副为季家好的模样。季英英讥讽地说道："仁慈？逼人欠下巨债，烧我家染坊、毁了染料，无耻地掠夺别人家的秘法，还敢说这是仁慈？"

自古以来，秘法是手艺人的命根子，夺人家的秘法就是结仇，凭什么晟郎君还能如此理直气壮？

"不止季家啊。三年来，我弄到了田记丝坊贡锦黄的染料配方、余记的粉紫、邹记染坊的玉兰白……我只用了几匣子宝石就将它们弄到手了。那些宝石，让他们赚一辈子也买不到一粒。为什么不卖给我呢？你瞧瞧，他们的染坊不照样开着？丝线布料不照样卖着？季家为什么要这样固执呢？"晟郎君撑着下颌仰着脸看她，摇头轻叹，"我不想杀人。有命才能享受富贵。你的姨母是死于贪婪，天也不助她呀。我的人亲眼看到她坐的船在长江触礁沉了，谁晓得她的侍女会凫水逃过一劫呢？为了不当背主的逃奴，主动攀咬起你母亲来，我不过是顺水推舟罢了。”

他收了这么多家染坊的秘法？季英英心里暗惊，越发好奇起他的身份来。她挑眉说道：“你既然有那么多钱财去买秘法，何必与我们这种小门小户的手艺人争利？我姨母就算是触礁失事，她也是被你用重金引来的，你还是罪魁祸首。我家的日子原本过得平静，就因为你引了姨母来，家里才会赊素绸资助姨母渡过难关，才会让赵家乘虚而入，拿捏着欠条逼我们。”

说到这里，季英英就想起那晚的惊险与不堪，如果不是桑十四郎和牛家的将军们叫走了赵修缘，她的清白就毁在那畜生手里了。

“你是算计我家的仇人，休想花言巧语骗了我去。”季英英冷冷说道，“我承认你和你的手下都有武艺，出入百姓家跟逛自家花园子似的。你想杀就杀，我们死也不会给你秘法！”

“是吗？这般有骨气，为何要把自己卖给杨家呢？”这个“卖”字几乎是从齿间碾压出来的，晟郎君挑眉乜斜地看她。病猫什么的真是无趣，他喜欢看她张牙舞爪发怒的模样。

季英英下巴一扬：“我高兴，我喜欢，我乐意！关你屁事，说够了就滚！我家不欢迎你！不高兴就把我杀了，看我会不会向你讨饶！”

想逗她，结果被挠了一爪子。听到那个“滚”字，晟郎君像坐在火炭上，被刺激得跳了起来：“你敢叫本王滚？”

他自称本王？是个王爷？季英英被轰得外焦里嫩，头顶冒烟。破门的县令、灭门的府尹……惹恼一个王爷，会不会被诛九族？她越想越害怕，腿肚子直哆嗦。

这丫头真是——自作孽！趁他酒意上头故意激怒他，打探他的身份，才一句话就被吓成呆瓜了。晟郎君又好气又好笑。他伸手一拉，季英英就扑倒在矮几旁。

他看得出来，她真被吓着了。可她眼珠骨碌碌转着，分明还在想办法。晟郎君捏着她的脸让她看着自己：“跟我走，离开益州，我会照顾好你的家人。”

季英英的脑袋完全不够用了，他在说什么？

手指映衬出她如象牙般皎洁的肌肤，嫩豆腐似的，好像稍一用力就会捏破。季英英迷茫的眼神诱惑着他，他低下头想噙住她微微颤抖的嘴唇。

啪！季英英一耳光甩在他脸上。

她的眼神冰冷，闪烁着仇恨与鄙夷：“王爷又怎么了？季家的人不怕死。堂堂一个王爷屈尊降贵强索手艺人的家传秘法，也不嫌寒碜？穷得连脸都不要了吗？”

晟郎君转开了脸，他怕自己多看她一眼会打死她。他腾地起身，用力推开了窗户，窗棂断裂，两扇木窗嘭地飞了出去。

季英英被这声音吓得抱紧了床柱："还不是像贼一样翻窗进来！"

不知死活！吓成这样还敢嘴硬，晟郎君被她气笑了。这一掌发泄完怒气，他反而平静下来："季英英，你记好了，祸皆从口出。季家想要倚靠杨家对付我，怎么没想过最想置季家于死地的是和牛副都督联姻的赵家？石参军斗得过牛副都督吗？可惜这场好戏我看不到了。将来你会明白，拒绝我是一个错误。"

他从窗户一跃而出，消失在季英英的视线中。

"吓死我了。"季英英喘着气，转身跑出了屋。晟郎君话里透出的意思太多了，她一时间消化不了。她家居然招惹了一个王爷？也许母亲能猜出他的身份。等她跑出跨院，又犹豫了。自己听到晟郎君是个王爷的消息之后，心怦怦乱跳，腿都软了，如果这件事让母亲知道，会不会病情加重呢？想到这里，季英英掉头去了外院找哥哥季耀庭。

夜里寒风呼啸，浣花溪旁几无人烟，细密的雪粒子沙沙落下，被冷风一吹，晟丰泽深深呼吸，仅剩的那些醉意都烟消云散了。他的护卫们在前面树林里等着他，他没有急着前去会合，在河边停了下来。

千金之子坐不垂堂，这是中原人的说法。在南诏，农忙时节，朝中大臣与老农一起下田栽种也是寻常事。他去季家，仗着一身武艺，连个护卫都没带。被人识破身份，他唯有趁南诏与大唐尚处于和平时期，以慕天朝繁华为由搪塞过去，说不准会让大唐的有心人趁机再敲南诏一笔竹杠。

北面的高山拦住了从长安吹来的寒风，一过秦岭，蜀地四季常青。他身边有一株野桑，蜀地田间阡陌，桑树随处可见。现在已经是寒冬时节，这株老桑还没完全枯黄掉落，桑叶坚持地立在枝头，在风里瑟瑟发抖。

这里离南诏最近，仗着地势偏安一隅而避过了改朝换代的战乱，休养生息，这里的安逸与富裕令南诏人羡慕。

这里的天空永远蒙着厚厚的云层，没有南诏的阳光与蓝天。可这里却有着比金子还贵的锦。他揪下一片老桑叶，这里的桑和南诏的不一样。南诏的蚕吃的是柞树叶，吐出的丝更硬、更粗，织不出堪比黄金的蜀锦。

南诏啊，自先祖依附大唐统一了六诏，南诏就成了大唐的附属。在吐蕃和大唐的眼中，南诏就是战时能出兵当先送死、年年能索取贡品的菜园子，任人随意践踏，随意采摘。但南诏从未停止过强国的心。

几十年了，蜀地的桑已经引种到了南诏。养出了蚕，织出了丝绸。南诏地广人稀，未教化的蛮族多，会染丝染布的匠人少，而可以充当军饷的锦，会织的人更少。

三年来，他带着他的下属来到蜀地，用南方大山里挖出来的翡翠黄金、丛林里猎到的象牙虎皮熊胆收买交换各种染技织法的秘法，不断地让南诏人混进蜀地做学徒偷艺。他的方法有错吗？晟丰泽从怀里取出一枚金丝竹筒，手指用力，竹筒应声而脆。

薄薄的纸被他捏在手里揉成了团，狠狠地扔进了河里。白色的纸被江水浸湿，几个呼吸间就没入了水里，就像他付出的三年心血，转眼全化成了泡影。

等到心情变得平和，他才大步走进了树林。

放风的护卫看到了他，手指放在唇间吹出一声鸟叫，护卫们悄然自藏身之处迎了出来，对他躬身行礼。

靳师爷牵着他的马，上前将缰绳递给了他，欲言又止。

晟丰泽翻身上了马："有话就说。"

靳师爷道："主子，您不打算掳了季家三口回去？"

晟丰泽心头一凛，望着远处依稀的人家灯火，淡淡说道："是靳师爷的建议，还是国主的意思？"

靳师爷后背的汗一下子冒了出来，他跪倒在地，声音微微发颤，仍说了实话："是国主下了令……"

林间响起一片拔刀声，靳师爷以头抢地，引颈就戮，没有半点反抗之意。

晟丰泽抬起了手，他的护卫们怒视着靳师爷，将刀回了鞘。

他那好哥哥已经没有耐心了，所以才会用信鸽急令自己回太和城。晟丰泽闭了闭眼，再睁开时，眸色像化不开的浓浓夜色："你以后不再是我的人了，好自为之。"

他催马离开，他的护卫紧随他而去，一直跟在靳师爷身边保护他的护卫狠狠啐了他一口，纵马远去，将靳师爷一个人扔在了身后。

寒风吹来，林间只闻风声。过了很久，传出靳师爷断断续续的痛哭声："……不肯交出秘法的何止季家……咱们耗时费财所得无多……等不及了……"

第二十五章
少年心事

季家三口再次来到了州府衙门，等着太守大人升堂。

也许是不必交出秘法，季氏的心病去了大半，精神更好。她坚持要去听堂，要亲眼看看那封义川男拿出来的信。

然而事情就是这样神奇。在衙役们的喝威声中，太守升堂。季家三人跪在堂前，另一边却只有男爵府派来的一名管事。

太守看上去像是没有睡好，神情疲倦。他扫了一眼堂下跪着的众人，看到了季氏。太守自长安来，听说过长安徐府，刻意多打量了季氏几眼：“季徐氏？”

季氏抬起了头：“回大人，民妇正是。”

抬头间，太守又是一愣神，脑中浮起一段模糊的记忆。大唐贵女们秋狩乐游原，徐家三姝是英国公李绩的族亲，不说精通武艺，马术都是极好的。那时候，他还只是进京赶考的学子，与同窗一起看到一群贵女骑马自身边呼啸而过，隐隐听到有人指点着：“徐家三姝！最小的那个许给了凤阳节度使。徐二最美，听说义川男已登门提亲……”他下意识地瞅了一眼，记住了那一闪即逝的娇美容颜。当时他心里只有一个念头：等到金榜题名，他也有机会娶到这样的贵女。

记忆中的容颜与眼前的脸依稀重合在一起，让他脱口说道：“徐二娘？”

季氏惊愕地微张着嘴，很久很久，没有人这样叫过她了，眼底蓦然涌出一股酸涩，她低下头：“民妇嫁进三道堰浣花染坊的季家，已是季徐氏。”

太守大人立时清醒过来，岁月流逝，从前的长安贵女已成商人妇，他情不自禁地多了几分恻隐之心。

“这封信，可是你亲笔所写？本官找人看过，笔迹一般无二。”擅长模仿笔迹的高手，吏部的刀笔吏他就认得几人。民间有此技艺的匠人数不胜数，太守并未放在心上。

季氏接了信，连内容都没看，看了一眼纸张并摸了摸便道：“大人，民妇从未写过这封信。”

男爵府的管事怒吼道：“明明是你写的，难不成我家郎君还能诬陷一个商妇不成？”

嫁给义川男的是徐三。徐家换了女儿，义川男因此记恨在心？当年徐二为何不嫁男爵，而是远嫁给一个染坊小老板呢？太守突然来了精神，兴致勃勃地看季氏如何分辩。

“回大人，益州府离夹江近，竹纸质优价廉，咱们这里的人家多用夹江竹纸。而这封信的信纸是徽宣。季家不过是开着小染坊的商户，不会弃夹江竹纸而用远贩而来的徽宣，请大人明察。”季氏平和地答了这一连串的话，不由得有些气喘。

太守怜惜之意大作，柔声说道：“本官知道了，你且歇着。”

季英英好奇地偷瞄了太守一眼，这态度也太好了吧？瞧太守对待自家娘亲的态度，杨家果然有些能耐。是太守大人不怕牛副都督还是牛五娘没有出手帮赵家？

“大人，那笔迹与季氏的一样，定是她亲笔所写！”

管事还要再分辩，太守已将收上来的那封信扔到了他面前，沉着脸道：“就算这封信是季氏所写，你有她勾结江匪的证据吗？据泸州府衙抄报的卷宗记载，打捞起来的船只根本就是触礁沉没，非利器凿沉，难道长江的水匪会举着千斤巨石在水底将船砸出洞来？简直就是一派胡言！诬告良民，你知道是什么罪吗？”

船不是被水匪凿沉的？管事才知晓卷宗勘查的真相，心里暗骂了数声贱婢。他是能说会道之人，否则不会被义川男派过来。管事眼珠一转，叫道：“大人，我家夫人身边的侍婢是人证啊！大人今天二次升堂，何不让她出来说个明白？也许是水匪上船劫掠，船工慌张之下使船只失控才触礁沉没的。我家郎君是李氏宗亲，有爵位在身，大人可要想清楚，万不能听信那季徐氏的一面之词！”

“你是什么东西，敢教训本官？掌嘴十下！”太守回想当年的季徐氏，如今正跪在堂下听自己审案，心里的满足感绝非义川男送五百贯钱能买到的。在自己的地盘上指手画脚，还抬出远在长安的义川男来要挟自己，太守顿时火大，直接抽了一根签批扔了出去。

签批一出，衙役拿着竹板上前，不由分说，左右开弓抽了那管事十记嘴巴。

好歹还收了五百贯呢。打了两下，太守就使了个眼色，衙役心领神会，下手也不重。但十下竹板噼啪抽过，管事的两颊像进了蒸笼的馒头，高高地肿胀起来。

太守这才揉着太阳穴，叹了一口气道：“本官也想将那侍婢提上堂来对质，可惜呀，她昨天夜里在牢中解了腰带上吊自尽了。本官与仵作忙了一宵，断定她是诬告不成而选择了自尽。好了，此案到此已真相大白。义川夫人的坐船赶上风雨天，触礁沉船身亡。那侍婢会凫水，却弃主而逃。如今她诬告不成，畏惧自尽。物证不作数，人证身亡。本官判定季氏无罪，就此结案。”

最重要的人证竟然在昨天晚上自尽了？堂上两方四人都呆住了。

昨天晚上……季英英没来由地想起了晟郎君。他不是要用这案子拿捏季家吗？不，不会是他。可他明明说过，那侍婢在他的掌控之中。如果是他做的，他为什么又要反过来帮季家？难道是杨太太的哥哥石参军？他是太守的左右手，出入大牢最为方便。杨家会为了自己而不惜杀人吗？不，杨家不会冒这样的风险，平白背一条人命在身。真的会是那个侍婢自知诬告不成而自尽吗？季英英脑中的各种猜测又变成了一团乱麻，理不出头绪。

不管了，反正自家无罪了。季英英高呼了一声：“大人明镜高悬！谢大人明辨是非！”

这时，愣住的季氏和季耀庭也口呼青天，朝太守大人行礼。

太守满意地摸了摸胡子。牛副都督要他咬死季氏，都督府遣了个什么管事来，态度倨傲。石参军昨晚直接送了百两金条。太守心想，本官是文官，要做小伏低也是在节度使大人面前，一文钱舍不得花的武将，本官才懒得理你。

他站起身，正要说退堂，男爵府的管事不顾说话扯着腮帮子，又高声叫了起来：“大人，请大人叫季氏还了我家的宅邸商铺契纸……”

太守慢吞吞地说道：“如果你家能拿出证据证明不是义川夫人欠季家钱财的担保，本官就令季氏将契纸归还给男爵府。”

管事顿时傻了。

他先前在公堂上陈述的事情半真半假。

徐三娘膝下只有燕娘一个女儿，赶着置办嫁妆。妾生的庶子有好几个，徐三娘一心为自己和女儿打算，想把东市最值钱的铺子明里当成女儿的陪嫁，暗中攥在自己手心里。将来她老了，庶子不贴心、不孝顺，手里有间铺子也能安享晚年。她把商铺的店契拿了出来，结果被义川男发现了，两人大吵一架，义川男气得想要休妻。

晟郎君的人就是在这时候找到徐三娘的。徐三娘贪图重利，索性一不做，二不休，只带着贴身侍女，偷了宅契店契，被晟郎君安排人护送来了益州府。

这事她只和女儿燕娘说过，含糊地说去寻季氏染批绸缎贩到长安赚钱。

等到出事后，义川男也没弄明白其中缘由。正巧那侍婢被人发现送回了府中，义川男好歹和徐三娘做了半辈子夫妻，虽然恨季氏歹毒，但最主要的还是要讨回季氏手里的契纸。他一拍脑袋，找了一位擅长模仿字迹的匠人，他收着从前季氏亲笔题写的诗句，炮制了一封书信。

管事肿胀着面皮叫道："大人，如果是我家夫人抵押给季徐氏，请她拿出与我家夫人签的押条一观便知。"

这个要求也不过分。徐三娘连尸首都没找到，一式两份的押条就算找到也被水泡成了纸浆。太守又坐了下来，看向季氏。

"大人，当初我见妹妹可怜，赊了两千素绸染好让她带走。她身上无钱，将宅子商铺搁我手里作保，没有写过押条，我也不打算要男爵府的宅邸和铺子。妾身已经带来了，请大人交还。"季氏半点不想占这个便宜，也不想再和义川男爵府扯上半点关系，干脆地奉还了契约。

太守忍不住多嘴问道："你就不想让义川男爵府还你那两千素绸与染制的银钱？"

季氏摇了摇头："我妹妹为了赚银钱，奔波数百里，最终因为这两千丝绸送了命。但义川郎君仿佛并不知晓这笔买卖的来由。民妇身子不好，实在无力去长安和他打官司。"

案子到这儿就结束了，各有所得倒也两相欢喜。

等送走季氏，太守回了后衙，长嗟短叹。

幕僚好生奇怪："大人因何叹息？"

太守指着空空的后衙道："赴益州一年有余，内宅无人打理。"

幕僚闻歌知意，笑道："大人是该续弦了。"

"不成啊！"太守还是摇头。

幕僚心想，难道是我猜错了？大人看季寡妇的眼光分明有异！

太守扼腕咬牙："义川男爵府的宅子不大，可地段好啊！还有那东市商铺！日进斗金！本官一点头，就全归她了，将来全是本官的了。她居然不要！这样的败家娘儿们娶来何用？唉！”

幕僚：“……”

季家的案子轰动了三道堰，人都是有好奇心的，知道季氏守寡撑起浣花染坊不易，有人议论她面慈心黑，也有人跳出来说季氏无罪。

朱二郎就是最耿直的那一个。

“季大郎赊织户的素绸作不得假吧？自家欠了一屁股债，也要帮着他姨母。这样的人会图谋他姨母家的宅院商铺？他一家子连益州府都没有出过，怎么可能认得长江上的水匪？太守大人定明察秋毫，今天开堂定判季家无罪！”

他与朋友在酒楼吃酒，声音洪亮，传遍了整座酒楼。

赵家放出来散布流言的人极为不满，当场讥讽道：“谁不知道你朱二郎看上了季家二娘。但人家肯把季二娘许你吗？值得你这样替季家说话？”

戳得朱二郎心头滴血。他倒也豁达，大笑道：“对，季家没看上我朱二郎，就不许我讲真话了？”

对方还要再说，就见一人冲进了酒楼。他直奔朱二郎那桌，端起一碗热酒饮了，喘着气笑道：“太守大人判季家无罪！是那义川夫人的侍婢弃主逃命，为了活命而攀咬季家呢。”

朱二郎哈哈大笑：“辛苦兄弟了！今天的酒我管饱！”

欢声笑语中，赵家的人悄悄溜出了酒楼。角落里还有一人满脸喜色，也悄悄离开了。

那人直奔张员外的宅邸，进了门就高呼：“员外大喜！”

离女儿张四娘成亲还有不到一个月的时间，季家却沾上了官司，张员外家顿时乌云罩顶。如果张家在这节骨眼儿上退婚，会被人指责落井下石。遇事不能共进退，谁家愿和张家再结亲呢？不退亲，又担心害苦了女儿。张员外相信季氏的人品，才许了亲。这些日子苦苦煎熬，总算熬到头了。

官衙消息一出，张家的人就快马从城里传回了消息。张员外喜气洋洋地说了声：“赏！”又叮嘱管事赶紧抬上一挑好酒送给季家压惊。

他急匆匆去了后院，见太太和女儿都晓得了消息，脸上带着笑，张员外也欢喜得直搓手：“就等着正日子季大郎来迎亲了！”

吴嬷嬷带着家里的仆妇侍婢候在大门口迎主人回家。看到马车驶进巷子，吴嬷嬷就指着门房田玉去点爆竹。

九节塞了火药的爆竹噼啪炸响，寒风凛冽、雨雪纷飞的冬日骤然多了几分喜气。

到家没多久，张家的压惊酒就送了过来。

季氏舒了口气，张家一直没有反应，她担心张家会退亲。现在见着压惊酒送来，特意叮嘱给送酒的家仆封了五百钱的上等封红。晟郎君退走，案子了结，再被儿子的喜事一冲，季家应该晦气全消了。季氏高兴地说道："叫田嬷嬷中午做锅子，大家都吃，暖暖肠胃，驱驱寒。"

汤锅是熟铜打就，用大骨加老母鸡熬制汤底，羊肉片得极薄，挟起来能透过光影。田嬷嬷制了吃鱼脍用的蘸料，加了自家做的黄豆酱与霉豆腐乳，又香又鲜，雨雪天吃驱寒暖胃，再合适不过。

季家三口一大早就起身去了州衙，现在赶着回家吃锅子，大家都生出一种幸福的感觉。

经过这么多事，季英英对婚姻与幸福又有了新的理解。她想起上回装病，杨静渊心疼自己，跑去买鲫鱼粥，对未来生出了一丝憧憬，有点盼着见杨静渊一面。也许他知晓了亲事，会异常开心。想到这里，她的脸禁不住红了。

这时吴嬷嬷笑着前来禀道："太太，杨家来人了。"

正想着杨静渊，杨家就来了人。季英英的脸烫得厉害，放了筷子道："娘、哥哥，我吃好了，先回房了。"

虽说是用这场姻缘换来了杨家的支持，帮着季家渡过难关，但她最担心的是女儿并不欢喜。见女儿露出羞涩的表情，季氏才真正地放了心："你进里屋去待着。"

杨石氏是明白提过要求的，季英英嫁过去要为杨家织锦出力，季氏并没有把这门亲事当成普通亲事来对待。让女儿多听听杨家来人的话，了解杨家，极有必要。

季英英没有反对，进了里屋支着耳朵听外面说话。

季耀庭要去和季贵商议张罗染坊开工的事，也告退离开。

来的仍然是陈嬷嬷，她和张家一样，带来的是一担剑南烧春压惊酒，进门给季氏躬身行了礼便笑道："太太知道太守大人断季家无罪，高兴得不得了。奴婢给季太太道喜了！"

"嬷嬷辛苦了，请坐吧。从城里赶来，可曾用过午饭？"季氏微笑着问道。

陈嬷嬷心里一暖，笑道："谢太太关心，奴婢用过饭才上的路。"

她在下首跽跪着坐了，往左右瞟了一眼。

季氏明白，温言说道："李、吴二位嬷嬷都是我的陪嫁，嬷嬷不妨直言。"

吴嬷嬷自觉地退到了门口，打发侍奉茶水的小丫头离开。

“季太太，今日公堂之上是否感觉很意外？”陈嬷嬷微敛了笑容，轻声问道。

季氏迟疑了一下道：“莫非那侍婢自尽一事另有蹊跷？”

何止是蹊跷。

杨石氏托了自家哥哥去走太守的门路。石参军看到了泸州府衙的卷宗，知晓船是触礁沉没，打捞起来的船工尸体都系溺水身亡，没有异样。这是对季家最有利的证据。

他去了女牢见到那个侍婢，本以为吓唬她就能让她因害怕而翻供，谁知那侍婢仍然一口咬定说：“那天船行到江中，突然下起了暴雨，船工一时间无法靠岸，夫人和奴婢心里害怕，夫人遣了奴婢去询问船老大。船老大说他经历过的大风大浪多了，过了这个滩头就寻地方靠岸。奴婢回去的时候，看到有个黑影从夫人房中奔出来，直接跳进了江中。奴婢进门一瞧，夫人躺在榻上睡着了似的。奴婢正觉得奇怪，前后不过一炷香时间，夫人一直担忧，怎么会睡着了？我近前一摸，夫人已没了气息。奴婢吓得脑中一片空白，紧接着船就触了礁，被风浪掀翻了。夫人压在枕下的金子恰好滚到了奴婢脚下。奴婢贪念一起，拿了金子，如今有嘴也说不清了。”

石参军再三威吓，她都死不改口。

谁知到了昨天晚上，牢中传出那侍婢上吊自尽的事，石参军一口咬定那侍婢求生欲望强烈，断无轻生的念头。

杨石氏心中猜疑另有人在暗中帮了季家。事涉自己的兄长，她便遣了陈嬷嬷前来打听。

见季氏也满脸狐疑，陈嬷嬷心中有了数。季家没那么大能耐，这件事季氏也蒙在鼓里。从好的一面想，那侍婢也许是因为石参军的一番话，觉得指责季氏无望，又无人证明自己没有拿了金子弃主逃生，所以害怕得选择了自尽。

“如果并非如此，那就是还有人在暗中关注着这件案子。”季氏的思路也很清晰，“目前来看，她自尽对季家是好事。至于将来有什么变故，都是季家的事，断不会牵连杨家，请杨太太放心。”

得了季氏的保证，陈嬷嬷脸上露出喜色，起身告辞。

季英英掀了帘子，心里的诡异感怎么也挥之不去：“娘，我觉得这件事定和赵、牛两家有关。赵家不会袖手旁观，一定捏着这件事，将来还会再起幺蛾子。”

“英英，莫急。将来的事将来再说，兵来将挡，水来土掩，何必为没有发生的事犯愁？”

季英英展颜一笑：“娘说得对。咱们现在要办哥哥的喜事。家里会越来越好的。欠赵家的钱，先还了吧，不想和他家沾上关系。”

季氏点了点头道：“明天就让你哥哥去。”

季家的喜气隔着一条街都能感觉到。

碧水园外面一池枯荷残梗，寒意更甚。牛五娘不是会苛待自己的人，今年动工挖地龙是不成的了，公中拨了两倍份例的无烟银霜炭也不够烧。反正赵家的聘礼丰厚，她花了大把私房银子嘱人去买，房里火盆不分昼夜地烧出了一室春意。

牛五娘只顾着碧水园，连她的陪嫁丫头们都没冻着，买的几大车炭一斤也没送到月锦堂。

牛五娘做做样子，将私买的炭送些来，赵申氏的心气也就平了。哪有儿媳自己享乐不孝敬公婆的？赵申氏气得不行。

她是菩萨，得供着！

赵申氏一直念着这句话让自己忍，私下里难免不对丈夫和儿子抱怨。

说的时候多了，赵修缘看牛五娘又多了一层厌恶。

他是爬进一口空铁锅里的蚂蚁，本想进来叼块肉，没想到肉没吃着，锅烧得热了，一时间爬不出去，烦躁得不行。

“不是吹嘘太守大人不敢在你爹面前大口喘气吗？太守可没听你爹的话，把季氏问了死罪。

“杨家的人抬了压惊酒去季家，堂堂三品大将军整不过五六品的录事参军。嘁！”

赵修缘一句接一句说着风凉话。

杨家为什么突然和季家走动得这般殷勤？他根本用不着打听，直接就想到了杨静渊要和季英英定亲。他无力阻拦，就连捏着的季家欠条，季耀庭前两天就请了里长和朱二郎作陪，抬了成色十足的金子赎回去了。

祖父沉得住气，一句话：“给！”

人家提前还钱，连本带息。金子比制钱贵。当着里长和朱二郎的面，赵家能说什么？他们只能把欠条还了。

祖父说，来日方长。

本想借牛副都督的权势，直接定了季氏的罪，将其扣在衙门，不怕季氏兄妹不倾家荡产想尽办法搭救。

结果，太守断了季氏无罪，欠债又给还清了，赵修缘看着牛五娘就来气。他为什么娶她？娶这个两颊有斑、不见人都要用厚脂粉涂得满脸雪白的丑女人，不就因为她娘家有权吗？

“你不是恨杨静渊回拒了亲事，想把杨家踩到泥里吗？他要娶季二娘，你就眼睁睁看着？”

赵修缘说了半天，见牛五娘跟没听见似的，仍然娴静自若地打谱下棋，一气之下，上前掀翻了棋桌。

地上铺着毯子，棋盘摔到了地上发出沉闷的声响，棋子哗啦一声四散滚落。牛五娘手指间夹着一枚黑棋子，她将棋子攥进了掌心。

她垂着眼，看着贴身侍婢玉缘蹲着去捡棋子，轻声说道：“下去！”

玉缘住了手，欠身行礼，正要退出房门时，赵修缘喝道：“站住！”她吓了一跳，就看到赵修缘大步走过来一把攥住了她的胳膊将她拖到了牛五娘面前。

他的手捏住了她的下颌，迫着她抬起脸来：“长得还不错，皮肤真好，脸上一点斑都没有。”

玉缘猛地扭开脸，朝牛五娘跪了下去：“娘子，奴婢不愿！”

牛五娘松开手，掌心的棋子掉在了地上，骨碌碌滚动着。她站起身来，淡淡说道：“等我有了孩子，就让你纳妾。玉缘，下去吧。”

赵修缘铁了心要和她对着干：“我就要她！”

牛五娘没有回答，平静地看着玉缘。

玉缘身体颤抖着，一咬牙从髻上拔出了簪子，对着脸颊狠狠一划，白皙的肌肤上像有人用朱砂笔画出一道红痕，鲜血涌了出来。

“你……”赵修缘不知道她的婢女这般听话烈性，惊得目瞪口呆。

“她的命是我的。她只毁了半张脸，如果你还想要她，她不会介意毁了另外半张脸，更不会介意让全身都弄出伤疤来。”牛五娘平静地说道。

“你是疯子！”赵修缘忍不住骂道。

“我不是疯子。我只是让你知道，如果我乐意的话，可以让你坐拥数美；我不乐意的话，你这辈子都只能对着我这张满是疤痕的脸！”

赵修缘清俊的面容变得铁青。

牛五娘挥了挥手，玉缘默默地起身，退了出去。

“知道为何太守大人会判季氏无罪？”牛五娘闲闲地坐了下来，“没有证据。泸州府衙传来消息，在下游找到了活下来的船老大。根本没有水匪，是风浪将船卷向了礁石。别忘了季氏终归是出身长安伯爵府，姐妹相残的事有损伯爵府的颜面。就算阿爹强逼太守问了罪，没有杨家，季氏兄妹也不会向赵家求助，他们定会前往长安。你家的算盘迟早会落空。错过这个陷阱，将来还有机会。可是作为人证的侍婢突然寻了死，将来，还有文章可做。”

赵修缘眉毛一扬：“那侍婢是你爹……”

牛五娘没有正面回答，淡淡笑了：“石参军提着那么沉的箱子进太守府，出来时两手空空，傻子也知道杨家想替季家说情脱罪。而且他又进了女牢。将来，如果案情有了变化，石参军脱得了干系？杨石氏不就仗着她有个做官的哥哥吗？”

就像一瓢凉水浇进了锅里，赵修缘的烦躁一扫而空：“那现在季家和杨家走得越来越近，就只能看着季二娘嫁进杨家去？”

“季二娘和季氏一样性烈。她不乐意，进了赵家，就能帮你家染色配色？反正我要把杨家拖进泥沼，她嫁过去了，一块儿陪葬也好。”牛五娘说完，站起了身往外走去，“有些事，郎君当把目光放得长远，三思而后行。今天的事，下不为例。否则，我会毁了你的脸，正好与我相配。”

她拉开房门走了出去。

她的话让赵修缘悚然，他颓然地坐下，他这是娶了个什么女人？

“牛五娘，等毁了杨家，赵家强大，你若有了孩子，我一定掐死他！”

牛五娘顺着回廊走到玉缘住的西厢，她推开门走了进去，此时玉缘已经洗干净脸，上了药，半边脸用白布包裹着。看得出她才哭过，眼睛红红的。

“玉缘，疼吗？”牛五娘轻声问道。

玉缘摇了摇头：“奴婢晓得轻重，伤口又细又浅，只是瞧着吓人罢了，娘子不必担心。”

牛五娘坐在榻上，眼泪滚落出来：“赵修缘，你予我的羞辱，他日我必一一还给你！”

玉缘跪在了她面前，怜惜地说道：“娘子，您配得上全天下的男子，何必要为了一个杨静渊嫁到赵家来？”

“我恨他！恨他！”牛五娘捶着床榻，低低地哭道，“我那么喜欢他……”

玉缘迟疑了一下，伸手握住了她的手道：“娘子别伤心了，您想怎么对付杨家，奴婢都会帮您。”

连绵的雨雪停了，天空终于放了晴。

浣花染坊又恢复了生机，竹竿上晒满了这半个月来染得的布匹，靛青、大红、葱绿，在风里轻轻荡漾，瞧着就让人心情舒畅。

赵家没有来找麻烦，季氏的气色一天比一天好，那些阴霾的日子一去不复返，转眼就到了季耀庭成亲的日子。

吉时在酉时。一大早，季家就忙碌起来，准备晚上的宴席。季家请了常往来的织户染坊人家与近邻。未时起，客人们开始登门贺喜。

季家就季耀庭一个男丁，前厅就请了朱二郎做知客招呼客人。女客都请至后院，由季氏招待。季英英担心母亲累着，便揽了家里的事。她查过新房的安排，就跑去厨房帮忙。

几米高的蒸笼摞在灶上，三口灶膛烧得红红火火。季英英清点着碗筷，热出一头大汗。

“娘子！”绫儿进了厨房，急声说道，“赵家遣了个管事送了贺礼来，朱郎君问要不要扔出去？”

季英英犯了难，她还真想扔出去，但会不会在哥哥的大喜日子闹腾起来，给喜事添了晦气？她吩咐湘儿继续清点数目，带着绫儿出了厨房：“还得太太拿主意才行。”

这事交给母亲处理吧。她还能学着，看母亲怎么办的。

季氏想都没想就说道：“两家已经结了仇，这是黄鼠狼给鸡拜年——没安好心呢。扔出去！就说是我的意思。季家小门小户，受不起赵家的礼。”

赵家没准儿就等着季家把贺礼扔出去呢，好让街坊都瞧瞧，气量小的是季家。季氏不在乎，她根本就不想给赵家假惺惺维持情面的机会，两家都撕破脸了，还讲什么情面？

“好咧！我这就叫季贵叔去办。”这话合了季英英的性子，她还以为母亲要隐忍不发呢。

季氏叫住了她，拿出帕子给她擦拭额头的汗：“快回去洗把脸歇歇，大冬天的都忙出一身汗来。”

“我不累！”季英英双眸闪亮，快活地又奔了出去，“厨房最忙，我去帮田嬷嬷。娘只管在厅里接待女客就好。”

她走到二门处，看到守二门的婆子朝她招手。

“娘子，杨家来人了，是杨家三郎君，他嘱老奴把这个交给娘子。”婆子递来一张折成方胜的纸。

杨静渊回来了？季英英心急地跳起来，拆了方胜：“申初，后门河边树林。”

酉时接新娘拜堂，现在是未时末牌，还有一个时辰。季英英叮嘱绫儿回厨房帮忙，飞奔出了后门。

她左右张望了一下，远远看到河边树林那拴着的白马，心跳骤然加快。杨静渊真的回来了。他约自己是因为亲事吧？季英英定了定神，跑了过去。

杨静渊靠着一株槐树，听到脚步声，转过了头。

家中办喜事，季英英换了身簇新的鹅黄大袖锦衣，梳了百花髻，髻上插着一支衔珠凤钗，钗头流苏上镶着的珍珠垂在前额上。她跑得有点急，双颊染着一层绯色，映着珠光，双眸如点漆一般闪亮。

穿上华贵的锦衣，就像换了一个人似的。杨静渊突然记起第一次在竹林寺见面时，季英英嘟囔着将来要挣很多很多的钱。这时，他扯了扯嘴角。她打他一巴掌的时候，拒绝他的时候，怎么没想到嫁给他能换来千两黄金的聘金呢？

季英英站在他面前，有点不好意思看他，她匆匆睃了对方一眼，似乎现在才发现，原来杨静渊生得异常俊俏。她的目光平视着他的胸口。石青色的底，织着对称的小团花，青如一泓碧潭，小团花里夹了些许金黄色的丝线，被阳光照着，像点点碎金，低调、华丽、豪奢。这是杨家特有的风格……她在乱想什么？季英英暗暗地啐了自己一口。她知道他正盯着自己看，鼓足勇气先开了口：“你什么时候回来的？”

“接到家里的信，我就赶回来了。”

“哦。”

季英英干瘪地答了一声，就不知道说什么了。她没有自己想象中那样镇定。定了亲事，知晓要嫁给他，她的感觉就变了。

杨静渊约自己出来一定是谈这门亲事。然而他不开口，她就羞于启齿。她能说什么呢？

“你喜欢过我吗？”

明知道这个问题很傻，但杨静渊还是问了。

季英英又感觉自己脸红了。

两人不约而同想起了那个雨夜。那天晚上，他强吻了她，他低声下气地求她：“我知道唐突了你。我真心喜欢你，我会挣下自己的家业来娶你。你不要轻易许人好不好？你等我好不好？”

杨静渊心里隐隐作痛，此时非彼夜了。他甚至害怕她说，喜欢自己。那他会认为在她心里，自己和千两黄金分量一样。

季英英忍不住用脚踉着地面的草，含糊地说道："……不讨厌。"

声如蚊蚋，羞得连脖子都低了下去。

不讨厌吗？她真的不讨厌他吗？对，不讨厌。可她没有一丝喜欢。仿佛又被她扇了一耳光，仿佛又看到她愤怒地瞪着自己，低吼："你凭什么要我等你？我有上赶着要嫁你吗？"

杨静渊伸手抬起了她的脸，见她的目光闪烁游离，他笑了。她的脸很烫，撒谎的人总是容易脸红的。

"如果不是那千两黄金的聘金，你会答应嫁给我？"他松开手，摇了摇头，像在对她说，又像在对自己说，"不会。季英英，你心里只爱慕过一个人——赵修缘！"

"我恨他！"季英英脱口而出。

"没有爱，哪来的恨？你恨自己看错了人，爱错了人。你对我呢？朱二郎若有个舅舅在州府做官，其他男人若以千两黄金为聘可以帮季家还债，嫁谁不是嫁？不是吗？"杨静渊看着季英英的脸由红转白，痛快之后，一股酸意从尾椎蔓延而上，难受得让他紧紧握住了自己的手。

绣花的时候走神，常常被针尖不经意地刺破，突如其来，不曾防备，就被刺痛了。

她终于直视着他。一个多月过去，他脸上还留着远行染上的风尘，嘴唇固执地紧抿着，像只骄傲的斗鸡，等着和她厮杀。

她说错了什么吗？难道要她大大咧咧抹下脸皮对他说，我觉得你人好，觉得你待我有心，觉得你俊俏多金，我很感动，对你有点动心？季英英憋屈得不行。

杨静渊没有说错。换个人，有钱有权势，纵然母亲不肯，她也会坚持答应下来。她心甘情愿为了母亲和哥哥嫁给自己不喜欢的男人。

但杨静渊是不一样的。她用心想起他的时候，那些点点滴滴的过往汹涌而至，关于他的记忆竟有那么多，多得让她吃惊。

初见时，她求姻缘，抽中一支下下签。而他在竹林寺抽中的签文说一切期待，均有可得。两支签如此灵验，让季英英相信，冥冥中，她和杨静渊是有缘人。

前来赴约，没把事说清楚，反而惹来杨静渊一顿讥讽嘲笑，季英英的羞涩与期盼被他的话击得粉碎。她简直无颜面对他："我为了千两黄金的聘金答应这门亲事，你看不起我是吧？好，我会挣钱还你。请你母亲退了我的庚帖好了！家里事多，告辞！"

杨静渊几步就拦在了她面前。

季英英往旁边走，他就跟着往旁边挪。

她固执地不开口，两人无声地在树林里僵持着。

杨静渊也不知道为什么要拦着她。

他心里憋了一肚子火气。嫡母说，不忍心看他错过心仪的女子，是为了他好。他气嫡母擅拿主意，用千两黄金在季家危难时诱得季家答应了亲事。但他又不能冲着嫡母撒气，婚姻大事，父母之命，媒妁之言，嫡母替他做主，天经地义。

他明明对季英英说过的，他绝不会仗着家里有钱而强娶她的。现在这算什么？他生怕被季英英嘲笑，被她看不起。

口不择言乱七八糟说了一通，却又惹得她要反悔退亲。他不想退亲，他喜欢她，喜欢她泼辣的模样，喜欢她恶作剧得逞的笑容，还有看着她对赵修缘的神情，让他心疼。

“我都说了，你不满意，我挣钱还给你，你家退了庚帖就是了！你拦着我做什么？”季英英脾气本来就急躁，现在被他拦着无法离开，实在忍不住大声吼了起来。

“收了我家的好处，就想把我一脚踹开？还想退亲？做梦去吧！除非我不要你，否则你嫁定我了！”

杨静渊昂起了下巴，不让她看到自己的心虚。

他也没有看到眼泪瞬间蓄满了季英英的眼睛，簌簌往下落。

眼角余光扫到鹅黄色的身影从身边飘过，他悄悄转过头，看到她提起裙子跑出了树林。

杨静渊垂头丧气地抱住了白马，低声说道：“她撒谎说一声喜欢我又怎样？见着我都不肯看我一眼，活像是被我家用钱买来的丫头，明明就是因为那千两金子才肯嫁我的。奇怪，以她的性子，我这样讥讽嘲笑，她该跳着脚与我拼命才对……翻脸就要退亲，她真没把我放在心上。伤心的人是我对不对？”

一气之下，他就不想进季家喝喜酒了。

“三郎！杨三郎！”

远处传来的声音让杨静渊回头看去。

桑十四郎一身降红宽袍，满脸阳光朝他走来。

没等他开口，杨静渊就抢白道：“你也是来喝季大郎喜酒的？瞧你这打扮，不晓得的还以为你是新郎官呢。”

桑十四郎大笑着张开双臂抱住了他：“三郎，我还担心你要过年节才回来呢。这些日子想死哥哥了。益州城少了你，饮酒都好生无趣！”

“哎哎哎！肉麻死了！我又不是牛七。”杨静渊猝不及防，被他抱了个正着。他用力掰开桑十四郎的胳膊，嫌弃地将他推开：“我正想揍你呢。我走的时候怎么叮嘱你的？季家怎么出了这么多事？”

“所以呀，你得请我喝一杯谢媒酒才对！”桑十四郎冲他挤眉弄眼。

杨静渊抱着胳膊看他，突然反应过来：“我和季二娘的事，你小子在里面做了什么手脚？”

桑十四郎习惯地伸手揽住了他的肩，得意扬扬地说道：“话说那天我阿爹自州衙回府……”

“说重点。”

“别急嘛，听我说完。”桑十四郎将如何从桑长史嘴里知晓季家被义川男告上公堂，如何灵机一动想到了主意一股脑儿说完，神秘兮兮地问杨静渊，“猜我想到了什么主意？”

杨静渊一拳揍在他肚子上，桑十四郎捧着肚子，指着他直吸气：“……恩、将、仇、报！”

“于是你就跑到杨家找我嫡母，把我如何交代你照看季家的事来个竹筒倒豆子？”杨静渊见他弯着腰头点得像鸡啄米，恨不得将他吊在树上再暴揍一顿。

桑十四郎缓过气来，跳脚大骂：“兄弟我为了你两肋插刀，你就是这样报答我的？”

杨静渊有苦说不出，桑十四郎不晓得嫡母和哥哥们看重的是季英英的技艺，正好来个顺水推舟，乘虚而入让季家同意了亲事。这样嫡母高兴，兄长开心，季家也化解了难题。现在的问题是他别扭地觉得季英英不喜欢自己，然后把季英英气跑了。

“咦，怎么了？我刚才老远瞧着季二娘进了染坊后门，你们吵嘴了？”桑十四郎瞧着杨静渊神情不对，好了伤疤忘了疼，又凑过脸去。

杨静渊闷声闷气地说道：“我说她是为了钱才答应了和我的亲事。”

“啧啧。”桑十四郎啧啧有声，围着他转来转去，“没看出来呀，杨三郎君如此心高气傲。嘴上痛快了，心里不舒坦了是吧？”

他的手指戳着杨静渊的胸口，被他一把握住反手一拗，桑十四郎哭爹喊娘地又叫了起来：“疼！你还想不想哄季二娘高兴了？”

杨静渊松了手，撇嘴道：“我又没说错。是她心虚跑了，我为什么要去哄她？”

桑十四郎长叹一声："算我什么都没说，回头季二娘恨口气也要把亲事退了，你可别哭。"

杨静渊还要嘴硬，桑十四郎又揽住了他的肩："听听，前头爆竿都炸响了，新娘子到啦！走吧，三郎，咱们喝季大郎的喜酒去。喝完酒，哥哥给你出个主意，保管季二娘欢欢喜喜，不和你生气了。"

半推半就着，杨静渊被桑十四郎拉进了季家。

第二十六章
朦胧情意

季家大门口爆竹一根接一根炸响，门口季耀庭已下了马，正在司仪的引导下，拿了副软弓准备射屏。

桑十四郎扯了杨静渊闪身进了季家大门：“你来吃喜酒，得去给季太太见个礼，你别跟我说你把礼仪都忘了。新人都要进门了，赶紧的。”

杨静渊没有反对，跟着桑十四郎去了前厅。

前厅搭起了喜棚，摆了酒席，大厅里坐满了妇人与请来的宾客，杨静渊被陈嬷嬷推了一把，硬着头皮迈了进去。

李嬷嬷早得了消息，笑着禀道：“太太，杨家三郎君和桑郎君前来道贺。”

季氏忍不住往前倾，眼前一亮，看到一对少年郎君联袂而至，长身玉立站在了面前。桑十四郎官宦子弟的风仪她已经见识过了。第一次见到杨静渊，季氏多看了他几眼。

“给您道喜了。”杨静渊长揖一恭，行了个大礼。

桑十四郎也拱手长揖首，满面笑容：“季太太大喜！”

两人锦衣飘飘，鹤立鸡群般耀眼，惹来厅堂中的妇人与小娘子们交头接耳，议论不休。

季氏有点惊诧于杨静渊的俊朗，心里多了几分欢喜。前头季耀庭已经牵着红绸引着新娘子进来，没时间多说，她笑道：“多谢你们前来观礼。”

杨静渊和桑十四郎行过礼后退到了一旁，杨静渊飞快地往季氏身边睃了一眼，见季英英与丫头窃窃私语，看都不看他一眼。

“新人拜天地！”

桑十四郎赶紧扯着他避到了后面。

厅堂挤得人满为患，随着新人拜堂，欢声笑语如潮水般涌来。杨静渊靠着墙，隔着人群看季英英。

桑十四郎幸灾乐祸地说道：“她可一眼都没看你。”

杨静渊嗯了一声，不接他的话。

等了一会儿，桑十四郎忍不住了，扯了扯他的衣袖：“你打算怎么给她赔礼啊？”

杨静渊瞥他一眼道：“不赔礼她就不嫁给我了？”

桑十四郎倒吸一口凉气，眼神明晃晃地写满了“你装吧装吧，看季英英硬气得要退婚，你怎么装下去”。

杨静渊露出灿烂的笑容：“我决定了，我绝不要变成你，也绝不把她养成第二个牛、七、娘！”

“我家七娘现在特别温柔、特别可爱，我迫不及待等着明年她及笄就成亲！”桑十四郎成就感十足地向杨静渊宣告。

堂上三拜完成，司仪高呼：“送入洞房！”

人们笑了起来，季氏招呼女客到后院入席，男宾们被朱二郎请到外堂饮酒。季英英要去新房陪陪嫂子，终于有机会避开杨静渊火辣辣的目光。她进了后院，越想越生气，招了绫儿出馊主意：“去告诉我哥，叫他想办法把杨三郎给灌醉了！”

绫儿啊了一声，为难地说道：“娘子，别把大郎君给灌醉了，他可是新郎官！”

“放心吧！朱二哥和他的朋友会替我哥挡酒的。”季英英越想越开心，“拿话讥讽我，还不准我退亲！我不收拾他，今晚都睡不安稳！快去！就开杨家送来的上等剑南烧春，那酒够烈！”

等到前头开席，季耀庭揭了盖头后，出来招呼宾客。

他将朱二郎拉到了一旁，一揖到底，慌得朱二郎紫涨了面皮侧身避开：“大郎，何须行此大礼？”

季耀庭爽快地说道：“二郎，我妹子和你无缘，你知道后依然热心帮我，当受我一礼！”

朱二郎叹了一口气道：“大郎，咱们从小一起长大，我知道你家和赵家结了仇。

朱家也是小户人家，娶了英英反而给家里惹祸。她能嫁给杨三郎，杨家定能护住她的，我心里都明白的，无须客气。”

季耀庭捶了他肩头一拳，说了实话：“可我心里不痛快。我没本事，护不住自家妹子，让杨家乘虚而入。今天杨三郎来贺喜，我怎么瞧他都不顺眼。”

两人一个眼神，露出了同谋的奸笑，把臂入了席。

外头席间觥筹交错，季耀庭四处应酬，回首间，朱二郎带着一群朋友将杨静渊和桑十四郎团团围住。

朱二郎豪爽地直言：“杨三郎，你和季二娘定了亲，她就是我妹子！”

他的朋友齐声叫道：“是我们的妹子！”

朱二郎终于在桑十四郎和杨静渊面前威风了一把：“今天你得过了我这道酒关！”

一群人哄笑道：“得过了我们这道酒关！”

桑十四郎暗中一数，乖乖，十一个人啊，每个人手上都捧着三斤装的烧春，十一坛啊。他咽了口唾沫，纨绔之气大作：“都说强龙不压地头蛇，三郎，咱哥儿俩并肩上，输人不输阵！你们是单个上还是一起来？”

一起来？坛子里的酒足够你泡澡用了，杨静渊不傻。可有时候吧，男人胸口仗着的就是一口气。他二话不说，拎起面前的酒坛开灌。

朱二郎眼睛一亮，和他对饮。

一坛酒下去，朱二郎兴奋起来：“好！再来！”

杨静渊跟着青城老道习武，修的是道家内功心法，一坛酒一口气饮下不带喘气的。转眼间，三坛酒下去，朱二郎的脸已经变成了酱肉色，他打了个酒嗝，喷出涌到嗓子眼儿的酒水，滑下了桌。

他的朋友来了血性，一拥而上。

等到季耀庭陪酒一周来到这桌时，地上、椅子上、桌子上横七竖八躺的全是人，桑十四郎两眼发直地抱着只空酒坛坐在椅子上愣着，杨静渊整个人像从水里捞出来似的，脸上还带着笑。

“杨三郎。”季耀庭伸手在他面前一晃。

杨静渊冲他一笑，一头栽倒在他臂弯里，醉了。

季耀庭也饮了不少酒，但还记得是自己的洞房花烛夜，保持着清醒，见状伸脚去踢朱二郎：“醒醒！他醉了！”

朱二郎睁开了眼睛，摇摇晃晃地站起来，低头看杨静渊，嘿嘿乐了：“能不醉吗？我的酒掺了大半坛子水，他饮的全是酒呢！”他一说话，歪倒着的人都清醒了。

桑十四郎舌头都大了：“你、你们作假呢。”

人们大笑起来：“你不作假，你还能说话？”

桑十四郎扔了空酒坛，理直气壮地说道：“掺了水的酒也是酒啊！我不算作假！”他眼珠一转，拱手道，“时辰不早了，我先走一步！”

不等大家反应过来，桑十四郎被自己的伴当搀扶着逃也似的离开了季家。

桑十四郎上了马，摇头晃脑地说道：“三郎哪，别怨我把你扔在季家！这可是好机会呀，你就等着喝季二娘的醒酒汤吧！”

夜深了，宾客相继告辞，桑十四郎扔下杨静渊跑了，季耀庭顺水推舟将杨静渊安置在外院他原来住的屋子里。

他去新房的时候，季英英早等在了二门处：“哥，把他灌醉了？”

季耀庭笑着点了点头，目光扫过绫儿提着的食盒，忍不住提醒她道：“你别往醒酒汤里放巴豆，别太过分了。”

季英英笑眯眯地说道：“放心吧。我多加了点盐和醋而已。回头再吩咐季鹰，别往他房里送茶水。你快进去吧，别让嫂子等急了！”她快活地带着绫儿去了。

季耀庭失笑，只要妹妹无伤大雅就行。他心里装着新媳妇，管不了杨静渊的死活，径直奔新房去了。

宴席一完送走女客，季氏就歇下了，根本不知道兄妹俩伙同着朱二郎联手整治杨静渊。

季英英打了个哈欠，眼皮都快搭一块儿了。

绫儿跽坐在她身边，心疼地说道：“娘子忙一整天了，要不……回去歇了吧？”

“把醒酒汤拿给我。”季英英可不想前功尽弃，她下定了决心，“喝一口加料醒酒汤，绝对不想睡了！”

“可是……”

汤里您加醋放盐了，还撒了好些能让田嬷嬷心疼得捶胸的胡椒粉哪，会是什么味道？绫儿来不及再劝，季英英已经掀了食盒盖子，从暖套里拿出瓷盅，舀了勺醒酒汤抿了一小口。

她的眼睛蓦然瞪圆了，指着嘴冲绫儿挤眉弄眼，绫儿赶紧捧过一只茶盏，季英英呸呸吐了个干净，还接了茶水漱过口，她吁了口气，精神大振：“瞧吧，我说有用吧？去，催催季鹰，换衣裳怎么这么长时间？”

绫儿苦笑：“杨郎君的衣裳都被酒浸透了，他人也烂醉如泥，小鹰一个人侍候他沐浴更衣，怕是忙不过来。”

季家男仆少，只拨了季耀庭的小厮去侍候杨静渊。

等他沐浴更衣后，清醒了不喝醒酒汤怎么办？季英英哼了一声道：“我就应该扮成哥哥的小厮去‘侍候’他！”

“娘子。”绫儿被她的大胆吓了一跳，“虽然换了庚帖定了亲，但还没纳采下定呢。如果被杨郎君认出你来，他会觉得娘子轻浮……”

“哈，太好了，退亲呀，我不介意，反正我已经决定要还他家的钱。”季英英早等得不耐烦，听绫儿这般一讲，更加肆无忌惮。话虽这样讲，她也不敢真的去侍候杨静渊洗澡换衣裳，起身带着绫儿出了厅堂。

在回廊里站了一会儿，季鹰抱着一堆湿漉漉的衣裳从房里出来了。

季英英把季鹰招过来，压低声音问他：“杨三郎如何了？”

季鹰把衣裳往前递了递，示意她看：“全是酒，内衫都湿了，真不晓得杨郎君是在喝酒，还是在往身上倒酒。您瞧瞧，都能拧出酒来了。”

“我是问你他人现在怎样了！”季英英急道。

“我叫了我爹帮忙才抬了他进浴桶洗完澡，给他换了郎君的衣裳，杨郎君一直就没醒过。”

季英英满意了，带着绫儿朝季耀庭的房间走去。

进了房门，季英英主仆俩蹑手蹑脚走到多宝槅隔开的里间门口，掀起门帘的一角偷窥。

榻旁矮几上点着一盏油灯，光线朦胧昏暗，杨静渊穿着季耀庭的白色中衣睡在榻上。

浅浅的鼾声有韵律地传来，主仆二人交换了一个眼神，知道他睡得熟了。

季英英放下门帘，附耳叮嘱绫儿：“把屋里的茶窠都拎走，告诉季鹰今晚装死不准过来侍候。我亲自喂他喝醒酒汤，免得他冲你发作。”

绫儿担忧地看着她。

季英英昂起头，示意她不用担心自己。

主仆俩分头行动，季英英提了食盒大大方方进了屋，她打开了食盒，把瓷盅从暖壶里取了出来，倒了一碗汤放在矮几上。

她张嘴欲叫醒杨静渊，但又停了下来。

一灯如豆，晕黄的灯光将他的脸形雕刻得轮廓分明。他的眉生得真好，浓墨肆意地画下一撇，睡着了也显得英气十足。她从来没有这样仔细地看过杨静渊，他在她心里的形象是一幅水墨，淡淡浅浅，并不分明。

印象最深的是哪一次呢？是他与一群纨绔嬉笑打趣，烧包地在头上簪了朵碗口大的菊花？是他拗断小儿手臂粗的树枝往她手里递来的那一刻，自己差点儿被他吓死？还是他骑在马上面无表情地望着她，手里一松，黑色的粥罐啪地落地碎掉的那一刹那？

脑中没有一个形象是此时的他。他恬静地睡着，那样伤人的话语仿佛不是从这张嘴里说出来的。

季英英不知不觉将手指落在了他的唇上，似乎这样，他就再也不会说那些话了。

就在这时，杨静渊突然张嘴，咬住了她的手指。

季英英一惊，想扯回来。但她一用力，杨静渊也用力，他咬得不重，偏就不让她将手指扯回去。他连眼睛都没有睁开，一副睡得正舒服的模样。

"属王八的呀！"季英英急了，伸手就去捏他的下颌。

杨静渊闭着眼睛捏住了她的手腕，忍不住舔了舔她的手指。

季英英的脸腾地就红了："王八蛋！你装睡！松口！"

杨静渊慢吞吞地睁开了眼睛，示威地又吮了吮她的手指，才被季英英夸过的好看眉毛动了动，眼里满满的挑衅和笑意。

傻子也知道被他调戏了。指尖传来的感觉让季英英羞愤交加，对上杨静渊的眼神，她顾不得疼痛，用力去扯手指。

杨静渊张开嘴，让她拔出手指，捏着她的手腕往身边一拉，伸手环住了她的腰，季英英便伏在了他胸前。

"你做什么？！要不要脸？你放开我！"脸触到他的身体，越发烫了，季英英不自在极了，扭着身体低吼道。

"半夜跑到我睡的房间，还在我脸上摸来摸去，谁不要脸？"杨静渊翻了个白眼。他今天不装醉，还不知道会被她整成什么样呢。

季英英气得要命，他不是睡得像死猪一样？怎么这会儿清醒得跟没喝酒似的？她被他揽着腰起不来，咬牙切齿地说道："我给你送醒酒汤来，不推醒你，直接灌？"

杨静渊放开了她，胳膊枕在脑后，慵懒无比地说道："是我误会了呀。"

尾声拖得长长的，好似看穿了她的把戏。季英英起身站直了，秀眉倒竖："保管你喝了马上就清醒。"

“哦。”

这是你自找的！季英英端起碗递给了他：“喝吧！”

一股酸味直冲鼻腔，杨静渊苦笑，这碗汤里怕是倒了一瓶子醋吧？他眨了眨眼睛：“我睡一觉就好了，不想喝了，拿走吧。”

凭什么要拿走？我不是白费工夫了？季英英勉强地堆着笑哄他：“酒饮多了伤身，喝了这碗汤，保管明天不会头痛。”

杨静渊撑着想坐起来，哎哟叫了一声，按住了额头：“头晕，要不，你喂我喝？”

真是磨叽！季英英搁下碗，往他颈后塞了个引枕：“行，我喂你喝！”

她舀了一勺喂到他嘴边，杨静渊刺溜喝了下去。

季英英瞪大了眼睛盯着他。

杨静渊咂巴着嘴，一脸享受：“味道不错。”

不错？季英英盯着他的脸，想要看出一朵花来。她机械地继续喂，杨静渊面不改色地全喝完了。

“谢谢，明天肯定不会头痛，我在家的时候，饮酒多了，最喜欢直接饮醋，越酸越好，你怎么知道我的习惯？”

他好奇地看着她，仿佛真的很好奇。

季英英气得不行，跳脚骂道：“你就是个怪物！这么酸、这么咸，还撒了大把胡椒粉，好喝才有鬼了！你装模作样，想骗我是吧？”

杨静渊抬腿就站了起来，他专注地看着她，慢吞吞地说道：“对呀，我是在骗你。真是难喝得要死。可是我为什么要忍着说好喝呢？”

季英英愤愤地说道：“知道我想整你，不就是不想让我得意吗？”

“我为什么要这样想呢？”

“你看我不顺眼呗！以为我是冲着你家有钱有权能替我家解围才答应和你的亲事呗！”

“这么说，你不是冲着我家的权势和钱财才答应和我的亲事的？”

季英英无语。

杨静渊上前一步，逼视着她：“怎么不说话了？”

季英英咬住了嘴唇，偏开了脸，身体被拢进他怀里，季英英一惊。他的声音像一声叹息在她头顶响起：“对不起。”

嗯？季英英绷紧了身体，以为自己听错了。

“英英，我生气季家出事的时候，我不在。”嗅着她身上熟悉的桃花粉香，杨静渊像被催眠似的说出了心里话。

“我母亲肯向季家提亲，是看中了你的手艺，我怕你委屈。”

他是庶子，他想飞出杨家，拥有一片自己的天地。现在的他，所有的一切都是家里给的。季英英嫁进杨家，外面风光，日子不见得好过。

“你答应和我的亲事，但我总觉得你不喜欢我。

“说话惹你生气了，我又怕你真的要退亲。

“明知道你送来一碗又酸又咸的汤，但只要你消气，我甘之如饴。”

他还想要她的心，贫贱不移，甘苦与共。

她像是他捧在手里的宝，被那样小心地呵护着。季英英怔住了。

她和赵修缘青梅竹马，大一点两人约会，更多的是避开了人偷偷相聚的喜悦。但她从来没有被赵修缘捧在手里呵护的感觉。从前，她也没有想过一定要被赵修缘宝贝似的呵护着。她在赵修缘面前有时会娇嗔地使小性儿，这时，赵修缘也会哄她，赔礼作揖。他一退让，她马上就大度地不和他计较。她像叽叽喳喳的麻雀，而他总是面带微笑地听着。记忆中的赵修缘、从前的赵修缘，温文尔雅，波澜不兴，她一厢情愿地以为他深爱着自己，到现在才明白，那不过是她的自以为是。

季英英怔怔地想，原来被人小心地呵护相待是这样暖心。

感觉到她的放松，杨静渊松开了胳膊。他专注地看着她，嘴边慢慢漾起一抹笑容，昏暗的屋里像注入了一道阳光，满室生辉。季英英听到自己的心怦怦直跳。

突然，他的脸在她眼前放大，杨静渊弯下腰和她平视着。季英英的脸烧了起来，她转身就跑。

“英英！”

她停住了脚步，转头瞪他：“我不生气了！但你以后再说那些话，我还是会生气！”

嫣红的脸，眼神柔得像春水，虚张声势。杨静渊闷笑起来：“能劳烦你叫小厮给我送两壶茶水来吗？实在是……酸死爷了！”

季英英脸红得更厉害，她狠狠跺了跺脚：“活该！”

她掀开门帘跑得没影，见到等在回廊上的绫儿，她快速地说道：“叫季鹰多送点茶水！”

绫儿低下头想掩饰住脸上的笑容：“是。”

回去的路上，季英英伸出了手：“下雪了啊，真好看。”

绫儿打了个喷嚏，她只觉得晚上好冷。

第二天一早，雪铺满了整座庭院。

湘儿叫了季英英起床，今天要见新嫂嫂，她飞快地梳洗完毕，绫儿端了早饭进屋。没等季英英问起，她就说了：“今儿太太要喝媳妇茶，天一亮杨郎君说不便打扰，没用早饭就走了。”

季英英哦了一声，眼睛眨也不眨地望着绫儿。

绫儿收了托盘，促狭地说道：“杨郎君道昨儿除了贺礼，还有给太太和娘子从长安带回来的礼物，等娘子去了太太那里就晓得是什么了。”她说完，逃也似的跑了出去。

湘儿给她舀了碗粥，抿嘴笑道：“奴婢知道呢。昨儿在太太处服侍，李嬷嬷亲自将杨郎君的礼收了。”

“谁稀罕哪！”季英英撇了撇嘴，用过早饭，带着湘儿去了正院。

季耀庭和张四娘还没有过来，季氏早已穿戴整齐等着了。见着季英英过来，季氏笑道：“杨三郎从长安给你带了礼物，瞧瞧是什么。”

李嬷嬷捧了只半尺高的黄花梨匣子过来。

季英英接了匣子打开，里面放着一整套工具：研磨的玉钵玉杵、称重量的小称、一套五金小勺、一柄三寸来长的小刀，还有一排空的琉璃瓶。她哇了一声，兴奋起来：“真漂亮。”

季氏探头看了，笑骂道：“这礼可算是送到你心里去了。”

季英英恋恋不舍地合上盖子交给了湘儿，依在季氏身边撒娇：“他送给娘亲什么礼物？”

李嬷嬷笑道：“一只水貂皮的昭君手笼，太太冬天正好能用。”

明明准备了人家喜欢的礼物，偏偏约在小树林见面，还要嘲讽一番，真是口是心非的家伙。季英英又一阵腹诽。

季氏借机又训导女儿：“英英，杨三郎待咱家有心，娘就放心了，你可别再使小性子。杨家帮咱家的忙，再是结了亲，咱们也要懂得感恩。”

季英英嗯了一声。

说话间，季耀庭陪着张四娘过来了。

张四娘生得珠圆玉润，说话柔柔软软的，一看就是个好脾气的人。

季家人少，拜过季父的牌位，祭过祖宗，她就是季家的人了。

她送给季英英的是一双凤头绣鞋，绣了一只五彩的凤。季英英女红好，一见就喜欢上了。

季耀庭见过礼就去了染坊，季英英也跟着去了，留了季氏和张四娘说话。

季英英有心让哥哥多陪陪嫂子，到了染坊，调了染料，就把季耀庭赶了出去。她带着两个丫头，染坊里又有季嬷嬷总管着，二十几个仆妇和浣丝婢同时忙碌开来。

紫儿羡慕地瞧着湘儿跟在季英英身边，冷哼了一声，和绿儿抬起一箩筐染好的布去江边漂洗。

昨晚大雪飘落，一触到河水，手指冻得又红又肿，冻疮裂开，钻心地疼，紫儿低声咒骂道："偏她好命，跟了娘子做侍婢，再不用雪天干活了。"

绿儿和她打过架，睃她一眼，冷笑道："你有本事也攀高枝去呀。"

紫儿翘着嘴道："等着呗，总有一天，我再也不干这洗布浣丝的苦活！"

"瑞雪兆丰年，明年应该会有个好年景。"

飘扬的雪花在一夜之间铺满了屋顶与街巷，莹莹洁白。

每到下大雪的时候，季氏便会生出些许思乡的情绪。长安的雪比蜀中还大，屋里盘着火炕，比蜀中点炭盆的冬日好过许多。她这一生是再也回不到长安了。季氏望着庭院里洒落的雪花，恍惚地想起了早逝的季老爷。

"娘，我去城里送货。"

季耀庭的背影从中庭消失，季氏耳边就响起了季老爷的声音。儿子的身影和丈夫的身影隐隐重叠在一起，季氏脸上露出了温婉的笑容。

季氏和张四娘聚在一起盘账，浣花染坊是由儿子继承，季氏没有把着中馈不放的想法，她让儿媳早点熟悉家里的账务，把家事接过去。

快要过年了，今天染坊染好了最后一批布。张四娘合了账本，报给季氏听："娘，账上还有八百多贯钱，等郎君卖掉最后这批布，就可以封账过年了。"

杨家给的金子还完所有欠账，还有二百两结余，季氏没有动。这笔钱是杨家私下给的，说是给季英英的聘金，但她仍打算攒了钱还给杨家。抬头嫁过去，就得低头过日子，季氏不愿女儿在杨家过着心虚的日子。

账上的钱是这些天季耀庭和季英英起早贪黑染布赚来的，季耀庭和季氏是同样的心思。而季英英想在出嫁前多帮家里挣点钱，以往染坊就季耀庭一人，现在有了季英英帮忙，活做得更多，也更轻松。

“四娘，季家人丁少，以后这座染坊就要靠你和大郎了。等到春暖花开，铺子上的账也要交给你，辛苦你了。”

张四娘带了四个陪嫁丫头和两个管事嬷嬷来，原就是为着掌管中馈准备的。婆婆信任，肯放手，她心里感激得很：“还得您多指点才好。”

婆媳俩算完账，坐在一起做针线。张四娘主动担起了长嫂的责任：“娘，杨家送定礼是明天？我过来的时候正巧遇到吴嬷嬷去小姑处拿她的绣品。”

季氏笑道：“腊月二十，祭灶前过了定礼。英英年纪不小了，明年就十七岁了。想和杨家商议把婚期定在四月，让她在娘家过最后一个三月三再出嫁。”

张四娘抿嘴笑道：“怪不得今晨没见着小姑，不知道她送的是什么绣品。小姑的绣活好，杨家可娶到宝了。”

但愿杨三郎能护着英英，杨家富贵了百年，也不知道真正嫁过去，日子是否好过。季氏眼里又生出了担忧。

定礼女方的回礼一般是自家做的蒸糕和绣品，季英英拿了幅缎面绣喜鹊登枝的门帘交给了吴嬷嬷。

湘儿最近越发活泼，敢和季英英打趣：“娘子为何不送姑爷衣裳鞋袜？”

季英英一本正经地说道：“没量过他的尺寸怎么做啊？”

除了鞋，基本看上一眼，对方衣裳的大小心里就有了谱，大致差不到哪儿去。湘儿眨了眨眼睛：“原来娘子想给姑爷做鞋穿哪！”

季英英扬手欲打，湘儿已经转身往门外跑去。正巧绫儿掀帘子进来，差点儿撞上，绫儿瞪她道：“越发调皮！屋里炭不够了，去厨房找田嬷嬷提一筐来。”

湘儿脆生生地应了。绫儿进来，从衣袖里拿出叠成方胜的纸递给了季英英：“娘子，这是姑爷身边的伴当香油送来的。”

季英英拿过方胜拆开，里面什么都没有，只有一根粗线。她拎起来，一时没反应过来：“送根线来做什么？”

绫儿笑道：“娘子怎么没瞧出来？我猜这定是给姑爷量的鞋子尺寸。今晚赶赶工，明天应该来得及。”

他可真是……季英英又好气又好笑，将线扔进了笸箩道：“肯定不是鞋的尺寸。再说，熬夜做鞋，我可不干。”

这时，窗外响起了杨静渊的声音：“为什么？”

主仆二人吓了一跳，季英英快步走到窗前，推开了窗户，外面雪花飘扬，杨静渊的笑容分外灿烂。一身紫红色的箭袖长衫，俊朗得像株雪里红梅。他的肩头已经积了一层雪，显然在外面站了一会儿了，季英英禁不住恼了："大白天的你又翻墙做什么？外面的风是甜的？"

绫儿识趣地退出了房间。杨静渊也不进屋，笑嘻嘻地说道："如果听到你给我做鞋，外面的风肯定是甜的！"

"那你继续喝风去吧！"

季英英说着就要关窗。

"哎哎！"杨静渊扳住了窗户，抬起脚给季英英看，"我的鞋穿不了啦，你还没答应要给我做鞋呢。"

鹿皮靴身，下面的千层底麻线磨断了好些，鞋帮沾满了泥水。季英英禁不住问道："你不是骑马吗？怎么把鞋踩得这么脏？"

杨静渊撑着窗台笑眯眯地看着她："给我做一双嘛，明儿我就能穿！"

他脸上带着惫懒的笑，眼里隐隐染着红丝，像是一夜未睡。

季英英的目光看向他撑在窗台上的手，手指冻得发红，指节却是青色的，也不知道在外面站了多久。

她伸手去拂他肩上的雪，埋怨道："这是在外面站了多久？想要鞋说一声就好，我还能不给你做吗？"

杨静渊笑嘻嘻地说道："明天下定后，我就不能再见你了。"

过了文定，商量好婚期，亲事就定下来了。成亲前见面不吉利。

因为这个，他才翻墙站在窗外等着见她一面。

季英英愣愣地看着他，轻声骂道："傻不傻啊！"

杨静渊只是笑。

这一刻，天地间只有雪无声地落着，两人静静凝望。

"娘子，大奶奶来了！"绫儿和湘儿在外面一个报信，一个去扶张四娘，有意拖着时间。

杨静渊搓了搓手，感觉没那么凉了，伸手捏了捏她的脸颊，有点不舍："我走了。"

季英英往前倾着身子，第一次看杨静渊翻墙。他跃起的时候，像一只鹰，身姿轻盈，轻松地落在围墙上。他回过头看她，灿烂的笑容直达眼底，然后消失在围墙外。

她趴在窗口，雪花纷纷扬扬地飘落下来，季英英闭上了眼睛，记下了他站在雪里的俊朗面容。

“小姑。怎么开着窗？当心着凉！”两婢没拖多长时间，张四娘就掀了门帘进来，见季英英站在窗口，嘴里嗔怪着，赶紧上前将她拉了回来，往窗外睃了一眼，关了窗。

季英英笑着搀了她坐了：“嫂嫂怎么过来了？”

张四娘从自己的大丫头手里拿过一只匣子道：“都是我和我的丫头们做的。咱家人少，用不着这么多荷包、手帕，都给你，明儿杨家来下定，问清楚人数，不够的话，嫂嫂再帮你做。”

“谢谢嫂嫂。”

杨家人多，新媳妇过门送的礼也多，不外乎荷包、手帕、扇套一类的小玩意儿。季英英打开瞧了，感激地谢过了张四娘。

“今天雪下得大，等你哥哥回来，咱们晚上吃锅子。”张四娘并不久留，送了东西就带着丫头走了。

季英英送她出了门，拿了臂缚挽了袖：“湘儿把鞋底子找出来剪了，绫儿把箱子开了，我记得去年收了块鹿皮在箱里呢。”

两个丫头扑哧笑出了声来：“娘子是要做鞋吗？”

季英英脸不红心不跳地说道：“做鞋怎么了？今儿做不完，都不准睡觉！”说着她也笑了起来。

第二十七章

同病不相怜

季耀庭与季富一早赶了骡车进城送货，杨家在城里开着很多家绸缎庄，季耀庭避嫌，不肯卖到杨家，另选了刘记的布庄。

掌柜与他早就相识，季家今年冬天染出来的布料颜色花样都新鲜，销得极好。见他下了骡车，掌柜就迎到了门口：“赶紧帮着卸货去！”

季耀庭应了：“掌柜的，年前这是最后一批布了，有五十匹。”

掌柜请了他进店，亲自端了热茶来。

五十匹布全用油布包着，打开后干爽无比，没有半分受潮，整齐地码在柜台上。

掌柜清点了一下，赞叹不已：“年节时这种红底凸板印梅花茶花最好销。素靓蓝也染得好，是用的鹦哥蓝吧？这两匹绿……”他捧起一匹绿布细看。

染的是杨柳新发芽的嫩绿，染色均匀，托在手里被雪光一映，嫩得赏心悦目。

“好色！”掌柜一下子想到了春天，迫不及待地说道，“少坊主，这样的绿，我家布庄再订一百匹。过了二月二龙抬头，三月十五能交货吗？价钱好商量。”

季耀庭卖出所有的布，又接了一笔订单，爽快地点头道：“成，三月十五前，我给您送来。”

两人拟了合约，收了订钱，季耀庭就告辞了。

他刚走一会儿，一辆马车停在了布庄门口。玉缘扶着牛五娘下了车：“这家刘记就是大少奶奶娘家开的绸缎布庄。”

赵大郎的媳妇是织户刘家的闺女，牛五娘想在赵家立足，也做了番功课。借口进城办年货，带着人来了刘记布庄。

她不会织锦，但懂得识别布料好坏。牛五娘在店里坐着，掌柜和小二捧了布料来，她认真地看着，顺便和赵家铺子里的布料对比一番。

当那匹杨柳绿送到面前时，牛五娘眼睛一亮。

掌柜知道来者是赵家二少奶奶，和自家姑奶奶是妯娌，应酬得格外殷勤：“二少奶奶，这匹布的色染得透，染得正，就像是用绿色的线织出来的。虽然是细葛，但不比丝绸差，价钱还便宜。”

“这布不错，买十匹。”牛五娘心想，怪不得赵家二房一直觊觎着继任家主的位置，赵大奶奶娘家有这实力，的确是赵大郎的强助力。

掌柜笑道：“二少奶奶，这样的布店里只有两匹，还是今晨浣花染坊送来的。多的要等到明年三月中旬。染坊都关了好过年，过了二月二龙抬头，才开工印染。”

浣花染坊？牛五娘摩挲着布料，淡淡地笑了：“那就先拿着，等店里有了货，我再来买。”

等上了马车启程回去的时候，牛五娘吩咐玉缘：“将那两匹布送到夫人手里。我记得节度使夫人最爱明亮的绿色。这时节府里该做春衫了。”

玉缘嘱了人去送，坐在马车上陪牛五娘：“少奶奶这么做的用意是？”

“斗锦那晚在散花楼，节度使大人索要奇锦，赵家正赶工织就，怎么也不能便宜了浣花染坊。节度使贪婪，蜀地富饶，他怎么舍得不要这种上等的细葛？要，还会要很多才是。”隔着面纱，牛五娘清澈如水的眼瞳像撒进了一把金屑，闪闪发亮。

马车刚出城，外面的人远远瞧见杨静渊自三道堰而来，告知了牛五娘。

“少奶奶。”

玉缘欲劝，牛五娘已掀起了车帘。

寒风夹着雪吹来，她挺直了腰背，看着杨静渊带着伴当减了速，离自己越来越近。蜀中男子面容清秀者居多，牛五娘看上赵修缘，除了赵家是杨家的死对头，赵修缘清隽的容貌也是原因之一。然而每次见到杨静渊，牛五娘总会想起在牛家见到他驰骋在阳光下的模样，令她身不由己陷入了情网。她常咒骂他有什么了不起，然而人性如此，得不到的总是充满了神秘的诱惑，让她这一生都想与之纠缠，舍不得放手。

交错而过时，杨静渊连一眼都没瞧她，牛五娘偏要叫住他攀谈：“杨三郎。”

杨静渊在马上偏过头，淡然一笑：“赵二奶奶有事？”

他自三道堰来，定是去见季英英了。杨静渊骂她恼她，她都无所谓，但就是见不得他这种冷淡。见香油马鞍旁悬着两只笼子，上面盖着厚厚的毛毡，她不由得好奇：“杨家三少爷这是带的什么宝贝？”

问别的便也罢了，偏偏问起这个。杨三郎出乎意料地回答了她：“明天去季家下定礼，我特意跑了趟嘉州，捉了一对活雁。”

天寒雁南飞，他特意为了季英英南下嘉州，冒着风雪跑了一百来里路擒了一对活雁！

换了平时，他绝对不会搭理自己，现在就为了显摆这对活雁！活雁哪，赵家来牛家下定，送的也是一对活雁。赵家也显摆，特意说了，哪怕时间紧，也专程请人从嘉州长江边上捉了一对，却不是赵修缘奔波百里去捉的。

一样的雁，不一样的男人，牛五娘纯属给自己找不痛快，恨得心都疼了，又享受着这种感觉。似乎这样，她才觉得嫁给赵修缘有意义。

牛五娘挑衅地说道：“季二娘领你的情吗？从前她爱慕我家郎君，听说郎君与我定了亲，两天两夜水米未进，季家人都以为她活不下去了呢。”

“她如今活得好好的，以后嫁了我会活得更快活，就不劳赵二奶奶操心了。风雪甚大，不耽搁赵二奶奶回家与你夫君团聚，告辞。”杨静渊假假地笑着，拍马就走。

“现在活得好好的……将来，一定生不如死！”牛五娘放下帘子，打了个喷嚏。

玉缘急了，赶紧把暖炉塞进她手里焐着，倒了碗热姜茶给她：“少奶奶何必每次都和杨郎君斗嘴？”

牛五娘凄然地笑了：“谁说我只和他斗嘴来着？总有一天，我要让他弯下腰，承认他瞎了眼才拒绝娶我……这日子过得好生无趣，没点念想，可怎么过？”

玉缘低声说道：“您放心，奴婢会一直陪着您。”

牛五娘伸手从她脸颊上淡淡的伤痕处抚过：“再养些日子就好了。还好有你。”

玉缘激动地说道：“奴婢不会离开少奶奶的。”

杨家送定礼的队伍踏着漫天飞雪而来，三道堰的染坊、丝坊和织坊都差不多停了工。人们窝在家里避寒，听到唢呐锣鼓声，闲得无聊的百姓纷纷出来看热闹。

来下定的是杨家大郎杨静山的媳妇杨陈氏，自杨大老爷将家业交给杨静山后，除了杨石氏把持着中馈不放，杨陈氏实际上已经是杨家的当家太太。她育有两子，父母在堂，称得上全福之人，由她来替庶弟送定礼再合适不过。

马车停在季家大门口，吴嬷嬷亲自上前掀了车帘，扶了杨陈氏下车。

杨陈氏往四周看了一眼，狭窄的街巷仅容一辆马车经过，两扇不大的黑漆木门，围墙仅有一人多高，站在外面能望见里面的屋檐，的确是小户人家。

“大少奶奶脚下留心。”吴嬷嬷一只手虚扶着杨陈氏，笑着提醒她。

她周到又不谄媚的话语引起了杨陈氏的注意。她含笑点头，由着吴嬷嬷扶着自己进了门。瞅着吴嬷嬷行走间裙角不动的步姿，杨陈氏有些诧异，小门小户的仆妇能有这样的礼仪，堪比大家闺秀了。她又注意到季家虽然小，但从进门到脚下的甬道雪扫得干净，青石铺就的地面像被帕子擦拭过，干净清爽。这让杨陈氏暗暗松了一口气。

她与二弟妹于氏家境比不上杨家，但也是娇养着上过女学的。杨三郎受宠，她和于氏生怕季英英是小染坊家的娘子，与市井中人接触多了，染得一身市井习气，妯娌不好相处。见到吴嬷嬷的礼仪，又瞧着季家收拾得干净舒服，杨陈氏露出了几分真心的笑容。

大方识礼，出身又低，季二娘将来定会敬着自己这个做大嫂的。

她是晚辈，季英英得避嫌。李嬷嬷守在二门处替季氏迎了她：“雪天路不好走，难为大少奶奶辛苦坐车了。”

与吴嬷嬷一样，李嬷嬷也穿着浅青色的衣裙，梳着利落的圆髻，裙上一道褶皱都看不见，行走间，绸裙摩擦发出动听的沙沙声。

杨陈氏情不自禁地挺直了腰，进得厅堂，见到季氏的瞬间，她依然生出些许恍惚。

除了娶张四娘那天，季氏穿了身深红色的锦裙，戴上了出嫁时的头面，二十多年来，这是季氏头一次用心打扮。

娶媳妇时她可以低调，不令儿媳紧张。此时，她要为女儿长脸。姜黄色的抹胸，银红色的敞领大袍对襟宽袍，梳了抛家髻，髻上低垂着金饰与红宝石滴珠，眉眼娴静温柔，像从画里走出来的仕女。

季氏竟是如此年轻貌美，瞧着比自己还要小上几岁。杨陈氏心里喟叹，欠身行礼：“季太太安好。”

“大少奶奶一路辛苦。这是我的儿媳张氏。”

张四娘上前见礼，因着辈分，杨陈氏还了礼。张四娘也只有十六岁，她没想到小姑未来的大嫂和婆婆差不多年纪，跽坐在季氏身后就不敢说话了。

这是没办法的事。杨静渊是老幺儿，比杨静山小近二十岁，杨陈氏和柳姨娘的岁数差不多，三十多岁，可不是只比季氏小几岁来着。

她带了陈嬷嬷来，递了礼单给季氏，都是定礼中约定俗成的礼。如绸缎衣料六匹、金戒指两只、金耳环一副、烧春酒八担。考虑到季家的情况，比照娶陈氏和于氏时减了聘礼，有二十四抬。另外先前给的一千两聘金也写了进去。

季氏的目光从那一千两聘金上掠过，让李嬷嬷收了。

杨陈氏最主要的目的是和季家商议婚期，陈嬷嬷拿了张单子送到季氏手中，杨陈氏笑道："这上面的日子都是请人测过的吉日。太太的意思是我家三郎年纪不小了，最好在三四月选个日子把亲事办了。"

季氏早有准备，选定了四月十二这个日子。

事情顺利地办完，季家没有提出别的要求，杨陈氏暗暗松了一口气。一般送定礼的时候，总是两家人讨价还价的时候。不过，她看季家就两重院子，后面还有一重院落听说是染坊所在，杨陈氏觉得二十四抬嫁妆都有点为难季家。转念想到杨家先送的一千两金子，足够买十间季家这样的宅院，她就释然了。一千两金子哪，太太和丈夫都觉得值。如果不是三弟心仪季二娘，不过是娶个匠人回府罢了。

遗憾的是，季英英得避嫌不见，否则杨陈氏很想见她一面，不是因为三弟心仪于她，而是丈夫自从见过她绣的锦帕，就爱不释手。那方锦帕一直没有还给三弟，她去书房给丈夫送夜宵，有好几回都碰到他对着那方锦帕出神。如果不是庶弟要娶她，丈夫会不会想办法纳她为妾呢？像季氏一样温婉美貌……她情不自禁地想到了柳姨娘。太太那样的手腕，自从老爷纳了柳姨娘，足足有二十年未曾在正房住过。季英英嫁进杨家，要为杨家织锦出力，岂不是会常常和丈夫接触？她突然对季英英生出一丝排斥。

"大少奶奶。"

季氏的声音将杨陈氏从失神中拉了回来。

"可是不合大少奶奶的口味？"

杨陈氏赶紧摇头："季太太误会了，没想到季家的厨子手艺这么好。"

季氏笑了笑："这是当年韦仆射奉烧尾宴菜单中的一部分。"

"唐自中宗朝，大臣初拜官，例献食于天子，名曰烧尾。"韦巨源官拜尚书左仆射，制宴奉中宗皇帝。之后菜单流传开来，长安的豪门争相仿制。

田嬷嬷擅厨，会做这些菜，季氏一心想替女儿挣颜面，便安排了这桌宴席。

照理说，季家越是盛情，就越看重这门亲事。可杨陈氏却有些不快，杨家豪奢，她是杨家未来家主的妻子，被奉承惯了。此时没有认出烧尾宴的菜品，杨陈氏觉得很是丢脸，更觉得季家在向自己示威，她没用多少就搁了筷子。

“风雪太大，路上不好走，太太还在家中等候佳音，如此妾身便先告辞了。”

季氏分明有些错愕，却不便强留，起身令张四娘代为送客。

倚门望着杨陈氏一行人走远，季氏幽幽叹了一口气：“留仙，我似乎不该摆这桌烧尾宴款待杨家大少奶奶。”

留仙是李嬷嬷的名字，她安慰季氏道：“杨家几位少奶奶出身都比咱们家好，觉得季家该低头奉迎着，不承想太太您出身长安伯爵府。不过，杨三郎是庶子，等到杨大老爷百年后，定会分家单过的，太太莫要太过担心了。”

季氏蹙眉道：“我是担心英英的脾气。季家门户再低，日子过得再清寒，我也没有将她养出做小伏低的性子。”她轻叹道，“是我骨子里那点傲气作祟。拜英国公所惠，徐家怎么也是上了氏族谱的，是我低嫁连累一双儿女。”说着就落了泪。

近日常见季氏神情恍惚，伤春悲秋，晚上也时常于梦中惊醒，李嬷嬷暗暗担心季氏的身体，只能百般劝慰着。

季英英对杨家大少奶奶不愉离开的事情一无所知。

绫儿和湘儿叽叽喳喳地跑来告诉她探听到的消息。

“杨家大少奶奶长着一张团脸，瞧着和太太年纪差不多，笑起来很和善。”

“她穿着件绣梅花的石青底织锦袍子。那件披风是银貂皮制的，被雪光一映，像流水一般光滑。季嬷嬷说至少值三四千贯呢。”

“娘子，姑爷送了一对活雁来呢！活的！”

“有二十四抬聘礼呢！杨家好有钱！”

“娘子，娘子，打听到了，婚期定在四月十二呢！”

季英英被她俩吵得脑仁疼，干脆把二婢推了出去，关上了房门。这时，她情不自禁地推开了窗户，窗外雪花还在飘着，杨静渊仿佛站在她面前，抬起脚给她看鞋：“我的鞋穿不了啦，你还没答应要给我做鞋呢。”

鞋底磨薄了，沾满了泥浆。他眼里隐隐泛着红丝，是赶着去南面温暖的地方捉活雁去了。季英英小声地说道：“傻不傻啊！”

连夜赶制的鹿皮靴已经随回礼送走了。想到他说今天就可以穿，季英英忍不住笑了起来。她忙了一宵和两个丫头把鞋做好，这时趴在窗前看雪，竟不知不觉地睡了过去。

等到二婢敲门说杨陈氏已经离开，太太请她去看礼单，季英英才惊醒。这时，她打了个寒战，头也有点沉。她心里暗叫不好，赶紧把窗户关了。

看过礼单，听着母亲耐心地给她说大宅门里的事，季英英的脑袋一点点往下啄。季氏以为她害羞脸红，没有在意。晚饭摆上桌，季英英站起身，眼皮耷拉着，一点胃口都没有。李嬷嬷伸手一摸，就叫了起来："太太，得请郎中，小娘子在发热呢。"

季英英勉强笑了笑道："娘，昨晚赶着做鞋，可能累着了。我回去喝碗姜汤捂身汗就好了。"

叫丫头送了她回房，季氏又焦心起来。

季家的动静一直落在赵修缘眼里，他再一次上了藤园的二楼，居高临下地瞧着一街之隔季家门外的热闹。

所有的担忧都成了现实。

他不是不知道自己在听到祖父定了牛五娘时心里的难受，全益州府，谁不知道牛副都督的女儿脸上落了斑，貌如无盐。

为了赵家，为了权势，他只能选择与牛家结亲。

他是那样舍不得、放不下季英英。因为他的选择，他知道她必然会离他而去。他盼着她不计名分留在他身边，却是一丝奢望。

斗锦那天，他并不想那样待她。他就是见不得她放手得那样云淡风轻。杨静渊的出现就像是给了他一个理由，让他借此宣泄他的苦闷与不满。

如果她没有把那方锦帕给杨静渊该有多好。她也给了他一个理由，让他觉得自己用手段将她留在身边是那样理直气壮。

一步又一步，她离他越来越远。杨家来下定，她真的要嫁给杨静渊了。

"你说，让我如何相信你没有出卖我、背叛我？"赵修缘喃喃出声。

他素来冷静，自从娶了牛五娘，他觉得自己也变成了一个怪物。"她是个怪物！"赵修缘饮下一口酒，炽热的酒滑过喉咙，心里烧起了一片大火，"她不是脸丑。她像一只黑猫，走在黑夜里的猫，那双眼睛令人害怕。如果我有权势，我会锁了碧水园，今生今世都不会再踏进去半步。

"她是个疯子。不管我怎么激怒她，她都没有丝毫动容。英英，我不想碰别的女人，我也不想纳妾，我对她们没有半点兴趣。

“她们不是你，不是那个递了竹簸箕给我，教我怎么捞河虾的季英英。”

他眼里涌出淡淡的水光。童年时期，因为他是赵家娇贵的郎君，三道堰小户人家的孩子一起疯玩，谁也不肯叫他。他们穿着葛布，他穿着锦衣；他们的手可以捏泥巴、捞河沙，他的手只摸过华丽灿烂的丝。

是她带着他玩，他甚至学会了爬到树上摘野桑葚，她的奇思妙想将绚丽的色彩引进了他的世界，他的锦因她而活。

“英英，如果我后悔向你认错，你可不可以不要嫁给杨三郎？”

赵修缘抱着酒瓶，把头埋进了臂弯里。

他知道他做错了。他没有了理智，只想疯狂地把她留在自己身边，做他的妻也好，妾也罢，奴婢也行，只要她能俏生生地站在他面前，属于他。

酒劲上头，他低声笑了：“赵修缘，你真是没出息。错了又如何？把杨家斗垮了，把她夺回来不就好了？

“祖父说过，当家主的人要杀伐果断。我不要良心，不要做好人，我只要权势……一个牛五娘，一个丑女人，仗着她爹是都督，就在赵家为所欲为。我有了权势，我想要你，你就只能乖乖过来，多好。”

他瘫倒在地上，酒瓶骨碌碌滚得远了。

“锦王，明年牛家还能为赵家保住锦王吗？我娶牛五娘，就换来赵家一个锦王，呵呵。”他闭上了眼睛，偏过头，一滴泪滑落下来。

他喜欢躺在这里。这是属于他一个人的地方，他和季英英的家。

“郎君，郎君，碧水园出事了。”

赵修缘没有应声。出什么事了？“出事找太太去！”

听到他大着舌头不耐烦地回答，赵平无奈得很：“二少奶奶受了风寒，发起热来。太太嘱人去请郎中。她的婆子丫头闹腾不休，道要去城里请郎中来，太太请郎君去碧水园看看。”

“不去！谁管得了她的死活，滚！”

赵平不敢多说，匆匆出去了。

牛五娘仿佛又回到了小时候，那时候出豌豆疮也是这样的热，坠入火窟，遍体烧灼。

“我的脸！我的脸！”她疯狂地呓语着，手胡乱挥动着，“奶娘，绑着我的手，别让我挠破了脸！”

奶娘握住了她的手哭了起来：“娘子的脸好好的，好好的，没有挠破。”

牛五娘嘟囔着没有挠破，又陷入了沉睡中。

玉缘从城里请来了仁和堂的郎中。睡到夜幕降临，牛五娘醒了，她睁开眼睛，看到粉红色的纱帐，记忆一点点清晰起来。她在赵家，嫁进了赵家。她的两颊落了斑，永远不能消退的难看的斑。

“少奶奶醒了？”玉缘很高兴，扶起她喂了半盏水，突然想起来，“说件喜事给您听，我去城里请郎中时，正好碰上季家的人请了三道堰的郎中。听说季二娘伤了风，发起高热来。菩萨保佑，她最好烧成个白痴。”

“呵呵。”牛五娘果然开心起来。她受寒生病，没想到季英英也病了呀，真是令人高兴的事。

玉缘迟疑了一下道：“少奶奶，照理说，两家过了文定，定了婚期，就不该再见面了是吧？”

牛五娘嗯了一声，眼神突然变了：“你还看到什么了？”

玉缘低下了头：“我去请郎中的时候碰到了杨三郎和桑十四郎。杨三郎道‘大雪天敞着车帘硬要拦着我说话，病了也活该’，奴婢不忿，就说‘今天杨家去季家下定礼，季二娘就病得人事不省，大概是不想嫁了吧’。”

牛五娘攥紧了床单，喘着气道：“他就赶了来是不是？是不是？！”

“少奶奶，您别生气。”玉缘给她抚着胸顺气，劝道，“奴婢不是想说来气您，而是想着，他跑来见季二娘，亲事一定会沾上晦气。奴婢以为娘子听了会高兴。”

“郎君来过了吗？”牛五娘闭上了眼睛，室内一片寂静。赵修缘怎么会关心她的死活呢？牛五娘胸膛剧烈起伏，强烈的对比让她将杨静渊和季英英恨到了骨头里：“我不会让你们好过的，不会！”

桑十四郎追着杨静渊出了城，迎面的雪花与寒风将他吹得张不开嘴。直奔出城十里，杨静渊才放慢了速度，扭头说道：“你跟来做什么？”

“你个蠢货！”桑十四郎恼火得张口就骂，他纵马上前，扯住了杨静渊所骑之马的缰绳，“三郎，你有脑子没啊？定了亲是不能见面的。你赶到季家去，季太太和季大郎也不肯让你见她的。”

“你才蠢！”杨静渊没好气地说道，“我岂会不知？我是去青城找师父。反正要告诉他老人家我定亲的事，顺便拐他两副强身健体的补药送去季家。”

原来是这样啊，桑十四郎笑眯眯地松了手：“那你去呗。大冷的天，我还是煮酒赏雪来得痛快。”

香油也跟了上来，苦苦哀求道：“郎君，小人去三道堰替您打听消息可好？说好只是出府一会儿，要回府用饭的。老爷和太太今天高兴，您缺席不到，太太会扒了小人的皮！”

桑十四郎大笑：“三郎，你今天不回府用饭，当心杨大太太骂你嫁出去的儿子泼出去的水！养不家！”

这话引得杨静渊怒目而视。大嫂回来时没说过季英英生病，昨天见她也还好好的，怎么几个时辰后就病倒了？季家该不会又出什么事了吧？难道是赵修缘听说她和自己定亲，又起什么幺蛾子了？杨静渊心里七上八下的，着实不安。

香油死死抓住了缰绳，都快哭出来了：“郎君，您先回府用饭吧。小人先去打听。实在不行，您用过饭再去可好？”

这倒是个主意。杨静渊权衡了一下，不甘心地掉转马头：“香油，你去季家瞧瞧。”

回到家，正堂里已摆好了席面，今天多了两桌，二房和三房的人都来了，煞是热闹。杨静渊心头一悸，情不自禁地去找柳姨娘。

与往天不一样，今天，柳姨娘穿了一身粉色的大袖衫，拘谨地在女眷那桌坐了末席。站在杨石氏身后侍候的是她的大丫头雪青。

杨静渊顿时松了一口气。以往家里团聚用饭，柳姨娘站着侍候太太便罢了，今天是他定亲，她好歹是自己的生母，家人庆贺，再让她站着侍候，杨静渊会受不了。他感激地看了杨石氏一眼，上前请了安。

杨邹氏笑得像是她儿子定亲似的，抢在杨石氏开口前说道：“三郎，听说你大嫂顺利抬了定礼去，吉日也定下了。二婶和三婶都是瞧着你长大的，合计着要给你道声喜，就不请自来了。嫂嫂待三郎如同己出，瞧这席面，不晓得的还以为是过年呢。我家四郎明年也选个好日子定亲，也借着过节的喜庆阖家庆贺一番。”

前半句好听，后半句又暴露出杨邹氏掐尖要强的性子。

她话里的意思很明白——不过是个庶子，全家人为一个庶子定亲庆贺真不像话。定亲又不是成亲，大房摆的席面也太好了。

坐在末席的柳姨娘不安地动了动，眼皮都不敢抬起来。满桌正房太太，就她一个姨娘，说的还是自己的儿子。她有点坐不住了。

杨石氏就知道杨邹氏嘴里吐不出象牙。大房想替三郎庆贺，二房、三房不请自来，反而怪为了一个庶子大肆操办。她淡淡说道：“三郎，你大嫂冒着风雪替你送定礼请期，今儿你别忘了敬你大嫂一杯。”

直接无视了杨邹氏的话。

杨静渊顺势团团一揖："多谢两位伯娘关心，辛苦大嫂了。"

杨陈氏含笑点头："这是嫂子应该做的。"

他行完礼赶紧抽身，杨邹氏嘴碎掐尖要强，自有母亲对付她。

杨大老爷和两个兄弟坐了上首，成年的晚辈坐了下首，杨静渊行过礼入了席。杨大老爷举了筷子，场面就开始热闹起来。

小儿子定了亲，杨大老爷老怀大慰，扬言今晚不拘着晚辈，酒随意畅饮。杨家兄弟闹腾起来，围着杨静渊敬酒。杨四郎半点也不羡慕他，容貌姣好的小娘子多的是，他才不会娶一个小染坊出身的妻子。庶子连娶媳妇家世都矮嫡子一头，他搞不明白杨静渊有什么可高兴的。

"三叔，我也敬您，给您道喜了！"

要敬杨静渊的是杨静山的大儿子杨澄玉，十三岁的男孩举着茶杯，说话和姿态像缩小版的杨静山，逗得杨静渊哈哈大笑："好，三叔谢过玉郎了。等到玉郎定亲，三叔就能和你一起饮酒了。"

杨澄玉一本正经地说道："好，等我定了亲，就和三叔一起饮酒。"

杨静渊忍不住逗他："玉郎想定亲了？"

杨澄玉眨巴着眼睛道："这得问我爹。"

众人哄堂大笑。

"臭小子，回去照顾弟弟们去，起什么哄！"杨静山笑骂了一句，眼里掩饰不住对儿子的喜爱。

杨二老爷坐在兄长身边，见他须发皆白，脸上皱纹如褶子一般。再看大郎杨静山，髭须修剪得整整齐齐，拇指间戴着一枚白玉扳指，风度翩翩，正值壮年。大侄子只比自己小十岁，大侄孙过不了几年就醒事了。杨家嫡长房一代传一代，代代都有能继承家业的人才。如今还是长房的杨二老爷，再过一代，就成了二房的杨老爷。他想起了晟郎君的话，对家主的期待、对权势的炽热终于淹没了他的理智。

"……宫里头传出来一道酿酒方子，是龙虎山仙长亲自为圣上配的，据说可以强身健体，返老还童，小弟买了几坛，回头给您送来。"

没有人不渴望年轻，杨大老爷远远看了一眼低头陪坐在末座的柳姨娘，点了点头。

杨二老爷夹杂在喧嚣声里的话语仍被杨静渊听到了，他不以为然地撇了撇嘴。药酒强身健体，他相信；除非父亲和他师父一样，常年修行，以气补身，能老当益壮就不错了，返老还童他是不信的。

他并没把这事放在心上。

宴席过后，夜已深了，二房、三房相继离开。杨大老爷被大儿子扶着，借着酒意指着杨静渊道："上阵父子兵，打虎亲兄弟。大郎，三郎快成家了，是大男人了。你好好教教他生意经，叫三郎和二郎成为你的左膀右臂。三郎，三郎！"

杨静渊正站在回廊外听香油回禀。知道季英英只是受了凉，杨静渊就放心了。他听到父亲叫自己，匆匆回了大厅。

杨大老爷一把扭住他的脸揉搓着："爹的三郎小乖乖要娶媳妇了！"

满屋子的人都听傻了，强忍着不敢笑出声来。

杨静渊有点尴尬，扶住了他的手："爹，您醉了，早些歇着吧。"

杨石氏看着外面纷纷扬扬的雪花，上前道："老爷，夜里风寒，吃过热酒最怕伤风。妾身给您收拾屋子，就在正房歇了吧。"

杨大老爷摆手："这里歇不习惯。绿盈你过来，与我一道回去！"

柳姨娘的脸臊得通红，头埋到了胸口不敢抬起来，走过去扶住了他。

"好，就依老爷。"杨石氏抿嘴笑道，"暖轿来了吗？小心服侍老爷回去，轿帘捂紧了，别透了风。"

杨静渊和柳姨娘扶着杨大老爷上了轿，柳姨娘声如蚊蚋："侍候太太去，老爷这儿有我。"杨静渊松了手，默默地目送着柳姨娘陪着暖轿离开。

他转过身，两位兄长与嫂嫂带着侄儿侄女围在嫡母身边，瞬间他觉得远去的柳姨娘和父亲是一体的，嫡母与兄长嫂子们是一体的，唯有站在廊下的自己是孤单的一个人。不，他不会是一个人，再过几个月，他还有她。杨静渊脸上露出笑容，上前向杨石氏道谢："今天辛苦母亲了。"

"我的儿终于长大成人要成亲了。母亲不辛苦，早点回去歇了吧。"杨石氏笑着拍了拍他的手，感慨万千。

大郎与二郎也携妻带子告辞而去。

热闹与喧嚣渐被寒风吹散，正堂灯火通明，越发显得孤寂。

杨石氏站在门口，望着飘落的雪花静默着。

雪青抱着狐皮披风给她披好，将一个镶银镂雕的暖炉放进了她手里，温言劝道："太太，门口风大，当心冻着。"

杨石氏没有说话。

陈嬷嬷给雪青使了个眼色，让她退下，亲自上前劝道："太太，回屋吧。"

杨石氏深深吸了一口气道：“我心里有数。”

陈嬷嬷没有再劝，陪着她站着。

“三郎比大郎小近二十岁，比二郎小十几岁，眼瞅着大郎、二郎成家生子，我的二娘也远嫁到了长安，好在有三郎在我身边。小时候粉雕玉琢似的，打心眼儿里就惹人疼，转眼三郎也要成亲了。”杨石氏突然感叹出声。

陈嬷嬷附和道：“三郎君孝顺，娶了媳妇也不会忘了太太的养育之恩。”

“老爷太疼爱他了，胜过疼爱大郎和二郎。”

陈嬷嬷知晓是大老爷酒醉后的话惹得太太不高兴了，三郎再养在膝下，也不是自己的亲骨肉。她温言劝道：“皇帝疼长子，百姓爱幺儿。民间俚语就是这么讲的。老爷再疼三郎君，他也是个庶子。老爷心里明白着呢，太太莫要多思了。”

也许吧。大度了二十年，她也有拈酸吃醋小心眼儿的时候。杨石氏自嘲地想，自己都是老太婆了，还想那些有的没的做什么呢？

她已经养成不愿他人瞧出自己心思的习惯。杨石氏不愿多说，转过身缓步走向后堂：“厅里的灯都熄了吧，点得太亮，瞅着空落落的。”

香油缩在墙根下，鼻子冻得通红，他拿着羊皮酒囊往嘴里灌着酒，低声嘟囔道：“见面不吉利……都说了只是伤风受寒，瞧着窗户就能把季娘子的病瞧好了？哄鬼去吧。”

屋里一直点着灯，杨静渊靠着围墙站着，静静地望着被窗户框起来的温暖。此时，他的酒意早被冬天的寒风吹得散了。他拢紧了身上的黑色狐裘，多亏穿了大哥的这件裘衣，不然抵不住晚上的寒风。

他不是傻子，更不是聋子，父亲借着酒劲对大哥说话时，他一猫腰就出了厅堂，站在了回廊里。

父亲心疼他，希望他和两位兄长一样能为杨家的锦业出力。在父亲眼中，不分嫡子和庶子，都是他的亲儿子。父亲醉了，忘记了嫡庶之分，触了嫡母的逆鳞。他只能悄悄离开，不在场接话。

从小被养在嫡母身边，对亲娘是剪不断的血脉之情，席间，他总会有意无意看上柳姨娘一眼。头一次坐了席，她就没动几下筷子，一餐几乎无话。

真让他心酸。

就算有父亲的宠爱，柳姨娘也是无根的浮萍。除非他将来能做一棵树，等父亲百年后，能为姨娘遮风挡雨。

他翻墙进来，见到窗户透出的灯光，心就安静了。等到心安静下来了，他又想知道她是否睡得安稳、是否好一点了。

前头长街上更夫的竹梆声隐隐传来，竹梆连续敲了三下，三更天了。他搓了搓手，从袖中拿出一枝蜡梅。这是他出府时折的，也许明天、后天，她大好了开窗时，会知道他来过。

杨静渊悄悄走过去，将蜡梅摆在了窗台上。

这时，他听到屋里有了声音。

季英英不是娇惯长大的女子，身体底子好，饮过汤药捂着被子睡了一觉，半夜时退了热，人也醒了。

趴在床边打盹儿的湘儿被她推了一把，迷糊地发现季英英醒了，伸手摸了摸她的额，高兴起来：“娘子退热啦。”

“水。”

饮了两盏温水，季英英舒服多了。她靠着床榻坐了起来：“什么时辰了？”

湘儿看了一眼漏刻：“子时两刻。娘子从酉时睡到现在，睡得真香。”

“傻瓜，那是因为药汤安神。这会儿倒睡不着了。把笸箩拿来，我们绕会儿线说说话，等倦了再睡。”

丝线是扎成束的，用的时候最好绕在木轱辘上。湘儿应了，起身去绣房拿笸箩。

杨静渊没忍住，低声喊了她一声：“英英。”

季英英以为自己听错了，可声音明明是杨静渊的。她试探地喊了他一声：“杨三郎？”

“你别起身，我就是来看看。”

屋里灯亮着，看不见外面的情形，季英英噗地吹熄了灯。

雪光将他的身影映在窗户上，模糊地晃动着。

这世上有很多女人的爱都是因为被感动而产生的。季英英鼻腔蓦然涌出一股酸胀，她掀开被子下了榻，走到了窗边：“外面冷，你跑来做什么？快回去呀。我又不是纸糊的，只是染上小风寒罢了。”

杨静渊听到她的声音就在面前，迟疑地说道：“都说成亲前见面不吉利。你别开窗，回去躺着，我这就走了。”

可她想见他啊。“我偏不信邪！”季英英说着一把拉开了窗，吓了杨静渊一跳。他条件反射般从窗口一跃而入，顺手将窗户推了回去，张开了狐裘将她拥在了怀里。

力有点大，窗户碰撞在一起发出砰的一声。

这时，湘儿正好端了笸箩进来，屋里灯已熄了，她急道：“娘子，可是窗户没有关紧吹熄了灯？您捂好被子，别再被风吹着了。”

她护着手里的油灯进了屋，径直走到了窗边：“插销松了，怪不得被风吹得作响。”

杨静渊在听到湘儿脚步声的一刹那就抱着季英英跳上了榻，放下了帐子。

好在冬天的床帘厚，床榻宽大，湘儿丝毫没有发现里面多了一个人。季英英又羞又怕，声音都是颤的：“湘儿，你关好窗户就出去吧，别在屋里值夜了。我也倦了。”

湘儿不肯：“绫儿姐姐吩咐过，娘子病还没好呢，奴婢就在榻旁打地铺，娘子有什么事叫奴婢一声就好。”

季英英急了：“地上凉。”

湘儿笑道：“有褥子呢，奴婢不怕！”说着就抱着褥子铺在了榻前的地板上，噗地吹熄了灯。

杨静渊和季英英互相瞪着对方，一时间都傻眼了。

雪光透过窗户纸照进来，屋里有了淡淡的光。杨静渊的眼睛像星子一样闪亮，终于又露出他的纨绔样儿，脸上写满了“我无所谓，你想不出办法我就要睡了”的表情。

若是被湘儿发现，也能让她闭嘴不说此事。可丢脸的是自己呀！还没成亲就和他躺在一张榻上，像什么样子？季英英又急又气，狠狠地去掐他的胳膊。

她一着急，气息不顺，竟咳嗽起来。

杨静渊也不逗她了，轻轻拍着她的背给她顺气。

湘儿迷迷糊糊听到了咳嗽声，一激灵清醒过来：“娘子，您怎么咳起来了？奴婢给您端水来！”

“不要！”湘儿端水就要点灯掀帐子。季英英急出一身透汗，中气十足地吼道。

“娘子，您是不是睡不着？奴婢拿了笸箩来，陪您绕丝线可好？等您倦了再睡。奴婢不困的。”湘儿以为季英英心疼她，不忍心让她陪着熬夜，心里感激得很，越发殷勤起来。

季英英欲哭无泪。她忍住想捶床的冲动，深呼吸道：“别起来了，睡吧。”

“哦。”湘儿始终不踏实，躺回去后，轻声说道，“娘子，您睡不着，奴婢陪您说会儿话可好？”

这丫头可真是急死人了！季英英一急之下想不到办法，扭头一看，杨静渊侧着身体撑着下颌，望着自己闷笑。气得她直瞪他，无声地张嘴说道：“想办法呀！”

她生气着急的时候，眉毛、眼睛、嘴巴都在动，表情异常丰富。散开的头发长长地铺在肩头，衬着白色的中衣像一匹上等的黑绸。她侧着身体瞪他，腰线玲珑。帐子里的空气中飘荡着她常用的桃花粉香，杨静渊费了很大的劲才让目光从她腰间离开。担心季英英冻着，屋里摆了三个炭盆。此时杨静渊已感觉到鬓角渗出了汗，他脱下了狐裘盖在了她肩上。

“娘子起来了？”湘儿侧过身，隐约看到帐子里有人起身。

“没有呢！”季英英吓得翻身将杨静渊扑倒在榻上。隔着毛茸茸的狐裘，杨静渊胸膛颤抖着，忍笑忍得辛苦。这时，她脑中突然灵光一闪，终于想出了主意：“湘儿，我没吃晚饭呢，肚子饿了。”

湘儿骨碌爬了起来，边披外裳边道：“娘子有胃口，病就好了大半啦。田嬷嬷特意煨了鲫鱼粥，是大郎君叮嘱田嬷嬷熬的，说是听姑爷说过，喝新鲜的鲫鱼粥出身透汗，病好得可快了！大冬天的买不到鱼，朱郎君知道了，亲自下河去捞了两条。做好了就热在茶房的炉子上，怕您醒了想吃。奴婢这就端去。”

油灯点燃，屋里多了一团朦胧的光，接着湘儿又点了一盏灯，端着出了房门。

听到房门关上的吱呀声，季英英终于松了一口气：“赶紧走呀。”

不等她撑着坐起，腰身一紧，杨静渊隔着裘衣抱住了她。

“作死啊！茶水房就在隔壁呢！”屋里还点了灯，湘儿一回来就会掀帘子服侍她吃粥。季英英用手推搡着他，真的想求他了：“再不走就来不及了。杨静渊，你怎么这么无赖？”

杨静渊小声说道：“晚上喝粥容易积食。”

季英英只想快点让他走，连连点头：“知道了，你快走啊。”

“师父还没给我取表字，叫我三郎可好？”杨静渊拢紧了胳膊，舍不得放手。

他固执地望着她，仿佛天塌下来都没有听她喊一声自己来得重要。季英英张了张嘴，突然之间就喊不出口了，脸又烫了起来。

“湘儿快回来了。”杨静渊听着湘儿的脚步声由远而近，忍不住催她。

“三，三，三……”

他越是这样，季英英越叫不出口，结结巴巴半天没有叫全，又羞又恼的样子和平时泼辣的模样判若两人。杨静渊扑哧一声笑了，翻身将季英英放在榻上，飞快地在她脸颊上亲了一口："盖好被子睡。记得，晚上别喝粥了。"

他捞起裘衣推开窗跳了出去。

刚把窗户关上，湘儿就端着托盘走了进来。

窗户的插销在里面，被风一吹，又开了一条缝。

湘儿放下托盘，感觉到屋里有风，走到窗边一看，心里有些奇怪："我明明闩了插销，怎么又开了？"

季英英掀起帘子拥着被子坐起了身："定是你忘了。"

"可能吧。"湘儿也没在意，闩好了插销。她拿了块布衣搭在季英英脖子上，又担心起来："娘子，您的脸怎么这么红？不会又发热了吧？"

季英英摸了摸自己的脸，热热的，烫手。她若无其事地说道："屋里炭盆多了，又关着窗户，许是闷着了，移一个出去吧。"

也许是活动了一下清醒了，湘儿的话格外多："多亏了朱郎君呢，他的朋友多，硬是有人下河捞到了鲫鱼。田嬷嬷手艺好，熬得可香。"

她喝碗粥就能积食？想到杨静渊的话，季英英脑中灵光闪过，把脸埋在被子里咯咯笑了起来。

湘儿舀了一碗粥端过来，好奇地问道："娘子想起什么有趣的事了，笑得这么开心？"

也不知道杨静渊走了没有。季英英接过粥碗，吃了一勺，大声夸奖："好香！真好吃！我要吃两碗！"

杨静渊正抱着狐裘坐在窗户下，听见季英英的话，不由得撇了撇嘴，猫着腰蹿到围墙旁，轻松地翻了出去。

香油抱着空的羊皮酒囊冻得瑟瑟发抖，看到杨静渊，便哆嗦着扶着墙站起来："郎、郎君，你再晚、晚点来，小人就冻、冻成……油膏了。"

"出息，叫你每天随我练拳，你偏要偷懒。"杨静渊将他拎了过来，把狐裘往他身上一裹，将他扶上了马，"走，借宿去。"

"这么晚了，上哪儿借宿啊？"见他把狐裘让给自己裹着，香油感动得直吸鼻子。

"我记得出府荣养的老管家好像就住在这附近。我应该能找到他家。"杨静渊半真半假地说道。

他这么一说，香油想起来了："对对，我就是老管家买进府的。他就住在前面不远，后门外有棵老黄桷树。"

杨静渊笑了笑，催马前行。

第二十八章

面具下的心

季英英饱饱睡了一觉起来，浑身轻松。她睁开眼睛，雪地将窗户纸映得雪白耀眼。她坐起身，想起了昨晚的事，忍不住想笑。

“娘子，可好些了？”绫儿挂起帐子，见季英英面带笑容，两颊透着粉嫩，高兴地说道，“娘子瞧着比昨天气色好多了。”

“嗯，再养一天保管就痊愈了。把我的厚披风找出来，我和母亲一起用早饭，免得她担心。”

季英英起了身，心里有股冲动，她又推开了窗户：“我看看雪停了没。”

“娘子，雪停啦。不过您开窗透透气就好，别又受了凉。”绫儿整理着床铺答道。

她不是想看雪霁后的晴空呀。季英英也不想病情反复，只开了半扇窗户。冬天淡淡的阳光铺在屋后的雪地上，一枝蜡梅插在雪中，黄绸般的花瓣将阳光全聚在了花枝上，一缕幽香若有若无地被风吹了进来。

季英英痴痴地看了一会儿，轻轻将窗户关上。

回定礼时给他做了一双鹿皮靴，她用石青缎子镶了靴口，挑了黄色的线各绣了一枝蜡梅做装饰。他是在告诉她，他穿上她做的鞋了。

“娘子，有什么高兴的事吗？”

季英英煞有其事地点头：“昨晚的鲫鱼粥很好吃。”

绫儿给她系好披风的带子，塞了个暖手炉给她抱着，陪着她出了门。路上忍不住犯了愁："娘子，昨天的鱼是朱家郎君送来的。天太冷，好不容易得了两条，都熬了粥。今儿想吃的话，得去市场碰运气，看有没有人卖鱼。"

"我今天不想吃了。"她只是想起杨静渊找的蹩脚借口就想笑罢了。

到了正房，遇到季耀庭和张四娘早早起来给季氏请安，见季英英满面笑容，双眼有神，都松了一口气："怎么不多在屋里躺着，好利索了再出门？"

季英英上前挽了张四娘的胳膊，笑道："我这不是好得差不多了嘛，让母亲瞧一眼，她也安心。"

三人进了屋，季氏果然高兴，吩咐厨房把季英英的早饭端过来一起吃。

快过年了，铺子要歇业盘账，用过饭，季耀庭就去了铺子上，季英英和张四娘就陪着季氏说话。

一盏茶的工夫不到，季耀庭又回来了。

"出了什么事？"这段时间发生的事情太多，季氏立时就警觉起来。

季耀庭赶紧说道："没事，也不是没事……"

吞吞吐吐得让人越发怀疑。

"哥，究竟出什么事了？"

季耀庭看了她一眼，深吸了一口气道："我回来是想给四娘说一声，吩咐厨房，咱们家今天……全家几十口人都喝鱼汤、吃鱼粥。"

三个女人面面相觑，好奇地望着他。

季耀庭两手一摊，皮笑肉不笑地说道："咱家的好姑爷像生怕咱家的二娘子吃不到新鲜鲫鱼熬的粥，一早送了两担来。"

"两担？！"季氏和季英英同时问道。

"两担！"

季耀庭加重了语气，似笑非笑地望着妹妹说道："杨静渊那小子消息够灵通啊！昨儿朱二郎请朋友给咱们捞了两条鱼，他今天就送了两担过来。香油说，他家郎君昨晚梦到有人对他说，想吃鲫鱼粥，于是一大早就寻了渔民去捞，说咱们家二娘子想吃多少碗鱼粥他都管够！"

"谁给他托梦了？我又不是猪，要吃两担鲜鱼熬粥！"季英英被自家哥哥盯得浑身不自在。想到昨晚和杨静渊躺在同一张榻前，顿时臊得带了绫儿匆匆跑回房了。

这天，季家上下几十口人，奶白色的鱼汤管饱，撒了姜丝和嫩绿香葱的鱼粥管够，田嬷嬷还指挥着厨房的仆妇炸了几盘子鱼排。

第二天，香油又跑来送鱼，依然是两担，足有百斤，吓了季耀庭一跳，最后只收了十斤，别的让季富拿去分给了街坊四邻。再三谢过杨静渊后，见香油仍磨蹭着不肯走，季耀庭明白了，两人不能见面，这是想讨妹妹一个回信。

他让香油在前厅等着，奔去后院告诉了妹妹。

季英英想了想，拿起笔描了幅画，叠好请哥哥转交。

“画的是什么？”季耀庭好奇得很。

季英英就不告诉他：“你管不着。”

香油兴冲冲地讨了回信骑马回去了。

雪白的竹纸上，淡墨勾出一个男子，箭袖长衫，神情倨傲自得。一手负在身后，一手挥动，身旁一大桌鸡鸭鱼肉堆积如山。

如果不是发髻的金丝笼帽被她画成了一只金元宝的话，杨静渊一定很欣赏。他的手指在纸上角“人傻钱多，随便吃”这句话上敲了又敲，愤愤不平：“谁傻啊？”

香油没看到画的是什么，为难地说道：“郎君，季大郎今天只收了十斤鱼，别的都分给了街坊邻居，请您别再送去了。”

“朱二郎不送，我就不送。”杨静渊嘴角翘了翘，在屋里转悠了一圈，又问香油，“她就没说好不好吃？”

香油苦着脸道：“郎君，小人没见到季二娘啊。”

“那见到了不就可以问她了？”杨静渊摸着下巴思索道。

香油张大了嘴巴，脸愁得都要拧出水来了。

杨静渊奇怪道：“你这是什么表情？”

香油咧嘴干巴巴地笑：“小人赞同郎君的话。”

“你也觉得可以亲口去问她？”杨静渊搓着手，目光直往窗户外瞅。

您这是盼着天黑又要去翻墙哪？香油腿一软跪坐在他身前，斩钉截铁地说道：“郎君，见一次就可以了，见多了真的不吉利呀！这次就算郎君打死小人，小人也要拦着郎君，不让郎君半夜溜出府去！”

真的会不吉利吗？杨静渊弯下腰和香油对视。

香油瞪直了眼睛，笑话，他真不想再冻成油膏了！绝不退缩！

杨静渊直起身，蔫蔫地说道：“算了，我忍了。”

天灵灵，地灵灵，菩萨保佑……香油正为躲过一劫而暗自庆幸，就听到自家郎君愤然说道：“不领情就算了，骂我人傻钱多！我一定要当面问个清楚！”

香油嘶地倒吸了一口凉气，心顿时凉了半截。他反应超快，马上说道：“对，郎君一定要当面问个清楚，好心当成了驴肝肺怎么可以！小人就留在府里，太太发现郎君夜里出府，也方便给太太回话。”

“也好！就说我去找桑十四郎喝酒去了。”

话音才落，门口就响起桑十四郎的声音：“呀，你怎么知道我想寻你喝酒？”

快过年了，绝大多数商铺都封了账关门歇业，杨静渊和桑十四郎寻了好几处熟悉的酒楼，但都已经歇业，最终在巷子里找到一个破旧的小酒馆。

大概是家里窘迫，夫妻二人没有关铺。看到两位锦衣华服的郎君前来，老板娘筛酒的手都哆嗦起来。

桑十四郎却甚是满意此处的偏僻简陋，等到菜上齐，叫老板娘将温酒的热水槽端来，扔了一两银子赶了夫妻二人到边上待着。

瞧他这番举动，杨静渊诧异万分。桑十四郎单独前来，示意他别带伴当，分明是有话要私下对自己说。

“快点敬哥哥我一杯，谢媒。”桑十四郎亲自执壶倒了酒，笑眯眯地等着。

杨静渊痛快地敬了他一杯，颇有些得意：“七娘是九月及笄吧？兄弟定亲比你晚，成亲却比你早。”

“不错呀，去了趟长安，越发沉得住气了。”

杨静渊明明看出了自己的异样，但忍着不过问，桑十四郎却忍不住了。

“三郎，新太守未来之前，州府衙门暂由我阿爹主事。太守赴任之后，总会防着我阿爹。但我阿爹在益州府任上十年了，衙门人缘还算不错。”

杨静渊狐疑地看着他，对方特意将自己叫出来，就为了说桑长史如何和太守斗智斗勇、争权夺利？

桑十四郎饮了杯酒，压低了声音：“州衙黄主簿是我阿爹一手提拔的亲信。他昨天带了个人来，和我阿爹在书房议事，我恰巧偷听到和你有关，所以今天才把你叫出来。”

他一无功名，二无职司，有什么事能和州府衙门扯上关系？杨静渊的好奇心被勾了起来，耐心等着桑十四郎说下去。

桑十四郎学着黄主簿带嘉州腔的官话：“大人，杨家巷杨家大老爷要过十间铺子到这位舒先生名下，龙泉驿三座山头占地千顷的桑园，连同庄子与两千丝户一并给他。”

又学那舒先生的腔调道："烦请长史大人帮忙，务必瞒过石参军。"

不想让石参军知道，是想瞒过杨石氏。杨大老爷为何要将一大笔产业过户给舒先生，还要瞒着妻子？

对方送了一千两黄金作为谢仪，折合铜钱是一万贯，是桑长史十年的俸禄。杨大老爷的私产，想给谁是他的自由，又不违法。桑长史和黄主簿心里各有猜测，也未多问，满口答应下来。

桑十四郎拍了拍杨静渊的肩，感慨万千："你爹的私产真多，这笔产业可不是小数目。你可认得那位舒先生？"

益州城的丝户，能有一座百顷桑园，丝户五百，就称得上中等人家了，更别说还有十间地段好的铺子。

这么一大笔产业，过户给一个从来没在杨家出现过的外人，杨静渊嘴巴张得能塞个鸡蛋进去。

他摇了摇头道："你叫我出来就为了这事？我从来不知道我爹的故交好友中有位姓舒的。"

桑十四郎两眼放光："你才定亲，你爹就过了一大笔产业给舒先生。你爹几十年不管家中锦业，不可能欠人一大笔钱财拿产业去抵吧？没有平白无故把产业给外人的道理。我猜这笔产业不是给你姨娘的，就是给你的。"

想起父亲让自己偷偷去跟老管家学经商，杨静渊心里又酸又涩，半晌才道："父亲的私产应该不止这些吧？"

他的声音很是忐忑，照理说，父亲百年后，将产业分成三份，他是庶子，能分到的应该是最少的那一份，大户人家分一间宅院、两间铺子给庶子都是厚待了。

"我猜当然不止这些，不然你嫡母不会怀疑？你爹手里应该还有一份，到时候，一分为三，你还能再拿一份。"

大头都给了杨静渊，剩下的一分为三，不过是掩人耳目罢了。

杨静渊还是不肯相信："或许真是我爹从前欠了人家的，如今还了罢了。"

"你悄悄回家问问你爹呗。一旦成了亲，你绝不可能再像从前一样，没钱就去柜上支。你嫡母待三房儿媳要一视同仁，定是从公中拨月钱使。你又不像你大哥、二哥，一个管锦业，一个捏着商铺，那点月钱你连外出吃酒都不够。"桑十四郎精明地分析给杨静渊听，"你爹在，就不可能分家。如果有那笔产业，你将来分家出去，守成就能过好日子了。没有的话，你总要想法子挣钱养你媳妇吧？哥哥我听到这样的隐私事，赶紧就跑来寻你了，你心里得有个数才行。"

杨静渊低下了头。

桑十四郎还在那儿憧憬："如果这些产业真是留给你的，哥哥我将来就跟着你吃香喝辣了。"

"我不想要。"杨静渊抬起了头，"就算真是我爹先托付给外人，然后再给我，我也不想要。"

轮到桑十四郎震惊了。

"家和万事兴，我嫡母和两位兄长待我和姨娘不薄，我不想因为我爹偏心而闹腾得一家子不和。十四，我打算成亲之后求我爹将我分出去，我自谋营生去。"杨静渊已经想好了，如果分出去，季英英也不用掺和到杨家的锦业中去。她虽有才艺，但杨家经营了百年的锦业，不是少了她就不行。

"成，你有志气。"桑十四郎翻了个白眼，佩服杨静渊的同时，又心疼地说道，"你不要，回头送我可以不？哥哥我想要啊！"话刚说完，他就被杨静渊用一筷子菜给堵住了嘴。

回到家里，杨静渊心里不安，便去书房找父亲。

杨大老爷挥退了左右，听他说完，笑眯眯地说道："三郎，爹另有产业分给你两位兄长。"

这就是承认了。

"爹，纸包不住火，将来母亲和哥哥们知道，会生嫌隙。您这么多私产，就算分成三份，我拿最少的一份，一辈子都吃喝不愁了，何必要先拨一份悄悄给我呢？"杨静渊欲劝父亲打消主意。

杨大老爷欣慰得很，他越看小儿子越喜欢，悄悄地说道："三郎，爹将家里的产业交给你嫡母和兄长是对过账的，爹瞒下这些产业可不容易。你嫡母的嫁妆不能分给你，爹多分些私产给你算什么？杨家可有钱了，这点产业算个啥？"

杨静渊哭笑不得："母亲的嫁妆理当给两位兄长。大哥、二哥也是爹的儿子啊，爹这样做也太偏心我了，我不要。"

"那是我留给你姨娘傍身的。"杨大老爷心想，自己的私产比起杨家的家业，不过是十分之一，且无织业，只是一些商铺和桑山丝户。将来杨静渊得了这些，自己不用操心，把铺子租出去，把丝卖出去，就可以过富庶日子了。

听说是留给亲娘傍身的，杨静渊气道："爹，哪有分给一个妾室这么多产业的？如果太太告上公堂，也是姨娘无理。"

"你且放心吧，舒先生一直替爹打理私产，只和老管家交接账目，绝对不会有人知道的。”

“桑长史、黄主簿都猜不到？桑十四都猜到了！”

父子俩相互瞪了半天，杨大老爷不悦地说道：“我的私产，我爱给谁就给谁，你小子还敢嫌弃老子的钱财？”

见实在说不动父亲，杨静渊只好闭上了嘴。他提了新的要求：“爹，等我成了亲，您让我分家出去吧。”

杨大老爷一巴掌扇在他头上，真伤心了：“老子还没有死呢，真是不孝！”

这一巴掌打得挺重，杨静渊揉着脑袋诧异道：“爹，您练了开山裂石掌？这巴掌能赶上壮小伙的力道了。”

说完他发现父亲面色红润，精神抖擞，气色极好。

杨大老爷抚着斑白的胡须得意扬扬地说道：“你二伯父送的药酒，才饮几天，你爹我就感觉回到了二十年前。”

杨静渊想起来了，送定礼那晚家中摆宴，二伯说起的什么道家仙方酿的酒。他师父也泡药酒，也曾弄回来给父亲饮过，但没有这样的功效，他大感好奇：“给儿子饮一杯试试？”

“等你成亲的时候，爹送你一坛。现在饮，怕你受不住。”杨大老爷笑道。

杨静渊脸一红，不好意思再要了。

年节转眼就过了。

大病一场后，季氏的身体始终没有恢复元气。元宵这天，季氏不想动弹，念着张四娘新过门，女儿快要出嫁，撵了三人去益州城观灯。

季家就一辆骡车，天气寒冷，车上最多挤三个人，湘儿和绫儿懂事地选择留在家中。兄妹三人下午启程，黄昏时分进了城。

元宵节取消了宵禁，出来观灯游玩的人络绎不绝。益州城是前朝蜀国的都城，受诸葛亮影响，元宵这天，城里有燃放孔明灯、跳傩戏祈福的习俗，第一盏孔明灯会由节度使在城中最高的散花楼上放飞。

皇帝在京城与民同乐，节度使就藩一地，也会与当地百姓同庆佳节。散花楼上，节度使设宴款待僚属与城中名流士绅，使散花楼四周成了益州城元宵节最热闹的地方。

围绕在散花楼四周的灯市最为热闹，季家三人进了城就来到了散花楼。

游人太多，季富赶了骡车去停放。约好了见面的时间地点，季氏兄妹与张四娘安步当车，沿途观赏商家挂出的灯，猜灯谜玩。

走了一程，季英英瞧见有卖抄手的摊子，原本就打算在城里用晚饭，便拉了哥嫂坐下，要了三碗鸡汤抄手。

南北差异大，北方叫馄饨，蜀中叫抄手。抄手皮比馄饨皮略厚，吃起来更有嚼劲，抵饿。老板用竹笊子抄起在大骨汤中煮熟的抄手放在碗中，单从另一只小瓦罐里舀出三勺老母鸡煨出的鸡汤浇上，撒上香葱，滴上两滴芝麻油，顿时香气扑鼻。

小摊正对着散花楼，季英英瞧着门口出入的达官显贵、贵妇淑女，就想起了杨静渊。这样热闹的日子，他应该会和他的纨绔朋友们一起游街赏灯，散花楼附近如此热闹，他应该会来吧？

这个念头一旦滋生，她就不肯老实低头吃东西了，瞪大眼睛看着自楼前经过的人。成亲前见面不吉利，如果真的见到杨静渊该怎么办？

“英英，想什么呢？”张四娘好奇地问道。

季耀庭瞧着妹妹黑溜溜的眼睛映进了璀璨的灯火，神采飞扬，打趣道：“定是在想也许能在灯节上见到杨三郎呗。成亲前见面不吉利，不然杨三郎定会到家里接你来城中观灯游玩。”

轻易被猜中了心事，她下意识地就想否认。这时一声鼓响，为节度使大人宴饮增色的傩戏在散花楼下跳了起来。

人们蜂拥而至，将楼前围了个水泄不通。

“傩戏开跳了！”季英英转移了话题。

季耀庭握住了张四娘的手，叮嘱季英英：“拉着哥哥的袍袖，人多当心挤散。”

季英英扯住了他的衣袖笑道：“走散也没关系，节度使和太守大人在散花楼，四周都是维持治安的兵丁和衙役，到了时辰在约定地点等季富叔就好。”

三人结了账离开抄手摊，挤在人群里看跳大傩。

季英英一只手勾着哥哥的衣袖正看得高兴，自己的衣袖被人轻轻扯了扯。她扭过头，一张木刻的面具罩在了她脸上，她吓了一跳，松了手扶着面具，杨静渊拿着另一个面具站在她面前。

他得意扬扬地说道：“这样就不会不吉利了。”一种“你快表扬我”的语气。

季英英惊喜地看着他道：“你是怎么找到我的？”

杨静渊指了指散花楼：“桑十四郎订了席面，我刚上二楼，往下看了一眼，见到你就跑下来了。正愁着怎么见你呢，看到傩戏就想到了这主意。我聪明吧？”

季英英啾了一声道：“是只猪都能想到呢。”

杨静渊气结，伸手在她面具上一弹："就没句好话！"

季英英昂着头道："你有那么聪明，能想到用面具就不会不吉利，怎么不戴着面具来我家接我进城观灯？"

对呀，他怎么就没想到呢？

看到杨静渊傻兮兮地愣着，季英英扑哧一笑："如果你能让我看到今天最美的灯景，我就夸你一声聪明。"

正说着话，季耀庭警觉地回过了头："你在和谁说话？"

"季大哥！"杨静渊爽朗地拱手行了礼，"是我，杨三郎，这样就不算和英英见面不吉利了！"他说着将面具戴了起来。

季耀庭微微一笑："正是。三郎你护着英英，今天没有带下人同来，我正担心照顾不周全。"

杨静渊大喜："大哥放心，尽管陪着嫂嫂，到了时辰，我一定送英英回来。"

他的手垂下来，轻轻碰到季英英笼在袖子里的手，手指勾住她的不放了。

季耀庭看了一眼妹妹道："别玩疯了，这面具别摘啊，免得不吉利。"

"知道了。"季英英才答了一声，就被杨静渊拉出了人群。

他穿着一件天水碧的箭袖长衫，脸上戴着狰狞的恶鬼面具，站在璀璨的灯火下望着她。他眼里带着笑，让面具也染上了笑意，狰狞的神色变得柔和起来。

杨静渊突然拉着她往前跑去，边跑边笑："我带你去看今晚最美的灯景！"

散花楼临河，楼下又从河中引入一池碧水。楼上第一盏孔明灯升起之后，四周千万盏孔明灯相继升空。点点灯火映进湖中，如同海市蜃楼，流光溢彩。

季英英望着亲手点燃的孔明灯袅袅升起，情不自禁地双手合十许愿。

她身材高挑，晚风吹动裙摆，背影窈窕动人，杨静渊情不自禁从身后拢住了她，低声问道："想我不想？"

季英英头摇得像拨浪鼓似的，脆生生地回他："不想。"

"季英英，胆肥了啊？夸我一声都舍不得，还敢说不想？"杨静渊扳过她的肩，将她的面具上移。

肌肤被涂了彩的面具一衬，洁白如初雪。她扬着玲珑的下巴，嫣红的嘴唇笑出迷人的弧度。他心头一荡，想都没想就低下了头。

木制的面具碰到了她的，发出砰的一声轻响。

见杨静渊摸着脸上的面具发窘，季英英闷声笑了起来。她伸手将面具拉下道："我哥说了，摘了面具不吉利哦。想亲，没门儿！"

偷香无数回，就这次栽在面具上，杨静渊恨得牙痒。傩戏的面具分两种，一种是遮整张脸的，一种是只遮半张脸的，他怎么就不买那种遮半张脸的呢？

杨静渊转身张望，沿湖的摊点很多，距离湖边不过几丈。他转身走了过去，边走边指着季英英道："在这儿等我，不准乱走。"

季英英笑着转过了身。湖边放灯的人渐多，孔明灯朝空中冉冉升起。湖中一盏盏莲花灯几乎覆盖了整个水面。湖中几条花舫驶过，水波荡漾，恍惚中有种置身于璀璨群星中的感觉。

丝竹声随风传来，隐隐能听到人们的笑声。这一刻的益州城静谧美好，安宁祥和。

她叹了一声："真美。"

手被人轻轻握住，季英英转过头，看到杨静渊戴着面具站在身旁。她不想说话，静静地靠着他的胳膊望着湖景出神："如果在那花舫上，大概会以为自己身在仙境里吧。"

这时，她腰身一紧，他揽住她朝湖中跃去。

季英英呀了一声，搂紧了他的腰。

他踩着湖面的花灯一次次跃起，奔向湖中的花舫。

星星点点的璀璨从她眼前飘过。那些花灯像在她面前绽放飞舞，让她目眩神驰。

他落在花舫上的瞬间，季英英站立不稳，扑进了他怀里。他突然伸手揭掉了她脸上的面具，看到了她的脸。

她的双眸比水光更璀璨，噙着一抹惊叹："你好厉害啊！"

夸了他一句，她转过了身。朵朵莲花灯铺满了湖面，星星点点，一眼望不到尽头："好美。"

灯光落在她脸上，肌肤宛若凝脂，她就像站在满湖的花灯里，美丽无比。

"以后年年我们都来这里观灯放灯好不好？"她回头对他说，笑容灿烂得让满湖花灯失去了颜色。

季英英说着，往左右一看。他们站在花舫的船尾，四顾无人，她张开胳膊抱住了他，脸靠在了他胸前："记得第一次见到你，我认错了人。这一回，肯定不会错了。"

晟丰泽看了一眼自己身上天水碧的箭袖长袍，是这身衣裳、这个面具让她认错了人。明明只是想看看她认错人是什么表情，但这一刻，他却有种想让她一直误会下去的冲动。他迟疑了一下，将她轻轻拢在了怀里。

“鞋还合脚吗？我看到你插在雪地里的蜡梅了。那几天雪越下越大，我晚上总睡不踏实，听到风吹着窗棂响，总在想是不是你又跑来了。

“你傻啊，和朱二哥赌什么气？送那么多鱼来，害我被家里人笑话。

“找个时间我们去竹林寺好不好？上次抽的签真的很灵，这一次我一定要抽一支上上签。”

她像只麻雀，叽叽喳喳地说个不停，言语间透出的浓浓情意让晟丰泽有些不舒服。他望向湖边，远远看到杨静渊东张西望地寻找。他扶着她的肩，将她转向了湖边。

季英英看到了杨静渊，她吓得哆嗦了一下，猛地扭过了头：“你是谁？”

狰狞的鬼面让她看不到对方的脸。这时季英英才发现他的头发与杨静渊不同。杨静渊用一只金丝笼帽笼住了发髻，这个男人只是用发带束了发。

湖面的风隐隐传来杨静渊喊她的声音。季英英用力挣扎起来，朝着湖边大喊：“杨三郎！我在这儿！”

杨静渊耳朵动了动，凝神望向了湖心。

花舫船尾站着一男一女。杏黄色的小袄，红绸裙子，季英英的衣裳格外醒目。他眯了眯眼睛，盯着她身后戴面具的男人。

晟丰泽收紧了胳膊，将她禁锢在怀里，低下头轻笑：“季英英，这么快就忘了你的救命恩人？”

是晟郎君！他居然又出现了。季英英心头一凉。

“他看到你了。他能过来救你吗？”晟丰泽笑了起来，他握住她的手，啧啧说道，“手这么凉，怕我？”

季英英怒道：“你冒充杨三郎掳我过来做什么？”

“哎呀，明明你才夸我厉害。带你来欣赏美景，转眼就变成掳你上船了。女人心，海底针，变得太快！”晟丰泽大笑出声。

“无耻！”

“可你拿我没办法。你的情郎也只能看着你着急罢了。”

话音才落，晟丰泽瞳孔猛缩。杨静渊轻盈如鸟，踩着湖面的莲花灯朝花舫奔来。他喃喃赞了一声：“好轻功。”

失神间，季英英瞄准他的脚狠狠踩了下去。

他就知道，给她机会，她就要伸出爪子来。晟丰泽有点后悔自己的大意，他绝不能让人知晓自己的身份。他抓住了季英英的胳膊将她扯了回来，一把掐住了她的脖子。

几个呼吸间，杨静渊跃上了花舫。他盯着晟丰泽冷冷说道：“放了她，否则小爷让你下湖喂王八。”

落地无声，杨静渊的功夫比他想象的还要高。早知道，他就不会一时兴起跑来捉弄季英英了。晟丰泽琢磨着如何脱身，淡淡说道：“我不放她呢？”

杨静渊露出了笑容，一把扯下了腰间的荷包：“说吧，你想要多少钱？我知道年关难过，这里有几两金叶子，不够使的话你说个数。有话好商量不是？”

果然是杨家的纨绔少爷，放狠话无用，就只知道花钱消灾。晟丰泽哈哈大笑，手伸进怀里也拿出一只荷包，倒转一抖，十来枚宝石掉落，叮当散了一地。他戏谑地说道：“这些宝石价值不止百金。你可以拿走，她归我，如何？”

他说着手指微微用力，季英英顿时呼吸不畅。

不为钱财，他为何要扮成自己的模样挟持季英英？杨静渊眨了眨眼睛道：“你是怕打不过我，所以才以她为质是吧？这样吧，你放了她，我保证不揍你。”

“激将法没用。”晟丰泽将季英英拉到自己面前，下巴一扬，“你不是想扔我下湖喂王八吗？你跳下去，我就放了她。”

杨静渊看了他一眼，指着他道：“男子汉大丈夫，一言九鼎！敢耍小爷，我翻遍益州城也要你好看。”

晟郎君收紧了手指，掐得季英英张开了嘴，憋红了脸。

杨静渊想骂娘，扑通跳进了湖里。

“这回你倒是选对了人，比赵修缘好。”晟丰泽诧异于杨静渊的当机立断，松了手指，笑着对季英英说道。

杨静渊从水里冒出头来，抹了把脸上的水，大声说道：“死鬼脸！还不放了她！”

晟丰泽在季英英耳边说道：“别告诉任何人你见过本王。知道的人，本王都会杀了灭口，记住了。”他松了手，自花舫上跃下，踩着莲花灯渐行渐远。

季英英愣了愣，飞快地奔到船舷边：“你赶紧上来！”

杨静渊上了船，上下打量了她几眼，挥手不让她靠近：“别弄湿了你的衣裳。你没事吧？”

季英英摇了摇头道：“我没事。你赶紧换衣裳要紧，别凉着了。他让你跳你就跳啊？他那个人阴险得很，如果他说话不算数，你不是白跳了？”

“你认识他？”杨静渊窝火地看着那个人消失在岸边，竟让自己吃这么大的亏，别让他逮着，逮着非揍得连他娘亲都不认识。

季英英想起晟郎君的话，迟疑了一下道：“不认识啊。他的行径还不够阴险啊？花舫里应该有人，我去给你找身干净衣裳。”

她低头随意捡了颗宝石，奔向了前面的船舱。

水滴滴答答从身上淌下，在脚下凝出一汪水渍。风吹来，遍体生凉。杨静渊看着季英英的身影，喃喃说道：“为什么我感觉你们认识？”

杨静渊俯身捡起散落的宝石。这些蓝宝石、红宝石与翡翠躺在手心，被灯光一映，折射出耀眼的光芒。纵然他从小到大都没愁过钱，也不可能把这样上品的宝石像石子儿一样扔着玩。捏着这些宝石，杨静渊疑心大作：“他究竟是什么人？”

有钱人包下花舫出游，都会带干净衣裳，以备更换。季英英拿着宝石寻到了前面的船舱。她低声对一旁侍候的侍婢说明来意。花舫主人摆了摆手，舱里的丝竹歌声停了下来。

侍婢领了季英英上前，周老爷见是个年轻漂亮的小娘子，打扮又不像大家闺秀，以为是杨家的侍婢，心里纳闷儿着杨三郎怎么会突然带个侍婢出现在湖中花舫，随口问道：“周家和杨家是姻亲。你家郎君怎么会摔进湖里？”

周家？姻亲？季英英尚未想到这是周七郎家包的花舫，听到“姻亲”二字就警觉起来。如果让对方知道自己是杨静渊的未婚妻就麻烦了。婚前两人见面不吉，她不信邪，杨静渊也没当回事，但家里的长辈就不会这样看了。传出去，会说自己轻浮。季英英把脑袋埋得更低，从善如流地冒充起杨三郎的侍婢：“我家郎君贪玩……一时不慎……”

她吞吞吐吐的话反而让周老爷信了。他哈哈大笑：“三郎这性子。来人呀，将我的衣裳拿去给杨郎君换了。叫厨子速速煮碗姜汤来。”

“多谢周老爷，奴婢去服侍我家郎君。”季英英托着衣裳埋着头退到了门口。她捏着手里的宝石，心想，还好没有拿出来买人家的衣裳，否则定会被周家老爷识破。

“周伯父！小侄有礼了！”

季英英偷偷抬眼一瞧，杨静渊被人领着走了过来。

周老爷笑道：“湿成这样，当心受了凉，速去舱房换衣裳吧！”

杨静渊扫了一眼捧着衣裳的季英英，拱手向周老爷道了谢，进了后舱，季英英赶紧跟了上去。

走进舫房，杨静渊说道："有我的丫头服侍就行了。"

周家的侍婢欠身行礼退了出去。季英英将衣裳往案几上一搁，转身也要走。

杨静渊一把拉住了她："你想被人认出来不是我的丫头？"

季英英挣开他的手，低声说道："你赶紧换吧。"她转过身面对着房门，无聊地把玩着手里的红宝石。

杨静渊边换衣裳边瞧她，见她把玩着那枚宝石，冷不丁地问道："他很有钱？"

"那当然啊。一个王爷会没钱吗？"季英英顺口说道。

王爷？她果然认得。杨静渊上前一步扳过了她的肩问道："什么王爷？"

入目看到一片光滑的肌肤，季英英呀了一声，用手捂住了眼睛："你要不要脸？快，快穿上！"

杨静渊抄起胳膊打量着她："季英英，你该不是在和那鬼面人唱双簧吧？背着我约会被我发现，就装作劫持你？"

季英英大怒："你说什么？！"才一睁眼，又看到他裸露的胸膛，季英英迅速转开了脸，"你穿好衣裳再说话。"

杨静渊慢吞吞地穿好衣裳，拿着布巾边擦头发边道："说吧，那人是谁？"

怎么办呢？晟郎君的威胁她可不敢忘记。万一他真的杀人灭口怎么办？季英英捏紧了手里的宝石道："无意中听他说了句本王，我猜是个王爷，别的我就不知道了。"

事实上，她也是听到晟郎君自称本王，究竟封号是什么，她的确一无所知。

以往只知道有个赵修缘，有个朱二郎，现在居然又多出个武艺极好的鬼面人。他穿着和自己相似的衣裳，特意买了和自己一样的傩戏面具。他不认识季英英？不认识她吃饱了撑着将她从岸边带到湖中花舫上来？可他掐季英英脖子时真敢用力，这样待她的男人，她居然还要替他隐瞒身份。他在她心里有这么重要？杨静渊将布巾往旁边一扔，道："时辰不早了，我送你回去。"

他越过她开门出去。季英英小心地睃了他一眼，杨静渊脸上看不出任何情绪。想到两人还未交手，杨静渊就被晟郎君逼进了湖里，季英英又打消了想告诉杨静渊的心思。

周老爷吩咐花舫靠岸，杨静渊和他站在船头有说有笑。季英英松了一口气，他应该没有起疑吧？不然怎么会谈笑风生，跟没事发生似的。

上了岸，杨静渊与周老爷拱手告别。目送着花舫划开，他突然问季英英："岸边瞧这景致不如在花舫里瞧吧？花舫上感觉像身在灯河中，特别美。"

季英英点了点头："嗯。"

一股火气蹿了上来，杨静渊不淡定了："所以鬼面人是带你去花舫看更美的景是吧？"

他的声音有点大，吓了季英英一跳。她望着他摇头否认："我说过，是我认错人了。我以为他是你。"

他知道那人是故意扮成了自己。但他为什么要扮成自己来接近她？她认得那人的。那人是因为听到她和自己定了亲，所以才扮成自己见她一面？是有怎样的过往，才会有心冒充自己带她登上花舫看湖景？

要掐死她早动手了，等到自己登上花舫，那人才掐住了她的咽喉。用力掐她，是演给自己看的吧？她呢？她又是怎样的心情？

"季英英，枉我为你大冬天的跳进湖里。"杨静渊越想，心里越不是滋味，突然握住了她的手。

看到她掌心还捏着那枚宝石，杨静渊别过了脸，将荷包解下塞进她手里："你这么喜欢他的宝石，都给你。走吧，时辰不早了，你哥哥嫂嫂该着急了。"

他转过身的瞬间，听到风声袭来，下意识地伸手一抄，抓住了荷包。

季英英快步从他身边跑过，大声说道："杨三郎，你就是只猪！狗咬吕洞宾，不识好人心！你什么都不知道！"

杨静渊气急追了上去："对，我就是蠢！被人家耍得团团转，以为自己英雄救美呢，谁知道人家在旁边笑破了肚皮！季英英，你的老相好怎么就那么多？一个赵修缘，一个朱二郎，现在又多出个带你看湖景的鬼脸男。你知不知道你是我的未婚妻？"

季英英停了下来，偏过脸瞪着他："你想说什么？想说我不修妇德？我告诉你……"

杨静渊怒了，指着她道："季英英，你敢说退亲试试？"

季英英一巴掌拍开他的手："是你说的！我等着！"

看着她昂着头大步往前走，杨静渊远远地吊在她身后，悻悻地说道："你等着我的花轿上门吧！当我白跳湖了？偏不让你如愿！"

第二十九章

南诏白王

尾随着季英英与季耀庭夫妇会合，亲眼见他们上了骡车离开，杨静渊这才返回了散花楼。

桑十四郎早等得不耐烦，在二楼窗口望见他，探出头拿起一只蜜橘扔了过去："杨三郎，你赶紧上来，小爷等得快睡着了！"

杨静渊接住蜜橘，进了楼。

节度使的宴摆在三楼，桑十四郎订的是二楼的雅间。杨静渊刚上二楼，就听到楼下一阵喧哗。他回过头，一群侍卫迅速拥进来把住了楼梯口。牛副都督和桑长史陪着一个身披锦貂大氅的年轻人走了进来。

一名偏将带着士兵噌噌上了楼，瞪了杨静渊一眼道："南诏白王驾临，闲杂人等退后！"

南诏白王？听到"白王"二字，杨静渊突然来了兴趣。他退到墙边，抄着胳膊靠着墙看热闹。

牛副都督的大嗓门儿快把承尘上的灰震下来了，远远就听到他的声音："白王突然来到益州城，节度使大人倍感吃惊！正巧大人在散花楼设宴，遣了本都督和桑长史前来迎接。"

"南诏进献贡品进京，本王体弱走得慢，一路恐拖累了贡品的行程，是以比使臣队伍晚到驿站。本王自幼仰慕天朝文化。听说大唐风俗元宵有灯节，生怕错过如斯美景。节度使大人热情好客，都督与长史大人亲自前来，泽愧不敢当。”

人未到，声先至。杨静渊挑起了眉。是那个人的声音！王爷？原来是南诏白王。体弱？自己揍他一顿，保管让他体弱得半年下不了榻。杨静渊的拳头捏得嘎巴作响。

说话间，一行人上了二楼。晟丰泽身后跟着一群穿着异族服饰、头戴毛帽的南诏侍卫，其中还有一个容貌秀美的女侍卫。

杨静渊盯着身披锦貂大氅的晟丰泽。清瘦的脸，常年晒在阳光下的麦色肌肤，眉骨偏高，衬得双眼深邃如海，鼻梁挺直，容貌英俊。行走间，大氅飘动，露出里面穿的黑色织锦袍子。不是天水碧的衣裳，杨静渊不觉一怔，难道自己听错了？

感觉到有人看着自己，晟丰泽睃了一眼，看到了倚靠着墙的杨静渊。他若无其事地移开了目光，与牛副都督和桑长史一起上了三楼。

杨静渊盯着他上楼的脚，脚步虚浮，比普通人脚力更浅，能携着季英英从岸边踏莲飞渡的人，武艺不凡。

“不像是有功夫的人，难道我真听错了？”

“什么听错了？”桑十四郎从房间中走出来，攀着他的肩问道。他正巧看到那队异服的侍卫，接着说道：“听说来了个南诏王弟？”

杨静渊转过脸问他：“王弟？”

桑十四郎揽着他进屋道：“傍晚驿站来人报讯，说南诏使臣进京献贡品的队伍到了驿站。节度使大人请了使臣赴宴。半个时辰前，又来报，说是南诏王的亲弟弟、白王晟丰泽也来了。他体弱行得慢，比队伍晚到。牛副都督和我爹就赶着去迎了。管他什么白王黑王，蛮子有什么好看的？咱们饮酒去。”

疑惑横亘在杨静渊心头，他努力回忆着花舫上那个戴着鬼脸面具的男人，越想越觉得不对：“十四，我怎么觉得那个南诏白王不对劲呢？”

“什么不对劲？你以前见过他？”桑十四郎靠着窗户饮着酒，专注地看着从楼下经过的小娘子。

“如果我说大半个时辰前，我在散花楼下的湖中见过他，你信吗？”

桑十四郎挥了挥手：“怎么可能？半个时辰前他刚到驿站。”

杨静渊一气饮完一碗酒，长长地吐了一口气道：“如果我说季二娘和他有交情，你信吗？”

“哈哈！”桑十四郎大笑着转过身，指着他道，“三郎，已经下了定礼了，你还担心季二娘不嫁给你？”

我就知道你不信，我也不信，南诏王弟怎么会认识出身小染坊的季英英？还扮成自己带她去游湖赏景。

杨静渊叹了一口气，眼珠一转，扯住了桑十四郎的袍袖："十四，节度使大人设宴，你也来了散花楼，不去拜见一下你爹？对啊，牛副都督也在，你不去给你岳父请安？"

"我去见他做什么？难不成挂着一脸假笑跟在我爹身后。'这是犬子，排行十四。''呀，令公子年少风流，长史大人好福气呀！''令公子是牛副都督的爱婿，一表人才哪，都督好眼光！'"桑十四郎学完父亲和官员，粗着喉咙学起了牛副都督，巴掌在杨静渊肩上死命一拍，"贤婿！我家七娘近来会绣花了！呵呵呵呵！"

他说完翻了一个白眼，晃着脑袋看向楼下："饮酒赏灯观佳人，我才不要上楼自讨苦吃！"

杨静渊眼珠一转："十四，你瞧我这身衣裳。"

桑十四郎瞅了瞅："衣裳怎么了？咦，不对呀，我记得你去见季二娘时穿的是一身天水碧的箭袖长袍。这身衣裳好像不是你的。"

"唉，说来丢人，我被人摔进湖里去了。好在湖中一艘花舫是周老爷包下的，我换了他的衣裳。"

"谁敢把你整进湖里去？哦，我知道了，定是季二娘对吧？"季英英一脚将周七郎踹进浣花溪的场面历历在目。刚才杨静渊去见季二娘，不是她还能是谁？桑十四郎哈哈大笑："你也有今天？全身武艺在她面前都不好使了吧？"

想到季英英，杨静渊又恨又爱，又不肯在桑十四郎面前丢人："她敢？她再泼辣，嫁过来还不是得温柔体贴地给爷铺床暖被。我和她放灯赏景，和一群外地人起了争执。我瞧着像是那群南诏蛮子，你帮不帮我出气？"

"真的？！"桑十四郎狐疑地看着他，想起了刚才杨静渊的话，自以为明白了，气得拍案而起，"是不是他们瞧着季二娘貌美想调戏？你寡不敌众，要护着季二娘，结果失足摔水里了？季二娘无事吧？哦，她定无事，有事你也不会坐这儿和我喝酒了。"

爷有那么弱？还寡不敌众？如果不是戴鬼脸面具的人拿季英英威胁他，被揍进湖里的肯定不是自己。杨静渊没好气地说道："长这么大，我还没吃过这么大的亏呢。"

"一群南蛮子，欠收拾！"桑十四郎霸气十足地说道，"节度使大人和我阿爹他们在楼上呢。三郎，等他们散了席，咱们堵巷子里揍！哥哥这就叫人去！最近无事发生，十三他们早就闲得不自在了！"

杨静渊“感动”得一把搂住桑十四郎：“十四哥！你是我亲哥！”

被一群纨绔带着伴当家将堵在巷子里，凭那几个侍卫，他一定能探出那个南诏王弟究竟会不会武功。

楼上夜宴，晟丰泽正向刘节度使提出请求：“本王并非押送贡品进京的使臣。慕益州繁华，欲在城中小住些时日，待使臣自长安回返，再一起回南诏，只是不知节度使大人是否允许？”

使臣护送贡品进京，因南诏与剑南道接壤，年年都会附送丰厚的礼物来。今年的礼单已揣在刘节度使袖中，比去年厚了三成。

南荒蛮夷，仰慕天朝文明，想留在益州府小住，有何不可？刘节度使欣然答应。

晟丰泽露出欣喜的笑容：“多谢大人。”

夜宴之后，晟丰泽有些微醺，他放弃了坐轿回驿馆，漫步走在益州城的街头，身后的侍卫不紧不慢地跟着。

益州像极了桃源，崇山峻岭倚为屏障，避开了朝代更替的战乱，造就了蜀地的安逸与财富的积累。没有宵禁的元宵之夜，晟丰泽缓步慢行，瞧着城中星星点点的灯火、路上行人喜悦的笑容，禁不住摇了摇头：“可惜了。”

冬季的晚风带着盆地湿润的阴寒。走了一程，他的酒意渐渐消散。离散花楼远了，笙歌欢笑也渐渐消失，他停下了脚步，转身上了轿子。

阿宁与赤虎一左一右护卫着轿子前行。一行人刚走进一条街巷，前面的路被一群骑马的少年拦住了，赤虎下意识地按住了腰刀的刀柄，眼神蓦然变得凌厉。

轿子停了下来，赤虎上前一步喝道：“此乃南诏白王车驾，还请郎君们让道。”

少年们哄笑起来，桑家两兄弟相互使了个眼色，桑十三郎怂恿着周七郎出头：“我没哄你吧？周七，咱益州可找不出第二朵这样的黑牡丹。”

大唐的小娘子也爱穿改良版的胡服甚至男装出行，阿宁的南诏服饰与胡服又有区别，衣摆只到膝盖上，彩色线条镶饰的衣襟腰带色泽鲜艳，配着腰刀，英姿飒爽。她戴着一顶黑狐皮做的帽子，一双眼瞳黑白分明，发出黑珍珠般的光泽。

“这形容不错，好一朵黑牡丹。”周七郎色迷迷地盯着阿宁，见她不仅不害羞，反而俏生生地瞪回来，馋得口水都快落下来了。

散席之后，牛副都督欲派士兵护卫他回驿馆，晟丰泽一句驿馆就在城中，益州路不拾遗，夜不闭户，何来危险，拒绝了大唐士兵护送。他是真没想到有人敢来劫道。使臣已经醉倒，被抬了回去。晟丰泽不想错过这样的元宵，便没有与使臣同行。

城中纨绔少年加上伴当，浩浩荡荡聚了三十几号人，晟丰泽只带了八名侍卫。有这么多人撑腰，周七郎胆壮了。他哈哈大笑：“十三好眼力！小爷阅美无数，正好没有被女护卫侍候过。”

赤虎沉下了脸道：“小郎君慎言！速速退去，我家主子便不追究。坏了两国邦交，你担得起这责任吗？”

周七郎催马上前，理都不理他，笑嘻嘻地望着阿宁说道：“对呀，小爷就是为了两国交好而来。大唐人好客，为尽地主之谊，小爷我欲请这位南诏小娘子赏灯观景，共叙两国情谊。你这黑蛮子拦着小爷，难道南诏不想和大唐交好吗？”

赤虎大怒：“胡搅蛮缠！我再说一遍，速速退去，某不想伤了你们这群小娃娃！”

桑十四郎趁机高声叫道：“南蛮子不领情就罢了，居然敢看轻咱们，兄弟们，怎么办？”

一群纨绔异口同声：“揍他们！”

率先冲过去的是他们带的伴当。

赤虎噌地拔刀出鞘挡在了轿子前：“保护主子！”

伴当们平时帮着主子打架斗狠，一般不会出手就要人的性命。南诏风俗不同，晟丰泽的护卫视攻击主人的人为敌，出手就是杀招。一片刀光闪过之后，就有伴当见了血。有人慌了，高声叫道：“郎君，南蛮子下杀手！”

少年们这时才真正怒了：“在我大唐国土，居然敢杀我们的人！兄弟们，上！”

十来名少年仗着人多，骑马朝着南诏的队伍冲了过去。

不管南诏护卫们是否凶狠，纨绔们人多，渐渐地将八名护卫引开了。

伏在屋顶的杨静渊咧嘴一笑：“不会武功？我看你怎么装！”他一跃而下落在轿子旁，抬腿朝着轿子狠狠一脚踹了过去。

“主子小心！”阿宁瞥见这一幕，情急之下就地打了个滚儿，刀自下而上削向杨静渊的脚。

杨静渊凌空翻身，避开了她的刀锋，一脚踢中了阿宁，手掌顺势拍在了轿子上。

砰的一声巨响，轿子侧翻在地。

南诏侍卫见状，纷纷弃了纨绔，抽刀回援。

晟丰泽从轿子里爬了出来，捂着脑袋，摇摇晃晃地站起身，一副大梦初醒的表情："发生什么事了？都住手！赤虎！"

"主子！"阿宁大叫着从地上爬了起来，飞奔上前，扶住了晟丰泽。她用刀指着杨静渊，愤怒地说道："我要杀了你！"

杨静渊冷眼瞧着，难道自己真的认错了人？他抄着胳膊皮笑肉不笑地说道："我们没做什么呀。我兄弟想请你赏灯观景，你不答应就算了，居然砍伤了我们的伴当，怎么，还不准我们还手呀？你们也太不讲理了！"

"对！不过是大唐庇护的附属小国，竟敢在大唐国土上嚣张放肆！"

"伤了我们的伴当，报官去！"

倒打一耙的事，纨绔们做得熟了，围拢上前七嘴八舌越说越气愤。

赤虎分辩道："主子，明明是他们拦路调戏阿宁，先动手……"

晟丰泽抬手阻止了他的话，平和地说道："咱们远来是客，怎能随便出手伤人？赔他们汤药费！"

见对方认㞞，周七郎倨傲地说道："想要息事宁人，得让这位小娘子执壶向小爷敬酒赔罪才行！"

典型的得寸进尺，引得南诏侍卫们怒目而视。阿宁气得脸色发白，转身朝晟丰泽弯腰行礼，颤声说道："主人，阿宁不能再服侍您了！"

这是要离开他，哪怕担下罪责，也要杀了周七郎的意思。

晟丰泽握住了阿宁的手，将她拉到了身边，凝视着周七郎说道："阿宁是本王的人，不知这位小郎君是什么身份，能让本王的爱姬为你侍酒？"

"主子。"阿宁猛地抬头看向晟丰泽，黑白分明的眼里浮起了一层水光。

晟丰泽淡淡说道："南诏国小，是大唐的附属国。本王有心与大唐交好，不欲生事，但也不意味着怕事。本王的人，不是谁都能羞辱的。"

周家是开丝坊的。有钱是一回事，论起身份，不过是商人。南诏国再小，周七郎也没资格让南诏王弟的爱姬侍酒。周七郎的脸涨得通红："谁叫她侍酒了？你们伤了我们的人，敬酒赔罪罢了！"

声势已经弱了。

晟丰泽温和地对少年们说道："如果这位小郎君坚持，本王也只能报禀节度使，请他来断个公道了。"

被节度使知道了，就成了影响两国邦交的大事，桑十四郎赶紧上前揽住周七的肩，笑眯眯地给他搭了个台阶："哎哎，周七，你小子眼力可真好，居然一眼相中了南诏白王的爱姬。君子不夺人之美，哥哥另给你找几个美娇娘陪酒去。"

“算了呗，免得说我大唐欺负他们。长得那么黑，又不是什么绝色佳人，小爷还没兴趣喝她的酒呢！”周七郎嘁了一声，故作不屑地转开了头。

“不打不相识，一场误会罢了。本王仰慕大唐文化，还会在益州小住些时日，闲时再设宴与各位赔罪。”晟丰泽的姿态放得极低，以他的身份说了这番话来，纨绔们的火气消了一大半，也不好再继续挑衅。

赤虎从腰间解下一只荷包，走到那几个负伤的伴当面前，将荷包递了过去：“赤虎职责所在，望几位莫要记恨。这里有十两金子，是我家主人的一点心意。”

受伤的伴当见主子点了头，这才谢过收了。

这事各退一步，就此了结。纨绔们在晟丰泽处碰了个软钉子，心里始终不太舒服。

桑十四郎笑道：“兄弟们，今晚哥哥我请到了秦思思在花舫上唱曲，花舫就停在东门码头。”

“真的？桑十四，别哄我们，秦思思一晚缠头须得千金哪。”

桑十四郎大笑：“思思今晚不要缠头！只盼能与哥几个共度佳节，走吧！”

新的话题引起了少年们的兴趣，个个拍马就走。

杨静渊翻身上了马，经过晟丰泽身边时，他停了下来，堆了满脸笑容：“南诏白王，今天在下一时鲁莽冲动，打翻了您的轿子，所幸没有伤着您。听说您要在益州城小住，回头在下备酒给殿下压惊赔罪，殿下会赏脸来吗？”

晟丰泽微笑道：“本王想在益州城小住，原本就是打算广交朋友。”

这就是同意了。杨静渊笑了笑，驱马赶上了队伍，与桑十四郎并辔而行。

“三郎，是他吗？”桑十四郎小声地问道。

“我不确定。”正因为不确定，杨静渊心情更加烦躁。捉摸不透的南诏白王是季英英认识的那个王吗？她为什么要替他遮掩？“我说了请他饮酒，我会再试。迟早会被我逮到他的狐狸尾巴！”

桑十四郎疑惑地望着他道：“三郎，你说实话，如果真的是他领着人调戏季二娘，将你摔进了湖里，你认不出他，还认不出他身边的那些侍卫？”

提起这事，杨静渊就恨得不行：“一个戴着傩戏鬼脸面具的男人，拿季二娘威胁我跳湖。他自称本王，今晚正巧来了个南诏白王，你觉得这是巧合？”

“是有点奇怪。可是晟丰泽远道而来，他没理由去招惹季二娘啊？难不成今晚还有哪个宗室王爷来益州城赏灯观景？”

杨静渊哼了一声道：“反正我会弄个清楚明白。”他心里堵得慌，将马头一转道，“十四，我不去了，你好好玩。”

他带着香油径直往西出了城门。

望着少年们转眼跑了个干净，晟丰泽的脸色变得阴沉。

“主子，那个掀翻轿子的少年身手极好。他一早躲在屋顶，看情形，他是冲着主子来的。”赤虎低声说道。

“回去再说。”轿子已经被扶起，晟丰泽上了轿，揉了揉太阳穴，是他大意了，没想到这么快，他又来了益州。

回到驿馆，晟丰泽静静地坐着。

使臣坐在下首，他的酒醒了一半，睨着晟丰泽说话毫不客气：“白王，你身负重任，为何要擅自行动，暴露身份？”

跽坐在晟丰泽身后的赤虎与阿宁同时抬起头来。赤虎沉声说道：“清平官大人酒还没醒吧？怎知我家主子的谋算？”

阿宁冷冷说道：“清平官大人负责送贡品到长安，益州事务由我家主子定夺，大人还是管好自己的分内事为好。”

使臣大怒：“幸好安排妥当，没有引起节度使怀疑，否则我定密诏国主，治白王之罪！”

“清平官大人休恼，本王来不及知会你，意外出现在散花楼，是本王的不是。不过，今晚的夜宴正是本王留在益州城的好机会。与其捏造身份在城中躲藏，不如光明正大地住进驿馆，还能广交朋友，清平官大人以为如何？”晟丰泽并不动气，温和地说道。

使臣沉吟了一会儿，突然明白了晟丰泽的用意：“原来如此，是我误会了白王。贡品进京耽搁不得，明天节度使发下照会，我就启程，望白王殿下交友顺利。”

送走使臣，赤虎安排了护卫巡守。他瞥了一眼阿宁，想起晟丰泽的话，迟疑了一下道：“阿宁留下来伺候主子吧。”

阿宁的心扑通跳了起来，低头应了。

她望着自己的手，想着晟丰泽说过的话，脸上露出了羞涩的笑容。

回了屋，见到晟丰泽正要脱下长袍，阿宁迎了上去，去解他的衣带：“主子，阿宁服侍您就寝。”

长袍里面是黑色的紧身衣，阿宁伸手去抽衣带，晟丰泽捉住了她的手：“今晚我要出去。告诉赤虎，我没回来，别让人进来。”

阿宁脱口问道：“主子带阿宁一起去吧，阿宁可以保护您。”

晟丰泽拉上了面罩："我一个人行事更方便。"

他推开了窗户，正要翻窗出去，身后传来阿宁的声音："主子……是要去见季英英？"

晟丰泽回过头，露在面罩外的眼神骤然变得冰冷。

阿宁吓了一跳，磕磕巴巴地说道："我、我知道，主子是想去警告季家不准说出主子的事，阿宁只是担心您的安全。"

"你担心我会喜欢上季英英？"晟丰泽走回到阿宁面前，抬起了她的下巴，"第一，本王最多逗着她玩罢了。"

阿宁的眼神蓦地放出光来。

晟丰泽松开手，冷冷说道："第二，本王的事还轮不到你置喙。再有下次，你就不用留在本王身边了，听清楚了？"

"阿宁明白了！"阿宁屈膝下跪，目送着晟丰泽无声无息地翻窗而出。

她呆呆地望着大开的窗户，喃喃说道："今晚这么重要的夜宴，您宁肯拖延时间，也要趁机扮成杨三郎去她身边，只是因为想逗她吗？主子，阿宁不能看着您犯糊涂。季家的人如果说出您的身份，必会引起官府怀疑。"

她一跃而起，飞快地除了外裳，露出里面的夜行衣，接着拉上了面罩，摸了摸腰间的革囊，跳出了窗户。

季英英泡在浴桶里，长发已经绞干了水，用帕子包了起来。她打发走湘儿和绫儿，独自待在卧室里懒洋洋地不想起身。

今晚见到晟郎君的事，她也没有告诉哥哥和母亲。

"知道了又能怎样？只是白担心罢了。我家小门小户、无权无势的，能把他怎样？"季英英叹了一口气。

秘法终究还是没有交给晟郎君。告到官府，告他什么？告他放火烧库房？没证据。告他以重金引诱姨母来益州骗季家欠债？算了吧，姨母的官司才了结，还不知道义川男爵满不满意。难不成把案子又翻出来，让母亲、哥哥再上公堂？季家也没有证据能证明姨母是受了他的引诱。告他串通聚彩阁给季家下套？从头到尾，他就没有出现过。季家不贪图鹦哥靓蓝的暴利，也就不会上当。还有那棵参，百年人参啊，作价两千贯钱，并不贵，还是自己主动求着向他赊买的。

说到底，季家最终还了他的钱，银货两讫。只要他不再生幺蛾子，逼讨季家秘法，他能完全消失在季家人的视线里就好。

季英英越想越觉得他可怕。他差点儿把季家逼得家破人亡、失去秘法，行事竟然滴水不漏，连来历都成了谜。

“他究竟是个什么王爷？怎么又出现了？他还想着季家的秘法吗？上回又是拿欠债逼、拿官司要挟，这次直接让我闭嘴，否则要杀人灭口，唉。”

季英英脑袋都想痛了。转念就想到了杨静渊，她狠狠地拍打着木桶里的水骂道：“杀人灭口知不知道？我家根本拿不出证据，连他的身份都不知道。告诉你有什么用？只晓得骂我。毛虫的脑袋不想事！”

“娘子，不能多泡呢，水凉了，您起身吧。”湘儿站在屏风外劝道。

季英英停止了胡思乱想，叫了她进来服侍。

元宵节，季家后门外也挂了两盏灯笼应景。红色的灯笼投下一圈小小的光晕，映亮了门楣上的“浣花染坊”四个字。

杨静渊从城里出来，这一次，他没有直接去翻墙，而是停在了季家后门外的浣花溪旁。他远远地望着季家，摸着白马的脑袋嘀咕道：“我这样急着跑去找她，是不是有点没面子啊？”

几个时辰前，季英英才嚣张地说等着他来退亲。他不仅不恼，还屁颠屁颠地从城里跑来找她……杨静渊长叹：“是很没有面子啊！”

他烦躁地转了一个圈，叉腰指着白马，把它当成了季英英：“你肯定知道那鬼脸男是谁，凭什么不告诉我啊？以为大冬天跳湖和跳澡堂子的水一样舒服吗？在你心中，原来还有一个男人比我更重要？原先只以为你和赵修缘青梅竹马来着……青梅竹马一般都成不了，我原谅你小时候不懂事，好歹让你看清赵修缘的真面目，对他死了心。鬼脸男又是打哪儿冒出来的？你说，是不是那个南诏白王？季英英，你就是个小染坊家的丫头，和我定亲，你有什么不知足的？论家世，这个不用比了。论容貌，我长得比你漂亮吧？算了，英雄不论长相，比这个忒没意思，咱比才艺好了。今晚我踏莲飞渡的姿势比那鬼脸人好看吧？这身八步赶蝉的轻功不是一般人能练得会的。”

白马打了响鼻，理都不理他。

自己待她真心实意，但在季英英心里，并不觉得他是她的唯一。杨静渊的唠叨噎在了喉咙里。

去见季英英没面子，她还不会告诉自己。杨静渊一口气泄了，翻身上了马，眺望着季家后门，恶狠狠地说道：“季英英，你给我等着，我自己会查出来。”

他正要离开，一抹黑影自墙头飞掠而过，闪身就进了季家。杨静渊倒吸一口凉气："好功夫！"

他下了马，将白马拴在了树上，捏起了拳头："一定是他！季英英，你敢私会情郎，红杏出墙……"

心里突然就酸涩起来。他待她这样好，他终于和她定了亲，还有四个月就要娶她过门。杨静渊停住了脚步，他在季英英心里算什么呢？他这样跑过去揭穿两人，他成什么人了？眼前仿佛出现了季英英与鬼脸面偎依在一起的画面。他的出现像是惊散了一对鸳鸯。

杨静渊一拳打在树上："我怎么会变成这种讨厌的样子？"

万一来人对她不利呢？杨静渊心头微凛，施展轻功，悄悄跃向了季家。

不等他靠近，一匹蹄包布、口衔枚的马飞驰而至。杨静渊闪身躲在了树后，马驰过季家并没停下，朝前奔去。马上之人在经过季家时，从马上一跃而起，轻飘飘地翻进了季家后院。

"不是吧？季英英，你还有多少个相好？又来一个？"杨静渊以手捂额，一副痛不欲生的表情，"今晚我倒要看个究竟。"

夜已经深了，季英英披了件小袄，抽了包头发的布巾躺在榻上。湘儿将烘笼移了过来，架上了竹制的笼架，铺好了白布，给她烘干头发。

屋里炭盆的火烧得正旺，也许是洗澡累了，季英英躺着躺着，眼皮就重了起来。

迷糊间，她听到房门吱呀关合的声音，大概是湘儿出去了吧？她翻了个身，侧身睡熟。

主子已经走了吧？这么短的时间，就只为了来见她一面？阿宁走到榻前坐了下来，执起了一缕季英英的长发。

才洗过的头发黑亮柔顺，在指间绕了几圈，轻轻一动，就飞快地滑落。季英英穿了件蓝底绣百菊的家裳小袄，各色大小不一的菊绣得极为精美，有一朵绣在肩上，她侧身躺着，就像枕着那朵黄菊似的。蓝色的衣裳衬得她的肌肤白皙如玉。阿宁忍不住伸手摸了摸她的脸。

杨静渊看着窗户上映出来的人影，酸溜溜地想，自己撬窗，这人却是推门而入。还敢亮着灯，就不怕被她的丫头看见了？

此时，晟丰泽正站在季氏房中，李嬷嬷和季氏昏睡不醒。他拿着枚药丸溶了，喂季氏饮下："并非害你，你的病本就需要静养，昏睡一段时间对你的身体只有好处。季太太出身世家豪门，见多识广，免得你多嘴坏事。"

再去警告季英英一番，就不用担心季家了。

他也没有想到，上一次露面设计季家竟给现在的局面带来了隐患。

“其实就算季家说出去，本王也有办法令人不起疑心。不过多一事不如少一事，我现在不想分神应付罢了。”晟丰泽悄无声息地离开正院，去找季英英。

他轻松翻进了小跨院，正房窗户透着灯光，院子里很安静，仿佛所有人都睡熟了。回廊上挂着几盏从益州城里买回来的彩灯，在木地板上投下一片温暖的光。还没靠近正房，他意外看到回廊上躺着一个女子。晟丰泽借着灯光一瞧，认出是季英英的贴身丫头。

鼻端嗅到一缕若有若无的香，是阿宁！晟丰泽的眼神蓦然变冷，上前几步推开了正房的门。

一灯如豆，将黑衣蒙面的阿宁和季英英笼罩在灯光之下。

房门被推开，吹进一股寒风，阿宁抬头间，指间一蓬银光掷了过去。她突然看清晟丰泽的那身夜行衣，吓得呆若木鸡。

晟丰泽冷哼一声，一掌拍散了袭来的银光，点点银色的粉末被掌风震散，落在了地板上。

“你来这里做什么？”晟丰泽冷漠地看着她。

阿宁脑中一片空白，嘴唇嗫嚅着，一句话也说不出来。

晟丰泽大步上前，一耳光扇在她脸上。

阿宁捂着脸，眼神倔强地看着他，喃喃说道：“阿宁也是为了主子……”

怎么又来了一个？屋里的人是个女的？窗外的杨静渊突然听到晟丰泽的声音，紧接着听见耳光扇在脸上的脆响，情不自禁地凑近了窗户。

屋里的灯光并不十分明亮，杨静渊移动时，窗户纸上有影子晃了晃。窗外有人！晟丰泽顿时发现了杨静渊。他朝榻上看了一眼。

季英英睡得极熟。灯光下，她的脸上泛起异样的潮红，像受了风寒身体发热，又像是被屋里的炭火热度烘出来的绯色。

南诏深山谷中腐烂的落叶泥沼滋生有毒的瘴气，气体如烟霞般灿烂，色泽如桃花怒放。瘴气中孕育出的蛊虫被称为桃花蛊。中蛊之人死之前毫无异状，反而肌色如桃花，比平时更添几分容色。

如果不带走季英英，被窗外之人发现她中了南诏的蛊，就会怀疑到自己身上。成事不足败事有余的贱婢！晟丰泽进退两难。

窗外的人会是谁？他为何发现了屋里的动静，仍一声不吭？晟丰泽心念数转，想到了杨静渊。他看着阿宁，冷冷问道：“是他派你来的吗？我已经答应了他的条件，不过是想在她成亲前见她一面罢了，为何还要取她的性命？”

阿宁惊魂未定，愣愣地望着他，不知道如何回答。

屋里几个“他她”听得杨静渊犯起了糊涂，最后一句话入耳，他大吃一惊，拍开了窗户：“你们是什么人？”

“带她走。”晟丰泽上前一步，挡在了杨静渊面前。

阿宁惊魂未定，条件反射地执行晟丰泽的命令，用被子裹起季英英，抱起她奔出了房门。

“站住！”杨静渊欲从窗户进入，被晟丰泽挡住。他知道自己想岔了，一时间悔恨不已。晟丰泽却在这时缠上了他。

几个呼吸间的交手，杨静渊知道已经追不上了，只有擒住眼前这个黑衣蒙面人，他才能知道季英英的下落。

晟丰泽也明白杨静渊的意思，拖延的时间足以让阿宁将季英英带走。他心里早有了别的打算，当下低声说道：“想知道我是谁，想让季英英平安，就随我来。”

他朝着围墙奔去，整个后背毫不设防地暴露在杨静渊面前。

杨静渊愣了愣，尾随着他翻过围墙，一路进了河边树林。

听着身后的脚步声，晟丰泽知道自己绝对无法甩掉杨静渊，他干脆地停下了脚步。

杨静渊冷冷地看着他道：“我不会听错你的声音，你就是今晚冒充我的鬼脸人，为什么要掳走季英英？”

晟丰泽长长地叹了一口气道：“我让人带走季英英，是为了她好。”

他很自然地摘下了蒙面巾。

“果然是你！怎么不继续装了？”杨静渊恨声说道，“南诏白王晟丰泽，隐瞒武艺，掳走季英英，你究竟有何目的？你远在南诏，何时认得她的？”

“我是为了救她。”晟丰泽泰然自若地撒着谎。

“救她？她不是被和你认识的蒙面女害的？”

还是涉世未深的少年哪。晟丰泽心里叹息着，惆怅地说道：“唐初洱海有六诏，各自为营。我先祖受大唐天子扶持，统一六诏，受封为南诏王。但六诏始终有不臣之人。如今的国主是本王兄长，他一心想替本王求娶其他部落的贵女为妻，联姻结盟。”

杨静渊蹙眉道：“这些事和季英英有什么关系？”

晟丰泽揣摩着他的心思，轻声说道："你还不明白吗？南诏有商队来益州。我慕益州繁华，曾隐瞒身份悄悄前来游玩，意外认识了英英。当时她母亲病重，我恰巧有棵百年人参……我这次在益州停留，只是想再见她一面。岂料被我兄长知晓，竟令人对她下毒。我知道后这才扮成你，想要提醒她。今晚逼你跳湖，只是想试试你待她的心意如何罢了。今晚，我知晓她已中毒，这才赶来带走她替她解毒。你别误会，季英英并不知道我的真实身份。她、她从来就没有喜欢过我。"

最后一句声如蚊蚋，凄苦至极。

完全颠覆了杨静渊的想法。但他想起拍开窗户之前听到的话，信了两分。

原来晟丰泽是意外和季英英邂逅相识，对季英英一往情深，结果被南诏王棒打鸳鸯。听到晟丰泽说季英英不喜欢他，杨静渊的嘴角忍不住翘了起来。他狐疑地看着晟丰泽道："既然如此，你为何要隐瞒你会武艺的事？"

晟丰泽苦笑道："一个武功高强的南诏白王和一个体弱多病的人在益州停留，哪个更让节度使放心？南诏国弱，我不想横生枝节。在益州小住，不过是想再见她一面罢了。"

这么说来，他是一厢情愿单恋上季英英了？晟丰泽的解释听起来合情合理。杨静渊的敌意减退了："她中的是什么毒？"

"是桃花蛊。时间越长，她会越来越美，而身体却会越来越弱，最后无声无息地死掉。"晟丰泽解释道，"你放心，最多三天，我一定能治好她。如果你不放心，可与我一同回驿馆。"

晟丰泽一脸坦诚的模样让杨静渊打消了疑心。不亲眼看见，他的确放心不下。

晟丰泽松了一口气，又道："经此一事，我也知道和她身份悬殊，绝无可能。我已经决定答应我兄长的要求，他不会再对季英英下手。多一事不如少一事，还请你替本王隐瞒一二，不必让她知道。等使团自长安回返，我会随使团一起回南诏，可惜没办法喝你们的喜酒了。"

将自己单恋季英英的情深尽情展露在杨静渊面前。

杨静渊完全消除了疑心，打了一个呼哨召来了白马道："王爷可曾骑马前来？"

晟丰泽摇了摇头道："虽说今晚没有宵禁，城门却早已关闭。骑马怎能出城？我尾随着我大哥的手下，一路走来的。"

杨静渊爽快地说道："那与我同骑回城可好？"

"骑马如何进城？"晟丰泽目光闪烁了一下，好奇地问道。

想起益州城那个破败的城墙豁口，杨静渊笑道："殿下随我来就是。"

第三十章

戏假情真

夜风呼啸，杨静渊与晟丰泽同骑驰向益州城。

身后的晟丰泽骑术极佳，杨静渊若不用心，几乎感觉不到马背上多了一个人。如果晟丰泽欺骗自己，那么，这一路上会是他下手的最好时机。杨静渊看似放松，其实早就绷紧了神经，任由白马识途狂奔，半合上了眼睛。

师父常说，大道自然。山上学艺时，更多的时候，他都和师父一起静坐悟道。当心静下来时，那些由山岩间沁出的水滴声便如滴在心湖。这一刻，杨静渊在马上进入了全神贯注的宁静状态。

晟丰泽盯着杨静渊的后背，眼神渐渐变冷。

靴子里的匕首早收进了袖管之中，坐在身前的杨静渊毫无防备，似乎自己随时都能给他致命一击。只要现在杀了杨静渊灭口，再以季氏威胁，那么就永远不会有人知道自己曾觊觎过益州锦业的秘法。

他并不曾大意。动用了各种安排，以为小小的浣花染坊必是囊中之物，而坐在身前的杨静渊和他嫡母横插一脚，帮助季家脱了困。

如果不是为了南诏，他没有回返益州，也许自己会放过他们。

可是他已经来了。

如果他压抑着自己的性情，没有扮成杨静渊去见她，也许事情不会变得这样糟糕。

但是他去了。他看着杨静渊拉着她笑着奔向湖边，看着她仰望孔明灯升起，笑靥如花，裙裾飘飘，那一幕美如图画。在他想清楚之前，他已经将鬼脸面具扣在了脸上，走到了她身边。

这样美的元宵灯节，这样美的城，他只想站在她身边，最后一次凝望。

他笑自己虚伪。晚风甚寒，晟丰泽的心渐渐变得木然。

道家练气。气场是一种极玄妙的东西，无法形容，却能感知，如一个人释放的善意，一个杀手身上散发的杀气。杨静渊本能地察觉到晟丰泽于沉默中透出的一丝敌意。

晟丰泽一抖衣袖，袖中的匕首滑到了掌中。随着马的颠簸起伏，只要轻轻往前一送，就能没入杨静渊的腰间。

这时，杨静渊突然扭过头问他："王爷身份贵重，容貌出众，为何会喜欢大唐一个普通人家的小娘子？"

匕首在杨静渊回头的瞬间重新滑进衣袖。晟丰泽微笑地看着他道："以你的人才家世，又为何独对季英英钟情？"

"她，自然是不一样的。"杨静渊一笑回头，目光似无意地从晟丰泽低垂的手上掠过。

所以，杨静渊是因为没见到季英英，才选择相信自己。想起杨静渊高明的武功，晟丰泽不敢再冒险。他轻叹道："本王也觉得她与众不同。"

初见时，杨静渊想着也许可以娶一个家世普通、能让嫡母放心的可爱小娘子；再接触时，被她气得半死，心太骄傲，总想在她面前证明自己。

杨静渊不敢再深想下去，晟丰泽的解释看似有道理，但他并不相信。他要见到季英英好好的，就不能在这时将自己的种种疑惑展现出来。

"王爷掩饰得极好，我与桑十四郎说起，都不敢肯定王爷就是那个戴鬼脸面具的人。"

晟丰泽扬了扬眉，所料不差，杨静渊和那群纨绔中的少年说起过自己。在巷子里见到那群堵路滋事的少年时，他就在想，定是杨静渊听见自己的声音起了疑。很显然，杨静渊在提醒自己，他已经有了防备。对他动手，马上就会有人怀疑自己。

晟丰泽突然觉得，被自己轻易逼进湖里的杨静渊并不如他想象中那样简单。他想起了上次离开时的那个雪天，在东郊塔子山梅亭中与杨家二老爷的约会。晟丰泽自嘲地想，那时一时愤怒的安排，没想到竟然成了手里最有用的一张牌。

"我并不想在你面前掩饰，若被你当场戳穿，我兄长的人会知道我去见了她。

可惜，我却不知道我兄长的人已经混进了我的亲信之中。”

又是一个极好的解释。杨静渊感觉到身后平和的气机，知道晟丰泽不会贸然对自己下手，暗暗松了一口气。

从城墙豁口轻易地进了城，晟丰泽看了一眼四周，记住了这处地方。

回到驿馆，赤虎迎了出来。

晟丰泽板着脸问他：“阿宁人呢？”

赤虎恭敬地答道：“她带了个女子回来安置在厢房，人跪在主子门外。”

晟丰泽大步走了进去。

看到跪在回廊上的少女，连身上的夜行衣也没有换掉，杨静渊一眼就认出了她。

晟丰泽走到阿宁面前，居高临下地看着她道：“替季英英解蛊，本王饶你不死，将你送回国主身边。”

“谢主子开恩。”他要送自己离开？他不要她了？阿宁哆嗦了一下，扑闪的眼睛里蓄满了泪水。为了控制自己不去抱着他的腿求恳，她使劲地将手捏成了拳头。

晟丰泽缓和了语气道：“各为其主。你听国主的吩咐，本王也不能说你什么。此事和季英英无关，本王会写信向国主解释。”

这是什么意思？阿宁偷瞟了一眼杨静渊，抹了眼泪，低声应了。

杨静渊听着两人的对话，一言不发。他心里又生出新的疑惑，阿宁只比他们早离开半个时辰。自己骑马翻了城墙的豁口进城，阿宁就算会武功，带着一个昏迷的季英英赶路走在了前面，连晟丰泽都不知道西城墙那处豁口，阿宁是怎么进的城？

“小人去给季英英解蛊。”阿宁站起身，领着晟丰泽和杨静渊进了院子里的厢房。

季英英仍在沉睡中，面如桃花，像沉浸在美梦之中。

杨静渊低头看着她，问阿宁：“如何解桃花蛊？”

阿宁小声说道：“把蛊虫召出来就行了。杨郎君若不放心，就在旁边看着吧。”

师父曾经说过，南诏有异族擅用蛊，擅驱毒虫。这种秘术杨静渊从来没有亲眼见过，极坦然地说道：“好，我就在这里等。”

戏还是要演下去的，晟丰泽沉着脸对阿宁说道：“如果你敢耍花招，不管你是不是国主的人，本王一定会杀了你。”

半真半假的话却让阿宁脸色苍白如纸，主子这样说另有目的，可她却知道，不管他有没有说她是国主的人这句话，她若伤了季英英，他真的会杀了自己。

她还能感觉到手被主子握住的温度。几个时辰前，她耳边还回响着他的话，做着美梦。阿宁低着头，眼泪汹涌滑落。

赤虎不忍心，低声说道："阿宁，听主子的话，为季娘子解了蛊虫。看在国主的面子上，主子不会太为难你。"

晟丰泽的目光冷冷地从他脸上扫过，赤虎心头微凛，闭上了嘴。

"是，我会给季英英解蛊。"阿宁颤声应了，走到了榻前。

她拔出了小刀，背对着众人，盯着季英英的睡颜想放声痛哭。她真想一刀下去划花这张脸。她闭上了眼睛，指头从刀锋上掠过。

一串鲜红的血珠从伤口涌了出来，然后她将手指放进了季英英嘴里。

晟丰泽解释道："蛊虫都是饲主自幼养大的，以血喂食。嗅到饲主的鲜血，蛊虫会自动出来。"

过了一盏茶工夫，阿宁脸色蓦然变白，用手捏开季英英的嘴，飞快地将手指收了回来。

一只寸许长、遍体通红的细长蜈蚣咬着她的手指被钓了出来。阿宁从怀里拿出一只玉盒，手指在盒边敲了敲，蜈蚣落在了玉盒里。她托在手里给两人看："蛊虫已经钓出来了，她睡一觉就无事了。"

想着这条活蜈蚣钻进了季英英的身体，杨静渊胳膊上激起了一层鸡皮疙瘩。他劈手将盒子夺过摔在地上，用脚将那只蜈蚣踩得粉碎。

"你做什么?！"阿宁心疼地叫了起来。

"我没有对付你，是看在白王殿下的面子上。"杨静渊毫不客气地说道，"如果她醒来有事，你休想活着离开益州城。"

她养了这么多年的蛊啊！阿宁愤愤地咬住了嘴唇。

晟丰泽冷冷说道："是否真的无事，还需等她醒来。赤虎，先把阿宁关起来。"

阿宁垂下了头，乖乖跟着赤虎离开了房间。

晟丰泽对杨静渊道："等她醒了，确认无碍，再送她回去吧。我会嘱人送信给季家，不会让她家人担心。此事因我而起，是我之过。你若不放心，可以在这里陪着她。"

不给杨静渊拒绝的机会，晟丰泽转身便离开。

屋里只剩下杨静渊与季英英两人。杨静渊坐在榻旁，撑着脸看她。确定屋外没有人，他实在没忍住，一把捏住了季英英的脸颊："赵修缘就罢了，是瞧上了你的技艺。朱二郎也算了，怎么也是青梅竹马一起长大。你瞧瞧你，就这张蠢得出奇的脸，还能让堂堂南诏白王一见倾心？别逗我了。”

被他捏变形的脸瞧着肉嘟嘟的，很可爱。杨静渊又忍不住叹气：“说你呢，蠢得要死。如果今晚我没来，天知道晟丰泽是来杀你灭口还是真要救你。”

各种疑问慢慢浮上了他的心头。

“晟丰泽总给我一种奇怪的感觉。”

杨静渊扭头看向窗户，想起了小时候的事，贼贼地笑了。

屋里的灯一直没有熄灭，杨静渊的身影一直映在窗户上。赤虎听了手下的禀报道：“继续盯着。”

他顺着回廊走进了晟丰泽的房间。

昏暗的灯光下，晟丰泽一手支着下颌，手指习惯性地敲打着案几。赤虎知道，主子在思考问题，会和如何处置阿宁有关吗？赤虎单膝跪了下来：“主子，是赤虎的错，误解了主子的意思，以为……以为您要纳了她。”

晟丰泽停了下来，他的眼眸里酝酿着风暴。忍了多时，被赤虎一语触到，晟丰泽蓦然爆发：“所以她就可以跟踪本王，擅作主张给季英英下蛊？”

“主子！”赤虎深吸一口气道，“阿宁从十岁被选进白崖王宫，心里就一直爱慕着主子。她也是一时糊涂，求主子从轻发落！”

“若不是念旧，我早杀了她！”

一切都在掌握之中，阿宁偏要给季英英下南诏特有的蛊。

南诏人性情率直的居多，赤虎也不例外。他倔强地望着晟丰泽道：“主子从前在季家人面前暴露过意图，阿宁想杀了季家满门也是替主子着想。主子为何一定要救季英英？主子喜欢上了她对吗？”

晟丰泽一掌拍在了案几上：“放肆！”他深深呼吸，让自己平静下来，“留她性命，是因为她有用。本王会因为一个女人而置大局于不顾？”

赤虎惭愧地低下了头。

晟丰泽缓了缓问道：“杨静渊还在屋子里？”

赤虎低声回道：“屋里没有熄灯，属下令人盯着，他的身影一直映在窗户上。”

“温柔乡是英雄冢。否则留他在院子里，本王也不放心。传令下去，所有人谨言慎行。杨静渊会盯着我们，大唐的官员都会盯着我们。”晟丰泽说话随意了一些，“回来的路上，本王发现杨静渊起了疑心，失去了下手的机会。他的马甚是醒目。如今不能再动杨静渊和季英英，多做多错。明天杨静渊要带季英英走，直接送他们离开，不必来向本王辞行。”

赤虎犹豫了一下道："主子说杨静渊起了疑心，会不会他已经察觉到咱们的意图？"

"使团带着贡品正要启程去长安，有谁会相信南诏准备起兵攻打益州？本王会承认喜欢季英英。杨静渊？一个争风吃醋的纨绔少年罢了。"晟丰泽冷冷说道，"明天一早就送阿宁回南诏。告诉她，本王身边不需要擅作主张的人。"

"是，属下这就去告诉她。主子早点休息。"

赤虎退出来，拉上了房门，叮嘱门外守卫注意警戒，赤虎朝左右看了眼，朝后院走去。

杨静渊猫腰坐在屋脊防风墙的阴影处，狠狠掐了一把大腿，瞬间的疼痛让他龇牙咧嘴。他刚才偷听到的话真不是他在做梦。

他小心地离开，从厢房的后窗翻进了屋里。榻前的高背椅披着他的衣袍，伪装成的影子骗过了白王的侍卫。这是他小时候偷溜出府时常玩的把戏。

他靠着墙角站着，远远看着仍在睡熟中的季英英，喃喃说道："他以前在季家人面前暴露过意图？难不成季家那些官司债务都是晟丰泽搞的鬼？傻丫头，你是知道还是不知道？"

季英英一晚无梦睡到天亮，天光透过窗户纸映进了屋子，感觉到阳光刺目，她抬起手挡住了眼睛："湘儿，什么时辰了？"

"辰初。"杨静渊听她声音如常，松了一口气的同时，又恨着她的没心没肺。

她不是在做梦吧？怎么会是杨静渊的声音？季英英叉开了手指。从指缝中分明看到杨静渊的脸，她吓傻了："我在做梦？"

她说着，一骨碌从榻上爬起，伸手去摸他的脸。

杨静渊捉住了她的手，用力一拉，季英英扑进了他怀里。他低头看着她："要我端洗脸水来侍候你梳洗吗？"

季英英眨了眨眼睛，把脸往他身上用力一蹭，手按在了他胸前。扑通扑通的心跳啊，真的是他！她用力推开他，转头四顾，完全陌生的房间。她气急败坏地低头看自己，还穿着昨晚睡着前的蓝色小袄、粉红的洒腿裤子。季英英没感觉到身体有异样，胆子壮了，指着杨静渊的鼻子说道："你居然又翻窗进我房间把我掳到这儿，你要不要脸？！"

"中气十足，看来无恙了。"杨静渊站起身伸了一个懒腰，"我叫人打水给你洗漱……再给你找身衣裙。"

望着他推门出去的背影，季英英愣了半晌才叫道：“喂！这是什么地方？”

杨静渊当作没听见，用力拉上了房门，门碰撞的咣当声吓了季英英一跳。她不满地嘀咕道：“这人怎么能这样？不就是吵了两句嘴，就半夜掳人。惨了，被娘和哥哥知道了怎么办？”

她气鼓鼓地捶了几记床榻。难道母亲和哥哥问起，她要说杨静渊翻墙撬窗都轻车熟路了？想到这里，她用手捂住了脸。

一套衣裙扔过来罩在她头上，季英英听到杨静渊懒洋洋的声音：“换好衣裳梳洗妥当叫我。”

她把衣裙从头上扯下来，门又咣当一声关上了。

梳洗架上搁着一只盛着热水的铜盆，架子上挂着一方白色的布巾，旁边搁着两只琉璃碗、一支骨质牙刷。

季英英穿好衣裙下了榻，从碗中捏起一枚褐色的豆子嗅了嗅：“洁面的澡豆？还用琉璃碗装？这是杨家？他居然敢把我带回杨家？！”

季英英像被雷劈了似的，她还没出嫁呢，怎么可以住进杨家？杨三郎真是……季英英捋起衣袖，刷了牙，也不用澡豆，拧了帕子擦干净脸和手。打散了发髻，麻利地绾起一个乌椎髻，对着妆台铜镜中的自己龇牙：“杨静渊，你死定了！”

她快步走到门口，刚一拉开门，杨静渊一步迈了进来，季英英猝不及防撞上了他，鼻腔撞得酸疼，眼泪一下子就冒了出来。她捂着鼻子骂他：“你怎么可以把我掳到……”

杨静渊捂住了她的嘴巴，快速说道：“第一，不是我掳的你。第二，这里不是杨家。第三，这里当然不会是杨家！不过你放心，我一定会八抬大轿娶你进门。”

说完他松了手，上下打量了她一番。见她穿得整整齐齐，头发也梳得利落，握着她的手就往外走：“看到什么都别大嚷大叫，出去再说。”

季英英想说的话都被他堵了回去。她嘟了嘟嘴，白了他一眼。不是他，那是谁？不是杨家，什么地方这么奢侈，用铜脸盆洗脸、用琉璃碗装澡豆？

天空放了晴，冬天的阳光灿烂地洒下来。季英英站在房檐下眯了眯眼，一扭头，看到了正房门口站着的男子。一身黑色绣暗花的大袖宽袍，黑发仅用一根发带系住。麦色的肌肤，深邃如星辰的眼睛。她啊了一声，倒吸一口凉气，握紧了杨静渊的手。天哪，她怎么会看到晟郎君？

感觉到手上传来的力气，杨静渊低下了头，似笑非笑地看着她：“怎么了？”

怎么了？！难道这里是客栈？恰巧和晟郎君住在一个院子里？天字号客栈也会

用铜脸盆和琉璃碗吧？季英英呵呵再呵呵："没什么，我怎么会在客栈里啊？"

客栈？你以为这里是客栈？杨静渊睃了一眼站在前面正房门口的晟丰泽，恨不得一巴掌拍醒季英英："呵呵，你怎么知道这里是客栈啊？哦，看到这院子里有别的人住着是吧？"

"是……啊。嘿嘿。"季英英含糊地点头。被杨静渊一扯，她情不自禁地跟着他往前走，定睛一看，这是去晟郎君那儿的方向！她急了，用力地想挣脱："你带我去哪儿？你还没告诉我，昨晚发生什么事了？"

杨静渊板着脸道："昨晚，咱们被这里的主人收留了。现在去向主人告辞，然后我送你回家。"

"什么被人收……收留了？"被晟郎君收留？她怎么一点印象都没有啊？季英英绞尽脑汁也只有洗完澡睡着，湘儿帮她烘头发的记忆。

脑子还没转过弯来，杨静渊已带着她走到了晟郎君面前。他睃了季英英一眼，见她眼神乱飞，不敢看晟丰泽。再看晟丰泽，目光就像粘在她身上似的。一个装着不认识，一个装着舍不得，他也扮猪吃老虎好了。杨静渊展颜一笑："她一早醒来活蹦乱跳，比鲜虾还蹦跶。如果有事，我会再来找白王殿下。"

什么比鲜虾还蹦跶？什么有事无事？季英英正要瞪杨静渊，脑中突然闪过"白王殿下"四个字，失口惊呼："白王殿下？！"

杨静渊"好心"地给她介绍："这位是南诏王弟白王殿下，你认识？"

啊？她该说认识还是不认识？季英英小心地看了一眼晟丰泽和站在他身后的那排黑脸侍卫。

一脸小媳妇样瞧得杨静渊火大："怎么不说话？"

晟丰泽突然开口道："是本王的不是，吓着季娘子了。本王仰慕大唐繁华，曾随商队来益州游玩。为了方便，这才向你隐瞒了身份。我叫晟丰泽。我说姓晟，并未骗你。"又对杨静渊解释道，"所以，说她认得本王也可，说不认得，也可。"

嘁！我还要你来解释？杨静渊皮笑肉不笑地点头："哦，原来如此。"

南诏国……原来他是南诏国的王，南诏的王。季英英目不转睛地看着晟丰泽，南诏要益州府织锦人家的秘法，南诏要偷学大唐匠人的秘法。南诏，他是为了南诏！

一只袍袖挡在了季英英眼前，杨静渊没好气地晃了晃手道："看傻了？没想到自己竟然意外认识了英俊潇洒的白王殿下？"

"一股子酸味。"季英英嘀咕着移开了视线。她很是不屑地想，谁要看晟丰泽是否英俊来着？他是仇人，不是情人！

杨静渊耳力好，把她含糊的话听得清清楚楚。他凑近季英英，偏着脑袋不让晟丰泽看到自己在说话，含糊地道：“你眼睛瞎了？他有我好看？”

季英英哭笑不得，眼珠一转，大声说道：“我老早就觉得晟……王爷贵气四溢，绝非池中之物，原来是南诏王弟。季英英从前有眼不识泰山，如有冒犯，还请殿下见谅。季家定是祖坟冒了青烟，才能得到殿下如此青睐！您是天上的神仙，季家只是地上的蝼蚁。您高抬贵脚，大刀砍蚂蚁很无趣对不？”

季英英眉开眼笑的模样落在杨静渊眼中，满满的都是对晟丰泽的谄媚仰慕，至于季英英后面的话，杨静渊自动忽略掉了。

晟丰泽却从季英英那双黑溜溜的眼瞳里看到了轻蔑与敌意。

他本来不打算见她的。昨晚也吩咐了赤虎，杨静渊带她离开，不必前来辞行。然而杨静渊坚持要来辞行，大概是想当面看季英英的反应吧？情窦初开的少年哪。他半推半就地答应了。

看见两人携手站在面前，他不由自主地想起了那晚看到的赵修缘和季英英。她和赵修缘在一起时性烈如火，典型的因爱成恨。此时，在杨静渊面前，她却别扭得像个孩子。眼睛如此灵活生动地表达着她的情绪，只差没有对杨静渊扮怪脸、吐舌头、翻白眼了。

就像是他豢养的小狮子对着另一个人献媚邀宠。被忽视的感觉，真有点失落啊。

晟丰泽哂然，他又不是神仙，自然会有七情六欲，只不过，他懂得如何控制罢了。至少，他对季英英还没有势在必得的心意。

他微笑着说道：“听说季太太久病未愈，一直卧病在床。改天，本王一定前去探望。”

我娘的病早就好了，不过是身体一直没有恢复元气罢了。当看到晟丰泽投来一个意味深长的眼神，季英英突然打了一个寒战。

和聪明人说话就是简单。晟丰泽满意地笑了。

“来人！”

几名侍卫捧着礼物走过来。晟丰泽说道：“昨晚之事，还请杨郎君替本王向季娘子解释一二。这些礼物都是南诏特产，送给季娘子压惊，还请收下。”

昨晚？是指把她掳到这里来的事？晟郎君，不，是南诏白王将自己从家里掳走的？季英英脑中闪过“杀人灭口”四个字，又打了一个寒战。

“你怎么了？是不是身体还没有好？”杨静渊察觉到了，有点后悔故意一早给她这样的“惊喜”，又担心是蛊毒没有去尽。

“我没事啊，母亲和哥哥会担心我，我想回家。”晟丰泽不会无缘无故提到母亲，季英英归心似箭。

突然从家里消失，季太太定会担忧。杨静渊大方地向晟丰泽告辞：“我先送她回家。这些礼物，我会嘱人来拿，多谢王爷。”

人傻钱多，不要白不要，杨静渊直接替季英英做了主，拉着她走出了驿馆。

踏出驿馆大门，杨静渊牵来了马。

太阳升起，街上人来人往，季英英有点不好意思和他共骑：“你说，咱俩成亲前见了无数次，会不会不吉利呀？”

杨静渊用手指了指她：“季英英，你也懂得拐弯抹角说话了？等着。”

季英英抿嘴一笑，朝旁边的店努了努嘴。

杨静渊哼了一声，大步走过去买了顶帷帽扣在了她头上：“这样可以了吧？”

“谢谢。”季英英踩着脚蹬上了马，“借你的马用用！乖马，走喽！”说是走，却没有驱马离开，望着杨静渊瞪眼生气的表情，扑哧笑出了声。

知道又被她捉弄，杨静渊悻悻地跃上了马背，从她手里拿过缰绳，拍马出城：“你还没告诉我，昨晚为什么要骗我说不认识晟丰泽？”

“你还没有告诉我昨晚发生什么事了呢。回家再说吧，我想我娘了。”季英英想起晟丰泽的话和眼神，心里忐忑不安。

想起昨晚偷听到的话，杨静渊也不知道该怎么办。指证南诏将要发兵是国家大事，他人微言轻，又没有证据。等送了季英英回家，告诉父亲再谋对策吧。

两人各怀心事，一路无话。

回到季家，已近午时了。季英英下了马，见杨静渊还骑在马上，忍不住说道：“用过饭再回城吧。”

杨静渊摇了摇头：“我一夜未睡，回家补眠。总之昨晚有惊无险，你不用多想。改天得空，我再告诉你，回家去吧。”

昨晚是他守了自己一整晚。季英英掀起了帷帽的面纱，瞪着他的脸瞧：“你一晚没睡吗？你怎么可以一晚上不睡觉还这么俊俏？还有天理吗？哼！”

她说完，提起裙子飞快地奔进了家门。

杨静渊忍不住摸了摸自己的脸，突然反应过来，季英英是在夸赞自己，低声笑骂道：“有这样夸人的吗？”他怎么也压不住脸上涌现的笑容，心里暗藏的阴影被灿烂的阳光晒得瞬间没了。

听到马蹄声嘚嘚远去，季英英悄悄从门后面探出了头，巷子里已没有杨静渊的身影，她靠着门，翘起了嘴角：“他再俊俏，也不是好人，哪能和你比呀，小气鬼！”

她转身进了内院。

“英英！你没事吧？”季耀庭站在回廊上看到她，朝着她奔了过来。

被哥哥握着肩上下左右打量了一圈，季英英着急地解释道：“哥哥，我没事。昨晚是晟郎君……”

“哥哥知道。”季耀庭打断了她的话，见她好好地站在眼前，这才放心了。他朝屋里看了一眼，拉着季英英的手道：“回你屋里说话。”

“哥，娘是不是很担心我？我先去见了娘亲，再和你讲。”

“哥哥收到了晟郎君送来的书信。我不想让你嫂子担心。”季耀庭说着，将妹妹拉进了小跨院。

“守口如瓶，母女无恙。”

信上只有八个字，没有落款。这是晟丰泽的风格，不会给自己留下任何把柄。这样简单的话也只有季家母子三人明白是什么意思。

季耀庭苦恼地说道：“天亮时，绫儿和湘儿发现你不在房中。李嬷嬷服侍母亲起来，怎么也叫不醒她。而我收到了这封信。哥哥什么事都不能做，也不想告诉你嫂嫂，叫她担心。只道母亲病情反复，你一大早进城请郎中去了。”

母亲果然有事，季英英眼前闪动着晟丰泽意味深长的眼神，她噌地站了起来：“我向他讨救醒母亲的药去！”

“你知道晟郎君在什么地方？”季耀庭吃惊地看着妹妹，他无法想象晟郎君那样心思缜密的人能让妹妹找到他的落脚处。

季英英冷笑道：“什么晟郎君？他是南诏王弟，被封为白王，大名叫晟丰泽。和南诏使团一起住在城中驿馆。南蛮子跑到大唐来耀武扬威，他这么怕咱们说出他的事，我就不能反过来要挟他吗？”

“英英，你傻了？他能悄无声息地给母亲下药，带走你，你去要挟他，他就不会杀了我们？”季耀庭说着就怔住了，“他既然不想我们说起他的事，他明明有能力可以杀了我们，他为什么要这样做？如果他要季家的染丝秘法，他怎么不拿母亲的性命来要挟我们？为了母亲，我绝对会拱手交出秘法。”

谁知道他心里在想些什么。季英英闷闷地说道：“哥，看起来他不想杀我们，只是提醒我们别乱说话。不知道什么时候他才会送来解药，让母亲醒来。我不去找他了，我去看看娘。”

季氏真的像睡着了，脸上带着浅浅的笑，像在做着一个美梦。

见到季英英，张四娘站起身来，担忧地问道：“御医顾老先生不好请是吧？”

这是哥哥对嫂子撒谎，隐瞒了自己昨晚不在家里。季英英含糊地说道：“我没见着先生，大概是外出了。”

晟丰泽下手，不会轻易被人救好的。

张四娘急道：“母亲昏迷不醒，这样可不是办法。不如我回娘家，请我父亲遣了人去城里寻访顾老先生。”

“不，不用了。”季英英知道哥哥瞒着嫂子是不愿她担心。见张四娘一心替母亲着想，她着实感动，情急之下道：“当初顾老先生是被杨大太太请来给母亲瞧病的。这事拜托杨大太太比较妥当。”

张四娘马上做出了决定：“妹妹说得有道理。只是你还有几个月就要嫁到杨家去，不方便露面。明天嫂嫂去拜访杨大太太好了。吴嬷嬷，遣人赶紧给杨家递张帖子，讨个回信，看杨大太太明天是否方便。”

“嫂嫂！”季英英简直不知道该如何阻拦张四娘了。

看在张四娘眼中，却以为季英英害羞。她温婉地握着季英英的手道：“两家既然结了亲，就当守望相助。季家门槛低，也是杨家的亲家。为了母亲的病，低头求一求杨大太太，她不会不答应的。”

面对孝心满满的张四娘，季英英无话可说。她转身找到了季耀庭。

季耀庭却很支持：“顾老先生是御医，说不定能救醒母亲呢？”

会吗？季英英不是不相信顾老先生的医术，她是相信晟丰泽的手段：“哥，你不想想，晟丰泽能对母亲下手，如果我们救醒母亲，他随时能再下手。咱们家能把顾老先生供在家里吗？解铃还需系铃人，只有去找晟丰泽。”

季耀庭反对：“你不能去要挟他，万一激怒他怎么办？”

季英英又想起晟丰泽说过的话：“不，哥哥，咱们不用去找他。他说过，他会来家里拜访，探望母亲，咱们等着他来就是。”

第三十一章

盯梢与吃醋

季家人惴惴不安地等了两天，终于等来了晟丰泽。

大红毡毯从赵家牌楼一直铺到槐树巷赵家大门口。一大早，里正就领着人敲锣通报，南诏国的王爷亲自来三道堰新锦王赵家选购织锦，作为带回南诏献给国主的礼物，爱热闹、爱新奇的百姓纷纷走出了家门，将赵家牌楼围了个水泄不通。

“他要去赵家选买织锦？他想做什么？”季英英下意识地表示不相信，“他该不会又瞧上赵家锦的什么祖传织法了吧？赵家怕是要倒霉了！敲锣打鼓迎了个瘟神进家。”

季耀庭管不着晟丰泽是否要算计赵家，他着急地说道：“他会来咱们家给母亲送药吗？母亲躺了两天，只能喂些清水。时间长了，怎么撑得住？”

季英英反而沉住了气：“益州城那么多卖蜀锦的，何必非要去赵家选买？我看哪，他这是寻借口到咱们家来。我们等着便是。”

晟丰泽亮明了身份出行。事关两国邦交，除了他的侍卫，大都督府点了三百士兵护送。要去女儿的夫家，牛副都督有心替女儿撑腰，干脆亲自陪伴同来。

辰时不到，甲胄分明的士兵五步一岗净了街。

能迎来一位王族购买赵家锦是赵家的荣耀。赵老太爷听家仆打听到队伍将至，领着三个儿子和嫡出的孙儿辈，以及赵氏一族的族老们候在了牌楼下。

季英英心里不急，难免也生出了好奇心，带着两个丫头挤在人群里看热闹。

晟丰泽坐了辆朱漆华盖马车。他换上了南诏服饰，黑蓝两色的长袍，大脚裤，脚蹬尖头的鹿皮靴，腰间别着一柄镶有各色宝石的银色小刀。他头上缠着黑色的缠头，中间镶着一块红色宝石，极为英武，引得四周围观的妇人啧啧赞叹。

湘儿眼睛都看直了，握着季英英的手，不停地说道："娘子，南诏王爷好俊哪！"

"毒蘑菇好看不？知道鹤顶红有毒吗？"季英英嘁了一声。

晟丰泽自马车上起身时，目光往人群中一扫，犀利地发现了季英英主仆。他冲季英英笑了笑，收到季英英的怒目而视，晟丰泽忍俊不禁。

他下了马车，对牛副都督低声耳语了几句，牛副都督豪放地大笑起来，不置可否地点了点头。

晟丰泽下了马车，径直走向了人群。百姓们纷纷低头避开，不知道这位南诏王爷想要做什么。

"娘子，他、他朝我们走来了！"湘儿既胆小，又兴奋，颤声说道。

光天化日之下，他能做什么？他敢做什么？季英英不闪不避地站着，直到晟丰泽走到她面前，她才急了，低声说道："你做什么？"

晟丰泽向紧随着自己的赤虎伸出了手，赤虎拿出了一条五彩锦带，晟丰泽眼中闪烁着恶作剧的光，将锦带递向了季英英："美丽的小娘子，能否陪本王一游？"

"哇！季二娘好幸运啊！如果南诏王爷邀请我，我肯定会晕倒！"

"季二娘都定亲了。南诏人不通礼仪，哪能在大街上随意请小娘子同游？"

"来者是客嘛，人家可是一位王爷！"

纷繁杂乱的议论声一波波袭来，只有季英英知道晟丰泽有多么无耻。她挺直了腰背拒绝："奴家已经定了亲，不便与王爷同游，多谢王爷盛情。"

早料到她会拒绝，晟丰泽就是想逗她，他压低了声音："想不想让你娘醒来？"

这个不要脸的无赖！季英英气急。她眼珠一转，用旁人能听得见的声音嚷了一声："羞死人了！"用手捂着脸转身跑了。

她的害羞引得人们哄堂大笑。

晟丰泽不以为忤，将锦带拿给了赤虎，笑着对牛副都督道："大唐的小娘子好生有趣！"

牛副都督也觉得有趣，大笑道："蓬门碧玉脸皮忒薄，某晚上安排教坊歌伎为王爷助兴好了。"

"多谢。"

说笑间，两人走向了赵家牌楼。

当牛副都督得意地将女婿赵修缘介绍给晟丰泽时，晟丰泽笑了："没想到织出锦王《临江仙菊锦》的竟是如此清雅的郎君。"

年轻英俊的南诏王弟，举手投足间流露出高贵的气度，看上去不过二十出头，与自己的身份却是云泥之别。

赵修缘揖首行礼，对晟丰泽先前递锦带给季英英一事充满了疑惑。也许是自己想多了吧，季英英不可能认得这位南诏白王。如果自己像晟丰泽一样，想要季英英，瞧牛副都督热络的模样，大概会想办法把季英英送到他面前。

想到这里，嫉妒与渴望飞快地在他心里生长。如果自己不是出身商户该有多好，那样他就不会为了巴结牛副都督，娶貌丑心狠的牛五娘。

想起牛五娘，赵修缘又一阵胸闷。昨晚牛家来人报信，听说父亲将亲自陪同南诏白王前来，牛五娘便令人禀了赵申氏，遣人出府购买食材，在碧水园中做三两小菜给父亲和南诏白王佐酒。

赵申氏觉得多此一举，又生气难道赵家连三两小菜的食材都没有，非要外出采买。

牛五娘便道："既然赵家不缺食材，那我就把菜单送至厨房好了。"

管厨房的嬷嬷随即拿了菜单来，赵申氏一看，气得差点儿晕厥。雀舌三百条，鲢鱼须一千，熊掌一个，鹿肉两斤，菘菜心五十枚，血燕二两。这叫三两小菜？

遣人去碧水园，牛五娘很是吃惊："赵家连这些普通菜品都吃不起吗？南诏白王是父亲请来替赵家长脸的，我身为赵家媳妇，自不能落了赵家的脸。玉缘，去当了我的头面。"

赵申氏丢不起这个人，当即吩咐人花重金采买。赵家出得起这个银钱，却让赵申氏憋屈得不行，又当着赵修缘的面哭诉。

牛副都督官高权重，以他的俸禄，明显吃不起这样的菜。赵修缘心里明白，牛五娘早料定了母亲的反应，故意为之。流水般地花着赵家的银钱，还要赵家感恩戴德。

但是牛家的确帮了赵家的忙。能迎来南诏白王，赵老太爷就盘算开了，他们能和晟丰泽交好，将来赵家锦在南诏占据优势，以货易物，能获得极丰厚的利润。想起祖父的叮嘱，赵修缘放开了对牛家的纠结。

赵家不能让堂堂南诏白王去商铺选锦，便迎了晟丰泽在正堂坐定，备好的美锦流水般捧到了他面前。

区区一家锦户，能随意拿出上百种花色的灿烂华锦。瞧赵家人的态度，眼前百匹织锦竟是打定主意相送。捧来织锦的全是年轻貌美的侍婢，身上皆穿着绸裙，益州繁华富贵可见一斑。想起南诏农忙时，国主大军将与臣工都要亲自下田耕种，晟丰泽心中就涌出难以形容的复杂情绪。

他想起了兄长晟丰佑对自己说过的话："寸锦寸金。想要在南诏种桑养蚕织锦强国，短时间是做不到的。你花了三年时间谋求秘法、学习技艺，所得不过美锦百匹，杯水车薪。泽弟，大唐已经不是贞观与开元年间。皇帝势弱，宦臣当道，藩镇割据。而益州生活奢靡，节度使贪婪暴戾，城墙久不修缮，士兵士气羸弱，正是我南诏出兵益州的最好时机。你的慈悲应该用于南诏百姓。"

无数个赵家的财富正该用于充实南诏国库。晟丰泽再一次坚定了自己的信念。

他不打算收下赵家的馈赠。南诏虽穷，但山中盛产宝石象牙，赤虎捧来一个盒子放在了案几上。盒盖揭开，琳琅满目的各色宝石发出夺目的光。晟丰泽笑道："本王不能白得美锦，区区薄礼，还望赵老太爷笑纳。"

明明是用宝石换锦，如今却成了相互赠礼，赵老太爷面上增光，兴奋不已："多谢王爷赏赐。"

饭后，晟丰泽对牛副都督笑道："听说赵郎君是您的乘龙快婿，都督想必也想与令爱小聚。本王与赵郎君年纪相当，有赵郎君相陪就好。"

牛副都督早想见见女儿，当即点头同意。

赵修缘巴不得有机会和晟丰泽拉近关系，请他进藤园品茶。

走进院子，看到院中二层小楼，晟丰泽就笑了："此处甚是雅致。这是赵郎君的书房？"

"正是，等到初夏紫藤花开，景致更美。王爷里面请。"

两人进了正厅，晟丰泽抬头就看到条案上方悬挂的画。白墙乌瓦，院中黄桷树枝叶葳莛。一角窗户推开，少女倚窗而立。他一眼便认出画的是季英英的小跨院。晟丰泽明知故问："恕本王冒昧，此画中少女可是赵郎君的心上人？"

赵修缘愣了愣，心想这正是和晟丰泽拉近关系的好机会。他苦笑道："在下与她青梅竹马，只可惜因门户之见，有缘无分。粗陋画作，聊以纪念，让王爷见笑了。"

"画得其神髓，想必画中女子和本王先前在街头见到的小娘子一样美貌可爱。本王甚是好奇，以赵郎君的才情容貌，又是赵家继任家主，既然是蓬门碧玉，做你的妾室也是她的福分。她父母为何不愿将她许给你呢？呵呵，本王明白了，可是尊夫人的缘故？本王与赵郎君一见如故。如要本王向牛副都督说项，赵郎君尽管开口便是。”晟丰泽有意无意地将话题引到了季英英身上，撩拨着赵修缘。

如果晟丰泽向牛副都督索讨季英英，再转赠自己，杨家敢拒绝吗？杨家也不过是个商户罢了。如果能成，季英英休想嫁给杨静渊！赵修缘的心脏被这个提议激得狂跳不已。这是他的执念，他头脑一热，起身向晟丰泽弯腰揖首：“求王爷相助！”

还真是对季英英不死心哪。晟丰泽轻轻托起了他：“向牛副都督求情说项罢了。男人三妻四妾实属平常，赵郎君无须行此大礼。”

“并非牛家阻拦。”赵修缘面露悲凄道，“王爷有所不知，您先前欲赠锦带的小娘子正是画中的少女。在下与她青梅竹马，两情相悦，碍于两家门第相差太大，家中又为我娶了牛家小娘子。在下敬重牛氏，却始终忘不了季二娘，更担心她嫁得不好。”

“这么巧啊！竟然就是那位美貌的小娘子。”晟丰泽故作吃惊，蹙眉道，“非是牛家不肯答应你纳妾。刚才在牌楼外，本王似乎听说她已经定了人家？这究竟是怎么回事？”

于是，他听到了赵修缘编织的一出凄美爱情故事。

晟丰泽嗟叹道：“她家贪图杨家的正妻之位，竟将她许给了一个只知吃喝玩乐的纨绔子弟！还是个无用的庶子！”

“王爷，这门亲事她并不情愿。只是婚姻大事，父母之命，无力反抗罢了。那杨家也不过是一介商户。只要王爷向牛副都督索要季英英，为了两国情谊，牛副都督与节度使大人定能让王爷如愿。王爷得到她后，再将其赠予在下，在下感激不尽！”

啧啧，这小子心思转得真快，够狠！够无耻！晟丰泽差点儿竖拇指夸他一声人才了。

杨家也是世家大族，已经定了亲的媳妇被自己公然索走，全族上下还要不要出门见人了？赵修缘不明白这个道理吗？他明白。这正说明他对季英英的执着已经到了罔顾人伦纲常的地步。这样的人不正是自己要找的人吗？

晟丰泽叹了一口气：“如果她没有定亲倒也罢了。如今亲事已定，已是他人之妻，本王怎能随意索讨？杨家又不是什么小户人家。赵郎君，本王爱莫能助啊。”

他的拒绝如同泼来的冷水，浇醒了赵修缘。杨家为了脸面，也是不肯的。晟丰泽凭什么要帮自己去背上一个夺人妻子的名声？如果晟丰泽早点来到益州，如果季英英没有和杨静渊定下亲事就好了。听说两家的婚期定在四月，难道就没有别的办法可以阻止她嫁给杨静渊吗？赵修缘压抑多日的心思被勾起，像眼前壶中沸滚的水，再难平息。

“在下一时情急出了个昏招，还请王爷见谅。”

知道晟丰泽帮不了自己，赵修缘更不想得罪了他，赔过礼之后，用心煎起茶来。

晟丰泽冷眼旁观，见赵修缘很快就镇定下来，仿佛刚才那些儿女情长的愁绪不曾出现在他脸上。他想起那晚在小楼窗外所见，默默地想，这是一个心狠手辣且善伪装的无耻之人。利用这样的人，晟丰泽毫无压力。

他接过赵修缘奉的茶，欣赏着翻涌变化的茶花，赞道：“赵郎君好手艺。放着你这么好的男人不嫁，去贪图杨家一个纨绔庶子的正妻之位，真是可惜。有道是，宁为鸡头，不做凤尾，季氏目光太过短浅。”

赵修缘轻叹：“我担心她所嫁非人。可两家亲事已定，在下也无力回天。但愿杨三郎能待她好吧。”

这般清美如画的容貌，连叹息都优雅无比，晟丰泽也想叹气。季英英那丫头能不被骗才有鬼了。

他真的叹了一口气：“除非杨家败垮了。以那季氏的势利，定会退亲吧？”

如果杨家垮了，季氏不退亲，他也有能力将季英英抢走。只是杨家百年织锦传家，想斗垮杨家谈何容易。

尽管赵修缘在掩饰，但对斗垮杨家的炽热仍然出现在他眼里。晟丰泽看到自己想看的，换了话题：“赵郎君，天涯何处无芳草，且看开些吧。对了，本王对赵家锦爱不释手，赵家可有意向来南诏经商？本王可以将赵家商队引荐给国主。”

赵修缘精神一振，起身行礼谢过：“不瞒王爷，昨天接到王爷要来赵家的消息，祖父就想到了去南诏行商一事。如果王爷能够引荐，赵家感激不尽。”

“小事耳。本王回返南诏时，赵家遣人同行吧。”晟丰泽说着起了身，“本王突然有点倦了，想小睡一会儿。”

赵修缘急着将消息禀告祖父，吩咐赵平引晟丰泽上楼休息：“请王爷上楼休息，在下先行告退。”

等晟丰泽进了房间，赤虎亲自守在了门口。

房门与院落里都是他的侍卫。晟丰泽嫌弃地看了一眼屋里的床榻，径自走到窗边推开了窗户，季家的小跨院就在眼前。

“本来没打算去季家一趟，看你一早就盼着见本王，不去见你，岂非辜负了你的心意？”

正巧被赵修缘请到藤园品茶，晟丰泽改变了不去季家的主意。他取下了缠头，脱了外裳，露出里面的大唐服饰。瞅到四下无人，他利索地从窗户翻了出去。

白天人多，晟丰泽寻着僻静角落翻院墙离开了赵家，从小巷来到了季家正门，很有礼貌地上前敲门进去了。

巷子口的茶摊上坐着两个戴帷帽的男子。这处茶摊正位于赵、季两家之间的街口，往左能看到赵家牌楼，往右能看到季家的大门。

尽管晟丰泽低着头，杨静渊仍然认出了他来。他用手肘撞了撞桑十四郎：“醒醒，晟丰泽溜出了赵家，去季家了。”

桑十四郎合着的眼皮一下子睁开了。他一把掀起帷帽的面纱，正看到季家门房匆匆关上了大门。他哇了一声：“三郎，你说得没错！这个南诏白王鬼鬼祟祟的。大白天的，他竟然能在牛副都督三百士兵的看守下溜出赵家，真不简单！走，去季家将他揪出来，看他怎么向牛副都督解释。”

“不行！”杨静渊一把攥住了他的胳膊，狠狠地说道，“他早晨前来，故意摆出一副好美色的姿态调戏季英英。进季家抓了他，他嚷嚷一声是为了季英英去的，不会有人怀疑他别有用心。你没看到他的打扮，他身上穿的不是夜行衣，而是普通人的衣着。”

“他连一个侍卫都没带，至少证明他武功极好。”

“证明他有武艺，能证明南诏想起兵反唐吗？这事我说给我爹听，他笑我异想天开，说南诏弹丸之地，起兵反唐是拿鸡蛋碰石头。十四，你若再不相信我，我真不知道能对谁说了。”

“我自然是相信你的。”桑十四郎说着，又沮丧地趴回了茶桌，“好无聊啊！难道要在这里灌一整天的茶水？我说，你就不去季家瞧瞧？他不会又对季英英下手吧？”

“不会。他想杀季英英，不会大白天冒险离开赵家。晚上行事不是更方便？”季家究竟和晟丰泽有什么瓜葛？他为何要冒着被牛副都督发现的风险去季家？杨静渊百思不得其解。

桑十四郎歪着头问他：“你说晟丰泽和季英英会不会是老相好？”

杨静渊一巴掌拍在他肩上：“胡说八道。”

桑十四郎低声笑了：“我逗你的。不过，季英英肯定知道些什么。我看哪，你还是弄清楚为好。”

“我自然要问个明白。不过，现在咱们在盯晟丰泽的梢，不能打草惊蛇。”杨静渊扭头朝赵家看了一眼，脑中闪过一些模糊的想法。

他用手指蘸着茶水在桌上慢慢地画着。

元宵节，晟丰泽出现在益州城。第二天，他待在使团休息，哪儿也没去。不对，自己送季英英回家这段时间，不知道他是否外出过。自己回城之后，找了帮闲盯着，他一直在驿馆。

昨天，晟丰泽与益州府的官员们一同送南诏使团出发去长安，然后逛了一整天的街。晚上，他设宴回请节度使和牛副都督一干官员。

今天，来了赵家买锦。

又独自偷溜出来，去了季家。

只等了一炷香的时间，就又看到晟丰泽出了门，依然从后巷离开。

“十四，你盯着赵家。我去跟踪晟丰泽，看看他葫芦里究竟卖的是什么药，还会去什么地方。”杨静渊站起身朝季家所在的巷子走去。经过季家大门时，他停住了脚步。季英英，你还对我隐瞒了什么？杨静渊很想冲到季家问个究竟，又生生忍了下来，加快脚步顺着巷子追了过去。

目送着晟丰泽消失在赵家院墙后面，杨静渊掉头回返。有牛副都督在，晟丰泽就算有心去见别的人，也不能离开赵家太久，或者，晟丰泽只打算去季家一趟。

他顺着后巷回去，又走到了季家门口。是现在进去问个清楚，还是先盯着晟丰泽离开赵家再说？回了赵家，晟丰泽应该不会有别的行动了。巷子口又有桑十四郎盯着……在脑中将事情想了一遍，杨静渊毅然上前敲了敲门。

门房田叔认出了杨静渊，热情万分地请他进去。

“季英英，你千万不要让我失望。”杨静渊坐在前院的厅堂里等季耀庭，想起那晚装醉借宿在季家。

季英英娇美活泼的模样撞进心房，甜蜜与酸楚的滋味久久徘徊在心间。她不会和晟丰泽勾结，隐瞒自己，她定是有什么苦衷吧？他应该相信她的。如果她心机深沉，她不会看不穿赵修缘的面目。可是她会不会也被晟丰泽骗了呢？英俊高贵的南诏白王想骗一个涉世未深的小娘子还不是手到擒来的事。当初晟丰泽隐瞒身份来到益州府，他和季英英是怎么相识的呢？两人之间发生了什么事？

关心则乱，杨静渊能看清嫡母的心思，此时却一叶障目，各种古怪的想法蜂拥而至，连季耀庭何时进来的都没有察觉到。

“三郎，你怎么来了？”

不是季耀庭多心，杨静渊来的时间太巧了。晟丰泽说母亲服的是南诏的秘药，说他来得仓促，并没有带来给季氏的药，今晚子时他会再来。只要每天化了药丸给季氏服下，季氏一个月后自然会醒来，身体还会更胜从前。前提是在他回南诏前，季家必须对前事守口如瓶。晟丰泽笑着说："本王离开益州后，就由得你们了。"

这个条件对季家来说并不苛刻。为母亲着想，季耀庭和季英英都宁肯暂时屈服，三缄其口。尤其是今晚子时，晟丰泽会来季家送药，季耀庭生怕杨静渊又来借宿。

当一个不擅长撒谎的人说谎话的时候，他会因为紧张而眼珠乱动。在杨静渊看来，此时问出一句平常话语的季耀庭眼神里全是闪躲。是了，晟丰泽来季家的时候，季耀庭也在，他也是知道的。

杨静渊一下子放轻松了，他愕然发现，自己紧张害怕的是季英英与晟丰泽之间拥有不能告诉自己的秘密。他是从什么时候起这样在意着季英英？这一发现让他的心微微紧缩，涌起淡淡的心酸。

他已经将她当成了自己的妻，自己最在意的人。她，也是这样待自己的吗？

杨静渊冲动地说道："大哥，我想见英英。"

季耀庭迟疑了一下道："你有什么事吗？离成亲也没多少日子了。"

成亲前见面不吉利。杨静渊心想，也不知道见了多少面了。他想了想道："我隔着屏风和她说几句话就走。"

见他坚持，季耀庭也无话可说。不让他见妹妹，他赖在季家不走怎么办？还是早早打发杨静渊离开才是。他吩咐季鹰去告诉季英英一声，带着杨静渊进了后院。

绕过照壁，走到小跨院门口，季耀庭转过身道："你就在门口和她说吧。"

木门紧闭，杨静渊苦笑，真还不如他晚上翻墙。他大步走了过去，想了想，叫了她一声："英英，你在吗？"

"有什么事，你说吧。"隔着薄薄的院门，不用见到杨静渊，季英英没那么紧张了。她和季耀庭想的一样，只要撑到晟丰泽回南诏，母亲就会醒来，季家又会回到从前的平静生活。杨静渊和晟丰泽一前一后到来，她心里发虚，总觉得杨静渊来得太巧。

听到她的声音，杨静渊突然不知道怎么问她了。

季英英没听到他的声音，催促道："哥哥说你有事找我，你怎么不说话？"

"没什么，就是路过这里，想看看你。你还好吧？家里……没有再发生什么事吧？"

晟丰泽来过又离开，季家兄妹俩不会不知道，杨静渊盼着季英英主动告诉自己。

“没有啊，家里挺好的。”

季英英快速的回答让杨静渊阵阵失望。他的手触到了木门，他真想看着季英英的眼睛，看她是否如季耀庭一样闪烁其词。

“我家小门小户的，会有什么事啊？”季英英用脚踉着石板缝隙冒出来的草，阵阵心虚。不是她想瞒着他，等过了这段时间，一切就会好起来。告诉他，他一怒之下去找晟丰泽，母亲怎么办？他斗得过晟丰泽吗？

杨静渊怀着最后一丝希望对她说：“晟丰泽不是什么好人。如果他来找你，你一定要告诉我。”

隔了一会儿，他才听到季英英小声地回答他：“知道呢。”

既然知道，还是瞒着自己不说，杨静渊的手无力地落了下来：“我走了，你多保重。”

门外再无声息，季英英叫了他几声，没有听到回答。她拉开了院门，杨静渊已经走了。

没多久，季耀庭送走杨静渊折了回来，见妹妹站在院子门口出神，叹道：“多一事不如少一事，告诉他势必将从前的事一一道明，他知道也不能让母亲好转，忍一忍就过去了。”

“可是哥哥，我心里不安。杨三郎来得太巧，他的话意有所指，他可能误会我了。”

季耀庭摸了摸她的头发道：“不会的。晟丰泽来无影，去无踪，杨三郎不过是凑巧经过罢了，他不会知道的。这事忍上一个月就过去了，咱们都会忘记那个人。今晚你搬到正房陪伴母亲，子时我会过来。”

季英英相信自己的直觉，却拗不过哥哥的坚持。将来再向杨静渊解释好了。“哥，你别过来了。那么晚，嫂嫂没准儿会起疑。你好不容易才说服她不去杨家求杨大太太。除了田嬷嬷，今晚三位嬷嬷和绫儿、湘儿陪着我。他就是来送药，不会有事的。有什么事，吴嬷嬷会给你送信。”

季耀庭坚持道：“我如何放心？等你嫂嫂睡着，我再过来。她若起疑，我就说担心母亲。”他温柔地看着妹妹道，“你和四娘都还小，这些事都不应该让你们操心的。”

“我没事。”季英英扮了个怪脸，笑眯眯地说道，“我回房补眠，晚上才有精神。”

季耀庭看着妹妹回房，喃喃说道：“哥哥自私懦弱，明明看出来那贼子觊觎你，却只能忍着。”

他从来就没有雄心壮志，守好浣花染坊，靠劳力换取小康的生活，将来和张四娘多生几个孩儿，平安到老就知足了。

贪念着从前季家的小富即安，只盼着事情能够过去，生活回归正轨。季耀庭抱着侥幸的心态制止了妹妹向杨静渊吐露实情。

杨静渊对妹妹的误会与母亲和季家的平静生活相比，季耀庭选择了后者。

竹梆子敲击的更声在夜里远远传来。季家正房的正厅里，三位嬷嬷、两个丫头如临大敌般站得笔直。

季英英打了个哈欠，被李嬷嬷拿眼神一瞪，赶紧挺直了背端坐着。

“娘子，再坚持一会儿，别让南诏蛮子看轻了咱们。”

“我知道了。”

季英英挪了挪屁股，子时到丑时足足一个时辰呢，挺直腰背坐着好累的。该死的晟丰泽，难道他要子时末牌才肯现身？

“英英。”季耀庭从门口走了进来，看到厅堂里的气氛，也忍不住了，“你就一直这样坐着？”

李嬷嬷微微欠身道：“大郎君，且坐吧。”

平时和蔼可亲的嬷嬷板起了脸，季耀庭也噤了声，乖乖坐在了妹妹身边。

“太太日后醒了，必也不肯见你们对那黑心贼委屈讨好。太太宁死，也绝不会向他低头的。”

兄妹俩交换了个眼神，知道季氏的病彻底惹怒了三位出身伯爵府的大丫鬟。季英英张开双臂，展开了宽大的袍袖，又老实合在膝前，示意哥哥看自己。

季耀庭这才发现自己的怪异感从何而来。妹妹竟然是盛装！梳了半尺的高髻，插着四支对称的珊瑚长笄。身上穿着过年时做的镶貂毛石榴红织百鸟对襟大袖衣。端坐在屏风前的矮榻上，宛如高门仕女。三位嬷嬷和绫儿、湘儿也打扮得端庄整齐。这些女人哪，季耀庭简直不知道该说什么才好。

想用气度去威慑谁？对方是南诏王弟，有封号的王！真是幼稚！

季英英轻声说道：“嬷嬷说了，南诏穷山恶水，是蛮人，最崇尚天朝礼仪。”她边说边对哥哥挑眉挤眼。季耀庭摇了摇头，只好闭上了嘴。

季耀庭过来又坐了两刻，仍然没有看到晟丰泽出现。兄妹两人也没有话讲，厅堂里渐渐变得异常安静。

季英英早坐得倦了，眼皮慢慢往下落。也不知道这样迷糊了多久，鼻腔里传来一阵酸辣，她重重地打了个喷嚏，一下子就清醒了。

晟丰泽的脸在她眼前放大，近得能看清楚他长长的眼睫。季英英吓了一跳，往后仰倒。他的手扶住了她的脑袋，戏谑地说道："当心倒下去，被美丽的簪子划伤你的脸。"

季英英扭头一看，哥哥歪倒在圈椅上，嬷嬷们和绫儿、湘儿全躺在了地上。她吃惊地欲站起来，晟丰泽按住了她的肩："这么大阵仗，本王琢磨着是不是进门得向你磕头行大礼，所以让他们睡过去了。"

只是昏睡过去。季英英松了一口气，瞪他："药呢？"

晟丰泽俯下身，手搁在了圈椅的扶手上，将她罩在了身影下："你应该求本王才对。怎么倒像是本王欠了你似的？打扮得这么美丽来迎接本王，就该像真正的仕女一样，语气温柔地说话才是。"

换作其他人，也许就忍气吞声、好言好语地求他了。季英英忍不下这口气，用力去推他："是你害了我娘！你给不给我解药？要不你杀了我，否则我就把你觊觎益州锦业秘法的事说给所有人听！"

就她这点力气，无疑是蜉蝣撼树，晟丰泽任她拍打着自己，轻松捉住了她的手腕道："还真是性烈如火。杀你不比摁死一只蚂蚁难，可是杀了你家满门，又有什么好处？不过，如果你真要嚷嚷出去，我不保证不会改变主意。"

季英英用力想拔出手来，晟丰泽直起身将她拉进了怀里。

"你究竟想怎样？你说今晚子时会送药来。把药拿来，你可以走了。"季英英扭过头不想看他。

"南诏四季如春，百花怒放，山峦青绿，湖泊碧蓝如镜，是极美丽的地方。你们说南诏人是南蛮子。其实这个'蛮'不是野蛮之意，而是性情耿直、憨直。"

季英英闻言看着他冷笑道："随意抱小娘子入怀，不知羞耻的野蛮人！"

晟丰泽放开了她，手掌一翻，掌心托着一只药瓶："服完里面的药，你母亲就会醒来，且身体比从前更好。"

他张开了双臂："主动抱一下我这个野蛮人，我就给你。"

因为骂他不知羞耻，他就要自己不顾羞耻投怀送抱。季英英气红了脸骂道："你、你真不要脸！"

晟丰泽一脸享受地看着她眼里装满了挣扎与愤怒，继续引诱着她："抱一下而已，本王连根头发都不会碰你。你再犹豫，说不定本王会改变主意，让你亲我才行。"

抱一下而已，就当抱了只猪、抱了条狗！季英英眼睛一闭，一把抱了个实在："行了吧？"

晟丰泽伸手扣住了她的腰，不让她离开。他低下头在她耳边笑了起来："我告诉你，杨静渊趴在对面屋顶上偷看呢。"

季英英吓得哆嗦了一下，她睁开眼睛，视线却被晟丰泽挡住。

"他看到我迷晕了屋里的人，唯独唤醒了你。

"他看你主动扑进我怀里，与我亲昵地偎依在一起。

"而你却要守口如瓶。否则，本王不保证你母亲会不会真的醒来。季英英，你该怎么办才好呢？"晟丰泽说完松开了手，将药瓶放进了她手中，"中午本王离开后，他不是来过季家问过你？可他也没有告诉你，他在跟踪本王。你瞧，他对你也没那么坦诚。"

他笑得愉快至极，眸子闪闪发亮。

白天杨静渊来，他看到了晟丰泽。他并不是恰巧路过来探望自己，他的话另有含义。他早就知道自己认识晟丰泽。在驿馆时，他还拉着自己去见他。季英英脸色发白："你为什么要挑拨离间？"

晟丰泽微笑道："投靠杨家，敢背信弃义耍弄于我，就该知道我迟早会让季家付出代价。至于杨静渊……"他的脸色变得阴沉，"季英英，他不是你能倚靠的大树，最多……是株本王能随意折断的幼苗。跟踪本王，我岂会叫他好过。告辞！"

"你站住！"

晟丰泽回过了头。

"我给你季家的染色秘法，你、你放过我们好不好？以前是我不懂事，冒犯了殿下。我向你赔不是好不好？"季英英握紧了拳头。她长这么大，从来没有这样违背心意向人哀求过。难堪和委屈像石头塞在胸口，难受极了。

黑溜溜的眼瞳闪烁着惊惧与不安，像兔子似的红了眼睛。

从第一次去赵家看热闹时，季英英从来都是被逼到绝境也不会忘记伸爪子挠人。突然乖顺认输，晟丰泽像看陌生人似的，完全不适应眼前的季英英。

他突然反应过来："你是为了杨静渊而求我？"

季英英望着他，咬住了嘴唇。向晟丰泽求饶认错，她已经难堪得想找个地洞钻进去。

晟丰泽面无表情地看着她，缓缓说道："迟了！"

他快步走出正厅，朝对面屋顶挑衅地看了一眼，没入了黑暗中。

季英英握紧了手里的药瓶，一步步走出厅堂。

与后院正房相对的是前院的厅堂，悬山式建筑，两端竖着两道高耸的风火墙。此时，风火墙的阴影中慢慢站起来一个人。

从回廊上望过去，季英英看到他站在天幕下，天地间仿佛只有他一人存在，带着无尽的寂寥与孤独。

"杨静渊。"她嘴唇翕动着，小声念着他的名字。

此情此景，与他的名字如此契合。安静的伫立，心事如渊，难以触及。她情不自禁地上前一步，仿佛这样，她就能离他更近。

然而那种无从辩解的为难扼住了她的咽喉。

"信我！杨静渊，杨三郎，你要相信我！"

季英英在心里狂呼着，盼着杨静渊能飘然来到自己身边，像从前那样，有话就说，将他的怀疑与不满一股脑儿说出来。

他站在那里一动不动。夜空很蓝，比靓蓝更深一点。他是光影下的一道剪影，那样安静地倚在白色的风火墙上。

一丝惶恐从季英英心里升起。现在不叫住他，她觉得他会马上消失在夜里，永远不会再出现。

"杨三郎！三郎！"季英英向对面奔了过去，一步踏空，从回廊上跌倒在地上。她疼得叫了一声，忙不迭地抬起头。

他还站在屋脊上，静静地俯视着她。看不清他的面容表情，季英英却能感觉到他的冷漠，她脑中全然忘了晟丰泽的威胁，一颗心咚咚急跳，只求他不要误会自己："我都告诉你……"

石榴红的大袖对襟锦衣铺在地上，像他心里涌出的一汪血。

"以前我一直盼着你叫我一声三郎，没想到会是现在这个时候。"

子夜安静，他的声音很轻，呓语似的从空中飘荡而来。

季英英的心抽搐着，她来不及爬起来，就这样仰着脸看他，拼命地摇头："不是你想的那样……"

黑色的身影轻轻一跃，消失了。

季英英睁大眼睛望着空无一人的屋脊，澄清的夜空里挂着下弦月，银色的一弯，尖锐地钩住了她的心。

“杨静渊！”季英英大叫了一声，鼻腔深处传来浓浓的酸意，眼泪哗地奔泻而出。

她哭了一会儿，胡乱地擦了眼泪，这时才感觉到脚踝处传来疼痛。

季英英撑着地，一条腿使着力站了起来。她跳了几步，攀着回廊坐了下来。回过头，一屋子的人还在昏睡中。她掀起裙子看，脚崴了，脚踝高高地肿了起来。

“杨静渊，你这个自以为是的浑蛋！

“富家少爷了不起啊？德行！上次也是这样，什么解释都不听，就跑过来摔了粥罐！

“你不搭理我，我还不想搭理你呢！

“只顾着自己的情绪，我瞒着你就是我不对，你想过原因吗？

“臭摆架子！臭毛虫！”

季英英骂完杨静渊，握紧了药瓶又恨起晟丰泽来：“怪物！杨静渊会逮到你的把柄整死你！”

天气太冷，她打了个喷嚏。突然想到上次染了风寒，杨静渊送了两担鲜鱼的事。这次再冻病了，恐怕连一条鱼都不会送来了。一时间悲从中来，季英英又伤心地哭了起来。

“妹妹……英英！”

季英英听到了哥哥的声音，她抽泣着转过身：“哥！”

季耀庭看到回廊上妹妹的身影，摇了摇脑袋，踉跄地奔了出来。

哭花的妆容，簪子歪歪斜斜地插在髻上。季耀庭吓了一跳，紧张地压低声音：“他把你怎么了？”

“哥！”季英英委屈地抱住了哥哥。她不想让哥哥知道晟丰泽威胁自己抱他，还被杨静渊瞧见了。她摇了摇头说道：“是我摔了一跤，崴了脚。”

季耀庭听见只是崴了脚，虚脱地坐在了回廊上：“英英，幸好你没事。不然母亲醒了，哥哥也没脸见她了。”

“药拿到了，我没事。”季英英把药瓶递给哥哥。

这时，几位嬷嬷和两个丫头陆续醒了。季耀庭少不得教训她们：“知道南诏白王的手段了吧？想在他面前摆谱儿，人家都懒得搭理。药已经拿到手了，都管好自己的嘴。这事只要咱们不说出去，等他返回南诏，就过去了。”

季英英也不想多事，只说醒过来看到晟丰泽在院子里，着急拿药，从回廊上摔下崴了脚。季嬷嬷自告奋勇背着她回小跨院，一路唠叨："小娘子以后别离那南蛮子太近，上次嬷嬷被他们一脚踹中胸口，好几天才缓过气来。等到四月娘子嫁去了杨家，就有人护着你了。"

"嗯。"季英英把脸埋在季嬷嬷厚实的背上。杨静渊会来退亲吗？她曾经气极就说退亲。如今一想到他可能会退亲，季英英心头一悸，空落落的感觉就像是从高处一脚踏空。

听到赵修缘和牛五娘定亲的事，她不敢相信自己的耳朵。她伤心赵修缘怎么能这样欺负自己。一边和自己海誓山盟，约定斗锦之后就登门提亲，一边却和牛五娘定下了亲事。让她难过的是，她还被蒙在鼓里，为赵家夺锦王而劳神费力。

但她仍原谅了赵修缘，理解他的苦衷与无奈，只当是自己和他没有缘分。

为什么这一次想到杨静渊要退亲，感觉截然不同呢？

季英英想起了赵修缘曾经说过的话。为什么她对赵修缘能那样大度地放手？

她搂紧了季嬷嬷的脖子，喃喃说道："嬷嬷，如果杨三郎不娶我了怎么办？"

"说什么傻话！定礼都抬过了门，就等着四月十二迎娶了。伤筋动骨一百天，等娘子的脚养好啊，就嫁啦！"季嬷嬷呵呵笑了起来，"嬷嬷舍不得你，却不像你李嬷嬷自梳不嫁，她也放不下你娘，家里又离不得田嬷嬷。我家老头子也喜欢你。等太太病好了，我们一家子就求太太做主，给你当陪房去。你季富叔帮你赶车，季鹰那小子帮忙跑个腿、传个信，嬷嬷就在内院陪着你。有嬷嬷在，谁也甭想欺负你。"

"嬷嬷。"季英英不争气地又哭了，"我不嫁了，就留在家里，咱们一家子快快活活地过日子。"

"傻话！"季嬷嬷笑眯眯地将她背进房间，放在了榻上。

脱了鞋袜，看到肿起的脚踝，季嬷嬷吩咐绫儿和湘儿拿了药酒和跌打膏药，亲手弄稳妥了，小心地捧着脚放进了被子里。

季嬷嬷吩咐两个丫头去睡，今晚她来守着季英英。

第三十二章

猝亡

黑黢黢的城墙趴在夜色中，像冬眠的僵蛇。晟丰泽轻易地登上了城头，他朝西城门楼望去，弯弯的下弦月挂在城门楼的飞檐上，清冷孤寂。

他用脚尖钩起一块破碎的城砖，在手里掂了掂，唇边不经意流露出一丝不屑与讥讽的笑。剑南西川道节度使出了名的贪，三朝阁老的资历，来了益州府也被这里的繁华富庶迷晕了心智。城墙久不修缮，连石头青砖都舍不得。这种黄土加糯米水掺杂头发丝的土砖如何挡得住南诏的进攻。

晟丰泽将碎砖扔掉，拍了拍手掌，突然察觉到异样。他只是一笑，望定城墙垛口的阴影处说道：“杨三郎，你的轻功不错啊，竟然能赶在本王前头。你怎么不留在季家听她解释？”

杨静渊从暗影中走了出来，月亮朦胧地照在他脸上，照得他如雕像一般俊美。没有了平时的温和痞笑，眉宇间染着戾气。他手中握着一把剑，拇指轻推，剑自鞘中弹出两寸，发出一声轻吟。

“你也知道，我的武功比你强。这里四下无人，我可以轻松地杀了你。不知道明晨有人发现堂堂南诏白王身穿夜行衣死在这城墙豁口，会怎么想。”

露出鞘口的一寸剑刃寒光闪烁，晟丰泽心头一凛：“本王如果死在这里，杨家会被满门抄斩，你敢吗？”

噌的一声剑吟，雪亮的剑优雅地划破了黑夜。

晟丰泽仿佛看到那弯下弦月向自己落下，扑面而来的剑气激得他后颈汗毛都竖了起来，他眼疾手快地抬起了手臂，用匕首格住了剑。叮当几声脆响，杨静渊的剑毫不留情地狂劈而下，剑上的力量击得晟丰泽步步后退。离得这样近，晟丰泽觉得自己像风浪中的船，被杨静渊眼中的杀气吞没。他是真的想杀了自己！刹那间，晟丰泽后悔了，不该仗着益州太平，自己武艺高强，就不带侍卫。

手腕再也承受不住长剑击来的力道，匕首脱手飞出，胸口随即挨了一脚，他飞了出去，重重地摔倒在地上。

杨静渊利落地还剑回鞘，鄙夷地望着他道："晟丰泽，让我找到证据，我会砍了你的人头悬在城门楼上。"

晟丰泽躺在地上揉着胸口，缓过了气来。证据？杨静渊知道了多少？他呵呵笑了起来："证据？什么证据？我和季英英偷情的证据？你今晚还没看够？"

"无耻！"杨静渊冷眼看着他，"你该庆幸我杨静渊是堂堂正正的男儿，否则你早死在我的剑下！"

"千金之子坐不垂堂。你拿不准是否有人接应本王，会不会被人查到。你再恨本王，也不敢拿杨家满门的性命来赌。"晟丰泽的心思打了个转，就猜到了杨静渊的顾忌。

他哈哈大笑，慢慢站了起来，捡起匕首插进了靴筒中，上前一步，与杨静渊对视着。

"杨家锦业做得再大，不过一介商贾。你杨静渊不过是永远不能执掌家业的庶子。武功好有用吗？纨绔子弟争风吃醋、打架斗殴，你是老大。可你没权力、没身份，你拿什么和本王斗？南诏的使臣到了长安，是皇帝陛下的贵客。你这一生见过最大的官不过是连你姓名都记不住的节度使。南诏虽小，但节度使也不敢怠慢本王。只要本王开口，明天，他就会把季英英送到驿馆来侍候本王。杨家肯为一个庶子而得罪节度使吗？"

晟丰泽肆意发泄着心里的愤怒，十八岁的少年，你还嫩着呢。

令他诧异的是，杨静渊并没有被自己激怒。尽管他眼瞳里卷起了风暴，他仍站得笔直，嘴也紧紧抿成了一线。

"怎么不说话了？害怕了？你可以求本王啊，求本王放过你的未婚妻……"

话未说完，杨静渊手中的剑再一次出鞘，搁在了他脖子上："白王殿下，你这样不明智地激怒我，是想让我改变主意，杀了你吗？我是不想拿杨氏满门的性命去赌。但只要杨家将我逐出宗族，我就不会牵连家中。杀了你，四海为家便是。可惜，白王殿下死了却不能复生。”

剑气激得脖子上起了一层鸡皮疙瘩。晟丰泽紧张起来，目光越发凶狠：“好啊，杀吧！本王死了，季英英全家会被杀得鸡犬不留。”

他蓦地反应过来，笑声越发疯狂：“原来是顾忌着季英英……呵呵！呵呵！”

杨静渊一拳揍在他腹部，看他疼得身体弯成了虾米，冷笑道：“你以为我不知道？你对季太太下毒，要挟于她。你为何要这样做？真的是在担心季家会泄露你百般威胁索逼季家的染丝秘法吗？你为何不杀了他们？晟丰泽，你喜欢一个人，就喜欢看她挣扎痛苦罢了。你不敢承认你喜欢她，所以才会去折磨她，想让她屈服于你。你不过是个懦夫罢了。”

他收了剑，逼视着晟丰泽道：“放弃你那些不切实际的妄想吧。南诏想吞并大唐，做梦都做得可笑。若敢犯境，来一个我杀一个。你在益州城的日子，每一刻钟我都会盯着你。”

杨静渊说完，屈指打了个呼哨，白马从黑暗中奔来，他自城墙上一跃而下落在马上，抬头看了一眼晟丰泽，策马离开。

一拳狠狠击在了城墙上，晟丰泽恨声说道：“乳臭未干的小儿，你懂什么？杨静渊，你会知道惹怒本王的代价！”

回到驿馆，赤虎轻轻松了一口气。

晟丰泽敏感地察觉到了，寒着脸道：“怎么，担心本王会遇到危险？”

“主子，还是小心为好。虽说益州能路不拾遗，但主子身份贵重，万一……”

“没有万一！想害本王的人还没有出世呢！”

异样的暴怒让赤虎呆住，主子平时运筹帷幄，沉着冷静，怎么会突然这样？

晟丰泽将脱下的夜行衣狠狠掷于脚下，他深深呼吸，让自己平静下来：“本王无碍，不用担心。”

“是，主子早些歇息。明天要去北城丝户周家做客。”赤虎不敢多言，行礼告退。

“赤虎！”晟丰泽叫住了他，沉默了一会儿，开口道，“你十二岁就成了我的侍卫，和我一起习武长大。我……是不是喜欢上了季英英？”

只有和他说心里话的时候，晟丰泽不会自称本王。赤虎的嘴巴张开了又闭上，闭上又蠕动着。

“说呀！”

赤虎为难地说道：“赤虎知道主子喜欢阿木，驯它的时候什么招都使过……好像对季娘子有点像。”

阿木是一头罕见的白狮。为了让它对自己柔顺忠心，他曾经将它折腾得奄奄一息。晟丰泽无力地摆了摆手：“正事要紧。本王不会再去季家了。”他的眼神刹那间变得锐利，“杨二老爷做事畏头缩尾，给他添把火吧。”

明月居杨静渊的书案上摆着一张益州城的舆图，桑十四郎拿折扇往图上一点，得意无比：“如何？你十四哥说话算话。”

杨静渊白了他一眼，继续埋头复制。

“我说你还重新复制什么？直接在这图上标出晟丰泽的行踪不就行了？”复制舆图，哪怕缩小简略绘制，也需要一个时辰，桑十四郎在旁边等着太无聊。

“这样详细的舆图，除了都督府和州府衙门，全益州找不出第三份。如今没有人用这图，你利用你爹的身份从衙门里偷了出来，得尽早还回去。私藏舆图当心被人控你谋反！被晟丰泽知道了，当街杀了你抢走图都有可能。”杨静渊头也不抬地描绘着。

“那你绘这么细做什么？画个大概看看不就行了？”

“我有感觉，将来我用得着这份图。别吵我。”

桑十四郎无聊地坐在一旁饮茶吃点心，只安静了一阵，又开口问道：“你好像挺久没去季家了吧？我可是听说季英英受了伤，足不出户，你不去探望？”

杨静渊手腕一颤，一滴墨滴在了竹纸上。他顺着墨点画出线条，淡淡说道：“崴了脚而已，在家静养就好。”

“咦，你怎么知道她崴了脚，不是受了风寒，或者相思成疾？偷偷去瞧过她了？”

“你当我是你？从前视牛七娘如洪水猛兽，如今天天寻着借口去牛家。成亲前见面不吉，我去探病就能将她的脚看好了？”

杨静渊努力想维持平时潇洒自在的模样，思绪却被桑十四郎的话牵得飘散开来。他机械地绘着图，想着偷跑去季家瞧季英英的事。又暗自发狠，等他揭穿晟丰泽的阴谋，让那丫头好生崇拜仰慕一番。他微微翘起了嘴唇，伤了脚，这些天正好让她在家反省反省。他是她的夫君，她就该毫无保留地信任自己，依靠自己。

边想边画着，突然看到一张凑近的脸，杨静渊吓了一跳：“你做什么？”

桑十四郎眼里放着光，兴致勃勃地歪着头盯着他瞧，仔细地研究着他脸上的神情，笑眯眯地说道：“你装，你继续装！有本事就别让小爷看出破绽！你说的话，十四哥一个字都不信。”

“不识好人心！别打扰我。这图绘完得赶紧还回去，被人发现，你爹的乌纱帽就没了。”杨静渊恼怒地将他推开，埋下头继续描绘。

“谁没事会把舆图找出来瞧？我拿走的时候，上面落了好厚一层灰。我都不担心连累我爹，你怕什么？”桑十四郎不以为然地坐了回去，撑着下颌道，“南诏真要起兵，晟丰泽为什么不去偷这张图？州府衙门松散得很，偷益州舆图又不难。”

对啊，晟丰泽为何不直接去偷这张图？想要了解益州城的布置，一图在手，一目了然。杨静渊想了想，得出了结论：“舆图失窃是大事，他不想打草惊蛇。再说，这半个月他几乎逛遍了益州城，亲自勘察地形比看图形象多了。”

桑十四郎故意和他唱反调：“人家是仰慕大唐文明，四下领略益州风土人情。照你这样说，长安城的外族人都是在勘察长安地形？南诏不如吐蕃强大，也不如契丹凶悍。吐蕃、契丹还没攻进边关呢，区区一个南诏小国起兵反唐，谁信啊？”

“我信！”杨静渊再看了一遍舆图，默默记下自己没能细绘出的地方。他画好最后一笔，将舆图卷好搁在一旁。

“绘好了？”桑十四郎精神来了，凑了过去。

杨静渊拿出一本册子，这是他雇用帮闲盯梢得到的时间地点。

他拿着笔在新绘制的图上画着圈。一炷香后，地图上布满了晟丰泽的足迹。

“三道堰赵家、季家。城北丝户周家，城南织户田家，染房街，散花楼设宴八次。城东节府使府、太守府、牛副都督府、虎威将军府、折冲都尉府、果毅都尉府……”杨静渊喃喃念着，瞥了桑十四郎一眼道，“东南西北四城，上至朝廷命官，下至织锦人家，半个月在散花楼摆了八回宴席，参加过各种回请宴饮十三次。他比锦江花舫上教坊司的歌伎应酬还多。”

“他去丝户锦户家，是为了买礼物。以他的身份，不是官员们请他，就是他回请。我看不出有什么不妥。”

桑十四郎真心看不出来有何不妥。

杨静渊用手指点了点地图道：“节度使府和太守府因着礼数只去了一回。假设南诏真想起兵，他结交宴请的大都是将领。他这是在摸清益州城的兵力部署，了解这些武将。至于那些丝户、织锦户，他怎么不来杨家？我家得了二十几年的锦王，他要买锦，除了去赵家，更应该来杨家。”

这是杨静渊想不明白的地方。

他拿起笔在东南西北城墙又画了几个圈：“这些地方他都去过，停留的时间或长或短。我亲自去看过，都是城墙坍塌或年久失修的地方。”

杨静渊想出了新的主意：“十四，晟丰泽有备而来，心思缜密，手段狠辣。咱们就算知晓他的意图，也拿不到证据。不如上书节度使大人，请他重新修缮年久失修的城墙。就算南诏不会起兵，城墙也该修一修了。”

“好主意！”桑十四郎将折扇一合，笑道，“三郎可游说杨伯父和你大哥牵头，寻城中大户募集银两。只要锦户肯出钱，官员们又博得美名，节度使大人何乐而不为呢？”

城墙修缮一新，晟丰泽看在眼里，定会再度思量攻打益州城的得失。如果能打消念头，偏安一隅，实乃上策。

两人商议停当，桑十四郎去州衙还舆图，杨静渊则去了乐风苑寻父亲。

结果杨静渊扑了个空。

柳姨娘难得见他独自前来，有些不舍：“三郎君，老爷去了正堂用饭，听说家里设宴款待南诏王爷……”

才说完晟丰泽没有来杨家，他就真的来了。杨静渊坐不住，转身就要离开。

“三郎！”

柳姨娘很少这样喊他，一直以半个奴婢自居，在人前同下人一样叫自己三郎君。杨静渊心里有些酸楚，他转过身看她：“姨娘还有什么吩咐？”

柳姨娘明媚的眼里噙着一丝胆怯，更多的却是担忧：“老爷和太太没有叫你去，自然有他们的道理。不如今晚你就在姨娘这里用饭可好？”

他是养在大太太膝下，族谱里却从没将他改到杨石氏名下。杨静渊一向清楚自己的位置。可是被自己的亲娘小心翼翼地提醒，他仍然不好受：“我回明月居。夜宴过后天色已晚，父亲要歇息。我明天再来给他老人家请安。”

望着儿子俊朗的脸，柳姨娘一时间红了眼睛：“姨娘没有别的意思。这快半个月了，也不知道你在忙什么，你爹也念叨了几回，说晚上在正堂用饭也见不着你，早出晚归的……再过两个月，你就要娶媳妇了。太太和两位少奶奶忙着打点你成亲的事，你记着去给太太请安，别让她寒了心……将来你媳妇为难。”

担心太太不喜欢自己，担心季英英嫁过来被迁怒。姨娘受宠，依然过得如履薄冰。杨静渊有一瞬间讨厌起自己的游手好闲来。他展露着笑颜：“儿子明白。”

他大步离开，走了一程，回过头来，柳姨娘站在宽阔的回廊上，夕阳落在她身上，给她镀上一层温暖的橙色。臂间的粉色披帛被傍晚的风吹拂起来，那幅带着温柔笑容的景致美丽无比。

杨静渊回了明月居，叫香油去打听消息。

晟丰泽不是一个人来的，陪同的还有州府衙门的宁司马、杨石氏的兄长石参军、锦业行会的行首等一行人。

杨家夜宴请了教坊司的秦思思来唱曲。杨静渊站在树下阴影中。华灯初上，正堂用了三倍的烛火，映得华美的屋宇如同白昼。离得老远，秦思思那绕梁三日的歌声随风飘来。琵琶落音如珠，不停地撩拨着杨静渊的心。翻自家的墙，爬自家的屋顶，去正厅的后窗外偷窥……不行，晟丰泽带的侍卫就站在正堂外，侍婢上菜，都有人特意盯着。晟丰泽武功不弱，万一被他发现，杨家的脸就丢大了。

真想知道晟丰泽来的目的。来赴夜宴，不可能选买杨家的锦。杨静渊悄悄拦住一个侍婢，让她给杨石氏的贴身大丫头雪青捎个口信，转身去了一旁的湖边凉亭等。

过了一盏茶工夫，雪青匆匆前来："三郎君，太太在招呼官眷，身边离不得人，奴婢不能耽搁太久的工夫。"

杨静渊吊儿郎当地坐在回廊上，神色极为不满："好雪青，我没别的事，就是好奇呗。那个南诏王爷不是到处买锦吗？这时候来，也不像是来咱们家买锦的。元宵节的时候，南诏人太嚣张，我们一行人还和他们打了一架呢。他来干什么呀？"

雪青以为杨静渊是因为没去赴宴而不满，赶紧解释道："南诏那位晟王爷在益州采买蜀锦，最早去了三道堰赵家。都快半个月了，偏不来咱们家买锦，城里的锦户都瞧杨家笑话呢。这不，太太就托了舅老爷将他请了来。太太就是知道您和周家七郎君那晚把晟王爷的轿子都掀翻了，才没有叫您去赴宴，您可千万别往心里去，奴婢先走了。"

她朝杨静渊行了礼，小跑着回去了。

原来是嫡母咽不下这口气，特意去请的晟丰泽。

"我就说嘛，要买锦，怎么也会来杨家。他故意吊着杨家，回头母亲为了杨家的颜面，定会拿出家里最美的锦便宜卖他。奸诈！"杨静渊知道大庭广众之下，晟丰泽一定是优雅从容，听壁脚也没什么意思。于是他啐了一口，折回了明月居。

想着明天说服了父亲和大哥出面，募集银两修缮城墙，晟丰泽的脸色一定精彩万分，杨静渊心里阵阵痛快。

夜宴中，杨二老爷一直精神恍惚。晟丰泽的脸和年前塔子山草庐里的神秘男子的脸重合在了一起。在迎他的时候，杨二老爷腿一软，差点儿瘫了下去。

给他出主意，要毁了大房，夺了杨家家主的神秘男人竟然是南诏的白王。看到晟丰泽挂在脸上的温和笑容，杨二老爷汗透重襟。

他丝毫没有露出认得自己的意思，可是杨二老爷忘不了梅林中鬼魅般出现的黑衣人，锋锐发着寒光的箭镞。他恍惚地赔着笑脸，不停地回想那天的情景。

“二弟，你脸色怎么不太好？”杨大老爷自然地询问了他一句。

杨二老爷惊得差点儿扔掉了手里的酒杯：“脸色不好吗？可能昨晚睡得迟，今天铺子上事情多，没休息好。”

杨大老爷摇头道：“你瞧你，这脸色差得还不如你大哥我呢。”他附耳低声说道，“你送的酒我早饮完了，你那儿还有吗？有的话，今晚拿出来招待客人。回头你再弄些送来。”

酒！这是他的亲大哥啊，还要送吗？

晟丰泽只令人送了一担来。一担两百斤酒，说是大补之物，足矣。他只装了两小坛送给大哥。

杨二老爷机械地点了点头。他看着杨静山在行首的陪同下，从容地上前敬晟丰泽的酒。他看向了自己的四郎，不说和杨静山比，气度风仪较二郎杨静岩也差了一大截。

“杨家的家主……”

觥筹交错间，杨二老爷隐隐听到了这句话。再看兄长，皱纹横生，头发斑白，面色红润，一脸欣慰之色。大哥隐退，大郎继任。等到自己年迈，四郎恐怕连侄儿都不如，二房将一步步远离杨家锦业的权力中心。

杨二老爷在瞬间做出了决定：“小弟算着大哥饮完了，刚巧才购了一些，我这就差人去取。”

不多时，酒取了来，热过之后倒进了杯中。

杨二老爷一直没敢喝，此时见晟丰泽痛快地饮尽，应该没有毒的。他说过，这是秘酿，任谁都查不出来。

“好酒！”杨大老爷一杯下肚，满意地又添了一杯，“二弟，你愣着干吗？我跟你说，这酒啊，晚上你就明白它的妙处了。”

杨二老爷一哆嗦，杯中的酒洒了些许出来。他仰头一口饮尽，热辣的酒冲进咽喉，一股热意从胃里腾起。杨二老爷脸上泛起了红潮，精神为之一振。

晟丰泽举杯笑道：“这酒真是不错。本王很久没有喝到这样的佳酿了！会须一饮三百杯！”

“王爷好才情！”宁司马和石参军听到晟丰泽念出李太白的诗句，面上添光，大声夸奖，举杯陪同。

看着兄长一杯接一杯地饮着，丝毫不见疲态，越来越精神，杨二老爷的心慢慢地沉下，又慢慢地变得冷硬。

夜宴从酉时吃到戌初，杨静渊听香油回禀说宾主尽欢，大哥亲自将晟丰泽送上了马车。没有出任何岔子，晟丰泽只是赏脸来杨家吃了顿饭。他放下心来，将修缮城墙所需花用的银钱又算了一遍，吹灯睡了。

杨静渊歇下的时候是亥时，他迷迷糊糊还没睡踏实的时候，房门砰地被推开。杨静渊条件反射地从榻上一跃而下，眼里的睡意全然消退。看清楚踉跄扑进门来的是香油，杨静渊愣了："出什么事了？"

香油白着脸，额头急出了汗来，嘴巴张合间，硬是没说出话来。

外面隐隐有哭声响起，杨静渊伸手从屏风上取下外袍披上，跑了出去。

声音是从正院方向传来的，明月居外的湖水对岸就是正院白鹭堂所在。仿佛夜宴未散，白鹭堂灯火通明，一行行灯笼从院中蜿蜒而出。

杨静渊正要跑过去问个究竟，身后突然响起香油一声悲怆的叫声："三郎君，大老爷去了！"

一抹凉意从杨静渊心间掠过，就像那天被晟丰泽逼得跳进了湖水中的感觉，透心凉。他闪身就到了香油面前，一把将香油从地上揪了起来："你再说一遍。"

香油被他揪住衣领，勒得差点儿喘不过气来，眼泪哗哗地往下落，挣扎着说道："姨娘身边的小、小香来报、报的信。"

小香跟了柳姨娘有十年了，是柳姨娘最信任的大丫头。杨静渊手一松，香油摔倒在地上，他跪在地上哭道："郎君快点去吧！小香姐姐说姨娘害怕！"

眼前的影子晃了晃，杨静渊已不见了踪影。

柳姨娘遣了小香给杨静渊报了信。乐风苑里的消息根本瞒不住，转瞬间就传到了正院。杨静渊赶到乐风苑的时候，回头一看，正院与两位兄长处的灯笼已照亮了黑夜。

"三郎君，您来迟了！大老爷走了！"院门处候着的管事嬷嬷哭着上前迎他，眼神却望向他的身后，她领着乐风苑的侍婢们有意无意地挡在了门口。

杨静渊一句话没有说，直接推开了她，闪身就进了院子。

"三郎君！大老爷在内室，您还是等等太太……"管事嬷嬷急得推了身边的侍婢一把，让人追着杨静渊去了。

杨静渊从来没有跑这么快过，几个呼吸就到了正房。东厢的房门关着，门口守着两个仆妇。看到杨静渊来，弯腰行礼，还没开口，杨静渊一掌就推开了门。

“三郎君，您不能进去！”

杨静渊已走到了榻前。

柳姨娘呆呆地坐在榻上。她披散着头发，身上只着一件大红色绣并蒂莲肚兜，随意披着件外裳。杨静渊迅速地移开眼睛，看到半掀起的帐帘下露出一条干瘪的胳膊。

他的心狂跳了两下，上前一步掀起了帐帘。只看了一眼，他的脸瞬间涨得通红，又变得煞白，他飞快地将被子扯过来盖在了父亲身上，抬手挥落了帐帘。

榻上的动静惊动了柳姨娘，她从呆滞中醒来，嘴里发出一声短而尖锐的哭叫，扑了上去：“老爷！老爷！”

“三郎君，您还是在厅里等太太来吧。”守门的两名仆妇跟了进来。

杨静渊机械地转过身，耳边充斥着柳姨娘的哭声。他张了张嘴，听到自己的声音：“太太来了会问姨娘的话。给姨娘整理一下，穿好衣裳。”

两个仆妇犹豫了一下，杨静渊暴喝出声：“还不快去！”

声音如惊雷在耳边炸响，骇得两个仆妇赶紧上前。

杨静渊大步出了房门，脑中闪现着刚才看到的父亲和柳姨娘，他闭上了眼睛。

“老爷！”又一声悲呼响起。

杨静渊睁开眼睛，杨石氏的身影从他身边一闪而过。大哥、二哥、两位嫂嫂、侄儿、侄女，成群的婆子侍婢仿佛凭空出现在他眼前，眨眼工夫就将厅堂塞得满满当当。

东厢房里传出杨石氏的惊呼声。没等杨静山兄弟进去，陈嬷嬷飞快地退了出来，站在了门口：“三位郎君、大少奶奶、二少奶奶，都请在厅里稍候吧。”

杨静山和杨静岩红着眼睛，知道柳姨娘还在里面，硬生生停住了脚步。杨静山看到呆呆伫立在门口的杨静渊，握住他的肩摇了摇：“三郎，你先来，爹怎样了？”

怎样了？杨静渊死死闭住了嘴巴。

“三郎，究竟怎么回事？”杨静岩也急声问他。

怎么回事？明明夜宴时还好好的，宴罢回房时还好好的。杨静渊突然就想起了晟丰泽：“是他，是他！”

“是谁？”杨静山、杨静岩兄弟俩异口同声问道。

杨静渊喃喃说道：“是他害了父亲，我要杀了他！”他脑中只有晟丰泽的脸，只有满满的恨意。他用力甩开了兄长，风一样地跑了出去。

“三郎！”杨静山追着出去，看着杨静渊的身影一闪即逝。

“大哥，三郎的话是什么意思？他去了哪里？”杨静岩一头雾水。

杨静山狠狠跺了跺脚，高声叫道：“来人，想法子把三郎君给拦下来！腿打断也不准他出府！”

他也不知道杨静渊话里的意思。杨静渊一句要杀了他，让杨静山担心狂怒中的杨静渊惹出更大的祸事来。

东厢房的房门被打开了，雪青扶着满面戚容的杨石氏走了出来。

她木然地看着兄弟俩道：“封了乐风苑，仆妇全部回房，未经允许不准擅自走动。陈嬷嬷，你去办。谁敢擅离，直接打死不用回禀了。大郎二郎媳妇，带着孩子先回去。”

杨静山心头一凛，看了一眼东厢依旧关闭的房门，迅速地吩咐了下去。

杨石氏坐镇，乐风苑不消片刻就清静下来。她瘫坐在圈椅上，吩咐雪青道：“把柳姨娘请出来。”

东厢房的房门终于打开了，柳姨娘仍然披散着头发，穿好了衣裙，用帕子堵了嘴被两名仆妇架了出来。她拼命地扭头回望，嘴里发出闷闷的哭声。

雪青上前扯出了她嘴里的帕子，痛哭声立时在厅堂里响了起来：“老爷！”

杨石氏的忍耐已到了极限，抓起案上的香炉朝柳姨娘扔了过去：“给我闭嘴！”

香炉没有砸到柳姨娘身上，哐当一声摔在地板上。

“娘，爹到底怎样了？”杨静岩才问得一声，杨静山已经走进了东厢房，他赶紧跟了进去。

柳姨娘被香炉的落地声吓得清醒了一点，她望着杨石氏，瘫跪在了地上，用手捂着嘴，肩头猛烈地抽搐着。

“老爷，是怎么去的？”杨石氏冷冷地看着柳姨娘。她的长发凌乱地披散着，像一枝秋风吹拂的芦花，柔弱凄美。

回想着床榻上丈夫不着寸缕的身体，柳姨娘仅着大红色的肚兜，杨石氏说不清自己的感觉。

柳姨娘的手仍捂着自己的嘴，泪如泉涌。

“扶姨娘去西厢歇着，小心侍候着。”杨石氏不想问了。她沉默地望着柳姨娘被架了出去，抬头看到兄弟俩苍白着脸走了出来。

“去请顾老御医来一趟。”

拿着石参军的名刺，凭着在益州府多年的名望，杨家的马车没有被巡夜的士兵阻拦下来，接了顾老御医回到府中。

掀了帐帘，顾老御医揭开了被子，细细看过杨大老爷的尸身后，叹了口气。

待他净了手，杨静山陪着他进了正厅。

杨石氏静静地看着他。

顾老御医轻声说道："因酒助兴。马上风，暴卒。"

五个字，让杨家兄弟羞愤地低下了头。

尽管已经猜到，但杨石氏仍觉得这五个字像一耳光扇在自己的脸上。六十一岁的夫君酒后与小妾行房暴卒，真是丢人！

她努力让自己显得平静，起身扶着雪青的手对顾老御医行礼，颤声说道："请老先生替杨家保守秘密。"

"大太太请起，老朽省得。"顾老先生也觉得杨大老爷行事荒唐，年过花甲却不知检点。他拱了拱手，叹息着离开。

杨石氏缓缓站起了身："将老爷的寿衣取来吧。"

杨静山忍不住说道："母亲今天甚是劳累，由儿子服侍父亲……"

杨石氏扶着雪青的手慢慢走向东厢，声音落寞至极："二十年没服侍过老爷了。娘最后一次服侍他了。大郎、二郎，老爷的身后事你们兄弟俩去打点。老爷年纪大了，寿终正寝。"

兄弟二人含着泪应了。此时，没有人想起杨静渊来。

雪青令人打来了热水。杨石氏不假人手，亲手拧了帕子给杨大老爷擦拭身体。望着杨大老爷失去了弹性的皮肤，她喃喃说道："二十年不见，我都快认不出老爷来了。"

二十年前，杨大老爷正值盛年，精力充沛，气质儒雅。那时候，他意外遇到了柳氏。

时光如水，杨石氏已经由最初的辛酸心痛变得麻木。从来没有和杨大老爷谈过，两人默契地达成了协议。家主之位和杨家的锦业庶务交给了才二十岁的大郎杨静山和二郎杨静岩，内宅中馈由杨石氏把持，他只要柳姨娘。

那时候，杨石氏还是中年妇人，她怎能不孤单？

"忍是心头一把刀。一忍就是二十年，忍着忍着，就习惯了。

"如今，又要习惯老爷不在了。

"老爷，您走了。最后啊，还是妾身在服侍您。"

杨石氏将寿衣一件件给杨大老爷穿好，打散了他的发髻，用篦子一遍遍梳顺，熟练地绾成髻。她系好镶着碧玉的发巾，俯身下去，轻轻抱住了杨大老爷。紧闭的眼角沁出一滴晶莹的泪来："多谢老爷这么多年来都没在正院歇息，妾身已经习惯了您不在身边。您走了，妾身二十年前就当您已经走了。"

杨大老爷走了，儿子还在，孙儿还在，家业还在。杨石氏起身，抽了帕子擦了泪，疲惫不堪地说道："去西厢房。"

一行人提着灯笼出了正房，杨石氏在回廊上站了一会儿。西厢的灯还亮着，杨石氏叹了一口气，下了台阶。

仆妇推开房门，杨石氏道："你们都出去吧。"她只带着雪青缓步走了进去。

柳姨娘已经平静了下来，小声地啜泣着，美丽的眼睛红肿着。看到杨石氏坐下，她跪了下来："太太，老爷他……"

"我请了顾老御医来。他说老爷是因酒助兴，马上风，暴卒。柳氏，你今年虚岁才三十八，老爷六十一了，你对得起他吗？"杨石氏淡淡说道。

柳姨娘难堪地闭上了眼睛。

杨石氏站起了身："老爷宠了你二十年，我觉得应该告诉你御医的诊断。二十年前我接了你进府，今天也不会为难你。"

她带着雪青欲离去，柳姨娘抬起了脸："太太，婢妾想再见见老爷。"

这时陈嬷嬷走了进来："太太，老爷的寿材已经抬进来了，现在就移灵回白鹭堂，孝服也发下去了。这是姨娘的孝服。"

她捧着孝服放在了案几上。

杨石氏脚步未停："换了孝服去吧。"

柳姨娘重重地磕了一个头："多谢太太恩典。"

第三十三章
自尽

杨静渊在黑夜里奔跑着，风声从他耳边呼啸而过。终于到了驿馆，他毫不犹豫地越墙而过，落在了晟丰泽住的院子里。

一身月白色的锦缎长袍在夜晚极为打眼，才进院子，就被南诏侍卫发现了。

“什么人？”赤虎拔出了腰间的佩刀，指向杨静渊，“知不知道这里是南诏白王的住所？”

“晟丰泽！你给我滚出来！”杨静渊充耳不闻，朝着正房大吼道。

赤虎大怒：“我家主子的名讳也是你能叫的？”

刀尖所指，南诏侍卫朝着杨静渊挥起了刀。

“住手！”正房的门被晟丰泽拉开，他看着站在院子里的杨静渊道，“你们不是他的对手，都退下。”

“晟丰泽。”杨静渊看着他，突然冲向正退后的一名侍卫，劈手夺过了他的刀，一跃而起，狠狠劈向晟丰泽。

“保护主子！”赤虎叫了一声，南诏侍卫迅速后退，挡在了晟丰泽身前。

杨静渊瞬间和侍卫们斗在了一起。

隔着人群与刀光，晟丰泽悠然说道：“杨静渊，你连脸都不遮掩一下就跑到驿馆来，抢了侍卫的刀，打算行刺本王，你知道这是什么罪吗？不用本王动手，不消半刻钟，驿馆驻守保护本王的士兵赶到，认出你来，明天你就在州衙大狱里待着了。”

杨静渊像发狂的豹子般不畏阻拦向前冲，盯着晟丰泽的眼睛一片血红：“你害死了我爹，我要杀了你！”

“杨大老爷过世了？今天晚上，本王见杨大老爷还好好的。呀，真是遗憾。本王明天一定去杨家吊唁。”晟丰泽嘴里说着遗憾，脸上却挂着笑容。

是他，一定是他！杨静渊大喝一声，刀法一变，狂风骤雨般砍向南诏侍卫。

眼见一名侍卫被刀光笼罩，晟丰泽瞳孔紧缩，提住侍卫的衣领将他拉了回来，顺手夺了他的刀奋力往上挡去。劈下来的刀震得晟丰泽虎口发麻，两刀相交，他被杨静渊狠狠地往下压着。

赤虎没想到晟丰泽竟然从侍卫身后跳了出去。他从怀中掏出一个纸包，用力扔向了杨静渊。纸包打在杨静渊身上，一团粉末炸开。

刀上的力道突然变弱，晟丰泽用力推开，一脚将杨静渊踢下了台阶。

他将刀递给了旁边的侍卫，看着杨静渊摇摇晃晃地爬起来，微笑着说道：“你放心，杨三郎，我不会这样杀了你。赤虎，报官……把他交给石参军。”

“晟丰泽，我会杀了你。”杨静渊说着，手中的刀叮当落地，人往后仰倒，晕了过去。

杨家白鹭堂已经搭起了丧棚灵堂。在杨石氏回去前，杨静山已经将所有事情安排妥当。内宅托付给了妻子陈氏和弟妹。

“娘，您回房睡两个时辰，这里有我和二郎。内宅交给素娘与弟妹，您放心便是。”杨静山安排妥当后，劝杨石氏去休息。

杨石氏知道自己年纪大了，身体吃不消。有儿子儿媳在，实在用不着她硬撑。她环顾着白鹭堂，看到换了孝服的柳姨娘跟了来，站在门口，一直往外张望着。她突然想起杨静渊来：“三郎人呢？”

杨静山想起弟弟暴怒冲出乐风苑时说的话，再看到母亲苍老憔悴的面容，不忍再令她担忧，撒了谎：“我叫三郎去请道士了。”

三郎的师父是青城山道观的，杨石氏并未起疑。她瞥了柳姨娘一眼，见她低下了头，便道：“柳姨娘先回去歇着吧，天明后，我会遣人唤你来跪灵。”

“是。”柳姨娘温婉地行了礼，默默地退了出去。

杨陈氏与二少奶奶不等丈夫吩咐，上前扶了杨石氏，杨陈氏乖巧地说道：“夫君担心娘的身体吃不消，让儿媳暂时管着。就盼着娘歇足了精神，我和弟妹只给娘跑腿打理杂事，乐得轻快。”

谁都愿意听好听的，杨石氏此时却摇了摇头道：“中馈早就该交给你。如今老爷去了，大郎当家，娘可以不用管了。”

杨陈氏愕然。这是什么意思？难道自己一直猜错了？以为婆婆强势惯了，爱捏着权力不放。听婆婆话里的意思，是公公过世，她才放心把管家的权力交出来。婆婆这是在防着公公？

杨石氏没有再说话。她的确累了，躺下来合上了眼睛，却没有睡着。老爷走了，需要宗族正式承认杨静山的家主之位，开祠堂写入族谱中。大郎任家主后，按照杨家的家规，杨二老爷、杨三老爷要正式搬出祖宅，腾出来的东、西二路府邸要分给杨静山的兄弟，自己也要腾出白鹭堂给大郎夫妇。老爷早就立下了分产的遗嘱，一式两份。一份在自己手中，杨家报丧，族老们明天来吊唁时，会带来另一份遗嘱。

等到大郎正式继任家主，她就可以彻底放手，搬到退思堂含饴弄孙，静享天伦之乐了。杨石氏迷糊中轻轻松了一口气，沉睡过去。

然而没睡多久，她就被儿子的声音唤醒。

杨静山一脸为难地站在榻旁。

“什么事？”打了个盹儿，杨石氏精神明显好了许多。儿子不会无缘无故地打扰自己。她示意雪青扶着自己坐了起来。

“舅舅来了，说一定要见您。他在书房。”

兄长急着见自己，一定是有紧要事。杨石氏嗯了一声，穿好衣裳去了书房。

石参军一夜未睡，眼里布满了血丝，见到妹妹，立时站了起来：“大郎，你去门口守着。”

见兄长越过自己吩咐儿子，杨石氏诧异无比，她遣了雪青离开道：“屋里就我兄妹二人，哥哥不妨直言。”

石参军仍然压低了声音：“杨三郎去行刺南诏白王被擒，人送到我手上了。依我看，白王没有将他捆送官府，是想送个人情给咱们。可他行刺一事涉及两国邦交，我若放了他，就留了把柄在那晟王爷手中。没想到我刚到杨家，竟然得知妹夫昨晚去世了，事情怎么会这么巧？”

“三郎怎么会去行刺南诏白王？”杨石氏骇了一跳，她扬声叫道，“大郎，你进来。”

守在门口的杨静山走了进来。杨石氏气道：“你不是说三郎去请道士了？他怎么会去行刺南诏白王？”

“娘，您听儿子解释。”杨静山见瞒不住了，不得不将昨天晚上杨静渊嚷嚷的话说了出来。他苦笑道：“三郎武艺好，我吩咐护院去拦人，连他的人影都没瞧见。当时我也不知道他说的究竟是真是假，也不知道他究竟要去找谁。如今看来，三郎是怀疑父亲死得蹊跷……”

说到这里，杨静山脸色大变，喃喃说道：“父亲的确去得蹊跷啊！”

杨石氏目瞪口呆：“大郎，你这话何意？顾老御医察看过，你爹是因酒助兴……你说明白点。”

“酒！”杨静山一向沉稳，现在静下心来回想，就察觉出了异常，“夜宴中场换了酒，是二伯父叫人新拿来的。爹很喜欢喝，我们也喝了。此酒……饮后精神振奋，浑身如沐暖泉。”

石参军也想起来了：“的确如大郎所言，饮后感觉浑身充满了力量。当时南诏白王还连夸酒好。我记得妹夫连饮数杯，满面红光。”

杨静山心里已想明白了此事，狠狠地说道：“我们都无事，父亲却是上了年纪的人。想必痛饮此酒之后，与柳姨娘一起……他的身体哪能受得住？三郎定是看出了蹊跷。不过，他怎么会疑心那南诏白王？舅舅，三郎人在何处？”

石参军道：“他昏迷不醒，我一时间拿不定主意是该送他进州府大狱，还是送回杨家来。人就在我的马车上，我嘱人守着呢。”

“先把人抬进明月居弄醒了再说。三郎习武，定知道一些咱们不知道的事情。否则，他绝不会去行刺南诏白王。”杨静山说着，匆匆去了。

石参军没来得及拦住杨静山，跺脚道：“话还没有说完，大郎怎么就急着把三郎给抬进府来？”

杨石氏看了兄长一眼道：“南诏白王如非示好，直接就把三郎捆送官府了。如果三郎伤到了白王，我也不求哥哥徇私。白王没有受伤，又卖了个人情给咱们。他不是四处买蜀锦吗？拿钱消灾，杨家有锦，送他便是。”她说着，叹了一口气道，“我知道哥哥的意思。三郎是柳姨娘的儿子，他喊你一声舅舅，实则并非血亲，不足以让哥哥冒险袒护。但他是我养大的，老爷突然离世，三郎去行刺也是伤心难忍。我怎忍心让三郎待在大狱，不能送他父亲最后一程？”

石参军急道：“人心隔肚皮，他毕竟是姨娘所生，妹妹你怎么一点防人之心都无？当心养出一只白眼狼来！”

杨石氏脸色大变：“哥哥此话何意？”

石参军在屋里疾走几步道：“妹夫的遗嘱能否拿给为兄一观？”

老爷的遗嘱？杨石氏心头一紧，当着哥哥的面从书房柜子里取出一只匣子。她拿出随身携带的钥匙开了锁，拿出杨大老爷的遗嘱递给了兄长。

仔细瞧上两遍，石参军把遗嘱还给了杨石氏，冷笑道：“我的好妹夫啊！为了一个妾、一个庶子，竟然将嫡亲的大郎、二郎抛到了脑后！”

“哥哥，你在说什么？”杨石氏蒙了。

“为兄在衙门听到风声，特意去查阅了卷宗。不久前，妹夫将大笔产业悉数转到了一个叫舒烨的人名下。事情办得隐秘，走的是桑长史的路子。如果不是听到风声，为兄不去查证，断不会知晓。”石参军气道，“妹夫在世，为兄不好声张，只想查到舒烨这个人，弄清妹夫为何会这样做。如今妹夫离世，为兄越想越觉得不对。明面里立下遗嘱，私产分成三份，杨静渊分得最少的一份，暗中则将大笔产业转到他人名下，等他离世后，再悄悄拿给杨三郎。”

杨石氏的心阵阵绞痛。

她不介意府里多养个妾，更不在意杨静渊花多少银钱。比起杨家庞大的家业，那些钱财不过九牛一毛。但她在意自己的儿子。

“都是老爷的亲生骨肉……老爷，我容忍你对妾身不闻不问二十年，你就是这样回报我的？”杨石氏被触到了逆鳞，白着一张脸站了起来，“还请哥哥尽快查到那个叫舒烨的人。我明白哥哥的意思了。”

她挺直了背出了书房，疲惫被熊熊燃烧的怒火烧得干干净净。

柳姨娘回到乐风苑，发现这里的仆妇已经全部换了人。陈嬷嬷亲自迎了她，送她至西厢安置。

她怯怯地问了一声：“嬷嬷，小香去哪里了？”

“姨娘还想叫小香来侍候？姨娘的脸皮也忒厚了点吧？”陈嬷嬷上上下下打量着柳姨娘，鄙夷地说道，“老奴可不曾忘记东厢房里的那一幕。老爷怎么死的，姨娘最清楚不过，姨娘还有脸见乐风苑原来的仆妇侍婢？她们可都曾看到姨娘……太太换掉了这里所有的人，是不想让杨家蒙羞，姨娘怎么就不明白呢？”

她的目光瞬间剥掉了柳姨娘的衣裳，令她无地自容。柳姨娘双手捂了脸，转身奔进了西厢房，沉闷的哭声随之响起。

“狐媚子害死老爷，还有脸哭？！呸！”陈嬷嬷啐了一口，扭身就走了。如果不是太太宽容，她忍了二十年，今天就不止在言语上讥讽柳姨娘了。

柳姨娘哭了一会儿，喃喃呓语道："老爷，妾身无颜苟活，早想随您去了。妾身只想再见见三郎。三郎，你去哪儿了？"

她按着胸口，一遍遍回想杨大老爷曾叮嘱过她的话。终于抵不过疲倦，倚在榻上睡着了。

杨石氏推门进来的时候，柳姨娘还在熟睡中。

素白的长裙从榻上直铺到地面，绾发的长银笄滑落在地上，一头黑发铺泻在她肩背上。柳姨娘歪着身体睡着，勾勒出起伏有致的曲线，半隐在发丝间的脸惊人的美丽。

杨石氏默默地注视着她。她可真是个尤物，二十年的岁月没给她留下多少痕迹，和刚进府时一样美丽。正因如此，她才得了老爷二十年的专宠。杨石氏弯下腰，拂开了柳姨娘面颊上散落的发丝。

"老爷！"柳姨娘的声音柔媚如丝。

杨石氏像烫了手似的缩回了手。她缓缓转身，走到几旁的圈椅上坐了："姨娘可是梦见了老爷？"

柳姨娘迷糊中听到了杨石氏的声音，从睡梦中惊醒过来。睁眼看到了杨石氏，她赶紧从榻上下来，以最谦卑的姿态跽坐在杨石氏面前，小心地问道："太太怎么来了？"

屋里没有旁人，杨石氏没有带人进来。她一直觉得和一个妾计较有失大妇气度，现在她才明白，她明着大度，心里不是不嫉恨着柳姨娘的。

既然大度了二十年，她就一定要拿回自己大度的酬劳。

"三郎去行刺南诏白王，失手被擒。我来告诉你一声。"

"什么？"柳姨娘第一次在杨石氏面前失态了，"三郎怎么会去行刺南诏的王爷？太太，这里面是不是有什么误会？他现人在何处？"

杨石氏讥诮地说道："姨娘一直以半个奴婢自居，从来都尊称他为三郎君。我一直以为姨娘心里只有老爷，已经忘了自己还有个儿子。"

"太太，毕竟是婢妾生的他，一时情急出言无状，请太太原谅一回。"柳姨娘匍匐在杨石氏脚下，"三郎君心里只有太太一个母亲，请太太救他。"

"舒烨是何人？"杨石氏突然问道。

"舒先生……"

柳姨娘答出这三个字后，缓缓抬起了头。二十年了，她第一次正视杨石氏，了然地笑了。她柔声说道："太太，老爷年轻时偶然救过舒先生，约定舒先生相助老爷一回。他不是益州府的人，妾也没有见过他。老爷过世，舒先生定会来吊唁。只要太太保三郎君平安，婢妾将老爷所赐的产业拱手相让，分文不取。三郎君并不知道老爷的安排，请太太放心。”

“我如何信你？”从柳姨娘嘴里得到证实，杨石氏对杨大老爷最后一丝眷恋也消散了。她与儿子辛苦打理杨家的家业，到头来，老爷却瞒下大部分私产，悄悄给了柳姨娘和她的儿子。

大郎、二郎不是他的儿子吗？哪怕他将私产均分给三个儿子，她也不会这样愤怒。

柳姨娘从颈间取下一枚玉佩放在了矮几上：“这是舒先生给老爷的信物。谁执有信物，老爷托他保管的产业，他就拿给谁。”

她以额触地，再一次匍匐在杨石氏面前：“求太太保三郎君平安。”

杨石氏面无表情地看着她：“你怎知我不会出尔反尔？”

柳姨娘抬起头，眉眼间一派平和：“妾身信得过太太。这二十年来，太太宽厚大度，从无苛责，更悉心将三郎君带大，婢妾感激不尽。”

杨石氏握住了玉佩，再一次告诉自己，这是她应得的。她站起身，淡淡说道：“三郎已经接回府了，人还昏迷着。”

杨石氏转身离开了西厢房。

柳姨娘坐了许久，看到窗户纸上透出了晨曦的影子。她拿出帕子，咬破指尖轻轻在上面写下了一个字，然后将帕子塞进了腰间的荷包。

“三郎，娘不是个好母亲。娘不死，太太不会放心救你。”她轻叹了一口气，解下腰带扔上了房梁。

睡梦中，有梵音吟唱。

梦里，他在青城山中。青城天下幽，幽幽青山势如城垣。奇怪的是，山中道、佛两家同时存在。山顶白云寺是佛寺，阳光从中空的山腹中照进来。他趁着小沙弥不注意，攀着岩石钻了出去。站在陡峭的山巅，群山尽收眼底。辽阔空旷，他情不自禁将手圈在嘴边，大喊出声。

“谁在乱喊扰乱佛门清净？！”

白云寺的和尚被惊动，纷纷跑上来抓他。他大笑着四处躲闪，正得意时，突然后背挨了一脚，他站立不稳，从山巅摔了下去。

心像是要从嗓子里蹦出来。杨静渊乱挥着手，想要抓住什么。终于从空中摔在了地上，他大叫了一声，惊醒了。

“郎君醒了！”

睁开眼睛，杨静渊看到香油挂满惊喜的脸，记忆一点点回来，心骤然传来一阵疼痛，他蹙紧了眉，眉间形成一道深深的褶皱：“我睡了多久？”

他没有问自己怎么回到了明月居，应该是晟丰泽把自己交给了石舅舅。他昨天怒火攻心，一时失去了理性，大张旗鼓地冲到驿馆杀晟丰泽，他真是傻。

杨静渊低头看了看自己的双手。这双手打过架，却连只鸡都没有杀过。他缓缓收缩成拳，眼眸里露出一丝悲哀。这样的自己怎么敌得过晟丰泽的阴险狠辣？

“郎君，您昨晚回来，整整睡了一晚。现在都近午时了，您赶紧换了孝衣去守灵吧。”香油捧着一袭素白细麻长袍，递到了杨静渊面前。

昨晚在东厢看到的一切像巨浪迎面扑来。父亲，还有姨娘……他真希望是自己做过的梦。杨静渊伸出手，手指不受控制地颤抖着。他猛地一把抓起了衣裳，迅速穿上，大步走了出去。

香油愣了愣，赶紧跟上了他。

梵音更加清晰。杨静渊在白鹭堂大门口停住了脚步，他仰起头，铺天盖地的素幡迎风飘荡，满目的白。眼睛有瞬间的模糊，他眨了眨眼睛，把泪意逼了回去。他不要哭，他不要没用地流泪。

“三郎！”杨静山带着哽咽的声音响了起来。

杨静渊看了过去，兄长红着眼睛大步朝自己走来。

杨静山握住了他的肩，想笑又想哭：“醒了就好，你没事就好。舅舅送你回来时说过，睡一觉就没事了。母亲吩咐让你好好睡。”

晟丰泽！

一想起这个名字，杨静渊就恨。他忘不了昏迷前晟丰泽的眼神。一夜一梦，宛若前世。他绝不会再犯同样的错，绝不会再给晟丰泽机会。

杨静渊默不作声地进了院子，在灵前给父亲上了香。帐幔飘起，露出后面的黑漆棺木。他认真地给父亲磕了头，退到了两位兄长身边跪好。

杨静山和杨静岩看了他一眼，自幼受宠的庶弟像是突然长大了，神情镇定。不，不对，他怎么会这样镇定？

“三郎，爹意外过世，昨晚你也没说明白就跑了出去，究竟是怎么回事？”杨静山低声问道。

“大哥、二哥，我想过了，一定是父亲昨晚饮的酒有问题。我到东厢时，屋里酒气未散，父亲一定在夜宴上饮了很多酒。他曾经对我说过一种酒，那酒……父亲说要等我成亲时才能喝，他送我一坛。那酒是二伯父送给他的。我与季二娘下定礼的那天晚上，我曾隐约听到二伯父向父亲提到过这种酒。应该是从那时起，爹就一直在喝。”

杨静山点了点头：“与我们想的一样。昨晚的酒是二伯父叫人拿来的。”

“酒若还有，我拿给师父瞧一瞧，看看究竟是怎么回事。”杨静渊垂下了眼眸，“南诏白王不是什么好人，他觊觎益州锦业已久。昨晚是我太过冲动，怀疑是他害了父亲。以后，我不会这样冲动了。”

杨静山欣慰地说道：“所幸他想卖杨家一个人情，将你交给了舅舅。不外乎家里备份厚礼花点银钱，别放在心上。母亲年纪大了，去了内堂歇着，你先去给母亲请安吧。”

“是。”杨静渊起了身，往对面女眷中扫了一眼，再一次确认柳姨娘不在。昨晚的画面再一次浮上心头。大哥、二哥都没有提到柳姨娘，是因为父亲死得太过难堪，太太生气，让姨娘在乐风苑禁足吗？

屋里点着沉香，杨石氏睡得并不安稳。杨静渊一进来，不等雪青来回禀，她就睁开了眼睛。

除了那飞扬挺拔如青叶的剑眉，他的脸形、嘴唇依稀与柳姨娘如出一辙。杨石氏蓦然想起柳姨娘的脸，忙不迭地移开了目光：“三郎。”

“母亲，让您担心了，三郎不孝。”杨静渊跪在榻前，低下了头。

杨石氏如此憔悴，昔日丰盈的脸颊瞧着就瘦了，眼袋浮泡着，一看就知道没有休息好。昨天晚上，有几个杨家人能安稳入眠呢？

“你舅舅带了你回来。母亲知道你心里难过，一时认错了仇人。”杨石氏想起送酒的杨二老爷，又恨又气，呼吸急促，“不管是谁想害你爹，母亲绝不放过他！”

雪青上前轻拍着杨石氏的背给她顺气，怜悯地看了一眼杨静渊。太太没有说姨娘的事，她怎敢多嘴？

既然都怀疑是二伯父加害父亲，是不是就不会全然迁怒到姨娘身上？杨静渊轻声劝道：“母亲别气坏了身子，您是家里的顶梁柱，倒不得。”

“母亲还有三个好儿子，还指望着你们给母亲撑腰呢。”见他到现在半句没有问及柳姨娘，杨石氏的心反而变得柔软起来。

老爷昨晚离世，柳姨娘早存了死志，自己不过是没有阻拦她罢了。不，她和老爷恩爱了二十年，自己拦得住吗？

杨石氏握住了杨静渊的手，心一横道："三郎，你去乐风苑送姨娘一程吧，她不能与老爷摆在一处，母亲在乐风苑设了灵位……"

手上突然传来一股力道，杨石氏猝不及防，哎呀叫了一声，被杨静渊推倒在榻上。

他脸上的平静像碎裂的瓷，片片冰裂。杨静渊愣愣地望着她，脑中浮现出的却是昨天傍晚柳姨娘站在回廊上的美丽身影。

"三郎君，你差点儿伤到太太了。"雪青责备了杨静渊一句，扶了杨石氏重新坐好。

十八年辛苦养育，他心里终究还是惦记着他的亲娘啊！杨大老爷的冷落偏心、十八年来细心照料杨静渊的往事齐齐涌上了杨石氏心头。她捶着床榻放声大哭："你姨娘一心想陪着老爷，你要怪母亲没看好她，没拦着她，你就怪吧！"

杨静渊重重地朝她磕了一个响头，爬起来跑了出去。

"你你……你这个白眼狼啊！"杨石氏指着他的背影，哭着大喊了起来，"她连一口奶都没有喂过你啊！是我牵着你学走路，是我教你识字，三郎，你怎能这样对我……"

"太太，太太，您别胡思乱想，三郎君那也是人之常情。老爷和姨娘前后离世，三郎君要是若无其事，那才叫白眼狼呢。"雪青轻声劝着杨石氏。见她慢慢平静下来，仰躺在引枕上默默流泪，吩咐小丫头打了水来，亲自绞了帕子给她净脸。

杨石氏突然抓住了她的手腕，嗫嚅着问道："柳姨娘想陪老爷，我没有拦着她。雪青，我是不是做错了？"

"太太，拦得了柳姨娘一天，拦得了她一世吗？哀莫大于心死。"

听了雪青的话，杨石氏的手慢慢松开，喃喃说道："二十年前，我的心就已经如死灰一般了。"

大老爷丧事人手不够，乐风苑留了两名仆妇看守柳姨娘的灵堂。没有白鹭堂那种素幡遮天蔽地的壮观，仅在院门与回廊上挂起了白纱灯笼。

只隔了一夜，回廊上散落着风吹来的落叶，落了一层薄灰。光洁的木地板变得暗淡无光。杨静渊踏上回廊，呆呆地望着正厅帐幔后那口黑漆棺木。

他记性好，隐约能记得三岁多时，第一次认得的柳姨娘。嫡母牵着他的手告诉他："三郎，这是柳姨娘。"

她温婉地对他一福，叫他："三郎君。"

她跟在父亲身后离去，他问嫡母："爹为什么不和我们住一起？"

听到嫡母说爹和柳姨娘在一起，他捡起地上的石头朝她扔了过去。他的力气小，石头没扔多远就掉在了地上。嫡母忍俊不禁，抱着他道："三郎为何要向姨娘扔石头？"

他撇撇嘴，抱着嫡母的脖子道："没有她，爹就和我们一起住了。"

嫡母哈哈大笑。

直到他长大，柳姨娘留给他的永远都是远远的身影，站在小径上的、站在回廊上的。她从来都不曾抱过自己，一次都没有。

"都下去吧，我想陪陪姨娘。"

两名仆妇不安地应了，退到了门外。灵堂里，只有两盏长明灯静静地陪着棺木。杨静渊没有上香磕头，他直接掀起了帐幔。尚未钉棺，他微微用力推开了棺盖。

天还尚凉，柳姨娘除了脸色青白，没有别的变化。脖颈间隐隐露出一道青色的勒痕。杨静渊的心扑通扑通地跳了起来。他轻轻揭开了衣领。他是习武之人，分得清是自尽还是被人勒死的。他长长地透了口气。一个是养了他十八年的嫡母，一个是亲娘，杨静渊不知道如果姨娘是被人勒死的，他该怎么办。

柳姨娘仍然披散着头发，穿着白色的孝服，都在忙大老爷的丧事，也没有人想着给她梳妆打扮，换身华丽的衣裳。她只是个姨娘，能给她布置灵堂供奉香烛纸钱已经不错了。

"这样也好，姨娘也希望穿这身衣裳去黄泉寻父亲吧？"杨静渊喃喃说着，看到了柳姨娘腰间悬着的白色缎面绣兰草的荷包。

他长这么大，姨娘连双鞋都不曾给他做过。杨静渊取下了荷包，攥在了手里。荷包很轻，里面会装些什么？银票？他打开，抽出了一张帕子。石青的绢帕上写着淡淡的血字："舒"。

杨静渊抬起了柳姨娘的手，看到右手食指被咬破，大概被她吮过了，伤痕很小，结了紫黑色的血痂。

幸亏她是自尽，又恰逢父亲去世，府里忙不过来，没有人注意到她还留下了一个血字。

柳姨娘温婉，却又这样聪慧，怪不得父亲会独宠她二十年。

杨静渊将绢帕与荷包塞进了怀中，抱起了柳姨娘。他轻轻地抱着她，闭上了眼睛："我知道，您到死都还惦记着我。我一直想您能抱抱我，想知道被亲娘抱着会是什么感觉。”

他没有再说下去，他怕自己哭出声来。

慢慢长大后，他就明白了为什么自己不能进织坊学织锦辨锦，明白了自己只是个庶子。姨娘过得好，嫡母娇纵着自己，他不愿意去破坏家里的和谐欢乐。姨娘可以和父亲恩爱地过日子，嫡母可以舒心地过日子，他为什么要去纠结是亲娘更好还是嫡母更好。

可他是这样孤单。他无所事事，成天游手好闲，就连他那个师父都是看在杨家花了大笔银钱的分儿上，收他为徒。

杨静渊小心地将柳姨娘放进棺中，合上了棺盖：“是有人害爹，不是娘狐媚害了爹。”

他退了出来，轻声说道：“您再等等，三郎知道您的心愿，定会让您如愿以偿。”

他不知道那个“舒”字是什么意思，但他相信，柳姨娘既然留下这个字，就一定有办法让他明白这个字的意义。

离开了乐风苑，杨静渊回了白鹭堂。

吊唁的人不断，杨石氏歇了一会儿，听说族老们过来，从内堂出来还礼。

杨静渊过来时，见杨静山扶着嫡母正往厅里行去，他上前一步道：“我有话对母亲和大哥说。”

杨石氏看了一眼旁边的族中长辈，淡淡说道：“三郎，有什么话迟些再说。你去灵堂与你二哥一起做孝子。”

“母亲。”杨静渊等不得。

“三郎！往来宾客这么多，你大哥、二哥从昨晚到现在就没合过眼，忙着打理你爹的丧事，一直跪在灵堂做孝子。你能懂事一点吗？去灵堂跪着！”杨石氏突然发了火。

杨静渊抿紧了嘴，低声说道：“是。”

杨石氏说完，转身就走。

“三郎，去灵堂帮着照应一下。有什么事，回头再说。娘心里难过，你别放在心上。”杨静山拍了拍他的肩，叹了一口气走了。

胸口闷闷地难受。父亲走了，姨娘也自尽了，他真是只有一个人了。杨静渊深深吸了一口气，长长吐出。该他做的，他都会去做。

他大步朝外走去。

第三十四章

最后一根稻草

半个时辰后，杨石氏与杨静山、杨静岩兄弟俩，以及杨家二房、三房的当家人正在听族老说起家主一事。一名管事匆匆跑了进来：“大太太，不好了。三郎君在驿馆门口负荆请罪，惊动了州府衙门。舅老爷急得不行，吩咐了人前来报信。”

满堂震惊。

“三郎又闯了什么祸？”

“负荆请罪？在驿馆门口？他这是要丢尽杨家的脸啊！”

“驿馆？他得罪了哪路大员？”

杨家的族老们议论纷纷。

明明南诏白王卖了人情给杨家，他还去衙门自首把事情挑破闹大。“孽子！”杨石氏喊了一声，眼前一黑，差点儿气晕过去。

“各位叔伯长辈，三郎做错了事，肯负荆请罪，证明他有担当。小侄先去瞧瞧。”杨静山心知是昨晚行刺晟丰泽的事，他当机立断，将家事托付给了二郎杨静岩，带着管事匆忙赶去了城中驿馆。

驿馆前围满了衙役，都知道杨静渊是石参军的外甥，衙役们也没动他，尽责地拦住了看热闹的百姓。

石参军不方便露面，听着衙役带回的消息，气得直扯胡子。本来心照不宣，就把事揭过了。杨家舍些钱财就过去的事，如今被杨静渊这样一闹腾，他不就落实了徇私枉法的罪名?

杨静山带着人快马赶到，心里也这样想着，见到单膝跪在驿馆前、半袒着衣袍背着根荆条的杨静渊，上前一耳光就扇了过去：“你还嫌家里事情不够多?”

杨静山一耳光将杨静渊的脸扇得偏到了旁边，引得四周围观的人发出了惊呼。

“他这是在做什么？向晟丰泽负荆请罪?”季英英挤在人群中看着，被眼前的一幕惊呆了。

杨、季两家结了亲家，杨家照着礼仪遣人到季家报丧。季氏还没清醒，季耀庭带着妻子进城吊唁。季英英的脚才养好，她的身份不方便去杨家吊唁，可是最近杨静渊一直没有消息，她忍不住就跟着哥嫂一起进了城。

耳光清脆，季英英哆嗦了一下。她还留在这里做什么呢？看着杨静渊向季家的仇人认错讨饶？杨静山的耳光像扇在她脸上似的，季英英扭头拉扯着哥哥挤出了人群。

“杨大老爷过世，他不在家守灵，跑来这儿闹事，定有不得已的原因。妹妹，你别生气，回骡车等着哥哥好不好?”未来妹夫做出这样的举动，季耀庭臊得脸都红了。也许是和杨静渊的关系隔得较远，他还能保持理智。

季英英气愤地指向杨静渊的方向道：“他知道他在做什么吗？他在向晟丰泽负荆请罪！他知道晟丰泽是什么人吗？我就是死，也绝不向晟丰泽弯腰低头！”

“哥哥去探探原因好不好？杨三郎又不知道咱家和晟丰泽结了仇。”季耀庭叹了一口气。

晟丰泽送药来的那晚，故意向他表露出与自己的暧昧，杨静渊不听自己解释，扬长离去。今天他当众向晟丰泽负荆请罪。他，难道忘了那天晚上吗？夺妻之恨是个男人就不能忍，他杨三郎难不成还要谢谢晟丰泽轻薄自己?

杨大老爷过世，季英英早把两人这段时间的冷战抛到了一旁，只想着杨静渊会如何伤心难过。她跟着哥嫂进城，是想请哥哥找个机会把杨静渊叫出府来，想好好安慰他。没想到居然看到这样一幕。季英英气得扯紧了哥哥的胳膊：“不准去！咱们进城是给杨大老爷吊唁的，不是来看他当街出丑的！”

她说着，硬拉着哥哥上了骡车，直接吩咐季富：“换条路走，绕一点道也没关系！”

“妹妹怎么哭了？发生什么事了?”张四娘一直留在骡车上，见兄妹二人脸色难看地上了车，季英英已是满面泪痕，不由得担忧起来。

“我才没哭呢！”季英英答了一句。见哥嫂神情模糊，她眨了眨眼睛，两滴泪滚落而出，视线变得清楚。她摸着自己的脸，掌心沾满了泪水。

季耀庭认真地看着妹妹问道：“英英，你这样生气，是气他向咱们家的仇人认错，还是觉得他是你的夫婿，丢了你的脸？”

季英英哽咽道：“他大哥当众打他，所有人都瞧着他跪在驿馆门口……我，心里难受，我不想再看下去。”

话说出口，季英英也愣了。

不是因为他向仇人低头讨饶，也不是因为觉得丢脸。而是他让她心疼。

因为心疼他，所以生气难过。

季耀庭忍不住叹息：“那咱们就不看？”

可她又忍不住不看，不想扔下他离开。季英英想了想道：“哥，我想回家。”

看今天这情形，妹妹是没机会和杨静渊好好说话了。季耀庭点头同意道：“让季富叔先送你回家，我和你嫂子回头雇辆车。”

季耀庭与张四娘下了车，另绕了道去杨家。骡车慢吞吞地离开驿馆，季英英挑起车帘看不到兄嫂的身影了，赶紧对季富道：“季富叔，你在这里等等我。”她戴上了帷帽，跳下车，走向了驿馆。

晟丰泽仍然没有现身，杨静山被各种目光看得浑身不自在。三郎从前再胡闹，不过就是和城中一群纨绔争风吃醋，好胜打架，至于丢杨家人脸面的事，还从来没有做过。他伫在驿馆门口被人指指点点，一夜未睡，极为疲倦。想到家里还有族长与丧事，杨静山的火气怎么也控制不住：“三郎，跟我回家去！你别忘了，咱爹尸骨未寒！”

他伸手去拉杨静渊，却被杨静渊甩开了。杨静渊一副疲懒样：“大哥，小弟在给南诏白王负荆请罪呢！等办完事，弟弟再回家去！”

“你、你知不知道这样做的后果？”杨静山贴近他，咬牙切齿地提醒他。

“知道！就是知道，三郎才跑来请罪嘛。”杨静渊说着扭过了头，中气十足地朝驿馆里大声喊道，“南诏白王！我杨三郎昨晚喝醉了酒，不服气你的侍卫吹嘘武功比我大唐男儿强，翻墙进了驿馆想比试来着，冲撞惊扰了王爷。大唐和南诏睦邻友好，杨三郎担不起破坏两国邦交的事。一人做事一人当，今天向王爷负荆请罪来了！”

杨静山一愣，马上明白了他的意思，心里又是愧疚，又是高兴。三郎这样做，是为了明明白白将石舅舅摘出去。行刺变成了少年不懂礼仪，上门滋事。闹腾出这般场面，晟丰泽如果还想抓着这事当把柄，就显得小气了。他神色复杂地望着杨静渊，他竟然没想到这一点，还打了三郎。

这时，一行人嘻嘻哈哈地挤进了人群。桑十四郎兄弟领头，一群纨绔少年纷纷袒露出胸膛，背着荆条来到了驿馆门口。

桑十四郎冲着杨静渊眨了眨眼睛，在他身边单膝一跪，大声说道："元宵节小子饮多了酒，巷子太窄，一不留神冲撞了赴宴归来的白王车驾。杨三郎为兄弟两肋插刀，夜入驿馆寻南诏侍卫的晦气。我桑十四郎可不能让朋友独自扛了这罪名。王爷，今天桑十四郎也负荆请罪来了！"

一众纨绔笑嘻嘻地跟着在两人旁边单膝跪了，大声叫道："莫非南诏白王这般小气，看不起我等？"

"我们负荆请罪来了！王爷您就出来吧！"

周七郎是个人来疯，拍着能见肋骨的小胸脯道："诸位哥哥是替我周七郎打抱不平，才冲撞了白王。王爷要抽我荆条，我周七第一个挨着，谁也别和我抢！"

有少年大笑起来："周七郎你就是个傻的，还有抢着去挨打的！"

纨绔少年们穿红着绿，帽簪绢花，偏不伦不类地袒着半边肩膀，背上绑根荆条。你一言，我一语，顿时将驿馆前变成了菜市场般热闹。

"十四……"杨静渊不想流眼泪，眼圈却红了。

晟丰泽在侍卫的簇拥下还没走出驿馆大门，就听到围墙外纨绔们的起哄声。他停住了脚步。

突然而来的纨绔少年完全打乱了他的计划。

"主子，现在怎么办？"

"杨静渊，杨三郎，你又废了本王一招棋。"晟丰泽脸色极不好看。他有些后悔，昨晚没有趁机杀了杨静渊。一个商贾的庶子，擅闯驿馆行刺南诏王爷，杀也就杀了。因知道杨三郎在家受宠，这才改了主意将他交给了石参军。

益州府驿站的具体事务由驿丞担任，驿丞的顶头上司就是石参军。晟丰泽在驿馆中出了任何事情，石参军都脱不了干系。有这样的把柄在手，就把石参军攥在了手中。偏偏他的消息迟来，送走杨静渊后，他才知道杨大老爷去世了。

杨大老爷死了，石参军就不见得会为了一个名义上的外甥而冒险了。

幸而石参军仍然选择将杨静渊送回杨家，没有将他送进州府大牢。晟丰泽正笑自己的计策成功，打算明天去杨家吊唁，杨静渊就来负荆请罪了。

既然杨静渊看破自己的计，要来驿馆前闹腾，晟丰泽觉得当众羞辱他一番，也出了城墙上被杨静渊暴揍一顿的恶心。

转瞬间情势直转急下，生生变成了一出闹剧。

想到自己还要走出驿馆，对那群纨绔和颜悦色，与他们握手言欢，晟丰泽也有一种想挽起袖子和纨绔们比比谁更纨绔的冲动。

“一群人负荆赔罪，全益州的百姓都在看热闹，本王难道还能折回去？”晟丰泽压下满心的不甘和怒意，堆起温和的笑容，走向了驿馆大门。

此时，杨静山已经悄悄离开，嘱人将消息送到了州府。石参军转惊为喜，匆忙赶了过来。正遇着晟丰泽走出大门，石参军赶紧迎了上去，拱手行礼道：“这些小子竟敢来驿馆惊扰王爷，下官失职啊！”

笑得这么开心，脸皮的褶子都叠了数层……南诏侍卫终于见识到大唐官员的脸皮有多厚，个个横眉冷对。

石参军装作没看见，为难地说道：“他们是来向王爷负荆请罪的，下官实在不方便将他们驱离。念着他们年少，还请王爷拿个主意。”

晟丰泽皮笑肉不笑地说道：“本王在益州小住是为了交朋友，不是为了结仇。一场误会罢了，本王岂会放在心上，诸位请起吧！”

纨绔们平时闲得无聊，今天突然找到一件好玩的事，一群人聚在这里，单膝下跪当玩似的，新鲜刺激，个个神气活现的，半点没有负荆请罪的沉痛感和愧疚感。听晟丰泽这样一说，顺势就站了起来，拔了背缚的荆条相互抽着玩，大声说道：“王爷大度！”

说完朝着围观的百姓团团作揖：“多谢父老乡亲给小子们壮胆！”

周七郎在众纨绔们面前表现英武，心想益州城很长一段时间都会流传他周七郎的名字，兴奋地大叫：“来人，赏！”

他的伴当提着一包袱铜钱哗啦啦地扔了出去。

见着有钱撒落，百姓们哗然，高兴地叫着谢赏，拼命地捡钱。

石参军笑得见牙不见眼，还要表示无奈：“唉，这些郎君啊！”

无人再理会晟丰泽，一副你可以走了的态度。晟丰泽气得深呼吸，还要装作若无其事，干笑着附和石参军：“都是少年啊！”

什么少年！我十五岁就出使吐蕃了！农忙时能下田，闲时能领三军。晟丰泽郁闷得不行。

突然之间，他和杨静渊的视线碰在了一起。

杨静渊将荆条举起，看着晟丰泽，咔嚓折断，轻松扔掉。他再也不看晟丰泽，转身和桑十四郎走出了人群。

“杨静渊，好戏还在后头。”晟丰泽冷笑一声，拂袖进了驿馆。

走出人群，桑十四郎拉着杨静渊走到了一侧的街口，促狭地说道：“我够兄弟吧？我来的时候就见到了。我猜，季二娘肯定在车里。”

一辆骡车停在了街口，季富坐在车辕上，见到两人，笑着跳下了骡车，还朝车里大声说道：“娘子，老奴有些口渴，去吃碗茶就回。”

听见他的话，杨静渊心跳骤然加快，脚步却迟迟不肯迈出去。

桑十四郎看得着急，用力地将他拉到了车前道：“三郎，我明天陪我爹娘来府上吊唁，告辞。”说完笑着摇头而去。

骡车的帘子低垂，静静地停着。

杨静渊沉默地站在车前。

她不能来家中吊唁，来城里是为了见自己吗？要说的话太多，一时之间又怎么说得完？

本想着能找到南诏欲起兵的证据证明给她看。但短短一个夜晚，他的父亲和亲娘就不在了。转眼即来的婚期会因为自己要守孝而推迟三年，她会等他三年吗？

他半个月来忙着盯晟丰泽的梢，也气她不肯相信自己、依靠自己。她怨他吗？

隔着薄薄的轿帘，杨静渊心潮起伏，却没有勇气掀起帘子。

季英英坐在骡车里，双手捧着脸，盯着轿帘出神。以前的杨三郎肯定会毫不迟疑地掀起帘子。如今他就站在车外，却一言不发。他还在怨她吗？

父亲和姨娘尸骨未寒，害父亲的凶手还没有查出来，姨娘留下的血字之谜还没有解开。如果不是为了挽回昨晚的影响，他本不该出府的。杨静渊叹了一口气，开口道：“那晚我没有误会你和晟丰泽，我只是气你不肯相信我。有什么为难之处，只要你告诉我，我定会想办法。你不想理我我也不怨你。我要回府给父亲和姨娘守灵，咱俩的亲事，要延后再说了。”

突然听到杨静渊的话，季英英惊喜交加，愣住了。原来杨静渊没有中计，他只是气不过她瞒着他罢了。听到他说要回府守灵的话，季英英又吓了一跳。给姨娘守灵？难道他的亲娘也去世了？杨家究竟发生什么事了？一夜之间，他竟然失去了两个亲人！季英英震惊得都忘了说话。等她反应过来，她一把掀开了轿帘：“三郎！”

骡车外空无一人，杨静渊已经走了。

季英英想追过去，又停下了脚步。哥嫂去了杨家，肯定会带回消息。杨静渊要守灵，她怎好去将他又叫出府来，落在杨家人眼中，自己就太不懂事了。

季富离得不远，眼瞅着杨静渊离开，笑眯眯地走了过来。

“季富叔，我们去杨家附近等哥哥，免得他们另叫车回家。”

季富应了，赶着车去了。

杨家巷排满了前来吊唁的车马，季家的骡车根本不可能过去。季富只好将车远远停下，对季英英说道：“娘子在车上安坐，老奴去门口等大郎君和少奶奶。”

季英英在车中坐了一会儿，听到旁边等人的车夫议论起来。

一人说道：“听说柳姨娘是为杨大老爷殉了情。”

另一人嘁了一声道：“是不是殉情那可不好说。杨大老爷专宠柳姨娘二十年，大老爷一归天，柳姨娘没了人撑腰。大户人家内宅的事嘛，嘿嘿。”

“那杨三郎在家中受宠，你说杨大老爷会分给他多少产业？”

“产业？他一个庶子，就算杨大老爷有心多分给他，大太太肯吗？毕竟不是自己亲生的。从前受宠，还不是看在大老爷的面子上。我看哪，杨三郎以后的日子难过哦。”

季英英心里越发难过起来。她刚才怎么就因一时情怯而没有先掀开轿帘见见他呢？他孑然一身，又不是大太太亲生的，如果大太太真的对他不好，他该怎么办？

正想着，季富已经接到了季耀庭夫妇。

两人上了车，不等季英英询问，季耀庭就摇头道：“杨家来吊唁的人太多了，顾不上咱们。哥哥寻机会安慰了杨三郎几句。他看上去还好，只说等大老爷出了殡再说。”

再说的事只有两人的亲事。

季英英从腰间解下香囊道：“哥哥，帮我把这个给他吧，就说我等他。”

不等能怎样？明明四月十二杨三郎就要来迎娶，现在大老爷过世，季家总不能因此退了亲。再说当初结亲，还有杨大太太出手相助这层原因。

季耀庭接了香囊，又去了一趟，回来时带回了一只素白底绣兰草的荷包。季耀庭笑道：“两家过了定礼，你二人此番就算交换了信物。三郎说这是他姨娘的遗物，让你收好了。”

抚摸着荷包上细致的绣活，季英英赞道：“他姨娘手真巧，可惜我连一面都没有见着。”拿着荷包，她的心安稳了。季英英默默地想，三年就三年吧。三年后自己十九岁，杨静渊也才二十一岁。只要人不变，没有杨家的产业，两人也能把日子过好的。

黄昏时分，宾客渐渐离去，杨氏族中长辈留了下来。用过饭后，杨家嫡支三房齐聚在白鹭堂。

“嫡支三房人都齐了吧？我这就拆了穆堂的遗嘱。”杨八叔公作为杨氏家族最年长的老者，被自己的孙儿扶着颤巍巍地站了起来。

他亮明遗嘱的火漆封口完整无缺，当众拆开，与杨石氏拿出来的另一份对照，表明两份字迹是杨大老爷亲笔，内容一般无二。

杨家的家产在老太爷、老太太过世前已经分过一回了，今天要分的是大房的产业，二房、三房不过是做个见证。杨二老爷、杨三老爷确认后并无异议。

杨二老爷听着八叔公悠悠念着各种产业及归属，忍不住偷瞟了杨静山和杨静岩一眼。南诏白王当日说得明白，只要大哥归西，他会帮着自己废掉杨石氏两个嫡子，让他们无法接任家主。现在大房两个嫡子好好的，晟丰泽会不会不帮自己呢？他到现在也不明白南诏白王这样做的目的。也许，晟丰泽在等着自己开出条件？事已至此，他已经没有了退路，一定要赶在杨静山继任家主前动手。

思索间，杨八叔公已念完了遗嘱：“穆堂这样的安排，大太太可有异议？”

杨大老爷分给杨静渊青城镇一间别苑，附带有三十亩的田，以及城中两间商铺，是最小的一份产业。如果不是石参军查阅卷宗，查到了他转给舒先生的产业名录，杨石氏也会以为大老爷分的别苑是方便杨静渊习武，商铺给他当作私房。一想到龙泉驿的桑山与田庄丝户，还有城中锦里一带连号的十余家店铺，杨石氏就火大。

她瞥了杨静渊一眼道：“妾身没有异议。”

杨静渊默默地在契纸上签名画押，拿了属于自己的那份退了出去。

杨八叔公又道：“按照杨家的族规，家主由大房长子一脉继承。长房如何分产，听由大太太的意思。大郎打理杨家家业多年，继任仪式等出殡后，族中再开祠堂记入族谱。天色已晚，就先这样吧。”

等送走族老和二房、三房，杨静渊主动说道：“母亲和两位兄长去歇着吧，今晚我给父亲守灵。”

杨石氏早听说了他今天在驿馆前的事，想着自己今天的态度，多少有些内疚。她慈爱地说道：“母亲今天心情不好，说话重了一些，三郎莫要责怪母亲。”

“母亲劳累，怪三郎做事鲁莽，怎能对母亲生怨？”杨静渊轻声答道。

他的回答让杨石氏分外高兴。永远瞒了那份产业，将来杨静渊安安分分，大郎、二郎年纪比他大十几岁，定能让他衣食无忧。等到七七四十九天后大老爷出了殡，开祠堂定下大郎为家主的名分，她就搬往退思堂安享晚年了。

“你去吧。从明天起，你们三兄弟轮流给老爷守灵。”杨石氏含笑说道。

夜色渐沉，纸钱在铜盆里飘起红色的火，须臾间燃尽，像极了人生，火一般的青春逝去，余下灰白色的沧桑。

杨静渊跪在蒲团上，出神地望着被风吹起的纸灰。桑十四郎曾经说起过父亲将大笔产业转给了一个人。他事后问父亲时，父亲说是给姨娘傍身用的，他也没有放在心上。今天八叔公念遗嘱分产业时，他记起了这件事。

“桑十四郎说过，那个人姓舒。”杨静渊越回忆，记忆越深刻，“没错，是姓舒。姨娘留下的血字是让我去找舒先生？”

为什么姨娘不当面告诉自己？自己是她的亲骨肉，她连见自己一面都等不及吗？就算她一心求死去陪父亲，也不至于连写封书信的时间都没有，非要咬破手指蘸血留字。是嫡母逼姨娘悬梁自尽的吗？杨静渊突然想到这点，硬生生打了个寒战。

“不，不会的，是母亲养大了我，她不会，不会为了一笔产业。爹做事谨慎，特意拜托了桑长史，不会让石舅舅知道的。”杨静渊语无伦次地说着，一时间心慌得厉害。

他从地上站起来，拂开帐幔，跪在了棺木前。帐幔隔开了空间，杨静渊靠着棺木，感觉父亲就在自己身边。他的额头抵在棺木上，眼里蓄满了泪水：“爹，三郎该怎么办？”

子夜时分，下起了毛毛细雨。杨家的大门被人敲响。

城中早已宵禁，这时来敲门必有急事。门房赶紧打开夜里方便出入的小门，看到一个中年文士牵着匹马站在门口。门房首先注意到的不是他的脸，而是他身上的连帽斗篷。白灯笼的光照着他的斗篷，褐色的锦被雨水一浇，闪烁着一层珠光，这是去年杨家参加斗锦出的新锦。杨家门房引以为荣，态度也亲切了起来：“郎君如果是来吊唁，请明早再来吧。如另有事，还请赐下名讳，小人去禀告主人。”

舒烨看了一眼白灯笼上墨汁淋漓的“杨”字，黯然说道：“在下姓舒，与大老爷乃是故友。接到益州来信报丧，匆忙动身，以至于深夜方到。城中宵禁，不方便寻找客栈。思友心急，故而直接来了杨府。”

他说着将斗篷的帽子推落，露出脸来。他的肌肤黝黑，瓜子脸，颌下留着飘逸的胡须，一双小眼睛精光四射，让打量他的门房心头一突，不敢再看："舒爷请稍候，小人前去禀告。"

门房叫了小厮去牵舒烨的马。舒烨取了包袱，长剑拿着，跟在门房身后进了大门旁的倒座坐了。他也不客气，直接对门房说道："赶了一天路，水米未尽，请小哥去取些吃食来。不拘什么，能充饥便成。"

他还真不客气。门房应了，叫了个小厮侍候着，自己亲自去给管家送信。

李管家管着外院，从昨晚到今天就没合过眼，又不敢放松睡过去。他刚查完夜，正准备和衣睡下，就听到门房敲门。

"李管家，来了位姓舒的客人吊唁老爷。看着是从外地来的，他靴子上沾满了溅的泥水。他说是老爷的故友。您不是吩咐过，只要是姓舒的，就先通知您。"门房谄媚地笑着。

李管家知道今晚是杨静渊守灵，他下了榻，穿上鞋道："他现在在倒座？这样，你先引他到外院客房住下，就说内院已经落了锁，请他休息一晚，明早请他去祭拜老爷。安置在松院上等房。记住，一定要侍候好了，找个机灵的小厮去侍候着。你小子够机灵，回头赏你。"

"小的明白。"门房得了李管家的夸奖，喜滋滋地走了。

李管家一刻不敢耽搁，赶到内院敲门。

灵棚搭在白鹭堂宽敞的院子里。素幡飘荡，四面来风，香油早靠在一旁睡得熟了。杨静渊跪坐在草席上，努力把心思移开，不去想柳姨娘的自尽。他是习武之人，守灵于他而言，形同跟着师父打坐。夜里安静，他隐隐听到了白鹭堂的院门开启。

这么晚了，怎么还有人出入？杨静渊感到好奇。

他正要起身去看，耳朵里传来对方说话的声音："三郎君在灵棚守灵，别惊动了他。"

什么事不能惊动自己？杨静渊原本直着腰跽坐着，他心思微动，靠在了供桌的桌腿上，放松自己，摆出一副睡着了的模样。

脚步声很轻，裙袂带风，淡淡的脂粉香，十文钱一盒的廉价香粉味，是个侍婢。

她慢慢走近灵棚，停住了脚步，往里看了一眼，发现杨静渊和香油都睡着了，又急急地转身离开。

听脚步声是去了内堂。

杨静渊睁开了眼睛，就算有什么事发生，为何这侍婢一副要避着自己的模样？以他的功夫，跟上去偷听不是难事。杨静渊望着供桌上父亲的灵位悲伤地想，他不想去偷听，这里还是他的家啊。

“爹，明天我就去找师父，看看二伯父的酒究竟有何玄妙。我一定会查个水落石出。”明天去了青城，也许他就会知道有什么事需要避开自己了。

天微明的时候，雨下得比夜里更大，牛毛细雨变成了纷扬的小雨。

白鹭堂开了院门，杨静山和妻子、儿子一行人先来了。他先进灵棚给父亲上了香，之后关切地对杨静渊道：“春寒料峭，三郎夜里别受冻了。”

杨大奶奶从身边丫头手里接过食盒，抱歉地说道：“嫂子昨晚忘记吩咐厨房给三弟送消夜。今晨煮了热汤饼，三弟先吃上一碗，再去给母亲请安不迟。”

“多谢嫂子。我身体好，不碍事的。”杨静渊转头对大哥说道，“家里事多，离不得人。请大哥给母亲说一声，我去青城见师父了。”

杨静山心里明白是请华清道长验酒。丧事在办，家主之位还没有确定下来。如果二伯父的酒真有问题，对杨家来说是大事。他点头道：“我会告诉母亲，你早去早回。”

出去的时候，杨静渊看到一个文士打扮的中年男子由李管家亲自陪同着走来。

“三郎君这么早出去啊？”李管事躬身向他行礼，笑容有些僵硬。

“这位是？”这么早就有人来吊唁，天才蒙蒙亮呢。杨静渊才开口，就马上意识到这人也许就是半夜传信至内院的客人。

“鄙姓舒，是杨大老爷的故交好友。惊闻噩耗，特意赶来给大老爷上炷香。”舒烨听李管家称呼眼前的少年郎为三郎君，微微眯了眯眼，仔细地打量着杨静渊。

他的绿豆眼太亮，泛着一层贼光，杨静渊被他直勾勾地看得浑身不自在。一听他姓舒，他似乎又明白了为何那侍婢要避开自己传信。他不敢想下去，匆匆拱了拱手道了声多谢，带着香油头也不回地走了。

真是奇怪！杨三郎难道不知道自己是为了他而来？舒烨眨巴着小眼睛，马上想到柳姨娘自尽殉情。不对呀，就算是自尽，她也不会忘了告诉儿子这么重要的事。

“舒先生，请随小的来。”

舒烨笑着点头，跟着他走进了白鹭堂。

杨静山和杨静岩兄弟已经用过早饭，在灵棚候着了。

看到供桌上的牌位，舒烨长叹一声，上前敬了香，受了杨家兄弟的礼后说道：

“取套麻衣来。大老爷曾救过舒某性命，舒某为恩人服丧理所应当。”

兄弟二人连称不敢。舒烨听烦了：“取一根白布条来总可以吧？”

杨静山没想到表面看着斯文的舒先生竟是个急脾气，亲自取了白布条，双手奉上：“先生的情谊，杨家感激不尽。”

舒烨麻利地将白布往腰间一绑道：“在下这条命是杨大老爷救的，正该如此。听李管家说，杨大太太想见舒某？引路吧。”

干脆利落地将杨静山还想说的感谢话全堵了回去。

进了正堂，舒烨抬眼就看到杨石氏腰间悬着的那枚佛手状的翡翠玉佩。他盯着玉佩，心情犹如万马奔腾。

“三台舒烨见过杨大太太。”

杨石氏请了他坐，心道舒先生来自剑南东川道治府，果然不是益州府人氏。老爷为了把私产留给三郎，防着自己知晓，竟然托付给一个外地人。

杨石氏这两天没休息好，眼袋高高地浮起，头发白多黑少，裹着一身素麻孝服，俨然是个年迈的老妪。

想起三年前结识的杨大老爷，舒烨暗忖难怪大老爷移情。当时的大老爷年望六十，精神矍铄，行事潇洒，风度翩翩。托付产业时，毫不讳言自己放心不下相伴二十年的妾室与年未及弱冠的老幺儿。

当时他为了报答杨大老爷的救命之恩，送给大老爷一块佛手形的翡翠玉佩，道将来杨家人若有难事，可以玉佩为凭，他定会出手相助。因舒烨并未见过柳姨娘，杨大老爷便笑言道，将来让柳姨娘拿着这块玉佩找他拿回产业。

玉佩正悬在杨大太太腰间。绿莹莹的一块，被白色的孝服衬着，想装作看不见都难。舒烨想起自尽的柳姨娘和不知实情的杨三郎，忍不住暗暗叹气。玉佩到了杨石氏手中，特意被她亮了出来。产业交给杨静渊，他能守得住吗？

“听闻先生兼程赶来，妾身感激不尽。老爷故交太多，妾身从未听他说起过与先生结缘的事。舒先生可否告知一二？”杨石氏注意到舒烨的目光。她很满意他认出了这块玉佩，既然他认出来了，她就不着急了，慢悠悠地套舒烨的话。

三台距离益州三百多里。杨家赴外地报丧的家仆等到清晨开了城门才出发，估计还在半路上，舒先生的消息从何而来？他半夜到达益州，城里早就宵禁了，他怎么进的城？总而言之，能让老爷如此信任，且不会贪墨大笔产业，这个舒烨并不简单。

这是在探自己的老底了。舒烨的绿豆眼闪了闪，爽快地说道：“说起来丢人。

多年前舒某雇船游三峡，一心想取瞿塘峡上、中、下三段江心水煮茶。岂料水没取到，船翻了。舒某却是个旱鸭子，正叹命自当绝，没想到被大老爷救起，捡回了一条命。”

杨石氏在脑中搜索着记忆，好像是八九年前，老爷曾坐船出蜀视察长安的店铺，当年跟在老爷身边的人是出府荣养的老管家。不过，还有几名护卫，如今仍在府中。看来舒先生没有撒谎。她不动声色地说道：“原来如此。请恕妾身好奇，三峡上、中、下段的江心水煮茶有何奇特之处？”

杨大老爷的确在江中救得一人，却是个嗜茶如命的书呆子。舒烨并不担心杨石氏查证，把当年杨大老爷救的那个书生所说的话重复了一遍：“瞿塘上峡水流太急，下峡水流太缓，唯有中峡水流缓急相间。上峡味浓，下峡味淡，中峡浓淡相宜。取上、中、下三峡之水烹茶，滋味各有不同。”

“妾身受教了。不知先生在何处高就？”

懂茶的人不会是普通百姓，杨石氏不想再和舒烨绕圈子，直接发问。

“鄙人在三台为主家盘盘账，糊口罢了。”

账房先生？听起来只是个小人物。他身上穿的薄丝棉夹袄是细葛布做的，也许那件织锦斗篷是新品出来后，老爷送他的呢？老爷既然相信他，他应该不会昧了杨家的产业。一个普通人，想赖账，杨家完全有能力对付他。

杨石氏开门见山道：“老爷过世前告诉妾身，曾托付了一笔产业给先生，道是以玉佩为凭。”

给柳姨娘的玉佩变成了交给正妻，何必还要托自己转走产业？杨大太太在说谎。但柳姨娘不说，杨大太太也不会知道这块玉佩是取走产业的凭证，是什么情况让柳姨娘甘心交出玉佩呢？只能是为了杨静渊。舒烨心思一转，点头说道：“在下前来，一是凭吊杨大老爷，二是将产业还给持玉佩之人。”说着，他从袖袋中拿出一张清单递了过去。

雪青接了清单呈给杨石氏，她从袖中拿出了石参军从卷宗中抄录的产业名录，两张清单一对比，没有差别。杨石氏心中放下了一块大石头：“多谢先生替杨家保管这笔产业。”

见此情形，舒烨知道杨石氏早有准备，自己做对了。他笑道：“大太太客气了，在下欲在杨家小住，送大老爷最后一程，不知可否？”

为堵悠悠之口，杨石氏绝不会亏待他。盘桓到大老爷出殡，他就有大把的机会和杨三郎接触。在舒烨看来，那笔产业远比不上人重要。杨石氏若被惹怒了，杨静渊就算拿到那笔产业，她也有的是办法让他破产。

杨石氏心里巴不得舒烨赶紧离开杨家，见他痛快地交了产业，根本不知那笔产业真正的主人，又不方便撵人，还了玉佩给舒烨后，叫来李管事吩咐以上宾之礼相待。

等到舒烨离开，杨静山和杨静渊早就按捺不住，开口询问起这笔产业的事情。

杨石氏屏退了左右，只留了兄弟二人，将事情一一道出。

“二十年！他与柳姨娘恩爱了二十年！娘大度容他，替他辛苦打理这个家，他就这样回报我吗？是，杨家不差这笔产业，但要让娘眼睁睁地看着老爷偏袒庶子，娘心里就像浇了瓢滚油，痛得发抖！”杨石氏说到这里，禁不住落下泪来。

杨静山兄弟俩说不出话来，拥有大笔产业和杨家锦业的股份，分给杨静渊的这些真算不得什么。但母亲恨的是父亲偏心无情，兄弟俩也无话可说。

“三郎是娘带大的。他三岁就能诵千字文，五岁就知道用糖画去赚四郎、五郎的银钱。娘压着他不让他学织锦、不让他学行商。娘生怕自个儿走在你爹前面，让他扶正了柳姨娘，让三郎由庶子变成嫡子，夺走本该属于我儿子的家业。”

杨静山叹了一口气道：“只是这样待三郎不公平。”

杨石氏尖声叫道：“不公平？他的姨娘得了老爷的宠，二十年不曾留宿在白鹭堂，对我就公平吗？同样是儿子，老爷的私产不肯均分三份，对你们就公平吗？”

“事到如今，也只能瞒着三郎。”杨静山瞧不上那笔产业，但让他选择，他也只能选择自己的亲娘，“儿子只是担心，三郎知道柳姨娘自尽……”

“与我无关！”杨石氏斩钉截铁地说道。

她是用了点手段，让柳姨娘误会需要用产业换杨静渊的平安。那是柳姨娘自己想象的，与她有什么关系？

“产业是柳姨娘自愿交出来的，她要上吊自尽，我可没有逼她！”

杨静山反而松了一口气，三郎顽劣，从小到大成天游手好闲，就当是自己替他打理这些产业。他现在守孝不能成亲，三年后成家立室，再寻机会把产业还他，也不至于坏了兄弟情分，打定主意后，杨静山吩咐弟弟管好嘴。

杨静岩凡事以兄长马首是瞻，当即答应下来。

第三十五章

板子打掉了亲情

华清道长住在半山的茅屋里，他最喜欢做的事就是搜集药材泡药酒，炼制丸药，之所以收杨静渊为徒，是看中了杨家丰厚的供奉，能得到大批珍稀药材。结果杨静渊聪慧，肯吃苦，这个关门小徒弟倒成了华清老道的意外之喜。

杨静渊在竹篱笆外下了马，拎着那晚喝剩下的酒叫了声师父。

华清老道看到他手中抱着酒坛，高兴地放下药锄，垂涎道：“好徒儿，带什么酒来孝敬师父了？”

“这酒……您尝尝就知道了。”杨静渊临时改变了主意，进屋去拿了两只竹杯出来。

华清老道已经在院中的石凳上坐了，笑眯眯地等着。

酒呈深红色，倒在姜黄色的竹杯里，隐隐能看到酒水微浊，能闻到浓郁酒香中带着一抹甜。

华清老道深深吸了一口：“是用什么药材泡的？”

药材？自然是有药材才会令父亲酒后兴奋不已。杨静渊勉强地笑了笑：“师父尝一杯。”

华清老道饮完，呼出一口浓浓的酒气。他咂巴着嘴，眼睛突然瞪了起来，左右看了看，从旁边拿起扫帚冲着杨静渊打了下去：“不孝劣徒！竟敢拿这么烈的壮阳酒戏弄为师！”

杨静渊跳了起来，围着药圃边跑边说：“师父，您说清楚点！什么壮阳酒？长期喝会怎样？”

“为师还是只童子鸡呢！”华清老道破口大骂，“还好老道舌头灵，不然喝完这一坛子酒，你叫师父去蹭树？！”

东厢房里的柳姨娘露出的红色肚兜、父亲的尸身，空气中凌乱旖旎的气息扑面而来。杨静渊大叫一声，抱着头蹲在了田坎上。父亲今年六十一了，谁让他饮这样烈性的酒，就是要他的命！让他用那样的方法过世，让姨娘无颜苟活，让嫡母没脸，看着姨娘悬梁，二伯父，你怎么这么狠毒？

扫帚啪地打在他身上，杨静渊不闪不避，华清老道反而停了手：“臭小子，知道错了？”

杨静渊跪在了他面前，抱住了他的腿：“师父，您告诉我，是什么壮阳酒能这么烈性？是泡了什么药材能让一个老者欲念难耐？师父，您告诉我！”

通红的眼睛，泪光闪烁。华清老道吓了一跳，没有回答，反而弯下腰仔细看他：“三郎，为师知道你有孝心。只饮了一杯，师父还不至于去蹭树。再说道家也不禁婚娶，你哭啥呢？”

提到一个“哭”字，杨静渊忍了两天的眼泪再也忍不住了，抱着华清老道的腿号啕痛哭起来。

华清老道又问了两句，见他听不见似的，一时烦躁，从地上将他拎了起来，又扔到了地上：“你十八了，像个男人行不行？不哭了再过来！”

他抖了抖被泪水浸湿的道袍，一溜烟跑了回去：“真脏！不晓得道袍要花银钱？”

“那是我给您买的！”杨静渊坐在地上，狠狠抹了一把泪，冲老道的背影高声喊道。

华清老道回头骂道：“买给我就是我的！”

杨静渊不甘示弱地叫道：“拿给我擦鼻涕，我再买十件八件送你！”

“再买十件八件，这件还是我的！不孝劣徒！偏不告诉你！”华清老道拂袖进了屋。

杨静渊赌气地往地上一躺，双手枕在了脑后。山里的风比城里更凉，吹来一丝温暖的桃花香。他闭着眼睛，从腰间取下季英英送的香囊放在了脸上。山间树遇冬没有凋零，郁郁葱葱的绿让他激动的情绪渐渐散去。

他抓住香囊亲了一口，站了起来，大步走向茅屋。

华清老道正在分拣药材，瞥他一眼道："不哭啦？大喜大悲最伤心神，从小到大说过多少遍了，不长记性！"

杨静渊低下了头："我爹过世了，我姨娘悬梁自尽了。"

华清老道手一颤，抓着的药材散落在竹匾中："你爹饮了那种酒？"

杨静渊难堪地别过了脸。

怪不得，不用杨静渊细说，华清老道已猜到了七八分。他拍了拍杨静渊的肩道："随我来。"他重新倒了一杯酒，小口抿了，细细品味了一番。

"牛黄、麝香、鹿茸、虎骨、蟾酥，还有淫羊藿、巴戟天、肉苁蓉。此酒浸泡的药材太多，药性极强。像那淫羊藿，有道是西川北部有淫羊，一日百遍合，盖食此藿所致，故名淫羊。这样的酒寻常男子饮上数杯倒也无碍。多饮常饮，只会有害。凡事有度，过之犹不及。你瞧它的颜色如血，听闻南诏丛林中有种血藤，浸之入酒能让寻常壮阳酒烈上三分，此酒还浸泡了血藤粉末在内。"

"南诏"二字入耳，杨静渊的身体情不自禁地颤抖起来。

二伯父从哪儿得到的这种酒？从晟丰泽手中吗？从什么时候起，晟丰泽和二伯父勾结在了一起？晟丰泽，又是他！他为什么要对付杨家？是因为季英英和自己定下亲事吗？

他紧接着想到，杨二老爷害父亲是冲着嫡长房执掌家业而来。父亲中了暗算而离世，接下来二伯父想做家主，就一定会除掉大哥、二哥。有晟丰泽帮忙，以无心算有心，原本不可能的事情变得极其危险。

杨静渊不敢再停留下去，朝师父行礼道："师父，杨家正值多事之秋，三郎得闲再来探望您。这就回家去了！"

"凡事不可冲动！修身养性，养气……"

华清老道话还没说完，杨静渊已经越过了篱笆，跳上马跑了。他瞪着眼道："这孩子性急如此，遇到大事就易冲动。"

香油一直在山脚下等着，见杨静渊下山，和他同骑回城。经过三道堰时，香油忍不住问他："郎君，去不去季家看看？"

"回府。"杨静渊急于将酒的消息带回去，又担忧兄长，没有心思停留。

两骑从三道堰街头驰过，杨静渊下意识地看了一眼路边的浣花染铺。坐在铺子里的季耀庭眼尖瞥见，正欲站起来招呼，杨静渊已经离得远了。

"这么急？杨家难不成又出事了？"季耀庭疑惑地望着远去的两人，心里生出不好的预感，叫季富驾了车去城里探听消息。

杨静渊回到府中，进了门，意外看到门房的长凳上坐着舒先生。舒烨不知说了什么笑话，逗得看门的小厮笑得直揉肚子。寻常客人也不会自降身份和主家的门房挤在一起聊天，这位舒先生还真是奇怪。

舒烨有意等杨静渊回来，起身朝他拱了拱手道："三郎君回来了。"

"舒先生好。"杨静渊还了礼，径直往里走。

舒烨对小厮们说道："明天再和你们说吧。"见杨静渊步伐迈得大，他高声叫道："三郎君且等等舒某。"

杨静渊无奈地停了下来："舒先生有事？"

"当然有了。"舒烨的绿豆眼灵动地转了转，"寻个清净地说话？"

说什么？说父亲的产业？说姨娘为何急着自尽？杨静渊不想听："我还有事，得闲再与先生说话。"

舒烨压低声音道："你爹曾转了一大笔产业给我，让我交给……"

"交给我母亲吧。我爹过世，他的产业理当交给母亲处置。"杨静渊打断了他的话。

他不想要这笔产业。从前不想，现在也不想。他现在只想着如何对付二伯父和晟丰泽，保住待他亲厚的兄长。他不愿意因这笔产业而翻出姨娘急着自尽的真相。

杨静渊扔下舒烨快步走了。舒烨呆了半晌，喃喃说道："我竟然猜错了？杨三郎知道这件事。有趣。"

前来吊唁的宾客络绎不绝，杨家长房的二老爷、三老爷都过来搭手帮忙。杨二老爷正送一名客人出白鹭堂，看到香油弯着腰替杨静渊结孝衣的衣带，他自己正将孝帽往上头戴，杨二老爷眼神微眯，想起了晟丰泽的话。

"三郎！你爹尸骨未寒，家里忙成这样，你竟然偷溜出去玩耍！你这个不孝子！"杨二老爷高声叫着，一巴掌就打了过去。

果然不出所料，杨静渊眼疾手快，一把抓住了他的手腕。

一想到杨二老爷为了家主之位，无视兄长年迈，送加料的壮阳酒，还和晟丰泽勾结，要对两位兄长下手，杨静渊就恨不得一把掐死杨二老爷。

大老爷饮秘制的壮阳酒，和姨娘在一起颠鸾倒凤，夜里死于马上风。这样的死因让杨静渊明知道杨二老爷的险恶用心，却不能当众指责他。哑巴吃黄连，有苦说不出。如今杨二老爷主动挑衅，还想动手教训自己。杨静渊握着二老爷的手腕，看着满院子的人，忍了又忍，狠狠地将他的手甩开。

杨二老爷握着手腕杀猪般地号叫起来："哎哟！痛死我了！侄儿不孝，打亲伯父了！"

"你胡说什么？"杨静渊怒了。

杨四郎听到父亲的喊叫声，从灵棚里冲了出来，正看到杨静渊将父亲的手甩开。他勃然大怒，挽袖冲了过去："杨三郎！你竟敢打我爹！"

"四郎别去！他是习武之人，你别被他伤着！"杨二老爷转身抱住了怒极的杨静亭，以袖遮面哭了起来，"大哥，你在天有灵，就看看杨三郎这个孽子吧！他不为你守灵，跑出去玩耍，我这个做伯父的说他两句，他就动手……家门不幸啊！"

杨静亭扶住父亲，高声叫道："杨静渊，你敢打我爹，我跟你拼了！"

父子二人的声音太大，惊动了来往的宾客。

院门口围了一群人，杨二老爷痛心疾首，被下人们扯了衣袖，摆出一副"我被侄子打了，我没脸活了，别拦着我，我要去跳湖见我大哥"的神情，痛不欲生。几位客人正拦着他好言劝说。

杨四郎梗着脖子拦住了杨静渊的去路："我爹是你长辈，教训你几句不行？你今天不给我爹磕头赔罪，休想离开！"

这是故意找自己的碴儿？明知道母亲从来都是护着自己，想扣一顶殴打长辈的帽子让母亲难做？如果是从前，杨静渊没准儿会嬉皮笑脸、插科打诨扮得更委屈。但现在他没心情。他冷着脸道："让开。"

"我就不让！"杨静亭抓住了他的胳膊。这里是杨家的白鹭堂，满院的人都是证人。杨静亭挑衅地望着杨静渊，把脸凑了过去，用两人才能听到的声音说道："杨三郎，我早就看你不顺眼了。从前无论你怎么闯祸惹事，大伯母都护着你，你以为大伯母真会心疼一个庶子？你爹死了，大伯母没有顾虑了。你敢动我一根头发，就等着挨家法板子吧！"

从前无论怎样惹是生非，父亲想抬家法，都被嫡母拦住。现在母亲真的不会护着自己了吗？父亲一死，嫡母就再也忍不了姨娘，所以才会……不，不会的。杨静渊拼命让自己不去相信杨静亭的话，可柳姨娘的脸、舒先生主动凑过来搭讪的情形都在他心里扎下一根刺。

别轻易被杨四郎激怒，杨静渊默默告诫自己，皮笑肉不笑地说道："我杨三郎长得比你俊，使银钱比你大方，过得比你更像一个嫡子，你嫉妒也没办法，天生的。"

他抓住杨静亭的手将其推开："讨揍是吧？以为我傻，打不来黑拳？你小心点，我保证揍你的时候没人给你做证。”

但他还是小瞧了这对父子的无赖。杨静亭只是愣了愣，往后退了一步，就势坐在了地上。不等他嚷嚷，杨邹氏已经尖叫着扑了过去，拉着杨静亭的手上下察看：“四郎，你怎样了？你哪里受伤了？你别吓唬娘啊！”

杨邹氏比父子二人更泼，哭着指向杨静渊：“杨三郎，你干脆连我也一并打死吧！”说着就朝杨静渊一头撞去。

她是女子，杨静渊只得侧身让开，杨邹氏没撞着他，被一群女眷拦住，大哭起来。

“出什么事了？”杨静山在灵棚里听到动静出来，见四郎坐在地上，杨邹氏哭哭啼啼，杨三郎黑着脸站在一旁，一时间以为杨静渊查到了什么，没忍住对二老爷动了手。

“大郎，你要替伯父伯母做主啊！”杨邹氏见到杨静山，扭身冲他哭叫起来。

周太太与二房是亲家，先站在了杨邹氏这边，又想起八月十五儿子周七郎被揍得鼻青脸肿，杨石氏护着杨静渊的事，凉凉地说道：“太不像话了！别说长辈教训他几句，就是打他，他也不该还手！杨家就是这样教养孩子的吗？”

周太太的声音不小，引得周围不知就里的客人眼里都露出了浓浓的不赞同。

杨静山团团一揖：“若是三郎的过错，母亲定不会袒护于他。二伯母、四郎，这件事，母亲一定会给你们一个交代。”

他亲手从地上搀起了杨四郎，瞪了杨静渊一眼道：“还不去给爹守灵！”

看到杨四郎朝自己挤了下眼睛，得意地一笑，杨静渊垂下了头，进了灵堂。

傍晚宾客散尽，用过饭后，二房、三房的人都没有离开。杨石氏坐在正中上首，左右下首分别坐着二老爷与三老爷夫妇。

杨静渊站在两位兄长身边，突然也想知道嫡母会怎么处理今天的事情。

杨三老爷清了清喉咙道：“大嫂，咱家一直是大房当家。当家主最要紧的是处事公平，才能让人心服口服。今天二哥不知道三郎是去青城禀告他的师父，一时气不过才出言教训。二哥误会了他，他就该对二哥动手吗？当着那么多宾客的面推搡二哥，还对四郎动手，把四郎推倒在地上。大嫂，我知道你疼爱三郎甚过已出，但今天你若护着他，大房拿什么服众？”

杨二老爷冷哼道：“大嫂，三郎道明缘由，我难道还会继续教训他？他一言不发就动手，这是对长辈应有的态度？”

杨石氏淡淡说道：“三郎，你过来。”

杨静渊默默走了过去。

“三郎，你今天对你二伯父和你四弟动手了吗？”

听到这句问话，杨静渊心里一酸。他真怕嫡母不问青红皂白，直接责罚自己，他摇了摇头：“我没有。”

“那么多人看到了，你还敢睁眼说瞎话！”杨邹氏腾地站起来，扯着杨静亭的胳膊把他拉了过来，“难道我家四郎是个傻的？没事自己往地上摔？”她抽着帕子捂脸，“大嫂，你今天一定要处置杨三郎！”

杨静山急了：“母亲，三郎从不撒谎推卸责任的。儿子问过了，他没有对二伯父动手，不过是二伯父误会他，还没来得及解释，二伯父就想打他，他拦住了二伯父罢了。”

“可我呢？明明是他把我撞倒的！”杨四郎叫了起来。

“够了。”杨石氏轻蔑地说道，“不就是有满院子的人证，让三郎有口难辩吗？不就是想让我处置三郎吗？三郎，你大不了挨一顿板子，让你二伯父、二伯母，你四弟消了气，你挨得起不？”

杨静山愕然，向来强势的母亲怎么不护着三郎，想要息事宁人？是因为家里事情多，想做做样子吗？这样的话，只能让三郎委屈了。反正做做样子，也伤不着筋骨。

一番话说出来，既给了二房面子处置了自己，语气却是在维护他。杨静渊一直都知道，嫡母是个极厉害的女人。

你挨得起不？

从前的杨三郎定会高昂着头骄傲地回答：“竹笋炒肉呗，爷最爱吃，上两盘！”

杀父之仇不共戴天。杨静渊心想，凭什么自己要白挨一顿板子？他逼视着杨四郎道：“四郎，你真是被我撞倒的？”

“对！如果不是我娘及时跑过来，你还想打我呢！”杨四郎不甘示弱地与他对视着。

杨静渊突然出手，抓着杨四郎的腰带将他提了起来。

“娘！救命！”杨四郎吓得手脚在空中乱挥，又使不上劲，顿时脸色煞白。

厅堂里所有人都吓了一跳。

“三郎！你别乱来！”杨石氏心脏突突跳动，生怕杨静渊犯了浑，真伤了杨四郎，将事情闹大了。

杨静渊挑起眉毛：“我总不能白挨家法板子吧？”

什么意思？

杨四郎却明白了，惊慌失措地大叫："不要！不要！三哥，啊……！"

他的身体蓦然腾空，伴随着尖叫声，咚地摔在了地上。杨四郎滚了两圈，抱着腿狂叫起来："救命！疼！娘，我好疼！"

他用的力道他心里有数，他挨一顿板子要在床上趴多久，杨四郎就别想在他伤好前下床，杨静渊翻了个白眼。

"四郎！你怎么样了？"杨二老爷和杨邹氏吓得心跳都快停止了，迭声喊着请郎中，抱起了四郎。

这时，杨静渊满不在乎地说道："我打了四郎，要挨多少板子？我都受着！"

"你、你真是！"杨石氏气结，高声叫道，"孽子！请家法！"

一尺宽的长凳抬到了院子里，杨静渊头也不回地往外走，经过杨二老爷身边时，他弯下腰轻声说道："二伯父，我有两个哥哥，兄长们都有了嫡子。二房只有两个儿子，六郎才十一，您想好了。"

他直起身大笑着走了出去："长到十八岁，还没见识过府里的家法，今天试试去。"

杨二老爷被他的笑声瘆着了，看着抱着腿痛叫不已的四郎，硬生生打了个寒战。晟王爷说得对，杨静渊活着是最大的祸患，他一定要想办法除掉杨静渊。他回头冷冷地对杨石氏道："大嫂，你看着办吧！"

小厮抬来了软轿，将杨四郎扶了上去，二老爷夫妇护着他扬长而去。

二老爷走了，杨三老爷却留了下来。

"陈嬷嬷去盯着，五十大板，一板都不能少了！这个孽子，真是气死我了！"

板子带着呼呼的风声落下。

这就是家法板子啊？其实也没多疼，唔，还是有点。多挨几下就疼了，还可以忍受，总比杨四郎摔断了腿好。皮厚，伤不着筋骨，等他活蹦乱跳时，杨四郎还不能下地呢。杨静渊脑中一阵胡思乱想。

"四十七！"

报数的家仆报到四十七时，竹板咔嚓断成了两截。

"怎么回事？"陈嬷嬷问道。

家仆看了一下竹板道："嬷嬷，这板子用的时间长了。"

陈嬷嬷回厅里禀了："还剩下三记，是不是……"

杨石氏看了一眼不动声色的杨三老爷，道："还有三记，也要打完，换块板子继续！”

陈嬷嬷应了。她再次走出厅堂时，看到杨静渊趴在条凳上，白着脸一声不吭，神色坚毅。她心里微微一动，想起了当初大老爷交出产业换得与柳姨娘避居乐风苑的情形。他真像大老爷，比大郎君、二郎君都像。大老爷决定做什么事，九头牛都拉不回，偌大的产业说放手就放手。

二十年来，太太的心思她比谁都清楚，太太对杨静渊的感情太复杂。当初是为了将他从柳姨娘身边抱走养废，却养出了感情，既当成了儿子，又提防着他。

太太既然夺走了老爷留给三郎君的产业，让柳姨娘选择了自尽，就不该奢望三郎君只认她这个母亲而忘了自己的亲娘。

三郎君今天一回来，那个舒先生就找到了他想要私下攀谈。他迟早会知道那笔产业，迟早会知道太太用话误导了柳姨娘，让她选择立时自尽。

毕竟血浓于水，柳姨娘没有养恩，却有生恩。如果他对太太生了怨，决心替柳姨娘报仇，从大郎君手里夺走杨家的产业，以他那身好武艺，谁拦得住他？

太太下不了手，但她可以。

陈嬷嬷吩咐家仆去换家法板子时，使了个眼色。

还有三下板子，杨静渊昏昏沉沉地想，快了。

天已经完全暗沉下来，他模糊地看到回廊上悬挂的白纱灯笼被风吹得摇晃。多亏跟着师父习武，打熬出这副好身板。五十大板，听说多少挨家法板子的下人，连三十板都挺不住。大哥偷偷吩咐人手下留了情吧。等伤养好了，他一定盯紧了二房，保护好大哥。

新板子换了来，家仆看了陈嬷嬷一眼。见她轻轻点了点头，家仆用力将板子挥了起来。

板子很沉，家仆挥起来的时候，胳膊上肌肉贲张，青筋从脖子上鼓了起来。

眼看板子要落在杨静渊身上时，家仆眼前一花，有个人突然出现，扯着杨静渊将他拉下了长凳。板子砸在了长凳上，咔嚓一声，厚木制成的长凳断成了两截。板子余势未消，砸在了地上，地面的青石砖被砸开了裂口。

杨静渊被扯落在地，摔得清醒了一点，他呆滞地看着长凳和青石砖，脑子一片空白。如果不是有人将他拉开，他会被打断脊梁。

声音太响，惊动了厅里的人，众人纷纷走了出来。

舒烨松了手，叉着腰直喘粗气：“跟死猪一样沉！”

看到眼前的一幕，杨三老爷淡淡说道：“大嫂不徇私，小弟佩服。不过，大哥头七未过，府里不好再出人命，给三郎的教训已经够了，小弟告辞。”

杨三老爷只看了一眼，就知道新换的板子是生铁铸成。杨石氏想怎么处置庶子，他不想掺和。他拱了拱手，头也不回地走了。

杨静渊愣愣地看着杨石氏，往事在眼前慢慢地晃动。他记得，自己幼时贪玩胡闹，母亲总是笑着夸他活泼聪明。他进学堂写的大字被先生评了优等，拿回家炫耀时，母亲总是随手搁到一旁，并不在意。任他惹是生非、打架滋事，母亲只一味纵容着他。父亲总是神色复杂地看着他，教他做人的道理，然后将他送到了青城山师父那里。他一直都知道，只要不碰家里的产业，只要不对兄长产生威胁，母亲会一直对他好，也不会为难姨娘。

“就为了那些产业吗？我不要。母亲，我从来都不想要的。我问过父亲，他说是给姨娘傍身的。”他嘴唇翕动，声音在嘴里打着转，轻得像风一样，“这二十年，你一直恨她是吗？恨她抢走了父亲。爹一走，你就逼死了她。你也恨我是吗？因为我是姨娘生的，你也恨不得我去死。”

父亲走了，姨娘也走了，嫡母想要趁机打死他。

你挨得起吗？

她真会说话。生怕他不接受，还拿话激他。母亲，养他十八年的母亲也没了。

杨静渊闭上眼睛，眼前一片黑暗。

“三郎……”杨石氏攥紧了衣襟，不是她，不是她！她恨老爷偏心，她嫉妒柳姨娘。她不是将那笔产业看得多重，她只是恨老爷不公平！她从来没有想要打死她的三郎！杨石氏脑袋眩晕，险些晕倒过去。

舒烨叹息道：“大太太，穆堂与在下是过命的交情。杨三郎是他的老来得子，俗话说皇帝爱长子，百姓爱幺儿，他偏心三郎，所给的产业再多，也越不过大郎、二郎，不外乎是想保他和姨娘一世富贵罢了。既然您容不下三郎，人我就带走了。那些产业，换他给我如何？”

“舒先生，这事定有蹊跷……”

“让他们走！”杨石氏的骄傲让她截断了杨静山的话。

舒烨二话不说，背起杨静渊朝外走去，渐渐消失在黑暗中。

杨静山急得直跺脚：“娘，您不能让他带走三弟，明明不是您做的，这样一来，三弟肯定误会了。爹的头七还没有过呢！”

泪水从杨石氏眼里涌了出来：“养了他十八年，他不问我一声，就认定是我逼死了柳姨娘，还想打死他。留他下来做什么？难不成要为娘给他磕头赔罪？”

杨静山看向跪在地上的家仆，厉声喝道："是谁让你去换了铁板？！"

家仆战战兢兢地睃了陈嬷嬷一眼，垂下了头。

是陈嬷嬷？杨静山瞠目结舌，难道真是母亲想要打死三郎？

看到儿子的表情，杨石氏气得手脚冰凉，连大郎都不相信自己？她挺直了背，嘴里干涩地说道："我累了，陈嬷嬷，扶我进去。你们兄弟俩换班给老爷守灵吧。"

陈嬷嬷垂下头，扶住了杨石氏的手。

杨静山想说母亲糊涂，身为人子，又无法去指责母亲，气得对二郎道："今晚我要给爹守灵，你明早来换我。"他要给父亲诚心守灵，求父亲原谅母亲，保佑三郎。

内堂灯笼只留了一盏。二十年前，自从大老爷不在白鹭堂留宿后，这里的灯到了晚上只会留下一盏。

灯太多，照得屋子太亮，反而将这里衬得更加空寂。

杨石氏坐在妆台前，拆了发髻，披散了头发，镜中人容颜衰老，眼角皱纹如鱼尾散开。她握着一把头发，白多黑少。她伸出手抚摸着铜镜，当年，她也曾有着羊脂玉般的肌肤、明亮的眼眸。二十年前，她还是个三十来岁的中年妇人。二十年，他用杨家的锦业换走了她二十年！她的生命里只有儿子，是三个儿子，不是两个。杨石氏闭上了眼睛。

陈嬷嬷扑通跪在了地上，哽咽道："太太，是老奴一时糊涂！老奴不敢死，老奴要等着三郎君回来，给他请罪！"

"不用了。"杨石氏转过了身，"嬷嬷跟了我一辈子，嬷嬷做的就是我要做的。"

养了他十八年，三郎轻易地就相信自己对他毫无感情。她当初没有乞求留住老爷，将来也绝不会乞求他来认自己这个母亲。

"老爷头七，柳姨娘也停灵七天。按照府里的规矩，买块地将她葬了。"杨石氏站起身上了榻，平静地躺下，"三郎今天是去青城山请华清道长验酒。他虽然没有说，酒是一定有问题的。当晚所有人都饮了那种酒，唯独老爷出事，咱们拿捏不住二叔。他害了老爷，想要当杨家家主，会对付大郎、二郎。明天起，两位郎君每人增加四名护卫，无事不得单独出府。告诉大少奶奶，她掌着中馈，把澄玉先送到我这里来……过了七七，开了祠堂定下家主，二叔不死心也只能死心。嬷嬷，这才是杨家眼下最重要的事。"

"太太放心，老奴不会让小郎君离开视线。"陈嬷嬷马上明白过来。

益州府一间小院子的厢房里，范郎中层层剪开杨静渊的衣裳，见衣裳粘在伤处，禁不住埋怨道："既然挨的是家法板子，为何不脱去衣衫?"

舒烨没好气地说道："他傻呗，以为走走过场，哪晓得人家动真格的。"

范郎中拿热水化去干涸的血块道："你就为了他请了两个月的假?"

"当年杨大老爷和我说起他时，就把他托付给了我，为此特意将他送到青城山学艺多年。他是庶子，待在杨家一世混吃等死罢了。跟了我，还能靠自己挣个前程。如今杨家容不下他，我正好将他带走。"

范郎中仔细看了伤处道："伤也不重，真要动真格的，不会是这样。"

舒烨得意地说道："那是老舒我机灵，听着杨家二房嚷嚷要对他动家法，就一直躲在灵棚里。不然内院门落了锁，老舒我又不会武艺，翻墙都找不到梯子。我跟你说，他前面挨了四十七记板子，竹笋炒肉脆响。最后三下，竹板断了，换板子再打。我就留了神。瞧着不对，立时蹿了出去，将他拉开。不然，早被打成肉饼了。"

"行了。躺上几天就能下地了。"范郎中收拾好药箱道，"这里清静，你俩先住下。杨家有什么消息，我会告诉你。"

舒烨送了他出门，回来时发现杨静渊已经睁开了眼睛。

转眼到了杨大老爷的头七，杨静渊没有回来。

"今天是他父亲和他姨娘的头七，他不回来敬香磕头，如此不孝，你还念着他作甚!"杨石氏心火更盛。

三郎不回来，那个舒先生行踪成谜，杨静山动用了所有的力量暗中查找，一点消息都没有。杨静山知道庶弟误会了母亲，但找不到杨静渊解释，他也没有办法。只能和杨静岩商议好，将杨静渊不出现在灵堂一事遮掩过去。

柳姨娘从后门抬了出去，埋在离杨家祖坟不远的地方。这是杨家的规矩，不上族谱的妾不能进祠堂，不能埋进祖坟。杨静山亲眼看着柳姨娘下葬，望着孤零零的一拢新土，他心里说不出的感慨。父亲宠爱柳姨娘，顾忌着母亲，也没有将柳姨娘写进族谱里去。他觉得母亲实在没有必要逼着柳姨娘交出产业，也许父亲私下将大笔产业分给姨娘和三郎，也是为了补偿他们母子。

深夜，杨静山和杨静岩兄弟同时为父亲守头七。快到子时，供案上的长明灯和香烛火苗摇晃起来。

“三郎！三郎，是你吗？”兄弟俩同时朝四下张望起来。

杨静渊站在两人身后，默默地看着寻找自己的兄长。他手中拈着一炷燃着的香，轻吹一口气，青气的烟朝兄长飘了过去。

须臾间，杨静山与杨静岩脑袋晕沉，软软地倒下，杨静渊一手接一个，小心地将他们放在了蒲席上。

如果是晟丰泽这样的高手前来，兄长们怎么避得过？杨静渊心里阵阵叹息。不，他不想再露面做从前杨家那个三郎君了。

他走到供案前缓缓跪下，望着父亲的灵位，轻声说道：“爹，您放心，晟丰泽一天不离开益州，我就会在暗中保护两个哥哥。等您出殡，我就随舒先生走了。我不会辜负您的苦心，一定会闯出属于自己的天地。”

他点了香插进香炉，认真地磕了三个头。

转过身，杨静渊从怀里拿出一只盒子，勾了些香抹在大哥、二哥鼻端：“大哥，多谢你葬了姨娘。”

鼻端传来的清凉让杨静山从晕沉中醒来，他睁开眼的瞬间，看到杨静渊往外走：“三郎，别走……”

杨静渊心里一酸，身形展开，飞快地跃上院墙，消失在黑暗中。

“大哥，刚才出什么事了？”杨静岩醒来，看到大哥站在灵棚门口，回头一瞧，供案香炉中新燃起了三炷香。他站了起来：“三郎回来了？”

杨静山回过头，一声长叹：“他回来了，又走了。”

“大哥，等三郎心结消了，他迟早会回来的。”

也许吧，只是不知道要等到什么时候。

舒烨在柳姨娘的坟前等了许久才等到杨静渊来。夜里，这一片坟地再无旁人，舒烨递了把铲子给他：“你真要这样做？”

杨静渊没有回答，用力铲下一铲泥土。

火把的光在他脸上跳跃着。俊朗的脸上再不复往昔的阳光，而是多了一分戾气。杨静渊铲着土，声音淡得听不出心情的起伏：“我醒事早，很小就知道我的亲娘是柳姨娘。她从来没有抱过我，总是远远地看我一眼。她从来没给我做过鞋袜衣裳。我知道，她离我远，嫡母才会对我好。爹比疼大哥、二哥更疼我，是他觉得愧对了姨娘。她生我一场，我只能为她做这么一件事。爹那样宠爱她也做不到的事，我为她做！”

舒烨拍了拍他的肩，帮着他挖开了坟头。

撬开棺木，杨静渊抖开了一幅白布，将柳姨娘的尸身抱了出来，放在了早垒好的柴垛上。

“这样毁坏她的尸身……”舒烨仍然为杨静渊的大胆而苦笑不已。

“只要能和父亲在一起，哪怕死后成灰，姨娘也是欢喜的。总比孤零零一个人葬在这野地里强。”杨静渊眼里骤然浮现起泪光。他深吸了一口气，将那股酸涩压了下去。

您不是逼姨娘死吗？不是连我也想打死吗？我偏要让姨娘和爹葬在一起，永生永世都在一起。

“再回来，我必不是那个靠杨家吃饭的纨绔子弟杨三郎。”

他说着，从地上拔起了火把点燃了浇透油的柴垛。

火在黑暗的夜里熊熊燃烧，他的眼眸深处也燃起了两团火焰。

舒烨瞧着他在短短几天里由一个阳光少年变得沉默冷峻，一时间不知带走他将来会如何。

第三十六章
离别亦甜蜜

“哥哥，你说什么？杨三郎病了？连他爹的头七都守不了灵？”季英英吃惊地站了起来。

给杨静渊做的衣裳鞋袜打成的包袱原封不动地被季耀庭带了回来。杨大老爷头七这天，季耀庭又去了杨家，他不仅没有看到杨静渊，而且向杨家人打听后得知杨静渊伤心过度病倒，被他师父接去养病了。

季英英的直觉告诉她，不对劲。杨静渊习武，身体一直好，怎么会突然就病倒了？

“那天我在铺子里看到他带着香油从街上走过，应该是从青城山回城。他走得太匆忙，我担心有什么事发生，就叫季富叔进城打听消息。接下来几天，杨家就说他卧床不起。今天我就想去探病，顺便把给他做的衣裳带去，结果杨大郎又说他被华清道长接去养病了，什么病来得这般凶猛？”季耀庭也觉得不对劲。

“会不会是和娘一样的病？晟丰泽还没有离开益州府，说不定是他下手害了三郎。”

一想到杨静渊可能遭到晟丰泽的毒手，季英英急了。她在屋里来回走着，下定了决心：“哥，我要去青城山找他。

“我不见到他，心里不安。他连杨大老爷的头七都去不了，定是出了大事。”季英英当即吩咐绫儿收拾行李。

“算着日子，母亲大概还有六天就会清醒，我会在母亲醒来前赶回来。”

三道堰离青城山不到百里，山中有道观佛寺，信徒众多，倒也太平。季耀庭知道拦不住妹妹，便道：“朱二郎朋友多，请他寻一两个靠得住的帮闲朋友护送你去，否则哥哥不放心。”

季英英一口答应。

第二天一大早，兄妹俩出了家门，看到朱二郎牵着马站在门口。季耀庭一怔：“二郎，不是请你找个热心的兄弟吗？你这是？”

朱二郎不好意思地说道：“还没到二月二龙抬头，染坊尚未开工，我在家闲着也是闲着。我一直也想跟青城道长学艺，正好送二娘前去。”

话是这样说，季氏兄妹都感觉到他对季英英情意未散。季英英感激地说道：“朱二哥，我就不矫情推辞了，多谢你。”

有这句话就够了。朱二郎爽朗地说道：“上车吧。”

他上了马，扭头对季耀庭说道：“大郎放心，我一定平安送二娘返家。”

望着两人渐行渐远，季耀庭又摇了摇头，朱二郎有时候是傻了点，可如今看来，妹妹如果能嫁给他，也是福气。

地方小，稍有风吹草动便难以瞒过人，更何况是有心人。

朱二郎刚护着季家的骡车离开三道堰，赵平就将消息禀给了赵修缘。

“朱二郎陪着季英英去了青城山？”赵修缘笑了，就朱二郎独自一人还想护着季英英？杨大老爷过世，杨静渊要守孝三年。两人的婚事要拖到三年之后，他有大把的时间破坏这门亲事。他收敛了笑容，喃喃说道：“杨家说杨三郎病倒，去了青城山养病。季英英，你马上就跟了去。你与我数年感情，不到一年，就变得对杨三郎情深意重，你让我不想恨你都难。”

骡车走得慢，季英英与朱二郎一早出发，下午才到青城山镇。依着朱二郎的意思，是在镇上住一晚，第二天上山。季英英担忧杨静渊，看了时辰后道：“咱们现在上山，天黑时能走到天师洞。在道观中借宿，打听华清道长的住处。”

青城前山并不高，从山脚到山顶，脚程快的往返只需要两个时辰。天师洞建在半山腰，东汉时期，天师张道陵曾于此修炼讲道，故被人们称为天师洞。

进了山门，全是道士们用青石砌出来的山道，骡马不能行。朱二郎倒是不在意，他只担心季英英和绫儿能否走上去。

“有滑竿啊，笨死了。”

一语惊醒了朱二郎，他拍了一记脑袋，懊恼地说道：“二娘，在你面前，我脑子总是不好使。”

在竹林寺认识杨静渊时，他还能聪明地想出办法捉弄自己。后来，季英英总会看到他傻乎乎的样子。是因为太在意，所以脑子才会不好使。

从前，这样的朱二郎会让季英英讨厌。经历过这么多事后，她反而能理解朱二郎的笨了。她柔声说道：“朱二哥，你一点也不笨。大男人嘛，不如小娘子心细很正常。”

她这是在夸自己？朱二郎蒙了。从小到大，他在季英英面前就没嘚瑟过。这是头一回听她夸自己。虽然她最多当他是一起长大的朋友，但朱二郎仍然高兴得不行，一溜烟往前跑去：“季富叔，你赶了车慢慢来，我先到山门去喊两抬滑竿。”

季英英心情也跟着好转：“季富叔，咱们走吧。”

蜀中山间不能骑马的路段，因轿子沉重，费力气，山民就发明了滑竿一物。两根楠竹中间绑上竹制的软兜，轻便安全，走熟山道的脚夫抬着滑竿能健步如飞。

天师洞就在半山腰。朱二郎不好意思坐滑竿，让季英英和绫儿坐了，留了季富在镇上等回信，一行人便上了山。

青城山四季苍绿，进山时不过申时末牌，山里的天色已经暗下来，山间的树染上了一层更深的绿。行到一片松林间，只听到脚夫的喘气声与脚步声，更显幽静。突然，林间传来一声长长的夜枭鸣叫。晚风吹得松涛如浪，季英英只觉得瘆得慌。

“朱二哥，过不了多久就是二月二了，到时候，你肯定也不得闲了吧？”

知道她是无话找话，晚上走山道心里害怕，朱二郎就笑了起来：“是啊，我得帮家里干活。家里的染缸全部要洗干净晾干，春蚕出来前要染布。我哥是长子，将来要继承染坊。我将来不想开染坊，想开家酒馆。我朋友多，生意准好。”

唠唠叨叨过了松林，前面的山道沿着溪涧上行，朱二郎无法和季英英并排，走到了她身后、绫儿之前。

过溪涧的路用几根砍倒的树并排搭成了一座桥，桥的对面有座凉亭，依稀能看到里面坐着几个人。

等抬着季英英的滑竿过了桥，亭中几人就走到了桥边，有说有笑地下山。朱二郎避让着他们，冲前面喊道：“等一等，等我们过去再走。”

季英英听到声音回头，却发现抬着自己的脚夫健步如飞，丝毫没有停下的意思。她想站起来，滑竿一颠，她又躺到了软兜里。等她再回头，滑竿过了凉亭，转过了山岩，完全看不到朱二郎与绫儿了，她放声大喊：“救命啊！”

身后的脚夫森森说道："再喊，就把你扔山涧里去！"

季英英吓得哆嗦了一下，闭上了嘴。

她趴在竹竿上回头看向那名脚夫，小声地哀求道："我身上没钱。"她说着，悄悄从头上拔了一根花钿藏在了手心。

那名脚夫头上戴着草帽，看不清面目，嘿嘿笑道："有人出了大笔银钱让我们兄弟送你去。我们也是拿钱办事，你不喊叫，我们也不会伤你。"

青城山因道佛并存，庇护一方，一向太平。前山又不是很险峻，并没有山贼出没。是谁花钱雇他们掳走自己？有谁知道自己今天要来青城山？季英英心里浮起了赵修缘和晟丰泽两个名字，心沉了下去。

两个脚夫一气离了那段最窄的山道，拐进了一条羊肠小路。季英英手一松，掌心的花钿掉在了路上。

拐过一座山石，眼前出现了一座茅草亭子，亭外停着一乘竹帘小轿并两个家仆，亭中站着一名青衫男子。脚夫停了下来，对小轿里面说道："郎君，你要的人我们兄弟俩带来了。"

赵修缘转过身，扔出了一包银子。

脚夫接了银子，掂了掂，对季英英说道："小娘子，他就是接你的人。"

果然是赵修缘。季英英看着旁边停着的竹帘小轿，上次被困在赵家的情形如噩梦般浮上了心头。这次，赵修缘有备而来，她还有逃脱的机会吗？她只盼着能多拖延一点时间，等朱二郎带着人找了来。

为了上山方便，她穿着一件湖绿色的胡服，修长苗条的身体裹在青色的斗篷里，不知道是害怕，还是山风太寒，绸面的斗篷瑟瑟抖动着，颇有几分楚楚可怜的味道。

"我们这么长时间没见了，你不应该高兴？"赵修缘走近了她。

他离她这样近，她连喊救命的机会都没了。季英英强行镇定着："是很长时间没见了。赵、季两家不过隔了一条街，你想叙旧，何必来这么荒凉的地方？"

茅草亭建在道旁，下面是一道不深的沟壑。没有树林遮蔽，天色比林中还亮了几分。山中的暮色已经吞没了半座山林，以肉眼可见的速度从山上冲下来。用不了多久，这处地方也会陷入黑暗之中。

赵修缘笑道："这地方是荒了点，那就换个地方叙旧吧。我家在山脚有别苑，你忘记了吗？从前我一直说以后有机会带你去的，上轿吧。"

"我……我觉得这里空气新鲜，景致也不错。"季英英边说边瞟向四周。

赵修缘伸手就捉住了她的胳膊："你不想我弄昏你绑走的话，就乖乖听话。"

"放手！我自己会走！"季英英猛地甩开他的手，自己进了轿子。

轿帘外传来赵修缘的笑声："朱二郎那么蠢，找不到你的。那两名脚夫是山中猎户，拿了钱财，早跑得没影了。"

走了一程，轿子突然落地，季英英听到赵修缘喊了声什么人，就没了声音。是谁？是杨静渊吗？她试探地喊了一声："三郎？"

轿帘被人一把掀起，从她的视线望出去，只看到来人穿着黑行衣，披着一件织锦披风。她弯腰钻出轿子，眼前一黑，那件披风兜住了她的头脸，来人一把抄抱起她，一声不吭地前行。

季英英伏在他胸前，心里的感觉越来越异样。她想起了赵家那一晚，终于开口说道："晟丰泽，是你？"

晟丰泽的脚步一顿，没有停下来。

季英英不再说话。他要对付她，她并没有任何机会。他这是要带她去哪儿？静默中，她听到了他的心跳。

过了一炷香左右的时间，他停了下来，伸手扯去了裹在她身上的披风。月光照亮了一团乌云，投下暗淡的月光。季英英一抬头，看到了常道观的观名。他带她来到了天师洞？

"为什么救我？你怎么知道我来了青城山？杨静渊是你害的吗？"

季英英连珠炮似的发问让晟丰泽一笑。

道观前高大的松柏将晟丰泽遮蔽在暗影之中。他慢吞吞地系好斗篷，将帽子翻起挡住了脸。

"明天我就要回南诏了。本想和你道别，跟到青城山纯属意外。念着相识一场，走之前做点好事，也许你会少恨我一点。"

也许，无论她恨还是不恨，他只是不想让赵修缘碰她。

他要回南诏了？季英英眼中闪过一丝惊喜。

她站在月亮的光影下，神情变化悉数落进了晟丰泽眼中。她还真是不怕自己动怒。晟丰泽又有种想掐住她脖子的冲动。放她走吧，希望永不再见。他不想留一个会影响自己行为情绪的女人在身边。因为她，他已经犯过太多次错了。

"我不想再看到你。你三年内是嫁不了杨静渊了，想避开赵修缘，最好搬家。比如，带你母亲回长安。"

如果季家搬走，可能还会躲过一劫。他能说的话已经说了，以后就看她的运气了。

季英英把脸扭开，心想我还不想看到你呢。搬家？以为搬家那么容易？父亲在这儿，浣花染坊在这儿，家搬走了，她和杨静渊的亲事怎么办？

“进去吧，我已经让人告诉了朱二郎。他不会在山间再找你，等一会儿他就到了。”晟丰泽不想多说，转身朝山下走去。脚要迈下台阶的时候，他又回过了头：“杨静渊不在青城山，你明天回家去吧，他会来找你的。”

“喂，你怎么知道？是不是你对他用了毒，他才会生病？”季英英跑过去几步，冲他喊道。

晟丰泽抬脸看了她一眼：“杨静渊没你想的那么无用。不过，他若再拦我的道，我会杀了他。”

他的身影像团黑云飘下了长长的台阶。

“怎么觉得他说话怪怪的？他为什么要救我啊？”季英英嘟囔着。天色慢慢黑下来，长长的石阶上亮起了火把的光，是朱二郎？季英英回头看见近在咫尺的道观，壮着胆子等着。

没过多久，借着火把的光，她看清了朱二郎和绫儿的脸，这才松了一口气。

“二娘！”朱二郎看到季英英站在台阶尽头，高兴地扔下绫儿就跑了上来，擦了把汗埋怨道，“那两个脚夫也真是的，说天生耳背，已经把你送到了天师洞，我差点儿被吓死。”

又是晟丰泽。见朱二郎毫不知情，季英英不想节外生枝，也不再提。

当晚在道观借宿，朱二郎又跑去打听了华清道长的清修处。想起晟丰泽说过的话，季英英半信半疑。第二天一早，一行人离开了道观，寻了个小道童带路，找到了华清道长的茅屋。

“三郎的未婚妻季小娘子？”华清老道笑眯眯地打量着季英英，在她还没反应过来时，就大马金刀地在院子里坐了，“为师今天要考究一番你的厨艺如何，厨房在那边。”

又对朱二郎道：“去砍担柴回来，柴刀和绳子也在厨房。”

“华清师父，杨三郎在不在啊？他家里人说他生病了，送您这里养病来了。”季英英不好拒绝，蜗牛似的带着绫儿往厨房挪，边走边回头询问。

“用过饭再把屋子收拾干净后，老道就告诉你。”华清老道答道。

三间茅草屋，一间堂屋，两间厢房。堂屋里没有人，难道是在厢房里？季英英冲绫儿使了个眼色，欢快地奔了进去：“绫儿去做饭，我打扫房间。”

华清老道看着她进去，又失望地出来，抚须大乐。

厨房里有青菜，还有一大块熏黑的老腊肉。季英英估计老道不禁荤腥，大胆做了。朱二郎砍了柴回来，饭菜已经做好摆上了桌。华清老道招呼三人一起用饭，端着茶，又指点三人去药田浇水。

一圈忙活下来，就到了傍晚。

季英英知道杨静渊不在这里，念着是他师父，就当自己是来尽孝心的。屋里屋外的活都做完了，她就朝华清老道行礼道："华清师父，天色不早了，我们这就下山去了。"

"哎，你不能走。"华清老道说着站起了身，老神在在地说道，"你若想要杨三郎平安，就在此小住些时日，厨房里的东西足够吃一个月了。你有婢女，挑水屋后有溪有潭，烧柴，眼前这片林子积了一冬的枯枝。此处甚是安全，放心住下便是。"

"住下？要住多久？我娘还病着，我不能住太长时间的。"季英英对老道的提议感到意外。

朱二郎也摇头反对："两个小娘子住在这深山里，太不安全了。"

"谁说不安全？前面那片树林不是老道请你们进来，连兔子都进不来。"华清老道说着一把将朱二郎拎着走出了篱笆，"我会去季家瞧瞧你母亲的病，让你家人放心。"

他的速度太快，转眼就消失在了竹林里。

那头朱二郎一回头，只看到一片茂密的树林，谷中茅屋已不见了踪影。他福至心灵，问道："华清师父，这是阵法吧？"

华清老道嗯了一声："想学？"

朱二郎拼命地点头："师父肯收我为徒吗？"

华清老道很好说话："先去了三道堰再说。"

被学艺的心思填满，朱二郎压根儿忘记询问老道把季英英主仆留在山上的缘由。

被扔在茅草屋的季英英愣愣地出了一会儿神，见天色暗沉下来，吩咐绫儿点亮了油灯。也许华清师父能算出点什么来……杨静渊会来？他只是离开了家？季英英眼睛亮了。

然而睡到第二天天明，也没有人来，再等吧。

日子一天天过去，悬在灶台上方的老腊肉都吃了一半，季英英仍然没有见到杨静渊来。

“绫儿，我们住了多久了？”

“快半个月了。”

半个月，华清老道在篱笆上留下一封信，是季氏写的，说她身体很好，让季英英安心在山上住着，其他的一字未提。还送来几匹布与针线，两匹家中染的靓蓝细葛、两匹未染的素葛，显然是给老道裁制道袍和中衣用的。

母亲醒来，身体渐好，季英英放心了。她不免又想，晟丰泽已经回南诏去了吗？赵修缘被他打晕在山中，他还有胆子报复季家吗？

有了事情做，时间就过得快了。

为什么要让她在山上住着？季英英不明白。但华清老道不会让她在山上住一辈子，她相信华清老道这样做一定有原因。日子久了，她开始喜欢这里的清静自在。

季英英和绫儿没有上坡走出那片树林，而是把小山谷逛了个遍。早春的植物绽开新芽，被她寻到许多能染色的植物矿石。她无聊之下，忙着萃取汁叶调和染料，过得快活无比。

直到绫儿提醒她：“娘子，今天是杨大老爷七七出殡的日子。”

季英英是杨大老爷头七的第二天上的山，不知不觉在山中已经住了一个月。头七那天，杨静渊不在杨家。今天是他父亲出殡，他会出现吗？

华清老道每隔几天会送来季氏的信以及吃食用品，今天老道没有送消息来。季英英本想不明白，但她能肯定，杨家有事发生。

黄昏时分，山里下起了雨。主仆二人用过饭，点起油灯缝制衣裳。这时，木门被轻轻叩响。

鸟啄木头的声音险些被雨声淹没，季英英愣了愣，听到门口传来杨静渊的声音：“师父。”

她扔了衣裳，飞快地奔过去拉开了门。

杨静渊披着一件黑锦连帽斗篷站在门口，手里提着一个包袱。他瘦了许多，五官轮廓更为分明。看到开门的是季英英，他吃惊地后退了一步。

檐下的雨落在他的织锦斗篷上，如珍珠般滚落。他后退时斗篷敞开，露出里面的素白孝服，黑白二色在他身上染出一种萧瑟的味道。

“你怎么会在这里？”杨静渊镇定下来。

他等杨家人离开后，才和舒先生一起去祭拜了父亲。离开益州前，他没有先去见季英英，而是先来了山中向师父辞行。在他原来的计划里，明天下山之后，再去季家见她一面。舒先生给了他两天时间，他想留到最后一刻，他怕自己狠不下心来。

季英英嘴唇翕动了一下，眼圈一红，朝他跑了过去。

杨静渊还没来得及反应，季英英已扑进了他怀里，抱住了他："三郎，你跑到哪儿去了？"

他白天跟着舒先生学文，晚上蹲在墙头树上守护两个兄长，每天只睡短短两个时辰。杨静渊没有回答，将斗篷合拢，遮住了落在她身上的雨水。

他该怎么对她说呢？师父料到他离开家，总会前来辞行，才刻意将她留在这里。她在季家，他大概只能翻墙越窗。想起从前翻墙越窗去找她，杨静渊眼里生出了如雨般的怅然。那时的杨三郎就像上辈子的自己，他再也找不回了。

"你都没有去我家找过我。"季英英听出来了，委屈地说道。

"我本想明晚去找你。"

"哦。"

季英英答了一声，想起他在孝中，脸有些发烫。她松开了手，腰身一紧，杨静渊紧紧抱住了她，她顺从地伏在了他胸口。

天意让他在这里见到了她，让那最后的离别来得再迟一点，他还能多拥有一天的幸福。

雨下得大，斗篷遮住了光明，挡住了雨水与寒风。季英英前所未有地安心，她送他的香囊一直被他放在胸前衣袋里，她嗅到他胸口熟悉的桃花香，禁不住弯起了唇角。

"外面雨大，娘子、杨郎君，你们进屋说话吧。"绫儿笑着喊了一声，收拾了针线活计，转身去了空出来的西厢。

她的声音惊醒了两人，杨静渊低头看了季英英一眼，揽着她走进了屋子。

他把包袱放在桌上，脱掉了雨篷。见季英英还傻乎乎地站着看自己，他心里一暖，轻声说道："我饿了。"

"噢。"季英英瞬间回过神，高声叫着绫儿，又跑了出去。

他站在门口，目不转睛地看着季英英和绫儿在一侧搭出来的厨房里忙碌。

灶膛吐出的火苗映得落下的雨水晶莹如帘。她穿着碧色的家常小袄、白色的裙子，头发用一根银簪绾成了道髻。在他的记忆中，季英英喜欢鲜艳的衣料。他见过她穿桃花红、石榴红、粉红、杏黄、鹅黄。她之所以穿这样的素色衣裙在这里等着自己，是因为他身上戴孝。

季英英偶尔抬头，她的笑容让雨夜也变得明媚起来。杨静渊心里微微抽搐了一下，她还不知道他明天晚上就要和舒先生一起离开益州府。三年后，她是十九岁的老姑娘了，让她等着自己，对她公平吗？

“三郎，有剩饭，我就做了菜汤饭，快进屋。”季英英亲手端着托盘，朝他走来。

剩饭被菜汤煮得软了，上面细密地铺了一层老腊肉。老腊肉切得薄，肥肉晶莹透明，瘦肉鲜红。他用筷子一搅，一股热气腾起，下面还卧了两个荷包蛋。佐饭的小菜是盐渍的水萝卜，透着一股胭脂红，浇了芝麻香油。他刨了一口，热气仿佛扑进了眼里。

他把头埋得更低，狼吞虎咽。

季英英急了：“你慢点吃啊，别烫着了。”

他是烫着了，心被她煨得暖乎乎的。父亲的过世、姨娘自尽、嫡母要打死自己……杨静渊蓦地伸出手，握住了她的手。

季英英一愣，看着他默不作声地大口吃着，将另一只手覆在了他手上。

一钵菜汤饭转瞬间被他吃得精光。她想起身给他倒杯水，杨静渊没有放手，他的嘴唇动了动，又紧紧抿住。

他有为难之处，却说不出口吧。季英英故意笑道：“松手啦，我又不会跑。我给你打盆热水洗脸。”

杨静渊站了起来，牵着她从墙上取了把油纸伞：“我去厨房洗。”

偷瞄了一眼被他握着的手，季英英抿嘴偷偷笑了。

她无比感谢华清道长，如果还在家里，他最多偷偷溜进自己的卧房，避着人和自己说说话。明知道他有孝在身，可她还是欢喜。这份亲昵瞬间冲淡了两人之间的隔阂与冷战，只剩下说不清的柔情蜜意。

杨静渊轻车熟路地找出木盆，从水缸和锅里舀了水，直接把脸埋了进去。

“有帕子呢。在房里，我叫绫儿去拿。”

杨静渊抬起了脸，满不在乎地用袖子随手拭去：“不用了。”

季英英白了他一眼，伸手用衣袖小心擦着他下巴滴落的水道：“衣襟都湿了。”

小心得像呵护手里的宝，她越是这样，杨静渊越难受。他抬头看了看：“老腊肉都被你吃光了，明天还有肉吃吗？”

季英英算了算时间：“每隔三天，会有道童送菜到林子外，后天才会来。估计这些肉和鸡蛋是华清道长私存的。他不禁荤腥，真奇怪。”

“明天我去弄。”杨静渊撑着伞，牵着她的手走向堂屋，突然又补了一句，“带你去。”

“好啊！我都闷坏了。不过后来我四处找染料，时间就过得快了。”

回了屋，季英英见他死不放手，只得拉着他进了卧室，拿出带来的包袱，将给他做的衣裳鞋袜摆满了竹榻：“你爹头七那天，哥哥去杨家吊唁时给你带去的，结果没见着你。你要不要试试？”

有外裳中衣，有两双鞋，还有一打袜子。外裳用的是白色织锦和青色的织锦，鞋是千层底黑布靴身。杨静渊将她拉进怀里，轻声说道：“不用试，一定极合身。”

她被他拢在怀里，看不到他的脸。杨静渊的眼泪一点点涌了出来，他怎么对她说？他朝油灯拍去一掌，豆大的火苗被掌风扑灭。

“我守着你睡可好？我给你说我小时候的事好不好？”他松开手，弯腰将衣裳用包袱皮卷好，搁在了矮桌上。

“好。”季英英脱鞋上榻，扯过被子盖好。明知道他心里存着事，她却不想逼他说。

杨静渊坐在竹榻上，忍不住又握住了她的手：“五岁时家里请了武师教我，真正拜华清道长为师是十二岁。这六年，他只对我做过一件好事。”

“什么事？”

杨静渊轻轻笑了起来：“就是把你留在这里等我。”

季英英应景地说道：“不是吧？他那么坏啊？我想起来了。上山来找你的第一天，刚见面，道长就指使我去做饭打扫房间，还帮他浇了药草。他也这样使唤你吗？”

“那间厨房就是我去砍竹子搭的。搭个竹棚，我还能摸索着来。厨房搭好了，他又让我烧火做饭给他吃。我哪里会烧火煮饭呢？后来买了一麻袋他要的药材，他才改口让道观的小道童来做饭。教每一种武艺，都要和他讨价还价。”

杨静渊说着，语气里尽是对老道的抱怨，季英英听得出来，他对老道感情很深。也许，这样的抱怨也是种发泄，让他不必去想杨大老爷和柳姨娘。

“不过，我也学会了烧一种菜，明天做给你吃。”杨静渊的心情渐渐平静，他温柔地望着季英英道，“睡吧，明天一早我叫醒你。”

季英英拉住了他的手：“你不会又跑个没影，让我找不到你吧？”

“不会，我就在堂屋竹榻睡。”

得到他的承诺，季英英安心地闭上了眼睛。

杨静渊转身走了出去，拉上了房门。

堂屋的门开着，他走到了门口。他的包袱随手放在一旁晒制药材的竹匾里。这么大的包袱，还有剑，季英英不会看不见。她一句也没问他，她也没有问他不在杨家是去了什么地方。杨静渊望着顺着茅草滴落的雨滴，内心挣扎不已。

如果他能平安，他一定会娶她。可是舒先生却对他说，刀枪无眼，如果他死了呢？残了呢？

明天的事明天再说吧。杨静渊轻叹了一口气。

一夜雨后，山里清新的空气带着湿润的泥土芬芳，一缕阳光从窗棂照了进来。季英英迷迷糊糊地突然想起了杨静渊，她一下子睁开了眼睛。

杨静渊坐在榻前目不转睛地望着她。

他没有走。季英英露出了笑容："早啊。"

"早。"杨静渊回了她一个微笑，"换身利落的衣裳，我带你出去。"

他穿了一身灰色的粗葛布短襦衣裳，第一次见他穿这样简陋的衣裳，季英英很不服气："粗布衣裳也能被你穿得好看，真是怪事。"

这好像是她第一次夸自己俊俏吧？回想起那个穿着色彩鲜艳的锦衣、簪着大朵鲜花的杨三郎，杨静渊反而变得坦然。寸金寸锦，一件锦衣能当百两银。他还没有告诉她，父亲给的别苑田庄和商铺的房契，他都悄悄留在了大哥书房里。他偷偷回去拿走了十八岁生日时父亲送他的宝剑，其他连一件衣裳都没有带走。身上穿的是舒先生买的，现在穿的是在山上学艺时的旧衣。记得他曾经对她说，杨家有的是钱，而他现在没钱了。

"我在院子里等你。"

等杨静渊出去，季英英抱着被子喃喃说道："好吧，他不说我就不问。"

她换上胡服，飞快地绾了髻，走了出去。

留了绫儿在家里，杨静渊腰间挎了个竹篓，从墙上取了弓箭，领着季英英顺着山涧走。

走了不远，前方山溪下泻形成一道小型瀑布。

"吃过岩蛙吗？那种。"杨静渊指着山岩上趴着的一只蛙说道。

"那么丑，能吃吗？"

岩蛙个头儿像癞蛤蟆，有成年人巴掌大，表皮黑褐色，不注意还以为是块石头。

杨静渊笑道："比田鸡肉多，味道很好，我会烤。怕吗？"

季英英胆大，摇头道："不怕。"

杨静渊搂了她的腰，纵身跳到了潭边的岩石上："捉吧。"

不是吧？她不怕，不等于要伸手去抓啊。季英英瞪圆了眼睛："你叫我捉？"

"你不是说不怕吗？很好玩的，试试！"杨静渊作势抓着她的手伸向那只岩蛙。

"不要！滑溜溜的，我才不要！"季英英吓得使劲抽回手。山岩滑溜，她一步踩滑，尖叫着往后仰倒。

杨静渊笑着摇头，将她拉到了身边："口是心非！"

季英英脱口说道："你说过不会让我找不到你，你为什么不告诉我你要去哪儿？"

杨静渊弯腰将那只呆笨的岩蛙捉住扔进了竹篓，带着她跳上了岸。

"你等着，我再去抓几只，今天的肉菜就有了。"

看着他灵活地在水潭边缘的岩石间翻找抓着岩蛙，季英英后悔了。明明她打定主意不逼问他的，可是她真的害怕他再一次消失。他只字不提婚事，难道他想退亲？

她心慌起来，想起他昨晚握着自己的手不肯放开，是因为他要走了，他舍不得吗？

杨静渊将最后一只岩蛙扔进了竹篓，蹲在岩石上洗干净手。季英英的性子他是知道的，怎么也要和她说清楚。他一咬牙站起了身回头说道："英英，我不想耽搁你。"

与此同时，季英英也开了口："我等你。"

他真的想要退亲。季英英咬了咬唇，大声说道："我等你三年。"

杨静渊跃到了她身边，缓缓说道："我要去从军。战场刀剑无眼，也许我会耽搁你一辈子。还有，我再也不回杨家做从前的杨三郎了，我现在也没钱了。"

"你以为我是想当杨家的三少奶奶吗？"季英英环住了他的腰，低声说道，"三郎，你待我好，我要嫁的是你。你一定要好好地回来，风风光光地娶我过门。"

上天待他还是公平的。失去了父亲与姨娘，没有了那个家，但他还有季英英，有舒先生。杨静渊捧起了她的脸，认真地说道："好。"

杨静渊在季英英眼中一直是个养尊处优的纨绔子弟，成天游手好闲、无所事事，最大的乐趣就是呼朋唤友、饮酒玩乐，无聊地到处寻刺激寻开心。见他穿着粗布衣裳，眉眼依然俊朗，却感觉像是变成了另外一个人。

“以前季二娘在我面前凶巴巴的，像只母老虎，今天怎么变成只乖兔子了？奇怪。”杨静渊自言自语地说着，手上不停，将洗剥好的岩蛙与佐料一起用蕉叶包了起来。他想装出一副被季英英盯着也无动于衷的表情，咧开的嘴角却怎么也不闭上了，得意的笑容刻在脸上，忍都忍不了。

季英英像小尾巴似的黏在他身后。他从药圃里拔烤蛙用的茴香，她跟在身后亦步亦趋；他从房里搬炭盆出来，她就站在门口望着他；他调佐料包岩蛙，她就坐在石桌旁撑着下颌目不转睛地盯着他。

杨静渊朝厨房那边看去，绫儿正背对着他们坐在灶台前烧火。他飞快地偏过头，在季英英脸上啄了一口。看着她瞪过来的眼神，杨静渊挑衅地努嘴。上一次他没忍住亲了她，被她一巴掌扇得把心埋进了雪地里，今天你打呀？

季英英只瞪了他一眼，就慌张地看向厨房，见绫儿毫无察觉，这才松了一口气。光天化日之下，丫头还在旁边呢，他就敢亲她？

杨静渊笑嘻嘻地把脸凑了过去。

这个无赖！季英英微羞着把他的脸推开，低声警告他：“老实点，干活！”

原来她是只纸老虎呀。杨静渊就笑了。

想当初他忍不住想见她一面，翻墙撬窗，冻得像狗一样，还被她嫌弃。现在他是一点也不觉得辛苦了。

他生起炭盆，将用蕉叶包好的岩蛙挂在炭火上烘烤着。估算了一下时间，杨静渊站了起来：“我要去溪边洗手，小尾巴，跟还是不跟？”

“我也要去洗手，你跟还是不跟？”季英英扭头朝屋后的溪涧走去，心里揣着只小兔子，一蹦一跳的。

绕到屋后，她猛地回过头，指着杨静渊抬起来的胳膊道：“你想干什么？”

杨静渊闷笑着将她拉进了怀里，低头寻找着她的嘴唇：“我爹知道他有这么好的儿媳，一定很开心，他一定不会怪我。他最疼我，只要我过得好，就是最大的孝顺……”

他从来没有认真地亲过她。第一次在浣花溪旁，是意外。他到现在都记得，她扭过脸的时候，嘴唇擦过她脸颊的感觉。粉嫩如桃的肌肤，耳侧轻软的茸发从唇间拂过，没咬一口至今都念念不忘。她染花了他的白马，他故意气她，响亮地亲过她的脸。他都忘了是什么滋味，只记得鼻端嗅到一阵甜美的桃花香。

他吻过她的唇。她猝不及防，愣愣地被他触到了柔软的嘴唇。其实他比她还紧张，他只知道血液在唇上奔流，不亲下去他就受不了。

她的唇又轻又薄，脸不大不小，正好搁在他的掌心。杨静渊在心里默默地对父亲说："原谅我，今晚我就要离开她了。"

他抬起头，将她拢在了胸口。远处山林染翠，春天的新绿一片片染在枝头，浓浅相间，被阳光染得发亮。

"我约了舒先生子时在城北相见。英英，我拜托了桑十四郎，有难处你就寻他。三台离益州不算远，只有三百多里地，我有空就回来看你。如果赵修缘敢纠缠你，你应付不了就去找十四。"杨静渊轻声说着，哂然笑道，"我现在真没用。有什么事只能靠你自己，拜托十四帮你。"

季英英抱着他的腰用力地摇头。她没想到离别这么快，就在今晚。她以为还能和他多聚两天。

"你去三台做什么？是当府兵吗？舒先生是什么人啊？我听说军营里的人都会欺负新兵，你受得了别人的闲气吗？"

跋扈了十八年，突然要去做一个小兵，对他的担心冲淡了季英英的离愁。有钱走遍天下，没钱寸步难行。他没有银钱孝敬上司，别人会不会给他小鞋穿？

"我来青城山寻你，带了二十两私房，家里还有五十两……"

杨静渊按住了她的嘴："舒先生是父亲的故交好友，不会亏待我。当兵有吃有喝，还有俸禄，不用担心我。你给我做的那些衣裳正好用得上。"

他看着她眼角沁出的泪，屈指拭去："你不会怪我将父亲分给我的产业都还给了杨家吧？"

季英英摇了摇头。她忍不住问他："究竟……是和柳姨娘有关吗？"

杨大老爷过世，可以说是年纪大了，但当天晚上，柳姨娘就自尽殉夫了。别人以为她对大老爷情深，不会怀疑。但杨静渊分文不取离开杨家，季英英就怀疑柳姨娘的死另有蹊跷。

"姨娘是自尽的。我母亲养了我十八年，父亲一死，她容不下姨娘，也容不下我了。英英，我再也不回杨家了，我不再是从前杨家的三郎君了。将来，我们会有自己的家。"

季英英点了点头。

"娘子！饭好了。"屋前传来绫儿的声音。

杨静渊牵着她的手回去。

"不是来洗手的吗？我还没洗手呢。"季英英故意大声嘀咕。

杨静渊低下头笑道："口是心非，明明拉着我来这里避开绫儿，想轻薄我。"

谁轻薄谁呀？想着他还在孝期，亲自己之前说不定还要向杨大老爷唠唠叨叨地告罪，季英英翘了翘嘴，忍了。

绫儿成心给两人留空间，把饭菜摆上石桌后，端了自己那份进厢房去了。

杨静渊剥开烤得焦黄的蕉叶，白生生的蛙肉冒出一股热气。他夹起一只抖落佐料，放在了季英英碗里："吃吧。"

肉质鲜嫩，入口即化，季英英吃得赞不绝口。她看到杨静渊只挟笋片，不吃蛙肉，也不吃炒的鸡蛋，突然就明白过来，他守孝戒荤腥。可是昨天晚上他明明把她煮的一大钵菜汤饭吃得干干净净，腊肉和荷包蛋全吃了。

杨静渊又解开了一只蕉叶包，折了肥美的蛙腿放进了她碗里："我想吃一碗家人做的饭。我爹和姨娘都不会怪我的。"

眼泪吧嗒摔进了碗里，杨家究竟发生了什么事，逼得他离家出走？

"又把你惹哭了，我怎么从不知道你还是个爱哭鬼？"杨静渊笑了起来。

季英英抹了眼泪，举起蛙腿道："谁说我爱哭了？我以后要多吃肉，把你那份也帮你吃了。"

杨静渊哈哈大笑："好吧，吃双份，养肥了……嗯哼。"

"养肥了怎样？"季英英又瞪他。

杨静渊笑而不语，季英英的脸噌地就红了。

如果离别前多一点笑容，是不是会多一点甜蜜，少一点忧伤？

第三十七章
杨家变故

“紫儿，把陶缸搬过来，娘子要接染料。”湘儿快步跑过去，大声喊着。

紫儿扭腰转身，用力拍打着才挂上晒竿的布，不满地说道：“侍候小娘子，就以为自己也是主子了？从前不一样是三棍子打不出一个屁来的浣丝婢。”

明明看到就紫儿闲着，她却装作听不见。湘儿咬着嘴唇，想起绫儿能干，常得娘子夸奖，她也想帮娘子做事。她鼓足了勇气走到了紫儿面前：“紫儿，我和你一起把陶缸搬过去。”

紫儿白了她一眼，用力抻着布：“没见我正忙着？”

二月二龙抬头之后，三道堰所有的染坊、丝坊、织坊都忙碌起来。今年浣花染坊染的绿色布供不应求，本以为是件好事，没想到节度使府来了个总管，说节度使有令，让季家染一千匹绿布充作贡品，给的价比成本还低一成。明明是亏本的生意，他们却不敢不染。因充作了贡品，前来订货的客人翻了倍。除了季氏没来染坊劳作，张四娘都忙碌着点货入库，染坊上下忙得团团转。湘儿找了一圈，只看到紫儿已经晾晒好了布匹，是最清闲的人了。

湘儿从前就说不过紫儿，陶缸又沉又重，她又小心地求紫儿：“紫儿姐姐，你搭把手就好。”

搭把手？紫儿转过了身。

湘儿将推车倾倒，小心地扶着陶缸，想将它滚上车子，只要紫儿帮忙扶一把就好了。

紫儿漫不经心地扶着，看着湘儿用力往车上滚动着陶缸，她突然松了手，陶缸退了回来。湘儿哎呀叫了一声，力气不济，没拦住，陶缸滚落下来，撞在台阶上碎了。

“你、你怎么能松手？”湘儿急得眼圈都红了。

“什么叫我松手？明明是你松了手。”紫儿鄙夷地指着湘儿骂道，“你还想诬陷我？”说着捋起袖子一耳光扇了过去。

随着一声脆响，她心里淤积的嫉恨奔泻而出，痛快得不得了：“别以为跟着娘子就威风了。还不是和从前一样蠢笨！”

“住口！”季英英站在远处等着人送陶缸来，将事情经过看得清清楚楚。她大步走过来，看了一眼捂着脸哭的湘儿道：“哭什么哭？你是来侍候我的，这活本来该紫儿做。被人欺负了就知道哭啊？”

“娘子！明明是她的错！”紫儿还嘴硬着想告状。

“我都看见了。”季英英忙不过来，懒得和她多说，转过头扬声喊道，“季嬷嬷！你来一下。”

季嬷嬷大步走了过来，看到破碎的陶缸怒了：“紫儿，去将那缸红布洗了！不准别人帮你！损坏的银钱从你月钱里扣。”

紫儿涨红了脸，不敢争辩。看到季英英带着湘儿将另一只陶缸搬上车，推向了染房，眼泪簌簌往下落。

季嬷嬷冷冷说道：“湘儿是侍候娘子的，这不是她该做的活。她帮你做好了你得赏，做错了，自然也是你受罚！”

凭什么？凭什么那个笨丫头能去侍候娘子？凭什么娘子要护着她？紫儿哭着拿着竹篮从缸里捞出染好的布匹去了河边。

她将布扔在了江水里，红色慢慢洇了出来，浸进了紫儿的眼瞳。她咬牙切齿地说道：“总有一天，我会让你们都仰视着我！”

“谢谢娘子护着奴婢。”湘儿偷空小声地向季英英道谢。

“下次记得理直气壮地打回去。你性子软了，帮我跑腿传话都没有人搭理你。”季英英恨铁不成钢地看着她。

两人用力踩着脚踏，木杵挤压着布匹，红花制成的染料汩汩流进了陶缸。

她机械地踩着，阳光从染房高高的窗户里投进来。去年初夏，她就是用这种红花调制的染料染花了杨静渊的白马。当时，他站在一旁，气得眉毛都快竖起来了，直接掳了她上马跑远。

如今，他走了快一个月了，也不知道过得好不好，说好等安顿下来，就写信来。人生地不熟的，她悄悄把二十两私房银子放进了他的包袱。竹林寺第一次见他的时候，他随手扔来的都是五十两的元宝……

季英英心里一阵感慨。

“娘子，榨不出染料了。”湘儿看着染料流淌的竹筒枯竭了，赶紧提醒季英英。

陶缸里放着绿豆粉，染料水被吸收进粉里存着，下次想要红色染料，可以反复使用。季英英跳下了踏板，笑道：“回头让人来收拾。”

她解了臂缚，伸了伸胳膊，忙了一上午，有点累了。回房梳洗后，她叮嘱湘儿先去用饭，带着绫儿去了正房。

“娘，中午吃什么？我饿死了。”她快活地嚷着走了进去。

季氏和张四娘算了一上午的账，精力越发不济，她示意李嬷嬷将账本收了，笑道：“你嫂子吩咐厨房炖了你爱吃的猪脚，等你哥哥过来就开饭。”

如晟丰泽所说，季氏服完药后就醒转了，瞧着气色更好了，但她的身体怎么也比不上从前了。

有时候季英英想，也许迟上三年出嫁是好事，她还能为家里出把力。就像节度使索要比成本还低一成的一千匹绿布当贡品，若杨大老爷没去世，她还有一个多月出嫁，家里怎么也忙不过来。

“娘，我反正要等三郎孝期满了才成亲的，不如把那些金子先拿来填补家用，等家里攒了钱，再给我。”

当初杨石氏给了一千两金子做聘金，还了赵家和聚彩阁以及晟丰泽的债，如今还剩下一些。现在不着急出嫁，又摊上给节度使赔本染布，家里又接了许多订单，银钱就周转不开了。

“也行，叫你哥嫂给你写欠条。亲兄弟明算账，季家不能白用你的聘金。”季氏笑道。

母女三人等了许久，还不见季耀庭来，季氏便叫吴嬷嬷去前院催他。

过了一盏茶工夫，季耀庭满头大汗地过来了：“杨家又出事了。”

季英英脸色一下子就变了：“三郎出事了？”

季耀庭不由得失笑：“杨三郎又不在杨家，是杨家大郎君出事了。”

季英英松了一口气，仍关切地问道：“怎么回事？”

“去年斗锦时，节度使大人向织锦户们讨奇锦，杨家新研制的防水新锦也在其中。节度使大人除了向宫中进贡此锦，又向杨家下了四百匹防水锦的订单，说是给御林军制防水斗篷，结果杨家送去的锦抽验时用水泼，全湿了。这批防水锦是杨家所有的织户赶工织了三个月才织好的，如今出事，节度使大人一怒之下，将杨家大郎君拿去问罪。听说大郎君是被抬回府的。城里刘家布庄的人来结账，说全城都知道了。”

季英英马上想起了自家赶工染的那一千匹绿色布料，硬生生打了个寒战：“哥哥，库房可千万看好了，咱家别惹出什么事来。”

季氏脸色发白，显然又想起了去年库房的那场火，一家人的心情顿时低落下去。

杨家巷因杨氏族人聚居而得名，北街正中是杨氏家主居住的白鹭堂。这里距散花楼不远，府河水经由水渠引进府中，在中路与东、西两路形成大小三座湖泊。

杨静渊所住的明月居与白鹭堂隔湖相望，紧挨着白鹭堂的是杨静山居住的杨柳居。此时，杨柳居一片寂静，杨石氏与杨二郎夫妇都坐在正厅里焦急地等待着。

“母亲，顾老先生正在给郎君诊治。”杨大奶奶自东厢房出来，一双眼早已哭得红肿，她无力地被丫头搀扶着，跽坐在案前。

想起杨静山的惨状，杨陈氏便泣不成声。

“人还没死呢，哭什么！”杨石氏冷声斥责了一声，胸口传来阵阵绞痛。她两眼无神地望着敞开的厅门，院子里一排排杨柳已抽出了新枝，绿茸茸的，充满了生机。可是杨家却仿佛仍过着寒冬。老爷去世不满百天，大郎就被打得血肉模糊送了回来。三郎遍体鳞伤，一去不复返。她忍不住看了一眼二儿子静岩，心里充满了悔意。

杨家家规，嫡长子袭家业。一直以来她就没有教过二郎如何执掌家业，担心养出了野心，兄弟成仇。大郎学的是如何当家主，二郎则学的是如何打理庶务，三郎，她压根儿连庶务都不肯教，反正杨家有钱，养活三郎一家不是多大的事。

“祖母，爹会好起来的，您别难过。”说话的是杨静山的嫡长子澄玉，小大人似的老成。但他不满十三岁，还是个孩子。

杨石氏强压住心里的悲意，挺直了腰背。大郎还没死，她还没死呢，杨家大房还垮不下去。

过了半个时辰，顾老先生从东厢房走了出来。

杨石氏赶紧起身请他坐了。

“大郎君捡回了一条命。”顾老御医在京中与织造局陈大使交好，告老返乡时，嫁到陈家的杨二娘特意给母亲写了信。杨石氏舍得花钱，为顾老御医置宅送仆，让孤身的顾老御医感激莫名。此时，他直接说出了最能安杨石氏心的话。

人只要活着就好，一屋子人都松了口气。

大郎活着，宗祠家谱上他的家主名分就还在。他若是残了废了，将来家主就传给他的嫡子澄玉。杨石氏镇定了下来：“老先生，大郎伤势如何？”

顾老先生叹道：“内腑受伤，腿骨断裂，只能静养，徐徐图之。如果养得好，也许还有能起身下地的一天。记住，千万要静养，照看仔细了，否则大郎折腾不起了。”

只要还活着，只要还有可能下地行走，就是万幸！杨石氏欢喜之余，眼泪才哗地涌了出来，起身朝顾老先生深深一福：“多谢先生救命之恩。”

“大太太客气了。”医者父母心，更何况是对自己有供养之恩的杨家，顾老先生尽了全力。

杨石氏吩咐人安排马车送顾老御医回府，吩咐大少奶奶好生照顾儿子，众人起身回了白鹭居。

厅堂里安静下来，杨石氏从袖中拿出一块织锦递给了杨静岩：“二郎，这幅锦是从那批上贡的锦上剪下来的，你好生瞧瞧。”

杨静岩接过摸了摸，对着光亮仔细打量。

雪青亲自端了一盆水来。

锦浸在水中，再拿出来，已经浸得透湿。杨静岩惊道：“母亲，这不是咱家的防水锦。看着像，一浸水就知真伪。”

“这当然不是杨家的防水锦！问题是这匹锦从何而来？织得和杨家惯用的图案相似，又怎么和运到节度使府的锦调了包？”

杨静山出事之后，杨石氏花了重金才买通人从那批送进节度使府的锦中剪下了一块。一查之下，她就断定，杨静山被人陷害了。

是什么人想要害杨家？

杨静岩回忆着当时装运织锦去节度使府的情景：“织坊上交的织锦都锁在库房里，钥匙只有库房管事才有，一定是在库房被调了包。”

杨石氏冷笑一声：“我已经查过了。那晚有人请库房管事去了散花楼，请客的人是二房的大管家，说是为小孙子做百日宴。二房的大管家好大的面子，好豪奢的手面，竟然请走了杨家十几位管事去散花楼吃酒。”

联想到二伯父曾拿出来的壮阳酒，杨静岩瞬间明白了："二伯父？！"

恐怕还有你三伯父。杨石氏想起那天杨三老爷硬留下来看着自己对杨静渊动家法，心里涌出一股恨意。

二房、三房就这么想夺走家主之位？

"太太，二老爷、三老爷来了！"厅外突然响起陈嬷嬷的声音。

话音才落，杨二老爷和杨三老爷已联袂走了进来。

连通禀的时间都不给，就这样闯进了白鹭堂？他们也太不把大房放在眼里了。杨石氏恨得牙痒，强行镇定了下来："二伯、三伯这么急，是有什么事吗？"

兄弟俩径直坐了。杨二老爷冷哼一声道："家里出了这么大的事，大嫂这是明知故问吧？"

杨三老爷也冷着脸道："大郎才正了家主名分，就得罪了节度使大人，被打得半死，我这个做伯父的脸都给他丢尽了！"

"大嫂，且不论此事如何平息，怎样令节度使大人消气，就说大郎眼下这情况，能服众吗？他人还昏迷未醒，又怎么能处理锦业的事务？杨家几千织工、数百管事人心浮动。杨家偌大的锦业一天也少不得家主坐镇。我和三弟的意思是，杨家需要另选家主！"

杨石氏大怒，厉声说道："按照家规，澄玉是下一任家主。大郎养伤期间，可以由他的嫡亲兄弟暂代家主之职。大房的嫡子嫡孙有四五个，还没有死绝呢！"

"眼下澄玉还小，能接任家主吗？二郎一直管着商铺，从来没接触过织坊。你确定二郎不会像大郎一样再捅出个天大的篓子？"杨二老爷的话里带着一丝威胁。

二郎如果暂代家主，他们一定会想办法让他走上大郎的老路。杨石氏生生地打了个寒战，她缓和了语气道："大郎的伤不碍事，卧床休养，有澄玉和二郎相助，他如何不能处理事务？大郎不能服众？我看调包了那批防水锦的人更不能服众吧？"

杨二老爷跳了起来："你什么意思？你是说我和三弟把防水锦调了包？你有什么证据？！"

杨石氏抬头望天，冷冷说道："老爷还没走远，还在天上看着呢。"

杨二老爷哆嗦了一下，恶狠狠地说道："好，今年斗锦，如果杨家得不了锦王，就证明大郎没这能力当家主！"

只要杨静山当不了家主，杨石氏年迈，又是个妇人，二郎没有能力，嫡孙年幼，自然要由他们这些伯父襄助。

出了白鹭堂，两人的脚步放得缓慢。

白鹭堂位于中轴线上，道路极阔，能跑马车。路旁种着两排整齐高大的桑树，春来发新枝，嫩桑叶聚成一片蓬蓬新绿，格外喜人。

杨二老爷用看情人的目光望着水桶般粗壮的桑树，眼神一片炽热："老三，你甘心就此搬出北街祖屋吗？"

"我打小就住在这儿，娶妻生子，已经有四十三年了。这些桑树是曾祖父在世时种下的，有一百多年了。我那怀瑜堂书房前有我分家时种下的桑树。搬走？腾挪给二郎？我死也要死在怀瑜堂。"杨三老爷眼里透出阴狠之色。

"北街祖屋中路的白鹭堂世世代代被嫡长子占着还不够，二房、三房就不是长房嫡出吗？要搬的话，就让他们的嫡次子、嫡三子搬出去！我的明尚堂还想传给子子孙孙。"杨二老爷不满地说道。

杨三老爷犹豫了一会儿道："二哥，你当家主，真能修了这条家规？"

"家规？"杨二老爷冷笑，"有白纸黑字写明的家规？我听说是祖父那辈争家主争得太厉害，传到父亲手里时，为了避免我们兄弟俩和大哥争，这才定下大哥一死，让我们兄弟搬离北街祖屋的事。三弟，你和大郎岁数相近，正值年富力强，你就没学会织锦辨锦？你甘心将来仰侄子的鼻息过日子？二哥不甘心哪。"

他拍了拍杨三老爷的肩说道："放心吧，你我兄弟从小一起长大，感情最亲，二哥不会薄待你。"

杨二老爷说着望向南方，悠然说道："我相信晟王爷。他答应我的事，都办成功了。他说只有我做家主，才能保全杨家，我相信他。"

杨三老爷狠下心道："二哥，我就问你一句，那酒中是否有毒？"

"毒？你难道没有喝吗？我喝了，你喝了，晟王爷、司空大人，连我家四郎都饮了一杯……那酒里没有毒，只有欲望和贪婪。"杨二老爷自嘲道，"这世上真有喝几杯酒就能返老还童之事，棺材铺早关门了。"

是大哥贪心，也不想想自己多大岁数了。那晚的酒饮下，的确助兴，但是人总要学会自己克制。他贪图柳姨娘的美色，那怨得了谁？

屋里弥漫着浓浓的药味，杨静山身上搭着一条薄被，脸色苍白中透着青，气息弱得如同濒死之人。

杨石氏驱离了众人，独自陪着儿子。杨静山虚弱地睁开眼睛，手被母亲握住，他轻轻勾了勾手指。

“大郎。”杨石氏察觉到，眼泪扑簌簌地掉了下来，“你别动，醒了就好。顾老先生说了，静养着，你就会好起来。”

“锦……”杨静山像吐气一般吐出了这个字。

“娘知道，是有人动了手脚。”杨石氏不想他劳心，帮他把话说了出来，“刘大人心太贪。杨家只能说集所有织工辛苦了几个月，才织成那四百防水锦。杨家的暗库里还有去年织的三千匹存货。节度使要锦，咱给得起。宣称是一场误会，这事就揭过去了。”

杨静山轻扯了扯嘴角，放下了一件心事。

“这么些年，二伯父想抢家主的心思就没有停过。可那酒所有人都喝了，你爹自己要饮，怪得了谁？那名管库房的管事在你出事时就跑了，你舅舅已经发下了海捕文书。抓到人又能怎样？他醉了酒，被人盗了钥匙换了货，连对方是谁都不知道。你二伯呀，做事滴水不漏的。纵然知道他的心思，却抓不住他的把柄。澄玉还小，你二伯父心太狠，咱们只能再忍。忍三年，澄玉十六岁，能理事了，咱们就不再忍了。”

杨石氏心力交瘁，抹了泪道：“十月又要斗锦，你二伯父放言说，今年杨家夺不回锦王，就要换了你的家主。二郎撑不起，孙儿们太小，娘真是一点办法都没有。”

听到这里，杨静山身体动了动，眼前一黑差点儿晕过去。他缓了口气，用手指在母亲掌心一笔一画地写着。

“帕？绢帕？”杨石氏喃喃念着这两个字。

杨静山继续写下“书房”二字。

杨石氏懂了：“书房里的绢帕？”她蓦然反应过来，“季二娘？”

杨静山眨了眨眼睛。

“娘晓得了。”杨石氏站了起来，“你安心休养，不用操心了。”

她怎么忘了季英英呢？去年，是季英英配出的色彩让赵家织出了《临江仙菊锦》。听说城里今春最流行的一款绿色细葛布就是浣花染坊染出来的，如果季家能专门为杨家染出与众不同的丝线，杨家的锦就能高人一筹。

一千匹绿色细葛布被油布包裹得严严实实装上了板车。一大早，季耀庭就和雇来的车队出发，去节度使府送货。

想起杨静山的遭遇，季家三个女人担忧不已，一直将季耀庭送到了大门外。

“放心吧，每一匹布我都亲自检查过了，还多备了十匹。”季耀庭上了骡车，跟随着车队出发了。

季氏叹了一口气道：“刘节度使这样索要无度、行事狠辣，他来益州才多长时间啊，益州府的染户、锦户都怕了他。”

张四娘扶了她进去，温言劝慰道：“听郎君说，往年染坊都靠染丝赚工钱。今年名气传开了，来染布的多了五成。布料是咱们自己进的，利润比染丝高了一倍不止。”

“平安是福。名声传开，麻烦事也多。”季氏并不赞同张氏的话。

季英英在旁笑道：“娘不想赚钱，哥哥还想为我的小侄子多攒点家当呢。”

季氏闻言一惊，望向张四娘的腹部：“四娘，你有了？”

张四娘羞涩地低下了头：“迟了十来天了。郎君说，去交了货，就从城里请个郎中来瞧瞧。”

“季家有后了。”突如其来的惊喜让季氏阵阵眩晕，她伸手扶住了门框定了定神道，“娘这是高兴，别担心。李嬷嬷，去给田嬷嬷说，从今天起，每天给少奶奶炖碗鸡汤。”

“娘，我早吩咐田嬷嬷给嫂子加菜了，您别激动。”季英英赶紧上前扶稳了她，埋怨道，“华清道长说，娘不能再大悲大喜，要静心养神。”

季氏心里高兴，也不管女儿说什么，只知道连连点头：“好，好。”

回到正房没多久，杨家的拜帖就送来了，杨石氏明天会亲自来季家。

这是要正式说杨、季两家的婚事延到三年后了。

豪富之家的太太来季家拜访，杨石氏是第二个。

季英英尤记得去年赵大太太的摆场。只要一回忆，她先想起的就是入目刺眼的金饰和鲜艳昂贵的锦衣绸缎。

上一回见杨石氏，她的排场并不比赵申氏小，简陋的客栈转眼间就被杨家仆从布置出华丽安静的一角。

也许那也不叫排场，豪奢已经成为习惯。

季英英和杨石氏谈过一次，她明白这个年近花甲的老妇人有多么精明。对于杨静渊的去向，她对母亲和哥哥都没有透露。他在杨家也好，不在杨家也罢，他都要守孝三年。她会等到他来迎娶自己。离开家族的人，如无根浮萍，更何况杨静渊去了军营，好铁不打钉，好男不当兵。希望平淡过日子的母亲和哥哥不会因为杨静渊而再一次担忧。

从杨静渊含糊的话语中，季英英听出了他离家出走的原因。在精明之外，季英英又给杨石氏添加了“心机”二字。今天亲自登门，杨大太太只是来季家商议婚期推迟的事情吗?

季氏是很讲究规矩的人，只要杨家不主动提出退亲，她始终感恩当初杨石氏出手相助。不然她保不住季家的秘法，也还不起那些欠债。

女儿愿意再等三年出嫁，染坊也确实忙碌。如今张四娘又有了身孕，家里需要女儿帮忙。三年后，季家能多攒上一笔银钱，把季英英那一千两金子的聘金补足。左右一想，季氏觉得婚期延至三年后也是件好事。季氏用了最大的诚意接待杨石氏。

丧期登门拜访太过失礼，杨家没有大摆排场，杨石氏坐着辆黑漆平头的马车，带着一个嬷嬷、一个侍婢悄然而来。

她穿了一件白色织暗花大袖锦衣，钗环用的是素银镶珍珠，与花白的头发相衬，给人一种雍容大方的感觉。季氏还是第一次与她相见，平添了几分好感。

季氏的礼仪与风度让杨石氏满意。越是讲礼，她的目的就越容易达成，季家如果像普通底层百姓一样，粗野泼辣，这事就不好谈了。

杨石氏扫了一眼端庄跽坐在季氏身侧的季英英，没来由地想起了音讯全无的杨静渊。到底养了十八年，杨静渊误会她因嫉成恨，夺产杀子，杨石氏每每想到杨静渊离去前说的话和看向自己的悲伤眼神，就心痛不已。

做了几十年杨家主母，现在不是她伤心的时候。大郎养着病，二郎要继续管着几十家商铺，澄玉念着书的同时要开始接触杨家的管事们……眼下最重要的，是杨家今年要重新夺回锦王。消弭大老爷过世、家主重病的影响，重振大房的威望。

“冒昧前来打扰，唯恐冲撞了亲家，特意包了些红，给亲家去去晦气。”杨石氏抱歉地说道。

雪青捧来两匹红绸放在了案几上。

杨石氏的做法让季氏脸上的笑容更深：“您客气了。”

杨石氏看了季英英一眼，和蔼地向她招手：“二娘，你过来。”

季英英走了过去。

杨石氏拉着她的手，对季氏笑道：“妾身年迈，是以上回过定礼请了三郎的大嫂前来。一直想着亲自给二娘插钗，今天才得以如愿。”

她从陈嬷嬷手中拿过一只匣子，从里面取出了一支金凤钗。钗头打造成一只凤形，凤口吐出一串嵌红宝石的坠饰，线条简洁流畅，不失华丽。

季英英看了一眼母亲，季氏高兴地说道："还不谢过杨太太。"季英英蹲身行礼谢过，让杨石氏将那支凤钗插进了发髻中。

杨石氏笑眯眯地说道："好孩子，你先下去吧，我和你母亲有事商议。"

瞧着真的是来商量婚期的。季英英只得装羞，低着头带着湘儿离开了。出了正门，她轻车熟路地绕到了屋后，蹲在后窗下偷听。

杨石氏伤感地抽了帕子擦了擦眼角道："亲家太太，如果我家老爷没走，今年四月十二就是三郎和二娘的好日子啊。"

季氏柔声劝道："好事多磨，好在两个孩子岁数都不算大，等三年孝期过了再成亲也没有关系。"

"您也知道，我家三郎从小被我宠坏了，却对英英动了心。我又只是他的嫡母，怎好张口退亲？亲家太太如此通情达理，杨家真是结了门好亲哪。"

一番话说得季氏心里熨帖，如果是那种不知礼数的人家，又心疼女儿，也许会提出退亲。

杨石氏话锋一转道："耽搁二娘三年，我这心里实在过意不去。今天来，是想着老爷还没过百天，不如趁着热孝把他们的婚事给办了。"

百日热孝内成亲？季氏瞬间被这个提议惊得蒙了。

孝期嫁娶，一乘轿子抬过去，连唢呐喜乐都没有。大红衣裳进门，过门就换孝衣拜灵位，服侍杨石氏，在杨家陪着守孝，两人不能圆房。

如非特殊情况，哪户人家会赶在这种时候娶媳妇？谁家又愿意这样委屈自家女儿？

季氏断然拒绝："亲家太太，杨家对季家有恩，杨三郎我也瞧着实在好。这门亲事季家不会主动退，英英可以等他三年。您体谅一下我这个做母亲的，留女儿在家三年，也能再多看她几眼。"

偷听到两人的对话，季英英气得脸色发白，呼着气靠在了墙上。

湘儿吓得轻轻推了推她，季英英将手指竖到了唇间，示意她别吭声。

她的心情像一锅沸滚的水，翻腾不休。

杨大太太只字不提杨静渊离家出走的事情，真是阴险！嫁过去守孝守活寡，亏她想得出来！啊，她是找不到杨静渊的下落，想用自己将他拴在杨家？

屋里，季氏还在委婉地劝杨石氏打消主意，季英英已经听不下去了。她噌地站起身来，大步走向了正厅。

见到女儿板着脸迈进门槛，季氏一愣，斥道："没见我和杨太太在说话吗？怎么不经通禀就进来了？"

季英英气呼呼地说道："娘，您不知就里。我不会现在嫁到杨家的！"

知道女儿偷听，季氏尴尬地向杨石氏赔礼道："是我没教好她，亲家太太莫放在心上。"

"娘！"季英英大声说道，"杨三郎已经离家出走，不在杨家了！杨太太要我现在嫁过去，根本就是另有目的！什么不忍心耽搁我三年，都是放屁！"

"住口！哪儿学来的市井粗言？！"季氏听得心惊，又被女儿粗鄙的诨话羞得满脸通红，简直不好意思看杨石氏。

"二娘生气也是应该。亲家太太，不要责骂她。这事本来就是我们杨家为难季家了。"杨石氏丝毫没有动怒，眉宇间聚集了浓浓的伤感，"三郎对你用情至深。他离开家的时候，连封书信也不曾留下。"

但是他悄悄留下了老爷遗嘱上分给他的产业，他这是再也不想回杨家了。想起十八年来辛苦将他养大，对他比对自己两个亲生儿子还要宠溺，杨石氏眼圈一红，偏过脸用帕子捂住了嘴。

她也是望六十岁的人了，她也守了二十年活寡，老爷怎么就不为她想想？临到死还往她心窝子上插了一刀。她是气不过抢了那些产业，可谁知道事情会变成现在这个样子？大郎是家里的顶梁柱，家主与锦业被二房、三房抢去，让这一大家子怎么办？

娶季英英过门，她是杨家的媳妇，会尽心尽力替杨家织斗锦出力。三郎……顾念着季英英，三郎将来总有回家的一天。

杨石氏下定了决心，无论如何都要办成这件事。她擦了泪，低声说道："三郎是不在家，总有一天他会回来。杨家现在需要二娘，亲家太太，就算我求你了。"

这是承认了杨静渊不在杨家，杨大太太仍然提议让女儿赶在百天热孝内成亲。

一乘轿子抬过去，连迎娶的新郎都没有。在大老爷灵位前，让季英英和谁拜天地？这也太欺负人了！季氏惊怒交加，眼前景物都摇晃起来。她大口喘着气，挣扎着说道："杨太太，您这是什么意思？"

"娘，您别动气、别激动。"季英英慌得上前抚摸着季氏的胸口，给她顺气。李嬷嬷赶紧端了水来，让季氏缓缓饮了几口。

把母亲气得病发可怎么好？季英英将自己的脾气强行压了下去，忍着气对杨石氏说道："杨太太，我娘身体不好，您请回吧。"

她不能走。既然季氏心疼女儿，季英英也不肯这样嫁进杨家，她也不怕再背个挟恩求报的恶名。杨石氏缓缓说道："亲家太太，您可还记得当初杨、季两家是怎么结亲的吗？"

当初南诏白王晟丰泽逼着季家交出染色秘法，赵家拿捏着欠条扣着女儿不肯放离，浣花染坊库房一把火将赊来的染料毁得干干净净。杨家送来了一千两金子为聘，解了季家的危难。因杨三郎真心爱慕女儿，她才点头同意了这门亲事。

季氏当然记得，她颤声说道："杨太太，您这是什么意思？这是要逼我让女儿出嫁吗？"

"亲家太太，我也有女儿，我也是做母亲的人。我家二娘远嫁长安，嫁进了织造局陈大使家。我难道不想将女儿留在身边？她是为了杨家的锦业才嫁的呀。这辈子我都不晓得还能不能再见到我的二娘。"杨石氏哽咽起来，"家家有本难念的经。杨家遇到了难处，大郎好不容易捡回一条性命，还不知道何时才能康复。二郎只通庶务，撑不起杨家的锦业。嫡孙还年幼。今年杨家如果夺不回锦王，大郎保不住家主之位，大房的产业也会被人侵吞占去，让我去了地下有何面目见老爷？"

季氏的愤怒一点点消散了。事出有因，她怎能怪杨石氏委屈了女儿？滴水之恩，当涌泉相报。杨家当初结亲，既是为了杨三郎的情，也是为了女儿的染色技艺。两姓结亲，守望相助是应该的。但英英为杨家出力，不一定要现在出嫁……

听到"产业"二字，季英英又想起了杨静渊那身粗布衣裳和他的话。他说他再也不回杨家，说他将来会给自己一个家。他曾问过她，如果不能做杨家三少奶奶，自己会不会后悔。

季英英脱口说道："三郎分文不取，离家远走，不就是因为杨家的产业吗？你家的产业能否保住，和我有什么关系？我要嫁的是杨三郎，不是你们杨家。"

"放肆！婚姻大事，自有父母做主，你给我出去！"季氏正在思索时，听到这番无理的话，顿时怒了，指着门口叫季英英离开。

"娘！反正我答应了三郎，要等着他回来娶我！"季英英太了解母亲的心软，再被杨石氏说几句软话，就要应承下来。是杨石氏逼死了柳姨娘，逼得杨静渊远走他乡。如果她成了杨家的三少奶奶，让她怎么面对杨静渊？

季氏狠狠地拍着圈椅扶手叫道："李嬷嬷，把她拉出去！"

"反正我不嫁！"季英英眼圈一红，扭头就跑了出去。

"是我不好。三郎都是因为我才离家出走！"杨石氏捶着胸，季英英一番话勾起了她心里的悔意。

“季太太！都是老奴的错！”陈嬷嬷扑通跪在了季氏面前，老泪纵横，“三郎君误会了我家太太。都是老奴的错，是老奴担心三郎君将柳姨娘的死怪罪到太太头上，对太太不利，这才起了坏心。老奴现在不死，就为了将来能给三郎君一个交代！”

内宅的事，季氏心里门儿清。她不由自主地想起了自己的嫡母和庶妹，一时间唏嘘不已。

见季氏神色松动，杨石氏站起身福了下去：“季太太，我虽然不是三郎的生母，我也养了他十八年。三郎从小到大锦衣玉食，没吃过半点苦。那孩子性子倔强，我若不给他搭梯下台，他这辈子都不肯回家。我一个老妇人，还能活几年呢？求你同意让二娘嫁到杨家来。为了她，三郎也会回家的。”

季氏慌得赶紧起身扶起了杨石氏。握着杨石氏那双长出了老人斑的手，季氏的心又酸又涩。如果只要女儿帮杨家织斗锦，的确用不着她嫁去杨家。杨石氏是真心想和杨三郎冰释前嫌，让他回家。只是…… 太委屈英英了。

“亲家太太，您先回吧。我家二娘性子刚烈，也不太懂事，还是一团孩子气呢。我劝劝她，再给杨家回个信可好？”

虽然没有一口答应下来，但季氏已经松了口，杨石氏忙不迭地说道：“我会像待自己女儿一样待她。”

婆媳就是婆媳，又怎能亲如母女。杨石氏心中有愧，对女儿更好一点罢了。季氏只是一笑，亲自送了杨石氏出门登车。

回到内院，她让李嬷嬷扶着去了季英英的小跨院。

季英英正在黄桷树下翻晒磨好的染料粉，只有投入她最喜爱的染料中，她才会忘记心烦的事情。

见到季氏来，湘儿和绫儿抬了藤椅来请她坐了。

季英英没办法装作看不见，嘟着嘴走过去，坐在了季氏身边。

“你们都下去吧。”季氏今天大惊大怒已经很疲惫了。她躺在藤椅上，目光看向了远处的赵家藤园。

斗不过赵家，不等于季氏心里没有恨。

“英英，那天晚上，你被赵家强行拘在了府里，娘没有能力将你平安带回家，所幸你没事，不然娘何止气吐血，简直会被气死。”

季氏突然提起往事，季英英恨道：“是女儿眼瞎，错认了人。娘，都过去了，别放在心上。”

“你要等杨静渊三年，这期间，赵二郎就再不会纠缠你了吗？”

去青城山的那天，如果不是晟丰泽……季英英从袖子里抽出把精致的小刀来：“娘，三郎送我做染料的小刀，我一直随身带着。”

纤纤弱质，不过以命相搏罢了。这傻孩子。季氏叹息道：“前些日子，你哥哥去城里送货，好心人悄悄告诉你哥，节度使为何会知道季家这么个小染坊，指定要染一千匹贡品，是过年节的时候，牛夫人送了两匹绿葛布给刘夫人。”

牛五娘嫁给了赵修缘，牛夫人带着浣花染坊染的布料去节度使府赴宴，送给了刘夫人。

“娘不相信这是巧合。”季氏淡然地说道。

听母亲说到这里，季英英突然明白了。

嫁到杨家去，有门强有力的姻亲，赵修缘才不敢轻举妄动。

她摇晃着头，喃喃说道：“不，我不怕他们。”

她嫁进杨家，怎么面对杨静渊？

季英英低声对母亲哀求道：“娘，三郎会恨我的。我答应过他的。嫁到杨家，他会认为我背叛了他。他没有爹，也没了亲娘。他从前挥金如土，如今一文钱都没要就离开了杨家。您没有看到他穿粗布衣裳的时候。他去投了军，他要用性命去博自己的前程。您让我现在嫁进杨家，他会伤心的。您担心赵修缘使坏，我去青城山找华清道长收留我，我在山里住三年好不好？”

“你想让杨三郎做个无父无母、没有宗族、没有根的人吗？就像娘一样，没了娘家，还不如赵家的一个奶嬷嬷！”季氏说着又喘起气来。

季英英给她顺着气，小声分辩道：“在杨家，杨大太太压着三郎，不让他出头，和养猪有什么分别？到头来，还逼得他连头七都没给他爹守完就走了。如今因为杨家要织斗锦，怕我不肯出力，这才要我嫁过去。”

“就算没这门亲事，杨家要从赵家手里夺回锦王，我就做主让你去帮忙，用得着逼你在百天热孝内嫁过去吗？杨大太太毕竟养了他十八年，没有生恩，还有养恩呢。都是那陈嬷嬷护主心切，擅作主张。杨大太太一直将他带在身边，想养废他轻而易举，还能将他教导得这么好？母子间有什么误会，说开便好。一则能让杨家庇护着你，二则能让杨三郎回家。家和万事兴，他才十八岁，他哪里懂得做父母的心？娶妻求贤，这个‘贤’字还要能劝诫夫婿。”

他是那样眷恋着自己，这世间自己就是他唯一的企盼，她怎么能打碎他的梦想呢？要和杨大太太和好，可以等他孝满回来娶了自己，再让他自己判断、自己去做决定，她怎么能去勉强他呢？

季氏的谆谆劝导也没能改变季英英的心意。

季氏失望地看着女儿道："娘知道你顾忌着杨三郎的心意。可娘没有忘记，当初季家有难，杨家伸手。滴水恩，涌泉报。杨家有难，杨大太太年事已高，亲自求上门来。拒绝她，于心何安？亲事是娘和杨大太太定下的，你嫁的是杨家的三郎，不是那个离家出走、欲抛弃家族的杨静渊。"

她扶着李嬷嬷的手站了起来，淡淡说道："家里的嫁妆早就备齐了。三天后，我会知会杨家来接人。如果你想气死我的话，你可以不嫁。"

"娘！"季英英不可置信地看着母亲，她就忍心这样嫁了自己？

季氏身体颤了颤，坚决地扶着李嬷嬷的手走了。

出了小跨院，季氏停住了脚步。

李嬷嬷叹了一口气道："太太何必把小娘子逼得这样紧？甚至都未等到四月十二，三天后就让她出嫁。"

季氏红了眼睛："是我对不住她。四娘有了身孕，我害怕赵家又起幺蛾子。季家就耀庭一根独苗，她嫁过去，还能给他哥嫂寻一处大树庇荫。"

原以为太太考虑的是小娘子的安全，也偿还了杨家的人情，李嬷嬷万万没想到季氏还有这样一重心思，忍不住说道："太太，您对小娘子也太无情了。"

"是啊，我是无情，我逼着英英三天后出嫁。这样，杨三郎就不会对她心生怨怼。将来杨三郎没出息，回杨家吃碗安稳饭，英英也能跟他过平安日子。"季氏神思恍惚，凄然而笑，"华清道长说过，如果我没有大悲大喜，还能活个三五年。这样安排，能保大郎一家平安，英英将来也能过得顺心如意，我就安心了。你瞧，当初我在府里学到的内宅手段还没有忘干净。"

李嬷嬷的眼泪涌了出来："太太，是奴婢误会了您。"

第三十八章

热孝成亲

成亲，一辈子就这么一回啊。

每个少女都有一个梦，成亲那天，俊朗的新郎骑着白马，英姿勃发，敲锣打鼓前来迎娶自己。触目的红会染红未来的生活。亲人的祝福，热闹喜庆的场面。挑起盖头，他眼里只看到最美的自己。

“小姑真美。”张四娘替她插上杨石氏送的金凤钗，明知道嫁过去立时就要洗净铅华，换上素白的孝服，仍忍不住赞了她一声。

镜中人蛾眉明眸，樱唇嫣红，高达一尺的发髻上插着对称的红珊瑚笄，明丽照人。可惜三郎看不到。就算他看到，也只会怨她恨她吧？季英英啪地将妆镜扣在了桌子上。

“英英，娘不会害你的，你别怨她。”张四娘想着自己喜庆热闹的成亲场面，不敢多说下去，赶紧招呼丫头给她穿上外袍。

季英英默默地站起身，张开了双臂。红色的连襟大袖裙是最轻柔的绫做成的，动静间像春风吹动的彤云。湘儿和绫儿将葱绿色对襟敞领大袖连身外袍披在她身上。不是织锦，是她亲手染就的绿绸。

红男绿女，鸳鸯成行。吉服拥有鸳鸯羽毛的色彩。而她，没有穿大红吉服的新郎前来迎娶。

季英英紧抿着嘴唇。

季家这样安静，没有锣鼓唢呐声，没有闺中好友前来送嫁。季英英真想撕了这身衣裳，扑到榻上大哭一场。

她回首看了看自己的闺房，后窗开着，如果杨静渊现在从窗户跳进来，该有多好？季英英转过了身："该去向母亲辞行了。"

走出房间，听到大门口一堆爆竹噼啪炸响。季英英知道，杨家催轿了。她用力攥紧拳头，感觉指甲都掐进了掌心。她低声自语道："三郎，你不要怨我。"

黄桷树新发的绿叶又庇荫了整座院落。赵家藤园二楼上，赵修缘一拳打在了窗棂上。"她要嫁了！"他感觉自己的心脏都要炸掉了，掉头飞快地奔下了楼。

从呱呱坠地的婴儿长成如花似玉的少女，季氏曾经不止一次地想过，将来女儿出嫁时的情景。嫁妆是从季英英年幼时就开始积攒的，哪怕是一套梳篦都是选了又选。季英英走进正厅的时候，春风将她身上轻软的裙摆吹起，像蝴蝶扇动的翅膀，轻盈美丽。季氏的眼前一片模糊，喉间哽涨着，一时竟说不出话来。

"娘，今天……妹妹出嫁。"季耀庭看着母女俩一个泪盈于睫、哽泣无声，一个沉默地跪伏行着大礼，连一句"今天是大喜的日子"都说不出口。原以为可以多留妹妹三年，转眼间就要送她出嫁，季耀庭心里也有点埋怨母亲。杨三郎离家出走，他回不回杨家对妹妹来说有什么关系？大不了不做杨家的三少奶奶，还少了应酬大宅门里的是非。凭妹妹的手艺和杨三郎的力气，怎么就不能把日子过得红火起来？

母亲已经做了决定，季耀庭再心疼妹妹也没办法，只能希望杨大太太善待妹妹。

季氏擦了泪，平稳了一下心绪，轻声训导了几句："英英，将来的日子就要靠你自己走了。你忍一忍，忍到杨三郎回来就好了。"

他回来知道自己就这样嫁到了杨家，还不知道会有多难过。季英英瓮声瓮气地嗯了一声，被两个丫头搀着站了起来。

母女俩四目相对，季英英实在受不了母亲那双噙泪的眼睛，大声说道："娘，您多保重。我不怨您！三天后，我回门，您给我做好吃的。哥，背我出门吧。"

季氏哇地就哭了起来。

季英英转过身飞快地奔出了厅堂，站在回廊上吸着鼻子就抹起了泪。一抹一手脂粉，急得陪嫁的季嬷嬷拿出妆匣子要给她补妆。

"不用了，反正也没有新郎！盖了盖头也没有人看见。"季英英小声嘀咕着，拿帕子把手擦了，示意绫儿将盖头盖上。

这时，吴嬷嬷突然从前院赶来，高声叫道："太太，太守大人前来贺喜！"

季英英嫁过去要守孝，季家也没有办酒席请宾客。眼见季耀庭都要背季英英出门上轿了，太守大人却来贺喜，正厅门口从主子到家仆悉数傻了眼。

"出门的吉时到了，大郎先送英英上轿。吩咐田嬷嬷整治酒席，来者是客。李嬷嬷，扶我去迎一迎太守大人。"

季耀庭匆匆下了台阶道："妹妹，我背你。"

季英英突然咯咯笑了起来，她出嫁怎么会有这么多稀奇古怪的事发生？她顺从地趴在了季耀庭背上。

知道季英英出门了，爆竹又噼里啪啦地响了起来。

听到声音，在前厅奉茶的太守带着幕僚走了出去，站在前厅的回廊上看送亲。一身青衫便服的太守摸了摸下巴，小心问幕僚："怎么季家嫁女这么冷清？家里挂了点红，点一堆爆竹就完事了？"

"嫁出去就守孝，季家不好宴请宾客。再说了，季太太估计心里难过着呢，也没心思请客人。"

"哦。"太守悠悠点头，"如此，倒是省钱。"

幕僚差点儿被自己的口水呛着，谁家愿意省这份钱哪？他苦笑着提醒道："东翁见着季太太要多加抚慰。"

太守脸上露出了笑容，又小声问道："是否显得本官来得太过突兀？"

"大人别忘了您来的目的。"

"对对！本官要表彰季氏恪守礼仪，教导子女有方。能舍得将女儿嫁了，以孝奉亲，不容易哪。"太守的腰杆又挺直了。

"大人言之有理。"明明就是寻个借口想和季太太见面嘛。幕僚一边恭维，一边暗诽道。

季耀庭背着妹妹出了后院。季家就这么大，他尴尬地看了一眼站在回廊上望观的太守和幕僚，埋下头将妹妹背出了门。

看到季英英出来，杨家请的喜娘赶紧迎了上去，高声叫道："新娘子登轿！"

季耀庭送了季英英上车，见门口冷清地停着几辆车，只燃了几根爆竹，心酸得不行："英英，委屈你了。"

"没事，反正三郎不在，我不在意。"没有新郎亲迎，她要那些喜庆做什么？

这时，巷子口响起了锣鼓唢呐声，只见朱二郎一身簇新的新衣，带着十几个腰间系红绸的帮闲兄弟敲锣打鼓地走来。他边走边喊道：“今天我妹子出嫁，多谢街坊邻居前来凑喜！兄弟们，锣鼓使劲敲起来！”

喜乐的声响将附近的人都吸引了过来。

他的朋友们端了两笸箩的糖块、一笸箩的铜钱向四周撒了去。

欢叫声与锣鼓声瞬间让季家门口热闹起来。

“二郎！”季耀庭喃喃喊了他一声。

朱二郎笑着走了过来道：“妹子出嫁，怎么也不告诉兄弟一声？”他说着从怀里拿出一个红绸包递给了站在马车旁的绫儿，冲车里喊道，“二娘，朱二哥给你添妆送嫁！”

季英英拿着帕子捂着嘴哭，缓过气来，才隔着轿帘道：“朱二哥，妹子谢你了。”

“好好过日子！”朱二郎憋了半晌才想出一句话来。

“吉时到了！启程！”喜娘喊了一声。

车厢颤了颤，缓缓驶离。

朱二郎和他的兄弟们一直送出了三道堰，季耀庭停住了脚步。

望着马车走远，季耀庭垂下了脑袋。朱二郎突然揪住了他的衣裳，大声说道：“怎么能让你妹妹这样出嫁？”

“母亲做的决定。”季耀庭红着眼睛叫道，“我有什么办法？”

“杨三郎呢？他连迎亲都不来？他凭什么娶英英？”朱二郎狠狠地推搡了季耀庭一把，跺脚转身就走了。

没有了喜乐，马车沉默地行驶在官道上。

“哎哎，怎么回事！怎么有个人拦在路中间？”坐在车辕上的喜娘叫了起来。

赵修缘一个人骑着马站在官道上，他望着那辆挂红的马车，哈哈大笑：“季英英，你就这样出嫁吗？杨静渊都不曾来接亲吗？”

杨家前来接亲的家仆被激怒了，纷纷叫道：“你是什么人？杨家娶媳妇，关你什么事？”

赵修缘渐渐收了笑容，冲马车叫道：“英英，你出来！我见你一面就走！你出来！”

真是厚颜无耻！季英英冷笑。她将轿帘掀起一道缝，看到赵修缘一个人。她放下了帘子，冷冷说道：“这种无赖劝不走就打走！”

季英英的声音不大也不小，跟车的护卫们都听清楚了。

杨家来了十几个护卫接亲，领头的护卫听到三少奶奶这样说，也不客气了。他上前一步指着赵修缘道："赶紧让开道！否则别怪我们不客气！"

赵修缘充耳不闻。

季英英要嫁给杨静渊了，她居然这么快就出嫁了。

在青城山是杨静渊救走她的吧？所以赶在百天热孝里让她出嫁。杨三郎为什么不来接亲呢？是因为重孝在身，穿不得大红吉服吗？

她为了杨静渊，这样委屈出嫁都肯！心里的空洞越来越大。那些年他和她算什么？那些年他和她的山盟海誓算什么？

她嫁到了杨家，她就再不会出现在黄桷树下的小跨院里了。

她出嫁时会是什么模样？一定是美的。她有满月一样皎洁的额，黑溜溜的眼睛湿漉漉的。她的腰很细，只得一握……赵修缘眼里只有那辆挂着红绸的马车。

他想见她，想得快要疯了。他娶牛五娘的时候就在想，如果季英英穿那样一身喜服，会是怎样的明艳动人。他想看看她的模样，他要把她出嫁时的脸牢牢记在心里。

赵修缘脑子里塞满了各种想法。胯下的马长嘶一声，护卫将他从马上扯了下来，一拳将他揍倒在地。

"季英英，你出来呀！"赵修缘倒在地上，望着马车大吼。

拳脚雨点般落在他身上，赵修缘感觉不到疼痛，他挣扎着想爬过去，一名护卫扯住了他的腿将他拖到了路边。

马车再次启程。

"英英，让我看看你。"赵修缘抓紧了身下的青草，努力地抬起了脸。

拳脚落在人身上的闷响声和护卫们的骂声传进了车里。第一次，赵修缘在她面前被揍得像狗一样，季英英眼中闪过切齿的恨意。

她掀起盖头，拉开窗帘看了过去。

高耸的云髻，被金饰耀亮的肌肤，红唇如火。赵修缘的眼睛突然亮了起来。

他眼睛眨也不眨地望着她，眼神像嗜血的野兽。季英英打了个寒战，放下了帘子。

一名护卫经过，一脚踹了过去。

赵修缘痛得眼前一黑。

等他缓过气来，车队已经走远了。

他翻过身，仰躺在官道上笑了起来："英英，你真好看……我看到你了！"

马车到了杨家，卸下了门槛一直驶到了内院的垂花门。

进了门换了轿子，等扶了季英英下轿，她已经到了明月居。

杨大奶奶和杨二奶奶带着人早在这里候着了。杨陈氏亲热地叫她三弟妹，陪着她进了卧室。

“这明月居一直是三弟住着。妹妹先歇着，吉时到了再去白鹭堂。”杨陈氏终于有机会细看季英英，花朵般明艳，腰细腿长，果然是个极美的人儿。年轻真好啊。

大概她的目光落在季英英脸上太久，二奶奶注意到了，轻声提醒了一句：“大嫂，先让弟妹梳洗换装吧。”

杨陈氏回过神来，掩嘴笑道：“弟妹娇美得像朵花似的，和她一比呀，咱俩都老得不成样子了。”

二奶奶笑道：“三弟真是好福气。”

两人说着退出了卧室。

杨石氏遣了雪青过来，捧着一袭暗花素锦制成的孝服并一套银镶珍珠头面，她笑道：“太太从早晨就盼着三奶奶进府，请三奶奶换装吧。”

“放着吧，叫我的丫头来服侍就行了。”

雪青将衣裳和首饰交给了湘儿，行过礼退了出去。她使了个眼色，屋里侍候的杨家侍婢鱼贯而出，房里只剩下了陪嫁来的季嬷嬷和湘儿、绫儿。

房门关上的瞬间，季英英脸上挂着的微笑就消失了。她环顾着卧室，杨大老爷出殡之后，帐子、桌围、椅袱都换成了淡青色，屋里只有一对龙凤喜烛是大红鎏金的。

季英英走过去，噗地吹熄了烛火。

“娘子，你这是做什么？”季嬷嬷急了，“龙凤烛可熄不得。”

季英英撇嘴道：“新郎都没有，难不成我还企盼着龙凤烛燃到天亮去？湘儿拆首饰，绫儿去叫人打水梳洗，嬷嬷去打听一下这里的规矩吧。”

听她安排，三人迅速地各司其职。

等到她梳洗完换好衣裳，季嬷嬷已经回来了。

她低声说道：“娘子，我听大奶奶的意思，是要让您一个人拜堂。”

一个人拜堂？季英英目瞪口呆。

“娘子，您忍忍吧。太太这是咋想的哦！”季嬷嬷心直口快，竟埋怨上了季氏。

“我不想一个人拜堂。”季英英一屁股又坐了回去，“嬷嬷，你请大奶奶转告太太，这些都省了吧。反正我不要一个人拜堂。”

季嬷嬷也觉得荒唐，转身又走了出去。

过了半个时辰，雪青来传了杨石氏的话，说不用拜堂了，请季英英去给大老爷灵位磕个头，季英英这才站起了身。

吉时之前，卧室的房门打开了。大奶奶和二奶奶闻声看过去，不觉一呆。

女要俏，一身孝。穿着织有暗花的素锦孝衣，季英英像夏夜绽放的优昙。白色的珍珠点缀在发髻间，星星点点，珠光流转，衬得肌肤如脂玉一般。她个头儿高，行走间，大袖素衣飘逸无比。

“妹妹真美！”二奶奶由衷地赞了一声。

装羞最好了。季英英羞涩地低下了头。

三人坐了轿去了白鹭堂。季英英飞快地睃了一眼，心道这间厅堂赶得上自己住的小跨院了，真宽敞。

“英英，给你公爹磕头吧。”

正中香案摆着杨大老爷的灵位，杨石氏坐在一侧，欣慰地看着季英英。

季英英磕了头，转过身看到杨石氏企盼的眼神，她不自觉地想起了杨静渊，他心里怨恨着大太太啊。她心里叹了一口气，声如蚊蚋：“给太太磕头。”

杨石氏一愣，勉强地笑道：“好孩子，起来吧。”她亲手搀起了季英英，取过陈嬷嬷捧着的匣子笑道，“母亲给你的见面礼。”

“谢太太赏。”

太阳西沉，杨石氏没有留季英英用饭，吩咐雪青引路送季英英回去休息，明天见杨家的亲戚。

望着轿子离开，杨石氏喃喃说道：“她叫我太太，不是母亲呢。”

陈嬷嬷安慰她道：“小门小户的娘子，不敢叫您母亲呢。”

也许吧。想起季英英因为三郎拒婚时说过的话，杨石氏的骄傲又涌了出来：“我也不稀罕她叫我母亲。只要她能帮杨家织锦出力，我还是会对她好的。”

第一缕朝阳投进白鹭堂的时候，季英英在雪青和湘儿的陪伴下走进了白鹭堂。

昨天匆忙之间，她还没来得及收拾好心情打量这间杨家最重要的正堂。

七架五间的明堂，白墙黑柱，十二扇高大的雕花木门大敞，远远就能望见两排整齐的扶椅护卫着厅堂深处的方桌与两把太师椅。后面的屏风上方高悬着白鹭堂的匾额。阳光投在温润泛黄的家具上，这些带着岁月痕迹的陈设散发出凝重与优雅。

昨天只觉得屋子大得惊人，今天季英英真实地感觉到了织锦杨家沉淀了百年的气韵。

“三奶奶。”

厅前一排粗大的廊柱撑起一道宽达两丈的回廊。木质地板隐隐反光，跽坐着两排身着青衣的侍婢。

杨石氏坐在上首右边的椅子上，下首左右分别坐着杨二老爷夫妇和杨三老爷夫妇，平辈与孙辈的人悉数站着。加上四周侍候的奴婢，济济一堂。大老爷百日未过，堂中众人都着白衣，青、白二色让本该充满喜庆的认亲气氛变得肃穆起来。

“三奶奶小心台阶。”雪青虚扶了季英英一把，引着她走上回廊，迈进了尺余高的门槛。

她比益州本地小娘子高，雪青也比她矮了半头，大袖素锦连身裙穿出了翩若惊鸿的味道。瞧不到她的脚步，裙幅行云流水，裙摆轻轻漾动，煞是好看。

杨家不缺美人儿。说话尖酸的二太太杨邹氏、沉默寡言的三太太杨于氏和大房的大奶奶、二奶奶岁数差不了多少，风韵犹存，年轻时也貌美如花。见着季英英的美貌都暗忖道，怪不得杨静渊会心仪于她。与季英英年龄相仿的杨家五娘、七娘忍不住悄悄议论起来。

季英英想起了母亲和嬷嬷们的教导。她微垂着眼，在迈进厅堂时，貌似无意地睃了几眼，将最刺目的眼神记了下来。一种探索的眼神来自左首的杨二老爷，人人都好奇，但他的目光充满了阴霾。另一道炙热的目光来自杨二老爷身后，是与杨静渊年纪相仿的男子，应该是杨家四郎。他的目光令季英英下意识地想起了赵修缘。

她耐心地听着雪青小声地给她介绍，一一上前行礼。

再不情愿，她已经嫁进了杨家。不论是还杨石氏当初出手相助的恩情，还是冲着杨静渊是大房的人，她都不能在二房、三房面前丢脸。

杨二老爷默默地望着她，心里充满了疑问。

赶在百天热孝内替杨静渊娶回了季英英，这让对季英英一无所知的杨二老爷心生警觉。他迅速地想到了浣花染坊，难道说季家嫁女，把秘法当成了嫁妆？

季英英行完礼，杨二老爷借着训诫之机试探道：“你既然进了杨家的门，是杨家的媳妇，就不再是季家的娘子，凡事要为夫家着想。季家以染蜀红丝和浣花丝出名，相信侄媳也定能为杨家染出这样的顶级丝线，替杨家锦业出力。”

和赵家结了仇，这两种丝浣花染坊绝不会再出售给赵家。今年为了夺锦王，季氏已经答应只为杨家染丝，这只是权宜之计。如果季英英能染出季家的顶级丝线，将来杨家就不用再求季家了。杨石氏也很想知道季英英是否学到了季家的染丝秘法。

“季家秘法传子不传女，代代如此，侄媳不会染蜀红丝和浣花丝，打小家母就不准侄媳学染技。家里开着染坊，侄媳自小看得眼熟，却是个门外汉。”

她帮着杨家织斗锦配色出力就够了，凭什么要把季家的秘法献给杨家？季英英干脆说自己不懂。

杨石氏只知道季英英对配色有着极高的造诣，并不知道她还有高明的染技。听说没学会季家的染色秘法，虽然有些失望，但并没有起疑。

杨二老爷心里的疑惑更重。如果不是为了季家的秘法，石氏急着把她娶进杨家来做什么？难不成真是为了把杨三郎拴回来？不，杨二老爷在心里暗暗摇头。他不信强硬了一辈子的石氏会出于这个原因而把季英英娶进门来。

斗锦。究竟季英英能为织斗锦做些什么？看来他有必要好好打听一番了。

季英英悄悄观察着杨家人。有些事她现在或许还不太明白，但将来总会明白。她若无其事地跟着雪青的引领继续给杨三老爷夫妇见礼。

接下来是平辈。杨静岩夫妇不会为难她，堂兄弟用不着季英英去见礼，杨四郎第一个上前向她拱手行礼。

去年在送仙桥，季英英被周七郎纵马掳走，没见到杨静亭，杨静亭却是见过她的，当时便觉得她娇美可人。今天一身素裳，肤白胜雪，明眸宛转，如画中走出的仙子。杨四郎咕噜咽了一口口水。他接过季英英送的扇套，手指摩挲着上面的一丛菊花，不怀好意地想，如果在杨三郎回家前先采了这朵花，杨三郎会是什么表情？他越想越兴奋，热心地说道：“三嫂有什么事，尽管吩咐四郎。”

杨四郎长得像杨二老爷，和杨静渊一样长着杨家人的两道剑眉。他过于热络的话让季英英感觉诧异。雪青扶着她的手略用了一点力，像是有点紧张，又像是在提醒她离杨四郎远一点。季英英微微一笑，算是回答。

年龄相仿的五娘、七娘有着少女同样的娇憨。为隔房的大伯守孝，两人穿了素白孝衣，裙边露出葱绿的牙边，头上的头面用的是银镶绿松石，水仙花似的亭亭玉立。话未多说，眼珠滴溜溜地转。一个瓜子脸，一个鹅蛋脸，对比二太太和三太太，季英英很容易分出了谁是谁。

相比同辈，她更喜欢杨静渊的侄儿侄女。杨静山有两子一女，杨静岩有一子一女。是澄字辈，女孩去掉了辈分那个字，取了单字为名。

可能面对的是孩子，季英英放松下来。见居长的杨澄玉像小大人似的，她想起自己幼时和三道堰一群孩子玩耍的情景，逗他说道：“澄玉想孝敬三婶婶，等到槐花开了，摘些新鲜槐花给婶婶蒸饼如何？”

杨家长大的小郎君恐怕连槐花能吃都不知道吧？

“后花园里就有槐树，澄玉亲自给三婶婶采槐花。”

季英英好奇了：“你怎么知道槐花能吃？”

澄玉终于露出了得意的笑容：“三叔带我摘过。”

杨静渊小时候是什么样子呢？上树摘过槐花，下河摸过鱼和螃蟹吗？季英英突然觉得在杨家的日子多了一丝意义，她想知道关于杨静渊的一切。

认完亲，二房、三房的人就离开了，杨石氏将三个儿媳留了下来。

杨石氏知道季英英仅带了一房家人、两个侍婢，吩咐杨大奶奶：“按照府里的规矩，再给明月居配两个二等、四个三等奴婢。管事嬷嬷就不用了，三奶奶有陪嫁嬷嬷。”

“太太，明月居有八个洒扫做粗活的仆妇，我身边两个丫头足够使了。”季英英并不想身边随时围着一大堆人。

杨大奶奶笑道：“弟妹就不要推辞了。你现在是杨家大房的三奶奶，身边只有两个小丫头侍候，会被人笑话的。除了粗使仆妇，我和你二嫂有两个嬷嬷、十二个奴婢。明月居的人已经少了一半了。”

现在告诉季英英，总比将来她知道明月居的奴婢比别处少了一半的好。杨陈氏还没有摸清季英英的性情。认亲时，季英英没出岔子，显得很大方。毕竟出身小商家，谁知道她将来会不会眼皮子浅，借机闹腾？热孝中将她娶过门来，是杨家委屈了她，杨陈氏不愿意再落得苛待弟妹的名声。

最主要的是，她不希望婆婆觉得自己安排不妥，又把执掌中馈的权力收回去。

这段时间，大奶奶做得极好。杨石氏并不打算把管家的权力收回去，她没有说话，等着大奶奶和季英英商量。

不知道为什么，季英英感觉到二奶奶待自己很平和，大奶奶的眼神和语气却总有种说不出来的味道，难道是杨静渊和杨静山的感情不好？

三年孝期，自己对杨家的应酬并无兴趣，能帮着杨家织斗锦，是报答杨石氏的恩情，等待杨静渊回来才是季英英最大的心愿。有多少人侍候、是否被人笑话，她并不在意。

而且，如果要为织斗锦配色，她更希望明月居安全清静。娘和嬷嬷们都说过，大户人家人多口杂，人一少，自然是非就少。季英英坚持自己的意见：“多谢大奶奶好意。明月居原先只有香油一个小厮，也没有侍候的奴婢。明月居里只需几个做洒扫粗活的仆妇，我和三郎一样都喜欢清静。”

叫自己太太，不喊大嫂，而是叫大奶奶。杨石氏的心越发淡了：“人手不足，你再找大奶奶讨人吧。”

季英英望向了雪青，轻声说道：“二娘想向太太讨雪青暂时来明月居帮衬几天。等我的嬷嬷和丫头上了手，再送雪青回来。”

有杨石氏信赖的大丫头在明月居，需要什么，吩咐她去办就行了。

杨石氏有点吃惊于季英英的聪明。雪青是她的人，安排在明月居，也能知晓季英英的动静，便点头允了。

大奶奶脸上的笑容淡了几分。不领情就罢了，讨雪青去侍候是什么意思？不相信自己吗？她还没小心眼儿到去克扣明月居的用度。

“大郎今天气色如何？”

听到婆婆问话，大奶奶赶紧收了心思答道：“从昨天起，郎君已经能吃粥了。今晨还开口说了话，让小厮垫高了枕头，靠着坐了一会儿。”

杨石氏高兴起来：“这就好。你回去告诉大郎，下午我领着季氏去给他见礼。”

母亲只留了季英英用午饭。大奶奶模糊地知道娶季英英过门有一半的原因是为了织斗锦。她想起了那方被丈夫珍藏着的绢帕，酸溜溜地想，季二娘有那么大的本事吗？她温顺地应了，与二奶奶联袂离开。

杨石氏站了起来：“白鹭堂太大了，人一少，说话都带着回音，回内堂吧。”

季英英有些诧异杨石氏语气里透出的寂寥，她默默地跟在对方后面出了白鹭堂。

顺着回廊往后，穿过一座穿堂，就到了杨石氏住的后院。

白鹭堂大气端庄，后院有种柳暗花明又一村的味道，四周墙角都种着花卉植物。西南角种着一架金银花，枝干有小儿手臂粗细，有些年头了。西北角有三株桃花，条形的叶子舒展着，粉红的花苞结了满树，像粉色的纱，温暖柔软。东南角砌了一座水池，小荷才露出尖尖角。东北角靠正房的东厢外开了一处花池。蔷薇顺着低矮的篱笆攀爬着，初夏时节就会绽放红红白白的花。中间甬道上有两口大青石缸，这是防走水的储水缸，缸中种着几叶睡莲。回廊下挂着一长排鸟笼，各种鸟叽叽喳喳叫着，平添了几分生气。

杨石氏见她满脸惊奇，随口说道：“闲着无事侍弄下玩意儿打发时间。你若喜欢这些，吩咐府里的花匠去明月居，随你怎么弄。”

杨家的当家主母会闲着无事吗？季英英看到杨石氏神情有点恍惚，突然明白过来。大老爷宠柳姨娘后就来得少了，那时候，太太正值盛年……她垂下头谢过了杨石氏，掩住自己同情的眼神。没有杨三郎，让她一个人在大宅子里度过漫长岁月，多么可怕。

后宅的正堂没有用桌椅，铺着微微泛黄的苇席，陈设着低矮的圈矮椅与条形案几，让季英英感觉十分亲切。

她跽坐在杨石氏下首。膳食是分餐制，四素一汤。

孝期茹素是很正常的事。杨石氏迟疑了一下道：“英英，让你进杨家来委屈你了。等过了老爷百天，你可以不用吃素。”

季英英愣了愣，想起杨静渊除了吃自己做的那碗菜汤饭后就不碰荤腥，她赶紧说道：“满了一年再动荤腥吧。”

是个懂事知礼的孩子。如果三郎在家，该有多好。杨静渊一气之下走了，他走后，杨石氏才发现多年来承欢膝下，给自己带来快乐的不是早已步入盛年和中年的两个亲生儿子。悔意在她心里滋生，每每触碰，都酸涩不已。她当时怎么就气昏了头，看三郎百般不顺眼呢？

她吃了一点就放了筷子，淡淡说道：“你还年轻，多吃点身体才好，不必拘谨。”

季英英只好又拿起竹筷，多吃了半碗饭。

用过饭，雪青在一旁煎了茶奉上。

杨石氏慢悠悠地品着茶，轻声说道：“老爷是正月二十九去的，四月三十杨家要做百日祭。三郎也许会回来，我希望你能将他留下来。”

季英英心头一跳。过不了多久，杨大老爷百日祭，杨静渊只要有空，他一定会赶回来给大老爷上炷香。那时她就能见到他了。

“如果三郎不肯留下来，你在热孝中嫁过来，为老爷守丧，杨家无论如何也不会休了你。”

这话是什么意思？季英英被说得糊涂了。

黑溜溜的大眼睛透着无辜与迷茫，素净的脸粉粉嫩嫩。她才十六岁，只晓得和三郎相伴永结同心。她真是太娇嫩了。

杨石氏的双瞳里闪烁着凌厉，像针尖一样的锋利眼神刺得季英英忐忑不安：“你想尽办法也要让他留下来。否则，你会像我一样，只能寄情花鸟虫鱼，打发漫长的时光。”

想起院子里那些伺候得极好的花鸟，回廊下一长排鸟笼，用那些打发日子过一辈子吗？一层鸡皮疙瘩从季英英胳膊上浮了起来：“我帮杨家织斗锦出力，就还了您的恩情了，太太。”

杨静渊不肯回杨家，她是一定要和他走的，杨家难不成要硬留她在这宅子里守活寡？

“我不是威胁你，也不是想要害你。我不过说了实话。”杨石氏淡然地回望她，诚恳地说道，“为了杨家的锦王，我希望得到你的帮助。为了让三郎重新回到这个家，我请你尽最大的努力让他冰释前嫌。我养了他十八年，比任何人都了解他。他肯留下来，会高高兴兴地过日子；如果他不肯留下来，他一定不会认你做他的媳妇。”

杨静渊会不认自己，把她扔在这大得无边的宅子里？一种恐慌攥住了季英英，她喃喃说道：“是你们逼我嫁的，不是我想嫁的。”

“你母亲希望杨家能庇护季家，也只有杨家才能对付赵家。你母亲支撑浣花染坊多年，她比谁都清楚赵老太爷是什么样的人。从她选择定下你和三郎的亲事起，季家和杨家一荣俱荣，同气连枝。英英，你要学会站在高处看问题。如果可以，你母亲希望能护得你和你兄长周全；如果不可以，两个中要放弃一个，只能是你。”

“你胡说！”季英英按捺不住，脱口叫嚷了一声。母亲只是为了偿还杨家施以援手粉碎晟丰泽阴谋的恩德。母亲只是心软，希望看到杨三郎能有亲族，不会成为无根浮萍。母亲相信杨三郎对自己一往情深，一定会理解她嫁进杨家来。母亲不会为了保全浣花染坊和哥哥，放弃自己。

“从你帮赵家赢得了锦王开始，要么你帮赵家，要么赵家一定会毁了你，没有其他的选择。”杨石氏悠然地饮着茶，声音没有一丝波动，“你母亲是个明白人。心疼归心疼，想明白了，当机立断就让你嫁过来。否则，我敢保证，今年春蚕一出，季家会再一次遇到各种麻烦。我之所以和你说这些，是希望你将心里的不甘不愿都抛到一边去，把自己真正当成杨家媳，认我这个母亲。”

“我娘不会这样对我！”季英英坐直了，坚定地告诉杨石氏，“我会帮杨家织斗锦。但是三郎不肯回杨家，我一定会跟他离开。”

“你和三郎在一起有多长时间呢？小时候，他见四郎要进织坊学织锦，吵着也要去。我不许，他打滚儿撒泼哭闹了两天两夜。老爷亲口告诉他，庶子不能学织锦辨锦，他没有资格。后来，他再也不提。他知道我的底线是什么。他不碰，不是他不想，而是他太骄傲。三郎的骄傲可以让他对你情深，也可以让他恨透了你。”

季英英微张着嘴，想起杨静渊骑马跑来，一句解释也不问，直接摔掉了粥罐；想起那天晚上他站在季家的屋顶上，冷漠地望着自己。

她的心乱了。

“他对你用情至深。只有靠你，才能让他回家。”尽管杨石氏一直不肯承认，但杨静山被节度使暴打之后，她才知道，她内心深处有多依赖杨静渊。从前以为是自己宠溺着他，但三郎离家走了，她的心也空了。大老爷宠了柳姨娘二十年，杨静渊的存在填补了她十八年的空虚。

“放下你的骄傲，哪怕求他，也要留下他。”

这算是共同的目的吗？所以太太这样直白地告诉自己。季英英不敢想下去。

杨石氏给她时间思考。她示意陈嬷嬷扶自己起来：“跟我去见见你大哥。如何织今年的斗锦，你听听他的意思。三郎的事，你慢慢想吧。我想，你也不想见到赵家今年再赢得锦王。千里之堤，毁于蚁穴。杨家再富贵，说垮就垮了。就像我的大郎，杨家家主，节度使一怒，不也被打了。杨家输了，无人庇护季家。杨家还能撑，季家拿什么对抗赵家？”

“我会尽力。”季英英简单答了一句，跟着杨石氏去了杨柳居。

终于见到锦帕的主人，杨静山格外激动。

他的脸颊深深陷了下去，颧骨高耸。剑眉下的眼睛却像燃着两团火焰，直愣愣地看着季英英，喃喃说道：“好一双黑珍珠般的眼睛！”

季英英的眸色比寻常人更黑，纯正的黑，蒙着一层珠光般的光，极其有神。

杨大奶奶尴尬地咳了两声，轻声说道：“弟妹都被郎君说得不好意思了。郎君也真是的，哪有这样夸自己的弟妹的。”

杨静山像没听见似的，激动地说道：“织坊里有位为杨家织锦配了几十年丝线的老师傅，他说有一种人的眼睛能分辨出别人辨识不出的颜色。任何色彩只要瞧过，就永远不会忘记。请问季家祖上是否出过这样的辨色高手？”

“我不晓得。”季老爷过世的时候，季英英还小。季氏又不准她学染技，更不会对她说季家祖上的事迹。

“一定是季家祖上有人拥有和弟妹一样的辨色技艺，所以才能在染丝的时候，辨识出细微的色彩差别，让季家染出的蜀红丝比别家的更亮、更鲜艳。锦好，需要丝好。好丝织就的锦必然比其他的锦更为灿烂。”杨静山说到这里，脑中已然浮现出一幅灿烂的锦图。他一鼓作气说道："请弟妹为杨家染新丝！"

一句话说完已然力竭，杨静山头歪到了一边，晕了过去。

"郎君！"杨大奶奶吓得扑了过去，扭头直叫，"娘，请顾老御医来瞧瞧郎君！"

杨石氏先是吓了一跳，很快就镇定下来："大郎只是激动，话说多了脱了力。别慌，让他静一静。情况不对，再请顾老御医。"

已经养了一个月了，再凶险，也比不过刚抬回来时。杨石氏见大奶奶仍伏在杨静山身上哭个不停，没听进半句自己的话，恼怒道："英英，把你大嫂扶出去！"

季英英为杨家织锦出力，知道的人并不多。为了不惊扰杨静山，屋里只有杨石氏、杨大奶奶和季英英。

杨大奶奶看着面色青白的丈夫，生怕他有个万一，哪里肯走。见季英英伸手来拉自己，一股邪火莫名腾起，借着摆脱季英英，手顺势挥过去，清脆地扇在了季英英脸上。火气随着这一巴掌泄掉，杨大奶奶冷静了，她慌忙站了起来，去拉季英英捂着脸的手："弟妹，对不起，嫂子也是着急……"

季英英放下手，勉强地说道："没事。"

如果大奶奶回头的瞬间，眼神没有那样凌厉，她一定会觉得大奶奶是无意……

杨石氏根本不明白杨大奶奶早对季英英起了百转千回的心思，真以为是无意。她叹了一口气道："是我太心急了。等大郎好一点，再和他商议吧。英英，你先回明月居吧。"

季英英默默地屈膝，退了出去。

第三十九章

争吵

明月居和白鹭堂隔湖相望。朝北一排五间，左侧有三间厢房。后面有一排下人住的后罩房。站在正房外面宽敞的回廊上，一池湖水毫无遮挡地出现在眼前。湖旁有株数人合抱粗的大黄桷树，季英英想起了自己的小跨院。

“三奶奶，郎君在家的时候，明月居由小人打理。三奶奶有什么事尽管吩咐小人去办。小人就住在前院的后罩房里，白天进院子当差。”

杨静渊走了，香油变成了没有主子的人。好在三奶奶进了门，香油像枯萎的草淋透了春雨，焕发出生机。迎了季英英回来，香油分外殷勤。

“明月居从现在起由季嬷嬷管着。有什么事我会遣丫头去找你。天色晚了，你先下去吧，明天来院子里当差。”

季英英打发走香油，回到卧室怔怔地坐在妆台前。

这只妆奁是从盛家木器店买的。亲事未成，也没有等到盛大郎寻到透光镜，装了面雕着桃花的铜镜。每一件陪嫁都是母亲精挑细选为她置办的。这样疼爱自己的母亲，会为了哥哥而委屈她出嫁吗？季英英望着镜中的自己，轻声说道：“娘，您一定是为了保护我对不对？出嫁那天，赵修缘又发疯了。您一定不想让他再伤害我对不对？”

杨静渊回不回杨家关季家什么事？不嫁，她也一样可以帮杨家织斗锦。太太的话是那样直白，让季英英不得不相信。

为了季家，她应该出嫁。

为了自己，她也应该出嫁。

可是她像大热天被关在一间门窗紧闭的屋子里，闷得难受，闷得喘不过气来。

“娘子，雪青姐煮了鸡蛋，奴婢给您敷脸。”

亲疏有别，雪青尽责地煮了鸡蛋，用布袋装了，自己没有上前，交给了湘儿。

季英英起身，由绫儿侍候着脱了外裳，散了发髻，躺了下来。

鸡蛋暖暖地从脸上滚过。季英英闭着眼睛说道：“大奶奶没使多大力气，我又不是那么娇嫩的人，不碍事的。”

一滴眼泪滴在了她脸上，湘儿哽咽道：“当娘子是什么人？换成太太去扶，大奶奶还会用力挣扎而失手打太太一巴掌吗？”

憋屈就憋屈吧，她还能怎么样呢？指责大奶奶是故意的？然后呢？

季英英喃喃说道：“再等十天。”

再等十天，杨静渊一定会回来。

大太太肯定知道，自己是知道杨静渊的下落的，可她一句话都没有问，难道她早就明白，就算知晓了他在哪儿，也不能让他回家？

“那对龙凤烛呢？”

湘儿啊了一声，愣了愣才想起来：“季嬷嬷收起来了，说等到姑爷回来再摆出来。”

“拿出来放在案桌上。”

湘儿应了。

季英英又道：“叫季富叔回家一趟，就说我不回门了。”

三朝回门，为什么改变主意？

她不想回去从母亲嘴里听见不想听的话。既然杨家会保季家平安，她还回去做什么？季英英翻了个身，侧对着里面道：“我累了。你们下去吧。晚饭不吃了，我补觉，别叫醒我。”

昨晚她一整晚没有睡着。今天认亲，听杨石氏说了那么久，季英英累极了。

她沉沉睡去。

嗒嗒嗒！

火石与火镰相碰发出细小且有节奏的声响，一团橘色的火焰燃了起来。又几声嗒嗒声后，另一支蜡烛被点亮了。

屋里突然有了光亮，季英英迷迷糊糊被光亮惊醒，翻转了身体。

半透明的青色纱帐外，案几上的龙凤烛被人点亮了。一个高大的身影背对着她，站在龙凤烛前。

“谁！”季英英猛地掀开了帐子。

杨静渊转过了身。

熟悉的英挺剑眉、俊朗的五官……他的眼神好陌生。季英英的心脏收缩了一下，捏紧了手中的纱帐。

他回来了。在她嫁到杨家的第二天，他回来了。

如果他早回来一天，她就不会这样嫁到杨家来。如果他早回来一天，她就不会彻夜无眠，害怕他埋怨自己、怨恨自己。

杨静渊的目光扫过衣架上的素白孝服，取下扔给了她：“穿上。”

不带丝毫情绪的两个字让季英英打了个寒战。她飞快地穿好衣裳，望着他说道：“你一直没有消息……”

腰身一紧，杨静渊揽住了她的腰。

季英英热泪盈眶，伸出胳膊环住了他的脖子。

瞬间，她的身体腾空，杨静渊将她扛上了肩。季英英不想喊出声来，猛地闭上了嘴。牙齿咬住了舌，痛得她拧紧了眉。

被人扛着的滋味真是难受，她被颠得都快吐了。她知道杨静渊必定是生气了，只有生气，他才会不顾着她。季英英尽量放松了身体，看着地面的景物飞快地后退、消失。

杨静渊轻易地避开了巡夜的家仆，扛着季英英来到了乐风苑。院门锁着。柳姨娘死了，这里连个打扫看门的人都没有了。杨静渊冷冷地看了一眼门锁，越墙而入。

杨静渊推开西厢的房门，将季英英扔到了榻上。

后背撞在榻上，季英英的心差点儿从嘴里跳出来。这得是什么仇啊？扔麻袋似的。她龇牙咧嘴地揉着被撞疼的肩，一只手撑着坐了起来。

杨静渊正抄着手抬头望天。

夜色朦胧，季英英适应了一会儿才看清他的脸。他仰起脸的时候，下颌线条分明，比离开时瘦了很多。他穿着一件灰扑扑的短襦，脖子上围着一条黑色的围巾，头发草草地用一根布带系着。从前的杨三郎不用细金丝编成的冠帽笼住发髻，也是用织锦的带子系发啊。他在三台吃了很多苦吧？该不是因为没钱了，将自己给他做的锦衣都拿去当了吧？这身衣裳还不如杨家看门的小厮。她的心像沙垒成的城，瞬间坍塌。埋怨的话化成了细小的沙，散为无形。

“三郎。”

她的声音很柔软，带着一点鼻音，含着缠绵的情意。

缠绵，杨静渊想起了缠绕在柳姨娘颈间的柔软腰带。正房的顶棚架了承尘，绘了彩色的画。那晚，柳姨娘被人带离了卧室，扔到了这间仆妇们居住的厢房。这里没有糊顶棚，房梁露在外头，有一处被腰带刮去了灰……

他往四周一看，圆鼓凳还倒在地上，都没有被人将它扶起来。他伸手将凳子拿起放在了地上。

杨静渊弯下腰捉着季英英的双臂将她提了起来，让她站到了凳子上。

季英英下意识地用手攀住了他的肩：“三郎，你这是做什么？”

“你给我站好了！”杨静渊拉开了她的手，退了一步。

凶什么嘛。季英英撇了撇嘴，强忍着他的臭脸，不知所措地站着：“站着干吗呀？”

杨静渊抬头往上看。

看什么？季英英跟着抬起了头，耳边响起了杨静渊幽幽的声音：“我姨娘当时也穿了一身素白的孝服，就站在这张圆鼓凳上，悬梁自尽了。”

仿佛看到黑漆漆的房梁上挂着白衣飘飘的柳姨娘，季英英双腿发软，情不自禁地后退，扑通就从凳子上摔了下来。圆鼓凳再一次翻倒，发出咚咚的闷响声。季英英趴在地上，愤怒地扭头看他：“捉弄人好玩吗？”

“捉弄？这是一条命，是我姨娘的命！”杨静渊蓦然爆发，“她是没有抚养过我，她也是我的亲娘！她就那么想死？连亲儿子都不肯见上一面就死？！她是被太太逼死的！就为了我爹私留了一笔产业给我，太太就逼死了她。”

一方帕子扔到了季英英脸上。她一把拿了下来，展开看到上面蘸血写下的“舒”字。血迹早已干涸，印在帕子上颜色更深。季英英哆嗦了一下，将帕子扔到了旁边。

“怎么，就这样一个血字你也不敢看吗？”

杨静渊屈膝蹲跪在她面前，眉宇间透出的凶狠和戾气让她害怕。她想躲，他捏住了她的下颌：“季英英，你就这么想当杨家三奶奶吗？你和谁拜堂啊？你是怎么答应我的？你在堂前向太太敬媳妇茶，喊她母亲的时候，你有想过我吗？”

每个字都像是用石磨磨出来的，带着切齿的恨和心被碾压过的疼痛。

“你弄疼我了！”被粗糙的手指捏着的地方传来火辣辣的疼痛感，季英英顾不得他会弄伤自己，用力甩开了脸。

“你知道什么是疼吗？”杨静渊指向门口，“爹还没过头七呢，她就抬家法治我。

一板子下去，长条凳断成了两截，青石砖四分五裂。她要我的命，赶尽杀绝……我叫了她十八年母亲！我为了姨娘能和爹快活地在一起，为了让她安心，我吃喝玩乐、游手好闲、无所事事地过了十八年！我想，姨娘是不想活了，没人逼她，她也不想活了。我还没死呢，我还了她养我十八年的恩情了。我不怨了，我走！我走得远远的，我过自己的日子去！”

眼泪毫无预兆地从他眼中落下，杨静渊望着季英英，嘴唇颤抖着再也说不下去了。

是她，是她在山中住着，粗茶淡饭过着日子等着他。是她给他缝了衣裳，做了鞋袜。是她用一碗滚烫喷香的菜汤饭让那个雨夜变得温暖。他以为还有她陪着自己。

舒先生给了他一个机会，前程需要他自己去挣。各种不适应，各种刁难折腾，有她在心里，他无所畏惧。

她的出嫁是一把扎进他后腰的尖刀，在他最没有防备的时候，插进了他最软弱的地方，让他连喘息的机会都没有，直接要了他的命。

“三郎，三郎！”季英英心疼得脸都皱成了一团，她哭着抱住了他，“三郎，对不起。你不要这样，我好心疼！”

她用尽力气抱住了他。她想不出别的办法，仿佛只有紧紧的拥抱才能让他好过一点。

“对不起，我错了，我错了。”

季英英没想要辩解，她恨自己让杨静渊这样痛苦，心里的歉疚无以复加。她猜着大太太或许逼着柳姨娘自尽，她猜着杨静渊离家出走是因为家里的产业，但她不知道大太太竟然想要打死他。

“我不知道是这样的，我不知道她要打死你。”

母亲要报杨家施以援手的恩，母亲和大太太都盼着她能让杨静渊回家。母亲逼她，大太太说这是为了让杨家保护季家。她也没有办法。她盼着他回来，盼着他能理解自己。

杨静渊掰下她的手用力将她推倒在地上。他站了起来，眼里已没有了泪，淡漠得像在看陌生人。

这样的眼神季英英是见过的。他骑在马上，将手里装着鲜鱼粥的罐子摔落的时候，就是这样冷漠。

“三郎！你听我说！”季英英飞快地爬过去，扯住了他的裤腿，“三郎，不是我想嫁的，我想等你的。我知道你怨我，你会原谅我是吗？我从来没有想过要伤害你……”

素白的长袍散落在地上，像铺在苇席上的一片月光。她披散着头发，黑溜溜的眼神像极了可怜的小狗。

杨静渊还记得她赤着的脚踩在褐色的木地板上，自己将之捧在掌心，像捧起了洁白的初雪。他小心地保存着这个秘密，为自己偷偷摸过她的脚暗自得意。他心里一抽，她从前蛊惑着他，现在他绝不要再被她蛊惑。

“收了太太多少好处，让你这样委屈着自己出嫁？我差点儿忘了，第一次在竹林寺见到你时，你就一直在说，将来要赚很多很多银子。你放心，杨家的三奶奶真不差钱使。”

季英英张大了嘴，手一点点松开：“你、你不要说这样的话来伤我好不好？”

她的头一点点埋了下去，趴在苇席上放声大哭。

杨静渊想捂住耳朵，但哭声仍如魔音灌耳。

他冷笑道：“你哭什么？我说的都是大实话。不是你想嫁……谁逼你？为了今年织斗锦？不嫁你就不会帮着杨家织斗锦夺回锦王？季英英，你当我是三岁小孩？”

季英英抬起脸叫道：“你拍拍屁股走了。三年！你知道三年意味着什么吗？意味着赵修缘有三年时间对付我家！我不嫁，杨家会保护季家吗？赵家会动季英英，但不敢动杨三奶奶。”

他呢？他在她眼里算什么？她就不能来三台找他吗？三台并不是益州这样的大城，她知道舒先生，知道他在军营。来了三台，赵修缘鞭长莫及。

“唔，这就是太太许你的好处。杨家三奶奶的身份、杨家的富贵、杨家的权势。原来如此啊。”

“太太为什么要许我这样的好处？不就是为了有朝一日和你冰释前嫌，一家团聚？我想起来了，太太根本就没想过要你死，是陈嬷嬷擅作主张。我现在才知道她做了什么……”

她的话被杨静渊的笑声打断了。他轻蔑地看着她道：“季英英，你不过在这宅子里住了一晚上，就替她说起好话来了。我怎么忘了，太太是多厉害的人。不用她吩咐，陈嬷嬷就能为她卖命。”

接到益州飞鸽传书，他跑了三百多里路赶回来。为了请一天假，他甘愿挨六十军棍。

他又是为了什么？为了听她帮杨石氏说好话？

杨静渊哈哈大笑：“娶你的人是杨家三郎君，不是我。季英英，我早对你说过，我再也不是杨家的三郎了。”

他说完转身就走。

“你给我站住！”季英英从地上爬了起来，红着眼睛说道，“哪家的小娘子会选在热孝出嫁？哪个小娘子不想风光出嫁？哪个小娘子会喜欢连新郎都没有的婚礼！杨静渊，我的解释你不听，我的委屈你看不见……”

眼前人影一晃，杨静渊已消失在了门口。

“杨静渊！”季英英奔出门去。乐风苑安安静静，连个鬼影子都瞧不见。她跺脚大喊：“你给我回来！”

没有人回答她。季英英一咬牙大声喊道：“好，我这就吊死在柳姨娘上吊的地方！我死给你看！”

她旋风般回到房中，推开了窗户，搬来圆鼓凳站了上去。她解了束在腰间的腰带，用力往梁上一抛，飞快地打了个结，把脖子搁了上去。

“赌了！”

季英英瞪着眼睛看向窗外，脖子搁在腰带上，吐着舌头，垂下了双手。一息，两息，三息……他真走了啊。季英英泄气地正想放弃，腿突然一疼，她条件反射地踢掉了凳子。

……

作孽啊！

她被勒得直翻白眼，双脚乱蹬，挥舞着手想要解开缠在脖子上的腰带。

杨静渊手中的匕首扔了过来。

腰带被削断，季英英重重地摔在地上。她按着喉咙剧烈地呛咳着，抬头看到杨静渊站在窗边。

没等她说话，杨静渊冷冷地开了口：“季英英，你真能折腾。一哭二闹三上吊今晚你使了个遍。可惜，你如果真的自己踢翻凳子，也许我还能信你一回。我不会再回来了，你真死了，我也不会回头。”

他的身影远远飘走。从窗户看出去，能看到一抹轻盈的影子飞鸟般越过墙头。季英英坐在地上抱着膝盖委屈地哭了起来：“杨静渊，你这个浑蛋！你干吗用石头打我膝盖！你不知道差点儿勒死我啊！好疼！”

疼的不是她的膝盖和脖子，是他走了，就像上一次他站在屋顶上看到晟丰泽和她。不管她崴了脚有多疼，不管她哭得有多伤心，他都悄无声息地离开了。

“不，他说的不是真的。太太不会想要打死他，是陈嬷嬷啊。他为什么不相信？

“我为什么不告诉他，去青城山找他的时候，如果不是晟丰泽，赵修缘一定会让我生不如死。

“出嫁那天，赵修缘又来了，他的眼神想要生吞了我。

“母亲做的是对的。我是嫁了啊，我又没有嫁给别人。你为什么还要怨我恨我？”

杨石氏的话又在她耳边响起。

“你想尽办法也要让他留下来。否则，你会像我一样，只能寄情花鸟虫鱼，打发漫长的时光。

“我养了他十八年，比任何人都了解他。他肯留下来，会高高兴兴地过日子；如果他不肯留下来，他一定不会认你做他的媳妇。”

一哭二闹三上吊今晚使了个遍……她匍匐在他脚下，那样求他，他却说，他再也不回来了，她死了，他也不会回头。

今晚也有月啊，白色的光从敞开的窗户照进来，落在苇席上，冰凉的一片。季英英摸着苇席，触手沁凉。

季英英躺了下来。春寒料峭，夜里的风是这样冷，吹得她的心瑟瑟发抖。

泪水顺着眼角淌下，滑过耳际。季英英抬起手，宽大的袖子掩住了她的脸。

乐风苑的门口聚了一群人。值夜的湘儿从迷糊中醒来时，看到龙凤烛点起，季英英不见了，嚷嚷起来。不仅惊动了杨石氏，大奶奶也披了衣裳起来。

“奴婢的确听到乐风苑有声音，像是三奶奶在叫三郎君的名字。”巡夜的仆妇战战兢兢地说道。

杨石氏喝道：“把院门打开！”

乐风苑没有人住，管院子的仆妇干脆锁了门寻地方饮酒去了。大奶奶急得不行，转身呵斥起来：“用盆水把那妇人浇醒了，架过来！”

杨石氏心里着急，不耐烦地斥道：“这会儿骂人有什么用？你管着中馈，平时就该好生整治这些惫懒的奴婢。来人，把门锁砸了！”

大奶奶委屈地垂下了头。

季嬷嬷听见，从墙根下抱起一块石头道：“太太，您让一让。”

她上前举起石头用力砸落，几下就将门闩砸掉了。在四周仆妇们吃惊的目光中，季嬷嬷一把推开院门，扯开嗓门儿喊道：“娘子，你在里面吗？季嬷嬷来找你了！”

“太太，西厢房的窗户开着。”有人眼尖，看到了打开的窗户。

一行人急步朝西厢走去。

门开着，灯笼一照，众人就看到了睡在地上的季英英。

“娘子！哎哟，我的天哪，你怎么这么傻啊！”季嬷嬷看到飘落在地上断裂的腰带，吓得魂飞魄散，一把将季英英抱了起来。

杨石氏也急了：“这孩子怎么会半夜跑到这里来？”

大奶奶也看到了断裂的腰带，脱口说道：“弟妹该不会是觉得热孝中嫁过来委屈了，才想着自尽？”

“亏你还是主持中馈的当家奶奶，白天还好好的，大半夜从明月居跑这里来自尽？院门锁着，她是飞进来的？”

当着这么多奴婢的面，大奶奶脸上烧了起来，讪讪地说道：“儿媳糊涂。这里院门锁着，难道府里来了……贼？”

来了贼，娘子的清白还要不要了？绫儿在旁边听到这话急了：“一定是三郎君回来了！他武艺可好了。”

“是三郎回来了！”杨石氏也反应过来，她瞪了大奶奶一眼，扭头望向了窗外。是三郎，一定是三郎回来了。他得有多怨恨着自己，才会把季英英带到柳姨娘自尽的房间里来。杨石氏胸口一疼，险些倒了下去：“快，快叫醒三奶奶，问问她三郎去哪儿了。”

“太太，我家娘子身子滚烫，晕过去了，得请郎中才行。”季嬷嬷抱着季英英说道。

“去请郎中。把三奶奶送我院子里去。”杨石氏说完，长长地叹了口气，“没事了，都回吧。”

一行人簇拥着轿子走远，独留下大奶奶杨陈氏站在乐风苑门口憋得慌。

“大奶奶。”一名侍婢挑着灯笼寻了来。

大奶奶认出是杨静山身边侍候的大丫头，吓了一跳：“可是郎君有事？”

侍婢行了礼道：“府里动静大，大郎君被吵醒了。听说三奶奶失踪，急得不行，吩咐奴婢来打听消息。”

杨陈氏的脸色沉了下来：“你回去告诉郎君，三奶奶迷了路，已经找到了，什么事都没有。服侍郎君早点歇着。”

郎君就这么惦记着季英英？二十几年没有季英英，杨家不也照样年年夺得锦王，她才嫁过来，就折腾得全家人仰马翻。杨陈氏气呼呼地带着人正要离开，饮醉酒的仆妇迷迷糊糊被人架了过来。

闻到满身酒气，杨陈氏用帕子掩着口鼻，冷冷地说道：“扔水里泡清醒了，跪这儿反省吧。”

苑外就有水渠，当即就将那仆妇扔了进去。春天的水在晚上格外冻人，泡得浑身湿透，再跪在乐风苑门口，不死也没了半条命。

“大奶奶饶命啊！奴婢再也不敢了！”那仆妇泡在水渠里冻得直哆嗦，哭天抢地求饶。

求自己饶了她？去求新进门的三奶奶少折腾吧！杨陈氏嗤笑一声，扬长而去。

季英英原本就没有睡好，服了药又足足睡了一整天，退了热，人也醒了。

睁开眼睛看见拿着银剪在一旁给盆景修枝的杨石氏，季英英愣住了。这是太太的房间？房间宽敞明亮，窗下摆了十来盆盆景，郁郁葱葱的枝叶沐浴在阳光下，也照在杨石氏花白的头发上。

她很专心，每剪一处，都微微直起身欣赏一会儿，再落剪。

大老爷宠了柳姨娘后，就不再住在这里，太太就靠这些打发时间吗？

杨静渊再也不回来，自己将来也会像太太一样吗？

季英英捂住了脸，把眼泪全收进了掌心。

“你醒了，好些了吗？”

杨石氏平和的问话让季英英飞快地抹了泪，穿鞋下床：“我身体好，没事。”

及腰的长发披散下来，穿着中衣拘谨地站在榻前。还是个孩子呢，三郎怎么忍心半夜把她带到柳姨娘自尽的房间里去。杨石氏拉了拉旁边的铃铛：“去梳洗打扮好了，一起用早饭吧。”

她说完，回过头继续修剪花枝。

季英英松了一口气，顺从地跟着进来的侍婢去了净房。

等她整理好，早饭已经摆上了案几。一屉松针蒸的素馅馒头，一摞白色的泡粑，红糖锅盔切成一角一角的，糖汁淌了出来。一盘炒白菘，一碟腌萝卜。主食是百合粥。

“知道你爱吃红糖锅盔，自家灶上做的，你尝尝。”早饭时杨石氏只说了这么一句。

季英英早饿了。瞧着吃相斯文，等杨石氏搁筷子时，她早就消灭了两个素馅馒头、一枚泡粑、半个锅盔、两碗粥。

“能吃是福。”漱了口，杨石氏笑着对陈嬷嬷说道，“我年轻时比她吃得还多。”

陈嬷嬷附和着说了几句，逗得杨石氏哈哈大笑。

季英英飞快地看了一眼陈嬷嬷，就是她私下里想要打死三郎，可是太太依然将她留在身边，和她有说有笑。难道杨静渊说的是真的？是太太的意思，陈嬷嬷替主子顶罪？

“英英，是三郎回来过了吧？”杨石氏笑过之后，若无其事地问道。

“是。”季英英实话实说，“一哭二闹三上吊折腾完了，他不肯留下来。”

所以断裂的腰带是三郎削断的。她已经看到落在地上的匕首了。

“他也没眼睁睁看着你上吊啊。”娶了季英英过门，三郎就不会和这个家彻底断了，杨石氏笑道。

是啊，他说话那么狠，他也没真看着她被勒死。不，不对，明明她踩在凳子上的，如果不是他用石头打她的腿，她也不会踢掉凳子，还用得着他削断腰带？他真的不要她了。季英英咬着唇，眼里又浮起一层水光。

杨石氏温言说道：“我养大的我还不晓得？他怨我就让他怨吧。这里终究是他的家，我还是希望有一天能看到他回来。这人哪，总要自己活得好，活得精神，日子才有盼头。英英，三年后，三郎孝期满了，你愿出府随他，我不拦你。”

三年后，澄玉就十六岁了，大郎的身体也会渐渐好转。如果季英英能帮着杨家连夺三年锦王，大房就能缓过气来。想要夺走大房一脉相承的家主，没那么容易。

她现在跟着杨静渊走算什么？他在孝期，人在军营。自己即便不在杨家，也要为杨家出力。还能……借杨家的势保护母亲和哥嫂。季英英一口答应：“好。”

杨石氏笑了：“你既然讨了雪青去，有什么需要，吩咐雪青去办就是。”

她总要找点事情做，才不会老想着杨静渊。季英英正色说道：“太太，研究织锦的花色，明月居需要口风紧的人。我还想听听大哥的意见，不知道今年杨家想织一幅什么样的锦参加斗锦赛。知道是什么锦，我才能去想如何为锦配丝线。”

这么快就能想到织锦，杨石氏很满意：“等大郎身体再好一点，我遣人去明月居接你。对了，三朝回门，我安排马车送你回家一趟吧。”

如果不回去，母亲和哥嫂会担心。季英英点了点头：“有劳太太费心了。”

季富赶着杨家的马车回三道堰，出城不远，就看到桑十四郎坐在黄桷树下的茶摊上。季富和香油都认得他，见他起身望向马车，季富停了下来。

杨家还跟着四个护卫。香油机灵，转身招呼着府里的护卫进茶棚吃茶。经过马车时，悄悄地告诉坐在车辕上的湘儿："桑郎君有事找奶奶。"

湘儿会意，扶着季英英下车。

桑十四郎让伴当去陪着杨家的护卫吃茶，负手走向了季英英。

回门不方便穿孝，季英英穿了青色的大袖衫、白色的裙子，帷帽的面纱遮住了面容。她朝桑十四郎盈盈一福，微笑道："桑郎君，好久不见。"

桑十四郎一脸为难道："我该怎么称呼你呢？叫杨三奶奶，三郎一定会和我断交。"

"咦，这事倒是奇怪了。"透过面纱，季英英看着桑十四郎狡黠的眼神，漫不经心地继续说道，"我嫁的是杨家的三郎君，和你嘴里的三郎有什么关系？"

桑十四郎苦笑道："昨晚我一宵没睡好，杨三郎念了一晚上的绕口令。我也糊涂了，两个杨三郎不是同一个人吗？"

他昨晚去找了桑十四郎？归根结底，杨静渊心结未解，他就是不肯承认嫁进杨家的自己是他的媳妇。

季英英这几天也折腾得够呛，没精神和桑十四郎继续绕下去，开门见山地说道："桑郎君有什么话就直说吧。"

桑十四郎贼兮兮地往茶棚看了一眼，低声说道："你今天寻个机会出后门，我安排马车送你走。离了杨家，也照样是杨三奶奶。"

生怕她听不懂似的，眉毛还特意往上扬了扬。

意思是让她趁回门之机悄悄出走，去三台县和杨静渊在一起。这样，杨静渊就能原谅她，认她是自己的妻子？

亏他想得出来！从后门避开杨家的护卫离家出走，杨家找母亲和哥哥讨人怎么办？他可真够自私的。

昨天晚上他说的话，她还没有忘呢。现在反悔了，就要她跟着他走？

"这是他的主意？"

"我也觉得这主意好。反正都嫁了，就不算私奔。你留书一封说去侍候你夫君，有书信为证，杨大太太也不会为难你母亲，她也不方便去把你找回来。"

放在昨晚之前，季英英还会为这个提议心动。现在嘛，她淡淡地告诉桑十四郎："昨天晚上杨静渊对我说，我死了他也不会回头，说我嫁的是杨家的三郎君，不是他。你转告他，既然我嫁的不是他，我怎么可以跟他走呢？红杏出墙是要开祠堂沉猪笼的。"

“哎哎，你别和他斗气啊。这可是大好机会，错过这村就没这店了。你在杨家和在他身边有什么区别？夫为妻纲，你凡事得以三郎为重不是？”桑十四郎急道。

“我又没嫁给他，我能以他为重吗？”

见季英英油盐不进，桑十四郎无奈地叹了一口气道：“反正未初马车在染坊后门等你一个时辰。”

“不用等了。原话转告他，我绝对不会和不是我夫君的男人私奔。”季英英断然拒绝，带着湘儿上了马车，吩咐赶路。

桑十四郎看着杨家的马车走远，嘴里啧啧有声：“杨三郎，我看你怎么办。”

“这是大好的机会，错过这村就没这店了。”

赵老太爷用竹夹夹起一块茶饼，放在火上耐心地炙烤着。

赵家家主赵禀松和赵修缘跽坐在案几对面，慢慢咀嚼着老太爷的这句话。

“杨静山卧床养病，嫡孙尚幼。嫡次子专注商铺，于织锦并无大才。杨家内讧，杨家大房今年夺不到锦王，家主就会易位。杨石氏趁着热孝将季英英娶进门，让她死心塌地为杨家织斗锦配色。这时候，如果季英英死了呢？”

季英英死了，对杨家大房来说，无疑是雪上加霜。长房接连办丧事，客商都会认为杨家锦不吉。锦售不出去，杨家二房、三房会闹腾得更厉害。

“季英英不能为赵家所用，也绝不能替杨家挑选配置斗锦的丝线。”赵禀松明白了父亲的意思。

祖父想让她死啊。赵修缘鼓足勇气道：“如果掳了她……”

藏于一处，既能逼她为赵家效力，他还能拥有她。

“你就这么有信心她不会被人找到？如果事败，赵家的脸往哪儿搁？你别忘了，她现在已经不是季家的小娘子，而是益州杨家大房的三奶奶。”赵老太爷将炙出茶香的茶饼置于钵中，用玉杵重重碾了下去，“这件事二郎不必插手，由你父亲去办。”

赵禀松应了，匆匆离开布置人手。

“祖父，孙儿也告退了。”赵修缘向赵老太爷辞行，心里阵阵发慌。

“你今天便留在祖父这里等消息。”

赵修缘愕然抬头，看到祖父的眼神像鹰一样锐利寒冷，他垂下了头：“是。”

Staread
星文文化

蜀锦人家

桩桩 著

下册

四川人民出版社

我心悦你，
才肯嫁给你呀。
我们的家在明月居。

可是他不会像你一样巴巴地给我送粥，
也不会在冬天傻乎乎地
翻我家的院墙给我送枝梅花来。
那晚的湖景极美，
是因为我以为是你伴在身边。

目录

下卷

第四十章
误会冰融

马车停在了季家门口。

季耀庭接到报信，早早等在了门外。

见到孤零零一辆马车驶来，没有夫婿陪伴，季耀庭心里又是一阵难过。他快步下了台阶，正要去掀车帘准备亲手扶妹妹下车，突然，一阵骤如急雨的马蹄声响起，他下意识地抬起了头。

此时，绫儿已经跳下了车，挑起了车帘。

季英英弯腰出了车厢，一抬头，吓得尖叫了一声，差点儿跌坐在马车上。

真是见鬼了！他什么时候冒出来的？季英英瞪着突然出现在眼前的杨静渊，被吓得心脏怦怦乱跳。

杨静渊面无表情，弯腰将她抱下了马车。

“进去再说，别让母亲等久了。”季耀庭诧异之余，更多的是欣慰。杨静渊突然出现，总算没有让妹妹孤身一人回门。

杨家的护卫们也很吃惊，纷纷向杨静渊行礼。

香油热泪盈眶，恨不得扑上去抱着杨静渊的大腿痛哭一场。

昨天晚上冷嘲热讽的，现在跑来扮好女婿？还是将气发作完，和桑十四郎聊了一宿，知道自己错了？季英英回过神，悄悄瞟着杨静渊。昨晚光线不好，没看清楚。这会儿阳光明媚，他的眉眼清晰，俊朗如画。她的三郎就是好看，穿一身葛麻衣裳依旧好看。听他叫季耀庭大哥，季英英的嘴角忍不住高高翘了起来，他还是舍不得自己嘛。

跟在季耀庭身后往二门走，杨静渊低下了头，声如蚊蚋："别高兴得太早，你回了杨家就不是我媳妇了。"

哎哟，她好怕啊！以为她还会一哭二闹三上吊求他留下来？季英英笑靥如花，毫不示弱："我夫君是杨家的三郎君，你不是吗？"

不承认你跑来做什么？

杨静渊闭上嘴不吭声了。他冷笑着想，斗嘴有什么意思？回程的时候，他掳了她走就是了。

意外看到杨静渊，季氏几乎喜极而泣。对她来说，这无疑是最好的情形。

行礼的时候，季英英很好奇地盯着杨静渊，他别扭地要分出两个杨三郎，他会怎么称呼自己的母亲呢？还叫季太太？

"岳母安好。"杨静渊行的是大礼，一揖到底。

听到他喊岳母，季氏的笑意直渗进了眼底。

季英英低着头忍笑，心情突然就明快起来。从杨静渊的角度望过去，季英英螓首低垂，青色的敞领衬着脂玉般白皙的细颈，美丽无比。他突然很想伸手摸摸她的脖子，当时应该弄疼她了。谁叫她胡闹呢？好的不学，说什么要吊死在姨娘悬梁自尽的地方。人都要被她吓死了，回去一看，她踩在凳子上吐舌头装……想到这里，心酸与疼痛的感觉又涌了出来，杨静渊沉默地坐着，让这种难受的感觉慢慢淡去。

瞧在季家人眼中，都以为他心里不痛快。季氏朝季耀庭使了一个眼色，让他请杨静渊去前厅吃茶。

杨静渊巴不得离开，如蒙大赦般行了礼，随季耀庭出去了。张四娘有孕在身，也想留时间给季氏母女，道了声乏，便也走了。

厅堂里剩下母女二人，季氏眼圈微微红了起来："英英，杨家待你可好？"

"好。"季英英简单地答了一个字。

杨大太太有求于她，能不对她好吗？季英英很想问母亲，是不是除了担心赵修缘，更多的是为了保护哥哥和嫂子。但是看到嫂嫂小心护着肚子的模样，季英英又不想问了。

母亲守寡多年，辛苦养大一双儿女，哥哥是独生儿子，母亲素来以季家的香火承继为重。她就算有那样的想法，也很正常。

"住的、吃的可还习惯？"

季英英很用力地点头："住的地方叫明月居，五间上房。早饭和太太一起用的，她特意吩咐厨房给我烤了爱吃的红糖锅盔。"

季氏欣慰极了。

如果不是孝期出嫁，她还能问问女儿闺中之事。如今嫁过去就守孝，季氏心里有点难过，轻握着季英英的手道："杨三郎……他一定会回到你身边的。"

如果他不会回来呢？季英英无可避免地想到了这个问题，也想起了杨石氏的话。一个人在大宅子里只有想方设法让自己过得好，过得精神，才能消磨掉无尽的寂寞时光。母亲就不曾想过吗？

不知不觉间，母女俩像是拉开了距离。季英英不想将心里塞满的问题抛出来，乖巧地点头："他这不是赶回来陪着我回门了吗？"

"那就好。"季氏松了一口气。

母亲轻易地就信了。

每个人对这门亲事都有自己的要求，母亲、杨大太太、杨静渊，唯独没有想过她有多么委屈。

季英英抽出了手道："出城太晚，时辰不早了，摆饭吧。"

用过饭，季氏有心和杨静渊说话，寻了个借口支走了季英英："英英，你去厨房看看，田嬷嬷做了些酱菜，你去挑你喜欢的带走。"

等季英英走远，季氏对杨静渊说道："三郎，是我逼英英出嫁的，你别责怪她。"

杨静渊转过头，看季氏的目光极为冷淡："岳母，您很想念长安的生活？季家经历过这么多事情，让您无助，让您想起了长安徐家的贵女生活。您觉得让英英嫁进杨家，过富足安乐的生活，就尽到了一个母亲的责任。嫂嫂有了身孕，只要生个儿子，季家有后，您就可以瞑目了。所以您逼着她在百天热孝内出嫁，您凭什么这样做？您倚仗着我对她一往情深，算计着让我为了她而回杨家去。因为您骨子里根本瞧不起我，觉得我闯不出什么名堂，除非回头做杨家的儿子，否则定一事无成。"

他的眼神像根针，扎进了季氏的内心深处。季氏脸色发白："你现在有什么本事能给她幸福？你要英英跟着你过颠沛流离的生活吗？你护不住她！我之所以要逼英英尽快出嫁，是因为我太清楚，赵老太爷绝对不会让英英毁了今年赵家的锦王！只有她成了杨家的媳妇，赵家才无从下手。"

赵家？那他带季英英走不是更安全？杨静渊的目光更冷了，起身向她行礼："告辞。"

季氏捂住了脸，泪水从指缝中涔涔淌落："你怨我没有关系，只要你不怨英英就行。"

他怨自己没有早早闯出一片天地，所以生气她孤单出嫁，所以迁怒于她。杨静渊头也不回地大步离开。

季英英早知道母亲是故意支开自己。酱菜早就准备好了，搬到马车上就行了。她等在垂花门，见杨静渊出来，她咬了咬唇，笑着迎了过去："三郎，母亲和你说什么了？"

杨静渊没有回答，大步往外走。

真是别扭！季英英腹诽着，赶紧跟了上去，厚着脸皮缠着他："你请了几天假啊？太太一直没有问过我你在什么地方，我娘肯定给她说了……"

杨静渊突然停住了脚步，季英英一头撞进了他怀里。看着她小心翼翼地讨好自己，对着自己笑，杨静渊无名火起，他握住了她的手腕，拉着她往门外走。

走出大门，季耀庭笑着回头说道："酱菜都装车上了。"

季英英正要说话，杨静渊将她抱到了马上，他也翻身上了马，对季耀庭说道："多谢大哥。"接着转过头吩咐香油道，"我们先走，你们自行回府。"

三郎君要回家？香油高兴得合不拢嘴，笑眯眯地望着两人策马离开。

马速太快，风吹得她睁不开眼睛。季英英转过头窝在杨静渊怀里，轻声说道："三郎，我昨晚说的话都是真的，太太心里一直念着你呢。"

杨静渊又想起铁板子打断长凳、打碎青石砖的那一幕，他冷笑道："因为大哥养着病，二哥独木难支，二房、三房要夺家产，她就想让我回府助拳罢了。在她心里，杨家的产业才是最重要的。"

"不是这样的。"季英英想起杨石氏的孤独，有心替她说话。

"不管是不是，我都不会回去，你也不许回去。"

听到这里，季英英急了："你这是要带我去哪儿？"

杨静渊冷冷说道："嫁鸡随鸡，我在哪儿你就在哪儿。"

怪不得他跑到家里来，原来是因为自己不肯离开，他干脆掳她走！季英英怒了："谁说我嫁给你了？我明明嫁的是杨家的三郎君！"

杨静渊气得勒住了马："季英英，你被灌了迷魂汤是吧？"

杨静渊磨着牙，好像马上就要一口咬死她似的。是谁说那样的话伤她心的？这会儿像没说过似的。要赖的人还敢凶她？季英英瞪了他一会儿，眼神渐渐变得柔和，望着他一言不发。

杨静渊彻底恼了："季英英，你装什么傻？说话！"

怀里一暖，季英英搂住他的腰，整个人柔若无骨地依偎进他怀里，声音暖如春风："三郎，你生气都这么好看哪，你姨娘一定很美很美……"

怕他生气不要她了？外强中干的纸老虎。杨静渊一口怒气顷刻间散了个干净，他抖动缰绳，策马缓缓前行。低头望着像只小狗乖乖依偎在怀里的季英英，他得意地翘起了嘴角："我还没见过比姨娘更美的女人。"

算了，和谁比，都不和他亲娘比。吃谁的醋，都吃不了他亲娘的醋。杨静渊，你一点都不好看！你有张臭嘴巴！

猫爹毛竖尾巴的时候就别逗它了，免得被一爪子抓个满脸花。季英英腹诽着，继续"以柔克刚"："柳姨娘那么美，老爷一定很疼爱她吧？"

"姨娘……性情温柔。我爹说什么，她从不违背。天底下漂亮的女人那么多，能都喜欢吗？男人哪，最喜欢的还是能依靠自己的温柔女人。"杨静渊灵机一动，顺势开始教育季英英，"我姨娘从来就不是一棵树，她顶多是一株夕颜草，只能攀在我爹这棵大树上绽放。我爹和我姨娘在一起，觉得自己特别有成就感，能不疼她吗？爹妈都会心疼自家最弱的孩子，男人对女人也一样。"

所以，我说什么就是什么，我才是一家之主、你的男人，明白吗？杨静渊垂下眼帘直乐，这一刻，靠着他的季英英明显可爱多了嘛。

季英英不动声色地挖了一个坑，撒娇的声音又软又糯："那你以后遇到一个比我美、比我温柔的，是不是就会疼她胜过疼我？"

八字没一撇的事就醋上了？杨静渊说不出的得意："你乖乖听我的话，我怎么会去疼别人？"

一声轻叹后，季英英挖土把杨静渊给埋了："意思是我不听你的话，你就会去疼爱别的女人？"

他怎么会是这个意思？他明明说的是，让她听自己的话，依靠自己！杨静渊愣了愣，还没来得及澄清，就听到季英英幽幽说道："没关系的，将来你喜欢别家的小娘子了，我会给你娶回来，让你独宠着她。我呢，研究我的染料，玩我自己的。你最好也别再踏进我的房门，眼不见心不烦。"

"胡说！"说得杨静渊一颗心又酸又涩，伸手扶起了她的脸，"英英，我绝对不会让你那样难过。"

季英英漆黑的眸子闪烁着笑意："可是老爷却让太太难过了二十年啊。"

她捉着他的衣襟，认真地说道："三郎，太太心里也是有怨气的，但她要你姨娘死、要对付你，何必等到老爷去了？内宅里她是当家主母，她有的是办法除掉你们母子啊。她真的对你不好吗？”

他就知道，季英英是只刺猬，而不是兔子！兜兜转转说了半天话，哄得他心花怒放，原来是为了大太太说话。杨静渊沉下了脸：“季英英，你知道什么叫捧杀吗？”

“我知道。可是我的三郎这样好，没有被养成周七郎那样的品行，有一身好武艺，有一颗细腻体贴的心。我很感激太太。她养了你十八年哪。就算你不原谅太太，心疼柳姨娘，你心里也该晓得的，太太不会想要打死你的，是陈嬷嬷擅作主张。你的两位兄长年纪比你大那么多，他们就没疼爱过你吗？现在你大哥被节度使打得卧床不起，你二哥独木难支，你就算想自己去闯前程，也不该弃他们于不顾。我留在杨家，也算帮他们一把，不是吗？”

季英英柔柔地望着他，眼波几乎要将杨静渊溺毙了。

他抬起了头，冷笑道：“季英英，你别说了，你就是舍不得杨家三奶奶的荣华富贵。”

油盐不进，这样也说不动他？季英英还想再劝，马突然扬蹄疾奔。她急了：“三郎，二老爷、三老爷真把家主之位夺了，你真忍心看到大房一家老小过得落魄？你对得起你爹吗？”

杨静渊一言不发。季英英顿时火起：“我又没叫你回杨家，我只是说你去军中挣前程，我留在杨家帮忙。太太对不住你，可她对季家有恩。这三年，我要帮太太和大哥织斗锦。你要走就走，我绝不跟你走！”

看到大黄桷树下的茶棚，杨静渊拉紧了缰绳，停住了。他跳下马，将季英英抱了下来。

“我就知道你最好了！”季英英笑弯了眉眼，伸手去拉他。可杨静渊身影一闪，已翻身上了马。

“季英英，你除了对我不好，对所有人都好。你要留在杨家，随你。”香油押着马车最多半个时辰就能赶到这里。说完，杨静渊扭转马头要走。

季英英急了，张开胳膊拦在了马前。

黑溜溜的眼睛里盛满了企盼与哀求。

他没有停下来，轻巧地策马而过。

泪水瞬间盈满了眼眶，季英英低低说道：“三郎，你把我一个人扔这儿啊？”

不是他想扔下她，他只是不想现在送她回杨家，他迈不过心里的那道坎，迈不过杨家的门槛。“驾！”杨静渊一鞭子抽下，马扬蹄跑远。

“杨静渊！我最多等你三年！三年后你不来接我，我就去找你！你身边敢有别的女人，我就拿扫把扫出门去！”季英英冲着他的身影大声喊道。

她望着他跑了个没影，用力踢着脚下的土：“我才不会像太太一样傻，把你让给别的女人。”

季英英嘟着嘴进了茶摊，要了一碗大叶茶，坐着等香油和季富叔赶车来。

半个时辰过去，马车还没有来。季英英伸长了脖子朝来路张望着，隐约看到远处有一队人骑马前来，蹄声嘚嘚响起，顷刻间已到了眼前。

马上的人一色黑衣蒙面，其中一人往茶摊上一扫，看到了季英英：“她在这儿！”

她？季英英往身后看了看，茶棚里就她一个人，茶博士早躲在了灶台后面。他们是来找她的？

从马上跳下来两个人，径直走向她。

季英英腾地站了起来，一步步后退：“你们是什么人？”

“季二娘，跟我们走一趟吧。”来人说破了她的身份，一左一右站在她身前。

益州府城外皆是平原，茶棚设在官道旁的黄桷树下，前后敞亮。往后跑，腿没对方长，跑得没马快，力气还不如男人。季英英知道逃不了，她唯一的希望是官道上有人经过，路见不平，她想办法拖延着时间：“你们既然认得我，就该知道我是杨家的三奶奶。想让我跟你们走，总该让我知道你家主子姓甚名谁吧？”

“到了地方，你就知道了，请吧。”

“好，我就随你们去瞧瞧，你家主人究竟是谁。”季英英站起身，刚要迈步，眉头突然皱紧，她嘶嘶吸了一口凉气，指着旁边竹子搭成的茅厕道，“内急！”

两人一愣，左边那人正欲阻拦，季英英吼道：“让我拉在马上吗？”

那人冷笑道：“谅你也跑不了。”

“废话！”季英英提起裙子，埋头就往茅厕冲了过去。

茅厕也分男女，门口仅用一席草帘子遮挡。正因如此，对方并未料到季英英能跑到哪儿去。

季英英常年往来益州城都走这条道，经常在这间茶棚歇脚。跑离茶棚是不可能的，她也没想过犯傻往后面的开阔地跑。急步跑到茅厕旁边，季英英脚步一转，直冲向那株数人合抱的大黄桷树。

“喂！你干什么！”

就喊了一句话的工夫，季英英已经踩着树身突出的树节往上攀了。

等到那两人跑到树下时，她已经顺着黄桷树其中一根粗壮的枝干往上爬了几丈，噌噌地就消失在了繁茂的枝叶间。

策马围过来的蒙面人目瞪口呆，有人嘀咕了一声："她是属猴的啊？"

"上树！"骑在马上的领头人嚷了一声，先前来抓她的两人气急败坏地上了树。

季英英回头一看，爬得更快了。她攀着树干继续往上，一直爬到了树顶。季英英在树干交汇处坐稳了，折了根手指粗细的枝条，远眺着官道扯开嗓门儿大叫："救命啊！有强盗啊！"

她的声音又尖又细，又站在树梢高处，在平原上传得极远。

爬上树的两人到了这时，却只能有一个人往上爬。

季英英看着他爬到自己脚下，狠狠地拿树枝抽了下去，继续用吃奶的劲大喊："救命啊！"

树枝上带着绿叶，劈头盖脸地打下来。那人空有一身力气，却使不出来，气得腾出一只手去抓。

不需要用多少力气，只需要灵活快速，季英英逗猴似的甩打着树枝，就是不让他抓到。

"该死！"树下骑在马上的领头人仰头看得分明，知道她这样叫喊着，官道上迟早会有过往的人听见，要是引来衙役，他们就抓不到她了。他从马鞍处取了弓箭，大喝道："你俩下来！"

上树的两人确实拿季英英没办法，听到命令下了树。看到首领张弓搭箭，他们禁不住说道："头儿，不是说要活的？"

"死了也比放过她好！"首领拉弓如满月，微眯着眼瞄向季英英。

黄桷树不知长了多少年，高达数十丈，枝繁叶茂。枝叶间一角白裙甚是打眼，却让人瞄不准她的要害。

"你们几个去那边盯着，受伤摔下来能接就接着。"首领说完，松开了手指，箭嗖地离弦而出。

"救命啊！有强盗啊！"季英英还在大叫，身边唰的一声，一支箭射在了身边的树上。她的心骤然冰凉，这些人不是要抓她，而是要她的命啊。

她胆战心惊地往下面望去，大声喊道："别放箭了，我下来！"

"哼。"首领不屑地放下了手里的弓箭，朝树上喊道，"下来！"

"好，我下来！"季英英嘴里应着，身体却磨蹭着不动。

首领急了："再不下来，我直接射死你！"

季英英咧开嘴就哭了起来："腿吓软了！我会下来的，你别放箭啊！"她望见前方官道上有人驻足看了看，匆匆往城里折返，心里升起了希望。她一边朝下面喊着别杀我，一边解开了腰带将自己和树枝绑了起来。

"还不下来！我放箭了！"

回答他的是季英英的号啕大哭："杨静渊，你这个浑蛋！你怎么能把我一个人扔在这儿，你这个浑蛋！"

想要抓活的，又被她磨蹭得失去了耐心。这时，队中望风的人策马奔来："头儿，城里有人骑马出来了！后面还跟着守城的官兵，像是听到动静来救人的。"

首领一咬牙，举起弓箭朝季英英射了过去。哭声立停。风吹过枝叶，首领看到一支箭扎在了她背上："走！"

一队人迅速上马，朝出城的方向驰离，临走时，一人策马奔进茶棚，手起刀落，杀了茶博士。回转身离开时，刀掠过柱子，茶棚轰然垮塌。

城里的方向快马驰来几个人，桑十四郎带着伴当跟着杨静渊，气得直骂他："还好我在城门口的酒肆等你，季二娘出了事，看你怎么办！"

茶棚离城并不远，有人出城时听到了季英英的呼救声，返身就跑进了城，在城门口大声嚷嚷城外茶棚有女子喊救命。

杨静渊和桑十四郎在酒肆饮酒，恰巧听见。

杨静渊脑中一片空白。他望着前方那一抹绿意，恨不得肋生双翅。

"三郎，你把我一个人扔这儿啊？"

季英英的话一遍遍地在他耳边响起。她张开双臂，低垂着头，风把她的衣袖吹起，像一只青色的蝶。他怎么不肯答她一句："将来我会来接你的。"

茶棚离城门不算远，不到一盏茶的时间就到了。触目是垮塌的竹棚，杨静渊一跃而下，憋紫了脸，用力抬起竹棚一角："英英！"

"快！帮忙！"桑十四郎招呼着他的伴当，合力将棚顶抬起。

茶博士胸前鲜血淋漓，死在灶台旁。

"英英！季英英！"杨静渊弯腰钻了进去，疯狂地将被压倒的桌椅板凳掀开，寻找着季英英。

桑十四郎绕到另一边，找了一圈叫道："三郎，她不在！"

杨静渊一屁股坐在了地上："不在就好。"

桑十四郎没听清楚："什么？"

杨静渊脸上的表情哭也似的难看："不在这儿，她就还活着。"

"什么人干的！这是官道啊！离城门这么近也敢掳人。"桑十四郎也松了一口气，继而疑惑不解。

"赵家！"这时，杨静渊想起了季氏的话。他真是后悔，他怎么就不信赵家敢在光天化日之下劫人。

他噌地站了起来，往外走去："我去赵家！"

"三郎！你别冲动行不？你有证据吗？"桑十四郎急得去拦他，突然想起，"香油他们呢？你不是说香油和杨家的马车只落后你们一步吗？就算你骑马跑得快，他们也不至于现在还没到吧？"

难道说马车一行也出事了？先劫了马车发现英英不在，追着过来，结果发现她一个人在茶棚里。杨静渊深吸一口气，抬起了头："不管是谁……"

嫩绿的枝叶间，一袭白裙随风飘荡。

"英英！"杨静渊的眼睛蓦然湿润，奔着黄桷树爬了上去。

如果不是用腰带绑在枝丫上，她肯定会摔下去。季英英低垂着脸靠坐在树枝上。杨静渊小心抬起她的脸，触手冰凉。

"英英。"他小声喊了她一声。季英英的睫毛动了动。杨静渊手脚发软，差点儿从树上摔下去。他定了定神，没有再耽搁，小心地解开了腰带。看到旁边树干上插着的箭，他拔了下来，搂着季英英从树上跃下。

风从脸旁吹过，他默默地想，二十丈高的树，她怎么就不害怕呢？是因为树下有让她更害怕的人。会是什么人呢？不管是什么人，他一定会让他们付出代价。

"怎么样了？"桑十四郎关切地问道。

杨静渊握住季英英的手腕探了探脉，脉息微弱，但还算稳定。他看了看她后肩插着的箭，对桑十四郎说道："无碍。把我的剑拿来。"

一剑削断了箭杆，他将两支箭递给了桑十四郎："帮我拿着，先回城。"

骑马太颠簸，抱着她走又太慢。杨静渊正犹豫时，官道上出现了一队人，他凝目望过去，眼睛一亮，放声喊道："香油！赶紧过来！"

"是三郎君！"香油哭丧着脸，招呼着季富将马车赶了过去。

四名杨家的护卫鼻青脸肿，剩下的人灰头土脸。跟着季英英回门的绫儿鬓发散乱，眼睛哭得红肿不堪，看到季英英躺在杨静渊怀里，季富和绫儿吓得脸色发白，齐声问道："难道那群人追上娘子和郎君了？"

"回去再说。"杨静渊现在也没心情细问，他抱着季英英上了马车，小心地让她伏在怀里，不碰到那支箭。

桑十四郎见状，将两支箭收了，说道："回城！"

杨家的马车宽大舒适，加上官道平坦，走得甚是平稳。季英英软软地伏在他怀里，是杨静渊喜欢的温驯模样，他现在却没有半分喜悦，小心地抱着她，生怕把她弄疼了。

他盯着插在她后肩的箭矢，心隐隐作痛。都是他的错，他怎么就那么自信世道太平，她没有危险？

"郎君，娘子会不会想喝点水？"绫儿跽坐在旁边，担忧地问道。

杨静渊伸出了手："倒杯水来。"

绫儿倒了水递过去，他饮了半盏，低头吻上了季英英的唇。

水盈满了口腔，季英英下意识地吞咽着，不知道从哪里传来的疼痛让她蹙紧了眉头。

"娘子醒了。"看到她的表情，绫儿惊喜地喊出声来。

杨静渊抬起头，用手指拭去她嘴角沁出的水渍，喉间像塞了一团棉花，遇水肿胀起来，一句话也说不出来。季英英没有醒来，眉心紧紧地皱在一起。杨静渊不忍再看，将手掌覆在她额头上。他的嘴唇动了动，好一会儿才开口说道："离城还有多远？"

绫儿挑起车帘，看到了城门楼："马上就进城了。"

窗外响起了桑十四郎的声音："三郎，是去医馆，还是回杨家？"

桑十四郎纵马走到车辕旁，歪着头从挑开的车帘朝里望去，见杨静渊板着脸，他勾起一抹笑容："去了医馆，回头还要挪动……"

"回府。"杨静渊说完这两个字，低下了头。

"香油，直接回府。"桑十四郎露出灿烂的笑容，朝香油挤了挤眼睛。

香油感激地看了他一眼，对其中一名护卫小声说了两句话。那名护卫会意，向桑十四郎的伴当借了马，撒腿冲进了城。

马车终于在杨家大门前停了下来，杨静岩早等在了门口，看到杨静渊从车里抱了季英英出来，一时间百感交集，讷讷地喊了他一声："三弟！"

几个月没见，兄弟俩都瘦了一圈。杨静岩看到他身上穿的灰色葛布衣裳，眼圈就红了："回家就好。"

这里不是他的家了。杨静渊转开了脸："郎中到了吗？"

"快，接三奶奶上软兜，回头你们哥儿俩再好好叙话。三弟，已经吩咐人去请顾老御医了。”杨大奶奶和杨二奶奶领着一群丫头婆子站在旁边，见状指挥着人上前接季英英。

“多谢。”杨静渊朝众人点了点头，抱着季英英快步走了进去。

望着他走进杨家大门，杨大奶奶喃喃说道：“好好的回门，怎么弄成这样了？”

“走吧，母亲还等着呢。”杨静岩说了一声，跟着走了进去。

杨静渊径直抱着季英英回了明月居，望着她后肩上那支断了的箭，他闭了闭眼睛，站了起来：“将衣裳剪开。”

他退后了两步，站在旁边看湘儿和绫儿动手。让顾老医生取箭头，还是他亲自动手？杨静渊把手放在了眼前，手微微颤抖着，他用力握成了拳头。

剪开衣裳，雪白的肩与鲜红的血令两个丫头惊呼了一声，接着，湘儿吸着鼻子哭了起来。

两人动作极轻，但还是惊醒了季英英。她睁开了眼睛，看到了绫儿。

“娘子醒了！”

杨静渊上前一步蹲在了榻前。四目相对，季英英看了他一眼，就闭上了眼睛，淡漠的眼神令杨静渊打了个寒战。他看到她眼角沁出一滴泪来，顾不得一屋子的人，俯首吻了上去：“英英，是我错了，你别哭。”

她的眼睫颤了颤，拂过他的嘴唇，眼泪不听使唤地淌落了出来：“讨厌你……”

声音像小奶猫似的，令杨静渊心头大恸。他想抱着她，又怕碰疼了她，手足无措地亲着她的脸小声哄她：“不讨厌。”

“你走开！疼！我疼！”季英英拼命地摇头，稍微一动，背心传来的疼痛让她呜呜直哭。

“我陪着你好不好？”

“不要！”

“三弟，顾老先生到了，你别让三弟妹着急。”杨大奶奶见状，小声地劝杨静渊。

她讨厌他了，她都不想看见他。杨静渊沉默地站了起来。

顾老御医提了医箱进来，看到屋里人多，吩咐道：“都出去吧，留两个丫头就可以了。三郎君若不放心，也可留下。”

杨静渊朝季英英看去，见她闭上眼睛不肯看自己，心里更加难过：“我在外面等。”

他出了卧室，见二哥杨静岩正坐在厅堂里，便沉默地走过去坐了下来，侧耳听着房里的动静。

过了一会儿，卧房里传来季英英尖锐而短促的叫声，杨静渊噌地站了起来。

大奶奶掩嘴笑道："瞧把三弟心疼的。幸亏母亲早早把弟妹娶进门来，不然哪，这小两口要等上三年了。"

杨静岩收到大嫂的眼神，清了清喉咙道："三弟，那天是你误会母亲了。"

"我去看看。"杨静渊知道他们要说什么，起身去了卧房，留下厅中杨大奶奶和杨静岩夫妇面面相觑。

箭已经取出来了，伤口也已包扎妥当。季英英迷迷糊糊地睡着，隐约听到声音从极远的地方传来。

顾老先生刚净过手，用帕子擦拭着，见他进来，笑道："三郎君放心，没有射中要害。老夫写副药方，养些天就没事了。"

"多谢老先生。"杨静渊松了一口气，吩咐人送顾老御医出去。

他走到榻旁坐下，静静地看着季英英。

他的手覆在她手上，像握着上等的脂玉，沁凉柔软。

夕阳的光将白色桑皮纸糊的窗户染上一层浅浅的橙色，柔和的光与静谧的空间让杨静渊有了想说话的冲动。

"太太没有过来，她一定在白鹭堂等消息。这么多年，多少还是知道她的性子。我不主动去，她就不会来。这两天，桑十四也对我说了很多，可是我心里有道坎迈不过去。"

杨静渊把脸埋在了她掌心，喃喃说道："我最后一次见姨娘的时候，听说家里宴请晟丰泽，我急着想过去，生怕他生出什么幺蛾子。姨娘拦住了我，她说太太不叫我去自有太太的道理。她说这话的时候不敢看我，她怕伤了我的心。她急切地留我用饭，我心里存着事没有留下来，我走了很远，回头看见姨娘仍站在回廊上送我。我总是会想起那一幕，我怎么就没留下来陪她吃最后一顿饭呢？"

如果他当时留下来，如果他等到了父亲酒后回来，他一定会看出端倪。

"都是我的错。明明知道晟丰泽不怀好意，明明听到了二伯父送酒送得意外，我怎么就没上心呢？"

他没办法留下来，留在家里，他能做什么呢？他有一身武艺能冲进节度使府拦着不让打大哥吗？还是凭着一双拳头能将觊觎杨家锦业的人都揍趴下呢？

"现在，我连你都护不住。"杨静渊深深自责。

他是一只羽翼丰满的雏鸟，想在天空翱翔还需要不断地练习。

舒先生帮他请了十天假。回去，是为了将来好好地回来。

回去之前，他要将袭击杨家马车和季英英的人找出来。他亲了亲她的手："安心睡，讨厌我就忍着，等我走了你再想我。"

杨静渊放开她的手正要站起，季英英的手握住了他的手指。

"英英。"杨静渊悲喜交加，俯身看她。

季英英没有醒来的迹象，仿佛是一种本能，握住了他的手指不肯放开。无形中的牵绊拉扯着杨静渊坐了下来，小声地对她说道："我陪着你，不走。"

屋里的光由明变暗，绫儿和湘儿小心地从门口探进头来。

杨静渊朝两人招了招手，指了指案几上的那对龙凤烛。

两个丫头会意，蹑手蹑脚进来，将蜡烛点燃了。

小儿手臂粗的精致蜡烛吐放着光明，室里亮堂起来。杨静渊低下头轻声说道："今晚我陪你看龙凤烛燃到天明。"

第四十一章

家贼入瓮

白鹭堂里摆着一桌精致的菜肴。

雪青快步进来，有些不安地禀道：“太太，三郎君一直陪着三奶奶，半步都不曾离开。”

“你回去吧。明月居若有什么需要，你找大奶奶拿对牌去办。”杨石氏说完，举起了箸，“用饭吧。”

杨大奶奶和杨静岩夫妇不安地交换了一个眼神。杨静岩说道：“母亲，三郎他也是紧张弟妹……”

“食不语。”

杨石氏只说了三个字，平静地用饭。

一餐饭在沉默中用完。杨澄玉笑嘻嘻地跑到了杨石氏身边：“祖母，我明天可以去看三叔三婶吗？”

“你三婶受了伤，要休息。澄玉乖乖读书，等她身体好些了，你再去明月居。”杨石氏说罢，转头问杨静岩，“问过跟车的人，究竟是什么情形？”

杨静岩道：“说是一伙衣衫褴褛的人，像是流寇，有二三十号人，杨家只去了四个护卫，寡不敌众。他们抢走了一些财物，没有伤人就跑了。已经给舅舅去了信，官兵正沿途搜寻，只要那伙人还在益州府就跑不了。”

如果是这样，为何季英英会中箭？杨石氏吩咐道：“你去问问三郎，这伙人是否是袭击他和英英的人。”

“是。”

杨石氏叫大家散了，只带了陈嬷嬷走到了湖边凉亭。

“太太，老奴去向三郎君请罪。”陈嬷嬷跪在了杨石氏脚下。

“不，你不要去。”杨石氏望着湖对面的明月居，淡然说道，“你做的，就是我想的。我想他回杨家，是因为他大哥受伤，二哥独木难支，不是想让他还认我这个母亲。”

如果养他十八年的情分能在一夕之间化为乌有，那就当她没养过这个儿子。杨石氏眼中泪光闪动，强行让自己冷静下来：“加强明月居的守卫。我看英英受伤并不简单，对方应该是冲着今年的斗锦才对她下手的，给明月居单设个小厨房，叫雪青盯着，别让人在吃食上再动手脚。另外，那批防水锦调包的事查得如何了？”

“调包用的那块锦请人辨认过了，用的是周家丝坊出的丝。另外，那块锦的织坊是三太太娘家。”

杨石氏冷笑：“没有用杨家的织坊，全用上姻亲和娘家的关系了。吩咐几位总采办，今年春蚕出来，周家的丝一两也不准买。”

“大娘子恐怕又要哭着回杨家了。”陈嬷嬷苦笑道。

杨石氏冷笑道：“谁说姻亲就该照顾生意的？周家娶的是杨邹氏的女儿，又不是我的女儿。敢动我家大郎，就别怪我挨个儿收拾他们！”

箭摆在杨静渊面前，锋利的箭镞在烛火下闪烁着冷冽的寒光。一支完整，一支断成了两截。

他拿起箭掂了掂分量，仔细地查看过羽簇和箭杆后，拿起了从季英英身上拔出来的箭头。刃口锋利，分量一致。

“这是官制，专配军中。”杨静渊轻易得出了结论。

抢劫香油一行的是流寇，射杀季英英的是军人，他们会是同一伙人吗？

为何要等到她爬到树顶才放箭？证明袭击她的人刚开始并不想杀她，是见官道上有人听到了她的呼救，这才起了杀心。

军人。杨静渊握紧了箭杆。

季英英醒了，一动就扯到了伤口，嘶地吸了一口气。

杨静渊放下箭，转身看她：“醒了？想吃东西还是想喝水？”

季英英看到了案几上的龙凤烛，又想起了那天晚上。她扭开了脸：“你说过，我死了，你也不会回头。你怎么还不走？”

这个小心眼儿的女人！杨静渊被噎得答不出话来。

“英英，用箭射你的是什么样的人？”杨静渊聪明地转开了话题。

有心不理他，但听他说起这事，季英英也知道不是耍小性子的时候，回忆道：“骑着马，有六个人。黑衣蒙面。刚开始他们没想要杀我，叫我跟他们走。后来，应该是我呼救，他们见有人来了，其中一个人才用箭射我。”

和袭击马车的是两拨人。

如季氏所言，赵家要害季英英的话，也许今天晚上他能探听到什么。杨静渊不想再被季英英纠缠着逼问，再则她也需要休息。他打定主意后，柔声说道：“我叫丫头进来侍候你。我有一点线索了。错过今晚，就不好打听消息了。天明之前，我一定回来，陪你看着龙凤烛燃到天亮，好不好？”

“那你天明前一定回来。”季英英听到杨静渊说要回来，什么气都没了，瞧着精神都好了几分。

这么舍不得他走，还坚持一个人留在杨家。杨静渊叹了一口气，在她额头亲了一下：“这件事不查清楚，你在明，他们在暗，我不放心。”

季英英有了精神，又不肯白白放过他，她慢吞吞地说道：“你这么关心我，为何要说我死了你都不会回头的话？你说的话到底哪句是真的呀？”

绕了一圈，她居然还揪着不放！杨静渊险些被她气死：“季英英，你故意的是吧？”

她的眼睛睁得大大的，脸上写满了“我是真的不知道”，无辜极了。季英英手指一动，勾住了他的手，一副“你不说我就不放手”的模样。

杨静渊翻了个白眼，刻板地说道：“我都要气疯了……谁让你这么笨，不知道偷偷跑来找我？我心疼死了，行了吧？”

“那你还用石头打我的腿？害我差点儿被勒死！”

“心跳都吓没了，当然要给你点教训。有我在，你死得了吗？”

季英英咯咯笑着，心满意足。松开手，赶蚊子似的让他快走：“去吧去吧，早去早回，别妨碍我休息。叫雪青进来侍候吧。”

杨静渊哼了一声：“少得意，等我孝期满了……哼哼。”

季英英又露出“你要怎样”的好奇神色。杨静渊脸一红，有点不好意思了。季英英顿时笑出了声。一笑之下，扯着伤口，她又哎哟嚷嚷出来。

“你真是……”知道被她捉弄，杨静渊哭笑不得。

他指了指季英英，转身出去了。

出了正屋，杨静渊无意中往对岸的白鹭堂看了一眼。湖对岸的凉亭中亮着一盏灯笼，光模模糊糊，隐约能看到两个人影。他站在回廊上驻足远眺，心里酸涩不已。

雪青端了药过来，见到他便道："三郎君，听绫儿说您叫我。三奶奶醒了，正好服药。"

"今晚我有事出去一趟，你好好服侍。今晚起风了，别吹风受了凉，去吧。"杨静渊快步下了回廊，往院外走去。

三郎君这是叮嘱自己关好窗户，别吹着三奶奶？雪青转头看向湖对岸，瞧着凉亭里的灯光，眉开眼笑起来："三郎君原来是在心疼太太。"一股喜悦从心里冒了出来，她笑着进了屋。

杨静渊去了马棚，他从舒先生那里借来的马和雪风拴在一间棚里。雪风见着他，兴奋得咴咴直叫。他抱住它，低声说道："雪风，想我了？"

"郎君，您今晚骑雪风吧，它可想您了。我每天都给它喂黑豆和麦饼，给它刷毛……"

转过头，香油眼巴巴地望着自己。杨静渊拍了拍雪风的脸道："换匹深色马，雪风太扎眼了。"舒先生的马就先留在府里好了。

这是要带他一起了。香油高兴地哎了一声，拉了自己的马，又拉了一匹黑马过来。

主仆二人上马离开杨家，又一次翻越城墙豁口，去了三道堰。

赵老太爷的居处尚亮着灯，牛五娘与赵修缘跽坐在老太爷对面。赵家的护卫扮成流寇去劫杨家马车，结果发现马车里空无一人，无功折返。听说杨静渊突然出现在季家，带了季英英骑马离开，赵老太爷当机立断，让赵修缘去请了牛五娘来。

"父亲给我的家仆都是一等一的好手，一箭射中季英英，断无活命的可能。"牛五娘冷静地说道。

赵修缘冷冷说道："季富从城里赶回来给季家报信，说只射中了后肩，季英英没有性命之忧。"

牛五娘讥讽道："她没死，郎君应该高兴才对。妾身出力帮忙，郎君倒还埋怨妾身的家仆行事不力，是何道理？"

"好了，事已至此，多说无益。二郎媳妇，你的家仆可曾暴露行藏？"石参军从州府衙门发下海捕文书，缉拿抢劫杀害茶铺老板的流寇，借此机会还让官兵进了赵家，趾高气扬地威胁了一番。赵老太爷需要确认此事。

牛五娘垂下了脸："回禀祖父，这些家仆住在赵家附近我的陪嫁田庄里。平时训练有素，战时能上阵杀敌，绝对不会露出破绽。更何况，当时杨静渊并不在场，只有季英英一个人，她瞧不出什么的。"

赵老太爷嗯了一声道："既然你的人身手比赵家护卫强，祖父有一事想借用他们，不知道二郎媳妇肯不肯？"

"他们只听孙媳的号令，有什么事请祖父直言相告，孙媳自会令他们去办。"

赵老太爷沉吟了一下道："杨家家主杨静山被节度使大人打得卧床养病，杨家今年去桑山祭祀蚕花娘娘的人不是二郎君杨静岩，就是嫡孙杨澄玉。杨家大房再出意外，二房、三房定会借机争夺家主之位。你明白祖父的意思吗？"

想要借牛家的刀杀杨家的人？从此把牛家和赵家绑在一起，也不瞧瞧自己的分量。不过，如果杨家二郎死了，或是嫡长孙死了，杨家大房就彻底垮了。到时候，杨静渊就成了丧家之犬。牛五娘点了点头："孙媳需要杨家人的行程安排。"

"好。天色不早了，你们回去吧。"

夫妻二人辞了赵老太爷出去。

出了院子，两人默然地顺着回廊往前。走过拐角处，园子里四下无人，赵修缘一把攥住了牛五娘的胳膊，用力将她扯到了回廊拐角处。他用力一推，牛五娘踉跄撞上了廊柱。玉缘惊呼了声，上前扶住了她："你做什么？"

赵修缘一把将玉缘扯开，逼近了牛五娘，低声吼道："你答应我的，只是掳走她！你为什么要下令射杀她？"

牛五娘的背撞得生疼，她慢慢站直了，冷冷地看着他道："谁晓得季英英还会像猴子似的爬树！杨静渊又折回了茶铺。你当我不想生擒了她，让杨静渊跪下来求我？既然不能活捉，自然要杀了她，免得她去帮杨家织斗锦。"

两人像斗鸡似的对视良久，赵修缘咬牙道："你该庆幸她还活着！"说完拂袖而去。

"娘子，刚才撞疼了没有啊？"玉缘扶住了牛五娘，紧张地上下打量着她。

牛五娘抓紧了玉缘的手道："没事。我发誓我一定要在赵修缘面前杀了季英英，我要让他眼睁睁地看着她死！"

一支箭唰地射进了她身边的柱子，由于力量太大，箭羽阵阵颤抖。

"谁！"玉缘从袖中猛地拔出一柄尺余长的匕首，挡在了牛五娘身前。

回廊靠墙的一侧种着一大丛曼陀罗，喇叭形的大朵白色花朵怒放，像螓首低垂的美人。杨静渊从一人来高的树后走了出来，拉下了遮脸的围巾。

被玉缘搁在地上的灯笼发出朦胧的光亮，照得杨静渊的表情晦暗不明。

他仍穿着那身灰色的短襟粗葛武士服，不像当初的锦衣公子，更像潦倒的江湖游侠儿。

看清楚他的脸、他的打扮，牛五娘以袖掩口，咯咯笑了起来："杨三郎，杨大太太将你打出杨家，你就落魄到了这步田地呀？"

"你该庆幸她还活着。"杨静渊说出了和赵修缘一模一样的话。

牛五娘停止了笑声，眼角挑起，斜斜地看了过去："杀了她又如何？"

杨静渊伸出了手，掌心托着那半支从季英英身上取下来的箭："这支箭你猜会插在谁的咽喉上？"

"哈哈！我不怕呀。她真的死了，你尽管来杀我好了。"

挑衅的话与张扬的神情激怒了杨静渊，他跳上了回廊。玉缘正要冲过去时，牛五娘的胳膊挡在了她面前："别让人靠近。"

玉缘指着杨静渊道："你敢伤害我家娘子，我就剁碎了季二娘！"

她快步走到了回廊的转角处，望起风来。

看着她的脚步，杨静渊有些诧异。

"你学艺于青城，玉缘拜师在峨眉。我又不是七娘，天生力大。我爹爹将玉缘送去峨眉学武，好保护我。"牛五娘淡淡说道，"杨静渊，别以为你有功夫就了不起。我想叫赵家抓住你，只要让玉缘缠住你就好了。"

"喜欢玩猫戏老鼠的游戏。让赵家抓住我，这游戏就不好玩了，对吧？"杨静渊讥讽地望着她说道。

当然，抓了他又怎样？让赵家悄悄杀了他？以贼子之名报官？以赵老太爷的心思，肯定会将他捆送回杨家，扇杨家一巴掌出气。这些都不是她要的。

"你听到你想听的了，知道主谋是我和赵修缘，你还不走？"牛五娘把脸伸了过去，"想杀了我？来吧。"

她的眼瞳闪烁着像猫眼睛一样的光，急促的呼吸吹得薄如蝉翼的面纱轻轻颤动。

"牛五娘，你究竟要恨我到什么时候？是不是每个拒绝娶你的男人都该下十八层地狱？你不是被毁了脸，你是这儿有病！"杨静渊指着自己的脑袋说道。

"没有别人！只有你。"牛五娘声音颤抖着，"我足不出户，只看上了你一个人。

你家拒婚，你让全益州府的人都笑话我！我堂堂都督府的嫡出娘子，居然想下嫁一个商户的庶子，还被拒婚。杨静渊，我嫁给赵修缘那样的阴险小人，你凭什么能娶心爱的女人过得幸福如意？我告诉你，今天你不杀我，我迟早会杀了季英英，让你痛一辈子，悔一辈子！”

“你是个疯子！你想激怒我，好让我杀了你？不，我不会因为你这种女人而去当杀人犯。我还要和英英幸福美满地过一辈子。”杨静渊突然伸手扯下了牛五娘的面纱。

“啊！”牛五娘尖叫了一声，下意识地用手捧住了自己的脸。

“丑成这样，连赵修缘那种阴险小人再贪恋牛家的权势，都不会待你好。啧啧，牛五娘，你活得这么痛苦，这么想死，出了赵家后门就是浣花溪，大河没盖，随便你跳。”

牛五娘以袖遮面嘶吼道：“杨静渊，你真是恶毒！”

杨静渊俊朗的脸上露出了舒心的笑容：“刚走到这儿就听到一对狗男女互相撕咬，我又不想脏了自己的手。本来还憋着一口气呢，现在好了。英英中了一箭，身上疼。伤你的心，会让你疼得比她厉害十倍。喜欢玩猫戏老鼠是吧？从前不想搭理你，现在嘛，牛五娘，我奉陪到底。”

他将那半支箭往牛五娘手中一放，冷冷说道：“你还应该庆幸牛七娘是你的亲妹妹，她要嫁给我最好的兄弟。告诉赵修缘，他再打英英的主意，我会毁了他的脸，打断你的腿。也许你俩会同病相怜，由怜生爱。”

杨静渊哈哈一笑，轻巧地跃进了花丛，转眼消失了。

牛五娘握紧了那半支箭，得意地望着他消失的方向，低声自语道：“杨静渊，你来得迟了，没有听见赵老太爷的话。今年祭祀蚕花娘娘时，杨家大房又有人要死了。你不杀我，你会后悔的。”

玉缘走了过来，低声说道：“娘子，杨静渊知道了一定会有所防备的。”

“不，玉缘，我觉得生活又有了滋味。从前我缠着他，现在他要陪我玩，多好啊。”牛五娘咯咯笑了起来。

她的生命已经没有了意义，她想不出还有什么事能让自己快活。不能开心，那就痛苦吧。心再疼再痛，至少让她还有感觉。

“还记得年节时来赵家的南诏白王吗？”

“奴婢记得。盯季二娘的时候，他曾半夜去过季家。他好像也很喜欢季二娘。”

牛五娘笑了：“赵家去南诏的商队不是马上要出发吗？找人混进去。”

杨静渊回到杨家已经过了子时，季英英已经睡着了。

杨静渊蹑手蹑脚进去，雪青赶紧起身。他竖起手指放在嘴边不让她惊动季英英。坐在她身边，杨静渊陷入了沉思。

赵修缘和牛五娘，一个想要掳走她，破坏杨家织今年的斗锦；一个为了报复自己而想要杀她。就算带她离开益州府，他在军中，也无暇顾及她。留她在杨家是最好的选择。

以牛五娘的心思，她不会派那个武艺高强的玉缘潜进杨家杀季英英。只要她不离开杨家，赵修缘也没有办法。

案几上的红烛无声地燃烧着。杨静渊起身离开，来到了白鹭堂。

他第一次这样潜进杨石氏的卧室。榻上的老妇人披散着花白的头发，搭在被子外面的手上戴着一只金镯。杨静渊鼻子微微发酸，这只金镯是他在杨石氏五十大寿时送给她的生辰礼，戴的时间长了，色泽暗淡无光。

有时候人处久了，忘了最初的目的，就像他和杨石氏。十八年的相处，他知道她心里在顾忌着他是姨娘生的。可有时候，恐怕连她自己都忘记了。

也许对姨娘突然自尽的愤怒还比不上铁板子打断长条凳、砸碎青石砖的心痛。杨静渊沉默地望着杨石氏，这个老妇人给了他太多美好的回忆。

“谁？”老人的浅眠让杨石氏惊觉到屋里的异样，她睁开了眼睛。

站在榻前的杨静渊让她的心颤抖了一下。杨石氏缓缓坐起身来：“你是来给你姨娘报仇的吗？衣架上挂着腰带，想勒死我尽管动手吧。”

“我去了三台东川道从军，军中请了十天假，爹百天后，我就要回去。看在英英为杨家织斗锦的分儿上，请您保护好她。想杀她的人是赵家。”

杨静渊也不问柳姨娘当晚是怎么自尽的，转身就走。

“我娶她进门，就是为了杨家的斗锦，你不用担心。”

杨静渊没有回头，快步走了出去。

杨石氏一拳捶在自己胸口，老泪纵横：“三郎，你非要母亲给你磕头认错，你才肯回头吗？”

她的骄傲让她如此，她的心却让她想再拥有这个儿子。

“杨三郎，那是青色，不是绿，也不是蓝！”季英英躺在藤椅上，看杨静渊手忙脚乱地搬染料。

春天的太阳暖洋洋地照进来，明月居右侧空着的三间厢房拆掉了隔断，按照季英英的意思，布置成了一间小型的染坊。

有钱真好。花花绿绿的染料整整齐齐地放置在琉璃瓶中，一目了然。

杨静渊除了去探望杨静山，几乎连明月居的院门也不出。他穿着细葛的道袍，头发简单地绾成一个道髻，插着一支雕成竹节状的玉簪，有种蜕去繁华的清逸。

“青？不是蓝，也不是绿，那是什么？”他拿着一包蓝泥，回过头问季英英。

提起染料，季英英脸上就蒙着一层自信的光：“绿中带蓝，蓝中带绿，是为青。青取之于蓝而青于蓝，你手上的蓝泥就是从蓝中取出的青。青呢，像碧蓝的天空，又像绿色的翡翠。不像黑、白二色，黑就是黑，白就是白。就像人的心思一样，有时候哪，人嘴里说的话和他心里想的并不一致，他做的事也和心里真正想的不一样。”

“好哇，你骂我口是心非？”杨静渊拿了只空的琉璃瓶，将蓝泥装了进去。他拍了拍手，大步走向了季英英。

“别惹我生气，也别逗我笑，伤口疼着呢。”季英英一点也不害怕，笑眯眯地看他在面前蹲了下来。

他仰着脸看她，认真研究着她脸上的色：“皮肤是白色，腮是桃花红，唇是粉色，眉是黛色。英英，黛是黑色吗？”

季英英认真地给他解释：“黛也不是黑色。黛是浓度不同，色彩也不一样。深时近墨，浅时如青。”

杨静渊笑道：“芙蓉如面柳如眉，说的不是眉形，而是眉色。”

“我家三郎真聪明。”

杨静渊握着她的手道：“教我做黛粉。我走了，你就用它画眉，画一次就想我一次。”

有人说时间过得快，那定是过得快活，才没有发现时间在溜走。季英英知道他的心思，爽快地点头：“好啊。”

最好的石涅捣碎，研磨成粉，用细箩筛过一遍又一遍，细得吹口气就纷扬飘荡。装在小巧的檀木匣子里，用时用水调和，就能画眉。

杨大老爷百日祭后，杨静渊握着细小的羊毫笔，认真地给季英英描眉。

“我一直就聪明，学什么都快。加上习武时稳定有力的手腕，保证描出的眉纤细自然，柳眉如叶。”描完眉，杨静渊搁下笔，抬头欣赏了一番，将季英英抱了起来，“瞧你娇嫩的，战场上谁中了这么轻的一箭，早就活蹦乱跳了。”

“明明是你不让我下榻走路的。”

知道他要走了，季英英在他胸口蹭了蹭，小声说道：“你真的不去给太太辞行吗？你见过大哥、二哥，怎么就是不去见太太呢？她都一把年纪了，难道还要跑来见你？”

他已经见过了。他怕多看杨石氏几眼，会忍不住心疼她。姨娘才走了百天，他做不到。

将季英英放在榻上，杨静渊从枕下摸索了几下，摸出他送给她切染料的小刀来：“没事别出门，这个带着，有事叫香油或季富来三台找我。有假我就回来。我和大哥、二哥说了，季家有事他们会照应。”

“三郎，你还没告诉我你在军中做什么？”

杨静渊从来不提，他没有回答，捏了捏她的脸道：“将来你就知道了。”

将来等他混出点名头，再让她知道吧。

“湘儿！绫儿！”季英英喊了两人进来，捧着给他赶做的衣裳鞋袜道，“这些不是我亲手做的，是我的丫头做的，也算是我做的了。”

两个丫头愕然地看着季英英。

季英英不解，佯怒道：“你们人都是我的，做点针线活归功于我怎么了？”

“奴婢不敢！”两人吃吃笑着，低下了头。

“时辰不早了，我走了。”杨静渊提了包袱，瞪了两个丫头一眼，大步走了。

人一走，季英英脸上的笑就没了，她无精打采地说道：“打水来。人都走了，涂脂抹粉给谁看啊。”

等到拧好的帕子递过来，季英英又不洗了：“把镜子拿来，我还没看三郎描的眉是什么样。”

“娘子，还是别看了。”湘儿为难地劝道。

“他头一回给我描眉呢，我得记着描的是什么。”

在季英英的坚持下，两婢捧来了妆镜。

一眉粗一眉细，一眉高一眉矮，活像两条虫子！亏他还夸自己练了武艺手腕稳若磐石，能描眉如柳，纤细自然。

“杨三郎！”

站在回廊上等着的杨静渊哈哈大笑：“季英英，你染花我的马，我终于报仇了！”

告别太难，只能让她多一点回忆，时间才会过得更快。

他拔足飞奔，将明月居远远地抛在身后。

时间的确过得快。季英英的箭伤终于结痂，后肩留下一个粉红色的疤痕。她绝大部分时间都留在小染坊里，调制着各种染料，一小块布一小束丝地试验着。杨静山想出的新锦画叫《秋染重林》，想用最灿烂的色染出层林尽染的意境。

“今年的春蚕该出来了吧？”季英英一直惦记着。织斗锦肯定是要用新丝线的，生丝没有去胶，一般染坊染丝都会使用熟丝。但她突然有了新的想法，染了没有去胶的丝，再脱胶的话，丝的色彩会不会有变化？

想到这里，她解了缚臂，去白鹭堂找杨石氏。

见到季英英来，杨石氏笑道：“正说你呢，你就过来了。”

见两位兄长和嫂子都在，季英英行了礼，在下首坐了。

将养了近两个月，杨静山还不能下地，坐在藤椅里让人抬了过来。他一见到季英英就兴奋起来：“弟妹有所不知，每年春蚕收茧时，杨家的桑山都要举办祭祀蚕花娘娘的仪式，今年由二弟主持。杨家的媳妇都要亲自上山采蚕茧，母亲年纪大了，家里离不得人，你大嫂去不了，就由你二嫂去。母亲担心你在家闷得慌，想问你想不想陪着你二嫂去？”

上山不是真的去山林，而是进蚕山摘取一枚最大、最厚实、最饱满的蚕茧。

季英英眼睛一亮：“我正想和大哥商量，看能不能请家里的染坊染一些生茧，染好后再抽丝。”

杨静山来了兴趣：“从来都是抽丝再染，这是怎么个道理？”

季英英羞涩地说道：“我想看看这样染出来的丝会不会有新的颜色出现。”

白鹭堂宽敞，季英英坐在杨二郎夫妇的下首，冲对上首的杨静山说话有点费劲。杨静山心里着急，吩咐道：“母亲，你们先议着祭祀的事情。抬我过去，我和三弟妹说说染生茧的事。”

至于吗？杨大奶奶瞧着丈夫盯着季英英两眼放光的模样，心里就不痛快。她忍不住出声阻拦道：“郎君身子未大好，少劳点神。不如让三弟妹和二弟妹一起去桑山，染坊和丝坊哪里都有，等三弟妹选了茧，染好后拿回来给郎君看。现在还没有染出来，三弟妹也不知道会是什么情形。”

“是啊，大哥就别动了，染好再看情况吧。”

季英英原来没打算亲自去选茧，被大奶奶这样一说，事情就定下来了。

五月初八，她和杨二郎夫妇去龙泉驿的桑山田庄祭祀蚕花娘娘。

春蚕最快四月中旬就能下山。杨家大片桑山在龙泉驿的分栋山，气温比平原略低，杨家的蚕今年五月初才下山。

五月初八，杨石氏分外谨慎，调了二百名护卫护送杨二郎夫妇和季英英。

浩大的车队驶出了杨家巷，杨二老爷站在自家院子里的最高处目送着车队离开，他抚着胡须微笑："病倒一个杨大郎，再受伤一个杨二郎，杨石氏，我看你守着十三岁的澄玉还能死握着家主之位不放？四郎，你去吧。"

杨四郎应了，转身下了楼，他阴沉地说道："季英英，谁让你要离开杨家大宅呢。"想起季英英的细腰，他心里升起了欲望。这一次伤了杨二郎，毁了季英英的清白，不仅能打击大房，抢夺对杨家锦业的控制权，还能让杨静渊痛不欲生，真是一箭双雕。

祭祀蚕花娘娘是一年当中收蚕茧最重要的时刻，外人根本不允许进庄子。杨家护卫多，去的是自家的田庄，赵修缘再有能耐，也不可能跑到杨家的田庄来。嫁过来后，季英英除了回门那天，一直没有出过府门，此时坐在马车里，觉得呼吸的空气都带着一股鲜美的味道。

她留下了季嬷嬷和雪青看守明月居，把两个闷坏了的丫头带上了。三人悄悄地挤在窗口，掀起一角车帘，小声地议论着外面的风景。

出城往东，成都平原的沃野里种满了绿油油的稻谷，官道两旁种植着高大的桑树与槐树，雪白的槐花一串串怒放着。季英英想起杨澄玉说过，杨静渊教过他上树摘槐花。她禁不住馋了："田庄里应该会做槐花饼吧？"

"还有榆钱饼、野菜糯米团子，山上有野椿，掰了嫩芽炒鸡蛋可香了。"绫儿和湘儿叽叽喳喳议论开了。

"二嫂说要在田庄住两个晚上。明天祭祀完了，我们换了胡服上山亲自去采怎么样？"季英英活泼的天性又冒了出来。

"好啊！我们都带了胡服！回头我吩咐香油去安排。"绫儿笑嘻嘻地说道。

过了塔子山，再往前，车队在分东岭脚下停下用了午饭，饭后驶上了山路。

龙泉山在唐时称为分栋山，山岭左边是广袤的成都平原，翻过分栋山，地势就由平原向丘陵起伏。分栋山不高，山势狭长，湖泊众多。山下是进入益州府的官设驿站龙泉驿，围绕驿站发展成了一个繁华的城镇。

杨家的田庄在分栋山脚下，由于靠近桑山，这里也设有丝坊和染坊。

"翻过前面那座山头，就进入龙泉驿了。杨家的田庄离驿站还有十里路呢。"香油骑着马走到了马车旁，细心地给季英英介绍。

山道狭窄，只能过一辆马车，队伍被拉得极长。

车轮碾过山路上凹凸不平的石头，颠簸得厉害，季英英真想下去走路。她掀起车帘往外看，入目就是一两丈深的沟壑。山路难走，她只得忍了。

走过一处弯道时，队伍停了下来。

听说前面有小塌方，正在清理泥石，一时半会儿走不了。季英英戴了帷帽，和两个丫头下车透气。

杨二奶奶也戴了帷帽，被侍婢扶着下了车。妯娌二人站在道旁欣赏着风景，杨静岩骑了马跑前面清道去了。

带的人多，没过多久就清出道来，队伍继续前行。然而只走了一炷香的时间，又出现旁边山坡滑下泥石堵塞路面的情况，队伍只得再次停下来。

一个下午，明明只有十来里山路，队伍硬是停下来四五回。眼见太阳落到了山背后，光线渐渐暗下来，队伍还没有翻过山丘。倦鸟归林的声音叫得季英英心头发毛，她吩咐香油道："你去问问二郎君，我怎么觉得这路挺古怪的？"

杨静岩心里也在打鼓，这两天没听说山区有暴雨，怎么路上会多处塌方呢？看了一眼杨家为数众多的护卫，他稍稍放了心，吩咐一队人先去前面探路清道，加快行程。

山中一处山坳里，静静地埋伏着二十来个蒙面人。一名探子飞快地跑了过来："头儿，杨家行程被阻，大概天黑才到，但是他们人太多了，大概有二百名护卫。"

"护卫再多，盯准了杨静岩，别管其他人。"首领看了看手里的弩弓，狰狞地说道，"咱们有弩，怕什么。"

这时，山下突然来了一大群人上山，乌泱泱的有几百号人。

"怎么回事？"首领吃惊地问道。

又一名探子从山下的方向跑了来："头儿，杨家田庄得了消息，派了人来迎杨二郎。"

"该死，撤。"首领做出了决定，带着人撤进了山林。

夜色涌起的时候，火把星星点点在山间亮起。杨家的车队从刚才埋伏的地点经过，与山下的火把融成了一片。

站在树林里远眺，首领看到了两辆马车。他朝手下道："去打听一下，除了杨二郎夫妇，杨家还有谁来参加祭祀。"

等到马车下了山，探子才气喘吁吁地回报："杨家三奶奶也来了。"

首领哈哈大笑："上回没射死她，这次她又送上门来了。走。"

到了田庄，坐了七八十里路的车，季英英全身的骨头都快被抖散了。刚下车，她突然感觉到一道炙热的目光。她抬头看去，站在庄主身边的杨四郎正盯着自己笑。那笑容被火把一映，怎么看怎么别扭，她默不作声地往杨二奶奶身后挪了挪。

杨四郎和杨静岩见过礼后，转身向杨二奶奶和季英英作揖："两位嫂嫂一路辛苦，庄上已经打点好了。"

杨二奶奶笑道："怎么不知道四郎也要来，不然就一路同行了。"

"小弟昨天和朋友一起来山中狩猎，到了之后才想起明天要祭祀蚕花娘娘，就留下来看热闹。"杨四郎带着伴当马快，越过了杨家的车队。他面不改色地撒着谎，眼风直往季英英瞟去，见她一身蓝色衣裙，巴掌宽的白色腰带系出的腰身只得一握，顿时心猿意马起来。

季英英跟着杨二奶奶进庄，总感觉背心粘着杨四郎的目光，心里隐隐生了气。认亲时她就觉得杨四郎笑得假，今天她感觉杨四郎不像是单纯留下来看祭祀的。禁不住多了个心眼儿，低声对杨二奶奶说了几句话。

"好。"出门时，杨石氏再三叮嘱杨二奶奶要照顾好季英英，她一口应了。

庄子中路正厅布置给杨静岩夫妇住，季英英被安排在第三重院子。

杨四郎早知道是这样的安排，忍不住直乐："这地方我从小就来。第三重院子后面是后院，有一道小门。季英英，今天晚上你可怎么办？"

云朵缓慢地被风吹动，渐渐露出隐在云后的一弯上弦月。天气晴朗，上弦月银光闪闪，将下方的重重屋舍、院坝照得亮堂，正从后院侧巷小门出来的杨静亭被月光照得清清楚楚。

他反手关上了门，举起袖子闻了闻，嗅到浓浓的酒气，他露出了笑容。

万一季英英闹嚷起来，他就说自己在接风宴上饮醉了酒，走错了院子。

他沿着房舍之间交错狭窄的过道快步前行。

第三重院子与后院之间左右有两道月洞门相连，应该都从里面落了锁。不过，从后院有道楼梯能走到靠近第三重院子的二楼厢房，这侧厢房和第三重院子的走马转角楼是连在一块儿的。从窗户翻到隔壁，再顺着楼梯下去，就是主人住的正房。季英英带了两个丫头，庄主会在院子里安排两个粗使仆妇，二楼不会有人住。

杨四郎很轻松地达到了目的。

他早到一步，还借口关心兄嫂住处来看过。找到被自己做了手脚的后窗，他轻轻推开了了一道缝。

先扫了一眼榻前，苇席上没有睡人！大概是赶路累了，季英英心疼她的丫头，让她们睡在了外间。真是天赐良机！杨四郎喜得合不拢嘴，借着朦胧的夜色看清白色帐子里睡着一个人。他再也按捺不住，翻窗进了屋。

他快步走到榻前，掀了帐子，直扑了上去。

一把将榻上的人搂了个实在，一手伸过去捂住了对方的嘴，动作干净利落。

……

不对！

杨四郎摸到了一把胡子。

一股肯定不属于季英英的力气猛地将他掀翻，屋子里响起杨静岩的怒吼声：“谁？！”

什么情况！杨四郎头一歪装醉：“谁……谁在爷床上？”

杨静岩一把拎起了他的衣领：“四郎？”

他的声音惊动了外间的小厮，点了油灯端了进来。猛然发现主子榻上多出一个男子，小厮吃惊地说道：“郎君，他是怎么进来的？”

“别、别吵我！”杨四郎含糊地说着，一把甩开了杨静岩的手，扑在床上打起了呼噜。

杨静岩下了榻，披上了衣裳，颇有深意地看了杨四郎一眼道：“无事，四郎君饮醉走错院子了。让他睡在这儿，另给我收拾一间厢房。”

听着脚步声出了门，房门吱呀关上，杨四郎翻身坐起，狠狠地一拳捶在被子上：“可恶！”

杨静岩真的相信了？不相信又能怎样？他已经认出了自己，还能因为自己走进这间房间，把自己当成贼打一顿？大堂兄得罪了节度使被族中指责，家主之位岌岌可危。二房这时候不步步紧逼就不错了，大房不敢得罪二房。杨四郎念头一转，心安理得地躺了回去。这次不成，下次再找机会就是。

出了正屋，杨静岩低声吩咐小厮：“盯好了四郎君。”

他对锦业不熟，却是杨家百间铺子的总管事。杨四郎喝醉走错房间，能避开睡在外间的他的小厮？明显就是翻窗入室。想到宴后妻子说季英英胆小，想和她睡一屋壮胆，让他来了这里，杨静岩还有什么不明白。

“二房欺人太甚！”杨静岩坐在一侧厢房里想通了整件事，气得直咬牙。如果季英英有个意外，三郎甭说回家了，提剑杀人都能做得出来。

这口气就这样咽了？当大房是软柿子好捏？杨静岩冷笑："小兔崽子，你二堂哥可是比你多吃了十几年的干饭！"

一夜无梦，第二天早起，季英英养回了精神。院子里种着两株高大的芭蕉树，近一丈的绿色蕉叶散发着清新的气息。她深吸了一口气，舒服地伸了一个懒腰。

妯娌俩都换了对襟大袖连身裙，一碧一青的织锦暗花衣裳。杨大老爷百天过后，又逢蚕花娘娘祭祀，两人都用上了首饰。杨二奶奶用了一套碧玺的头面，季英英戴了一个珍珠发箍，打扮得素净又不失庄重。

杨二奶奶已经听说了昨晚的事，得了杨静岩吩咐，握住了季英英的手低声说道："弟妹今晚还与嫂子做伴吧。"

这是说，昨天晚上真有事发生？

杨二奶奶附耳说了，又叮嘱了她几句。季英英想了想，笑着点了点头。

收拾妥当，两人联袂出去。

屋间空地上已经摆好了香案、蒲团，庄主领着全庄上下四百多号人站得整整齐齐。

加上二百护卫在四周一围，场面颇为壮观。

杨静岩主祭敬香的时候，季英英悄悄看向站在他身后的杨四郎，岂料杨四郎也正看向她，季英英冲他笑了笑。

难道二堂兄真的没有怀疑？季英英这个笑容迷惑了杨四郎，他心不在焉地跟着揖首行礼，眼瞅着杨二奶奶和季英英被人簇拥着走到了庄主家的蚕山门口。

房门打开，杨二奶奶和季英英走了进去。

这是打通的三间厢房布置成的蚕山，高高的麦秸秆堆成了蚕结茧的蚕山，椭圆形的白色茧子结得到处都是。

季英英学着杨二奶奶，寻了一个饱满硬实的白色茧子摘下。

出了房门，杨二奶奶举起了手里的茧笑道："丰年！"

震天的欢呼声响彻了整座田庄，媳妇们、小娘子们挽着篮子进去开始收摘蚕茧。

季家不产丝，季英英以往看到的都是一束束成品丝。她知道抽丝是找到茧上的第一根线头，将结成茧壳的丝抽出来。直接染整只茧再抽丝，颜色会一致吗？脱胶之后，色彩又有无变化呢？

让庄主找人挑选了一箩筐最好的茧，要赶在蚕由蛹化蝶前染好抽丝，否则蚕会咬破茧皮，那样丝就断了。时间不等人，季英英恨不得现在就去染坊配料。想起杨二奶奶的话，她又忍了下来，就再耽搁一天吧。她故意趁杨四郎在附近时，大声吩咐香油："带几个人，我要上山去玩。"

上山？这附近的山自己都熟悉，也许还能找到机会。杨四郎心头又热络起来，赶紧凑了过去："三嫂想上山去玩，小弟给你带路吧。"

"好啊，那就麻烦四弟了。"季英英笑眯眯地谢过。

用过午饭，杨静岩叫了一队护卫护送，吩咐不可贪恋山中风景，早去早回，又将季英英郑重地拜托给杨四郎。

"二哥放心，我一定将三嫂安全地送回来。"他又不想弄死季英英，只是想让杨静渊戴戴绿帽子，出一出自己心里憋了十几年的怨气。论容貌，他比杨静渊差不到哪儿去。像季英英这种出身小商户的小娘子，嫁过来就独守空闺，被他好好哄哄，焉有不上钩的……

进了山，杨四郎也不管是否有猎物从眼前经过，只顾陪在季英英身边，细心提醒她注意脚下的石块，殷勤地递水囊。

护卫头领是大房的人，得了吩咐，照着预定的路线前行。到了目的地，他朝季英英看去，悄悄使了一个眼色。

不是色迷心窍觊觎你三堂嫂吗？就看你的色胆有多大了。

分栋山并不高，海拔一千米，上到山顶还不到未时。初夏，清爽的山风吹来，远远能眺望到山脚下的田庄，令人心情豁然开朗。

山顶一面临着沟壑，季英英顺着护卫的目光看去，果然看到一丛春兰从一块石头下面探出来。那丛兰生出几茎淡绿色的细茎，花半开半合，被风一吹，幽香隐隐。

从杨二奶奶嘴里听到杨四郎昨晚装醉闯进了第三重院子，季英英就恨极了。这么畜生的事，杨四郎都做得出来。算计他，季英英一点压力也没有。

季英英指着那丛兰，惊喜地叫道："四郎你瞧！那里有丛兰花，开得真好啊。"

杨四郎低下头，两根葱玉般的手指头貌似无意地扯住了他的衣袖。她是情不自禁，还是小家出身不懂礼仪？不管是哪种，都是他乐于见到的。他往左右瞟了一眼，见护卫们呈扇形散开，站在身后十步开外，两名侍婢也站在五步开外，没有人注意到她的小动作，他轻轻笑了起来："你喜欢？"

避着人都不叫三嫂了？这个禽兽。他以为他是谁？有她家三郎一半俊吗？

季英英腹诽着，声如蚊蚋：“我喜欢，你就会帮我采吗？”

两人离得近，她的声音像风一样轻，又甜又糯，一双黑溜溜的眼睛轻瞟着他，眉梢轻勾，手轻摇着他的衣袖。

杨四郎总算有点明白杨静渊为何会迷上季英英了。不过，他不认为今天和季英英稍走得近一点，就能让她移情别恋。

杨四郎并不傻，就算二堂兄拿自己没办法，也应该起了疑心。毕竟自己装醉酒走错院子，一定会惊动睡在外间的小厮。一个醉酒的人会翻窗进房？谁都不会相信。

然而杨静岩很痛快地同意由他陪着季英英上山，这就让杨四郎起疑了。

有十个护卫和两个丫头，他想把季英英单独拐进树林也不太可能。他改变了原来的主意，他打算慢慢接近季英英。他就不信了，一个十六七岁的小娘子独守空闺，会耐得住寂寞。哄着季英英对自己生了情，还不是他想怎么玩就怎么玩。

杨四郎不动声色地朝下面看了一眼。这条沟并不深，只有一人来高。季英英缠着自己去采兰，就算把自己推下去，也不会受伤。他还带着自己的两个伴当，季英英应该不会当这么多人的面把自己推下去。他温柔地笑了笑：“好，我去给你采来。”

季英英松开手指，声音却大了起来：“四郎，三嫂只是说说罢了。几朵花而已，你别去采了。”

她是担心被人说闲话吧？杨四郎笑道：“做弟弟的给嫂嫂折枝花，算不得什么。”

“哎，那你当心点。”季英英说着，又吩咐他的两个伴当，“照顾好你家郎君，别让他伤着了。”

杨四郎的两个伴当听见，朝沟边走了过去。

这时，杨四郎已经走到了边上，弯腰去折。刚踏上那块石头，身体一下子悬了空，和石头一起摔了下去。

“四郎！”季英英嘴里喊着，跑了过去。

杨四郎的两个伴当亲眼看到他摔了下去。沟并不深，只是杨四郎摔下去的时候，脚下一空，他大叫了一声，又摔进了一个坑里。

探头一看，伴当们就傻了，沟只有一人多深，但下面的深坑足有一丈多深。

“赶紧救你家郎君哪！傻站着干吗！陈护卫，赶紧救人。”季英英撇了撇嘴，着急地叫了起来。

两个伴当跳下沟，跑到坑边往里一看，杨四郎头破血流，昏迷不醒。

等把人拉上来，季英英拿着帕子往脸上一捂，吓“哭”了：“叫他别去折花，他偏不听。还好人家坑挖得深，没往里面插点削尖的竹子、放野兽夹，真是万幸！”

杨静岩一早叫人上山挖了坑，将那块石头下面的泥土全挖空。顾及着是亲堂弟，没往坑里插那些要命的东西。

坑里再有削尖的竹子和野兽夹，四郎君这条命还要不要了？这话怎么听着味道不对呢？两个伴当顾不得细想，背起杨四郎就往山上跑。

“赶紧送四郎君回去请郎中啊！”季英英又嚷了几句，叫了两名护卫跟着回去。看到人没影了，这才吩咐人往地上铺了块席子，舒舒服服地坐下来看风景。

“反正我走得慢，吃杯茶再回吧。”

绫儿和湘儿从食篮里拿出茶水、点心摆上。绫儿担心地问道：“四郎君会不会恨娘子？”

季英英边吃边道：“昨晚若不是我和二嫂一起睡，我的清白就被他毁了。他还能一口咬定饮了酒走错院子。我呢？我怎么办？我就算上吊死了，三郎呢？还不是一样被人指点。他这么恶毒，摔个半死算是给他点教训！”

饮完一杯茶，她也没心情看风景了，招呼护卫下山。

这时，树林中突然有弩箭射出，两名护卫连吭都没吭一声就中了箭。

“对方用的是弩！三奶奶躲树后去！”护卫头领大声喊着，躲在了树后。

弩箭在短距离的力道比弓箭强悍，来人用的是三国时诸葛亮研制的手弩，一次能连发三箭。对方不露头脸，对着下山的众人一阵猛射。两名护卫当场死亡，有四五人都受了伤。护卫首领见势不妙，挥着腰刀冲季英英主仆三人说道：“往回跑，三奶奶，你们自己逃吧。”

对方不是要劫人，而是要命，能不能逃掉就看你们的命了。

“护卫大哥，你们小心，保命要紧！”护主是你们的职责，能不死就保命吧。季英英和绫儿架着腿都软了的湘儿返身就往山顶跑。

这时，身后传来一个声音：“她往山上跑了，追！”

季英英身子一颤。她听出来了，是上次在城外茶铺用箭射自己的人，是赵家的人！她一咬牙，和两个丫头跑到了山顶。

季英英指着沟道：“你们跳下去，躲到下面的林子里去！记着，是上回拿箭射我的人！是赵家的人！”

“娘子，您呢？”绫儿叫道。

“他们要杀的是我呀，你们留下不是白送命吗？能把消息带回去，将来三郎君还能为我报仇。快走吧！”

绫儿一把将惊魂未定的湘儿扯到地上，给季英英磕了一个头，飞快地拉起她跳下了沟。

“好样的。”见绫儿果决，季英英赞了一声，转身站在沟边等待着。

这时候的阳光很暖，山风吹来只有清爽的感觉。远处的田庄坐落在绿色的田地中，白墙乌瓦，极为美丽。

季英英摸了摸袖中的小刀，低声说道：“三郎，你叫我不要轻易出府，我没听你的话。一味地躲不是办法啊。”

坡下慢慢走上来一行人，黑衣蒙面，为首的人手里提着刀，血顺着银白的刀身滴落。看到季英英，他哈哈大笑：“三奶奶，这里可没有大树让你爬上去。上次在城外茶摊被你捡回了一条命，今天看你往哪儿跑！”

后肩才好的箭伤隐隐作痛起来，她笑了起来：“你们看我打算跑吗？我的护卫呢？都被你们杀了吗？”

首领耸了耸肩：“你以为你的护卫都那么英勇？知道我们追的人是你，他们转身就作鸟兽散，能跑的都跑了。”

季英英露出了笑容：“少死几个人才好，免得去了阴曹地府，要被判下油锅下十八层地狱。人哪，要给自己积福。”

首领啐了一口道：“啊呸！老子杀人如杀鸡，还怕判官？”

季英英往后退了一步，站在了沟边：“赵家究竟想怎样？为什么一定要杀我？”

杨静渊并没有细说当天袭击她的人是牛五娘的护卫，只说赵家是主谋，季英英理所当然地认定眼前这群人是赵修缘派来的。

“怨只怨你嫁到了杨家！杨三奶奶，明年的今天就是你的忌日。”

说完，首领举起了手里的刀，朝季英英走来。

季英英返身就往沟中跳了下去，大喊道：“你做梦！”

首领一愣，急步走到了沟边。

这时，耳边响起了风声，他的瞳孔蓦然放大。等到反应过来，一支雪亮的箭镞已经到了眼前。

随着首领的惨叫声，树林里射出了一阵密集的箭雨。

“有埋伏！”首领身后的人大喊着，挥刀砍着射来的箭。

一轮箭雨后，坡前坡后埋伏的人渐渐显露出身影。沟下树林里的护卫飞快地奔向了山顶。有人将季英英扶了起来道："三奶奶可有受伤？"

"我没事。"季英英拍打着身上的泥土。跳这样的小山沟，她最多把脚崴了。

她回头望去，看到杨静岩带着杨家的护卫上了山顶。她笑嘻嘻地朝他挥了挥手："二哥！"

"弟妹没受伤吧？"杨静岩脸上也露出了笑容。

"娘子！"季英英正要回答，绫儿和湘儿哭着跑了过来，扯着她上下打量，"娘子真是的，瞒得奴婢们好苦！"

告诉你们，怎么瞒得了杨四郎？季英英笑道："我这不是没事吗？这道沟又不深。"

自从来的路上不断有塌方堵路，杨静岩就觉得不对劲了，晚上杨四郎又跑来捣乱，他干脆就布下陷阱。这拨来杀季英英的人不出现，就只给杨四郎一个教训；如果出现，就一个也别想跑。

上了山顶，来的六个人全死了。四个中了箭，两人服了毒。

杨静岩摇了摇头："蓄养的死士，没受伤也不会活。"

季英英想起护送自己上山的那些护卫，心里隐隐明白必定也是杨家蓄养的死士。她看了这几人一眼，转开了脸："我还想着套他们说出赵家来，咱们这儿有这么多人证可以告赵家。"

她哪里懂得这些。杨静岩笑道："这事二哥会处理，你先下山吧。"

杨二老爷等了两天的消息，不仅等到了杨静岩夫妇和季英英平安地回城，还等到了杨四郎无意中摔进深坑，动弹不得被抬回府的消息。

杨四郎面色青白，头上缠着白布，下半身已没了知觉。

杨邹氏当场就晕了过去。

"四郎，你怎么这么不小心，去摘什么花呀！"杨二老爷握着儿子的手，想起郎中的话，心如刀割。伴当做证，是四郎执意要去采沟边的花，季英英拦都拦不住。杨二老爷恨死了季英英，又气儿子不争气。

"季二娘害我，二郎害我，石头是松的……"杨四郎挣扎着，气若游丝地说道。

杨二老爷蓦然想起了杨静渊说过的话："我有两个哥哥，兄长们都有了嫡子，二房只有两个儿子，六郎才十一岁，您想好了。"

是大房做的，一定是！

二儿子年幼，他能指望的就是四郎啊！

杨二老爷目中赤红，噌地站了起来："爹一定为你讨回公道！"

他杀气腾腾地带着家仆直奔白鹭堂。

白鹭堂一片缟素。

大房的人全换上了素白的孝服，坐得整整齐齐。

杨二老爷血气上涌，视而不见。他带着人一路冲进白鹭堂，见到季英英坐在厅堂里，厉声叫道："将这个贱人给我拖出去打死！"

啪的一声，坐在上首的杨石氏扬手将一只酒罐子摔了过去。酒罐子打在杨二老爷身上，泼了他一身酒水，摔得粉碎。

"二老爷好威风！欺负你大哥走了，扔下我们孤儿寡母好欺负不是？叫人打死我儿媳妇，老身还没有死呢！"杨石氏怒吼道。

不等杨石氏再发话，一群杨家护卫直接冲过去，将杨二老爷带来的家仆拖了出去。

"杨石氏！"杨二老爷暴跳如雷，"她不守妇道勾引我家四郎，害得我家四郎半身不遂，不打死这贱人，实难消我心头之气！"

杨石氏哈哈一笑："杨骏英，你不闻一闻你身上是什么味道吗？"

赤红色的酒泼在杨二老爷的青衫道袍上，如溅了一身鲜血，浓烈的酒香在厅堂里弥漫开来。

杨二老爷一愣，猛然发现这是自己送给大哥的神仙酒。他心里阵阵发虚，强自镇定道："拿酒泼我，是做嫂子的所为吗？"

"你看看，看看这满堂缟素。老爷在天上看着你呢！"杨石氏站了起来，"我嫁到杨家的时候，你才几岁。都说长嫂如母，你和老三哪个没穿过大嫂给你们做的鞋袜？你们娶妻成亲，是大嫂一手给你们操办！你就是这样对你大哥的？！"

"是大哥贪杯！我们都喝了那酒，怎么没事？"杨二老爷梗着脖子叫道，心虚得全然忘记了自己是来给儿子讨公道的。

"对！是你大哥贪杯！所以这件事你知我知，所有人心知肚明，但都没办法说你二老爷一句不是！"杨石氏指着他道，"你扪心自问，你夜里没做过噩梦吗？你睡得安稳吗？你可有梦到过你大哥！"

杨二老爷脸色发白，抬头看到案几上供着的大老爷灵位，触目的白几乎要将他淹没。他大喊道："你胡说八道！"

“是啊，因为老爷贪杯，没有证据啊。”杨石氏像是自嘲，又像是在感叹。她扶着陈嬷嬷的手，朝杨大老爷的灵位喊了起来：“老爷，您自作自受，恕妾身没办法给您讨公道了！”

突然高亢的声音吓了杨二老爷一跳，他一拂衣袖道：“不知所谓！我告诉你，我家四郎的事没完！”

“老二想出门哪？是不是想看看院子里的人是否都认识啊？”

身后传来杨石氏悠悠的声音，杨二老爷这才看到院子里跪着十几个人。他眯缝着眼睛一看，心哆嗦了一下。

杨静山淡淡说道：“库房的管事怕担责跑了，这些送货的帮闲汉子却还留在城里。”

“什么送货的，我不知道大郎在说什么。”杨二老爷阴狠地看向杨静山。

堂外响起了帮闲汉子的声音：“那天是三月初十，杨家二房的赵大管事找到我们兄弟，让我们从小东巷杨家库房搬一批锦……”

汗沁湿了杨二老爷的背心。赵管事是二房的管事，杨家人都知道。他特意没有用府里的工人，在外面寻的帮闲汉子。

不等这些汉子说完，杨二老爷恶狠狠地说道：“这些人敢偷运杨家的锦，大郎，你该把他们送进州府衙门才对！”

杨静山拍了拍手掌。

两名家仆将捆成粽子般的赵管事拎了进来，他叫了一声：“二老爷，小的不招不行啊！”

“你这个背主的贱奴！”杨二老爷上前一脚将他踹倒，大骂道，“陷害主人，直接打死你都成！”他回过头轻蔑地说道，“就凭这些个贱仆的话，就想诬陷我？你们也太小瞧我了吧！”

杨二老爷打死不认，拔腿就想走。

“站住！”杨石氏高声叫住了他。

杨二老爷硬生生地停了下来，绷着脸道：“大嫂还有什么事？”

闪烁的眼神出卖了他，他的头微微低着，再没了刚踏进厅堂时的威风。杨石氏已坐了回去，双手交叠，坐得端庄，笑得大方：“四郎无意中摔伤，我这做婶娘的也心疼，已经下了帖子去请了顾老御医。”

顾老御医医术高明，杨二老爷不得不硬邦邦地道了声谢。

“二房男丁少，不像大房。我有两个嫡亲的儿子，有三个嫡亲的孙儿。我记得澄玉的年纪比六郎还要大两岁呢。四郎的病好好养着，将来说不定还有能站着娶媳妇的一天。”

“你，你……”转眼，杨石氏就往杨二老爷心窝子上戳了一刀，疼得他的声音都颤了起来。

杨石氏心头大快，又往杨二老爷伤口上撒了一把盐：“过了今年十月，捧回了锦王的匾额，你和老三无话可说，照规矩也该搬出去了。还有几个月，够你们找宅子了。”

不认账，不认输，不搬家！杨二老爷心里冒出了这三句话来。

“杨家从此再不采买周家的丝，三弟妹娘家的织坊永远接不到杨家的活。你和老三走得近，今天他没过来，你转告他吧。想说理，咱们就开了祠堂在祖宗面前一桩桩一件件慢慢讲。想安生过日子……就甭再生幺蛾子！”

这是在威胁他和老三。杨石氏敢敞亮地说，就说明她已经掌握了所有的证据。不安分，开祠堂。这不是要将他们赶出杨家老宅，而是要将他们赶出杨家，从族谱上除名。

杨石氏的声音像一口钟，震得杨二老爷的脑袋嗡嗡作响。他怎么回去的都记不清楚了。大房怎么知道用的是周家的丝，是在老三媳妇的娘家织坊织的？

“老爷！”杨邹氏醒过来，见到他回来，又哭着扑了过来，“你给四郎讨个公道啊！他这一辈子可怎么办哪！”

杨二老爷打了一个寒战，四郎就这样残了，明知和大房有关，他却没有证据，连伴当都说是四郎自己摔的。如果不安分，接下来就轮到六郎……

“六郎在哪里？！”

他把杨邹氏问蒙了。

“爹，我去看了大哥。”十一岁的六郎从卧室里走了出来。

杨二老爷快步上前，把六郎紧紧抱在了怀里。不，他不认输，他还有一张底牌。“送六郎去长安！明天一早就上船！”

“老爷，您这是怎么了？”杨邹氏完全糊涂了。

杨二老爷咬着牙说道：“六郎十一岁了，他舅舅在长安，该送他去见见世面了！这事就这么定了！”

送走六郎，他再无后顾之忧。他绝不认输，他要为自己、为四郎讨回公道。

清晨，赵家门房打着哈欠开了门，看到一辆马车停在了门口。没有车夫，马车安静地停着。他嘟囔着上前，随手掀起了车帘："谁把车停在家门口……"

一声惨叫打破了寂静。门房看清满满一车死人，吓得转身就跑，一个踉跄绊倒在门槛上，高声大叫道："不好了，出人命了！"

牛五娘的田庄里，六具尸体整齐地摆在厢房中。

赵修缘瞥了一眼牛五娘："这几人都是你的家仆吧？号称一等一的好手，嘁！别把自个儿看得多高，没得连累了赵家。"

他摇着头，转身走了出去。

明明是求自己出人帮赵家做事，却得到这样的奚落，牛五娘气得浑身发抖，指甲掐进了掌心："赵家有本事叫自己的人去啊！"

赵修缘在门口回过了头，清俊的脸上布满了讥讽的笑："赵家没本事才会让我娶你。"

赵家没本事才会娶她，赵家有本事，怎么会看得上自己。

牛五娘被他的话刺激得尖叫了一声，冲过去抡起了巴掌。

手腕被赵修缘一把攥住，他低下头在她耳边说道："季富昨儿回季家报信说，季英英无恙。祖父叫你去杀杨静岩，你的人却去杀她。牛五娘，你忘了我的话，我可以再提醒你一次，我要季英英活着。她是我的，轮不到你去杀她。"

"我要杀了你！"牛五娘用力扯着自己的手，恨不得杀了赵修缘。

赵修缘目光下移，瞟了一眼她的肚子："这么心急做什么？好歹也要等你怀上儿子再动手不是？你背着杀夫的罪，你还有机会对付杨静渊吗？"

他将牛五娘推了出去，大笑着扬长而去。

恨，让牛五娘疯狂。她靠着门框，闭上了眼睛："我要毁了你们！"

第四十二章

浣花新锦

大房明里没有承认，却毫无顾忌地让杨二老爷去猜杨四郎是不是大房害的。加上大房暗中掌握的证据，杨家二房、三房消停了。连续一个多月，二老爷、三老爷都没有再进过白鹭堂。

听到杨二老爷将六郎送到了其舅舅家，三老爷将城里的商铺陆续卖了，杨石氏只是一笑。

六月初夏，杨静山已经能坐在轮椅上让人推着到处走。顾老御医说，最多到年底，他就能下地了。这对大房来说是天大的好消息。

“大哥。”季英英带着雪青和绫儿进了杨静山的书房。

“弟妹来了，快坐。”杨静山示意小厮将自己推到桌前。

和季家铺子的桌子一样，长而宽的大桌上新铺了一块雪白的细葛布。待季英英在桌前坐定，杨静渊便吩咐小厮道：“都下去吧。”

季英英朝雪青和绫儿点了点头，两婢也退到了门口守着。她亲自将藤箱打开，拿出数个布包放在了桌上。

细墨线勾勒的画稿展开，铺在桌上，用玉石镇尺压好四角。季英英解开布包，将一束束丝慢慢放在了画稿上。

红、黄、橘、绿、褐、黑等足足上百种彩丝铺满了画稿，五彩斑斓的丝让杨静山脑中自然浮现出一幅灿烂的秋日山林锦图。他惊喜地赞道：“杨家的织工最多配出了六十多种色，弟妹居然能配出多一倍的色彩。这幅锦织出来一定极美！今年夺回锦王，弟妹功不可没。”

季英英笑着摇头道：“不，大哥，我想请你改变原来的思路，不织这幅秋日层林尽染的锦图。”

杨静山诧异地问道：“为何？”

季英英卖了个关子，又解开一个布包，拿出几束丝给他看：“大哥看看这些丝。”

丝是最上等的蚕丝，触手细滑，如水一般的触感。束成一束，杨静山立马发现了这束丝的不同：“这束丝颜色浓淡不一，染坏了。”

话出口，他又摇头。染坏的丝线，季英英不会特意拿给他看。可是上等的丝线，色染透了每一根细丝，脱胶洗净后，色彩会更加明丽，且颜色一定是饱满一致的。大红就是大红，中间绝对不会有一根绛红或粉红；黑就是纯黑，绝不会像妇人两鬓生霜，黑中夹着灰发银丝。

为了照顾杨静山腿脚不便，季英英绕到了他身边。宽大的桌上放着一只装满清水的白瓷笔洗，季英英从笔架上取下一支毛笔，在砚中吸饱了墨，垂直地停在笔洗上方。一滴墨滴落水中，如云雾般洇开。她陆续又取了别的笔，分别蘸了画画用的各色颜料滴了进去，最后手指在笔洗边缘敲了敲。

一钵清水反射着微光，五颜六色的颜料在水波中轻轻荡漾开来。

“大哥，上次祭祀蚕花娘娘时，我拿了一些生茧去染，染出来再抽丝后，发现色泽浓淡不一致。如果是刺绣，可以用不同的线交叠绣出色彩浓淡变化，但是织锦不能重叠着织，色彩变化的交接处就不够自然，所以蜀锦的花纹大都是色彩独立的。如果丝线本身色彩浓淡不一，那么织出来的锦就会像这钵清水里的颜料，自然交汇。”季英英说着，拿出另一只布包解开，从中取出十几束丝来，“这些丝是借用了雕版腊印染布的方法染成的，由深到浅变化不一，你看看。”

杨静山望向季英英，她的双颊染着一抹兴奋的嫣红，从白嫩的肌肤中透了出来，那样自然。一瞬间，他想起了濯锦江里浣丝洗布的情景，脱口说道：“贝锦斐成，濯色江波。”

斗锦，与其说斗的是图案意境，不如说斗的是织法。能画美图的人多，但不是每个织户都能织得出来。织锦的织机是固定的，想要让千丝万缕的线编织在一起，织成想要的图案，需要极高的领悟力与高明的配线技艺。

从来色泽不同的丝线都是染废的丝，就没有人想过，如果加以利用，有意地组合色彩，就可以像织素锦一样织就一种新锦，省时省力不说，色彩变幻多端。

杨静山兴奋地握住了这些丝，大声说道："此锦能成，便叫浣花锦。好呀，我杨家又能添一种新锦！"

"浣花锦，这名字真好听。"季英英开心地笑了起来。

"一是为兄想到了濯锦江与浣花溪中濯洗丝布的情景，二是因为弟妹自小就住在浣花溪旁，这名字再贴切不过。"杨静山爽朗地笑了起来。

听说这名字还有自己的缘故，季英英愣住了。锦能流传千古，后人会记住她季英英的名字，这是极大的荣耀。季英英脸一红，慌乱地摆手道："不，不，大哥给这种锦取名字出于第一种原因就好，我受不起。"

"都是因为你……"

书房里模糊的声音隐隐传出门外，来送茶点的杨大奶奶停住了脚步，心里一阵翻江倒海。丈夫织新锦，取的名字竟然是为了季英英。

"大郎君、三奶奶，大奶奶送茶点来了。"雪青轻声在门外禀了一声。

屋里的声音停了下来，杨大奶奶带着丫头走了进去。宽大的桌子上摆满了各种丝线，杨静山和季英英分别坐在桌子的两端。

"我不是说过我不用茶点的吗，你怎么又送来？"杨静山嗔怪了一句。

他脸上兴奋的神色还没有退去，杨大奶奶一想到只要季英英过来，他每天一起身就急着往书房去，一待就是一整天，回屋后却愣愣地不肯言语，心里就不舒服。

是不用茶点，还是不想让自己打扰他和季英英？只是说一些配色上的事，至于让所有人都退到房外吗？

"你不吃，还不许弟妹吃啊？"杨大奶奶笑着回了一句，让丫头把点心端出来。

"谢谢大嫂。"季英英接过一碗银耳莲子羹，小口地吃着。银耳滑爽，莲子软糯，她吃得香甜。

看她吃得眼睛都微眯起来，像只晒太阳的小猫，杨静山笑道："弟妹喜欢吃，以后弟妹来，记得多做一些。"

温暖的目光让杨大奶奶想起初嫁进杨家的时候。给他做，他不要。季英英爱吃，就叮嘱自己别忘了做。她嗯了一声，不想再待下去："那你们慢慢聊，我不打扰你们了。"

"大嫂慢走。"季英英赶紧放下碗，起身送杨陈氏出门。

走到门口，杨大奶奶停住了脚步，柔声说道："母亲将你娶进门真是做对了，有你帮忙，今年咱们家一定能把锦王夺回来。弟妹再辛苦些日子，等到配好色开织就轻松了。”

大奶奶说话真不中听，娶她过门是为了三郎，她不嫁过来，也一样可以为杨家织斗锦出力呀。

“嗯。”季英英仍笑着点了点头。

杨家紧锣密鼓地为十月斗锦忙碌，也一直没有中断过打探别家的消息。能进斗锦赛的织户需要身家门槛，益州府有资格能挤进前十的织户，大家心里都有数。现在离斗锦只有三四个月的时间，织户们基本上已经织出了样锦，登门拜访探听口风的事也变得寻常起来。

晚饭后，杨石氏将人都留了下来。

“今年咱家的斗锦已经在织了。各家的情形都差不多，早一点织的已经出了样锦，唯独赵家还没有动静。”

这个消息让杨家人都感到诧异。

杨静山问道：“是赵家防范得紧，没有人知道？”

杨石氏轻描淡写地说道：“除非赵老太爷不再选锦了。”

杨静山纳闷儿了：“这倒是怪事。现在离斗锦只有不到四个月的时间，赵家难道不着急？”

赵家各处为斗锦准备的织锦从画稿起，都要送给赵太老爷过目。季英英坐在一旁默默地想，知己知彼，百战不殆。杨家今年织的斗锦取名为浣花锦的事情已经传了出去，但究竟是什么样的锦，杨家只有杨石氏、杨大郎和自己三个人知道。听太太的意思，杨家有人盯着赵老太爷的松风苑，杨家虽然不晓得赵家最后选定的是什么锦，但一定知道赵家是否在为织斗锦而忙碌。赵家没有动静，还真是件怪事。

“弟妹呀。”

坐在季英英身边的杨大奶奶叫了她一声。

“嗯？”季英英回过神，看到陈氏冲自己笑，她赶紧问道，“大嫂叫我？”

杨大奶奶笑道：“赵家去年织出锦王《临江仙菊锦》的赵二郎不是和弟妹青梅竹马长大的吗？弟妹对赵二郎了如指掌，弟妹至少能将他的技艺风格说个七八分。不管赵家葫芦里卖的是什么药，只要赵家的斗锦比不上咱们杨家锦就成。”

什么叫青梅竹马长大、对赵修缘了如指掌？季英英眉心一皱：“大嫂，我不懂织锦。”

杨大奶奶碰了个软钉子，笑容有点僵：“弟妹真是的，明明今年的斗锦都是你和郎君商量着定下的，怎能说你不懂呢？悄悄告诉大嫂，赵二郎偏爱什么样的锦？”

看在杨静山的面子上，季英英没有冷脸就不错了。听到这句话，她站起身来：“太太。”

杨石氏中断了和两个儿子商议赵家斗锦的事，见季英英起身，有些诧异：“你想到什么了？”

杨大奶奶也顺势问道：“是呀，关于赵家织锦，弟妹想到了什么？”

刚才她问的可不是赵家的织锦，而是赵修缘的织锦。季英英又不好自己提到赵二郎，闷声说道：“太太，我不懂织锦。我有点不舒服，想早点回明月居。”

“哪里不舒服？要不要请郎中来？”杨石氏关切地问道。

季英英胡乱找了个借口道：“可能昨天睡得晚了，今天没有补眠，有点倦。睡一觉就好了。”

杨静山愧疚地说道：“弟妹这些天辛苦了。如今锦已经上了织机，弟妹可以好好休息了。”

“是呀，弟妹不用再过来了，好好在明月居……母亲，不如让弟妹回娘家住些日子如何？赵、季两家离得近，又同在三道堰，弟妹说不定还能打听到一些消息。反正咱家的锦已经上了织机，弟妹也不用劳神想配色的事了。”

锦已经开织了，你最好多在娘家住些日子，免得隔三岔五就往杨柳居跑。杨陈氏灵机一动，临时改了口。

嫁过来就只是为了织斗锦？锦开始织了，就赶自己回娘家去？当她稀罕住在这大宅子里？杨静渊来信说最近忙，回不来。她还真想回家看看母亲和哥嫂呢。季英英越这样想，思念的情绪就越浓，脱口说道：“太太，我正想回娘家住些日子。”

杨石氏想到上次她回门受伤，正想拒绝。季英英主意已定：“太太担心我的安全，可多遣几个护卫随行。总不能因噎咽废食，连上街都怕了。”

她才十六七岁，为了杨家斗锦和三郎，嫁过来就脱了彩衣，平时不是青就是碧。季氏身体不好，又要照顾她嫂嫂。嫁过来这几个月，除了她大哥来探望，她也没见过季氏，想回趟娘家也很正常。杨石氏想到这里，就同意了：“二郎，你送她回去，多带些人。”

“母亲放心。”杨静岩应下了。

马车出了城门，路过那棵大黄桷树时，季英英掀起了车帘。

树下新搭起了一间竹棚，重新支出了青色的店招。

想起当日的凶险和分栋山上被射死的那几个死士，她轻叹了一口气。

杨静岩骑马走到马车旁，看了一眼那棵黄桷树，轻声说道："弟妹放心，那几个人已经送回赵家了，谅他们也不敢再打什么歪主意。"

送回赵家的是尸首，让赵家知道杨家的力量。这样一来，赵、杨两家就揭开了那层纱，让仇恨直接浮上了水面。

今年斗锦，杨家夺回锦王，无疑是强者归来，大获赞扬。赵家二十几年来好不容易去年赢得一次，今年保不住，还不如一直都赢不了。输了，当众被杨家狠狠打一耳光，颜面无存。

如果是这样，赵家更应该加紧想办法织斗锦才对。可是为什么没有动静？赵家对锦王有多么渴望，季英英再了解不过，因此对赵家的行径百思不得其解。

季家已经提前得了消息，季耀庭早早就在门口等着了。

他接了杨二郎去外院歇息，叫季贵安置杨家的护卫，季英英则去了内院。

季英英打算在季家多住些天，湘儿和绫儿还有季嬷嬷都跟着回了季家。季嬷嬷挽了老大的包袱，一路大声和仆妇们打招呼。季英英不由得感慨万千，在杨家，向来彪悍的季嬷嬷都没有像在家一样放开嗓门儿说过话，还是自己家舒服自在。

"小娘子回来了！"吴嬷嬷在二门候着，见到季英英，亲热地行了礼。

没有叫自己姑奶奶，还是叫她小娘子，季英英眼睛微湿，搀住了她："嬷嬷。"

吴嬷嬷拍了拍她的手道："先回你的院子收拾收拾，再去见太太。"

走进小跨院，黄桷树郁郁葱葱。季英英丢下众人，在院子里围着树走了一圈。一年就这样过去了，这一年经历了太多事情。

抬起头，又看到了赵家的藤园二楼。

突然间，二楼窗户被人推开了。

赵修缘？从藤园只能看到她原来的绣房。季英英仍然吓了一跳，下意识地往树后退了两步。等她反应过来楼上的人看不见自己时，才大着胆子往楼上看去。

那人穿着一身黑色宽袖大袍，撑着窗户跳了上去，背靠着窗棂坐着，慵懒地望向季家的方向。

窗户离地有两丈多高，下面没有遮挡。季英英越看越疑惑，赵修缘从来都不会这样坐在窗棂上，稍不注意就会摔下去的呀。

"晟丰泽！"季英英一手捂住了自己的嘴，差点儿叫出声来。晟丰泽怎么会出现在赵家藤园二楼？

看到坐在窗台上的晟丰泽，赵修缘急了。万一被人看到，认出他来可怎么得了？他急声喊了晟丰泽一声："王爷！"

晟丰泽转过头，似笑非笑地望着他道："害怕了？"

"小人只是为王爷的安危着想罢了。"谁不怕？这是抄家灭族的罪！赵修缘心里一阵大骂，脸上不得不装出平静的模样。

"季英英回娘家，你想不想见她？这种机会可不多。"

就像在他面前吊了根肉骨头，引诱着赵修缘。垂下的宽大袍袖遮住了赵修缘紧握成拳的手，他近乎谄媚地说道："王爷的大事要紧，儿女私情不值一提。"

"哈哈！"晟丰泽大笑。

洁白的牙耀得赵修缘眼睛都要花了。晟丰泽是虎，那他就做狐狸。狐假虎威，也比做一只软弱的兔子强。他垂下了眉眼，恭谨地说道："王爷若对季英英感兴趣，小人可以换一个要求。"

换一个要求？季英英还不是他心中最想要的战利品？还是他在试探自己？晟丰泽跳下了窗台，走到赵修缘面前。眉眼温驯，怎么看都是个清逸无害的书生，他的獠牙藏得真好。晟丰泽没有说别的，伸手拍了拍赵修缘的肩道："本王许诺的事绝不反悔。"

他回头看了一眼窗外。季英英，如果你够聪明，认出了我，就该离开益州府去找杨三郎。

晟丰泽越过赵修缘出了房门，径直下了楼。

听到脚步声消失，赵修缘长长地吐了一口气。他走到窗户旁，望着街对面季家小院那株茂盛的黄桷树，喃喃说道："浣花锦，你帮杨家织的是什么锦呢？真是期待。"

季英英看到晟丰泽离开，又看到一袭碧蓝宽袍的赵修缘站在了窗户旁。很明显，晟丰泽又悄悄来到了益州府，还成了赵家的座上宾。她心里一沉，有种想赶紧离开三道堰的冲动。

"娘子，赶紧梳洗了去见太太吧。"湘儿笑着提醒她。

"不用了，我这就去正房。"

季英英心里有了事，根本不想再耽搁，转身就去了正院。

看到坐在回廊上的丫头高声朝里面通报，季英英加快了脚步。步入正堂，看到季氏和张四娘，季英英盈盈一福："母亲、嫂子，让你们久等了。"

"英英，过来坐。"季氏说话中气不足，几个月不见，看着又瘦了一些。

季英英走到她身边跽坐着，惊喜地发现张四娘已经显了怀。她叫了两个丫头过来，将给两人带的礼物呈了上来："太太嘱我带给您的参，这些是我和丫头们无事时给侄子做的肚兜小衣。"

参有两棵，有手指粗细，根须俱全，一瞧就是有些年份的老参。季氏目光从参上掠过，就想起去年为着一棵参，季英英和晟丰泽签欠条的事。她嘱李嬷嬷收了，见做的小孩衣裳高高一摞，嗔怪道："小孩长得快，你何必做这么多？"

"想着小侄子心里就高兴。反正平时也没什么事，闲着也是闲着。"季英英笑着答了，心里又是一叹。母亲的身体瞧着一天不如一天，嫂子又有了几个月的身孕，这时给她们说晟丰泽回来了，受了惊吓可怎么得了？

午饭时，季耀庭没有过来，在前厅陪着杨静岩。用过饭，张四娘回去歇着了。季氏就收了笑容斥道："上次回门路上遇到流寇，险些吓死为娘。亏得季富回来报信说你无事，这才放了心。你无事怎么又想着回娘家来？"

季英英不想说被杨大奶奶拿话挤对，顺水推舟地说道："娘，我想和您商量搬家的事。"

"什么？搬什么家？"季氏分外诧异。

"您也知道，咱家和赵家结了仇。两家挨得这么近，我着实不放心。城里也能开染坊，所以想和您商量一下，要不咱家搬到城里去好了。离得近了，也能有个照应不是？"

搬进城，离赵家远了，怎么也更安全一点。

"这是祖宅，浣花染坊传了百年，哪能说搬就搬呢。兔子还不吃窝边草呢，赵家也不敢过分胡来的，我们不去招惹他家便是了。"季氏笑着拒绝了。

"娘，如果晟丰泽又来了呢？让你们继续住在这里，我不放心。"

"他是南诏王弟，暴露了身份，就不会轻易再对季家如何。他真要来，娘也想通了，舍了秘法保一家平安，也没什么大不了的。现如今呀，最大的事就是你嫂嫂能平安生下孩子，让季家有后……"

提到孙儿，季氏脸上蒙上了一层光辉，再不肯说别的话题，唠唠叨叨地念着如何去竹林寺抽中了上上签，又如何得了寺中大师的福愿，说着说着竟然忘记了季英英搬家的提议，催促她闲来无事给竹林寺的和尚绣一册经书。

季英英心里无奈地叹了一口气。搬家这样的事，看来只能和哥哥季耀庭商量了。她耐着性子听母亲唠叨，终于等到季耀庭陪了杨静岩来给季氏请安告辞。季英英顺势告退，送两人出去。

"弟妹，五天后我来接你。"走到二门，杨静岩说道。

季英英笑道："我正想和二哥说，能不能请你在前厅等一等，我想和你一起回去。"

说好在家住五天，怎么突然变卦要回去？季耀庭和杨静岩都大吃一惊。

季英英抱歉地说道："我也是出门后才想到一件和织斗锦有关的要紧事，非回去不可。"

这个理由找得极好，两人松了一口气。季耀庭苦笑道："我还以为出什么事了。"

"有劳二哥等一等，我和哥哥说几句话，向母亲辞行就走。"

嘱人请杨静岩去了前堂歇着，季英英转身朝自己的院子走去："哥，我有话和你说。"

进了小跨院，季英英吩咐季嬷嬷把行李打包收拾了送到马车上去，她明显感觉到季嬷嬷和绫儿、湘儿的笑容僵在了脸上。她只能一叹，引着兄长进了卧室。

听她讲完，季耀庭也紧张起来："我怎么一点风声都没听到？隔得那么远，你真没看错？"

季英英肯定地点头说道："虽然离得远，看不清楚他的脸，但我可以肯定，一定是晟丰泽。"

有些人，再长时间不见，不用看清楚他的脸，依然能认出他来。

杨家大队护卫护送她回季家，马车进三道堰就引来人们指点围观。晟丰泽在赵家，一定知道她回娘家的消息。他仿佛是故意让她看见似的，穿着他常穿的黑色锦衣，肆意张扬地坐在藤园悬空的窗台上。

不离开，难道等着他半夜又潜进她的房间来吗？季英英想到这里，咽喉一紧，仿佛又感觉到晟丰泽的手掐住了她的脖子。

"你先回杨家去，给三郎写封信说说这事。晟丰泽的目的不明，以他的身份，季家不过如蝼蚁一般。他真想对付咱们家，搬到城里一样逃不过。再说了，搬家不是小事，须得从长计议。"

媳妇再过几个月就要生了。染坊今年生意好，接了很多活计，忙不过来。如果想从三道堰搬走，最好等到冬季染坊活计少了再说，那时候四娘生了孩子，也方便一些。合适的宅院也不是一时半会儿就能找到的，还不知道母亲是否同意弃了季家的祖宅。季耀庭思虑再三，选择了静观其变。

"哥，要不我去求太太帮忙找宅子吧？"季英英感觉非常不好。

季耀庭拒绝了："欠杨家的聘金还没填上，怎好又去麻烦杨大太太？回头我让季贵去城里寻中人打听着。有合适的宅子再说。”

也许是自己杯弓蛇影被吓怕了吧？季英英也知道搬家不是件小事，只得催促哥哥尽快说服母亲，安排搬家的事。她又将杨家斗锦一事拿出来搪塞了季氏，匆匆和杨静岩回了城。

撒了一个谎，就要说更多的谎。

季英英意外回到杨府，不想解释晟丰泽的事，见过杨石氏后，就去了杨柳居。

听说季英英来了，大奶奶陈氏不由得厌恶起来：“锦不是已经上了织机开织了吗？她怎么又要找郎君说织锦的事？”

对于任何一个夺走丈夫关注的女人，杨陈氏都喜欢不起来。但她又没有办法，赔着笑脸迎了季英英，陪同她去书房找杨静山。

进了书房，因是与织锦有关，杨静山吩咐小厮出去。

杨大奶奶不想离开，干脆亲自去端了茶水来：“弟妹的脑子就是灵活，锦都开织了，又想到了新的主意。”

杨静山看了她一眼道：“茶搁下就走吧。”

有什么不能听的？又想赶她走！杨大奶奶不情不愿地应道：“是。”

季英英本想悄悄托杨静山帮自己遮掩过去，见杨陈氏神色不喜，目光落在她那身青色绣了暗花的锦衣上，心中一动：“也没什么，我就是想告诉大哥四个字：锦上添花。”

“锦上添花……太妙了！”杨静山痴迷织锦，喃喃重复着，眼中骤然爆发出一股神采。他瞬间想到，如果只是织成色彩如江中漂洗的彩锦，不如再织些花朵于锦上。花落锦江，更映衬出浣花锦的名字。

季英英的目光和杨静山的眼神撞上，彼此都笑了起来。

杨静山喜悦于想到了让浣花锦更美的织法，季英英则是松了一口气，起身告辞道：“大哥既然明白，我就不多说了。”

杨大奶奶椅子还没有坐热，季英英就起身告辞离开了。匆匆回来，就为了告诉夫君四个字？这叫什么主意？锦上添花谁不懂啊？华锦上添加精美的刺绣，让锦更加美丽，城中有钱人家谁不穿锦上添花的锦衣？

“说了与斗锦有关的事你不许问不许听，你怎么当着弟妹的面直接问起来？”杨静山突然黑着脸冲杨陈氏训斥道。

“我又没问她，只是客气一句……我怎么知道她就说了。一句锦上添花罢了，谁不晓得呀？”杨陈氏被丈夫骂得回了神，委屈得不行。

平时两人关在书房里说那么长时间，今天她在，就说了一句话，还惹来丈夫的斥责。杨大奶奶憋屈得要命。

此时，一艘花舫正停在赵家碧水园的湖中。荷叶娉婷如华盖，牛五娘素手操琴，一袭湖蓝色轻绸衣裙被风吹得如水波荡漾。她知道自己什么时候最美，梳了高耸的牡丹髻，插着六对白玉长笄，正中戴着一串璎珞，水滴形的蓝色宝石正坠在额心。打扮如姑射之仙，不食人间烟火。长及胸口的素白面纱遮住了她的脸，不会让人想到她毁了容，反而增添了几分犹抱琵琶半遮面的神秘气质。

玉缘跽坐在舱中静心煎茶，杯中茶花翻涌，白沫幻出一幅又一幅的图画。

“好景、妙音、茶香、人美。”晟丰泽欣赏完茶花，浅啜了一口，歪着头瞥向牛五娘。

眼神一对上，牛五娘长睫微颤，眼波含情，轻轻低下了头。

有趣，晟丰泽只是一笑。

待最后一缕余音消散，牛五娘起身款款走到他面前跽坐下。玉缘捧来一只白瓷钵，钵中浸着薄荷叶，牛五娘的手指浸进去，手指被薄荷叶染上了两分绿，越发显得白皙柔嫩。她优雅地洗过手，用白绢拭干，拿起了一旁玉盘中新摘的莲蓬：“妾身为王爷剥几枚莲子尝尝。”

“有劳。”

晟丰泽很是好奇，牛副都督的嫡亲女儿、赵修缘的妻子，为何摆出一副想要用美色勾引自己的模样，难道她以为自己不知道她毁了容？

无论是做什么，牛五娘的风仪从各方面都无可挑剔。最后亲手开了一小坛酒请晟丰泽饮：“妾身闲来无事，收集松林梅花青竹上的落雪，酿成这瓮岁寒三友酒，王爷尝尝。”

酒不似酒肆中的酒混浊，清如水，香气冷冽。

“王爷可知妾身生平之憾是何事？”

来了。晟丰泽笑道：“洗耳恭听。”

牛五娘却不直言，望着他道：“王爷觉得妾身是个美人否？”

晟丰泽肯来见牛五娘，对她的事也打听了个七八成，听到这句话，就明白牛五娘是在恨杨静渊拒婚。他微笑道：“说赵二奶奶不美之人，一定不懂得如何欣赏美人。不过，本王出身南方蛮族，绕不来弯子。赵二奶奶千里传讯邀本王前来做交易，你想要什么，不妨直说。”

“杨、赵两家阖族的人任由我处置。”

女人的恨意得有多可怕？晟丰泽笑道：“你知道两家阖族有多少人？嫡支与旁系加在一起，有两千人。”

牛五娘面不改色：“那又如何？”

她要用杨家阖族人的性命让杨静渊后悔，她要让赵家阖族的人都仰视自己。

她的身体微微前倾：“赵修缘能许诺给王爷的，比得上我给王爷的吗？”

晟丰泽反问道：“你知道我想要什么？”

牛五娘笑了：“玉缘，那枝荷开得不错。”

玉缘从花舫中一跃而出，足踏莲叶，轻飘飘地掠到五丈开外，折下了一枝半绽的白荷，回到舫中脸不红，气不喘，将荷双手呈给了牛五娘。

“王爷上回来，似对我那夫君极为友善，妾身一时好奇，便叫玉缘去听了壁脚，王爷莫怪。”

有这等功夫，难怪自己和赵修缘密谈时没有发现有人偷听。晟丰泽心念一转，朗声笑了起来：“本王不和赵二奶奶合作，似乎就该被捆送节度使府做阶下囚了。”

“王爷说笑了，不是有封盖了家父印鉴的亲笔信交到了王爷手中？妾身先递了把柄给王爷，否则王爷也不会来赴约。”牛五娘轻嗅着荷香，淡然说道。

把那封信送给大唐朝廷，牛家就是全家抄斩的下场。晟丰泽又一次感叹牛五娘的心狠手辣，他举起了酒杯：“今年益州府所有的人都等着看赵家能否保住锦王，所以这届斗锦会一定会比往年更隆重、更热闹。”

“那天一天会很热闹。”牛五娘举杯示意，一饮而尽。

第四十三章

织坊异常

时间一晃而过，转眼就到了八月十五。

以前的八月十五，季家临着浣花溪，季英英都会带着侍婢去送仙桥放灯祈福。今年嫁来杨家，离送仙桥较远，想放花灯要么在府里，要么就去城里。八月十五的城西锦里、城东散花楼向来极为热闹。

杨大老爷过世不满一年，杨家在离散花楼不远的锦江岸边搭起了祭台，扎了大如团桌的花灯，请了和尚为杨大老爷诵经超度。

日暮时分，杨家三房的主子们全聚在了锦江岸边。

季英英跟在杨二奶奶身后，抬头就看到杨四郎含笑的眼神。她愣了愣，听到杨石氏和蔼地询问：“四郎身子可好些了？”

杨四郎看了杨静山一眼，笑道：“顾老御医医术高明，四郎和大哥一样，养到年底，也许就能下地了。”

二房、三房害得杨静山被节度使打得只剩一口气抬回来。大房报复，是因为你起了歹心，想毁了季英英清白。杨石氏心里冷笑，这小畜生命硬，摔断了腿居然还能养好。她笑道：“四郎以后吸取教训，莫要再顽皮。你也十八了，只比三郎小月份，该懂事了。”

顽皮？杨四郎面皮一抖，差点儿把笑容抖没了：“婶婶教训的是，四郎以后行事会更加谨慎。”

他说这话的时候，刻意看了季英英一眼。

杨石氏注意到他的目光，心头怒气翻涌，恨不得一巴掌扇过去。这小畜生竟然还想打季英英的主意，还要行事更加谨慎。她淡淡说道：“你三嫂本想过府探望，只是你三哥不在家，不太方便。”

季英英这时只能堆着笑问候杨四郎：“四郎年轻，养些日子便无大碍，嫂子放心了。”

“是四郎不小心受伤，反而连累三嫂担忧，我这心里真是过意不去。”

听他这样说，季英英点了点头，跟着杨二奶奶走开了。

本以为是个小家碧玉，眼皮子浅，没见过世面，能轻易被自己哄了，没想到还有些心机，装出一副天真模样让自己上当。望着她窈窕的背影，杨四郎眼里的怨毒一点点聚集，低声说道：“季英英，你等着瞧。”

寒暄时人人脸上带笑，季英英总有些别扭。好在她前面有杨石氏和杨静山兄弟两房人挡着，她只需要保持得体的礼仪就行了。她跽坐在苇席上，竖起耳朵听杨二老爷、杨三老爷与杨石氏的谈话。令她惊叹的是，三人谈笑风生，仿佛彼此间从来没有发生过龃龉。季英英垂下了脑袋轻叹，她果然还是不适应。

这样的情绪让她倍加思念杨静渊。七月，她给杨静渊又新做了衣裳鞋袜，连同杨石氏做的两双鞋，一并让香油亲自送到了三台。

杨石氏每月给她二十两月银，她吃穿都不花钱，留了五两，其余攒下换成了一小袋金豆让香油给杨静渊带去。结果香油把金子原样带了回来，另外还带了一封信和一锭五两的银元宝回来，摆明了不用杨家一文钱。但他收下了杨石氏的两双鞋。虽然没有只言片语问候杨石氏，但季英英也松了一口气。

一手飞扬的字透出依旧飞扬的性情。杨静渊说五两银是他前几个月攒下的俸禄，以后每月都寄二两银子回家，叫季英英放手花用，以后跟着他吃香喝辣，仿佛二两银子是一大笔钱财似的。

他是成了家的大男人，知道要挣钱养家了。

季英英真把月钱留了下来，吩咐管账的季嬷嬷每月比着二两银开销。

天色暗下来，梵音声中，杨家的花灯被放进了江水中。女眷们纷纷拿了自己的小花灯去放。季英英向杨石氏说了一声，也带着湘儿和绫儿去放灯。

她离杨家人稍远了一点，寻了处安静的地方放下了花灯。上游顺水冲来的灯像飘荡在空中，美不胜收。季英英站在江边望着花灯被水流带走，双手合十默默地许愿。

“许的什么愿？”

贴近身边的声音让季英英一惊，险些一脚踏进水里。杨静渊伸手将她拉进了怀里，低头看着她笑：“我的声音不好听？”

季英英抬起头，看到绫儿和湘儿早退到了一丈开外。她恼怒地叫道：“吓人还有理了？”说着捏起拳头朝杨静渊打了过去。

“去年八月十五也是，不问青红皂白就追着打我。”杨静渊不闪不避，想起了去年的八月十五。

去年，他带着香油突出重围，远远地回头，季英英站在赵修缘身边，仰着脸看赵修缘。隔着老远，他都能感觉到两人之间的情意。可是今年的八月十五，她站在了自己身边，雪白的衣裙被江风吹起，像夜里绽放的花。

他眼瞳中反射着灯光，像黑夜里的星子。脸部轮廓在半明半暗间异常分明，俊美得令她移不开眼。不知不觉间，季英英捏着的拳头软软落在他胸前不动了。手掌下的胸膛传来有力的心跳，她不知不觉叹息了一声，把脸靠了上去：“三郎，你回来了。”

声音软得像江水一样，让杨静渊沉溺。他闭上了眼睛，张开双臂紧紧抱住了她。

江水无声流淌，仿佛要流到地老天荒。

“三郎君、娘子，二郎君来了。”看到杨静岩大步走过来，湘儿小心地提醒了两人一句。

季英英慌乱地离开杨静渊的怀抱，红着脸退到了他身侧。

“三郎！”杨静岩笑着打了一声招呼，捶了杨静渊一拳，触到铁板似的，眉毛一跳，“长结实了。去给母亲请安吧。”

他说这话的时候眼神有点闪烁。棚子里杨家三房人都在，杨静渊不去给杨石氏请安，就太说不过去了。不过自家这个庶弟打小娇纵，不给面子他也无计可施。

季英英也紧张起来。杨大老爷百日祭前杨静渊回来，口口声声说自己不是杨家的三郎君，如果他拒绝，杨石氏就真没脸了。

“好。”杨静渊答了这个字，和杨静岩并肩走了过去。

他不像从前了。季英英飞快地看了他一眼，松了一口气，也跟了过去。

杨静渊走进临时搭起的竹棚。他穿着一身黑色的箭袖长衫，与身穿素白衣裳的杨静岩站在一起，一黑一白，格外醒目。

他身材高大，肩宽腰细，军中的生活给他增添了几分沉稳的感觉。一瞬间，杨家人都生出一种错觉，他和原来的杨三郎是两个人。

想起从前的杨静渊锦衣华裳，跳脱飞扬，眼前这个褪去了少年气的杨三郎让杨石氏心里泛酸，近乡情怯，竟板着脸坐着一动不动。

相仿的年纪，四郎脸色苍白地坐在椅子上站不起身，杨静渊却长身玉立，精神抖擞。威胁自己的小畜生那天怎么就没被当场打死呢？杨二老爷瞳孔一缩，眼睛微眯，死死忍住心里的恨，瞥了杨石氏一眼，笑道："听说三郎去了东川道节度使帐下，他打小从没吃过一点苦头，好不容易回家一趟，大嫂应该高兴才对，怎么板起脸来？父母在，不远游。大嫂定是生气三郎一意孤行跑去从军，大嫂当日就该打断他的腿，叫他老实待在家里，呵呵。"

杨二老爷用尽心思挑拨的话让杨石氏几乎咬碎了一口牙。她就知道，二房、三房绝不会真正地老实，随时准备露出獠牙。她淡淡说道："瞧我，一时恍惚了。老爷若知道将来咱们杨家还能出位将军，不晓得会有多高兴。"

是担心杨三郎不认你吧？也对，柳姨娘一死，你就露出了真面目，想把杨三郎打死，他不跑才怪。杨二老爷腹诽不已。

季英英生怕杨静渊犯犟不接话，当众让杨石氏下不了台。她站在他身后，悄悄拿手指捅了捅他。

杨静渊飞快地握住了她的手，用力握了握又松开。他上前一步，朝杨石氏长揖首："三郎有出息，都是太太教得好。"

没有甩脸不理，还肯自己圆场，然而他叫自己太太，不再是母亲了。杨石氏忍住心里的酸涩道："既然回来了，和长辈们、兄长们见过礼，去给你爹放盏灯吧。"

"是。"杨静渊顺从地应了，和杨家人一一见礼。

杨静山宽慰不已，拉着他的手一遍遍说道："回来就好。"

大奶奶也高兴："见到三郎，弟妹的眼里就看不到别人了。"

杨静渊回头看去，正看到季英英望着自己，他心里一甜，嘴角翘了起来。等走到杨四郎面前，不等他开口，杨四郎抢先说道："那事不怪三嫂，她太想要那枝兰花，我不忍心让她失望，结果采花时一脚踏空摔断了腿。三嫂很是内疚，隔三岔五就遣人送炖的补汤来，三哥就别责备她了。"

季英英并没有把这件事告诉杨静渊。太想要兰花，杨四郎抢着去给她采？这又是怎么回事？杨静渊哦了一声："腿还能养得好吗？"

这是什么话？杨四郎没把杨静渊的醋意引起来，反而把自己气个半死："三哥是盼着弟弟残了才好？"

杨静渊低下头，双手按在他的肩上，用外人眼中看着兄弟俩亲热的姿势靠近杨四郎，轻声说道："四郎，再敢向你三嫂献殷勤，养好了腿，我会再打断。"

他说完站直身，拍了拍杨四郎的肩，笑容满面地走了。

杨四郎紧紧地抓着椅子扶手，咬牙道："别得意得太早！"

法事做完，三房人陆续离开。杨静渊和季英英久别重逢，有意多留一会儿，站在江边目送着杨家的车马走远。

"郎君！"香油瞅着江边没了人，拎着一只绸制的花灯跑了过去。

杨静渊失笑道："想让我陪你放花灯？"

季英英摇了摇头道："这是给柳姨娘准备的。"

杨家人为大老爷做法事，放灯祈福，不会想到柳姨娘的。杨静渊凝视着季英英道："你怎么知道我留下来……"

季英英白了他一眼，哼哼："我可不相信你是想留下来陪我。"她接过花灯往河边走去，听到身后杨静渊嘟囔："谁说我没想陪你。"她抿嘴笑了，从绫儿手中接过火点着了花灯里的蜡烛。

漆黑的河面被星星点点的花灯点缀着。灯火映亮了她的脸，白裙飘飘，美得像水中精灵。杨静渊看得呆了。

"傻站着干吗？快过来呀，你亲自放了它吧。"季英英捧着灯叫醒了杨静渊。他大步走过去，接了花灯，对她说道："过了今天，你就不要穿孝衣了。"

"没关系的。"季英英以为他心疼自己这三年都不能穿鲜艳衣裳，笑着摇了摇头。

"我说不许就不许。"杨静渊瞪了她一眼，弯腰把花灯放进水中。他拉着她站在江边，目送着花灯漂远："该做的我都为你做了，早登极乐。"

季英英好奇："你为柳姨娘做了什么？"

生养之恩，他已经还报她了。除了舒先生，无人知晓他将柳姨娘的骨灰放进了父亲的棺木，与他一起长眠地下。私掘了父亲和柳姨娘的坟太惊世骇俗，杨静渊不想让季英英担心，他望着那盏花灯道："带着她儿媳妇为她放灯祈福，尽为人子的孝道。"

他突然想起杨四郎的事来："你喜欢什么花？"

啊？季英英被他跳跃性的话打乱了思维："什么？"

"我问你喜欢什么花，我好送给你啊。"说完，他又赶紧说道，"你千万别说喜欢那盆紫燕新妆，也不准喜欢兰花。"

季英英扑哧笑出声来，用手指刮着脸羞他："我还以为杨三郎进了军营就变得老成稳重了呢，没想到还是个小心眼儿的醋缸！"

杨静渊哼了一声道："说实话，叫四郎去采什么兰花？还有，大嫂话里有话。我回来了你就盯着我看，我不在的时候，你眼里就有别人了？”

杨陈氏干吗总看她不顺眼？季英英气结：“你心细如尘，连大嫂的话里有话都听出来了，我不说，你自己猜。”

“快说！”杨静渊往周围一看，两个丫头和香油早跑到竹棚里待着了。他拦腰抱起了季英英：“不说我就扔你下河。”

说实话，杨静渊会不会半夜跑去把杨四郎的腿再打断一次？季英英搂着他的脖子，小声说道：“我看他不怀好意，总想往我身边凑，哄他去采沟边的兰花，然后他一脚踏空摔断了腿。”

“真的？”

“嗯。”

杨静渊大笑着放下她，在她脸上亲了一口：“做得好！”

见他没把杨陈氏的话真正放在心上，季英英也不想再提。她靠着他默默地看着江景，问他：“这次能在家待几天？”

“三天。”杨静渊盘算了一下时间道，“明天我们去青城山看师父，顺便去竹林寺还愿可好？我当时抽的签文真灵，我要去还愿。”

竹林寺，那不是要回三道堰？不知道晟丰泽走了没有，万一遇到了，会不会有危险？季英英迟疑了一下道：“来回就要耽搁两天，你不想待在家里是吗？”

杨静渊心情复杂：“我说过，三年后我会接你走。”

还以为他原谅了太太……季英英暗叹，只得告诉他：“我两个月前回娘家时，发现晟丰泽又来了，他就住在赵家。”

她的话引起了杨静渊的注意，他冷笑：“贼心不死！”

如果南诏真的要起兵，他现在有舒先生相助，又进了东川节度使府，再不是当初那个人微言轻的纨绔少年。但要让人相信，就必须拿到证据。这样一想，杨静渊觉得时间又不够用了。

“先回家。明天我去打探一下消息，看看晟丰泽究竟还在不在赵家。”杨静渊做出了决定。

三道堰和平常一样，茶楼、酒肆、商铺照常开着。杨静渊和桑十四郎戴着帷帽遮挡了面目，顺着大街溜了一圈也没有发现有南诏人出现。

逛得久了，难免会引人注意，于是两人进了季家的商铺。

季耀庭正在清点货物，准备交给订货的客人。见到进来两个商贾打扮的男子，以为又有客人上门，笑着迎了上去："两位是想染布还是染丝？"

店里只有他与掌柜季贵在。杨静渊飞快地掀起了面纱，笑道："可有清静的地方说话？"

见杨静渊神秘地出现，季耀庭心里一惊，不知道又出了什么事，匆匆和季贵交代了几句，将两人让进了隔间，急道："是不是英英出事了？"

"她在府里挺好的，大哥不必紧张。"杨静渊见他如惊弓之鸟，心里一猜就有了数。季英英回娘家时看到晟丰泽，定然告诉了季耀庭。他不再卖关子，直接问道："大哥，最近街上可有南诏人出现？也许是一些外地人，换了服饰，但口音并非本地人。"

季耀庭苦笑道："我还真没发现你说的这些。那人也是妹妹见他出现在赵家藤园。隔着这么远的距离，我觉得妹妹可能是认错了人。但她很肯定。我事后留意，根本没发现有南诏人或是南诏口音的人在街上出现。如果真是那人，以他神出鬼没的手段，我也发现不了。"

季英英看到晟丰泽是两个月前的事了。他悄悄去了赵家，那么定是办成事后离开了。他的目的究竟是什么呢？

"大哥，季家和赵家离得近，你可曾发现赵家最近有什么异常吗？"

按照以往的习惯，开春新蚕丝出来之后，各家各户就开始准备当年的斗锦了。两个月前，益州府的织锦人家互通消息，发现赵家今年似乎根本没织斗锦。正猜疑时，赵家突然又紧锣密鼓地准备起了斗锦。这个时间点恰巧和季英英发现晟丰泽出现在赵家的时间吻合，杨静渊不得不猜测赵家和晟丰泽达成了什么协议，而这个协议和今年斗锦有关。

"这个……"季耀庭着实为难，他干脆坦白道，"家母身体不好，内人又有了身孕，染坊商铺我一个人忙里忙外，实在没有注意到其他事情。不过妹夫既然说了，我会嘱人留意赵家的动静。"

从季耀庭这里得不到消息，杨静渊有些失望。他想起了老管家，随后又打消了主意。老管家和赵家接触得少，更不可能知道具体情况。

桑十四郎突然想起一个人来，击掌笑道："季大哥一个人忙不过来也是情理之中的事。不过，我们可以找朱二郎打听。他这人最是热心，又有一群帮闲朋友，打听消息的事找他最好不过。"

杨静渊清了清喉咙，有点不太自然。当初他在青羊观使坏，破坏朱二郎和季英英相看。如今他抱得美人归，去见朱二郎多少有点不好意思。

这事由当地人打听最稳妥，他无奈地和桑十四郎辞了季耀庭，问明朱家地址。走到巷口时，杨静渊停了下来："十四，我在河边树林里等你们。"

桑十四郎了然一笑："好。"

等了大概有小半个时辰，桑十四郎和朱二郎并肩走进了树林。

杨静渊取下了帷帽，抱拳行礼道："朱二哥。"

一见到他，朱二郎也不还礼，一拳朝着他就打了过去："这一拳是替二娘打的！"

杨静渊本来可以躲开，但听到这话后，垂下了手，任凭他一拳打在了脸上。

"你怎么不躲？"朱二郎反而停了手，不愉快地看着他道，"二娘孝中嫁给你，你为何不来亲迎？也太欺负人了吧？"

"当时三郎不在益州府，他也不知道成亲的事。"桑十四郎赶紧解释道。

朱二郎一愣，抱拳长揖道："是朱某错怪你了。"

杨静渊侧身避开，心里有些喜欢朱二郎的豪爽性子，直言相告："朱二哥放心，我会好好待她。如今有一事还请朱二哥相帮。"

三人寻了一处草地席地而坐。杨静渊不敢说南诏定会起兵的话，只说晟丰泽欲谋季家秘法，和赵家勾结。

听完杨静渊的话，朱二郎气得面皮紫涨："当初那个南诏白王来三道堰时，我就觉得他不是个好东西。你放心，二娘嫁到了城里，路远难免顾及不到娘家。我和季大郎也是总角之交，季家有什么事，打声招呼就是。"

桑十四郎笑道："也没有千日防贼的道理。朱二哥在此地人缘好，交情广，可曾发现赵家有什么异常之事？"

异常？朱二郎想了许久，还真想起一件事来："说也奇怪，赵家是织锦大户，自家茧户产的丝往往不够用。往年春蚕丝出来，远近挑着蚕丝卖给赵家的船能排满码头。今年赵家却说现钱周转不灵，去年的夏蚕丝还没用完，不收丝了。我有个婶婶在赵家织坊做了几十年，今年赵家织坊开工不到三成，她无奈之下只能回家。"

织锦大户不收新蚕丝，织坊开工不足。赵家怎么了？杨静渊和桑十四郎交换了一个眼神，心中暗暗生出一点猜测。

"多谢朱二哥。离十月斗锦没多久了，这些日子还请朱二哥多多留意赵家。"

打听赵家消息的事拜托给了朱二郎，杨静渊又问了赵家最大的织坊所在，和桑十四郎去了。

走了半个时辰，两人到了离三道堰不远的赵家织坊外。这座织坊建在桑山坡底，高大的围墙围住了里面的房舍，大门紧闭。从桑山坡上望下去，织坊占地足有一百多亩。数了数前后的数排屋舍，两人断定这间织坊应该有几百台织机。

“十四，你留在这里。有什么异动，你吹竹哨。”杨静渊脱了外面的长袍，取了一方面巾遮住了口鼻，朝着织坊掠去。

他轻松地从僻静处翻墙进了织坊。他半蹲在一间屋子的后墙，心里生出一股怪异的感觉。

究竟是什么地方不对劲呢？杨静渊一时说不出来。他听着周围的动静，慢慢地直起身，从后窗望了进去。

里面是打通的五间敞亮瓦房，整齐排列着二十来台织机。织机空空荡荡，没有未织完的锦。杨静渊顺着屋后的小巷接连看了这一排房屋，他终于明白哪里奇怪了。

还未到正午，织坊里听不到织机开动的机杼声，整座织坊安静得像是没有人。这可是赵家最大的一间织坊。他想起朱二郎的话，赵家织坊开工不足，工人无锦可织都回家了。

织锦所需时间长，就算赵家今年不想织新锦，也有未织完的锦。可那些锦又去了哪里?

杨静渊在织坊里穿梭着，突然听到几声狗叫。他顺着声音一直往前，穿过一扇门，走进了前面的院子，听到有人在交谈。

院子是四合院，他进来的地方是后门，前面还有一扇大门。门口拴着两条大狗，正冲着院子叫。

“真可惜了，一匹锦织了一半。”

“可惜什么？织了一半还能给孩子缝件新衣。织了一尺半尺的，能裁出来做锦帕。就算只织了几寸，也能挑拣出来做一条抹额、鞋面。”

听到对话，杨静渊眼睛一亮，从厢房的墙角探头望去。

这里地方不小，院子里堆着一大堆未织完的锦。两个妇人正提着两只麻袋，在锦堆里挑挑拣拣。

一名管事模样的人从屋里走了出来，看到两个妇人蹲在地上挑拣大块的锦料，上前急声说道：“婶娘，赶紧装了就拿走吧，还选什么呀？平时家里能用得上这么好的锦吗？东家运锦的车队一会儿就到了，别给人看见了。”

被他一催，两名妇人哎了一声，这才快速地将锦布直接扒拉进袋子里。装了满满一袋，还意犹未尽：“这里还有许多……”

“够啦。全被你们拿走，东家问起，我也不好交代。”管事着急地领着两人往一旁的侧门走去，边走边叮嘱道，“赶紧走吧，从桑山那边走，别和车队撞上了。有人问起，就说是铺子里裁剩下的碎锦，千万别说出去了。”

见三人走过拐角处，杨锦渊奔了出去。以他多年穿锦衣的眼光，直接扯了一块赵家最经典的锦塞进了怀里。他奔到窗户前一瞧，发现这处地方是织坊的库房所在。

窗户上全焊了铁条，入口极小。门锁着。他想了想，退到后面的围墙处，翻上了屋顶。他趴在屋顶上，移开了一片瓦。库房修得高，没有糊顶棚。揭开瓦直接能看到高高的房梁和库中堆积的箱子。从敞开的箱盖中能看到，里面装满了用油布包着的成匹的锦。

他翻了个身，躺在屋顶的背面静静地等着。

足足等了一个时辰，狗叫声此起彼伏，惊醒了杨静渊。他没有动，听着牛车驶进来的声音。

“赶紧搬！今天要把所有的锦都搬走！”

他偏过头，从移开的瓦缝朝里看去。

一群人走进了库房，将装锦的木箱搬出库房。来的人多，只用了半个时辰就将全部的箱子抬走了。

没过多久，车队慢慢驶出了院子。

赵家取走了所有的存货，要送到哪里去呢？要不要跟上送货的牛车？杨静渊正打算离开时，又有人来了。

“二郎君，你们怎么亲自来了？”说话的是刚才的管事。

听到这声称呼，杨静渊竖起了耳朵。

赵修缘走进了库房，看了眼里面没说什么，掉头走了出去：“未织完的锦只有院子里这些？”

“是，小人亲自查过了，所有织机上没有一根丝。”管事恭敬地答道。

“东西都备好了？”

管事赶紧从屋里提出一只罐子来。

“烧。”

管事心疼地看着这堆锦，鼓足勇气道：“二郎君，最后一批存货都运走了。织这些锦不容易，一个月才织得一两尺，烧了是不是太可惜了？”

赵修缘冷笑道：“我这个东家都不心疼，你心疼什么？烧！”

“是。”

罐子里装满了油，全倒在了锦堆上。管事拿出火折子吹燃，闭着眼睛往里面一扔，浇满油的锦瞬间燃起了大火。

望着被烧毁的锦，赵修缘满意地说道：“打扫干净，锁好织坊，留下看守的人，你回家休息些日子吧，工钱照结。等明年织坊开工，你再回来。”

“是。”管事应了。

等到赵修缘走后，杨静渊从来时的路折返回了桑山。

桑十四郎早等得望眼欲穿，见他回来，急声问道：“怎么去了那么久？”

“我看到和听到了一些事。”杨静渊把织坊里的所见所闻说了，目光犀利地望向飘着浓烟的织坊，“十四，你想到了什么？”

“明年织坊开工你再回来。”桑十四郎笑道，“这句话有点意思。赵家今年不收春蚕，也不收夏蚕，不织锦，连织了一半的锦都烧了。”

两人目光一撞，异口同声道：“今年南诏要起兵。”

“赵家和晟丰泽定有勾结，知晓了战事。这时候买丝织锦是白费银钱，所以赵家今年不织锦了。”杨静渊说道。

桑十四郎摇头叹息：“何止不织锦，赵家还运走了织坊库存的锦。定是将其藏在安全的地方，等战乱过后，再拿出来卖个高价。证据呢？”

杨静渊从怀里拿出从锦堆里偷出来的残锦道：“聊胜于无。”

“就凭这块未织完的锦，你能说服谁呀？”桑十四郎苦笑不已。

赵家是商人，今年不想织锦，谁又能说什么？就凭这块还带着丝线的残锦，就能和南诏起兵扯上关系？

“十四，你是牛副都督的女婿。我记得你的婚期是在十月吧？”

桑十四郎和牛七娘自幼定亲，牛七娘今年及笄后，两人就成亲。桑十四郎点头道：“对，斗锦赛之后，十月十二成亲。”

杨静渊抖了抖手里的锦，笑得灿烂狡猾：“板上钉钉的亲事，女婿的话，你岳父应该会听吧？”

桑十四郎指着自己的鼻子，口吃道：“你、你是让我……去告密？没证据，事涉两国邦交，牛副都督绝对不会相信。”

杨静渊揽住了他的肩道：“你想想，牛五娘嫁进了赵家，她是牛副都督的心肝宝贝闺女吧？她毁了容，牛副都督和牛夫人一直觉得没把她照顾好，对她比对七娘还心疼三分。不怕一万，只怕万一。牛副都督就不怕被赵家连累吗？就算他不相信，也会想办法先把牛五娘接回家。今年没开战就罢，若开战，牛副都督还能占个首告之功，牛家进退有余。对赵家，这招就叫打草惊蛇。”

“说得有道理。不需要牛副都督相信，只要他谨慎一点，接回牛五娘，赵家一定会警觉。说不定慌乱之下，能让我们拿到证据。”桑十四郎又想起一事，“我就拿着这块残锦去说？我怎么说？”

杨静渊笑道：“自然是我和你一起去说。你别忘了，我现在是东川节度使大人的亲兵，我奉命查证。咱俩的关系不一般，悄悄给牛副都督透个信，他应该谢我才对吧？”

桑十四郎向他竖起了拇指。

一天就这样过去了。

他说能在家待三天，昨晚回来的，算一天吗？季英英纯属无聊到给自己找事。因在孝期，杨静渊没有住在明月居，从客院一早就走了。季英英就开始想，他说的三天是从今天算起，还是从昨天算起。

“算，不算。”她折了根柳枝，站在湖边，摘一片柳叶数一声，一根摘完再换一根，瞧得湘儿和绫儿无语。

“娘子，折来的柳枝都用光了。”

摘完所有的柳枝，湖面上漂了一大片柳叶。季英英终于放弃了，嘀咕道：“我什么都帮不了他，两个月前的事还拿出来烦他。”

如果不说两个月前看到晟丰泽的事，也许这会儿自己正和他高高兴兴地待在一起。他攒了几个月的假才回来一趟，又不得清闲。

“该死的晟丰泽！阴魂不散！”季英英继而恨上了晟丰泽，抬腿将地上一块石头踢进了湖里。

杨静渊称呼杨石氏为太太，杨石氏大概心情不太好，吩咐各自在自家院子用饭。

晚饭不用去白鹭堂用饭，杨静渊一定会回明月居来。季英英想到这里，总算找到了事情做，兴致勃勃地叫上两个丫头：“去小厨房做晚饭。”

当初为了季英英的安全，也为了方便她研究丝线配色，杨石氏让大奶奶为明月居单独设了小厨房。

想给杨静渊做桌好菜，季英英干劲十足地进了厨房。

厨娘孙嬷嬷是从大厨房拨过来的。明月居人少，就只用了一个厨娘。听到季英英说要做一桌好菜，孙嬷嬷苦笑道：“三奶奶，您瞧瞧能做些什么菜？”

季英英看了一眼菜篮子，不由得愣住了。

两根白萝卜，一棵菘菜，五枚鸡蛋。

明月居每天吃的新鲜菜都是大厨房按份例送来的。八个粗使仆妇不在小厨房用饭。配完色，织锦上了织机后，雪青就回了白鹭堂。明月居算上季英英、季嬷嬷、两个丫头，再加上孙嬷嬷，主仆五人吃小厨房做的饭。

不知道是不是季英英的错觉，自从最后一次去杨柳居告诉杨静山锦上添花的想法后，大厨房送来的菜一天比一天少，一天不如一天。

大嫂是真的很讨厌自己吧？季英英叹了一口气。

过了杨大老爷的百天，杨家不禁荤腥。季英英没想着一定要大鱼大肉，但也不想苛待自己和身边的人。她懒得为了菜去找大奶奶，平常时不时让季富去买些荤食回来加菜。她有些懊恼自己早没想到去买些菜回来，今晚杨静渊回来吃饭，让他看到就不好了。

好不容易他不再憎恨杨家，季英英不想让他再次动怒。她突然想到了在青城山里杨静渊吃素的事，顿时有了主意："米面还有，今晚包饺子吧。三郎君吃素食。"

明天她让季嬷嬷拿钱让季富多买些菜回来就好了。

包一顿素饺子的主意不错，孙嬷嬷脸上也有了喜色。

天擦黑的时候，杨静渊回来了，萝卜菘菜鸡蛋馅的饺子摆上了桌。

皮薄馅足的饺子入口，杨静渊一愣，素的？他感动地望着季英英："你还记得啊？"

季英英笑呵呵地、假假地献殷勤："不就是记得嘛，特意包的素馅饺子。快趁热吃，我亲自调的馅。"

"嗯，好吃。"杨静渊温情脉脉地看着她，一口一个饺子，扫了一大盘。吃饱之后，他狠狠地夸了季英英一顿，有些不好意思："过了百天啦，我天天吃素，身体吃不消。明天给我做肉菜吃，我想吃鲜鱼脍、鹿肉羹、蜜炙熊掌，就这三样吧。"

知道这三道菜是什么价吗？鱼脍要选新鲜的肥鲤鱼，锦江不产鲤鱼，长江送来的一尾值五百钱。鹿肉五百钱。熊掌嘛，值三贯钱，就是三两银。一餐他要吃掉五两银，还就这三样？

金黄色的铜钱在季英英眼前飞来飞去。见杨静渊如同说"明天继续吃素馅饺子"的模样，她怀疑地想，他该不是吃饭从来不看价，扔了银元宝就走人吧？

"好啊，没问题。"季英英一口答应。杨静渊送了五两银回来，是他攒的，全给他吃了，她不心疼。反正她手里除了嫁妆压箱底的钱，每个月还有攒下来的月钱。

杨静渊拉着她的手出去，绕着湖边散步。四下无人，他才说道："英英，以后杨家给的月钱你都不要动，你先用着那五两银。我每个月会寄二两银子回来。少是少了点，你精打细算把日子过下去，将来我会挣更多的银钱养家。”

精打细算……

“好。”季英英默默地流泪。好在他只在家吃几顿饭，将来再慢慢告诉他，二两银子该怎么过日子吧。

想到将来，想到过日子，季英英的脸微微红了。

“怎么了？”杨静渊敏锐地发现了她的羞涩，想到自己的话，一颗心顿时变得滚烫，“英英，三年一晃就过去了，你别太着急。”

季英英啐了他一口：“谁急啦！”

杨静渊一本正经地说道：“我急！”

季英英扑哧地笑了起来，极自然地抱住了他的腰，脸在他胸前蹭了蹭道：“我等着。”

夕阳最后照亮的云彩镶上了一道紫色的边，明亮的湖水渐渐暗了下去。季英英看着光亮一点点被黑暗吞没，草里的秋虫鸣叫起来，她生出了浓浓的不舍：“天都黑了。”

天黑下来，杨静渊就要去客院了，留在明月居对她名声不好。她抱着他的腰喃喃说道：“三郎，我后悔了，不该给你说晟丰泽的事。那都是两个月前的事了，不然你今天就不会在外面奔波一天。”

“晟丰泽已经离开了，不要怕他。”杨静渊抚摸着她的头发，犹豫了一会儿，还是没有把查到的事情告诉她。南诏也许是想和大唐讲条件，减免岁贡，起兵威胁一下朝廷。南诏在边境就会被大唐军队击溃，不会打到益州城。何必让她担惊受怕呢？

季英英听到晟丰泽离开了，整个人都轻松起来：“三郎，明天我们去竹林寺还愿好不好？”

杨静渊摇了摇头：“我要和桑十四郎去趟牛家。”

季英英想起来了，牛七娘曾送过信来，她十月出嫁，请自己抽时间去看她。她兴奋地说道：“牛七娘请我去瞧她。杨家在孝期，我也不太喜欢牛家，就一直没去。可是我很喜欢牛七娘。桑郎君对我照顾有加，明天我和你一起去可好？我提前给七娘送添妆礼。”

这样，她就能多和杨静渊待在一起了。

“也行。”杨静渊捧起她的脸，在她唇上啄了一口，恋恋不舍地说道，“明早我来接你。”

第四十四章

千金坠楼

杨静渊和桑十四郎拜访牛副都督，季英英跟着同去，在门口被竹帘小轿接进了内宅。

季英英透过竹帘的缝隙往外看，依稀看到牛家的花木都是高大的乔木，颇为大气。过了垂花门，内宅的景致风格一变，像极了江南的园林。曲径通幽，楼宇隐在花木假山之中，走了一程，季英英就辨别不出方向了。

轿子走了两刻钟左右，停了下来，院门口站着一位姿容俏丽的婢女，亲自上前掀了轿帘，含笑道："季娘子，请下轿吧。"

陪着季英英来的绫儿扬了扬眉，心道武将家的婢女真没规矩，自家娘子已经嫁进了杨家，今天又是和郎君一同前来，怎么也该称娘子为杨三奶奶才对。

季英英倒没有想那么多，她还没有和杨静渊圆房，身边人一直都叫她娘子，她对杨三奶奶的称呼反而感到陌生。

下了轿，她抬头看了一眼。院门大敞，能看到院中一座极高的三层小楼，正中挂着一方匾额：璇玑阁。

"季娘子请。"

季英英看她有点面熟，依稀记得去年和牛七娘相识时，她好像就站在一旁侍候。心想她应该是七娘的贴身侍婢，随口问道："姐姐如何称呼？"

"奴婢玉缘。"

说话间，玉缘引着季英英主仆走了进去。请季英英在厅堂里坐了，玉缘上楼去了一趟，下楼时笑道："季娘子稍候半刻，我家娘子马上就来。"她看了一眼绫儿道，"这位妹妹随我去吃杯茶吧。"

季英英这一年多来和绫儿、湘儿越发亲厚，平时有事也不避她们。客随主便，为了让牛七娘说话自在些，她朝绫儿点了点头。

两人走后，季英英坐了一会儿，也没等到牛七娘下来。四周安安静静，她这才感到奇怪。牛七娘住的院子就没有别的侍婢仆妇？她站起身，走到厅堂门口，院门关着，四周一个人都没有，也不知道玉缘将绫儿请到哪里去吃茶，转眼就没了踪影。

就拿杨家的明月居来说，虽然人少，也有八个仆妇做着洒扫、煮茶水这样的活计，院子里总会有人来往。

"好奇怪，这里怎么像座空楼似的？"

"自从我出嫁，这里就一直锁着。隔十天半月，才会有仆妇开门进来洒扫，的确是座空楼。"

牛五娘不知何时下了楼，坐在厅堂正中的竹榻上。她穿了一身银红色的大袖对襟长裙，梳着尺余的高髻，正中簪着一枚凤形金钗，打扮得极为华贵。此刻，她脸上没有蒙面纱。

第一次见到牛五娘是去年斗锦的时候。她的话很少，蓝色的长裙，白色的面纱，素雅如碧波仙子。第二次连面都没有见着，只听到牛五娘在骡车外请她下车一见。季英英听说过牛五娘幼时出豌豆疮没保养好，脸上落了斑。直到她转过身亲眼看到牛五娘的容貌，季英英吓得差点儿叫出声来。

脂粉太厚，白得像用石灰浆子刷过似的，以至于眉用黛粉描得又黑又长，胭脂抹得过深，嘴唇殷红如血。

季英英的心怦怦乱跳，明明是来给牛七娘送添妆礼，牛五娘不仅恰巧在娘家，还叫人将自己请到了这里。她想说什么？赵修缘不会和她一起来了牛家吧？季英英下意识地往楼上看了一眼。

"就我一人，我夫君没有陪我回来。"牛五娘看穿了季英英的想法，笑着说道，"坐吧。"

不仅将她请到了这座空楼，还引开了绫儿。牛五娘究竟想对自己说什么？季英英走到下首坐了："赵二奶奶，你请我来有什么事？"

"我闺名叫天姬，你想叫我牛五娘也可以。赵二奶奶？呵呵，我在牛家不想听到一个赵字！”牛五娘毫不掩饰她对赵家的厌恶。

怎么称呼她对季英英而言，并不是什么大事。她想起玉缘一直叫自己季娘子，大概是因为牛五娘不喜欢被人冠以夫姓叫她吧。她从善如流地说道：“好，牛五娘，你请我来想说什么？我今天是来给七娘添妆的，不想让她等久了。”

“给七娘添汝重要，还是杨三郎的性命重要？”牛五娘慢慢说道。

季英英噌地站了起来：“你说什么？”

牛五娘也站了起来，并不回答季英英的问题，反而迈步往一侧的楼梯走去：“小时候我毁了容貌，就不爱出门了。爹娘怕我憋闷，特意为我修了这栋璇玑阁。站在楼上，能看到这片坊市，也能看到家里练武场上的情形。你随我来瞧瞧不就知道了？”

她站在楼梯上回头一笑，银红的衫袖拖曳在楼梯上，长眉如黛，红唇白齿，如厉鬼一般。

季英英生生打了一个寒战，提起裙子飞快地奔上了楼梯。

牛五娘脚步极慢，嘴里幽幽说道：“请你过来是我的一片好意，我现在不想杀他。兴许你能救他一命……”

楼梯被季英英踩得咚咚作响。她跑上二楼，顺着回廊往外张望，发现二楼的视线正与府中高大的乔木齐平，她转身上了三楼。

“演武场，演武场在哪儿？”

正如牛五娘所说，为了方便她登高望远，回廊围着房间建了一圈。季英英四下张望，看到离璇玑阁不远有片空地，她奔到了回廊边上，翘首望去。

演武场上人很多，看起来正要比试的模样。站在楼上，很轻易就看清楚了下面的情况。季英英看见了穿一身青色长袍的杨静渊。

他骑在马上，手里握着一张弓，腰侧挂着箭囊。和他同时骑在马上的还有九人，那九人穿着软甲，是牛副都督的兵。十个人像是要比试骑术和箭术。

“我第一次看到杨三郎时，就是在家里后宅的演武场，当时他正和七娘比箭。”牛五娘来到了季英英身边，喃喃说道。

“你刚才的话是什么意思？”季英英扭头吼道。

牛五娘抬了抬下巴：“你可有看到桑十四郎？”

今天她是和杨静渊一起来的，桑十四郎说好先到牛家等他们。到了牛府门口，自己坐了轿子进内宅，杨静渊则被小厮请去了前堂。

“桑郎君在哪儿？”季英英拼命地辨认着演武场里的人，她看到了身材高大的牛副都督，看到了一群穿着甲胄的士兵，却没有看到桑十四郎。

哐当一声锣响，十人驱马奔驰起来，一阵叫好声从四周响起。

季英英找不到桑十四郎，也不明白牛五娘话里的意思。她紧张到了极点，一把捏住了牛五娘的肩使劲地摇晃着："你说！怎么回事？！三郎怎么会有危险？！"

牛五娘被她摇得鬓发散乱开来，咯咯直笑："你看不见吗？我爹要杀了杨三郎！"

"不可能！不可能！"牛副都督怎么会在牛家杀了杨静渊？季英英不敢相信，却又害怕。她扔下牛五娘，看向演武场。

箭靶的草垛立在远处。十人如离弦之箭策马奔去，张弓搭箭射向箭靶。季英英看到那九个人抬起弓，仿佛下一刻箭矢所指，目标就变成了杨静渊。她再也忍不住，尖声高叫起来："三郎！杨静渊！"

就在她叫出杨静渊名字的瞬间，牛五娘轻轻翻了出去，手攀着栏杆，身体悬在了空中。

银红的衣裙从季英英眼角掠过，她下意识地转过头，声音彻底变成了刺耳的尖叫："牛五娘！"她扑过去弯下了腰，伸手抓住了牛五娘的手腕。

牛五娘怎么会突然栽倒翻下了栏杆，季英英不知道。她只是条件反射地救人，用力握住牛五娘纤细的手腕，吓得拼命地喊救命。

尖锐刺耳的声音从高高的璇玑阁传开，演武场上的人都听到了。牛副都督回过头，看到银红色的衣裙在风中飘荡。褐色的栏杆，白色的墙，牛五娘的身影分外醒目。他瞬间认出了牛五娘，大喝道："救人！"

一道黑色的身影已越过了他奔向璇玑阁。

牛副都督一愣，看清楚是杨静渊后，眼中露出复杂的神色。

马跑到离璇玑阁最近的地方，杨静渊站直了身体，脚用力一踩，跃上了一旁的树，朝着璇玑阁急奔过去。

"英英，你别撒手！"杨静渊几个起落停在了楼下，抬头喊了一声就要上去。

这时，牛五娘反握住季英英的手用力掐了她一把，长长的指甲瞬间在季英英手腕上抓出一道血痕。

"啊！"季英英疼得手一松，就看到牛五娘仰面摔了下去。

"她还在笑。"季英英握着手腕，望着牛五娘脸上露出的笑容，吃惊得几乎说不出话来。

牛五娘摔下去的瞬间，杨静渊飞身跃起，抱住了她。他的目光一直望着楼上，压根儿没注意到自己接住的人是谁："英英，没事了！"

他说着低下头看了一眼，险些将牛五娘扔出去："你怎么回事？！"

牛五娘望着他，恍惚地想起那一年她冲下旋玑阁往演武场跑去，下台阶时崴了脚，杨静渊也是这样身手敏捷地接住了自己："如果你敢放下我，我就说是季英英把我推下来的。"

她以为她又要骂他眼瞎拒婚对不住自己，或是嘲笑他是不是接错了人，心里恨不得自己摔死。牛五娘听到自己冷静的威胁，尽管杨静渊瞬间手上用了力，她的肩都快被他捏碎了，她仍笑了起来："我爹娘最心疼我了。我若有个三长两短，季英英就死定了。杨家再富再是织锦大户又如何？你大哥不也被节度使打了个半死吗？"

杨静渊脸色发青，想把她狠狠扔在地上，带了季英英离开，但心里始终还是顾忌着。

牛五娘把脸靠在他胸口，轻笑道："抱我回房不就行了？"

"不知廉耻！"杨静渊咬牙切齿，厌恶到了极点。

"再骂我，我就要让你演给季英英看，你有多心疼我了。"

还不如让他去死！杨静渊鸡皮疙瘩都冒出来了，抱着牛五娘飞奔进了厅堂，将她扔在了竹榻上。

玉缘不知道什么时候出现在了厅堂里，她上前扶起了牛五娘："娘子有没有受伤？"

伏在榻上的牛五娘摇了摇头，清澈的眼神渐渐变得迷茫。

杨静渊正要上楼，听到楼梯被踩得咚咚响，他抬头一看，季英英从楼上跑了下来，她望着玉缘问道："我的丫头呢？"

"娘子！"绫儿从门外跑了进来，瞪着玉缘道，"她给我喝了一杯茶，奴婢就睡过去了。"

"回家。"季英英扯了杨静渊就要离开。

这时，牛副都督、牛夫人赶到了。

"五娘，你没事吧？吓死娘了。"牛夫人的脸色如江南烟雨，蒙着一层担忧。

牛五娘柔柔弱弱地说道："栏杆矮了一点，女儿一时没注意，竟摔了下去……多亏杨三郎身手敏捷接住了女儿。一场虚惊罢了。"

牛夫人回头向杨三郎道谢。

杨静渊谦虚了几句，知道今天不可能再有机会和牛副都督说什么了，便道："赵二奶奶受惊，我与内子不便久留，有机会再与都督手下的爱将切磋。"

“三郎这趟回来几时返回三台？”牛副都督看似随意地问道。

“后天就走。”杨静渊笑了笑，带着季英英离开。

走出院子，牛七娘刚好赶到。

杨静渊一见她就没了好脸色：“英英，你的礼送出去了吗？”

见季英英摇头，他脸色顿时变了，握着季英英的手就往外走，根本不给她和牛七娘说话的机会。

还是绫儿机灵，飞快地跑了回去，将一只红绸包着的小包递给了牛七娘：“我家娘子送您的添妆礼。”

望着三人离开，牛七娘气急败坏地冲进了璇玑阁，高声叫道：“姐！你怎么把我的客人给带走了？”

这时，厅堂里传来一记清脆的耳光声。牛七娘站在门口，看到父亲一巴掌扇在姐姐脸上，顿时愣住了。

“老爷！您这是做什么？五娘受了惊吓，您不好生安慰，怎么还冲她动手？”牛夫人高声叫了起来。

牛副都督指着牛五娘，脸憋成了紫茄子：“孽障！你这是想让全家都去死啊！”

“当初我出豌豆疮就不该治好我。我毁了容貌，那时候不如让我去死！”牛五娘捂着脸，尖声说着，转身跑上了楼。

“五娘！”牛夫人往楼上看了一眼，急得跟着上了楼。

“这是怎么了？”牛七娘一脸蒙。

牛副都督狠狠一甩袖子，转身看到门口的七娘，脸色方缓和起来：“爹气你姐不小心，吓死个人了！有你娘在，不用担心她。七娘，你去客院瞧瞧桑十四郎。爹见他来，心里高兴，一不留神……把他拍晕了。”

“爹！您使那么大力干什么？您一巴掌能拍死一头牛，他可是纸糊的！”牛七娘一听，顾不上牛五娘了，转身就跑了出去。

四下无人，牛副都督一屁股坐在了璇玑阁前的台阶上，蒲扇般的大手在头上一阵猛揉：“要命哦！”

盖着他印鉴的信落在了南诏白王手中，还是他最疼爱的女儿亲手送出去的。这纸通敌信让晟丰泽轻松拿捏着牛家上下二百多条人命。转眼，杨静渊和桑十四郎就找上门来，话里话外隐隐透露出知晓内情的模样。牛副都督觉得自己的命比黄连还苦。如果没有那封信，他还能忍痛杀了五娘。如今进退维谷，愁得他都想上吊了。

事已至此，牛副都督只能早做安排。

七娘和桑十四郎自幼定亲。不想牵连桑家，桑十四郎就会闭紧嘴巴。

他本来打算在演武场制造意外让杨静渊中箭杀了他，五娘却故意来了个坠楼坏了他的计划。他的女儿他还不知道吗？虽然不像七娘继承了他的大力气，也是弓马娴熟，她怎么可能翻下栏杆摔下去？就算摔下去，她身边还有一个武艺高强的玉缘在呢。分明是事到临头，五娘又舍不得杨静渊死了。

“杨静渊，都是你拒亲害了五娘！害了牛家！”牛副都督无路可走，一腔怒火全转移到了杨静渊身上。

所幸杨、桑二人手里没有证据，只是从赵家发现了一些端倪，猜测罢了。要不要在杨静渊回三台的路上杀了他呢？

牛副都督想了又想，最终放弃了。打草惊蛇，杨静渊武艺高强，如果被他逃脱，反而落下把柄。杨、桑二人只是怀疑赵家。嫁出去的女儿泼出去的水，如果事败，只要晟丰泽不拿出那封信，大不了丢官去职受些训斥。

“牛家和赵家是一条船上的蚂蚱啊。事到如今，只能走一步看一步了。节度使大人，这口黑锅也只能你来背了。”牛副都督怎么也没想到，把女儿嫁给一个商户，不涉官场，居然还能引出勾结异族的祸事。五娘说得有道理，节度使太过贪婪，克扣军饷，苛待士兵，勒索城中锦户。南诏攻破益州，节度使就是最好的替罪羊。唯有这样，才能圆了她的心愿，替牛家掩盖罪名。

牛副都督把事情在心里又盘算了一番，起身摇着头去了。两个儿子都在长安求学，他已经派人去了长安，无论如何也不准他们回来。七娘嫁了，夫人与自己一体，他还真没有牵挂了。

桑十四郎醒转时，杨静渊和季英英早就走了。他睁眼就看到牛七娘的脸，他摸着脖子，怀疑自己在做梦。

“十四哥，对不起啊，我爹手重，一时高兴没拿捏住力道。我给你揉揉！”

“别！”

桑十四郎吓了一跳，牛副都督手重，大笑着一巴掌拍在自己背上，把他拍晕过去。牛七娘的力气不比她爹小，这一揉没准儿能把自己的脖子给揉断了。

记忆一点点清晰，他想起了杨静渊，掀被下床道：“杨三郎呢？我和他约了今天同来。”

“他走啦，都不准季二娘和我说话。”

“季二娘也来了？”

牛七娘委屈地把事情说了："五娘提前去截了人，她把季二娘接走了才嘱人来说，谈完就送季二娘过来，我怎么知道会出事。不过，又不是季二娘摔下楼，是五娘。杨三郎怪我做什么？"

牛五娘就没安好心！桑十四郎怒道："季二娘来给你送添妆礼，莫名其妙被五娘接走，你就不晓得去璇玑阁瞧一瞧？如果季二娘出了事，怎么向三郎交代？憨长力气不长脑子！"

骂完，他又被自己吓了一跳，生怕被牛七娘暴揍一顿。谁知道牛七娘脸上反而露出讨好的笑容，小媳妇似的抱着他的胳膊："我知道了嘛。以后我一定保护好季二娘，谁叫她是你好兄弟的媳妇呢。"

"嗯，乖。"桑十四郎受宠若惊，拼命地绷紧了脸，嘴角又得意地翘了起来。

他想知道杨静渊和牛副都督谈得怎样，便匆匆和牛七娘告别，离开了牛家。

坐在杨家的马车上，杨静渊正想问牛五娘怎么会摔下去，就看到季英英一直捂着手腕。他拉过来一看，手腕上有两道深深的指痕，破皮流了血。杨静渊气道："你傻啊？她是个疯子，让她去死！你拉她做什么？现在她没事，反而你受了伤。"

"小伤，不痛了。"季英英把手扯了回来，心里极不是滋味。

杨家婉拒牛家的亲事，在益州城并不算什么秘密。杨静渊没有和季英英说过。后来两家结亲，季耀庭多少还是打听到一些并告诉过她。去年斗锦时见到牛五娘，她还以为是因为赵修缘，牛家才请了她过去。现在季英英终于明白了，牛五娘心里根本就一直喜欢着杨静渊。

"三郎，牛五娘是在救你，就算再被她抓几道口子，我也要谢她。"

她喃喃地把今天的事说了，杨静渊嗤笑出声，压根儿就不信："季英英，你还真是好骗。我到牛家时桑十四郎不在，我没和牛副都督说两句话就到演武场去了。他为什么突然要杀我？牛五娘那种女人的话你也相信？"

"可是，我在楼上瞧着与你比试的那些人张弓搭箭，箭头只要偏移，就指向你了，吓得我心跳都快停了。如果不是牛五娘突然摔下去，说不定他们真向你放箭呢。以前见牛五娘，她爱穿素净的衣裳，今天却换了一身极醒目的银红长裙，不就是为了引人瞩目吗？"季英英眼前总晃动着牛五娘摔下去时露出的笑容，直觉告诉她，牛五娘的话是真的。

"你懂什么？"杨静渊想到牛五娘威胁自己抱她，俊脸黑如锅底。见季英英还要分辩，气得他捧起她的脸开揉，脱口说道："她……是不知廉耻！你夫君被她轻薄了，懂吗？”

季英英拍开他的手，嘟囔道：“是你自己跳起来抱着她的。”

“你说什么？”杨静渊眼珠子都快掉下来了。他是在救人，怎么到了季英英嘴里就变成投怀送抱了？

季英英吐了吐舌头，一脸无辜地望着他：“我什么都没说。”

“明明说了。”

“我说什么了？”

季英英耍无赖的样子让杨静渊都快气死了。他一把将她扯了过来，低头封住了她的唇。吻得季英英快喘不过气来，他才放了她：“叫你再乱说话，当心我收拾你。”

“还有两年半……”

见杨静渊险些又被她的话气个半死，季英英主动依偎进了他怀里，偷笑道：“三郎，你今晚就回三台去好不好？”

不仅说话气他，还要赶他走？杨静渊真生气了，一把将她扯了起来，扭过头不看她了。

“你告诉牛副都督明天回三台，万一他真对你不利呢？你今晚提前走吧，反正你也不住在明月居，早走我安心。刚才我错了嘛，你别生气好不好？”季英英放柔了声音哄他。

桑十四郎今天为什么没有去牛家？万一季英英的直觉是对的，事情就真的严重了。晟丰泽勾结一个赵家不足为惧，牛副都督是掌兵的将军，如果明天回去，路上真的有人设伏，岂不是证明牛副都督也和晟丰泽勾结了？杨静渊心念一转，鼻腔里哼出一个“嗯”字，算是答应了。

低头看见季英英松了一口气，知道她是真心担忧自己的安全，杨静渊揽着她，用手指蘸着茶水在几上写了一行字：“记住这条街这个人。我走后有急事，你不用再叫香油跑三台或者找驿站送信，直接把信给这个人。”

季英英认真记了下来。

杨静渊走后没几天，报平安的信就寄来了。季英英松了一口气，愤愤地认定自己是被牛五娘耍了。

日子在平静中一天天过去，八月底，杨家的斗锦已经织好了，杨石氏吩咐雪青将季英英请进了白鹭堂的书房。

这间书房季英英还没有来过。以前是杨大老爷在用，他过世后，杨静山继承家主之位，因杨石氏还住在白鹭堂，他便没有用过这间书房。进来的时候，季英英就发现白鹭堂多了守卫，陈嬷嬷和雪青领着一群仆妇全守在门口，气氛有些凝重，季英英不由得紧张起来，低声吩咐绫儿和湘儿留在门外，听见什么也当没有听见。

房中坐着杨石氏和杨静山、杨静岩兄弟。看到季英英进来，杨石氏露出了笑容："英英，就等你来了。"

季英英行过礼，在下首坐了。

杨静岩起身，从旁边拿起一只锦匣打开，拿出了织好的斗锦铺在了桌上。

这是一幅以青色为主色的锦，青碧、淡青、雪青、豆青深浅交融，上面织有飘荡的粉色桃花。杨静岩拈起锦的一边，轻轻抖动，顿时一江春水荡漾，落花缤纷。

季英英忍不住叫出了声："好美！"

杨石氏早知道会织一种新锦，但也是第一次看到，眼中露出欣慰之色来："好，今年能夺回锦王，也能告慰老爷在天之灵了。"

"其实浣花锦最大的特色不是美，而是省工。以往花纹繁复的锦需三年以上才能织成，而咱们的浣花锦除了这些落花，其他如同织布一样简单。这样美丽的锦，整匹最多需要三个月就能织出来。如此一来，能大大降低织锦的成本。"杨静山兴奋地说道，"斗锦不仅仅是锦业同行相互切磋技艺，更是为了让蜀中锦业更上一层楼。杨家，注定要在锦业史上留名！"

"好！"杨石氏心情激荡。除非今年像去年一样，其他织锦户织出了《临江仙菊锦》那样夺人眼球的奇锦，否则杨家的新锦必然夺得锦王。

季英英盯着这幅《春江图》，想着杨静山的话，突然问道："大哥，如果全力赶工的话，能在十月前织出整匹锦吗？"

"能啊！"杨静山大有信心，"织成这幅锦图，我们已经有了经验。好的织工十二个时辰轮班赶织的话，一个月定能织出整匹锦来。不过，斗锦只需三尺长即可，弟妹为何想织整匹锦？"

季英英望着桌上的锦图，眼中露出喜欢的神色："我是想，锦最终还是要裁成衣裳。如果斗锦时，杨家献出的不是锦图，而是穿在身上的锦衣，相信所有的女子都会盼着拥有一件这样的衣裳。"

"好主意！"杨静山的心思迅速转动，举一反三，又涌出了新的想法，"咱们不如织四季锦，选四名美丽的女子穿上。"

季英英灵感来了，与他心意相通，笑道："这幅是春江桃花，还能织夏江初荷，秋江红叶，冬江蜡梅。织花不必拘泥，每幅锦的花都各有不同，任凭织工随意织就。如此一来，每幅锦都独一无二。”

两人说得兴起，杨石氏和杨静岩交换了一个眼神，不约而同地笑了起来。

“大郎、英英，且听我一言。”杨石氏打断了两人的讨论，她沉吟了一下道，“我不同意。”

“为什么？”两人吃惊地异口同声问道。

杨石氏平静地说道：“你俩的心思都极巧妙。不过，无须再织整匹并裁成锦衣。历来斗锦都以三尺锦画为主，杨家不能坏了这样的规矩。锦衣也因人而定，如果让美人穿着锦衣上了斗锦台，也许看的就不是锦，而是人了，难不成让堂堂斗锦赛变成锦江选花魁吗？”

一席话说得季英英和杨静山惭愧不已。商议之后，就定下来织四幅不同的浣花锦图。春以青为主，夏以绿为主，秋用斑斓彩色，冬织银白底，各种底色上，再以花的颜色搭配。

事情商定之后，杨家两兄弟告辞去忙活，杨石氏将季英英留了下来。

大半年来，杨石氏对季英英照顾有加，也不热络。除去每月初一、十五请安，一家人在白鹭堂用晚饭，她轻易不叫季英英来白鹭堂。

不知道留自己下来有什么事，季英英安静地坐着，等杨石氏开口。

“英英，这次织斗锦，你帮了杨家的大忙。消息如果传出去，赵家还不知道怎么恨你呢。对了，这个你收着吧。”杨石氏拿了一个匣子放在案几上，朝她推了过去。

季英英看也没看直接答道：“太太客气了。当初季家遇人勒索，是太太帮了大忙。我不嫁到杨家，也会尽全力助杨家织斗锦的。”

“长者赐不可辞，给你就拿着。我也时常赏东西给你两位嫂嫂。”杨石氏见她仍这么疏离，想起杨静渊那声太太的称呼，眼神又暗了下去。

“谢谢太太。”季英英见她这样说，实在不好推辞，就收了。

杨石氏摇了摇案几上的小钟，陈嬷嬷和雪青推开门进来，扶了她起身，季英英也跟在她身后出了书房。

回到明月居，她随手打开了匣子，里面放着一张房契。看明上面写着四重院子，前店后院，季英英愣住了。

太太怎么知道她一直想找间合适的宅子，让季家搬进城里？这分明就是借赏东西之名，给季家送份合适的礼。

“太太的心思真细。”回味着杨石氏的话，季英英明白了。杨石氏也担心今年斗锦夺回锦王，让赵家没脸，季家在三道堰日子难过。

换成杨静渊，他一定不会收这份礼。季英英想起他随意点的三道菜，还口口声声说精打细算过日子，就忍不住想笑。出于对娘家的担心，季英英收下了杨石氏的好意。她吩咐湘儿找出给杨石氏绣的抹额送去，刻意叮嘱湘儿一定要告诉杨石氏：“绣活做得还能入眼，裁衣做鞋的手艺就赶不上太太了。三郎君回来的时候，脚上穿的都是太太做的鞋。”

上回给杨静渊送衣裳，杨石氏拿了两双鞋来。季英英包了她送的鞋，把自己做的留下了。杨静渊回来时，脚上就穿着杨石氏做的鞋。

那晚他离开，季英英才告诉他实情，故意拿话挤对他：“你不想穿太太做的鞋，脱了光脚回去呗，这会儿可买不到鞋换了。”

杨静渊挨到天都快黑了才离开，又不想告诉季英英他去桑十四郎家住一晚，第二天要试试路上是否有埋伏。被她用黑溜溜的眼睛瞅着，他依然死鸭子嘴硬：“你送来的就是你做的。”

可惜八月十五杨静渊去见杨石氏时，天已经黑了，一声太太叫得杨石氏心酸，根本没注意到他穿的是自己做的鞋。

季英英感慨，杨石氏端着架子不肯亲近杨静渊，杨静渊也跟犟牛似的，不肯先低头，只能用时间来缓和了。

第四十五章

战乱

九月中旬，杨家在南边的田庄上来了人，传来消息说南诏起兵了。

季英英第一时间想起了晟丰泽，现在她才明白晟丰泽从前话里的意思。南诏觊觎蜀中锦业，晟丰泽四处收罗染丝秘技、织锦方法。在他看来，这是在用和平的手段令南诏繁荣。也许耗日持久，南诏等不及了。

最后一次见他，他曾委婉地劝季英英陪同季氏回长安。如今回想，他是希望她离开益州府，因为这里将变成战场。

季英英想了一遍又一遍，非常肯定自己绝对没有误解晟丰泽话里的意思。南诏将攻打益州，这个认知让她坐立不安。她吩咐香油去城中茶楼酒肆打听消息，又让季富带了房契回三道堰，务必让母亲与哥嫂先搬进城来。不管怎样，益州是大城，城中是节度使府所在，有驻军保护，而三道堰连道城墙都没有。

她转身去了白鹭堂。

杨静山兄弟和两位少奶奶都在，季英英进去时，正听到杨静山在说南边的战事。她心里暗松了一口气，只要有准备就好。

“我已经令柜上高价收夏蚕丝。南诏发兵，明年的春蚕丝定会受影响。有了充足的丝，再等下个月斗锦夺回锦王，明年杨家在锦业上的收成一定能再增三成……”杨静山兄弟看不出半点对战事的忧虑，反而有一种兴奋之意。

杨大奶奶和杨二奶奶都笑着附和，厅堂里竟一片喜色。

季英英越听越不对劲，难道她是在杞人忧天？她趁着谈话告一段落插嘴道：“南诏攻打益州城怎么办？”

堂上众人诧异地看着她，杨大奶奶眼里闪过一丝轻视，用手帕掩嘴笑道：“弟妹从小在三道堰长大，不懂也是应该的。”

又来了。季英英垂下了眼帘，免得让杨陈氏看到自己的眼神：“我最远只到过益州城，见识浅薄，还望大嫂教教我。”

看到她做小伏低的模样，杨大奶奶嘴角微翘：“那南诏不过是依附我大唐的小国罢了。国主是天子亲封的云南王，弹丸之地的藩王罢了。异族就是异族，从贞观年间到天宝年间，南诏起兵反唐，都落了个岁贡来朝求永世交好的下场。不出月余，南方必有捷报传来，南诏被西川军大败于边境。”

晟丰泽不止一次来益州府，早把这里的地形要害和驻军情况掌握得差不多了。不打益州城，他何必频繁跑来呢？季英英心里担忧，反问道：“万一这次南诏早有准备呢？如果西川军败了……”

“英英。”杨石氏听她连西川军败给南诏的话也毫无顾虑地说出口，忍不住喝止了她，“军政要事，不是内宅妇人能议论的。”

季英英低下了头，嗫嚅道：“我只是觉得有所准备为好。”

厅堂中年纪最小的二奶奶也比她大十来岁，她还是个小娘子呢，难怪她会害怕担忧。杨石氏缓和了语气安慰道：“剑南西川道下辖数个州府，益州府位于蜀中腹地，离边境上千里路呢。石参军已经递了消息来，南诏不外乎起兵做做样子罢了，多半是想要勒索朝廷减免岁贡。”

也许是晟丰泽逼迫季家的手段让自己吓破了胆，听到杨石氏也这样说，季英英渐渐安稳下来。

回到明月居不久，香油就回来了。

益州城歌舞升平，所有人议论斥骂着南诏狼子野心，蛮族不可信，同时又兴奋地热议着在大唐军队的反击下，南诏王会如何投降，并不惊慌。比起边境的战事，城中人更关心十月初九锦王的归属。

“三奶奶，您就甭担心了。听说南诏还没有咱们剑南道州府的面积大。大唐是泱泱大国，对付南诏蛮族，得胜轻而易举。”也许是听多了百姓的议论，香油挺起了胸脯，仿佛他就是打败南诏军的大将军似的。

绫儿啐了他一口道：“瞧你那神气活现的样子，奶奶嘱你去打听消息，不是让你去听人家怎么吹牛的。”

“我就是去打听消息的呀，就没听到一个人说咱们唐军会败。”香油嘟囔道。

两人说着就斗起嘴来。吵闹声中，季英英又安心了不少。

傍晚季富回来，如季英英所料，季氏和季耀庭都不赞同现在搬进城里。一则是祖业难弃，二则张四娘年底就要生产。

季英英向来信服母亲的眼力。季氏让季富转告她说：“南诏太小，蛇吞象的事是不可能发生的，安心。”

是啊，南诏起兵难不成想取代唐主问鼎天下吗？季英英也觉得自己想多了。

九月的风将云朵缓缓吹走，露出清碧的天空，大渡河水翻涌着雪白的浪花，声势滔天。

大渡河两岸的森林被秋色染出了缤纷的颜色，高高的悬崖上站着一队人马。风吹起晟丰泽的大麾，黄金面甲下露出的深邃眼眸充满了悲悯之色。

数日前，南诏击溃了剑南西川道的大军。南诏势如破竹，一路攻到了大渡河边。过了大渡河这道天堑，蜀中平原一马平川。

赤虎小声地提醒他：“主子，渡河的船已经全部准备好了。”

是时候回大营了。晟丰泽没有动，反问道：“我在益州府谋划了整整三年，却不及国主短短几个月。赤虎，是我做得不对吗？”

每当他以我自称时，就是将赤虎当成了昔日玩伴。赤虎迟疑了一下道：“主子怜惜士兵性命，是主子心慈。”

“不是本王心慈，是本王错看了大唐。”晟丰泽讥诮地说道，“以为还是只虎，却不料已经成了一只猫。西川节度使原是三朝阁老，入主一藩却失了睿智，贪婪暴戾。可惜了，锦绣之城尽毁其手，走吧。”

晟丰泽带着护卫回到了河边大营。

帐中将军们正围在桌边观看地图，见他进来，纷纷朝他行礼。晟丰泽淡淡说道：“大军明天开拔。”

“是！”众人脸上露出一股喜色，在大渡河边已经驻扎了两天，早就恨不得在成都平原上肆意驰马了。

当南诏大军渡过了大渡河，已经陆续攻占了眉州、邛州时，西川军节节溃败的消息才传遍了整座益州城。

同处平原腹地的眉邛二州，距离益州已不到二百里。

百姓惶恐的同时，又传来了令人心安的好消息：南诏大军停下了进攻的脚步。

益州城与邛州同在成都平原上，之间没有天险可阻。一马平川的二百里路程，南诏大军最多两天就能兵临城下。

秋日晴朗，平原上视线极佳，远远能眺望见西岭雪山的秀美山峰。

牛副都督坐在马上，耳边回响着牛五娘的话："玉缘偷听到南诏白王与赵二郎密谈，欲犯益州城索取财帛。旁人不知，父亲却是清楚的。天宝年间南诏起兵，逼得姚州都督李宓战败投水自尽。南诏年年岁贡来朝，蛰伏多年，突然起兵，父亲真以为西川军能够阻挡？"

入目一片全是青衣士兵与望之不尽的帐篷，令人想起了蝗灾来袭的情景。

许给赵家的好处是，不犯赵家，尽收城中各家之锦。此消彼长，赵家就能一跃成为益州锦业的行首。

牛五娘道："赵家选择了依附保存实力。父亲血染疆场也无疑是螳臂当车。战败了，朝廷也不会有封赏，枉送性命罢了。何必为了连军饷都克扣的节度使大人卖命？等到朝廷遣了大军，父亲再戴罪立功，岂不是更好？"

这些话都不足以让牛副都督动摇，他忌惮的是晟丰泽手里那封该死的信！

前方的士兵像水波一样分开，露出一条道来。

一辆朱漆华盖马车被数员将领簇拥着驶出了队伍，来到了阵前。晟丰泽斜倚在璀璨的锦枕上，穿着一身黑色织暗色团花的大袖锦衣，额前系着一根黑红色镶宝石华胜，浑身散发着雍容优雅的气度，瞧着就像大唐的某位世家公子出行踏秋。

回想之前的晟丰泽，牛副都督心里又是一叹。同样的面容，此时的晟丰泽再没有当时的斯文书生气，那双在阳光下闪闪发亮的眸子道尽了他的野心。

"都督安好。故人相见，泽甚是欢喜。"晟丰泽微笑着打起了招呼。

牛副都督心里苦笑，脸色却阴沉着，喝道："南诏竟敢进犯大唐，就不怕被大唐灭国吗？白王现在退兵，自缚请降，皇上尚许还能饶你性命！"

色厉内荏，又不得不说。牛副都督憋屈得想死。

"南诏一向和大唐交好，今年才遣了使臣去长安进贡，都督何出此言哪？"晟丰泽笑容一敛，满脸惊色。

荒唐！最恨这种像文臣一样不要脸的说法！明明都快打到益州城下了，还打死不承认，要找个起兵的理由。牛副都督心里又一阵暗骂，嘴里还不得不问道："白王一路从南面打过来，难道是假的不成？"

"都督误会了！"晟丰泽长长地叹了口气道，"本王喜欢蜀中的织锦，想要大量采买。国主担忧本王的安全，派了些人来保护本王。谁知道才进边境，就被当地驻军误会，打了起来。本王一则要来买锦，二则想亲自去向节度使大人解释一二。现在双方已经打起来了，本王胆小惜命，只好又多带了点人来。”

如果不是那封信在你手上捏着，老子一定提刀和你再打一架！牛副都督在肚子里不晓得骂了晟丰泽多少句，脸上还只能绷着：“意思是只要节度使大人不误会王爷，再让王爷买到中意的织锦，王爷就能心满意足地回南诏了？”

“对！”晟丰泽爽快地答道。

牛副都督看了他一眼，转过马头回了自方阵营。

回头一看，晟丰泽也悠然地坐着华盖马车回去了。

“将此事禀告节度使大人。”牛副都督遣了一名副将回城禀告。

南诏帅帐内，晟丰泽正与身边两名将领察看着铺在案几上的地图。

“主子，蚩狂军将来了。”赤虎上前禀道。

“请。”

说话间，一名身材魁梧的将领大步走了进来，敷衍地行了礼，怒气冲冲地问道：“白王，为何要在这里驻军？益州城就在眼前，何不杀进城去？！”

国主不想再等待，打算出兵掳掠抢占地盘。始作俑者是权臣杜彦，蚩狂是杜彦的亲信。他不过是掌着左军的大军将，却有胆来质疑主帅。晟丰泽心里暗叹，淡然说道：“不寻一个借口，南诏就成了不义之师。有了借口，抢了就是名正言顺。”

蚩狂一呆。

“大唐天子一怒，调几十万兵马征南诏，打得过吗？”不等他反应，晟丰泽又反问了一句。

蚩狂出发前曾被杜彦细细嘱咐过，白王受大唐影响，当心他心存仁慈，坏了国主大计。他大声说道：“如果西川节度使捏着鼻子认了，又让王爷买走大量织锦呢？难不成我们就退兵啦？”

难怪被唐人讥讽为南蛮子，晟丰泽懒得和他解释，比出了三根手指：“最多在此驻扎三天，如何？”

“好！三天后，如果白王还要和唐人说来说去，某就领着本部人马自去攻城！”蚩狂行了礼，哼了一声大步离开。

敢对主子不敬，赤虎起了杀心，眼睛微眯：“主子……”

“无妨。”晟丰泽摇了摇头。

第二天，西川节度使就遣使进了南诏大营。

来的不是别人，正是太守府的桑长史。一年前，他还在为如何不被新太守猜忌而发愁。如今太守得了节度使大人的令，出使南诏军营的“好差事”果然落到了他头上。

“节度使大人深明大义，泽感动不已。买了锦，泽马上返回南诏。”

听到这句话，桑长史一颗心落了地：“不知王爷欲买多少织锦？”

晟丰泽朝帐中一望，指着满帐将领道：“我带了这么多人来搬织锦，总不能让他们空手而归，好歹也能分个一尺半尺回家给老婆女儿。就三万匹吧！”

“多少？！”桑长史以为自己听错了。益州蜀锦年贡长安才一万匹，全州府一年产锦不到一万五千匹，南诏白王开口就要三万匹？会把益州锦户家的库房都搬空的。

“三万！”晟丰泽不容置疑地说道。

桑长史气结，冷笑道：“三万匹锦，王爷知道价值多少银钱吗？”

晟丰泽朝旁边伸出了手，赤虎拿出一只皮袋放在了他手中。他掂了掂，扔在了案几上，笑容和煦：“本王出的价，长史大人看看够不够？”

桑长史扯开系绳口一瞧，满满一大袋各色宝石。

他脑中响起出城时太守大人的私语：“南蛮子不懂得，狠狠喊价。帮那些锦户省了船钱路费，高价卖出去，本官为政一方，也算为锦户们做了件大好事。”

说这话时，太守大人眉飞色舞，仿佛已经听到了众锦户的齐声颂扬。桑长史心知肚明，如果真的是做买卖，卖了好价钱，太守大人的腰包又会鼓胀起来。

兴许是他误会白王了，桑长史故作矜持：“寸金寸锦，这一袋宝石倒也能换一匹上等织锦。”

“哈哈！”晟丰泽实在没忍住，拍着案几大笑出声。

帐中众将跟着大笑起来，其中一人站起了身，大声说道：“桑大人听好了！这袋宝石是我家殿下买下三万匹织锦的钱！”

一袋宝石，就想买三万匹锦？

“白王殿下在捉弄下官吧？用这袋宝石买三万匹锦，痴人说梦！”桑长史脸色骤然变青，心道节度使大人、太守大人真是太天真了，这帮南诏人摆明了就是来抢的。

晟丰泽笑声一顿，眼里露出一股凌厉之意，一字一句地说道：“大人说本王是痴人说梦。那好啊，本王亲自带着这袋宝石去益州城，看看能不能买到三万匹锦。”

他这是威胁！不拿锦给他，他就带兵进城！桑长史脸色一白，好一阵才让自己平静下来："本官会把王爷的意思如实禀告节度使和太守大人，告辞！"

他带着随从的属官离开大帐，身后又传来一个雷鸣般的声音："本军将没耐性，最多再等两天！"

桑长史脚下一个趔趄，被黄主簿眼疾手快扶稳，才没有摔倒在地。他哆嗦着说道："走，回城，益州危矣！"

自南而来的南诏大军停留在益州城南面，东、西、北三个方向都看不见南诏人。有人认为，如果南诏真想攻打益州，势必围城，切断益州与外界的联系，尤其是与北方剑南东川道节度使府的联络。

东川军是距离益州最近的援军。

所以面对相距二百里的南诏大军，益州城内依然风平浪静，四座城门照常开着，出入自由。

安逸了几十年的益州百姓依然认为只要朝廷与南诏和谈，南诏士兵的脚步就会自邛州、眉州往后转，再不会往前踏一步。

然而这一切的前提都建立在，节度使是否同意白送给南诏三万匹蜀锦。

太守心疼得要死："大人，这可是三万匹蜀锦！"

桑长史长途奔波，连家门都没进就与太守进了节度使府。他寒声说道："大人，这分明就是敲诈威胁！南诏是在找借口攻打益州城！"

从嶲州一路抵抗，雅州大败，邛、眉两州失陷，只用了短短一个月时间，南诏大军就到了眼前。议事厅中，西川军的将军们心里充满了悲凉。节度使以下，牛副都督的官衔品级最高，他黑红的脸上看不出情绪波动。他没言声，将军们保持着沉默，听厅中两名文官慷慨陈词。

"益州赋税一半靠锦业，夺走了所有织锦人家的蜀锦，空有织机，连本钱都没了。就算南诏大军退走，拿什么织锦？"太守一想到三万匹蜀锦，剜心的疼痛就难以忍耐。

桑长史咬牙切齿地坚持："就算给了南诏人，他们也绝不会放弃进益州掠城！"

两位面和心不和、相互猜忌的官员此时异口同声向西川节度使恳求道："还请大人发兵，与南诏决一死战！"

西川军打着，北面还能请求东川军增援。经剑阁出川，越过秦岭就是关中平原，离长安不远，朝廷的大军也能入川。益州的背后站着整个大唐，南诏这点兵力又算得了什么？

“本藩报往朝廷的八百里加急奏折已经送走了。没有兵部调令，东川军不能动。而现在南诏只给了两天时间。两位大人，本藩以为筹集蜀锦交付南诏，拖延时间，方为上策。”西川节度使轻抚着雪白的胡须，不见丝毫慌乱，“南诏不会把益州府纳入版图，他没那胃口。小国太穷，抢掠些财物罢了。就算给了他们三万匹锦，朝廷震怒之下，每年的岁贡加倍，南诏拿了多少，都会加倍还回来。”

节度使的意思是答应白送给南诏三万匹锦？

太守急了：“大人，织锦户谁愿意白给南诏蜀锦？”

岁贡就算加倍，也是献给朝廷的，这些织锦户的损失谁来赔？这不是节度使畏战，打算明抢吗？

节度使微微一笑：“时间不等人。牛将军，此事着你来办。就按家有织机数上缴蜀锦。告诉那些织锦户，不缴织锦，本藩可以战死在城门楼上。拦不住南诏大军，益州城陷，他们失去的就不只是蜀锦了！”

身兼大都督的节度使大人主和，自己不过是副手罢了，但愿晟丰泽白得了三万匹蜀锦，能知足撤兵，牛副都督心头一松，起身领命。

商定后，更鼓已敲过三更，一队队士兵分头出发，敲响了织锦人家的大门。

外面传来的嘈杂声惊醒了季英英，她下意识地从枕头下抽出了杨静渊送给她的小刀道：“南诏攻城了？”

值夜的湘儿也吓了一跳：“娘子，奴婢去看看。”

没等她披好衣裳，绫儿走了进来：“牛副都督带着兵来了。”

牛副都督？季英英一听是他亲自带兵来，匆匆穿好衣裳，走出了房门。

黑沉沉的夜里，湖对岸的白鹭堂已经亮起了灯，远远能望见下人提着灯笼匆匆走过的身影。

为什么会是牛副都督来？在牛家的遭遇让季英英紧张起来：“我们溜到院门那边瞧瞧去。”

“娘子，您别去了。”季嬷嬷提了盏灯笼出来，叫住了季英英。她埋怨地看了她一眼道：“都是十几岁的小娘子，半夜三更的被那些兵冲撞了怎么得了，还是老奴去打听消息吧。”

季英英想了想就同意了，再三叮嘱她道：“嬷嬷，消息打听不到没有关系，您千万要当心。”

“老奴晓得，娘子回房去吧。晚上露重，别着了凉。”季嬷嬷提着灯笼去了。

主仆三人回了房，睡意全无。等了有大半个时辰，季嬷嬷就回来了。

她走得急，进屋让湘儿连倒了两碗水饮了，才愤愤地说道："娘子，您猜牛副都督半夜前来做什么？"

季英英嗔道："嬷嬷别卖关子，我们都急得睡不着呢。"

"他要杨家捐六千五百匹蜀锦呢。"

六千五百匹蜀锦？！

三人的嘴张得能吞下一颗鸡蛋。

白鹭堂中，牛副都督毫不客气地坐在了杨石氏旁边的主位上，端着茶盏悠然地欣赏着杨家众人的脸色。

安静的厅堂里，跳跃的烛火将众人的脸色映得阴晴不定。

杨石氏强压着心里的惊惧，镇定地问道："南诏索买三万匹锦，打算折价几何？"

"杨大太太是真不明白还是假装不懂？"牛副都督放下了茶盏，倾身望向杨石氏，讥讽道，"带着二十万大军前来买锦，杨大太太，你觉得南诏会出个什么价钱？"

杨石氏不慌不忙地说道："方才都督也说明白了，南诏是来买锦的。不管什么价，总要有个价。就算南诏出了价，杨家也可以不卖。再说了，六千五百匹锦，杨家没有，想卖也卖不了啊。"

这是公然的拒绝。牛副都督蓦然想起几年前请官媒来杨家提亲，官媒回来学着杨石氏的模样原话转告："我家三郎习武，十八岁以前破不得童子身，不能耽搁了人家。杨家是商贾，也高攀不起三品都督府家的小娘子。"

"仕农工商，杨家排末。"新仇旧恨涌上心头，牛副都督径直站了起来，望向了厅堂外。夜色中，两行士兵整齐地站在甬道两侧，手中的火把噼啪燃烧着。

望着他的背影，透过他看到院子里的士兵，杨石氏和两个儿子脸色大变。牛副都督没有明说，但杨家三人心里都明白了他的意思。

哪怕西川军战死沙场，杨石氏也愿白拿杨家锦给战死的士兵收殓入葬。如今不仅不敢迎战，还带兵来威胁强索蜀锦，她气得浑身发颤，高声说道："西川军屡战屡败，如今被打怕了，不敢打了，打算白拿织锦人家的锦去向南诏求和？牛副都督，您对得起身上穿着的三品武将官袍吗？"

夜里安静，杨石氏的话传到了厅堂之外。火把摇曳，站列整齐的士兵忍不住哆嗦了一下，一张张脸唰地望向厅堂。

噌的一声，牛副都督拔出了腰间的宝剑。

烛火下，杨石氏双目圆瞪，一把将扑挡在自己身前的陈嬷嬷推倒在地上，昂着脖子一动不动。

“都督！”杨静山和杨静岩惊怒交加，大声喊了起来。

牛副都督手起剑落，案几的一角被他一剑斩落。见杨石氏眼睛都没眨一下，他心里好生佩服这老妇的定力。

他哼了一声，将剑回了鞘：“杨大太太，战与不战是军政大事，轮不到一个妇人置喙。本官深夜寻各家锦户索锦，是奉了节度使大人的命令。大人的话你听好了，拦不住南诏大军，益州城陷，你们失去的就不只是蜀锦了！节度使大人令各家锦户明日午时必须将蜀锦送到节度使府，差一匹……”他望向了杨静山兄弟俩，嘿嘿一笑，“便拿府中一人的性命来抵吧！”

这不是明抢是什么？杨石氏一拍案桌，站了起来。

“都督息怒！都督请听小人一言。”杨静岩生怕母亲再戗声，一个箭步冲过去，拦在了杨石氏身前，抱拳作揖，迭声说道，“既然是节度使大人下的命令，杨家自然全力支持，只是……”

他边说边请牛副都督回了座，苦笑道：“都督，我们都知道南诏人不讲理，可您也得给杨家一条活路不是？三万匹锦，就让杨家出六千五百匹，杨家把所有库房掏空了，怕也凑不够这个数啊。”

牛副都督心念数转，也担心逼得太急，反而凑不够数量。杨家是大户，也是织锦行业的头羊，说服杨家拿出了锦，别家就好办了。他叹了一口气道：“节度使大人也不清楚各家的情况，便按织机数量供配。杨家有六千五百台织机吧？加上库存，这个数不难吧？”

“大人有所不知。”杨静山这时才插嘴说道，“一匹锦织上三五年也是常事，杨家一年所织的锦不过两千匹。库中存量不足一千，六千五百匹锦着实为难。”

若按织机数量，全益州何止三万台。搜刮一空，多收缴的蜀锦就被节度使贪墨了。不过，转眼被杨静山一句话砍了一半的数额，牛副都督又沉下了脸。

“你以为本官深夜前来，是来谈生意的？”

语气森然，眼见又要翻脸，杨静岩堆了满脸笑说道：“大人，我前些时候查账，发现库中尚积压着往年一些过时的旧锦，有七八百匹，南蛮子又不识货，您看把这些旧锦添上如何？再给大人凑个整数，四千匹，这是杨家的极限了。”

四千匹蜀锦也是不小的数目。

牛副都督心知肚明，杨家要讨价还价也在意料之中。只要杨家不拖延时间交锦，他也好交差。他沉吟了一下道：“既然这样，杨家便出四千匹蜀锦吧。明天午时之前必须送到。本官告辞了。”

见他起身离开，杨石氏眼神微眯，突然开口问道：“不知去年得了锦王的赵家上缴多少匹蜀锦？”

赵家织机少说也有三四千台，打个对折，缴纳两千匹也是应该的。

牛副都督停住了脚步，转过身矜持地望着杨石氏，慢吞吞地说道：“赵家是本官的亲家。本官收不齐三万匹锦，赵家自会鼎力相助；本官若收齐了三万匹蜀锦，可以特许赵家一匹锦也不用缴。可惜呀，本来杨家也可以和本官成为亲家的。”

“牛副都督，你这是在公报私怨！”杨石氏手足发凉，知道牛副都督是故意报复杨家当日拒亲一事。

牛副都督哈哈大笑，郁结在心中多年的怨气一扫而空：“早知今日，何必当初？尔不过一介商贾，拂了本官美意，今天本官就是要公报私怨，你能拿我怎么样？杨家缴纳四千匹蜀锦，少一匹……别忘了本官说过的话！”

他狠狠地拂袖而去。

杨石氏眼前一黑，人直挺挺地往后仰倒。

“娘！”杨静岩急得伸手抱住她，将她放在椅上，用力掐着她的人中。

“快抬我过去！”杨静山呵斥着小厮将自己推过去。

过了一会儿，杨石氏悠悠醒转，看到两个儿子担忧的面孔，两行老泪夺眶而出：“可恨！强盗！”

“娘，事到如今，不拿也得拿。不管赵家是否交锦，咱家也得拿啊。”杨静山还以为母亲是因此气晕，和声安慰道。

“我哪还有心思和赵家争一时之气！”杨石氏恨恨地说道，“我只可怜杨家的织工辛苦一两年织就的锦，白白被一群贪生怕死的人夺去求和。我恨不得一把火把锦全烧了，也不给南蛮子一寸半缕！”

她突然扭头吩咐陈嬷嬷道：“英英前些日子不是总说南诏会攻城？定是三郎和她说了什么，快去把她叫来！”

陈嬷嬷哎了一声，提了灯笼匆匆去了明月居。

杨静山顿时也警觉起来：“三郎离开前一天，曾带了弟妹去牛府做客，难不成弟妹听到了什么？”

“如果真如英英所说，南诏举全国之力集二十万大军前来，断不会索了蜀锦就退去。献锦求和只怕是肉包子打狗——有去无回。雪青，赶紧去请两位少奶奶过来。二郎，你不必候在这里了，早做安排要紧。趁城门还没有关闭，明天一早，将澄玉他们先送到龙泉田庄避避风头。”杨石氏越想越觉得不对劲，振作起精神，开始安排起来。

过了一盏茶的工夫，季英英和杨大奶奶、杨二奶奶都来了白鹭堂。

杨石氏开门见山问道：“英英，三郎离开前是否对你说过南诏人要攻打益州的话？你们去了牛家，是否听说了什么？”

季英英心头一紧，赶紧问道：“太太为何这样问？听说今晚牛副都督带兵来索要蜀锦，是什么原因？”

杨大奶奶斜眼看她，故作惊诧道：“该不会是三弟和弟妹上回去牛家惹了什么祸，才让牛副都督来寻咱家的晦气。”

“住口！你别乱说话。”杨静山呵斥了她一句，和声将今晚的事情说了。

晟丰泽好大的胃口，节度使、牛副都督竟然妄想与虎谋皮……季英英倒吸一口凉气。她敢肯定晟丰泽所图必不是三万匹织锦这么简单，如今只能打着杨静渊的旗号让大家相信了。她定了定神道：“太太，还记得三郎曾去驿馆闹事的事情吗？三郎曾说过南诏狼子野心，觊觎益州锦业。南诏白王断不会满足索拿三万匹蜀锦就撤兵的。”

“怪不得，怪不得！三郎，母亲错怪你了！”杨石氏回想当初，悔得直捶胸，“那天我还训斥三郎胡闹。那晚白王来赴家宴，老爷就过世了，他便怀疑上南诏白王。”

“母亲，事情已经过去了。现在趁着还有出城的机会，赶紧准备才是。”杨静山见母亲一时情绪激动，难以安排，转头对陈氏说道，“别的无须多问了。赶紧收拾贵重物品，安排马车。明天一早，你带着母亲、两位弟妹和孩子们一起去城外田庄避避风头。”

杨大奶奶迷迷糊糊听着，突然反应过来：“郎君，你也和我们一起走吗？”

杨静山摇了摇头：“我和二弟留下来。”

杨大奶奶哇地就哭了起来：“你不走，我也不走。”

大家心里都明白，杨静山哪怕病着，双腿不能落地，他也不能离开杨家。

正因为杨静山行动不便，杨静岩也不能走。

送家中妇孺的重任就落在了杨大奶奶身上。如果城陷，嫡孙杨澄玉离不开母亲，嫡长媳要肩负培养新任家主兴家业的责任。

杨大奶奶舍不得是人之常情，任杨静山如何柔声劝慰，她只是哭着摇头不肯，杨静山怒了：“你像当家主母吗？你再这样，休了也罢。”

听了这话，杨陈氏二话不说，直接起身一头去撞厅中的柱子，慌得杨二奶奶和季英英赶紧扯住了她。

季英英忍不住说道：“大嫂，大哥只是气话，你何必往心里去？”

杨大奶奶的心情就像一只钻进了管道里的耗子，到处横冲直撞，始终找不到出口。如今季英英的话突然开了个口子，她的嫉妒与怒气就冲了出来，尖声叫道：“三郎人在哪儿？从小全家宠着他，银钱随他支取，现在他一拍屁股跑了，家里有难，怎不见他留在家中保护两个哥哥？”

怎么就扯到杨静渊身上了？季英英念头微转，就明白了杨陈氏的意思。今年益州城的斗锦赛没准儿取消了，织出来的斗锦毫无意义。既然没了斗锦赛，自己就是在杨家吃闲饭的，也是一拍屁股就要开溜的人。两位兄长都走不得，杨静渊和自己却能平安脱身。从杨陈氏内心来说，她觉得太不公平。

季英英并不想随杨大奶奶去东郊田庄避风头。季家在城西，她怎么放得下母亲和哥哥呢？她淡淡说道：“太太和大嫂二嫂走了，内宅离不开人。我没有孩子，三郎不在家，我就留下来好了。”

从杨静山呵斥大奶奶到她撞柱，不过是瞬间发生的事情。杨静山兄弟反应过来，正想开口时，杨石氏已经从愤怒的情绪中走了出来。

她大喝一声：“南诏还没攻城呢，你们就乱成一团。真到了那时候，我看你们就是一群无头苍蝇。都给我坐下。”

三个儿媳默默地回座坐了。杨石氏沉吟了一下道：“南诏攻城只是我们的猜测，送孩子们离开也是为了以防万一。离城之事不得声张，被有心人诬个造谣生事、蛊惑人心就不妙了。天一亮，二郎护送你大嫂和媳妇，带着孩子们去东郊田庄，对外就说带孩子们去山里赏秋。我和大郎留在府中。”

杨静山大惊：“娘，您留下来做什么？”

杨静岩也道：“大哥身体不好，腿脚不便。我留下来跑跑腿也好。”

她走了，杨二老爷、杨三老爷就没有人压得住了。杨石氏笑道：“府里不能没有当家主母。二郎，你得好好护着你大嫂和孩子。”

无论如何，两个儿子能保一个是一个，不能都折在城里。

杨石氏没有提让季英英一起走的话，季英英也没有吭声。杨大奶奶却不想让她留下来照顾杨静山：“母亲，郎君需要人照顾，儿媳也留下来，让二弟和弟妹带澄玉他们走吧。”

“大嫂，澄玉还年幼……”

“他十三岁了，也懂事了。拜托二弟和弟妹好好照顾他。”杨大奶奶说着，目光哀哀地望向杨静山。

杨静山心里一叹，伸手拍了拍她道：“就这么定了，二弟和弟妹早做准备吧。缴纳蜀锦一事有我和母亲呢。”

杨石氏疲倦地说道：“英英留下来，你们都回去早做准备，就照我说的办。”

等到众人走后，杨石氏吩咐雪青去取了二十两金子来，一锦囊的金豆子，入手沉甸甸的。她叹了一口气道：“英英，我知道你担心娘家。明早我会叫人去季家，让你娘和你哥嫂早做安排。你不用留下来，让季富套了车，叫香油给你领路，带着你的陪嫁嬷嬷和侍女明天一早就出发，去找三郎。”

“太太。”季英英心里一暖，“太太，我也不矫情地说要和杨家共进退的话了。这里是三郎的家，他不会弃杨家于不顾的。”

杨石氏面容微僵，喃喃说道：“我不指望他会管杨家的死活。当初是我对他生了嫌隙，他怨我恨我都随他去。你是我做主娶回来的，你不能在我这里有闪失。天快亮了，赶紧去准备吧。”

“太太，您保重。”季英英起身给杨石氏行了大礼，拿了金子离开了。

第二天一早，季英英带着季嬷嬷和绫儿、湘儿出了杨家。

她没有直接从北城门出城，而是先叫季富去了杨静渊告诉她的地址。

“徐记医馆。”季英英记住了这家开在陋巷里的小医馆，走了进去。

店很小，只有一个伙计、一个郎中。见季英英主仆进来，伙计迎了过去：“娘子是瞧病还是抓药？”

季英英看了一眼柜台后面正在抓药的徐郎中，轻声问道：“我夫君是杨家巷杨家三郎，他告诉我如果想给他送信，就将信交给徐记医馆的徐郎中。”

听到杨家三郎，徐郎中停下了手里的活，从柜台后面走了出来。他审视着季英英道：“在下姓徐，开了家小医馆混饭吃。您是杨静渊的媳妇？”

见他一口道出杨静渊的姓名，季英英欠身行了礼：“妾身季氏二娘。”

徐郎中虚扶了一把，面不改色地请季英英在一旁坐了。他心里恼怒异常，暗道老舒带来的小子果然不按常理出牌。这是东川军的秘密联络点，军中通信密道竟然被杨静渊那小子随意当成传递家信的地方。若不是郭大都督赏识那小子的武艺，老舒又欠了杨大老爷人情，他一定要寻机会好好教训那小子。

“杨三郎可曾告诉过你，但凡由在下传递的信，都是要查看的。”徐郎中淡淡说道。

季英英早料到这里可能是东川军的军中信道，她来这里，也正是想将自己所知道的事情通知杨静渊。信中并无旖旎之语，她拿出早写好的信放在了桌上：“麻烦徐先生了。”

徐郎中当着她的面就拆信看了。信中所说和他这些天上报东川节度使府的内容差不多，只比他肯定一点，南诏必然攻打益州城。他不动声色地将信重新封好后说道：“杨三奶奶这是打算出北城门去找杨三郎吧？”

季英英摇了摇头道：“我要回娘家。”

南诏军在城南一带，季家在城西外，离城还有几十里路。嫂子还有两个月要生产，杨石氏遣人报信，母亲和哥嫂说不定心存侥幸。季英英打算回趟娘家，劝母亲与哥嫂即日动身，去青城山华清老道的山中茅屋避战乱。

有城中三万匹蜀锦拖延时间，南诏大军攻到益州府至少需要两三天，搬家的时间足够了。

据徐郎中所知，南诏军中军大营在邛州。左右两军昨晚就已经拔营，不知所踪。最大的可能就是从东西二门开始包抄益州，最后形成对益州的合围。眼下除了北门外没有发现南诏军队，东西二路都不见得安全。他劝道：“既然杨三奶奶也判断南诏会攻打益州城，何不趁围城之前出北城门去三台？”

“多谢先生美意。如果能见到三郎，就告诉他，我与我娘和哥嫂去青城山找他师父去了。”季英英毫不掩饰自己的行踪与打算。

去青城山中避战乱也是个好办法。徐郎中再不相劝：“杨三奶奶放心，在下今天就把信送去。”

“妾身冒昧问一句，南诏率二十万大军前来，东川军是离益州府最近的驻军，可会前来解围？先生若觉得不妥，可以不答。”

徐郎中微微一笑：“这得看皇上何时下旨。”

没有圣旨，东川军不能擅离自己的藩地。南诏进攻西川后是否会继续攻打东川，东川节度府也紧盯着益州府的情况。

只要圣旨一下，东川军一定会驰援益州。季英英暗松一口气，再次谢过。她离了徐记医馆，催促着季富驾车赶紧回三道堰。

第四十六章

家破人亡

晚上，季家一家四口坐在厅堂里。季英英扫过张四娘高高隆起的腹部，竭力劝说道：“马车铺厚实一点，路上走得慢，不会颠着嫂子。”

张四娘摸着肚子，惶恐地望向季耀庭。

“没事，别怕。”季耀庭轻声安慰着她，对季英英说道，“杨家一早就来了人报信。只是怀疑南诏人会攻打益州，咱们这儿离城还有几十里呢，城里又有西川军，南诏人到我们这乡下地方来做什么？”

“哥！晟丰泽是主帅，你怎么就一点也不担心呢？他原先逼着咱们要染色秘法呢。”季英英被兄长的不以为意气着了，顾不上刺激母亲，抬出了晟丰泽，“娘，咱们还是躲躲吧，咱们这里离城太近了。晟丰泽万一惦记着咱们家的秘法，让南诏人打过来怎么办？”

季氏抬眼看了看四周，淡淡地说道：“晟王爷要秘法，给他们就是。娘也想开了，人平安无事就好。这是季家祖宅，娘哪儿都不去。”

“南诏人不止要秘法，还要杀人呢？”季英英声音高亢起来。

季氏叹了一口气道：“英英，得了三万匹蜀锦，南诏还攻城做什么？城里有西川军守着，南诏攻城会付出沉重的代价。娘觉得南诏不会攻城，益州府是大唐南方的屏障，朝廷不会让南诏占领的。”

他们都不相信南诏会攻打益州城。

“晟丰泽是匹恶狼，他想要的不是一根骨头、一块肉，而是整个猎物。”季英英见劝不动家人，又着急，又无可奈何，她只能退而求其次，“先收拾好细软行李，一旦听到风声，咱们马上离开。”

她说着就叫吴嬷嬷去收拾行李。

“英英，你别这么性急。天色不早了，这一时半会儿怎么收拾得完？你先回屋歇着吧。哥哥再好好想想，明天再说。”季耀庭拦住了她。

季英英嗯了一声，辞了母亲回自己的院子。

浣花染坊的后门被轻轻打开，紫儿左右张望了一下，飞快地跑了出去。

半夜，街上的狗突然叫了起来。

一大群赵家护卫、家仆点燃了灯笼火把，直奔向数家染坊、织坊。赵修缘带着一队人来到了季家。

他抬头望着季家的黑漆门脸，亲自走过去，敲响了门环。

守门的田玉披了衣裳从门房里出来，嘴里嘀咕道：“大半夜的，是谁呀？”他留了个心眼儿，透过门缝往外看了一眼。

门外一大群赵家家仆，赵修缘正站在门口。

田玉心里一哆嗦，飞快地跑回倒座自家屋子，摇醒了田嬷嬷：“赵二郎带着一大群人来咱家了。大半夜的，我担心他又冲着小娘子来，你赶紧去内院报个信。”

田嬷嬷匆匆地披衣穿鞋，骂道：“天杀的，小娘子为了避开他，专门从后门回来的，他怎么就知道了。”

说着，她一路跑向了后院。

外面的狗叫声已经惊醒了季英英。她穿好衣裳，正要叫绫儿去看看外面发生了什么事，田嬷嬷就来了。

“赵修缘大半夜来做什么？”季英英还以为是南诏人来了，听说是赵修缘，反倒没那么怕了。

季嬷嬷怒道：“娘子别怕，老奴带着人去会会赵二郎。季家也不是好欺负的。”

“田嬷嬷，母亲和哥哥知道了吗？”季英英镇定地问道。

“大郎君已经去了前院。”

季英英吩咐季嬷嬷道：“嬷嬷让季富叔和香油把车赶到后门备着，湘儿去帮嬷嬷收拾行李，绫儿随我去看看。”

她带着绫儿出了院子，站在二门的垂花门前，已经能听到前面大门口季耀庭和赵修缘的声音。

赵修缘没有进门，就站在门口和季耀庭说话。

季英英朝绫儿比了一个手势，两人猫着腰顺着一侧的回廊靠近了大门。

声音清晰入耳。

季耀庭站在门口，能看到整条街道上火光闪烁，赵家的人不止来了季家。他沉着脸问道：“赵二郎，你半夜来做什么？”

赵修缘微笑道：“南诏大军驻扎在邛、眉二州，为了三道堰的安全，赵家配合县衙行事，特意登门告知。从现在起，三道堰许进不许出，免得混进了南诏探子。”

谁不知道县令大人和赵家是穿一条裤子的，但这个理由季耀庭还能接受。他神情略为放松，淡淡说道：“知道了。”

季耀庭正要吩咐田玉关门，赵修缘朝里看了一眼，漫不经心地说道：“听说英英回来了？回来也好，我会保护她的。”

季耀庭神色一肃，多了一个心眼儿：“正如您所说，南诏大军距益州城不到二百里。我妹子在杨家好好待着呢，她跑回娘家来做什么？”

“是吗？原来是我看错了，告辞。”赵修缘带着人离开。听到身后大门咣当关上，他回过了头，火光映上他的脸，唇边的笑容显得分外诡异：“英英，这次，你再也回不去了。来人，把季家前后门都给我盯死了。”

南诏的军队两天内就能到三道堰，想起晟丰泽的许诺，赵修缘兴奋不已。

狗叫声中，悠悠响起了锣声。县衙的人敲着锣走在街上，高声叫道：“奉县令大人令，三道堰宵禁。各家各户关好门窗，禁止入夜走动。白天封街，许进不出许！”

听到外面的声音，季英英感觉怪怪的。她和绫儿从回廊阴影里走出来，叫住了季耀庭：“哥，县衙怎么会半夜下禁令？”

“也许是县衙才得了州府衙门的命令。”季耀庭眉头紧锁，“英英，赵修缘大概是看到了你院里的灯光，知道你回来了。我瞧他对你还没死心。唉，你说你待在城里好好的，回来做什么呀？”

“我还不是担心你们。”季英英没好气地说道，“我中午返家，你和娘都不信我的话。现在县衙下令封街防范南诏探子，我想走也走不了。这事怎么会这么巧？我刚回娘家，就遇到三道堰封街，赵修缘的反应也太快了点吧？他以前说过，从藤园二楼只能看见我绣房的窗户，别处他看不见的。我早就不让人进那间绣房了，他怎么可能看得见我院子里的灯光？”

“毕竟是县令大人下的禁令，赵修缘不敢乱来的。有可能是瞧到你从后门下了车。你嫁进杨家，三道堰多少人盯着咱家呢。明天哥哥去打听一下消息，你先回去睡吧。”季耀庭听了也觉得太巧了，但他不愿意往坏处想，只盼着一切只是巧合罢了。

半夜的禁令给三道堰罩上了一层厚重的阴云，天明之后，三道堰几乎没有铺子开张。街上行人匆匆而过，直奔相熟交好的人家打听消息。街面上闲闲走动的只有衙役和赵家的护卫。

季家的铺子也关了门。季耀庭出门去打听消息，刚出巷子，就看到街面上走来十几个汉子，他不由得大喜，招手喊道：“朱二郎！”

朱二郎笑着走了过来：“季大哥，这是想去县衙打听消息？我正想去季家寻你。”

“你可曾打听到了什么？”以朱二郎结交朋友的本事，打听消息比季耀庭快得多。季耀庭又压低声音说道：“我妹子昨天回来了，半夜赵二郎就来敲门。你有什么消息赶紧说。”

季英英回娘家来了？朱二郎脸色大变，扯了季耀庭到屋檐下道：“她不好好在城里待着，跑回来做什么？益州城有西川军，有城墙，怎么也比咱这三道堰安全。我县衙的朋友说，昨天傍晚赵家大爷去了县衙，晚上县令大人就下了禁令。以前桑十四郎和杨三郎曾找过我，让我注意赵家的动静。我看哪，赵家准没安好心。凭什么封街啊？我这是找朋友帮忙，打算混出三道堰，去益州城给桑十四郎报信呢。”

赵家没安好心？可赵家为什么要让县令大人下令封街呢？季耀庭想不明白。

朱二郎低声道：“二娘留在家里不是个事。你让她换了男装从后门出来，我带她先回益州城。”

季耀庭苦笑：“我出门时看到前门巷子口有四个赵家护卫。回家嘱人一看，后门也有人。河边还有人巡视。这哪叫封街，家家户户都成了犯人似的。”

“可不是嘛，所以我才要溜出去，找桑十四郎问个究竟。他老子不是在州府衙门吗？”朱二郎知道带着季英英不好溜，改变了主意，“这样吧，等我从城里回来再说。季大哥，嫂子身子重，你哪儿也别去了，在家守好门户吧。”

送走了朱二郎，季耀庭折返家中。看到巷口的赵家护卫，他的心情莫名紧张起来，一时间后悔没有听妹妹的话，早把家迁进城里。

回到后院，家里三个女人都坐在厅堂里眼巴巴地望着他。染坊的活已经停了，二十几个仆妇与浣丝婢都待在房里。家里一夜间变得非常安静，而这种安静又让人如此不安。

“哥，打听到什么没？”季英英亲手端了茶水递给哥哥。

季耀庭勉强地笑了笑：“家家关门闭户，倒也没有别的。我遇到朱二郎了，他说混出三道堰，去城里寻桑十四郎打听消息。且安心吧。”

季英英没再开口，季氏就接着说道：“我看哪，没什么事，不过是县令大人担忧安全，才下令禁街。这样也好，来个陌生人一目了然，免得南诏探子混进来。”

母亲出身高门大户，见多识广，一直是家里的主心骨。以往听母亲这样一说，季英英就安心了，可今天她不这样认为。

“哥，别家的前后门都有赵家护卫守着吗？”季英英一早就吩咐绫儿和湘儿去前后门看过了。赵家护卫帮着县衙净街守卫，三道堰有几百户人家，赵家派了八个护卫在季家前后门守着。季英英绝不会认为赵修缘是一片好心，这架势更像是盯牢自己的感觉。

季耀庭瞬间语塞：“赵二郎……妹妹放心，哥不会让赵家胡来的。街坊邻居都看着呢。”

季氏也道：“只要不闯进家里来，懒得理会他们。”

母亲和哥哥这是怎么了？季英英郁闷地回了房。

季嬷嬷见她神情憔悴，好言劝慰道：“太太和大郎君见识宽，娘子听他们的话就是了。”

脑中灵光一闪，季英英终于想通了一直让她困惑的缘由：“嬷嬷说得不对。娘身体不好，嫂子身子沉重，她和哥哥都在做梦。”

“做梦？”季嬷嬷愣愣地重复着她的话，不明白季英英的意思。

季英英的语速越来越快：“娘守寡带大我们兄妹俩，她累了，她连秘法都不想守了。她只盼着嫂子能生个儿子，季家有后，哥哥能保住染坊，平安度日。母亲不愿意去想南诏兵是否会来，她连赵家特意遣人盯着季家都不愿往坏处想了。哥哥也是一样。”

她从来不愿意贬低哥哥。现在季英英不得不承认，读过几年书就在染坊帮忙做事的季耀庭能力有限。哥哥也只是个普通人罢了，期盼着平安简单地过日子，一切都往好处想。守着心里的梦，只盼着它不要碎了。

可能家里唯一清醒的人就是自己了。

“嬷嬷，收拾行李，叫季富叔套车。”季英英做出了决定。

季嬷嬷大惊：“外面封了街，娘子怎么出去？”

季英英镇定地说道：“有赵家人盯着，赵二郎不会让我走，我只想让香油趁乱离开季家。我看别家都没有盯季家的人多。离了季家，香油就有机会回城报信。”

马车驶出了季家，还没出巷子口，就被赵家护卫拦住了：“县令大人下了禁令，晚上宵禁，白天封街，三道堰许进不许出。”

季英英直接挑开了轿帘，似笑非笑地说道：“谁说我们要出三道堰了？家里闷久了，还不兴在这街上走走？赵家的护卫做起了衙役的活，赵家大爷是不是要做县令的活啊？”

赵家护卫被她说得面红耳赤，想着赵修缘的吩咐，互相使了一个眼色道：“季二娘子要在街上遛弯，我们管不着。不过，想要出三道堰，就是公然违抗县令大人的禁令。赵家也是为了三道堰的安全着想。我们白干活不拿银钱，季家难道还有意见？”

“没意见！几位辛苦了。回头我令厨房熬些汤给几位送来。”季英英放下了轿帘，闲闲地吩咐季富，“随意走走。”

马车从街西头遛到了街东头，拐弯到了河边，慢悠悠地驶回浣花染坊的后门。

季英英像是出嫁之后感慨良多，走一程遇到熟悉的人家、铺子都要下车招呼，让远远跟在身后的赵家护卫无聊得直打哈欠。

没有人注意到遛到河边老管家后院时，车里的香油借着季嬷嬷与绫儿等人的遮挡，猫腰蹿进了老管家的院子。

“老丈，您家的井水真甜，多谢您了。”季英英冲老管家眨了眨眼，登车回家。

马车从后门驶进去，季英英下了车，脸上的笑容消失得干干净净。

季英英自幼在三道堰长大，这里地方小，几乎没有不晓得的人家。主要的街口都有衙役和赵家护卫守着。据她观察，但凡是染坊、织坊这些与织锦有关的人家，前后门或多或少都有人盯着，只不过没有盯季家的人多，送香油去的老管家家里，后门就没有人盯梢。

这种奇怪的现象让季英英疑惑顿起。联想到晟丰泽曾经悄悄前来，又住在了赵家，季英英下意识地认定，赵家之所以要盯着与织锦有关的人家，是晟丰泽的意思。

让她好奇的是，赵家是怎么说服县令大人的，也是用防止南诏探子潜入的借口，私下里派人盯着这些人家吗？

白天在诡异的安静中度过。

傍晚时分，朱二郎来了。他手提一篮子鸡蛋，高声和季家门房说话：“我娘叫我送鸡蛋给季大嫂补身子。”

眼神瞟过去，守在巷子口的赵家护卫缩回了脑袋。他笑着进了季家大门，将鸡蛋往地上一放，急声说道："赶紧去内院报个信，我从浣花溪泅水回来的。路上遇到南面的百姓，说南诏军往三道堰来了，最迟天明就到了。"

他着急地站在外院等着，不多时，季耀庭和季英英都出来了。

"朱二哥，你说的是真的？"季英英脸色极不好看。如果南诏军天明到，赵家定和晟丰泽早说好了，所以才会盯着染坊、织锦人家。

"真的，季大哥，赶紧收拾东西吧，再晚就走不了了。益州城去不得了，南诏兵是从官道上过来的，这是要围城呢。"

季耀庭苦笑道："县令下令封了街，赵家出动了几百护卫家仆守着，怎么走？"

朱二郎眼珠一转："一两家走自然是走不成的。我来想办法，你们先收拾行李，等到能走的时候就赶紧走。"

送走了朱二郎，季耀庭犹豫起来："咱家几十号人，这么多东西，天明前也收拾不完啊。"

"哥，只收拾细软，保命要紧，你还犹豫什么？"季英英见他还不想离开，急得跳脚。

"南诏兵来了，不可能杀死所有的人吧？想拿什么尽管拿好了。益州城去不得，青城一带都是平路，来几百兵骑着马转眼就追上了。母亲身体不好，你嫂子身子沉。英英，你让季富叔套了车，送你去青城山里避避，我和母亲以不变应万变。"季耀庭舍不得浣花染坊和这间老宅，也担心路上颠簸，母亲和张四娘受不住。

"哥，你真是面！我走！"朱二郎都探听到南诏兵的动静了，哥哥还抱着希望。季英英是急性子，一跺脚折回小院，吩咐季嬷嬷收拾简单的细软，让季富套了车在车上睡着。

她叫了绫儿来，给她抓了一把金豆子道："绫儿，你现在去给老管家报个信。去了就和香油待在一起，别回来了，免得被赵家人发现。香油机灵，他带着你，我这边少一个人也方便。"

绫儿行事干脆，将金豆子贴身藏了，说道："我和香油找机会进城报信。娘子往青城山去吧，回头杨家的护卫来青城山寻娘子。娘子保重。"

她给季英英磕了一个头，去了。

季英英和湘儿换了胡服，和衣睡了。

夜里，一阵紧密的锣鼓声惊醒了三道堰熟睡的人们。在多数人以为县衙的衙役又要宣扬县令大人的禁令时，街道上响起了高亢的唢呐声和爆竹被点燃炸响的声音。如果不是深夜，大概所有人都会以为哪家要办喜事了。

“朱二郎！你半夜三更犯宵禁，锁回县衙里去！”赵家护卫呼啦来了几十人，为首一人冲着朱二郎高声叫道。

县衙的衙役只有十来人，全仗着赵家出了三百护卫帮着净街。衙役都是本地人，平时和朱二郎关系不错，见状既不劝，也不帮忙，都站在一旁看热闹。

看到聚拢的人多了，朱二郎朝自己的十来个帮闲兄弟使了个眼色，齐齐高声喊道：“南诏兵奔三道堰来了！南诏兵离三道堰只有三十来里路了！各家各户赶紧收拾东西跑啊！”

“朱二郎！你妖言惑众……”话未说完的赵家护卫被十几个汉子一冲，摔倒在地上。

朱二郎手中的锣敲得更响：“大家快收拾东西跑！我亲眼看到南诏兵奔三道堰来了！用不了天亮就到了！狗官和赵家禁街不准出入，是要把大伙儿包饺子啦！”

三道堰顿时炸了锅。

这时候，本地的衙役也急了，谁还顾得上县令大人的禁令，纷纷鞋底抹油，一溜烟都奔自己家去了。

赵家护卫急红了眼，只管上前去抓朱二郎。

朱二郎和他的帮闲朋友也不是吃素的，两帮人当街就打了起来，边打边嚷嚷赵家不怀好心。眼见街面上的人越来越多，赵家护卫实在拿朱二郎没办法，转身带着人回赵家去了。

这时候叫家中闹了贼，不如说家中走了水；嚷嚷家中走了水，不如大喊一声南诏兵来了。逃命求生的本能让三道堰的百姓都从被窝里跳了起来。不到半个时辰，通往益州城的街口和通向青城山方向的路口都挤满了人。

季家也乱成了一锅粥。

张四娘怀胎八个多月了，这两天本来就担心，半夜被朱二郎一群人敲锣打鼓大喊南诏兵来了，受了惊吓，竟然提前发作了。

季氏的心思都在张四娘肚子里的孩子身上，对外头的慌乱充耳不闻，吩咐田嬷嬷去烧水，领着李、吴两个嬷嬷进了季耀庭的院子，准备给张四娘接生。

季英英听到动静惊醒过来。听说嫂子这时候早产，季英英怔住了。

叫她怎么走呢？

她长长叹了一口气：“季嬷嬷，把包袱放下吧。嫂子这样，一时半会儿走不成了。你去叫季富叔守好后门，我先去看看嫂子再说。”

季嬷嬷哎了一声，匆匆去了。

季英英带着湘儿去了季耀庭的院子。季耀庭去请郎中了，房门紧闭着，季氏带着两位嬷嬷在里面接生。张四娘的陪嫁嬷嬷和丫头有两个在里面帮忙，外头留了两个。季英英走到门口，往里喊了一声：“娘，嫂子怎么样了？我在这儿呢，有事您吩咐我去办。”

门里传来季氏略显慌乱的声音：“英英，娘陪着你嫂子，家里的事就交给你了。”

“好。”季英英吩咐小丫头有什么事来正院找自己，又折了回去。

既然走不了，只能紧闭门户。季英英搜了季氏房中的身契出来，吩咐湘儿将家里所有人叫来。

季家染坊做活的粗使仆妇和浣丝婢加在一起近三十人。季氏带来的四个陪房中，三个嫁了季家的家仆，前院守门的婆子和厨房的仆妇，除去张四娘的陪房，有四十几人。

季英英想遣散的就是染坊和做粗活的人。她自去季氏房中搜出了身契，叫铺子掌柜季贵拿了账上的现钱出来。

“趁着南诏兵还没有到，想走的人都来领身契，收拾包袱离开。家里现钱不多，分给大家在路上应个急。”

这么多人的身契说给就给了，季家得花多少钱才能再买回这么多口人？季嬷嬷暗暗扯了扯季英英的衣裳。

季英英给了她一个安心的眼神，又重复了一遍。

很快，有仆妇迟疑着上前磕了头。季英英找出她的身契，让季贵发了钱，仆妇感激地走了。

外头传来狗叫声、孩子哭叫声，大家乱成一片。有了一人，就会有更多人。不到一盏茶的工夫，家里的下人就散了个七七八八。三位嬷嬷和她们的家人没有动，季英英身边的湘儿也没有动。令季英英感到诧异的是，染坊里那个叫紫儿的浣丝婢居然也留了下来。

“紫儿，你若走的话，我就将身契还你。退了兵，你去衙门销了奴籍，就是自由身了。”季英英记得这个叫紫儿的小婢，十二浣丝婢她都熟悉。她亲眼看到紫儿绊倒湘儿，摔碎了陶缸。自由身的诱惑足够大，她怎么就选择留下了呢？

紫儿低着头道：“奴婢自幼被太太买来，没有家人。除了染坊，没地方可去了。跑出去，也不知道是否安全。娘子就留下奴婢吧。”

“既然如此，你就留下来吧。你去大郎君院里守着，大嫂那儿有什么需要，你就跑腿传个信来。”季英英马上吩咐她去办事。

“是，奴婢这就过去。”紫儿高兴地去了。

看着她走远，季英英才对季嬷嬷说道：“多事之秋，家里留下他们，也不知是福是祸。放他们离开，给他们一条活路，家里的事也少一些。”

季嬷嬷叹道：“老奴心里明白。南诏兵来了，家里几十口人，柴火都不够烧。”

季英英摇了摇头道：“嬷嬷，你盯着紫儿。从前掐尖要强，她怎么会不想要身契恢复自由身呢？赵二郎这么快就知道我回来了，我怀疑家里有人给他通风报信了。”

季嬷嬷一惊：“你是说紫儿？”

季英英沉着脸道：“她没有二心便罢，有什么异动，直接捆了关柴房里去。”

将前后门禁都交代完了，季英英这才转过头问湘儿：“你要不要走？”

湘儿笑了起来：“娘子真是的，这会儿才问奴婢，明知道奴婢不可能离开娘子的。”

“好湘儿。”季英英的心情明朗起来，“等你也像绫儿一样，相中了谁，我也放你去寻他。”

湘儿脸一红，吃吃笑了起来：“绫儿还不晓得她的心思早被娘子看透啦。这可不是奴婢说出去的。”

两人说笑间，季耀庭回来了。看他孤身一人，季英英知道没有请到郎中，宽慰他道：“我和哥哥都是吴嬷嬷接生的，嫂子一定会平安生产。哥哥先过去吧，家里的事交给我就行。”

季耀庭急道：“你赶紧让季富套了车走，家里还能有什么事？”

季英英沉默了一下道：“天明南诏兵就来了。嫂子在生产，我就算走了，也不放心你们。一家人还是在一起吧。”

季耀庭沮丧地坐在了回廊上：“都怨哥哥，舍不得这祖宅和染坊。如果早能像妹妹一样果断，散了下人，搬进城里去，你嫂子也不会受惊早产。”

现在后悔又有什么用呢？只盼着南诏兵不杀人，他们想要什么就给什么好了。

兄妹俩默默地坐着。季英英想起了杨静渊，不知道他收到自己的信没有，也不知道东川军能否接到皇上的旨意驰援益州。

这时，门房田叔领了朱二郎进来，兄妹俩都站了起来，异口同声问道：“你怎么还没走？”

“二娘，赶紧走，赵修缘带人来季家了。我看着他带了人往这边来。”朱二郎擦了一把汗，急声说道。

季耀庭噌地站了起来：“他想做什么？趁乱掳走英英吗？我和他说理去！”

朱二郎一把扯住他道：“还说什么理呀？现在街上乱得很。赵家派了二百护卫堵了街口，打得鸡飞狗跳，赵家才来人说，路上出了事他们不管，又哄了些人回家。我看赵家就是和南诏勾结，要包咱们饺子呢。你和他说什么理？他家人多势众的。赶紧把英英弄走才是正事。”

“怎么走？”季英英一时间想不出办法来。

“娘子，奴婢换了您的衣裳跟朱郎君走，引开了人，您再去老掌柜家躲着。”

三人回过头，吃惊地看着湘儿。

“这法子好，赵修缘一定以为我带走的是你。后门那几条狗不用怕，我们正好引开他们，走。”朱二郎也不管季氏兄妹是否同意，道了一声得罪，拉着湘儿就往后院跑。

“朱二哥，你护着湘儿啊！”季英英只喊了一声，就看不到两人的身影了。

这时，前院传来门房田叔的声音：“赵郎君，你三更半夜带人来季家做什么……”

砰的一声巨响打断了田叔的话，季耀庭呆若木鸡。

季英英猛地扯了他一把道：“哥！赵修缘把咱家的门踹飞了，马上就进来了。我、我先躲一躲。”

时间这么紧，往哪儿躲啊？她低下头，看到回廊。为了隔绝湿气，家家户户的房屋都建在台座上，门前修有宽敞的廊道。廊道是架空的，离地大概有两尺半高，她爬着钻了进去，叫道：“哥，你记得把人引开啊。”

季耀庭如梦初醒，高声叫道：“季贵！田叔！出什么事了？”

才走几步，赵修缘就带着人闯了进来。

“大郎君，赵家把咱家的门撞坏了！”田叔在后头大声说道。

“季大哥，听说南诏兵往三道堰来了，二郎担心英英的安全，一时着急，还请见谅。”赵修缘说得客气，却不等季耀庭开口，就喊道，“季英英，你出来。”

季耀庭回头往后院染坊的方向看了一眼。

赵修缘直接越过他，往染坊走去：“为了英英的安全，我打算接她去赵家与我媳妇做伴。”

“赵修缘！”季耀庭大怒，冲过去欲打赵修缘，转眼间就被两个护卫架住。

赵修缘回过头道：“季大郎，我知道你刚才请郎中去了，季大嫂要生产了是吧？

如果你不想我闯进你院子去搜，就把你妹妹交出来。”

季耀庭瞪着他，气势渐渐弱了：“朱二郎带她走了。”

“郎君！朱二郎带了季二娘从后门跑了。我们兄弟去追了，小人来给您报信！”

“追！”赵修缘早听护卫说朱二郎前脚来了季家，是以才会着急地砸了季家的门。此时听到朱二郎带了季英英从后门跑了，他就奔去了后院。

火把的光跟随着赵修缘一行人移向了后院。季英英趴在回廊下面，眼前暗了下来，她把脸埋在胳膊上。

记忆像一场曾经做过的梦，醒来时忘记了，却会在某个时间突然清楚地呈现在眼前。

她真的爱过赵修缘吗？答案是残忍的，她爱过他。没有想过他的身份、赵家的富贵，她只是单纯地爱过那个少年，和他争论着什么锦配什么丝，为了见他一面，提前一个月绞尽脑汁想办法得到去竹林寺上香的机会。曾经，她以为自己非他不嫁。

眼泪一点点溢出来，一点点洇湿了她的衣袖。他就这样破门而入，拿嫂子的性命威胁哥哥，把她内心深处仅存的美好记忆撕得粉碎，然后打进了十八层地狱。她怎么会爱过这样的一个男人？带给自己、带给季家无尽的伤害。

她已经能肯定赵家和南诏勾结在一起。从前赵家在三道堰还顾忌着大户人家的脸面，现在直接撕破脸，狰狞嚣张。她要想办法，从这里逃走。赵修缘要抓她，她不在，他就没办法要挟母亲和哥哥。

季英英使劲在袖子上擦干了泪水，抬头看了出去。

庭院中只有哥哥的脚，季英英小声地喊他：“哥。”

“躲好了。”季耀庭低声说道。

过了一会儿，脚步声去而复返。嘈杂声中，季英英听到湘儿的哭声和朱二郎的声音：“干什么你们？”

紧接着就是一阵拳打脚踢，朱二郎倒在了地上，季耀庭愤怒的声音、湘儿的哭声在庭院里响起。

“朱二郎，这是你自找的！打！”赵修缘愤怒地一脚踢在朱二郎身上。

朱二郎的脸偏过来，满脸是血。他突然望见趴在回廊隔层下的季英英，他艰难地翻了个身，哈哈笑了起来：“赵修缘，你打死我也找不到她了！我终于帮了英英一回，让她跑了，哈哈！她有多机灵你不是不晓得。她在河里就是一条鱼，浣花溪会带她离开这儿，你再也找不到她了！英英，有多远跑多远！”

一双双脚不停地踢在朱二郎身上，他渐渐不动了。

季英英泪如泉涌。

“走！”赵修缘阴狠地看了一眼季耀庭，朝地上啐了一口，带着人走了。

季耀庭抱起了朱二郎，拍打着他的脸：“二郎，醒醒！”

季英英往外爬，湘儿突然看到回廊下面伸出的手，吓得尖叫了一声。季英英正要出去，湘儿突然往旁边迈出一步，挡住了她：“大郎君！他们真的走了吗？他们还会不会回来呀？”

季英英吓得又缩了回去。

“你看着朱二郎，我去瞧瞧。”季耀庭高声叫着田叔和季富去了。

“娘子，垂花门……像是有人的影子。”湘儿蹲了下去，扶起了朱二郎，小声说道。

季英英压低了声音：“他怎样了？”

“还活着。”湘儿哽咽地说道。

这时，季英英突然感觉到地面的震动。她趴下去，将耳朵贴在地上，闷雷般的声音从远处传来。她心头一悸：“南诏兵来了。”

街上的尖叫声、哭声蓦然大了起来，像是人群突然拥回了街道。季耀庭飞快地跑了回来：“英英，藏好了，别出来！湘儿，你也进去！”

湘儿爬进来，季耀庭看着昏迷不醒的朱二郎，将他也推进了回廊下。他转身进屋拿了洗脸的盆，从院里防火的水缸里舀了水，用力泼在地面上，将痕迹冲洗掉。

“藏好了！南诏兵来了。英英，照顾好自己，不管看到什么都别出来！”季耀庭扔了盆，朝东跨院跑去。

“娘子……”湘儿抓紧了季英英的胳膊，身体直抖。

季英英伸手抱住了她，喃喃说道：“捂着嘴，把眼睛闭上。如果发出声音，咱们就白藏了。”

不知道过了多久，东跨院传出几声羸弱的婴儿哭声。季英英心神一颤，激动地说道：“生了，嫂子生了。”

大门方向又传来门房田叔的叫声，一行火把的影子转眼间就到了后院。季英英抱紧了湘儿。

一队士兵蜂拥进了内院，蛊狂打量着院子：“这里就是浣花染坊？”

“是，浣花染坊的蜀红丝、浣花丝在益州府鼎鼎有名，季家还有百年相传的染丝秘法。”一幅青衫下摆在季英英眼前晃动着，说话的人是赵修缘。

蛊狂蹙眉道：“人呢？搜！”

士兵从回廊前跑过，家里传来女人的尖叫声。

蚩狂和赵修缘走向了正厅，踏上了回廊。季英英捂紧了自己的嘴，听到靴子踩在头顶的声音。

没过多久，季家的人就被带到了院子里。

一名士兵匆匆跑了过来："大军将，那边只剩一个刚生了孩子的女人，瞧着活不了了，其他人都在这儿了。"

季耀庭木然地望着季氏臂弯里的孩子。

季氏将刚生下来的孩子递给了他。她抬起脸，神态娴静安详："孩子死了，你们还想要什么？"

死了？季英英瞪圆了眼睛。

"军将，她是浣花染坊的坊主，季太太。"赵修缘小声地说道。

蚩狂神色缓和："季太太，你不用怕，我会给你一座更大的宅院，建一座更好的染坊。收拾行李，和我们走吧。"

季氏笑了起来："想要季家的秘法？想要季家的人去南诏给你们染丝？"她转过头望着季耀庭，"大郎，你过来。"

季耀庭愣愣地望着母亲，季氏静静地说道："他叫季耀庭，是我的独生儿子。季家秘法传男不传女。除了我，就只有他知道季家的染色秘法。"

"哦，好啊，到了南诏……"

噗的一声轻响，季氏从袖中抽出来了不知何时藏的匕首，刺进了季耀庭的胸膛。

季英英一口咬住了自己的胳膊，才没有发出尖叫。

疼痛让季耀庭有瞬间的清醒，他握住了季氏的手，喃喃喊了她一声："娘。"

"你做什么！拦住她！"蚩狂万万没有想到季氏会一刀捅死自己的独生儿子，他怒极了，大声叫了起来。

士兵上前拉开了季氏。季耀庭望着胸口涌出的血，抬起头笑了起来："我死了，就再没人知道季家的染色秘法了。"

赵修缘脸色大变，指着季氏说道："别让她死了！"

已经迟了。季氏嘴唇发乌，一张脸瞬间变得青白，软软地倒了下去。

"她服了砒霜！"赵修缘大叫着奔下了回廊，用力摇晃着她，"说，季英英在哪儿！"

季氏的目光散乱没有焦距。一瞬间，她似乎看到了藏在回廊下的季英英，眸子闪动着光，转眼就失去了神采。

“太太！奴婢来陪您！”李嬷嬷尖叫着，手中握着长簪用力刺进了胸口。

季家的人跪了下去，哭号声响成一片。

蚩狂烦躁地摸着脑袋，大声说道：“他们懂不懂染丝？”

赵修缘失望地放开季氏，扫了一眼院子里剩下的季家人，摇了摇头。

扫了一眼季家的仆妇，蚩狂怒道：“年轻的丫头全部带走！”

士兵上前将张四娘的侍女和紫儿拉了起来，紫儿惊慌地大叫道：“赵郎君，奴婢是紫儿！是染坊的浣丝婢紫儿！奴婢知道娘子在哪儿！”

赵修缘一怔，想起来了：“将军，留下这个丫头。季家染技最好的人是季家二娘季英英，找到她，就等于拿到了染技秘法。”

“季英英？”蚩狂想起来了，他大笑着拍着赵二郎的肩道，“白王提起过你的条件。说，人在哪儿？”

人群中，季嬷嬷瞪着紫儿，像一头母狮子般跳了起来，手里的长簪扎进了紫儿的背心：“卖主求荣的贱人！”

雪亮的刀光一闪，季嬷嬷带着紫儿一同扑倒在地上。

季富嘴里胡乱地叫着，朝季嬷嬷跑了过去。蚩狂大怒，上前一脚将季富踢开，俯身抬起了紫儿的下巴：“人在哪儿？”

紫儿用尽全力抓住了蚩狂的甲衣下摆，求生的欲望撑着她开了口：“大郎君说……藏在家里……救我……”

她被蚩狂扔到了一旁，眼中的希冀一点点消散。

蚩狂站直身体，大吼道：“搜！”

各种声音在季英英耳边回响着，她望着母亲的脸，脑袋嗡嗡作响。她曾经埋怨过母亲和哥哥，从今以后，连埋怨他们也听不到了。襁褓里的婴儿脸只有拳头大，被哥哥死死地抱在怀里，血染红了襁褓，在地上洇成一团。

脚步声将头顶的木板踏得咚咚作响。赵修缘想到了湘儿和朱二郎，他不由得暗恨，见四处士兵都没有找出人来，赵修缘便道：“将军，她会凫水。听人说，她可能顺河逃走了。在下领人沿河去找。”

他刚才就想去，结果南诏大军已经到了。盘算着时间，赵修缘觉得季英英游不了多远。

“我会叫士兵去找。走，去赵家！”蚩狂懒得在季家浪费时间，领着人离开。

南诏兵已经往青城山方向追捕逃走的百姓，四周是平原，季英英一定跑不掉的。赵修缘见蚩狂瞪着自己，赶紧随他去了。

院子里又响起一片哭叫声。

士兵将家里活着的人全部带走了，季家渐渐安静下来。黑夜里，挂在檐下的灯笼静静地照着院子里死去的人。

湘儿的睫毛颤了颤，睁开了眼睛，捂住嘴的手还没有松开，见到院子里的尸首，鼻腔里传出一声短促的呜咽。

她转头看向季英英，见她瞪着眼睛，咬着自己的胳膊一动不动，湘儿吓得什么话也说不出来，一个劲儿地推搡着她。

季英英松了嘴，唇上染着殷红的血。

“娘子。”湘儿终于小声地哭了起来。

季英英爬了出去，看看母亲，看看哥哥，她想摸又不敢摸。

湘儿跟着爬出来，惊慌地往外张望着：“娘子，南诏兵还会回来吗？”

身后传来一声呻吟，湘儿见季英英呆愣着，转身去看，见朱二郎醒了，她不由得大喜：“朱郎君。”

朱二郎被打晕过去，只是受了皮肉伤。他一眼看到外面的情景，赶紧钻了出来：“这……谁干的？”

急得湘儿拿手去捂他的嘴，哭道：“赵郎君带了南诏人来。还不晓得那些兵会不会再回来。”

外头传来了士兵的说笑声：“这家瞧着不错……”

“真来兵了！”朱二郎吐出一口带血的唾沫，顾不得说话，拉起季英英对湘儿说道，“快走！”

季英英蓦然发现母亲和哥哥离自己远了，她用力甩掉了朱二郎的手，扑了过去。

“姑奶奶！有人来了，躲回去！”朱二郎急得扯了她往回廊下面塞。

三人刚藏好，就听到一队士兵笑嘻嘻地走了进来。

没有人看地上的尸首，跑进屋里翻找着各种财物。

一拨士兵走了，又来了一拨。最后一拨人走时，骂骂咧咧地空手而归。天明时分，院子终于安静了。

季英英慢慢地回过神，望着躺在地上的尸首，默默地落泪。

“等天黑了，河边没那么多兵了，咱们再凫水离开。”朱二郎小声地说道。

“我娘，我哥，我嫂子，还有季嬷嬷……”季英英说不下去了。就让他们躺在这里吗？她要活着，活着杀了赵修缘。眼泪扑簌簌地落下来，她艰难地说道：“朱二哥，烧了这里吧。”一把火烧了，也好过让他们躺在这里，无人收埋。

第四十七章

宁为南臣不做唐贯

锦堆积如山。

桑长史寒着脸与南诏人交割。

晟丰泽悠然地走到了他身边："三万匹？"

桑长史忍着气答道："城中车马不够，这批锦只有五千匹。待车马回返，再送来。王爷，益州府付出了最大的和解诚意。"

秋风吹动长草，落日余晖温暖地涂抹在原野上。晟丰泽露出了一丝伤感："没关系，本王带这么多人来，就是为了搬蜀锦的。"

"你、你这是什么意思？"桑长史大惊，颈边一寒，赤虎的刀压在了他脖子上。桑长史大声叫了起来："晟丰泽，你不能出尔反尔！你活该被千刀万剐！"

赤虎一掌打下去，桑长史瘫软下去。他随手招来两名士兵，把人扔了过去："看好了。"

晟丰泽望向益州城的方向，平静地下令道："胡南将军。"

"末将在。"

"率先锋营扮成车夫进城。本王率中军随后便到。"晟丰泽下了命令，情不自禁地想起了季英英。她还在益州城里吗？明天这时，他就到益州城下了。

南诏出兵的军情早就送到了龙案上。

皇帝发往南诏的质问得到了南诏国主晟丰佑的回应。

晟丰佑慷慨陈词："西川节度使贪婪暴戾，士兵离心，百姓艰难。佑受天子封，不得不为天子解忧。"

这一回复拖延了时间。晟丰泽大军奔赴益州城时，大明宫中，主战还是主和的争论仍在继续。

主战者认为南诏嚣张任性，需要教训一番以显大唐天威；主和者很无奈，国库空虚，节度使各自为政，皇帝没钱没兵。

"皇上，东川道郭大都督已经请战了。"

被朝臣吵得头昏脑涨的皇帝精神为之一振，正要下旨令东川军驰援益州，又一个声音冒了出来："皇上，八百里加急，南诏进攻梓潼。梓潼一失，长安危矣。"

剑南道北部的梓潼失陷，南诏人随时能从剑阁出川，翻越秦岭天险。

皇帝果断地下旨："令东川军驰援梓潼。"

益州……南诏人少，抢便抢了吧，益州他们是占不了的。

南诏进攻梓潼，朝堂的决策令杨静渊失去了回到益州城的机会。

史载：太和三年（公元 829 年）南诏深入西川腹地，大掠而去。

夜色再一次降临，赵家灯火通明，热闹非凡。

南诏大军将蚩狂和手下的将军们成了赵家的座上宾。

丝竹声中，赵家舞娘跳起了风靡绚丽的胡旋舞，宽大的裙摆像一朵朵怒放到极致的花，紧束的小蛮腰香艳诱人。

赵家正堂传了一百多年，承尘与藻井均用极艳丽的颜料绘出各种图案。堂中舞娘如花，抬头天棚如画。这里没有半点战争的气息，歌、舞、酒、美人、笑声……空气中弥漫着大唐富贵人家的豪奢与繁华。

"好地方啊！"蚩狂半睁着醉眼，手中摩挲着细腻光滑的白瓷，啧啧赞叹。

赵老太爷矜持地微笑起来，南蛮子哪里见识过大唐真正的繁华，赵家比起杨家的富贵又差了一大截。单说杨家白鹭堂里支撑厅堂的柱子，整料雕成，比起前蜀王宫也毫不逊色。被南诏掠夺之后，益州府的织锦人家元气大伤，赵家却毫发无损。如此一来，战后的赵家就能一跃成为益州行首。将来等到杨家颓败，卖掉祖宅，他能端坐在白鹭堂老死，此生就无憾了。

不过，赵老太爷心中仍有一个问题。趁着蚩狂与手下将军们欢喜的时候，他笑着问出了口："蛊狂将军，您拘了三道堰上千百姓，是为了封锁消息吧？"

抢走三道堰百姓的财物，赵家能说被南诏胁迫，也献出了大量财帛。大军过境，只要不烧杀掳掠，就是万幸。总不能将三道堰所有人拘在一起杀了，独留赵家毫发无损，事后赵家也无法向朝廷自圆其说。

蛊狂斜睨着他，慢悠悠地说道："明天就不用封锁消息了。"

赵老太爷满意地抚须笑道："赵家在三道堰住了一百多年，有将军这句话，老夫就放心了。大军过境，不过失了些财物，算不得什么，犒赏士兵也是应该的。"

蛊狂哈哈大笑："本军将有一事正要与赵老太爷商量。白王殿下曾经与赵家达成协议，让赵家去南诏行商。"

行商！赵老太爷眼睛一亮。益州府的锦、蚕丝北行至长安，再经西市远走丝绸之路，南行则去苏杭两广。与南诏接壤，能去南诏行商，赵家就成了大唐独一份。

仿佛看到赵家自益州府崛起，名扬大唐，赵老太爷的笑容直达眼底。

"临行时，国主特意下令，让本将军回程时一路好好礼待赵家人。"

直接和国主搭上关系，赵家商队在南诏就是金字招牌！商队和南诏军一路，安全更加无虞。赵老太爷大喜："多谢将军照拂。"

蛊狂随意往四周看了一眼道："赵家如此配合，本军将就不令士兵多加骚扰了。赵老太爷，我给你两天时间召集赵家的工匠，收拾财物行装，三天后，随三道堰的工匠们一起先行启程回返南诏。"

"两天时间足够……"赵老太爷的笑容突然凝固了。他以为自己听错了，大声问道："召集赵家的工匠？不是赵家的商队？"

蛊狂腾地站了起来，堂中的歌舞立时停了。

璀璨的灯光照在蛊狂的铁甲上，反射出冰冷的光芒。他倨傲地环顾着赵家的男人们，得意地说道："南诏地广人稀，本军将奉国主令，迁益州工匠入南诏永居！"

叮当！

酒盏从赵老太爷手中滑落，砸在案几上。白瓷酒盏没有碎掉，骨碌碌在地毯上滚动了几圈，停了下来。

赵家人纷纷望向赵老太爷。他如梦初醒，站起身问道："军将，老夫方才听您说迁工匠进南诏永居？您说的工匠是……"

"会缫丝、印染、织锦手艺的人，全部迁入南诏！"蛊狂掷地有声地说道。他不怀好意地看着赵老太爷："尤其是赵家这种百年织锦大户人家的子弟，无论男女，四十岁以下，都要随大军迁移。赵老太爷年事已高，就不必动身了，免得路上头疼脑热，没办法将您葬进赵家的祖坟，哈哈！”

四十岁以下的子弟，不论男女……都要随大军迁移……

从此赵家的根就挪到了南诏，背井离乡。

一股血涌上了赵老太爷的脸，他用颤抖的手指着蚩狂：“军将，不是这样的，白王殿下和赵家的协议不是这样说的！”

晟丰泽说，只要赵家拘束三道堰的染坊、织锦人家安静本分地待在家中，他保证不伤人性命。

“不伤人性命，不伤人性命！”赵老太爷喃喃念着这句话。要掳工匠迁入南诏，自然不会伤人性命。

蚩狂大笑道：“我家国主说了，匠人的性命比财物贵重。有了匠人，何愁织不出价值千金的蜀锦。本军将早下了严令，手下士兵尽管取走财物，绝不轻易伤人性命！赵老太爷，叫赵家人早些收拾吧。本军将是粗人，没什么耐性！”

“我要见白王殿下！他不是这样说的，他和赵家的协议不是这样说的！我赵家立足益州上百年，赵家人绝不背井离乡！”赵老太爷高声叫喊着，一口气没接上来，直接翻起了白眼。

“爹！”

“祖父！”

赵禀松和赵修缘一个箭步上前，接住了赵老太爷，抚胸、掐人中，好不容易让赵老太爷缓过一口气来。

“赵二郎！白王殿下曾道，赵家你能做主，是吗？”

猛然听到这句话，赵老太爷鼓着眼睛瞪着赵修缘：“二郎，你答应了晟丰泽什么？你说，你说！”

从白王殿下变为直呼晟丰泽的名字，赵老太爷已经对南诏生了恨意。

“祖父，各位叔伯长辈，请听二郎一言。”赵修缘回过头，堂中的赵家人个个面色灰白，胆小的身体抖如筛糠，敢怒不敢言。堂前南诏将军们个个手按剑柄，面沉如水。堂外南诏兵站得整整齐齐，火把的光映亮了雪亮的枪矛。蚩狂的笑容里噙着冰寒与威胁，似乎只要自己的回答令他不痛快，那把曾杀死季嬷嬷的刀就会扬起雪亮的刀芒，让自己身首异处。

一丝奇异的笑容从他唇边漾开，他的眼眸在灯火下熠熠生辉。

“赵家数代织锦，绵延百年。”赵修缘缓缓站了起来，“百年来，赵家织出了无数美锦，积攒下一座牌坊，数块锦王匾额。三道堰赵家，在益州府鼎鼎有名，不过是有名罢了。哪怕去年夺回了锦王，被人们称为锦王的，还是益州城杨家巷的杨家！赵家再织一百年，能做什么呢？顶多被人称为三道堰锦王赵家罢了。赵家仍然是商户！不入流的商贾人家！”

赵家二老爷大怒道：“难不成让赵家子弟弃了家传的锦业，去读书科考吗？二郎你是不是失心疯了？”

“我很清醒！”赵修缘的双颊因激动染上了一层红晕，他大声说道，“为了确保能够得到锦王，我被迫和牛家定亲，娶回来一个丑妇！为什么要我娶牛五娘？祖父您说，杨家有人在朝为官，赵家想夺锦王，一定要找个得势的亲家。朝廷会给赵家封任官职吗？不会。因为赵家只是大唐万千商贾人家中的一个罢了。可是南诏白王殿下承诺，只要赵家南迁，就封赵家家主为南诏织造局大使，统管南诏锦业。赵家锦能继续织，赵家再不是低贱的商户！我为什么不答应？！”

满堂皆惊。

“那是南诏人的官！我们是大唐子民！赵二郎，你只是继任家主，还不是家主哩，你凭什么替赵家做决定？！我绝不离乡背井，迁去南边荒蛮之地。我死也要死在这里！”赵家二老爷高声叫道。

唰的一道光闪过，剑气激得堂上的烛光飘荡起来。赵二老爷张大了嘴，捂着脖子，一只手伸向了赵老太爷。他嘴里发出咯咯的声响，仿佛想叫一声父亲，又仿佛想继续叫骂。一股血从脖颈处喷出，赵二老爷扑通栽倒在案几上。

“想死在这里，本军将成全你。”蚩狂淡淡说道。

“老二啊！”赵老太爷猛地推开扶着自己的大儿子赵禀松，连滚带爬地扑了过去。

“爹！”

“二老爷！”

堂上众人突然惊醒，一时间，哭声、叫喊声响成一片。

鲜红的血从案几上滴滴答答地落在昂贵的波斯地毯上，一点点洇进去，仿佛地毯上新织就的花。

赵修缘缓缓伸手，抹去溅到脸上的血，心里的兴奋和激动被赵二老爷喷溅的鲜血浇得冷了。他错了吗？就算再努力，不过就是个锦王赵家罢了。去了南诏，以赵家的技艺、赵家的经验，能管理南诏的锦业，被所有锦户仰望。晟丰泽说，只要他能做好，将来娶个郡主回家都不成问题。

他只要季英英，他只要能摆脱牛五娘那个丑妇！

“你杀了我爹，我和你拼了！”赵大郎举起了狭长的案几朝蚩狂砸去。

旁边一名偏将朝着他的后腿弯就是一脚，赵大郎扑倒在地上。没等他爬起来，镶着马刺的牛皮靴子踩在了他背上。

蚩狂低下头，用剑背拍了拍他的脸：“赵家大郎？听说织锦技艺与赵二郎不相上下。本军将舍不得杀你，来人，绑走！”

进来两个士兵将赵大郎绑起来架了出去。

“我看赵家也是敬酒不吃吃罚酒，绑人带走！”蚩狂大声下令。

“军将息怒！”赵修缘蓦然惊醒，上前作揖道，“军将，我保证赵家的好工匠悉数南迁，请军将给两天时间收拾……”

蚩狂已转过了身。

两名士兵上前扭住赵修缘往外拖。

“放手！我是白王殿下亲许的织造局大使！蚩狂军将，你不能这样对赵家！”赵修缘挣扎得满脸通红，高声叫喊着。

但没有人搭理他。士兵们似早有准备，逮着年纪瞧着在四十岁以下的，一律拖走。转眼间，厅堂中叫喊声、骂声不断。没过多久，后院传来女人的哭叫声。

蚩狂玩弄着厅堂中摆设的精美花瓶，啧啧摇头：“白王殿下做好人，这坏人就由本军将来做了。眼瞅着三道堰最有钱的人家不抢，去抢那些穷汉，如何对得起本军将手下的将士？”

他抬起头，看到堂中以赵老太爷为首的赵家长辈们疯了似的扑向被捉走的青壮，大声下令：“将四十岁以上的全带到跨院关起来。告诉他们，再吵闹，本军将就要杀人了！”

声音震得人耳膜嗡嗡作响，赵老太爷再次翻了一个白眼，晕死过去。

厅堂上终于变得安静。蚩狂满意地下令道：“抄家！手脚都轻点！别把东西弄坏了！”

“是！”偏将应了，兴奋地带着一队人奔向了后院，“抄家搬东西！”

“蚩狂军将！”赵修缘伸长了脖子，不停地喊着。

蚩狂想了想，走了过去：“赵二郎，你只要老实听话，本军将就让你暂管着三道堰带走的匠人。你管不好，本军将就杀了你！”

只要挺过去，见到晟丰泽就好了。赵修缘迭声说道：“小人早就答应了去南诏，请军将放心！我一定会说服赵家人的。”

蚩狂招过一名偏将耳语了几句，挥了挥手：“带他们过去！”

那名偏将笑了笑，上前推搡了赵修缘一把：“走吧，听军将的吩咐办事，我会照顾你的。”

后院月锦堂的院子里，赵家所有四十岁以下的仆妇聚集在一起，乌泱泱的有二百多人。女人们不敢放肆地大哭，哆嗦地挤在一起，传出压抑的嘤嘤哭声。

牛五娘站在队伍的最前面，她瞥了一眼哭瘫在丫头胳膊上的大奶奶，转开了脸。

四周围满了士兵，直勾勾地盯着赵家害怕得不停哭泣的女人们。

过了一会儿，两名士兵架着一个侍婢过来了。玉缘挣脱了士兵，快步走到了牛五娘身边。

“事情办妥了？”牛五娘低声问道。

“不出娘子所料。娘子放心。”玉缘看了一眼四周，声如蚊蚋，“奴婢会找机会带您逃走。”

面纱微微一动，似乎是被笑容扯动。牛五娘悠然说道：“逃什么？我等着白王殿下进了城，把杨家人也一并交给我。”

玉缘不由得大惊：“娘子，他们要掳人去南诏啊，您怎么能吃得了这种苦头？”

“我是赵二郎的妻子，夫贵妻荣，我自然是要跟着他去南诏享福的。只要他为南诏人做事，我怎么会吃苦？”牛五娘喃喃说道，“我只想知道，杨静渊如果知道杨家人在南诏任我羞辱，隔了千山万水，他会不会痛苦得疯掉？”

喉咙的干涩让季英英忍不住呛咳起来，瞬间，有股清水灌进了嘴里，她连忙咽下，迷迷糊糊地听到有人在说：“好了，娘子没事了。”

“娘子！”看到季英英眼睫毛动了动，湘儿喜极而泣，紧紧握住了她的手。

脑袋灌了水似的，动一动都难。季英英睁开眼睛，看到围在自己身边的人，她慢慢看清楚了：“湘儿、玉兰……”

四五个丫头围着她放声大哭。

“哭什么？再哭就把你们杀了！”远处传来男人粗野的呵斥声。

火把的光并不十分明亮，远远地插在栅栏上。天空有月，怎么天黑得这么快？印象中天已经亮了。家里被搜刮干净，没有兵来了。朱二哥说等到天黑，就放火烧了母亲他们的尸骨，凫水逃走……季英英朝湘儿伸出手，让她扶着自己坐起来。

淡淡的月光照在这片开阔地上，栅栏外头是连绵看不到尽头的帐篷。季英英瞳孔收缩，抓紧了湘儿的手：“这是军营？南诏军营？”

“是，我们被关在南诏军营里了。”湘儿哽咽地说道。

玉兰拉了一把春兰，连同另外两个小丫头跪伏在季英英面前：“娘子，大奶奶已经去了。求娘子收留我们四个，我们一定尽心服侍您。”

“嫂子去了。”季英英像是在肯定一件事，将玉兰的话重复了一遍。

玉兰泪如泉涌：“生下孩子，太太正欢喜地给孩子清洗，南诏兵就闯进来了……我家娘子血崩……太太想把小郎君抱给她看一眼，结果被南诏兵推搡了一把撞到墙上，小郎君就……”

“别说了！”季英英打断了她。

母亲、哥哥、嫂子、季嬷嬷，还有刚出生的孩子，几张脸蓦然出现在季英英面前。她的心像被人狠狠捏了一把，痛得流出了血。她揪紧了胸前的衣襟，大口地喘着气，记忆纷纷涌上来。

她和湘儿还有朱二郎躲在回廊下面，看着一拨又一拨的士兵来家里搜刮财物，家人的尸首静静地躺在面前，却无法上前给他们收尸。她看了整整一夜不曾合眼。

家里终于安静了，她爬了出去，想把母亲的眼睛合上，然后就不省人事了。

“南诏兵发现我们了是吗？”

湘儿哭着摇头：“不，是一个黑衣蒙面的人，看身段是个女的。她打晕了娘子，我和朱二哥就忍不住出来拦她。她喊了一嗓子，南诏兵就跑进来了。”

“她呢？”

“跑了。”

南诏军进了三道堰，还有个蒙面女子特意来抓自己，还会有谁呢？三道堰出现的神秘女子应该有一身好功夫吧，才会在南诏兵冲进家门时全身而退。季英英笑了起来：“牛五娘。”

是不是她有什么关系呢？季英英摇了摇头，问起了家中其他人：“朱二哥是和男人们关在一起吧？嬷嬷她们呢？季富叔、季贵叔、田叔呢？”

湘儿摇头不知。玉兰几个是一起被带走的，当即答道：“到了军营就分开了。这边关的全是年轻的娘子。”

季英英仔细一瞧，果然发现席地而坐的全是年轻的小娘子。她认出了几家的小娘子，都和自家的侍婢坐在一起。

正说着，栅栏被打开了，一大群女子被士兵放了进来。

“瞧，是赵家的人！”

“那个戴面纱的是赵二奶奶！”

“啊呸！如果不是赵家说动县令大人下什么禁令，又封了街，我爹娘早带我跑了。”

“小声点，她们人多。”

牛五娘与赵家的妯娌们走在一处，身后跟着一大群赵家的年轻侍婢。玉缘目光锐利地往场中一扫，寻了一处角落，直接上前将坐在地上的两个小娘子拎起推到了一旁：“让开！”

那两个小娘子怒了，抬头看见一大群赵家女子走过来，只得忍气吞声地挪开，另寻了一个地方坐。

地上零星扔了些草席，早关进来的人拿来垫着坐了。赵家人一进来，婢女们就四下赶开了人，捡了草席在空地上铺好，请赵家奶奶们坐了。

赵家婢团团跽坐在周围，如众星拱月一般。

被抢走草席的小娘子委屈地嘤嘤哭了起来。

有人看不过眼，低声讥讽道：“都是被南诏军关进来的，还以为自己是高高在上的赵家奶奶呢。”

“赵家人多，忍着点吧。”

“人在做，天在看，当心遭报应！”

自赵家女人们进来后，空地上的小娘子们都自发地挪动了位置，宁可坐得挤一点，也要离赵家人远一些。

牛五娘泰然自若地坐着，那姿态仿佛不是被关在军营，而是在赴宴一般。只是身边几位妯娌哭得让人心烦，她忍不住蹙眉喝道：“我家郎君是继任家主，他一定会想出办法来的，且候着。”

赵家几位奶奶早听说了前堂发生的事，有位辈分高的堂婶怒了：“如果不是赵二郎答应了那个南诏白王，赵家怎会落得如此下场？”

说着就想扑过去打牛五娘，玉缘上前一步攥住了她的手腕，扯着她去看场中的女子：“她们家都答应南诏的条件了吗？如果不是我家郎君虚与委蛇，五太太还能体面地坐在这里？”

都是被南诏兵抓来的，小娘子们鬓发散乱，白裙沾了泥垢，差一点的，外裳都被撕破了。进了军营人人害怕，都抓了泥土擦手、脸、脖子，个个蓬头垢面。赵家女人们受了惊吓，却还没有落到这样的田地。赵五太太闭了嘴，但仍嘟囔着：“二老爷就是赵二郎害死的……”

赵大奶奶又抹起了泪来。

季英英被挡在人后，她竖起耳朵听得清清楚楚。

“赵修缘，晟丰泽。”她喃喃念着这两人的名字，声音在齿缝间滚动，似要把两人咬碎嚼烂。

目光落在黑衣黑裤的玉缘身上，她更加确认：“湘儿，你看看，赵二奶奶身边那个黑衣婢像吗？”

赵家坐在对面的角落里，离边上的栅栏不远，借着火把的光，湘儿看清楚了：“身段像，只是没有蒙面。”

这叫什么？临死也要拉自己垫背吗？季英英讥讽地扯了扯嘴角。她转过身，看到这边的栅栏离自己并不远，栅栏外站着一个南诏士兵。也许是因为有兵，小娘子们都自发地离栅栏远远地坐着。

“这里太挤，我们坐过去一点。”

五个婢女害怕地看着栅栏外站着的士兵。湘儿不会违背季英英的意思，跟着她挪动。玉兰几个互看了一眼，她们的主子张四娘已经不在了，季英英是她们唯一的主心骨，于是四人也跟着挪了过去。

离栅栏还有三尺远，季英英停了下来。她看了一眼五个婢女，发髻上都只剩下一两根银簪子绾发，想必进来时都被搜走了。她摸了摸自己的发髻，也苦笑起来。为了方便行动，她换了胡服，梳了最简单的道髻，插的也是一根不起眼的银簪。

离开杨家时，大太太给的一袋金豆子分了一把给绫儿，其他的都缝在了几个人的衣裳下摆里。如果取出来，难免会引起这些兵的觊觎，被搜身就惨了。手摸到了靴子里藏的小刀，季英英有点心安。

几位婢女耳朵上都还戴着银耳塞子，玉兰戴着的一对米粒大的金耳塞也没有被取走。世人都以女人穿耳为习惯，只要不是特别值钱，都没有拿走。季英英取下了自己戴的两枚南珠耳环，滚圆的珠身在夜色里泛着迷人的珠光。

但愿……她捏在掌心，鼓起了勇气。

“军爷！军爷！”她小声喊道。

士兵疑惑地回过头，看到一双黑溜溜的眼睛望着自己，他禁不住乐了。益州府的小娘子够泼辣，他去逮了两个，像护崽的母鸡，扑扇着翅膀乱蹦，扔进这里关着了，又老实胆小起来。敢靠近栅栏坐的没几个，这个胆子够大，竟然还敢叫他。

他来了兴趣：“你叫我？”

季英英又往前挪了一尺，摊开了手：“我只有这对珍珠耳环了，是上等的南珠，送你。”

“送给我？”大军将说过，抓来的人不准逃走一个，不准让她们轻易寻死，否则军法处置。士兵反而警惕起来，离栅栏又远了一步。

季英英直接将耳环扔到了他脚边，哀求道："不求别的，只求军爷告诉我，家里的嬷嬷下人们都关在哪儿。我母亲和哥哥都过世了，不晓得军中有没有遣人去给他们收殓。"

在回廊下面躲着，她的脸蹭得很脏，看不清容貌，一双眼睛黑得像化不开的墨，噙着一点泪，哀哀地望着他。

来的时候，白王殿下就对大军将吩咐过，这些人都是要迁往南诏为奴的，不许随便杀人。这小娘子的母亲和哥哥定是因为反抗而惹怒了士兵吧。她只探听这点消息，告诉她也没关系。士兵心软了，他弯下腰假装擦拭靴子，飞快地捡起了耳环，压低声音道："四十岁以上的都不带走。等你们走了，就会放了他们。他们会给你的母亲和哥哥收殓。"

"什么时候走啊？"想到尸首就那样躺在院子里，季英英恨不得马上启程，让放回去的季家人早点将母亲他们入土。

"快了。"士兵也不敢多说，轻轻叹了一口气，转过身继续站岗。

快了。

是攻下益州城快了吗？西面来了南诏军，大军在南面，东面也一定有军队。三军合围，益州没有援军，城破指日可待。

还是快要把她们先送走了？大军带着掳掠的百姓行程太慢。大唐的援军一到，这些人就是大军的拖累。

一年前，晟丰泽拿百年老参引诱她签下欠条。还不清他的钱，就要与他为奴三年。现在季英英才明白，他要的不是她一个奴婢，他要掳成千上万的益州工匠为奴。

也许益州还在开战，她们就已经踏上了南行的路。

停留的时间越长，获救的机会越大。可是停留的时间一长，母亲他们躺在院子里的时间也长。

季英英坐了回去。幸好季富、季贵叔他们会被放回去，吴嬷嬷、田嬷嬷会平安无恙。她又想起了季嬷嬷，心里一酸，她再也不能靠着季嬷嬷宽厚的背了。对，季鹰还在，他一定和朱二郎关在一起。没有见到绫儿，她和香油是没被抓到还是被杀了呢？南诏肯放嬷嬷她们回去，应该不会轻易杀人。她一定是躲好了没有被抓到。

南诏要掳掠人口，不轻易杀人。可是母亲却亲手杀了哥哥。

母亲一定猜到了南诏人的目的，所以她宁肯亲手杀了哥哥，也不愿让他被抓去南诏为奴。侄儿死了，嫂子死了，哥哥被抓走，也许这辈子都回不来，母亲怎么活得下去？她恨南诏人，她宁肯哥哥死，也不愿意他去南诏染丝。可是，活着总比死了好。母亲，您怎么就这么想不开？季英英痛苦地把头埋进了胳膊里。

五个婢女听得清清楚楚，见她这样，心里不免惶恐起来："娘子，您要不要躺着睡一会儿？"

这样的夜晚，有几个人能踏实去睡呢？季英英用衣袖擦干泪，抬起脸，看到五个婢女的神情，她突然明白了，她们不是想劝自己休息，而是害怕看到自己慌张悲伤。会有办法的，季英英想，她一定要好好地活着，等杨静渊找到自己。

她看了一眼月亮的位置，道："两个时辰换一人值守，其他人都睡觉，玉兰排第一。"

玉兰眼睛亮了起来，谦卑地说道："娘子放心。"

季英英挤出一丝勉励的笑容，蜷缩在地上闭上了眼睛，四个婢女挨着她睡了。玉兰挺直了腰跽坐着。

南诏军围城之前，不知道太太和大哥、大嫂是否也出城躲避了。不过，南诏只掳四十岁以下的青壮。只要任他们掠取财物，太太和大哥、大嫂就算留在府中，也应是无恙的。

太太那性子，不晓得她能否忍得下来。那晚牛副都督登门索锦，听陈嬷嬷说，太太怒极骂了他，厅堂的桌子都被牛副都督砍下一角来。大唐的三品武将，勒索了蜀锦，仍不免一战，不知他心中是否有愧。连他自己的女儿都要被强掳到南诏去，他会不会后悔没有和南诏直接决一死战？牛五娘身边有个武艺高强的婢女，她会在半道上想办法逃走吧？

明明是牛五娘指使人害了自己，还能指望她帮着自己逃走吗？别傻了。

哦，赵修缘！季英英突然想笑，他是否想过，他与南诏勾结，也落得个被掳去南诏为奴的下场？

杨静渊在哪儿呢？他有没有收到她的信？他会和东川军增援益州吗？如果自己路上没有逃走的机会，他会不会来南诏找自己？

迷糊纷乱地想着事，季英英听到了玉兰叫醒春兰的声音。她现在不是一个人了，还有五个人要依靠自己。如果真要被送走，得养足精神和体力……这一晚，季英英睡得甚是香甜，连梦都没有做一个。

第四十八章
被掳南迁

季英英睡醒时，天刚蒙蒙亮，地面上浮着一层灰白的雾气。正在轮值的婢女是春兰，季英英朝她做了个噤声的手势，春兰会意，警觉地观察着周围的动静。

栅栏靠门的地方摆着几只大缸，任女子们轮流取水。旁边还用草帘子和竹竿搭起两个简单的茅厕，已经有早起的女子过去了。

空地上，女子们横七竖八地睡着，也有呆愣坐着的小娘子，时不时发出压抑的抽泣声。

季英英趴在地上朝栅栏外看，晚上看得不是很清楚，借着晨曦，季英英发现这里已经出了三道堰，军队驻扎在秋收后的田地里，外面帐篷之间的空地上还竖着地里枯黄的稻桩。

手摸到地上的草叶，仔细一看，她乐了，关女人们的栅栏竖在菜地里，菜叶被女人和士兵们践踏得不成样子，但季英英仍认出来种的是萝卜。

她们六个是最靠近栅栏的人。季英英小心地刨着土，尽量不让人注意到她的动静。没过一会儿，被她刨出了一个萝卜，她用衣裳下摆仔细擦干净了，放在了湘儿的衣摆下面藏着。

再看，季英英又惊喜起来，这块地不仅种着萝卜，还搭着豆角棚。棚子垮了，没有人坐在那边。她赶紧叫醒了睡着的婢女们，几个人慢慢挪到了豆角棚边上坐着。

“看着点。”季英英吩咐了一声，借着婢女们的遮挡，拿出了靴子里的小刀。

没用多长时间，她切下了几根短竹筒：“趁着人少，春兰你们几个去茅厕，少喝点水，别梳洗了，偷偷装一些水回来。”

她让湘儿放哨，捡了不少豆角。

远处，玉缘踞坐在牛五娘身旁，低声说道：“娘子，她在垮塌的豆角棚处。”

以牛五娘的聪慧，轻松猜到了季英英的行为意图：“大军不会饿死我们。小家子气。”

要掳人回去，是要活着的人，就算不喂饱，也不会不给吃食。牛五娘撇撇嘴：“盯着就行了。”不过，她盯着栅栏门口的简易茅厕蹙紧了眉。

玉缘顺着她的目光一看，心里了然：“娘子，奴婢去豆角棚瞧一瞧，取些竹竿回来。”

她起身朝豆角棚走了过去。

可能因为玉缘是这群女子中唯一穿黑衫的人，湘儿一眼就看见了：“娘子，她过来了！”

季英英也看见了。她早将切过的竹竿藏了起来，镇定地拉着湘儿避到了旁边。

玉缘走到两人面前，看到地上堆着摘下的豆角和几个萝卜，嘴角弯了弯：“季二娘，会给你饭吃的。”

说着一脚踩下去，萝卜和豆角被踩得稀烂。

湘儿不敢招惹她，气得咬住了嘴唇。

见季英英一言不发，玉缘扯出几根竹竿轻蔑地看了两人一眼道：“我会一直盯着你的，别妄想逃走。”

说完，笑着拿了竹竿扬长而去。

没过多久，对面赵家婢用竹竿和苇席新搭起一个棚子，让牛五娘和几位主子进去方便。

春兰几个取了水回来，季英英用割下的胡服下摆做成了塞子递给她们：“平时别喝，路上万一没水，救命用。”

太阳升了起来，将雾气驱散。栅栏打开，几个士兵抬了两箩筐饼进来，一人两个，挨着发放。

季英英快两天没吃东西了，捧着热饼吃得香甜。对面的牛五娘一直在看她，隔了这么远，季英英也能感觉到其面纱下的嘲讽之色，是在讥笑她挖萝卜、捡豆角吗？季英英嚼着饼，心想我能吃得香甜，你能吗？

栅栏口又进来几个兵，拎着食盒，走到了赵家人面前。

空地上的女子们都情不自禁地看向那边。

送食盒的兵见状，特意高声说道："赵二奶奶，赵郎君管束着要迁走的男人，女营就交给你管了。只要让她们一路上听话，我家将军不会亏待你们夫妻。"

牛五娘柔声说道："转告将军，妾身领命。"

所有人看向牛五娘的目光又多了一丝畏惧。

赵家几位太太、奶奶却松了一口气，至少这一路上，不会吃太多苦了。

玉缘冷笑地看着她们："昨晚还有人说我家郎君的不是，想找我家奶奶拼命呢。"

"都是一家人，一起用食吧。"牛五娘没有阻止玉缘，也不想在这时候惹恼了赵家的女人。没见到晟丰泽之前，她还要借赵修缘的势。

用过饭，女人们无聊地席地坐着。这时，东面的天空飘起了烟尘。

"是益州城的方向！"

有人喊了一声。

大部分女子都哭了起来。

南诏围攻益州城，西川军再不可能来三道堰救人了。

季英英却想起了死在季家院里的家人。

栅栏外面忙碌起来。一顶顶帐篷被收起，视野越来越开阔。季英英看见了远处的三道堰和浣花溪。对面远处，还有一栅栏围着。关的是男丁还是三道堰要放回去的百姓？季英英走到了栅栏边上。

一长排马车、牛车、骡车停在了路上，驾车的都是士兵。

"要走了。"她喃喃说了一句。

身边几个婢女都哭了起来。

"都出来！早出来的上车，晚出来的走路！"栅栏门被打开，一名军官大声喊着。

"走！"季英英喝了一声，带着几个婢女跑了出去。

"她倒是机灵。"牛五娘不会没车坐，她并不着急，慢吞吞地起了身，由玉缘扶着往外走。

季英英选了一辆牛车，正好六个人坐了上去。

第二批出来的女子是赵家人。经过牛车时，牛五娘停了下来："季二娘，你来服侍我。"

湘儿终于忍不住了："你凭什么要我家娘子来服侍你？"

牛五娘微笑道："早晨没听见军爷怎么说的？既然让我管束你们，那么我想让她做什么，她就得做什么。"

她说着，往前面的马车走去。马车是赵家抢来的，车厢宽大，干净舒适。坐这样的马车去南诏，牛五娘觉得就当出门踏秋了。

玉缘没有随她离开，而是走到了牛车前，望着季英英笑："季二娘，是你自己下车，还是我拉你下来？"

她武艺高强，自己打是打不过的。去服侍牛五娘，这一路上会被她折磨得不成人样，得想个办法……季英英望着她，突然高声喊了起来："军爷，有刺客！"

蓦然高亢的声音像一根刺，戳破了沉闷的空气。听到"刺客"二字，士兵无比紧张，瞬间刀枪出鞘，将牛车和玉缘围在了中间。

一名领头的偏将手按腰刀走进了人群，巡视了一圈道："谁在喊刺客？刺客在哪儿？"

季英英的手指准确无比地指向了玉缘："军爷，是她！她有很高超的武艺。她潜伏在军营里，要刺杀你们的将军！"

"胡说八道！回禀军爷，我叫玉缘，是赵家二奶奶的贴身侍女！"玉缘忍着气辩解道。

偏将上下打量了她一番："赵二奶奶的贴身侍女？"

季英英又嚷道："军爷，你看她的装扮，像是良家小娘子吗？这分明是刺客爱穿的夜行衣！不怕一万，就怕万一。你们迁工匠去南诏染丝织锦，路上带个武艺高强的女子，就不怕她假扮侍女，趁机刺杀吗？"

"季二娘！"玉缘大怒，伸手就去拉季英英。

"杀人灭口啦！她要杀蚩狂大军将，要杀白王殿下！"季英英故作惊慌地大呼小叫，灵活地跳到了车的另一边，挑衅地冲玉缘挑眉毛，一脸"你敢显摆武功来抓我吗"的表情。

偏将看了一眼玉缘身上的衣裳，紧身黑衣黑裤，只差脸上没蒙块黑巾了。他大喝道："先抓起来再说！"

他说着就去拉玉缘的胳膊。

玉缘条件反射地闪开，一掌将那偏将推了出去。

"她露出真面目了！将军救救小女子啊！"季英英不失时机地又嚷了起来。

听到身后的喧哗声，正要登车的牛五娘回头一看，一群士兵围住了牛车，她优雅地往回走："都住手！"

这时，士兵们根本不会听她的，一拥而上，手中的刀和矛齐齐刺向了玉缘。玉缘无可奈何地躲过，激得那名偏将抽出了刀："杀了她！"

听到这句话，牛五娘险些晕倒，在场外高声叫道："玉缘是我的侍女，她会点拳脚功夫，只是为了保护我……"

玉缘听到这句话，下意识地停了手。士兵却收手不及，几杆长矛狠狠地戳向她。玉缘无奈，飞快地夺过一名士兵的刀，漂亮地挽了一个刀花，寻了个空，闪身冲了出去。

"将军快看！她身手真好啊！"季英英火上浇油道，"她能以一敌百呢！她是刺客！哎呀，她被将军识破了，要逃走了呢！"

几名婢女也跟着起哄："我们亲耳听到她说她要杀南诏将军！"

"住手！我有王爷的信物！她是我的人！"牛五娘本不想现在抬出晟丰泽，但等她提到晟丰泽时，已经迟了。

偏将大叫道："别让刺客逃了！"

玉缘轻飘飘地掠到了路边，砍断了缰绳，骑上马朝着广袤的原野深处狂奔。

牛五娘闭了闭眼，玉缘会一路跟着找来的，只是没有现在这么方便了。她睁开眼睛，恶狠狠地看向季英英。

"放箭！"

几轮箭射过去，不是被玉缘拨飞，就是被她闪身避过。人与马似合成了一体，转眼就逃出了射程。这时才有数名士兵骑上马追了过去。

季英英重新跳上了牛车，撵走了玉缘这个有武艺的人，等于断了牛五娘的臂膀，她心头痛快至极。看到牛五娘眼里的杀气，季英英心想，大好机会不落井下石，岂非太便宜了她。她指着牛五娘，对气急败坏的偏将说道："将军，她们是一伙的！她说她是赵二奶奶，但她一直蒙着面纱看不见脸，说不定是刺客假冒赵二奶奶呢！"

玉缘跑了，偏将一肚子火气，被挑拨着大步来到牛五娘面前，眼神变得凶狠："你是赵家的二奶奶？取下你的面纱，让本将军瞧瞧！"

牛五娘充耳不闻，清澈的眼睛泛起一层被激怒的红，望着季英英眨也不眨："想让我取下面纱，问问晟丰泽再说。"

偏将一愣，继而大怒："你敢直呼白王殿下！这是对殿下不敬！"

牛五娘挺直了腰背，手缓缓上举，露出手中一物："你看仔细了！"

离得近，季英英也看见了，牛五娘手中拿着一枚金牌，上面仿佛刻着一只狮子。

白王的令牌！偏将脸色大变。

“是她偷的！白王殿下住在赵家时，被她偷去的！如果她和白王殿下有交情，怎不见白王殿下派兵保护她呀？她不也一样成了南诏的奴婢吗？”季英英管不了那么多，顺口胡诌一通。她眼热地盯着那枚金牌，有机会将其偷出来，是不是能靠它逃走呢？

白王一直不赞成起兵，自家的主将是蛍狂军将，所倚靠的杜大人和白王政见不同。国主大人似乎也对白王殿下颇有微词……但偏将也不敢得罪牛五娘狠了，板着脸道：“赵二奶奶，请上车吧。等见了白王殿下，事情自然会水落石出。”

该死的晟丰泽，居然说持他的令牌如他亲至！牛五娘握紧了那枚金牌，阴森森地看了季英英一眼，转身走向了马车。

偏将转过身，冲着士兵喝道：“赶人！”

栅栏里的小娘子哭天抢地不愿意走，被南诏兵提着鞭子开抽，成群结队地撵了出来。

先出来的挤上了各种车辆，后出来的就只能随车步行。队伍终于缓缓动了起来。

玉兰几个庆幸跟着季英英挤上了车。玉兰小声说道：“多亏了娘子。”

“不坐车，会被鞭子赶着走，何必跟自已过不去。省点力气，不是更好？”季英英望向车尾出现的男人。车都给了女人，男人们全部步行。队伍太长，一时间看不到朱二郎和季鹰在哪儿，也没看到季富叔和嬷嬷们。

队伍往前进了三道堰，士兵在街道两边站成了两排，几名士兵骑着马挥舞着刀来回奔驰，高声喊道：“大军将令！拖延行军者，杀！”

一进三道堰，哭声瞬间响了起来。

街道两边出现了年长的百姓，有心疼子女被抓走的老人实在忍不住，推搡着士兵想要扑过来，马迅疾奔过，扬手就是一刀。

队伍里响起了尖叫声，老人的女儿哭叫着扑了过去。刀光闪过，士兵冷酷的声音震慑住了百姓：“不听号令者，死！”

尽管哭声很凄惨，但再也没有人敢冲击队伍。

季英英伸长了脖子，蓦然看到季家铺子门口站着的人。她高声叫了起来：“季富叔！吴嬷嬷！”

“娘子！”几位老仆哭着冲她跪了下去。

“守好家，我会回来！”季英英没有哭，她只有高兴，不再担心母亲、哥哥和季嬷嬷无人收殓。杨静渊知道她去了南诏，他一定会来寻她，她一定会回来。

三道堰被远远地抛在了身后，队伍在官道上走了一截，直接转向了南方的路，和益州城擦肩而过。

“最迟后天清晨，退出益州城。”

晟丰泽坐在节度使府的正厅内，平静地吩咐手下的将军们。

前锋营在傍晚时分伪装成车夫赶车骗开城门，迅速占领了南门。清晨，大军开始攻城。这是一场没有悬念的战争，几十年的安逸让益州夜不闭户、路不拾遗，也让高大的城墙风化坍塌，曾经标注过的城墙缺口成了南诏军顺利翻越的通道。不到半天时间，南诏就占领了东、西、南三座城门。

赤虎曾不解地问晟丰泽：“为何不占北城门？”

“四城门沦陷，西川军必做困兽之斗。以西川节度使的为人，网开一面，他不会再做抵抗，反而会召集队伍护送他北逃。”晟丰泽胸有成竹地说道。

南诏是为财而来。益州是大唐的西南屏障，南诏占了益州，大唐军队会不计代价地夺回来。占一座城有什么意义呢？

节度使府占地宽阔，屏蔽了外面的哭喊声，安静的环境让晟丰泽有些恍惚，仿佛他还是在益州做客的南诏白王，而非此时率领三军前来掳掠的主帅。

“西川军退到何处了？”他看向铺在桌上的舆图。

一名将领上前，指着一处道：“北离益州三十里外了。不过……北城门附近始终有一支队伍死守着，掩护益州百姓逃离。”

“哦？”西川军还有不听节度使号令，私留下来的将领？晟丰泽有些意外。

“报！”一名探子在厅外高声喊道。

厅堂里的将领们都转过了身。

“蚩山将军奉命封锁街道，西川军突然抢攻，蚩山将军被斩于马下，北面街口被西川军夺回。”

南诏要青壮工匠。放西川军和部分人从北门逃离后，通往北城门的街道全被封死。队伍正按着靳师爷等探子早已打探好的人家挨户抓人。这时候，封锁街道的蚩山被杀，不知有多少人从缺口逃离了。

“备马！令白、义两位将军火速施援！”晟丰泽带着亲卫与偏将迅速出了节度使府，往北面赶去。

成群的百姓拖儿携老，惊慌失措地奔向北城门。

“快走！”牛副都督手提宽背大刀，明光铠溅满了血迹。他带着亲兵亲自镇守在街口。不远处，蚩山的尸体被亲兵悬在了道旁二层酒楼的檐下。

桑十三郎、桑十四郎和家仆护着一辆马车匆匆行来。人多拥堵，马车走得慢，幸而被家仆们围在中间，才没有被惊慌的百姓撞翻。

“牛都督！”

“岳父大人！”

桑家兄弟同时高声喊了起来。

马车艰难地挪到街口，牛副都督看到兄弟俩，顾不得寒暄，往北城门方向一指：“赶紧护着桑夫人离开！”

轿帘掀起，桑夫人白着一张脸道：“亲家，我家老爷他……”

“夫人，赶紧走吧！只要不死，总有见面的一天。”牛副都督不敢看她。牛七娘护着夫人走了，他实在挪不动步子。站在城门楼上，远远看到南诏军轻松悠闲地堵在街口。五丈开外用人血画了一道线，但凡冲过此线的百姓，一律射杀。他们甚至回过头望着北城门上的西川军讥讽地大笑。牛副都督的心就像落进了滚油中，五脏俱焚。

他看了一眼悬在屋檐下的蚩山，昔日的豪情又涌了出来：“十四！我家七娘就托付给你了！”他拍了拍桑十四郎的肩，露出憨憨的笑容。

“岳父！”桑十四郎眼睛一红，郑重地朝他拱手道，“小婿曾疑心过岳父大人，惭愧不已。您放心，我会待七娘好的。”

桑十四郎愧疚敬仰的眼神让牛副都督心头一热，他当初怎么就被五娘的话迷了心窍！大不了一死罢了，他现在不惧死！他要用这条命去弥补他犯下的罪。

牛副都督不由自主地想起了杨家，破城不过半天时间，杨石氏五十岁开外，杨静山双腿不利于行，偌大的家族，一时半会儿怕是没有离开。

他神色一暗，哑声道：“快走吧，十四。别堵在这里了。”

南诏军很快就会来了。

街道后面传来哭天抢地的声音：“南诏军来了！”

“走啊！”牛副都督用刀背敲了马车一记，听到桑十四郎高声对他喊：“岳父保重……”

“放箭！”牛副都督举起手中的刀下了命令。

伏在两边屋顶上的亲兵射出了箭矢，留下近身的距离让更多的百姓逃离。

数轮箭雨后，能跑过西川军身边的百姓已经没有了，两军中间是死去的人。

南诏军嘴里像哼着远古的号子，黑色泛着油光的盾牌竖了起来，像只巨型甲虫一般走向西川军。

箭射在盾上，滑落在地，躲在盾后的南诏军毫发无伤。牛副都督眼睛微眯："藤甲！"

蜀国丞相诸葛亮七擒孟获，当初孟获一族最负盛名的就是藤甲兵，号称刀枪不入。

"用火箭！"牛副都督高声喊道。

南诏军阵式一变，藤甲盾突然撤开，躲藏在盾后的弓箭手松开了弓弦，密集如蝗的箭挟着风声咻咻落下。

牛副都督转动着手中的宽背刀将箭矢拨开。

"杀！"他没有后援，南诏大军却源源不断。牛副都督提刀大喝，纵马冲了过去。

他仿佛能感觉到，下一瞬间，那些箭矢就会扎进自己的身体，将他射成刺猬。一腔孤勇让他无所畏惧地驰马向前，一百多名亲兵紧随着他，义无反顾。

晟丰泽望着越来越近的牛副都督，轻叹一声："放箭，留他一条性命！"

箭毫不留情地射进了亲兵的身体，马嘶声、人落地的闷响声此起彼伏。

南诏人长居山林，能做晟丰泽亲卫的个个都是百步穿杨的神箭手。箭偏离了牛副都督和他身边的数人，放他们冲了过来。

冲进南诏队伍时，坚韧的藤甲盾再一次竖了起来，将牛副都督和紧随他的五名亲兵困在了中间。

厚背大刀砍过去，没砍断藤甲盾，却震得背后的南诏兵虎口流血，亏得身后有人抵着，才没有倒下。

又一刀下去，藤甲盾裂成了两半。然而又一面新的藤甲盾补上了缺口。

仅存的五名亲卫，一个接一个地死在自藤甲盾中刺出的长矛下，红了眼的牛副都督拼着一身蛮力，一刀接一刀地砍着。

"牛副都督，你的人都死了，你何必再做困兽之斗呢？"

头顶处传来晟丰泽的声音，牛副都督抬头一看，两边的房顶上，弓箭手张弓搭箭，晟丰泽身披黄金铠甲，面无表情地望着自己。

"晟丰泽！你下来和老子打一场！缩在乌龟壳里算什么英雄好汉！"牛副都督破

口骂道。

晟丰泽摇了摇头："人都是惜命的。牛副都督，为什么还要……飞蛾扑火呢？"

就是因为惜命，所以他睁一只眼闭一只眼让南诏赢得了时间，三面合围。他不是惜自己的命，而是惜牛家二百多口人的命。

"你以为战死沙场、马革裹尸，就能让大唐天子饶恕你吗？"晟丰泽有点好奇，究竟是什么让牛副都督慨然赴死，最后关头选择做个英雄。

牛副都督狠狠拍着胸脯："本将是大唐将军，不战而逃，死了也没脸见祖宗！牛某死得其所，但求百姓不会啐弃牛某的家人！"

见晟丰泽还要再说，牛副都督往地上啐了一口唾沫道："老子懒得说了！杀！"

宽背大刀朝着面前的藤甲盾用力劈了下去。

安静的街道上，只听到牛副都督蛮牛般的吼声。

晟丰泽夺过弓箭，张弓如满月："本王送你一程。"

箭矢如风，扎透了明光铠，从牛副都督身上穿过。他摔下了马背，数杆长矛逼住了他。

牛副都督仰倒在地上，手紧紧地抓着弯背大刀不放。

金色的影子飘落在他面前，晟丰泽注视着他，从怀里拿出一封信来，他亲手点燃了它。

看着纸灰纷扬，牛副都督嘴里鲜血直涌，眼中有一层泪光闪烁。

"好生安葬，不得羞辱。"晟丰泽转过了身，身后传来噗噗数声矛尖刺进身体的轻响。

赤虎望着牛副都督瞪圆的眼睛，弯下腰轻轻将其合拢："是条汉子。"

"去杨家看看。"牛副都督触动了晟丰泽心底的弦。他忍了许久，终于，那丝慌乱占了上风。

留下封街的队伍，他带着二十八名亲卫风驰电掣般赶往杨家。

他只求她一如初见时，恐惧压住了她的野性，还好好地活着。

赶到杨家时，门口停着一长排车马，一名偏将带着兵迎上前来，满面春风："殿下，杨家一切顺利。"

晟丰泽长长舒了一口气，翻身下马，被簇拥着走进了白鹭堂。

士兵们一箱箱搬送着财物，装车运走。

"我们来时，杨家二老爷、三老爷带着家仆已经擒下了杨家大房的人。可惜大房的青壮早就逃出城了，那个老妇和杨家家主嘴硬得很，怎么打都不肯招。"

晟丰泽脚步顿了顿，眉间神色变得轻快起来："无妨，杨家的织工凡青壮者一律带走。"

偏将笑道："青壮织工一共一千二百三十七人，已经押解出城了。靳师爷名单上头一家就是锦王杨家。一进城，末将就带了人马过来。不过，杨家二房、三房的人如何处置，还请殿下拿个主意。"

踏进白鹭堂，杨二老爷、杨三老爷带着全家老小整齐地跪在地上，旁边一队南诏兵看守着被绑缚在地的杨石氏等人。

晟丰泽扫了一眼，见只有杨石氏和杨静山夫妇，其余不是带伤的护卫家仆，就是大房的仆妇。他收回了视线，似笑非笑地望着杨二老爷："还记得一年前与二老爷在塔子山品酒赏梅。如今行如此大礼，泽担当不起。"

"当日不知王爷身份，多有冒犯！"杨二老爷恭敬地说道。

"起来说话。"晟丰泽极自然地坐在了正中主位上，"两位杨老爷识大体，省了本王不少工夫。两位老爷想要什么赏赐，但说无妨。"

亲口听到晟丰泽的话，杨石氏险些气晕过去："老二、老三，你们被猪油蒙了心了！你们要抢家主，也不能和南诏人勾结！"

"没听见王爷说，这叫识大体吗？"杨二老爷总算能在杨石氏面前扬眉吐气了，冷笑道，"节度使大人先是索锦求和，后不战弃城而逃。我不过是为了保命、保全杨家而已。难不成任由大嫂一把火烧了这百年老宅子不成？！"

"成王败寇，是非公道将来自有人评说！要杀要剐，老身随白王处置！我杨家大房仍有儿孙在，老身与大儿不惧死！"杨石氏昂起了脖子，摆出引颈就戮的姿态。

晟丰泽笑了笑，他对杨家几房的家主之争一点兴趣都没有。他站起身来对偏将说道："将军，照事先定下的规矩办。本王还有军务要忙，先走一步。"

"王爷且留步！"杨二老爷和杨三老爷交换了一个眼神。二老爷赔着笑脸说道："杨石氏不肯说出大房子孙的下落，小人可以肯定他们躲在分栋山的田庄里。王爷您看是不是派一队兵到城东郊的田庄搜寻？"

已经绑了大嫂和亲侄儿全家，自己却下不了手，想借他的刀屠尽大房的人。晟丰泽的脸沉了下来："当日本王许诺二老爷，如果和本王合作，就一定能坐上杨家家主之位。南诏掳走了杨家青壮织工一千多人，再建一个杨家应该不比益州府差。杨家的人，二老爷再熟悉不过，本王诚心请二老爷去南诏做新任家主。"

去南诏做家主？杨二老爷吓了一跳："王爷，小人不去南诏！"

晟丰泽脸色一肃："来人！送二老爷、三老爷全家出城！好好护送，别让他们骨肉分离，中途离散。”

“王爷饶命！小人不做家主了！求王爷开恩！”杨二老爷吓得脸都白了，高声叫喊着。

杨邹氏一头倒在地上。

杨四郎腿还没好，瘫跪在地上，被两个兵架了起来，惊慌地叫道：“爹，我不去南诏！您赶紧求王爷，我不去南诏！”

晟丰泽看了一眼杨石氏，突然对赤虎说道：“放了杨家大房的人。”他像是解释给偏将听，又像是在说服自己，“不会织锦的侍婢护卫带回去没用。”

说完，大步走出了白鹭堂。

赤虎耸了耸肩，拍着偏将的肩道：“听见了？带走吧，大房的人我来处置。”

偏将笑着应了，叫士兵将二房、三房的人拖了出去。

白鹭堂安静下来，赤虎一刀下去砍断了杨石氏、杨静山夫妇身上的绳索，冷冷地说道：“杨大太太，管束好家人，紧闭门户，莫要自作主张害了家人。”

形势突然逆转，杨石氏难以置信，她叫住了赤虎：“你家王爷为何要放了我们？”

这个问题很难回答。赤虎到现在都不明白自家王爷对季英英的别扭情感，说喜欢吧，好像又不太像，说不喜欢吧，又数次放过她。

他笑了笑：“杨大太太，您有几个好儿子、好儿媳，是有福之人。”

这话是什么意思？杨石氏一头雾水。

转眼间，兵便撤出了杨家。她顾不了别的，指使着家仆道：“赶紧关门！将各处门户守严实了！谁也不许出府！”

舆图摊在案几上，东川节度使郭大都督用手指向了中间凹陷的潼江河谷：“南诏军擅长山林战，我军擅长马战，只需将南诏军引入地势平坦的潼江河谷，我军必胜。”

舒先生叹道：“南诏军盘踞于七曲山，借山势阻碍我军进攻，南诏此乃佯攻梓潼，目的在于拖住东川军，不得增援益州。一旦益州得手，便乘机回撤。不吃掉这股南诏军，着实不爽。”

“他们的目的是牵制我军，根本不想和我们正面作战。眼瞅着南蛮子奸计得逞，着实不爽啊！”东川节度使发出了和舒先生同样的感慨。

可是又有什么办法呢？七曲山山高林密，唐军不习惯山林作战，就算追到了南诏军主力，也只能看着对方在山间行走如风，猴子似的跑了个没影。

“末将有一计，或许可将南诏军引进河谷。”

军帐军突然有人主动献计，东川节度使和舒先生精神一振。两人抬起头来，见说话的人是杨静渊。

帐中将领尚未吭声，一个小亲兵却站了出来，郭大都督是看在舒先生的分儿上收杨静渊做了亲兵，只知道他武艺不错，其他并不十分了解。他的眼神情不自禁瞟向了舒先生。

如果成功，倒是一个立功的好机会；如果失败，也勇气可嘉。舒先生的绿豆眼睛滴溜溜直转：“让你去？你打过仗吗？我连五百士兵都舍不得……”

“末将一人前往。”杨静渊寒着脸直接打断了舒先生的话。如果不是这绿豆舒打滚儿撒泼，他早就快马奔回益州了。

益州的军情和季英英的信送到东川时，他就想回益州。舒先生用皇帝马上就会下旨令东川军出兵增援拦住了他。等到旨意下来，却是阻击南诏进攻梓潼，杨静渊气不打一处来。再想走，舒先生在他屋里布置出灵堂来，打滚儿撒泼哭叫对不起恩人。大敌当前，杨静渊私自离营，会以逃兵论处，军法处斩，生拉活扯地把杨静渊留了下来。

他瞪着舒先生，心想这老贼再敢拦着自己，他绝对不管什么恩情，直接打对方一顿黑拳，然后收拾包袱走人。

“哎哟，一个人啊！这不浪费一兵一卒的，败了是自找的，成了倒是大功一件。”舒先生眼神贼亮，就怕杨静渊不跳出来。

他会死？杨静渊想翻白眼。如果不成功，他就借机脱身，跑回益州去。谁耐烦在这里和这帮故意骚扰梓潼的南诏军耗时间？他面无表情地应道：“生死有命，请大都督下令。”

听了舒先生的话，郭大都督动心了。他有些好奇：“杨静渊，你打算怎么做？说来听听。”

杨静渊轻描淡写地答道：“擒贼先擒王。末将自幼在青城山习武，万军之中或许不显，在山中刺杀南诏主将还有几分把握。纵然南诏军不上当，不进河谷，末将便留在山林中，杀了主将杀偏将，他们一天不进河谷，末将就挨个儿杀，群龙无首，南诏军总会乱起来……”

杀了主将杀偏将……

帐中一片寂静，郭大都督和帐中将领像看怪物似的看着杨静渊，心想打仗都能这般行事，还打个屁呀。

舒先生眉开眼笑：“谁叫南诏军行事猥琐，不敢与我大唐正面作战。进了山，杨静渊一身好武艺正好派上用场。先前倒是老舒想岔了，从军中调十名擅长攀岩走壁的士兵配合……大都督，还记得小时候不懂事，半夜往鸡窝里扔爆竹的事吗？”

郭大都督当然记得。幼时在驸马府，两人淘气，半夜往鸡窝里扔爆竹，炸得一窝鸡扑腾着往外乱飞。他若有所思，眼神却瞟着杨静渊。

杨静渊一下子就明白了舒先生的意思：“让南诏军以为大军袭营，主帅遇刺，慌乱之下撤走。”

他突然反应过来，心慢慢下沉。这支攻打梓潼的南诏军是为了牵制东川军，掩护南方的军队撤离。舒先生这样笃定南诏受惊吓会马上撤出山林，经过潼江河谷，只能说明，益州城已经失守。

杨静渊的目光太冷，舒先生有些心虚地避开了：“速战速决吧。我军乘胜追击……也没有违了圣意。”

益州城破，黄花菜都凉了。杨静渊想起了白鹭堂，离开的那天晚上，他携着季英英的手在湖边散步，落日的余晖照在湖面上，像铺了一池碎金。远处明月居的回廊上，婢女们跽坐着收拾东西，嬉笑声让他觉得明月居温馨无比。那样美丽的白鹭堂，闯进凶狠的南诏士兵……金秋十月，山间的风很凉了，寒意阵阵，他不敢想下去。

乘胜追击。绿豆舒是在说给自己听吗？借此机会不触犯军规，堂堂正正地回到益州。

也只有解决了这支南诏军，他才能回去。

“时间不等人，请都督下令！”杨静渊没有更多的时间去仔细思考了，他要这个机会。

想让这小子升官，如果能办成，何止一个什夫长。郭大都督瞟了一眼舒先生，下了命令：“杨静渊，本官升你为什夫长，率十人引南诏军出林。”

“末将遵令。”杨静渊接了令箭，转身出了帅帐，里面如何商讨伏击战，他管不了。

下午的太阳照在军营之中，十名选出来的士兵躺在地上晒着暖暖的太阳。

舒先生出了帅帐，犹豫了一下，来找杨静渊。

一看到他的模样，舒先生气得想扯胡子：“你小子不是说时间不等人吗？你怎么还躺在这里？”

杨静渊眼睛都没有睁开，淡淡说道："等倦鸟归林。"

"你小子不笨啊。"舒先生笑着在他身边坐了下来。七曲山离南诏军大营不远，行刺最好是趁夜色进行。倦鸟归林时，鸟声嘈杂，能掩盖杨静渊一行人的行踪。等山林安静，杨静渊已经潜到南诏军设在七曲山大庙的帅营旁了。

杨静渊睁开了眼睛，俊美的脸蒙着一丝寒意："事成之后，帮我捞个带兵的偏将。"

舒先生气不打一处来，压低声音道："我老舒只是个幕僚！"

"欠债还钱，欠命报恩，欠我家老爷子的，你不报答心头不痛快。小眼睛瞅来瞅去，我一跳出来你就偷笑。既然这么想帮我建功立业，我给你机会。"不等舒先生回答，杨静渊站起了身，大吼道，"列队出发！"

舒先生拍拍身上的草屑，望着杨静渊一行人换了夜行衣，朝山中行去。他轻叹道："是非成败，你的前程就看这一回了。"

南诏军驻扎在七曲山大庙，庙外遍植合抱粗的参天柏树，因是三国蜀将张飞栽植，又被称为张飞柏。

晚风吹过，传进耳中的声音越来越小。随着南诏兵渐入梦乡，大庙沐浴在静谧的秋月之下。选出来的士兵中有三人是梓潼当地的猎户，他们带着队伍绕过了南诏军设立的哨卡，从羊肠小道靠近了大营所在。

再往前，人多就不便行动了，杨静渊低声吩咐道："我潜进大庙行刺，以爆竹为号。"

他紧了紧丝绦，让剑柄停留在最方便拿取的位置，背了长弓与箭囊，在士兵们惊叹的目光中跃上了身旁的柏树。

柏木森森，杨静渊连钩索都没有用，轻盈地在树与树之间跳跃而过，一只夜鸟被他的身影惊得扑扇着翅膀飞了起来。他刚在树枝密集处藏好，就看到警觉的南诏兵举着火把四下察看。

"夜鸟惊飞，不会是唐军袭营吧？"

"你想多了，也许是条蛇惊了那窝鸟。唐军能越过山下三道岗哨，也不可能到了大庙还没被探营发现。"

两人边说边围着树的四周用火把察看，声音清楚地传进杨静渊的耳朵。

"信鸽来报，白王殿下今天攻进益州城了。"

"太好了，大军回撤，咱们过不了多久就能回去了。"

"真可惜！谁叫杜军将和白王殿下不和呢，害得我们被派到梓潼来。如果去攻打益州城，就发财了！”

“可笑的西川节度使，巴巴地搜罗了全城的蜀锦，用大车给白王殿下送了去，还盼着白王退兵。哈哈！你说大唐的官蠢不蠢？”

搜罗全城的蜀锦给晟丰泽送去！杨家岂非首当其冲？狗官！杨静渊都快被西川节度使蠢哭了，心中越发担忧起来。

火把的光照着两名南诏兵渐渐走远，杨静渊滑下了树，伏在了草丛中。

五步一岗，十步一哨，负责警戒的士兵站在大庙四周。过了一炷香的时间，又有一队士兵围着庙宇巡逻。

秋月被山风吹过的云朵遮住的瞬间，庙后插在砖墙上的两支火把突然掉了下来，站在旁边的两名士兵感到莫名其妙，弯腰去捡。

杨静渊从草丛中一跃而出，跑到了离大庙最近的一株柏树背后。

他听到士兵捡起火把抱怨的声音，手中滑出一柄匕首，用力刺进了树身。合抱粗的大柏树挡住了他的身影，杨静渊像壁虎一样爬上了树冠。

居高临下，七曲山大庙全景尽收眼底，大殿灯火通明，杨静渊耐心地等着。眼瞅着月影东移，大殿里才陆续走出数名将领，各自回了四周的厢房。微暗的火光下，又步出两名亲卫打扮的人，和大殿外的护卫们说了几句话。毫无疑问，南诏领兵的杜军将就歇在殿中。

杨静渊踏着伸向大殿最近的柏枝，脚轻点枝丫，像黑色的鹰一般从空中越过围墙。钩索掷出，绕住了殿角尖而上翘的飞檐。风吹云动，月光再一次破云而出，他已经倒挂金钩悬在了后殿的屋檐下。

殿堂中间用一道纬帐隔开，铺着一张虎皮榻，旁边支着一个架，上面挂着全套盔甲，穿着左衽常服的杜军将刚在榻上躺下。

不知是他敏感还是今夜的风特别大，杜军将总觉得身上发寒，商议了一天如何瞒过东川军顺利撤退的计策，他异常疲倦，将盖在身上的毛毡裹得更紧。

刹那间，他突然睁开了眼睛，随手将毛毡掀了出去。

但为时已晚，锋利的剑刺破毛毡，狠狠扎进了他的咽喉。

望着被毛毡盖住的脸，杨静渊犹豫了一下。这是他第一次杀人，心脏不受控制地狂跳着，掌心沁出了细密的汗。晟丰泽面带讥笑的脸仿佛出现在眼前，瞬间又变成了杨家铺天盖地的素幡。瞬息的工夫，嫡母、兄长、季英英轮番出现在他眼前。杨静渊咬紧了牙关，剑尖轻挑，毛毡滑落到一侧，露出杜军将瞪圆的眼睛。他狠狠一剑砍了下去。

他错误地估计了自己的力量，剑斩下了杜军将的首级，劈垮了虎皮大榻，发出咔嚓的声响。

“大军将？”守在外殿的亲卫听到纬帐后的声响，迅速开口问道。

杨静渊捡起毛毡将首级一裹，就着旁边的烛火点燃了带来的几根爆竹，攀着后窗出了大殿。

“大军将遇刺！有刺客！”

随着亲卫的惊呼声，特制的爆竹噼里啪啦响了起来。

七曲大庙沸腾起来。

没等这些将军与亲卫搜到杨静渊，外面的营地接连响起了喊声。

“唐军袭营了！”

林中营外埋伏的人射出了火箭，点燃了外围事先堆好的树枝，烟雾火光星星点点燃起，惊醒了南诏军营中沉睡的士兵。

借着骚乱，杨静渊翻过了大庙的围墙，守在外面的士兵大吃一惊：“刺客！”

杨静渊这时已顾不得去想刚刚杀人的感觉，砍翻两名士兵，遁进了树林。

他看着南诏兵呼喊着从树下跑过，解下了弓箭，远远地对准了殿顶。

箭如流星，搅动空气发出尖锐的呼啸声，射断了他系在前头柏树上的绳子。一幅白绢在空中飘荡，留下两行血色的大字：“十步杀一人，千里不留行。”

他提着杜军将的人头，在南诏兵的惊呼声中悄然离去。

第二天一早，杜军将的首级摆在了郭大都督面前，他蹙眉问送回首级的士兵：“杨静渊没回来？”

“杨什长说，南诏一天不撤离七曲山，他就继续杀人。”

继续刺杀南诏领兵的将军们。

“杀了主将杀偏将，他们一天不进河谷，末将就挨个儿杀……”杨静渊曾说过的话又在众人耳边响起。

舒先生打了个寒战，忽然大笑起来，向郭大都督揖首道：“恭喜都督，帐中又添一员虎将！”

郭大都督瞪了他一眼，抚须笑道：“有此拼命三郎在，想来南诏不日就会撤离。众将听令！速速赶往潼江河谷设伏。”

河风吹来不绝于耳的喊杀声，南诏兵步步后退，被拥过来的唐军挤下了潼河。河滩上，杨静渊垂下了眼眸，枪上的缨簇被淌下的血染红，黏稠的鲜血缓缓滴落在地。

“哈哈，三郎，好样的！”舒先生拍马上前，与他并肩站立，悄声说道，“等皇上下旨赐封，一个五品游击将军跑不了。”

“还有用吗？”杨静渊轻声反问道。三天后，南诏军撤离七曲山，被东川军包围在潼关河谷。他回到大营，知道了益州最新的战况。

这一年秋天，南诏从益州府掳走了一万多唐人，已退到了大渡河边。

绝大多数是染工、织工，以及与锦业有关的匠人。

经历了战争，杨静渊不再天真地盼望益州府最负盛名的锦王杨家还能保全。

第四十九章

女人心计

从三道堰被押解南行，季英英与五名婢女因一开始就挤坐在牛车上，体力还算保持得好。好些没能登上车的小娘子不到半天工夫就摇摇欲坠，拖慢了队伍行程。领头的一声令下，她们所在的牛车上足足挤上了十名小娘子，押了几个青壮男子前来推车。

最初还能看到队伍中的小娘子哭个不停，只过了几天，所有人脸上都失去了表情，麻木地走着，麻木地坐着。士兵的脚步声、马蹄声和车轱辘碾轧地面的吱呀声汇成了路上仅有的单调的声音。

往南的路看不到尽头。队伍是一条大河，从眉邛二州、嘉州不停地会集进来新掳的人口。第一次加进来新人，就像石头掉进了河里，激起大家的好奇，不停地询问对方是哪里人、家中如何、南诏军是否撤退。再后来，新押解来的人无声无息地来，再没有人围上前询问。

掳来的人从一开始就分成了男女两队。南诏人待女子还算不错，为了不让小娘子们拖慢队伍的行程，从当地征集了所有的骡车、牛车和马车，没有牲口，就让掳来的青壮拉大板车。

每人每天能吃两餐，有两张饼，晚上宿营时还有碗热汤，一路上也没有用鞭子驱赶。但是企图逃走的小娘子被抓回来，就直接扔进了军营。这一招比鞭打更狠，直接打消了小娘子们逃跑的念头。

季英英算是明白了，掳走的人都是珍贵的财产，不是南诏人心慈，而是舍不得让财产蒙受损失。

长长的队伍在广袤的原野上缓缓前行，离益州府越来越远。平原边缘隆起了山丘，深秋的风在越来越晴朗的天空下肆意地吹着。

“再往前就进入嶲州地界了。”季英英拥紧了毛毡，像是这样才能让惶恐不侵入她的心。

已经快一个月了，没有大唐的军队追赶而来。也许追来了，被十几万南诏军挡在了遥远的身后。被掳的人是最早被送走的，在益州城被攻打时，就和抢来的财物一起被押着南行。

她抬头望向天空，秋夜的星辰洒满了天幕。这几天，她明显感觉到负责押解的南诏兵轻松了不少，谈话间，还会说起南诏家里的情形。出了嶲州，就进入南诏了，逃走的机会一天比一天少。季英英忍不住望向前面升起一个大火堆的地方。牛五娘管着三道堰的女子，赵修缘管着男人，当起了营头。如果他俩肯帮忙，打听消息就方便多了，偏偏两人不像大唐人似的，愿意背井离乡，还做起了南诏人忠实的走狗。

春兰快步走了回来，低声说道：“娘子，奴婢打听到了。”

六个人极自然地围坐在一起。春兰压低了声音道：“南诏害怕本地的女子见着亲眷伙同逃跑，一路上帮着咱们拉车的男子都是其他地方的。朱郎君他们被派到去拉眉州小娘子们的车。天明启程前去，天黑由士兵押回原来的营地。”

“男女相隔，无法见面，但女营之间防守得没那么严。春兰，你仍然每天想办法去眉州小娘子宿营地，把我们知道的情况告诉她们。”

还好没有完全打乱指派，季英英早就问过帮着拉她们牛车的两个男子，他们正是眉州人。

几个女子想要从南诏兵手中逃掉，没有男人的配合是不行的。

从这些天陆续打听到的消息来看，负责押解百姓和财物的南诏士兵只有几千人，但是掳来的人接近半数都是年轻小娘子，男人们手里又没有武器。不过，季英英认为总会找到机会，一旦二十万大军悉数赶来，那就一点机会都没有了。串通所有人一起逃，比几个人逃走的概率大得多。故土难离，没有人想去南诏为奴。麻木地南行，大家缺少的只是勇气和机会。

“联系上朱二哥，咱们就多一些机会。”

这时，几名赵家婢从火堆那边走了过来，其中一人说道：“季二娘，我家二奶奶请你过去说话。”

季英英顺从地站了起来，默默地跟着她们过去。

这样的事情已经不是第一回了。也许是忌惮牛五娘手中的狮雕金牌，也许是觉得赵家主仆加起来有一百多人，在三道堰三百多名小娘子中占了绝对的优势，牛五娘成了营头。

南诏人只要小娘子不逃不死，行程顺利，给予营头的权力极大。包括分配食物和晚上御寒的衣物被盖，还有上茅厕的权利。

如果说食物还能少吃，挤在一起能御寒，上茅厕就要命了。早、中、晚三次，押送的队伍会停下来，在路边搭起临时的简易棚子。这么多人，时间不等人，总让你排到队伍末，能把人憋晕过去。晚上营头还能烧水洗澡，其他人就没有这样的优待了，最多宿营时遇到溪水，能简单洗一下手和脸。季英英能闻到自己身上的酸臭味，她绝不想溺到衣裙上，多添一种味道。

牛五娘坐在火堆旁铺设的苇席上，身上穿着大袖锦衣，鬓发不乱。季英英站在三步开外，她已经以袖掩住了口鼻。

季英英那身湖青色的胡服早就看不出原来的颜色了，道髻上的银簪也换成了一根布条。牛五娘心知肚明，这一路行来，为了换早点、去茅厕，或是多讨一碗热汤，女人们身上值钱的东西都送给了赵家婢。

“背还是这么直啊。”牛五娘悠悠叹息。

季英英平静地说道：“我弯了腰，赵二奶奶想必更不满意。”

牛五娘需要的是能让她随时燃起斗志的敌人。季英英清楚，猫是没兴趣玩弄一只死耗子的。在她面前变得和奴婢一样谦卑，牛五娘怕是不肯再让自己活下去。

“是啊。”牛五娘露在面纱下的眼睛像天上的星子一样亮，火堆的光映在她的眸子里，眼神分外诡异，“背挺得太直，让人想敲碎你的脊梁。弯下腰，让我失了兴趣，我会让你死。两难的选择啊，真是让人同情。”

“同情？同情杨静渊心疼我心疼得要死，打断他的腿他都会来救我吗？女人哪，权势、财富、美貌都敌不过嫁个好夫君。”季英英笑了，她看向男营的方向，“赵二郎看起来不怎么心疼你嘛。”

营头拥有相对的自由，至少让人悄悄传句问候平安的话还是能做到的。赵家大郎就悄悄托眉州女子送来一只香囊，赵大奶奶接了香囊知道丈夫平安，哭得跟泪人似的。哭过之后，脸上就多了几分生气。路上分开，到了南诏，哪怕同为奴隶，也能和丈夫相聚。可是谁也没见过赵修缘问过牛五娘只言片语。

行路单调，这点事早传开了，牛五娘的脸被当众扔在地上踩。她厌恶赵修缘，不喜欢赵修缘，但在众人眼中，她是不得丈夫欢心的女人。

“你的同情自个儿用吧。你越想折磨我，我越可怜你。”

夜里看不清牛五娘的表情。她像没听见似的，挥了挥手，示意赵家婢将季英英带走：“不管你说什么，我都不会放过你，我就喜欢让你生不如死地活着。明天早晨做饭的活归你了。天色不早了，耽搁了大家吃饭，你和你的婢女就两天没饭吃。”

三百多人的早饭，平时五十人一组轮班做。季英英她们只有六个人，怎么做？这一晚不能睡了？季英英像往常一样没有说话，转身就走。

“不是让你做饭，是让你去挑水。明天早晨做饭的水还没人挑呢。”牛五娘掩唇而笑，“晚上没人看见，你还能去河边洗洗。我是嫌你身上太臭，每天和你说话，我自己难受。”

她有这么好心？为了能让自己干净点，挑水的活都成了美差。快一个月了，牛五娘就是不让季英英和她的侍婢去挑水，成心让她们变成这一营里最脏最臭的女子。季英英做梦都没有想到牛五娘会让自己去挑水。她转身讥讽道：“你不是戴着面纱吗？掩着口鼻和我说话难受，何不把面纱摘了？”

牛五娘只是哼了一声。

季英英高高兴兴地带着五名婢女去领了木桶。今晚宿营地离河边不远，知道她们要去担水，四个南诏兵跟着她们到了河边。

心跳了起来。这一路上也有人借挑水之机跳河逃跑，有的被南诏兵放箭射死，有的顺河水漂走，不知生死。

季英英自幼在浣花溪边长大，水性不错。她看了一眼几个婢女，这件事她们早就私下里讨论过了，五个婢女个个都会凫水。今晚的月色隐于层云之中，不甚明亮，正是借水逃走的好机会。

“军爷，太黑看不见，怕被鹅卵石崴到脚，您能不能把火把移低一点？”春兰会意地向南诏兵恳求道。

两名南诏兵一脚踩进了浅水中，举着的火把放低，照在水面上。还有两人站在她们身后。

季英英和五个婢女弯腰打了小半桶水后站直腰，湘儿身体一晃，像是滑了一下，水桶里的水就浇在了火把上，四支火把熄了一支，季英英转身喊道：“那位军爷，能把火把移过来吗？”

说话的瞬间，几个人同时将桶里的水朝着火把泼了过去，然后轮起水桶砸向身边站着的士兵。

火把一灭，河边顿时暗了下来。

没有人想要将四名士兵打死，争取到这瞬间的时间，就往河中心跑去。

逃得了是命，逃不了也是命。

季英英听到自己的喘气声，以及脚踩在水中的哗哗声。

“贱人！”南诏兵破口大骂，靴子踩进水里发出啪啪的响声。

“啊！”湘儿的尖叫声在季英英身后响起。

季英英忍不住回头，一名士兵已经抓住了湘儿的头发，她下意识地从靴子里摸出小刀，转身扑了过去，用力扎向了那名士兵。

“快走！”季英英用力推开那名士兵，将湘儿拉起来。

两人踉跄着往前面跑着，水渐渐漫上了大腿。这时，耳边响起了箭矢破空的尖啸声，季英英拉着湘儿扑倒在水里，反射着夜光的河面被箭矢击出一朵水花。

“再跑，直接射杀！”伴随着喊声的是追来的脚步声。

为了防止有人跳河遁逃，士兵的营帐都挨着河边，她们闹出来的动静瞬间惊动了帐中的士兵。

火把的光映亮了河面，眨眼工夫就到了两人身边。季英英拉着湘儿从水里站了起来，追来的士兵已将她俩围住了。

季英英攥紧了湘儿的手，那边春兰她们好像跳进河里跑了一个还是两个，能走一个是一个吧。

一名穿着偏将服饰的人走到她面前，看了一眼倒在河中的人。火把的光在水面跳跃，那名士兵脸朝下一动不动躺在水中。偏将冲季英英咧开嘴笑：“老子巴不得天天都有小娘子想逃……”

他的牙在黑夜里白得刺目。季英英突然反应过来，怪不得牛五娘让自己来挑水，她算定忍了这么久，自己一定会忍不住想跳河逃走。牛五娘想让这些兵毁了自己的清白，比起这个，其他的折磨都是雕虫小技罢了。

她握紧了小刀，反手压在了自己的脖子上，冷冷地说道：“将军最好听我把话说完。”

“呵呵，呵呵……”偏将气急反笑，抄起了胳膊。路上又不是没死过人，这招就能威胁他了？他倒想听听她想说什么。

“益州府织锦用的红色丝线一共有十八种，十八种不同的红能织出十八种红锦，最有名的是季家染坊用秘法染制的蜀红丝，每一根丝线都像红玛瑙一样晶莹。

这秘法传了百年。如今我母亲、哥嫂、刚出生的侄子都死了，秘法只有我一个人知道。一年前，晟丰泽来到益州，想尽办法要得到秘法。将军，如果你想毁了我和我婢女的清白，季家的染色秘法就永远失传了。你是去问问蛮狂大军将，还是现在逼死我？”

银色的小刀抵在纤细的脖颈上，镇定得连手都没有颤抖一下。

偏将脸上的笑容凝固了，他是跟着蛮狂大军将到三道堰的人，他也有一份名单。除了织锦大户赵家，他印象最深的就是大军将特意叮嘱过的浣花染坊季家，可惜季家母子同时死在了大军将面前。

报名册的时候，给季英英报的是杨季氏，牛五娘并不想点破她是浣花染坊的季二娘，赵修缘更不知道季英英被牛五娘指使玉缘找到了，是以南诏军对女营中还有季家女儿的事一无所知。

听了季英英的话，偏将这才反应过来。女子出嫁冠夫姓，杨季氏，她是浣花染坊季家的女儿。

他深深看了一眼季英英，伸出了手：“把刀给我，今晚的事我可以既往不咎。如果你再敢跑，我有的是办法让你生不如死。”

季英英慢吞吞地说道：“刀不能给你。这是我夫君给我的念想，如果这点念想没了，我宁肯现在死。春兰，你们过来。”

她把刀入了鞘，放进了怀里，直视着偏将的眼睛道：“你们掳人不就是想让我们去南诏染丝织锦吗？我不逃了。我可以为你们染最漂亮的丝和布。不过，我要坐马车，要洗热水澡，换干净衣裳。”

偏将气得额角青筋直跳，这女人简直是得寸进尺，以为他真不敢对她咋样？

季英英淡淡说道：“掳一千个没本事的人，不如优待一个技艺高超的人，不是吗？”

偏将终于开口道：“你是我们掳来的奴隶！”

“掳来给士兵暖帐吗？你们的国主和白王要的是手艺，不是妓女！将军，我答应了不逃，答应了用祖传秘法为你们染丝染布，这份功劳不值得您消了心里的怒气？”季英英攥紧了湘儿的手，将哭着跑过来的春兰和另一个小丫头护在了身后。

本以为浣花染坊再无人会用秘法染丝，能重新找到季家传人，功劳不小。望着季英英亮晶晶的眼睛，偏将哈哈大笑：“杨季氏，你说服我了。那辆马车归你了。来人，叫赵二奶奶好生侍候。”

季英英带着三名婢女上了岸，走到了牛五娘面前：“赵二奶奶，让人烧几锅热水，准备干净衣裳，我和我的婢女要沐浴更衣。”

连季英英在内一共四个人，衣衫湿透，鬓发散乱，身上飘着一股馊味，活脱脱才从泔水缸里捞出来似的，居然还敢对她们颐指气使？

赵家几位主子连同围在四周的赵家婢面面相觑。突然，牛五娘放声大笑：“我知道了……哈哈！我知道了。这样子，实在是……哈哈！”

她笑得身子直颤，一时说不出话来。一名跟在牛五娘身边尝到好处的赵家婢讨好地问道：“奴婢愚钝，二奶奶知道她们几个为什么会满嘴疯话？”

牛五娘以袖掩口，好不容易才止住笑声：“去，叫人烧两锅水，再拿干净衣裳来！这么臭，连南蛮子都嫌弃呢。”

刚才河边的骚乱大家都看在眼里，心里都明白季英英和几个婢女想跳河逃跑，被抓了回来。

又脏，又臭……南蛮子都嫌弃……

所以才让烧水洗澡换了干净衣裳，这样才好伺候南诏士兵。

众人幡然醒悟，吃惊、同情、难堪、鄙视……种种神情全摆在了脸上。

纵然是想讨好牛五娘的赵家婢，和季英英几人同是大唐女子，心里也生出一股难言的酸涩来。

这些话，这样的表情，谁不晓得她们想的是什么腌臜事！湘儿气得直抹眼泪，叫道：“你们，你们……”

“湘儿！”季英英制止了她。她昂起了下巴，指着其中一个赵家婢道：“你，把我的银簪子还我！”

那个侍婢眼神复杂地看了她一眼，从头上取了簪子，匆匆上前放在了季英英身边的石头上。

不等季英英再喊，几个拿了湘儿、春兰首饰的侍婢主动跑了出来，将首饰放在了石头上。其中一个哽咽地说道：“打扮漂亮点！”

春兰几个顿时无语。

“呵呵！说得好，打扮漂亮点！”牛五娘笑得直揉肚子，她从腰间系着的荷包里取出一只粉盒，吩咐身边侍候的婢女道，“把我的粉盒拿给她。”

“不必了。”季英英似笑非笑地看着她，悠悠说道，“不是每个人都像赵二奶奶，荷包里不放金银，怎么也要带着遮麻子的粉盒。”

“你以为说这样的话，我就会生气？”牛五娘眼底盛着浓浓的笑意，夜色与面纱掩住了她的面容。荒郊野地，河滩乱石，锦衣飘飘的她显露出倾城之姿。她仰头望着缀满星子的夜空，笑着说道："我今晚很高兴。你不是说他打断腿也会爬着来救你吗？纵然他找到了你又如何？哈哈！"

"疯子。"季英英摇了摇头。嫉恨让牛五娘彻底疯了，她不是想对付自己，她是在报复杨静渊。

"洗澡去！洗完澡换干净衣裳！"季英英冲几个婢女调皮地眨了眨眼睛，带着她们直奔河滩上临时搭起的竹棚。

锅灶设在竹棚里，后面单独隔出来一间屋子供赵家几位主子使用。

欢快的笑声从竹棚里传出来，营地里的小娘子们却开始低声哭泣。今天轮到了季英英和她的婢女，明天是否会轮到自己被扔进南诏兵营帐？

"笑吧，如果你能活着，会比死还痛苦。"两名奉命来传话的南诏兵一直站在营地边上没有离开，他们是在等着带季英英她们去营帐吧？牛五娘看着他们，想起了杨静渊。她低声自语道："你爱她是吗？我毁了容，她失了清白。我倒要看看，你还能怎么爱她？"

洗了近一个时辰，季英英带着清洗干净的婢女们兴高采烈地出来了。她抬起胳膊，嗅了嗅衣裳上的皂角味道，整个人轻松得都快飘起来了："天色不早了，走，睡觉去！"

想到等会儿得知真相后，牛五娘和赵家婢女们脸上精彩的表情，三个婢女兴奋得两眼放光，大声应和着："走喽，睡觉去！"

她们出乎意料的快活吸引了营地三百多人的目光，众目睽睽下，季英英大步走到牛五娘那辆宽敞的马车旁。

"喂！你做什么？那是我家奶奶的马车！"守在马车旁的赵家婢伸开双臂拦住了她。

临死之际，疯狂一下也能理解，季英英想砸自己的马车就让她砸好了，牛五娘笑了笑，没有出声。

季英英笑道："这辆马车从现在起，归我们了。你家奶奶吗？赵家不止这一辆马车，要么去挤一挤，要么，坐我们的牛车去！"

"你说什么？"赵家婢从来没见过脸皮这么厚的女人。今晚进了南诏兵的营帐，她还有脸活到天明，坐马车随行去南诏？

季英英打了个哈欠，声音在安静的河滩上异常清晰："那位军爷，麻烦你给赵营头解释一下你家将军的命令。我困了，要睡觉！"

春兰和湘儿心里有了底气，上前用力将那个赵家婢推开，小丫头机灵地掀起了车帘："娘子，上车吧！"

几人上了马车，季英英掀起了窗帘："赵营头，明早记得把早饭给我送来！"

眼睁睁看着季英英上了自己的马车，牛五娘有点蒙了。她叫自己什么？赵营头？营头？她以为自己是州府女牢头那种贱役之身？还让自己给她送早饭？牛五娘终于忍不住了，怒道："把那个贱人拖下来！"

赵家婢有一百来人，一路上唯牛五娘马首是瞻，听到命令都站了起来，挽了袖子朝马车围过去。

"干什么？干什么？都退回去！"南诏兵拔出了腰刀，大喝道。

这群女人之间的对话他们听得清清楚楚，抄着手看完了戏，这才站了出来。

牛五娘指着马车道："不是逃跑的人被抓回来都要被你们……"

"我们将军说了，会善待每一个肯为南诏出力的人。你们在大唐是染工、丝工、织娘，到了南诏，一样可以凭手艺吃饭。我们国主会视你们为子民！赵营头，服侍好杨季氏！"南诏兵打断了她的话。

刚才发生的事情都被南诏兵看在眼中。牛五娘再向着南诏兵，那种巴不得让同族女子被士兵糟蹋的心思仍令人心生鄙夷。

之前，看在牛五娘持有白王殿下的狮首金牌的分儿上，南诏兵还尊她一声赵二奶奶，此时却毫不客气地叫她赵营头。听说赵二奶奶幼时出豌豆疮毁了容貌，南诏兵讥讽地想，丑人多作怪，大概就是这个意思吧。

"我？让我去服侍她？"牛五娘指着自己反问了一句。

你们都是我们掳来的奴隶，你以为你还是织锦大户家的少奶奶？南诏兵恶狠狠地瞪了她一眼道："她是季家秘法的传人。服侍不周到，让杨季氏不满，不肯为南诏染上等丝布，上头怪罪下来，想怎么死就由不得你了！"

呆愣地看着南诏兵离开，牛五娘蓦然回首，季英英正趴在马车窗口冲自己笑，洗干净的脸明媚动人，还带着一丝诡计得逞的得意。她攥紧了双拳，指甲狠狠嵌进掌心。季英英是故意的，故意让自己误会她要被送去被南诏兵糟蹋，故意让全营的人都看自己笑话。

一个染坊家的小娘子，她怎么敢？！

"呵！"不知道是哪个小娘子实在没忍住，扑哧笑出了声。尽管她迅速用手捂住了嘴，但在夜晚安静的河滩上，这声音显得刺耳无比。

掌心的刺痛让牛五娘平静下来。

她扫了一眼河滩上的女人们，竟然昂首挺胸地走向了马车。

“弟妹，算了吧。”赵大奶奶小声地叫住了她。从前在赵家没有多少交集，南行后，牛五娘成了营头，将三百多人管得服服帖帖，赵家几位主子多少都服气了。毕竟是都督府上的娘子，有手腕，有魄力，靠着她，这一路上赵家几位主子都没吃多少苦头。如果牛五娘硬要和季二娘作对，南诏人换了营头，赵家人的日子恐怕会不好过。

牛五娘偏过头，冷笑道：“放心吧，自讨苦头的事，我牛五娘不会做。”

她大步走到了马车前，抬头望向季英英：“总有一天，你会求着我的。”

季英英把脸放在搭在马车窗边的胳膊上，笑眯眯地说道：“牛五娘，你不是自诩聪慧，喜欢背地里害人吗？主动送上门来自讨没趣，这不像你的风格呀。”

“我不是来自讨没趣，我是来和你做笔交易。送早饭、端洗脸水这种事我会找人做……”

季英英噗地笑了起来：“这辈子没受过这种羞辱是吧？对旁人或许还能忍了，偏偏不能在我季英英面前做小伏低。”

牛五娘的身躯轻轻颤抖了起来：“非要你死我活吗？”

这叫什么话？如果不是自己自报家门，下场还不晓得是什么样。明明一路上备受牛五娘欺负，怎么到她嘴里，竟变成自己纠缠不休了？季英英气笑了，抬手将窗帘放下，冷冷地说道：“明天早晨，别忘了亲自给我端洗脸水送早饭来！”

牛五娘笑了：“季英英，我本想和你做个交易。既然你咄咄逼人，就别怪我了。大丈夫能屈能伸，你越是这样，我越不怕。”

马车上，季英英和三个婢女相对无言。这世上怎么会有牛五娘这种人呢？自己杀人放火是平常，受了委屈就是别人害她。

听到脚步声远去，季英英躺了下来：“都睡吧，和疯子没什么好说的。”

湘儿躺在她身边，担忧地说道：“娘子，看赵二奶奶有恃无恐的样子，她又要做什么？”

还能做什么？离开了牛副都督的庇护，牛五娘有什么？南诏人还会把她当军师不成？不外乎赵修缘……是晟丰泽吧？季英英脑中出现了晟丰泽的脸。牛五娘手里有晟丰泽给的金牌，她用什么打动了晟丰泽？晟丰泽会成为牛五娘在南诏的靠山吗？

她小心地翻了个身：“管她想做什么，水来土掩，总有办法应付。”

天蒙蒙亮，营地里就响起了南诏兵催促的声音。

每天这时都会准点醒来，抢茅厕，抢早饭。马车宽大平坦，铺着厚厚的毡毯，季英英睡得舒服极了。

“娘子。”轿帘拉开，小丫头端了一个便壶送进来，得意地说道，“咱们以后都不用抢茅厕了。”

望着她脸上的笑容，季英英的心情骤然明亮起来。到哪儿不是活着？先把日子过好再说吧。

事后，春兰又叫了一个赵家婢过来收拾，摩拳擦掌地说：“你们二奶奶呢？赶紧叫她端洗脸水和早饭来。”

睡了一觉，季英英原本已经不想为难牛五娘了。但转念一想，不教训她，牛五娘不会收敛。于是她没有阻止，坐在马车上等。

没过多久，牛五娘果然领着两名端着洗脸水和早饭的赵家婢过来。她亲手接了洗脸盆放在季英英面前，语气淡淡地说：“不会还想让我帮你洗吧。”

湘儿从盆里拧了帕子递给季英英，翘嘴说道：“我家娘子花容月貌，怕被你洗坏了。”

季英英洗着脸，看着牛五娘从另一个婢女手中端了早饭摆在马车的小几上。

“季二娘，我得到一个消息，东川军在眉州和南诏军打起来了。”牛五娘做完这些没有离开，她站在马车旁看季英英和婢女们用饭，抛出了让季英英食不下咽的情报。

来了，牛五娘果然出手了。季英英啃着饼，看着她道：“最坏的情况不过是东川军败了，杨静渊死了。死了他也是我丈夫。”

牛五娘摇了摇头：“听南诏人说，他砍了南诏北路军杜大军将的首级，那可是南诏清平官的儿子。知道清平官是什么品阶吗？相当于大唐丞相，南诏最得国主信任的权臣。哦，这是昨天的消息。”

“是吗？太好了，谢谢你啊。”捅马蜂窝了，自己要成为南诏报复的对象了。季英英心里一沉。

“不用着急谢我，我已经把你是杨静渊媳妇的事情告诉了南诏人，押送咱们的是蚩狂大军将的军队，他是清平官的心腹。”牛五娘嫣然笑道，“好好享受吧。不晓得秘法与儿子哪个更重要。”

等她一走，三个婢女都吓坏了：“娘子，这可怎么是好？”

季英英狠狠地嚼着饼道：“水来土掩。”

眉州城外，杨静渊率五千先锋兵临城下。

离城百里外，晟丰泽停了下来，回头望向眉州城的方向，有点遗憾："听说唐军先锋是杨静渊？"

赤虎笑道："正是。杀了杜军将，又在邛州打败了蛊狂大军将，升了先锋官。"

"真可惜，本王不能与他在战场相会。蛊狂那性子，请守眉州想扳回一局，怕是难以如愿了。"

"主子何必替那莽夫可惜？他是杜清平官的心腹，不听主子号令，非要留下来与唐军硬碰硬。郭钊是郭子仪后人，岂是好对付的？梓潼退兵有功，如今兼了西川节度使，蛊狂大军将讨不到好。"

"让他拖延时间也好。"晟丰泽笑了笑，"这次出兵，国主想要的都已到手。传令下去，大军全速前进。沿途留人迷惑唐军，掩护大军过大渡河。"

只要过了大渡河，凭借河谷天险可拒唐军。国主的议和书已经送去长安了，大唐国库空虚，皇帝巴不得议和。

第五十章

从此身后是故乡

大渡河贯穿在大雪山与邛崃山之间，河水像一条愤怒咆哮的长龙自两山之间冲出，卷起雪白的浪花呼啸东流。

大自然以它独特的方式在大地上画出了一道天堑。

南诏军挟裹着一万多名掳掠来的大唐百姓，押送着数不清的财帛一路南行，终于到达了大渡河边。

留守在河岸边的南诏军队守卫着一座宽大的浮桥，这桥是由竹排与木板铺架在船上，用绳索连接而成。

南诏军喝令所有人下车，全部集中在河岸边，让载着财帛的车辆先行通过浮桥。

牛五娘告密之后，驾马车的人就换成了南诏士兵，季英英主仆再没有机会和眉州男子搭上话。从眉州女营传来了朱二郎的消息，互报平安。一路上却再没有找到逃跑的机会。

上万人要通过，只有一座浮桥，一天走不完。河岸边再一次竖起了粗壮的栅栏，被掳来的唐人像被驱赶的牲口一样被关了起来。

这一回，没有再细分成小营。女人们被分别赶进了三间栅栏里，旁边是男人们待的地方。季英英很幸运地发现，相邻的栅栏关着被掳来的男人。

几乎瞬间，这一处所有的女人都奔向了栅栏边上，嘶声裂肺地叫喊着亲人的名字，盼着能够与之相见。

南诏兵站在两间栅栏中间的巷道里，充耳不闻。

季英英带着三个侍婢拼了老命挤到了边上，她紧张地看向一丈开外的对面，想从密密麻麻的人中找出朱二郎。

“朱郎君！”湘儿眼尖，高声叫喊了起来。

朱二郎仗着朋友多，顺利地挤到了栅栏边上。对面女子的脸千篇一律，又脏又黑，挥舞着双手，哭叫声震天。他根本没听到湘儿的声音，情急之下想出了一个办法，高声和朋友说了，十几人齐声喊了起来：“季二娘！”

与季英英这边的情形相似，和赵修缘一起的有三百多赵家人。他离朱二郎不远，听到声音，赵修缘眼睛一亮，感觉阳光变得分外灿烂。季英英居然也被掳来了，他朝对面望去，仔细地寻找着。

湘儿拉着季英英的手奋力朝朱二郎那边挤去，终于让季英英出现在朱二郎眼前。

干净的脸，瞧着还算干净的衣裳，绾起的道髻被挤得有点松散，滑落下几绺发丝。她的笑容依旧灿烂，黑眸浸在泪水中闪闪发亮。朱二郎鼻根深处传来一股酸意，只知道傻乎乎地望着她笑。

“朱二哥！”季英英叫了他一声，看着南诏兵离得还远，张嘴无声地告诉他，“毁桥！”

朱二郎猛然一醒，大笑了起来：“放心吧！”

一旦过了河，南诏军撤离，这座浮桥就将毁去，逃回大唐的概率更加渺茫。如果能毁了这座桥，南诏来不及撤离，也许大唐的军队就能赶到。

南诏人也明白这点。下午，运送财帛的车队经过浮桥之后，一队人马从河对岸过来，士兵沿着浮桥站成了两道人墙。

怎样才能毁了这座桥？季英英想到了放火。朱二郎让她放心，他们已经做好了准备，心里又升起了希望。两人眼神相撞，知道了对方的心意。不论对方是否能逃走，只要想尽办法毁了这座桥，就能让没来得及过桥的人多一分逃生的希望。

突然间，如芒在背的感觉让季英英偏过了脸，她看到了赵修缘，他被赵家仆簇拥着，悠然地站在栅栏后面冲着她笑，季英英的目光顿时变得冰冷。

赵修缘张开嘴，无声地告诉她：“我终于找到你了。”

他和牛五娘真是天造地设的一对！季英英懒得多看他一眼，给了朱二郎一个笑容，拉着婢女们离开了栅栏。

南诏人并不傻，最先押着过河的是女人。

前面一间栅栏的门被打开，那边的哭声顺着河风传来。这一次，南诏兵对女人们再不怜惜，长长的鞭子无情地抽打下来，将不愿离开的女人直接扯出了栅栏。

“快看！”

“有人跳河了！”

走上浮桥的女人中有人冲破两边士兵的阻拦，跳进了水流汹涌的大渡河，没等岸上的士兵放箭，小小的身影在河中闪了闪，转眼就没了踪影。

水流湍急，就算熟知水性，也是九死一生。多少准备跳河逃亡的人心里打了个鼓，活动的心思再一次绝望。

“轮到咱们过桥，估计天快黑了。”季英英小声对三个婢女说道，“南诏兵在桥上站了一整天，会放松警惕。以咱们的水性，跳河时憋着一股气不放，顺水漂下去最安全。等水没那么急了，再找地方上岸。”

三名婢女郑重地点了点头。

天渐渐黑下来，火把在夜色中向对岸蜿蜒。女人的哭声不绝，她们彼此扶着，蹒跚地走向对岸。

这批女子走后，南诏兵就不再送人过河。

季英英突然发现，那两间栅栏里的女子并没有走空，还留下了一些女子，南诏兵为什么要留下她们?

牛五娘不知何时走到了她身边，淡淡说道：“南诏人不傻，留下的这些人，家中族中都有人在军中服役。”

这是要留下她们，万一唐军追来，好作为人质?

牛五娘笑道：“别盼着唐军追来了，南诏大军还没撤回来呢。”

季英英望着她道：“牛五娘，你就这么舍得抛下你的爹娘家人？”

“听说南诏有部落女人特意在脸上刺青，以之为美。我两颊的斑点大概在南诏算不得什么。回去做什么? 继续过被人鄙视的日子，继续做那个人人嘲笑的丑女？”牛五娘讥笑道，“南诏没有人认得我，我很喜欢。”

她回首北望：“我知道你还想逃。从小在浣花溪畔长大，水性好。我说过你没有机会。杨静渊杀了南诏清平官的儿子，他们连混在人群里的机会都不会给你。”

“可惜你连这样的机会都没有。”季英英讥笑道。心里却是一叹，正如牛五娘所说，她连跳河的机会都没有。

栅栏门被打开，偏将带着一队士兵站在门口，手里拿着一本名册：“叫到名字的出来！”

叫到杨季氏的时候，偏将看向了季英英。

两名士兵朝她走来，季英英站了出来：“别碰我，我自己走。”

“娘子，我们和您一起。”婢女们跪伏在地，哭了起来。

南诏的清平官要报复，婢女们跟着自己，日子只会更难过。季英英转身说道：“为自己好好活着，你们不再是我的奴婢了。”

湘儿扯住了她的衣襟：“让奴婢跟着您，再苦再难奴婢都不怕。娘子您别扔下我。”

季英英弯下腰，贴着她的耳朵说道：“你不在我身边，说不定还能帮我的忙。”

湘儿愣了愣，季英英直起身，冲她笑了笑，跟着南诏兵走了。

季英英被带到了空出来的地方，那名偏将亲自送她过去，他拿了条毡毯给她，语气颇为关心：“秋夜凉，别冻坏了。”

季英英和所有被掳来的女人一样，还穿着一个多月前的单衣。这里的气温比益州低，河风凛冽。在河边关了一整天，水米未进，早就冻得瑟瑟发抖。她把毡毯裹在了身上，不客气地说道：“怕我死了没办法向你的上司交代？送些饭菜来，免得没冻死、冻病，先饿死了。”

偏将愣了愣，没想到被她看破了心思，冷笑道：“你倒是聪明。你男人杀了我们清平官的儿子，饿死不见得是坏事。”

季英英不屑地说道：“两军对阵，各为其主。打不过我丈夫，迁怒家眷，南诏人就这么没种？”

气得偏将大声叫士兵送热饭菜过来，喊完才发现受激上当了。他瞪着季英英，不知不觉被她闪亮的眼眸吸引。他遗憾地想，如果不是她男人砍了杜大军将的首级，凭自己的战功，也许还能讨了她去。

饭菜送来，季英英招呼着周围的女人们一起用。没有人说话，都低着头跽坐在地上大口吃着。

偏将想起了季英英藏在靴子里的小刀，神使鬼差地想到如果上头真要折磨她，她还能拿刀给自己一个痛快。他盯着她看了一会儿，带着兵转身走了。

在河滩上对付着过了一夜，天蒙蒙亮时，南诏人再次赶人过桥。哭声惊醒了季英英，她默默地看着她们登上浮桥。

牛五娘与赵家女子离开时，经过季英英面前，她停了下来：“季二娘，我们南诏再见。”

季英英突然想到被攻破的益州城，想到了牛副都督。她轻声问牛五娘：“你既然能打听到杨静渊在梓潼杀了南诏的大军将，你可有打听到牛副都督、你娘亲和七娘的下落？”

“没有。”

季英英看到牛五娘瞬间挺了挺背脊，她了然地笑了：“你手中有晟丰泽的金牌，你和他伙同起来出卖了你父亲是吗？”

“我没有！”牛五娘提高的声量出卖了她的内心。

“牛五娘，你陷自己父亲于不义！你是没有，还是不敢打听？”季英英也激动起来，高声朝旁边的南诏兵喊道，“军爷，益州城破，可知西川军牛副都督如何了？他是三品都督，他一定会带兵的，知道他吗？”

她的声音引起了偏将的注意，他大步走过来，寒着脸道：“牛副都督？哼，他杀了蛊狂大军将的亲兄弟，还悬尸街头，可惜白王殿下敬他是条汉子，令人将他厚葬了。”

牛五娘闭上了眼睛，面纱似被河风吹得颤抖起来。

季英英哈哈大笑：“女儿勾结南诏人，父亲却战死沙场，牛副都督怎么会生出你这样的女儿！说不定就是因为你出卖了情报啥的，才害死你爹的！”

“你闭嘴！”牛五娘朝季英英扑了过去，“我没有害死我爹！不是为了你们这些贱民，他不会死！”

偏将一把拽住了她的胳膊，微眯着眼打量着她：“你是牛副都督的女儿？哦，赵牛氏。”

他怎么又忘了呢？大唐女子出嫁冠夫姓，眼前的赵二奶奶是牛家的娘子，又逮住一个蛊狂大军将要的人，又是功劳一件啊。偏将阴森森地笑了起来。

“你放开我！我和白王殿下有约……”牛五娘奋力挣扎。但那点力气根本撼动不了偏将的手，她被拉扯着推进了栅栏里。

“好好待着吧，大军将会很乐意看到你。”这是杀死大军将亲兄弟的仇人家的女儿，差一点被她混过去了。

栅栏的门重新锁上了。

赵家几位主子和婢女们只是同情地看了牛五娘一眼，又沉默地继续前行。她们原本就和牛五娘不熟，她被关了进去，连营头都不是了，谁还会关心她呢？赵大奶奶想起了惨死在厅堂中的公公赵二老爷，又亲耳听到牛五娘说出和南诏白王有约，往地上啐了一口，径自走了。

牛五娘喘了一口气，揉着被掐得生疼的胳膊，恶狠狠地瞪向季英英。

“瞪我做什么？你应该感谢你有个为了百姓战死的爹！否则这里的军眷会把你生撕了。”季英英冷笑道，“不晓得晟丰泽答应了你什么，让你底气十足。据我所知，他是吃人不吐骨头的恶狼。牛五娘，你是真聪明还是脑袋灌了糨糊，居然和他做交易？”

狮首金牌硌得牛五娘掌心发疼。她不信晟丰泽会背信弃义。抬眼望见家眷们冷漠的眼神，牛五娘高傲地找了一张空置的苇席跽坐着，再不搭理季英英。

这么有把握？那名偏将明显不买账。但愿蚩狂大军将来得比晟丰泽早，让牛五娘再没有作恶的机会。

等到下午，男人们终于被赶出了栅栏。路过时，看到季英英，朱二郎脸上露出了急色。

“朱二哥，别管我！”季英英明白，朱二郎是担心自己还在南诏人手中。

她突然看到队伍后面，赵修缘在和一名士兵说着什么。季英英大急：“朱二哥，赵修缘在和南诏兵说话！”

朱二郎顾不得季英英，眼风扫过去，身边十几个男子将他掩进了人群中。

等到赵修缘说完，朱二郎一行人已经接近了桥头。

“拦住他们！”南诏兵叫了一声。

这一批队伍至少有上千人，谁也不知道他想拦住谁。

电光石火间，人群骤然发难，男人们同时扑向身边的南诏兵。都是青壮男子，南诏兵没有料到他们手无寸铁还敢反抗，转眼间就被扑倒几个，夺了武器。

桥上骚乱起来，朱二郎弯下腰点燃了火折子，他从衣襟下取下一根缠了油布的木棍。他身边的兄弟动作一致，十几支火把熊熊燃烧起来。

浮桥宽不过两丈，火把被扔在绳索连接处。南诏兵被男人们阻挡着，不时有人和南诏兵同时摔进河中。

“放箭！”

弓弦声响起，箭矢朝着浮桥射了过去。

河水浸湿了连接的绳子，根本烧不起来。朱二郎急了，捡起南诏兵的长矛去割。

“二郎，快走！”

捆系的绳索粗壮，一时半会儿割不断，箭矢已射进了身边的船板。

朱二郎狠狠地啐了一口："兄弟们，跳啊！"

他跳下了浮桥，来不及看身后的情况，水浪瞬间将他冲远了。能跳河的都跳了，不识水性的人也跟着跳了下去。

骚乱来得快，去得也快，不到一盏茶工夫，这批人已经被南诏兵团团围住。

偏将走到河滩上，手中的刀狠狠劈下，砍死了一名受伤呻吟的男子："别以为老子一路上好吃好喝供着你们就不敢开杀戒！把所有男人都绑了带走！"

但愿朱二郎能活着逃离。季英英看着栅栏外如狼似虎的南诏兵，知道他们有了防备，这些人再难逃离。

"朱二郎自己死不足惜，还拖累这么多人被射杀砍死，真是螳臂当车，不自量力！"牛五娘鄙夷地看了一眼季英英，讥笑道。

朱二哥不会死！都是牛五娘，否则自己和朱二哥、湘儿怎么会被南诏人抓住！身为唐人，为一己私利陷害同族，甘为南诏走狗。如果不是赵修缘带头引路，也许侄子不会死，母亲不会绝望，哥嫂还活着。她怎么敢说朱二哥死不足惜！怒火在季英英胸口烧起来，她朝着牛五娘扑了过去："我杀了你！"

大概没想到季英英会对自己动手，牛五娘尖叫了一声，发髻被季英英扯住，手足无措地被打了几巴掌才反应过来："你以为只有你会打架？"

她可是武将家的女儿，就算没有七娘的神力，也弓马娴熟，一时反应不及，才被季英英骑在身上乱打。牛五娘抓住季英英的手用力将她摔翻在地，正要开打时，她的后背挨了重重一击，一颗心险些从嘴里扑出来，眼前一黑晕了过去。

季英英喘着气推开她，看到一名小娘子抱着一块鹅卵石站在面前。

"我、我第一次……她、她不会死了吧？"鹅卵石掉在了地上，小娘子面色苍白，望着牛五娘哆嗦地说道。

季英英用力踢了牛五娘一脚，见对方呻吟了一声，她哼了一声道："祸害遗千年，她死不了。谢谢你帮我。"

眼泪从那小娘子眼中滑落，她喃喃说道："我哥哥在西川军营里……"

季英英叹了一口气，轻轻搂住了她。

南诏兵已经压下了外面的暴乱，那名偏将却一直注意着栅栏里的动静。两人撕打的时间太短，他根本来不及进去阻止。他听到牛五娘没死，暗暗松了一口气，隔着栅栏吼道："都放老实点！"

里面的人自发离牛五娘远了，任她一个人躺在地上。

一万多人足足用了三天时间，才全部押解过了桥。

到了第四天，季英英和一群军眷才被放出去，最后一批过河。

汹涌的河水自桥下流泻而过，站在桥上，仿佛人随着桥一起会被滔滔河水冲走，带来阵阵眩晕感，令人不敢低头注视。

站在浮桥两边的南诏兵连成了两道人墙，防止有人跳河。也许最后这一批全是小娘子，南诏士兵放松了警惕。无数条接引军队的船只从河对岸驶过来，吸引了不少注意力。

季英英慢吞吞地随着队伍移动，前面有士兵偏过脸去看河中的渡船。她盯着那名士兵，握紧了小刀。

“你向我保证过不会逃跑，我的功劳落在你身上，我只好盯着你。”

声音在她身后响起，季英英转过头，见是那名偏将，她嫣然笑道：“我说话算话。一路多谢您照顾了。”

偏将意味深长地说道：“浮桥摇晃，小心别摔倒了。”

被他盯着，机会就没有了。季英英心里暗恨，看着前头蹒跚行走的牛五娘，好心地建议道：“我从小在田间地头走惯了，不会摔倒。将军不如关心一下赵二奶奶，她养在深闺，肯定害怕。”

“赵二奶奶有白王殿下的金牌护身，如果白王殿下的中军赶在蛩狂大军将前撤回，她的日子比你好过多了，担心她不如担心你自己。”

牛五娘究竟许了什么好处给晟丰泽？季英英一直很好奇。她望见前面河滩上已经扎下了营帐，所有过了河的军眷都没有被押走，看起来会在河岸滞留些时间，也许还能找到机会。

几百米长的浮桥，队伍走得再慢，也有走完的时候。唐人依然被关在河滩上新建起的栅栏里，这一次却是几百人被关在一起。

半夜时分，南诏军营突然乱了起来，喧嚣声惊醒了栅栏里被关着的人们。河对岸一片密集的灯火自地平线上亮起。待到近了河岸，能看清是火把的光亮。

会是唐军追来了吗？唐人们激动起来，拥到栅栏边上张望。

“是蛩狂大军将回营了！”有南诏人兴奋地喊了起来。

一句话浇熄了希望，栅栏里再一次变得寂然。

季英英望向对岸，浮桥与接引士兵的船只都亮起了灯火，灯光映在河中，流光溢彩。她想起了今年元宵，和杨静渊在散花楼旁的湖畔放孔明灯。她把脸靠在了木柱上，喃喃低语：“三郎，你怎么还不来？”

蛩狂率领的左路军有五万人，他在眉州殿后，城破后剩下三万余人。一路南撤，队伍中不断会集着负责阻击拖延唐军的队伍，赶到大渡河边时，队伍一共有四万多人。

“弃锚重！速度过河！”

命令一声声传下去，军队快速过河。纵是如此，天明时分，仍有几千人没来得及渡河。

偏将在岸边迎上了蛮狂，见他盔甲染血，两眼泛着红血丝，坐在大帐里连饮了一大盆水还喘气不及，惴惴不安地询问道：“将军一路辛苦，末将发现掳来的人中……”

“报！唐军追来了！”探子的禀报声打断了偏将的话。

蛮狂狠狠地将装水的盆摔在了地上：“他娘的！老子四五天没合眼了，他怎么又追上来了！”

他提了大刀从大帐跑了出去。

河对岸，大唐军旗迎风飘扬，地平线上扬起一溜尘烟，马蹄声隔着宽阔的河面仍响如闷雷。

“唐军来了！”

河风吹来的声音让被关在栅栏里的人们精神一振，哭声顿时响了起来。

浮桥上，士兵拼命地往前跑着。河对岸抢着上船的兵挤成了一团，竟有数条船被士兵挤翻。

大唐军队转眼就到，骑兵直冲向岸边的南诏兵，毫不留情地挥舞着马刀将其砍下。

杨静渊眼中只有那座宽不过两丈的浮桥，策马就往浮桥上冲。

“杨静渊，你死命追老子……烧桥！放火烧桥！”蛮狂盯着身穿明光铠、骑着一匹白马的杨静渊，嘶声大喊。

一名将军哭了起来：“大军将，咱们还有几千人没过河啊！”

蛮狂一脚踹在他身上，骂道：“等唐人占了桥，死的就不止几千人了！”

偏将听到杨静渊的名字，想起了季英英：“大军将，小人抓到了杨静渊的媳妇杨季氏，还有几百唐军家眷！”

蛮狂大喜：“带过来！快去！”

归心似箭的南诏士兵拥上浮桥，身后的唐军如附骨之疽。桥头堆积的士兵下意识地想抵抗，奈何军心溃散，根本不敌杀红眼的唐军。

手中传来铁枪刺进人胸膛的阻力，杨静渊已经忘记了自己的初衷，他脑中就一个念想，只要杀光挡在他面前的所有人，他就能踏上这座桥。

如果雪风真的能像雪一样轻盈飞起，载着他飞过这条大河，该有多好啊。他会找到她，带着她飞回益州、飞回他们的明月居。

噗！枪扎进一名南诏兵的身体。由于扎得太深，被那名士兵痛苦地用力抱住，一时拔不出来。

杨静渊发出一声大吼，将那名士兵挑起甩了出去。空中飞溅出一蓬血雨，士兵摔倒在桥上。白马扬蹄踏上了浮桥，长枪摆动，将奔逃不及的南诏兵扫下了河。

“杨静渊！你给老子站住！你媳妇在这儿！”蛊狂提着大刀大声喊着。

绑着季英英的绳子拉了起来，将她吊上了木桩。

几百名军眷被推到了浮桥的尽头。

“三郎！”季英英喃喃喊了他一声。早晨的太阳升起，河面波光闪烁。他骑马奔来，红色的披风在空中飞舞，像一支射来的箭，分开桥上的南诏士兵。刹那间，季英英眼睛发酸，眼泪涌了出来。

风将对岸的声音隐隐吹了过来，带着唐兵冲到浮桥中间的杨静渊一激灵，狠狠勒住了马。

桥上的南诏兵飞快地从他眼前跑远，天地一片寂静。

“你给老子退回去！这里有几百名唐军家眷！你敢过桥，老子就砍了她们的人头！你看清楚，她是你媳妇！”蛊狂嘶哑地大喊道，举起手里的大刀指向季英英。

偏将机灵地将牛五娘扯了过来：“她是你们牛副都督的女儿！战死在益州城的牛副都督！你们皇帝封赏的忠义男牛副都督的女儿！”

牛五娘痴痴地望着杨静渊，一百多丈的距离，她看不清楚他掩在头盔下的脸，但她认出了那匹白马。那天春意缱绻，他、桑十四郎与七娘一起在后园演武场比试。他在阳光下驰骋，当时她也没看清他的脸，她只知道她喜欢上了这个像骄阳一样的男子。

白马不安地趵了趵蹄子，上前了两步。

“将军，都是家眷，几百号人呢。”身后的亲兵小声地提醒杨静渊。

杨静渊愣愣地看着季英英，眼前只有灰白色的人影飘荡，怎么也看不清楚她的脸。他突然伸手从马鞍旁摘弓取箭，张弓如满月。

箭矢飞射而出。

当的一声，箭矢射在了蛊狂手中的宽背大刀上。

刀差点儿脱手飞出，蛊狂脸都绿了。这么远的距离，杨静渊居然一箭射中了他的刀。他跳脚大骂道："你还要不要你媳妇的命了！你这个疯子！追了老子几天几夜，还有完没完了？！大唐皇帝和我家使臣已经在长安议和了，你他娘的知不知道？！"

才破眉州，两国就议和了。以大渡河为界，将大渡河以南的土地全部划给了南诏，南诏依旧称臣纳贡。然而杨静渊领着他的先锋营在圣旨到达益州府前，就已一路追着蛗狂南下。一路追，一路打，终于在凌晨赶到了大渡河边。

"三郎！"季英英终于喊出了声。

这一次，杨静渊听清楚了，他忍不住驱马又往前走了几步。

"南诏兵都撤过桥了，你别再过来了，他们有弓箭手！"悬在高处，季英英看到盾牌后的弓箭手，生怕杨静渊冲进射程被射成刺猬。

杨静渊不知道从哪儿来的火气，大声骂她："你怎么就这么不听话？你跑回三道堰做什么？季英英，你怎么就这么不省心！"

季英英也跟着吼了起来："你后悔就休了我啊！"

杨静渊脱口喊道："你做梦！"

声音传进牛五娘耳中，她呵呵笑了起来，大喊道："杨静渊！季英英是被我抓走的！是我！你听到了吗？"

杨静渊飞快地拉开了弓。

"放箭啊！以你的臂力能射死我的！"牛五娘大叫道。

手指松开，箭飞射而出，已有准备的南诏兵竖起了藤甲盾。箭划破空气，带出呼啸的风声，嗖地射断了悬着季英英的绳子。看着她摔进人群，再也看不清楚，杨静渊放下了弓箭。

河风呼啸，隐隐传来牛五娘疯了似的声音："你们放开我！让他射死我！"

蛗狂听着季英英和杨静渊的声音，脱力地坐了下去。他摆了摆手，不让偏将阻止季英英。他相信，这几百步的距离，没等南诏毁了浮桥，杨静渊一定能冲过来。

"疯子！"他接过偏将递来的水，一口饮尽，抹了抹嘴道，"让杨静渊退到河对岸去！不然就杀了这些人！"

对岸的几十号南诏兵齐声又喊了起来。

"将军，咱们是没接到圣旨，可真的议和了。"亲兵叹了一口气道，"还有几百号家眷呢。真被南诏人杀了，怎么对得起自家兄弟？"

他知道，可是他舍不得退。

"将军，来日方长。现在朝廷议和，等有了准备，明年咱就打过去了。"亲兵苦苦劝道。

“把她们都送过来！我就不追你了！”杨静渊终于开了口。

蚩狂高声叫道：“你反悔了怎么办？”

杨静渊大怒，策马就要往前冲。

蚩狂急了：“再过来我就杀了她们！”

杨静渊停了下来。

他为什么不再跑快一点？再快一点，他就能带她回去了。

“蚩狂，人给我照顾好了，否则我到南诏杀你全族！”杨静渊喊完这句话，低下了头，眼泪掉了下来。他不敢再看对岸，怕自己忍不住冲过去。“撤！”

唐军从桥上撤了回去。

“烧桥！”

南诏兵举着藤甲盾冲上桥，浇上火油，放了火。

浮桥在唐军面前燃起大火，断裂，被滚滚江水冲走。

穷极目力，再也看不见季英英的身影。杨静渊闭了闭眼睛，招来亲兵：“抬我下马。”

两个人将他从马上扶了下来。他僵直着腿瘫坐在河边，看着亲兵给他揉搓，两腿传来的麻木感渐渐变成了恼人的刺痛，杨静渊放声大骂：“南蛮子，给爷等着！明年老子踏平太和城！给我放声喊！”

几千唐兵齐声大喊，声浪传过大渡河，传进南诏兵耳中。

蚩狂睁着满是红血丝的眼睛，走到被放下来的季英英面前，指了指她，咽了一口唾沫，才开了口：“老子没事。敬你郎君是条汉子，清平官饶不了你！”

不管怎样，她都要活下去。季英英望着河对岸的唐军大旗，下定了决心。

桥断了，回家的路就此断绝，几百家眷哭成了一团。

“哭吧！河之南从此是南诏国土！让你们哭别大唐！”蚩狂没好气地说道，“休整两日，回太和！”

第五十一章

相逢于囚中

南诏最强盛的时期，拥有广袤的疆域。东面到达今云南昭通，东南与越南接壤，西面与印度、吐蕃相接，南面覆盖了老挝、泰国部分国土，北面与益州相连。

大唐太和三年，南诏举全国之兵入唐，攻占益州十日，大掠而去，与大唐划大渡河为界。

越往南行，阳光越炙热灿烂。在益州飞雪的天气，南诏的都城太和城花开正浓。异于益州的气候与风土人情让唐人渐渐收起了离思，好奇和对新生活的忐忑占据了大家的心思。距离太和城百里之时，人群被分散带离。

到了太和城外十里，队伍停了下来，就地驻扎，自宫廷赶来迎接的南诏大臣早已等候多时。

这一次只是以围帐在军帐之中圈出一小块地方，安置会被带进都城的唐人。

人并不多，彼此似乎都认识。女眷们认出了亲人，终于相见，少不得又大哭一场。

地方虽小，容纳这百十来人足够了。里面的人分成了两拨，一拨容色狼狈，衣裳却非锦即绸；另一拨踞坐在角落里，身穿葛麻布衣。

季英英认出了赵大郎赵修缘兄弟，杨家二老爷、三老爷全家，曾经调戏自己被一脚踹下河的周七郎，那些不认得的，估计都是益州府有名的织锦大户人家。

季英英很自觉地和穿布衣的人坐在一起。她找寻了两遍，也没有看到杨家大房的人。大房难道没有一个人被掳来？南诏人要掳走的是四十岁以下的青壮，也许因此放过了杨石氏和杨静山夫妇。杨静岩夫妇又早带着孙儿一辈出城避开了劫难。大房的奴婢呢？在路上就被分散了吧？也不知道湘儿、春兰和那个小丫头被送到了什么地方。

季英英瞧着身旁一个三十出头的妇人面善，轻声开口问道："请问你们是哪家的人？"

妇人低声说道："妾身是益州城南织锦大户葛家的织娘。"

葛家也是益州府有名的织锦大户。葛家擅长织红锦，有钱人家都会买一匹葛家红锦为新郎裁制新衣，也是季家蜀红丝的老顾客。能被带到这里来的应该是葛家顶尖的织娘。季英英想起来了，尊敬地问道："请问您是葛家几月？"

"贱名不足挂齿，妾身葛六月。"妇人没有否认。

葛家人丁不旺，自幼就买来女童培养，赐以家姓，以月为名，共十二月，十二月各领一房，在葛家被视为半个主子。葛六月擅织石榴红锦。

季英英下意识地往四周看了看，葛六月身边坐着三个十岁出头的小娘子，其他人呢？

"老太太性烈，全家自尽，火烧家宅织坊，只剩下我与一月大姐还有这几个女徒。一月大姐身子不好，路上没了。"葛六月应该是极坚强的人，平静地告诉季英英葛家的实情。

"对不起。"季英英无意去触动别人的伤处，葛六月的平静让她极为抱歉。

"您是？"

"三道堰浣花染坊季二娘，夫家是杨家巷大房三郎。"

这么一说，葛六月就知道她的身份了，她吃惊地问道："你为何……"她朝杨家二老爷、三老爷那边看了一眼。

季英英毫不隐瞒："大房和二房、三房不和。我回娘家时遇到了南诏兵，季家就剩下我一人了。您可知道杨家大房的消息？"

杨静渊孝中娶妻的事传遍了益州城，知道她进杨家不到一年，又出身小户，葛六月有点明白了。她安慰季英英道："一路上没见过杨家大房的人。我和你母亲是认识的，杨三奶奶不嫌弃，就和妾身一处吧。"

季英英感激地点了点头，安静地坐在她身边。没见过大房的人？连婢女都没见过吗？难道大太太性烈，也像葛老太太一样火烧了白鹭堂，所有人都自尽了？这时有时间想起杨石氏，季英英鼻根泛起了阵阵酸意。

这时，她看到赵修缘朝着这边走来，她轻轻皱眉，不愿意让别人听到赵修缘的疯话，起身走到了旁边。

青色的衣衫出现在她眼前，上等的青色绸缎，下摆沾上了一些尘土，清洗得还算干净。被南诏人掳走，也有人伺候。季英英静静地看着他："你媳妇和益州府大户人家的主子们都在，赵修缘，你最好顾忌点赵家的颜面。"

"可恨牛五娘，竟一直瞒着你的下落。路上她没为难你吧？"赵修缘似乎已经习惯季英英对他冷脸相对，自顾自地问道。

"关你屁事。"

赵修缘望着她瘦尖的下巴，怜惜地说道："你放心，白王殿下答应过我，只要我能让南诏锦业繁荣，便许我官职。以后我会护着你。"

季英英笑了："杨静渊砍了清平官儿子的人头，他可是要杀我报仇的，你护得住？"

赵修缘目光闪烁，他还没有得到的人，怎能让清平官杀了？他坚定地说道："你会季家秘法染技，我会向国主求情。英英，你相信我……"

"你有晟丰泽给的金牌吗？牛五娘有呢。"季英英打断了他的话，不无恶意地想，这夫妇俩好像分别和晟丰泽做了交易，不晓得哪个将来势力更大。

"金牌？什么金牌？晟丰泽给了牛五娘金牌？"赵修缘明显大吃一惊。

季英英开心了："对呀，他请你总领南诏锦业，都不舍得给你一枚金牌吗？他怎么会给了牛五娘呢？难道这官职是许给她的？"

"不可能！"

天上的风吹动云彩，阳光投下一地斑驳的影子，赵修缘的脸色如同风云变幻。季英英扑哧笑了："你还不赶紧回去问个清楚？我又跑不了，不是吗？"

牛五娘和晟丰泽做了什么交易，竟然能得到一枚金牌？赵修缘的心乱了，他匆匆说道："总之我们会在南诏重新过上好日子的。"

他扔下季英英转身回去了。季英英望着他的背影，笑了起来，她从前怎么会觉得赵修缘连背影都那么好看？

远处的杨家人也看到了季英英，隔着十来丈远，季英英也能感觉到他们目光里的恨意。她没放在心上，回到了葛六月身边。

就在牛五娘和赵修缘说话时，围帐入口进来一群官员打扮的人，径直走向大户们所在的地方，隔得远听不清楚，但看神情极为和善。攀谈没几句，就将那边所有的人都带走了。

又过了一会儿，冲进来一队士兵。季英英看到了队伍中的偏将，她心里一叹，低声对葛六月道：“婶子，应该是南诏清平官来找我的人。将来有机会……请告诉我郎君杨静渊。”

她站了起来。

“她就是杨季氏？”领头的将军问了偏将一声，见他点头，吩咐道，“带走。”

南诏的清平官相当于大唐丞相，府邸并不奢侈，放眼看去，似乎能看到后院的围墙，建筑物都是由白石彻成。主屋正厅里的陈设也很简单，正中一张太师椅，两侧各放着一长排木椅，椅袱用料是锦。季英英站在厅中闲得无聊时看了两眼，发现不是益州的蜀锦。她琢磨着应该是南诏人自己织的锦，色彩不够鲜艳，显得有点单薄，更像是绸缎。

用在清平官府中，这样的锦显然已经是珍贵之物。

“比不得蜀锦，让杨夫人见笑了。”

醇和的声音自身后传来，季英英转过身看去。

一个中年儒士从门口走进来，皮肤黝黑，颌下留着整齐的长须，穿着青黑为主的窄袖短褐、肥大的灯笼裤子，头上用黑布盘出尖角。腰挎短银刀，甚是英武。而眼神却很温和。

在季英英的想象中，权臣应该生就一张老奸巨猾的脸，不用额头写坏字，一眼就能看出他不是好人。

她没想到杜清平官这么儒雅，第一句话居然客气万分，一时间愣住了。

“坐吧。”杜彦做了个请的手势，越过她坐在了主位上。

季英英原本做了最坏的打算，琢磨着怎么死得舒服一点。人家没有一见面就喊打喊杀，她也没有喊口号求死的打算，顺势在下首坐下了。

有侍女端了茶奉上，杜彦端起茶碗道：“南诏的茶不比大唐煎茶讲究，解渴之物罢了。杨夫人莫要嫌弃。”

不迁怒自己吗？对方客气得让季英英心里发虚。她默默地饮了一口，醇和回甘，味道极好。

“南诏也有一些好东西是大唐没有的。时间长了，杨夫人就知道了。”杜彦没有放过季英英饮茶后舒展眉毛的表情。他心里也有些诧异，为什么单独把季英英带来，他相信她知道原因，才十七岁，就表现得这么镇定，值得他另眼相看。

“你夫君砍了我儿的头颅，南诏北路军群龙无首，退至潼关河谷被大唐东川军围剿，几乎全军覆灭。”杜彦平静地说道，仿佛被砍了人头的不是自己的儿子。

也许有的人心里越愤怒，表现出来就越平静，最终还是要让自己死，只不过不会让自己死得太容易。季英英放下了茶碗，抬眼望了过去：“清平官大人想怎么对付我？”

杜彦没有直接回答，继续和她说杨静渊：“大唐天子封你夫君为五品游击将军。听说他才十九？”

“是，十九岁的五品将军，靠军功擢升，妾身与有荣焉。”季英英没想掩饰自己的心情，露出骄傲的笑容。

“阿净今年二十岁。我十七岁成亲，一年后有了他。他是我的独子。”

杜彦的声音像流速甚慢的溪流，季英英听得心惊肉跳。杨静渊把人家独生儿子的脑袋砍了，这仇的确结深了。她没有接话，听这位南诏清平官大人继续说下去。

“我夫人五年前因病过世了，彦一直未再娶正妻。国事繁忙，府中只有几名姬妾。许是彦冷落了她们，膝下一直再无所出。”

季英英瞟了他一眼，心想南诏发兵进犯西川道，唐军阻敌难不成还要挨个儿询问，你是不是家中独子，是就能放过你？两军对阵，各有死伤。谁让你不保护好你家的独苗苗，要送他上战场？

“……杨夫人，我该不该找你报仇？”

杜彦的眼睛骤然间发出两道凌厉的光。

“不该。”季英英不傻，求生的本能让她下意识地反驳他的话，“两国交兵，谈不上私怨，有仇也是国与国之间的仇恨。士兵听军令行事，与家眷何干？”

“杨夫人的意思是，我儿子的死和你没关系？父债子偿，夫妻一体。杨静渊杀了我儿子，你就是我的仇人！”

杜彦的愤怒并没有透过话语表现出来，平静得像和季英英探讨问题似的。季英英笑道：“战场上死的，要报仇，清平官大人可以在战场上找我夫君算账。当然，我被你们掳到了南诏，生死由你们决定，何必听我的辩解？”

“自然是要听的。彦希望杨夫人能够明白，并非我为难你，而是此仇非报不可。”

听到这里，季英英站了起来：“好吧，我能选择一种舒服点的死法吗？”

她知道，杨静渊会让她无论如何想办法活下去，他一定会来救她。可形势不等人，她等不到那一天了。人为刀俎，我为鱼肉，都被搁砧板上了，没有再游回江河的可能，就看对方是砍是切是片了。还是砍吧，一刀下去，身首分离，可能没那么痛苦。听说咬舌能自尽，要用多大的力气，才能咬断自己的舌头？或者，朝着石墙一头撞上去？厅堂里只有她和杜彦两人，估计他拦不住吧？差点儿吓糊涂了，靴子里还藏着杨静渊送的那把小刀，自己割一刀比较简单。

就在季英英心乱如麻的时候，杜彦也站了起来，解下了腰间的短银刀。

好吧，被他一刀捅死，比自己拿刀捅自己来得更简单方便。想到这里，季英英闭上了眼睛。

真是可惜，她眼神再好，那天也没能看清楚杨静渊的脸。记忆中，他有两道飞扬的剑眉，笑起来像阳光一样闪耀……

手突然被人握住，季英英一惊之下睁开了眼睛，杜彦将银短刀放进了她手里："嫁给我！"

季英英被这三个字吓得发出了尖叫声，像握住烫手的炭似的将那把银短刀扔了出去。她匆忙地后退，一屁股坐在了椅子上。

想了那么多种死法，没想到她险些被吓死。

"嫁给我，给我生个儿子……我要杨静渊这辈子都活在地狱里！"杜彦俯下身体，双手撑在扶手上，看似平静的脸微微扭曲着。

啪！季英英一巴掌抽在他脸上。她就知道，能做南诏权臣的人不简单。杜彦平静的话语背后隐藏着能焚尽世间万物的怒火。

"别做梦！"

她宁肯咬断舌头，宁肯撞死在石墙上，也绝不会让他如愿。

杜彦一把将她从椅子上拉了起来，肩用力一顶，将她扛了起来。

季英英吓得脑中一片空白，几个呼吸才反应过来。她像被甩上岸的鱼，怎么挺身摆尾都甩脱不了，落在杜彦背上的掐抓捶打白白耗尽了她的力气。天旋地转间，季英英被杜彦扔上了床。

她终于摸出了靴子里的小刀，用力朝小腹刺了下去。

杜彦眼疾手快地握住了她的手腕，轻松夺走了那把刀。

事到如今，季英英也不急了，她握着被拧痛的手腕，狠狠地望着他。

"杨夫人，不必如此冲动。"杜彦把玩着那把小刀，他眼中波澜不兴，语调依然平和，"不过试探一下你的底线。我会给你活下去的希望。"

看到季英英吃惊的眼神，杜彦说道："不想让我触碰你的底线，你就要帮我办一件事。"

什么意思？季英英的胆子差点儿被吓破，突然间柳暗花明。南诏清平官又吓又哄的，他想利用自己？她有什么值得他利用的？染技吗？抽她两鞭子，她肯定把秘法和盘托出。秘法再重要，也没有性命重要。

“这个交易对杨夫人来说并不难，也不会违了你的良心道义。”杜彦说到这里，沉下了脸，眼里终于露出了切齿的恨意，“对我而言，杨静渊是杀子的仇人，将我儿派去佯攻梓潼的白王晟丰泽更不可饶恕！”

季英英恍然大悟：“你要杀晟丰泽？”

杜彦缓缓说道：“对大唐人而言，晟丰泽也是你们的仇人，不是吗？”

他的神情太过狠厉，季英英哆嗦了一下：“是。”

是晟丰泽带兵攻唐，是晟丰泽调兵进了三道堰。家人虽然没有死在他手中，但和他杀的有什么不同？答应清平官，能暂时保全自己，她为什么不答应？如有机会，她要亲手杀了蚩狂大军将。

杜彦很满意她的回答：“我会把你留在府中为婢，你会有机会的。”

季英英抬头望着他：“为什么要我去杀他？你不是南诏的清平官？你手下没有人了？我不过是个弱女子罢了。”

如果他的人有机会接近晟丰泽，还会用上她？晟丰泽毕竟是国主的兄弟，不想引火上身，最好借用外力。杜彦淡淡说道：“我听说他喜欢你。如果线报属实，相信从今天起，白王殿下会想尽办法把你从我府中弄出去。你只需遵从我俩之间的协议，找机会杀了他，我保证你哪怕死，也会死得清清白白。这是我放过你的唯一条件。你最好盼着他喜欢你，否则我只好将我的恨意全加在你身上。我会让你想死也死不了，平安给我生下儿子。”

晟丰泽喜欢自己？季英英想笑。喜欢到将季家逼到走投无路，被迫和杨家结亲？喜欢到任由蚩狂与赵修缘闯进家中害死母亲、哥嫂？

“我知道，你想活，还盼着杨静渊来南诏救你。”杜彦将她的小刀放在了床榻旁，摆出一副“你想自尽请便”的姿态。

季英英飞快地将小刀握在了手里，心里略安：“你不怕我把你的条件告诉晟丰泽，求他保护我？”

杜彦微笑道：“南诏的王权继承并非像大唐一样，一定是子承父位。国主为了自己的儿子，不会让白王殿下拥有太多的权力，否则杜某也不会成为南诏的第一权臣。”

意思是晟丰泽虽然是国主的亲兄弟，封了王，论权力还不如清平官。但正因为他是国主的兄弟，杜彦杀了他，国主又会替兄弟报仇。季英英懂了。

杜彦拿起床头的一只铃铛摇了摇。

门外进来两名侍女，恭敬地向他行礼。

“服侍杨夫人沐浴更衣，给她换身婢女服饰，我要带她参加晚宴。”杜彦说完，深深看了季英英一眼，“我在正厅等你。如果酉时你不过来，我就当你放弃了我的建议。”

也许杜彦和晟丰泽之间的仇怨能让自己从中找到生机，季英英收了小刀，顺从地跟着侍女进了净房。

离酉时尚有一个时辰，杜彦独自坐在厅堂中饮茶。

接到信鸽传书，他就下令封锁了季英英的消息，特意让队伍在晟丰泽回到太和城后到达。人一到，他就遣人大张旗鼓地带走了她。如果线报准确，晟丰泽这时应该从宫中赶来……

“大人，白王殿下来访。”家仆站在门口禀道。

杜彦笑了。他轻轻放下茶碗，起身迎了出去。

灿烂的阳光洒满庭院，晟丰泽在护卫的簇拥下出现在他眼前。看着那张和儿子一样年轻英俊的脸，杜彦的心像被刀子割去了一块，疼痛难忍。儿子如果不死，今天也能穿着灿烂的服饰，被晚宴上的女人们仰慕着。本想让儿子立下功劳，得胜回来就给他成亲。

驳了蚩狂去佯攻梓潼的请命，撺掇着经验不足的杜净为了争功劳而去啃东川军郭钊那块硬骨头。晟丰泽，就算政见不合，你也不该害了我的独生儿子！

“白王殿下此时前来……”杜彦行了礼，面带疑惑地询问道。

“小杜军将和本王是幼时的玩伴，他战死沙场，泽难过不已，还望清平官大人节哀。泽已向国主呈上了功劳簿，为小杜军将讨封。”晟丰泽扶住了杜彦，轻声叹息。

“打仗焉有不死人的，殿下不必自责。如果不是唐军遣了武艺高强的刺客，阿净也不会死。殿下请。”杜彦陪着晟丰泽在厅堂坐了。

晟丰泽的护卫将提来的四口箱子放在了厅中。

“这是泽特意为清平官大人挑选的上等蜀锦。”晟丰泽笑道。

箱子打开，里面的锦璀璨艳丽，无一不是精品。

“多谢殿下。”杜彦话锋一转，主动把话题引到了掳来的唐人身上，“国主晚上宴请掳来的唐人，打算礼待之，相信他们会让南诏的锦业强盛起来。”

如果晟丰泽心系季英英，他一定会提到她。杜彦故意抛出了话题。

“南诏掳回了大批匠人，锦业一定会兴盛起来。有了钱，南诏才会有实力对抗吐蕃与大唐。”晟丰泽轻叹道，“本王惭愧，经此一役，才领悟到清平官大人力主攻唐的苦心。因而下令一路好生照顾掳来的奴隶，所幸一万多人都平安抵达。对了，听说擅长染蜀红丝的季氏女被清平官大人带回了府中？”

“她是杨静渊的妻子！纵然会染丝秘技，下官也决意杀她替阿净报仇！”杜彦一改温和，斩钉截铁地回道。

晟丰泽心里急得要命，开口劝道：“清平官大人想替小杜军将报仇，本王不敢阻挠。但人才难得，大军攻唐，为的就是这些人才。能否暂留她性命，让她教会染丝秘技，再让她死？还望清平官大人三思。”

故意试探，只是为了确认晟丰泽对季英英的心意罢了。杜彦沉默了一下道：“殿下的话不无道理。本官念着阿净，一时糊涂了。罢了，且先留她在我府中为奴，教会染技，我再取她性命！”

杜彦答应得太快了。两人政见不合，没道理杜彦会这样轻易放过仇人之妻。太过轻易地达到目的，晟丰泽生出一种说不出来的违和感。场面上的话依然要说：“清平官大人肯抛弃私怨，本王敬佩！”

杜彦唤来家仆道：“告诉杨夫人，白王殿下惜她才华，本官暂留她性命，叫她来拜谢殿下。”

他以为晟丰泽会想见到季英英，岂料晟丰泽马上起身告辞：“不必了，本王无意救她，不过是可惜一手染技就此失传。告辞。”

杜彦愣了愣，起身相送。

出了杜府，赤虎低声问道：“王爷为何急着离开？”

晟丰泽淡淡说道：“本王心急了，杜彦根本不想杀她。”

赤虎疑惑不解：“清平官大人不想杀季二娘？”

“如果你是清平官，见到仇人之妻，你会做什么？”晟丰泽反问道。

独生子被杨静渊所杀，见到仇人之妻，会做什么？赤虎脱口说道：“自然要狠狠地折辱她，再杀之而后快，以消心头之恨！”

一个被折辱过的女子，为了活命会来谢不杀之恩？季英英不会那么听话。晟丰泽蹙眉道：“杜彦看起来并没有为难她，他好像很急切地想让本王见到她。”

晟丰泽对季英英的情感究竟是什么，连他自己都说不清，道不明。杜彦怎么会知道？赤虎瞬间想起了阿宁，怎么也不肯相信，喃喃说道：“不会是阿宁……”

“但愿不是她。”晟丰泽拍了拍赤虎的肩，“本王知道你从小喜欢阿宁，向她求亲吧。”

如果是阿宁传递的消息，只要阿宁肯迷途知返，答应自己的求亲，看在自己的面子上，主子会饶她一命。赤虎涨红了脸，单膝跪下道：“如果是她背叛主子，赤虎绝不饶她！请主子收回成命。小人再喜欢她，也不会娶一个背叛主子的女人。”

晟丰泽摇头道：“赤虎，本王没有怀疑过你的忠心，起来吧。是本王调杜净去攻打梓潼，杜彦怎会对本王一句怨言都无？死了独生儿子，他显得太过冷静。”

“小人会嘱人盯着清平官府。”赤虎站起身来，回味着晟丰泽的话，心里异常矛盾。

王宫里张灯结彩，傍晚的晚霞将半边天际映得火红，一盏盏宫灯在将暗未暗的暮色中点起来，小儿臂粗的牛油蜡烛映亮了整座殿堂。

南诏的女人地位低下，今晚国主特许大唐女子赴宴，以示对这些锦业大户的看重。

一百来名被掳来的益州锦业大户沐浴一新，忐忑不安地跽坐在殿堂一侧。赵修缘瞟了一眼身边穿着新衣、面色苍白的人们，脸上露出了笑容。

牛五娘跽坐在他身边，将他的神情看得清清楚楚，袖中的手捏着那枚狮身金牌，心中多了几分底气。

南诏官员陆续进殿，听到内侍高呼清平官大人到，官员们纷纷起身见礼。

他就是南诏权臣杜彦？赵修缘很自然地注意到了杜彦，瞬间认出了季英英，脱口说道：“她怎么会与清平官一起？”

季英英穿的是蓝底短襦彩底大裙，一看就是南诏服饰，只不过仍梳着大唐女子的发髻。她看了看对面跽坐的唐人，目光与赵修缘的一碰，跟在了杜彦身后。

“你也坐吧。”杜彦很满意季英英配合的态度，令她跽坐在自己身后。

杜彦坐在离宝座最近的右手第一席，季英英坐下后抬起脸，就看到对面坐着的晟丰泽。她知道，杜彦特意安排她随侍而来，就是为了让晟丰泽清楚地看到自己。

“国主到！”内侍高呼一起，众人起身相迎。

南诏国主晟丰佑携王后一起登上了宝座。晟丰佑不过三十出头，年轻俊美，颌下留着一丛修剪整齐的短髯，双目炯炯有神。

看了一眼殿内的唐人，晟丰佑端起了硕大的金杯：“王弟北征，替南诏立下大功，当饮此杯！”

晟丰泽笑着推辞道：“此战非臣弟功劳，乃清平官大人献计定策之功，金杯之酒当敬清平官大人！”

帝王权术乃制衡之道。白王立下大功，晟丰佑理所当然要打压晟丰泽，宠幸杜彦。他哈哈笑道：“王弟所言极是。杜卿，请尽饮此杯！”

硕大的金杯被内侍送至杜彦身前，杜彦突然伏地大哭起来：“举国欢庆大军得胜归朝，阿净却死在大唐，臣再立下大功也无心畅饮。”

想起晟丰泽和杜彦的矛盾，晟丰佑有点头痛。他的本意是制衡，平时任由两者争斗。这一仗大获全胜，杜彦的独生儿子却死了。这时候杜彦要弹劾晟丰泽，就让他为难了。晟丰佑叹道：“孤册封杜净为大军将，赏奴一千。阿净也是为了南诏，死在疆场，杜卿莫要太难过了。”

你非要指责是晟丰泽害了你儿子，怎么不说你儿子运气差，偏偏遇到大唐遣了一个武艺高强的刺客？这是庆功宴，弹劾白王不仅会让孤为难，也显得你心胸狭窄。

杜彦能做国主最宠信的权臣，自然听懂了晟丰佑的言下之意。他有那么蠢吗？大军得胜，晟丰泽功不可没，他会去弹劾白王故意害死了自己的儿子？他转身攥着季英英的手腕将她摔到了殿堂中，红着眼道：“请国主应允臣杀了仇人之妻，为阿净报仇！”

杜彦一直装着若无其事，原来是在这里等着自己！如果拦着不让他杀季英英，当着国主和众臣的面袒护唐人，失了君心；不拦他，杜彦真有可能杀了季英英。一个染匠算什么？南诏掳来一万多匠人，她死了，南诏的锦业照样能兴盛起来。杜彦的目光阴森森地望向自己。季英英的目光从他脸上掠过，又淡漠地移开。这淡漠中隐藏的恨意让晟丰泽顿时有种掀桌的冲动。

国主晟丰佑却松了一口气，不过是想杀唐将杨静渊之妻罢了。他正要开口应允，殿中突然响起一个声音：“不可！”

“出声反对的是何人？！”杜彦随口问道。他盯着晟丰泽，见他蹙了蹙眉，并没有站出来反对，心里暗暗称奇，敢出声制止国主的人究竟是谁？

季英英揉了揉手腕，自顾自地站了起来。她听出来了，是赵修缘，他还舍不得她死呢。季英英讥讽地笑了笑。坏了杜彦的好事，赵修缘知道了，会不会悔得肠子都青了？

赵修缘大步离席，对晟丰佑一揖到底：“国主，杀不得。”

原来是赵修缘，差一点忘了他。晟丰泽舒展了身体，惬意地看戏。

见他一身唐人装束，知道是被掳来的人，想起自己设宴礼待的初衷，国主没有发怒："为什么杀不得？"

"在下是益州府织锦大户赵家的继任家主赵修缘。去年益州城斗锦，赵家得了锦王。"赵修缘望向殿中的唐人，轻叹了一口气道，"赵家原本夺不了锦王，是季家二娘的配色技艺，才让我织出了那幅《临江仙菊锦》。"

在座的织锦大户们这才知道了赵家夺得锦王的秘辛，忍不住交头接耳议论起来。

"《临江仙菊锦》带回来了吗？"国主对上届锦王很感兴趣。

晟丰泽笑道："已经清点送至内库了。"

"取来！"

不多时，从赵家掠夺来的《临江仙菊锦》呈现在众人面前，锦随灯光变幻，粉紫的菊舒展身姿缓缓绽放。

"织活了呀！真乃美锦！"南诏人目眩神驰，啧啧赞赏。

见此情形，赵修缘趁热打铁道："如果不是今秋南诏发兵，斗锦赛顺利举办，在下相信，季二娘帮着杨家织出的浣花锦定能让杨家重新夺得锦王。"

穿着南诏的婢女服饰、梳着唐人发髻的季英英吸引了殿中南诏众人的目光。看年纪不过十六七岁，却能在益州府独占鳌头织出锦王。国主对她生出了兴趣："相帮哪家就能让哪家夺得锦王？季二娘，你真有这样的本事？浣花锦难道比这幅活灵活现的菊锦更美？"

一瞬间，季英英想起了和杨静山研织浣花锦的情景，付出的心血怎能被南诏白白得去？浣花锦能加快织锦速度，又不失精美。锦能充作军费，能为南诏挣到大笔财富，增强南诏的实力。季英英暗下决心，绝不让南诏知晓浣花锦的织法。她摇头道："浣花锦看上去没有《临江仙菊锦》美。今年没有举办斗锦赛，妾身不能肯定能夺得锦王。"

这时候只有靠她的手艺才能活命。赵修缘急了："国主，浣花锦一定有其独到之处！她还会季家秘制染丝技艺，季家的蜀红丝名扬整个益州府。国主掳大批工匠南下，不外乎为了振兴南诏锦业。如此人才，岂能被清平官大人迁怒杀之？两军对阵，各有死伤。杨静渊杀了清平官大人的儿子，怎能找一个妇人报仇？"

慷慨陈词，让殿中之人对赵修缘刮目相看。感觉到众人的注目，赵修缘脸上泛起激动的红晕："国主，对我们这些织锦户来说，织锦就是一切。在大唐，我等能织锦；在南诏，我等仍然能够织锦。在下愿意献出赵家锦的织法，助南诏锦业更上一层楼！"

"好！只要你们都能像赵郎君一样，为南诏锦业出力，孤不会亏待大家！孤封赵郎君为织造局副使，协同正使大人打理南诏锦业。"国主正需要一个肯站出来的唐人，当场就给赵修缘封了官。

察觉到国主的目光，杜彦早有准备，他伏地拜道："微臣不知此女尚有这样的本事。为了南诏锦业，只要她能传授染色织锦技艺，微臣愿放弃私仇。"

晟丰佑感动莫名，亲下宝座将杜彦扶了起来："杜卿不愧是孤的股肱大臣！孤赐清平官良田千亩，奴两千！季二娘就交给织造局。"他望着季英英道，"清平官之所以放过你，是因为你的无双技艺。你若不肯替我南诏出力，孤就把你交给清平官，凭他处置！"

轻易赢得了国主的欢心与信任，这才是杜彦当殿提出杀季英英为子报仇的目的。只可惜被赵修缘搅了局，自己没有跳进他的坑。晟丰泽笑着举杯："清平官大人的胸襟让泽敬仰！泽敬大人一杯！"

南诏要的是织锦，不会伤害自己的性命，赵二郎能得官职，南诏国主会奉他们这些掌握着家传织锦技艺的人为上宾，赴宴的织锦户们悬了半天的心终于落到了实处。

歌舞声起，夜宴宾客尽欢。

赵修缘封了官职，当即就有南诏织造局的官员前来敬酒道贺。灯火辉煌的殿堂、和气谦虚的南诏官员，赵修缘感动莫名。赵家在大唐不过一介商贾，何时受过大唐官员们的青眼礼待。故土算什么？从此，他的家就在南诏！赵修缘红了眼睛，酒到杯干，身体与灵魂都飘了起来。

他没有看到殿中南诏官员讥讽的眼神，也没有注意到尚有骨气的唐人鄙夷的目光。他只知道他入了仕，成了南诏的官员。他还要季英英！功成名就，他绝不要再认牛五娘为妻！

"英英！"赵修缘醉着叫了她一声，踉跄着在殿中找寻着她。

南诏人行宴，没有大唐讲究礼仪。王后已经退离，国主拉着杜彦坐到了地上，君臣抱着酒坛子灌酒。南诏的官员也是一样，殿堂嘈杂得像酒肆。

季英英早退到了壁角，尽量让自己融进灯照不到的阴暗处。

一幅裙角出现在她眼中，她没有抬头，淡淡说道："牛五娘，你没听到赵修缘把我吹得天下无双？别来惹我。"

牛五娘没理她，在她身边坐了下来："我不是来找你的，我是在等白王殿下。"

季英英转过头："赵修缘如愿以偿得了官职，你是在等晟丰泽许你好处吗？"

“对啊。我劝说父亲默许晟丰泽行事，他答应我的事还没有办呢。”牛五娘轻声说道。

季英英站起了身。

“你就不好奇？我是看出来了，杜清平官和白王殿下不对付呢，拿你做筏子，偏偏被赵修缘搅和了。”

季英英低头看了她一眼，又坐了下来：“我好奇呀。我很想知道晟丰泽对你的承诺是否真能兑现。我就不明白了，你这么聪明，怎么会相信他？”

“谁说我的承诺不能兑现？”晟丰泽走到了两人面前。

季英英下意识地朝他身后望去，与国主畅饮的杜彦投来了意味深长的眼神。她垂下了眼睫，讥笑道：“你俩有什么交易慢慢谈。失陪。”

晟丰泽拉住了她：“牛五娘，宴后我会嘱人带你去一个地方，你要的杨家人全部在那儿。赵修缘运气比较好，被国主封了官职。我只能答应你，将来有机会，把他交给你。你我的交易可算达成了？”

牛五娘眼睛一亮，指着季英英道：“她也是杨家人吧？”

晟丰泽弯下腰一把抱起季英英：“她是我的人。”

“晟丰泽！以你的身份地位，你焉能反悔？”牛五娘怒道。

晟丰泽叹了一口气道：“牛五娘，你是不愿意相信，还是不肯相信，本王只是在利用你？赐你一枚金牌，算是本王对你的补偿。本王不喜欢利用女人。”他说完，抱着季英英往殿外走去。

季英英猛地扭过脸，看到杜彦笑着朝自己点了点头。她没有挣扎，任凭晟丰泽将自己抱出了宫殿。

嘈杂喧嚣被甩在了身后的殿堂中。晚风很凉，吹得季英英头脑更加清醒。她抬起脸，看到晟丰泽和夜空星辰一样明亮的眼睛。

“想问我为什么这样做是吗？”晟丰泽脚步未停，抱着她走下了台阶，“我突然想明白了。杜彦的肠子九曲十八回，不外乎想试探我罢了。南诏的白王殿下百般维护一个唐女，自甘下贱，这一仗在军中赢来的威望会被这件事冲淡。以杜彦的老谋深算，应该不止算计我这一点。与其防着他，不如让他如愿以偿。这样，我才能知道他下一步想要做什么。”

季英英没有说话。

出了宫门，晟丰泽将她抱上了马背，有点好奇：“今天怎么会如此温顺？”他突然想到了什么，扶起了她的脸，蹙眉问道，“他对你做了什么？”

季英英用力扭开脸："他让我找机会杀了你。我正在考虑，投靠谁比较有利。"

"哈哈！"晟丰泽放声大笑，抖动缰绳，马扬蹄往前奔驰，季英英一下子扑进了他怀里，"抱紧了！摔下去我可不管！"

让她主动投怀送抱，做梦吧！季英英偏不想抱着他，用手撑着马鞍，别开了脸。

晟丰泽一鞭抽在马臀上，马嘶叫着奔得更急了。

季英英斜坐在马上，被颠得坐不住，陡然滑了下去。

腰身一紧，晟丰泽弯腰揽着她的腰将她抱进了怀里，轻笑道："没见过你这么笨的刺客，还没行刺，就先让自己摔断了脖子。你是宁死也舍不得杀我？"

季英英一时怒从胆边生，偏过头一口咬在他胳膊上。

晟丰泽嘶地倒吸了一口凉气，手上拉紧了缰绳，马渐渐停了下来。他没有抽回手，任凭她使出吃奶的力气咬，嘴里还打趣道："打算咬死我？这种行刺的方法倒也新颖别致。"

齿间传来血腥味，季英英终于松了口，眼泪不知所措地滚落出来。

"要不要再咬一口？"晟丰泽将手送到了她嘴边。

泪落在他手上，烫得他缩了回去。

她没有哭出声，抽动的肩背让晟丰泽知道她在哭。他抬头望向了天际。

空中有流星如针，带着耀眼的尾光一闪即逝。风吹拂着路旁一株高大的花树，深粉色的花在深蓝色的夜里静静散发着芬芳。季英英低着头，纤细洁白的脖颈像花枝一样柔嫩，晟丰泽觉得心软软的提不起力气，不知怎的就脱口说道："对不起。"

听到这句话，季英英吃惊地回头。

彼此眼中分明看到了对方错愕的神色。

他是南诏国主的王弟，他是攻打益州的敌人，她为什么要恨他没有护住她的母亲和哥嫂？

他为什么要对她说对不起？难道他有义务保护她的家人？季英英眼里的泪光像飞逝的流星刺进了他心里。晟丰泽一抖缰绳，马疾驰而去。

到了一处灯火通明的所在，他粗暴地将她从马上推了下去。门口的士兵跑了过来，认出了晟丰泽，纷纷弯腰向他行礼。

马仿佛感觉到了主人的心情，焦躁地踏动着蹄子。

"国主下令让她染丝。人交给染坊了，没有国主手谕和本王的令牌，不准放她离开染坊！"晟丰泽冷冷地说道。

“是！”两名士兵上前将季英英拉了起来。

摔下来时脚一定崴了，才站起来，脚踝处就传来一阵刺痛，她强忍着没有叫出声来。

晟丰泽扭转马头冲进了夜里。听到蹄声消失，季英英抬起头，带着哭音叫起痛来：“别拽我，疼死我了！我的脚崴了！没听到白王的话吗？是国主让我来给你们染丝的，去找郎中来呀！”

凶巴巴的样子一点也不像那些被掳来的染工。士兵也不敢粗鲁地待她，叫人抬了块木板，扶着她坐上去，将她抬进了染坊。

第五十二章

正视你的心

南诏王族并没有住在太和城中。晟丰泽的宫殿在太和城北的白崖，所有的屋舍都用白石建成，打磨光滑的石头上露出自然形成的绚丽花纹，白似烟霞，黑如水墨，变幻多端。他回了宫，往铺了虎皮的榻上一躺，盯着地板上的花纹出神。

阿宁捧着衣裳走了进来，她对晟丰泽喜欢独自出神的状态已经习惯了，低声禀道："主子，阿宁给您更衣。"

晟丰泽站起身张开了双臂，目光仍落在地板上。他想看出地板上那丝丝粉色的纹路究竟是像鸟还是像蝶，眼神陷入其中，却发现这些轻柔的线条像晃动的江水。

除了他的礼服，露出里面白色的中衣，白绫衣袖上沁出点点血迹。

"主子！您受伤了？"

阿宁的惊呼让站在殿门口的赤虎如风一样跑了进来。

晟丰泽回过神，随意看了一眼："不碍事。"

"主子，是有人行刺吗？"晟丰泽仗着武艺好，经常将侍卫扔下独自出行。在大唐反而安全，回到南诏，行刺他的人不知凡几。其中有一直不服南诏统治的其他五诏领主，也有政见不合的清平官。赤虎阴沉着脸，手紧紧按住了刀柄。

阿宁小心卷起他的衣袖，胳膊上露出两排清晰的牙印。

牙印！一看就是女人咬的。赤虎和阿宁面面相觑，谁咬的？主子会让哪个女人近身？阿宁脑中一片混乱，结结巴巴地说道："主子，奴婢给您清洗包扎。"

只是被咬破了皮，需要清洗包扎？赤虎闻言瞪了阿宁一眼，开口就想斥她小题大做。但阿宁慌乱的神色让他心情黯然，将话咽了回去。

晟丰泽又看了一眼：“拿鹦哥靓蓝来。”

茜草萃取的靓蓝中，最上等的蓝像鹦哥背羽上闪烁着迷人光泽的蓝羽，被称为鹦哥靓蓝。山中部落常用于刺青。

“主子！请您收回成命！”阿宁扑通跪在了地上。

别人刺青是为了显示威武，自家主子染排牙印……赤虎额头冒汗，难得地转动了脑筋：“主子，小人去杀了那个胆大包天的人！”说着手指用力，刀噌地弹出了鞘，“来人！随我去为主子报仇！”

一群侍卫哗地拥进了殿堂：“主子！赤虎大人！谁伤了主子？”

“赤虎！”晟丰泽沉下脸呵斥道，顺手将衣袖拂落。

“主子受伤了？谁干的？”看到白绫衣袖上的点点血迹，侍卫们像爹了尾巴的猫，群情激愤。

“都退下！小伤罢了。”如果给侍卫们看到不过是被人咬了一口，他的脸往哪儿搁？晟丰泽拿了外裳穿上，看了阿宁一眼，淡淡说道：“赤虎，你随我来。”

主子终于不提鹦哥靓蓝了，赤虎松了一口气，听到晟丰泽又改了自称，赶紧跟了过去。

进到内殿，晟丰泽清了清嗓子道：“这件事只有你和阿宁看见。”

赤虎憨憨地笑着，不好意思地摸了摸脑袋：“主子，鹦哥靓蓝就算了吧，一排牙印……嘿嘿。”

“你这个侍卫统领怎么当的？本王的意思是，盯着清平官府！看杜彦的反应！谁没事在身上染排女人的牙印？你不嫌丢人？去拿白玉生肌膏来！”晟丰泽恼羞成怒，劈头盖脸骂了赤虎一顿。

只有自己和阿宁看见，如果清平官杜彦知道……赤虎神情严肃起来，惭愧地低下了头：“主子训斥得对。”

赤虎等了一会儿没听到晟丰泽再说话，他抬起头正想告退，却看到晟丰泽愣愣地坐着，一时猜不到主子的心思，赤虎只好继续站着。

过了很久，他听到晟丰泽轻声说道：“她的家人都死了，她恨我也是应当的。”

主子是自言自语还是在对自己说？对，主子把自己叫进来，一定是说给自己听的。主子开了口，他不能不回答。他该怎么回答这个问题呢？很显然，咬主子胳膊的人是季英英。主子对她异乎寻常，懊恼季英英对他生恨……该如何安慰他呢？赤虎又摸起了自己的脑袋。突然，他脑门儿灵光一闪，小声说道：“属下已经查明了，季氏手刃了季耀庭，服毒自尽。她嫂子早产，孩子生下来也活不长。真正被蚩狂大军将杀的只有她身边的一个嬷嬷。您已经下了严令，尽量不杀百姓。您奉国主之命领兵出征，她不过是迁怒罢了。怎不见她去咬其他的南诏士兵？要恨也该恨蚩狂大军将。”

“胡说八道什么！什么叫她去咬其他的士兵，又不是疯狗……”晟丰泽的声音渐渐变弱。他失神地坐着，脑中不停地回响着赤虎的话，乱糟糟的，让他理不出头绪。

因为她信赖自己，所以她以为他会保护好她的家人，所以才会迁怒……她心里是不是也在意着他？回想着季英英泛着泪光的眼神与惊愕的神情，晟丰泽觉得不问个明白，他今晚就甭想安心睡觉。

这时，赤虎自作聪明地又嘟囔了一句：“小人是说，她没道理恨主子。主子数次救她，又曾暗示她远离益州。知道她被清平官大人带走，就急着从宫中赶去……”

他边说边看到晟丰泽一阵风似的从身边走了出去。赤虎愣了愣，追上了他。

等晟丰泽上了马，回头一看，赤虎和十几名侍卫齐刷刷地也上了马，侍卫们脸上满是“今天不把刺客揪出来绝不罢休”的神情。

“主子，夜深了，为安全着想，还是让我们跟着您吧。”被季英英咬了一口是小事，真遇到刺客就麻烦了。赤虎也不便向侍卫们解释，打定主意要一路随行。

晟丰泽没有吭声，策马朝新建的染坊奔去。

掳了一万多名工匠，太和城周边建起了各种作坊，季英英进的这间染坊离白崖不远，站在山丘高处就能望见。路上无人，马撒欢儿地跑，片刻就到了用粗大的木材围着的染坊大门。晟丰泽翻身下了马，径直走了进去：“今晚我送来的染娘安置在何处？”

染坊的胥吏陪着晟丰泽往里走，赔笑道：“那杨季氏崴了脚，才请郎中看了。王爷请放心，没伤着手就能做活。明天一早，我就让她进染坊。”

晟丰泽脚步一顿。赤虎大声斥道：“这些工匠都是军中儿郎拼了性命掳回来的，有伤就休息，好吃好喝供着，不准虐待他们，听明白了吗？”

“是，是，小人会好生照看他们。”胥吏被吼得额头冒汗。

赤虎的话不无道理。几千里外掳回来的，不能随便折腾死了。胥吏忍不住叹气，这些掳来的奴隶不用鞭子抽，谁肯卖力干活？也罢，不让他们死就是了。

说话间走到了染坊特意为工匠们修建的屋舍旁，竹子和木料在圈起来的地方搭起了几排棚屋，墙用竹篱一隔了事。

“她住在哪间？”晟丰泽在棚屋外停住了脚步。

看到胥吏手指的房间，晟丰泽吩咐了一声：“你们留在这里。”

他独自一人走了过去。屋舍没有门，只挂着一张草帘子。掳来的唐人都在这几天陆续到达，短短几天不足以让他们的情绪稳定。此时已经过了子时，听到外面的动静，棚屋里绝大多数人都惊慌地跑出来。

看到身穿南诏服饰的晟丰泽和不远处的侍卫，人们沉默地伫立着。带有敌意的目光瞬间浇醒了晟丰泽，他盯着面前的草帘，叫了一声：“赤虎！”

赤虎正担心那些唐人突然暴动，带着侍卫跑了过去：“都回去！”

胥吏见状，朝看守染坊的士兵点了点头。一群士兵冲过去，将工匠们全部赶回了屋。

晟丰泽这才掀了草帘进了屋。季英英听到动静早醒了，坐在竹榻上望着他。瞥了一眼四面漏风的墙，晟丰泽突然不知道说什么了。

“白王殿下有事？”还是季英英先开了口。

晟丰泽顺口说道：“听说你崴了脚，染丝不需要用脚吧？”

去而复返，就为了提醒她别想借脚伤偷懒？季英英高傲地说道：“这里的胥吏已经告诉我了，我需要调制一百斤染料才有饭吃，我不会让自己挨饿。”

他想说的不是这个。晟丰泽恼怒地望着漏着天光的屋顶，外面火把的光从竹片编织的墙缝中漏了进来，他的话自然也能从屋里漏出去，谁知道外面那些兵中有没有杜彦的人。

“那就好。本王会交代胥吏，将你要用的染料全部送来，本王要看到你调制的染料染出来的蜀红丝与浣花染坊的一般无二。”

“我竟不知道南诏冬季也能养蚕产丝？”季英英翻了一个白眼，嗤笑出声，“冬季只能染布，顶级蜀红丝非新鲜蚕丝不可，王爷明春再来看吧。”

晟丰泽脸颊微烫，又不甘心，顺势发作起来：“你竟敢嘲笑本王？”

他究竟又跑回来做什么？不会是来探望她的脚伤吧？她可没忘记是他亲手将她从马上推下来的，打一巴掌给颗甜枣？季英英像看傻子似的看了他一眼，干脆闭上了眼睛。

屋外的人竖起了耳朵，这个大唐小娘子敢嘲笑白王殿下，不死也会脱层皮吧？

晟丰泽郁闷莫名，在狭窄的屋子里来回走了几步，色厉内荏地吼道：“明天不调好二百斤染料不准吃饭！”

季英英没有回答。这一天从清平官的府邸到王宫夜宴，她受的惊吓太多，现在累极了，闭上眼竟睡着了。

她就这样睡着了？晟丰泽哑然。他看了她几眼，不方便再待下去，怒气冲冲地掀了草帘出去。

胥吏讨好地送他出染坊：“王爷放心，小人会盯着她调好二百斤染料才让她吃饭。”

赤虎同情地拍了拍胥吏的肩道：“辛苦你了。”

当阳光穿透竹排搭建的屋顶，将一缕缕光投进屋里时，整座染坊腾起了一股喧嚣，各种声音仿佛在宣告，唐人们在南诏的新生活开始了。

草帘被人掀开，进来了几名穿着南诏服饰的妇人。见季英英已经睁开眼睛，为首年长的妇人开门见山地说道：“杨季氏，老身姓卓，分管染坊所有女子。主管大人分配给你的活计是调制二百斤染料，材料都在配料间。在你的脚伤痊愈之前，拨给你一个仆妇使唤。你初来乍到，有什么问题都可以问我和阿金。”

一个四十岁左右的壮硕妇人端着木盆走到了竹榻前，小声说道：“阿金服侍您梳洗。”

季英英点了点头：“卓嬷嬷，我收拾停当后，会请阿金背我去配料间。”

没有哭闹，这让卓嬷嬷无比满意：“我们不会苛待有手艺的匠人。平时一天两餐，听到鸣钟声自行去领食。主管大人特意叮嘱我，你今天必须调好二百斤染料才能用饭。”

“多谢嬷嬷提醒。”季英英目送着卓嬷嬷离开，接过阿金拧好的帕子擦了手和脸，整理好就让她背着自己出了门。

带着穿透力的阳光照在忙碌的染坊里，季英英好奇地打量着周围。从阿金嘴里，她大致了解到这只是收容唐人染工的其中一间，有五六百人。前两天抵达的工匠按户分得屋舍，登记了名册。又因各人的工种不同，分成了制料、配料、印染、漂洗等几类，大部分唐人都成了工匠，不懂得印染的人则被分去做漂洗这样的粗活或者给工匠们当小工。

配料间用石料和木料搭建，宽敞干净，内有数间隔间。季英英进去时，嗅到了浓浓的染料味道。

阿金将她放在椅子上，很老实地站在一旁。

新制的栎木，异常宽大，用碱水洗得洁白。季英英摸了摸面前的木桌，看到别的隔间已经有人在配制了，她的肚子不争气地咕噜了几声。昨晚王宫夜宴，她连杯水都没捞着。季英英吩咐阿金："去问问配料间的大人，需要我配制什么染料。"

阿金低声应了，去了尽头一间单独隔开的房间。过了一会儿，阿金匆匆跑了回来，惶恐地告诉季英英："大人说有青有黄，非青非黄，草木含悲之色，奴婢听不明白。"

季英英一笑，这是听了晟丰泽的话想要为难自己吗？她吩咐阿金："领一百斤蓝靛，二十斤干槐米，三十斤栌叶，五十斤藤黄，再找几个做粗活的小工。"

不多时，材料送来，小工却没有来。阿金又跑了一趟，回来为难地告诉季英英："大人说请您自己动手。"

那我还要不要胳膊了？季英英慢吞吞地说道："难为你一趟趟地跑，再去最后一次吧。告诉大人，这是配料间，不是制料房。"

"是！"阿金倒也老实，又去了一趟。

房间里走出三四个男子，为首的五十多岁，满脸怒意地冲到季英英面前："我说的话你听不懂吗？不过是掳来的奴隶，居然敢讨要小工做活！"

"干槐米上锅蒸煮一刻钟，加栌叶煮半个时辰，捣为泥，水中滤尽杂质。藤黄以水百斤煮沸，滤过杂质。蓝靛二十斤一缸，水七分，先入槐米栌叶汁，搅一刻钟，藤黄水分成五份加入搅拌。最后能得五缸染料，计二百斤配料。"季英英拿起一块蓝靛，边说边写在了光洁的桌上，写完抬起头来，"大人找小工去做吧，我今天的活计做完了。"

"放肆！"管理配料间的大人气得直吹胡须，指着季英英道，"究竟是你做事还是我做事？"

"我只管配料，没说要让我亲手做染料。这里是制料房还是配料间？莫不是我走错了地方？"

对方被噎得说不出话来，本想讨好白王而为难季英英，却被问得哑口无言，一时恼怒起来："不听吩咐，拉出去打五鞭！"

如果不是上头一再严令不能把人打坏了，他才不会只赏这个大胆顶撞自己的女人五鞭。

阿金一下子跪了下去："大人，卓嬷嬷为了照顾娘子的脚伤，特意令奴婢前来服侍，您不能打娘子。"

卓嬷嬷不过是染坊管理女人的，管不了染坊的事。配料间的大人理也不理阿金，指着季英英大喊："拖出去！"

“干什么这是？织造局新任副使大人来了！”一行人走到配料间门口，正好看到这边起了纠纷。

季英英望过去，脸又绷了起来。

“英英！”赵修缘扔下陪他前来的人，快步走了过来。此时，他已经换上了南诏官服，容光焕发，走到季英英面前兴奋得直搓手：“我一早听说白王将你送到这间染坊，就赶来了，他们没有为难你吧？”

“大人，请恕妾身脚伤未好，能否请您将这些材料送到制料间去？妾身听您的吩咐亲自动手制料。阿金，背我去制料间。”季英英当作没看见他，堆起谄媚的笑容对管配料间的大人说道。

“你的脚伤没事吧？这种事怎么能让你做？”赵修缘急声问完，转过身训斥那名大人，“配料与制料是一回事吗？你知道她去制料的时间能配出多少染料吗？”

管配料间的大人被堵得说不出话来，又不满一个唐人在自己面前摆官威，顶了回去：“她不亲手做，配不出下官要的颜色，怪谁去？我问你，你知道本官要的是什么颜色吗？你又是青，又是黄，本官要的是有青有黄，非青非黄，草木含悲之色。”

赵修缘用过染料，但不知其做法，也有点糊涂了：“究竟要什么染料不能明说？什么非青非黄……”

季英英又一次打断了他的话：“有青有黄，用了蓝靛与染黄料。非青非黄是为绿，草木含悲是为苦。青黄合而为绿，大绿老黄，以藤黄合靛青即为苦绿，对吗，大人？”

管配料间的大人一愣，哼了一声，嘀咕道：“算你猜中了。”

“英英，你真了不起，我就知道没有什么颜色能难得倒你。”赵修缘恍然大悟，笑着夸她。

“大人如果需要我去制作，我这就去；大人如果觉得满意，就请人照这配方做就行了。”季英英淡淡说道。

管配料间的大人又哼了一声，叫了人来照着写在桌上的配方去制料。

季英英叫了一声阿金：“今天的活我做完了，背我回去，再去领饭食。”

“你居然还没有吃饭？你还受伤了！”赵修缘激动起来，伸手就去拉她。

一块蓝靛朝着他的脸砸了过来，赵修缘下意识地闪开，蓝靛擦着他的脸划出了一道痕迹。

“赵修缘！”季英英突然提高了声量，怒视着他，“你像只苍蝇，你明白吗？你在我面前晃动我就恶心，你懂吗？”

“是我保住了你的性命，是我冒死站出来在金殿上向国主求情。满殿的人，除了我，还有谁肯为你站出来？英英，你还不了解我对你的心意？你难道就不感动？”赵修缘擦过脸，望着手心的蓝色痕迹有些心悸，幸好只是一块蓝靛，没甩把刀来。

“哈！”季英英真是佩服死他了。她微眯着眼睛，一字一句地说道：“我亲眼看到你像一条狗，领着蛮狂冲进了季家。你害死了我娘、我哥、我嫂子，害死了季嬷嬷！可怜我嫂子早产，小侄子连一天都没活过去。你怎么有脸叫我的名字，怎么有脸说让我记住你的救命之恩？我只恨我现在杀不了你！”

暴怒的赵修缘一把扼住了她的咽喉，微眯着眼道：“你在我手中渺小如蚁。季英英，我冒死在金殿上向国主求情，才让清平官饶了你的性命，你忘恩负义！”

季英英望着他冷笑：“你在金殿上是为我求情吗？赵修缘，你不过是利用我博得国主赞赏罢了。从前利用我的配色技艺胜过了你堂兄，博得了你祖父的欣赏。如今利用我的命，当上了南诏织造局副使，你瞒得了谁呢？”

她的黑眸中映出了他的脸，扭曲变形。从前她一直围着他转，他一笑，她就会快活；他蹙眉，她就像被踩了尾巴的猫，急得想尽办法为他解忧。

季英英对他的不屑一顾让赵修缘难受，他口不择言地说道：“从前你攀上杨家的高枝弃我于不顾时，我就该明白，你是个朝秦暮楚、水性杨花的女人。”

朝秦暮楚？水性杨花？季英英低低笑了起来：“如果是对你，这个评价我很喜欢。我只恨没有在第一次认识三郎时，就去勾引他，白白浪费了能和他在一起的时间。”

他最难受的时候，他为了赵家答应娶牛五娘的时候，她投进了杨静渊的怀抱。赵修缘脑袋嗡的一声炸开，一巴掌扇在季英英脸上：“你敢顶撞本官。来人！将她拖出去抽三十鞭！”

没有人响应他，赵修缘猛地回头，看到了一片目光。

季英英的话像一只钩子，勾起了配料间所有唐人思乡的痛苦。在太和安定不过两三日，不足以让他们彻底安分地在此定居，一双双盛满愤怒与鄙视的眼睛看向了赵修缘。

四周的南诏人看他的眼神也分外怪异，他是耍猴人牵出来的猴子吗？他已经是织造局的副使了，是他们的上司，他们为什么不听自己命令，把季英英拖出去鞭打，为什么不呵斥那些胆大停下手中活计，瞪着自己的匠人？

南诏的太阳太过灿烂、太过强烈，身上的南诏官服布料密实厚重，密不透风地裹着他，他背心沁出了细汗。赵修缘被憋得大吼出声：“都看着我做什么？没听到本官的话吗？！让他们赶紧干活！把这个女人拉出去鞭打！”

跟着赵修缘来的人互相看了一眼，走向季英英时，眉梢眼底带着看了一出好戏的兴奋神色。

“不用拉，我自己走。”季英英舔了舔嘴角沁出的血，撑着桌子站直了，阿金赶紧伸手扶着她。她踮着脚慢慢走出去，经过赵修缘身边时，她轻笑道：“你以为你当了官就能挺直腰做人了吗？乌鸦永远变不成凤凰。你的族人唾弃你，南诏人视你为狗。你瞧仔细了，你真的是他们心目中高高在上的副使大人吗？”

望着赵修缘愤恨的眼神，季英英哈哈大笑：“我等着看你的下场！”

“你们全部干活去！谁敢再看本官，本官就挖了他的眼珠子！”赵修缘恶狠狠地朝配料间的工匠们吼道。

管配料间的大人软绵绵地喊了一声：“赶紧干活！国主有令，照顾大家远道而来，前五天顿顿有肉。安心留在南诏为染坊出力有功者，将来还其自由，分田百亩。”

原来不是一辈子被拘在栅栏围起的染坊里干活呀，自由与分田的诱惑让工匠们低下了头，继续忙碌。

“赵大人，他们都干活去了。”

一拳打在棉花上的感觉！赵修缘见随行的僚属和他亲切地打招呼，哼了一声，拂袖走了出去：“本官要亲自监刑！”

季英英外强中干，是只纸老虎，抽两鞭子，肯定会哭叫起来，他不信三十鞭不会让她向自己讨饶。

空地上一排排奔跑而来的士兵和被绑在柱子上的女子引起了众人的注意，干活的唐人或多或少都向季英英投去安慰与同情的目光。他们进染坊这几天，大小官员在一番好言说教之后，总会指着空地上竖起的柱子警告他们，国主优待他们，但触犯坊规的人会被绑在上面吃鞭子。

几天了，这是第一个被罚鞭打的唐人，还是个小娘子呢。

好歹是国主亲封的织造局大使，管理染坊的胥吏嘱人给赵修缘抬了把椅子来。他认出了季英英，有些诧异。杨季氏昨天得罪了白王殿下，今天气得副使大人要抽她鞭子，她是不是不想活了？

赵修缘坐在椅子上，心气总算平和了，官与庶民就是不一样。他看了一眼四周道：“叫他们都停下来，过来观刑！记住教训！”

也对，国主和白王都让宽待这些唐人，好不容易撞上头一个挨鞭子的人，正好让唐人都长长记性。

监工和士兵驱赶着工匠们围了过来。

“大人，可以开始了吗？”胥吏笑眯眯地问道。

赵修缘不答，倨傲地问季英英：“如你能有悔过之心，本官念在初犯，可以轻罚。”

季英英扑哧笑出了声：“你是在念戏词吗？”

人群里有人认出了赵修缘，小声嘀咕道：“他以前不过是赵家的二郎君罢了，装得倒像！”

赵修缘硬生生控制住自己起身喝问是谁的冲动，咬牙说道：“打！”

他不信季英英受得了。

“且慢！”卓嬷嬷带着几名下属走了进来。她朝胥吏行了礼，看也没看赵修缘，道：“大人，老身管着染坊的女子，为何要对她行鞭刑？老身怎不知情？”

“卓嬷嬷，听说杨季氏顶撞了新上任的织造局副使赵大人，是赵大人下的令。”胥吏和气地说道。

不过是个管理染坊女子事务的嬷嬷，连胥吏都没有反对，她凭什么阻拦？赵修缘沉着脸道：“她出言顶撞本官，本官要给她个教训。”

卓嬷嬷朝赵修缘微微弯了弯腰道：“副使大人，国主和白王殿下有令，唐人初到，有怨言怨气也是情理之中的事。如果说杨季氏顶撞了大人，让她赔个不是就行了。三十鞭下去，不死也只剩下半条命，还得费心给她请郎中治伤，平白耽搁她做活，得不偿失。”

“本官是织造局副使，辅佐正使大人管理所有唐人工匠。本官今天就是要杀鸡给猴看，让他们知道不服管教的下场！”赵修缘被一个老嬷嬷软言反对，心头的火气憋不住，站起身从行刑的士兵手中拿过了鞭子，望着季英英说道，“本官亲自执鞭！”

不等卓嬷嬷再劝，他扬起了鞭子，长鞭卷着风声朝季英英抽了过去。

季英英闭上了眼睛，耳中听到一片惊呼声，没有意料之中的疼痛，她诧异地睁开了眼睛。

一名身高七尺的壮汉挡在了她面前，一手扯住了鞭梢。对面的赵修缘瞪大了眼睛，清秀的五官奇怪地扭曲，形成一张怪异的面容，似惊似怒，又似害怕恐惧。

人群分开，晟丰泽大步走了过来，季英英别开了脸。

“参见白王殿下！”南诏人齐刷刷地弯腰行礼。

“王爷……”赵修缘松开了手中的长鞭，叫了晟丰泽一声。

没等他说下去，晟丰泽一脚踹在了他身上。晟丰泽一言不发地朝赤虎伸手，接过他递来的刀，走到柱旁砍断了绑着季英英的绳子。

“谢谢。”季英英没有看他，心想，我不是谢你没让我挨鞭子，我是谢你踹飞了赵修缘。

身体陡然腾空，她惊呼了一声，下意识地搂住了他的脖子，四目相对，晟丰泽漆黑的眼眸里全是自己的影子，季英英低下了脸。

晟丰泽抱着她走了出去。

赤虎将刀入了鞘，走到赵修缘身边一把将他拉了起来，附耳说道：“不是谁都能动的，懂吗？”他拍了拍赵修缘身上的尘土，给他理了理衣襟，笑着扬长而去。

赵修缘捂着胸口，颤声自语道：“季英英，你又弃了杨静渊，攀上了南诏白王，你好本事啊。”

半山腰出现了一片白色石头建筑，在蓝天绿树的掩映下，极为美丽。高耸的门楼上方是穿斗式建制，正中用金粉写着“白涯宫”的字样。比起山脚和一路上见到的低矮石头房屋，这里就像一块掉在泥地上的白玉。

马在宫门处停了下来，晟丰泽下了马，伸手去抱季英英。

远处悠悠传来白王回宫的回声，两排甲胄鲜明的卫士从洞开的宫殿大门一直站到视线不能及的地方，门口一大群出迎的人弯着腰站着。众目睽睽下被他抱进去，季英英感到浑身不自在。

“你穷得连乘轿子都没有吗？”

晟丰泽看了她一眼，吩咐迎出来的管家：“去取象轿。”

有轿子就好，反正她不要被他再抱进去，季英英斜坐在马上没有吭声。

片刻后，地面响起沉重的声音，从另一边的偏门处走出来一头高大的灰色公象，身上披着华丽的锦垫，背上安放着黄金的鞍座。

从来没有见过大象的季英英张大了嘴巴。

见到主人，大象有点兴奋，加快了脚步，咚咚咚地大步走来。

长长的鼻子朝着站在马下的晟丰泽伸了过去。

铜铃般的眼睛、足有她半个身子长的牙……季英英吓得抓紧了辔头。

晟丰泽拍了拍象鼻，抬头问她：“这轿子可还满意？”

季英英一时愣住。

见她没有吭声，晟丰泽扬了扬眉："或许你现在改了主意？"

季英英打死也不会收回自己的话，让他抱自己进去。她尽量让自己显得冷静，傲慢地说道："不错啊，很别致的轿子。"

晟丰泽扯了扯嘴角，亲昵地抚摸着象鼻，指着季英英道："让她坐上去。"

大象很听话，长鼻子抬起，伸到了季英英面前，似乎想要嗅嗅她的味道，用象鼻不停地碰她。

他站在马下，抱着双臂望着她，眼里闪烁着一种恶毒的光。对，就是恶毒的光！季英英盯着两只黑黑的鼻孔，背心吓出了冷汗。她绝不要让晟丰泽看出她在害怕，季英英咬紧了牙关，忍耐着象鼻的触碰。

腰身突然一紧，象鼻将她从马上卷了起来。

"啊！"季英英吓得高声叫了起来。

叫声未停，大象松开了鼻子，让她坐在了背上。居高临下，季英英看到宫门前的人都在低头偷笑。

大象朝前迈了一步，季英英赶紧抓紧了扶手。象鼻弯下，晟丰泽优雅地踩着象鼻上来，坐在了她身边。

季英英愤怒地转过脸瞪着他。

晟丰泽淡然地开口问道："你究竟想怎样？"

她究竟想怎样？这不是贼喊捉贼吗？明明是他捉弄自己，想看自己笑话。季英英从嘴里挤出一句话："多谢白王殿下。"

晟丰泽笑了笑，拍了拍扶手。

"起轿！"象奴赶着大象走进了宫殿。

到了殿外，大象缓缓跪了下来，一架红漆雕花木梯搭在了轿外。

晟丰泽挥了挥手，梯子迅速被拿走了。他转头看向季英英，眼里的意思很明显：你是要我抱你下去，还是让大象用鼻子卷着你下去？

季英英咬住了嘴唇就是不开口。

晟丰泽嘴角翘起，抱起她一跃而下，踏上了高高的台阶。

"我可以走。"季英英狠狠地说道。

"在宫门口你若说你可以走，本王就不用叫象奴赶象轿来了。"

"我是说现在……"

"到了。"

季英英闭上了嘴。

晟丰泽将她放在了殿中的榻上，阿宁端着红漆木盘早候在了一旁。她看了季英英一眼，垂下了眼帘："主子，奴婢来吧。"

"下去。"

阿宁嘴唇翕动，正想开口，赤虎拉住了她的胳膊。

殿中的人退了出去，季英英看着晟丰泽从木盘里拿起一只瓶子，药酒的味道飘了出来。

"不是很严重，我自己来，谢谢。"季英英明白他想做什么，赶紧开口说道。

晟丰泽看着她，没有说话。

季英英认命地伸出了崴伤的脚，目光移向了殿堂四周。白色带着花纹的石头上，铺着华美灿烂的锦，融化了石头的冰冷。这些锦的色泽有点奇怪，不像蜀锦，而是带着南诏特有的风情……"嘶！"药酒揉上伤处的疼痛打断了她的思绪。脚踝被牢牢扣在他掌中，晟丰泽低着头专注地揉捏着，季英英的脸瞬间烧了起来。

她抓紧了身下榻上铺着的锦垫，不敢再看。

满脑子都是眼前这只玲珑的脚。他没有看季英英，貌似平静地说道："南诏特有的药酒，很有效，明天就可以下地了。"晟丰泽将药酒瓶放在了旁边，在水盆中洗了手，拿布巾擦拭着。

一松手，季英英就将脚缩回了裙子里。

"伤好了，我再送你回染坊。"晟丰泽瞥了一眼，看到彩色的裙摆将她的脚掩得严严实实，心仿佛蒙上了一层布，让他下意识地想替自己解释，"南诏需要印染、织锦的人才，本王辛苦出征，不希望心血被赵修缘糟蹋。不过，如果你执意不肯为南诏出力，本王也不会护着你。"

终于有机会和她单独在一起，却依然说不出想说的话，晟丰泽高声叫道："阿宁！"

"主子。"

"好好服侍她。"

晟丰泽逃也似的离开了。

季英英长长地松了一口气，靠着软软的虎皮闭上了眼睛。

感觉到有人在看自己，她睁开眼，认出了阿宁："是你啊。不用服侍我。白王说药酒很有效，明天就能下地，明天我就离开这里回染坊去。"

"你想离开南诏回大唐吗？"阿宁突然低声问道。

“你说什么？”季英英从榻上撑着坐了起来。

阿宁大大的眼睛里蓄满了泪水：“我帮你离开南诏，那样……你就永远不会留在主子身边了。”

如果不是怕主子厌弃自己，她一定会杀了季英英，为什么清平官大人不杀了季英英呢？既然他不肯杀她，她只好另想办法。

季英英握住了她的手，激动地说道：“你愿意帮我？”

阿宁甩开了她，厌恶地说道：“我恨不得你死。”

“没关系，只要你肯帮我就好。”季英英不在乎阿宁是否恨自己，只要她肯帮忙就好。

“你老实待在染坊里。一个月后，国主会为适龄的唐人赐亲。在南诏安了家，看管就会松懈下来。我会找机会告诉你。”

南诏为了让这批唐人安心留下，采用了和亲的策略。到那时，就不会将掳来的唐人工匠全部关在作坊里。只要能自由走动，就能找机会离开。哪怕不靠阿宁，自己也能找到机会。季英英点了点头：“好。”

第五十三章
追随而来

杨家二房、三房的人在夜宴之前就被人带到了一处地方。南诏王宫举办庆功宴时，杨二老爷和杨三老爷正惶惶不安地盯着紧闭的木门，门开之后，他们的命运将尘埃落定。

牛五娘在晟丰泽近卫的陪同下，迈着轻盈的步伐来到了门口。没有看到杨家大房的人，或许，当初高傲拒亲的杨石氏与杨静渊的两位异母兄长、嫡亲的侄儿侄女们都被晟丰泽悄悄送到了这里。

“王爷有令，里面的人任凭赵二奶奶处置。进了这道门，王爷就算兑现了承诺。出了这道门，他们再与您无关，请。”侍卫示意士兵拉开了大门。

牛五娘深吸一口气走了进去，她要让杨石氏跪伏在自己面前，她要毁了杨静渊最喜欢的侄子杨澄玉。既然不能爱她，那就让他多恨她一些，恨到这一生他永远不会忘记自己也好。

铁盆里燃起的火光幽幽照在房中跽坐着的杨家人身上，乌泱泱的一片，每张脸上都写满了惶恐不安。牛五娘一身锦衣大袖，不同于南诏人的装束让杨家人吃惊。

一声声虚弱的咳嗽声打破了安静，奄奄一息的杨四郎躺在地上，伸出了瘦弱的胳膊，用尽全部力气喊出了他生命中最后一句话：“牛五娘！”

他仿佛想笑，千里跋涉，未愈的腿伤耗尽了他的健康。杨四郎脑中现出的最后一个身影是大伯母杨石氏，春日的阳光照在白鹭堂里，杨石氏穿着绛红色织团花锦的大袖衣裳，端庄地坐在椅子上，双手叠在膝前，一本正经地告诉牛家请来的官媒："我家三郎啊，练童子功，十八岁以前成不得亲，不敢耽搁都督家的小娘子呢。"

他和杨三郎躲在屏风后忍笑忍得肩头直耸，他坏笑地对杨静渊说："三品都督的小娘子，还配不起你这个庶子？"

杨静渊捶了他一记道："配你这个嫡子也绰绰有余，要我给母亲说，换你去娶？"

他当时说什么来着："你不要的，就想塞给我？我将来一定会娶一个比你媳妇门第更高的小娘子！"

如果还能回到益州，回到从前该有多好。

"四郎！四郎！"杨邹氏看着杨静亭软软地垂下了胳膊，扑在他身上拼命摇晃，杨四郎再无声息，杨邹氏的心像被剜了一块，痛得放声大哭。

杨二老爷庆幸送走了小儿子，看到杨四郎咽了气，一时间老泪纵横。

"都是你！都是你！"杨邹氏转身扑向杨二老爷，哭叫着撕扯他的衣襟，"如果你不算计大房、不想当家主，我的四郎也不会死，咱家也会好好的。白王放过了大房，怎就不能放过咱们……"

原来是这样！晟丰泽放过了杨家大房，他把杨家二房、三房交给了自己。她要他们的性命做什么？帮着杨静渊除掉算计大房的人吗？牛五娘气得险些吐血。她抛弃了所有，换来的就是这个？晟丰泽用一枚金牌就换来了父亲的妥协。堂堂一个王爷竟这般无赖！她该怎么办？等玉缘来了南诏带她走吗？父亲战死，她回大唐去做什么？幽居在家，忍受母亲和兄长、弟弟妹妹们的冷眼？不，她不要这样过一辈子。牛五娘脑中灵光一闪，厉声喝道："都闭嘴！否则我现在就下令杀了你们！"

她的声音让为杨四郎伤心哭泣的杨家人顿时噤了声。

很好。牛五娘冷冷地说道："白王殿下将你们的命交给了我。不想死的话就告诉我，浣花锦是什么样的锦！"

她不会相信季英英说的浣花锦比不上《临江仙菊锦》。杨家今年势必要夺回锦王，新织的浣花锦一定有其独特之处。季英英不肯说，但她一定要知道。

"我知道！"杨邹氏心痛四郎的死，怕死的心思又驱离了她的伤痛，忍不住开口喊出了声。

杨家两房人都露出怪异的神色。当初二老爷和杨石氏约定，夺不到锦王，杨静山就让出家之位。大房对新织的斗锦守得密不透风，百般打听也只知道锦名浣花锦，连样品都不曾见到，杨邹氏怎么会知道？

杨邹氏却讨要了一个保证：“如果我说出来，你知道后还要杀了我们怎么办？”

牛五娘哂笑：“不说，就死；说了，或许能活。”

两房人的目光全部落在杨邹氏身上，她鼓足勇气道：“大房的大奶奶一起赏花时无意中说过，取名浣花锦是因为三奶奶居于浣花溪旁，谁叫人家立下大功，胡乱染出的丝都能织出濯锦浣花之意。”

她说完，忐忑不安地望向牛五娘。

所有人陷入了沉默。这是什么意思？杨家大奶奶话中带酸，可又分明说出了其中的秘密。

牛五娘喃喃问道：“什么叫胡乱染出的丝？”

杨二老爷想起来：“祭祀蚕花娘娘时，季氏曾选了生茧染制。谁都知道茧不抽丝脱胶变成熟丝，不会染制。这就是胡乱染出的丝。”

不管是什么样子，照葫芦画瓢染了织出来瞧瞧便是。牛五娘松了一口气，她不懂织锦，但她可以让人做出来。季英英如不肯说，有她的苦头吃。此行也不算全无收获，她转身走了出去。

见她出来，侍卫笑了笑：“赵二奶奶，末将遣人送你回副使大人府邸。”

国主封了赵修缘为织造局副使，同时没忘记那些掳来的益州织锦大户。在城中划出一条街，分别赐了府邸。

一夜过后，在益州城斗了百年的赵、杨两家来到南诏太和城，成了一墙之隔的邻居。从大户人家掳来的工匠也划归各府管辖，同时划拨给他们的还有一座座织纺。照国主与杜彦的设想，免除了他们的奴隶身份，让他们就此扎根南诏，方为上策。

赵家的主子们因为赵修缘当上副使，重新住进了宽敞的院子。虽比不得远在益州府的赵家，但和那些住竹棚的工匠已是云泥之别。

如果没有对赵修缘有用的东西，可能明天自己就会被他赶到牛棚去。趁着赵修缘新官上任无暇顾及自己，牛五娘回到太和城府邸时只想了一个晚上，就遣看守府门的士兵替自己传了一封信。

既然晟丰泽利用完抛弃了她，她只能投靠他的敌人——南诏清平官杜彦。

药酒的效果很好，第二天醒来，季英英扶着桌子踩在地上，试着松开手走了一步，脚踝有点酸，但已经能够承力。既然慢慢走没问题，还是离开这里吧。

她一步步慢慢走到门口，投入屋子的灿烂阳光突然蒙上了阴影，阔腿裤与尖角的靴子映入了眼帘。她没有抬头，轻声说道："我可以回染坊了。"

一瞬间，晟丰泽后悔不该用药酒给她揉伤，她一刻都不想多停留在他身边的态度让他隐隐难受起来。

听不到回答，就当他同意了。原本晟丰泽也说过，伤好以后就送她回染坊去。

"谢谢你……昨天踹了赵修缘一脚。"季英英迈出门槛，躬身一福，从他身边走过。

宫中只有南诏女子的服侍，她换了一条彩色的百褶裙，裙摆在阳光下既像绽放的鲜花，又像一片彩云，轻飘飘地从他眼前掠过。

"你都没有抬头，怎么知道站在你面前的是我？"晟丰泽缓缓开口问道。

季英英停了下来。

晟丰泽走到了她面前，声音里带着一丝企盼："你能感觉到是我对吗？你熟悉我的气息，你相信我……因为信我，所以恨我没能保护你的家人。在你心里，你一直觉得我可以保护你，我可以保护你的家人！英英，其实你对我……"

"王爷穿的裤子是上等的锦料，用的是鹦哥靓蓝复染六次才得的黛青，阳光下似青，背阳处如墨。王爷穿的靴子上用暗色的线绣着活灵活现的狮子。"

好不容易说出口的话被她轻易掐断，仿佛一盆凉水迎头浇了下来，晟丰泽身上冒出了冷冽的气息。

季英英又是一福，慢慢走下台阶。

臂弯里仿佛还承受着她的轻盈，软软地靠在他怀里，像一株藤无力地攀着树。掌心还留着握着她脚踝的感觉，细细的脚像一只受惊的兔子，松开手，马上就蹿了回去。

呼吸在瞬间变得急促，看着渐行渐远的身影，晟丰泽还没想清楚自己究竟想怎样时，脚已经迈下了台阶，双臂极自然地抱起季英英："现在不适合走远路，白费了本王的药酒。"

低头瞥了她一眼，长长的睫毛轻轻颤了颤，掩住了她的眼神。心像被羽毛拂过，生出丝丝酸涩，这从来没有过的感觉让晟丰泽有些恍惚。直到看到山脚下河边的染坊，他才陡然发现已经到染坊了。

看守染坊大门的士兵见到他，纷纷弯腰行礼。

晟丰泽下了马，小心地抱她下来："回去吧。"

季英英又是一福，慢慢走进染坊。听到消息的胥吏和卓嬷嬷迎了出来，阿金上前扶住了她。

“人完好无损地交给你们了。她擅长染丝配色，人尽其用，方不辜负国主的期望。”晟丰泽一本正经地训斥管理染坊的胥吏，目光从卓嬷嬷脸上扫过，彩色的裙摆闪了闪，从视线中消失无踪。

“王爷放心，这里每一个工匠都是宝贵的财富，下官会小心照看。”胥吏简直不敢直视晟丰泽的脸。夺鞭踹人，连句话都不说，他都吓得给跪了。事后背着人扇了自己好几个嘴巴，恨自己笨，怎么就看不出卓嬷嬷对杨季氏的维护之意呢？卓嬷嬷是白涯宫出来的，她维护杨季氏，自然是王爷的意思。这哪里是惹怒王爷要责罚的女人，这就是尊菩萨，得供起来。

听到马蹄声响，胥吏小心地抬起头，晟丰泽已经走远了。他长长地吁了一口气，直起了腰。看到卓嬷嬷仍在目送白王殿下，他堆起了满脸的笑：“嬷嬷，杨季氏既然手艺了得，是不是给她安排好一点的房间，让她单独配染料？”

卓嬷嬷微笑道：“国主兴兵攻唐，掳来唐人工匠是为了让南诏的锦业兴盛发达。这样的人才自然是要优待的，老身已经将她安置到近水居了。”

染坊临河，官员们住的地方就在河边，是单独的石头院落。白天阳光强烈，入了冬，气温在夜里骤降，甚至要生火盆御寒，比起普通染工住的竹棚木屋，强了不止十倍。

胥吏连连点头：“嬷嬷办事牢靠，本官放心。”

卓嬷嬷朝他弯腰行了礼，带着下属回了染坊。

房间干净宽大，阿金安静地侍立在侧。季英英眯着眼睛望着窗外灿烂的阳光，时间给出的机会需要安静地等待。不做点什么，她会被这种静处逼得发疯，她想起了白涯宫里那些色彩极为鲜明的锦，吩咐阿金道：“取一些南诏本地织锦的丝线来。”

听到她要研究染好色的线，阿金眼中迸发出一股神采：“奴婢这就去。”

看得出南诏人是真心希望能得到大唐织锦技艺，如果不是这场战争，季英英也许不会吝啬。因为战争，因为恨，她没办法为南诏人出力。不过，这却是借鉴学习南诏染色工艺的好机会。

宽敞的房间渐渐被讨来的染料与丝线布料摆满，南诏山林中特有的植物染出了大唐所没有的缤纷色彩。季英英乐在其中，不再苦苦望着太阳的日影、月亮的圆缺。

半个月后，胥吏找到了卓嬷嬷：“杨季氏调制的染料的确胜人一筹，配方也毫不吝啬地写了出来。只是下官接到了上头的命令，织造局认为她待在咱们染坊屈才了，想让她去为织锦配色。”

“织造局？又是赵修缘？”卓嬷嬷眼中闪过不屑之意。

“如果是赵副使，下官还能应付。”胥吏指了指上头，用口型说出了“清平官”三字。

卓嬷嬷明白了：“这间染坊处于白涯宫的势力范围内，得让王爷做主。”

消息传到了晟丰泽耳中。杜彦想让季英英刺杀自己，把她放在染坊半个月不见，杜彦着急了？

“主子，只有让她待在白涯宫才行。”赤虎直截了当地说道。

留她在身边的建议充满了诱惑，晟丰泽眼前仿佛掠过从身边飘走的彩裙。“国主不会愿意见到本王为了一个唐女而和清平官起冲突。”

杜彦巴不得他将季英英带回宫。那是杀死杜净的仇人之妻，自己这样做，朝臣会群起而攻之。杜彦哪杜彦，你为子报仇，想让本王众叛亲离。

不，杜彦已经知道自己在意季英英，他一定会将季英英死死捏在手中。晟丰泽突然想到了这一点：“备马！”

他和杜彦在绕着弯子算计着对方的心思。绕了一圈，晟丰泽蓦然发现，除非自己对季英英不闻不问，否则终会落进杜彦布下的陷阱。

风驰电掣般赶向染坊，晟丰泽心里有了一丝悔意，他就不该放她回染坊。

从太和城往南，穿过几十里原野，是隶属于白王晟丰泽的封地。蓝天无云，朝阳毫无遮挡地洒落下来。

离染坊不远的山脚下，依山傍水的石头民居错落有致地形成了一座小镇，穿过小镇的长街，民居渐少，零散地分布在山坡上。

与白王行宫后殿相对的山峰凹处建有一处简陋的石头院子，这是猎户韩四爹的家。此时，东屋简陋的灶房里传出阵阵呛咳声。

轰的一声，灶房简陋的木门砰然倒地，一男一女卷着一股浓烟从灶房里冲了出来。

两人被烟熏得大声咳嗽，难受得直不起腰来。

“十四哥，喝点水！”女子拿起葫芦瓢从水缸里舀了一瓢水递了过去。

男子将葫芦瓢推回了她面前，深吸了几口气，微笑道：“七娘，你先喝，我好多了。”

“是七娘不好……呜呜……”

女子说着就抹开了泪，沾满烟灰的脸顿时变成了水墨画，拿着葫芦瓢的手直颤，晃得水溅了一地。

男子赶紧将葫芦瓢接了过去，也不急着喝水，将葫芦瓢放在水缸上，握了女子的手柔声说道：“我家七娘最好！快把脸洗干净，都成花猫了。”

女子感动得不行，却甩开了他的手，固执地说道：“不洗了，我就不信今天煮不好饭！”说着扭身又要进灶房。

后院的小门被推开，杨静渊穿着一身蓝色短襟黑色大脚裤，挑着一担水走了进来。抬头看到灶房里冒出的烟，忍不住蹙紧了好看的剑眉，拎起一桶水就走了过去。

哧——一桶水全浇进了灶膛。山涧冰凉的泉水浇在还在燃烧的木柴上，哧哧声中，青烟直冒，水混着黑色的烟灰从灶膛中淌出来，此时，原本就简陋的灶房污水横流，一片狼藉。

浇湿的灶膛想要再生起火，对想煮好一餐饭的牛七娘来说，简直成了难以完成的任务。她气得指着杨静渊大叫：“杨三郎，你做什么？”

杨静渊站在院子里，闻言抬起头朝屋顶望去。

他在看什么？屋顶飞来了一只鸟？心思单纯的牛七娘忘了自己的怒火，下意识地踮起脚去看屋顶。

“知道为什么你和桑十四郎烧火被烟熏得难受吗？”杨静渊的声音像初升的朝阳，带着一股子慵懒。

性子直爽的牛七娘迅速被转移了注意力：“啊？为什么啊？”

杨静渊同情地看了她一眼，将水桶拎到了墙边放下，好心地告诉她原因：“因为我把烟囱堵了。”

杨三郎把烟囱堵了？他居然这样捉弄自己和桑十四？“杨三郎，你太过分了！”牛七娘柳眉竖直，一掌拍向杨静渊。

听到掌风，杨静渊右脚往后挪了半步，堪堪避开这一掌，没等牛七娘再扑上来扭打，他淡淡地说道：“知道为什么我出去挑水要把烟囱堵了？”

“我管你为什么！你把我和十四哥捉弄得这么惨，你太过分了！你根本就是欠揍！”

牛七娘愣了愣神，捋起袖子又要开打。桑十四郎这时反应过来两人要打架，赶紧跳到了两人中间，苦笑道：“三郎，我知道看着我和七娘相亲相爱，你想到季二娘，心里不舒坦。你嫉妒我，也犯不着这样捉弄我们吧？你几时变得这么小气了？”

原来杨三郎受刺激了，牛七娘的火气消了一大半，甜甜蜜蜜地扯了扯桑十四郎的衣袖，小声说道：“十四哥，我上房顶通了烟囱再给你做饭。”

“不准做饭。”杨静渊鄙夷地看着两人，抱起胳膊讥讽道，“桑十四，我还没小心眼儿到这地步呢。一对草包！”

“杨三郎，我都不和你计较了，你居然还敢骂十四哥……”牛七娘气得脑门儿生烟，如果不是桑十四郎拉住她，她定要捶扁杨静渊。

杨静渊懒得理她，拎起另一只水桶，转身把水倒进了水缸，没好气地说道：“韩四爹独身一人，狩猎为生。今早去镇上打听消息，卖猎物换些油盐米面。他不在家，家里烟囱冒烟，是灶房失了火还是有人在做饭？牛七娘，你那个蠢成猪的姐姐出卖了你爹，你也想跟她学，把我和桑十四卖给南诏人？”

杨静渊的一席话噎得桑十四郎和牛七娘无言以对，桑十四郎见牛七娘委屈，赶紧把她拉走：“七娘，我们去屋后把脸洗净。”

他讨好地冲杨静渊咧嘴笑了笑，赶紧拉着牛七娘从后门跑了。

太阳升高，照得地面亮晃晃的，刺得杨静渊眼窝发酸。他放下水桶，坐在了院墙上。院墙边种着几株粗壮的三角梅，在冬日里依然绽放着满树火一样的花，遮住了他的身影，却没挡住他望向山脚下染坊的目光。

南诏攻占益州大掠而去，踞大渡河天险以守，杨静渊以为朝廷忍不下这等屈辱，只等着一声令下，就率军渡河。然而掠掳了大批工匠南下，占尽好处的同时，狡猾的南诏国主居然派了使臣去长安求和。各种无赖推诿，一句为圣上分忧，把责任全推到了贪婪的西川节度使身上。皇帝想显天威，但国库里没钱，又耐不住怕死的文臣们轮番游说，想着以退为进，等待他日有钱了再打回来，便欣然同意了南诏的求和。

唐军撤回，“大方”地将大渡河对岸的蛮荒之地让给了南诏，杨静渊想纵马南诏的梦碎了。舒先生说大唐早晚都会打过去。早是什么时候？晚又是什么时候？朝廷可以等机会，可杨静渊等不了，只要闭上眼睛，他眼前全是浮桥上远远望见的季英英。

南诏人会怎么待她？杨静渊夜里梦见的全是血淋淋的她。他一天也待不住了。

舒先生拦不住他，杨大老爷的救命一恩换来舒先生小眼睛狡黠地转了转——大唐迟早会给南诏小儿一个教训，那就让杨静渊潜入南诏当斥候吧。

东川节度使没有反对。朝廷厌战，不等于他心里服输。将来圣上想打南诏，领兵进攻的定是剑南道的驻军。既然如此，遣个斥候进南诏，早做准备也好。

牛副都督以身殉国，牛五娘被掳走，牛七娘护着母亲去了长安，牛夫人的精气神被丈夫和最心疼的女儿抽空了。牛夫人想念丈夫，但毕竟牛副都督过世了，于是，活着的牛五娘就成了牛夫人的心病。

心病尚需心药治。牛夫人有其他兄长照料，牛七娘仗着与生俱来的神力，打了个包袱打算去南诏救回牛五娘。她说得凄惨，反正孝期有三年，自己救不回姐姐，三年不回，就让桑十四郎另娶他人。桑十四郎哪能让她一个人走，又拦不住力大无穷的牛七娘，干脆跟她一起走了。

两人在大渡河边遇到了杨静渊和韩四爹。

韩四爹是世袭的大唐斥候，天宝年间大唐攻打南诏，全军覆没，韩四爹的祖辈身手好，逃进山里，被南诏女所救，成了南诏女婿，到死也没忘记将自己的斥候令牌传给儿子。晟丰泽率大军攻打益州，韩四爹年未满五十，也被征了兵。他独身一人，趁机想跑回大唐，结果被唐军擒住，送到了舒先生面前，又带着斥候的使命回了南诏。

昨晚，韩四爹顺利带着三人翻山越岭潜回了南诏的家。正如一滴水落在了江河里，被唐军追赶与队伍失散独自回家的韩四爹没有引起任何人的怀疑。

今天一大早，韩四爹就背着路上打的野味去山下换油盐米面，镇上相识的人替他欢喜，价钱都少算了一成。

韩四爹望着长街尽头的染坊，笑呵呵地背着两只野兔走了过去。

他脑中牢牢记住了桑十四郎画出的季英英。

此时，白涯宫的宫门大敞，晟丰泽带着一队侍卫风驰电掣般朝山下疾驰而去。

冲下山坡就是建在江边的染坊，晟丰泽拉住了缰绳。

此处居高临下，能望见染坊高耸的大门，从太和城方向驶来的车马停在了染坊门口。他来迟了，杜彦的人已经到了染坊。晟丰泽俊秀的眉微微蹙紧。

落进杜彦手中，季英英就成了美味的小鱼，用来引诱自己的饵。

虽然他心甘情愿上钩，但并不意味着他愿意落入杜彦的陷阱。

冷冷地望着染坊门口的车队，晟丰泽骑在马上一动不动。

他身后的侍卫队也跟着停了下来。赤虎往染坊的方向瞥去一眼，心里甚是不解，主子这是怎么了？堂堂国主王弟看中一个掳来的唐女，难不成要看清平官的脸色？真让杜彦将季英英带走，白涯宫丢得起这个人吗？但他不敢催促，绕着弯骂身边挤过来的一名侍卫来提醒晟丰泽："就这么沉不住气？主子不点头，谁敢在白涯宫地界胡来？”

晟丰泽猛然一醒，眉心蹙起的褶皱舒展开来。朝臣非议弹劾，王兄只会乐见其成。他是国主的亲兄弟，只要不涉夺权造反，他就算荒唐一点，杜彦又能拿他如何？

晟丰泽放轻松的神情让赤虎跟着松了一口气，他低声说道：“卓嬷嬷将她安置在近水居。”

近水居临河，为方便管理染坊工匠出入，旁边开了道小门。晟丰泽扭转马头朝着河边的方向飞驰而去。

从染坊带走季英英这种小事，清平官杜彦是不会亲自来的。因牛五娘的信，差事就交给了赵修缘。回想起当天在染坊当众受辱的事，赵修缘就恨。今非昔比，他在这间染坊丢的脸面就要从这里重新拿回来。

来南诏之前，白王晟丰泽在赵修缘心中的形象高高在上。这些日子，赵修缘在织造局套出了南诏朝廷的势力分布。他愕然发现，能领三军攻唐的国主之弟在南诏并非颐指气使。晟丰泽的势力范围仅限于他的封地。而他的封地除了广袤的土地与上万奴隶，真正能战斗的护卫只有不到一千。南诏国主赐给同姓兄弟的只有尊荣与财富。论朝中权势，晟丰泽还不如受国主宠信的清平官杜彦。

明明答应如果掳到了季英英就将其交给自己，却当众夺了季英英去。晟丰泽的行为在赵修缘心中无疑是背信弃义、横刀夺爱。晟丰泽那一脚不仅踢伤了赵修缘的自尊，还把他踢到了清平官杜彦的阵营。

赵修缘端坐在马车上，想起了与牛五娘的洞房之夜，牛五娘说出的“伙伴”二字。如今，他正想着如何搭上杜彦，牛五娘就已经把这件事情办妥当了。那个聪明的女人用浣花锦帮杜彦找到了带走季英英的理由，也让赵修缘打消了将牛五娘一脚踢出赵家的心思。陌生的南诏，他需要牛五娘这样的伙伴。

有了清平官的命令和带走季英英的正当理由，不怕染坊不交人。胥吏和管理染坊的人恭敬地在门口站了一刻钟，赵修缘才慢腾腾地下了车。

“投靠了白王，怎不见你住进白涯宫去？”赵修缘喃喃自语着，倨傲地看向弯腰赔笑的胥吏和弯腰施礼的卓嬷嬷。

前倨后恭。这就是权力带来的变化。赵修缘下定决心要和清平官杜彦站在一起。

“本官奉清平官大人和大使之令，请季二娘前往织坊，调配丝线织造浣花锦。”赵修缘拿出了杜彦的令牌。

“副使大人请进正厅歇息，下官这就遣人去带杨季氏来。”胥吏看到令牌，暗自松了一口气。有清平官的令牌，白王殿下怎么也不可能找自己的麻烦了。

陪着赵修缘在染坊的正厅里坐了，没等到晟丰泽来，卓嬷嬷暗暗叹了一口气，开口道：“老身去唤杨季氏。”

“不必。本官亲自去。”赵修缘傲慢地说道。这一次，晟丰泽还敢抢走她吗？他真是迫不及待想要看到季英英脸上的表情了。

胥吏和卓嬷嬷无奈地对视了一眼，垂头跟在赵修缘身后，往近水居行去。

临近黄昏，太阳依然灿烂，从窗口、门口投进来的光照在栋木大桌上，布料色彩缤纷，像摆满了一桌盛开的鲜花。

“娘子的手真是巧。”阿金小心地摸着这些布料。

用南诏特产的染料，竟然能够染出这么艳丽多姿的色彩。阿金眼热地瞧着，如果女儿出嫁时能穿上一条用这种彩布做成的裙子，该有多好啊。

季英英笑了起来：“这有何难？你自己备好布和染料，我单独帮你染就是了。”

阿金不安地说道：“奴婢只有自家织的粗布。”

“会一样好看。”季英英柔声说道，“你返家拿来，明天就能染了。”

阿金这样的南诏奴婢都住在染坊外。得了季英英的许可，阿金惊喜交加，匆匆去了。

季英英转过身，将桌上的彩布一一叠好，听到门口又传来脚步声，她失笑道：“阿金，怎跑得这么急……”

转过身，她看到了晟丰泽。

阳光从他身后照过来，在地上拉出长长的身影，似走得急了，黑色披风的边轻轻荡漾着。她的目光落在他腰间，数寸宽的深蓝腰带上镶着一排红红绿绿的宝石，闪动着暗沉的光，腰带上还用银链子挂着一柄弯如月钩的小刀。

他垂在身侧的手慢慢捏紧，如同攥着季英英的心，让她不由自主地紧张起来，晟丰泽为什么还会来？

“白王殿下。”季英英垂下了眼帘，微微一福，低垂的眼眸看到他朝自己走来。

他迈的步子极大，几步就走到了她身前：“这些都是试染的新布？”

他心心念念的就是让南诏人学会染布织锦，新染成的这批彩布就当是还他的恩情了。季英英顺势转过身，将叠好的布料又抖开了：“是，殿下觉得如何？”

晟丰泽早已想好的话哽在了喉间，一股苦涩从舌底蔓延开来。南诏的大象从不会低头就戮，死时总会高昂着脖子，发出悲鸣。骄傲让他无法说出自己此行的真实目的。

他话锋一转，告诉季英英："国主见识过赵家那幅《临江仙菊锦》后，对杨家今年准备拿去参加斗锦赛的新锦很好奇。清平官建议让你去织坊将杨家的浣花锦织出来。织造局副使赵修缘现在已经进了染坊。"

杜彦、赵修缘，无论落在谁手里，她都保不住自己。季英英愣愣地望着摆在木桌上的布料，手指压在布料上慢慢地摩挲着。她明白了晟丰泽的来意："王爷前来，是想带我回白涯宫？"

不仅是带你回宫，还要给你一个让杜彦和赵修缘无法动你的名分。

她白皙修长的手指在彩色的布料上无意识地划动着，像挠着晟丰泽的心。他深吸一口气，按住了她的手，有点急切："我，可以给你一个名分。"

名分？广告天下她成了国主之弟、白王晟丰泽的女人？仿佛他的手比火炭还烫，季英英哆嗦了一下，飞快地从他掌中抽离。

晟丰泽摊平的手重新攥成了拳头，眼神微暗，抬头却看到一抹浅笑在季英英嘴角勾起。阳光下，她的笑容中分明带着一抹嘲笑。她终究是不愿意的。晟丰泽觉得自己在季英英心里像是阳光里那些跳跃的尘灰，轻得吹一口气就能散干净。然而他悲哀地想，就算是这样，他也想保护她。他轻声说道："只是个名分而已。"

季英英愣了愣，坚决地摇了摇头。

淡淡的悲凉从晟丰泽心底腾起，酸涩的感觉汩汩冒出。他都给她这样的承诺了，她还是不肯啊。

晟丰泽给的名分能保护她，却会断了她和杨静渊的缘分。杨静渊已经是大唐的将军，受不得这种羞辱。将来，她若还想回到大唐，唯有自尽。

迎着季英英清亮坚定的目光，晟丰泽有点狼狈，一股气直冲脑门儿："你当本王是在趁火打劫吗？"

她把他想成什么人了？如果他真如此，她还能好好地站在这里？

"我知道你不是那样的人！"季英英脱口说道。

"我在你心里是怎样的人？"

第一次在赵家藤园救她，是听到赵修缘的话，想讨她三年自由传授技艺。最终他没有讨要报酬，救她离开。

第一次起恨，他差点儿掐死她，她也没忘记挠上几爪。

四目相对，晟丰泽的目光渐渐变得幽深。他心里有个声音不停地叫嚣着，你心里还是有我的吧？哪怕曾经在意过一点点。

“多谢您数次相救。”季英英拿定了主意，定定地迎着他的视线，心由慌乱变得坚定。她低声说道：“有些东西比性命更重要。”

比如名节。

晟丰泽一口气顿时泄了。一颗心又嫉又恨，又酸又苦。哪怕落到杜彦和赵修缘手里，哪怕会被折磨死，她也不肯让杨静渊难堪。

可他呢？晟丰泽默默地问自己。他终究还是做不到让她落到杜彦和赵修缘手里。

晟丰泽咬紧了牙，握住了她的手腕，拉着她就往外走。

“王爷！”季英英挣扎了一下，被他拉得踉跄前行，她不由得大急，“晟丰泽！你放手！我不能做你的女人！”

晟丰泽停住了脚步，怀着最后一丝希望回头看着她道：“只是不能吗？”

是隔着国仇家恨，因为杨静渊不能，还是不想？你可曾有一点感动、有一点喜欢我？他急切地分辨她脸上细微的表情，想看出她真实的想法，又害怕看到她脸上的疏离。

季英英深深地吸气，嘴唇蠕动。不，他不要听她说话。晟丰泽大喝一声：“你不用说了！”他不想听。

这时，院门处传来嘈杂的人声和赤虎冷峻的声音：“王爷正在与季娘子议事，不得打扰。”

赵修缘的声音随之传来：“国主有令……”

她也不想自寻死路，她忘不了赵修缘娶牛五娘那夜他带来的屈辱与无能为力。但她没有办法，她不能要晟丰泽的名分，她不能为了苟且活着而让杨静渊难堪。季英英用手去掰晟丰泽的手指，轻声说道：“也许我的手艺还能护我周全，王爷不必担心。”

从前怎么没觉得汉人的规矩礼仪这么讨厌？晟丰泽心里这样想着，从腰间抽出精致的银质匕首，放进了她手中。

又一个送银刀求亲的，季英英尴尬地笑道：“我已经有了三郎送的……”

话未说完，晟丰泽握紧了她的手朝自己的右胸扎去。

血一点点洇湿了他深蓝的衣襟，季英英的眼睛蓦然瞪圆，她下意识地想抽出手来。但晟丰泽的手紧紧握着她的，鲜红的血顺着两人交握的手淌了下来。

刺痛的感觉竟然压下了心里的酸楚。

如果当初他没有亮明身份该有多好？如果在她心里，他一直是那个解季家危难的晟郎君该有多好？

“晟丰泽，你做什么？”季英英颤声叫着他的名字，却不敢再用力挣开他的手。

在她心里，纵然是他率兵攻打大唐，她也不肯伤害他的吧？这个念头让晟丰泽的心柔软起来，脑中回想着初次见面时场景，晟丰泽再一次变得坚定。她落在赵修缘手里，他唯有更揪心。

晟丰泽松开手，匕首叮当掉在了地上。他按住了胸口的伤口，轻声说道：“行刺本王的刺客，谁都带不走，只有本王才能处置。”

季英英脑袋发蒙，手却反应较快，直接按在了他的伤处。

晟丰泽反手盖着她的手压在胸口，低声说道：“无论如何，你都不能跟赵修缘走。”

他宁肯捅自己一刀，也要护着她。季英英睫毛颤了颤，发现自己真的很讨厌晟丰泽，讨厌他施恩于自己，逼着她受了他的恩，她可怎么还得了？

“何必呢？”

这三个字像梦呓一样轻，却又像针一样尖锐，晟丰泽一时间也分辨不出是伤口疼痛还是心在酸疼，低声说道：“你若让我白挨了这刀，我就向王兄讨人，你就真的回不去了。”

季英英目瞪口呆，他怎么能这样无赖？

晟丰泽懒得再说服她，冲外面扬声大喊：“赤虎！”

赤虎听到召唤，带着人就冲了进来。

转瞬间，屋子就被挤了个水泄不通。

“王爷！”看到晟丰泽沾满鲜血的手，胥吏的脸瞬间就白了。白王被刺，大怒之下屠了整座染坊也不是不可能，他急得赶紧叫人去找郎中。

卓嬷嬷动作麻利地直接扯过一块未染色的白布替晟丰泽裹起伤来。

季英英呆呆地望着他，隔着慌乱的人群，晟丰泽居然冲她笑了笑，而季英英只能苦笑。

以王爷的身手，季英英能拔了他的银刀刺伤他？还笑得这么开心？当他们这些侍卫眼睛都是瞎的？赤虎眨了眨眼，大怒拔刀，指着呆滞的季英英道：“胆敢行刺王爷，活得不耐烦了！”作势就要砍下去。他得意地想，王爷你是拦还是不拦？

“杀不得！”赵修缘这才反应过来，大叫一声制住赤虎，上前两步朝晟丰泽行礼道，“王爷息怒，国主还等着她织浣花锦。不如让季氏戴罪立功，若是织不出浣花锦，再杀她也不迟。”

晟丰泽大怒："笑话！本王率二十万大军掳回一万多工匠，就只有她才会织锦？你是什么东西，敢包庇刺伤本王的刺客？"

听到这话，数柄刀唰地改变方向指向了赵修缘。

赤虎冷冷地说道："难不成副使大人是她的同伙？"

啊？赵修缘连连摆手："不不，我不是……"

晟丰泽冷着脸道："将她押回宫！"说完看也没看赵修缘，昂头大步朝门外走去。

季英英还没回过神，就被两名侍卫架着出了门。

等到赵修缘和染坊的胥吏反应过来，晟丰泽已被侍卫们簇拥着离开了。

"王爷！"胥吏这会儿根本无暇顾及赵修缘了，白着脸追了出去。

转眼之间，屋子里只剩下赵修缘和带来的下属官吏。

"赵副使，此事需尽快回禀清平官大人。"一名官吏小声提醒道。

赵修缘如梦方醒，他是没有胆量从晟丰泽手里抢人的，这事得让杜彦拿主意才行。出了院子，看到胥吏垂头丧气地带着染坊的官吏回返，很明显，晟丰泽已经带着季英英回宫去了。他走过去正要开口，胥吏翻了一个白眼，拱了拱手道："赵副使，请便。"

染坊的官吏将赵修缘晾在一旁扬长而去，哪里还有半点迎接时的恭敬。赵修缘气得直喘气，又无计可施，只得匆匆回城。

乱哄哄的染坊四周挤满了看热闹的百姓，韩四爹看了一眼晟丰泽队伍中那个穿着彩色长裙的女子，有点同情随自己来南诏当斥候的大唐少年将军。等气呼呼的赵修缘带着人马朝太和城的方向走远了，韩四爹背着背篓笑呵呵地来到了染坊门口。

送给管理染坊的胥吏两只野兔做下酒菜，韩四爹轻易地打听到了季英英的事情。

第五十四章

爱让人迷茫

回到白涯宫，赤虎很客气地请人领季英英去休息。季英英回过头，受伤的晟丰泽被一大群人簇拥着进了寝宫，管家仆妇像没头苍蝇似的在院子里跑来跑去。她心里突然过意不去。在那些人眼中，晟丰泽流一滴血都是天大的事情。

“季娘子，您去休息吧。”见她有些呆愣地望向寝宫，赤虎的语气和缓了一些。好歹还有点良心，不枉主子为她受伤。他还要安排人去打探太和城的反应，不能再陪季英英耽搁时间。赤虎又劝了几句，大意是有这么多人侍候着，她不用担心，好好待在宫里就对得起主子的心意了。

“请转告王爷，迟些时候我再去探望他。”季英英迟疑了一下，朝赤虎弯腰一福，跟着仆妇离开了。

晟丰泽为了她刺了自己一刀，她应该当面致谢的。

赤虎明白晟丰泽的心思，也没真把她当作刺客扔进地牢里去，而是让仆妇把她带到了客居住下，只不过在客居院门口安排了两名士兵看守。

阳光将屋檐的阴影映在地上，季英英趴在支起的窗户前安静地瞧着，突然有些倦了。

一入南诏，她处处身不由己，从前只是个被杜彦和赵修缘惦记着的染娘，现在变成了刺杀南诏白王的刺客。想活下去并不简单；想死，她又舍不得。

细想起来，她好像有很多愿望，想回到三道堰做姑娘时，偷偷进染坊被母亲责骂都是那么快活；她想再见到杨静渊；想再参加一次斗锦，让新染织的浣花锦得到锦户们的交口称赞。如今，给母亲、大哥、嫂子报仇成了奢望，连自己何去何从都不晓得。

季英英把脸埋进胳膊里，让衣袖把淌下的泪吸走。

院门被大力推开，发出咣当的声响，门口的士兵嘟囔着阻拦："阿宁小姐……"

阿宁来了？季英英匆匆擦了泪，抬头就看见阿宁一身煞气地出现在窗口，她抽出了腰间的小刀指着季英英叱道："你还有脸哭？我早该杀了你！"

被她一吓，季英英反倒冷静了："那你快些动手，免得被你主子拦着杀不了我了。"

阿宁怔了怔，咬着唇跺脚道："你想让主子讨厌我是吧？就算主子讨厌我，我也要为他除了你这个灾星！"

两人之间不过隔着一堵矮墙，阿宁往前走了两步，和季英英之间的距离不到半尺。季英英闭上了眼睛，死就死吧，自己是没有勇气自尽的，让阿宁杀了自己也好，她也算保住了清白，对得起杨静渊。母亲、哥嫂、季嬷嬷都在等着她呢，她没用，报不了仇，去陪陪他们也好呢。

见她丝毫没有抵抗的意图，阿宁拿刀的手哆嗦起来。只要往前一送，银刀就能刺进季英英的身体，她再也没办法让主子为她受伤难过了。

阴影里的季英英脸庞白净，睫毛被沁出的泪浸得湿了，黑得发亮，难得地露出羸弱的风姿。

惺惺作态！

阿宁咬了咬牙，狠狠地将刀刺了过去。

她仿佛听到刺的一声，手臂传来剧痛，递出去的刀随着身体的痛觉改变了方向，由刺变成砍，劈在了窗棂上。

阿宁低呼了一声，看到一支翎箭穿过了手臂。她按着伤处转过身去，看见晟丰泽站在院门处，身上系着一件披风，敞开的胸口包扎的白布还沁着血，分明是正在处理伤口时听到士兵传讯就赶了来。阿宁嘴唇翕动着，眼泪大滴大滴地落了下来。

晟丰泽将弓箭递给身边的赤虎，走了进来。

"您是想要杀我对吗？"阿宁突然忍不住了，脱口叫道。

赤虎心中不忍，上前几步，想开口求情。晟丰泽转头瞥了他一眼，赤虎的话就堵在了喉间，讪讪地低下了头。

晟丰泽径直走进了屋，静静地看着季英英。

他就这样从自己身边走过，就像没看到她，阿宁睁大眼睛，隔窗望着沉默相对的两人，一颗心疼得没了知觉。从她十二岁进宫服侍，他就是她的全部。阿宁手中用劲，箭被咔嚓掰断。

“阿宁……”赤虎低声叫了她一声，用眼神催促她赶紧走，主子一箭只射中她的胳膊，不过是想警告她罢了。他担心阿宁不识好歹，折腾起来，把晟丰泽的耐心折腾没了。

阿宁捂着胳膊泪如雨下，扑通跪在了地上，嘶声叫道：“主子！就算您杀了我，我也要说！她是唐将的妻子！她如何配得上主子为她……”

赤虎一个箭步上前，手掌劈在了阿宁颈后，打断了她的话。他迅速抱起阿宁，也不敢看晟丰泽，边往外跑边结结巴巴地解释：“女人见识短，属下好好教训她去。”蹿得比兔子还快，话还没说完，人已经跑到院子外了。

“我没生她的气，王爷也不要计较了。”傻子才看不出来赤虎对阿宁的心意。因为自己，晟丰泽严惩阿宁，他的下属们多少会有怨言的。季英英觉得自己欠晟丰泽的太多了，不能再欠下去了。

如果不是他及时赶到，阿宁的刀真的就刺进她胸口了。她是不想活了。他突然想起第一次在赵家见到她时，如果不是自己，她逃不出赵修缘的魔掌。可她仍像一匹母狼一样，凶悍地骂着赵修缘。他仿佛在这一瞬间触及了季英英羸弱的内心。她是这样害怕，却从来没有流露出来。晟丰泽突然有些心疼。

他怎么能忘了呢？南诏攻唐，她亲眼看着她的母亲、哥嫂、刚出生的小侄子死在眼前。她染那些五彩的布料时，怕是将心里仅剩的希望和色彩都拿了出来。她的心已经是灰黑的一片，连活着都觉得疲倦了吧？

晟丰泽张开双臂将她抱在了怀里，感觉季英英下意识地挣扎，身体变得僵硬。他压住了她的头，把下巴放在了她柔软的发间，喃喃说道：“相信我，我会让你好好地回到大唐。”

脸压在他胸口，季英英嗅到了浓浓的血腥味，她的眼泪哗地就涌了出来，她用力捶打着他的前胸，尖声叫道：“我不会原谅你，我娘、我哥、我嫂子都在天上看着我！我夫君一定会带着唐军踏平南诏！你是刽子手！我不会原谅你！”

她的心因为他而动摇了。在他握着她的手刺了自己一刀之后，季英英心酸得想放声大哭。她不要他一次次救自己，她不要他施恩。她只想恨他，只想回到大唐，回到有母亲和哥哥的家里。

她怎么能在心里印上另一个男人的身影？她如何对得起杨三郎？

季英英哭得一塌糊涂，她怎么还能活下去？

晟丰泽放开了她，迅速地转身朝外面走去，呼吸间扯动着胸口的伤，每吸一口气都传来尖锐的疼痛。他知道她的意思，他没有哪个时候比现在更明白她的心。

在他能爱她的时候，他没有去爱；在他想爱她时，他永远都不能爱她了。

不，不是他不能爱她了，而是他的爱让季英英不想活了。还有什么比这个更让他伤心？

他站在门口，望着屋檐的阴影被阳光吞噬得越来越多，他按住了胸膛，他记住了，这里曾经抱过一个他喜欢的女人。

她被掳到南诏时，他还曾想留住她。她的双脚踏在南诏的土地上，她住在他的国家。他想见她，不用越过千山万水。可惜，这些都是他的奢望罢了。

身后的哭声渐弱，屋里又渐渐变得安静。

阳光渐渐西移，地上的影子变得浅了，不知不觉，他在门口从白日站到了夜晚，他机械地转过身，看见季英英呆呆地坐在阴影里，单薄的身体显得有些可怜。晟丰泽又走进了屋，点燃了灯。

灯光惊醒了她，她蓦然瞪圆了眼睛，身体往后缩了缩。

“帮我包扎一下伤口。”晟丰泽直接说道。他停了停又道：“送你回去，路上舒服一点。”

季英英吃惊地微微张着嘴，不太明白他的意思。

晟丰泽已经吩咐守卫去拿伤药和他的衣裳。

他坐在竹榻上，解下了披风，沁出的鲜血顺着胸膛淌了下来。那一刀他心里发着狠，刺得不轻。

守卫送了东西来。见季英英还愣着，晟丰泽自嘲地笑了笑：“送你离开，咱俩就两清了。”

啊，他真的要送自己走？季英英活过来了，她动作灵敏地解开他身上缠裹的白布，一层层揭开，挽了袖子拧了布巾给他擦拭血迹。

晟丰泽双手按膝，大马金刀地坐着，目不斜视，他的思绪随着她的动作而转动着。她的手指有点凉，偶尔触着肌肤有点痒。她的下巴好像比原来尖了，回到大唐，应该会丰腴起来。杨静渊应该会待她好的吧？她嫁他时还是孝期，她没和杨静渊圆房，他应该能相信她的清白。

灯光暖暖地笼罩着两人，静默中透出几分温馨。

晟丰泽盯着墙上映出的影子，有些舍不得靠在一起的影子分开。

“好了。”低下的娇俏身影终于离开了他。

“谢谢。”晟丰泽站起身，穿好了衣裳。他没有再看季英英，低声说道：“我嘱人送饭菜来，你多吃一点。今晚月色极美，我带你出宫赏月。”

季英英有点兴奋，又有点无所适从，半晌也轻声说了一句：“谢谢。”

“不用谢我。”晟丰泽有些感慨，“第一次在赵家救了你，我就一直在想，你怎么那么聪明，硬是没有答应付给我报酬。”

当时他想要她为他染色配丝，想讨她三年时间，她却没有答应。晟丰泽想，这就是命吧。从一开始，她就知道躲开他的陷阱。

季英英无话可说。

晟丰泽轻叹了一口气，快步离开。

是啊，第一次她就感觉她付不起他索要的报酬，可他依然一再救了她。季英英低声自语道：“这是命啊，我和你真的没有缘分。”

这一次，他仍然打算放了她。季英英愣愣地坐在他坐过的竹榻上，想哭又想笑。

眼前蓦然一黑，一个人影从窗户跳了进来。季英英被吓了一跳，抬头时看到了杨静渊。她使劲眨了眨眼睛，她怎么会看到杨静渊?

一进屋，杨静渊极自然地将自己隐藏在灯光的背后，不让人从外面发现他的身影。他喉间动了动，像是把想说的话咽了回去。

她脑袋有点蒙，慌乱地去看他。她没有看错吧？他黑了许多，瘦了许多，可那张脸依然剑眉飞扬，俊朗如月。是他，是杨静渊，她朝思暮想、放在心里不知想了多少遍的杨三郎！

“啊，三郎！”季英英回过了神，激动地叫了一声，想都没想就扑进了他怀里。

“我、我走了很远的路，翻山越岭，生怕来得迟了。昨天，我走到这里了。”杨静渊突然就落泪了。

季英英用力抱住他：“三郎，三郎！”

她的眼泪也落了下来。她一路上都在想，再见到杨静渊，她一定会朝他露出灿烂的笑容，告诉他，她一直等着他。她也不知道为什么见到他，她却只能流泪。

杨静渊抬起胳膊，在空中停留了一会儿，终于捧起了她的脸，他低下头，把嘴唇印在了她唇间。他尝到了她滑落的眼泪的味道，咸咸的，心就像被人捅了一刀，又冷又痛。他怎么能怨她呢？她不过是个柔弱女子罢了。他真害怕自己来得迟了，再也见不到她了。如今，她活着就好。

他抬起脸，季英英的胳膊绕住了他的脖子，让他呼吸有点困难。

她的脸贴在他胸口，小声地叫着他。杨静渊狠下心将她的胳膊拿开，低声说道：“你好好的……我还有事要办，我先走了。”

“三郎。”季英英想开口让他带自己走。可叫了他一声，她生生忍住了。白涯宫又不是她家的后花园，抬腿就能进去闲逛。他一个人可以来去自如，可带着自己，就成了活靶子。她要懂事。他来了，他一定会想办法带自己走。对了，晟丰泽说今晚要送自己走呢。哦，不能告诉晟丰泽，杨静渊找到她了。晟丰泽愿意放自己离开，却不一定肯放走杨静渊，他是大唐的将军呢。她可以在路上等着他。这样，他也不用再进白涯宫涉险了。

季英英心思数转，觉得自己想到了最好的办法，她雀跃起来：“三郎，你不用再来白涯宫寻我了……”

她不让他再来了。杨静渊咬紧了牙。

院门打开，传来吱呀的响动，杨静渊飞快地躲在了门后，从腰间拔出了剑。

“是来送饭菜的。”季英英低声告诉他，快步走到了门口。

两个仆妇提着食盒，捧着一个包袱走进来。

季英英站在门口尽量用平静的语气说道：“放这儿吧。月色明亮，我在院里用饭。”

见她不让自己进屋，仆妇们也没有勉强，将食盒和包袱放在了院里的石桌上。

“季娘子，主子说请你换上新裳，戌时邀你赏月。”仆妇传达完晟丰泽的话，躬着身行了礼退下了。

“知道了。”

戌时，晟丰泽就能送自己走了。季英英露出了笑容。她转身进屋，却没看到杨静渊。低声喊了他几声，仍没有回应。季英英有些疑惑，嘟囔起来：“有事要办，也不肯给我说一声再走。”

是她贪心和他相聚，多留一刻，就多一分危险。季英英无奈地叹了一口气。

杨静渊悄无声息地离开了白涯宫。他沉默地从后山下去，走到山谷深处，溪水潺潺，月光将溪水映成了一片银亮。他蹲下身，把脸埋进了冰冷的水里，一拳接一拳打在了地上。

他从来不知道季英英和晟丰泽这样熟悉。从前他只知道晟丰泽想要得到季家的染丝秘法，只知道晟丰泽是她家的仇人。原来她和晟丰泽之间早有过那么多的过往，甚至在他与她相熟之前。

他以为他会在王府地牢里找到她，没想到她住进了白涯宫的客居。她哪里像刺客，她分明是来做客的。

他伏在屋脊上，从一方窗户望进去，她温柔地给晟丰泽包扎伤口。灯光太亮，他都能看到她眉梢眼角隐藏不住的喜色。他真是笨，他怎么现在才看明白晟丰泽看她的眼神?

杨静渊从溪水中抬起头来，双瞳被冰冷的水刺激得微微发红。他在溪边躺了下来，满脑子都是她柔柔的声音。

月光太亮，他盯着明月，想到的都是晟丰泽与她在山巅并肩赏月的身影。杨静渊用手挡住了眼睛，他不恨季英英，他只恨自己不够强大，没能将南诏兵拦在大渡河边。

“不怪你，我不怪你，不怪。”杨静渊不敢去想季英英遭受了什么。也许晟丰泽是她最后能抓到的浮木。

他怎么能怪季英英变节？他只要她活着，活得好好的就足够了。可是他却分明知道自己心里仍是埋怨着她的。看到她和晟丰泽温馨地相处，他是那样难受，仿佛被闷在锅子里，憋得喘不过气来。

如果她死了，他可以理直气壮地为她报仇，也好过看着自己的妻子委身南诏贼王。

“我不怪你。我要灭了南诏，杀了晟丰泽。”杨静渊的声音幽幽响起。

回到山中猎屋，等得焦急的桑十四郎和牛七娘迎了上来。

韩四爹机灵地转身去了院门口放风，就着月光搓起了编草鞋的绳子。杨静渊反手关上了门，他有点不敢看桑十四郎和牛七娘，自顾自地倒了一杯茶水咕噜灌了下去。

“快说呀，怎么样了？找到季二娘没有？”牛七娘见他一杯接一杯地灌茶水，急不可待地问道。

桑十四郎盯着杨静渊的脸，尽管油灯昏暗，但他仍看出了端倪：“三郎，你哭过了？”

杨静渊瞬间挺直了背，却在桑十四郎关切的目光中垮下了肩，他想说什么事都没发生，一张嘴，眼窝却热了起来。

“季二娘刺杀晟丰泽，不会被他杀了吧？”牛七娘尖声喊了起来，说完迅速往地上呸了几口唾沫，小心地往桑十四郎身后挪了挪道，“季二娘不会有事的。晟丰泽要杀早在染坊杀了，不会带她回宫……”

还不如说她死了呢，杨静渊的心窝子被牛七娘的话戳得汩汩直冒血。他怎么就没想到呢？季英英真的能行刺晟丰泽吗？杨静渊想起在益州城头与晟丰泽的对决，虽然晟丰泽打不过自己，但提防一个毫无武力的季英英绰绰有余。就算她刺了他一刀，能让奸滑狡诈狠辣的晟丰泽不设防，他二人之间该有多么亲密，才能让季英英近了他的身。

季英英与晟丰泽靠近的画面再一次出现在杨静渊眼前，他痛苦地闭了闭眼睛。

“三郎，你找到季二娘没有？”桑十四郎担忧地问道。

“她和晟丰泽在一起。”杨静渊有些木然地说道。

牛七娘顿时松了一口气，拍着胸口迭声说道：“活着就好。咱们一定能想办法救走她的。”

杨静渊不想再谈这个话题，他转身打开了房门：“明早我们就去太和城。牛七娘，你最好问清楚牛五娘掺和了多少。就算她是你姐姐，我也不会留情。英英，先别管她了。”

不管季英英了？牛七娘顿悟：“是了，晟丰泽宫里守卫森严，不方便救……”

话未说完，杨静渊已经出去了。

牛七娘呆愣了一会儿，转身问桑十四郎：“十四哥，杨三郎见到季英英还活着，为什么一点都不高兴啊？”

季英英和晟丰泽在一起。桑十四郎咀嚼着这句话，心里酸涩莫名。他脑海里浮现出浣花溪放灯那晚，季英英一脚将调戏她的周七郎踹进河里的场景，那样性烈活泼的女子，竟然会失节与晟丰泽在一起吗？他摸着牛七娘的头发，轻声说道：“七娘，以后莫要在三郎面前提起季二娘了。她……近在咫尺，如隔天涯，三郎肯定难过。依三郎的主意，明天我们去太和城找你姐姐。”

“知道了。”牛七娘可怜着杨静渊与季英英，在桑十四郎的胳膊上蹭了蹭脸，小声说道，“十四哥，我们永远都不要分开好不好？比起杨三郎和季二娘，我觉得自己好幸福。”

桑十四郎心里黯然，冲她柔声说道：“咱们不会分开。”

牛七娘温存了一会儿，想着明天要去寻牛五娘，担心得哭了起来：“十四哥，五娘若是执迷不悟，杨三郎要杀她怎么办？娘还等着我带她回去，娘还等着呢！”

“有时候我们总是念着亲情，却不知道那个人连亲生父亲都要陷害。七娘，你还当她是你的姐姐，你有没有想过，在她眼中，已没有你这个妹妹。”桑十四郎肃然说道。

“可是……”可她是自己的亲姐姐啊。就算父亲因她战死，母亲卧病在床，仍舍不下她。牛七娘想到这里，又生出一丝希望：“五娘若肯悔改，随我们逃回大唐侍奉母亲，青灯古佛为爹赎罪，我们可以原谅她吗？”

让牛五娘吃斋念佛，幡然醒悟？那个狠毒得像一条蛇的牛五娘肯吗？桑十四郎暗暗冷笑着。他不忍心污了未婚妻的心，却更不愿牛七娘辨不清是非。

“见着就知晓了。”

天高云淡，一轮明月又白又亮。

晟丰泽如约而至，以带她去山巅赏月为由，只带了赤虎一人，三骑出了白涯宫。

季英英已换上了方便行路的窄袖袄裤，默默地与晟丰泽并肩而驰。

月光将蜿蜒的山路照得闪闪发亮，绕过一道山梁，就再也看不见白涯宫附近的灯火。山中静寂，马蹄声嘚嘚响着，听着就像每一步都踏在心上似的，让季英英情不自禁有点紧张。

她紧张什么呢？赵修缘和杜彦还在太和城，也许还没想出法子应对。晟丰泽已经带着自己离开了白涯宫。等到他们反应过来，已经再也找不到她了。

只是她该如何与杨静渊联系？等她过了大渡河，再想办法吧。杨静渊一身好武艺，定能探知晟丰泽放走自己的消息，他会平安回到大唐。如果自己留在南诏境内等他，反而成了他的拖累，这样一想，季英英露出了笑容。

晟丰泽偏过脸看她，低声叮嘱道：“我们一会儿会离开大路走山中猎道，你仔细别颠下马去。”

“知道了。”季英英应下，觉得自己应该对晟丰泽说点什么，便低声问他，“你放走我，国主和杜彦会不会对你不利？”

话说出口，她又觉得自己笨，晟丰泽这样做定是冒了风险。可她实在盼着自由，盼着离开南诏，心里的愧疚又多了一重。

“如果不是南诏发兵，你也不会被掳来南诏。南诏工匠多，不差你一个染娘。”

他竟然看出了她的心思，用这样的话来安慰自己。季英英无言以对，半晌才道：“遇见你，是我的福分。”

可惜却不是缘分。晟丰泽低声道：“跟紧我。”他扭转马头，冲着林边一条小道去了。

前有晟丰泽，身后是忠心耿耿的赤虎，山道狭窄，三人无法再并行，踏着小道进了林子。

一夜未睡，晨曦乍现时，晟丰泽在溪边停了下来。

季英英骑了一夜马，双腿和腰已经酸得没了知觉，看到晟丰泽有意扶自己下马，她硬咬牙用力从马上翻了下去，晟丰泽伸出的手默默缩了回去。

赤虎解了包裹，从溪边打水。林中枯枝多，不一会儿就燃起了一堆火。

“睡两个时辰再赶路。”晟丰泽解了毡毯铺好道。

季英英又累又困，不再推辞。她裹在毛毯里，脸被刚从山脊梁上升起的朝阳晒着，有些睁不开眼睛了：“咱们翻了几座山？”

“出了垭口，才翻过这座山。”

前面还有比这座山更高更险峻的山，他最多能送她出了这座山，就必须回宫。睡两个时辰，用过饭，午后就能到垭口。和她待在一起最多只有几个时辰了，以后，他再也见不到她了。

晟丰泽偏过头看她，季英英已经睡着了。

他伸手将毛毯往上拉了拉，默默地望着她的脸出神。他怕时间长了，他会忘记她的容颜。

赤虎烧开水，烤了米粑饵块。三人用过饭后，再次骑马上路。

出了林子，路好走多了。太阳升到正空的时候，两山夹缝的垭口出现在三人眼前。

晟丰泽停了下来：“我便送你到这里了，赤虎会护送你回大唐。”

他的脸沐浴在阳光下，什么表情都没有，看不出他的喜怒。季英英在马上向他弯腰行礼：“再见，王爷。”

她留给他的只有这样的一句话。可她还能对他说什么呢？人生告别常有时，真说再见时，却不知何时才能相见。晟丰泽干脆地拍了一记马臀，看着马带着她朝垭口外奔去，赤虎向他拱了拱手，跟着季英英追了过去。

两骑的身影越来越小，绕过山坳，消失在他的视线中。

山风吹拂着晟丰泽的衣袍，他拍了拍胯下的马，轻声说道：“早知如此，我就不该去大唐。”

早知会有这样一场孽缘，他就该顺从王兄的心意，在南诏厉兵秣马，直攻大唐。那样，心就不会因为这场战争而沦陷挣扎。

“走吧，咱们回家。”他扭转马头，缓缓踏上来路。

季英英和赤虎刚出垭口，神色就变了，垭口外是一片缓坡谷地，两百士兵早已埋伏于此，阳光将箭头映得雪亮。

“回去！”赤虎急得拉住了季英英骑的马的辔头，强行带着马回转方向。

一支箭嗖地射中了赤虎的马，马长嘶着将赤虎掀下了马背。他抽出长刀顺着来箭的方向看去，发现山梁上也布置有人，将两人团团围住。

认出高坡上站着的将领是蛊狂，赤虎瞪圆了眼睛，大喊道：“蛊狂大军将，你这是做什么？”

季英英认出了蛊狂，脸顿时变得煞白。她忘不了他，是他逼得母亲杀了哥哥后自尽，是他亲手挥刀砍死了季嬷嬷。

“国主还等着这位季娘子织浣花锦，赤虎将军这是要带她去哪儿啊？”蛊狂得意地笑着。明知东征军彪悍，杜净勇猛却无智计，被晟丰泽哄去佯攻梓潼。那可是清平官大人的独生儿子啊。清平官大人发了血誓要给儿子报仇。如今白王将把柄主动送上门来，自己又在清平官大人面前立下功劳，蛊狂好生欢喜。

赤虎心头大急，一时却想不出理由来。

“浣花锦所需染料特别，听闻这一片谷地里长有染丝所需的药草，白王殿下特遣赤虎将军随妾身前来寻找。这个理由您满意吗？”

季英英的手指紧紧地扣着缰绳，掌心传来指甲扎进肉里的痛楚，让她分外冷静。两百士兵，早布下埋伏，跑是跑不掉的，她能做的只有尽量保住晟丰泽。晟丰泽倒霉，南诏朝廷就更无人能出手救自己。

“哈哈，好一张利嘴！明明是白王有心放你逃跑，休想糊弄本军将！”蛊狂冷笑地指着两人道，“将人绑回去！”

赤虎感激地看了季英英一眼，一口咬定：“不用绑！我们一起去国主面前分说清楚。误了采摘药草，织不成浣花锦，蛊狂，这责任你可负得起？”

蛊狂不屑地看着他，拍了拍手掌：“出来吧！”

山石后面缓缓走出一个包裹在斗篷里的人，赤虎盯着她，见她掀开了帽子，脸色大变：“阿宁！”

怪不得蛊狂会带兵埋伏在这里，为避人耳目，主人特意避开大路，走山中猎道，是阿宁通风报信，让蛊狂带着人从大道疾驰，赶在了他们前头埋伏在垭口。

阿宁白着脸站在蛊狂身边，淡淡地说道：“杨季氏是抓来的奴婢，国主需要她织出浣花锦。赤虎，主子糊涂，阿宁却不能违背国主，任由他将杨季氏放走。”

“呸！你还有脸叫主子！”赤虎红着眼睛骂道。他怎么就眼瞎喜欢上了阿宁？

女人啊，季英英暗暗叹了一口气，打量着四周，竟真让她瞧见好几种能染色的药草。季英英跳下马来，扯了几根递给赤虎：“既然蚩狂军将不相信我们是来寻染料的，跟他回去即可。”说着抬头对蚩狂说道，“既然来了，还请军将派士兵把这几样药草摘上几筐，再返回太和城如何？当然，军将不肯，妾身就遵令随你回去。只不过……浣花锦的染料制造烦琐，也许这片谷地里还有妾身没找到的药草，遣人来也不认得，耽搁了织染浣花锦，妾身不会担下责任。”

难道真的是来找染料的？阿宁自幼跟在晟丰泽身边，万一这是晟丰泽的圈套呢？耽搁织浣花锦岂不成了自己的不是？蚩狂疑惑地转头望向阿宁。

阿宁高声喊道：“大军将，莫要听那贱人胡说！她行刺白王，殿下还任她自由出入，只派了赤虎一人保护，您不觉得奇怪吗？”

季英英鄙夷地说道：“妾身是唐女，恨白王殿下带兵攻唐，意图行刺。可是白王殿下为了织造浣花锦而原谅了妾身。如遇伯乐，妾身实在感动，决定在南诏织出浣花锦报答殿下的知遇之恩。怎的到了你嘴里，就变了模样？女子善妒，得不到殿下的宠爱，就背主诬陷，挑拨生事，啧啧。”

“你胡说！”

“够了！”蚩狂也是辛辛苦苦带兵赶了一夜的路，两女各执一词，吵得他头昏脑涨，反正把人带回太和城，自有清平官大人明断是非。“都认认杨季氏采下的药草，分头采几筐带走！”

赤虎和季英英对视一眼，暗暗松了一口气，只要咬定找寻染料，晟丰泽还有了功劳与忠心，事情就好办了。

一队士兵牢牢盯住了季英英，她知道逃不掉，干脆用心在山谷间寻找能染色的药草，专心致志的模样让蚩狂又动摇了几分。

“大军将，奴婢并无虚言。”她已经背叛了主子，若不咬定这件事，背主诬陷的罪名会将她送上山顶处以点天灯的酷刑。

不，她不是想背叛主子，她只是想杀了季英英。

蚩狂才不会把她这样的女侍卫放在心上，敷衍道：“只需将杨季氏带回太和城，别的事自有清平官大人做主。”

人到了手里，后面的事听清平官大人的就行。

找寻一下午，药草采摘了数筐，蚩狂下令在谷中扎营，赤虎与季英英被看管在不同的营帐，再无交流。第二天清晨，季英英和赤虎被蚩狂带回了太和城。

这时节的益州城已飘起了雪，南诏的阳光仍然明媚。

窗口透进来的光映在地上，盯得久了，让人目眩。因这阳光，连地牢都少了那股子阴森味。季英英将稻草挪到了那团光影里，铺在身下坐着，眯缝着眼睛去看砌在地面上的窗户。

牢头挂在腰间的钥匙叮当响着，提醒季英英有人来了。她抱着双膝望向那一扇粗壮的木栅栏门，是杜彦还是赵修缘？或者仅仅是送牢饭来了？

杜彦停在了牢房门口，平静地注视着季英英。牢头脸上带着谄媚的笑，解下钥匙去开门，杜彦扬了扬手，牢头弯腰退了下去。

“清平官大人。”季英英不太喜欢被他居高临下地看着，站起了身。

见她顺手将沾在裙子上的稻草摘走，模样随意自在，杜彦笑了笑：“你是不怕死，还是害怕生不如死？”

为什么会害怕生不如死？因为他有的是手段让她生不如死。季英英想起了杨静渊，他就像这窗口洒落的阳光，好歹自己已经见过他了。

这世间有各种缘分，也有许多错过。那一晚，杨静渊若无要紧事，多停留片刻，他就会盯着白涯宫的动静。也许在路上等着她的人就不会是蚩狂。

想那些没用的做什么呢？季英英摇了摇头，看在杜彦眼中，却是她怕了。

“听说你行刺白王，本官甚是欣慰。”

季英英挑了挑眉，这才想到除了晟丰泽和赤虎，连阿宁都以为她真的刺了晟丰泽一刀，杜彦也不例外。能活的时候，她是绝不想死的。季英英很无奈地说道：“白王殿下是习武之人呢，清平官大人对我期望太高了。”

能为己所用，杜彦对杀了季英英毫无兴趣，他温和地说道：“季娘子与本官的协议依然有效。只要你在殿前承认是白王放你逃走，本官会让你平安回到染坊……赵大人也不会再来打扰你。”

指认晟丰泽放走知晓织造浣花锦的自己，就是指认他对国主不忠，背叛南诏之意了，代价就是继续被关在染坊、织坊当奴婢。

季英英眨巴着眼睛，很感兴趣：“清平官大人的意思是，国主会召见妾身，和白王殿下在金殿对质？”

杜彦笑道：“不错。事实上，宫里来接季娘子的车已经来了。如何？”

能离开这个地方再说吧。最差不过是被再送回来。现在不答应杜彦，被他灌碗药毒死，还成了畏罪自杀。咦，杜彦怎么就想不到用死无对证来咬死晟丰泽呢？

季英英点头应下：“清平官大人记得答应妾身的事，莫再让赵修缘来恶心我了。”

杜彦一笑，招来了牢头。

他在门口等着季英英出来，外面的阳光让季英英停住了脚步。才半日，她就已经觉得外面的阳光更灿烂了，她叹了一口气。

杜彦负手站着，淡然说道：“如果你在殿前反悔，别指望白王能护着你。虽说我能杀了你，但死无对证同样能让晟丰泽逃过一劫，是为下策。”

阳光瞬间变得冰冷，季英英被杜彦的心思吓着了。她回过神，对杜彦福了福身笑道：“清平官大人算无遗策，却让妾身有命活着，多谢您了。”

杜彦望着她上了牛车，被侍卫们护送着离开，轻叹了一口气道：“大唐一介妇人都能笑谈生死，病虎虎威犹在，南诏何以顾全？”

却是在担忧起如果将来大唐报复，南诏该如何应对了。

韩四爹领着杨静渊三人挑着木柴、野味进了城，看到一队侍卫护卫着一辆牛车驶来，领着三人避到了路边。

牛车四周没有遮拦，季英英安静地跽坐在车里。虽说没有镣铐囚笼禁锢，但她根本没想过在南诏的都城，一个大唐人能够逃走。

护卫牛车的看装束打扮就知道是宫里的侍卫。因要面见国主，从牢里出来时，杜彦特嘱牢头给她换了一身新衣。季英英穿着南诏女子的彩色花裙，面容姣好，引得道路两旁的百姓偷偷猜测起她的身份。

恬静的面容和鲜艳的花裙刺激得杨静渊的心直哆嗦。她是柔弱女子，她想活下去，他懂得，他不想责怪她。可是看到季英英抛头露面被护送进宫，杨静渊心如刀绞。

她可以选择活着，因为她已经忘了被南诏人逼死的母亲、哥嫂，她也忘了他，忘了她已经是他的妻了。

杨静渊忍得痛苦，额头的青筋高高凸起，脚步似有千斤重，好不容易才往后挪得半步。

季英英随意地观察着四周，太和城建得方正，城中大都是低矮的房屋，街道比不得益州城宽敞平整，只有远处的王宫多出了高楼，有巍峨之姿。在这冬日，街上不少百姓都赤着脚。比起白涯宫附近的百姓，这里的人们衣服上的补丁少了一些，更整洁。她心里叹气，一国都城，连益州府都不如。

迎着她的目光，男人们争先恐后地盯着她，黝黑的脸上一股桀骜之气，眼神像鹰一样锐利。季英英又想，这是个彪悍的国家，益州府连招呼客人的小二都斯文得很。

不经意间，季英英就看见杨静渊了。她撑着扶栏下意识地直起身，想跳下车朝他跑去。这时，车旁的侍卫警告地看了她一眼。季英英慢慢地松开扶栏，又坐了回去。远远地，她望着他暴怒的眼神，忍着大哭的冲动冲他摇了摇头，嘴唇开合间无声地告诉他，不要过来。

她看着杨静渊后退，将自己藏在了高高的柴垛后。牛车很快就将他甩到了身后，季英英低下头，看着眼泪一滴滴落在花裙上，慢慢洇成铜钱大小。

杨静渊扶着柴垛，把脸压在了上面。粗糙的木柴刺痛了他的脸，他恨不得用木柴将他的脸皮刮下来。他真没脸了，他不想抬头再看她一眼，他害怕自己忍不住冲到她面前，问她将自己置于何地。这哪是男人能忍下的羞辱。她眼里有着恳求，她居然求自己不要出现从而毁了她现在的生活。她还是季英英吗？还是大渡河边被南诏兵高高吊起阻挡他前行，仍口口声声叫着他三郎的季英英吗？

刚开始，牛七娘还悄悄躲在桑十四郎身后看，等看清楚车里坐着的是季英英，忍不住开口要喊。

桑十四郎眼疾手快地捂住了她的嘴巴，瞟了杨静渊一眼。这样的打扮，大群宫里的侍卫护送进宫，杨静渊说得没错，季英英果然和晟丰泽在一起了。

等到队伍过去，桑十四郎才松了手，胡乱找了一个借口道："开口就知道口音不对，装哑巴，别乱说话。"

这是出发前特意叮嘱过的。牛七娘嘟嘟嘴，见周围人群散开，压低声音道："十四哥，那些侍卫看上去都是在保护季二娘呢，她不是被掳到南诏来的吗？"

桑十四郎生怕杨静渊听到，狠狠地瞪了她一眼："叫你闭嘴装哑巴。以后再解释。"

"哦。"桑十四郎一凶，牛七娘就乖乖地应了。

杨静渊像没听到他俩的对话似的，挑起了柴垛，示意韩四爹继续领路。

季英英被人领进了大殿。她飞快地睃了一眼，殿中并无太多的人，宝座上坐着南诏国主晟丰佑，右下首站着大军将蛍狂，左首站着晟丰泽，殿中跪着两人，瞧身影应该是赤虎和阿宁。

国主这是打算小范围审案，给足了兄弟面子，免得让他被朝臣们攻讦。

不过是掩耳盗铃罢了，清平官杜彦要对付晟丰泽，白王私纵唐女逃走的事早传遍了朝野。

季英英上前，向国主弯腰行礼。

“抬起头来。”国主只记得第一次宴请大唐织锦大户时，那幅《临江仙菊锦》和季英英的姓氏。此时，他专注地打量着她，好奇兄弟痴迷上的女人长什么模样。

窄袖蓝袄、五彩花裙将她高挑的身形修饰得很美。南诏的太阳没有晒黑她的肌肤，一看就是四季不着日晒的益州府人。白皙的肌肤让看惯了南诏黑美人的国主觉得殿堂都亮了几分。她的长发松松地在脑后绾了个髻，这明显是妇人的发式。国主看了看面无表情的晟丰泽，叹了一口气，有点鄙夷他的眼光。低贱的奴婢，还是个已婚妇人，王族高贵的脸都被他丢尽了。

丢脸便丢脸吧，国主乐意看到俊美的兄弟失去臣子们的敬爱。可恨的是，他令杨季氏织染浣花锦呢，白王却要放她逃回大唐，他眼里还有自己这个国主吗？

国主看够了，和气地询问季英英：“杨季氏，孤已经听他们说过了。现在你说。”

晟丰泽紧抿着嘴，蚩狂老实地站着，跪在殿中的两人连头都没有抬起来。季英英望着和晟丰泽面容有几分相似的国主，轻声开了口：“回禀国主，是妾身本打算就在附近山里找染料，白王殿下便只遣了赤虎一人护卫，是妾身心急，不知不觉走得远了。”

“哦，这么说，并非白王放你逃回大唐？”

季英英坚定清楚地回答：“国主明鉴。”

蚩狂冷冷地看了她一眼，没有说话。

国主沉默着，王弟年轻，武艺高强，率军攻唐立下汗马功劳，他那几个儿子没一个能赶得上晟丰泽。他有意放纵杜彦打压王弟，也是为了他的孩儿着想。他比兄弟大十几岁，等他死了，国主羸弱，王叔强悍，怎么想都让人忌惮。

他也不能寒了王弟的心。孩儿们的羽翅还没长硬，大唐哪天翻脸要报仇，他还需要王弟领兵去挡一挡。

国主纠结万分，按照季英英的说法，王弟非但无罪，还忠心耿耿。他又不是个傻子，真要染料，令人进山采摘便是，也不至于只遣了心腹一人护着她翻过大山。

“禀国主，清平官大人来了。”

“请他进殿。”

他真的很喜欢杜彦，这人总会在适当的时候出现，太知情识趣了。

季英英有点紧张。她想都没想，进殿就将杜彦的提议抛诸脑后。杜彦会怎么对付她呢？这时，她看到晟丰泽朝她微微一笑，他不会让她有事的，季英英相信晟丰泽。

杜彦进殿朝国主弯腰行礼，随意地看了一眼殿中众人，笑问道："国主可审结此案了？"

国主笑道："白王怎么会私纵杨季氏逃走，一场误会。杜卿此时来可有要事？"

杜彦和声回道："臣在外听闻大臣们议论不休，也想知道国主审结的结果，好安抚朝臣。既然是一场误会，朝臣们也不会误会白王殿下。"

国主点了点头道："把阿宁的舌头割了，脸上刺了'叛奴'二字，锁在城门处，让那些企图背主的人都好好看看她的下场。"

跪伏在地的阿宁惊慌地抬起了头，又重重磕了下去："求您杀了奴婢吧！"

她不怕死。但割了舌头，刺了字，锁在城墙上，她会被百姓揪打，用石头砸死，连最低贱的奴隶与乞儿都可以当街扑上来发泄自己的欲望。她怕得哆嗦起来，她宁肯被一刀砍了头，也不要去想象自己衣不蔽体的模样。

"主子！是阿宁听岔了，求您看在阿宁自幼进宫服侍您的分上，赏阿宁一个痛快吧！"阿宁听不到国主开恩的声音，爬到了晟丰泽脚下。她是因为爱着他，所以才会背叛了他。他的心是铁石吗？连赐她速死都不肯吗？阿宁哭得瘫软了身体。

晟丰泽沉默地望着她，在两名侍卫上前欲将阿宁拖走时，他朝国主躬身行礼道："泽谢过王兄的好意，毕竟是我白涯宫出来的人，求王兄赐她一死吧。"

国主无所谓地摆摆手。

"主子！"阿宁惊喜地抬起了脸。

她眼前只有弯刀划过的银光，喉间冰凉，阿宁捂着喉咙咳嗽着、抽搐着，喷溅的鲜血洒了一地。

季英英把脸扭到了旁边，脑中嗡嗡作响。她又想起蚩狂一刀挥下，季嬷嬷倒在血泊中的画面。

"白王殿下太过心慈啊。"杜彦叹了一句，令人将阿宁的尸体拖走。他瞥了一眼季英英，像是突然想起了一事，正色向国主进言："国主，南诏想要强盛，必强法纪。"

国主顺着他的话道："话虽如此，这次孤便许白王亲手处置他的奴婢。将来若再有背主之人，按律法处置便是。"

杜彦赶紧说道："国主英明。可是这杨季氏曾行刺白王，听说殿下的伤还没好全，按律刺行王族，当死。这事……还请国主示下。"

原来这个坑在这里等着自己呢。季英英终于明白了，算计杜彦是定会付出代价的，他没打算放过自己。

国主望着杜彦的眼神柔得像春水似的，心里暗赞，他虎着脸大怒：“竟有此事？阿泽，你怎能被一个奴婢伤了？伤要不要紧？”

晟丰泽无法否认被季英英行刺。那天让赵修缘无功折返就用的这个理由，他深情地看着季英英，软绵绵地说道：“王兄，阿泽喜欢她呀。她是朵带刺的玫瑰，阿泽心甘情愿被她扎伤呢，王兄别为难她好不好？”

噎得国主又好气又好笑，愣在那里不知道该怎么继续了。

“白王殿下此言差矣，您身上流淌着王族高贵的血，让朝臣知晓王爷您甘愿被一个低贱的唐女刺伤，王族的威严何在？”杜彦和声劝道。

国主终于又能接下话来了：“阿泽，看在你的面子上，王兄可以饶她不死。但你可知错？”

他们怎么可能杀了她呢？还要她织浣花锦呢。不过是要打压晟丰泽罢了。季英英不忍地看着晟丰泽，如果可以，她宁肯死了，也不想再接受他的恩情。

晟丰泽心里清楚，只要季英英活着，离开的事就可以再想办法。他想也没想地弯下了腰：“阿泽知错了。”

“回宫禁足三个月。以后莫要再让自己受伤了。阿泽大了，也到了成亲的年纪，王兄定会为你选个好妻，莫要再迷恋她了，掳来的奴隶不过是玩物罢了，当不得付出情意。带着赤虎回去吧。”所有人都会知道白王因为一个低贱的唐女而顶撞国主，被罚禁足，他在朝中的威望又会降几分。国主达到了目的，笑眯眯地摆了摆手，示意晟丰泽可以走了。

晟丰泽默默地行礼，赤虎朝国主磕了头，担忧地看了季英英一眼，跟在了晟丰泽身后。

一道狠色从杜彦眼中闪过，他用晟丰泽尚能听见的声音说道：“国主，死罪可免，活罪难逃。此唐女隐藏浣花锦的织法，心怀不轨，臣觉得她是在利用白王殿下的情意，稍有机会就行刺。为防她逃走，不如打断她的双腿以示惩戒，也不影响她染丝织锦。”

“杜彦！”晟丰泽才走得几步，明知道杜彦这话是说给自己听，仍忍不住心头涌动的怒气，转身大步走了回来。

杜彦神色未动：“殿下唤臣可还有事？”

四目相对，晟丰泽看到杜彦眼眸深处浮现的恨意。他要为子报仇呢。他其实恨不得杀了自己吧。

晟丰泽狠狠一拳揍在了他脸上。

猝不及防的杜彦踉跄着后退，蚩狂赶紧扶住了他。

国主惊得从王座上站了起来，晟丰泽当着他的面揍了杜彦，他吓了一跳：“阿泽，你在做什么？”

做什么？晟丰泽一拳将杜彦揍得鼻血长流，伸手握紧了季英英的手，大声说道：“她是臣弟心爱的女子，清平官大人当着臣弟的面说要打折她的腿，他还当臣弟是您的亲兄弟，是南诏的白王吗？臣弟也要脸，就算是个奴婢，也是臣弟的人。揍他怎么了？他讨揍！”

国主气得大吼道：“你为了一个奴婢而揍清平官？为了这个唐妇，你动手揍我的清平官？”

那是清平官，相当于大唐的宰相，百官之首，就这样随便被打了？

季英英被晟丰泽的话说得耳朵都红了，再不辩白，她跳进黄河也洗不清了。她想抽出被晟丰泽握住的手，被他用力捏得都疼了。她低声求他：“您放手吧。”

“你闭嘴！”晟丰泽恶狠狠地呵斥了她一句，掷地有声，“臣弟荒唐，臣弟愿意自降王爵！”

他知道的，王兄忌惮自己。不然这么多年，也不会任由杜彦和自己针锋相对。王兄早就想降他的王爵了。降了王爵，削减封地奴隶，一千亲兵都不能养了。没有季英英这一出，王兄年迈体弱时，也会把这事做了。

国主看到晟丰泽坦荡的眼神，突然有种被他看穿心事的羞怒，他怒道：“你不要王爵就不要好了。滚回你的宫去！”

晟丰泽弯了弯腰，拉着季英英就要走。

“将杨季氏留下！何时织成浣花锦，孤何时放她回白涯宫！”也许留下这个让王弟痴迷的女子才是最聪明的办法，他为了她，竟然连王爵都不要了。

晟丰泽深深吸了一口气，松了手，眼神却瞟向擦了一袖子血的杜彦：“我等你好好地回白涯宫。”

他咬字咬得重，谁都听得出他的意思，他不用再威胁他的王兄和杜彦，他们都明白的，季英英出了事，他会报复。他敢揍杜彦，也敢杀死所有敢伤害她的人。

晟丰泽利索地带着赤虎走了。

季英英默默揉着被他捏疼了的手，悲哀地想，真是被掳来的低贱奴婢呢，没有一个人问过她想不想。杨静渊见到她进宫了，一定会打听自己的下落，寻机救走自己。季英英又一次坚定了自己的信念，只要不死，她一定要离开南诏。

降了晟丰泽的王爵，国主却没有任何成就感，他被兄弟眼里的凶狠吓着了。降王爵也不能折了苍鹰的翅膀。他不能再伤王弟的心了。国主疲倦地说道：“送杨季氏去织坊。杜卿，你也回去养伤吧。”

杜彦恨自己身上没流着王族的血，仅仅降个王爵而已，没伤着晟丰泽一根头发。晟丰泽要揍他便揍了，他还能怎样呢？他怎样才能报杀子之仇呢？杜彦行礼告退，目光冰冷地从季英英脸上扫过：“赵副使潜心研制浣花锦，已有心得，臣这就嘱人送她去赵家织坊。”

季英英在心里默默地喊着杨静渊的名字，他若来得迟了，这一次她可就真的只有自尽了。

为了让那些被掳到南诏来的织锦大户安心，南诏特意在城中辟出一大块地，兴建屋舍安置他们。南诏也不是没有防备之心，将织锦户们集中在一起，若有事发生，前后街巷子一堵，里面的人插翅难飞。家家户户都是前面居住，后院挨着河流建织坊、丝坊和染坊的格局。另外，前街还特意建了一长排商铺分给各家。这条新建的街也被称为锦业街。

赵修缘升任织造局副使，是锦户中官职最高的人，赵府占据了正中最好的位置，屋舍也比其他人家气派。

看了一眼长街入口牌坊上镌刻的锦业街名，韩四爹低声告诉杨静渊三人：“到了。”

牛七娘紧张地扯住了桑十四郎的胳膊，不用他安慰，鼓足了勇气道：“十四哥，咱们去吧。”

四人分头行动，牛七娘和桑十四郎走正门去见牛五娘，韩四爹和杨静渊则挑着柴垛和野味慢悠悠地进去兜售。

益州府的织锦大户们初来乍到，南诏朝廷一心想把人心给留住，除了赏的宅院，每户人家还发了安置费。兴建织坊、染坊、丝坊都由朝廷出钱。织锦户们从前享受惯了，如今生活安定下来，又嫌弃起了南诏发的普通菜米。韩四爹送的柴比官家供给的少一文，野味也新鲜，才敲了两户人家，就卖完了。

韩四爹和杨静渊挑着扁担、背着背篓，在赵府斜对面的路边摊要了两碗饵块慢悠悠地吃着。牛七娘和桑十四郎悄悄望了他们一眼，踏进了赵府的门槛。

等两人吃完，赵府里仍没动静，应该是他们见到了牛五娘。按照计划，桑十四郎会记下赵府的地形，寻机会到客栈和两人见面。

杨静渊和韩四爹正准备离开时，宫里的侍卫护送着季英英进了锦业街。隔得极远，杨静渊就瞥见了牛车上的季英英。他又坐了下去，用这些日子练得熟了的南诏口音让店家再煮两碗。

人马到了赵府门口停住，有官员模样的人陪着季英英一起走进了赵府。杨静渊糊涂了，晟丰泽强势，季英英从了他也想得明白。但他知道季英英和赵修缘势不两立，仇深似海，季英英这是借晟丰泽的势去找赵修缘报仇？

这时，一人骑马从街口飞驰而至。杨静渊挑起了眉，认出是赵修缘，见他恨不得飞回赵府，多半是得了消息，从官衙赶回来了。

赵修缘在门口下了马，神采飞扬地进了家门。

看清他脸上的神色，杨静渊越发觉得不对劲，有晟丰泽撑腰，季英英绝不会让赵修缘好过，他怎么还能如此高兴？

"公子，先回客栈如何？"韩四爹小声询问道。两个人吃了四碗饵块，在这里停留时间太长，会引人注意。

杨静渊慢腾腾将碗里的汤喝完，惊讶地发现和季英英一起进门的官员被赵修缘送出来了。官员拱手告辞后，带着侍卫们离开了赵家。季英英一个人留下来？晟丰泽也没遣个侍卫仆妇陪着？

他越想越觉得不对劲，抬头望了望日头，该死的太阳明晃晃地挂在天上，让他不方便翻墙越户进去查看。杨静渊只得寄希望于去见牛五娘的桑十四郎两人，和韩四爹果断地离开了锦业街。

季英英径直被带到了后院的赵家织坊。赵修缘将织坊交给了堂兄赵大郎管着，接了国主的旨意，赵大郎也不敢慢待她，令人收拾出一间单独的织屋给她。

织屋里摆着一架织机，靠墙放着床。季英英进了屋，听到身后锁门的声音，这才快步走到窗前张望。

屋子比普通的房间高，窗户也砌得高高的，大概是为防人盗锦，不过二尺见方的窗户上还嵌着一排铁栅栏，她踮着脚才能摸到窗台。

季英英将织机前的木凳搬来，踩上去够着窗户往外看。赵家后院简单砌成了四合院的格局，占地极大，风传来阵阵脚踩织机的声音。后门与院墙都建得高大结实，挡住了她的视线。她默默将看到的记在心里。见有仆妇抱着被盖、提着食篮过来，季英英跳下了凳子，安静地坐在榻边。

赵大郎又令人送了文房四宝来，告诉季英英道："国主令你染出能织造浣花锦的丝。你需要的东西都可写下，我令人去采办。"他犹豫了一下又道，"这浣花锦是国主令赵家织造的。你若想好好活着，就安心染丝配色。除了不能出这房门，吃食用度我不会亏待你。咱们都是被掳到南诏来的，身不由己，我也不想你出事。”

季英英有些吃惊，她以为季、赵两家已是水火不相容，没想到赵大郎待她这般平和。以前没有和赵大郎接触过，从赵修缘嘴里听说他这个大堂兄痴迷织锦，为人憨厚。

赵大郎想起那场浩劫，想起死去的父亲，想着差一点和赵修缘定亲的季英英，心里百般不是滋味，冲季英英勉强笑了笑，转身出去了。

他一如从前般憨厚。季英英暗暗叹气，如今的赵家是赵修缘夫妇说了算，夫妻俩对她一个敢执刀，另一个就能烧油热锅，恨不得连自己的骨头都嚼来吃了。

正这样想着，门锁响动，门吱呀被推开了。

看见季英英，牛五娘蓦然爆发出一阵大笑。

季英英淡然地看着她道：“莫要笑了，再笑下去，屋顶的瓦都要震落摔破了。”

牛五娘笑得直不起腰来，玉缘赶紧扶住了她。牛五娘笑着说道：“玉缘哪，你回来了，七娘和她的未婚夫婿来找我了，这贱人终于落在我掌心了。今天三喜临门，我该不该笑？”说着又狂笑起来，直笑得岔了气，咳嗽不停。

听得三喜临门，牛七娘和桑十四郎到赵家找牛五娘，季英英又生出了希望，微笑道：“甚好甚好。”

“好什么？再好也是我的幸事！”牛五娘止住了笑，声音尖锐凌厉。她指向季英英的手瘦得只剩下了筋骨，留着的长指甲染了鲜红的蔻丹，仿佛鲜血滴落。

季英英争起男人来，从来不输给牛五娘的：“幸好我的夫君没去找你呀！”

“他会来的。他会跪在我脚下求我。他厌恶我这张丑脸，却不敢不看。”牛五娘摸着自己的脸，只盼着那一刻快一点来。来了，她就解脱了。

“这样不是更好？让我见见桑十四和七娘吧，正好让他们给我夫君递个话，免得赵副使夫人急白了头发，望穿了双眼，他都不晓得呢。”

“娘子，别听她的。”玉缘低声提醒着牛五娘，想让她清醒点。

“这是好事呢。她还能怎样呢？她以为她能逃得出这赵家大宅，逃得出太和城，逃得出南诏吗？抓住她。”牛五娘的声音陡然变冷。

季英英心头一悸，自知是打不过玉缘的，她笑道：“怎么，不想等到我夫君来了再让他瞧瞧我的惨状？”

玉缘径直上前，将季英英的胳膊往后一扭，抓着她的头发迫她扬起了脸。

玉缘的手劲大，季英英被拧断了骨头似的疼，但她仍笑着睥睨着牛五娘，喘着气道：“哎哟，你快些下手吧，划花了我的脸，正好可以恶心赵修缘呢。”

牛五娘冰冷的手指搭在她面颊上，触手柔滑，指尖刺着季英英的肌肤，只要她再用一点力，就能将季英英抓个满脸花。听到这句话，牛五娘却又舍不得了。她盼了这么久，怎舍得这样就毁了季英英？她扬起手，正反扇了季英英好几个嘴巴，心里憋着的气总算消散了一点。

“我这就叫妹妹和桑十四来见你，你最好哭得让他们心软，赶紧回大唐把杨静渊叫来。”牛五娘示意玉缘放开季英英，迈步出了房门。

听到门被锁住，季英英往地上啐了一口带血的唾沫，捂着脸嘟囔：“谁想变成你那种丑八怪？我想留着好看的脸见我家三郎呢。”

她的心因为要见着牛七娘和桑十四郎而变得雀跃，那二人不会傻到把杨静渊来了的事说漏嘴吧？还有那个武艺高强的丫头玉缘，说不定会偷听。

季英英研了磨，飞快写好了一封信，折成纸条攥在了手心里。

桑十四郎沉默地坐着，未婚妻心思太过单纯，哭得直打嗝。他冷眼旁观，牛五娘露在面纱外的眼睛连点泪意都无。

中途来了一个侍女，附耳说了几句，牛五娘看了桑十四郎一眼就起了身。她吩咐仆妇打水给妹妹洗脸，道是后院有事要处理，带着侍女离开了。

厅堂门口站着仆妇，里面只有桑十四郎和牛七娘二人。桑十四郎这时才劝着七娘收了泪。

过了一盏茶工夫，牛五娘回来了，那双眼睛却是带着笑的，对牛七娘说话也和悦了几分：“七娘，且看看这赵家新宅。回去也好说与母亲听，让她安心。”

牛七娘见姐姐心里还惦记着母亲，忙不迭地点头，与桑十四郎一起随了她出门，沿着宅院缓行。

“姐姐，母亲病中仍牵挂着你，你……能随我回长安吗？”

嫁鸡随鸡，赵修缘领了南诏官职，也没有休弃牛五娘，牛七娘也不求姐姐能离开南诏，随自己返家。如今南诏求和，两国休战交好，牛五娘要跟着赵修缘在南诏，也可以回长安省亲，牛七娘便动了心思，心想哪怕让母亲亲眼看一眼姐姐，解了思女之苦，病就会好起来了。

牛五娘沉默了一会儿，悠悠说道：“长安我是回不去了。看，过了这月洞门，便是赵家新建的织坊，现在只是初建，将来的规模会超过当初益州府的织坊。”

牛七娘胡乱地点着头，仍难过不已。

牛五娘转头看向桑十四郎道：“杨三郎可还惦记着季英英？”

猝不及防被她问起杨静渊，桑十四郎心里一惊，清秀的脸上涌出和煦的笑容：“姐姐难道知道季二娘在何处？”

“随我来便是。”牛五娘的脚已经迈进了后院织坊的门槛，见赵大郎夫妇站在门口，两口子都是一脸紧张，不觉讥讽道，“一路南下，也没见堂兄堂嫂怕丢了性命。如今安定下来，可就舍不得死了。”

南下时忐忑不安，活在恐惧之中，当时心想死也就死了。在南诏安定下来，重得了宅院织坊，赵大郎夫妇又想着在哪里不是活着，生怕织不出浣花锦，国主怪罪，又赶了一家人去那些织坊当奴隶。牛五娘先前仗着身边侍女武艺好，去寻了季英英的晦气。见季英英无恙，才松了一口气。现在牛五娘又领人进了织坊，赵大郎夫妇心里难免不安。

“国主令季英英染色配丝，以便赵家能织出浣花锦。我还指望赵家过日子，不会坏了织锦的大事。”

牛五娘扔下这话，赵大郎夫妇沉默着没再阻拦，任由她带着惊愕交加的牛七娘和桑十四郎继续前行。

“姐姐，季二娘在赵家织坊？她怎么会在这里？”牛七娘脱口问道。

桑十四郎生怕她说漏了嘴，赶紧打断了她：“五娘领我们进织坊，是想带我们去见季二娘吗？”

“你不是杨三郎的好友？既然知道季英英在这里，不让你见她倒显得我小气。”牛五娘冷笑道，“季英英今天刚被宫里的人送来赵家，你二人便到了太和城寻我，倒真是巧呢。”

桑十四郎一惊，镇定地说道：“可不是巧了。”

走到关押季英英的房外，牛五娘扯了妹妹在院中石桌坐了，下巴扬了扬：“你自去吧，我们姐妹在这里说说话。”

桑十四郎却不愿意让七娘落单，怕她被牛五娘套了话去，赔着笑脸道：“纵是好友之妻，孤单寡女同处一室也不方便，七娘也与季二娘有故，便和我一起吧。”

牛五娘不置可否，也没阻拦，见桑十四郎拉着妹妹等婆子开锁进了屋，自顾自地在院中坐了。

门再一次被推开，没想到来的不是赵修缘，而是桑十四郎和牛七娘，季英英激动万分：“七娘、桑郎君，听赵副使夫人道你二人千里来寻亲。能在南诏见着，我好生欢喜。”

“季二娘！你怎么会来了这里？我和十四哥明明看到……”牛七娘一把抓住她的手，连珠炮似的问题脱口而出，季英英狠狠地掐了她一把，让牛七娘及时住了嘴。此时，她掌心里的信已塞进了七娘手中。

季英英退后了两步叹道：“是来赵家的路上瞧见我进宫是吧？国主召见，令我织出杨家新研制的浣花锦，就送了我来赵家织坊。”

如果她是晟丰泽的人，晟丰泽绝对不会让她来赵家织坊，这中间三郎怕是有什么误会了。桑十四郎见季英英打断了七娘的话，又当着自己的面塞了东西给七娘，心知有异。

“赵副使夫人让你二人见我，其实是想请两位给我家三郎带个信，有人盼着见他呢。他迟来一天，我就被折磨一天；他若不来，我就活不了啦，我没说错吧？”最后一句话，季英英提高了声量，扭头冲窗外喊着。

牛七娘一脸茫然，桑十四郎机灵地反应过来：“不论如何，既然见着了你，我自然会告知三郎。”

外面响起牛五娘咯咯的笑声：“既然见了，便这么着吧。就算我不想下手，我那夫君也等不及了呢。”

知道隔墙有耳，桑十四郎低声对季英英说道：“你且保重。”他拉着没反应过来的牛七娘就离开了屋子。

季英英没有说话，她能做的都做了，能否从赵家逃脱，就是命了。所幸牛五娘并不知晓杨静渊已经到了南诏，且和自己见过面了。

牛七娘也不傻，出了房门，看着姐姐流露出来的得意，已经明白了大半。她忍不住哭叫起来：“姐姐，时至今日，你仍不悔吗？从前在益州府你就恨着杨三郎，如今你还要拿季二娘去要挟他。你已经嫁人了呀！爹为了你，为了你……”

她难过得说不出话来。

“为了我？早知为了我连性命都顾不得，当初为何疏忽了病着的我？让我挠破了脸皮，这般生不如死？！”牛五娘高声叫了起来，激动得面纱簌簌颤抖，“爹是三品都督呀，连个商人都敢拒婚打他的脸，怎么没见他把杨家治了罪？爹娘爱我如珠如宝，怎么没能在我发疯前帮我出了这口气？”

牛七娘吓得连哭都哭不出来。先前杨静渊说五娘若不悔改，他不会留情。牛七娘还私下打定主意，无论如何都要保护姐姐。

见她不说话，牛五娘愤恨地说道：“你娇养长大，自幼就与桑十四定下亲事。你的未婚夫肯陪你千里跋涉。你可知我嫁的赵二郎是什么人？他连畜生都不如！凭什么我要过得这般凄惨？爹为了我而战死？娘为了我而病重？他们可曾想过我的终身？如果不是我提出嫁进赵家，过了二十岁，爹娘就要将我送到庵里当姑子去了！”

“不是这样的！”牛七娘叫了起来，拉着牛五娘的手恳求道，“姐姐，你别说了，爹娘是真心疼着你……”

牛五娘一把甩开她的手，冷冷地说道：“你二人赶紧走吧！趁我还念着几分血脉亲情，别再来碍我的眼了！”

桑十四郎求之不得，拉着牛七娘转身就走。牛七娘还想再劝，桑十四郎一拉之下纹丝不动，他气得狠狠瞪着她道：“你听我话不听？”

牛七娘身体便软了，乖乖被他拉着离开，还不舍地望向姐姐：“我明天再来看你……”

等出得织坊，桑十四郎恶声恶气地说道：“你那个姐姐已经疯了！你再为她说好话，我便休了你！”

牛七娘号啕大哭，却不敢再多说一句，乖巧地跟着他出了府。

赵修缘站在回廊角落远远望着，叫来了小厮：“盯着他们。”

离开锦业街，桑十四郎带着牛七娘匆匆回了客栈，掩了房门，他朝牛七娘伸手：“季二娘给你的东西呢？”

牛七娘从袖袋里掏了出来，抽噎地递给了他：“我若把它弄丢了，你是不是要休了我？”

“乖，我家七娘识大体，懂得轻重。”桑十四郎安抚着她，将信纸展开。

牛七娘好奇地凑过去瞧，见上面画着赵家的宅院图，虽不完整，但画得栩栩如生，啧啧赞道：“季二娘好画功。”

有一手好绣活的人，画花样子时就练出了好画技。桑十四郎赶紧让牛七娘研磨，将自己观察到的赵家地形又添了上去。不到一炷香时间，纸上就出现了一幅详细的赵家地形图。

他将墨吹干，叠好了纸道：“不知赵家是否令人盯着咱们。稳妥起见，等韩四爹过来再说吧。”

杨静渊和韩四爹住在离此不远的马帮脚店，二人在客栈对门的铁匠铺买弓箭，看着桑十四郎二人回来。见到有小厮模样的人鬼头鬼脑地跟着，一人记下客栈后离开，另一人则进了客栈，杨静渊低声叮嘱了韩四爹几句。

天色黑下来，杨静渊这才离了脚店，按照白天探过的小道绕到了客栈后门，翻墙进去。

第五十五章
情敌

油灯没能将宽敞的屋子照得透亮。

敲墙的叮当声在夜色里异常刺耳，赵修缘亲手将铁链砸进墙里，试了试，满意地站了起来。

牛五娘示意玉缘放开季英英，淡淡说道：“夫君还担心她能跑了不成？”

赵修缘将钥匙收进了怀里道：“以防万一。夫人，该歇息了。”

“玉缘，你留下。”牛五娘看了一眼季英英，扶着玉缘的手起了身。

赵修缘怒道：“你这是做什么？”

“我怕杨三郎还没来，她就死了，留下玉缘给夫君提个醒。”牛五娘笑着打了个哈欠，径直去了。

玉缘冷冷地说道：“姑爷，玉缘在门外侍候着。”

她跟着牛五娘出去，还细心地拉上了房门。

见赵修缘气得在房中大步来回走着，季英英忍不住笑了起来，脚下的镣铐碰撞发出了清脆的声响。

“你有什么好笑的？季英英，你终是落到了我的手里！”赵修缘停住了脚步，咬牙切齿地说道。

“我怎么不笑？没想到现在保护我的人竟然是牛五娘！”季英英笑得捶起了床榻。

赵修缘想必是得了杜彦的默许，早把她看成砧板上的肉了。她以为自己保不住清白了，没想到牛五娘却蛮横地制止了赵修缘，季英英如何不笑？

昏暗的油灯将她的肌肤映得如玉一般温润，垂落的发丝与凌乱的衣衫更添了几许风情，赵修缘喉间咕噜咽着口水，眼里浮现出野兽般的光。

他走近了她，一把将她从床榻上拉进了怀里，用力束紧了她的双手，凑近她说道："是，牛五娘不让我要了你，却没说不让我轻薄于你。"

季英英一口唾沫啐在了他脸上，冲着门口高声喊道："你敢碰我一下，我马上就死！"

赵修缘哪里顾得上她的威胁，人在他怀中，他若不亲她一口，他胸口烧起来的火就会把自己焚烬了。

他用手禁锢着她的脸，低头就亲了下去。

"姑爷，夜深了，你且回吧。"

声音就在他耳旁响起，惊得赵修缘抬起了脸。玉缘就站在他身边，一副"他不出去就将他扔出房门"的架势。

赵修缘气急败坏地放开了季英英，脸颊啪地被扇了一耳光，他摸着脸，一字一句地说道："你就不怕我去掐死牛五娘？"

"清平官大人请我家娘子明天过府用膳。"玉缘冷冷地说道。牛五娘别的不行，呈给清平官大人的谋划却得到了杜彦的赏识，令赵修缘忌惮。

有这个武艺高强的侍女在侧，赵修缘今晚肯定不可能如愿，他干脆地转身："我不着急。"

季英英大笑："玉缘，我也得谢谢你。把门守好了，别让这疯狗半夜里闯了进来。"

玉缘讥讽道："你错了。不仅这里无人看守，整个织坊的守卫都被调走了。"

留下季英英在这没有守卫的织坊里，杜彦要让被国主禁足的晟丰泽主动钻进他布下的陷阱。

降王爵算什么，杜彦被晟丰泽揍了一拳后，只想让他死。如果晟丰泽敢在禁足期偷偷离开白涯宫，夜入赵家织坊，杜彦就敢令埋伏在织坊后院外的士兵将他射成刺猬，而自己最多不过背个误杀的罪名，还扯不到自己头上。

望着玉缘离开，季英英也心急起来，她聪明地猜到了有人在守株待兔，她害怕杨静渊误中了圈套。

她弯下腰看脚上的镣铐，拖着细长的链子走到墙边细看。锁链的另一头牢牢固定在墙上，除非用铁锤将墙敲了，否则她绝无可能将它拔出来。

季英英心急如焚，她在信中约定，会将油灯摆放在窗台上，夜晚轻易能找到她。不点油灯，杨静渊会放弃吗？深知他脾气的季英英知道不可能。他哪怕找遍赵府，也会问出自己的下落。现在两国虽然休兵，但他的身份和桑十四郎、牛七娘不同，南诏人恨不得剥了他的皮。

由得他在赵家乱闯，不如将油灯放上窗台。可是，万一他被埋伏的人发现了呢？季英英好生为难。

夜渐渐深了，长街上巡夜的更夫敲响了竹梆报时。

听得三更梆响，季英英踩上凳子，端着油灯站在了窗口。赵家人发现，只会认为她想透窗眺望。她站在窗口旁，望着异常安静的院落，一颗心忐忑不安。

房中，牛五娘闭着眼睛，玉缘给她捶着腿，知她没有睡着，玉缘小声地说道："娘子，白王今晚应该不会来吧？"

"若来，必是今晚。若不亲眼看一眼季英英，他也不会放心。过了今晚，白涯宫的人就会登门送礼来了。"牛五娘淡淡回道。

"不如奴婢去织坊守着？"

牛五娘示意她停手，翻了个身选了个舒适的姿势睡着："杜彦想杀晟丰泽，靠自己的本事吧。我身边只有你了，可舍不得让你替杜彦背了黑锅。"

玉缘感动得眼圈都红了，细心地将被子给她盖好："奴婢守着您，哪儿都不去。"

想要砸墙开锁，晟丰泽没有准备，无法带走季英英。就算他想法子弄开了镣铐，带着没有武艺的季英英，一被发现，就走不掉了。

杨静渊从河里露出了脑袋，他观察过锦业街的地形，到了夜晚，前街两头有士兵守着，后院都是织坊、丝坊和染坊。街道上有士兵巡逻。季英英和桑十四郎画的图上都出现了水渠，这是为方便用水，从河中引了水渠进府。他的计划就是泅水进去。

同样穿着紧身衣的牛七娘从他身边冒出了头，水渠尽头多半会有栅栏相隔，牛七娘一心想替姐姐减几分罪孽，自告奋勇跟来了。

从河边通向赵家后院的是一片芦苇地，风呼呼地吹过枯黄的芦苇长草，浅浅的月光下，露出背对着河面蹲守的人影。

有埋伏！

他拉了牛七娘一把，两人游到了一丛灌木后面。

“赵家后门外有埋伏。如果要游进水渠，便不能发出一丝声响，七娘，你行吗？”

牛七娘用力点了点头。她除了一身神力，武艺其实也不差的：“没有我，你能弄开水渠尽头的栅栏？”

再是削铁如泥的宝剑宝刀，砍铁栅栏也会弄出声响。杨静渊苦笑着摇头。

“时间长了，谁知道明天季二娘还在不在赵家。我听五娘的意思，是不会放过她的。”牛七娘难过地说道。她要救出季英英，让五娘的罪孽少一点。

“如果撑不住，你侍机先逃，我一个人更方便行事。”杨静渊感激地说道。

两人含上通气的竹筒，慢慢游进了通向赵家织坊的水渠。

知道是从埋伏的士兵身边游过，两人游得极慢，短短几十米竟游了半个多时辰。

终于到了后院墙下，牛七娘深吸一口气，扎进了水中，手碰到婴儿胳膊粗的铁栅栏。牛七娘用尽力气撑着中间的两根栅栏往两边掰动，中途透出水面悄悄换了两次气，终于将栅栏扳出一个大洞来。

水通过水渠引进赵家织坊，在中间积成一个大蓄水池，又从另一侧流出院子。两人从进水渠一直游进蓄水池，杨静渊听着四周的动静，悄悄比画着手势，这才从池子里冒出头来。

顺着台阶上去躲在晾晒的锦布后，两人停下，后院异常安静，除了还没睡下的仆妇织工房中亮着微弱的灯，竟似空院一般。

前街打更的梆子声传来，牛七娘精神一振，引着杨静渊朝白天去过的院子走去。

远远地，杨静渊就看到了窗户上那盏油灯和灯光映出的脸，心没来由地绞痛起来。

趁着无人走动，两人轻易到了门口，牛七娘手中用力，门锁无声地被她扭断。她往里探了探脑袋，看到了站在凳子上的季二娘。

“我望风。”浑身湿透，风吹来冻得直打战，牛七娘仍笑着推了杨静渊一把。

看见杨静渊，季英英险些从凳子上摔下来。杨静渊奔过去，接住了她。

他将她手里的油灯放在了桌上，将她用力抱进了怀里。

“三郎。”出现在眼前的杨静渊让季英英如在梦中，她喃喃叫了他一声，浑身便失去了力气。

不知过了多久，埋在他胸口的脸才感觉到一片湿漉漉的冰凉。

南诏昼夜温差大，冬季正午热得穿单衣，一入夜，风就带着刺骨的凉意。知道杨静渊是顺着水渠游进来的，季英英急切地推开他，有些心疼：“冷不冷？”

这样的关切令杨静渊恨不得狠狠扇自己一耳光，他怔怔地看着她，眼圈渐渐地红了：“英英，对不起，是我不好。”

季英英摇着头，柔柔地说道：“是我不好。我知道今晚一定有埋伏，却想不出法子阻止你来。趁着没被人发现，你赶紧走，总会有机会的。”

她真是傻，她心心念念盼着自己来救她，却不知道他却疑着她，将她扔在白涯宫弃她而去。面对这样的季英英，杨静渊满心悔恨。他握着她的手，转身就往外走：“离开这里再说。”

一拉之下，季英英用力地拖住了他，脚上镣铐的铁链拖在地上碰撞着发出了清脆的声响。

“三郎，会有机会的。我不会武艺，带着我只会拖累你，你先走好不好？”季英英垂下头，盯着脚上的镣铐，夜里太静，不可能无声无息地将镣铐砸开，她今夜逃不了的。

“我已经扔下你一回，我不会再犯第二次错。”杨静渊这时才注意到她脚上的镣铐。

都是他的错，如果不是他自以为是，她就不会被赵修缘锁在这里。他难过得都不敢正视季英英的眼睛，弯腰蹲下身，摸着锁住她双脚的镣铐，发狠地去扯那根链子。

链子纹丝不动，杨静渊气急攻心，一张脸涨得通红，拔出背负的宝剑扬势欲砍。这时，季英英张开双手拦住了他：“三郎，莫要砍，外面有埋伏，弄出动静被人发现你们就危险了。门口的是七娘吧？你武艺高能逃得了，万一七娘有个闪失，你怎对得住桑十四？”

杨静渊握剑的手颤抖着，眼泪终于从面颊上滑落。他无力地放下刀，双膝一软跪在了她面前。

“你做什么？男儿轻易不许跪，你起来！”季英英扯他不起，只得软了膝陪他跪下。

杨静渊把脸埋进了她怀里，哽咽地向她坦白：“英英，我疑心你与晟丰泽……在益州城，面对晟丰泽，我如一稚儿。明知道他心怀不轨，明知道爹的死和他有关，我却拿他半点办法都没有。我不肯承认，我心里一直忌惮着他。元宵那晚，他扮了我带你去湖上观灯，我远远地瞧着，你站在他身旁，被灯光衬着，美得像梦一样。在他的白涯宫，我见着你给他裹伤，那灯光和那晚一样……”

那晚他来，都看到了。季英英一怔，想起晟丰泽在门口站了许久的背影，终于下定决心放她离开。她的心何尝没有为了晟丰泽疼过？她又怎么怨得了杨静渊误会自己。他都看到了，却一字未提，只愿她能好好地活着。季英英心酸无比，抱着杨静渊的头柔柔地说道：“可是他不会像你一样巴巴地给我送粥，也不会在冬天傻乎乎地翻我家的院墙给我送枝梅花来。那晚的湖景极美，是因为我以为是你伴在身边。我心悦你，才肯嫁给你呀。我们的家在明月居。”

他像阳光一样，所有的性情都暴露在阳光下，喜欢也好，不喜欢也罢，都明明白白的。季英英已经记不得自己是从什么时候开始喜欢他的，好像最初只是无奈，可那无奈的定亲却也令她欢喜。

杨静渊什么话都没有说，吻住了她的唇。他虔诚地亲吻着她，眼泪淌过脸颊，入口是一股咸咸的味道。

年少时，他懂得在嫡母面前退让，他毕竟是父亲最心疼的小儿，孤独的嫡母也曾真心疼他、爱过他。除了羡慕哥哥们可以做一番事业，他着实过得潇洒惬意。

他认为自己已经足够优秀，他喜欢着生动活泼的季英英，她的家世也恰巧如他所愿。他心疼着她，坦坦荡荡地向她示好。他念着她，就不顾礼仪翻她家的院墙。他一直以为他和她之间，付出更多的人是他。他甚至暗暗猜测着，她对他的爱有多少是挟恩相报的缘故。今天听到她说是她心悦他，才肯答应嫁他，杨静渊感动得恨不得剖了心给她。

想着门口望风的牛七娘，季英英满面羞红地推开他。望进他认真的双眸，季英英忍不住捧起了他的脸，手抚过飞扬的剑眉，低低说道：“你是我见过的最英俊的男人。”

一句话让杨静渊神采飞扬，他控制不住地将她抱了起来，依恋地靠着她：“以后要常说与我听，说你心悦我。”

“嗯。”她说得少了，才让他不敢信她。她嫁他经过太多波折，才让他总是疑她。他得有多爱她，才会疑了她，半字不提？季英英暗暗叹了一口气，轻声说道：“三郎，走吧，我知晓你会想出法子救我。”

留得青山在，不怕没柴烧。赵家不可能天天有埋伏。杨静渊明白她说得对，就是舍不得多留她在赵家一刻。他迟疑了一下，打算冒险：“七娘？”

牛七娘在门口冻得直哆嗦，听着屋里模模糊糊的低语，又感动得直抹泪，都是她姐姐、姐夫造的孽，她对季英英愧疚得很。

听到叫自己，牛七娘从门缝里探进了头："我在。外面没动静呢。"

"你来瞧瞧，能不能把这链子弄断了。"

牛七娘进了屋，冲季英英讨好地笑："季二娘你放心，连这面墙我都能推倒。"

季英英想起桑十四郎幼年被她的神力吓到，忍俊不禁。

"这链子是钉进墙里的，我扯出来就行了。"牛七娘扯了扯链子，发现是精钢锻造，不用宝刀宝剑砍不断。她对拔出墙里的链子极有信心，摩拳擦掌，打算使力。

"七娘，先别动，听我说。"季英英明白杨静渊的打算。铁链扯出来却弄不断，她带着这么重的铁链，不可能悄无声息地随他们从水渠游出去。就算杨静渊背着自己走，好歹也是一百来斤的重量，只会拖累了他们。"与其被发现而拖累你们，还是保持原样的好。他们都不晓得三郎到了南诏。我们在暗处，机会有很多。"

牛七娘闻言看向杨静渊。

"三郎，你是当将军的人，轻重缓急你应该分得清。"

杨静渊心知她说得对，但就是不舍。

后院墙外传来了喧哗声和兵器碰撞的声音，像一滴水溅进油锅似的，安静的织坊也响起了人声和脚步声。

季英英脸色大变，该不会是晟丰泽跑来了吧？她用力推了杨静渊一把："你们赶紧走，马上就会有人来了！"

院外的伏兵发现有人夜闯赵家后院织坊，响动声让早已准备好的赵家护卫们点燃了火把。

"趁现在还没有人发现你们，快走吧。"季英英急了。

"英英！"杨静渊喊了她一声，贪婪地望着她。

"我等你呢！"

"你等我。"杨静渊匆匆说了一句，转身和牛七娘跑出了门。

季英英忍不住跟着他们走向门口，脚下的链子绷得笔直，让她没办法再往前多行一步。她从门口望出去，水池方向一片红彤彤的光，他们不可能再从原路返回了。

"上房！"杨静渊回过头望着季英英，狠下心拉着牛七娘的胳膊跳上了房顶。

南诏少雨，家家户户的屋舍都是平顶。今夜月光太亮，难以藏人。季英英坐牛车进锦业街时就注意到了街口的守兵。封了街，杨静渊和牛七娘插翅难飞。哪怕他俩逃出了锦业街，城门已闭，还有一个不会武艺的桑十四郎，迟早会被南诏人擒住。

有什么法子能引开那些人的注意呢？

季英英拖着脚上的链子跑到了床榻前，将帐子扯落，放在了油灯下。

火很快顺着帐子烧了起来，她用力将帐子扔在了织机上，竹木建造的织机很快也烧了起来。她拆着被子，将能烧的布料点着，扔到了房门口。

寒风吹进屋，火借风扬起，渐渐攀上了柱子，往房梁上卷去。

季英英将一壶茶水全浇在了裙子上，捂住口鼻，退到了墙角。

“那边织间失火啦！”

织坊、丝坊和染坊最怕走了水，喊声一起，赵家的护卫们都被后院的烟火吸引了注意力，没发现从屋顶逃离的杨静渊和牛七娘。

回头望见火起，杨静渊心里一急，再也顾不上牛七娘：“你先回客栈！”

没等牛七娘拉住他，他就像一只鹰朝着赵家的方向飞了过去。

这把火也救了晟丰泽与赤虎。

企图以刺客或夜色不清为由杀了晟丰泽的计划因这场火而失败。

晟丰泽冷冷地看着带兵围攻自己的将领，大步走向赵家后门：“若非今夜前来，倒不晓得清平官大人令人围了赵家是打算放火烧死为国主织浣花锦的人。”

“王爷，误会……”明明不是清平官大人放的火，他们此时却百口莫辩，还惊动了锦业街的守卫。就算降了王爵，晟丰泽也是国主的亲兄弟，领兵的将领头皮都麻了，不知道自己的下场会怎样。

听到前街士兵甲胄与马蹄奔驰入街的动静，晟丰泽讥笑道：“想杀了我，尽管朝我后背放箭便是。”

他说罢，上前一脚踹开了赵家后门，赤虎执刀背对着他，主子把后背露出来，他得警惕有人狗急跳墙。见晟丰泽进了赵家，这些兵不敢再动手，这才转身跟了进去。

赵家人正忙碌地提水灭火，织间的火苗已经蹿上了屋顶，浓烟四起。赵修缘站在外面跳脚大喊：“进去救人的重赏！英英，你等着，我找人来救你！”

混乱中，杨静渊从屋顶跳下，冲进了熊熊燃烧的门里。

赵修缘没认出他来，高兴得大喊：“救得人重赏！”

外面看着火大，其实里面空旷，并没有想象中烧得厉害。杨静渊看到了缩在角落里的季英英，欢喜地跑了过去。

“你回来干什么？”见他去而复返，季英英气得眼前发黑，“你回来做什么呀？我又不傻，我怎会把自己烧死？你走啊！”

“我带你走！”杨静渊急晕了头，弯腰抱起她就往外跑。

脚下的铁链叮当响着，季英英挣扎着大骂：“你傻啊，我走得了吗？”

杨静渊呆了呆，抱着她坐了下来：“没关系，我陪着你，是生是死，我都陪着你。”

“谁要你陪着。我死不了，这屋子高大宽敞，烧到现在，后屋都没半点火，一会儿火就灭了。三郎，你走！”季英英挣扎着，吸进一口烟，呛得咳嗽起来。

杨静渊摸着湿漉漉的裙子，掩住了她的口鼻：“我心安。”

“傻子！”季英英闷声骂了他一声，心突然静了。是生是死，她和他一起便是了。她揽着他的腰，流着泪看着前头屋顶被烧得噼啪作响。

杨静渊笑了：“第一次在竹林寺你抱错了我，当时我就在想，如果嫡母让我娶妻，我何不娶个像你这样的小娘子。”

他低头亲了亲她的额头，如今总算如愿以偿。

横梁咔嚓一声，烧断了一截，堵住了门，让外面的人看着以为火势更烈。

“进去救人啊！”赵修缘在院子里撕心裂肺地叫着。

晟丰泽大步走来，一把揪住了赵修缘，只问了一句：“季英英在里面？”

赵修缘茫然地点头，晟丰泽扔下他，就往屋里跑。

“主子！您不能进去！”赤虎吓得抱住了晟丰泽的腰。

“王爷，王爷！”赵修缘哆嗦着从荷包里拿出钥匙，高声喊着，“钥匙！镣铐的钥匙！”

他不想让季英英死，他不想的！

眼前一黑，赵修缘被晟丰泽摔到了地上，手里的钥匙被晟丰泽夺了去。

赤虎的胳膊像铁条似的焊在他腰间，晟丰泽拔出腰间的银刀利落地刺进了赤虎的胳膊，趁他吃疼松手的瞬间脱了身。他解下披风，夺了一桶水浸进去，披在身上就跳进了火里。

“主子！”赤虎魂飞魄散，看着后屋还没着火，一把将赵修缘从地上揪了起来，哑声大喊，“叫人砸墙！把后屋的墙砸了！”

横梁咔嚓断掉，连着一片瓦砾摔落，屋顶烧出一个大洞，火舌蹿了出去。

“英英！”晟丰泽在浓烟与大火中寻找着季英英。他用披风掩住口鼻，踢开拦在面前烧得散落的织机杂物，蓦然看到后屋墙角偎依的两人。

烟火将晟丰泽的脸照得清楚，杨静渊站起身，极自然地挡在了季英英身前。

“杨静渊。”晟丰泽站在一丈开外，有些意外，又有些了然。杨静渊的身影挡住了季英英，他只能看到她慢慢地从地上站起来。

“晟丰泽。”杨静渊拔出了剑。

没有更多的言语，杨静渊和晟丰泽瞬间同时出手。

杨静渊的武艺比晟丰泽高，手中宝剑占了武器优势，仅几招就差点儿将晟丰泽逼进火海里去。两人都顾忌着季英英，不约而同地将燃烧的前屋作为战场 。支撑房间的柱子又被撞断一根，半边屋轰然垮塌，堵塞了半边房屋，两人踢飞摔落的木料、瓦片，谁都不肯往季英英处移动。

“再不停手，我就去死！”

季英英呛咳喊叫的声音让两人一怔，同时跃开。

杨静渊扭头回望，见她拿着自己送的那把小刀压在了脖子上。

“今晚埋伏的人是要对付您的吧，王爷？我死了，杜彦就会趁机把罪名安在您头上。最后笑得最开心的人会是他。

“三郎，我想活着回大唐，我不想死在南诏，死在赵修缘家里，你会来接我回家吧？”

空间一分为二，火蹿到了后屋的屋顶上，烟比先前更浓，季英英靠着墙站着。她说话时拿开了遮住口鼻的裙摆，咳得上气不接下气，执刀的手却没有半分犹豫，在纤细的脖子上拉出了一道细细的血痕。

杨静渊注视了季英英很久，他不是傻子，如果不爱着她，晟丰泽不会冒火闯进来，她也不会用死来要挟晟丰泽。一个不爱她的男人，怎会顾惜她的性命？

她值得晟丰泽爱。但他想，他再也不会疑她。他单枪匹马闯进太和城，他再不情愿，也无法在千军万马中带着她逃离。

“将来我纵马南下时，晟丰泽，你我战场见吧。英英，我会来接你回家。”

杨静渊脚尖在地上一点，已轻飘飘地跃上了房梁。宝剑横劈，身体直揉而上，轰地将屋顶破开一个洞，冲了出去。

听到外面传来的惊呼声与兵器相碰的叮当声，季英英下意识地按住了自己的胸口，就这样闯出去，他能逃走吗？

杨静渊来了，她一口一个“您”，晟丰泽眼睛酸涩，他想，是被这烟熏的。为了杨静渊，她以死相逼，不过是想让他放杨静渊安全离开罢了。

后墙发出沉闷的敲击声。

晟丰泽快步走过去，弯腰将她脚上的镣铐打开，淡淡说道：“十步杀一人，千里不留行。你小看了杨静渊的武艺。他一个人凭借夜色遮掩，脱身容易。”他听着墙上的动静，将季英英扯到了身边。

“装死！”晟丰泽低声说道。

她怎么装？季英英咳得停不下来。晟丰泽无奈，冲着她的后颈轻轻劈了一记，顺手用披风将她裹了起来。

墙轰然被锤出一个大洞。

晟丰泽抱起季英英从墙洞里走了出去。

看到他，赤虎欢喜地扔了铁锤哭了起来：“主子，我就知道这招管用！”

晟丰泽冷冷地说道：“走吧。”

“哎。”赤虎应着，护着他往前院走去。

“英英！英英她怎样了？”赵修缘见晟丰泽抱了人出来，顾不上灭火了。

“她本来可以逃出来的，是你锁着她，所以她死了，赵副使心里很得意吧？她终究还是落在了你手里，终究还是死在了你手里。”晟丰泽盯着赵修缘笑了。

“死了？她不可能死了！”赵修缘大叫一声，伸手就去揭裹在季英英身上的披风。

晟丰泽一脚狠狠踢中了他的心窝。瞧着赵修缘被踢倒在地直咳血，晟丰泽环顾着四周，目光从那些拥进来的士兵脸上扫过，一字一句地说道：“赤虎，谁挡了我的路，杀！”

“是。”赤虎听到季英英死了，脸也黑了，提着刀逼视着士兵。

脚步所到之处，士兵纷纷退开，让出一条道来。

第一次救她，他就这样抱着她逃离。她软软地窝在他怀里，一次又一次，渐渐填满了他的心。

这是最后一次了，他想出了让她假死的法子，等送她走了，他就再也不能这样抱着她了，他的心从此就空了。

赤虎护着晟丰泽上了马，在满街士兵的注视下，晟丰泽抱着季英英没有撒手，纵马出城。

得了消息的杜彦和蚩狂在城门布下了重兵。

晟丰泽和赤虎两骑孤单地陷入重围。

“殿下，国主令您禁足，您却深夜出现在太和城。再则，锦业街今夜除殿下外，另有人欲闯赵家救走杨季氏。对方武艺高强，看身形似杨静渊。这太和城的城墙也没能拦下他来。殿下如今也要离城，这事未免太巧。”

杜彦心想，这是自己最后的机会了，晟丰泽强闯城门，他就只有下令射杀了。

等他大仇得报，再任凭国主处置吧。

“杜彦，战场上死的士兵都有父母家人，不止杜净一人。你迁怒于我，毫无道理。”晟丰泽望着城门楼上被月光照得雪亮的兵刃箭镞，想到抬出杜彦与自己斗的王兄，意兴阑珊，“我偏要出城，你想令人杀我，便动手吧。”

晟丰泽催马前行，杜彦的瞳孔因紧张而收缩，双手掌心沁出汗来。

马蹄清清脆脆地踏着石板路，声音离城门越来越近。城门关着，晟丰泽不可能撞破城门离开，他这是想怎样？逼清平官大人下令杀他吗？他疯了吗？蚩狂偷偷望向杜彦。一心跟随清平官大人，他也没想过能公然下令杀了晟丰泽。

“殿下！”杜彦厉声喝道。

嘚嘚的马蹄声没有停止。

如此，那便去死吧！杜彦咬紧了牙关，眼中一片狠绝。他缓缓抬起了手掌，蚩狂紧张得深吸了一口气。

“国主驾到！”

远远的呼声传来，蚩狂一口气吸得急了，竟呛咳了起来：“大人，国主来了。”

心跳得更急了，杜彦抬起的手微微颤抖。

“王兄若让我死，无须清平官大人下令。”晟丰泽一句话彻底泄了杜彦的气。他无力地摆手：“下城楼迎接国主。”

蚩狂也松了一口气，跟着他下了城门。

国主晟丰佑骑马带着亲卫从宫中驰骋而来。

奔得近了，左右一片跪倒山呼国主的声音。晟丰泽没有下马。

国主一马鞭抽在了晟丰泽身上，怒道：“阿泽，你这是要哪样？”

晟丰泽没有躲闪，一身寂寥：“王兄，恕阿泽无法给您行礼了。”

国主瞥了一眼他怀里露出半张脸的季英英，脸熏得黑黑的，嘴唇白得没有丝毫血色，一动不动。他想到白天她的肌肤与美貌还映亮了他的殿堂，心软了下来：“阿泽，王兄的话你不听了吗？你公然违拗王兄的禁足令，又夜闯赵家织坊，你告诉王兄，你要怎样？”

“从前王兄想要攻唐，我不忍战场多添伤亡，自请带人到益州府偷师学艺。三年太短，我没能让南诏锦业像大唐益州府一样兴盛。那时我想，还是听王兄的吧。是以王兄令我统率三军攻唐，我去了。

“王兄要织浣花锦，我把人交给王兄了。我掳来了上万工匠，掳来了益州府大小织锦人家的青壮，哪家织坊、染坊不能让她去？偏把她送进了赵家。”晟丰泽说到这里，目光盯在了杜彦脸上，“那是恨不得她去死的赵副使家啊。赵副使用镣铐锁着她，失了火也跑不出来。送她进赵家织坊时，清平官大人可有顾念过她是泽喜欢的女子？王兄，我今天没有回太和城，我只想去瞧瞧她在赵家过得好不好。”

国主心头一跳，他是不知道个中内情的。杜彦这样做，是在扇兄弟的脸呢，他违了禁足令，也情有可原。

“国主明鉴，益州府掳来的织锦人家，唯有赵家最了解杨家锦。臣一心为了织浣花锦，没想到赵副使竟公报私仇，臣识人不明。”杜彦赶紧请罪。

国主还要用杜彦，一听有人扛罪名，喝道：“来人，传赵副使来！”

“王兄，赵副使连尸首都不肯给我，我踢了他一脚，这会儿怕是下不了床了。”

见他木着一张脸，一副生死随意的模样，国主想起了这个兄弟的好。攻唐时，晟丰泽一不想战场多添杀戮，二担心大唐报复。自己等不及，一心攻唐，晟丰泽二话不说领了兵。他到现在只喜欢过一个女人，由得她往他胸口插了一刀，但他还是喜欢着她。

“殿下，佳人已逝，容下官嘱礼部好生为杨季氏择穴安葬吧。”人是否真的死了，谁都没有仔细看过，杜彦不亲自确定，他不信。

“阿泽，就听清平官的吧。”国主晟丰佑没有杜彦想得多，他只想留住晟丰泽，在对方最悲伤难过时好生安抚一番，好挽回点兄弟情。

晟丰泽摇头：“我要带她回白涯宫。”

他越是如此，杜彦疑心越重，低声对晟丰佑道：“国主，今晚另有人闯入赵家织坊，有士兵瞧着像是唐将杨静渊，已趁夜逃了，不如留下杨季氏……”

阿泽难道为了这个妇人而和杨静渊勾结了？国主皱紧了眉，看向晟丰泽。

兄弟二人没有再说话，彼此盯着对方。风一吹，湿漉漉的披风裹在身上，季英英迷迷糊糊地打了个寒战。

晟丰泽听到了自己的心跳声，看向国主的眼神幽如深潭。

国主眼皮跳了跳，脸色变得阴沉。

被发现了啊，一直忌惮自己的王兄会做什么样的决定？晟丰泽没有再看国主，冲着杜彦轻飘飘地笑了：“杜大人要用一个妇人去威胁杨静渊自投罗网？”

“开城门。”下了命令，国主晟丰佑拍了拍弟弟的肩，说出了另一番话，“阿泽，莫要太过伤心。等你心情好点，进宫来教教你几个侄儿的武艺。”

杜彦脸色大变。

望着缓缓开启的城门，晟丰泽知道自己赌对了，他的眼圈渐红：“王兄……”

国主没看杜彦，和声说道："回宫去吧。"

晟丰泽狠狠一拍马臀，与赤虎疾驰出城。

"国主！臣觉得那杨季氏之死有疑。"杜彦越看越心疑，不甘地望着两骑消失在夜色中。

"白王说她死了，便是死了。"国主堵死了杜彦的话。他心想，如此多情的弟弟，还会对自己的侄儿凶残吗？杜彦不给晟丰泽面子，他为百官之首，将来他若挟持幼小的儿子，除了晟丰泽，还有什么人能辖制他？

恭送着国主回宫，杜彦如老了几岁。

"清平官大人，那晟丰泽……"蚩狂小声地询问着。

杜彦淡淡说道："国主都许了白王殿下回白涯宫，还追究什么？"他早该明白，血浓于水。自己不过是国主防着晟丰泽势大，叔强侄弱，抬出来压制他的罢了。国主如今觉得兄弟可信，就会抬着晟丰泽来压着他了。

他带着府里的人离开，被冷风一吹，杜彦打了个寒战。今夜晟丰泽的话传出去，军中的将士会怎么看自己？因为儿子被唐将杀了，就恨上了三军主帅？如此心胸狭窄，他还能像从前那样受人尊崇吗？

第五十六章

为爱放手

对于平民百姓来说，锦业街赵家织坊那晚走水，只是烧了一间织屋而已。而对于知情人来讲，这一晚，被降王爵不到一天时间的晟丰泽又重新成了尊贵的白王殿下，所获的恩宠已超过了清平官杜彦。

军方因杨静渊的入侵，刚刚松懈的神经再一次绷紧。

蚩狂大军将带领着人马加强了南诏通往大唐各个路口的警戒。

身处事件中心的赵家人仰马翻。

晟丰泽那一脚能踢死一头牛，赵修缘觉得自己的心肺都被他踢碎融成了鲜血。得罪了重获尊荣的白王殿下，杜彦已经偃旗息鼓，老实地沉默下来。南诏官员更无人将赵修缘这个本该成为奴隶的大唐织锦工匠放在眼里。

宣读国主谕令的官员“客气”地请赵修缘卧床养病，任命赵大郎担任织造局副使之职。官员的脚还未踏出门槛，赵修缘趴在床边，一口鲜血喷了满地。

尽管不赞同堂弟的所思所想，但瞧着赵修缘面如金纸，赵大郎心有不忍：“二郎，我虽然不会做官，但会尽全力护住赵氏族人，发扬光大赵家锦，你且放心吧。”

赵家上下几百口被掳到南诏，也不知何年何月才能重返大唐。既来之，则安之，醉心织锦的赵大郎也想明白了，且在南诏休养生息，绵延子孙，将赵家锦传下去。

赵修缘一口血喷出，眩晕无力地躺着喘气。他轻笑，他与大堂兄从小争夺家主，枉费了他所有心机，到头来仍是为大堂兄做了嫁衣裳。

眼前的光渐渐地暗了。一袭锦裳飘飘，面纱遮去了丑容。赵修缘虚弱地开了口："你就要当寡妇了。"

牛五娘缓步走到床前，悠闲地在床边凳子上坐了："原以为你尚能与杨静渊斗一斗，好歹是赵家家主的继承人，能执掌赵家，怎么也不该输给一个庶子。竟是我瞎了眼，看错了。"

牛五娘的话激得赵修缘两颊浮起了红晕，撑着身体坐了起来："妇人之仁。昨晚若非你阻拦，我早已得了手，咳咳……"

他抹了一把咳出的血沫，靠着床直喘气，没能得到季英英的悔恨让他忘了胸口火烧火燎的疼痛。都因这个丑妇！让他死不瞑目！

"早知他已经来了，我何必阻你，我的悔恨不比你少。"牛五娘说着，咯咯笑了起来，"可惜季英英还是死了，死了也在晟丰泽怀里，他连尸首都见不到。"

杨静渊会有多痛苦，她就有多快乐。

"可惜他不会多看你一眼，你这得意的笑声，他也是听不见的，遗憾不比悔恨更让人心痛？"赵修缘冷眼看着牛五娘，恶毒地说道。

"你以为我是你？"牛五娘拂袖起身，笑得张扬，回首间露在面纱外的眼里闪烁着近妖的光芒，"老天爷都会帮着我，我家七娘带着她的夫婿来看我了，桑家十四郎是杨静渊最好的朋友，我剁了他执笔的右手送给杨静渊，他会恨不得插上翅膀飞来看我呢，哈哈！"

她大笑着迈出门去，又回过头弯腰福了福："郎君，妾身盼着您早点咽气。大郎厚道，必不肯让您断了香火供奉。妾会认养一小儿，郎君莫要担心妾身孤苦伶仃，老无所养。"

牛五娘站直了身体，扶着玉缘的手，轻盈地从房门口消失。

"恶妇！恶妇！来人，来人哪！"赵修缘用力地捶着床榻，想叫人送碗水来。但无人应答，四周安静得连风声都没有。他听到自己的喘息一声比一声急，胸口像漏风的风箱，怎样用力都呼吸困难，憋闷得难受。

他叫得嗓子都哑了，直至无力。

不晓得躺了多久，赵修缘嗅到一股桃花香，他模糊地睁开眼睛，屋顶明瓦漏下的光带着浅绿。他又在黄桷树下睡着了啊？英英呢？哦，英英趁他睡熟，采染料去了。她的眼睛能分辨出十八种红丝。她给他配的孔雀翎眼用的蓝就有十二种。她是他的珍宝，只要有她，他就能织出这世间最美的锦画。

恍惚中，赵修缘看到季英英背着装满染料的小竹篓回来了。他含笑看着她，终于想起自己想对她说什么了。他拿出了他画的那幅画，朝她伸出了双手："英英，祖父应了咱俩的亲事了！你瞧瞧这画，我织与你做聘礼。"

绿荫如盖，乌瓦白墙，她穿着浅红的衫子，靠着红漆雕花木窗朝他望来。

她拿过画，突然将它扔在了地上，用脚踩了又踩，黑珍珠般的眼眸突然染上了冷意："谁要嫁给你？你真恶心！"

季英英哼了一声转身就跑。

"英英！"赵修缘大叫一声，人扑倒在了床榻上。

赵家的仆人终于端着药碗来了，见到一地的鲜血，赵修缘人事不省，吓得扔了药碗转身就跑："大郎君！二郎君没气了！"

赵大郎赶到时，赵修缘的气息已经弱不可闻。他贴近了赵修缘的嘴，听到喃喃两字："回家……"

赵府举丧，国主为安大唐锦户们的心，特遣了官员登门吊唁。

牛五娘浑身缟素跪坐在灵前，怕赵家人欺负她，玉缘不敢离她半步。好不容易等到去客栈抓人的仆妇回返，牛五娘拍拍裙子，折身进了内堂。

"人怎会不见？！为抓杨静渊，城门防守得紧，他二人如何混出城的？"牛五娘气急败坏地吼道，"玉缘，你去，你去把桑十四抓回来！"

"娘子，奴婢不能离开您！"虽然桑十四郎重要，但您更重要。玉缘跪倒在牛五娘面前，"您留着奴婢吧。赵家人人恨不得让您去死，奴婢哪儿都不去。"

牛五娘捂着胸口，想将那丝惶恐无力压回去。她要让杨静渊恨着她，他不爱她，那她就要他恨着她。

"套车去杜府，我要见清平官大人。现在！"牛五娘想起了杜彦。

报信的仆妇目瞪口呆，扑通跪在了地上："二奶奶，您还要为二郎君守灵啊，奴婢不能听您的了。"她朝牛五娘磕了一个头，转身就跑。

"反了！反了天了！"牛五娘气急，重重拍打着案几。

"娘子，奴婢驾车陪您去。"玉缘扶着她，主仆二人自去驾车离了赵家。

等到从杜彦府中返回，赵大奶奶带着府中的丫头仆妇堵在了门口。

玉缘跳下车，扶了牛五娘下来，怒视着赵大奶奶："大奶奶这是做什么？二郎君才过世，就要赶我家娘子出门吗？"

赵大奶奶轻蔑地往地上啐了一口，朝四周看热闹的锦户们大声说道："我家二弟过世不到一天，牛氏不为他守灵，擅自驾车离府。牛氏，你眼里心里还有我家二弟吗？来了南诏，礼义廉耻你还记得分毫？恕我赵家没有这等媳妇，你自去吧！"

说罢，身旁两名粗壮的仆妇拎起两只包袱扔到了牛车上。

"你敢！"玉缘暴怒，朝着赵大奶奶冲了过去。

早有准备的赵大奶奶退到了门槛后，赵家的青壮手执棍棒拦在了玉缘面前。

赵大奶奶冷笑道："各位街坊瞧清楚了，牛氏，你的侍婢武艺再高，纵杀了我赵家满门，我这个当家奶奶也绝不让这样的妇人踏进赵家门半步！"

"玉缘！"牛五娘叫住了玉缘。赵家为了赶她走，召来了一百多号青壮，一旦打起来，玉缘拼尽全力能够自保，却不见得能保住自己。牛五娘高傲地坐上了牛车，对赵大奶奶说道："让我走也可以，笔墨奉上，待我写封切结书，从此两不相干。我也厌了再冠上你赵家的姓氏。"

四周哗然。

赵大奶奶脸色铁青叫道："要写也是我赵家写休书与你！"

牛五娘讥讽道："那就见官吧。看看官府是断我牛五娘继续回赵家做二奶奶，还是让你赶我离开！"

猛然想起她与清平官杜彦有往来，赵大奶奶喝道："笔墨与她！"

牛五娘匆匆写就，扬手将信抛于车下。玉缘哼了一声，驾车与牛五娘离开。

有仆妇捡起纸递与赵大奶奶。

"结缡仅两载，两看两生厌。君今赴黄泉，久枯逢甘霖。当浮一大白，来世勿相见！"

"恶妇！"赵大奶奶气得手足发颤，叫骂不休。

顶着整条锦业街愤恨的目光，牛五娘安之若素。

不知是谁将一把烂菜叶扔上了牛车，引来整条街的大唐人效仿，追打唾骂着牛五娘，让她滚出去。

玉缘驾着车不敢回头，飞快地奔离，不时担忧牛五娘是否被砸中。

牛五娘将落在肩头的烂菜叶拈起扔掉，轻声说道："就算死了，也干干净净的，不再是赵牛氏了。"

玉缘重重点了点头道："娘子放心，玉缘能养活您。"

白涯宫的地界上支起了一顶顶帐篷，从宫殿的高处望出去，就像雨后林间冒出的蘑菇，蚩狂大军将亲自带着五千士兵驻扎于此。

“主子，国主是不是对您不放心？这是想软禁您？”

有这样想法的人不仅仅是赤虎，蚩狂大军将亲自领兵，让晟丰泽的亲卫们也紧张不已。白涯宫的宫门紧紧关闭着，忠心白王的下属们甚至做好了背水一战的准备。

晟丰泽揉了揉眉心，没有澄清这个误会，任由赤虎风风火火地在宫里忙碌着安排各种警戒。

他心里清楚，如果季英英的死讯传出去，杨静渊一定会冒险闯白涯宫。活要见人，死要见尸。布下千军万马，重重陷阱，以杨静渊的性格，他也不会放弃。

以杜彦的精明，在清楚了王兄的心思之后，他会隐忍。而蚩狂带的五千人只隔了一天就到了白涯宫。究竟是谁说服了杜彦，将这个两难的选择摆在了自己面前？

三角梅在后庭花园怒放，一簇簇如火焰般燃烧着，白墙红花被山顶温泉冒出的氤氲水汽环绕着，宛如仙境。

黄昏日落，月影渐明，池中亮起了一盏盏莲花灯，晟丰泽独自一人斜靠着软枕，从温泉池中提起烫热的酒，浅浅地啜着。

酒是益州府著名的剑南烧春，酒劲绵长。他似乎有些醉了，半合着眼，喃喃说道：“真像啊。”

点点灯光与水光相映，月光静谧，星子灿烂。他想起了那次元宵，益州城散花楼畔的湖光灯色。

唯独少了游人如织，佳人相伴。

他睁开眼睛，朝花树之后望了过去：“既来了，能饮一杯无？”

花树动了动，杨静渊一身黑衣，提剑走了出来。

晟丰泽从水里拉出一坛酒，朝他扔了过去。

杨静渊抬起了手里的剑，酒坛巧妙地被他用剑鞘接住。他垂下手，酒坛骨碌碌滚进了草丛。

“怕有毒？”

“不屑饮之。”

沉默了一会儿，晟丰泽笑了：“记得在益州府认识你时，不过是城中一纨绔少年。时至今日，南诏却以大军将率兵五千严阵以待。北路军佯攻梓潼，藏于山林。是你夜夜偷袭，取上将人头如探囊取物，终让北路军人心惶惶，军心涣散，从林中撤退，这才被唐军于河谷开阔之地设伏，以致全军覆没。”

杨静渊没有兴趣和晟丰泽闲聊："英英在哪儿？"

"本王不奇怪你能从五千人的军营中摸上白涯宫，也不奇怪你能瞒过我那些侍卫的耳目，但是你不奇怪这里为何只有本王一人，并无埋伏？"晟丰泽答非所问。

"季英英在哪儿？你我清楚，她绝不可能被火烧死。"

他穿破屋顶离开，晟丰泽就是个傻子，也知道带着她从屋顶逃出火海。杨静渊听到季英英的死讯，就没相信过。

藏身于韩四爹的家里，亲眼看着山下绵延的队伍将白涯宫围了个水泄不通。杨静渊知道，一旦被发现，活着离开的机会很少。哪怕韩四爹搬出舒先生来，以家国大义劝说他带着地形图离开南诏，杨静渊仍然选择了上山进宫。第一次他不自信，将她一个人扔在了白涯宫。第二次他选择了隐忍，将她扔在了赵家。这一次，他不能再扔下她了。

"她死了，本王亲手掘坟葬之。"晟丰泽抱着酒坛畅饮。

啪的一声碎响，酒坛被杨静渊一剑击碎，剑映着清冷的月光出现在晟丰泽咽喉间。

晟丰泽仰起脸看他，低低地笑了。他扯开了衣领，轻声说道："你的剑往前递进三分，我就可以去见她了，你动手吧。"

酒气与温泉的热气扑上他的脸，醉意更浓，一脸无谓死生的模样。

杨静渊撤剑，一把将他从地上拎了起来："葬于何处？"

"活要见人，死要见尸是吧？我凭什么要告诉你？"

杨静渊一拳揍在他身上。

晟丰泽弯着腰咳嗽起来，边咳边笑："我打不过你，何必还手？"他摇摇晃晃地站定，苦涩地说道，"好吧，你让北路军怕了，让我也怕了，我怕这一回重兵重围之下，仍然让你逃脱。为了复仇，你会成为我南诏朝廷恐惧的幽灵刺客。所以，我没有设伏，我想和你做一笔交易。"

"既然如此，我要带她离开南诏。否则，北路军的恐惧会在太和城重新出现。"杨静渊不甘示弱地威胁道。

"本王记得曾有一个断案的官员，路遇两妇争一小儿，他令两妇分执小儿之手，谁拽过小儿，便判小儿是谁之子。小儿年幼，拉扯时疼痛万分，大声号哭，一妇不忍而松手。然官员却将小儿断给了她。道，唯亲母方心疼弱子。"晟丰泽站直了身体，睁着迷离的眼睛指着自己的鼻子哈哈大笑，"你不要忘记，季英英是你的妻。我是南诏王族，国主的亲兄弟。一个女人与家国之责，你赌本王是情圣不成？"

言下之意是季英英在我手里，我用她威胁你，你除了弃剑投降，还能怎样？

杨静渊沉默了。

以他的武艺，重兵围攻下，他或许能趁着夜色遁逃进山林。但是带着季英英，那是绝无可能的事情。

“她还活着。”

“她死了。”

“你以为我会相信你？”

“就如在益州城一样，你能拿本王如何？”

一句话勾起杨静渊的新仇旧恨，他没有如晟丰泽所料般暴跳如雷，反而撤了剑：“你究竟想怎样？”

“你怎么来南诏的，怎么回去。不妨告诉你，南诏已加强了边境所有路口的守卫。离开白涯宫，失手被擒，只能怨你学艺不精。他日，你若领兵攻打南诏，本王会与你在战场上一决生死。”

杨静渊转身，踩着池中莲灯掠过了温泉，他的身影再一次消失在花丛阴影之中。

晟丰泽站立池畔，确定杨静渊已经离开，眸中醉意消失殆尽，他冲着温泉池淡淡地说道：“出来吧。”

池中莲灯蓦然晃动，赤虎等十二名护卫举着莲灯，牵着网从温泉边缘浮了起来。呼吸的竹筒设在灯中，借着水汽与黑夜遮掩，硬是没有让杨静渊发现。

赤虎独自留下，抹了一把脸上的水，直呼好险：“如果被他踏中，定会发现端倪。”

晟丰泽睨了他一眼道：“在遗憾泡了一夜温泉，怎么没有动手？”

赤虎嘿嘿直笑：“主子的心思属下怎猜得到？”

晟丰泽冲着温泉池抬了抬下巴。

赤虎疑惑地望过去，打了一个寒战。

温泉池中的灯只剩下靠在池边的零星几盏，杨静渊踩莲渡池时，不知何时挥剑，将池中莲灯斩为两半，独独没有碰十二护卫藏身所在的莲灯。

赤虎嘴里如嚼了一片黄连，苦涩不已。

“他若留在南诏，本王担心太和城的官员会被他杀得一个不留。”晟丰泽长叹。杨静渊发现了埋伏，但没有挑破。这何尝不是顾忌着季英英。他终究还是利用了她，逼走了杨静渊。

夜深时，后山坳韩四爹的石头院子灯光闪了闪，又灭了。一行四人进了山，沿着那天晟丰泽送季英英走的山中猎道，往大唐的方向走去。

路上，桑十四郎问杨静渊：“季二娘还活着？你为什么不擒了晟丰泽换她？”

杨静渊嗯了一声道：“白涯宫被蚩狂的士兵围住，蚩狂不会为了晟丰泽的生死而受我挟持。晟丰泽又怕我发疯杀得南诏朝中无臣，宁肯用季英英的安全换我离开南诏。”

所以，剑在晟丰泽咽喉，他也不肯说出季英英的下落。池中的埋伏，他没有百分百的把握也不敢动用。

这一次，他又被逼得抛下她离去。等他再来，将南诏掘地三尺，也要找到她。

晨曦乍现，东方一片明亮，杨静渊站在山巅回望，双手圈在嘴边大喊：“英英，你等着我！等我带你回家！”

回音袅袅，阳光洒在杨静渊脸上，他目光沉静。

掳掠了金银财宝和上万织锦工匠的南诏，锦业逐渐兴盛，国主与朝臣们欢喜无比。晟丰泽和杜彦第一次在政见上达成了一致，如此再发展十年二十年，南诏的国力会更强盛。

占够了好处，再打一仗把好处全吐出去，谁傻谁去打仗。

可是大唐肯吗？被扇了一耳光，当时没本事打回来，勉强同意议和。大唐天子这口气还没出呢，迟早会挽起袖子派兵到南诏，把面子讨回来的。

受够了吐蕃和大唐夹板气的南诏，已经有了墙头草的厚脸皮。停战求和是面对面说话的姿态，显然不够。于是，太和四年秋，国主晟丰佑言辞极其谦卑地给文宗皇帝写了一封长信，向大唐上表请罪。

蛮夷！知道怕了吧？知道咱俩面对面时，朕坐着，你只能跪着了吧？

龙心大悦，准许南诏使臣赴长安赔罪。

几家欢喜几家愁。

皇帝高兴了，杨静渊气得吐血了。

为了打南诏，我把媳妇都扔在南诏了，各种围追堵截，牵着狗放着鹰抓我呢，在深山老林里足足走了三个月才钻出包围圈。带回的南诏地形图把胸口都快捂出痱子了。为了升职多带兵，只差在东川节度使面前摇尾巴了。您说不打就不打了？还“为昭大唐天威，让南蛮知晓何为礼仪之邦，各州郡县当以上宾待之”！益州城周围多少人家的青壮被掠，妻离子散，家破人亡，如今要对路经益州去长安的南诏使臣以上宾待之？益州人咽得下这口气吗？反正杨静渊绝望了，他不可能威风凛凛地带兵打进太和城了。

好吧，仗没的打了，老子不当兵了，老子去南诏找媳妇去。一天不交人，老子就杀一名南诏官员。杨静渊吐完血，发了狠，暗地里找韩四爹弄了服南诏的草药喝了，一夜疟疾发作，顺顺利利地卷铺盖离了军营回家养病，什么时候养得好自己说了算。

杨静渊从三台回到了益州城，一人一马刚到北城门，猛地扑过来一人，吓了他一跳。

“三郎君，三郎君啊！”

杨静渊条件反射，欲一脚将抱住自己大腿的人踢开，听到这一声哭喊，杨静渊愣住了，心里涌出一股喜悦：“香油，你怎么知道我回益州了？”

伴当香油还没来得及说话，旁边走来一玉面少年，朝杨静渊弯腰深揖首：“三叔，得了舒先生的信知您这两天回来，祖母就让侄儿每天都来城门相迎。”

“哎哟，一两年不见，澄玉长大了！”杨静渊最喜欢大哥杨静山的长子杨澄玉，见他小大人一般认真行礼，严谨端庄，一时心喜，上前抱着澄玉像其幼时一样将他抛了起来。

杨澄玉的大人脸瞬间碎成了千万片，红着脸直嚷：“三叔快别闹了！成何体统！”

杨静渊哈哈大笑，心里的郁结散了一半。

“三叔，我们回家去吧！”杨澄玉红着脸，还不忘将衣衫整理一番，扬起笑脸吩咐香油去备车。

回家？杨静渊脸上的笑渐渐凝固了。

“三叔！”杨澄玉生怕他过家门而不入，小心地扯了他的袖子哀求道，“祖母已经盼了两天了，明月居已经打扫干净了，爹和二叔都盼着您回去。”

听得“明月居”三字，杨静渊不由自主想起了季英英的话——他们的家在明月居。心顿时柔得如一摊水，不由自主就被杨澄玉拉上了马车。

杨家老少都怕杨静渊不回去，指了澄玉出马，成功将杨静渊接回家去，杨澄玉兴奋地在车上说个不停。

南诏攻进益州府后，杨静渊听闻嫡母早有准备，让二哥带着嫂子、侄儿侄女出了城。如今从杨澄玉嘴里听到是晟丰泽放过了杨家大房，杨静渊恍然大悟。原来晟丰泽那时候就已经对季英英动了心。他绝不领这个情。等到了南诏，晟丰泽再不交人，看他怎么杀尽南诏王族官员。

走得一程，马车停住了，香油朝马车里说道：“三郎君、小大郎君，南诏使团进城，前面封了路，等使团车队过去才能放行。”

听到南诏使团，杨静渊伸手就从包袱上拿起了剑，吓得澄玉抱紧了他的胳膊：“三叔，南诏人向咱们赔罪来了，您莫要为南蛮子而误了前程。”

杨静渊沉着脸，用剑鞘挑起了车帘。

喧嚣的街道在南诏使团经过的瞬间如被冰封，静得只有车轱辘碾过街道发出的扎扎声。被士兵驱赶至路旁的百姓收敛了笑容，去年南诏兵打进益州城的情形仍印在人们脑海中，没有被淡忘。此时再见到南诏使团，如何不恨？

驶向驿站的使团走了半个时辰仍没有离开杨静渊的视线。除了使团成员乘坐的马车，后面几十辆车装着向大唐赔罪的礼物，甚至有两头白象。

“南蛮子，把我的儿子还给我！”一名老妪突然叫了起来，企图撞开拦在自己面前的士兵冲向队伍。

这一声哭喊唤醒了漠然注视的百姓，各种烂菜叶和石头、瓦块如雨点般掷向了使团。

负责警戒的士兵慌了手脚，横起长枪阻拦着冲撞的百姓，大声叫着人去报节度使。

区区一百来名士兵哪里拦得住愤怒的百姓，十来个精壮汉子越过士兵，冲到了使团最华丽的马车旁，攀上了车辕。

没等他们掀起轿帘入内，轿里的人显然功夫不弱，瞬间就踢飞了两人。

轿帘掀起，晟丰泽沉着脸站了出来，冲着护送使团去驿站的将军说道：“钟将军，这便是泱泱大国的待客之道？”

钟将军急得满头大汗，却不愿对百姓下狠手，被晟丰泽拿话一逼，硬着心肠拔了剑，刺进了一名帮闲汉子的腿，大声叫道：“再敢上前者，杀！”

队伍收缩，将使团队伍团团围住。

晟丰泽瞟了他一眼，转身又回了车里。

轿帘飘起又落下，露出车中女子的侧脸，杨静渊的心悠悠荡荡，恍如梦中。他喃喃说道：“英英，是你吗？”

使团进驻驿馆，为防百姓滋事，新上任的剑南道西川节度使遣了一千兵马将驿馆团团围住，当晚令人去驿馆，询问使团欲停留几天。

双方心知肚明，南诏使团停留的时间越长，保不齐恨红了眼的益州百姓会做出什么事来。

晟丰泽也很干脆，使团只歇息一天，便启程去长安。节度使略松了一口气。

进益州城时，已近黄昏，待安顿下来，天已经黑了。

一乘小轿从驿馆角门悄无声息地抬了出去。

和上一次不同，这次外围多了名为保护、实为怕惹出麻烦而将南诏使团“软禁”在驿馆的士兵。

过了今夜，天明，南诏人就启程离开了。节度使下了令，不得出丝毫纰漏。士兵们站得如标枪般挺直，谁也不敢偷懒。

纵有重兵守卫，驿馆门前仍被愤恨的百姓扔了一地烂菜叶，倒了数桶泔水，假装滑倒摔碎了数不清的尿罐，臊臭味熏得士兵都快哭出来了。

聚集在驿馆前的百姓越来越多，径直往门口一跪，拍地大哭，长声哎哟，此起彼伏。益州各书院的学子则在大门附近摆起了书案，争相赋诗讥讽南诏，从皇帝陛下的以上宾之礼相待说起，直扒到百年前南诏如何依附大唐建国。口诛笔伐，叫好声直冲霄汉。看戏不怕台高，连散花楼的老板都令人抬了几桌席面与两担酒前来助兴。

太守亲至，与州府官员们齐齐劝说，竟无人退离。值守的将领头皮发麻，生怕这群儒生酒后振臂一呼，引发民变。

节度使听闻，良久才道：“今晚宵禁往后延长一个时辰。”强行压制、驱散百姓，只会让人们的愤怒转移到益州府的官员们身上。

“主子，使臣们惶恐害怕，担心大唐皇帝不会接受南诏请罪。”赤虎低声告诉晟丰泽使团的动静。

“担心大唐天子斩来使于剑下？”晟丰泽讥笑道，“要杀也杀本王这个三军统帅，还轮不到他们。不过，让他们惶恐着也好，请罪就要有请罪的样子，吓得越厉害，唐天子越欢喜。”

“这……”

这是不是太窝囊、太丢人了？赤虎倍感屈辱。

晟丰泽轻声说道：“想想以大渡河为界，掳走的上万工匠带来的好处。皇帝陛下要打本王的左脸，本王会把右脸也奉上。”

“主子！”赤虎紧按着刀柄，感动于晟丰泽愿意为南诏付出的牺牲，又愤懑不平地嘟囔，“主子原本可以不到大唐来受这些羞辱……”

“吩咐下去，明天卯时用饭，辰时出发。”晟丰泽的目光转柔，却不肯再与赤虎多说什么，转身回了居处。

铜灯上的烛火被开门时的风吹得摇曳晃动，晟丰泽的身体微僵，若无其事地将房门关上。他转过身，烛火映亮的剑光对准了他的咽喉。

“每一次见到你，都与从前不同。”晟丰泽凝视着杨静渊，镇定地说道。

杨静渊笑道：“我没有上次那么傻，穿着孝衣就闯进驿馆，当了回活靶子。这一次，我保证杀了你，也不会被人发现。”

他的笑容让幽暗的室内亮了起来，晟丰泽看着杨静渊脸上的笑容，一时间怔了怔。他垂下了眼眸，轻声说道：“本王明天平安离开益州城，自会告诉你季英英的下落，你何不回杨家等着？本王还要向大唐天子呈交国书，死不得。”

杨静渊心神一颤，却见晟丰泽已绕开了剑尖，在榻上坐了，自顾自地为自己倒了一杯酒。

“记住你的话。”否则，他会让晟丰泽走不到长安城。杨静渊掉头就从窗户跃了出去。

酒是上等的剑南烧春，入口辛辣，呛得晟丰泽咳嗽不停，黝黑的双眼中浮起了淡淡的水光。可他只想让自己醉过去，醉到醒来时，已离开了益州城。

见到杨静渊出来，等候在巷子里的香油松了一口气，他试探地问道：“三郎君，这是回家去吧？”

小大郎君缠着三郎君上了马车，本以为可以顺利把人接到，却被南诏使团搅了局。杨静渊让杨澄玉先行回府，带着香油将马车赶到了离驿馆不远的巷子里，坐在车上等着天黑。

杨澄玉没有办法，只能先回府报讯。香油不知道杨静渊心里在想什么，也不知道他会不会回杨家，可怜巴巴地等着，生怕杨静渊又扔下自己走了。

“走吧。”

两个字如同天籁，香油不自信地又问了一遍：“是回杨家巷？”

杨静渊想着晟丰泽的话，没好气地说道：“城门已关，不回家住哪儿？”

香油大声地应了，驾着车走了。

好歹晟丰泽没有再说她已经死了。但愿明天使团离了益州城，晟丰泽会依约送她回来。

杨家门口挂起了大红灯笼，中门大开。

自杨静渊下车进府，一路上遇到的仆人丫鬟都笑吟吟地朝他弯腰施礼，杨大老爷惯用的三管家亲自到大门迎了他。

“府里几位郎君、小郎君、小娘子都安好。太太与郎君们都盼着您回家。明月居打扫得勤，太太时不时就要去坐坐。”三管家小心地偷看着杨静渊的脸色，询问他的意思，“三郎君是先回明月居，还是去白鹭堂？”

路在脚下分了岔，三管家执着灯笼的手心紧张得沁出了汗。

两排高大的桑树种植在通往白鹭堂的道路两边，石灯柱流泻出的灯光将青石板路照得亮亮堂堂，杨静渊依稀记得幼时大太太携了自己的手，从能望见姨娘所住的乐风苑的湖边回来。灯光将她的人影拉得老长，他顽皮地躲在灯柱后面，大太太假装看不到自己，故意和自己玩躲猫猫。

他迟疑了一下，踏上了通向白鹭堂的青石板路。

三管家一愣，激动得颤步追了上去，弯着腰为他照亮了脚下的路。

白鹭堂外站着两排仆妇，恭敬地弯腰行礼：“三郎君回来了。”

和从前一般模样。杨静渊百般不是滋味地点了点头，迈步进了大堂。

绕过十样牡丹锦制成的十二扇屏风，宽敞的正厅灯火通明，杨石氏穿着枣红色的刺绣海棠纹大袖锦衣，端坐在正中主位上，杨家大郎君杨静山、二郎君杨静岩携妻带子，济济一堂。

“三郎回来了呢。”杨静山激动地站了起来。

“大哥。”杨静渊握住他的胳膊，见他站得稳当，脸上露出了笑容。

“母亲日思夜盼，就盼着你回来，去给母亲见礼。”杨静山拍了拍他的手，退了回去。

明知他选择了先来白鹭堂，杨石氏眼里有泪，仍把脸转到了旁边，语气淡淡的：“回家来便好，吩咐厨房上菜吧。”

“回来了，连个笑脸都没有？我还是走吧。”

听到这句话，杨石氏飞快地抬头：“三郎……”

杨静渊早跪在了她面前，脸上扬着惫懒的笑容，像幼时一样逗着她。杨石氏一呆之下，扬手拍打着他，哭出了声：“小没良心的，你就恨着我吧！当我没养过你！”

杨静渊嘴里嚷着疼，叫着大哥、二哥、嫂子救命，人却不躲不闪。

杨石氏打了几巴掌，用帕子捂了脸大哭：“三郎，我以为你再不认我这个母亲！

是我错了，你一走，我就悔得心都碎了啊！”

杨静渊轻轻将她搂进了怀里，柳姨娘生了他，但养大他的是杨石氏。她把她的嫡亲儿子和家业看得重，却也宠了他十八年。不过一年，她的发间已找不到一根黑发。他有过怨，却也贪恋她给过他的温暖。

“母亲，我就说三郎会先到白鹭堂给您磕头请安。这回您信了吧？”

清脆熟悉的声音震得杨静渊脑袋嗡嗡作响，他机械地抬头，全身的血都涌上了头脸，脑中一片空白。

身穿粉色大袖衫、系着白色高腰长裙的季英英从屏风后走了出来。

她梳着他见过不知多少次的螺髻，露出纤细优美的脖颈与光洁的前额，脸庞闪动着珍珠般的光泽，明媚动人。

“三郎。”季英英站在他眼前，笑着又喊了他一声。

梦里他不知道听她叫了多少回。杨静渊使劲眨了眨眼睛，他傻乎乎地伸手碰了碰她的脸颊，又飞快地缩了回去。

堂中不知是谁没忍住笑出了声，引来一片揶揄声：“哎哟，这是咱家最机灵不过的三郎？”

“瞧把三郎吓的！弟妹可得当心他找你算账！”

“给钱给钱，我跟着三婶婶赌赢了，三叔先到的白鹭堂！”

杨石氏扑哧笑了起来，抹了眼泪，推了杨静渊一把：“傻小子！”

杨静渊被推得踉跄着往前两步，撞在了季英英身上。他下意识地伸手揽住了她的腰，见她红着脸推开了自己，低声说道：“先用饭吧，全家人都在等你呢。”

杨静山哈哈大笑，招呼着众人入席。

见杨静渊目不转睛地望着自己，季英英飞快地在他手背上狠拧了一把，扭身到了杨石氏身边扶她入了席。

“嘶！”杨静渊吸了一口凉气，终于有了真实的感觉。

灯光璀璨，欢声笑语在夜色中飘荡。杨静渊与兄长、侄子们同席，一直呆愣地望着服侍着杨石氏的季英英。

“三郎，咱们一家人团聚，共饮此杯！”

杨静渊按住了大哥的手，坚决地摇头：“我不饮。”

“不行，这杯酒一定要喝！”杨静山和杨静岩促狭地缠着他，故意拦着他的视线。

终于，杨静渊抢过两人的酒杯，一饮而尽，然后从座位上跳了起来，直接朝杨石氏走了过去，匆匆说了一句：“母亲，我明天再来请安。”

接着，他拉着季英英飞快地走了出去。

大奶奶和二奶奶哈哈大笑：“母亲，且放弟妹回去吧，再不让他问个清楚明白，三郎要活活憋死了。”

望着两人离开的背影，杨石氏眼中的泪涌了出来，喃喃说道：“他叫我母亲了呢。”

秋风甚凉，却未吹散季英英脸上的娇羞，她低着头快步跟着杨静渊出了白鹭堂。见他停了下来，季英英想起进城时被百姓冲撞车轿，晟丰泽回轿后说好像见到了杨静渊。怕他误会，季英英讷讷地解释：“我在南诏假死，白王只能借去长安递表请罪之名，避开杜彦耳目，暗中送我回……”

身体撞进了他的怀里，杨静渊紧紧抱住了她：“晟丰泽说等他离开益州，就告诉我你的下落。我真怕他又哄我……找不回你，杀了他又有何用？”

他的声音已然哽咽。

他不会再误会她，也不会再吃晟丰泽的醋，他只要她平安地回到他身边。

“三郎。我真的回来了。”季英英闭上了眼睛，软软地靠在他的胸口。

千言万语堵在胸口，最终只说得这样一句。

她回来了，再也不会与他分离。

番外一

你我相约永不再见

很长一段时间，季英英都在梦境里徘徊。她看到母亲一刀捅进了哥哥的身体，母亲看了她一眼，那眼睛像雪峰千年不化的冰，冻住了她的嗓子，让她发不出丝毫声音。不过一愣神，她又看到了杨静渊，他站在大火中，她拼了命想拉他出来。火烤得她的皮肤疼极了，她却怎么也触不到他半分。他隔着火看她，那双漂亮的凤眼炽热得像火一样，无声地叫着她的名字。

她一狠心，闭上眼朝着火焰跳了进去。瞬间，杨静渊身周的火蓦然消失。他站在雨中，隔着窗棂痴痴地看着她，雨丝浸润了他的面颊、他的黑发，染得他的脸如玉雕，剑眉如墨。

梦中益州冬季的雨夜这样冷，风似从窗户吹来，冻得她直打战。他解开氅衣将她裹进了怀里，温暖渐渐从他的胸口弥漫到她的脸上，冷意渐退。季英英舒服地舒了一口气，不知不觉睡得熟了。

望着她渐渐舒展的眉心，晟丰泽也松了一口气。氤氲的水汽中，季英英苍白的脸泛起了红晕。雪白的中衣在水中漂浮，月光映在温泉池中，泛起淡淡的波光，病中的羸弱与晕红的脸美丽得不可思议。

晟丰泽舍不得移开眼睛。

他将手放在她额头上，感觉到沁出了汗时，迅速拿起池畔的毛毯裹住了她，然后抱起她大步进了厢房。

候在房中的奴婢忙碌起来，晟丰泽沉默地退出了房间，浸透的衣裳滴滴答答，在脚下形成一个水洼。

“殿下……”怯怯的声音，躬身双手奉上的干爽大氅。

晟丰泽恍若未见，专注地听着屋里的动静，小奴婢便一直保持着弯腰的姿势。

过了一盏茶的工夫，卓嬷嬷从屋里出来，看了一眼一身湿衣的晟丰泽，从小奴婢手里拿过大氅披在了他身上，轻声说道：“娘子睡得尚安稳。”

晟丰泽转身进了旁边的房间，不过片刻，已换上了干爽衣裳。他披散着头发进了厢房，眼神扫过去，卓嬷嬷领着奴婢们弯腰退出了房门。

站在屋里，隐约能听到脚下温泉淌过的声音，四周密密垂下的帷帐挡住了风，屋子里温暖如春。

裹在锦被里的季英英睡得正熟，额头又沁出一层细密的汗。这让她有些不舒服地挣扎起来。

晟丰泽握住她伸出被子的手放了回去，极自然地抬腿上了竹榻，连人带被拥进了怀中。

卓嬷嬷亲自端了药碗进来，又安静地退了回去。她忍不住悄悄看了一眼，朦胧的光照出帷帐中的身影，主子正一口一口将药喂进季英英嘴里。她心里一惊，快步出了房门，凌厉地扫了一眼回廊上候着的四个奴婢，见她们的腰弯得更低，这才满意地点了点头。

足足四天，季英英终于退了热，从昏迷中苏醒。醒来时，她看到了晟丰泽一双熬得通红的眼睛。

他朝她笑了笑，极自然地将手搭在她额头上，试了试温度就站起了身：“醒了就无大碍了。”

不等她开口，他就掀了帷帐离开，卓嬷嬷带着奴婢们鱼贯而入。

季英英的声音像丝线一样轻细：“嬷嬷，我睡了多久？”

“四天……娘子不必担心，高热退了，慢慢将养就会好起来。”

卓嬷嬷指挥奴婢们利索地服侍她起身更衣，重新收拾好床榻，亲自扶了她躺下。

喝完汤药，一股倦意让季英英闭上了眼睛。四天，杨静渊在哪儿？他会来找她吗？晟丰泽会不会抓住他？脑袋里塞满了问题，等不及再想，她又睡着了。

迷糊中，她开始咳嗽，剧烈的咳嗽惊醒了她，她甚至无法深呼吸，一吸气就咳得死去活来。卓嬷嬷再次带着奴婢们出现，一碗汤药下去，她在咳嗽中沉沉睡去。

听到屋里的咳嗽声渐小，晟丰泽松了一口气。

“吸了烟气，受了寒。退了热，再清肺将养。”

晟丰泽淡淡地说道：“睡着了似乎咳得没那么厉害。”

郎中怔了怔，恭声应道：“小人再加重入眠的药。只是睡太久，身体容易虚弱。”

晟丰泽看了他一眼，郎中赶紧又补了一句：“先治病，再慢慢养，便无大碍，如此耗费的时间多些罢了。”

时间，他最不怕耗费的便是时间。

晟丰泽目光黯然。

不知睡了多久，嘴里又被喂进一口药汤，苦涩让季英英迷糊地想摇头摆脱，却挣脱不开。每每当她有一丝清醒，总会又昏沉地睡过去。

四周偶尔有声音飘浮在空中，隐隐约约听不实在。

昏睡中咳嗽起来，总有一双手轻轻拍着她的背。是谁呢？季英英脑中晃动着杨静渊的脸，瞬间又变成了晟丰泽的。

她的身体越来越轻，在沉睡中消瘦下去。晟丰泽听到她咳嗽渐少，终于吩咐减去了那味让她昏睡的药。

他小心地抱着她，望着她削尖的下巴，轻声说道：“最后一次。”

最后一次，在她不知情时抱她入怀。

睡了快一个月，季英英终于清醒，醒来第一眼见着的人是卓嬷嬷。

她睃了四周一眼，又垂下了眼帘。

“娘子体虚，再养些天就能下榻了。”卓嬷嬷微笑着说道。

等她能下床踏出房门，又是半个月后了。风已经变得温暖，南诏的春日阳光格外灿烂。季英英不用问，也知道自己病了很长时间。

墙边的三角梅开得如火如荼。她坐在回廊上，望着一池温泉出神。

心有触动，一回头，就看到远处的楼间，一角黑裳闪过，消失在廊柱后。

“这些天，都是嬷嬷在照顾我，辛苦您了。”

卓嬷嬷眼神闪烁，最终恭谨地答道：“能侍奉娘子是老奴的福分。”

季英英忍不住又看向远处。

白涯宫正殿鎏金的飞檐映着阳光刺痛了她的眼睛，酸涩得泛起了水光。

她听话地在院子里养着身体，再没有见过晟丰泽一面。

春去夏来，季英英恢复了健康。

夏天的夜月又圆又亮，清晰地映在水中。

她常常站在池畔，望着池水出神。

不知道有多少个夜晚，晟丰泽坐在屋檐上悄悄看着她。他不明白她为何喜欢在月夜望着池水出神，可只有这样，他才能借着夜色的遮挡来到她身边，陪着她到月上中天，小奴婢拿了披风来，服侍着她回屋歇息。

南诏前往大唐递国书请罪的使团明天就要出发了。他已经吩咐卓嬷嬷把这个消息告诉了她。明天，她将扮成他的侍女启程去大唐。这是她留在南诏的最后一晚。

十五的月十六圆，天空蓝得深邃，今夜的月明亮得如同玉盘。

池水中映出了圆月、屋宇，晟丰泽像坐在月中，身影格外清晰。季英英站在池畔，她不记得这是第几个有明月的夜晚，也忘记了是哪一晚意外看到了他在水中的倒影。明天，他将如约送她回大唐。从此，再不相见。

季英英伸出了手，她看到自己手指颤抖地从空中抚过，停在他脸上，心跳得这样急，又是这样难过。手无力地落下，这一次，没等到月上中天与小奴婢送来披风，她转身离开。

她的蓦然离去，让晟丰泽急切地从屋顶上站了起来。瞬间，他看到了池中影子的变化。他呆呆地站着，心底一股酸涩直冲鼻端。

这一夜，葫芦丝的乐声在白涯宫响了一晚。

夜渐深，益州的天空总有一层厚重的云，挡住了星月，抬头凝望，漆黑的天幕挡住了视线。

季英英红着脸将杨静渊推出了房门。

“英英。”

隔着房门，杨静渊的不舍从话里透了出来。季英英靠着门嗯了一声。

“晚安。”

“嗯。”

“英英。”

“嗯？”

杨静渊笑着把手从门上放下，退后一步：“明天见。”

他没有离开。季英英抿着嘴笑了一会儿，走到桌旁吹熄了灯。又过了一会儿，才听到杨静渊的脚步踏过木回廊的声响。她轻轻叹了一口气，了无睡意。

推开窗，夜空一片漆黑，不见星月。

天蒙蒙亮，街上行人寥寥，驿馆门前兵士林立，满面肃杀。若不知情，还以为西川节度使府这番动静是要抄家灭族。

南诏车队在西川府兵的“护送下”安静地穿过长街，赶到北城门时，正值城门开匙，时间刚刚好。

最后一辆马车离开城门洞，护行的士兵耷拉下了肩膀。守城门的士兵呸的一声往地上吐了一口痰，将对南诏的恨意泄了去。

转过山梁，就再也看不到益州城了。晟丰泽的手指勾着薄薄的轿帘，黝黑的双瞳闪烁着晦暗的光，只有忍不住蹙紧的眉峰流露出他的情绪。

车轱辘压着一块石头，马车颤了颤，轿帘从他指间落下，遮住了他的视线，蒙住了他的心。

从长安回返，已是第二年的秋天。

使团的队伍被拦在了北城门外，太守府的官员亲至使团前，话说得隐晦：“天色已晚，还请使团在城外歇息一宿，明天再进城。”

刚过正午，秋日的暖阳还挂在树巅，离城不过十里，使臣们憋屈。大唐皇帝都大度不计较，称“两国永世交好”，待若上宾，小小的益州府竟敢如此怠慢。

“今天可是十月初九？”晟丰泽突然问道。

赤虎点头：“正是。”

无视使臣们的愤怒，晟丰泽淡然地吩咐就地扎营，明天直接穿城离开，不在城内驿馆停留。

益州府的官员脸上顿时绽开了笑容。

战争的痛楚随着时间渐淡，益州城的锦业再一次重振。十月初九，节度使亲至锦里，官衙出钱，搭起了斗锦台。

劫后余生的织锦大户们满脸感慨，相互见礼寒暄。经历过浩劫，失去了大量的优秀工匠与传人，今天的斗锦意义非同一般。

锦里内外，斗锦台前，人山人海。

杨静渊带着季英英进了杨家的专属包间，杨大太太高兴地握住了季英英的手，兴奋之色溢于言表。季英英心知肚明，杨家那年研制出的浣花锦正好借今年斗锦亮相人前。

言谈间一声锣响，节度使亲自宣布斗锦开始。

看了一眼与两位兄长笑谈的杨静渊，季英英扶着杨石氏走到了窗前。

“葛六月亲织《石榴多子锦》！”

葛六月？季英英想起被掳南诏时，在太和城外遇到的中年美妇，忍不住探出身子去看，斗锦台上，一个十四岁的娇小女子亲手执着锦画。

季英英眼睛微湿，葛家被掳走一个六月，又有了新的六月织娘，传承未断，不知南诏的葛六月知晓，是否会多一丝安慰？

愣神间，一角黑裳映入眼帘，温暖的阳光照在黑衣上，泛起珍珠般的光泽，熟悉的锦衣让她侧目望去。

人群中，黑衣人戴着一顶帷帽，靠着柱子站着。

时间在这一刻停滞。

薄薄的面纱挡住了晟丰泽贪婪专注的视线，他看着她倚在窗户旁，穿着一件杏色的春衫，高高绾着牡丹髻，鬓旁一枚凤钗垂下细细的金丝，被风吹动，在面颊旁闪闪发光。她胖了些，瘦削的脸丰润不少，像一只饱满的蜜桃。

他看懂了她的眼神，她坐上软轿离开驿馆时，轿帘放下的瞬间，她说：“王爷，再见。”

她和他约定，永不再见。

可是他不舍得，乔装打扮，也想再见她一眼。

“杨家浣花新锦！”

台上喊出了杨家新锦。四季花成锦，如锦落江中，灿烂华美。

“杨家又织新锦了！”

“浣花锦，这名字好美！”

她家住在浣花溪。他第一次看到她时，她分外狼狈。他救了她，从此输了自己的心。晟丰泽在人们的惊呼中转身，留给她一个背影。

杨静山已登上斗锦台。杨静渊笑着走到季英英身旁，在她耳边说道：“大哥说这名字因你而起。英英，你真厉害！”

季英英蓦然回神，正瞥见大奶奶的目光，她瞪了杨静渊一眼道：“我只是帮大哥配了几种丝线。我又不会织锦，都是大哥、二哥琢磨出来的。”

大奶奶的眼神变得柔和，转头专注地望着台上。

四幅浣花锦亮相台前，惊呼声接连不断。

季英英忍不住偷眼再看过去，柱子旁戴帷帽的黑衣男子已经消失不见。

新锦王毫无悬念重归杨家，节度使在散花楼再办散花宴。

虽不是中秋、元宵，为了庆祝益州城再办斗锦赛，官府在楼下也放了烟花。

杨静渊揽着季英英的肩站在湖畔观望，黑夜里绽开的烟花绚烂如梦。他突然笑着抬起手臂，指着那湖被烟花染得缤纷的水笑道："那年元宵灯节，我站在这里，看着你和晟丰泽站在船上，气得想一箭射死他。"

季英英心神一颤。

杨静渊低下头，捧起了她的脸，轻轻落下一吻："现在我很感谢他，谢谢他护着你，让你回到我身边。"

季英英伸手抱着他的腰，像是也说给自己听："我们约好的，永远不分开。"

只是她心里永远有一个角落，藏着那一袭黑裳转身的背影。

番外二

眼中桃花开

杨静渊称病离开了军营。回到杨家，他又成了原来府中那个无所事事的庶子。杨大太太经历变故之后，对产业看淡了许多。杨静山利落地将父亲原本想留给杨静渊的产业都清理了出来，嘱人抱了账本和地契送到了明月居。

“这下三爷有事做了。”季英英拍了拍装满账本的木箱，打趣地说道，“免得你闲得无聊心慌。”

杨大老爷三年丧期未满，季英英也要给季氏和哥嫂服丧。两人孝中成亲，这时候欢喜圆房，心里都有一道坎过不去。

分离重逢，杨静渊恨不得将季英英拴在裤腰带上，片刻不得离身。人是明明在眼前，还是吃不着，他如何不心慌？

一旁服侍的香油都看出来了，三郎君有心事。他体贴地问杨静渊是否离了军营，闲得发慌？

“不是离了军营闲得心慌……这种感觉呢，就像饿了三五天，厨子说正在炖红烧肉，你坐在桌边等啊等，等得前胸贴后背，催问厨房数次，总是答你肉还没有炖好，还得再等。”杨静渊无聊地用剑划着地面，发出一阵长吁短叹。

香油似懂非懂，顿觉饥肠辘辘：“三郎君，小时候您还带着小人进厨房偷吃呢，解解馋也好过空着肚子苦等啊。”

偷吃？我想偷吃不假，你也敢想？杨静渊瞪了他一眼，没好气地收剑回鞘：“今天就练到这儿，回去用朝食了。”

踏着初升的朝阳，杨静渊带着香油回了明月居。

早食是各院小厨房自做。他冲了个澡，收拾停当出来，桌上已摆好了百合莲子粥与绿豆粥，一盘花卷，一盘肉馒头并三碟凉拌小菜。

季英英穿了一件青色大袖衫，白色高腰长裙，清水芙蓉似的。摆碗筷时，袖子滑到手肘，露出嫩白的手。

“有红烧肉该有多好啊。”杨静渊被那抹嫩白闪花了眼睛，撇了撇嘴，小声地嘟囔。

季英英给他舀了一碗百合粥后坐下，有些不解：“你不茹素了？”

从前在青城山中，杨静渊就告诉过她，三年孝期，他不沾荤腥。

被季英英噎了一下，还没来得及想出话来解释，季英英以为他话说出口后被大太太和两个哥哥笑话，目光温柔地瞅着他轻声说道：“要不，我偷偷给你吃？”

杨静渊听到“偷吃”，脸皮顿时涨得通红，心跳如擂鼓，总觉得心事被季英英看穿，又羞又惭，端起碗挡着脸，几口喝完粥就起了身：“我再去练练剑。”

“哎，明儿再练吧。大哥送来的账册、地契这些你还没看呢。”季英英赶紧叫住了他。

外头的掌柜、庄头还等着拜见新主子呢。好几箱账册，连封皮都没揭。杨静渊查过后，还要与杨静山移交画押，可没时间容他再去练剑消磨一整天。

提到父亲给的产业，杨静渊的窘意消散了。他又坐下来，催促季英英用饭：“吃完我有事和你商量。”

待用过饭，夫妻俩独坐在书房里，杨静渊开口道：“英英，我不打算拿回这些产业。”

他有些忐忑。没有这些产业，他一穷二白，季英英要跟着他吃苦。

“你想分家？”季英英一语道破杨静渊的心事。

杨静渊解释道：“树大分枝，我是庶子，本该分出去单过的。我姨娘没有嫁妆留给我。父亲本不该有私房，他所有的财产都是杨家的产业，我能分到青城山山脚下那间田庄就该知足了。”他停了停，又道，“你放心，我总能养活你的。”

“好。”季英英心想，虽说与大太太前嫌尽释，但杨家大宅里的规矩仍在，小两口分出去过，自己当家做主更自在。

听她干脆地应了，杨静渊又迟疑起来，伸手抱了她坐在膝上，认真地说道：“你不后悔？也许将来我只能种着田庄那几亩地，供不起你穿锦衣了。”

季英英眉开眼笑地勾着他的脖子道："谁说只有种地才能赚银子的？分了家，总有法子的。"

也对，他跟着老管家学了一些商道，在杨家无法施展，分家后他就能自己经营。杨静渊笑着握了她的手，瞧着眼前粉嫩的脸颊，又想到了"偷吃"一语，心里想着，已亲了上去："还有半年除服。除服后，咱们就……"

季英英急急地说道："还要给母亲守满一年孝期才能圆房呢。"

"我是说父亲孝期除服后，就分家。"果然，对上季英英羞恼的眼神，杨静渊越发一本正经地训她，"你胡思乱想什么呢？"

我胡思乱想？要脸不要啊？季英英低头盯着落在胸前的爪子，气得一巴掌拍了下去，扭身就从他膝上跳下，跑出了房门："杨三郎，你的手往哪儿搁？"

人已跑了个没影，杨静渊独自望着手掌出神，半晌才喃喃道："红烧肉炖得酥软，也就这感觉了。"

杨大太太为了分家一事哭了几场，回回都被杨静渊哄得破涕而笑。杨静渊坚持，最终收下了青城山山脚那间田庄。杨大老爷除服礼后，杨静渊就带着季英英离开了杨家。

季英英当初嫁过来，带了季嬷嬷一家陪房、两个丫头。如今两个婢女流落在外生死不知，季嬷嬷死在蛮狂刀下，季富回了三道堰。她和杨静渊两人，让香油赶了一辆马车，简简单单就离开了杨家。

季家除了季英英，已经没有主子了。两人先回了三道堰，留了吴嬷嬷与季贵一家在季家老宅。带了家中老仆，收拾了行装就去了青城山山脚下的田庄。

季英英有手艺，她从来没打算放弃季氏浣花染坊，庄子后院重新购置了染缸。杨静渊一身力气正好派上用场。

染出的丝线、布料送到老宅铺子上，浣花染坊重新开张。

朝廷新任命的节度使李德裕"乃练士卒，葺堡鄣，积粮储以备边，蜀人粗安"。

转眼大半年过去，季氏的孝期也满了。

吴嬷嬷算着日子，叹息小夫妻不容易，叫上田嬷嬷张罗着布置新房。

杨静渊盼星星盼月亮终于盼到太阳高升，因季英英已在杨家拜过了祖宗牌位，行礼过了堂，杨静渊不好惊动杨家人，只请了师父下山，换了服饰与季英英重拜天地。

家中人少，老道也不讲虚礼。杨静渊这个洞房无人灌酒人自醉，更无亲朋打扰春宵，好不得意。

秤杆挑开盖头，饮了合卺酒，瞧着三位嬷嬷带着新买的小丫头笑吟吟地离开，杨静渊再也不装矜持了，大叫一声：“娘子，我想死你了！”朝着季英英扑了过去。

季英英被他一把抱住，忍不住惊慌失措：“床上全是花生核桃……”

杨静渊身手敏捷，跳上床时在空中抱着她翻了一个身，自己成了垫背的，重重摔倒在床上。

身下数声花生破壳的轻响，几枚圆滚滚的核桃好巧不巧顶在他脊梁上，疼得他嘶嘶直抽，偏要强装无事：“我反应够快吧？”

听到他声音发颤，季英英趴在他胸口笑着掰他的手：“起来，我把床榻收拾了再睡。”

杨静渊恨死了硌着骨头的核桃，抱着她坐了起来：“我来，你先去梳洗。”

季英英笑盈盈地去了沐间。等她出来，杨静渊拢了一包零碎，正满床榻翻找漏网之鱼，嘴里念念有词：“花生、大枣、核桃……生个女儿叫花生，生个儿子叫大枣，再生个儿子叫核桃。这儿还有一个，得多生个儿子……”

她款步上前，从身后抱住了他，脸贴在他背上轻声说道：“姓季好不好？”

“我的儿子，凭什么姓季？”杨静渊下意识地反对。

回转身，季英英满脸是泪，吓得他慌了手脚：“怎么哭了？”

“季家无后了，我想生个儿子过继给哥哥，好不好？”季英英泪眼蒙眬地求他。

他忘了季家已无男丁，杨静渊一怔，满心愧疚。他不是舍不得儿子改作他姓，只是一时没反应过来而已。就这么一愣神的工夫，季英英哗地抬袖擦了泪，露出大唐蜀中小娘子的彪悍：“你答应就罢，不答应，没花生、没大枣、没核桃！”

威胁他吗？有用吗？杨静渊眼中桃花怒放，微笑着解了腰带，除了衣裳，自在地往床上一躺，朝季英英勾勾手指头：“凡事好商量。为夫不介意过继一个儿子给季家。可娘子能不能生，为夫就不晓得了。”

季英英咬着唇扭了半天衣角，和杨静渊眉来眼去斗了半天眼神，终于下定决心，昂首挺胸地款款上榻：“那就试试吧。”

番外三

等到白头

薄薄的院门被一股大力撞开，一个人被扔进了院内，落地时发出砰的声响。

牛五娘捂着胸口扶着门框站了起来，呆滞地望着瘫软在地上的人。

“娘子……”玉缘艰难地撑起身体抬脸看向牛五娘，她用袖子擦了一把嘴角的血，眼里的泪汹涌而下，“奴婢无能……被他废了！”

废了功夫，她的力气连普通女子都不及，再不能保护娘子，为她办事。玉缘痛苦地闭上了眼睛，强忍着没有放声大哭。

她身边唯一信任、唯一能用的人被废了，再也抓不到杨静渊了。支撑牛五娘的力量顺着脊椎一节节消失，她双腿一软，坐在了地上。

晟丰泽慢慢走到了她面前，居高临下地望着她。戴着面纱的牛五娘是极其美丽的，哪怕被赵家赶了出来，她也并不狼狈。身上穿着蓝色的大袖锦裳，裙裾在深褐色的木廊上散开。微微颤抖的单薄身躯像一泓湛蓝湖水泛起浅浅涟漪，令人怜惜。

“我知道你不甘心。”晟丰泽淡淡说道。

指甲深陷进了掌心，牛五娘感觉到阵阵刺痛。她咬紧了牙，强行控制住自己向晟丰泽扑过去的冲动。她昂起了头，露在面纱外的眼睛似是烧着两团火焰：“欺瞒国主说季英英已死，放走杨静渊，您就不怕国主疑您叛国？”

“牛五娘，你真的很聪明。”晟丰泽轻叹。蚩狂五千大军围山，都没能察觉到杨静渊的行踪。而这个女人，却令她的丫头在后山小道伏击杨静渊。如果不是他担心被蚩狂发现，早有准备，也许杨静渊被这个武艺高强的丫头缠上，真就走不了了。

晟丰泽话锋一转："来人，将她二人带回去。"

他再不看她一眼，转身就走。

"清平官大人……"牛五娘只喊了半句话，就闭紧了嘴。如果杜彦还能护着她，晟丰泽又怎能找到这间院子，将她和玉缘带走？连杜彦都选择了退让，她还有什么凭仗？

两名士兵将牛五娘从地上拉了起来。

"放手，我自己会走。"牛五娘用力甩开士兵的手，昂首走出了院子。

出了太和城，到了白涯宫地界，队伍在山坡边缘一间新建的石砌院子前停了下来。

"以后你和你的丫头就住在这里。"

牛五娘吃惊地望着骑在马上的晟丰泽："您不杀我？"

晟丰泽的嘴唇渐渐上扬，勾出一抹笑容："吃食用度本王会令人送来。想过好日子，就得靠你自己了。"

让她住在他眼皮底下，苟延残喘地在南诏生活，还不如让她死了！牛五娘轻蔑地想，她没有活下去的希望，难道死还不容易？

"杨静渊临走时说，总有一天，他会带兵踏平南诏。当初你帮了本王，本王不是忘恩负义之人。你如今的心愿难道不是再见他一面？"

晟丰泽说完拍马上山，队伍从牛五娘和玉缘面前呼啸而去。赤虎留了下来，抬起马鞭指向山脚："看到那块巨石没？踏出半只脚斩半只，伸出一只手砍一只。"

马鞭落下，马扬蹄奔驰，踏出一路尘土，留下目瞪口呆的两女。

站在山坡上往下望，山脚处正好立着一块白色的巨石，靠近巨石处，是镇子最末端的一户人家。

画地为牢。

牛五娘突然掩唇笑了起来。

"娘子。"玉缘沙哑着嗓子叫她，眼里盛满了担忧。

牛五娘转身推开了院门，笑着往里走："我不死，我要活着，活着看杨静渊带兵踏平南诏。"

山风吹动裙裾，玉缘痴痴地望着她的背影，忘记了丹田传来的疼痛，只要能这样守着娘子，也是好的。

山中方十日，世间已千年。

院墙上刻下的石痕已长满了苔痕，牛五娘数着数着有些眼花，她喘了一口气想继续，眼前的光蓦然变暗，她隐约听到玉缘叫自己的声音，含糊地答了一声，靠着院墙昏睡过去。

“娘子，唐兵来了！”

牛五娘飘浮在黑暗旷野中的脚步停了下来。真的来了？她追着声音飞奔而去，终于睁开了沉重的眼皮。

“娘子，您终于醒了！”玉缘趴在床边放声大哭。

入目是花白的头发，昔日秀美的玉缘已成了老妪，牛五娘不忍细看：“你又哄我了。”

“是真的，唐兵打来了！”

牛五娘精神一振，不费劲地坐了起来：“快替我梳头。”

玉缘愣了愣，看到一抹潮红出现在牛五娘脸颊上，心里一紧，娘子这是回光返照吗？她跪下替牛五娘穿好鞋。

没等她伸手去扶，牛五娘已站了起来，枯瘦的手扒拉着散落的发丝，朝门外走去：“不用了，这就去，这就去。”

乾符二年，唐军过了大渡河，势如破竹。

“娘子，明光铠！是唐军！”

进入南诏腹地的唐军军容整齐，骄傲地从两旁伏地战栗的南诏百姓身边经过。

牛五娘挺直了背，与有荣焉。她是大唐子民，这是大唐的军队……她忘记了流逝的岁月，又变成了都督府的五娘子。

站立的两个老妇穿着唐人的大袖衣裙，经过的士兵向她们投来了好奇的目光。

“太和三年，南诏进攻西川，掳走了数万人……”有知道的士兵小声解释着。

士兵们的目光变成了同情。

旌旗飘扬，牛五娘听到了马蹄声，没等她回过神，军中骑马的将领出现在她视线中。

那是刻在她心上的画像，丝毫没有变化。他骑在马上，脸映着阳光，俊美无俦。

“杨三郎！”

牛五娘猛地甩开了玉缘的搀扶，朝着马上的将领跑了过去。猝不及防的士兵没能拦住她，眼睁睁看着这个白了头发、穿着唐裙的老妪扑倒在将军马前。

战马不容易受惊，队伍却因此停了下来。

“你认识我？”家中排行老三的杨安辰摆手止住了要拖扯那名老妇的士兵，俯下身和声问道。一路行来，他已见过许多痛哭失声的唐人。四十六年前，他们的祖辈从益州府被掳到了南诏，从此故地难回。

“三郎，杨三郎……我怎么不认识你？我等了一年又一年，终于等到你来。”牛五娘喃喃说道。

他看见了她身上的蓝色大袖锦衣。这是最上等的蜀锦，做这件衣裳的锦匠至少需要两名织工织上两年。眼前的老妇从前一定出身益州府的豪富之家。那年，杨家二叔祖、三叔祖都被掳到了南诏……杨安辰摸了摸自己的脸，听说他和祖父长得一模一样。她许是杨家的长辈，他不敢怠慢，跳下马将牛五娘搀扶起来：“婆婆，您是益州府杨家巷哪一堂的人？”

怕惊吓到她，杨安辰放柔了声音。

“我恨不得烧了白鹭堂。”牛五娘想起了杨家大太太。

阳光洒在杨安辰的侧脸，那双剑眉如同墨染。牛五娘痴痴望着这张近在咫尺的俊脸，仿佛又回到了春光明媚的那天。

“你骑马从璇玑阁下跑过，我就想，我一定要和你说说话……我不是故意崴了脚……”

牛五娘的声音越来越轻，她紧紧拖住了杨安辰的胳膊，仰起脸看着他。如果她的容貌没有毁，面纱被他拽下时，他一定不会像见了鬼似的，差点儿将她摔在地上。

“就因为我丑吗？所以你拒婚不娶？我恨死你了！”

他好奇得要命，怎么从来不晓得那个一言不合就拿大棍子揍他的祖父还有段风流韵事。杨安辰眨了眨眼睛，示意亲兵留下，让队伍前行。他搀扶着牛五娘走到了路边坐下。被士兵拦住的玉缘终于握住了牛五娘的手，失声痛哭：“娘子，省点力气养养神吧。”

胳膊被牛五娘紧紧抓住，杨安辰蹲下了身：“我祖父是益州杨家巷白鹭堂的三郎君。婆婆是祖父的故交？”

祖父？牛五娘的神志有点清醒了，她喃喃说道：“杨静渊，杨三郎。”

“正是小将嫡亲的祖父。”杨安辰笑了。

手突然被牛五娘死命地抓住。这老妇的指甲真长，布满茧子的手都被她抓得痛了。杨安辰暗暗吸着气，脸上笑容如煦：“婆婆，不着急，您慢慢说，我不走。”

“你祖母是谁？是谁？！”牛五娘的声音变得尖锐如针，干瘪的身体像风箱抽动，剧烈地喘着气。

“祖母季氏。”

牛五娘瞪大了眼睛：“季英英，季英英……”

他还是和季英英在一起了，还有了孙儿，漫天的光在这一瞬间变得光怪陆离，似锦江水濯洗的锦，五彩斑斓。

她苦苦守候的日子只有不变的蓝天白云，画地为牢。而他，娇妻相伴，子孙出息。

真是不甘。

“娘子，娘子！”玉缘看着牛五娘瞪大了眼睛渐渐失去生命，发疯地摇晃着她。

也许是被玉缘摇醒，也许是因为心里那唯一的企盼，牛五娘眼中重新有了光亮，抓着杨安辰急问：“我是他最恨的人，你晓得不？杨静渊可有和你说起过我？让你来南诏一定要杀了我？”

杨安辰语噎。祖父最恨的女人是这个老妇？没有爱，哪儿来的恨呢？他也想晓得啊，捏着祖父的小辫子，向祖母告状。

他胡乱地点头。

哪怕是恨，他也没有忘了她啊。这就好，不枉她苦等几十年。牛五娘心头松快，悠悠吐出一口气，合上了眼睛。

“娘子！”玉缘大恸，抱着牛五娘死命地摇动。

杨安辰暗暗叹息，站起身来：“节哀。”

话音才落，跪在地上的老妇竟身手敏捷地拔出了他腰间的剑，杨安辰紧张地后退了半步。以他的武艺，居然能在瞬间抽走他的剑，这老妇绝不简单。

没等他的亲兵靠近，玉缘已横剑于颈，哑声说道：“如果我的功夫没有被废，你早死了。”

她转头看了一眼靠墙死去的牛五娘，眼泪不由自主地滴落：“你可认得桑湛桑十四郎？他的妻子姓牛，昔日西川道副都督牛家的七娘子。”

桑家祖奶奶？杨安辰毫不犹豫：“认得。你先放下剑，有话好好说。”

“我家娘子是牛家五娘子。我要去服侍她了，请你将我和她葬于一穴。娘子一生凄苦孤独，奴婢不忍让她独自埋于地下。”玉缘说着，凌厉地叫道，“若不允我，我必化为厉鬼……”

说话间用力一抹，血自颈间喷涌而出。杨安辰目瞪口呆。

玉缘倒在牛五娘身边，手盖住了她的手，轻轻交握。

望着路边倒毙的两个老妇，杨安辰半晌才吐出一口气来："原来你就是桑祖母想找的亲姐姐牛五娘啊。"

令亲兵将两人葬了，杨安辰注视着微微隆起的坟头，回想着牛五娘的话，不觉为牛七娘难过。出行前桑家祖奶奶特意叮咛，牛五娘到死也没问过她一句。

家里带来的亲兵季小云凑了过去，自以为看穿了杨安辰的心事，笑嘻嘻地出主意："三郎君，想知道老太爷的事可以回去问桑太夫人。"

杨安辰回头一巴掌打在他脑门儿上，笑骂道："嫌老太爷棍子不够结实？敢打听他老人家的私事，你等着屁股开花吧！"

一路上他都在想，桑家祖奶奶一定都晓得。等他打探清楚，祖父怕是会吓掉手里的家法棍子……杨安辰哈哈大笑，扬鞭策马。

图书在版编目（CIP）数据

蜀锦人家 / 桩桩著 . -- 成都 : 四川人民出版社 ,
2024.3
ISBN 978-7-220-13567-5

Ⅰ . ①蜀… Ⅱ . ①桩… Ⅲ . ①长篇小说—中国—当代
Ⅳ . ① I247.5

中国国家版本馆 CIP 数据核字 (2024) 第 019896 号

SHUJIN RENJIA
蜀锦人家
桩桩 著

出 版 人	黄立新
出 品 人	柯 伟
选题策划	李 静
监 制	郭 健
责任编辑	陈 纯
特约编辑	李 静
营销编辑	秦玉枝 林雨桐
装帧设计	丫丫书装
封面插画	平大富
特约校对	陈雪媛

出版发行	四川人民出版社（成都三色路 238 号）
网 址	http://www.scpph.com
E-mail	scrmcbs@sina.com
新浪微博	@ 四川人民出版社
微信公众号	四川人民出版社
发行部业务电话	（028）86361653 86361656
防盗版举报电话	（028）86361653
照 排	天津星文文化传播有限公司
印 刷	三河嘉科万达彩色印刷有限公司
成品尺寸	166mm × 235mm
印 张	52.75
字 数	941 千
版 次	2024 年 3 月第 1 版
印 次	2024 年 3 月第 1 次印刷
书 号	ISBN 978-7-220-13567-5
定 价	128.00 元（全三册）